KB093086

막스 갈로

빅토르 위고

Copyright © XO Éditions, 2017. All rights reserved.

Originally published in France under the title :
  VICTOR HUGO
  by Max Gallo
Published by XO Éditions. Tour Maine Montparnasse 33 avenue du Maine 75755
                  Paris Cedex 15 BP 142 France

Used and translated by BIGONG, a division of Daejanggan Publisher Group.
Korean Edition Copyright © 2023, BIGONG Publisher, Nonsan, South Korea

빅토르 위고

지은이	막스 갈로 MAX GALLO
옮긴이	박용주 홍순도
초판	2023년 4월 28일

펴낸이	배용하
책임편집	배용하
교열교정	박민서
표지그림	김영주
등록	제364-2008-000013호
펴낸곳	도서출판 비공
	www.daejanggan.org
등록한곳	충남 논산시 매죽헌로 1176번길 8-54
대표전화	전화 041-742-1424 전송 0303-0959-1424
분류	문학	역사	전기소설
ISBN	979-11-976109-7-4 03860

이 책의 한국어판 저작권은 XO Éditions와 독점 계약한 비공에 있습니다.
기록된 형태의 허락 없이는 무단 전재와 복제를 금합니다.

값50,000원

MAX GALLO

DE L'ACADÉMIE FRANAÇISE

VICTOR
HUGO

차 례

* *

제1권 · 나는 앞으로 나아가는 힘이니!

제2권 • 내가 바로 그가 되리니

프롤로그

오! 시공時空이 겹치는 이 바다

인간의 선박이 영원히 지나고 또 지나는…

1830년 5월 어느 날, 열린 창 가까이에 선 채로 무언가를 쓰고 있는 남자, 그가 바로 빅토르 위고였다.

2월 26일이 스물여덟 살이었다.

적당히 긴 밝은 밤색 머리칼은 어깨 뒤로 젖혀져 있었다. 이마는 벗겨지고 튀어나왔다. 반듯한 이목구비를 갖춘 얼굴은 도톰하고, 흰 깃의 셔츠에 맨 넓은 넥타이는 이중 턱의 시작 부분이 살짝 가린 살진 목을 조이고 있었다. 게다가 온몸이 무거워 보였다. 잘록하고 넓은 뒷자락이 있는 조끼의 허리 주변은 촘촘한 주름을 이루고 있었다.

헐렁한 의복에 감싸인 빅토르 위고는 유복한 남자의 인상이었다. 자신의 성공에 푹 빠진 남자, 조끼 밖으로 삐져나온 금목걸이까지 귀인의 인상을 주었다.

그런데 좀 부은 듯한 얼굴은 어딘가 아이 같은 모습이 있었다. 표정은 어떤 교만함도 보이지 않았다. 오히려 권태로움이 있고 서글픔마저 있었다. 살갗은 창백했다. 이 모든 모습과 옷차림은 명성에 대한 만족보다 오히려 무게와 위엄, 근심 어린 표정이었다.

그는 『오드와 발라드 Odes et Ballades』, 『동방東邦 Orientales』으로 유명한

시인, 연극을 위해 지은 처녀작 『크롬웰 *Cromwell*』*의 저자였다. 그러나 후자는 인물과 상황이 너무 많아 무대에 올리지는 못했다. 다만 이 작품은 널리 읽히고 논쟁거리가 되고 찬사를 받았다. 그의 서문은 일약 선언문이 되었다. 사람들은 작가의 다음 작품을 서둘러 기다리고 있었다. 이듬해 그는 『마리옹 드 로름므 *Marion de Lorme*』를 썼다. 1829년 7월 14일 프랑스 대극장이 접수했으나 결국 검열을 받고 공연 금지되었다. 하지만 이로 인해 빅토르 위고에게 얼마나 많은 관심이 몰렸는지! 샤를르 10세**는 1825년 랭스에서 자기 대관식에 그를 초대해 긴 시간 담소했다. 위고가 『마리옹 드 로름므』 서문에서 말한 것과 무관하지 않았다. '나폴레옹이 샤를마뉴 대제에 비교되듯이, 셰익스피어에 버금가는 시인'의 출현을 그 누구도 막을 수 없었다! 과연 위고였다!

그렇게 그는 다시 작업에 착수했다. 3개월 전, 그러니까 스물여덟 번째 생일 2월 25일 전야, 그의 신작 드라마 『에르나니 *Hernani*』가 프랑스 대극장에서 공연되었다. 그리고 작가를 낭만의 청춘 왕자로 만들어 주었다. 테오필 고티에, 알렉상드르 뒤마가 소개한 『에르나니』 공연은 관객으로 후끈했다. 공연 다음 날 위고는 샤토브리앙으로부터 편지까지 받았다.

"선생, 이 시대 최고의 작가가 쓴 『에르나니』의 처녀 공연을 보았소. 찬사를 드리오. 내 자존심도 선생의 시풍詩風에는 졌소. 이유를 아실 거요. 나는 이제 가고 선생은 온 것이오. 당신의 뮤즈의 추억에 나도 좀 끼고 싶소. 영령들께 영광을 돌리오."

무엇을 더 바라랴? 열네 살, 1816년 7월 10일, 신문에 실린 그의 말 "나는 샤토브리앙 아니면 무無이고 싶다."

스물여덟 살, 그랬다. 시인, 탁월한 저자, 레지옹도뇌르 훈장 수여자, 왕과 정부가 주는 연금 수혜자, 『어느 사형수의 마지막 날 *Le dernier Jour d'un con-*

---

* Cromwell(1599~1658). 영국의 정치가이자 군인. 청교도 혁명에서 왕당파를 물리치고 공화국을 세우는 데 큰 공을 세움.
** Charles X(1757~1836). 부르봉 왕정복고 시대, 루이 18세를 뒤이어 통치(1824~1830).

damné』의 수천의 독자를 가진 소설가, 그리고 그는 위대한 소설 『노트르담 드 파리 *Notre-Dame de paris*』를 쓸 계획을 세웠다. 출판인 고슬랭은 조급해 기다릴 수가 없었다. 서둘러 저자에게 큰돈을 건넸다.

그의 점잔 빼는 폼, 싫증 내는 듯한 위엄있는 표정을 다들 이해했다. 느긋한 동작과 진지함을 늘 예상했다.

하지만, 빅토르 위고가 잉크병에 깃펜을 담그는 것은 활기찬 동작이었다. 잉크를 찍으면 빠르게 썼다. 마치 받아쓰기를 하듯. 게다가 그는 비스듬히, 질서 있게 종이 우측을 빠른 속도로 메워갔다. 종이 위 사각거리는 펜 소리는 좀처럼 멈추질 않았다. 쓰는 자세와 그의 몸 사이, 모호한 시선의 두 눈과 거머쥔 영광 사이에는 어떤 불일치가 있었다, 마치, 외면의 충일充溢 아래 일종의 심연深淵, 일종의 고질적인 질문이 감추어져 있는 듯했다.

나는 어디로 가는가? 모른다. 다만 느끼노니
나의 등을 떠미는 격렬한 숨결, 미친 운명[1]

빅토르 위고, 그는 마치 이미 조로早老, 성공과 명성 그리고 돈에 매몰된 일종의 둔탁한 조각상이라 폄하하는 이에게 경고하고 싶다는 듯, 마치 자신은 명예 따위에 안주하는 남자가 절대 아니라는 것을 보여주려고 작심한 듯했다.

오! 가련한 그대, 달아나라! - 그대는 나를 그렇게 보는구나
여느 남자들과 똑같은 남자
지적인 존재, 꿈꾸던 목표를 향해 달려가는 자
깨어나라. 나는 앞으로 나아가는 힘이니!
어두운 신비에 관한 눈멀고 귀먹은 선동자!
어둠이 빚어낸 불행의 영혼![2]

그는 눈을 치켜떴다. 오월의 푸성귀 밭, 옅은 녹음의 파노라마를 이루는 풍경을 창밖으로 바라보았다. 여기저기 몇 채의 집들이 외따로이 있었다. 위고는 이곳 샹젤리제 구역이 낯설었다. 이곳에 머문 적이라고는 아내 아델, 세 아이, 레오폴딘느와 샤를르 그리고 프랑수아-빅토르와의 단 며칠뿐이었다. 그가 2층을 쓰던 장-구종 로 9번지의 특별한 호텔은 사방이 빈터로 둘러싸여 있었다. 인근에는 경작지 중앙에 있는 개선문 쪽으로 완만하게 난 오르막인 프랑수아 1세 로가 있었다.

그는 노트르-담-데-샹 로 11번지에 소유했던 집이 그리웠다. 집은 시내 중심에 있었지만 공원 덕분에 여섯 살 딸과 네 살과 두 살 아들이 자유로이 놀 수 있었다. 문만 열면 바로 뤽상부르 공원이었다.

친구들, 테오필 고티에, 알렉상드르 뒤마, 샤를르 노디에, 알프레드 비니, 특히 시인이자 비평가인 생트-뵈브 같은 이웃 친구들이 살롱에 모이곤 했다. 생트-뵈브는 매일 두 차례나 찾아왔다. 그들은 작품을 함께 읽었다. 그들은 위고에게 박수갈채를 보냈다. 『에르나니』의 승리를 축하했다.

한때, 시 외곽 새로운 집에서 바라본, 국가가 자신을 외면한다고 판단한 샤를르 10세가 하원을 해산시킨 오월이 벌써 까마득해 보였다!

> 지금, 아직은 어리고 그저 시험에 드는 시절
> 내게는 깊이 새겨진 기억이 많아
> 지난날 숱한 것들을 볼 수 있으니
> 내 깊은 생각으로 생긴 이 이마 주름 속에서.3

실은 넓은 이마에 주름이 많다기보다는, 매끈하고 동그란 얼굴 인상이 주는 일종의 향수鄕愁의 인상이었다. 잘 그려진 입, 그러나 뾰로통한 얼굴. 베일에 가려진, 고정된 시선은 마치 두 눈이 시골에 머무르지 않고 과거와 미래가 서로 만나는 어떤 지점을 찾는 듯했다.

> 오! 시공時空이 겹치는 이 바다
> 인간의 선박이 영원히 지나고 또 지나는··· 4

그러나 1830년 봄, 그가 십여 년 전부터 그토록 강렬하게 갈구해온 그 무엇을 이루었다는 생각이 들었으리라.

> 그리고 열여덟 살이 되었네 ! 그렇게 꿈에 부풀고!
> 희망은 노래를 부르며 내 안의 망상을 따독거렸지5

그리고 그는 말할 수 있었다. "지금, 나는 느꼈노라, 보았노라, 비로소 아노라··· 6" 그를 붙든 것은 바로 과거였다. 엄마를 회상했다. 소피 트레뷔셰, 1821년에 죽은. 위고 나이 겨우 열아홉이었다. 두 살 위 형 으젠느도 있었다. 형은 1822년 10월 이후 감금되었다. 위고가 아델과 결혼하던 시절 형은 정신착란 상태였다. 큰아들 레오폴은 갓 태어나 땅에 묻혀야 했다. 1823년 10월이었다. 아버지 레오폴 위고는 1828년 1월에 죽었다. 불과 2년 전이었다.

그 기억들이 그의 시선을 어찌 가리지 않았을까? 융통성 없이 곱씹지 않을 수 있었을까? 폭발적인 영광을 퇴색시킨 일종의 강박관념 같은 것을.

> 우리에게 남는 것은 아무것도 없으니, 우리의 일이 문제로다
> 남자, 방황하는 유령은 지나가노니!
> 벽에 그림자도 남기지 못한 채!7

그럼에도 불구하고 쓰는 일은 계속해야 했다. '일종의 일감인 작품', 먹고 살

고 집세를 낼 유일한 수입원이었다. 비싼 유지비! 모르트 마르 드 부와쏘 공작에게 장-구종 로의 특별한 호텔 2층을 임대한 상태였으니. 다행히도 『에르나니』는 성공을 거두었고 저작권은 필요를 채워 주었다. 5,000 프랑을 5% 이율로 투자까지 했다. 그 부르주아적 삶의 행동, 통통한 청년, 유명인 같은 옷을 입고, '빈민가 아이들'을 돌본 청년, 세 아이 아니 아델이 곧 넷째를 임신했을 무렵이었다. 그녀는 더 이상 자녀를 갖고 싶지 않다고 말했다. 8년 동안 다섯 아이, 너무 했다! 결국 그녀는 각방을 쓰고 있고 계속 그렇게 갔다.

지난날을 어찌 후회하지 않을 수 있었을까?

내 젊은 시절이여, 내 그대에게 무엇을 했던가?
내게서 그렇게 빨리 도망쳐 그대 멀리 떨어져 있어
내게 어찌 평화가 있었으리?
아아! 그대 내게 그토록 아름답게 돌아왔으나
그대 나를 더 이상 그대 날개 위에 놓을 수 없을 때
대체 나는 그대에게 무엇을 했단 말인가?[8]

그리고, 기억보다 더 나쁜 것은 사랑이 사라졌다는 직감이었다.

끝없는 모성애의 짐에 눌려 질렸던 아델은 알프레드 비니에게 '아주 못생긴 키 작은 남자'라는 말을 들었던 열렬한 아첨꾼인 생트-뵈브에게 얼굴을 돌렸다. 그는 코가 너무 길고 턱은 아예 없고, 입은 고통으로 꽉 다문, '볼 것 없는 얼굴'의 남자였다. 좋아하는 여자는 아무도 없었고, 나이 스물에 엄마와 함께 살고 있었다. 신체 마비 장애가 있던 것 같았다. 창녀들과 어울리거나 아니면 위고의 살롱에 앉아있고, 그러다 보니 아델에게 눈길이 갈 수밖에.

"알랑거리고 온갖 격식을 갖춘 표정으로 말하는 것이 마치 할멈 같군." 비니가 내린 결론이었다. 그런데 그는 『오드와 발라드』에 대해 극찬하는 평을 내놓고 위고 가까이 지냈다. 우정을 다짐하면서. 5월 7일에 그렇게 썼다. "사랑하는 친구여, 친구는 나에게 전부라오. 그대를 안 뒤로 나는 그대만을 의지했소. 그대와 떨어지면 나의 불꽃은 꺼지는 것이오. …"

그러나 며칠 안 되어, 정확히 말하면 바로 그해 5월 위고는 친구와 문제가 생겼다. 아델과 그 친구가 서로 좋아한다는 사실을 것을 안 것이다. 위고는 이렇게 썼다. "집 안에 친구를 끌어들이면 부부 간 행복에 문제가 생기지."

그는 자기가 생트-뵈브에게 헌사한 두 편의 시를 친구가 알고 싶어 하지 않는다는 사실을 알고도 놀라지 않았다. 그는 생트-뵈브가 5월 31일에 보낸 편지를 슬픔과 경멸이 뒤섞인 마음으로 읽었다. 아델에 대한 사랑을 솔직히 말하지도 않는 편지, 또 아델이 보내는 답장, 사실 빅토르는 후자가 두려웠다.

생트-뵈브는 그렇게 시작했다. "선생께 편지를 쓰고 싶었소. 어제 우리는 너무 슬펐고 너무도 냉랭 했기 때문이오. 우리는 너무 안 좋게 헤어졌소. 지금 내 마음이 너무 아프오. 그날 저녁 돌아오면서 그리고 밤새도록 고통스러웠소. 이런 모습으로 종종 선생을 본다는 건 불가능하다고 생각되었소. 내가 선생을 늘 만날 수 있었던 건 아니었잖소. 사실 우리가 서로 할 말이 뭐 있겠소. 나눌 이야기가 말이오. 아무것도. 어차피 우리는 예전처럼 함께할 순 없으니. 난 나에게 헌정할 시를 선생께 요구한 적이 없다는 것을 아오. 허나 선생의 시가 뭐 대수요? 천지에 널린 것이 시인데! 내가 원하는 건 이것이 다요. 위고 부인, 그녀 생각뿐이오. 끝없이."

위고는 그 편지를 다시 읽었다. 생트-뵈브라는 사람 자체가 도피형이었다. 그렇다고 아델과 서로 나눈 눈 맞춤이 잘못은 아니었다. 이 이중성, 아니면 적어도 진실 표현의 무능이 그를 혼란하게 했다. 그러니 확실한 것이란 아무것도 없었다. 영원한 것은 아무것도 없었다. 그는 자신에서, 남들에서, 자신 주변에서, 그를 괴롭히는 은밀한 세계를 발견한 느낌이었다.

> 생각이 어둡기 때문이니! 보이지 않는 비탈이
> 현실 세계에서 나와 보이지 않는 곳으로 가네
> 소용돌이는 깊고, 그 심연으로 내려가노라면
> 끝없이 깊어지며 점점 넓어지네
> 무슨 운명의 비밀을 건드렸기에
> 이 어두운 여행에서 창백하여 돌아오느뇨!9

어린 문학 황제의 승리처럼 월계관과 찬사는 쌓이는데 그의 낯은 그토록 창백하니 놀라웠다. 불안을 말해주는 것이었다.

기쁨은 '아이가 태어나던 순간' 뿐, 고통은 다시 그를 조여왔다. 큰아들이 죽는다. 비통을 표현했다.

> 주여! 저를 지켜 주소서, 내가 사랑하는 이들을 지켜 주소서,
> [⋯] 다시는 볼 수 없으니, 주여! 붉은 꽃 없는 여름,
> 새 없는 새장, 꿀벌 없는 벌통,
> 아이 없는 집!⋯ 10

그들이 있었다. 큰 딸 레오폴딘느, 그토록 상냥하고 그토록 예쁜. 샤를르, 그리고 프랑수아-빅토르. 곧 한 아이가 또 태어난다. ⋯

위고는 아이들을 바라보았다. 삶은 이미 충일했다. 그리고 그토록 무거운 환멸, 유일한 보물은 언제나 첫해에 있다는 생각이 들었다.

> 탄생 그리고 아는 것이란 오직 덧없는 유년

한 방울 쓴맛 없이 흘러가는 우유의 시내,

그것은 행복의 시절, 그리고 가장 아름다운 순간

인간, 창공 아래, 지나가는 그림자!11

그는 한참 동안 아이들을 지켜보았다. 그는 '모든 여명을 진지하게 보았다.'. 그리고 자신의 유년을 생각했다. 자신의 몫인 불확실, 그것만이 유일한 지표였다.

그리하여 나는 내가 어디서 왔는지 알지, 설령 어디로 가는지는 알 수 없으나.12

그는 추억했다.

이번 세기도 2년이 지났구나! 로마는 스파르타를 대체하고

벌써 나폴레옹은 보나파르트라는 이름 아래 두각을 나타냈네

그리고 초대 통령*은 이미 사방에서

황제의 얼굴로 그의 편협한 가면을 깨뜨렸지

그 때 브장송, 옛 스페인 풍 도시에서,

바람 따라 날아가는 씨앗처럼 던져져

로렌느와 브르타뉴 피를 동시에 받은

핏기 없는, 시선 없는, 목소리 없는 아이가 태어났네

그토록 허약하여 마치 괴물 같아 모두에게

버림받았네, 어머니에게만은 아니어서 다행이었으니

---

* 통령 정부(1799~1804)의 제1통령은 나폴레옹임. 1804년 나폴레옹의 황제 즉위와 함께 종료됨.

그리고 그의 목은 가녀린 갈대처럼 굽어

요람과 관을 동시에 마련했지

삶의 책에서 지워진 아이,

살아갈 내일이란 애초에 없던 아이

그것이 바로 나였다네⋯ 13

나는 앞으로 나아가는 힘이니

오! 가련한 그대, 달아나라! 그대는 나를 그렇게 보는구나
여느 남자들과 똑같은 남자
지적인 존재, 꿈꾸던 목표를 향해 달려가는 자
깨어나라. 나는 앞으로 나아가는 힘이니!
어두운 신비에 관한 눈멀고 귀먹은 선동자!
어둠이 빚어낸 불행의 영혼!
나는 어디로 가는가? 모른다. 다만 느끼노니
나의 등을 떠미는 격렬한 숨결, 미친 운명.

빅토르 위고, 『에르나니』

제1부

1802~1808

1802

아이야, 둥둥둥 북 위에 내 요람이 놓였구나

나를 위한 철모 속에서 성수聖水가 나왔지…

빅토르 위고는 알았다.

자신의 출생에 대한 모든 것을 알고 싶었다. 2월 26일 밤 브장송의 그랑드 뤼와 생-캉텡 광장이 내려다보이는 창이 10개나 되는 호화 주택 2층 방이었다.

엄마, 소피는 서른 살, 위로 두 아들이 있었다. 네 살의 아벨과 두 살의 으젠느였다. 아버지와 두 아들은 셋째의 첫 울음소리를 듣고 방으로 들어갔다. 아버지는 스물아홉 살, 건장하고, 땅딸막하고, 금발 머리에 낮은 이마, 통통한 얼굴에 붉은 안색의 대대장 레오폴 위고였다.

그들은 '쥐방울만한' 갓난아이를 들여다보았다. 산파는 아이를 보여주며 너무 작고 허약해서 살 것 같지 않다고 했다. 그리고는 그 작은 아이를 의자 안 포대기에 싸놓았다.

열 시 반이었다. 밖에는 눈에 내리고 있었다.

아이를 들여다보며, 숨소리와 울음소리를 초조하게 기다렸다.

… 언젠가는 꼭 말해주리라 …

순전한 우유, 보살핌, 간절함, 사랑,

약골로 태어난 내 생명을 위한 정성들,

두 차례나 날 외골수 엄마의 아이로 만들었지…14

1830년 즈음 빅토르는 이렇게 토로했다. 마치 원천源泉인 듯한 자신의 유년에 끌린 시절이었다.

그는 머리에 떠올렸다. 기억했다.

오, 엄마의 사랑! 누구도 잊을 수 없는 사랑!15

하지만 두 아들 다음에 엄마가 딸을 기대했다는 것도 알았다. 빅토리나라는 이름을 벌써 지어놓을 정도로. 게다가 1798년 파리에서 소피가 첫눈에 귀족적인 매력, 우아함, 문화 의식에 반했던 빅토르 파노 드 라오리 장군이라는 가족의 지인, 소피의 요청으로 그를 대부代父로 정해놓기까지 했다. 그녀가 레오폴과 결혼한 지 1년도 채 되지 않았을 때였다.

그녀는 라오리를 낭시에서 만났다. 그는 레오폴의 후원자가 되었다. 영향력 있는 그는 라인강 군사령관 모로 장군의 참모장이었다.

그는 레오폴이 뤼네빌르의 특무상사에 임명되도록 도왔다. 그리고 거기, 그가 통치하던 도시에서 레오폴은 제1집정관의 형 조셉 보나파르트의 눈에 뜨였다. 그러나 나폴레옹 보나파르트는 모로, 야심과 질투심 강한 그 사람과 그 주변 장교들, 종신 영사를 꿈꾸고 왕관까지도 꿈꾼 자신에게 적대적인 그 공화주의자를 경계했다.

그런 까닭에 그는 브장송 수비대를 위해 진격 없이 뤼네빌을 떠날 필요가 있었다. 머나먼 길, 지루한 여행, 넘어야 할 보주산맥.

빅토르 위고는 알았다.

마차가 도농 정상에 멈추었다.

오르막길을 지나 말들이 숨을 고르는 동안 레오폴 위고와 소피가 내려왔다. 때는 유월 말이었다. 보주산맥 아래 펼쳐진 전경이 알자스 평원과 브장송에 이르는 벨포르 협로 위로 펼쳐져 있었다.

레오폴 위고는 본능적인 남자, 다혈질 얼굴, 우악스러운 태도를 가진 남자였다. 그는 여자들을 군인 식으로 사랑했다.

그의 네 형제는 공화국군에 복무하고 있었다. 그중 둘은 비상부르에서 죽었고, 레오폴은 여전히 군에 있는 남은 두 형제 루이와 프랑수아-쥐스트 중 맏이였다. 그는 독일에서 대위 계급장을 받았고, 엄청난 희생을 낸 방데 전투* 에서도 승승장구했다. 바로 거기, 샤토브리앙 곁, 르노디에르 사유지 안에서 그는 '푸른 눈을 가진' 방데 출신 고아 소피 트레뷔셰를 알게 되었다. 외조부는 혁명 법정의 검사로 루아르 강에서 반혁명 분자들을 익사시킨 테러리스트 카리에에게 충성했다. 게르 경찰서장이었던 숙부는 카리에의 정부情夫인 여자의 마음씨 좋은 남편이었다. 그리고 소피 오빠 마리-요셉 트레뷔셰 역시 같은 카리에에게 충성을 하고 있었다.

똑 부러진 성격의 여자 소피는 1797년 일명 부루투스였던, 잘 생기고 건장한 레오폴 위고의 눈에 들었다. 그녀는 결혼을 밀어붙였다.

몇 달간 파리 시청, 그 다음 셰르쉬-미디 로의 툴루즈 시청에서 살았다. 육군사단 상설 선임 전쟁고문단이 주둔하고 있었으며 위고 대위는 보고 담당관으로 일했다.

그는 왕정주의자 그리고 교회주의자인 사실을 숨긴 채 서西 프랑스 법원 서

---

* La Guerre de Vendée. 프랑스 대혁명 기간 중, 혁명정부의 30만 징집령에 저항한 서부
  농민들과 혁명군 간의 전투(1793~1796).

기 피에르 푸셰와 친분을 이어갔다. 1798년, 그런 이유로 단행해오던 단두대형은 더 이상 집행되지 않았다! 그리고 위고레오폴, 그는 부루투스라는 별명까지 얻었다.는 안느-빅투아르 아셀린느와 함께 푸셰 혼인의 증인이었다. 결혼식장에서 그는 즐거운 목소리로 한마디 던졌다.

"딸을 낳으시오. 난 아들을 낳을 테니. 그리고 둘을 혼인시키지요! 아이들 행복을 위하여 건배합시다."

빅토르 위고는 알았다.

낭시의 수비대에 복무하던 아버지, 그리고 아들들의 출산을 상상해보았다, 1798년에는 아벨, 1800년에는 으젠느.

그는 엄마와 군인 위고 사이의 긴장을 감지했다. 아버지가 라인 강 부대로 병영을 떠나며 아내를 낭시에 남겨두었다. 대목수 아버지 조셉 위고에게 물려받은 그 집에는, 어머니 잔-마르그리트, 마르탱 쇼핀느의 아내이며 고통Goton이라고 부르는 자매 마르그리트가 여전히 살고 있었다.

레오폴은 싸웠다. 그는 라인강과 다뉴브를 돌파했다. 나폴레옹 보나파르트가 통치했다. 그리고 소피는 빅토르 파노 드 라오리의 멋진 매너에 푹 빠졌다.

그녀는 남편에게 편지를 썼다. 낭시의 마레쇼 81번지의 위고 집 여자들의 권위 속에서 살고 싶지 않았다. 서 프랑스의 친정으로 돌아가고 싶었다.

레오폴은 불안했다. 그는 답신을 보냈다.

"밤에 눈을 감을 수가 없었소. 열이 뻗쳐 잠을 한숨도 못 잤소. 날이 새면 편지를 쓰기 시작하지만, 곧 땀으로 뒤범벅되어 책상 위에 그냥 엎어져 버리오. 차가운, 사랑하는 소피, 주변 사람들 심한 말들 때문에 … 날 더 이상 속이지 마오. 솔직히 말해 주오. 아직도 날 사랑하는지? 내 이야기가 흥미가 있소? 그리고 그대를 가족한테 보내주더라도, 나에 대한 변치 않는 마음 간직 하겠소? 내 생각을 하겠소? 매일같이 소식을 전해주겠소? 매일같이 진실한 감정을 표현해 주겠소?"

소피는 망설였다. 그리고 가족에게 돌아가지 않기로 했다. 그녀는 뤼네빌르의 지사가 된 레오폴의 말을 따랐다. 그리고 그가 제20연대장으로 출정하자 그녀는 아들들과 함께 동행했다.

그리고 6월 말, 도농 정상에서 레오폴은 군인 그리고 남편의 힘으로 보주 전나무 밑에서 아내를 싹 바꿔놓았다.

빅토로 위고는 알았다.

아버지가 보낸 편지를 읽었다. 아버지는 이미 어린 시절 운문을 잘 썼던 천재 아들에 대한 자긍심이 가득했다.

··· 숨 멎는 목소리로 시구들을 노래했네
그리고 엄마는 내 모든 발걸음 숨어 지켜보고
울고 웃고 했지, 엄마는 말했지
아들에게 말하는 것은 요정이야
딴 사람들은 요정을 볼 수가 없어!![16]

레오폴은 말했다. "빅토르, 넌 펭드 산이 아니라 보주산 최고봉에서 났지. 뤼네빌르에서 브장송까지 여행 중이었단다. 그리고 넌 하늘에서 태어난 기분이었을 걸."

그러나 2월 26일 밤, 빅토르는 살 수 있을까 싶은 갓난아이일 뿐이었다. 엄마는 불안한 마음으로 지켜보고만 있었다. 그리고 아버지는 '정상아 같지 않다.'는 것을 알았다. 그러는 동안 이미 쑥쑥 큰 형제들은 여동생 '빅토린느'를 기다리며 웅성거렸다. 으쎈느는 말을 더듬거리고 다들 마치 '곤충'마냥 생긴 옷가지를 들고 있었다.

하지만 빅토르는 살아났다.

그리고 27일 아침, 레오폴은 호적을 올리기 위해 아이를 안고 시청에 갔다.

"풍력월 8일, 공화국 10년

출생증명, 어제 저녁 10시 반 출생. 낭시퓌르트 태생 조셉, 레오폴, 시기스베르 위고의 아들 그리고 낭트루와르 태생 소피, 프랑수아 트레뷔셰의 아들, 직업은 20연대 대대장, 둘 다 브장송 거주. 레오폴드 시기스베르 위고 신고. 아이의 성은 남성으로 확인.

증인 1, 자크 들를레, 여단장, 모로 장군 보좌관, 40세, 브장송 거주.

증인 2, 마리 안느 드씨리에, 배우자 들를레, 25세, 거주지 동일

아이의 부父 조셉 레오폴 시기스베르에 신청에 의함

서명자는 위고/드시리에, 배우자 들를레

법률에 의거 인증, 본인 샤를르 앙투완느 스겡, 군郡 대리인 마리, 시청 공공기관 근무자

샤를르 스겡, 대리인"

호적 신고한 아이를 살려야 했다. 매일 죽을 고비를 넘기는 듯싶었다. 여전히 쳐들지도 못하고 어깨에 떨어뜨리는 작은 머리, 간호사의 말처럼 축 늘어진 피부의 작은 다리와 작은 팔.

모두들 둘러선 채 모포로 아이를 덮어 두었다. 소피는 강골의 엄마였다. 레오폴 역시 힘과 의지가 넘쳤다.

그가 방데 전투 중이던 때, 참모장 뮈스카르는 그를 위한 경쾌한 장례 기도문을 써 주었다.

우리 대대 이크 자세 소령은

세계적인 웃음의 남자, 너무 웃다 죽었네

스틱스 강 위에서도 즐거운 남자

플루통을 웃게 만든 남자

오, 이제 죽은 이들이 그들 제국을 사랑하리니*

그로부터 7년 가까이 지났다. 레오폴의 웃음이 줄었다. 그래도 저녁 식사가 끝나면 분위기를 한껏 띄우는 손님이 있었다. "토끼처럼 콧구멍을 벌름거리는 거야 글쎄. 위고가 바로 그런 아이야." 그는 아들들을 품에 안고 '팬츠도 안 입은 자'**마냥 굴었다. 마치 혁명 강령 낭독자 같았다. 그이나 소피나 빅토르에게 세례를 주는 것을 좋게 생각하지 않았다.

교황과의 화친조약*** 원년, 종신 집정관 원년****, 그리고 나아가 모로 장군 측근 복무 중, 그리고 아들 대부代父로 빅토르 파노 드 라오리 장군을 선택했던 시절, 장군은 불행히도 나폴레옹 보나파르트에 의해 군에서 밀려났다. 여단장의 횡령을 고발해 약식 유죄판결로 '모사꾼'이 된 것이다. 그는 곱씹어 말했다. "나는, 전쟁 총성을 절대 바라지 않았다. 수동적으로 참여했다. 그처럼 전쟁을 끝낼 것이다." 다들 믿지 않았다.

그는 진급 대상에서 제외되었다. 그리고 연대와 함께 마르세이유로 전출되었고, 혁명 검사들에 의해 기소되었다.

그는 결국 브장송을 떠나야 했다, 세 아들과 아내와 함께. 불확실한 삶에, 만족을 모르는 남편에 지친 아내 때문에 그는 근심에 빠졌다. 그리고 만일 그가 모로와 라오리와의 우정 때문에 군에서 쫓겨난다면? 자신과 세 아이, 식구들

---

* 그리스 신화. Styx는 저승의 강, Pluton은 저승의 왕.

** 대혁명 과격공화파의 별명.

*** 교황과 나폴레옹과의 협약.

**** 프랑스 혁명기 나폴레옹 쿠데타로 이루어져 1799-1804 존속된 정부.

은 어떻게 살아갈까? 파리에서, 조셉 보나파르트 곁에서 그의 소송을 변호해 줄 사람이 필요했다. 콩쉴르의 형, 그가 뤼네빌르에 있을 때 그는 장관에게 이런 편지를 쓰지 않았던가? "시민 위고는 아주 쓸 만했소. 시민 장관, 당신은 알 잖소? 그에 대한 내 관심은 정당했소. 그리고 개인적으로 시민 위고를 위한 여단장 승진을 요청하오."

그에게 이런 사실을 상기시켜야 했다. 뤼네빌 총사령관을 지냈고 또한 나폴레옹 보나파르트 측근이 된 전쟁장관 클라케 장군도 보아야 했다. 그리고 여전히 권력을 쥐어온 라오리를 만날 필요도 있었다.

그러나 그 사람들에게 졸라대고, 탄원서를 제출하고, 그들 기억을 부추기려면 파리에 있어야 했다. 그리고 감사받는 상황에서 어떻게 그의 수비대를 멀리할까? 상관들이 과오를 지켜보는데.

소피는 기어이 마르세이유를 떠나 파리로 갔다. 11월 28일이었다.

그녀는 '외골수 엄마', 그녀는 결국 부재의 엄마가 되고, 레오폴 위고의 '임시 배우자' 클로딘이 그 자리를 대신했다. 그래도 '한 엄마, 잊혀질 수 없는 사랑'은 어찌 되었단 말인가? 레오폴은 소피에게 편지를 썼다.

"당신의 아벨, 당신의 으젠느, 당신의 빅토르는 매일같이 당신 이름을 부르고 있소. 나는 애들에게 그렇게 사랑을 준 적이 없소. 애들은 지들이 느끼는 만큼 힘든 궁핍을 경험한 적이 없기 때문이오. 아이 엄마, 그토록 불러대던 마지막 소리 '울 엄마', 가엾은 엄마는 그 소리를 더는 들을 행운이 없었소. 만일 내 눈물이 쏟아져 얼굴에 넘쳐흐르는 것, 그것은 연민의 눈물일 거요. 안 그렇소 소피?

당신의 빅토르가 들어와 나를 껴안았소. 나는 당신을 위해 그 아이를 껴안고, 아이로 하여금 이 장소에 입맞춤하도록 했소… 당신은 멀어지지만 적어도 아이에게서 무엇인가 거두기를 바란 일이오. 나 또한 거기에다 뜨거운 입맞춤을 했소. 난 아이에게 마카롱을 주었소. 서랍 속에 아껴두었던 것이오. 아이는 마카롱을 입에 넣고 줄행랑쳤소."

빅토르는 형들 그리고 아버지와 함께 살았다. 아버지는 12월 29일 불행의 신호탄인 바스티아 수비대에 배치되었다. 20연대 최상의 부대가 생-도밍그를 향해 출범했다. 승리를 꿈꾸는 원정이었다.

레오폴은 편지를 썼다.

"아이들은 무럭무럭 자라오만… 빅토르는 시도 때도 없이 당신을 찾소. 훗날 이 불쌍한 아이는 당신을 알아보지 못하고도 쉽게 다가갈 수도 있을 거요. 늘 무엇인가 잃어버린 것이 있는 것처럼."

1803

오, 어머니의 사랑! 결코 잊을 수 없는 사랑!

하느님이 함께하시어 열 배 풍성한 경이로운 빵!

그것, 자신의 일부를 잃은 느낌, 빅토르는 그런 감정을 겪으며, '나아가는 법', 말하는 법, 사는 법을 배웠다.

그는 새해가 지나는 것도 의식하지 못했다. 아버지가 바스티아로 떠날 채비를 하던 마르세이유 아파트도 기억나지 않았다. 게다가 자신에게는 온정이나 엄마의 존재란 애초부터 없다는 것을 알았다. 그리고 아버지의 보호막이 사라질 수도 있다는 것도 짐짓 알았다.

레오폴 위고는 망설였다. 그리고 소피에게 썼다.

"아이들을 배에 태우고 여길 떠나는 것을 생각해보겠소. 당신이 아무 소득이 없으면 다시 돌아오오. 그러니 내가 아이들을 클로딘과 함께 마르세이유에 남겨두고 내 친구한테 좀 봐달라고 하고, 당신은 아이들을 데리고 나와 다시 만날 수 있소. 열흘에 한 번 떠나는 툴롱 발 바스티아행이나 코르시카행 우편선을 타면 되오. 당신에게 무언가 좀 생기면, 그때 내가 지나는 길에 아이들을 당신에게 데려다줄 거요."

아이는 낯선 이별의 위기를 직감했다.

지금 무슨 일이 벌어지는지, 주변에서 무슨 모사들을 꾸미고 있는지 알 수 없었다. 그러나 아버지의 실망, 걱정, 질투는 아이의 내면을 두드리는 감정을 일으켰다. 그것은 마치 아버지의 기대에 동참하는 일 같았다. 아버지는 소피에 게 간청했다.

"더 자주 편지 좀 하구려. 떨어져 있는 동안 당신 애정을 느낄 수 있는 유일 한 증거니까. 약속하겠소. 당신을 세상에서 가장 행복한 아내가 되도록 할 수 있는 모든 것을 하겠소. 당신에게 몹쓸 짓은 절대로 하지 않겠소. 오직 당신만 을 위해 살겠소."

대체, 레오폴의 이런 객기는 어디서 왔단 말인가? "나는 혼자 살기에는 너무 젊소. 여자들에게 무관심하기에는 너무 건강하잖소?" 이렇게 썼다.

빅토르는 구석에 웅크리고 앉아, 이유도 없이 울고 있었다고들 했다.

한 달쯤 지난 2월, 아버지를 따라 드디어 바스티아행 배를 탔다. 겨울 파도 에 흔들리는 배 갑판 위, 빅토르는 아버지 품에 안겨 있고, 형 아벨과 으젠느는 아버지 두 다리에 매달려 있었다.

"통통하게 살찐 예쁜 천사 얼굴의 세 갓난아이를 투구 속에 넣고, 엄마의 경 계를 받으며 가볍게 행군하는, 말하자면 거인 전사 같았다." 후에 위고 이야기 를 들은 생트-뵈브는 그렇게 썼다.

가슴 아픈 일이었다. 엄마를 대신한 아버지 군인. 그가 두려운 것은 소피가 틀림없이 라오리 장군을 다시 만날 거라는 예감이었다. 아닌 게 아니라 그녀는 파리에 부질없이 남아 있으며 편지 답장도 없었다.

"사랑하는 소피, 이 침묵이 더 고통스러웠소. 당신 소식을 전혀 듣지 못했으 니…. 오늘이 52일 째요. 만일 당신 일이나 당신을 흠모하는 어떤 남정네, 눈에 넣어도 안 아플 아이들에 관한 당신의 소신과 집착에 관해 정확히 알지 못하면 고통은 점점 더할 거요."

아이들은 곁에서 아버지의 분노, 질투가 불러오는 화풀이를 모두 겪었다. 그것은 날로 더해갔다. 복무 중 아이들은 방치할 수밖에 없었다. 그를 더욱 짓누른 것은, 아미엥과 영국 간 조약이 깨지고 난 후 임박해진 전쟁 때문이었다. 연대는 코르시카에서 엘바 섬으로 이동해야 했다. 레오폴은 고통스러웠다.

'편지 왕래는 한없이 늦어지겠지. 겨울에는 아예 못 받고. 전쟁 나면 완전히 막힐 텐데. 만일 내가 고립되고 나면, 만일 아이들과 함께 포위된다면!…'

이 고통은 또한 빅토르를 짓눌렀다. 그를 돌봄사에게 맡기려 했을 때 안 떨어지려고 아버지에게 매달렸다. 어느 코르시카 여자는 말했다. "아이가 엄청 슬퍼했어요. 코르시카 말을 한 마디도 못하는 여자와 함께 보낸 아이는 불만이 가득했지요." 레오폴은 소피에게 말했다. "아이가 차츰 적응은 하오만, 치아 때문에 내가 힘드오. 딴 건 몰라도 약 좀 가져다주오."

하지만 이 여자 곁을 역시 떠나야 했다. 겨우 친숙해졌을 때였다. 바스티아를 버리고 포르토-페라조로 가야 했다. 집들이 층층 계단식으로 된 엘바 섬 항구는 도통 매력이 없는 마을이었다. 거리는 일부만 포장되어 있었고 쓰레기와 오줌통이 즐비하고 돼지와 개들이 먹이를 찾아 누비고 있었다. 집들 역시 골목들처럼 더러웠다. 게다가 뜨거운 열기가 압도하고 있었다. 레오폴은 편지를 썼다.

"우리는 지금 불타는 지방에 있소. 모든 것이 끔찍할 만큼 모자라오. 물가가 미쳤소. … 큰 아이 작은 아이 아주 잘 지내고 있고 이탈리아어도 공부하고 있소. … 빅토르만은 이곳에 형들만큼 적응하지 못하는구료. 약질이오. 타고난 치아가 안 좋아 충치도 걱정되오. 그리스 히브를 주문해놓았소. 코르시카 사람들은 다들 이걸 쓰고 있고 지금은 바스티아에서 보내 와야 하오. 아이 머릿속에는 빵 생각뿐인데 그것도 귀한 상태이오. 게다가 아이는 딴 아이들 사이에서 지 형들 이름을 부르기도 하고, 다른 단어들도 더듬더듬하오. 걸음은 몇 발 옮기는 정도지만 안간힘을 써 걸음마를 하려고 야단이오. 여전히 뿌듯하오. 울음소리는 거의 못 들었소. 싹이 있는 최고의 아이요. 지 형들도 아주 좋아하오."

슬픔인가, 기쁨인가? 아이 빅토르 위고. 다른 문제였다. "엄마", "아빠" 아이의 이 첫 마디와 함께 나온 첫 마디는 이탈리아어였다. '카티바', 가정부에 대해 불만을 표하는 '나쁘다.'는 말이었다. 아버지의 존재, 그것만이 아이를 안심시키는 유일한 이유였다. 그리고 장차 빅토르에게 엘바 섬은 추억을 불러왔다기보다는 일종의 잔상이었다.

난 그 섬을 간 적 있지, 풍요로운 검은 잔해
장차, 깊은 추락의 첫 단계였지.[17]

그리고 그가 자신의 유년에 관해 말하고 싶었을 때, 엄마 역할을 대신한 군인 아버지를 떠올렸다. 이렇게 덧붙였다.

아이야, 둥둥둥 북 위에 내 요람이 놓였구나
나를 위한 철모 속에서 성수聖水가 나왔지
한 군인, 호전적인 군단은 나에게 그늘을 드리웠네
낡은 깃발을 자른 낡은 천 조각으로
내 요람의 모포를 만들었다네.[18]

그러나 그 군인은 날아 갈수록 자신의 역할에 질렸다. 자신에게 부재였던 것은 유년의 어머니만이 아니었다. 여자 또한. 그는 곱씹어 말했다.
'정욕이 뜨겁게 솟는 이 나이에…'
그리고 카트린느 토마, 갓 스무 살 여자가 다가왔다.
포르토-페라조 병원 재무관의 딸이라고들 말했다. 아버지는 횡령죄 전과자였다. 딸은 자기가 스페인 귀족 살카노 백작 부인이며 아나클레토 앙투완느 달메그 장교의 미망인이라고 주장했다.

그녀의 신분이 뭐가 중요한가? 1803년 여름이었다. 그녀는 자존심을 버리고 레오폴에게 달라붙었다. 레오폴은 소피에게 심정을 건드리는 편지를 쓸 수 있었다.

"다들 나더러 두문불출 한다고 난리이오. 당신은 오지 않고 내가 아이들을 데리고 있는 것을 다들 의아해하오. 다들 수군수군하고, 무언가 자꾸 나에게 되돌아오오. 그것은 말하지 않겠소."

그 편지투는 소피를 불안하게 했다. 그녀는 레오폴한테는 아무것도 얻지 못했다. 그렇다고 파리 체류를 연장할 구실을 찾을 수 있는가? 그녀는 재회하고 아이들을 데려가길 원했다. 그녀는 마르세이유를 향해 떠났다. 이어서 리부른느로 갔다. 거기서 그녀는 포로토-페라조 행 배를 탔다.

아들들이 거기 있었다. 부두 위에 서서.

그녀는 리보르노와 엘바섬 사이를 오가는 바바리 선박의 공격을 받았던 배의 뱃머리에서 그들을 보고 있었다. 막상 그녀를 환영하기 위해 리부른으로 돌아온 레오폴은 기운이 소진된 상태였다. 날아다니는 포탄 사이를 질주한 까닭이었다.

그는 영예의 남편, 끝내 그 이름을 얻어야만 했다.

하지만 삶의 조건은 가혹했다. 물도 구하기 힘들고 고기는 말라 버리고 빵은 칙칙했다. 레오폴은 혼잣말을 했다.

'난 짚동가리 위에서 삼을 사오. 시드가 없을 땐 속 매트로 만족하는 거라오.'

실은 그 침대 위에서 소피를 뒤집어 놓고 싶은데, 그녀는 종횡무진이었다. 이 상남자를 떠나, 빅토르 파노 드 라오리와 그 측근들, 나폴레옹 보나파르트에 저항하여 공화국과 왕의 이름으로 역모를 꾸민 몇몇 장교들과 밀착된 것도 벌써 13개월이었다. 슈앙파*는 자코뱅**과 연합하고, 카두달과 피쉬그루 장군은 모로와 연합했으며, 경찰 푸셰는 그들을 추격하고 있었다.

그녀는 거칠고 까다로운 성품인 이 남자를 견뎌내야 했다. 다행히 아이들은 둘 사이에서 지내며, 엄마와 다시 만나 행복해했다.

오, 어머니의 사랑! 결코 잊을 수 없는 사랑!
하느님이 함께하시어 열 배 풍성한 경이로운 빵!
언제나 아버지 집에 준비된 식탁!
저마다 제 몫이 있고 모두들 그것을 온전히 가졌으니!19

그런데 대체 '아버지 집'은 어디에 있단 말인가?

서로 싸우는 부모 목소리와 함께 문 처닫는 소리가 들렸다.

레오폴은 자신의 행복을 원했다. 아내를 데려다 행복하게 사는 것. 카트린느 토마는 어쩌다 만난 여자일 뿐이었다. "그러니, 여보 소피, 딴 여자 때문에 당신을 단념하진 않겠소. 그리고 우리 아이 하나를 더 갖는 게 좋을 것 같소."

소피는 발끈했다. 그녀는 더는 원하지 않았다. 레오폴의 불성실을 들추어냈다. 그를 피하고 싶고 비난하기 위한 구실이었다. 그녀는 모욕을 느껴 아이들을 데리고 가버렸다. 막 한 달이 지난 후였다.

11월이었다. 습한 바람이 불며 바다는 움푹움푹 패여 보였다. 리부른느 행배에 탄 아이들은 엄마 곁에 달라붙어 있고 빅토르는 품에 안겨 있었다.

또다시 이별, 상실이 시작되었다.

---

* Chouans. 올빼미 당. 장 슈앙(1757~1794)을 거두로 한 반혁명 단체.
** Jacobins. 당통·마라·로베스피에르를 필두로 한 혁명 단체.

후에 위고는 어린 시절 형들과 더불어 경험한 것을 기억하며 말했다.

"아이들 엄마 곁에서, 아이들 아빠 곁에서, 이별에도 불구하고 아이들 가슴은 따뜻했다. 둥지의 온기를 느꼈다. 그러나 가족은 빠르게 흩어지고, 폭풍이 닥쳤다. 아이들 엄마는 사무친 것이 많고, 아이들 아빠는 성격이 불같았다. 아빠가 있을 때는 엄마가 없었다. 둘을 한꺼번에 본 적이 없다! 가족이라는 몸통을 본적이 없으니, 어떤 사고思考가 겨우 형성되고 나면 소멸하고, 또 그 사고는 다른 사고를 몰아내고!"

1804

언젠가는 어머니께 말씀 드리리.

순전한 우유, 당신의 보살핌, 소원, 사랑…

파리 노트르-담-데 빅투와르 로 메사주리 호텔 앞에 베를린 마차가 멈추어 섰다. 2월 16일이었다.

두 살의 빅토르. 그는 벌써 직감했다. 알았다. 세상은 하나가 아니었다. 두 힘이 나뉘어 대치하고 있었다. 엄마가 있는 곳에 아버지는 없었다.

아이에게 소피는 결손缺損이나 다름없었으며 또한 지금 그는, 말은 많으나 다정하여 마카롱을 주고 요람을 흔들어주는 레오폴의 부재를 견디고 있었다.

여행 기간 내내, 포르트-페라조와 파리 시끌벅적한 거리 사이에서, 새삼스러운 상실감으로 엄마 품에 안겨 있었다.

매일같이 안심시켜주던 남자는 대체 어찌 된 것일까?

바다, 태양, 햇빛, 끝없는 지평선은 어디에 있는 걸까? 여기, 2월 하늘은 온통 회색이었다.

티볼리 정원 정면, 엄마가 살던 클리쉬 로 24번지 안마당으로 들어갔다. 안쪽에는 우물이 하나 있었다. 우물 곁에는 구유, 그리고 그 구유 안으로 가지를 늘어뜨린 버드나무가 한 그루 있었다.

그는 두리번거리다가, 구석진 곳에 앉았다.

위고 부인을 방문했던 법원 서기인 레오폴의 친구지금은 3개월 된 딸 아델의 아버지 피에르 푸셰는 '생기가 없고, 징징거리고, 옷에다 침을 질질 흘리는' 아이를 보았다. 빅토르가 낯선 불안을 또다시 느낀 날이었다.

예전, 마르세이유에서, 코르스에서, 엘바 섬에서 연이어 느꼈던 아버지의 불안. 지금은 엄마의 불안까지. 그리고 주위는 온통 투덜대는 소리였다.

푸셰 경찰관이 보나파르트 집정관에 대항하는 역모를 위해 피쉬그루 장군과 모로 장군, 카두달 올빼미를 체포한 사실을 소피가 확인했다는 것을 아이는 알 턱이 없었다. 그리고 보나파르트는 황제 등극을 선포할 거라는 발표가 있었다. 그가 앙기엥 공작 제거 명령을 하달한다는 말, 3월 21일 총살 예정이라는 말까지.

그들은 공모자를 쫓고 있었다. 빅토르 파노 드 라오리가 주범이었다.

소피는 가이옹 로, 빅토르의 대부代父 자택에 붙은 벽보를 읽었다. "키 5피트 2인치, 티투수 황제형 흑발, 검은 눈썹, 움푹 팬 부리부리한 눈, 노란 눈자위, 작은 매독 흔적의 안색, 냉소적인 웃음." 용의자 인상착의였다.

라오리는 클리쉬 로 19번지로 피신했으나, 불안했다. 주인을 신뢰할 수 없었다. 그리고 어느 날 저녁 소피의 집에 도착했다. 들것에 실린 채.

온갖 소문, 불안, 아파트에 드리운 그림자로 온통 음산한 분위기였다. 그리고 불안은 아이에게도 잔뜩 감돌았다.

한 남자가 아이의 삶에 들어왔다.

후에 그는 설명했다. "빅토르 파노 드 라오리는 공화국에 가담한 브르타뉴 신사였다. 또한 모로 그리고 브로통의 친구였다. 방데에서 라오리는 내 아버지를 알았다. 아버지는 그보다 스물다섯 살 아래였다. 후에 그는 라인강 부대의 고참이 되었다. 그는 둘 사이 의형제를 맺고 서로 목숨을 내놓는 사이가 되었다. 1801년 라오리는 보나파르트에 대항한 모로의 역모에 가담했다. 체포령이 내려지고 그의 머리에 현상금이 붙었다. 은신처가 없던 당시, 아버지가 집을 열어주었다. …"[20]

라오리를 맞아준 사람은 실은 아버지가 아니라 어머니였다. 그러나 성인 빅토르 위고는 어릴 때 알지 못했던 것, 또 아버지가 포로토-페라조에 머물렀던 것, 그후 코르스에서 새롭게 받은 영향을 알고 싶지 않았다. 아버지는 변론을 통해 자신이 겪은 고통을 설명하며, 깨진 아내와의 관계를 회복하려 했다. "제발, 소피, 가끔은 생각해주오. 당신의 빈자리를 메워줄 수 있는 것은 내겐 아무것도 없소. 한 마리 벌레가 내 속을 갉아먹고 있소. 나는 여전히 당신을 소유하고픈 욕망이… 가슴 깊이 당신을 꼭 끌어안아야만 하오. 당신 떠날 때 난 보았소. 오직 분명한 당신의 의지. 어떡하든 날 피할, 귀찮은 애무를 피할, 당신의 브르타뉴 상황이 너무 길어지는 것을 벗어날 생각… 내 나이, 내 기질, 너무 뜨거운 게 문제이지만, 다 그러려니 하고 살 수도 있는 것 아니오? 과오는 사실 당신에게 있다는 것을 아오."

그러면서도 그는 같은 말을 되풀이했다. "나는 사랑하지 않소. 그 누구도. 난 진실을 말하오. 난 언제나 오직 당신만을 사랑하오."

비난과 자신에 대한 변명에 꽂혀, 6월 14일 레지옹도뇌르* 기사 수여 사실을 말한다는 것도 잊었다.

소피에게 그 모두가 무슨 상관이람! 그녀는 대꾸하지 않았다. 그녀에게는 아들들이 있었다. "난 절대 적을 만들지 않는 성품으로 태어났소. 난 많은 사람들과 연을 맺었소. 당신이 나와 함께 있으면 불행해질 것을 알았소. 난 어떤 명분으로라도 당신을 멀리하고, 젊은 열정의 도가니에 빠지고자 애쓰는 자요."

---

* Légion d'honneur. 1802년 나폴레옹 1세가 제정한 프랑스 최고 권위의 훈장.

그녀는 레오폴의 이런 비방과 변명은 무시해버렸다.

그 모든 것, 빅토르 기억 속에는 불확실의 감정, 아버지 부재로 인한 슬픔, 그리고 엄마의 분노만 남았다. "아이들을 빼앗긴 것 같아 날마다 힘드오. 더 이상 내 것이 아니다 싶소. 하지만 이런 불평불만이 무슨 소용이 있겠소? 체념해야겠소. 내 스스로 나를 괴롭히는 일을." 이렇게 계속 속을 긁는 내용의 남편의 편지를 그녀는 죄다 거부했다.

마지막 희망.

"못할 일이 뭐 있소? 마지막 여행, 마지막 여행이오. 더 이상 환상이나 헛된 꿈은 갖지 않겠소."

빅토르는 잔뜩 움츠렸다. 침묵하는 아이. 와중에 축포가 터지고 파리 교회 종소리들이 일제히 울렸다. 나폴레옹 대관을 알리고 있었다. 노트르담 성당, 12월 2일이었다.

1805

어머니, 어머니 마음에 들려면 어떻게 해야지요?

보석? 명예? 왕관? 아니지요. 내 믿음이지요![21]

때는 3월 어느 날, 빅토르는 나폴레옹 대관 원년을 알리는 온갖 축복의 종소리를 들었다. 9월이면 나폴레옹은 이탈리아 황제가 된다. 그리고 대육군 군사들은 라인강을 건넌다. 빅토르가 들은 종소리는 12월 2일 오스트리아 전장戰場 위로 떠 오른 태양을 향한 경배였을 수도 있다.

그러나 그는 교회, 분향, 기도 소리, 무릎 꿇은 믿음, 바닥까지 숙인 머리, 다 무시했다.

"엄마는 기도를 좋아하지 않으셨다. 강하고 냉정한 여자는 교회에 들어가 본 적이 없다. 교회 때문이 아니라 신부들 때문이었다. 엄마는 하느님을 믿고 영혼을 믿었다. 그 이상도 이하도 아니었다. 나는 엄마 평생에 이 단어 쓰는 것을 두세 번 그 이상은 들은 적이 없다. 바로 신부란 단어였다. 엄마는 신부들을 피했다. 그들과는 절대 말을 섞지 않았다. 신부들에 대한 무언의 냉정을 지녔었다."

그녀는 그들에게 빅토르를 맡기지 않았다. 후에 몽-블랑 로에 있는 학교에만 보냈다. 아직은 어렸다. 서너 살 먹은 빅토르를 집사의 딸 로즈가 자기 방에서 돌보았다. 그녀는 아이를 침대 위에 앉혀놓았다. 빅토르는 어린 누나가 '양

말 신는 것'을 지켜보았다.

실로 낯선 광경이었다. 새로운 동작, 양말을 쓰다듬는 두 손, 언제나 숨겼다가 느닷없이 발가벗겨지는 두 발, 두 다리. 황홀했다. 그 풍경이 다시 돌아온 어느 날, 누나는 빅토르를 교실 창문 앞에 데려다 주었다. 그리고 그날 비가 내리는 모습을 바라보았다.

빗물이 넘쳤다. 파리 거리가 온통 잠겼다. 빅토르를 데리러 오지 못했다. 기다려야 했다. 불안 그리고 버려진 느낌으로. 이제 거기 아버지는 없었다. 그리고 엄마 역시 다시 부재였다

그런 아이였다. 자기를 돌보는 이들이 그를 안심시켜놓고는 사라지곤 하여 고독을 당할까 하는 두려움으로 늘 슬픔에 휩싸였던.

단지 홍수가 난 그날 단 몇 시간의 기다림이었으나 그것은 후에 갓난아이 시절의 감정을 다시 불러일으켰다.

그는 경계심 많은 민감한 아이였다. 그는 어머니가 자신의 처지를 힘겹게 헤쳐 나가고 있다는 것을 알았다.

어머니 역시 아들 눈치를 보고 있었다. 그녀는 레오폴의 편지에 늘 답하진 않았다. 레오폴은 이탈리아에 있는 마세나 부대로 전출했다. 그는 비센자로 향하는 길에 오스트리아와의 칼디에로 전투에서 영웅심을 발휘했다. 그는 바사노로 들어갔다. 그리고 밀랑에서는 군수품 보급으로 부자가 된 친구 피에르 푸셰를 만났다. 그는 남쪽으로, 이어 조셉 보나파르트의 명에 따라 마세나로 진군했다. 몰아내야 할 부르봉 왕가가 통치하는 나폴리를 공격해야 했다. 프랑스가 공격받았던 것처럼.

편지에서, 레오폴은 소피 곁에서 계속하여 자신의 행동을 변명했다. "난 필요에 따라서만 여자들을 찾는 거요. 마음은 오직 당신에게 있소."

사실 그는 이런 상황에 대한 어떤 책임감도 없었다. 하기는, 결혼을 원한 것

은 소피였다. 그는 아내와 거리를 두고 높임말을 썼다.

"생각해보오. 내가 당신과 결혼해야 했을 때 당신 아버지로부터 무언가 받으려니 기대하도록 나를 만들었소. 결국 아무것도 없었소. 그리고 만일 당신 잘못이 없었다면 그 모든 비난이 나에게 더는 쏟아지지 않았을 거요. 난 이때나 저 때나 작은 돈에 대한 욕심을 내려놓을 수 있었소. 그런데 당신은 그렇지 않았소. 당신은 때로는 내 조국을 사랑하지 않아서였고 때로는 당신 것만 챙기고 싶었던 까닭이오. 지금은 모든 것이 소진되었소.

되풀이해 말하지만, 난 절대 가족을 버릴 남자가 아니오. 그렇지만 난 당신에게 언약한 것만 행할 수밖에 없소."

빅토르는 어머니의 아린 마음을 읽었다.

그 남자, 라오리, 그는 한 때 클리쉬 로 24번지에 살았다. 그리고 그 집을 떠나고도 종종 돌아오곤 했다. 아이들을 멀리하면서든 몽-블랑 로에 있는 학교에 빅토르를 데려다 주면서든 그것은 늘 다시 듣는 속삭임 같은 것이었다.

그는 창가에 자리를 잡았다. 수업을 따라가기에는 너무 어린아이였다.

그는 나폴레옹 숙부인 페쉬 추기경의 호텔 공사장에서 분주하게 일하는 일꾼들을 볼 수 있었다. 그들은 기중기로 깎은 돌들을 들어 올렸다. 밧줄이 내려왔다. 일꾼 하나가 올라가는 돌묶음에 올라갔다. 느닷없는 채찍질과 함께 밧줄이 끊어지고 돌이 떨어지면서 일꾼을 질질 끌고 가다가 땅바닥에 뭉개 버렸다. 날카로운 돌 모서리 밑에서 선혈이 쏟아졌다.

그 사나운 죽음은 바로 빅토르의 기억에 입력되었다.

1806

내 불안한 영혼 속에 전쟁의 꿈이 있네.
나는 군인이 되었으리라, 만일 시인이 되지 않았다면…

그 깔려 뭉개진 남자, 빅토르에게 그것은 단순히 막연한 잔상이 아니었다. 이미 특별한 기억이 되었다. 그리고 그후로도 매일같이 특별한 사건, 이름, 감정은 네 살짜리 아이의 기억 속에 각인되었다.

그는 엄마의 기분에, 신경질에 더욱 민감했다. 엄마의 상태는 아들들만 기르는 서른네 살 여자가 일에 쫓기고 화가 났다는 것을 뜻했다. 사실 그녀는 아이들에게 온화하고 세심하고 애정이 넘쳤다. 그러나 그녀는 자기를 둘러싼 세상에 맞섰다. 라오리를 찾아 클리쉬 로를 서성이는 푸셰 경찰, 바닥난 돈에 반항하여, 조셉 보나파르트가 부르봉 광장에서 황제 즉위식을 가진 이래 나폴리에서 승진 특혜를 입은 듯한 레오폴에 반항하여 일어섰다. 레오폴은 루아이얄-코르스 연대의 대대장에 임명되었다.

그런데 소피가 나폴리로 돌아가자는 말을 하자 그는 거부했다.

"당신은 그런 여행에 드는 비용을 잇었소? 난 여행비를 어디서도 구할 수 없다는 걸 모르오? 충분히 생각해보았소만, 허다한 내 허물로 인한 당신의 걱정, 언제나 접을 수 있소? 곧 떠난다 해놓고는 나를 놓아주지 못하는 게 대체 누구 때문이오? 당신은 파리에서 아이들 교육이나 신경 썼으면 좋겠소. 더 행복한 시간이 우리를 위해 빛날 때, 합치는 것을 생각할 수 있을 거요. 맘 편히 갖고, 절대 괴로워하지 마오. 당신은 나보다 더 행복한 사람이오. …"

끊어졌다 이어졌다. 일년내 계속된 말씨름 "제발 당신 소식 좀 주오.", "솔직히 말해주오. 이런 짓 이젠 지겹다고….", 수 없는 반격들, "안정된 일자리도 얻기도 전에, 마음이 좀 편해지기도 전에 당신은 재회의 희망을 꺾어 버렸소. …" 빅토르는 무슨 연유인지, 무슨 일이 나는지도 몰랐다.

그는 라오리의 운명으로 인한 소피의 고통을 전혀 알지 못했다. 추격받는 자, 불치의 턱 떨림병이 있는 라오리였다. 휴유증이 심했다.

무엇인가 점점 위험의 조짐을 느꼈다. 그것은 엄마를 괴롭히고, 아버지로부터 멀어지도록 만들었다.

그 악당은 부르봉 왕가에 의해 전쟁의 수괴가 되고 또 공작公爵이 되었다. 그리고 프랑스인에 대항하도록 나폴리 왕국 농민을 부추겼다. 그를 추격하여 체포하는 데 성공한 이가 바로 레오폴 위고였다. 11월 10일 처형 예정이었다.

그 후, 그 프라 디아볼로*라는 이름은 위고의 기억 속에 다시 떠오른다. 1830년, 다니엘 프랑수아 오베르의 오페라 「프라 디아볼로 혹은 오스텔르리드 테라신느」를 파리 무대에 올렸다. 으젠느 스크리브와 카시미르 들라비뉴가 대본을 썼다.

그는 말했다. "프라 디아볼로의 모험은 전설적 평판을 받았다. 대로의 도둑이자 고향의 수호자, 정의와 살인이 뒤섞인 그는 역사적 평가가 보류된 채 소설가들의 상상에 맡겨졌던 인물 중 하나였다."

그 낯선 이름 프라 디아볼로는 나폴리에서 95km 떨어진 인구 약 1,500 명

---

* Fra Diavolo. 남 이탈리아 게릴라의 수령으로 나폴리를 점령한 프랑스 혁명군과의 전투에서 용맹을 떨쳤으나 결국 체포되어 교수형을 당함.

고을의 수령 아벨리노와 함께 빅토르가 집착했던 이름이었다. 거기서 레오폴 위고는 프라 디아볼로와 싸워 승리한 공로로 조셉 보나파르트로부터 총독 임명을 받았다.

아이는 들었다.

그는 엄마가 떠날 채비를 한다는 것을 알았다. 파리에는 더 이상 가진 것도 없고, 은신 중인 라오리를 더 이상 만날 수 없는 데다 레오폴만이 자기들의 앞날을 책임질 수 있다고 생각했다.

레오폴은 나폴리로 돌아와서 조셉 보나파르트가 마침내 자신을 로얄-코르시카 연대장에 임명했다고 밝혔다. "나는 수일 내 다시 떠난다. 떠나기 전에 어떻게든 왕실 군사학교에 아벨 자리를 마련할 것이다. 물론 으젠느 자리도."

아벨 여덟 살, 으젠느 여섯 살이었다. 이런 계획을 들은 아이들은 기고만장했다. 빅토르에게 해준 약속은 기껏 "좋아하는 사탕을 이만큼 사주마"였다. 형들이 갖는 꿈이 빅토르에게는 그림의 떡이었다. 그 기억들은 후에 그에게 영향을 주었다.

> 내 불안한 영혼 속에 전쟁의 꿈이 있네
> 나는 군인이 되었으리라, 만일 시인이 되지 않았다면…
> 내가 전사들을 좋아하는 것을 놀라지 말라
> 종종, 침묵의 고통 속에서 나는 그들을 생각하며 눈물 흘리노니
> 알았다네, 그들의 사이프러스가 우리의 월계수보다 더 아름다운 것을.22

1807

우리들 승리의 진지陣地와 함께, 굴종의 유럽 속에서

나는 방랑하였으며, 삶에 앞서 대지를 누비고 다녔네…

빅토르 위고, 몇 달 후 여섯 살이 되었다.

때는 12월, 그는 파리를 떠난 마차 안에서 추위로 떨고 있었다. 비는 차창을 때리며 들이치는 바람에 다리와 어깨가 얼었다.

그는 엄마와 형들에게 찰딱 달라붙어 있었다. 바퀴가 구를 때마다 마차는 바퀴자국들로 움푹움푹 팬 길에서 홀러덩 뒤집어질 것만 같았다.

벌써 알고 있었다. 겨울 구름 속에 휘감긴 알프스 봉우리들, 이탈리아에 도착하기 위해서는 몽-스니 산들을 넘어야 했다. 그리고 나폴리를 향하여 달려야 했다. 이 여행에서 예고 없는 아버지를 만나기 위해서였다.

벌써, 단 며칠 만에 클리쉬 로의 낯익은 집, 몽블랑 로의 학교는 한적하고 행복해보였다. 어느덧 마차는 눈으로 덮인 산비탈 속으로 접어들었다. 그리고 몽-스니 산 고갯마루였다. 여기를 넘으려면 마차에서 내려야만 한다.

빅토르는 엄마와 함께 가죽과 풀판으로 바람막이한 썰매를 타고 미끄러져 내려갔다. 아벨과 으젠느는 노새 등에 엎혀 오르락내리락 했다. 이윽고 안개에 휩싸인 낯선 계곡으로 접어들었다. 회색 무더기 같이 층층이 덮인 낯선 수사양

식의 슬레이트 지붕이 나타났다.

다들 배가 고팠다. 어느 양치기 움막 안에 들어가 구운 독수리 다리 살을 먹었다.

마차는 물이 범람한 파르마를 향해 포의 계곡을 터덜터덜 굴러갔다.*

모질게도 추웠다. 부랴부랴 마차 바닥에 짚동을 깔았다. 그리고 가끔 아이들은 차창에 나뭇가지로 십자가를 그렸다. 농부들이 쳐다보며 성호 긋는 것을 발견하고는 놀라 깔깔대며 웃었다.

여행은 몇 주나 계속되었다. 그래도 하루하루가 놀라움이었다. 빅토르는 눈에 보이는 것은 죄다 두 눈에 담아두었다.

목 타는 호기심은 종종 가슴을 후비는 두려움을 가려주었다. 그는 돌진하는 정복자처럼 정지된 공간을 횡단 하는듯한 짜릿한 느낌이 들었다.

우리들 승리의 진지와 함께, 굴종의 유럽 속에서

나는 방랑하였으며, 삶에 앞서 대지를 누비고 다녔네

[…] 높은 스니 산, 독수리가 아득한 바위들을 사랑하는 산

그는 들었네, 눈사태 포효하는 은신처

내 유년의 발자국 아래 울리는 태고의 얼음덩이들의 굉음.23

차츰 하늘이 갰다. 별안간 눈부신 기억, 마르세이유와 코르시카와 엘바 섬을 떠올리는 태양이었다. 그리고 아버지와의 재회를 알리는 듯한 푸른 광선 속, 반짝이는 바다의 실루엣이 머리에 떠오르며, 로마, 우르브 황톳길, 테베르 강, 카스텔 산탕젤로, 석상들, 로마 유적들이 함께 떠올랐다.

빅토르는 지치지 않고 그 빛깔과 이미지들을 응시하고 기억 속에 묻었다.

---

* 수사(Suse), 파르마(Parme)는 이탈리아 지명, 포(Po)는 이탈리아의 강 이름.

후에 그의 유년을 이야기할 때 무수한 소재가 될.

아디제, 아르노*를 향해

론 강변에서 온 나는

서방西方의 장엄한 바빌론에 사노니

언제나 무덤 깊은 곳에 살아 움직이는 로마

폐허의 왕좌 위에 앉아있는 세상의 여왕

파편이 된 자줏빛과 더불어.24

그러나 마차는 아부르초**를 떠나 남쪽으로 향하고 풍광은 다시 바뀌었다. 불모의 돌밭 여기 저기 나무들이 솟아올라 있었다. 그리고 빅토르는 종종 보았다. 나뭇가지에 걸린 이들, 갈가리 찢긴 시체들, 태양에 말라버린 유해들. 여행자들을 겁탈하던 대로 상의 강도들은 그들에게 예고된 운명을 생각케 했다.

몽-블랑 로, 으스러진 노동자들의 몸을 회상하게 하는 죽음들을 눈에서 지울 수가 없었다. 그것은 그의 기억 속에 점점 더 깊이 새겨진 세상과 인간의 잔혹함이었다.

마지막 산 고개 정상, 별안간 나폴리 만을 보았다. 해변가를 두른 하얀 목걸이 같았다. 그리고 길게 뻗은, 분화가 솟구치는 높은 산악에 짓눌린 도시를 보았다. 눈을 크게 떴다. 모든 것을 보고 싶었다. 풍광과 향취를 통째로 삼키고 싶었다.

---

* Adige, Arno. 이탈리아의 강 이름들.

** Abruzzes. 이탈리아 남동부 지명.

나폴리, 향기로운 기슭, 봄이 정지된 곳

그리고 이글거리는 궁창으로 덮인 불타는 베수비오

어느 축제의 목격자, 질투의 전사는

그의 피 묻은 투구를 꽃밭 가운데에 내던지고.25

그리고 오색찬란한 제복, 위풍당당하게 전진하는 두 장교, 그들은 올 초 엘리오 전투에서 빛을 발한 루이 위고의 아버지 그리고 숙부였다. 아버지는 자기 형을 나폴리에서 재회했다.

두 사람은 빅토르를 두 손으로 번쩍 들어 올렸다. 태양 가득한 광장에 마차가 도착했다. 오색찬란하고 시끌벅적한 나폴리 군중이 들끓고 군인들은 종횡무진하고 있었다.

내 욕망은 찬탄했네 그리고 날쌘 경기병

그의 용맹한 가슴은 금단으로 장식했네

민첩한 창기병들의 흰 깃털 장식들

그리고 용들은 괴기한 그들 투구 위에서 녹는데

준마의 검은 말총에 붙은 호랑이의 검은 반점.26

1808

프랑스, 내가 사랑하는 그 이름을 떠듬떠듬 불렀을 때

그 낯선 이의 얼굴을 하얗게 만들었네…

빅토르는 마침내 곁에서 부모를 바라보았다. 둘로 갈라진 세상이 문득 하나로 된 것 같았다. 아버지가 함께 놀아주었다. 아버지는 말했다. "넌 루얄-코르시카* 명부에 등재된 거란다." 아이는 '날쌘 경기병', '민첩한 창기병', 용을 상상했다.

그는 태양 가득한 도시를 좋아했다. 거친 빛깔들, 주홍빛 붉은 모자와는 대조적인 검은 사제복. 가난, 때에 찌든 바로크 모자. 그는 푸셰의 정원에서 놀았다. 아델 그리고 외삼촌 빅토르와 함께 군 납품업자들이 주둔하고 있는 나폴리. 우리는 서로 오렌지를 던지며, 1년 내내 늘어지게 쉬는 휴가처럼 아무런 규율도 없이 살았다.

하지만 불과 며칠 안 되어, 가족이 하나가 되는 꿈은 악몽이 되었다. 빅토르는 머릿속에서 몰아내고 싶었으나 견뎌내야 했다.

그는 침묵 속에 틀어박혔다. "돌아보면 아이는 자신이 하고 싶은 말 아니고는 단 한 마디도 안 했다." 레오폴은 말했다.

---

* 루얄 코르시카 제 100 연대의 약칭.

빅토르는 부모 간 상극의 폭풍을 겪었다.

아버지는 아벨리노*에 있는 총독 궁으로 귀환했다. 아내와 아들들은 나폴리에 남겨둔 채. 빅토르는 엄마가 퍼붓는 경멸하는 말을 들었다.

"이년, 카트린느 토마⋯." 소피는 말하곤 했다.

아벨리노에서 레오폴은 스물네 살 어린 정부情婦와 부부처럼 살았다. 결국 그는 아내더러 어서 오라고 사정하지 않았다. 소리치며 써보냈다.

"당신은 주관이 너무 세단 말이오! 내 아는 이들은 아무도 나를 비난하지 않소. 한 가지 분명한 이유를 설명하려면 다른 과오는 제쳐놓고 말해야 할 것이오. 치명적인 상황에 대한 기억을 진정시키는 것은 시간뿐이오. 아이들은 부모에 대한 존경을 잊지 않도록 키우시오. 적절한 교육이 필요하오. 돌보는 일을 하루라도 소홀히 하면 안 되오. 아이들에게 집중합시다. 우리 둘 사이는 합일이 어렵다는 건 이미 확인되었소. 우리의 별거로 아이들 미래 행복에 대한 꿈이 뒤바뀌었다면, 교육으로 그리고 돌봄으로 꿈을 되찾아주어야 하오."

어둡고 창백한 엄마의 얼굴, 나폴리 궁의 방에 갇힌 채 나타내는 엄마의 태도에서, 빅토르는 아버지에 대한 분노와 증오를 읽었다.

어느 날 불볕더위의 구불구불한 길을 따라 아벨리노로 갔다. 낡은 총독궁을 발견했다. 천장은 금이 가 있었고 카트린느 토마는 단 며칠만 죽어지냈다.

소피와 아이들은 나폴리로 돌아왔다. 그후 빅토르는 단지 '한 통 속 가족'이라는 생각 뿐, 게다가 엄마에게 집착하고 쥐어짜게 하는, 버림받았다는 생각 말고는 아무것도 없었다.

레오폴은, 6월에 서로 만났던, 형 덕으로 스페인 왕에 즉위한 조셉 보나파르트와 재회하기 위해 스페인으로 떠날 거라고 말했다. 그리고 7월부터 조셉은

---

*남 이탈리아 지방 이름.

레오폴을 긴급 호출했다. 스페인 사람들의 봉기 때문이었다. 그들은 5월 2, 3일 양일간의 폭동을 시작으로 마드리드에서, 프랑스인에 대한 무자비한 게릴라전을 폈다. 레오폴은 프라 디아볼로에 맞서 혁혁한 전공을 세웠다. 보나파르트는 이를 기억하여 그를 로얄-에트랑제 연대장에 임명했다.

당연히, 그는 카트린느 토마와 함께 떠났다. 아내와 아들들은 나폴리에 남겨둔 채. 그리고 그는 스페인에 있으면서 훈계했다. 소피가 분을 삭여가며 말을 들었다. 그는 이렇게 써보냈다.

"아이들은 어떡하든 교육을 받아야만 하오. 아이들 진로는 내가 책임지오. 우리 둘이 서로 만들어 놓은 단절을 아이가 겪지 않도록 해야 하오. 아이들은 단절을 전혀 몰라야만 하오. 그리고 우리 둘 사이의 모욕적인 말싸움에 끼어들지 않도록 특별히 주의해야 하오."

빅토르는 엄마가 마음에 상처받은 사실을 다 알았다. 레오폴은 별거를 너무 쉽게 인정했다. 무관심으로 얻어낸 꾀로써. 카트린느 토마는 그의 곁에 있었다. 소피의 '마녀'를 어찌해야 한단 말인가? 소피는 현실을 인정하지도 않고 그를 비난했다. 나폴리에 머무는 동안 그녀는 또 임신했다고 주장했다. 그는 아이를 '즉시 떼 낼 숙련된 아무개'를 찾아보라고 요구했다. 또 그는 목소리를 깔고 말했다.

"함께 살 수 없다는 것은 다 확인했잖소. 우리 아이들을 위해 공개적인 별거가 불가피하오. 아무튼 날 위해서나 당신을 위해서나 아이를 잘 길러야 하오. …"

가을이 가고 겨울이 왔다. 때로 격렬한 소나기가 나폴리를 때렸다. 강렬한 햇볕 대신 회색빛과 검은빛으로 뒤덮였다. 빅토르는 황량한 지중해 풍광을 서럽도록 느꼈다. 엄마의 기분은 하늘과 같이 우울하기만 했다.

12월 말쯤 그들은 나폴리를 떠나 블로뉴와 밀랑을 향했다. 이어서 리옹에서 파리 행 정기노선 마차를 탔다.

빅토르는 거의 6주나 계속되는 여행 중 주위 풍광과 사람들을 꼼꼼히 살폈다.

패배한 열방들, 나는 무방비로 지났네

그리고 그들의 두려운 존경심은 내 유년을 놀라게 했지

애처로웠던 시절, 생각해보면 난 보호받는 것 같았네

프랑스, 내가 사랑하는 그 이름을 떠듬떠듬 불렀을 때

그 낯선 이의 얼굴을 하얗게 만들었네 . …27

1809

어머니는 말씀하셨지

"실컷 놀아라, 화단에는 들어가지 말고, 사다리에 올라가면 안 된다."

빅토르는 첫 여행의 추억을 간직했다.

그리고, 여전히 어린 시절, 보호소 노인들

내 이야기를 들어주셨지, 내 귀여운 입,

나의 날들은 너무 적었으나 그 속은 이미 그득 찼네![28]

그러나 2월 7일 포스트 호텔 광장에 마차가 멈추어 섰을 때, 낯선 파리 풍경에 그는 다시 불안해졌다.

아버지, 힘센 아버지, 힘찬 목소리, 금장으로 뒤덮인 제복, 허약한 일곱 살아이가 폭 안겨 보호받으며 마냥 포근했던 품, 그리고 주변을 에워싸고 있던 그 모든 군인들, 그 중에는 루이 숙부도 있었다. 모두가 한동안 그가 살았던 나폴리 궁전이나 아벨리노 궁전처럼 시나브로 꿈같이 아스라해졌다.

빅토르에게는 부모가 서로 주고받은 편지는 알고 싶지 않았다. 둘 사이의 사랑도, 애정도 더는 궁금하지 않았다. 레오폴은 곱씹어 말하곤 했다.

"소피, 나는 당신에게 매번 편지를 쓰는데 당신은 한 번도 답장을 하지 않는

구려. 당신이 답장하지 않는 까닭을 나는 잘 아오. 연금을 꼬박꼬박 넣어주니, 아쉬운 줄 모르는 까닭이오."

사실 그는 소피에게 해마다 4천 프랑을 쏟았다. 사는데 모자람이 없었다. 사치만 부리지 않으면 편히 살만한 돈이었다.

그러나 빅토르는 안정이 되지 않았다. '가족이라는 둥지'는 점점 부서지고 있었다. 열 한 살인 형 아벨은 고등학교 기숙사생이 되었다. 식구들은 클리쉬 로의 아파트를 떠나 생-자크 로 250번지의 더 작은 아파트로 이사했다. 둘은 차례로 방치되었다. 게다가 소피는 빅토르와 으젠느를 데리고 낯선 집을 찾아갔다.

푀이앙틴느의 막다른 골목에 들어섰다. 양 옆으로 생-자크 로 261번지와 263번지가 있었다. 나뭇가지들이 길목 한 쪽을 뒤덮고 있었다. 12호의 집에 다가갔다. 드디어! 철 대문이 열렸다. 마당 깊은 집이 눈에 들어왔다. 드넓은 정원과 방들, 포도원, 마로니에 오솔길, 마른 정화조, 그리고 "정원 깊숙이 반파된 옛날 제단을 가리고 있는 거목들이 있었다. … 29"

빅토르와 으젠느는 엄마 손을 뿌리치고는 정원을 뛰어다녔다. 처녀림이라도 본 듯했다.

"벽 위에, 벌레먹고 못들이 촘촘 박힌 과수 지지대 사이에 성체 안치소와 성모상 고물들, 십자가 조각들이 보였다, 여기 저기 '국유재산'30이라고 찍혀있었다."

아이들은 소피에게로 다시 왔다. 소피는 볕이 밝고 새들 노랫소리 가득한 식당과 거실, 그리고 방들을 주인과 함께 돌아보고 있었다.

남자는 설명했다. 그 집은 본래 푀이앙틴느 수도원이었고, 1622년에 안느 노트리쉬라는 여자가 소유주였고, 혁명 당시 국가가 사들였다고 했다.

위고 형제는 '드넓은 수도원 방들, 폐허 속, 둥근 천장 아래'를 뛰어다녔다.31 빅토르는 자신이 어린 시절 살던 집을 보는 듯 했다.

옛 오라투와르의 사제 라 리비에르는 혁명 당시 박해를 피해 결혼을 하고, 생자크 로에 학교도 세웠다. 그는 두 아들들에게 불어, 라틴어, 그리스어를 가르쳤다.

피에르와 안느-빅투아르 푸셰의 아이들, 아델과 빅토르가 정원에 놀러 왔다.

마로니에 나뭇가지에 그네를 걸고, 정화조 위를 뛰어오르고, 덜덜 떨며 '귀머거리' 괴물 이야기를 들었다. 괴물은 우물 바닥에 숨어 있다고 생각했다. 얌전히 좀 놀라는 말에는 아랑곳하지 않고 예배당까지 달음질치며 놀았다.

이따금 모든 동작이 멈추었다. 멀리서 대포 소리가 쾅쾅 울렸다. 팡파르와 기마경찰대 소리가 들렸다. 파리는 황제의 새로운 승리를 축하하고 있었다. … 빅토르는 고개를 들었다.

"푀이앙틴느 정원을 압도하는 돔 두 개가 있었다. 그중 가까운 하나는 거대한 검은 건물, 발-드-그라스 성당이었다. 첨탑에서는 불꽃이 튀는 듯한, 마치 백합 문향의 찬란한 교황관敎皇冠 같았다. 멀리 보이는 다른 하나 거대하고 유령 같은 팡테옹, 원형 주위는 마치 자신의 천재성을 기리기 위한 원형의 별들을 소유하고 있었다. 마치 그가 떠받드는 모든 위인 영령들의 면류관을 헌정하는 듯했다.32"

음악, 환호성, 축포가 마음을 끌어 당겼다.

그는 엄마의 감시를 피해 푀이앙틴느 긴 골목길을 달렸다. 그리고 생-자크 로에서.

웅장한 축제, 어느 날, 팡테옹에서
내 나이 일곱 살, 나폴레옹 행차를 보았네

영화롭고 장중한 모습을 보려고

난 마침내 엄마의 둥지를 탈출했네

그는 이미 내 불안한 영혼을 사로잡았지

하지만 온화한 눈을 가진 엄마, 때로는 두려운.

전쟁, 폭력, 전투 이야기에 귀 기울였지

군중이 무서웠네, 나는 꼬마였으니

그리고 내게는 충격, 신성한 두려움이었지

장엄한 행렬 선두에 황제가 보였을 때

[…]

그는 영광의 팡파르 속 한바탕 소동 속에 나타난 군주였네

말없이 근엄하게 지나는, 마치 놋으로 만든 하느님 같은![33]

그리고 빅토르는 정원으로 돌아왔다. "난 꽃 속에서 살았다. 이 푀이앙틴느 정원에서 살았다. 거기서 어린애처럼 서성였다. 마치 어른처럼 방황 했다.[34]"

그는 미나리 아제비와 메꽃*을 꺾었다. 라 리비에르가 다가왔다. 그는 책을 한 권 들고 있었다. 빅토르는 정원 깊숙이 풀덤불까지 갔다.

"나뭇가지 사이로 옛날 예배당을 보았다. 창문은 다 부서져 있었고, 안쪽으로 기이한 상감 문양의 벽이 보였다. 창으로는 새들이 드나들며 거기서 둥지를 틀었다. 하느님과 새들, 그것은 언제나 함께 간다.[35]"

그는 자기 방으로 올라갔다. 검은 액자로 된 작은 그림을 몇 번이고 꼼꼼히 들여다보았나. 침내 위에 고정되어 있었다. 깊고 검은 물로 둘러싸인 채 곰팡이가 핀 낡은 탑… 상상력이 마음껏 방황하도록 자신을 내버려두었다. 밀운密雲, 탑을 둘러싼 산들도 있었다. 그는 기도를 올렸다.

---

* 숭고함, 충성을 상징하는 꽃들.

매일 매일이 그랬다. 퓌이앙틴느에서는 날마다 발견, 그리고 몽상이었다. 변함없는 신비를 감추고 있는 정원과 저택을 탐색했다. 라 리비에르가 방금 가르쳐준 것, 라틴어 구절, 그리스어 텍스트들을 지금 눈앞에 보이는 것을, 자신의 상상과 함께 버무렸다.

어머니는 말씀하셨지
"실컷 놀아라, 화단에는 들어가지 말고,
사다리에 올라가면 안 된다."
아벨은 형, 난 땅꼬마
우린 끝내주게 맛난 **빵**을 먹고
여자들은 하하 호호 하고, 우린 여자들 치마 자락에서 보냈네

우린 수도원 다락에 올라가 놀고
거기서 실컷 놀며 종종 보았지
서랍장 위, 손이 안 닿는 곳에 놓인 책 한 권

하루는 검은 책이 있는 곳까지 기어 올라가
그걸 만져 보려고 얼마나 난리를 폈던지…
하지만 또렷이 기억해, 성경책
[…]
사방에 걸린 그림들! 얼마나 행복했던지! 얼마나 흥분했던지!
[…]
우린 매일 아침 세 장씩 읽었지
요셉, 룻과 보아스, 착한 사마리아인
그렇게 매일 빠져들었지, 밤마다 읽고 또 읽으며.36

다음날, 놀이는 다시 시작되었다. 어린 아델을 빙 둘러싸고 놀리고 달래고 했다. 빅토르는 으젠느와, 아델의 그네를 서로 밀어주겠다고 다투었다. 형 빅토르 푸셰와도 투닥투닥 했다. 죽어라 싸웠다. 맞고 패며, 멍이 시퍼렇게 들도록 주먹을 날리며.

시간이 지나갔다. 행복한 날들이었다.

"제1제정 시절*, 삼형제가 자란 것은 바로 이 집이었다. 형제는 함께 뒹굴고 함께 공부했다. 미래를 스케치하고, 운명은 모를 일, 언제나 봄이었던 유년, 책을 좋아하고, 나무며, 구름을 좋아하고, 가만가만 지저귀는 새소리, 부드러운 웃음으로 돌봄을 받던 시절. 복 받았지, 오 울 엄마!37"

그는 보았다. 앵발리드의 축포가 쾅쾅 울리던 어느 날 저녁, 하늘은 불꽃놀이로 번쩍였다. 바그람 승전을 축하하고 있었다. '구백 개의 불 아가리'가 뿜는 거대한 승리였다. 그 때였다. '나무들 사이로 언뜻 언뜻 보이는 거구의 남자'를 만났다.

남자가 다가왔다. 빅토르는 얼굴이 하얘졌다. 남자는 소피와 몇 마디 주고받더니 무언가 중얼거렸다. 그리고는 빅토르 어깨 위에 손을 얹고 말했다.

"얘야, 꼭 기억하여라. 모든 것에 앞서는 것, 그것이 자유란다."38

빅토르 파노 드 라오리였다. 추방자. 그는 예배당 안에서 살았다.

빅토르는 레오폴이 알아차리기 전까지는 엄마가 그 남자를 맞아준다는 것을 알고 싶지 않았다. 그리고 아이물론 장차 어른이 되어서는 푸셰 경찰에 쫓기는 한 친구에게 문을 열어준 어느 아버지에 대한 이야기를 했다.

그런데 지금 예배당 안에 숨은 그 남자는 그나마 행복했다.

그는 가족과 함께 식탁에 둘러앉아 식사하고, 정원을 다듬고, 책을 읽고, 꽃 가운데 앉아 지내곤 했다. 그는 자기 이야기를 아이들에게 들려주었다. 라틴

* 1804년~1815년.

작가들 작품을 해석하기도 했다.

빅토르는 그를 '대부代父'라 불렀다. 그리고 그를 존경하는 눈으로 대했다. 라오리는 예배당에서 살았다. 다 깨진 유리창 안으로 눈비가 들이쳤다. "그는 제단 뒤에 군용침대를 깔아놓았다. 한 쪽 구석에는 권총, 그리고 우리들에게 들려주던 바로 그 타키투스* 전기가 있었다.[39]

그는 무릎에 빅토르를 앉혔다. 그리고는 양피지 제본 팔절판 타키투스를 펴서 읽었다. "옛날에 로마의 황제들이 살았단다. …" 그는 빅토르에게 해석해보라고 했다. 그리고 교정해주고, 다시 반복하고 했다. "로마의 도시는 애당초 왕들의 손에 달려있었지", 그리고는 중얼거렸다.

"로마가 왕정을 옹호했더라면, 그 로마는 로마가 아니었으리라."

그리고는 다시 말했다. "애야, 모든 것에 앞서는 것, 그것이 자유란다."[40]

소피는 빅토르에게 대부의 존재를 방문인들에게 감출 필요 없다고 설명했다. 하지만 어느 가을날 아침, 루이 삼촌이 집에 들어왔다. 허리춤에는 장도長刀를 차고, 얼룩덜룩한 해군복 차림, 머리띠에 메달로 장식하고는. 우리는 입 다물고 비밀을 지켜야 했다.

루이 위고는 자리에 앉았다. 거드름을 피우며 아이들을 어루만졌다. 그리고는 힘차게 말했다. "세고비아 지방 총독이며 과달라하라** 총독이신 너희 아버지는 게릴라 방어 지휘 책임자로서 탁월한 임무를 수행하였기에, 조셉 보나파르트 왕께서 아버지를 장군으로 임명하셨다!"

"레오폴 위고 장군!" 장도를 바닥에 끌며 무용담을 하는 삼촌을 쳐다보며 빅토르는 몇 번이고 외쳤다.

---

* Tacite(275-276). 로마 황제.
** Guadalajara. 멕시코 지명.

우리 형들, 우등생들에게

루이 삼촌이 해준 이야기가 있었지

삼촌은 나에게 더없이 부드러운 목소리로 말했네

얘야, 어서 놀아라! 넌 너무 어려서 이해할 수 없어

나는 잠자코 들었어, 삼촌은 말했지

"전투, 앗! 이게 뭔지 알겠니

안개 자욱한, 새벽에 기상, 해지면 취침

참 하나 일러줄 것이 있구나

이 전투를 엘리오 전투라 부르지. 난 십자가를 손에 든

그렇지, 선장이었지, 결국, 전쟁에서

남자, 남자는 그림자란다. 그 뿐이란다. ··· 41

빅토르는 귀 기울여 들었다. 그리고 푹 빠졌다.

나폴레옹, 루이 삼촌, 위고 장군과 라오리 장군, 영예로운 이름들은 기억 속에 고스란히 각인되었다. 루이 삼촌은 이야기를 매듭지었다.

우리 대령이 오는 것을 보았지, 손에는 검을 들고

"자 그 싸움에서 누가 이겼겠니?"

"당연히 삼촌요." 빅토르는 말했다

"하얀 눈밭이 붉은 피로 물들었지

그는 또 말했다. "삼촌이 다 무찔렀이요? 삼촌의 명령으로?"

"그럼." "삼촌 편은 몇 명이나 살아남았어요?" "이렇게 셋."42

1810

흰 눈은 소리 없이 우리를 수의壽衣로 뒤덮고

나는 구멍을 뚫고 나와 일어섰지

온종일 계속되었다. 빅토르는 루이 삼촌이 흥분한 목소리로 이야기해준 이야기들을 끝없이 곱씹었다.

흰 눈은 소리 없이 우리를 수의壽衣로 뒤덮고

나는 구멍을 뚫고 나와 일어섰지

[…]

그리고 올라오리니, 붉은, 명랑한, 그리고 느린 새벽

다들 피 묻은 입가의 미소를 보리라 믿었으며

나는 엄마를 생각하기 시작했지.43

빅토르는 엄마를 쳐다보았다. 그리고 아버지, 장군, 위고 장군을 생각했다. 비정하고 잔인한 게릴라와 맞서 싸우는 아버지. 아버지는 소피에게 숫자로 가득한 편지를 썼다.

"곱씹어 말하오만, 그 땅은 6만 프랑이 될 수 있소. 서너 달이면 갚을 수 있소. … 그러니 당신은 결론을 내릴 수 있는 거요. 난 당신이 딴 법적 신고를 하리라 생각지 않소. 당신은 배우자를 포기한 적이 없으니 말이오. 난 내 관점으로 당신을 제한하지 않겠소. 당신 관심사는 적어도 나와 똑같소. 바로 아이들에 대한 관심 말이오. …"

소피가 프랑스에서 부동산을 매입하는데 가용할 수 있는 6만 프랑은, 장군이 올 급여로 받는 액수의 절반에 불과했다. 조셉 왕은 그의 충성에 대해 보상을 했다. 시구엔자 공작이라는 호칭까지 내렸다.

레오폴 위고 공작, 황군皇軍의 장군!

이런 말들이 빅토르 머릿속을 울렸다. 그해는 전시 상황이었다. 대포가 쾅쾅대고, 군악이 종탑에 메아리쳤다. 합스부르 가家의 마리-루이스와 나폴레옹 황제의 결혼을 기념하는 행군이 시작되었다.

식탁에서, 라오리는 소식을 전했다. 푸셰의 불행, 사바리 경찰청장 임명.

빅토르는 지켜보고, 듣고 있었다.

그의 대부, 평소에는 조용한 성품인 사람으로, 자신은 사바리의 전우였다, 그를 신뢰했다. 이제 "내 권력을 확신한 황제가 내 과거를 잊고 자유를 허락할 수도 있다."는 등의 이야기를 하며 매우 흥분하는 듯했다.

주의하라고 신신당부하는 소피의 애원하는 목소리가 들렸다. 라오리는 사바리를 만나겠다고 일렀다.

그리고 12월 30일 아침, 소피, 빅토르, 그리고 형이 라오리와 함께 점심 식사 중에 하녀가 알렸다. 두 남자는 지금 문 밖에 있으며 그를 보고 싶다고 했다. 빅토르는 대부가 일어나 두 남자를 만나기 위해 마당으로 나가는 순간, 엄마의 불안을 직감했다. 겨우 작별 인사를 하고는 그는 체포되었다. 벵센느 지하 감옥으로 끌려가고 있었다.

자유에 관하여 말하던 남자, 호메로스와 베르질리우스를 해석해 준 사람,

아버지의 빈자리를 메워준 대부, 그는 이제 사라졌다. 빅토르의 발 아래로 느닷없이 크레바스가 열린 것처럼.

위고는 그 남자, 그 체포, 잊지 못할 일이었다. 그는 말했다.

"내게 미친 그의 영향력은 지울 수 없게 되었다. 권리와 의무를 대변하는 단어 '자유'를 외치며 죽어간 이의 음성을 들은 것은 결코 헛되지 않았다.[44]"

1811

스페인은 나에게 수녀원과 성채를 보여주었네.

부르고스, 그 고딕 첨탑의 대성당들…

빅토르는 푀이앙틴느 정원을 배회했다.

루이 18세가 쿠를랑드*로 피신한 것에 빗대어 자신을 쿠를랑드 씨라 부르는 그의 대부가 체포된 후 슬픔과 침묵이 수녀원과 골목을 뒤덮었다.

예배당은 텅 비었다. 타키투스 위인전만이 캠프 침상에 놓여있어, 라오리의 부재를 더욱 절절히 느끼도록 했다.

빅토르는 엄마를 지켜보고 있었다.

소피는 무엇인가 전에 없던 결단을 하는 듯 했다. 그녀는 마드리드에 도착한 장교들을 맞았다. 장교들은 자기들이 스페인의 왕 조셉 보나파르트의 사절이라고 소개했다. 조셉은 그녀, 이미 뤼네빌에서 만난 적이 있던 것을 기억했다. 그의 전령들에 따르면, 그는 시구엔자 공작인 레오폴 위고 장군의 행동 때문에 충격을 받았다고 했다. 카트린느 토마와 부부처럼 산다는 것이었다.

빅토르는 그 이름을 기억했다. 단호하고 불같은 엄마의 말들도 기억했다. 그는 '불길한 핏줄'에 관한 엄마의 말, '그 불행한 여인의 무서운 충고들'을 귀

---

* Courlande. 라트비아 공화국(구 소련)의 리가 만(灣)과 리투아니아 사이 지역.

기울여 들었다.

엄마는 동에 번쩍 서에 번쩍 했다. 은행가인 테르노로부터 12,000 프랑을 대출하기도 했다.

식탁 위에 스페인어 사전과 문법책을 올려놓았다. 그리고 아들들에게 언어 공부를 끝낼 시간은 단 석 달이라고 했다.

스페인어를 공부하고서 스페인으로 간다는 것인가?

옷장을 열어 트렁크에다 옷가지들을 몽땅 집어넣도록 했다.

스페인 국경을 떠나 수천 군인과 대포의 엄호를 받아야만 마드리드까지 갈 수 있으며, 바욘느 합류 소식이 올 때까지 대기해야 한다는 것이었다. 호송에는 왕 측근들, 특히 나폴레옹이 스페인 왕국 통치자금으로 아우에게 보낸 금화 1,200만 프랑도 들어 있었다.

빅토르는 겨우내 안달복달했다. 더 이상 놀지도 못하고 스페인어 공부를 하며 쥐 죽은 듯 조용한 집과 정원에서 대기했다.

마침내 3월 10일, 합승마차는 달리기 시작했다.

소피, 아벨 그리고 사환인 클로딘과 베르트랑이 마차 안쪽에 자리를 잡았다. 빅토르와 으젠느는 마차 지붕 쪽에 자리를 잡았다. 짐을 쌓아놓은 뒷 칸 앞쪽에는 시트로 덮힌 2인용 좌석이 있었다. 비바람과 뿌연 먼지, 때늦은 오한에 다들 떨면서 길을 재촉했다. 편안하진 않았으나 장애물 또한 없었다.

무료할 틈이 없었다. 이어지는 풍광들, 블루와, 앙굴렘, 보르도, 도시들을 지나고, 요동치는 도르도뉴 같은 강들을 통통배로 건너야 했다.

앙굴렘*, 두 개의 성당 종루 그리고 강을 깊이 헤집고 있는 안개에 반했다.

---

* Angoulême. 프랑스 서남부의 도시.

보르도, 작은 **빵**을 입에 잔뜩 문 채 여행객을 안내하는 붉은 조끼 차림의 소녀들을 바라보았다. 빅토르 나이 아홉 살이었다. 그에게 여행은 세상과 사람에 대한 관능적 육체적 발견이었다. 그는 숱한 잔영殘影들과 얼굴 표정들, 고급 향수, 세밀한 감정들까지 온갖 것을 탐닉했다.

마차는 바욘느에 도착했다. 길 위에서의 열흘은 그를 이미 성숙케 했다. 호송을 기다리며 그 도시에서 한 달은 더 견뎌야 한다는 것을 알고는 그저 행복했다.

"돌아보면 바욘느에서 보낸 한 달은 무진 행복했다." 후에 그는 이렇게 썼다.45

시방 모든 것이 그를 매혹시켰다. 성벽에 기대어 있는 집, "푸른 언덕바지 위, 뒤집힌 대포들 사이, 땅에 처박은 박격포 아가리 안에서 우리는 식전 댓바람부터 놀았다." 아두르 포구의 배들, 도시 아이들에게서 사온 버들가지 새장 속 금붕어들, 바욘느 극장에서 일주일 내내 저녁마다 본 픽세레쿠르 감독 멜로드라마 「바빌론의 잔해들」. 극장은 한 달씩이나 빌려두었다. 언젠가는 프로가 바뀌리라는 믿음으로! 권태가 밀려올 즈음, 연극 리허설, 공연 첫날 저녁 폭군 지니가 등장하고, 마루바닥 뚜껑이 번쩍 열리며 은둔자가 나타나고!

온갖 상상은 현실이 되고, 몽상은 풀풀 피어올랐다.

그리고 빅토르에게는 낭랑한 소리로 책을 읽어주는 주인집 딸이 있었다.

"그녀가 책을 읽어주는 동안 글 뜻은 내게 상관없었다. 그녀 목소리만 귀에 꽂혔다. 송송 내 눈은 아래로 밀려졌다. 내 시선은 저 아래 반쯤 펼쳐진 숄과 마주쳤다. 따뜻한 햇살의 반영反影이 주는 희미한 금빛 그림자 드리우는 시간, 나는 부드럽게 오르락내리락 하는 그녀의 동그랗고 흰 목구멍을 묘한 매력이 뒤섞인 혼란으로 바라보았다. 그럴 때면 그녀는 종종 커다란 푸른 눈 번쩍 뜨고는 말하곤 했다. 애, 빅토르, 너 지금 안 듣는 거니?

　그럴 때는 모든 것이 딱 멈추었다. 얼굴이 온통 발개지고 떨렸다. … 절대 먼저 그녀를 안아보지 못했다. 날 불러서 "자, 날 껴안아 봐"라고 말한 것은 그녀였다. 어떤 느낌이었겠는가? 지순至純하고 늘씬한, 어여쁜 소녀 옆에 있던 내가. 그땐 내가 무시하는 척 했다. 그날 이후 난 그 일을 종종 생각했다. 바욘느는 내 기억 속에 방싯방싯하던 진홍빛 공간으로 남았다. 내 가슴 속 가장 오랜 추억의 장소였다. 내 영혼 가장 어두운 구석에서 표현할 수 없는 으뜸의 빛, 사랑의 신성한 여명이 밝아오는 것을 본 것이 바로 그 곳이었다.[46]"

　호송은 이룬*에서 시행되었다. 그리고 바욘느를 떠나고 젊은 소녀와도 헤어져야 했다.

　"그녀는 금발에다 늘씬하니 키가 커보였다. … 우리가 떠나던 날, 난 두 가지 큰 슬픔이 있었다. 그녀를 떠나는것과 나의 새들을 놓아주는 것이었다."

　말 여섯 마리가 끄는 사륜마차에 올랐다. 빅토르는 으젠느와 함께 마차 맨 위로 올라갔다. 그들을 호위하는 사일랑 후작은 시구엔자 백작부인이 된 위고 장군 부인 옆에 자리를 잡았다.

　마차는 출발하기 무섭게 산과 계곡, 가파른 길을 지나 이룬을 향했다. 무질서하게 출발한 군인들과 기병들, 그리고 마차들, 서로 호송대 선두에 서려고 난리를 떠는 마부들….

　스페인에 도착했다. 에르나니 마을을 지나 토르크마다 읍으로 들어갔다. 프랑스군이 불태운 곳들이었다.

　엄격하고 가혹하고 거칠고 살기등등한 나라, 길을 따라 즐비한 죽음들, 호송대를 사로잡는 공포, 몽드라공 고지를 넘으며 맞을 게릴라 공격의 두려움이 빅토르를 엄습했다. 고지 능선에 게릴라들이 보였다. 살리나스 진영에서 이탈

---

*Irun. 스페인 북쪽 도시.

하여 넘어져 머리를 다쳤다. 실신하다시피 했다.

"그의 상처에 쇠비름 잎을 덮어주었다. 이튿날 상처는 작은 흉터만 남고 아물었다."

몽드라곤, 벼랑 끝에서 삼두마차는 잠시 멈추었다.

그리고 계속하여 나아갔다. 프랑스로 돌아오는, 몸을 질질 끌고 가는 부상병들과 길 위에서 조우했다.

> 먼지를 뒤집어쓴 전차들 사이, 번쩍이는 무기들
> 진지陣地의 뮤즈는 나를 막사 밑으로 데려갔네
> 나는 살인의 대포를 피해 잠을 청했지
> 나는 당당한 준마, 휘날리는 갈기를 사랑했노라
> 거친 등자를 때리는 박차拍車
>
> 나는 사랑하네, 험준한 곳 지축을 흔드는 기개
> [···] 그리고 도시들을 지나는 낡은 부대들,
> 찢긴 깃발과 더불어.47

이어 부르고스, 발라돌리드, 세고비아 도시들을 지났다. 마차와 사람을 뒤덮는 흙먼지,

폭우가 길을 온통 물바다로 만들고 진흙탕을 만들기 전까지는.

빅토르는 지칠 줄 모르는 흥분 속에서 여정을 겪었다. 민중들에게 법을 강요하는 승전국 입상을 경험했다. 동시에 그는 주민들이 발산하는 증오를 보며 또한 동포들의 저항을 또렷이 보았다.

마차 바퀴가 박살나고 호송대는 멀어졌다. 모두가 반란군의 공격을 두려워했다. 마부는 마차 수리를 늑장 부리고 있었다. 필시 본인이 게릴라 공범이기

때문이었으리라. 다행히, 프랑스 기사騎士들이 떴다.

세고비아에서 총독 틸리 백작은 위고 백작부인과 아들들을 호사스럽게 맞이했다. 아홉 살 아이는 생각했다. 그리고 점차 확신했다. 나는 과연 영웅의 아들이다, 무훈에 참여하겠다. 그리고 말하기 시작했다. 그는 빅토르 위고 남작이다, 백작의 셋째 아들!

결국 가족의 온갖 핏줄로써, 또 자신의 생생한 경험에 의해 그는 제국의 역사와 연결되어 있었다. 그리고 아직 어린아이인 까닭에 허구적 체험은 더욱 강렬할 수 있었다.

그리고 그가 발견한 것은 또한 스페인이었다. 그의 안에는 그 나라의 울림과 빛깔이 깃들어 있었다.

거기서, 나는 휴전의 불길을 보았네

고독한 도시의 쓰러져가는 벽을 검게 그을린.

천막, 교회 천막은 문턱을 침범하고

거룩한 수도원에서 나오는 병사들의 웃음,

쉼 없는 메아리는 곡소리처럼 울려 퍼졌네

[…]

스페인은 나에게 수녀원과 성채를 보여주었네

부르고스, 그 고딕 첨탑의 대성당들

이룬, 그 나무 지붕들, 비토리아, 그 탑들

그리고 그대, 발라돌리드, 그대 가족들의 궁전들

법정 안 사슬은 녹슬어 이토록 뿌듯한.[48]

6월 11일, 그는 그 궁전 중 하나로 들어갔다. 마드리드의 랜느 로에 있는 마세라노 궁전, 위고 장군 부인과 아들들이 묵는 곳이었다.

충격, 호화로움에 대한 경이, 어마무시하게 큰 방, 초상화들의 갤러리, 마세라노 왕자 집사의 냉정한 위엄이 주는 충격이었다. 빅토르와 형제들은 드넓고 호화로운 살롱을 탐색했다. 그리고 넘치는 재물, 낯선 가구들, 거대한 중국 화병에 대한 놀라움은 아버지의 부재로 인한 실의를 잊게 했다.

여기 도착하기 위한 모든 여정, 그리고 레오폴은 예고조차 하지 않은 것 같았다!

이를 알았을 때 그는 분노와 희롱당한 느낌이었다. 7월 10일의 이별 통보, 특히 '세 남자 아이를 중학교에 보내야겠다는….' 의지….

이런 요구와 독촉을 7월 11일 소피에게 통지한 이는 마드리드 주지사였다.

"부인, 남편의 뜻을 거스르지 말고 자녀를 양육권 자에게 너그러이 넘겨줄 것을 정중히 당부하오. 남편이고 아버지로서, 유감스럽게도 나는 지금 고통스러운 의무를 다하고 있소."

빅토르는 자신을 벼르는 운명을 감 잡을 나이는 아니었다. 초상화 갤러리를 뛰어다녔다. 뤼코트 장군 부인의 아이들도 위고 아들들과 뛰어 놀았다. 빅토르는 그 젊은 부인 때문에 괴로웠다. 그러면서도 빅토르는 머리가 아플 정도로 진한 향수에 아름답고 요염한 몸매를 가진, 금발의 아이들 엄마에게 도취된 채 눈을 박고 있었다.

지금 쳐다볼 여자는 그녀가 아니었다. 그는 페피타에게 눈을 돌렸다. 몽트에르모사 후작의 딸이었나.

나는 내가 남자인 줄 알았네
정복된 나라에 있는 남자

[…]

그리고 그녀는 천상 여자였지

내 사랑 페피타

게으른 여자는 내 영혼을 가져갔네

그녀의 벨벳 팔꿈치 아래

그녀의 방에서 내 가슴 울렁거렸네…

[…]

나는 바보처럼 몇 마디 했지

페파가 대답했네, 쉬잇!

나를 부추키고 죽여주었지

그토록 달콤하게 노는 동안

군인들은 파인트를 마시고

도미노 게임을 하고 놀았네

마세라노 궁전

그림으로 도배된 드넓은 방에서.49

그리고 별안간, 1811년 하늘을 가로지르는 혜성이 나타났다. 누구에게는 나폴레옹 몰락이 임박했음을, 누구에게는 3월 20일 그의 아들 로마 왕의 탄생 축하를 알려주던 혜성이 이번에는 빅토르 머리 위로 달려들었다. 레오폴의 명령으로 떨어지고, 그는 형제들과 함께 수도사들이 운영하는 귀족 중학교로 보내진 날이었다.

그리고 엄마는 아버지의 '무서운 법'에 복종해야 한다고 하며 그를 그곳에 맡겼다.

건물은 을씨년스럽고 안뜰은 비좁고 복도는 끝없이 길고 창문은 낡아 삐걱

거렸다. 애국 수사修士들은 그 프랑스 장군의 아들들에게 적대적이었다. 아들들이 미사를 집전하지 않도록 어머니는 개신교를 선언했기 때문이었다. 퓌이 앙틴느의 매혹적인 정원, 마세라노 궁전의 기막힌 호화, 사랑의 몽상들 이후 빅토르는 어두운 우물에 빠진 느낌이었다.

아벨은 중학교를 서둘러 그만두고 조셉 왕의 시동단侍童團에 가입했다. 빅토르와 으젠느는 텅 빈 드넓은 기숙사에서 서로 붙어살았다. 스페인 귀족들이 자녀들과 함께 대부분 마드리드를 떠났다. 형제는 각기 침대에 십자가를 걸어 두었다. 이는 일종의 고통에 대한 회상 그리고 회한으로의 초대였다.

얼룩덜룩한 제복에 빨간 조끼, 파란 바지에 노란 스타킹 차림의 곱추 코르코비타가 복도를 지나갔다.

일부 젊은 스페인 기숙생들은 그 프랑스 불신앙인들, 타키투스 황제*를 더 잘 알고 있는 이들을 증오했다.

수사들은 그들 나이를 생각해 7학년에 입학시켰으나 그들 라틴어 지식에 놀란 나머지 다시 수사학부에 배치하고 일곱 살 위 학생들과 경쟁시켰다.

싸움이 벌어졌다. 으젠느는 벨베라나 백작에게 얻어맞고, 빅토르는 엘레스푸루라는 사람과 부딪쳤다. 괴물 같이 생긴 이였다. 소피와 루코트 장군, 아벨이 와주기를 절절히 기다렸다.

떠나온 뒤로 고독은 더욱 심해진 듯했다.

그렇게 아들들을 감금시켜 두는 그 아버지는 대체 누구인가? 그 누구도 들여다볼 수 없는 감옥!

수노원이 어두워지기 시작했다. 가을이 오고 금세 추위가 왔다. 작황이 나쁘고 식량이 부족하여 먹거리는 겨우 지탱했다.

빅토르는 병이 났다. 목이 심히 아팠다. 유행성 이하선염인 것을 확인했다.

* 로마 황제. 275-276 재위.

간호사가 맡아 보살피고 우유도 제공했다. 회복은 되었으나 엄마의 방문은 점점 더 드물어졌다. 마드리드로 돌아와 자리 잡은 레오폴이 '그' 카트린느 토마하고 사는 까닭이었다.

어느 날이었다. 드디어 그가 나타났다. 그 여자와 함께. 그녀의 이름을 듣는 것만으로도 소피는 화가 치밀었다. 빅토르 역시 그녀를 맞이하고 함께 마차를 타고 마드리드 거리와 프라도를 걸으며, 제복 차림의 남자와 화사한 젊은 여자 앞에서 가슴이 찢어지는 듯했다. 엄마를 배신하고 있다는 생각이 들었다.

빅토르는 엄마가 그 장면을 본다면 얼마나 고통스러울지 상상이 갔다. 그리고 그는 아버지와 카트린느 토마가 함께 마차를 타고 활보하는 마드리드 어느 거리, 그리고 그녀를 본 것 같은 느낌이 각인되었다.

그러면서도 그에게는 믿음이 있었다. 소피의 저력을 알고 있었다. 아이들을 중학교에서 빼내, 그들에게 퓌이앙틴느를 되돌려주고, 끝내 아이들의 불행을 막기 위해 굳세게 싸우고 있다고 믿었다.

믿음은 빗나가지 않았다.

소피는 조셉 보나파르트에게 수차례 탄원서를 보냈다. 그리고 '가련한 여자와 그녀의 끔찍한 잔소리'와 함께 마드리드에 안착한 남편이 자신에게 가한 모욕에 맞서 싸웠다.

그녀는 레오폴이 작성한 고발장에 맞서 변호했다. 그녀는 퓌이앙틴느 로에서 라오리 장군에게 제공된 환대를 소문으로 알았다. 그녀는 라오리를 남편의 친구로서 집으로 초대한 것이며, 레오폴의 행적을 변함없이 좋아한 것이 그 유일한 이유라고 주장했다. 또한 라오리는 더 이상 독방에 수감된 사람이 아니다, 위험한 공모자가 아닌 것을 다들 안다는 것이었다!

그녀는 보나파르트를 들들 볶았다. 결국 궁정의 명예를 훼손하는 분쟁과 풍문에 지친 보나파르트는 레오폴에게 그를 멀리 하라는 협박 편지를 보냈다.

"장군의 가족이 지난 3개월간 보여준 모습보다 이쪽이 맘에 드는 것을 속일 수가 없소." 그는 결론을 맺었다.

어느 겨울날, 빅토르는 엄마가 노블 중학교의 긴 복도를 걸어 나오는 것을 보았다.

그녀는 프랑스로 돌아가는 조건으로 어린 두 아들 양육권을 얻었다. 대체 누가 스페인, 프랑스에 대한 반란국에, 반란 때문에 포위된 마드리드 시에, 그리고 기근의 고통이 시작된 곳에 그녀를 가둔단 말인가?

레오폴, 그가 카트린느 토마와 함께 나타났다! 배우자에게 봉급 담당자도 붙여졌다.

그리고 라오리는 소피에게 익명으로 편지를 보냈다. 그녀가 궁색하지 않도록 그가 보낸 5,000프랑을 들고 온 집배원을 소피는 금세 알아보았다.

왜 내가 스페인에 남아야 한단 말인가?

그녀는 빅토르와 으젠느와 함께 대기했다. 다음 '호송'에 파리로 떠날 참이었다.

1812

성장하고, 살아가리니! 불평 없이 냉정을 되찾으리.

동료들 속에서 들끓는 젊고 순수한 그 모든 피여…

3월 3일, 그는 막 도시를 출발한 호송대 마차들을 에워싼 보병, 포병, 기병들이 일으키는 짙은 먼지구름 뒤로 아스라이 사라지는 마드리드의 마지막 집들을 바라보았다.

빅토르는 불안했다. 생생하기만 했던 호기심은 금세 고통으로 가려졌다.

정작 거의 본 적이 없다. 열 번째 맞는 생일에 이중 케이스 금시계까지 선물해준 아버지. 주머니 속 시계가 묵직하게 와 닿았다. 간첩들이 빼앗고 싶어 할 것 같은 상상을 했다. 막아내리라. 그런데 셀 수 없을 정도로 많은 그들! 호송대를 이끌고 프랑스로 복귀하는 벨륀느 원수는 말했다. "스페인 전체가 프랑스에 대항하여 일어섰다."* 매 순간 경계가 필요했다. 호송대에는 최고로 엄격한 군사 규율이 적용되고, 여성과 아이 가리지 않고 복종해야 했다.

빅토르는 형 아벨을 생각했다. 왕의 시동侍童 견장과 함께 푸른 제복 차림으로 아버지와 함께 마드리드에 남아 있는 형을 본 적이 있었다. 자신도 형처럼

---

* 나폴레옹 1세가 이베리아반도 침략 목적으로 에스파니아, 포르투갈, 영국과 벌인 전쟁(1807~1813). 프랑스의 패배로 나폴레옹 몰락의 계기가 됨.

군인이 되고 싶었다.

> 그리고 나는 내 나이를 원망했네.
> "아! 어두운 그림자 속에서, 성장하고, 살아가리니!
> 불평 없이 냉정을 되찾으리
> 동료들 속에서 들끓는 젊고 순수한 이 모든 피여
> 암흑의 전투에, 강철 갑옷 위로
> 붉은 피 넘실대며 흐르리니"

> 그리고 나는 전투를 불러들였지, 무시무시한 장면들![50]

그는 부르고스, 발라돌리드, 비토리아에서 공포의 목격자가 되었다. 회색과 검은색 차림의 참회 회원들이 손에는 램프를 들고 걸어가고 있었다. 폭행범을 십자가에 쾅쾅 못 박을 처형대를 향해.

사형수는 나귀에 묶여 있었다. 등은 동물 머리 쪽으로 돌린 채 주위 사람들에게 광란의 눈길을 보내고 있었다.

그리하여, 마차는 토막 난 남자의 시신 위를 지나갔다. 십자가형을 받을 죄수들이 집합해있는 쪽으로 연신 피가 흘렀다. 마차 바퀴가 돌 때마다 공포와 불안은 증폭되고, 마차 안의 빅토르와 으젠느의 몸은 오그라졌다.

멈추어 섰다. 도로는 불안하고 다들 지원을 기다렸다. 프랑스에 도착해서야 불안은 겨우 해소되었다. 그러나 똑똑히 눈으로 본 스페인 풍광들에 대한 기억, 지녕들, 사행되는 폭력, 놀라 기절할만한 사건, 그들의 맹렬한 저항의 힘… 이런 기억들은 그에게 고스란히 남았다. 마치 아버지의 부재로 인한 고통처럼.

그리고 이런 환멸을 봉인이라도 하듯, 빅토르는 보르도에서 아버지가 준 시계를 도난당한 것을 알았다.

슬픔, 상처….

그것도 잠시였다. 4월 초, 한 달 이상의 여행 끝에 빅토르는 퓌이양틴느의 집과 정원 그리고 라 리비에르 선생을 만나자 너무도 기쁜 나머지 모든 고통이 싹 사라졌다.

대신 스페인 체류 시 본 동판화의 잔인한 이미지, 그리고 호송대 출발 당일 마드리드 지역 사령관으로 임명된, 장군이며 백작 작위를 가진 아버지에 대한 기억을 머리에 담았다.

모든 것은 몽상 그리고 흉몽만큼이나 아스라했다. 그때 마로니에 오솔길의 풍광이 눈에 선했다.

아델 푸셰와 재회했다. 그녀의 아버지는 이탈리아에서 방금 귀환했다. 그리고 국방부 모병 국장에 임명되었다. 하지만 푸셰 가족은 전쟁 위원회가 소재한 셰르쉬-미디 로의 툴루즈 호텔에서 계속해서 살았다.

그 위원회 보고관인 들롱에게는 공대생 아들 에두아르가 있었다. 아들은 퓌이양틴느의 단조로운 골목에 와서 으젠느와 아델, 빅토르와 함께 놀았다.

몇 달 전까지도 놀던 그네와 유아 차, 술래잡기 눈가리개는 버렸지만, 여전히 뜀박질하며 서로 쳐다보고 깔깔대며 수다들을 떨었다. 빅토르는 아델의 시선을 끌기 위해 서로 시새움 했다. 빅토르에게 아델 갈색 머릿결은 마세리노 궁의 페피타 공주만큼 예뻤다.

그러나 아델은 조신하고 진중했다. 눈치 있게 거리를 두고 있다가 거실에서 수다를 떠는 부모에게 얼른 합류했다.

빅토르는 어른들을 주시했다. 엄마는 아델의 엄마 안느-빅투와르 아셀린 푸셰와는 무언가 달라 보였다! 엄마는 도도하며 활력이 넘쳤다. 자기 의견이 강한 분명한 남자 목소리로 말하고, 자기 생각을 숨기려 하지 않았다.

소피는 나폴레옹이 6월 24일 니에멘을 거쳐 광활한 러시아로 뛰어든 새로운 전쟁을 일으킨 제국을 비난했다. 그녀는 라오리를 보았다. 그 남자를 벵센느 감옥에서 라 포르스 감옥으로 시송하는 데 성공했다. 그녀는 왕과 공화국의 '찬탈자'를 몰아낼 통합 정부 구성을 꿈꾸던 한 왕정주의자 수도원장 라퐁, 장군 말레와 기달과도 접선했다.

그녀는 그들 계략을 다 알았다. 그리고 인정했다. 파리로 하여금 나폴레옹은 러시아에서 죽었다고 믿도록 하는 것, 그리고 황제의 실종으로 인한 혼란과 주저 속에서 권력을 장악하도록 하는 것이었다.

며칠째 러시아로부터 오는 소식은 좋지 않았다. 10월 22일 밤 모스크바는 9월에 불에 탄 사실, 그리고 라 그랑다르메* 병사들이 도시를 떠나야 했거나 혹은 이미 떠난 것을 알았다. 겨울이 다가오는 때였다. 말레 장군은 나폴레옹의 죽음을 공표했다. 그리고 라오리를 석방했다. 라오리는 경찰청장 사바리를 즉각 체포하고 자리를 차지했다.

10월 23일 아침, 푸셰 집으로 가는 길이었다. 음모는 무산되고 공모자들은 체포되어 군법회의에 회부 될 것이라는 전령 보도가 나오는 툴루즈 호텔에서, 빅토르는 엄마가 흥분한 것을 알았다. 당시 보고자는 들롱이었다.

그녀는 주저앉지 않았다. 소피 위고. 울거나 비통해할 여자가 아니었다.

그녀는 들롱을 휘어잡고자 했지만 들롱은 되레 혹독한 기소장을 작성했다. 10월 28일 밤 빅토르 파노 드 라오리를 포함한 13명의 피고인은 사형 선고를 받았다. 소피는 선고가 내려진 장소에서 몇 걸음 떨어진 툴루즈 호텔에서 판결을 기다렸다.

군부대 건물 내부와 인근 거리는 장악되었지만, 그녀는 처형 장소인 그르

---

* La Grande Armée. 1805년 영국 침공 목적이었던 나폴레옹의 부대 이름.

넬 벌판에 기어이 도착했다. 그리고 죄수들의 피 묻은 시체들을 처실은 호송차를 따라갔다. 시신은 모두 보지라르 공원묘지로 옮겨져 합동매장 되었다.

어두운 가을.

라 그랑다르메는 러시아의 눈 속에 묻히고, 수천 인파가 베레지나*에서 수장되었다.

나폴레옹은 파리로 돌아왔다. 그리고 그가 구술한 『대육군 보고서』가 발간되었다. 소피는 천천히 소리 내어 보고서를 읽었다. "우리 기병대는 완전히 와해 되었다. 우리는 150명 4개 중대와 단 한 마리 기마 만을 남긴 장교들을 재결합해야만 했다. 장군은 대령으로, 대령은 하사관으로 강등 복무했다. 이 신성한 중대…"

사방에 어둠이 깔렸다.

시월 어느 날 저녁, 엄마 손을 잡은 빅토르는 푀이앙틴느 골목을 다시 찾았다.

길 가던 소피가 발을 멈추고는 성당 현관 오른쪽 기둥에 붙은 흰색 벽보로 다가갔다. 행인들은 빠른 걸음으로 지나갔다. 마치 연유를 아는 것조차 두려운 듯 공보公報를 흘깃 쳐다볼 뿐이었다.

소피는 아들에게 게시된 글을 읽어보라고 채근했다.

읽었다. 그것을 읽었다. "프랑스 제국은 공표함. 수석 전쟁 평의회 선고문. 제국과 황제에 대한 공모 혐의로, 말레, 기달 및 라오리, 그리고 예비역 장군 3명을 그르넬 평원에서 총살함."

엄마는 말했다. "라오리, 이 이름을 꼭 기억하거라."

그리고 덧붙였다. "이분이 너의 대부이시다."

"그 모두는 내 유년의 심연에서 되찾은 환영幻影이었다."51

---

* Berezina, 1812년 나폴레옹 군과 러시아 군 사이의 전투 지역.

1813

내 금발의 유년, 슬프다, 너무도 덧없었으니.

그래도 내게는 스승이 셋 있었으니.

정원과 노 사제, 그리고 어머니.

빅토르는 읽었다, 책이 잔뜩 쌓인 방바닥에 배를 깔고.

그는 스페인을 여행하며 생생한 경험을 했다. 타키투스 이야기를 들려주고 해석할 줄 알던 대부 라오리 장군이 구금되어 총살당한 일도 있었지만, 마음씨 착한 라 리비에르와 함께 꽃밭 가운데 혹은 나무 아래서 스승과 함께 걸으며 배우던 시간, 그리고 그를 일깨워준 스팔란자니 또는 쿡 선장의 『여행기』, 볼테르의 『칼라스 사건』, 이것 말고도 루소의 『에밀』이 곁에 있었다.

책들은 그에게 말을 걸어왔다. 책들이 말하는 열정 혹은 무가치, 그것은 모두 다 그가 이미 겪은 것 그리고 그가 상상하는 것들의 반향 같았다. 그리고 종종 『포블라스 기사의 사랑』, 여자의 어깨를 묘사한 생-쥐스트의 시구들, 야상夜想의 모험에 관한 브르타뉴 여자의 문장들을 읽고, 전율할 정도로 감동하여 얼굴이 벌겋게 달아오르곤 했다.

고개를 돌리면 형 으젠느도 책이 수북이 쌓인 메자닌에서 책을 읽었다. 거의 매일 오후 으젠느와 함께 독서실에 갔다. 그리고 별난 주인 로욜의 목소리도 들었다.

엄마는 자신을 위한 책을 뽑아오라고 한 다음, 마음대로 책을 읽도록 했다. 형제는 볼테르에서 루소로, 코르네유에서 디드로로 유랑했다.

형제는 닥치는 대로 책을 읽었다. 그들은 자유로웠다.

또 다른 세기의 유일한 증인인 로욜은 버클 달린 구두와 분粉 바른 머리칼을 하고 형제를 메자닌으로 안내했다. 평범한 독자들에게 충격을 줄 만한 작품들을 어지럽게 보관한 곳이었다. 그리하여 빅토르는 철학자에서 시인으로, 외설 작가에서 소설가로 한 장 두 장 읽어 제키기 시작했다. 푀이앙틴느 로로 돌아간 그는 마침내 단어들의 운율이 맞을 때까지 큰 소리로 낭독하며 첫 시구詩句들을 썼다.

겨우 열한 살. 그의 머릿속에는 추억과 영상影像, 극한 상황들로 들어차고, 책에 탐닉하며 얻은 감정들이 다른 경험들과 함께 어우러졌다.

한번은 아델을 만나러 갔다. 그녀가 더는 열 살 어린 소녀로 보이지 않았다. 이미 작품 속 주인공의 일원, 그리고 마세리노 궁전 화랑으로 진출한 뤼코트 장군이나 페피타 반열에 이미 합류한 듯했다.

아델을 불러냈다. 그녀 곁에 밀착해 앉았다. 둘은 서로 어깨를 붙인 채 책을 읽었다. 그러다가 둘의 머리칼이 뒤섞였다. 입술은 필시 맞추었으리.

그 순간이 너무도 생생했다. 혹은 그것은 몽상이었다.

그리고 아델은 멀어졌다.

"내 가슴 속에 에덴이 있었네." 훗날 그는 회상했다.

그는 스승 리비에르를 다시 만났다. 마로니에 아래에서였다. 그는 자신이 지은 시구를 읊조렸다. 옛 오라토리오 수사는 따뜻하게 경청하며 베르질리우스와 여러 그리스 라틴 작가 풍으로 추임새를 넣어주었다.

내 금발의 유년, 슬프다, 너무도 덧없었으니
그래도 내게는 스승이 셋 있었으니
정원과 노 사제, 그리고 어머니

정원은 넓고, 깊고, 심오하고
높은 벽으로 가려져 시선을 더욱 자극했네
[…]

타키투스와 호메로스로 무르익은 우리 신부님
온화한 노익장. 어머니, 어머니가 계셨지![52]

어느 여름날, 빅토르는 방문객을 맞으러 나가는 라 리비에르를 보았다.

이 남자가 들어왔을 때 나는 정원에서 놀고 있었지
그를 보자마자 난 얼음처럼 딱 멈추었네
그는 무슨 무슨 중학교 교장이었지.[53]

그는 나폴레옹 고등학교 교장이었다. 아들들이 무질서하게 학습하도록 방치하지 말고 학교에 등록하라고 위고 부인에게 요청하려고 온 것이었다. 그는 '엄격한 공부'의 필요성을 열을 올려 주장했다.

그리고 결국 아이들에게는 닥친 기지
엄마들과는 멀리 떨어진 채
멍에, 힘겨운 노동과 쓰라린 눈물.[54]

빅토르는 마드리드의 귀족 중학교를 회상했다. '대머리 흑인 남자, 나에게는 너무도 무서웠던', 그를 가두기로 작정했던 학교였다.

> 검은 참나무 벤치, 길고도 침울한 기숙사
> 다들 틀어박혀 있던 방들
> 기둥이라는 기둥에는 모조리
> 낡은 못으로 학생들의 권태를 새겨놓았네
> 서류 더미 틈에서 치사한 벌칙으로 노는 시간을 잡아먹고,
> 그리고, 물도 없고, 잔디도 없고, 나무도 없고, 익은 열매도 없는
> 사방 거대한 벽 가운데, 포장된 넓은 마당이 있었지.55

소피는 망설였다. 교장의 주장에 흔들렸다.

> 무엇을 했던가? 무엇을 원했던가? 그래서 누가 옳았던가?
> 삭막한 학교였던가? 아니면 행복한 집이었던가?56

그는 그녀의 결정을 걱정으로 지켜보다가, 엄마는 절대 '흑인 대머리 남자'의 조언을 따르지 않을 거라는 것을 알고는 기뻐 어쩔 줄 몰랐다. 드디어 라 리비에르의 학생으로 남게 되었다.

> 그때부터, 밤을 기다리며 공부할 때
> 내 머릿속 진지한 태도를 갖게 되었네.
> 진종일, 자유롭고, 행복하고, 창공 아래 나 홀로,
> 매혹적인 정원을 마음대로 돌아다닐 수 있었지.57

물론, 혼자가 아니었다. 으젠느가 곁에 있었다. 중이층 독서실, 빅토르 곁에서 책을 읽고, 라 리비에르 지도를 같이 받고, 역시 시를 쓰며, 아델의 눈치를 살폈다.

빅토르는 수시로 짝꿍 때문에 화가 치밀었다. 역시 늘 동생이 좋아하지도 않은 것을 강요하는 두 살 위 형 이었다.

필시 열다섯 살이 된 아델, 그녀만 아니었어도 두 형제 간 끝없는 경쟁 관계가 되지 않도록할 수도 있었을 것을….

그리고 정확히 말해, 스페인의 저항에 직면한 프랑스가 결국 패배한 후 아벨은 아버지와 함께 프랑스로 돌아왔다. 마드리드에서 5월 27일 결국 철수해야 했다. 그리고 힘겨운 퇴각의 시간, 부대를 지휘한 것이 바로 레오폴 위고 장군이었다.

지금, 그는 아벨과 함께 포*에 있었다. 그는 더 이상 장군이 아니라 대대장이었다. 황제의 명령에 따라 모든 장교는 스페인 왕을 섬기며 받았던 것과는 상관없이 예전 계급으로 돌아갔다. 소피는 그것을 알고 걱정하며 아벨에게 편지를 썼다. 레오폴은 스페인 상황 전개의 희생자가 아니고, 자기 자신의 불행에 책임이 있는 거라고 비난했다. 그녀는 '불행한' 레오폴 위고를 애틋해하는 척했다.

"보거라." 그녀가 아벨에게 말했다. "원칙의 결여와 병적인 열정이란 어찌 되는지. 순전히 네 아버지가 망쳐 놓은 아름다운 운명이야! 네 아버지가 스페인 복무로 얻을 수 있었던 모든 혜택이 가족과 자신에게서 사라진 거야. 빚만 안고 거기서 돌아온 거지."

그녀는 마치 레오폴 위고가 제국과 황제, 정권을, 그리고 라오리에게 사형을 선고한 사람을 재현하는 착각을 했다. 그녀는 레오폴을 증오했다. 그녀는

---

* Pau. 프랑스 남서부 아키텐의 소도시.

이어 말했다.

"분명해! 그가 그 여자에게 사준 집값도 다 안 갚았잖니!"

'재수 없는' 인물 카트린느 토마가 바로 그 여자였다!

"그이나 우리나 남은 이들과 이제 어떻게 살아가야 하나? 이 집에 대한 변제에 대해 아는 것이 있으면 편지로 맨 먼저 알려 다오. … 한 집의 가장이 그렇고 그런 여자를 위해 모든 것을 다 날리는 꼴을 보는 것이 두렵구나."

아벨은 다 털어놓고 아버지 눈치도 보아야 했다. 소피는 당부했다.

"엄마는 다 안다. 가여운 아이야. 네가 그 여자와 함께 겪어야 할 게 많구나." 그리고 레오폴이 아벨이 엄마하고 편지 왕래하는 것을 막을 때는 몰래몰래 쓰거라. 엄마한테" 그녀는 말했다.

며칠 후 씩씩한 청년 아벨은 푀이앙틴느에 돌아왔다.

아버지는 독일로 떠났다. 오스트리아와 전쟁이 터진 곳이었다. 황제는 라이프니츠에서 싸웠다. 10월 중순이었다.

분위기가 무거웠다. 빅토르는 엄마의 스트레스를 느꼈다.

"지난 11월부터 겨우 2천5백 프랑밖에 받지 못했단 말이야!" 엄마는 악악거렸다.

라오리가 죽고 레오폴은 수입의 대부분을 잃었는데, 지금 같이 사는 '여자'는 대체 누구란 말인가?

12월 어느 날 아침이었다. 빅토르는 엄마가 급히 이방 저방에서 안절부절하다가 정원을 한참 물끄러미 바라보고 있는 것을 보았다. 울름Ulm 로 확장을 위해 파리시가 푀이앙틴느 정원을 수용 결정한 것을 알았다.

소피는 그 큰 화단, 나무들, 오솔길들이 모두 빅토르 형제들에게 얼마나 좋은 것인지를 잘 알고 있었다. 결국 그녀는 오래된 수녀원을 떠나 셰르쉬-미디로로 이어진 비에이유-틸르리 로 2번지에 있는 루이 15세 호텔로 가기로 했다.

푸셰와 그의 아이들, 그리고 아델이 사는 툴루즈 호텔 바로 정면이었다.

소피는 1층을 임대하기로 했다. 그곳은 몇 그루 나무들이 잘 자란 자그만 정원으로 이어져 있었다. 아이들 방은 3층으로 정했다.

12월 31일 드디어 이사했다.

빅토르는 정원 여기 저기를 보고 다녔다. 그때였다. 갑자기 음성이 들렸다. 눈을 번쩍 떴다. 뤼코트 장군이 집안 창문에 몸을 기댄 채 서있었다. … 2층에는 마세리노 궁의 예쁜 금발 여자가 아이들과 함께 살고 있었다!

흥분한 빅토르, 침실에 틀어박혀 시를 썼다. 다음날, 정월 초하루, 로잘리 뤼코트에게 바칠 작품이었다.

부인, 너무나 좋은 날이오니

우리에게 새날을 알리는 날

새해 복 많이 받으소서

비단과 금으로 수를 놓을 앞날들

또한 무엇보다

이토록 착한 자녀들과 부귀富貴 그득한 날 있으리니

그렇게, 부인, 온전한 그 날을 위하여

온통 기쁜 마음으로

오늘 부인께 드리오니

존경하는 저의 마음과 사랑을 듬뿍 담아.[58]

두 달 후년 열두 살이 된다.

1814

나는 내 나이에 분노할 권리가 있도다.

아버지로부터 물려받은 아들의 상흔傷痕,

그것으로 유년은 끝이었으니…

뤼코트 장군을 위해 쓴 시를 빅토르는 읽고 낭송을 했다.

… 오늘 저는 당신께 문안드리고

경의와 사랑을 전하오며.

말에는 사람을 키우는 힘이 있다고 그는 믿었다. 정월 초하루였다. 그는 더 이상 아이가 아니었다. 시인이었다. 나이 들지 않는 존재. 잊혀진 시간, 그의 삶에서 12년!

그는 글을 쓰며, 라 리비에르와 라오리가 배우도록 한 모든 라틴 작가와 그리스 작가의 형제가 되었다. 시를 쓴 것은 순전히, 타키투스, 베르질리우스 혹은 호메로스와 친구가 될 운명이었기 때문이었다.

그는 자신만의 제조 비밀을 발견했다고 생각했다. 그는 연금술사였다. 글을 쓰며, 모든 단어와 자신 안에 축적되었다고 믿은 온갖 이미지를 활용하며 빠르게 삶 속으로 들어갈 수 있었다. 그는 로욜 독서실 다락에서 읽어낸 온갖 책, 기억에 담은 문장들을 생각했다.

그는 펜에 잉크를 찍었다. 로잘리 뤼코트에게 쓴 시에 사인을 했다. '빅토르 위고 올림.'

문장 하나 하나, 시 한 구절 한 구절이 그를 도취시켰다. 노트를 폈다. 매일 같이 쓰고 또 썼다. 마침내 시작했다. 베르질리우스의 시구들을 필사했다. 또 그것들을 번역했다. 그리고 어느 날부터 연극 대본을 구상했다. 「매혹적인 궁전」, 이어서 「악마의 성城」을 썼다. 앞엣것은 바빌론에서 목격한 것, 뒤엣것은 룩셈부르 공원에서 참여했던 인형극이 그 모형이었다.

형제의 엄마는 골방 극장을 마련해주고 목각인형 세트를 사주었다. 빅토르와 으젠느 스스로 모사를 꾸며보도록 했다.

그런데 빅토르는 자신의 제조 비밀을 으젠느와 과연 함께 나눌 수 있었을까? 역시 글쓰기를 막 시작한 형과 부딪치지 않을 수 있었을까? 그 비밀을 빅토르는 끝내 감추었던 걸까? 그는 언어의 도둑이었을까? 신세를 지고 있던 로잘리 뤼코트에게 잘 보이고 싶었던 걸까, 아니면 아델 푸셰의 마음에 들고 싶었던 걸까?

아델은 빅토르 형제들과 노느라고 따라다녔다. 바로 이웃이었다. 셰르쉬 로를 건너 비에이유-튈르리에서 몇 발짝 거리에 있었다. 정원에서 뤼코트 부인의 아이들과 함께 지냈다. 소피가 단단히 일렀지만 소용없었다. 마당에서, 뤼코트 장군의 차고車庫이며 그 아내의 트렁크들이 가지런히 정리되어있는 창고 안에서 만났다. 신나게 놀았다. 서로 밀치며 당기며 놀았다. 볼이 발갛게들 타올랐다. 아이들은 서로 깜짝 놀라고 있었나. 혼란스러운 마음, 김정….

빅토르는 마당에서 자취를 감추곤 했다. 자기 방에 틀어박혀 노트에 글을 썼다. 그에게는 단어가 나올 때마다 다른 느낌을 실감했다. 흥분되고 도취 되었다. 주위 온갖 것들이 시시각각 변했다. 마치 세상의 리듬이 빅토르 자신의 변신에 맞추어져 있는 것 같았다.

르셰르쉬-미디와 비에이유-튈르리 거리를 지나는 군인 호송마차들을 매일같이 보았다. 두 눈은 그들을 따라갔다. 그리고 엄마와 피에르 푸셰의 귓속말을 엿들었다.

아버지가 뤼네빌 지역 사령관에 임명되었고, 프로이센, 러시아, 오스트리아 군대가 진격하고 있고, 지금은 프랑스 내 전투 중이며, 황제는 전군을 소집하여 침략을 막는 데 총력을 기울이고 있다는 것, 지금 파리 거리에는 군인들로 가득차 있고, 잠시 공습은 멈추었다는 것이다.

쿵쿵, 대포 소리가 간간이 들렸다.

빅토르는 엄마가 황제나 나폴레옹이라 하지 않고 '보나파르트'라 부르고 있는 것을 금세 알았다. 그녀가 그 이름을 말할 때는 "나쁜, 불쌍한, 재수 없는" 하고 말할 때처럼 경멸과 무시하는 발음을 했다. 보나파르트는 미쳤다, 그는 이집트의 사막과 러시아의 눈구덩이에 자기 병사들을 버렸다, 악당, 개망나니, 그렇게 말했다. 다행히 연합군이 그자를 정신 차리게 할 거라고도 했다!

그녀가 달려와 빅토르를 끌어안았다. 대포 소리는 점점 더 커졌다. 3월 마지막 날이었다.

소피는 신바람이 났다. 그녀는 녹색 구두를 신고 있었다. 녹색 제국을 자기가 짓밟고 있다는 것을 보여주는 것이었다. 그녀는 빅토르와 다른 두 아들을 뜨겁게 끌어안았다. 파리는 항복했고, 독재자 보나파르트는 퇴위退位했으며, 엘바섬을 향해 표류하고 있다는 것을 알았다.

끔찍한 섬, 엘바! 그의 아들들은 잊을 수 없는 곳! 바로 그 못된 여자가 있었던 곳이었으니.

그러나 모든 것이 달라졌다. 라오리의 살인자는 마침내 처벌되었다. 빅토르는 뤼이앙틴느 정원에서 자유에 대하여 이야기해준, 타키투스를 읽어 준 남자,

어느 날 벽보 처형 명단에서 그 이름을 본 것을 기억했다.

그의 대부는 복수를 당했다. 축제였다!

피에르 푸셰는 군중 속에 휩싸여 그 환희에 합류했다.

4월 12일 파리에 입성한 루이 16세의 동생 아르투아 백작*은 박수갈채를 받았다. 그는 백마를 타고 종횡무진 했다. 그는 흰 리본 조각을 살포했다.

빅토르는 그 중 하나를 집어 높이 게양하고 주위를 돌아보았다. 백색 휘장들 뿐. 라 그랑다르메 장교, 장군, 원수들은 아르투아의 장남 루이 18세와 연합했다.

빅토르는 군중과 함께 소리쳤다. "왕이여, 만세!"

5월 3일, 그는 생-장 탑 주변 대법원 창가로부터 시작된 왕실 퍼레이드에 참석했다. 피에르 푸셰는 그 권한을 얻었다. 그는 아델 곁에 있었다. 새로운 삶이 시작되었다.

"왕이여, 만세!"

루이 18세, 마차 속력을 늦추고는 손을 흔든다. 어제까지도 제국주의였던 근위병은 마지못해 천천히 마차를 따라갔다.

테 데움** 축제에 참석하기 위해 다들 노트르담으로 달려갔다.

"왕이여, 만세! 만만세!"

빅토르에게 그처럼 광휘光輝로운, 확신에 찬 엄마의 모습을 본 적이 없어 보였다. 그녀는 아벨이 방금 받은 레오폴의 편지를 소리 내어 읽는 소리를 눈을 시그시 감은 재 도도한 모습으로 듣고 있었다.

아버지는 새로운 전쟁 장관이 전투 중단 명령을 통보할 때까지 항복을 거부

---

* le comte d 'Artois(1757~1836). 후에 샤를르 10세가 됨. 혁명기 왕당파의 수령.

** Te Deum. 라틴어로 된 감사와 찬송의 노래.

하고 위수지역을 굳건히 방어하며 티옹빌을 지켰다.

"나의 충성으로 필시 폐하의 성은이 있을 것이다. 티옹빌*이 프랑스로 돌아간다면, 할 수 있는 말은 단 하나뿐이다. 내가 그를 위해 이곳을 지켰다는 것이다."

그리고 아벨은 초록색 광택이 나는 새 코트에다 밝은 회색 바지, 그리고 소피가 열여섯 살 젊은이인 빅토르 형의 귀환 기념으로 재단해준 진한 프록코트 차림을 하고 엄숙한 음성으로 곱씹어 말했다. "너의 아버지는 임무를 완수했다."

이렇게 하여 그 역시 루이 18세 편에 규합했다!

"왕이여, 만세! 만만세!" 빅토르는 다시 함성을 지를 수 있었다.

그의 흰색 휘장은 아버지에 대한 배신의 표시는 아니었다. 그것은 유년과의 결별을 알리는, 새로운 세계에 대한 천착이었다. 휘장은 엄마의 열광에의 동참이었다.

소피는 빅토르와 으젠느를 꼭 끌어안았다. 그리고 자신은 아벨과 함께 티옹빌로 떠나야 한다는 사실을 밝혔다.

보나파르트는 퇴위했고, 레오폴 역시 물러나야 했다. 다들 티옹빌의 아름다운 집에서 함께 사는 줄 아는 여자와의 관계도 끊어야 했다.

질서는 회복되었다. 찬탈자는 더 이상 나쁜 기억의 엘바섬 굴뚝새가 아니었다. 레오폴은 이제 의무를 다하고, 미풍양속을 존중하고, 가족과 아내, 그리고 세 아들의 미래를 책임져야 했다. 만일 거부한다면 '변절한 아버지'로 알게 될 참이었다. 아내에게는 의무를 다하고 자녀들에게는 연금과 재산 분배를 다짐해야 했다.

대가를 치루는 법! 보나파르트가 그랬듯이.

---

* Thionville. 프랑스 북동부 로렌느 모젤 주의 소도시, 나폴레옹 공원이 있음.

그녀는 양위讓位 그리고 복위復位, 바로 이를 관철하기 위해 티옹빌로 돌아갔다.

빅토르와 으젠느는 떠나는 그녀를 보았다. 오월 어느 날이었다. 하인들, 푀이예 부인, 그의 딸 앙투완느, 그들 이웃 친구들*, 뤼코트 부부와 푸셰 부부, 이들 모두가 남은 형제를 돌보게 되었다.

그러나 어머니가 부재한 자리를 차지할 고통이란!

오월 16일 월요일, 빅토르는 첫 번째 편지를 쓰기 시작했다.

"사랑하는 엄마께,

엄마가 떠나시고 안 보이니 모두가 힘들어요. 푀이예 부인과 투와네트는 엄마가 없다고 툴툴거려요. 엄마 말씀대로 푸셰 아저씨 아주머니는 아주 자주 뵙니다. 푸셰 아저씨는 아셸린느 아저씨가 자기 아들을 가르치는데 우리에게 그 수업을 함께 받게 해주셨어요. 감사했어요. 우리는 매일 아침 미술과 수학을 공부하고 있어요. 그리고 엄마가 떠나신 날 아벨한테 검은색 소인이 찍힌 편지가 왔어요. 엄마께 전해드리겠다고 약속했어요. 그것 말고는 엄마 안부를 물으러 온 사람은 없었어요. 참 어제 일요일 날, 푸셰 아저씨가 박물관과 튈르리 궁을 데리고 가셨어요. 맘씨가 좋은 분이에요. 아저씨 집에서 저녁도 해주셨고요.

다른 특별한 일은 없어요. 엄마, 진심으로 사랑해요. 아벨 형 안부도 함께 드려요. 엄마, 얼른 돌아오세요. 엄마 없이는 우리는 할 말도 없고 할 일도 없어요. 너무 힘들어요. 온통 엄마 생각뿐이에요! 어머니! 어머니!

안녕히 계셔요. 사랑해요. 건강 잘 지키셔요. 그리고 종종 편지 주셔요. 순종하고 존경하는 아들들 드림.

빅토르."

으젠느를 보았다. 그는 곁에서 더 긴 편지를 썼다. 뤼코트 부인에 대한 이야

---

* 푸셰 부부가 살던 툴루즈 호텔은 현재 셰르쉬-미디 로 31번지에 남아있음.

기였다. 부인이 저녁에 자기 집에 와서 마음껏 놀라고 했다는 말을 전했다.

빅토르는, 언어로 추스려 보고자 하는 자신의 현실과 감정의 어떤 부분을 으젠느가 훔치고 있다는 생각이 들었다.

종종 엄마한테 편지를 쓰면서 으젠느가 고쳐 달라고 했다. 빅토르는 대들었다. 빅토르는 거절하면서 으젠느가 "빅토르는요, 제 편지를 부치자마자 바로 자기 것을 부치는 것을 싫어했어요. …"라고 쓸 거라는 것을 알았다.

그렇지만 어떻게 으젠느를 원망할까? 쌍둥이나 마찬가지인 형제, 공부, 놀이, 꿈, 걱정… 하나뿐인 동무인, 그러다가 6월 17일 형제에게 느닷없이 불행이….

형제는 까칠하게 생긴 어떤 여자가 온 것을 알았다. 그녀는 "난 너희 아버지 여동생이란다. 그러니까 고모지. 남들은 고통Goton이라 부르는데 원래 아름은 마르그리트 마르탱-쇼핀느야. 너희들을 우리 집으로 데려 가라는 명령, 법적 위임장을 받았단다."고 말했다. 그녀는 멀리 살고 있지 않았다. 비유-콜롱비에 로 20번지에 살았다. 그녀는 이들을 바로 자기 집으로 데리고 갔다.

빅토르와 으젠느는 당황한 채 집 현관에다 봉인封印된 것들을 올려놓는 사람들을 바라보았다. 형제는 알았다. 어머니가 일구어놓은 모든 것, 둥지를 빼앗으려는 속셈을 알아차렸다.

절망이 압도해왔다. 두려웠다. 형제는 고모라고 부르도록 강요하는 그 여자 말을 듣기를 거부했다. '아줌마', 단지 '아줌마'였다. 그들은 엄마를 보여 달라고 했다. 편지를 쓰게 해달라고도 했다.

빅토르는 생각했다. 또 다른 나쁜 여자가 파놓은 함정에 빠진 티옹빌, 마녀 카트린느 토마, 틀림없이 그녀는 자기들 불행의 근원이었다.

그런데 아버지, 그는 과연 그 음모의 공범일까 아닐까?

분명한 것은, 마드리드의 노블 중학교에 형제를 감금해버린 것이 바로 그가 아닌가?

빅토르는 티옹빌에서 일어나는 온갖 일들을 알지 못했다. 다행이었다. 엄마를 받아들인 레오폴은, 엄마를 능욕했다. 억지로 카트린느 토마와 함께 살도록, 방에서 은둔하는 그 여자의 존재를 강요하고, 부인과 아들들을 무시하는 여자라는 사실. 그리고는 소피, 마담 트레뷔셰는 악마, 마녀, 돈에 환장한 거지이고, "나는 그 여자를 그렇게 미워한 적이 한 번도 없다."는 말만 뒤풀이했다.

분노는 레오폴을 눈멀게 했다. 그는 아이들이 학교 기숙사 안에서의 정규 학업에 얌전히 매진하도록 챙길 능력이 전혀 없는 그 여자에게서 아이들을 빼앗아버리고 싶었다.

빅토르는 고통Goton이 자기들의 엄마와 피에르 푸세까지 공격하는 소리를 들었다. "두 아이가 지금 있는 곳은 환경이 나빠요. 나빠도 너무 나빠요."라고 레오폴에게 편지를 보내온 그분은 대체 누구길래 끼어든단 말인가? 그는 아이들이 절망적이라고 주장했다. 그는 '별거와 재산 분리'를 조언했다. 법원이 양측 유죄를 언도하지 않도록 해야 한다는 것이었다. 그리고 그는 "세 아이의 부양과 교육, 그리고 진로를 위한 대책이 필요할 거요"라고 덧붙였다.

빅토르는 어깨를 으젠느 어깨에 기댄 채 형제의 '적敵'을 응시했다. 여자가 말을 걸었지만 형제는 대답 대신 엄마가 보고 싶다고 말했다. 마담 마르탱-쇼핀이 "내가 너희들 고모야. 아버지 말씀을 들어야 해."라고 하자 형제는 고개를 돌렸다.

아버지가 공범일 수도 있단 말인가?

빅토르는 마음 속 깊은 곳으로부터 질문이 튀어나왔다. 그러나 6월 끝자락, 어머니와 아벨을 재회했을 때 그는 알았다. 부모 사이의 피열은 결정적이었다. 엄마는 티옹빌에서 우롱을 당했다.

빅토르는 엄마의 속 끓는 소리를 들었다. 집을 버리도록 하고, 남편은 자기 목표를 위한 곳으로 가도록 지시한 '평화를 위한 정의' 결정에 대한 분노의 소리였다. 그는 어머니가 센느 주州의 1심 법원 근처에 있는 검사장에게 제출할 탄원서를 읽는 소리를 들었다. 위고 부인이 쓴 내용이었다.

"있을 수 없는 행동자가로부터의 추방에 대한, 한 엄마와 아이들을 길바닥에 나앉도록 해 결국 온 가족 생존을 위협한 행위에 대한 항의입니다.

검사님, 문제의 폐쇄 봉인을 풀고 숙소에 아이들과 함께 복귀할 수 있도록 직접 명령해주시기를, 혹은 명령할 수 있도록 탄원하옵니다."

7월 5일 마침내 조치가 떨어졌다.

빅토르는 형제들과 함께 비에이유-튈르리 거리 2번지 집으로 돌아왔다.

이제 그는 다시 글을 쓰고, 아델과 빅토르 푸셰와 함께 놀고, 로잘리 뤼코트의 자녀들과도 놀 수 있게 되었다. 그리고 그 부인을 보며 몽상에 잠길 수 있었다.

그러나 그는 자신의 삶의 또 다른 장면이 시작된 것을 직감했다. 아버지가 카트린 토마와 함께 파리, 포-드-페르 로에 이어 포스트 로에 정착한 것을 알았다.

레오폴은 재산권 부부 공동 행사를 요구했다. 아들들에 대한 부권父權 행사도 원했다.

그는 생-루이 십자가로 도배된 도시 티옹빌을 지켜낸 공으로 치하를 받고, 그해 11월 야전사령관이 되었다. 그러나 그는 9월 이후로 다른 많은 대육군 장교들과 똑같이 반급半級 장교에 불과했다. 그리고 신임 전투장관 술트 원수는 군에서 쫓겨난 레오폴의 옛 전우들을 용의자 선상에 놓기로 결정했다.

아버지의 이미지는 빅토르와 형제들에게 여전히 혼란스러웠다. 엄마를 포기한 레오폴, 그들로 하여금 절망을 겪도록 한 사람. 그들 집을 박탈한 사람.

빅토르에게는 폐를 찌르는 듯한 상처였다.

아버지는 아들을 모욕 했네…

아들은 말했지, 난 떠나리

밑 빠진 독에 그늘 드리우고 말 없는 숲은

모든 것이 사라지는 어두운 출구이구나

능욕은 새총과도 같아, 밤이 되면 우리를 향하네

나는 내 나이에 분노할 권리가 있도다

아버지로부터 물려받은 아들의 상흔傷痕

그것으로 유년은 끝이었으니

이 나락奈落에 응답하는 이 없고, 달아나는구나, 멀리멀리

아버지의 수치, 오 숲이여, 나는 그대를 증인으로 택하리니

아들을 몽상으로 들어가도록 하는 데 모자람이 없구나.[59]

1815

선량한 어머니는 내게 순전한 모범을 보여주셨네

내 심장을 만들어 주셨지… 그리고 난 어머니와 이별했지…

빅토르는 으젠느 형이 가져다준 편지를 열어보았다. 그들, 아들들과 어머니에게 상처만 주는 아버지 편지였다. 그럼에도 불구하고 빅토르는 자신이 존경과 순종을 빚지고 있다고 생각했다. 그리고 마음속 깊이, 아버지의 공적을 존경하고 있었다. 그는 편지를 읽었다.

"사랑하는 아들들에게,

새해 첫날 보내준 따뜻한 너희 안부를 잘 받았다. 너희 편지를 기꺼운 마음으로 받으마. 아들들아, 내 모든 노력의 목표는 언제나 너희들 행복이다. 우리는 조만간 만난다. 그리고 나는 너희들 교육을 잘 마치도록 끝없이 전념할 테다.

잘 있거라, 사랑하는 세 식구에게."

빅토르는 고개를 돌려 어머니를 쳐다보았다. "우린 조만간 만난다." 그는 이 문장, 이 '협박'을 감히 반복해 읽지 못했다.

절망했다. 아버지의 결단을 알았기 때문이다.

그는 피에르 푸셰와 뤼코트 부인이 소피와 함께 며칠 후 선고 예정인 즉결 심판에 관해 하는 이야기를 들었다. 그리고 1월 26일 선고가 내려졌을 때 빅토르는 어머니의 분노와 혼미昏迷에 놀라지 않았다.

레오폴폴은 아내에 대한 이혼 요구를 포기했다. 그러나 배우자가 포스트 거리 35번지 자기 집에 와서 사는 것을 주장했다. "동거권을 온전히 부여한다. 아내는 유보사항 없이 복종한다." 판결문이 낭독되었다. 그것은 재산 공유는 막고 자녀 양육권 확보를 허용하는 법적 판결일 뿐이었다.

소피는 비에이유-튈르리 거리에 거주하면서 지척에서 아이들을 보호하기를 원하는 청원서를 제출하겠다고 진술했다. 그러나 시간이 필요했다.

2월 10일, 레오폴은 집행관과 함께 동거권 부여 판결문을 내보이며 협박하고 있었다.

그는 핏대를 올렸다. 아들들에게도 호령했다. "책을 몽땅 넣고 따라올 채비해라! 오늘부터 생트-마르그리트 로의 코르디에 기숙학교로 갈 거다. 거기서 정규 과정을 이수해야 한다. 그것이 내 소원이야. 장래에 이공대에 들어가는 거다." 그는 옷장과 서랍을 열어 집안 모든 옷가지와 은 제품을 꺼내도록 했다. 그리고 고래고래 소리 질렀다. 그 모두가 아이들을 위한 일이라고 했다.

그는 만류하는 소피를 제쳐버리고는 큰소리로 야단을 쳤다. 이웃 사람들이 달려왔다. 들롱 부부, 뤼코트 장군과 아내가 함께 있었다. 집사들과 수위도 그 자리에 있었다.

빅토르는 눈을 감고 귀를 틀어막았다. 자신이 두들겨 맞는 듯했다. 보고 싶지도 듣고 싶지도 않았다.

후에, 어머니는 레오폴이 "이런 내 행동은 당신 평판을 만인에게 증명하기 위한 것이오."라며 모욕적인 욕을 퍼붓고, 얼굴에 세 번이나 침을 뱉을 정도로 얼마나 격분했는지, 그리고 자기 없는 동인 임신한 채 방탕한 생활을 했다고 얼마나 비난했는지 말해주었다.

빅토르는 듣지 않았고 보지도 않았다. 그러나 알고 있었다.

그는 으젠느와 함께 아버지 뒤를 따라 걸었다. 레오폴은 자기가 한 약속과 협박을 행동으로 옮겼다. "조만간 너희들은 내 마음을 알게 될 거다."

그들은 어두운 참호, 드라공 거리의 골목을 지났다. 빅토르는 불카누스* 소굴로 들어가는 듯했다. 긴 뒷골목을 따라 대장장이의 아틀리에들이 즐비했다. 불가마의 불빛은 웃옷을 벗은 채 가죽 앞치마를 두른 남자들을 비추고 있었다. 그들이 내리치는 망치 소리가 거리를 뒤흔드는 듯 했다.

드라공 골목 끝에는 수도원 감옥이 있었다. 그리고 생-마르그리트 로는 철인들의 철공소와 죄수들의 감방 사이에 있었다.

코르디에 기숙학교로 들어갔다. 두 개의 지름길이 있었다. 그 중 한 벽에는 나무들 그림을 그려놓았다. 마치 뢰이앙틴느 정원은 몽상만을 불러일으키고 싶어하는 듯했다. 두 통로는 단층과 다락방으로 된 시커먼 건물을 감싸고 있었다.

그때, 두꺼운 외투를 입고 양 볼까지 모피 레이스가 내려오는 폴란드 산 모자를 쓴 남자가 다가오는 것을 보고, 빅토르는 으젠느를 끌어안았다. 그는 두툼한 담뱃갑을 장난감처럼 손으로 튀기며 가끔 한 번씩 코담배를 들이마셨다. 코르디에였다. 곁에는 거만한 태도와 거동이 사나워 보이는 측근, 수학 교사 드코트가 있었다.

그랬다. 아버지가 그 기숙학교에 두 아들을 두는 것은 바로 그들에게 맡긴다는 뜻이었다! 레오폴은 아들들을 특별 대우해주기를 바랬다, 쉬는 시간과 점심시간 말고는 다른 사생들과 섞이지 않았으면 좋겠다는 말만 했다.

천연두 흉터가 남아 있긴 하지만 상냥한 표정을 지닌 조교 펠릭스 비스카라는 빅토르와 으젠느를 바로 안내해 다른 사생들과 함께 쓸 지붕 밑 방을 보여주었다.

비스카라는 친절한 태도를 가진 이였다. 기숙사 이용 방법 하며, 코르디에는 자기 말을 안 듣는 친구들 머리 위에 담배꽁초를 던진다는 것, 데코트는 난폭한 사람이니 조심해야 한다느니, 이런저런 이야기를 해주었다.

---

* Vulcain. 로마 신화에 나오는 불과 대장간의 신.

2월 12일, 레오폴이 내준 첫 기숙사 비를 수납한 이는 바로 비스카라였다.

"1815년 5월 10일 기한인 아들들 분기 금액, 위고 씨가 낸 300프랑을 확인 사인함."

이렇게 해서 코르디에 기숙학교에서 살아야 했다. 지저분한 용모에다 건들건들하는 드코트를 어떻게든 견디고, 코르디에의 담뱃갑 공격을 어떻게든 피하는 일. 겨울에는 얼어붙고 여름에는 숨 막히는 찜통 침실에서 휴식이란 엄두도 못 낼 지경이었다!

빅토르는 울고 싶지 않았다. 노트를 폈다. 그리고 썼다.

> 선량한 어머니는 내게 순전한 모범을 보여주셨네
> 내 심장을 만들어 주셨지… 그리고 난 어머니와 헤어졌지…
> 어머니로부터 떨어져나간 것!… 오 어머니, 미어지는 가슴,
> 이 슬픔이 장차 나의 불행들과 같은 것인지 판단해 달라![60]

수업 중에는 마당놀이가 있었다. 싸웠다. 으젠느는 친구들의 두목이었다. 친구들을 '송아지들'라고 불렀다. 자기 백성들이었다. 자신은 왕이었다.

그는 과연 무엇을 상상한 걸까? 무리를 이끌 유일한 능력의 소유자? 빅토르는 다른 친구들을 불러 모았다. '개떼' 그리고 '송아지 떼'와 전투를 벌였다. 다들 죽어라 싸웠다. 기숙사 외출 기간에는 으레 싸움을 했다. 학생들은 마치 적군의 사냥개처럼 뛰쳐나갔다가 뒤돌아오곤 했다.

빅토르는 노트를 열었다. 그리고 며칠 동안 썼다.

> 사방은 고요하고… 그리하여 나 홀로, 오 이토록 쓰라린 고통!
> 자애로운 어머니와 떨어져,
> 어머니를 보는 행복을 빼앗긴 채,

소피는 아들들을 보러오지 않았다. 기숙사 개방일과 외출일이면 빅토르와 으젠느는 으레 마르탱-쇼핀느 부인을 보았다. 그녀는 코르디에에게 자기 오라버니의 편지를 보여주며 도도하게 말했다. 장군은 군복무를 다시 시작했고, 지금 나폴레옹은 엘바 섬에서 복귀하고 왕은 도주했으며, 황제는 레오폴을 티옹빌 광장의 사령관으로 임명했다는 등.

그리고 레오폴은 누이동생에게 편지를 썼다. "코르디에 씨 댁에 데려다 놓은 두 아이를 부탁한다. 어떤 명분으로도 아이들 엄마한테 맡겨서는 안 돼. 엿보는 것도 허용해도 안 된다. 내가 믿는 것은 오직 너 뿐이다. 그리고 코르디에 씨가 소통할 사람은 바로 너다. …"

그들은 전에 말한 고통이라는 여자와 함께 외출했다. 고통은 그들에게 레오폴이 편지에 덧붙인 것을 곱씹어 말했다. "비록 멀리 떨어져 있어도 자녀들의 행복과 교육을 끝없이 생각하고 있다고 전해다오." 아이들은 잠자코 들었다. 그리고 그녀를 늘 '부인'이라고 호칭했다.

빅토르는 기병과 보병 사단이 들끓는 마을을 둘러보았다. 사방에서 몰려든 블라우스와 부츠 차림의 시위대들이 외쳤다. "황제 만세!"

그해 봄, 운명은 머뭇거리는 듯했다. 아름다운 날은 느리게 오고 온화한 날 뒤에는 몇 차례 느닷없는 눈보라가 이어졌으니.

빅토르가 기숙사로 돌아왔을 때 뒷문이 닫히는 소리가 들렸다. 그것은 마치 공기의 진동, 산책에서 느꼈던 떨림, 어떤 소식을 염탐하는 도시의 긴장*은 밀폐 상태에서 느닷없이 광장을 내주는 분위기였다.

그는 시를 쓰고 대본을 썼다.

---

* 군의 선두에 서서 벨기에로 진군하는 나폴레옹, 프랑스 침공 준비를 완료한 웰링턴 지휘 하의 유럽 전 부대들이 준비하고 있는 상황.

교실 하나를 정해 벤치를 뒤로 밀쳐놓았다. 학생들은 이 즉흥적인 무대에 올라 제국의 전쟁 에피소드를 공연했다. 종종 빅토르는 나폴레옹 역을 맡았다!

그는 여전히 혼자였다. 그는 라틴 문법으로 "왕이여 만세!"라고 썼다. 풍문을 들었다. 고통스러웠다. 아버지는 황제를 위해 싸웠다. 그리고 아들에게 고통을 겪게 했다. 그래도 그는 아버지를 예찬했다.

아무튼 그는 자신의 반대를 분명히 하고 싶었다. 아버지에게 뜻을 써 보낸 것은 빅토르가 아니었다. 펜을 잡은 것은 으젠느였다.

"파리, 1815년 3월 15일.

사랑하는 아버지, 보내주신 5 일자 편지 잘 받았습니다. 너무도 기뻤습니다. 아버지는 저희 공부가 어느 수준인지 알고 싶으셨지요? 그리고 라틴어 시 쓰기를 시작하기를, 아울러 호레이스, 베르질리우스, 타키투스, 키케로를 해석할 줄 알았으면 하셨지요? 그렇지만 지금 꼭 필요한 한 가지 중요한 것이 있어요. 그림입니다. 저희가 소질이 있다는 것을 까맣게 잊고 있었어요. 집에 있었을 때 형 아벨이 가르쳐 주었어요. 지금은 웬만한 수준이 되었지요. 문제는 이곳에 오면서 이런 걸 다 제쳐놓았다는 거예요.

이곳 선생님들은요, 아버지가 믿으셔도 됩니다. 저희는 선생님들을 존경하고 도리를 다하고 있어요. 선생님들 눈에 들도록 노력하고 있습니다.

사랑하는 아버지, 부탁드릴 것이 있어요. 돈을 좀 고정적으로 보내주셨으면 해요. 주 단위 혹 월 단위로요. 편하신대로요. 계획적으로 돈을 쓸 수 있어야 스트레스를 받지 않을 것 같습니다.

사랑하는 아버지, 안녕히 계세요. 건강에 유익하셔요. 변함없는 사랑을.

순종과 존경을 담아, 두 아들 드림."

으젠느가 편지를 내밀었으나 빅토르는 사인을 거절했다. 으젠느는 갸웃거렸다. 그리고는 혼자서 사인을 했다. "빅토르, 으젠느."

빅토르는 열다섯 살 된 형에 대한 화를 억눌렀다. 알고 있었다. 형이 분노할 수도 있다는 것. 몇 달 전 비에이유-튈르리 로에서 저녁 식사를 마친 시간 아델 푸셰와 함께 있을 때 일이었다. 그녀가 으젠느를 무시하는 것처럼 보이자 으젠느가 느닷없이 벽을 향해 사과를 집어던지고는 일언반구 없이 식탁을 떠났다.

어쩌겠는가? 사랑할 수밖에 없는 것이 형제였다. 둘 다 마르탱 부인을 거부했다. 결국 부인은 두 형제를 괘씸히 여기고는, 두 자식에 대해 낙인을 찍는 아버지의 말을 전했다.

"너를 대하는 두 놈들 태도나 요구사항이나 다 나를 열 받게 하는구나. '이 분들'은 너를 아줌마라 부르며 체면을 구기고 있잖니. 편지글에는 너한테 애정이 있느니 존경하느니 하지만서도. 아이들 이런 행동은 아무튼 지들 엄마한테 책임이 있지."

순간 빅토르는 으젠느가 형제이지만 공범도 되어야 한다고 생각했다. 형과 함께 새 옷을 사달라고 요구했다.

"우린 옷을 완전히 갖추어 입어야 해요." 으젠느는 이렇게 썼다. 그러나 레오폴은 여동생에게 이렇게 말하도록 했다. "이봐 신사 양반들, 새 옷이 6개월이면 헤지니 애비가 새 옷으로 바꾸어 주리라 생각해서는 안 되지. 구멍이 나면 잘 기워 입고, 모양내는 일은 너희가 알아서 해야잖느냐. …"

빅토르는 아버지와 논쟁하고, 편지 쓰고 사인하는 일들을 으젠느에게 맡겼다. 으젠느는 말했다.

"아버지께 나쁜 일이 일어나지 않았다는 것을 알고는 저희가 얼마나 기뻤는지 아셔야 합니다."

6월 18일, 워털루는 백일천하로 나폴레옹의 새로운 모험에 종지부를 찍었다.

6월 22일 황제는 퇴위했다. 티옹빌에서 다시 저항했던 레오폴은 블루아에 가택 연금된 반급半給 장교에 불과했고, 거기서 카트린느 토마와 함께 살았다.

패전한 레오폴은 나폴레옹과 똑같은 신세였다! 빅토르는 어머니를 떠나 '감옥 기숙사'에 갇혀 있으면서 프랑스와 온 유럽이 폭군으로부터 해방되었다는 생각에 온통 기뻤다.

사랑하는 좋은 어머니, 어린 시절부터

저를 키우고 양육해 주신 당신,

아들 중 하나가 어머니께 바치는

감사의 헌물을 받아 주셔요

저를 괴롭히는 불행은 황홀한 마음으로부터

자유를 빼앗는데

오늘 저녁 홀로 기쁨과 애정을 터뜨리는 것은 헛된 일

어머니께 빚지지 않은 것이 하나라도 있을까요?… 62

퓌이앙틴느 정원이 머리에 떠올랐다. 형제에게 주어진 자유의 정원, 중이층 서재에서 보낸 날들의 정원, 아델과 가까이 지내고 또한 그 장군 부인을 만나며 겪은 감성의 정원. …

아니다, 그는 아버지에게 편지를 쓰고 싶지 않았다! 으젠느가 이런 문장으로 끝맺는 편지에 빅토르는 사인하고 싶지도 않았다.

"사랑하는 아버지, 안녕히 계셔요. 저희 마음은 온통 아버지께 가 있어요. 아버지의 건강과 행복을 기도드립니다, 순종과 존경을 담아 두 아들 드림."

그는 분노에 싸여 노트 위에 썼다.

코르시카는 먼지를 물고 쓰러지고

유럽은 루이를 선언했네

배신과 살인의 독수리는 백합꽃 앞에 떨어지니

왕이여 만만세

존재만으로도 우리를 행복하게 한 왕이여.[63]

어머니는 혼란한 상황을 이용해, 아버지와 고모 모르게 코르디에와 펠릭스와 공모해 생트-마르그리트 로의 아들들을 찾아왔다.

그녀는 두 아들 양육권과 교육권을 얻지는 못하고 판결에 따라 비에이유-튈르리 로의 집과 가재들을 돌려받았다. 게다가 레오폴은 그녀에게 기숙사비를 매월 백 프랑씩 내주어야 했다. 그것은 복수였다!

보나파르트 동지들은 쫓기고 있었다. 몰락한 황제는 몰락하고 반군처럼 강등되었다. 나폴레옹은 생트-엘렌느에, 레오폴은 블루와에 있었다.

폭군이여, 우리에 대한 어리석은 광기를

더는 채울 수 없을 터이니… [64]

그리고 왕은 자기를 배신한 이들을 징계하고 라오리에게 복수했다. 총을 맞은 것은 제국의 장군들과 원수들이었다. 때는 12월 7일.

빅토르는 복수의 펜을 들어 썼다.

결국 이 간악한 장수

네이 사령관은 무덤으로 진군 하는구나

벌벌 떨어라, 암살의 무리

자코뱅들이여,

보아라 그대들 운명을.[65]

그는 곧 열네 살이 된다.

그는 후에 말했다.

나는 내 나이에 분노할 권리가 있다. … 66

1816

오 어머니!

그러니 연약한 저희를 돌아보아

싸늘하지 않은 눈길을 보내 주셔요…

빅토르는 써야만 했다. 매일 밤 그랬다.

하지만 기숙사에 침묵이 자리 잡을 때까지 기다려야 했다. 코르디에와 드코트는 발소리를 쿵쿵거리며 감시 차 복도를 왕래했다. 언제든 기숙사 방문을 열 수 있었다. 1812년 퐁탄느 장관은 회보를 통해, 17세 미만 청소년 중고등학교에서는 시 쓰는 교육을 금한다고 거듭 강조했다. 시를 쓰는 행위는 위험한 놀이이며 비생산적 사회 문제라는 것이었다.

그는 침대에서 꼼짝하지 않은 채 발자국 소리를 엿들었다.

속으로만 중얼중얼했다. 베르질리우스, 호레이스, 루카치의 시들을 끝없이 외웠다. 해석을 하고 이를 모델로 자신의 시를 썼다. 비극을 구상하고, 「이르타멘」라는 제목을 붙였다. 볼테르를 생각하고 라신느를 생각했다. 아버지에 대해, 보나파르트에 대해, 어머니의 적들에 대해 치밀었던 분노를 출발로 자신의 언어들을 벼려냈다. 1,508행에 달하는 극작품이었다. 종장의 경우는 넋을 잃을 정도로 '담금질'을 했다. 나폴레옹 1세에 저항하는 적자適者 왕의 투쟁 이야기였다.

폭군을 미워할 때, 왕들을 또한 사랑해야 한다.

그는 작품 「이르타멘」를 팰릭스 비스카라에게 맡겼다. 팰릭스는 운韻을 붙였다. 그는 이미 빅토르의 다른 작품도 평가했다. 으젠느 작품도 평가했다. 형제가 다 글쟁이였으므로. 빅토르와 으젠느의 경쟁은 끝이 없었다.

그러나 비스카라는 위고 형제가 그에게 제시한 서사시 「노아의 대홍수」 제2권을 읽으며 너무 또박또박 발음하지 않도록 조심하고 조심했다. 빅토르는 자기가 쓴 것이 으젠느 것보다 뛰어나다는 사실을 의심하지 않았다.

그의 형은 자신이 느끼는 모든 것을 글로 쓸, 말로 옮길 의지는 강했으나 직관적인 힘으로 체득하는 일은 불가능했다. 아버지에 대한 분노, 푀이앙틴느 정원에 대한 향수, 그리고 어머니의 사랑 … 뤼코트 장군 부인의 기억 속에 있는 아스라한 감정, 일종의 충동, 소란, 또는 로잘리의 예쁜 두 다리, 코르디에 기숙학교의 란제리 관리인, 언젠가 빅토르 앞에서 소르본 돔으로 이어진 사다리를 올라간 비스카라, 그 친구의 여친, 빅토르가 고개를 들어 본 그녀의 장딴지, 엉덩이, 레이스, 망사가 내내 눈에 어른거렸다.

쓴다는 것, 그것은 그 모든 감정, 그동안 배운 모든 지식, 그리고 자신이 꿈꿔온 모든 것들을, 말모이를 벼리는 내면의 거대한 용광로 안에서 융해시키는 일. 쓴다는 것, 그것은 또한 드라공 골목의 대장장이들이 그러하듯, 잠잠한 인간 내면의 온갖 것이 밖으로 흘러나오도록, 그리고는 융해된 주물을 망치로 두들기는 일. 쓴다는 것, 그것은 숨 쉬는 일. 숨을 멈추면 죽는 것.

비토르는 일어났다. 양초에 불을 붙였다. 촛불이 흔들렸다. 현관 문틈과 채광창을 통해 찬 공기가 스며들었다. 생-쉴피스 교회의 탑과 그 위의 샤프 회사 통신기들이 눈에 들어왔다.

그는 쓰기 시작했다.

자신이 느끼는 감정은 융해된 주물, 단어는 벼리는 금속이었다. 그리고 시구들은 검이 되었다.

그는 돌연 쓰기를 멈추었다. 시인은 일종의 군인이었다. 그는 행동한다. 맞서 싸운다. 샤토브리앙처럼. 어제는 보나파르트와 맞서고 오늘은 왕의 국무장관과 맞선다. 부정을 폭로한 볼테르처럼, 창작을 무기처럼 휘두르는 것이다.

7월 10일자, 빅토르는 이런 생각을 이어 노트에다 적었다. "샤토브리앙이 아니면 무無이고 싶다."

그리고 그는 절망이 뒤섞인 얼굴로 빠르게 사그라드는 양초를 바라보았다. 으젠느와 빅토르는 양초 살 돈도 없었다.

몇 주 아니 몇 달, 으젠느는 아버지로부터 단돈 몇 푼이라도 뜯어내기 위해 별별 짓을 다했다. 그리고 형제는 숙모 마르탱-쇼핀느 부인의 고약한 심보에 상처를 받았다. 게다가 그녀는 레오폴이 블루와에 있다는 것을 알려주는 것도 거부했다. 게다가 카트린느 토마가 아버지 것인지 아니면 배우자 것인지, 그도 아니면 아들들로부터 빼앗은 것인지 모를 일이지만, 푸와 73번 로의 집을 구매한 사실도 숨겼다.

으젠느가 편지를 썼으니!

"마르탱 부인은 지금껏 저희에게 아버지가 어디 계신지 절대 말하지 않다가, 어제서야 겨우 일러준다고 했어요. 맙소사, 사랑하는 아버지, 아버지 답신을 눈 빠지도록 기다립니다. 아버지 소식도 궁금하고, 또한 저희 필요한 것도 채워야 해서요. 사랑해요. 건강하셔요. 영원히 사랑해요.

순종하고 존경하는 두 아들"

그리고 으젠느는 빅토르 사인도 해버렸다!

쓴다는 것은 이것 말고 또 무슨 쓸모가 있을까? 고통Goton, 그녀는 중개자 역할을 하기 시작한 뒤로, "막말을 일삼고, 자신이 누군지는 생각지 않고 소리를 지르니 …. 우리를 모욕하는 그런 시간은 차라리 없는 시간이 편할 것 같아요. 만일 저희가 진 빚을 저희가 갚고, 한 푼 없는 거지처럼 지내지 말았으면 하는 것이 아버지 뜻이라면, 다른 부탁 없어요, 아벨만 아버지가 좀 어떻게 해주셔요."

기숙사 복도에서는 '소떼'와 '개떼'가 사납게 싸우고 있었다. 으젠느는 적이었다. 그에게 대항하는 것은 나이 든 경쟁자를 때리는 못된 일이고, 또 누구도 알아서는 안 될 아버지의 행실을 알고 있는 이, 가족 고난사의 증인인 사람을 벌하려는 일이었다!

대결은 치열해졌다. 불로뉴 숲으로 수학여행을 가던 중 빅토르는 으젠느의 친구 중 하나가 던진 돌에 맞았다. 쓰러졌다. 무릎이 부어올랐다. 부러진 모양이었다. 일어설 수가 없었다. 친구들이 부축하여 데려다 누였다. 그리고 몇 주씩이나 자리에 누워있었다. 수학과 미술 수업을 따라가기는 틀렸다. 아버지가 아들들 공과대 입학을 목표로 그토록 신경 쓴 과목들이었다.

마침내 그는 자신이 바라던 꿈을 꾸고, 수백 편의 시를 쓰고, 「이르타멘」를 교정하고, 로잘리 뤼코트를 위한 대본 작업을 시작할 수 있었다. …

　　… 그런데, 만일 내가 쓸 줄을 모른다면,
　　부인, 내가 사랑할 줄 안나는 섯입니다.[68]

그리고 끝없는 작업에 심취했다. 대장간 '쇠 벼리는 소리'는 계속되었다. "샤토브리앙 아니면 무無이고 싶다." 쓴 것을 다시 읽고 생-쥐스트의 시를 회상하며 덧붙였다. "내 나이 열다섯, 그동안 나는 잘못 행동했다. 앞으로는 더 잘 할 수 있다."

그는 기뻐 뛰었다. 눈물이 날 정도로 흥분했다. 어머니가 그 작은 방에 들어왔다. 접근 금지를 마다하고 병난 아들을 보러 왔다. 매일 오겠노라 했다.

게다가 아버지는 블루와에 있었다. '가련하고 치명적인 동거녀'와 함께 연금된 지역이었다. 빅토르는 잠긴 목소리로 어머니에게 자작시들을 읽어주었다. 그리고 어머니에게 비극 「이르타멘」을 헌정했다. 그는 자신이 으젠느 보다 잘하리라는 것을 알고 있었다. 자신은 어머니가 관심을 쏟고 있는 상처투성이 아들 으젠느의 답답한 방을 벗어나 계속 수업을 받을 수 있었으니.

행복의 순간, 방금 완성한 헌시를 읊조렸다.

> 오 어머니! 그러니 연약한 저희를 돌아보아
> 싸늘하지 않은 눈길을 주셔요
> 어머니, 당신의 아들들을 받아 주셔요
> 어머니라는 이름의 미소로 말이에요!.
> 그것은 라신느가 천상의 향연에서 피워낸
> 불멸의 꽃들에서 온 것이 아니에요
> 그것은 꽃들일 뿐, 단순하고 천부적인.
> 제 마음을 담아, 어머니, 꽃다발 한 아름 바칩니다.[69]

소피의 존재, 어머니의 자애, 어머니의 너그러움을 생각할 때 아버지 행동은 더욱 참을 수가 없었다. 그래도 빅토르는 끓는 분노를 가라앉힌 후, 으젠느에게 쓰도록 했다. "저희 요구는 지금 절박해요. 생필품 말입니다. 더 말씀드릴 필요가 없어요." 이렇게 해서 빅토르와 으젠느는 코르디에 기숙학교 학생으로 얌전히 남아, 향후 루일-르-그랑 중학교에서 기초수학들과 철학 강의를 따라갔다.

"저희는 하루 네 번 등교합니다." 으젠느는 편지를 이어갔다. "비가 오나 눈이 오나 말입니다. 옷이나 구두를 말릴 시간도 없는데, 갈아입을 것도 없는데 뭘 어쩌지요?"

빅토르는 아버지 답신을 읽으며 열을 받았다. 레오폴은 자신의 기소장 이야기만 늘어놓았다. 으젠느는 빅토르와 똑같은 감정에 휩싸였다. 그는 다시 펜을 들었다. 그리고 빅토르는 형 어깨 너머로 편지를 읽었다.

"아버지 편지 말미를 보며, 아버지가 어머니를 불행하게 만드는 걸 보며 저희는 죽도록 괴로운 심정을 감출 길이 없어요. 그것도 먼저 읽어본 후에 저희에게 온 공개된 편지잖아요… 아버지가 어머니하고 주고받은 교신을 다 보았어요. 아버지가 어머니를 처음 만났을 때, 어머니 곁에서 기쁨 가득한 행복을 발견했을 때, 그런 말을 쓸 생각을 하셨을까요? 어머니는 변함이 없으세요. 어머니는 변하지 않으셨어요. 똑같으세요. 아버지께서 처음 어머니를 생각하셨듯이 저희는 어머니를 변함없이 생각할 거예요.

모두가 아버지 편지가 저희로 하여금 갖도록 한 생각들입니다. 부디 저희를 좀 생각하시고, 아버지에 대한 변함없는 사랑을 믿어주세요.

두 아들의 순종과 존경을 담아, 으젠느 위고 드림."

으젠느는 빅토르에게 편지를 내밀었다. 빅토르가 사인했다.

그는 부모의 말에 늘 영향을 받았다. 그리고 늘 형보다 뛰어나다고 생각했다. 그는 학교와 기숙사 일정표에 따른 짧은 시간 동안 편지를 쓰며 화가 치밀었다. 왜냐하면, 아침 여덟 시에 생트-마르그리트 로를 출발하여 루일-르 그랑까지 가면, 저녁 여섯 시나 돼야 학교를 나섰다. 게다가 코르디에 기숙학교에서는 드코트 선생님 지시에 따라 아침 여섯시부터 밤 열 시까지 공부했다. 수학, 미술, 작문이 이어졌다. … 이슥한 밤이 되어서야 빅토르는 시작 노트를

폈다. 그리고 온갖 감정은 단어가 되고, 시구가 되고, '마지막 날'의 스토리가
되었다.

> 벌벌 떨어라! 악당들, 벌벌 떨어라! 흉악한 그대 영혼들아
> 지옥에서 영원한 고통을 견디리
> 그대들 중죄의 대가이리니.[70]

그는 편지를 썼다. 그리고 아버지를 더 이상 생각하지 않았다. 비록 자신에
게 가한 상처의 원인이었을지라도. 다들 느낀 것은 바로 그 변신의 신비였다.
운문에서, 갈수록 웅대한 글쓰기 욕구를 가져온 동력.

1816년 12월 14일, 그는 드디어 끝내고 반복하여 읽었다. 「이르타멘느」! 그
는 사본을 어머니에게 주 싶었다.

소피는 더 이상 비에이유-튈르리 거리에 살고 있지 않았다. 그녀는 생-쉴피
스* 근처 프티-오귀스탱 로 18번지의 아파트에 정착했다. 조촐했다. 정원도 없
고 임대료는 저렴했다.

빅토르와 으젠느는 그 새로운 집에 대해 알고 싶었다. 그러나 그들의 외출
이란 '미사와 공부와 산책' 중 틈새 시간이었다. 게다가 그들은 코르디에 기숙
학교 '사감 놈' 감시를 받았다.

으젠느는 휴일에 아벨이 찾아올 수 있게 해달라고 편지로 애원했다.

"사랑하는 아버지, 아버지께서는 종종 우리 형 아벨을 칭찬을 아끼지 않으
셨지요. 그리고 아버지 자신 말씀으로, 형이 아들 중 제일 착하고 형제 중 제일
인정 있다고 하시지 않았어요?" 으젠느는 두 아들 학업 성적이 우수하고, 산수
성적은 반에서 상위권이고, 작문에서는 3, 4등이라고 설명했다. "아버지, 그래

---

* 현재 보나파르트 거리

서 드리는 말씀인데요. 휴일에는 아벨과 함께 외출 좀 하셨으면 해요."

12월 말, 축제 기간이었다.

빅토르와 으젠느는 답신을 기다렸으나 묵묵부답이었다. 빅토르는 으젠느에게 한 번 더 편지를 쓰도록 했다.

"저희 모든 소원은 소용이 없군요. 형을 만난다는 달콤한 기대에도 불구하고, 형을 본 것이 아무리 오래되었어도, 이제 아벨과 함께 외출 좀 하시라는 말씀은 더는 안 드릴게요. 새해를 남들처럼 보내는 건 포기합니다. 부모님을 못본 것이 2년이나 되었네요… 그저 선생님들한테 잘 보이려고만 늘 애쓰고 있어요. 그래야 아버지께서 좋아하시니까요. 그래야 지금 처지를 덜 힘들이고 이겨낼 수 있으니까요. …"

빅토르는 이 편지에 사인하지 않았다. 그는 노트를 열어 썼다.

여호와는 말씀하셨네, 세상은 기다림 속에 있고
가브리엘의 요란한 나팔 소리만 홀로
하늘의 평화를 어지럽히고 있구나.[71]

1817

손에는 베르질리우스, 푸르고 어두운 숲

당신의 고요한 그림자 아래 방황하는 시간, 이토록 좋은 것을!

열다섯 살이 되었다.

코르디에 기숙학교에서 펠릭스 비스카라와 함께 걷는 시간, 사감은 산책 일정으로 일주일에 한번 학생들을 데리고 나갔다. 그는 걸으며 최근에 지은 시구를 나지막이 읊조렸다.

> 지금 내 눈에 들어온 것은
>
> 영靈과 예술이 살아있는 행복한 성전
>
> […]그리고 나는 곧
>
> 머리에 수호守護의 월계수 띠를 두르고
>
> 지성소 깊이 영광스럽게 들어가리니.72

그는 비스카라가 자신을 대단하게 본다는 것을 알았다.

그 감사자는 갸우뚱하면서 중얼거렸다.

"이런 일은 난생 처음이군. 학사원생들 보면, 저 어린 나이에 열에 아홉은 저런 재능이 없는데. 머잖아 자리만 잡으면 누구든 다 무너뜨릴 걸!"

빅토르는 그 소리를 들었다. 속에서 환희의 에너지가 올라오는 것을 느꼈다. 곱씹어 말했다. '나는 샤토브리앙이 아니면 무無이고 싶다.'

빅토르의 우상인 그 작가는 보나파르트의 박해를 받은 후 '헌장에 따른 왕정주의자들'을 경계했다. 그들은 절대 왕권을 원치 않는 소심한 사람들이었다. 제국의 인사들의 지지를 통한 통치에 골똘한 사람들이었다.

그들은 샤토브리앙 장관을 몰아냈다. 더 이상 연금도 없고 자리도 없는 그를 과격왕당파라고들 불렀다. 자, 어떤가. 과격이 필요하지 않은가! 빅토르는 결론을 내렸다.

주위를 둘러보았다. 온갖 것이 그에게는 감성이었다.

추운 겨울, 길바닥에 썰매를 타는 여자아이들이 하얀 발목을 드러내고 있었다. 그것만으로도 열기가 후끈하여 그의 볼이 달아오르기에 충분했다.

난 그대를 내 양치기 소녀로 만들 거야
최소한 태양은 못되더라도… 73

그러나 산책은 끝이 났다. 생트-마르그리트 로, 마치 자신을 죄수처럼 느끼게 만드는 어두운 감옥으로 돌아가야 했다. 코르디에와 드코트의 회초리는 생각만 해도 힘들었다. 공부는 마음을 짓눌렀다. 파리에서 보는 것은 죄다 환멸이었다.

그는 후에 이렇게 썼다.

"1817년 … 프랑스에는 프러시아인들이 남아 있었다. 샹-드 마르스 뒷골목에는 빗물에 누운 채 풀밭에서 썩어가는 커다란 나무통이 보였다. 그리고 독수리와 벌들이 놀다간 자국으로 파랗게 물들어 있었다. 그것은 바로 2년 전만 해도 샹드매* 황제의 연단을 떠받치고 있던 기둥들이었다. … 오스테를리즈 다리**는 '폐위'되고 자르댕 뒤 루아 다리라는 이름이 붙었다. … 기관에서는 아카데미 프랑세즈 회원 목록에서 나폴레옹 보나파르트를 빼버렸다. … 팔려 넘어간 언론들, '매춘'의 언론인들은 1815년의 추방자들을 맹비난하고 있었다.74

그는 과격파가 되길 원했다. 그러나 자신이 블루아로 유배되지는 않았으나 아버지가 추방자 중 하나인 자로서 봉급이 삭감된 반급자 중 하나라는 사실을 잊을 수가 없었다.

마르탱-쇼핀느 부인은 자기 오빠가 보내온 편지를 곱씹어 읽었다. 오빠란 이는 '어떻게든 자식들에게는 넘치도록 주지 않고는 못 배기는' 사람이었다. 그러다보니 비용과 책임에 대한 압박을 감당하기 위한 '그 많은 질서와 절약'이 필요했다. 그는 말했다. "우리 새끼들은 아직도 말을 못 알아듣는단 말이야. 그러니 지 애미에게 말할 수밖에. 이제 1월 1일부터는 한 달에 딱 80프랑만 줄 거요. …"

숙모가 아버지에 대해 비난을 퍼붓든 변명을 퍼붓든, 그는 자기나 형이나 말하자면 불의의 희생자라는 생각이 들었다.

따지기로 작심하고 편지를 쓴 것은 으젠느였다. 그는 마르탱 부인이 돈 이야기나 미술 수업료 이야기를 늘어놓는 '지겨운 장면'을 낱낱이 적었다. 마르탱 부인은 자신을 위해 돈을 모았다. 으젠느는 그녀가 이간질하고 있다고 덧붙였다. 빅토르도 사인을 했다. "그녀가 저희에게 아버지 처지에 대해 설명하고, 아버지께서 저희를 위해 온갖 궂은일을 다 하신다고 말했을 때 저희가 면전에서 비웃었다는 말은 거짓입니다." 그러나 그녀가 전하지 않은 빅토르가 눈병

---

* 샹드매(Champ de Mai)는 샹드 마르스(Champs de Mars)가 개명된 것. 이곳은 프랑스 혁명기에 국민 화합의 장으로 사용됐으나, 때로는 시민 학살의 장소가 되기도 함.
** 1805년, 영국, 오스트리아, 러시아 3국 대 프랑스 군 간의 오르테를리즈 전투를 기념한 다리 이름.

이 난 일이나, 으젠느와 함께 철학 교수로부터 파리 4개 중학교가 출전한 콩쿠르에 참가하게 된 일과 같은 것들이었다. 이야말로 학업 수준과 성실의 증거가 아니란 말인가?

그런데도 레오폴은 돈, 돈 하며 보내주는 수업료를 줄일 생각만 있어 보였다. 창피했다. 그리고 일종의 강박이 되었다. 필요한 것은 많았으나 돈이 없었다. 마르탱 부인은 둘에게 당연히 줄 돈도 주지 않았다.

으젠느가 졸라대야 했다.

"제발 저희한테 넘어올 6프랑이 좀 오게 해주세요."

그는 형 아벨에게 따지도록 부탁해야 했다.

"빅토르와 으젠느는요. 한 푼도 없이 지낸다는 건 불가능합니다. 내야 할 채플 의자 값이나 필수 고급문학 책 몇 권 값도 없다니 말이 되나요?"

아버지는 이 말 저 말 대꾸하지 않고 되레 기숙사비, 학비, 용돈 일체를 줄여버렸다. 심지어 자기는 지금 두 아들을 공과대까지 들어가도록 할 수 있을지 '너무 회의가 든다.'라고 까지 했다. 그리고, 당연히, 아버지가 비난하는 것은 소피였다. "내 여기까지 오는데 고통과 험란, 고역의 세월이 삼십년이야. 내 이렇게 애써 모으려는데, 고약한 여자가, 애들 미래나 지 자신에 대한 생각은 일도 없고 다 된 곡식 단에다 불을 싸지르러 왔구나."

그가 아이들 엄마에 대해 하는 소리는 그런 식이었다!

빅토르는 부모 간 그런 비난, 구지레한 전쟁, 치고 박고 싸우는 돈에 분노하고 점점 거칠어졌다.

스스로 나짐했나. 님에게 질대 의지하지 않겠노라, 설령 핏줄이라도! 오직 내가 해야 할 것만, 내 필요에 의한 것만 해야 한다! 그리고 일에, 나의 저술에 헌신한다! 자유에 이르기 위하여.

나이 열다섯, 확신했다. 장차 의지할 것은 오직 자기 자신뿐.

아버지의 편지는 받는 족족 실망이었으니. 고모는 아버지 말을 즐기듯 되풀이 했다.

"너는 애들 행동에 대해 새로운 소식을 절대 전하지 않는구나. 난 아이들이 더 이상 지 애미의 그 사나운 행동을 보고 크면 엇나간다고 생각해."

빅토르는 몰이해 앞에서 숨이 막혔다. 레오폴은 소피가 막내 아들에게 살갑게 하고 있는 것을 상상하지 못했다. 엄마 곁에서 빅토르는 책을 읽고 작품을 보여주고, 엄마는 늘 경청하고 칭찬하고 감탄을 했다. 그는 엄마에게 말했다.

> 내가 감히 의지할 수 있는 것은 오직 당신뿐
> 지혜로운 조언으로 저를 도와주셔요… 75

그리고 빅토르는 아버지가 은신해 있는 만큼 또한 조언이 필요했다.

그에게 공과대학에 대한 고민은 더 이상 중요하지 않았다. 그러면 딴 무슨 직업? 으젠느는 아버지한테 형제가 법학 공부를 시작하도록 '해줄 것을' 제안했다. "아버지는 저희에게 2천 프랑 이상을 쓰고 계시잖아요. 1,600 프랑만 주세요. 여기 코르디에 기숙학교도 나가게 해주세요. 우리만큼 돈 없는 친구들처럼 차라리 저희들 맘대로 하도록 해주셔요. 이런 형편이라면 저희가 돈을 벌 거예요. …" 래오폴은 답이 없었다.

빅토르는 민첩하게 행동하고, 자립을 얻어내고, 결국 시인이나 작가로 어떻게든 인정받아야만 했다. 그리고 자기 안의 에너지와 분출하는 언어들이 생계 수단이 되어야 했다. 언어는 온갖 문, 영광의 문, 권력의 문을 열 수가 있다. 샤토브리앙 아니면 무無!

그는 아카데미 프랑세즈가 콩쿠르 주제로 '온갖 삶의 조건 속에서 공부가 제공하는 행복'이라는 시제詩題를 결정한 것을 알았다. 곧바로 창작에 들어갔다. 단숨에 334 행을 써내려갔다.

> 손에는 베르질리우스, 푸르고 어두운 숲
> 당신의 고요한 그림자 아래 방황하는 시간, 이토록 좋은 것을!
> 나는 방황을 사랑하노라
> 그대가 사랑하는 비탈길을 걸으며
> 나는 디동* 위에서 울고 그의 사랑을 탄식하노니!
> 거기, 고요하고 근심 없는 내 영혼은 열리노니
> 공부에 **빠져**, 공부에 만취하여… 76

그는 전투적인 열정으로 써나갔다. '시답잖은 명예' 따위는 집어던지는 자신을 묘사했다.

> 내 흠모하는 두 작가, 티불루스와 베르질리우스
> 내 고독한 은신을 끝없이 울어 주리니… 77

마지막 구절을 끝냈다. 자신감에 넘쳤다. 팰릭스 비스카라와 함께 기숙사 외출 허락을 받고 아카데미에 시를 제출하고자 했다.

하지만 더 중요한 일은, 세상에 던지는 처녀작 탄생을 위한 헌정시를 쓰고 싶었다. 푀이앙틴느 정원의 교수 무슈 들라 라 리비에르에게 바치는 시였다. **뻐르게** 시를 썼다.

> 존경하는 스승이여, 저의 미약한 노력을 미쁘게 받아주소서

---

* Didon. 카르타고 초대 여왕. 1783 니콜로 피니치의 서정 비극 작품명.

마음으로부터의 선물을 드리오니

그것은 바로 당신 이옵니다

공부의 교훈으로부터 이성에 눈뜨기까지 유익한 법을 처음 일러주신

오직 스승님 덕에 나는 노래할 수 있었으니

나의 노래는 오직 스승을 위해서이오니.[78]

그는 비스카라와 함께 아카데미 계단을 뛰어올라갔다. 수위를 만났다. 그는 작품 접수번호 15번이었다.

그리고 기다림은 시작되었다.

그렇다고 꼼짝 않고 있을 그가 아니었다. 5막으로 된 비극을 구상했다. 북프랑스의 안개 자욱한, 얼어붙은, 유령 같은 세계에서 공연될 작품. 오댕*의, 사제들의, 전사들의 성전을 구상했다. 범죄가 행해졌다.

무어라고! 맙소서! 무어라고! 삶을 즐기는 이는 바로 그대

딩카르에서, 스칸디나비아에서 그토록 칭송받는 왕이여

나는 지금 무엇을 듣고 있는가?

도살은 바로 그대가 자행하는 것이니… [79]

작품명을 「아텔리 혹은 스칸디나비아인」이라고 붙였다. 하지만 초안을 끝까지 밀고 가지 못했다. 연극 장면들을 기획해놓고는 성급하게 딴 것을 또 시도했다. 아카데미 콩쿠르 결과가 불안했던 것이다.

아이디어가 문득 떠올랐다. 코믹 오페라를 시작했다. 24개 장면으로 구성된 경가극經歌劇에 A.Q.C.H.E.B, 이런 수수께끼 같은 제목을 붙였다. 공연을

---

* Odin. 북유럽신화, 지식·문화·시가·전쟁의 최고 신.

직접 보는, 성공을 확인하는, 저작권을 쥐는, 마지막 장면에서 관객 박수갈채를 받는, 마침내 공연 제목의 비밀이 밝혀지는 것을 꿈꾸었다.

그는 작곡가와의 접촉을 시도했다. 하지만 조금씩 꿈이 무너졌다. 때가 아니었다. 다음과 같이 묻는 펠릭스 비스카라에게 대답이 나오질 않았다.

"어떻든 너는 파바르 극장 남녀 배우들 앞에서 선생 작품을 읽어 보았니?"

사실, 그의 희극 오페라는 공개 낭독 테스트에 직면해본 적이 전혀 없었다. 하지만 그것은 중요하지 않았다. 빅토르는 마음대로 말재간을 부리고, 듀엣 곡과 샹송을 작곡하고, 코믹 상황을 독창적으로 설정하며, 스스로 일종의 중독을 경험했다. 마지막 소절을 흥얼거렸다. 무대 1층에 서있는 관객에게 몸을 돌리고 노래한다.

> 작가들은 기다릴 수 있을까
> 제군들이여, 아무리 그대들 덕분이라 한들
> 우연인 걸 가지고, 젊은 나이들인데
> 때로 그런 결례 그대만 괜찮다면
> 그들은 희열로 가득 차 말하고 또 말할 거요
> 때로는 좋아 좋아, 되는대로 가는대로… 80

기쁨이 넘쳤다. 날이 갈수록 단어, 각운, 문장과 자유자재로 놀 수 있다는 확신이 들었다.

고갈하는 법이 없는 시의 리듬으로, 자신의 생각이 고양되고 운율이 지어지는 것을 종종 느꼈다. 그리고 형식은 시시각각 다양히게 샘솟듯 솟아났다. 그는 일종의 달인이 되었으며 스스로 도취 되어갔다.

언젠가 코르디에 기숙학교 마당 한쪽을 가로질러 가던 아벨이 갑자기 빅토르를 거칠게 불러 세우고 말했다. "아카데미 프랑세즈에 어린애가 낸 시인데,

세상에, '번쩍이는 광채'가 세 군데나 있다고 꼭 집어 말할 것까지 있었나?" 아카데미 회원들은 작가가 자신들을 농락했다고 생각했다. 그들이 작품을 언급은 되었으나 선정되지는 못했다!

빅토르는 그 몇 구절을 기억했다. '나이 십오 세'의 토로였다.

> 만일 하늘이, 나를 세상의 급류에 내동댕이쳐
>
> 연약한 일엽편주를 파도의 은총으로 인도한다면
>
> 나, 도시와 궁정을 언제든 떠나리
>
> 세 개의 광채를 보며 나는 경기가 끝나는 것을 방금 보았으니
>
> 이제 누군들 나를 인도할 수 있으리? 어느 용감한 손이
>
> 나의 범선을 폭풍우 몰아치는 저 바다 위로 끌고 가리오?[81]

아벨은 형으로서 같은 작가로서 빅토르의 어깨를 토닥이며 축하해 주었다. 그도 연초에 『멜로 희곡론』을 출간했다. 신문에 소개까지 되었다. 열아홉 살 나이에 아벨은 이미 문학 오찬을 준비하고 있었다.

그는 빅토르에게 낮은 소리로, 으젠느 역시 아카데미 콩쿠르에 작품 하나를 제출했지만 전혀 호응을 얻지 못했다고 말했다.

빅토르는 기쁨, 자신을 압도하는 승리감을 억누르려고 애썼다.

의도는 아니었지만 라이벌을 물리쳤다. 형제이지만 단호했다. 그리고는 쾌감을 만끽한 것에 대해 한편 죄책감을 느꼈다. 잊고 싶었다. 아카데미 회원들과 아카데미 종신 비서 라이누아르, 그리고 프랑수아 네프샤토*에게 감사했다. 둘 다 빅토르를 환대했다.

네프샤토가 오찬에 초대했다. 그리고 자신도 열세 살 때 볼테르에게 탁월함

---

* Raynouard(1761~1836), François Neufchâteau(1750~1828). 작가.

을 인정 받았다는 말을 했다. 그리고 아카데미 학장은 그 '청춘'에게 브뤼메르[*] 18일에 대한 기억을 이야기해주었다. 빅토르는 다소곳이 들었다. 네프샤토는 그를 위해 상틸란느의 질 블라스[**]를 톺아보라고 했다. 그가 스페인어를 할 줄 알기 때문이었다.

빅토르는 겸손하고 존중하는 태도를 보였다.

마치 몽상 속에 들어앉아 있는 듯했다. 결정적 단계를 넘어선 느낌이 들었다.

라이누와르에게 감사했다.

오 라이누와르…

[…] 베르질리우스의 어린 학생은

서툰 영감靈感으로

감히 새로운 합의를 제안하오니

그는 당신에게 모든 것을 빚지고 있으며

망각의 심연에서 빠져나올 수 있었던 것은 바로 당신의 자비

매몰된 그늘 속 미약한 그의 시도

그는 프랑수아 드 네프샤토 공작에게 알랑거렸다.

이 노파, 그는 우리에게 재치 있게 오솔길을 알려줄 테니

볼테르는 몇 년씩이나 기소되었으나 여전히 위풍당당하여

ㄱ의 ㄴ을 붉빛은 ㄱ대 새벽을 아름답게 수놓았으니

그가 그대를 상속인으로 지명한 것이요…

---

[*] Brumaire. 공화력 두 번째 달.

[**] Gil Blas. 프랑스 대표적 악당 소설.

문학 세계에서 자신의 첫 발을 뗐다. 그리고 능란하게 움직였다.

그는 자기에게 헌정된 8월 26일 기사 '상업, 정치, 그리고 문학 저널'을 읽고 또 읽었다.

"열다섯 살 아이라고는 믿어지지 않는, 작품을 천연덕스럽게 아카데미에 보내고, 그리고 그것도 잊은 채, 끝내 훌륭한 시적 자산으로 남을 시구를 쓰는 이 무서운 자는 대체 누구인가? 이 아이는 손에 베르질리우스를 들고 숲 속을 배회하며, 디동의 사랑을 읽고, 벌써 그 또래의 동심을 표현했다."

> 거기서, 내 마음 더 온유해지고, 그리고 더욱 연민할 줄 안다네
> 불행, 언젠가는 필히 겪고야 말!

이 베르질리우스의 제자의 부모는 기억해야 한다. … 순전하고 감미로운 존재를 우리가 얼마나 자상하게 길러야 하는지…!

그를 일컫는 말이었다. 아카데미 회원들이 이구동성으로 지목한 것은 바로 그였다. 합격!

그가 돋보인 것은, 단순한 언급만으로도 족했다. 그의 확신은 더욱 굳어졌다. 영광을 얻었으며, 세기에 걸쳐 이름을 떨칠만한 시인 중 하나가 되겠다는 신념이 섰다. 샤토브리앙이 되는 일, 그것은 더 이상 단순한 욕망, 몽상이 아니었다. 그의 의지가 시작되었다.

그리고는, 느닷없이, 빅토르는 또 다른 현실에 부딪쳤다. 드코트, 인정 없는 인간은 으젠느를 무시했다. 그리고 두 형제가 수학, 철학에서 얻은 영예, 아카데미 프랑세즈와 신문 기사의 언급에도 불구하고 아버지는 어떤 만족감도 표현하지 않았다. 게다가 아벨은 그 이유로 아버지를 비난했다. "다른 아버지 같

으면 아들들이 대견하여 몸 둘 바를 모를 텐데, 아버지는 지금 군軍의 명예 덕에 찬사를 받을 만한 이름에 먹칠할 준비가 된 불쌍한 인간들만 보시는군요."

그리고 이런 태도에 책임을 전가하는 말로, '이 여자, 못된 천재, 지옥에서 온 악마, 끔찍한 인간'이라고 아벨이 덧붙였다. "언젠가 당신이 우리를 더 잘 알게 되겠죠. … 우리의 복수 시간은 임박했고 우리는 아버지를 다시 만날 겁니다. 그리고 불행의 장인匠人은 때가 되면 두려워 떨게 되겠죠. …" 이런 결론에 빅토르도 인정했다.

그렇게 아들과 아버지의 간극은 더욱 벌어졌다. 레오폴은 여동생에게 일렀다. "다시는 아벨에게 편지하지 않을 테다. 무례한 녀석 편지 때문에 둘 사이 모든 거래는 끝이다. 그놈 형제들과도 부득이할 때 몇 줄 빼고는 편지 쓰는 일 절대 없을 거다. 다 지들 엄마 편이고, 나는 오로지 불길한 희망만 있잖니. 나는 무한 대가를 치르고 파멸될 엄청난 희생만 있으니."

몰이해는 심화되고, 그는 늘 돈 타령만 했다.

그는 실망, 노여움, 부끄러운 옹졸함으로부터 도피하여 작업에 열광했다. 그리고 제국의 장군에게 보란 듯이 더욱 맞서며, '과격왕정주의자'를 다짐했다.

11월 11일 빅토르는 노트를 폈다. 앙굴렘 공작의 영광에 대한 시를 쓰고 싶었다. 아르투와 백작루이 18세의 동생의 아들은 프랑스 마지막 황태자였다. 해군 대 제독, 그가 프랑스 항구들을 방문했을 때였다.

> 잉굴렘의 프링스는 예고 없이 예찬 했네
> 겨레의 눈물을 닦아준 친애하는 왕자들 중 한 분
> 전사들 중 가장 위대한 분
> 그리고 부르봉 왕가, 어진 가문

빅토르는 노트들을 펴, 그동안 써놓은 비극의 초안과 희극 오페라를 톺아보고, 아카데미가 언급한 시를 두루 살펴보았다. 으젠느를 눌러버린 것이 틀림없었다!

12월 29일, 그는 무심한 척하면서, 패배한 형이 아버지에게 편지를 쓰도록 두었다.

"사랑하는 아버지, 새해가 밝았습니다. 새해에는 아버지와 저희들 모두 더 행복하기를 소망합니다. 저희들 소원, 아버지는 아시잖아요. 부모님 행복 그뿐입니다. 언젠가는 저희가 행동으로 증명해드릴 기쁜 날을 생각하면 날아갈 것만 같습니다. 그러니 사랑하는 아버지, 저희가 아버지를 위해 기도하는 소망과 변함없는 애정을 받아주십시오.

순종하고 존경하는 아들들 드림."

으젠느가 사인하여 건네자 빅토르도 곧 사인했다. '빅토르 마리 위고'라고.

그리고 빅토르는 노트를 다시 폈다.

한 해는 충일充溢했다. 마침내 자신이 번데기를 찢고 나온 듯했다.

한해 마지막 날, 어머니에게 희극 오페라를 헌정할 것을 다짐했다. 그는 오페라가 영예와 돈을 안겨 줄 것을 열망했다.

> 감성적이며 지혜로운 어머니, 이것은 당신의 것
>
> 오늘 쓴 산문과 운문을 보내 드리옵니다
>
> 저는 오늘도 변덕스러운 뮤즈의 잔혹에 용기로 맞서오니
>
> 그저 어머니만 기쁘시게 할 수 있다면
>
> 저는 모든 것에 용감할 수 있사오니.[83]

제4편
1818~1821

1818

영광, 갈망하는 것은 바로 당신이니

아! 당신의 위대한 이름으로부터 영감을 얻도록 해주오…

빅토르는 프티-오귀스탱 로 18번지를 향해 발길을 서둘렀다. 거기, 4층에서 어머니는 매일같이 그를 기다렸다.

으젠느는 곁에서 걸었다. 그는 한 발 뒤쳐져 머리를 숙인 채 낯을 보이지 않았다. 빅토르는 반대로 앞만 보고 훤칠한 이마를 내보이며 당당하게 걸었다. 짙은 금발 머리칼이 둥근 볼을 감싸고 귀를 가렸다. 입은 작고, 뾰족하고, 눈은 왕방울 만했다.

빅토르는 근엄하고 오만한 표정으로 나이 들어 보이고 싶은 듯했다. 마치 젊음을 진지함으로 보상받기를 원하는 듯이.

이제 겨우 열여섯. 검은 양복 조끼와 넥타이, 프록코트 차림으로 거울 속 자신을 보면서 그는 묘한 기분이 들었다. 머리는 비정상적으로 작은 듯한 몸에 얹혀 무거워 보였다. 팔과 다리는 가냘팠다. 그러나 그는 쉬지근하고, 진지하고 엄숙한 남자 구실을 하는 어린이 머리 모양과 표정을 하고 있었다. 그리고 호리호리한 몸매는 그야말로 영 안 어울렸다.

빅토르는 기억했다. 그리고 몇 년 지나서 표현했다. 1818년을 환기했다.

내가 중학교를 마칠 즈음이었지

테마는 라틴어 시구

거칠고 창백한 아이

그리고 근엄한, 비뚤은 이마, 말라깽이 팔다리였네

그 때 나는 이해하고 판단하려 애썼지

그리고 자연과 예술에 대해 비로소 눈을 떴을 때

민중과 귀족, 관용어慣用語는 곧 왕국의 이미지였네

시詩는 곧 왕정王政이었으며… 84

그는 으젠느를 따라 예전에는 프티-오귀스탱 수도원 일부였던 집 4층으로 올라갔다.

소피는 방 안에 있었다. 아치형 천장은 한때 수녀원 예배당의 일부였던 것이 틀림없었다.

코르디에 기숙학교에서 빅토르와 으젠느의 일상 방문을 막을 사람은 아무도 없었다. 생트-마르그리트 로로 돌아가기 전에 루일-르-그랑 중학교를 나오며 어머니를 보고 갔다. 몇 달 후면 중등교육을 마친다. 그런데 어떻게 특정 대상인 과정을 그렇게 어린 학생들에게 강요할 수 있단 말인가?

빅토르는 드코트와 기숙사 사감들의 무능을 이미 알았다. 그의 시선은 그들을 무시하고 있었다. 그는 시인이었다, 시적 영광을 원했다. 아카데미 프랑세즈 만장일치로 얻은 순간의 명성이 자신의 욕망을 고조시킨 사실을 인정했다.

영광, 갈망하는 것은 바로 당신이니

아! 당신의 위대한 이름으로부터 영감을 얻도록 해주오

그리하여 내 시구에 담으리니

[…] 영광! 오 영광, 나의 우상이 되어주오

당신 미소가 나를 위로 하리니

그리고 언젠가는 내 계약에 왕관을 씌워주려니

미래는 나의 고향

그리고 시간의 음성은 나에게 소리치노니

"그대 살아가라, 수고가 그토록 클지라도![85]

어머니의 낯빛만 보아도 어머니의 지지, 위대한 시인이 될 아들의 비전에 대한 확신, 그리고 어머니의 신뢰가 주는 에너지를 충분히 알 수 있었다.

당신은 나에게 모든 것을 인도하시는 분

부디 저의 뮤즈가 되어 주셔요.[86]

소피는 아들들이 코르디에 기숙학교를 떠날 때를 대비해 책상이 있는 작은 방을 마련해주었다. 거기서 형제는 작품을 쓸 참이었다.

창문 너머로 프티-오귀스탱 미술관 마당이 보였다. 온갖 조각품들과 비석 조각, 원주형 기둥 조각들이 가득했다. 그는 몽상에 잠겼다. 그리고 생-드니 바질리크 아래, 혁명 기간에 옮겨온 왕들 무덤 유적에 푹 빠졌다.

루이 18세는 박물관을 지어 생-드니에 유적들을 복원하기로 결심했다. 하지만 그것들은 아직 마당에 쌓여있었다. 이들이 빅토르에게 영감을 불어넣었다. 아파트 역시 집과 마찬가지로 역사로 가득 차 있었다. 프티-오귀스탱의 옛 수도원 벽들과 어머니의 침실은 추억들로 흠뻑 젖어 있었다. 여기서 일어난 사건들을 생각하지 않을 수 있었을까?

그는 「루이 17세의 죽음」을 썼다. 그 어느 때보다도 과격한 느낌이 들었다.

땅이여, 그대 왕들에게 그대의 행복과 영광을 바치라

왕들의 능력을 받들고 왕들의 기억을 사랑하라

그대들의 의무는 곧 왕들의 권리이니… 87

그리고는, 무덤들을 헐고 역사의 기억을 참수斬首한 대혁명을 고발했다.

비열한 단두대 위에 왕들의 피가 흐르는구나… 88

그는 면전에 앉아 똑같이 상기된 얼굴로 글을 쓰고 있는 형을 바라보았다. 빅토르는 약이 올랐다. 속을 찌르는 듯 했다.

으젠느, 실패했다고 여긴 형도 포기하지는 않았다. 그는 「앙기앵 공작의 죽음에 관한 오드」를 썼다. 그 작품으로 내노라 하는 프랑스 문학상 중 하나인 툴루즈 백일장 아카데미 시 부문 콩쿠르 응모를 원했다. 그리고 빅토르는 여기에 「루이 17세의 죽음」, 그리고 「영광에 대한 욕망」 두 편을 내기로 결심했다.

으젠느의 멈춤 없는 경쟁심은 갈 데까지 갔다. 으젠느의 못된 기질, 형으로서의 자존심, 게다가 어머니의 노골적인 애정 표현, 칭찬 세례 … 마치 자기도 언젠가는 유명해질 운명인 것처럼 보였다.

빅토르는 어머니를 원망할 수 없었다. 그리고 레오폴이 그녀를 '그년'이라 부르는 것을 알았을 때 그는 으젠느의 분노에 동참했다. 두 내연內緣의 결별 판결이 2월 3일 선고되었다. 그리고 소피는 '자녀 감독권, 그리고 자녀 교육과 부양을 위한 가불금 3천 프랑'을 얻어냈다.

레오폴은 격분했다. "내 마드리드 재산 반이 그년에게 갔군." 그에게는 스페인 왕 조셉 보나파르드에게 충성忠誠한 장군으로서 받은 성城과 토지들이 있었다. 그 재산들은 부르봉가의 재건 즉시 몰수되었다. 아무 것도 모르는 빅토르는 여전히 그 자산을 동경했다. 소피도 판결에 불복했다. 레오폴은 속으로 소리 질렀다.

'이 여자 완전히 돌았어. 판사에게, 나에게, 온 세상에 길길이 날뛰는군!'

빅토르는 어머니의 아파트를 떠나 코르디에 기숙학교에 돌아와 잠을 청했다. 으젠느와 마찬가지로 기분이 엉망진창이었다.

으젠느는 빅토르를 밀쳐냈다. 그리고 난데없는 몸짓, 갑자기 정신 나간 듯한 표정, 긴 침묵, 느닷없는 분노, 그리고 다시 탈진한 얼굴로 꼼짝 않고 있었다. 그러다가 느닷없이, 오만한 태도로 돌변했다. 형으로서의 권위, 우월을 주장하고 싶은 듯.

그는 신바람이 나서 박장대소하는 으젠느 목소리를 들었다. 백일장 담당 아카데미 종신 비서인 시인 피노가 방금 전한 소식이었다. 작품 「앙지앙 공작의 죽음과 관한 오드」의 수상 소식이었다. 열여섯 명 심사위원 중 열다섯 표를 얻었다고 했다. 그리고 아카데미가 접수한 팔십칠 편 중 군계일학이라는 것이었다!

빅토르는 머리를 한 대 얻어맞은 기분이었다. 배신감이 들었다. 자기 시가 무시당한 것이다. 그리고 평소 자기가 한참 앞지른다고 생각한 형을 이제는 확실히 누르고 일등을 석권하기 위해 배로 노력하리라 다짐했다

격정과 결의를 배가하여 글을 썼다. 밤마다 낱말들은 산더미처럼 쌓여갔다.

1792년 프러시아인들에게 꽃다발을 주었다가, 이민자들을 도운 죄로 사형선고를 받은 베르뎅의 처녀들에 대한 기억을 고양시켰다. 자신들의 자유를 덕행과 맞바꾸기를 거부한 여인들 이야기였다.

오! 영광스러운 자태
그녀들의 아름다운 영혼을 드러냈으니
죽음마저도 무릎을 꿇게 했도다![89]

그는 헌장에 따른 왕정주의자 데카즈 장관 내각의 덕을 칭송한 무슈 우리라는 사람에게 응수했다. 빅토르는 과격주의자였다. 자유주의자에 대해 적대적이었다.

> 나는 과격주의자인가? 나도 모르노니, 단지 나는 극단을 미워하며
> 부르봉 가를 보노라면, 내 심장은 프랑스를 느끼나니.[90]

단 한번도 으젠느에게 지고 싶지 않았다. 자신의 우월을 내세우길 원했다.

매월 첫날 앙시엔느-코메디 로의 에동 레스토랑에서 아벨이 주관하는 문학연회에 함께 참석하지 않을 수 없었다.

으젠느는 침울하고, 경멸조의 표정으로 빅토르와 거리를 두고 서 있었다. 빅토르가 일어섰다. 자신의 시들에 관해 말했다. 어린 여자 친구 아델 푸셰와의 추억, 뫼이앙틴느 정원에서 벌였던 으젠느와의 논쟁을 담은 자신의 작품 「유년과의 작별」을 회고하며 스스로에게 박수갈채를 보냈다.

> 그리고 만일 태생의 미녀가 있어
> 우리 불화에 미소를 지으러 왔다면
> 우리가 드잡이하고 있는 이 꼴을 보아야 하리
> 용감한 분노로 치를 떨고,
> *씨우며 죽도록 에써야 히리*
> 그녀의 유랑하는 시선을 끌기 위하여[91]

그가 받은 축하는 그에게 에너지를 열배나 충전시켜 주었다.

그는 문학 파티 참석자들에게 공동 저서 출간을 제안했다. 그는 2주 안에 작품 한 편씩 쓰기 내기를 걸었다. 그리고 그날 밤 그는 처녀 장편 산문 창작을 시작했다.

그는 생-도밍그에서 있었던 역사적 사건들이 서로를 하나로 만들기도 하고 갈라놓기도 하는 두 남자를 무대에 올렸다. 그중 한 명은 델마르, 많은 노예를 소유한 지주의 조카, 그리고 다른 한 명은 주연 뷔그-자르갈이었다. 델마르는 위기의 뷔그를 구출하고, 그 후 뷔그는 델마르를 지켜주고 그리고 자신을 희생한다.

격정으로 썼다. 그는 공상의 산문의 너울과 기복을 발견했다. 또한 외딴섬의 혁명적 격랑과 식물의 풍요 속에 인물들을 배치했다.

낱말들은 그의 상상 속에서 솟아난 세계에 그를 머물게 했으나, 현실은 그를 경외심으로 압도했다.

어느 날 나는 숙부와 함께 그의 드넓은 소유지를 거닐게 되었다. 노예들은 그이 앞에서 덜덜 떨며 수고와 행동을 두 배로 높이고 있었다. …

뷔그와 그의 동료들의 피부 색깔은 아무 상관없었다. 고통 받는, 영웅적인, 충성 맹세를 지키기 위해 희생할 줄 아는 남자들이었다.

그는 자신이 겪어온 것을 쓴 것처럼 고무되었다. 그는 자신의 정치적 소신을 잊었다. 그는 더 이상 인간 사이의 위계질서를 유지하고 싶어하는 과격왕당파가 아니었다. 살아가는 인간, 영혼이 있는 인간을 생각하는, 휴머니즘을 아는 소설가였다.

그러나 「뷔그-자르갈」* 같은 웅장한 대결, 영웅적인 고결한 선택을 버려야

---

* 『Bug-Jargal』. 위고가 16살에 쓴 첫 소설. 뷔그-자르갈은 소설 속 흑인 노예의 이름.

했다. 현실로, 으젠느의 화, 그의 적대적 태도를 다시보기 위해서였다. 에동 레스토랑의 식탁에서도 멀어져야 했다.

빅토르에게는 토로가 필요했다.

그는 낭트에 있는 비스카라에게 편지를 썼다. 그리고 며칠 뒤 그는 사감의 편지를 받았다. 사감은 무슨 말만 해도 까발리는 이였다. 비스카라는 으젠느의 '나쁜 머리', 어리벙벙함, '좋은 말은 절대 못하는' 불변의 과묵을 상기시켰다.

"그 아이 자세가 큰 문제구나." 사감은 편지를 이어갔다. "그 애한테나 가족한테나, 특히 너에게 말이지. 아이를 잘 살펴보기 바란다. 자신의 질병의 슬픈 빛깔을 읽지 않도록. 그 여자가 걔한테 부리는 짜증 때문에 안타깝지만 수시로 조울에 빠질 수 있지. 불쌍한 친구! 곁에는 우리들 뿐! 가련한 악마는 자신의 머리를 온전히 소유해본 적이 없다는 말은 사실이야. 그래도 그토록 빨리 치매에 걸릴 거라고는 예상치 못했다."

빅토르는 편지를 몇 번이고 다시 읽었다. 속이 뒤집어졌다. 형을 사랑은 했지만, 또한 그는 경쟁자를 물리치고 싶었다. 모순된 감정이 그의 마음을 갈갈이 찢었다. 마치 자신의 일부와도 같았다. 자신이 지배하고 싶고 자기 안에 간직하고 싶은 고통과도 같았다.

7월 20일에 아버지한테 쓴 으젠느 편지에 즉시 동의했다. 그들의 법적 권리를 아버지가 허락하도록 설득하기 위해서였다.

으젠느가 제 정신을 찾은 것 같았다. 재치 있게 논쟁도 벌였다. 그는 말했다. "재정적 부담은 줄어들 거야. 학업은 3년이면 충분해. 그리고 법 지식은 '군 행정과 대부분의 민간 행정'에 인정받을 수 있다. 게다가 우리 둘 변호사업 이력을 힘을 합치면, 파리 같은 곳에서는 두 변호사 사이에 해가 되는 도시는 아니지."

으젠느는 둘의 전문성 경쟁이 들끓을까 걱정했다.

아무튼 그는 글을 썼다! 그만이 아니라 위고 형제들 모두 글을 썼다. 아벨도,

레오폴도. 레오폴은 「티옹빌의 봉쇄」에 관한 역사 일간지 출간을 원했다. 회고록을 쓸 계획도 세웠었다.

빅토르는 자문했다. 으젠느와의 관계는 앞으로 어찌 될까? 이제 곧 중등 과정이 끝나는데, 8월 10일이면 파리 4개 중학교 콩쿠르 시상식이 학관 객실에서 있을 텐데…

이제 코르디에 기숙학교는 끝이다!

레오폴도 으젠느 주장에 동조했다. 그리고 아버지에게 답신을 하기로 결심한 것은 바로 빅토르였다. 마치 이런 면에서도 형을 제켜버리고 싶다는 듯이.

"이제 저희는 저희의 권리 행사를 시작할 것이에요. 믿으셔도 좋아요, 사랑하는 아버지, 비가 오나 눈이 오나 저희는 공부할 거예요. 오로지 공부와 행실로 아버지께 보여드릴 겁니다. 올해, 저희가 이수과정을 마친 것은 영광이에요. 저희가 반에서, 또 딴 중학교들 간 그랑 콩쿠르에서 차석을 한 것을 아신다면 엄청 기쁘실 거예요.

사랑하는 아버지, 저희들 퇴소에 필요한 절차를 일러주셨으면 해요. 적절한 시기라고 여기시는 때 즉시요. 아울러 저희들 깊은 감사와 애정을 받아주셔요. 순종하고 존경하는 아들들 드림, 빅토르 마리 위고."

으젠느가 사인했다.

빅토르는 마침내 자유로움을 느꼈다.

아버지를 속이고 싶지 않았다. 결심이 섰다. 으젠느와 함께 법률학교에 등록은 했지만, 그는 글을 쓰고자 했다. 또 쓰고 있다, 그 책상에 앉아, 형제가 묵을 어머니의 집 프티-오귀스탱 길 아파트에 살면서.

창문 너머로, 박물관 앞마당의 왕들 무덤 비석을 옮기기 시작하는 것을 확인했다. 공허의 창조 같았다, 왕정의 위대함의 잔해가 있던 곳. 그러나 도시는 달랐다. 사람은 자유로이 종횡무진하고, 그만큼 감응이 살아 움직이는.

여인들은 길을 가고, 남정네들 시선은 그녀들을 쫓았다.

퐁네프 다리 위, 군중은 구름같이 몰려들고, 거기 앙리 4세 동상이 새롭게 세워졌다. 팡파르가 울렸다. 동상은 앞으로 나아갔다. 마흔 마리의 말이 이끌고, 어중이떠중이들이 모두 달려붙어 밀고 있었다.

빅토르는 신열이 났다. 삶을 갈망했다. 그러나 또한 이미 사라진 유년의 기억으로 인해 열정은 퇴색하고 있었으니.

> 오, 시간이여! 그대 그 나이에 무엇을 했는가
> 혹 그대 나에게 무엇을 했는가
> 나는 나를 애써 찾아 헤매고, 아! 보이는 것은
> 지혜 찾아 신음하는 바보 뿐
> […] 행복은 유년과 더불어 지나고
> 온갖 사랑 속에서 행복을 찾고
> 순결과 더불어 또한 행복을 잃는구나[92]

1819

나는, 모든 극단에서, 바른 균형을 찾는 자.

독립은 아니니, 그저 자유로이 살기를 자처하노니…

빅토르는 어머니 침대 곁에 앉았다. 그녀는 누워 있었다. 눈을 감은 채. 잠이 들었나?

그는 몸을 숙였다. 2월 초순이었다. 벌써 몇 날 밤 어머니를 지키고 있었다. 소피 위고는 간신히 숨을 쉬고 있었다. 기침을 했다. 그 소리는 길고 메말랐다.

촛불은 방 안 천장에 환한 아치를 그리고 있었다.

불안했다. 의사는 폐렴 진단을 내렸다. 소피는 벌써 얼굴이 수척해졌다. 하루 일과가 끝나기 전에는 책상을 떠나지 말고 매일같이 공부하도록 아들들을 다그치던 강하고 당찬 여자에게 무슨 일이 일어났단 말인가? 그러던 어느 날, 그녀는 갑자기 아들들을 데리고 밖으로 나갔다. 아들들은 어머니를 앞서 셰르쉬-미디 길에 있는 툴루즈 호텔까지 걸었다. 푸셰 집이었다.

벽난로 앞에 앉아, 몇 마디 말을 주고받았다. 피에르 푸셰는 코담배를 들이마시고 있었다. 아델은 쉬지 않고 수공일을 하고 있었다. 소피도 푸셰가 건넨 코담배 갑에서 몇 개피를 집었다. 빅토르는 잠자코 있었다. 아델의 얼굴을 뚫어지게 쳐다보고 있었다. 시선을 빼앗아 보려 애썼다. 그것도 잠시, 눈을 깔았다. 으젠느가 눈 부릅뜨고 그를 감시하고 있었다.

그리고 다들 돌아갔다. 형제는 가끔 메지에르 길 10번 몇 백 미터 떨어져 사는 큰 형을 만났다.

빅토르, 밤마다 수시로 노트를 펴고 쓰고 또 썼다.

소피, 그렇게 병이 가라앉은 후에야 잠에 들었다. 기침을 할 때면 양 볼이 움푹 들어갔다. 그때마다 빅토르는 얼굴을 할퀴는 듯이 고통스러웠다.

그는 몇 달 전, 팔레 뒤 쥐스티스* 광장에서 겪었던 일을 기억했다.

정오였다. 좋은 날씨였다. 처형대가 세워졌다. 목을 쇠고리로 죄인 여자가 기둥에 묶여 있었다. 도둑이었다. 군중이 그녀 주위로 모여들었다. 이글거리는 숯불이 가득한 난로 안에서 쇠가 달구어졌다.

망나니가 처형대에 올라갔다. 그는 젊은 여자의 죄수복 끈을 풀었다. 그녀의 등이 하얗게 드러났다. 그리고는 쇠를 들어 도둑의 어깨를 지졌다. 망나니의 쇠와 주먹은 하얀 연기 속으로 사라졌다.

빅토르는 여자의 울부짖는 비명에 가슴이 갈래갈래 찢어지는 듯했다.

그리고 훗날 어머니의 발작적인 기침 소리만으로도 떠올리는 장면이 되었다. "나에게, 여도둑, 그러나 순교자였다. 그 때 내 나이 열여섯. 난 절대 벌 받을 짓을 하지 않겠노라 결심하고 그곳을 나왔다."

사랑하는 사람을 저렇게 내리치는 운명을 막으려면 어떡해야 할까? 그는 어머니의 눈을 피하지 않고 있었다. 그녀가 원하는 곳에서, 그녀가 원하는 때 '도장을 찍는' 그는 어떤 숙명 같은 느낌이 들었다.

그는 언제든 잘못될 수 있다는 것을 알면서도 자신의 길을 가야 했다. 한 순

---

* Palais du Justice(정의의 법원). 파리 최고재판소로서 혁명재판의 치열한 역사를 지님.

간도 허랑방탕할 수 없었다. 그리고 '살기 위해' 썼다.

    내 영광의 증인 저 바위들 위에서

    나는 내 이름과 내 숙명을 쓰리니

    나는 확신하리, 내가 죽음에 이르면

    저 바위들이 내 기억을 간직할 것을.[93]

저술은 그에게 온갖 문을 여는 열쇠가 되었다. 프랑수아 드 네프샤토가 자신이 학장으로 있는 아카데미 학술대회에서, 자신이 집필한 「스페인 인들에 의한 질 블라스의 주장」을 네프샤토가 마치 자기 연구 결과인 양 낭독한 사실을 알았다. 토씨 한 개도 바꾸지 않고. 벌써 그것이 그의 재능의 증거가 아니었던가?

사활을 걸어야 했다. 언젠가 닥칠 숙명에 가속도를 올려야 했다.

어머니의 방에서, 그는 노트를 자기 무릎 위에 놓고 촛대를 끌어 당겨 불을 밝혔다.

그날 밤 툴루즈 백일장 아카데미에 보낼 작품을 써야 했다. 게다가 이미 써놓은 시 「베르됭의 처녀들과 마지막 음유시인들」을 첨부했다. 으젠느가 「콩데 왕자의 죽음」으로 콩쿠르 참가 준비를 하는 것도 알았다.

어떻게든 이겨야만 했다.

퐁네프 다리 위의 앙리 4세 동상 재 헌정이 생각났다. 백일장 심사위원 알렉상드르 수메, 쥘리 드 르세기에, 혹은 피노 같은 시인들을 감동시킬 만한 주제로 안성맞춤이었다.

그는 불을 뽐듯 쓰며 장면을 재현했다.

    수천 개의 팔이 끄는 육중한 거물이 굴러간다

아! 날자, 이 경건한 역사役事에 동참하자

군중 속에서 내 팔을 잃은들 무슨 상관인가

앙리는 저 하늘 높은 곳에서 나를 보는구나

[…] 프랑스인의 사랑으로부터, 당신은 고결한 증거를 받았으니

우리는 당신의 조상彫像을 과부의 엽전 한 닢에

고아의 엽전 한 닢에 빚진 것이오

의심하지 마라, 이 아우구스트 상의 면면으로

우리의 악은 감소하고 우리의 행복은 더욱 달달하며

오 프랑스인들이여! 하느님을 찬양하라, 의로운 왕을 보리니

그 또한 그대들 중 하나, 프랑스인이니.94

아침, 그는 시를 어머니 침대 위에 올려놓았다. 그녀는 시를 읽어달라는 손짓을 했다.

언젠가 (하지만 불길한 징조는 거부하자!)

세월로든, 운명으로든, 우리의 사랑으로 승리의 일격이 그 초라한 기념비
  를 부술 때

앙리, 그대가 우리 가슴속에 살아있을 것입니다. … 95

그녀는 아들을 침이 마르도록 칭찬했다. 빅토르는 어머니 두 눈에서 찬사를 읽었다. 어머니를 꼭 껴안았다. 어머니에게 못다한 도리를 모두 고백하고 자신에 대한 어머니의 믿음에 대하여 감사하고 싶었다. 어머니는 아들들이 법률학교 수업은 듣지 않고 글쓰기에 꽂혀있다는 것을 받아들였다. 어머니가 두 아들 모두 위대한 숙명을 안게 될 것을 믿고 있다는 것을 알았다.

그는 어머니가 몸을 일으키는 것을 도왔다. 어머니가 소생하기를 간절히 바

랐다. 그리고 며칠 후 드디어 그녀는 다시 외출하고, 셰르쉬-미디 길에 나가 푸셰 부부와 함께 저녁 시간을 보냈다. 빅토르는 안심했다.

그의 나이 열일곱 살. 시나브로 시간은 봄을 알리고 있었다. 사람들은 보지라르 반대편 이씨Issy로 돌아왔다. 거기서 푸셰 부부는 센느 강변의 자그마한 집을 세로 얻었다. 정원들을 지나면 작은 산들이 보였다. 나무 아래 거닐기에 딱 좋았다.

그는 갈색 눈의 새침데기 아델의 시선을 따라다녔다. 이따금 그녀의 눈길에 반응하는 것 말고는 시도하지 못했다. 그녀 나이 열다섯 하고 반년이 지났다. 빅토르는 여전히 말을 못 붙였다. 어쩌다 둘은 따로 놀았다. 아델은 아버지 어머니 감시를 받고, 빅토르는 소피와 으젠느 감시를 받았다. 성깔 있는 질투가 욕설로 표현되기도 했다.

어느 날 저녁, 푸셰 댁에서 돌아왔을 때 툴루즈에서 편지 한 통이 와 있었다. 시 백일장 심사위원이 빅토르의 작품 「앙리 4세의 동상 제막」에 황금백합 상을 수여한다는 전갈이었다. 나머지 두 작품도 모두 수상을 했다. 하나는 맨드라미 상 후보로서 후한 평을 받았다!

으젠느의 시는 수상에서 탈락했다. 게다가 심사위원이며 유명 시인인 알렉상드르 수메는 빅토르 찬사 일색이었다.

"우리가 선생의 오드들을 접한 이래 아름다운 재능과 우리 문학에 주는 대단한 희망이라는 말을 주변에서 듣습니다. … 17세라니요 다들 입을 못 다뭅니다. 믿기 어려울 정도지요. 우리들에게 선생은 뮤즈들의 비밀을 간직한, 일종의 수수께끼입니다."

빅토르는 이번에는 정의가 통했다는 생각이 들었다. 알렉상드르 수메의 편지는 말하자면 그가 속에 품고 있던 숱한 야망의 정당성에 대한 인정이었다.

샤토브리앙 아니면 무無! 그는 자신의 에너지와 재능을 의심해본 적이 단 한 번도 없었다. 향후 영광이 왕관을 씌우러 속히 올 것을 확신했다.

그는 자신이 느끼는 것, 있는 그대로의 자기를 표현하는 행동을 두려워하지 않았다.

그는 그 어린 나이에 이미 찬사와 존경, 경이가 자신을 둘러싼 것을 알았다. 또 자신그 황금백합 콩쿠르에서 만난 열두 살 위의 시인 라마르틴느에게 주목을 받았다는 사실을 알았다!

수메가 그를 생-아망의 자크 데샹 살롱에 초대했다. 그의 두 아들, 에밀과 앙투완느도 같은 시인이었다. 그리고 이곳 생-플로랑탱 로의 집에서 빅토르는 다른 많은 시인들을 만났다. 그들은 가톨릭 교인, 왕정주의자, 배우, 젊은 장교 알프레드 비니 같은 이들이었다. 그 사람들을 주목했다. 그중 빅토르가 제일 젊었다. 외모로 보면 나이 가늠이 어려웠다. 재능이나 야망으로 보아 그랬다. 엄숙하고 진지하며 콧대 높은 태도였다. 그는 자신이 발견한 문학 판에서 선봉이 되기를 원했다. 돌아가는 조직과 풍조를 알고자 했다. 능숙하게 처신하기 위해서였다. 야망이란 맹목적이어서는 안 된다고 생각했다.

그는 팰릭스 비스카라가 되풀이하는 조언을 들었다.

"올바른 동기로 시작하고 필사적으로 투신하라, 왕당파의 명예를 드높이라. 그들을 지지해줄 뮤즈들이 필요하다면 말이다. …"

더구나 어찌 이런 '자유주의자' 혹은 미적지근한 왕정주의자, 혹은 반대로 혁명에 대한 향수수의자, 사형집행사의 후에 중 하나가 된단 말인기?

그의 어머니는 자신이 방데 여자다, 혁명을 치렀다, 자기의 대부 파노 라오리를 총살한 보나파르트*도 겪었다, 라고 선전하고 다녔다. 그 때 빅토르는 자

---

* Buonaparte. 나폴레옹 보나파르트의 본명.

신의 신념을 확실히 했다. 그는 '왕당파, 숭배자, 고행자'였다.*

그르노블 선거인단이 구 의회 의원인 그레구와르를 대표로 선임하자 그는 격분했다. 그는 전례 없이 '고귀하고 관대하며, 자긍自矜적이고 종교적이며, 거침없이 당당하고, 야만적일 정도로 순결하기**'를 원했고, 또한 자신을 그렇게 생각했다. 말하자면 과격주의자였다. 물론 자신은 그 이름을 부인했지만.

그러나 '바람개비들', 상황에 따라 소신을 바꾼 자들이 그의 마음을 끔찍하게 했다. 바로 삼색기三色旗를 위한 이들. 그러나 지금 그들은 백합꽃 백기白旗를 받들고 있는, 필요하다면 또다시 소신을 바꿀 준비가 되어있는 사람들이었다.

빅토르는 펜을 들었다. 그리고 '바람개비'들을 세게 '매질' 했다. 그는 '국기'에게 말을 걸어 자신을 피력했다.

만일 하늘이 그대를 희게 했다면, 운명은 나를 희게 했네
형제가 되자, 국기여, 명예 때문이니, 그토록 종종
내 그대에게 등을 돌린 것, 그것은 바람 탓이라
가라, 나의 우정에 대하여 다들 탐욕을 드러내나
나는 학사원에서 빛나리니.

국기가 답했다.

나는 앵발리드에 나부끼노니
날 이대로 두라, 나 홀로, 나의 옛 빛깔로 치장하고
눈보라 가운데 서서 좋은 날을 기다리나니… 96

---

* 후에 『레미제라블』의 인물 마리우스(Marius)를 통해 그의 신념을 표현함.
** 같은 책

그는 그런 행동을 경멸했다. 그는 한 쪽으로 꼬부라졌다. 왕당파. 9월의 선거 결과는 중요하지 않았다. 그레구와르와 자유주의의 승리를 눈으로 보았다.

> 사실이구나, 다시 태어난 머리를 가진 아나키
>
> 다시 깨어났구나, 험악한 아가리 다시 열었구나
>
> 왕좌, 그의 타격 아래, 흔들리기 시작 했으니
>
> 걱정 마오, 그를 지지하기 위해, 우리가 날아갈 것이니
>
> [⋯] 만일 제대로 듣지도 않고 호위할 왕을 배신한 일로 날 기소한다면
>
> 헛된 일이긴 하나
>
> 부서진 내 몸과 내 헛된 칼자국을 보여주고
>
> 그리고 남은 피, 내 핏줄에 이미 응고되었거늘
>
> 나는 나의 왕께 아뢰리, 만일 왕이 그의 씨를 말리고 싶다면 나는 아뢰리니
>
> "폐하, 모두다 폐하의 것이니. 싹 엎어버리셔도 되옵니다."[97]

17세, 삶은 온통 고조되었다. 자신의 운명이 척척 나아간다는 생각이 들었다. '그날'을 위한 패를 던질 때는 바로 그때였다.

그는 백일장의 선두였다. 툴루즈 아카데미는 그에게 900프랑의 상금과 황금 백합 상징 보석 선택권을 주었다. 확실히 눈에 띄일 수 있었다. 툴루즈 호텔과 푸셰 댁에 갈 때 검은색 조끼를 입고 뽐낼 수 있게 된 것이다!

그는 나무 그늘 아래 아델과 단 둘이 앉았다. 그녀를 쳐다보았다. 그리고 몇 행 시구를 낭송했으나, 여자 앞에서 문득 소심해졌다. 딴 시인들을 만날 때와는 전혀 달랐다. 변명이라도 하겠나는 듯 밀했다. "도론하는 것과 글 쓰는 것은 다르다오."

아델은 눈을 낮춘 적이 없는 아가씨였다.

빅토르는 '서로 삶의 최고의 비밀을 고백하고 싶다.'고 말했다. "사랑해요"

그들은 동시에 말했다.

빅토르는 순간 당황했다, 그리고 결단했다. 자신의 미래를 그렸다. 아델과의 결혼만 생각했다. 그것도 가능한 한 빨리. 그런 후에 유명한, 안정된 작가가 되어야, 글로 살림할 돈을 벌어야 했다. 연금이 있는 청년이 아니었으니!

시작이 어려웠다. 그녀로 하여금 비밀을 지키도록 해야 했다. 아델 부모는 돈 없는 시인일 뿐인 사내에게 절대로 딸을 줄 생각이 없었으니. 빅토르 어머니 역시, 빛나는 미래를 굳게 믿는 아들이 열일곱 살 별 볼일 없는 여자와의 결혼을 반대할 것은 뻔했다. 적어도 장군인 위고 백작의 아들, 아카데미들로부터 재능을 이미 인정받은 아들이었다.

그러나 4월 26일, 아델의 답신 고백을 받고 나서 빅토르는 자신에게서 '사자의 용기'를 느꼈다.

그는 정치 시를 썼다. 볼테르*와 말레셰르브**와의 대화, 상호 교육에 관한 연설, 브루투스에게 보내는 서한 등. 그는 총 3장 2막으로 된 멜로 희극 「인네 드 카스트로」로 시작했다.

자신의 목표를 겨누지 않는 시간은 하루 중 단 1분도 없었다. 자신의 음성이 도시 안에 공명하는 시인 중 하나가 되는 일!

그는 으젠느와 더불어 법률학교에 꼬박꼬박 출석 등록했다. 그것은 순전히 둘 학업을 마치는데 필요한 기숙사비를 아버지한테 받기 위해서였다.

한 두 시간 푸셰 부부와 만나는 저녁시간 말고는 종일 글 쓰는 데 보냈다. 그리고 빅토르는 툴루즈 호텔 거실 혹은 이씨Issy 정원에서 아델을 보는 일, 그리고 종종 시구를 적거나 편지를 쓴 쪽지를 그녀에게 건네는 것을 뿌듯해했다.

---

* Voltaire(1694~1778). 계몽주의 작가. 반봉건제와 입헌군주제, 만년에는 공화제를 지지함.
** Malesherbes(1721~1794년). 프랑스 정치인, 법률가

그러다가 문득 습작의 밤은 시작되었다.

그는 샤토브리앙의『순교자 *Les Martyrs*』와 작가가 손수 만든 일간지「콩세르바퇴르 Consrvateur」에 실린 '라 방데'라는 제목의 기사를 읽었다.

빅토르는 방데인이 되고 싶었다! 어머니 때문이 아니던가? 그는 전사, 영웅, 분연히 일어선 어머니, 여인, 소피를 머리에 떠올렸다. 그녀는 '청靑'에 저항하는 '백白'*이었다. 때문에 레오폴 위고는 평생 그녀를 핍박했다.

그는「방데의 운명들」을 쓰기 시작했다. 그는 이것을 '샤토브리앙 자작 귀하'라는 제목으로 헌정했다.

그리하여 비탄에 빠진 프랑스의 불행

거룩한 뮤즈는 신음했네…

[…] 그때부터 자신들이 저지른 모든 범죄 돌아보며

그리고 뉘우침 없는 마음을 회한에 바치는 폭군에게

뮤즈는 말했네

"그때 프랑스에는 희생자들이 있었지만

방데에는 순교자들이 허다했지"

[…]

종종 뮤즈의 그림을 보라

하느님은 낯선 길을 따라가시니

사탄을 지옥 같은 환희에 빠뜨리시고

그리고 마리아에게는 서룩한 고통을

[…]

그리고 어느 것으로도 방어할 수 없는 결전의 프랑스인들,

---

* '청'은 공화파, '백'은 왕당파를 지칭.

초상집이 된 성전과 재가 된 초막을 멀리하고

무덤을 정복하러 떠난.[98]

며칠 후 그는 자기 이름과 오드의 제목이 붙은 팸플릿을 손에 쥐고 있었다. 그것이 그의 출간된 처녀 원고였다! 아벨의 친구 질레가 편집과 인쇄를 맡아주었다. 빅토르에게는 일종의 탄생이었다. …

그 팸플릿이 팔렸다! 논평들이 이어졌다. 자유주의자들은 작품을 경멸적으로 까댔다. 빅토르는 분노로 부르르 떨었다. 그리고 일간지 『라 르노메 La Renommé』을 읽게 되었다. 벤자민 콩스탕이 데솔-데카즈 장관을 공격하고, 과격 왕당파들의 압력에 못 이겨 그를 기소했다는 이야기였다. 몇 줄 인용해보면 이렇다. "위고 씨가 이 음색으로 노래하는 한, 그는 누구의 평판도 얻지 못할 것이다. 자신의 평판마저도. 위고 씨 트럼펫은 최후의 심판의 트럼펫이 아니다. 그것은 산 자를 잠들게 하는 데는 딱이지만 죽은 자를 깨우는 데는 아니올시다. 우리는 그렇게 믿는다."

옳다. 환희의 순간이 왔구나. 결국 그것은 문학적, 정치적 논쟁거리다!

그는 더 화끈하게 일내고 싶었다. 몇 주 지나 두 번째 팸플릿 「르 텔레그라프」를 출간했다. 생 쉴피스 탑에 놓인 샤프 악기 이야기를 빗대어, 코르디에 기숙학교 고미 다락방 생활 이후 몇 년간 보아온 현실 문제를 표명했다. 그것은 '자유주의자 선언'이었다.

상원의 그레구와르가 빈자리를 채우러 왔을 때

자유주의자인 나는 그를 증오하고 왕을 처형한 자를 동정 했네

그리고 그가 자신의 죄를 톺아보는 대신 그저 눈물을 흘린다면,

만일 그가 스스로를 혐오한다면야, 암, 난 그를 사랑할 수 있지

그리하여, 젊고 당당한 노도怒濤로 타올라

불순한 세기를 조롱하는, 난 하릴없는 비판 꾼이어라.[99]

그는 이렇게 시국의 잉크에 펜을 적시며 살아있음을 느꼈다.

독립은 멀고 나는 자유로이 살기를 외치노라

행복할 수 있다면, 내 무모한 펜의 공포 덕에

범죄자는 울부짖고 얼간이들은 오만상 찡그리게 하리라

원하노니, 그들의 법망을 피하는 뱃심을 말려 죽이기를

덕을 찬미하고, 천재에게 경의를 표해야 하리라… [100]

그는 책을 출간할 때 비로소 존재한다는 믿음을 가졌다. 그러기에 온 힘을 기울여 아벨, 비스카라, 이들 친구 중 하나인 장-조셉 아데르와 힘을 모아 샤토브리앙의 『콩세르바퇴르』를 기리는 분기 간행물 「르 콩세르바퇴르 리테레르」*를 발행했다. 권 별로 호를 붙이고 분량은 400여 쪽, 낱권 값은 50프랑으로 정했다. 마침내 12월 11일 창간호를 선보였다. 빅토르는 문예지에 추종자와 모병관의 대화를 소재로 한 「정치 모병관」을 실었다.

추종자

… 평화를 원하는 그대, 오 피즈-잠, 오 빌렐르**

샤토브리앙, 당신의 열정을 닮고 싶소

낭신 깊은 곳으로부터 길이 울리고 싶소, 관대한 시민을 말이오

---

* Le Conservateur littéraire. 1819년, 위고가 17 때 형과 함께 창간한 문학 평론지. 1822년 처녀 시집 『송가와 다양한 시들』을 발표.

** 과격왕당파 웅변가. 당시 피즈-잠과 함께 프랑스 의원 역임. 추후 샤를르 10세 정부의 수장이 됨.

모병관

이 남자는 과격주의자···

추종자

나는 남자요

모병관

타인들에게!

이 왕당파들은 모두 선한 옹호자들을 이루고 있소

그대는 어느 정당에도 속하지 않았으니. 좋소!

그대 잘못은 없소, 다만 그대가 말하는 평등이란 무엇이오? 아무것도.

그것은 더 이상 진영이 아니오.

추종자

아니다, 프랑스 전부요

그는 믿었을까? 자신이 채 열여덟 살도 안 되었다는 것을.

"생각하는 이들의 정신이란 거의 똑같아서, 그 역시 심오深奧와 순진純眞으로 이루어진 인생의 시기에 있었다. 그는 어떤 중대한 상황에서 쑥맥이 되는데 필요한 모든 것을 지니고 있었다. 딱 한 번만 열쇠를 돌리면 탁월해질 수도 있었으나, 뜸 들이고, 냉정하고, 예의 바르며, 개방하지 않는* 것이었다. ···"

그는 높이 그리고 멀리 가기를 원했다. 그는 야심가였으며 사랑에 약한 자였다. 그리고 두 활력, 그를 삼키는 두 열정 사이에 어떤 긴장이 있었다. 그것은 때로는 협박하고 때로는 불안한, 죽음과 숙명에 대한 사고思考가 솟아올랐다.

---

* 후에 그는 자신의 신념을 『레미제라블』의 마리우스를 통해 표현.

그는 금관을 쓰고, 사랑받았으며, 책을 출간했다. 한해가 저물어가는 12월,
빅토르는 아델을 위한 첫 연정시를 썼다.

그리고 그는 자기 안의 불안을 발견했다.

우리 둘의 미래는 오직 나를 짓누르노니

너는 곧 나에게 홀딱 반할 수 있겠으나

필시, 내일이면 나는 너를 떠나 애태우며 가리

오호라, 내 삶 속 만사 어둡고 참담 하니!

나는 너를 사랑해야 했고, 너를 피해 달아나야 하니

[…]

가까이 꽃상여가 보이고

불멸의 엘리제궁은 검은 왕국들 가까이에 있고

영광과 죽음은 두 유령일 뿐

연미복 차림 혹은 상복 차림을 한.[102]

1820

부디 안녕, 아아! 그토록 달콤한 희망

당신이 약속한 키스는 어디로 가고…

빅토르는 소포로 받은 『콩세르바퇴르 리테레르』 첫 다섯 권을 읽어보았다. 그는 다양한 가명으로 서명한 곧 열한 번째가 되는! 연대기, 평론, 오드, 풍자시를 단번에 훑어보았다. 팸플릿 대부분을 차지하는 것들이었다. 10권까지 나오는 4월 15일, 단권으로 합본할 예정이었다.

그는 첫 팸플릿을 발간한 지 몇 달 만에 일종의 도취를 경험했다. 그토록 서로 축하를 주고받으면서도, 실은 서로 벼르고, 질투하고, 증오하는 문학판 작가들 중 손꼽히는 인물이 된 것이다.

그러나 그는 '자신의' 문학잡지로 자신이 원하는 것을 정기 출간할 수 있다는, 또한 비평을 통해 어깨가 으쓱 올라가고, 게다가 단박에 앙드레 셰니에나 쉴러 같은 위대한 시인들 반열에 오르게 되었다는, 연극 대본 검토를 위한 극장 시연에 모두 참석할 수 있게 된, 이런 사실들이 가져다 준 '도취'의 기쁨을 남에게 숨기려 애썼다.

사람들은 그를 존경했다. 그의 지적인 말을 경청했다. 그런데 그는 토로한 적이 있다.

"내가 앉아있던 살롱들마다, 다들 나를 얼음 같은 사람으로 봐요. 내가 얼마나 뜨거운 사람인지 모르다니."

만사 인정받기를 원했다. 아델을 사랑하고 사랑받고 싶었다.

그는 정치적인 힘, 모름지기 내각 안에서의 역할까지도 수행하기를 원했다. 그는 자신의 견해를 밝혔다. 자신은 왕정주의자, 군중이 원한다면 과격주의자가 될 수도 있다고 했다. 그는 자신의 야망을 숨기지 않았다.

"대체 목적이 뭐요? 문학 이력을 쌓고자 하는 게 맞소?" 더듬거리며 수줍은 듯이 묻는 알렉상드르 수메를 그는 물끄러미 바라보았다. 그리고 대답했다.

"언젠가 프랑스 의원이 되는 게 꿈입니다."

그리고 그는 두런거리는 수메의 말에 눈 하나 깜짝하지 않았다.

"잘 해보오. 될 거요."

완고함, 끈질긴 노력, 게다가 필시 천재天才가 필요했다. 그는 말했다.

"천재는 덕德이다. 목숨을 걸 만한 무엇, 삶을 걸고 싶은 것, 마치 로마 황제 세자르 처럼 전부 아니면 전무, 이런 견고하고 지속적인 의지를 불러올 수 있는 능력이다." 그는 확신했다. "시詩는 덕에 대한 표현이다." 오호라, "지금… 우리가 마음과 위胃, 이 두 부류의 자각自覺을 발견한 이번 세기는 혼탁해졌다."

이것이 바로 그가 과격파였던 까닭이었다. '뱃속', 자유주의자들, 바람개비들, 여물통을 뒤지는 백치들과 분명히 선을 그어야 했다.

그는 자신의 유년, 푀이앙틴느 시절 라오리를 방문한 담대함, 그리고 어머니의 삭은 거실에 나실 오던 어른들, 그런 깃들에 몰입할 필요를 느꼈다.

방데 혹은 루이 17세의 죽음에 받친 그의 시들을 기쁘게 읽었던 이들 중에 코리올리 데스피누스 후작이 있었다.

후작 어른, 기억이 납니다, 우리 어머니 댁에 오셨던 일

[…]내가 왕당파였던 그리고 아주 어렸던 시절…

후에 위고는 자신에 관한 이야기를 했다

나는 늘 더듬거렸지, 순진한 몽상가, 오 내 처녀 시구詩句들이여

후작 어른, 당신은 이런 것들 속에서 야수의 뒷맛을 발견하셨지요

[…]

그렇지만 당신은 말씀하셨어요, "괜찮아! 좋아! 이건 막 갓 태어난 존재

　같아!

오, 신성한 추억! 정말 어머니는 언제나 빛을 발하셨어요.103

그런 시절이 지나갔다. 그는 이제 매사 '헤아리는' 남자였다.

그는 『콩세르바퇴르 리테레르』 출간을 위한 아카데미 프랑세즈의 공개회의
에 참석했다. 초대받은 사람들과 어울렸다. "출입문이 열리자마자 유능한 문
학 애호가들을 둘러싼 귀부인들이 의자를 다 차지했다. 보통석이든 특별석이
든 우리들이라고 학사원 입장에 힘들지 않았을 리 있었겠는가?"104

그는 '인물'이 되었다.

작품 「나일강 위의 모세」로 그는 아카데미가 주최한 툴루즈 백일장에서 아
마랑트*를 받았다. 그리고 얼마 안 가 그는 아카데미 비서 피노로부터, "이제부
터 선생은 백일장 담당으로서, 규칙에 따라 작품 심사, 상금 결정 및 배분 관련
모든 공개 및 비공개 회의 참석의 권리가 있습니다."라는 서신을 받았다. 드디
어 영광을 향한 큰 발걸음을 내디딘 것이다. 불과 몇 달 만에 응모자에서 심사

---

* Amarante. 맨드라미 상.

위원 자리에 오르지 않았던가?

그리고 피노는, 정신, 이성, 지식, 취향, 그리고 작중 인물 배치가 최고의 문학적, 도덕적, 정치적 견해가 유감없이 빛나는 탁월한 『콩세르바퇴르 리테레르』에 찬사를 보냈다.

그가 변호하려 했던 것은 바로 그 견해들이었다.

2월 13일 그는 과격 왕당파의 야망을 지닌 왕좌의 마지막 계승자인 베리공작이 처형된 사실을 알고는 즉각 펜을 들어 부르봉가 후예와 함께 왕정을 끝내고 싶어한 보나파르트주의자인 살인자 루벨을 폭로하고자 했다.

그는 황급히, 열정으로 썼다. 그 비극적 사건이야말로 자기 목소리를 낼 절호의 기회일 수 있다고 생각했다.

그는 자신이 쓴 오드가 『콩세르바퇴르 리테레르』에 게재되기 전 우선 소책자 형태로 출간하고 싶었다.

> 베리, 우리가 당신의 평화로운 정복을 찬양했을 때
> 우리의 노래는 잠자는 용을 깨웠소
> 우글거리는 무정부주의가 고개를 들고
> 그리하여 지옥마저도 전율하였으니…

그렇게 적었다. 그리고 늙은 왕 루이 18세*를 생각하며 절절히 노래했다.

> 백발의 군주여, 서두르시라, 시간이 임박 했소
> 부르봉은 사ㅣ 조상들 품으로 돌이갈 것 이오
> 오라, 아들을 향해 달려오라, 당신의 노년의 꿈이여
> 당신 손으로 그 꿈을 닫아야 하리니

---

* (부르봉) 왕정복고 시기에 통치(1815~1824), 샤를르 10세로 이어짐(1824~1830).

[…]

그러나 부요한 조상, 그 꿈 사라질 때

그 누가 위로해줄 수 있으리, 그 깊은 공포 속에서

프랑스, 왕들의 과부를105

그는 흥분했다. 몸이 달아올랐다. 자기 이름을 건 사건이 삶에 파란을 가져올 것만 같았다. 이미 도를 넘은 자유주의자 드 카즈 공의회 의장은 루이 18세에 의해 해임되었다.

"그의 발은 피 웅덩이로 미끄러졌다."라고 샤토브리앙은 논평했다.

리슐리외 공작은 그를 대신하여 정부 수반에 앉았다.

때마침, 프랑수아 드 네프샤토는, 자신이 공작에게 「베리 공작의 죽음」를 읽도록 했고, 공작은 읽은 내용을 왕께 전달했으며, 왕은 이 '백발의 군주'에게서 자신을 발견하고 감동하여 눈물을 흘렸다고 말했다. 루이 18세는 백일장 결과 발표 후 '툴루즈의 위고 선생'의 용기 있고 건강한 작품에 대해 500프랑의 상금을 주기로 결정했다.

빅토르는 기뻐 어쩔 줄 몰랐다! 어머니는 그를 꼭 껴안아 주었다. 그리고 샤토브리앙 선생을 예방하도록 안내했다. 작가는 벌써 오드를 읽었다. 그는 빅토르 위고, '그 영특한 아이'를 만나보고 싶었다고 말했다.

프랑수아 드 네프샤토, 그리고 샤토브리앙이 자신을 생-도미니크 거리 27번지의 자택에 초대하기로 한 결정을 전해준 아카데미 회원 관계자의 말을 듣고 있었다.

무조건 들어가야 했다. 꿈꾸던 대 작가를 곁에서 볼 기회가 아닌가? 좋다, 그 사람이 누군지 좀 보자!

안으로 들어갔다.

샤토브리앙은 창가에 서 있었다. "바지는 발등까지 내려와 있고 슬리퍼를 신었다. 그의 회색 머리에는 숄을 쓰고 눈은 거울에 고정되어 있었다. 앞에는 치과의사의 치료세트가 펼쳐져 있고 치아를 손질하고 있었다. 멋진 사람이었다. … 106"

그는 잠자코 기다렸다. 샤토브리앙은 그를 보고는 손을 들어 큰 소리로 말했다.

"위고 선생, 만나게 되어 반가워요. 선생의 시구들을 읽었소. 방데에 관해 쓴 것들, 베리 공작 죽음과 연계해 쓴 것들 말이오. 그중에서, 종장 부분, 이 시대 그 어떤 시인도 흉내 내지 못할 것들이 있었소."

그는 말을 멈추었다. 빅토르는 목이 탔다. 샤토브리앙은 다시 일렀다.

"내 오랜 과거와 경험은 불행히도 나에게 정직할 권리를 주었소. 진지한 말이네만, 썩 마음에 들지 않는 대목도 있었소. 그래도 자네 오드 모음집에 있는 아름다운 것은 역시 아름답더이다."

목소리가 아주 권위적이었다. 빅토르는 고양되기보다 오히려 기죽는 느낌이었다. 몇 마디 더듬더듬 거리고는 서둘러 자리를 떴다.

샤토브리앙은 꼭 다시 한 번 보자고 했다. 그리고 그는 매일 아침 7시부터 9시까지 빅토르를 만났다.

빅토르는 흥분된 채, 그와 나눈 온갖 이야기를 기억하며 생-도미니크 길을 떠났다. 그가 해준 말들을 확신했다. 천재를 만난 것이다. 그리고 자신을 제대로 도와줄 사람이었다. 자신의 표본이면서 지도자였다. 디딤돌이 될 만한 사람이었다. 어느 날엔가 새로운 권력을 쥘 수도 있는 사람, 왕은 이런 충복忠僕을 긴 시간 잊을 수 있었을까…

그는 샤토브리앙을 만난 이야기를 어머니에게 했다. 어머니는 마음 속 깊이 담아두었다. 그리고는 그 작가를 놓치지 말라고 힘주어 말했다.

그녀는 다지에라는 변호사를 만났다. 예전에 파노 드 라오리 측근으로 알게 된 사람이었다. 다지에, 그는 1804년 카드달과 모로를 변호하고, 「콩세르바퇴르 리테레르」를 예찬했다.

그가 바로 프랑수아 드 네프샤토*와 함께 샤토브리앙에게 빅토르에 관해 말했던 사람이었다. "아무리 봐도 빅토르는 귀재로 보입니다." 그 말을 몇 번이고 뒤풀이해서 말했다. 소피는 샤토브리앙을 다시 만나야 한다고 주장했다, 그가 아들의 운명을 손에 쥐고 있었으므로.

빅토르는 서재에 앉아, 언어가 자신으로 하여금 온 누리를 누비게 해준 과정을 생각했다. 불과 몇 달 만에 자신이 뚫고 나가고자 한 문학과 정치 세계의 중심 언저리에서 영향력과 명성을 손에 넣었다. 왕과 샤토브리앙은 그를 '군계일학'으로 보았다. 그는 문학 살롱, 극장, 시사회와 학사원 회합을 들락날락 했다.

그리고 그는 형 으젠느를 생각했다. 자기가 완전히 제압해버린 형. 으젠느는 날이 갈수록 침묵 그리고 병적인 난폭에 갇혔다. 그는 더 이상 『콩세르바퇴르 리테레르』에는 더 이상 함께 하지 않겠다는 말까지 내질렀다. 그것은 일종의 절단이었다, 고통스럽지만 어찌할 수 없는.

빅토르는 확신했다. 삶은 일종의 전쟁이며 시인은 전사와 같다는 것. 전사는 전략이 필요하며 분별 있게 공략하고, 자신의 작전 지역을 설정하며 적군과 아군을 선별해야 한다는 것을.

그는 노트를 폈다. 그리고 썼다. "샤토브리앙 자작께." 잠시 뜸을 들이다가 「천재」라고 제목을 붙였다.

> 샤토브리앙, 당신에게 단언하오니
> 당신, 우리 가운데 움직인 이여

---

* 1750~1828. 프랑스 작가, 정치가, 농학자.

우리들 질투의 오만을 건드린

치명적인 재능을 하늘로부터 부여받은 이여

당신 이름이 세월을 견뎌내야만 할 때

무슨 상관이랴, 그 많은 모욕

당신에게, 거장이여, 소인배 민중은?

천재에게 경의를 표해야 하리니

그들, 그저 중상모략뿐인.

뱀이란 오직 독을 품은 자

[…]

당신을 예찬하는 이 투우장에서

헌걸차게 싸워온 당신은 자랑스러워하시라

겹겹으로 영예로운 순교자,

천재天才 그리고 덕德이여

추구하라, 우리의 소망을 채워주시라

당신의 왕자에게 충성하시라, 프랑스를 빛내시라

조국의 숙명은 이루어지리니

오만하고 비열한 무정부주의는

그대 평온한 면전에서 창백하건만

폭군은 결코 창백하게 하지 못하였으니.107

그는 그 원고를 『콩세르바퇴르 리테레르』에 발표했다. 그리고 그는 그 발표가 비평 분위기가 가져올 이점과 함께 문학판을 뚫고 들어가는 데 얼마나 효율적인 방법일지, 어떤 마법의 역할을 할지, 작품 발표에 얼마나 민감할지, 저자들에게 어떤 조언을 할지, 저자들을 평등하게 대해줄지를 재고 있었다.

그는 '젊은 시인' 라마르틴느의 『시적 명상』 출간을 예찬했다. … 형보다 열두 살 위, 나폴리 대사 대리라 불린 라마르틴느. 그는 자신의 단상 높은 곳에서 소리칠 수 있었다.

"밤을 지새우라! 어린 사람, 힘을 모으라. 전투의 날이 오면 힘이 있어야 하리!"

나이 열여덟, 그는 이미 거장이라도 된 듯 차츰 주목받는 남자가 된 것을 알았다!

샤토브리앙은 수시로 그를 부르며 절친하게 대했다. 그 앞에서 벌거벗고 샤워를 하고 하녀에게 마사지를 받으며, 출판 검열 계획을 발표한 현 정부 이야기를 했다.

"불쌍한 것들, 못된 것들! 사고思考는 저들보다 강하다고. 이것을 잘라 버리려다 되레 지들이 다칠 걸! 이 게임에서 군주를 잃을 거야."

빅토르는 홀린 듯 그의 말을 듣고 있었다. 샤토브리앙은 자신을 베를린 외교관직을 수락할 계획이라는 말까지 했다. 빅토르는 그가 자신을 수행원으로 동반하겠다는 뜻으로 이해했다.

파리를 떠날까? 거기서 확실한 자리를 잡을까? 아델을 떠나 살 순 없다는 생각이 들었을까? 놀랄만한 걱정이긴 하지만 그녀와의 멈춤 없는 창작의 연속인 편지 교환을 할 생각을 했을까?

편지를 주고받으며 저작 활동을 하면서 모든 것이 뒤섞였다. 그는 「콩세르바퇴르 리테레르」에 비가悲歌 '어린 추방자'를 실었다. 그리고 그의 공연작 페트라르카에서 주인공 레이몽은 연인에게 마치 예전에 아델이 그의 시 '첫 애모愛慕'에 대한 약속, 입맞춤 열두 번을 요구하는 연기를 했다.

　… 내게 약속한 그대 달콤한 사랑의 시구詩句들

그대 소심한 수줍음은 날이 가고 달이 가도 나를 거절하고

[…]

내 젊은 배필 이여, 안녕! 비운의 순간이 다가 왔으니

부디 안녕, 오오! 그토록 달콤한 희망

내게 수없이 약속했던 입맞춤.108

그는 부모 집에서 그녀와 함께 붙어있으며 건넸던 편지보다는 분명 가벼운 마음으로 이 시를 읽으리라 생각했다.

그녀도 역시 편지를 썼다.

"엄마는 저한테 선포하셨어요. 당신에게 완전히 빠져버린 제 모습을 아주 못마땅하다고… 그래도 당신을 사랑해요. 오직 당신만을."

그는 그녀가 자기 엄마를 속이고 있다는 생각으로 괴로워하는 것을 느꼈다. '잘 가세요, 안녕, 사랑하는 당신의 약혼자, 아델 푸셰'라고 편지를 쓰면서도.

그는 답신했다. "이제부터 우리는 공개 숙려기간을 최대한 가져야 할 것 같소… 다만, 당신은 모를 거요. 내 사랑 아델, 얼마나 당신을 사랑하는지. 질투와 불안으로 몸서리치지 않고는 딴 놈이 당신에게 접근하는 것은 차마 두고 볼 수가 없소. 사지가 오그라들고 심장이 부어오르오. 사력을 다해 애써도 진정이 되지 않소."

그의 신체적 고통, 그것은 질투심이었다. 아델의 젊은 숙부 아셀린느가 그녀에게 다가오는 것을 보았다. 빅토르는 말했다. "숙부 신경은 쓰지 않았으면 좋겠소. 당신 남편 행동은 다 그만한 이유가 있는 거요."

남편 노릇을 하고 싶었다. 언젠가는 자신이 꿈꾸는 가정 살림을 꾸려보려고 무진 애썼다.

"열심히 일해서 어떻게든 독립할 거요. 내가 당신을 생각하지 않고, 둘이 합치는 것을 고민하지 않는다고 생각하오? 고통스러운 내 영혼에 끝없는 정신적

피로를 자초해 쾌감을 얻으려 한다고 믿소? 나의 행동은 오로지 당신 유익을 위함이건만…"

그녀의 답신을 읽으며 흥분했다. 그녀는 썼다.

"내 곁에 당신을 더 이상 두고 볼 수 없다는 것은 정말이지 참을 수 없는 고통입니다."

그래도 무관심한 척, 그는 아델 부모와 소피를 애써 속이는 척해야 했다. 하지만 질투심은 다시금 도졌다!

아델은 무도회를 좋아했다. 그는 썼다.

"사실이지 질투가 끓어올랐소. 어제, 미래에 대한 소망이 나를 버렸소. 당신 사랑은 더 이상 믿기지 않았소. 어제는 내게 죽음이 임박한 것만 같았소." 그렇게 말하고도 아델 답신을 받자마자 기뻐 뛰었다. "내 사랑 빅토르, 당신은 내가 사는 목적입니다. 매 순간 당신 생각 뿐이에요. 내 마음 이미 당신에게 모두 바쳤어요."

아델의 태도에 마음이 온통 뒤숭숭했다. 부모를 속인 데 대해 갈수록 괴로워하는 그녀의 회한.

"저는 지금 엄마를 속이고 있다고 생각해요. 그리고 어떤 점에서 당신을 사랑한다고 생각할 때마저도 필경 모두가 둘 사이를 떼어놓으려 해요. 모든 것이 두려워요. 그리고 … 내 사랑, 난 당신을 영원히 사랑했다는 사실을 위로로 삼고, 그리고 죽을 거예요."

그녀의 자존감을 회복시켜주어야 했다.

"지금 당신은 위고 장군의 딸이란 말이오! 노여워 마오. 다들 당신에 대한 배려심이 없소. 어머니는 지금 상황을 나쁘게 보시지 않아요. 훌륭한 우리 어머니에게 다 생각이 있소. 당신은 나를 자랑스럽게 여기잖소. 남들이 성공했다고 말하는 내 모든 것을 무조건 신뢰하고 있잖소. 아무튼, 아델, 하느님은 절대로 인정하지 않소. 단 한 가지, 내 당신에게 사랑받고 있다는 사실 말고는."

그는 생각이 달랐다. 이렇게 썼다.

"지금, **내 모든** 희망, 내 모든 욕망은 오직 그대에게 쏠려 있소."

그녀에게 사랑을 고백한 지 딱 1년. 그러나 그를 고통스럽게 한 열정을 넘어, 행여 그녀가 들통 나 죄인 취급 받게 될 수도 있다는 생각으로 불안해 얼마나 많은 일이 있었던가? "모름지기 당신 말고 딴 여자를 두는 일 없이 오직 그대의 남편이 되겠다는 나의 신성한 언약을 지금 받아주오. 다른 편지는 몽땅 불태워 버리고 이 편지만 간직하오. 사람들은 우리를 갈라놓을 수 있소. 하지만 나는 당신뿐이오. 영원히 당신 곁에 있소. 난 당신의 것, 당신의 소유, 당신의 포로요… 그래요. 나의 아델, 곧 당신을 보지 못할 것 같소. 나에게 용기를 좀 주오…"

그의 생각은 틀림이 없었다. 그동안 쓴 편지는 발각될 것이고, 이제는 아델이 자책하여 모든 것을 내려놓을 것이 뻔했다.

4월 26일, 서로 사랑을 고백한 지 1년이 지난 어느 날, 빅토르는 프티-오귀스탱 거리 18번지에서 근엄하고 차가운 낯으로 나타난 푸셰 부부와 부딪쳤다.

어머니가 그를 호출했다. 그는 아델을 사랑한 것을 부인하지 않았다. 그러나 그는 알았다. 왕 그리고 샤토브리앙으로부터 인정받은, 백작 위고 장군의 아들 빅토르와 그런 '하잘것없는 여자'와의 결혼을 절대 용납하지 않을 것임을.

그는 아델 부모 눈치를 살폈다. 그리고 모욕감을 금세 읽었다. 피에르 푸셰와 그의 아내는 그 결혼을 분명히 원치 않았다. 빅토르의 사회적 지위가 전혀 없는 까닭이었다. 그래도 그를 받아들일 준비는 되어 있었다. 하지만 아델 부모의 거만한 거절 표현으로 이미 마음에 상처를 얻은 상태였다. 결국 두 젊은이의 이별만이 아닌 두 가정 사이의 관계도 끝이 될 위기였다.

"아델, 당신은 모르오. 그리고 당신에게만 할 수 있는 고백이오. 더 이상 당신을 볼 수 없게 된 날 난 울었소. 엉엉 울었소. 마치 10년 동안 울지 않은 것처럼. 필시 다시는 울지 않을 것처럼 말이오. 괴로운 논쟁을 참았고, 이별의 종점도 생각했소, 철면피처럼. 그리고 그대 부모님이 떠난 후, 어머니는 창백하고 말을 잃은 내 모습을 보셨소. 예전 같지 않게 나를 살갑게 대하고 나를 위로하려 애를 쓰셨소. 그럴수록 나는 피하고, 홀로 있게 되면 난 또다시 한참을 비통하게 울었소."

어머니의 결정을 존중해야만 했다. 그리고 일 속으로 더 깊이 파고들어가야만 했다. 「콩세르바퇴르 리테레르」 각 권 대부분을 쓰는 일이었다. 그것도 가명으로. 그래도 원고를 메우면서 마주하는 울림에서 일종의 보상을 발견해야 했다. 또한 언젠가는 펜만으로도 살아갈 수 있으리라는 희망을 여기서 길어 올려야 했다. 고정 수입이 없었기 때문이다. 그는 샤토브리앙의 개인 일간지 「르 콩세르바퇴르」에 실린 의도적인 「콩세르바퇴르 리테레르」 예찬사를 읽고 흐뭇했다. "다시 태어날 수 있는 기회를 주신 훌륭한 어머니시여, 헌신적이고 자애로운 어머니에 대한 빚을 갚고자 노력하는 아들들… 교육의 보람을 만끽하시는 어머니를 둔 행복한 젊은이들아! 돌봄에 대한 상급을 확인하시는 어머니시여!"

그날은 어머니의 자부심에 마음 뿌듯했다. 예전 같으면 바뀌려고 애쓰는 어머니의 노력에도 불구하고 불안으로 진이 다 빠지곤 했다. 연초만 되면 으레 발병한 병이 어머니를 끊임없이 괴롭힌 것처럼.

그녀는 여전히 힘이 넘치는 여자였다. 방금 레오폴로부터 아들 학업을 걱정하는 편지를 받은 법률학교 학장이 빅토르와 으젠느를 호출한 경위를 빅토르가 설명하기가 무섭게 그녀는 발끈했다. 레오폴은 어머니의 역할을 칭송하는 『콩세르바퇴르』 기사를 보고 난리를 피웠다. 그는 학장에게 이렇게 썼다. "나는 언론들이 나에게 일러준, 그리고 한 언론이 보낸 가장 자극적이고 기만적인 찬사를 보낸, 그 문학 사업이 내 아들들 학업을 완전히 망치지 않았나 의심스럽소."

빅토르는 불안했다. 그동안 글쓰기에 모든 시간을 바쳤다. 수강 등록은 단지 아버지가 쏟아 붓는 학비를 끊어지지 않기 위한 것이었을 뿐.

그는 아버지한테 답신을 썼다. 이렇게 시작했다.

"아버지께서 취한 이번 조치로 저희는 너무 괴롭습니다. 저희 문학 활동이 아버지를 불쾌하게 해드리지는 않을 겁니다. 수업에 지장이 되진 않습니다. 꾸준히 노력하면 언젠가는 모의고사비도 마련할 수 있고요. 지금 이 적은 돈에서는 쪼개 쓸 도리가 없어요"

그리고 변호사 시험에 합격하더라도 무보수 인턴으로 수년을 보내야 할 거라고 말했다.

"그때까지 턱없이 모자란 생계비를 저희 스스로 노력해 해결하는 일, 그것이 저희 숙제입니다." 특히 이들은 '대체 복무비를 낼 방도'가 없어 군 복무를 해야 할 상황이었다. 다만, 학회로부터 받는 표창 실적만 있으면 병역 면제를 받을 수 있었다.

레오폴은 무슨 답신을 했을까?

빅토르는 덧붙였다. "저희는 지금 정말 곤란해요. 사랑하는 아버지, 거듭 간절히 부탁드려요. 밀린 65프랑과 이번 달 주실 돈을 가능한 한 속히 보내주세요. 엄마와 저희를 위해 생각해두신 인상분을 추가해 주실 수만 있으면 이 고통스러운 지경에서 벗어날 수 있을 거예요.

사랑하는 아버지, 저희의 변함없는 애정을 담아, 순종하고 존경하는 두 아들 드림"

그러나 모두 헛된 기대였다. 아버지는 결국 답신하지 않았다. 그는 카트린느 토마와 함께 블루와에서 살았다. 그리고 부모의 관계 단절로 괴로웠다. 그는 아버지란 사람을 냉철하게 판단하고 있었다. 아버지를 존경하는 마음 여전했지만.

다행히, 이모 마리-조셉 트레뷔셰가 편지로 「콩세르바퇴르 리테레르」에 대한 관심을 표현했다. 그러면서 아들 아돌프 빅토르의 이종 사촌가 올 거라고 알렸다. 그것은 뒤늦게 만난 핏줄이 아버지 위고와 두절된 사이를 매워줄 것 같았다. 그리고 마치 빅토르 파노 드 라오리가 레오폴 위고를 압도했듯이, 어머니편, 어머니의 정치적 견해에 기울어 있던 아들의 방향전환을 매듭진 것과 같았다.

그는 아돌프를 맞이했다. 거기 함께 머물렀다. 새 아파트를 돌아보게 했다. 그들은 여름 학기 과정 중에 이사를 왔다. 집은 메지에르 로 10번지 1층에 위치했다. 프티-오귀스탱 거리와 아벨의 집에서 몇 발짝 안 되었다.

그 집은 생-쉴피스와 여전히 같은 구역이었다.

빅토르는 광장을 지나 거리를 천천히 걸었다. 아델의 두 눈과 얼굴이 떠올랐다. 목이 메어왔다. 바로 아델이 활보하던 곳이었다. 그녀는 성당에 가고, 드라공 거리를 걷고, 그녀가 그림 수업을 받으러 젊은 미술 교사인 쥘리 뒤비달* 집에 가곤 했었다.

그는 여기, 10월 11일 바로 그 거리에서 아델을 만났다. 그녀를 쫓아가 우물우물 말을 걸었다. 그녀는 안절부절 못했다. 그녀는 부모 말을 듣지 않았다. 며칠 후, 그는 생-쉴피스 성당으로 들어갔다. 그녀는 자기 엄마 옆에서 무릎을 꿇고 앉아 있었다.

그녀에 대한 뜨거운 감정은 결핍, 장애, 승화된 욕망, 게다가 갈수록 고조된 육체적 욕구를 거부할수록 되레 고조되었다. 결국 그는 순결을 지키고 아델과 결혼할 것을 결심했다.

---

* Julie Duvidal. 화가. 빅토르 형 아벨의 아내.

당시 그는 「콩세르바퇴르 리테레르」 일에 관계된 일로 숱한 밤을 서명을 요하는 수많은 글을 쓰는 일로 보내며, 푸셰 가족과의 **관계**를 재정립하고자 했다. 그는 피에르 푸셰의 저서 『모병 개론』의 서평을 썼다. 그리고 푸셰는 '비위를 잘 맞추어주는 위고 선생'에게 감사했다. 「콩세르바퇴르 리테레르」 정기구독을 거듭 신청했다.

글쓰기, 출판, 그 모두는 자신의 목표를 하나씩 이루어가는 방법들이었다. 모두가 사회생활이었지만 또한 마음을 다스리는 일들이었다.

9월 29일 베리 공작의 미망인이 유복자인 보르도 공작 앙리를 낳았을 때, 빅토르는 탄신 축시를 썼다.

> 그러나 우리는, 난파선에 있었네
> 그 때 폭풍 가운데 빛나는 구원의 무지개를 보았지
> 천국은 더 이상 공포의 징조로 무장하지 않았네
> 언제나 희망을 들어주는 영웅이신 성모를 통해
> 한 때 아이이셨던 하느님, 우리 프랑스에
> 장차 왕이 될 아이를 주셨네.[109]

그는 그 오드를 아델의 아버지에게 보내기로 결심했다. 아델의 아버지는 고맙다는 말을 거듭했다. 그리고 '비평을 위한 풍부한 목초牧草를 제공할 만한 몇몇 작품을 인터뷰 했으면 한다.'는 말까지 덧붙였다.

이렇게 해서 가까스로 관계는 깨지지는 않게 되었다.

기분이 우쭐해진 빅토르는 생-쉴피스 구區의 길 여기저기를 쏘다녔다. 그리고 12월 26일 화요일, 센느 거리에서 아델을 만났다. 다가가 말을 걸었다. 그녀도 대꾸를 해주었다. 그 후 몇 차례를 만났다. 그녀가 필요했다. 한 여자의 사랑이 필요했다. 그는 트레뷔셰 숙부에게 편지를 썼다.

"우리 사회는 죄다 남자, 젊거나 늙었거나 온통 남자 문인뿐입니다."

그는 생-플로랑탱 로에 있는 살롱에 대해서는 일절 말을 하지 않았다. 실은 시를 쓰고 싶어하는 소피 개이와 그보다도 그의 딸 델핀느, 매력 넘치는 그 두 여자와 마주치는 일도 있었다. 이들은 알프레드 비니가 그토록 환심을 사려고 애쓰던 여자들이었다.

빅토르는 작정했다, 그런 장난에 끼어들지 않기로. 당시 그 감정을 아델이 알아주기를, 또한 그녀에게 주고 싶은 헌신의 마음을 그저 받아주기를. 원하는 것은 오직 그것이었다.

"내 사랑 아델, 난 그대에게 온통 빚을 졌소. 나는 결점이 너무 많아 괴롭소. 바로 그것이 내 욕망이 그대만을 향하는 까닭이오." 또 이렇게 썼다. "모든 것은 내 책임이오. 이런 말을 되풀이 하지 않고는 견딜 수 없소. 내 또래들에게는 다반사인 방탕으로부터 나를 계속 지킨 것은 그런 기회가 없어서가 아니오. 오직 당신에 대한 추억이 언제나 나를 감싸주었기 때문이오. 게다가 난 당신 덕에 오늘날 당신에게 줄 수 있는 내 자산을 고스란히 간직했소, 순전한 육체와 순결한 마음 말이오.

이런 말을 낱낱이 늘어놓는 것이 민망하오. 하지만 당신은 내 아내요. 그 모든 말은, 내가 그대에게 감출 것이 조금도 없고, 또한 지금껏 당신에게 충실해 온 남편에게 지금이나 앞으로나 그대가 끼칠 영향이 얼마나 큰지 그대에게 증명하는 것이오."

연말이었다. 그는 자신이 그동안 살아온, 실천해온 모든 시간을 생각하며, 자기 삶에 그처럼 단호했던 적이 없다는 확신이 들었다.

그는 숙부에게 썼다. "흘러간 지난 1년은 저희에게 값진 한 해로 남을 것입니다. 숙부님 가정과 저희 가정 간 참으로 따뜻한 관계인 것을 아델이 보았고, 또 저희들에게 형제 하나가 생긴 셈이니 말입니다." 아돌프 트레뷔셰를 두고

한 말이었다.

그러나 또 다른 예감, 걱정이 그의 마음을 죄어왔으니.

어머니를 바라보았다. 허리가 굽기 시작한 어머니. 종종 기침을 하고 몸을 부르르 떨기도 했다. "사랑하는 숙부님, 어머니는 며칠 전부터 신경이 날카로워져 이런 좋은 날에도 숙부님께 편지 한 장 못쓰십니다."

빅토르는 다가오는 새해가 두렵기만 했다.

1821

내 가슴에 박힌 가시를 뽑아주오

나를 위해 살아주오, 나 또한 당신 위해 살도록 해 주오…

빅토르는 정월 초 받아둔 편지를 그제야 개봉했다. 무슨 말인지 이해가 안 갔다. 소리 내어 읽었다.

"죄 플로르* 아카데미 회원이며 「콩세르바퇴르 리테레르」 편집위원이신 빅토르 위고 선생, 새해 복 많이 받으시기를 기원하오."

그는 과격한, 그리고 익명의 15행 시구를 훑어보았다.

"그 어린 나이에 학문의 권좌에 앉은

서정과 풍자의 대가 빅토르 위고여

호레이스 그리고 유베날리스**와 어깨 견주기를 원한 이

시인을 자처하고 비평가를 칼질하는,

리라를 가지고 놀며 일간지를 만드는

---

* Jeux floraux. 16세기부터 계속되어 온 툴루즈 지방의 문학제.
** Horace 와 Juvénal. 고대 로마 시인들.

헬리콘* 위의 정치 불쏘시개

그대는 시대의 전조등인 문학의 과격파들 틈에 있구나

왕정의 무리들로부터 격찬 받는, 자고自高한 그대여…”

이쯤에서 빅토르를 좋아하지 않은 이가 있었으니, ‘무정부주의의 히드라’가 깨어났다고 공격했다. 그것은 ‘시詩에 대한 단두대’ 같은 겁박이었다.

빅토르는 중얼거렸다.

‘혁명을 하자면, 나도 내가 어찌 될지 모를 일… ’

그에게 앞날은 어두워보였다. 아델에게 말을 건넬 수도, 편지를 쓸 수도 없어 낙담했다. 화가 치밀었다. 종종 절망도 찾아왔다.

‘위대하고 숭고한 문인 역할’을 인식하기 시작했다. 문학을 통해 ‘모든 인간적인 비열卑劣함’을 발견한 것이다.

“어떤 의미에서 보면 삶이란 거대한 늪이다. 만일 우리가 깊은 수렁 위 하늘을 누빌 수 있는 날개를 지니지 못했다면, 차라리 수렁에 잠겨야 한다. 단 한 번도 당해보지 않은, 그리고 대부분 눈으로 본 적도 없는 적敵의 무리들의 작고 큰 공격들… 만일 내가 지금 행복하다면 이 모두는 필시 괴로움이 될 것이다.”

그러나 그렇지 않았다. 결국 그런 적개심은 모두 추악한 것으로 생각했다.

그는 말했다. “불쌍한 날파리들이 내 상처 위로 날아들 때 나는 괴로워한다.”

그는 지니고 다니는 수첩을 열어 언제든 시상詩想을, 일정을, 그리고 동네에서 아델과 서로 가진 짧은 만남을 메모했다. 그는 썼다. “시詩가 아니라면 세상에 실재하는 것이란 대체 무엇이란 말인가?”

그는 알렉상드르 수메**가 한 말을 들었다. 시인은 말했다. “빅토르 위고는

---

* Hélicon. 뮤즈가 살았다는 산 이름.

** Alexandre Soumet(1786~1845). 프랑스 카스텔노다리 출신 시인이며 극작가.

왕정주의자로 태어났다, 마치 시인으로 태어났듯이." 당시 적어도 그를 이해하는 사람이라면 이렇게 말했다. "인간의 역사는 오직 왕정주의 사고와 종교적 신념의 높이에서 판단되는 시詩만을 지향한다."

그것은 변함없는 원칙이었다. 그는 그것을 고수했다. 그리고 그는 자기 다짐을 더욱 분명히 했다. 재능, 천재성은 영혼과 덕의 반영이기 때문이었다.

그는 작업에 착수했다. 그는 「키브롱에 관한 오드Ode sur Quiberon」를 썼다. 키브롱은 영국 함대에서 내린 방데인들이 호쉬 장군의 공화국 병사들 총에 맞아 전사한 곳이었다.

> 옛날 외로운 해안가 키브롱에 살았지
> 포위된 프랑스인들 죽을 준비를 하였네.110

그는 정부의 요청에 따라 오드를 한 편 썼다. 부르봉가의 대를 잇는 보르도 공작의 세례식 축시였다.

> 권능과 영광을 입은 구원자가 나셨네
> 그는 검과 왕홀王笏을 한 데 묶었지
> 불행의 교훈들로부터 장차 우리의 번영은 태어나고
> 예순 명의 왕, 조상들,
> 관棺 없는 그늘이 그의 요람을 지켜 주리니.111

그리고 그는 어머니인 베리 공작 부인이 루이 18세로부터 포상금 500프랑을 받도록 해준 것을 알고 흡족해했다. 그가 쓴 「베리 공작의 죽음에 관한 오드」에 대한 상이었다.

돈이 필요했다.

그는 메지에르 로의 작은 정원에서 괭이질과 풀을 매느라 고생하는 어머니를 바라보았다. 숨소리가 짧았다. 기침 소리가 잦아들지 않았다. 그녀는 종종 '서글픈 현실'과 자신의 '기구한 팔자'를 말하곤 했다. 어머니는 오라버니에게 연 450프랑을 요구했다. 조카 아돌프를 돌봐주는 비용이었다. 이런 구차한 돈 문제를 신경 쓰지 않아도 되는 이들은 얼마나 행복할까 마는!

빅토르는 알았다. 그도 생계 문제를 해결하려면 글을 써야 한다는 것을. 수입도 재산도 없는 무일푼 시인이 딸을 달라고 아델 부모를 설득할 수는 있을까?

걱정은 시시각각 낯을 바꾸며 엄습했다.

앞으로 어찌할꼬?

그는 숙부에게 졸랐다. 아돌프에게 보내는 돈을 올려달라고 말했다. "숙부님, 지금 엄마 건강이 좋지 않아요. 계속 말씀드리지 않을 수 없는 처지입니다."

그는 위협을 직감했다. 빨리 아델을 만나야 했다. 그는 사랑의 고백을 떠올렸다. 1819년 4월 26일 그는 이렇게 적었다. "마침내 두 번째 불행이 시작되었다." 그는 지난 1년 동안 둘이 갈라지도록 요구하고 어떡하든 그 여자를 잊게 하려는 어머니 전략에 넘어가지 않았다. "어머니는 나를 세상 망나니가 되도록 안내했다. … 불쌍한 어머니! 어머니는 내 마음 속에 세상에 대한 경멸과 허세에 대한 멸시를 심어 주셨다. …"

그는 극장 분장실에서나 저녁 식사 중에서나 아양 떠는 예쁜 여자들 틈에 있었다. 여자들은 그를 유혹해보려 무진 애썼다. 소피 개이 같은 여배우들이 그랬다. 그 자리에서 온갖 추파를 보내고 '여우짓들'을 했다.

순간 얼어버렸다. 후에 그는 아델에게 말했다.

"그대를 향해 불타오르고 끓어 넘치는 만큼 딴 여자들에게는 차갑고 꽉 막혔었소."

그는 오직 일만이 가슴을 후비는 절망에 맞서 싸울 유일한 힘인 것을 알았다. 그러나 또한 그는 날로 커지는 불안 상태에서 '짓눌리고, 짓밟히는 느낌, 더 심한 것은 권태로움'임을 인정했다. 후에 비니에게 다 털어놓았다.

더 이상 「콩세르바퇴르 리테레르」에 기고할 길이 없었다. 3월경 잡지는 사라졌다. 「문학과 예술의 연대기」로 흡수되었다.

그는 비니에게 말했다.

"이달에는 선생의 영감靈感의 독무대였소. 나는 단 한 순간도 어려웠소. 한 것이 아무것도 없군요."

도움이 절실했다. 베를린 대사로 있던 샤토브리앙에게 편지를 써 「키브롱에 관한 오드」을 함께 보냈다.

"저는 선생을 뵙기 전에 우선 찬사의 말씀을 드립니다. 위인들을 칭송하듯 말입니다. 선생을 향한 나의 열정이 이처럼 뜨거워질 줄은 나도 몰랐습니다. 사람이 자기 자신을 어떻게 사랑할 수 있는지를 아는 위대한 분에 대한 존경이 날로 커집니다. 부디 나의 이런 무모하고도 깊은 천착을 용서하시기 바랍니다."

잠시 후 추신을 덧붙였다. "바라건대, 이 도시 안에서 저도 선생께 힘이 될 수 있다면 행운이겠습니다. 선생께서는 저에게 무슨 일이든 망설이지 말고 부탁하십시오."

샤토브리앙, 도도하고 뻣뻣한 성품을 지닌 사람이었지만 그와 적극적인 관계를 유지할 필요가 있었다.

샤토브리앙은 빅토르의 편지를 즉시 열었다. 그리고 답신을 했다. 짧은, 그러나 칭찬 일색이었다. "빅토르 선생, 나는 당신의 「키브롱에 관한 오드」를 보며 다른 서정시들에서 눈여겨본 재능을 다시 보았소. 감상하며 나는 정말 가슴 뭉클하고 눈물이 찔끔 나왔소. 내가 부끄럽소. 분명히 말하지만, 선생께 약속

드린 평론을 쓰지 않은 것이 민망하오… 매일같이 일간지에서 예찬하는 시詩들을 보면 내 수준이 선생의 작품에 훨씬 못 미치오…"

그는 편지 내용 중 몇 구절을 읽고 또 읽었다. 인정받고 지지받는다는 생각으로 기뻤다. 하지만 금세 불안이 또 엄습했다.

천천히, 숨을 헐떡이며 다니는 어머니를 보았다.

으젠느도 보였다. 굳은 얼굴, 살기 어린 눈빛, 거의 증오심까지.

빅토르는 메지에르 거리를 벗어나 동네를 배회했다. 그러다가 아싸 거리, 세르쉬-미디 로의 골목까지 내달리곤 했다. 툴루즈 호텔의 창문을 들여다보려는 것이었다. 그 안에는 아델이 있었다.

그는 아델에게 편지를 썼다. 여전히 그녀가 자신을 사랑하는지 알고 싶었다. 그녀의 동정을 살피고, 뒤를 따라다니고, 편지를 건넸다. 여러 날 지나 답장이 왔다. 그리고 관계는 다시 이어졌다.

'내가 그동안 아델을 잃었던 거야. 행복의 일상을…'

문제는 아델이 여전히 지니고 있는 두려움이었다. 그녀는 한 달에 딱 한 번 만나 말을 건네는 것 말고는 자기를 찾지 말라고 요구했다! 가능한 일일까?

'한 달에 보름을 만나도 모자랄 것을.'

그는 아예 그녀의 후원자가 되기를 원했다. '만일 그녀만의 휴식과 돈을 제공한다면 내게 행복을 허락할 수도….

그래. 아델, 그대는 내 것이 될 것이오. … 그대 생각 없이는 숨을 쉴 수도, 말을 할 수도, 한 걸음 걸을 수도, 움직일 수도 없소. 마치 홀아비 같은 남자….'

그는 다시 절망했다. 무력해졌다. 앞날이 보이지 않았다. 그때 이공대 국문과 조교 자리가 비어 있다는 것을 알았다. 인사 담당자에게 편지를 썼다. "내무장관 각하의 추천 명단에 올려 주시면 영광이겠습니다."

그것만 된다면 '내 자신 나를 포기하지 않고 충분히 독립할 만한' 상황이었다. 그러면 어머니도 아델과의 재회를 인정해 줄 것을!

"그러니, 내 사랑 아델, 그대는 내 것이 될 것이오. 머잖아 그리되길 원하오. 오직 그것만을 위해 일하고 또한 살아갈 뿐이오. 내가 얼마나 취해서 이 말을 쓰고 있는지 그대는 생각도 못할 거요. 그대는 내 것이 될 것이오. 일 년이든 한 달이든 내 아내와 함께 보내는 시간에 나는 내 모든 삶을 바칠 것이오… 안녕, 내 사랑 아델, 시간이 너무 늦었소. 그리고 이젠 종이도 떨어졌소. 괴발개발 쓴 것을 용서하오. 안녕, 내 사랑.

그대의 충실한 남편, 빅토르."

그는 편지지를 덮고는 어머니 방으로 발을 옮겼다.

이것저것 뒤섞인 감정으로 어머니를 바라보았다. 소피는 며칠 전부터 몸져누웠다. 그는 으젠느와 함께 매일 밤 그녀를 지켜보며 두려움에서 희망으로 바뀌었다. 지금은 차도가 있어 보였다. 의사도 쾌유를 약속했다.

그리고 유월 중순. 하루해는 길고 날은 청량했다. 종종, 그녀는 숨넘어가는 소리로 몇 마디 중얼거리고는 팔꿈치를 딛고 일어서서 그동안 열심히 매달려 가꾸어온 정원을 바라보았다. 그리고 그 좁은 공간을 꽃으로 가득 채우고 싶어했다. 실은 그 때문에 기진맥진해 2년 전 쯤 그녀를 쓰러뜨린 폐렴이 재발한 것이 분명했다.

6월 27일 3시, 빅토르는 어머니 침대로 달려왔다.

"자정부터 어머니는 깨어나지 않으셨어." 으젠느는 울먹이며 말했다. 빅토르는 고개를 떨구었다. 희망이 그를 짓밟았다. 어머니 이마에 입을 맞추었다. 숨을 거둔 소피를 딱딱하게 굳게 만든 추위는 그를 또한 얼어붙게 했다.

몇 달 전부터 두려웠던 일이 결국 일어났다.

그는 아벨에게 통보하는 꼭두각시가 되었다. 그렇게 아벨을 탓했다. 다음 날 두 형제와 로안 사제, 아내를 잃고 나서 명령을 선택했던 한 젊은 공작, 그리고 빅토르 예찬자 한 명, 이렇게 생-쉴피스 교회로 들어갔다. 그뒤 몽파르나스 묘지로 갔다.

안장安葬을 마치고 빅토르는 홀로 사방을 배회했다. '결연決然해야' 했으나 끝내 울었다. 울부짖었다. 그리고 입술을 꽉 깨물었다.

'산다는 것은 온통 쓰린 일뿐, 눈에 보이고, 지나가고 … 어머니는 돌아가신 거야! 어쩌겠는가! 그럴 수도 있지!'

몇 달 동안 자신을 사로잡아온 슬픔은 그 상실의 직관에서 왔다는 생각이 들었다. 그는 흐느껴 울었다. 어머니 앞에서 '절뚝발이, 불협화음의 운율의 자작시'를 낭송하던 시간이 떠올랐다. 어머니는 단 한 번도 '무시하는 말'을 한 적이 없었다. 어떻게든 용기를 주려 했다.

'지금은 고통스러워야 했다. 그리고 아버지께 편지를 써야 했다. 그는 메지에르 거리로 돌아왔다.

으젠느는 헤어나지 못하고 있었다. 아벨이 호들갑을 떨었다. 빅토르는 펜을 잡았다.

"사랑하는 아버지께,

끔찍한 소식을 전해드려야겠어요… 저희는 상실감이 너무 크고 돌이킬 수가 없어요. … 끔찍한 불행 앞에서 모든 것이 사라져버린 오늘, 생전 어머니 마음이 어떠셨을지 아셔야 해요. … 어머니! 저희 품에서 숨을 거두셨어요. 저희보다 더 편안하게요. 사랑하는 아버지, 아버지는 틀림없이 저희처럼 슬퍼하고 후회하진 않으실 거예요. 저희를 위해서든 아버지를 위해서든요. 두 분이 갈라선 비참한 갈등에 우리의 판단을 보태는 것은 우리 몫이 아니에요. 전에도 그랬어요. 이제 어머니에 대한 순수하고 흠 없는 기억 외에 다른 모든 것은 이미

다 지워지지 않았나요?

　… 그래도 안타깝지만 따져보아야 할 일들이 있어요. … 불쌍한 어머니는 아무것도 남기지 않으셨어요. 우리에게 너무도 값진 옷 몇 벌 외에는. 병 수발과 장례비는 찌질한 저희 형편을 훨씬 초과했어요. …"

　벌써 6월 29일이었다. 그는 울며 걸었다. 그리고는 다시 돌아와 공원묘지의 문이 닫힐 때까지 무덤 앞에 서 있었다.

　어두운 거리를 여기 저기 방황했다. 그러다가 그는 문득 불빛 환한 툴루즈 호텔 앞에 섰다. 문들이 열려 있었다. 웃음소리, 노랫소리, 춤추는 모습, 박수소리가 들렸다. 코믹 극 공연 중이었다. 무도회도 열리고 있었다.

　그는 발을 멈추었다. 소스라치게 놀랐다. 호텔에 상복을 입고 들어간 줄도 몰랐다. 웃음보따리가 터진 젊은이들은 그가 들어온 줄을 몰랐다. 그는 그 집을 잘 알고 있었다. 어떤 방에 슬그머니 들어갔다. 댄스홀이었다.

　"아델이었다. 흰 드레스에, 머리는 꽃단장을 하고, 싱글벙글하며 춤을 추고 있었다. … 내 눈에는 그 이상의 파티도, 즐거움도 없어 보였다. 축제 속에, 환희 속에 파묻힌 내 사랑 아델!"

　돌아버릴 것만 같았다. 그녀 곁에서 위로받기를 그토록 바랐건만. 마치 어머니가 두 번 돌아가신 것만 같았다.

　그는 집으로 돌아왔다. 죽고 싶었다.

　그러다가 그는 무릎을 꿇고는 어머니 침대 위에 머리를 묻고 기도를 올렸다, 아델을 위한.

　이튿날, 그는 알고 싶었다. 툴루즈 호텔로 돌아와 정원을 지났다. 아델을 보았다. 그녀가 그를 쳐다보았을 때 그는 마치 체포된 느낌이었다. 창백해지고 마치 정신이 나가는 것 같았다. 그녀가 달려왔다. 그리고 안부를 물었다. 그는 어머니가 돌아가셨고, 엊그제 장례를 치렀다고 했다. 아델이 울음을 터뜨렸다. 그녀는 까맣게 몰랐었다.

'그것도 모르고 춤이나 추러 다녔으니…'

그들은 한참 울었다, 서로 꼭 끌어안은 채.

며칠 후 그는 피에르 푸셰가 메지에르 로로 향하는 것을 보았다. 아델의 아버지는 속내 이야기를 했다. 우울을 떨쳐 버리려고 파티에 참가한 딸을 방해하고 싶지 않았다고 했다.

빅토르는 알아챘다. 푸셰는그저 딸을 돈 없는 작가로부터 떼어놓기 위해 노심초사했다. 그는 충고했다. "자네는 파리를 벗어나 형제들과 함께 지방으로 좀 가는 게 어떤가. 생활비가 덜 들 것이니." 자기도 여름을 가족과 함께 드뢰에서 보낼 거라고 했다.

빅토르는 감정을 애써 감추었다. 무슨 말인지 알아들었다. 피에르 푸셰는 아델을 파리로부터 멀리 보내기를 원했다. 그리고 잘 알고 있었다. 빅토르는 드뢰까지 갈 마차비 25프랑도 없다는 것을. 빅토르에게 '독방 형께'을 내린 셈인데, 그것이 가능하다고 믿다니.

빅토르는 아델을 못 보고, 절망을 표현할 수도 없으니 차라리 죽자는 생각까지 들었다.

결국 그도 드뢰까지 갔다. 걸어서라도 가야만 했다. 어머니가 돌아가신 후 가슴에 패인 구렁을 메워줄 이는 세상에 단 한 사람, 아델 뿐이었다.

그는 인정했다. 어머니가 별세한 그 당시, 결혼은 아델의 아버지 승낙 여부에 따라 결론날 수 있다는 것을.

그는 푸셰 부부를 다시 만나야만 했다.

그에게는 기어이 이루어야 할, 그리고 다시금 힘을 얻어야 할 목표가 있었다. 자신을 팽개칠 수 없었다. 마치 으젠느가 그러하듯! 떠나기 전에, 곧 불거질

'집안의 숙제'가 문제였다. 고미다락방으로 이사하는 문제였다. 지금 사는 3층 아파트 전세가 올라도 너무 올랐기 때문이다. 아버지가 한번 와서 숙제를 해결해 주길 소원했다. 그러나 아버지는 소피의 사망을 알린 뒤 카트린느 토마와의 혼인을 공시했다.

빅토르는 아버지가 방금 입관한 고인에 대해 불경不敬을 범했다는 생각이 들었다. 그래도 아무 말 말아야 했다. 아버지가 필요했기 때문이다. 결국 그런 마음으로 숙부 트레뷔셰에게 편지를 썼다. "저희 어려운 처지가 오히려 힘이 되었습니다. 그리고 사랑하는 어머니를 위한 추모 절차가 필요하다는 생각이 들었습니다. 회한 때문은 아닙니다. 여자들 눈물 때문도 아닙니다. 남자로서의 용기, 마땅히 해야 할 행동이라고 판단했습니다. 지금 저희 마음은 평온합니다. 저희들 지평地平은 이처럼 어둡고 운명은 예측할 수 없으나, 어머니가 물려주신 근본이 있어 저희는 '사나이' 앞날에 대한 확신이 있답니다. 그게 전부입니다."

그는 결심이 섰다. 그리고 흥분했다. 시련을 극복해야만 했다. 그는 드뢰를 향해 떠났다. "나는 모든 여행을 두 발로 했다. 들끓는 태양 아래, 그늘 없는 길을 걸었다. 기진맥진 했지만 가슴 속은 찬란했다. 120km를 두 다리로 주파했다. 모든 마차들이 측은해 보였다. 이 여행에서 많은 것을 얻었다. 얼마간 해방감을 얻었다."

그는 이미 베르사이유에 와 있었다. 점심 식사 차, 카페로 들어갔다. 군인이 있었다. 친위대였다. 그는 빅토르가 보는 신문을 무작정 빼앗았다. 빅토르는 달려들었다. 맞장을 떴다. 마치 무기고 안의 결투 같았다. 팔에 부상을 당했다. 군인은 변명했다. "맹세컨대, 선생이 누군지 몰랐습니다. 알고도 그랬다면 저는 한 방에 죽었어야 합니다!"

빅토르는 다시 길을 재촉했다. 팔에는 붕대를 감고 있었지만 자신의 명성이 주는 위안이 힘이 되었다. 그는 광휘光輝로운 대자연을 보며 수첩에다 시를 적었다. 그리고 사흘을 걸어 드뢰에 이르렀다. 거기서 중세 유적들을 발견했다. 오를레앙의 장례 예배당도 보였다. 그는 파라다이스 호텔 쪽으로 내려갔다. 그리고 도시를 유랑했다. 시를 쓰고 시를 읊조렸다. 그러다가 소스라치게 놀랐다. 불시 검문, 그리고 경찰에게 체포되었다. 주민들이, 혼자 중얼거리고 나불대며 쏘다니는 '정신 나간 젊은 놈'을 신고한 것이다. 경찰이 심문했지만 똑 부러진 답변을 듣고는 '아카데미 회원'을 냉큼 풀어주었다.

그는 다시 드뢰 거리 사방을 어기차게 활보했다. 아델을 만나야 한다! 그리고 도시를 수도 없이 돈 후에야 그녀를 발견했다, 바로. 그녀가 깜짝 놀라 발을 멈추었다. 빅토르는 자기 주소를 건넸다. 그리고 들떠서 편지를 꼭 쓰겠노라는 그녀 말을 안달하며 기다렸다. 드디어 사환이 편지를 전해왔다. "친구여, 여기서 무얼 하고 있어요? 내 눈을 믿을 수 없네요. 저는 지금 아무 말도 할 수 없어요. 황급히 몰래 씁니다. 당신은 사려 깊은 분, 저는 변함없는 당신의 여자라는 걸 말하고 싶었어요… 저를 믿으세요. 지금의 모든 것은 당신을 사랑하는 까닭입니다."

그는 방 안을 걸었다. 몇 달 만에 처음으로 자신감을 회복했다. 그리고 슬픔을 걷어냈다. 모두가 아델을 다시 만난 까닭이었다. 그녀 역시 빅토르를 여전히 사랑했으므로." 이제 행동한다. 아델을 정식으로 만날 권리를 얻는다. 편지를 쓴다. 결혼을 한다." 해결책은 푸셰의 호의를 얻어내는 길밖에 없었다. 게다가 "결혼식을 위해서는 레오폴의 허락도 받아내야 했다.

그는 피에르 푸셰에게 씼다. "오늘 뵈이 무척 기뻤어요. 더구ㅏ 여기 드뢰에서 말입니다. 꿈인지 생시인지 알 수 없었어요. …"

푸셰는 쉽게 넘어갈 사람이 아니었다. '헌데 무슨 상관이람! 끈은 다시 매면 되지. 엎드려 순종하는 청년으로 다시 보이자. 겸손하게 도움을 구하는 고아가

되는 거야.'

"저 때문에 불편해하지 마십시오. 그러시면 저는 민망할 겁니다. 가급적 저는 나돌아 다니지 않을 겁니다. 송구스럽게도 뵙게 되면 저는 어르신과 마주치지 않도록 하겠습니다. … 안녕히 계십시오. 저를 좀 믿어 주십시오. 제 바람은 돌아가셨지만 훌륭하셨던 어머니께 그저 누가 되지 않게 사는 겁니다. 저의 모든 생각은 순수합니다. 선생님 따님을 뜻밖에 만나 너무도 기뻤다는 것을 말씀드리지 않는다면, 저는 정직하지 못한 놈일 겁니다. 이런 말을 큰소리로 하는 것이 두렵지 않습니다. 제 영혼 모든 힘을 바쳐 따님을 사랑합니다. 철저히 버림받은, 깊은 고통을 안고 있는 저에게 변함없는 기쁨을 줄 수 있는 것은 오직 그녀의 마음뿐입니다."

이제는 아델 아버지 마음을 얻을 수 있을 것 같았다.

결국 그를 받아 주었다. 비밀 약혼자로만 봐준 것이었다. 여전히 레오폴 위고의 허락은 떨어지지 않았고, 빅토르에게는 여전히 생활비를 충당할 어떤 방도도 없었다.

빅토르는 파리로 돌아왔다.

그는 피에르 푸셰에게 계속해서 썼다. "저는 저에게 약속된 기숙사비로 아르바이트를 얻도록 노력할 겁니다. … 아무튼 기회가 주어진다면, 저는 넓고 곧은 길을 통해, 끝내 행복에 도달할 것입니다. 따님이 자기 남편에 대해 조금도 부끄러워하지 않았으면 합니다. 저는 반드시 제 뜻을 이룰 것입니다. 강인한 의지는 그만큼 능력이 있는 법입니다. …"

그는 잊는 법이 없었다. 단 하루도 아델 아버지에게 자기 심경의 변화를 알리지 않은 날이 없었다.

"이 편지를 쓰면서 저는 지금 제 생각이 두서없다는 것을 느낍니다. 좋은 일이든 나쁜 일이든 제게 일어나는 모든 일을 알려 드립니다. 특별히 최근 제게 주어진 영광에 대해 말씀드려야겠어요. 필시 저의 앞날에 무관하지 않은 일입니다. 백일장에서, 샤토브리앙 선생께 지도받는 것에 선정되었다는 소식을 언론들이 알려드렸을 것입니다. 파리에는 저보다 실력이 높은 아카데미 회원이 다섯이나 더 있었습니다만…."

답신을 읽으면서 그는 드디어 허락된 것을 직감했다. 애정 어린 조언까지 곁들여 있었다.

"자네 건축은 폭을 넓히고 높이를 낮추는 것이 필요하네. 무엇보다도, 안전이지. 정신의 평안이 없다면 세상 행복이란 있을 수 없는 것일세… 지금 자네가 문학을 포기하기를 바라는 사람은 아무도 없네. 아델이 자네의 중요한 책임이듯 또한 중요한 뒷심이고, 또 그래야만 하네. 그러므로 우리는 자네가 나에게 말했던 성공을 참을성 있게 기다리겠네. …"

그러나 예고했던 『아이슬란드의 한 *Han d'Island*』*은 채 완성하지 못했다. 그리고 아델이 병이 난 사실을 알았다. 괴로웠다. 그녀가 폐렴에 걸렸다.

오, 이런 일이! 내게 비운은 아직도 쏟아지는가?

그는 푸셰에게 고통을 호소했다. 그리고 아델에게 그림 그리는 일을 제발 그만두라고 했다. 그녀를 지치게 한 것이 그림이라고 생각했다. 그는 온갖 불안을 쫓아낼 수가 없었다. 그는 결국 라 로쉬-귀용 성城의 로안 수도원장 공작댁, 때로는 몽포르-라모리의 젊은 시인 생-발리 댁에 머물렀다. 그러나 생-발리의 충고든 칭찬이든 결국 그의 불안을 해소하진 못했다.

"불쌍한 기계는 완전히 고장 났다." 이렇게 썼다. "난 모든 것에 넌더리가 난다. 이제는 수시로 중병에 걸릴 거야. 그리고 그 병은 내 모든 아름다운 그늘과 하나가 될 거야. 내 둥시는 변함없이 새로운데, 실은 끊어지고 내 영혼은 오지 날아오를 출구를 찾고 있다. … 내 앞에는 홀로 뚫고 나갈 먼 여정 있으니, 이대로라면… 안녕, 더는 모르겠구나. 무엇을 써야 할지…."

---

* 위고의 첫 소설.

지인들이 화들짝 놀란 것을 알았다. 수도원장 로안은 그를 '양심 관리자'로 임명했다. 그리고 빅토르를 불러 라므네 신부 댁으로 향했다. 그는 신부, 신비주의자, 진리와 자비의 남자, 엄격한 가톨릭 신자가 소피와 그 형제들, 그리고 빅토르 자신이 살던 푀이앙틴느 골목, 그 아파트에 살고 있다는 것을 알았다.

흥분했다. 그의 유년이 되살아났다. 라므네 신부는 다정하게 그를 맞아주었다. 그는 빅토르가 '종교를 충분히 이해하고 있거나 혹은 오히려 시詩라는 신성한 문을 통해 종교에 직접 드나들고 있다.'는 것을 확신했다.

실은 긴 시간 번민을 피할 수는 없었다. 아델은 더 이상 자신을 사랑하지 않는다고 생각했다. 그리고 모든 것은 불확실했다.

'우리의 삶이란 무엇인가? 그리고 천국과 지옥 사이 우리를 매단 이 끈의 근원은 대체 무엇이란 말인가? 아델, 내 속은 깊이 흔들렸소. 지금 그대가 내 얼굴을 본다면, 평온하고 차디차기까지 할 거요. 마치 주검처럼….'

어느 날, 아버지로부터 편지 한 통을 받았다. 순간 그는 기뻐 뛰었다. 레오폴은 아들의 '탁월한 시구'에 대해 말했다.

빅토르는 그가 "핀도스 산이 아닌 보주 산 최고봉 중 하나 위에서, 뤼네빌에서 브장송으로의 여행 중에 탄생했군." 이라는 부분을 읽으며 혼란스러웠다.

그는 아버지 어머니 사이의 장면을 연상하고 싶지 않았다. 그리고 아버지가 물었을 때 기쁨은 즉시 멈추었다. "그런데 말이다. 이 아름다운 시구들이 너에게 무슨 쓸모가 있었니? 분명히 몇몇 추종자들? 그러나 그들조차도 너에게 해준 것은 아무 것도 없는 것 같구나. …"

굴욕당한 느낌이었다. "사랑하는 아버지, 저는 문학적 시도를 저의 추종자들을 위해 한 적은 없어요. 그들은 친구들일 뿐이에요. 아버지의 몰이해에 가슴이 저밉니다."

"사랑하는 그대여." 아델에게 털어놓았다. "나는 어두운 생각에 끊임없이 시달리고 있소. 그대를 보는 달콤한 몇 시간을 빼고는 하루하루가 고통스럽게 굴러가오. 용서하오. 용서하오. …"

완전히 고립된 느낌이었다. 그는 아델이 보낸 머리 타래에 입을 맞추었다. "그대의 분신, 난 이미 그대를 소유한 거요."

잠자코 있어야 했다. 으젠느가 엿보는 것을 알았다. 질투로 일그러진 얼굴, 두 눈에 번뜩이는 앙심으로. 잠시 후 형은 느닷없이 무슨 말인가 내뱉었다. 추잡한, 증오에 찬, 음탕한 단어들. 그리고 사나운 욕망의 '진흙'은 결국 아델의 머리칼을 뒤덮어버렸다.

분노가 그를 눌렀다. 그는 아델에게 일렀다.

"한 존재의 기질에 흉한 광선이 투시된 거요. … 형의 천박한 질투, 비겁한 앙심 속에서 까다로운 본성의 이상한 특이점만 보았소. 꿈 속에서 형은 칼로 나를 마구 찔렀소. 불쌍한 사람 … 나는 형의 모든 것을 용서했소. 참기 힘든 최근의 과오까지도 말이오. 형이 그대에게 어떤 식으로든 집적대고, 또 그대를 직접 건들 수도 있기 때문이오. …"

형이 미쳐 발광하는 소리를 지르며 아델의 머리 타래, 그 소중한 것에 손을 댔으니! 이 인간을 어찌 용서할까?

다 잊고 싶었다, 글을 쓰면서. 그토록 글에 몰입하는 것이 모두 다 자기를 위한 것임을 아델이 알아주기를….

"당신을 차지할 수 있는 길은 오직 노역 그리고 밤샘뿐이오… 빅토르는 당신 것이오. 그대는 나에게 천사, 요정, 뮤즈이니…."

또한 그녀가 알도록 해야 했다. '격 있는 글과 같이 격 있는 감정, 격 있는 행동을 고양시키는 것은 바로 영혼의 시라는 사실. 하지만 부정不正의 시인은 타락한 자, 차라리 시인이 아닌 부정직한 자보다 더 값싸고 더 사악한 자임'을.

그녀를 위해서라면 모든 것을 희생할 준비가 되어있음을 보여주고 싶은 욕망이 일었다. 두 눈에 아무것도 보이지 않았다, 오직 그 감정, 그 사랑 말고는.

그녀에게 썼다. 12월 29일 센느 강 지사 샤브롤 백작이 보낸 저녁 만찬 초대장을 겉봉으로 사용했다.

"사랑하는 그대, 금 번 초대는 그대의 제단에 바치는 희생제물이오. … 권력이나 지위로 나를 끌어들이려는 사람들, 웃음 밖에 나오지 않소. 사랑 말고는 아랑곳하지 않는 나로서는 말이오. 그대, 나의 미지의 신神이여, 이 모든 번쩍이는 우상들을 바치노니, 그리하여 나는 은밀한 기쁨을 누리는 것이오. …"

그러나 그대, 나를 위로해주오

어서 오오, 나를 따르오

내 가슴에 박힌 가시를 뽑아줄 이 오직 그대이니

나를 위해 살아주오, 그대 위해 살도록 해 주오

오, 동정녀, 나는 다 치루었소

그대 사랑 받기 위한 대가를!112

제5편
1822~1828

1822

그는 대지로부터 달아난 멋진 아이였네.

불행의 파란 눈에는 준엄한 표식이 있어…

빅토르는 눈을 들어, 벽시계를 바라보았다. 그리고 아델에게 보낼 편지를 마저 쓰고 읽고 또 읽었다. 잠시 망설이다가 끝으로 한 문장을 덧붙였다.

"묵은 해여, 안녕. 1822년이 된지 45분이 지났소. 나는 당신에게 아직도 쓸 말이 많소! 그리고 당신, 나에게 편지 좀 쓰고, 부탁하지만, 나만 생각해주지 않겠소? 안녕, 내일 봅시다. 행복하오. 잘 지내오. 사랑하는 당신 남편 … 최근 당신 편지가 너무 짧다고 원망하진 않겠소. … 그렇지만!"

그는 일어섰다.

다락방을 훑어보았다. 더 이상 견딜 수 없는 집이었다.

으젠느의 거친 숨소리, 한숨소리, 그리고 호랑이 울음 같은 코골이 소리를 듣고, 종종 그의 형이 벽에다 머리를 부딪거나 주먹으로 치는 듯한 둔탁한 소리를 들어야 했다.

더는 그 적대적인 존재, 괴상한 행동, 증오를 받아들일 수 없었다. 메지에르 거리, 어머니가 돌아가신 그 집을 이제는 떠나고 싶었다. 드라공 길 30번지에 사는 아돌프 트레뷔셰 댁, 두 칸 짜리 지붕 밑 방에 자리를 잡을까 생각했다. 아무래도 집세는 싸리라. 한 칸은 응접실로 쓰리라, 난로가 있잖아. 백일장에서 탄 황금백합도 높이 걸어둘 거야. 다른 한 칸은 컴컴한 굴 속 같지, 거기는 침대 두 개를 놓으면 돼.

걱정이 많았다.

돈은 없고 꿈은 큰 청년은 은폐된 불행 속에서 살았다. 그 '환장한 암소라 부르는, 설명하기도 싫은 것'을 먹어야 했다. 어쩌다 돼지고기라도 한 덩이 있으면 그것으로 3일은 버티고, 응접실에서 누군가 얼굴을 볼 때면 '때 기름 자르르 흐르는' 코트 팔꿈치와 닳아빠진 셔츠 소매를 접어 숨겨야 했다. 셔츠만큼은 흠 잡을 데 없도록 희어야 했으니.

변신이 필요했다. 조급한 성격과 심지어 불안증은 철저히 숨기고, 아델에 대한 감정만을 죄다 털어놓는 것이었다.

하지만 그녀가 이해할 수 있을까? 그녀가 도통 못미더웠다. 질투가 끓었다. 나를 사랑은 하는 건가? 그녀는 종종 부인했다. 빅토르는 푸셰 가족이 낯설기만 했다. 그녀를 보면 마치 '오리 떼 가운데 한 마리 비둘기를 보는 듯' 했다! 그리고 그녀는 종종 '얼음장 같이' 쌀쌀한 여자였다. 그래도 그는 그 열정, 그 '모사'를 접는다는 것은 용납할 수 없었다. 그녀 남편이 되어야 했다. 그녀를 그저 행복하게 해주고 싶건만, 토라지고, '잠수를 타고', 포옹을 거부할 때 그는 혼란스러웠다. 일이 손에 잡히지 않았다. 머릿속이 뒤죽박죽이었다.

'하루에도 몇 번, 아니 종일 당신을 보고 있어야 하오.' 그는 말했다. 그러면서도 이런 그의 속을, 그의 심정을 알기는 알까, 자문하곤 했다. 교만하고 무시하기 일쑤인, 그런 남자로 보는 듯 같았다. 심지어 자신을 '경멸하지' 않나 하고 두려워하기까지 했다. 이렇게 항변했다.

"당신은 제가 남들에게 휘둘리는 여자라고 생각하는 거죠? 저를 학대하고 있는 줄은 알고 있나요. …"

대체 그녀에게 무슨 말을 해야 하나?

"늘 그랬던 것은 아니지만, 나는 사람들에게 매우 큰 신망 받는 모습을 당신에게 보여주었소. 그건 사실이오." 그는 실제로 확신했다. "양심을 걸고 말하오. 내가 누구보다 우월하다는 생각을 해본 적이 없소. 다만 나는 그들과 같지 않을 뿐. 그것으로 족하오." 결국 이렇게 말했다.

그는 자신의 조급증과 싸웠다. '대체 언제 나에게 온다는 건가? 내 나이 벌써 스물인데. 둘의 행복을 위해 대체 뭐가 필요해? 몇 천 프랑 벌이 그리고 아버지의 승락 아닌가?'

'구걸'해야 했다. 몇 천 프랑 연금을 왕으로부터 승인받는 일. 자신의 삶을 바꾸고 아델과의 결혼, 결론이었다. 그런 고뇌를 그녀가 알기는 할까? 그녀는 빅토르 밖에 알지 못했으니. '빅토르 위고'라는 남자라는 존재를 꿈에나 생각할 수 있었을까?

'빅토르 위고, 친구도 있고 적도 있는 남자. 아버지 군대 계급 덕에 도처에 누구든지 어깨를 견주고 자신을 내세울 권리를 얻은 남자. 몇 발짝만 움직여도 일찍이 얻은 명성으로 덕도 보고 때로는 손해도 본 사람. 그런데 어쩌다 살롱에 한번 슬프고 차가운 얼굴로 나타나면, 사람들은 대번에 그가 어떤 심각한 생각에 사로잡혀있다고 생각한 남자. 실은 머릿속에는 달콤하고 매혹적이며 고결한 한 소녀뿐이었던. 그녀에겐 다행. 살롱 모든 이들이 그녀에는 무관심했으니… 사랑하는 아델, 빅토르 위고라는 사내는 아주 재미없는 남자라오.'

빅토르 주변에는 여자를 끼고 만사를 이루려는 남자들이 많았다. 그것은 모두 세상의 경멸에도 시들지 않는 부패와 허영의 음모들이었다.

그는 이런 '장난들'을 지켜보았다. 그리고 자신을 바라보는 여자들의 시선들을 알았지만 그런 삶은 싫었다.

'자신의 행로를 위엄 있고 정직하게 뚫고 나가야 한다. 가능한 한 신속히 나아가자. 어느 누구도 해치지 말고 넘어뜨리지 말고, 그리고 하느님의 정의에

대한 믿음을 가져야 한다.'

아델은 알아야 했다. 자신의 원칙, 자신의 애정, 그리고 자신의 욕망에 따르지 않고, 나이와 운명에 의존하는 청년의 태도란 얼마나 끔찍한 것인가를.

냉혈로 헤쳐가야 할 매 순간의 긴장, 일종의 전쟁, 불혹不惑의 모습이었다. 또한 다가오는 유혹들, 외부적인 문제에 저항하는 방법도 알아야 했다.

그는 런던 주재 프랑스 대사로 임명된 샤토브리앙으로부터 '대사관 기사' 자리를 권유 받았다.

아버지는 그 자리를 당장 수락하라고 요구했다. 그는 버텼다. 그는 레오폴에게 말했다.

"정말 영예로운 자리입니다. 그 자리는 제가 아는 것도 없고 치를 대가가 클 것입니다. 특히 런던은 그런 곳입니다. 샤토브리앙 선생은 그런 불편함을 숨김없이 말씀하셨지요. 그 분을 정말로 따르고 싶고 그 분 또한 저를 데려가고 싶은 마음 기꺼이 보이셨으니 저는 곧바로 감사하다는 말씀 드렸지요. 아버지께 새로운 부담을 드릴까봐 그런 겁니다."

진실의 이면은 있는 법. 그리고 그녀에게 진실은 꼭 보여주어야 했다. 아델에게 그 말을 할 수 있을까?

"사랑하는 그대, 그대를 떠나 있을 뻔 했소. 죽고 싶었소. 그대를 멀리하고 눈부시며 허랑방탕한 삶을 사는 일은 나에게는 애당초 불가능했소. 내 사랑 아델의 무릎 아래 사는 편이 백번 낫소."

종종, 그는 글을 쓰며 혼자 있는 시간, 스스로 묻곤 했다. '아델에 대한 사랑, 되레 내밀한 전략, 책상 앞에 내 자신 붙어 있도록 스스로를 죄는 수단으로 이용하고 있지는 않나? 작품 활동에 스스로를 얽매고 '문학의 이력' 속에서의 성공에 나 스스로를 묶기 위한 연인의 미덕?'

아내 그리고 완성할 작품, 그것으로 족하지 않은가?

그는 쓰던 소설 『아일랜드의 한』을 다시 잡았다. 17세기 가상의 스칸디나비아 왕국으로 줄거리를 잡았다. 곰과 함께 살며 사람의 피를 먹고 사는, 피에 굶주린 짐승 한이 그 지역을 공포에 떨게 한다. 기사 오데너는 결백한 어린 포로 에델의 구출을 시도 한다. 빅토르는 죽음, 처형대, 살인, 화재가 인물들을 위협하는 비극을 폭넓게 묘사했다.

얼마 후 작품을 잠시 내려놓고, 아델에게 편지를 쓰기 시작했다.

"그대에게 쓰오. 사랑하는 아델, 작업을 잠시 멈추고 싶어서요. … 그래도 그대는 날 질책해주오. 금주 작업 목표를 다하지 못했소. …"

그녀는 빅토르 작품을 읽었을까? 그가 쓴 것에 민감했을까? 그것은 중요하지 않았다. 그에게 그녀는 전부, 수호자가 되어주는 것이 필요했다.

발자국 소리, 끝없는 통신은 그의 매 순간을 빨아들였다, 그는 이렇게 설득했다.

"짐스러운 족쇄, 천박한 의무, 지루한 범절, 이 세상은 나에게 지겹구료. 게다가 당신이 여기 없으니 내게 낙이 없을 수밖에. 내무부에 닦아놓은 내 노력은 지금까지는 모두 그렇게 될 거라는 약속들뿐이오. 물론 이런 약속들도 긍정적인 것만은 사실이오. 나는 희망하오. 그리고 기다려주오… .사랑하는 당신, 내가 몇 달 안에 2천 내지 3천 프랑에 살 수 있는 곳을 얻게 되면, 문학을 하여 나오는 돈으로 설마 우리 함께 따뜻하고 평화롭게 살 수 없을라고요. 가족도 커가고 수입도 늘어나는 것을 눈으로 볼 수 있지 않겠소?"

그는 몇 천 프랑의 돈을 죽자 사자 벌고 싶었다. 그리고 내무부 사무실과 왕의 저택에서 문제가 잘 풀리고 있다는 말도 들었다. 연봉 1,200 프랑이 문제였다.

시간이 좀 지나, 기별이 왔다. 부친이 라오리를 상대로 기소장을 냈던 뛰이 앙틴느 소꿉친구 중 하나인 에두아르 들롱이, 루이 18세에 대항하는 공화당 역모에 가담했다는 이유로 쫓겨났다는 것.

빅토르는 에두와르를 문득 본 적이 있었다. 몇 달 전 일이었다.

그는 즉시 펜을 잡았다. 그리고 죽음의 위기에 처한 '추방자'일 뿐인 옛 동무의 어머니에게 편지를 썼다.

"그가 체포되지 않았다면 저의 집으로 도피하도록 하세요. 저는 어린 사촌과 함께 살고 있어요. 걔는 들롱이 누구인지 모릅니다. 부르봉 가 대한 저의 애착은 다 알고 있어요. 이런 상황이므로 보안을 지켜야만 합니다. 유죄인지 아닌지, 저는 그것을 기다리고 있어요. 그에게는 왕당파의 충성심이 있고, 어린 시절 친구의 의리가 있습니다. 이런 말씀을 드리며, 불쌍한 저의 어머니가 아주머니를 위해 간직해온 애정의 유산을 어떻게든 간직하고 싶습니다."

편지를 부쳤다.

미친놈이나 하는 무모한 행위이고 '사신私信 검열소'에 의해 개봉될 거라고 다들 쑥덕거렸다. 그는 당당했다. 그의 제안이 일단 왕의 귀에 들어가기만 하면 왕은 곧 이해하리라!

앙기엥 공작*의 살인자, '살아 있는 재앙'을 다룬 최신 작 「보나파르트」의 펨플릿 출간을 원하는 시인의 왕정주의 신념을 왕이 의심할 리가 없었다.

> 왕실의 피가 주홍빛 찬탈자를 물들였구나
> 한 전사가 믿음 없는 전사에 의해 스러졌구나.
> 무정부주의가 뱅센느에서는 공범자를 예찬하고
> 루브르 미술관에서는 왕을 숭배했네
> 이 남자를 축성祝聖하는데 거의 신神이 필요했지
> 로마의 사제-군주

---

* Enghien(1772~1804). 부르봉 가문의 인물. 영국과 내통, 프랑스에 대적하다가 나폴레옹에 의해 처형됨.

험악한 그의 낯을 축복하러 왔네

　까닭을 아는가, 필시 자신이 두려웠던 모양이지

　피 묻은 왕관을 받기를 원했구나

　사죄를 내리는 두 손으로부터.113

　그는 자기 시구를 다시 읽으며 어머니가 보나파르트라는 이름을 경멸하는 얼굴로 입을 내밀며 발음하던 것을 기억했다. 그는 아벨에게 시를 낭송해주었다. 아벨은 방금 들어와 빅토르가 읽는 소리를 듣고 절레절레 고개를 내젓더니 탁자 위에 포장 뭉치를 올려놓고 빅토르에게 열어보라고 했다.

　빅토르는 뭉치를 뜯었다. 책들이 들어있었다. 제목을 읽었다. 『오드와 다양한 시편들 *Odes et Poésies diverses*』. 그리고 자기 이름이 눈에 들어왔다. 한 권을 집어 들었다.

　빅토르가 엮은 모음집을 아벨이 간행한 것이었다. 그런다는 말도 사전에 없었다. 후에 책들은 팔레-루아이알 광장의 펠리시에 서점에서 판매되었다.

　감정이 복받쳐 목이 메었다. 진정한 처녀 작품집, 4년 간 쓴 시 대다수를 모아놓은 것이었다! 그는 도취하다시피 했다. '이제부터는 아무도 자신을 제켜놓거나 무시할 수 없으리라.' 생각했다.

　이미 얻었고 종종 모래성처럼 위협적으로 보이던 것이 이제 조밀한 초석으로 변모되어, 작품 수준을 높이고, 작가의 이력을 쌓고, 연금을 받을 수 있을 것으로 여겨졌다.

　누가 이를 거부할 수 있단 말인가? 그 책에는 「방데」, 「베르뎅의 처녀들」, 「키브롱」, 「베리 공작의 죽음」이 포함되어 있었다. 그는 출간과 아울러 보르도 공작의 세례를 축하했다.

　내무부 청사에 갔다. 연금은 계속하여 지급될 거라는 말을 들었다. 왕이 그에게 수여할 것에 대한 결정이 제대로 진척되고 있었다. 백일장 아카데미 시인 알렉상드르 수메 역시 왕궁의 예우를 받을 예정이었다. 그러나 여전히 기다려야 했다. 몇 주 혹은 몇 달이 될 수도 있었다.

빅토르는 참을 수 없었다. 화가 치밀었다. 청사마다 방문했다. 그의 미래가 그 결정에 달려 있었다. 그의 행복이 막힌 현실을 이해하지 못하는 것일까? 호소해야 했다. 그러면서도 '내 연금은 당연히 받아야지!' 하고 생각했다. 어찌되었든 또한 신중해야 했다.

"내 이력에서 내딛는 발자국마다 주위를 잘 둘러봐야 하오. 나 혼자일 때와는 달리 그런 일들이 훨씬 더 중요하기 때문이오." 아델에게 말했다.

그리고 그는 누군가에게 구구한 사정을 해야 할 때마다 굴욕감을 느끼곤 했다. 그런 일들이 닥치면 그는 차갑고 오만하게 보일 것을 알면서도 냉정하게 처리했다. 그래도 기자들에게만큼은 어떻게 얌전히 몸을 낮출까 고민했다. 아무튼 『오드와 다양한 시편들』을 널리 알려야만 했다!

라므네는 그에게 일간지 「르 드라포 블랑」의 칼럼리스트를 만나보도록 조언했다. 빅토르는 그렇게 하겠노라 했지만 실은 원치 않았다. '단 한 시간이라도 비굴하게 구느니 차라리 10년을 고생하는 편이 옳지 않은가?' 문제는 책 출간을 보도하는 일간지도 드문데다가, 그것도 대부분 왕정주의자보다 자유주의 일간지들이었다.

그는 움직이기가 괴로웠다. 다들 그의 시詩들이 정치적으로는 환대받을 수 있으나 지나치게 '낭만적'이라는 것을 알았다.

그는 아버지가 밑줄을 그어 보내온 서한을 깜짝 놀라 읽었다. 아버지는 아들이 글을 쓰고, 시와 에세이를 계속해서 쓰도록 부탁했다. 그러면서 덧붙였다.

"네가 쓴 오드들은 아름다움이 번뜩인다. 하지만 부탁이다. 비평가에게 네가 시의 으뜸 법칙을 무시한다는 말을 할 기회를 주지 마라. 스승들이 만들어놓은 낡은 족쇄를 지나치게 존중할 수는 없다."

빅토르는 자기 작품집 한 권을 훑어보았다. 아벨은 첫 인쇄본 1,500부가 잘 팔리고 있고 대략 700프랑을 안겨줄 것으로 확신했다. 그러나, 기쁨은 금세 사라졌다.

새롭게 교섭도 하고 내무부와 왕실 관리의 거듭된 약속에도 불구하고 연금은 확정되지 않고 단지 계획으로만 남아 있었다.

그런 성황에서 어떻게 결혼 날짜를 못 박는단 말인가?

그는 아델 부모가 그렇게 지연되고 불확실한 것에 대해 의심하고 짜증내기 시작한 사실을 알았다.

빅토르는 장틸리에 초대를 받았다. 그곳은 푸셰 부부가 빌려놓은 시골집이었다. 그는 날마다 아델을 만나며 강렬한 행복을 경험했는데, 이제 기다림은 더욱 견디기 힘들고, 다가가고 싶을 때, 그녀가 피했기 때문에 절망에 빠졌다.

"제발 좀 말해주오. 남편의 키스를 허락하는 것이 무슨 죄가 되오? … 결혼 허락 받는 기쁨 말고는 딴 목표가 없소. 순결하고 변함없는 사랑의 키스보다 더 맑고 순결한 것이 뭐란 말이오? … 지금 내가 누가 보아도 그대 남편이 아니고, 내일이면 내가 우리 결합을 깰 남자라고 말하려는 것이오? 그건 아니오. 나는 비열하고 독한 양아치가 되는 것은 불가능하기 때문이오."

아델은 그가 욕망과 질투가 뒤섞인 채, 겪을 고통을 상상하지 못하는 것 같았다. 어쩌다 그녀와 가까이 있을 때면 그는 자신을 통제하기 어려운 것이 제일 큰 고통이었다. 그녀를 껴안고, 키스하고, 애무하기를 원했다. 그런 꿈을 꾸었다. 만나는 여자들에 대한 충동은 모두 억제해야 했다. 결혼의 순결에 이르기를, '배우자에게 순결을 바치기를 원했기 때문이다.

"이러한 생각을 그대에게 표현하지만, 지금 세상, 이 시절에 맞는 말은 아님을 알고 있소. 하지만 무슨 상관이오? 단순히 내 욕망을 채우는 것과는 다른 생각이 있다는 뜻이오."

하지만 아델에게 헛된 환상이란 없었다!

"저에게 주어진 가혹한 임무를 수행하는 일이 무가치하다고 말한다면, 분명 그것은 거짓일거예요. 어떻든 당신에게 숨기고 싶지 않아요. 솔직히 저는 젊음과 상상력의 특별한 감정을 비로소 느꼈어요. 몸과 마음이 허약한 상태였어요. 어머니의 신성한 교훈은 제 속에서 지워졌지만 당신에 대한 기억만큼은 불현듯 떠오르죠. 이를테면 제가 구원받은 거죠."

그는, 그녀가 부추기는 열정과 고통을 그녀 자신도 이해하지 못하는 것 같아 고통스러웠다. …

그녀를 생트-페르 로에서 불쑥 만났다. 그녀는 드레스 밑단을 들어 올렸다. 더럽히지 않기 위해서였다. 그때 그녀의 발목을 놓치지 않고 보았다. 그때 행인들의 눈빛이 쏠리는 것을 보고는 얼굴이 이글거렸다. '감히 시선을 돌리다니', 쫓아가서 맨 먼저 걸리는 놈 뺨을 한 대 갈기고 싶었다.

그런 이미지들이 머릿속을 떠나지 않았다. '여자가 길거리에서 남자의 눈을 집중시키는 일은 간단한 일인 것을 아델이 좀 알아야 할텐데…'

언제쯤이나 그녀가 유일한 자기 여자가 될까? 얼마나 있어야 그녀와 결혼하여 그녀를 온전히 끌어안을까?

기다려야 했다, 아버지 조언을 들어야 했다. 승낙이 필요할테니.

레오폴은 편지에 적었다. "아무튼 결혼 생각 이전에 네 직업이나 네 위치가 있어야 한다. 그리고 아무리 빛나는 데뷔를 했기로서니 그것이 문학의 이력이 될 순 없다. 둘 중 하나라도 이루어낸다면 네 소원을 막지 않고 들어줄 테다."

하늘은 맑고 공기도 시원하고 대자연은 움을 틔우는데 빅토르는 침울하기민 했다. 다락방에 외로이 있어야 했다. 아델을 품에 안는데 단 한 가지 서류만 있으면 되는데!

불운은 달려들고 온갖 장애물이 앞길을 가로막는 것 같았다.

으젠느는 날로 우울해가고, 갈수록 심한 위기를 겪다가 문득 사라지곤 했다. 수일 후 우편물 한통이 도착했다. "그의 형, 외르-에-루아르 지방 투리에서 체포. 돈도 신분증 미 소지. 샤르트르로 인도됨. 검찰에 보석금 지불과 함께 보석 신청 요망."

빅토르는 우울하여 짓뜯기는 듯 했다. 작업에 몰입했다. 그는 같은 말을 되뇌었다. '강력한 희망에서 능력이 나오는 법이다.'. 분노에 차 내각 인사들을 공격했다. 빅토르의 삶을 좌우하는 이들이었다. 그가 들롱 부인에게 보낸 편지를 왕이 읽었다는 소식이 들려왔다. 궐석재판으로 금일 사형 언도를 받고 그리스로 피신한 에뒤아르 들롱을 잘 은닉하라는 편지였다.

왕은 빅토르 위고를 결코 탓하지 않았다고 전해졌다. 오히려 왕은 그의 관대함을 높이 샀다고들 했다.

기다려야 했다. 당시 그는 출몰하는 공화주의 음모에 대해 의문을 품기에는 자신의 목표에 너무 몰입해 있었다.

라로셸에서 연대병력의 반란을 꾀한 4명의 상사가 체포되었다.

재판이 시작되자 위고는 피에르 푸셰가 준 청문회 참석권을 기꺼이 사용했다. 아델과 함께할, 그녀 곁에 있을 기회였다. 그러나 공모자들은 적극 반론을 펴고 있었다. 그 중 하나인 보리스가 외쳤다.

"검사님은 저를 끊임없이 음모 주동자로 세우려 하셨지요. 그런데 여러분, 좋습니다. 설령 내 머리가 처형대 위에서 굴러다니더라도 내 동료들 목숨을 구할 수만 있다면 기꺼이 받아들이겠습니다!"

상사 4명이 그레브 광장에서 단두형을 선고받았다. 빅토르는 땅이 꺼지는 것 같았다. 청년들을 쳐다보았다. 소꿉친구 에뒤아르 들롱과 다를 바 없었으나 지금 에뒤아르는 그들의 적이었다. 빅토르에게는 모두 가까운 사람들처럼 느껴졌지만.

빅토르는 지체할 시간이 없었다. 결혼 임박! 연금 수혜는 확정되었다. 1,000 프랑 종신 연금, 이는 왕가가 할당하고 왕의 금고에서 나온 것이었다.

'여전히 약속에 불과한 일이지만, 내무부의 문학 분야의 한직閑職이 주어질 거야. 실제로 정부는 내 모든 여가를 보장해주길 원한다는 말을 깍듯이 언급했었잖아.'

그는 젊은 왕당파 작가, 재능 있는 시인이었다. 루이 17세에 관한 시를 짓고 있었다.

> 그는 대지로부터 달아난 멋진 아이였네
> 불행의 파란 눈에는 준엄한 표식이 있었지
> 금발머리칼은 창백한 얼굴 위에서 드날리고
> 천상의 처녀들, 축제의 노래 부르고
> 머리에는 순교의 영예로
> 흠결 없는 왕관을 썼으니.114

그는 작업실에서 오래 머물 수가 없었다. 결혼 준비로 애가 탔다. 아델 부모에게 전하라고 하는 아버지 편지를 받았다. 정식 결혼 요청이었다. 마지막 난관이었다.

"빅토르는 따님 아가씨에게 딱 맞는 건강과 꿈과 장래를 두루 갖추었습니다." 레오폴 위고는 이렇게 썼다.

빅토르는 뿌듯했다. 아버지가 결정적인 말을 해주었으니. 당연히 답신을 했다.

"아버지 현재 배우자에 대한 편견은 없어요. 그렇다고 그녀에 대해 아는 것도 많지 않아요. 아버지께서 그녀와 저 사이의 소통을 도와주셔요. 그 이상은 없어요. 사실 아닌가요? 훌륭하고 사랑하는 아버지께 드림."

그는 안도감을 느꼈다. 예식은 몇 주 후로 예정되었고, 아버지와 아들 사이에 분명한 평화가 맺어진 셈이었다. 온갖 서류들, 출생증명서, 세례 증명서를 챙기는 일만 남았다. '오래 걸렸다!' 빅토르는 탄성을 질렀다.

그리고 갑자기, 발아래 다시 나락奈落, 소피가 막내 아들에게 침례를 주지 않았다고 확인시키는 아버지의 편지. 공황상태였다. 왕당파 작가, 과격파를 내세운 자가 설마 기독교인이겠나, 싶은 것이었다.

그는 해결책을 고민했다. 라므네에게 그 말을 전했다. 아들이 외국에서 세례를 받았다는 것을 레오폴이 증명해주면 그만이었다. 리므네는 신앙고백 증서를 제공하고 아무런 대가를 요구하지 않으면 되는 일이었다.

그 시간부터 그는 행복했으리라. 결혼식은 10월 12일로 확정되었다. 예식장은 생-쉴피스 교회였다.

기쁘고도 불안했다. 아델은 종종 빅토르의 열애를 공유하지 않고 상냥하기보다는 자애로웠다. 빅토르는 그녀를 엿살피고 그녀의 행동을 분석했다. 그녀는 그녀의 방을 나간 빅토르가 45분이 지나도록 돌아오지 않은 것조차 알아채지 못했으니! " 그는 그녀에게 편지를 썼다.

"나는 오늘 저녁 나에 대한 당신 마음 모두를 깊이 들여다보았소. 연민, 습관, 우정 비슷한 감정들이 보이지만 뭐가 뭔지 모르겠소. 거기에 사랑은 없었소. 그러니 아델, 제발 이제부터는 당신 마음에 있지도 않은 위장된 애정을 보는 고통을 주지 마오. …"

꿈쩍도 하지 않고 있는 한 여자를 위해 뜨거운 사랑을 혹시 헛되이 심어준 것은 아닐까?

이런 생각이 들자 겁이 났다. 결혼 전날이었다.

"오 나의 아델, 약속하오. 우리 결혼식 날 그 매혹의 밤까지 나의 행복한 무지를 간직하겠소. 그리고 당신에게 기대하는 것과 똑같이 떨리는 애무를 당신에게 줄 것이오. 사랑하는 아델, 이보다 더 달콤한 말이 세상에 있다면 좋겠소. 그런데 말이오. 당신은 나의 애무에도 아무런 반응을 보이지 않으며 종종 내 키스를 '견디는 것' 같았소. 아무튼 한시라도 내 사랑 표현이 정말 당신을 괴롭히고 있다면… 오 아니오! 이런 생각에서 멈추고 싶지 않소. 사랑하는 아델, 나의 포옹이 당신에게 정말 혐오스럽진 않은 것이오?…"

그해 10월 12일 수도원장 로안 공작이 성모 마리아 성당에서 두 약혼자를 맞이하는 동안만은 그런 걱정을 잊고 싶었다. 이곳은 다름 아닌 소피의 시신을 안치한 곳이기도 했다.

빅토르의 증인 알프레드 비니와 펠릭스 비스카라가 신랑 신부 바로 뒤에 있었다. 아델 친척들, 빅토르가 그토록 질투했던 숙부 아셀린, 쥘리 뒤발의 아버지, 아벨과 곧 결혼하게 될 아델 미술교사 뒤발 드 몽페리에 후작도 참석했다.

레오폴은 둘의 행복을 기원하는 말 한 마디가 전부였다.

모두들 교회 문을 나섰다. 툴루즈 호텔에 마련된 테이블에 다들 둘러앉았다. 그 홀은 전쟁 평의회실 이었고, 빅토르 파노 드 라오리가 처형된 곳도 바로 여기였다.

그 다음 그 방에서 댄스파티가 열렸다.

빅토르는 홀 밖으로 으젠느를 데리고 나간 비스카라와 아벨과 마주쳤다. 으젠느는 머리를 뒤흔들며 발작하고 있고 둘은 안간힘을 써 진정시키고 있었다.

빅토르는 눈을 돌렸다. 휘말리고 싶지 않았다. 아델을 이끌고 갔다. 여전히 긴가민가한 마음을 몰아내고만 싶었다. 방을 향해 발자국을 옮기는 동안 '욕망'은 그런 소심을 멀리 쫓아냈다.

그녀의 손과 어깨, 그리고 허리를 끌어안았다. 마침내 그녀의 발목과 종아리, 그리고 엉덩이를 애무했다.

제 정신이 아니었다. 아델은 널부러졌다. 온 몸을 맡긴 채 신음소리를 울리며 두 눈을 지그시 감고 있었다.

감정을 추스릴 수가 없었다. 몇 년이었던가, 욕망의 세월, 쌓인 진을 모두 빼며 부르짖었다.

첫날 밤, 첫 여자. 지칠 겨를이 없었다. 스무 살. 그녀는 열아홉. 숫처녀 숫총각이었다.

그녀를 갖고 또 가졌다. 숨 막히도록 끌어안았다. 고군분투, 한동안 바동거리다가 '익사'. 한참 후 몰아쉬는 거친 숨소리. 그리고 다시 몸을 내버려두었다.

그리하여 아홉 번, 그녀의 깊은 곳 심연에까지 들어갔다.

그는 소스라치게 놀라며 깨어났다. 쾅쾅 문을 두들기는 이가 있었다. 채 동도 트지 않은 새벽이었다. 아델을 쳐다보았다. 곁에 누워있었다. 문득 결혼식 전날 밤의 불안이 되살아났다. 간밤에는 그녀를 찢다시피 하며 수차례 기진氣盡으로 데려갔다. 그녀는 고통스러워했으나 그는 사랑을 마저 채우지 못했다. 아침 시간 그녀는 수척했다. 해쓱해진 얼굴빛이 빅토르를 또다시 유혹했다.

누군가 부르는 소리, 그는 벌떡 일어났다. 비스카라가 현관문 앞에 와 있었다. 낯빛이 어두웠다. 빅토르는 주섬주섬 챙겨 방을 나섰다. 그는 알아챘다. 불운은 벌써 도착해 있었다.

하룻밤 만리장성은 이제 고초로써 대가를 치루는 것인가?

비스카라 이야기를 들었다. 으젠느가 밤새 무슨 소리인지 횡설수설하며 발광했다고 했다. 가족들이 그를 자기 방에 데려다 놓았고, 그는 박박 우기며 촛불을 방안 가득 켜놓았다. 파티를 열어야 한다, 예식을 치러야 한다는 것이었다. 그러고는 느닷없이 검을 휘둘러댔다. 방안 가구들이 죄다 부서졌다.

빅토르는 고개를 숙였다.

그를 향한 으젠느의 질투, 속을 저미는 긴 세월 경쟁심, 거듭된 실패 또 실패, 그 모든 것들이 광란의 행동으로 터져버린 것이었다.

가슴이 턱턱 막혀왔다. 아버지에게 이런 사실은 숨긴 채 으젠느를 어떻게 든 해봐야 했다. 편지에다는 "달콤하고 그저 행복하게 즐기고 있어요."라고 쓸 수밖에 없었다. 즐거움은 으젠느의 '난파'에 묻혀버렸는데. 빅토르의 죄책감은 마치 깊은 상처, 곪아버린 화농성 같아 덮어 감추려 해도 소용없었다.

형의 상태는 갈수록 악화되고 있었다. 빅토르는 으젠느에게 무슨 일이 있었는지, '치명적인 사건', 그의 '망상', '가슴 서늘했던 상황', 주치의 비세트르와 급히 상담할 필요, 이런 이야기들을 레오폴에게 자세히 해야 했다. 앞으로 치러야 할 '형의 참담한 상태'를 위해 치를 대가에 대해서도 실토해야 했다.

"당장 시급합니다. 제발 돈 좀 보내주세요. 아버지 아들들이잖아요. 아버지 이시잖아요. 아들들이 이런 고통을 겪는 것은 모두다. … 자녀들 불행이 아버지한테 첫째 불행 아닌가요?"

빅토르는 고통을 이겨내느라 고투苦鬪했다. 형의 질병의 진행, 반복적인 '뇌진탕', 망상, 열병을 목격하며 산산이 부서졌다.

형 침대 곁을 지키고 있었다. 신음하다, 혼자 중얼거리다, 그러다가 일어나려 애쓰기도 했다. 형이 자신의 희생양 같았다. 자신에게 영광과 행복을 알게 해주려고 희생한 형.

이제 무얼 하나? 사는 것이 대체 무엇인가? 일 그리고 사랑 아닌가?

그는 밤마다 아델을 찾았다. 격정과 망각의 순간이었다. 그녀는 순순히 받아들였다. 수동적이지만 부드러운 아델이었다.

그리고 이른 아침, 그는 『아이슬란드의 한』의 집필을 다시 시작했다. 게다가 『오드』재판再版을 준비했다. 초판은 이미 완판 되었다.

캐시미어 결혼 예복을 위해 지출한 금액 700 프랑도 추가로 받을 수 있다는 약속이 있었다.

게다가, 피에르 푸셰는 약속했다. "집을 지을 만큼 충분히 모을 때까지는 우리 집에서 지내게. 우리가 건사하지. 아델이 새살림에 2,000 프랑 어치 가구와

옷과 현금도 준비할 것이네. …"

피에르 푸셰는 덧붙였다.

"나는 믿네. 쨍하고 해 뜰 날 있을 걸세."

그 순간도 빅토르는 으젠느를 생각했다.

다행히도, 12월 말, 세 일간지가 「루이 17세」를 실어줄 예정이었다. 빅토르는 시詩 속에 삽입했던 금언들을 활용하고 간결체를 살렸다. 마치 감방의 간수가 매일 아침 '애들'을 깨울 때 쓰는 "카페, 일어나!" 이런 어투였다.

다소 안심이 되었다. 아델이 있었다. 부드러운 여자. 그녀는 편지에서 시아버지에게 '아주 존경하고 순종하는 딸'이라고 썼다. 레오폴을 '사랑하는 아버지'라고 부르고 '나의 빅토르'에 관해 말하곤 했다.

이런 호칭은 읽기도 좋고 듣기도 부드러웠다. 어루만져 주는 말들이었다. 이 일 저 일에도 불구하고 행복은 손닿는 곳에 있었다.

그는 이런 것을 원했다. 또 그것을 믿었다.

12월 28일, 샤토브리앙이 외부무 장관에 임명되었다. 그는 핵심 권력에 기댈 수 있으리라는 생각이 들었다.

그는 「르 주르날 데 데바」*에 실린 글을 읽었다.

"폐하께서는 향후 특별관을 고려하여 빅토르 위고 선생의 『오드』 25부를 구독하도록 왕실 장관에게 지시하셨다."

빅토르의 스무 살 끝자락이었다.

---

* Le Journal des Débats. 1789년 대혁명 시기에 창간. 왕당파의 정치·문예지로서 샤토브리앙 등 유명 문인들이 기고함.

1823

당신, 나의 아버지, 아예 여행 막사를 치신 분,

당신의 폭풍우 여정에 놓인 덫에 대해 이야기해주셔요…

정월이었다. 빅토르는 툴루즈 호텔 정면 앞 검은 나목裸木의 가지들을 바라보고 있었다.

온통 쓰라린 느낌이었다. 아델 부모와 함께 산다는 것은 아직도 기댄다는 의미이고, 수입이 모자라 남편으로서 집을 마련할 힘이 없다는 것을 뜻하는 것이었다.

고개를 돌려 아델을 보았다.

무거운 허리를 붙이고 누워 있었다. 함께한 첫날 밤 이후, 임신 석 달의 아이를 생각하면 가슴이 뭉클했다. 그녀는 피곤해 보였고, 길게 늘어뜨린 검은 머리칼이 반짝이며 어깨를 덮었다. 커다란 두 눈은 감긴 채 얼굴 위에 두 개의 길고 까만 타원을 그리고 있었다.

그는 그녀에게 바치는 시를 금세 썼다.

당신에게! 언제나 당신에게! 나의 리라로 무슨 노래를 부르면 좋겠소?

[…]

내 삶 그 위에 있는 존재를 사랑하오

혜안慧眼의 말을 하는 고대 선조처럼

나의 병病의 노예가 된 채 두려워하는 누이처럼

막둥이, 노년에 얻은 아이처럼

아아! 이름만 불러도 눈물이 날 만큼 당신을 사랑하오!

눈물이 나오, 삶은 이다지도 시련으로 가득하니![115]

으젠느를 생각했다, 제 정신이 아닌 사람. 그는 아버지와 외숙부 트레뷔세에게 되풀이하여 말했다. "이 병을 감당하려면 엄청난 비용이 필요합니다." 다행히도 레오폴이 그 비용을 부담했다. 그는 빅토르에게 개인 수도원 생-라자르를 팔았고 프와 73번지에 아내와 함께 정착했다고 설명했다.

빅토르는 그런 행동에 감동을 받았다. 아버지가 가깝게 느껴졌다. 서둘러 아버지를 만났다. 그달 초 아버지를 받아들이고 나서도, 보자마자 뒤집어졌다. 증오심이 다시 일었다.

아버지는 카트린느 토마, 위고 백작 부인이 된 '그 여자'를 포옹했다. 그는 아버지와 계모가 아델에게 쏟는 관심, 태어날 아이를 위한 축원, 그들이 준 도자기 커피세트 같은 선물, 외사촌 아돌프 트레뷔세, 그 다음 소피의 조카에게 보이는 이버지의 애정 표현에 예민했다. 마치 온갖 가족을 하나로 묶고 싶어 하는 듯한 아버지, 레오폴은 소피 형제 마리-조셉 트레뷔세 건강을 위한 건배까지 했다.

그리고 빅토르는 자신이 서사시 「지옥의 반란」을 썼고 회고록 한편을 쓰기 시작했다고 수줍게 실토하는 아버지에게 매료되었다. 사실 빅토르는 본능적으로 문학의 길을 선택했다. 그리고 아버지의 내밀한 소원에 부응했다. 그는 아버지에게 자신의 용감함과 공적을 늘 인정받는 느낌 혼란스러우면서도을 받았다. 그리고 그에게는 「보나파르트」를 작곡한 왕정주의자를 노래해야 할 까닭이 있었다.

나는 때때로 내가 당신의 검을 잡는 꿈을 꾸옵니다

오 나의 아버지! 그리고 내 몸 돌보지 않고

오직 격정으로 우리의 영광스러운 병사들을 따라 시드[*]의 땅으로 가오니

[…]

오 프랑스인들이여! 전투는 이미 당신을 종려나무로 장식했으니

폭군 아래 등 휘어진 당신, 언제나 위대했습니다

비범한 원수元帥는 당신의 힘으로 일어났습니다

그의 불멸은 당신의 영광 위에 섰으니

아무것도 인간의 연대기에서 그의 이름은 지우지 못할 것입니다

 그의 이름, 각인된 검에 의해.116

글을 쓰면서 그는 유년의 감정을 천천히 되찾았다. '어느 날 큰 파티가 열리는' 팡테옹에서 언뜻 본 나폴레옹의 실루엣, 어머니와 형제들과 더불어 타고 있는 웅대한 베를린 사륜마차를 호위하고 스페인 도로를 행차하는 병사들, 마차는 그의 아버지가 싸웠던 그 사나운 나라 마드리드를 향하여 굴러가고 있었다.

당신, 나의 아버지, 아예 여행 막사를 치신 분,

당신의 폭풍우 여정에 놓인 덫에 대해 이야기해주셔요…

[…]

내 어두운 류트^{**}에

---

* Cid. 코르네이유의 희곡 작품.
** Luth. 아랍인들이 들여온 16~18세기 유럽 현악기.

당신 검의 광채를 드리워주셔요

그리고 적어도 내 목소리, 당신의 바쁜 삶 속에서도

그 아름다운 추억만큼은 세련된 매력을 선사하는군요

나는 자상한 뮤즈들에게 당신의 전투를 말하겠어요

소심한 자매들 사이의 행복한 아이처럼,

허약하지만 그저 대견한 부검父劍을 끌고 가셔요.117

그는 아버지와의 관계가 회복되어 상심한 내면과 화해한 듯이 안정을 되찾았다. 으젠느와 함께 블루와로 돌아가 그를 간호하기로 결정한 레오폴과 카트린느에게 감사했다. 형도 더불어 나아지는 듯 했다.

그제서야 고통이 줄었다. 마침내 그는 『아이슬란드의 한』 서문을 쓸 수 있었다. 그리고 『오드』 새 모음집을 막 출간한 발행인 페르산 후작과 계약을 체결할 수 있었다. 페르산은 소설 1,200부를 찍고 작가에게 500프랑을 지불하기로 계약했다.

빅토르는 기다렸다. 그는 회청색 용지, 작자미상 『아이슬란드의 한』 4부작 문고판을 쳐다보았다. 익명 유지를 원했기 때문이었다. 그는 페르산을 몇 차례 만났다. 그리고 지불 금액을 캐물었다. 그는 현찰 200 프랑과 약속어음 300 프랑을 수락했다. 그러나 아무도 그 '어음'을 할인하고 싶어 하는 사람이 없다는 것을 알고 크게 낙담했다!

프랑스와 스페인 간의 전쟁 위협, 샤토브리앙이 외무부장관 재직 이후 천명해온 마드리드 정복과 스페인 자유주의자들 정복 의지, 또한 나폴레옹이 수렁에 빠진 곳에서도 승리를 보여주겠다는 의지, 그런 것들 때문에 신용이 떨어졌다.

그런데 빅토르는 장인 피에르 푸셰에게 돈이 필요하다는 것을 알았다. 그는 일전에 그가 빌려준 기숙사비를 갚는 데 500 프랑을 퍼부어야 했다.

편지를 써야 했다. 궁색한 아들로서 이런 편지를 쓰니 가슴이 쓰렸다. "아무튼 저는 당신 외에는 더 이상 의지할 곳이 없습니다. 사랑하는 아버지, 가능한 한 빨리 300프랑을 보내주셔요. 그리고 이 돈은 저의 출판업자가 한두 달 안에 상환하지 못할 수도 있어요. …"

돈, 여전히 돈! 목을 조여 오는 오랏줄을 절대 풀 수 없을 것만 같았다.

그는 연금 약속을 지키지 않은 내무부로 발걸음을 다시 옮겼다. 샤토브리앙에게 청원을 했다. 그가 빌렐르 의회 의장 최측근이자 위고 장군의 옛 전우였던 장관 크르비에르 백작을 움직일 수 있으리라는 생각이었다. 하지만 … 샤토브리앙과 코르비에르의 관계는 좋지 않았다.

인내가 필요했다. 새로운 계약들을 기다리며, 무엇보다도 주어진 의무를 다해야만 했다.

페르산 출판사 파산 소식이 들려왔다. 『아이슬란드의 한』은 이대로 침몰해야 한단 말인가? 결국 빅토르는 새로운 출판사들과의 두 번째 계약에 서명을 했다. 오귀스탱 강변 49번지에 있는 르쿠엥트 그리고 뒤리 출판사였다. 그러나 페르산은 아직 잔여본 500부가 있다고 밝혔다. 문학계는 부글부글했다. 익명 처리한 것이 금세 드러난 것이다! 페르산은 빅토르를 고발했다. 빅토르는 응대했다. "아버지, 눈으로는 인식할 수 없는 인쇄상의 오류로 초판은 망쳤습니다."

그는 「르 드라포 블랑」라든지 「르 미루아르」 같은 일간지들이 불러온 논란으로 싱저를 빚었다. "빅토르 위고 선생은 자신에 대한 스토리를 원한다. 그 욕망은 젊은 작가로서는 너무 당연하다. 그렇지만 각종 음해 때문에 그의 문학적 영광이 돈이 되지는 않을 것 같다. …" 페르산은 이렇게 썼다.

응대해야 하나?

'나에게 오는 모욕에 일일이 대응하지 않으련다. 파산한 자들이 여전히 집을 가지고 있다는 사실이 놀랍다. 비난하고 싶지는 않다. 오히려 그들이 불쌍하다. 누가 되었든 절대로 진흙을 주고받고 싶지 않다."

하지만 들려오는 추한 소리들에 다 어떻게 귀를 막는단 말인가?

빅토르, 그는 다시 루브르 도서관으로 돌아왔다. 그리고 시인 쥘리 르페브르를 만났다. 그는 빅토르를 두 팔로 껴안았다. 그리고 라 페라이유 강변으로 데리고 갔다. 그곳은 장 마르탱이라는 이름을 가진 살인범을 처형하기 위해 단두대가 섰던 곳이었다.

르페브르는 신경질적이었다. 그는 그러한 주제로 시를 한 편 쓰고 싶어 했다.

군중을 헤치고 가며 그는 빅토르에게, 망나니가 먼저 도끼로 사형수의 주먹을 자르고 난 뒤 그의 머리를 자를 것이라고 말했다.

빅토르는 군중 그리고 창가에 팔꿈치를 괴고 구경하는 여자들의 웃음소리와 조롱 소리들을 들었다. 그는 마르탱을 앞서가는 수레 위에서 검은 두건에 덮인 머리를 보았다. 스페인에서 본 것에 대한 기억들이 목까지 차올랐다. 마치 피를 토하는 듯했다.

망나니가 사형수 오른손을 기둥에 묶은 뒤 손에 도끼를 드는 것을 보았다. 차마 쳐다볼 수가 없었다. 그는 감당할 수 없는 혐오에 휩싸였지만, 민중은 "와아", 발작하듯 거친, 쉰 소리들을 지르며 발광했다.

이런 사회를 변호해야 하는가? 사람이 사람을 벌하자고 죽일 권리가 있는가?

그는 이러한 질문을 꾹 참아 삼켰다. 며칠 후 르페브르의 시를 받았을 때 시인이 묘사한 존속살인의 형벌에 다시 한 번 충격을 받았다.

그는 완성도 자체는 언급하고 싶지 않았으나 시의 형식 때문에 혼란스러웠다. 과도하게 새로운 것이었기 때문이다.

빅토르는 생각했다. '변함없이 강한 문학적 견해와 금세기 천재 사이 전투 중이다. 볼테르 세기가 우리 시대에 물려준 유산인 무미건조한 사상이 오직 루이 14세 당시 모든 영광의 엄호를 받으며 나아가기를 원할 뿐이다.'

그는 자신이 왕당파 친구들, 즉 고전주의를 고수하는 모든 이들에게 충격을 줄 것임을 알고 있었다. 이에 대한 스탕달의 논거를 읽었다. "과격 정당의 진정한 시인은 바로 위고 선생이다."

그는 어깨를 으쓱거렸다. 그는 썼다.

"프랑스의 시는 우리를 축으로 영광스럽게 혁신되고 있다. 우리는 위대한 문학 시대의 여명에 있다. … 향기와 생기 넘치는 머리를 가진 젊은이들이 여기 저기 일어나고 있다. 그들은 새롭고 순수한 학회의 주인이 되고, 옛 학회의 적이 아닌 경쟁자들이 되었다. … 이제부터 그들이 치러야 할 전투가 많다. 지원해야 할 싸움들도 많다. 하지만 그들은 천재적 용기로써 영광의 역경을 모두 견디어 낼 것이다. …"

그는 자신의 기사를 일간지 「레베이유」에 주었다. 그런데 그는 일간지가 "그는 우리 시대의 문학의 진보 확립을 부르짖는 새 이론만을 가지고 공동 편집자들 의견을 무시했다."라는 머리말로 기사 편집을 끝내려 한다는 것을 알았다. …

그는 자신이 부추키고 있는 적대감은 무엇인지 톺아보았다. 정치적으로는 과격왕당파, 문학적으로는 혁명. 그렇다. 대체 이해할 수 있는 이가 누구란 말인가?

그랬다. 그는 더 이상 「레베이유」에 기사를 주지 않았다. '적의敵意에는 맞장을 뜨리라.'

돈이 문제였다. 여전히, 언제나. 아버지에게 토로했다.

"제 출판사는 파산했어요. 『아이슬란드의 한』 초판과 『오드』 재판再版 값을 만져볼 수 있을지, 언제 받아볼지 도통 알 수 없어요. 설상가상으로 말 많은 연금에 대해서는 들어본 적도 없습니다." 내무부 장관은 그 문제에 대해 침묵했다.

게다가 광기가 더욱 깊어진 으젠느가 있었다.

한번은 저녁 식사 도중 으젠느가 식탁에서 벌떡 일어나 손에 칼을 들고 손님을 향해 돌진했고, 특히 아내를 죽이려 했다고 레오폴은 말했다. 잡은 칼을 비틀어 아들을 제압하여 붙잡아맸다는 것이다.

"으젠느를 파리로 보낸다. 에스퀴롤 박사가 운영하는 시설이다. 병을 고치든 못 고치든, 아무튼 이 불행한 아이를 집에 놔둘 순 없다." 아버지는 이렇게 말했다.

왜 그랬는지 빅토르가 묻자 으젠느는 답했다. "그 여자를 죽이고 싶었지. 형제들과 어머니가 범행을 부추겼어. 아버지가 소피를 강탈했기 때문이야."

빅토르는 비탄에 빠졌다. "사랑하는 아버지, 제발 이 불행한 광란의 소행에 대한 사실을 한 번도 의심해본 적이 없다는 말씀 좀 해주세요. … 불행한 형의 무서운 소행을 정당화하는 일은 무의미하다고 감히 말씀드려요. 아버지 사랑합니다."

온갖 불행이 더해졌다. 에스퀴롤 박사가 요청한 비용은 상당했다. 월 400프랑! 으젠느는 극도로 쇠약해졌다. 그리고 자신이 '지하 살인 감옥'안에 있다고 확신하고 있었다. 그대로 시설에 놔둘 수가 없었다.

빅토르는 수속을 서둘렀다. 으젠느는 발-드-그라스*를 거쳐 생-모리스에 루아이엘-콜라르 박사가 운영하는 샤랑통 호스피스 부속 시설에 입원했다. 이동 및 치료는 일체 국비였다.

---

* Val-de-Grâce. 파리의 육군 병원.

빅토르는 형을 생각할 때마다 불안하여 가슴을 조였지만 이제 조금 압박감이 줄어든 느낌이었다. 언제든 광기가 재발할 수 있었지만 일단 으젠느를 위한 해결책을 찾은 것이었다. 좀 잔인하긴 했지만 안심이 되었다.

그리고는 전혀 예상치 못한 경사가 생겼다. 내무부가 결국 연간 2천 프랑의 연금을 지급하기로 한 것! 게다가 왕실 예산 일천 프랑과 계약금 수백 프랑이 더해졌다. 돈 문제는 일단 한시름 덜었다.

보지라르 90번지를 방문했다가 마음에 쏙 들었던 집이 있었다. 그 집에 아델과 함께 정착할 계획을 세웠다.

또한, 작가이자 칼럼니스트인 샤를르 노디에가 『아이슬란드의 한』에 헌정한 기사를 기쁘게 읽었다. 그리고 그를 만났다. 박식한 사람이었다. 그는 「라 코티디엔느」와 「르 주르날 데 데바」에 기고했다. 문학계와 내각 쪽에 충분히 알려진 사람이었다.

노디에는 빅토르를 방문했다. 그리고 프로방스 로의 자기 아파트 거실에서 그를 영접했다. 그는 이제 생-발리, 쥘 르페브르, 알프레드 비니 같은 시인들 사이에 있었다. 알프레드 비니는 『아이슬란드의 한』을 한없이 예찬했다. 그는 말했다.

"선생의 작품은 더없이 아름답고 훌륭하오. 당신은 프랑스에다 월터 스코트* 세계의 기초를 놓았소. 선생의 아름다운 작품은 스코트와 우리들 간의 다리이며, 영국 빛깔에서 프랑스 빛깔로 가는 통로가 될 것이오." 게다가 라마르틴느는 이렇게 썼다. "우리는 선생의 매혹적인 시와 함께 끔찍한 『한』을 다시 읽게 되었다."

노디에의 살롱에서 다들 자유로이 이야기를 나누었다. 그의 딸 아름다운 마리가 피아노 앞에 있었다. 수메, 데샹, 비니, 생-발리 같은 왕정주의들과 '낭만파' 작가들의 잡지 「라 뮈즈 프랑세즈 *La Muse française*」를 창간할 계획이었다. 창

---

* Walter Scott(1771~1832). 영국의 시인·소설가.

립 회원들은 각각 1천 프랑씩 갹출했다. 라마르틴느는 그 돈을 위고에게 줄 것을 제안했다. 물론 잡지에서는 밝히지 않았다.

"창립자로 들어가시오. 내 이름이나 철학은 넣을 수 없소. 약속한 1,000 프랑만 기꺼이 내겠소."

빅토르는 그가 자신을 심부름꾼으로 '사고 싶어 한다'는 생각이 들었다. 그는 대답조차 하지 않았다. 빅토르 없이 「라 뮈즈 프랑세즈」는 일단 추진되었다!

"내 마지막 편지가 선생에게 충격인가요?" 라마르틴느는 물었다. "솔직히 말해보시오. 선생은 지금 모든 것을 파악하고 있는 남자를 상대하고 있는 거요. 선생에게 절대 해 끼칠 사람이 아니오." 이어 말했다.

빅토르는 문득 자신의 삶의 정수精髓, 저술, 이력, 문학적 우정, 이런 것들이 대체 무슨 쓸모가 있나 하는 생각이 들었다. 장틸리에 있는 푸셰의 시골집에 아델과 함께 있던 때였다. 그는 임신 중인 그녀와 똑같이 고통스러웠다. 불안했다.

며칠 후인 7월 16일 파리에서 아들을 출산했다. 난산이었다. 할아버지를 존경한다는 의미로 이름을 '레오폴'로 정했다.

아델은 산후조리까지도 힘겨웠다. 더 안타까운 일, '아이가 죽다시피 태어났다.' 빅토르는 아버지께 말씀 드렸다. "아이가 너무 예민한 상태였어요. 산모가 양수를 많이 쏟아 극도로 허약하고, 임신과 산통 때문에 뜨거워진 모유가 허약한 갓난애에게 맞지 않았어요. … 아델은 아이를 위해 모권母權을 용기있게 미루었어요. 유모에게 맡겼어요."

여름이었다. 행복해야만 했다. 빅토르는 그러길 원했다. 그러나 자신을 괴

롭히는 아둔한 불안이 잊혀지질 않았다. 아이는 아팠다. 유모들을 돌려보내야
만 했다. 한 명은 '심굴 굿고 거짓된 성격'이었고, 다른 한 명은 외간 남자와 사
귀어 또 임신했다. 게다가 우유 때문에 갓난애 레오폴은 병이 들었다.

레오폴과 아내 카트린느는 아이를 맡아 블루와에 있는 집으로 데려갔다. 거
기서 유모를 한 명 새로 구했다. 아이는 8월 16일 세례를 받았다. 상태는 차츰
좋아졌다. 행운은 올 것인가? 빅토르는 그렇게 믿고 싶었다. 그는 자신이 원하
는 대로 변신했다.

우리, 복된 결혼은 숨기고 싶어요

우리 집 따사로운 문간에

때때로 앉아 계신 당신, 오, 아버지!

고대古代 기사를 닮은 분

우리 가족은 당신의 소박한 제국이니

그리하여 우리 아들, 미소를 머금은 채

내 젊은 리라 소리 들으며 새근새근 잠들고

살갑게 흔들리는 당신의 낡은 방패 요람.118

만사형통 같았다. 아이는 염소젖으로 키웠다. "이만하면 행복하구나. 어여
쁜 아이야 그치?" 레오폴은 이렇게 썼다. "우리 귀여운 염소는 벌써 먹이를 찾
아 촐랑대고, 아내는 꼴을 베어 몇 번이고 들었다 놓았다 하며 힘겨운 몸을 잘
추스르고 있단다. …"

빅토르는 이런 말을 들으며 불쑥불쑥 솟는, 애써 억누르는, 짓누르던 두려
움이 진정되었다.

어느 날 피에르 푸셰가 찾아왔다. 얼굴이 어두웠다. 손에는 편지를 들고 있

었다. 레오폴이 보낸 것이었다. 둔탁한 글씨체로 알려왔다. 10월 9일 아이가 죽었단다. 오후 세 시. 할아버지 할머니의 고통이 종이에 고스란히 적혀있었다.

"여기도 다들 망연자실하고 있습니다. 병약하고 가녀린 것이지만 죽는다는 생각은 해보지 않았어요." 빅토르가 답신했다.

그는 잠시 생각에 잠겨 있다가 이어갔다. "오! 우리 아이, 삶의 고통을 줄여주신 하느님께 감사해야지요. …"

"이제 우리 레오폴은 천사입니다, 사랑하는 아버지, 저희를 위해, 당신을 위해, 두 번째 어머니를 위해, 이 땅에서의 짧은 삶 동안 우리 아이를 사랑해주신 모든 분들을 위해 천사에게 기도하렵니다."

하느님의 뜻은 대체 무엇이었던가? 온갖 생각이 들었다.

'그분은 레오폴로 하여금 당신, 자애로운 부모, 그리고 우리들, 헌신적인 자녀들 간 어떤 끈이 되기를 원하셨던 게다.'

아버지를 그토록 가깝게 느껴본 적이 없었다. 그리고 그 순간만큼 딴 아이는 필요 없었다.

> 오! 덧없는 것이란 찾아볼 수 없는 당당한 세상
> 아무런 독毒도 퍼질 수 없는 행복의 물결은 넘실거리는데
> 아이야! 너는 어찌 너의 엄마 웃음과, 눈물과 천리만리이더냐
> 지금 하늘에서 고아가 되어 있지는 않느냐.[119]

삶은 계속되어야 했다. 그리하여 써야만 했다. 스페인 전쟁 승리 예찬가였다.

> 하늘은 프랑스에 위임했으니
> 왕권을 옹호하라… [120]

그는 에투왈르 광장의 개선문, 제국 군인들의 영광, 그리고 샤토브리앙 사단의 영광을 기념을 이어 예찬했다.

개선문! 청천벽력, 그대 주인을 거꾸러뜨리고
아직 태어나지 않은 모든 파렴치들을 내려치는 듯
우리들 새로운 쾌거로 당신 다시 일어났으니!
우리의 빛나는 군대를 보라
우리의 명성 안에서
미완의 기념비 되길 원하지 않았으니![121]

그리고 출판사들과 협상해야 했다. 돈이란 다스려야만 할 고통이었으니.

그들 중 하나인 라드보카를 만났다. 말은 점잖게 했지만 협상은 날카로웠다. 그리고 출판인의 두 눈에서 놀라움을 읽었다. 빅토르는 과연 돈을 협상하는 스물한 살 시인이었다.

성사되었다. 빅토르는 1824년 11월 1일부터 약속 어음 넉 장과 2,000 프랑을 순차적으로 지불하고 2년간 신간 『오드』를 판매하는 데 동의했다. 그리고도 라드보카는 협상 조건이 불리하다, 스페인 전쟁으로 장사가 잘 안되고 돈이 안 돈다고 불평했다. 빅토르는 자리에서 일어서면서 말했다. "『스페인 전쟁에 관한 위고의 오드』의 별책 발행권을 드리지요."

집에 돌아왔다. 책상 위에 편지 한통이 놓여있었다. 휘갈겨 쓴 글씨가 누구 것인지 금세 알았다. 나락으로 떨어진 심정을 저은 으젠느 편지였다.

"무슨 이유로 날 보러 오지 못하는지 모르겠다. 내가 여기 온 지 7개월 지나도록 널 딱 한 번, 아벨은 두 번 보았다. 제발 부탁이다. 가급적 속히 얼굴 좀 보자. …

넌 계속 날 보러 오리라 믿는다. 그리고 넌 내가 늘 너에게 보여준 것만큼 애정을 보여주겠지. 믿는다. 난 널 아끼고 그리워한단다. 사랑하는 다정한 형 으젠느 위고 씀."

빅토르는 두 손으로 머리를 쥐어짜며, 부르르 떨었다. 죄책감이 밀려왔다. 머릿속이 으젠느뿐이었다. 홀로 쓸쓸히, 틀어박혀 있는.

세상에 어떤 이들, 바로 으젠느 같은 사람은 마치 애당초 불행에 '지정된', 불행에 '처박힌' 운명인 듯싶었다.

> 님은 오시리니, 최후의 어둠이 올 즈음 오시리니
> 날의 근원은 격류激流를 마르게 하고
> 우리는 보리니, 캄캄한 밤을 맞아 죽어가는 두 눈처럼
> 창백해지는 태양들을…
> […]
> 주께서 그를 보내어 포도원을 헐고
> 추수 더미를 흩어버리시니.122

1824

샤토브리앙, 그는 제피로스들*보다

차라리 허리케인을 원하는 위풍당당한 배이니…

빅토르는 아델에게 시선을 돌렸다. 그녀는 미소를 지었다. 겁을 먹거나 멋쩍은 듯 눈을 반쯤 감고 고개를 숙였다.

그는 이해했다.

한바탕 기쁨, 자부심, 애정이 몰려왔다. 아델은 다시 임신했다, 벌써, 마침내!

빅토르에게, 잃은 아이에 대한 애도는 끝난 듯했다. 하지만 불안은 다시 그를 사로잡았다. 아델에게 상황을 물었다. 그녀는 마차를 타면 안 된다고 한 의사의 조언을 확인해주었다. 그녀의 임신은 요전번 임신과 매우 흡사해 절대 안정이 필요했다. 어떻든 블루아로 왔으면 하는 아버지의 초대에 응하지 않았다. 후에 그는 그녀에게 자초지종을 설명했다.

그는 펜을 들었다.

"우리 레오폴이 왔다고 온전히 믿어졌다. 쉿!"

그는 잠시 멈칫했다. 이 새로운 아이는 정말이지 '부활한 아이' 같았다.

하느님이 응답하신 것이다.

---

* Zéphires. 그리스 신화에 나오는 서풍의 신(神).

슬픔에 잠긴 어머니, 어머니의 부르짖음 하늘에 닿았어요

잃어버린 새들 모두 그분 손에 있고

하느님, 때로는 그 둥지에 그 비둘기를 돌려주는 분

영원永遠은 신성한 비밀 그 이상을 품고 있노니.123

그는 생각했다. 아이가 믿음을 돌려주었다. 그는 아버지에게 전했다. "아내는 제 기대에는 못 미치나 그래도 임신 상태는 좋습니다. 별 걱정은 없어요."

아델은 평화로이 누워 시부모께 편지를 썼다. 아이 이름은 이미 레오폴로 정했다. 혹시 딸이라면 레오폴딘느였다. 아무튼 '잃은 아들의 강생降生'이라는 믿음이었다.

빅토르는 행복했다. 그는 좁고 투박한 계단을 마치 '그들' 아파트를 오르는 사다리처럼 생각하며 올라 다녔다. 그러다 결국은 보지라르 로 90번지 2층에 세를 얻었다. 한길이 보이는 작은 방이었다. 그래도 그것이 '그들'의 처음 집이었다. 거기서 아델은 출산했다.

그는 보지라르 로에서 저녁 식사를 하러 온 친구들을 맞이했다. 그는 친구들 눈에서 읽었다. 사랑 안에서의 탄생을 기다리는 아델을 위한, 아니 부부에 대한 애정이었다. 라마르틴느는 그에게 말했다. 그는 진심어린 말에 감동을 받았다.

"선생에게 임할 사랑은 섭리攝理이오. … 선생의 삶에 어리석은 짓을 한 적이 없소. 나는 나이 스물일곱이 되도록 오류와 방종으로 점철되었소만. 조금만 더 인내하시오. 잘 될 것이오. 선생은 황금시대의 가슴 그리고 지상 낙원의 아내를 둔 셈이오. 아무튼, 지금은 철기시대*이오만."

라마르틴느에게 종종 비니, 생-발리, 그리고 샤를르 노디에가 합류했다.

---

* âge de fer. 그리스-로마 신화에서 말하는 '고통과 악의 시대'.

노디에가 맏형이었다. 빅토르는 놀라운 그 석학이 자기보다 꼭 두 배 나이, 마흔넷이라는 사실에 놀랐다! 그는 영어, 독일어를 읽고 말하는 그 선비의 지성과 교양을 높이 샀다.

노디에는 지난해 말 병기창 아르스날* 사서로 임명되었다. 그는 매주 일요일을 빛나는 목재 패널과 마룻바닥의 호화 살롱에서 보냈다. 거기서 작가들은 작품을 낭독했다. 비니, 생-발리 뿐 아니라, 알렉상드르 수메, 데샹, 기로도 있었다. 그들이 창간한 잡지 「라 뮈즈 프랑세」에 관해 논하기도 했다. 소피와 델핀 게이에 반하고, 알렉상드르 뒤마의 원색적인 표현 때문에 놀라기도 했다. 수메와 라마르틴느의 아카데미 프랑세즈 출마 이야기도 나왔다. 비난하기도 하고 분개하기도 했다.

그들은 문학지 「19세기의 메르쿠리우스」**를 통독했다. 시詩의 어린 왕자들은 서로 동맹을 맺었다고 믿고, 서로를 표본으로 삼고자 했다.

함께 웃고, 함께 울었다.

그는 주위의 시인들을 지켜보았다.

샤를르 노디에는 벽난로에 기대어 있었다. 자신의 삶의 에피소드를 나누었다. 비니는 델핀 게이의 귀에 무슨 말인지 속삭이다가 이내, 춤들을 추기 시작했다. 분위기가 무르익는 듯했다.

빅토르는 메르쿠리우스 신에게 "야심 많은 당신 나이에는 경쟁자 간 달콤하고 고결한 시적 우정을 우습게 본다."라고 하며 한 수 날렸다. 하지만 세나클*** 회원 간 서로 질투하고 또 생각들이 다 같지 않다는 것도 잘 알고 있었다.

그는 라마르틴느의 편지를 읽었다. 초연한 모습 이면에, 신랄함이 느껴졌다.

---

* Arsenal. 포병공창의 전용 도서관.
** Mercure. 신들 사이 혹은 신과 인간 사이 전령의 신.
*** Cénacle. 빅토르 위고 중심의 낭만파 문학 동호회.

"우리는 누구입니까? 아직 아무것도 아닙니다. 그리고 그들은 누구입니까? 별것 아닙니다! 그러니 더 이상 말하지 맙시다. 그들의 문학적 평가가 우리의 평가 척도가 절대 될 수 없습니다. … 그들은 우리에게 빼앗길 것 같은 쥐꼬리만한 영예 때문에 우리를 미워하는 것입니다. …"

그러나 빅토르는 공격을 받을 때 응수하고 싶었다!

「르 주르날 데 데바」에서, Z라고만 서명하고 자신을 호프만 누구라고 밝힌 한 비평가는 그를 '낭만적'이라고 비난했다. 빅토르는 일간지에다 출판을 요청하는 편지로써 주장했다. "성경 자체가 낭만적이 아닌가요? 선생께 낭만으로 보이는 것들은 고대인들과 위대한 근대 작가들 안에서 이미 늘 보던 것이지요. …"

다들 그의 대응에 환호를 보냈다. 그러나 그와 가까운 「라 뮈즈 프랑세즈」는 모든 '낭만주의'를 반골反骨 뿌리의 하나로 보는 권력, 아카데미, 교회, 정부 부처들과 '칼부림'을 원치 않는 분위기였다.

이래저래 빅토르는 슬픈 일이지만 이해관계가 신념을 압도하는 현실을 보았다. 신중하게 행동하고 싶었다. 그는 내무부와 왕실이 지급하는 연금 3천 프랑에 의존했다. 여기에 『오드』와 『아이슬란드의 한』 출판계약에 따른 수입도 있었다. 그러나 지출로, 보지라르 로의 아파트 연 임대료 625 프랑, 하녀 월급 16 프랑과 기타 일상 경비, 아델 주치의 비용, 태어날 아이 출산 용품비가 있었다.

이른 아침, 그는 글을 쓰고 나서, 장부를 열어 청구서를 합산해보았다. 수입 총액을 꼼꼼히 계산했다. 돈이 주는 고통을 피하고 싶었다. 횡재는 못해도 최소한 가족 안전은 보장하고 나아가 자립하고 싶었다. 그러려면, 돈을 모으고, 그 이자로 살아야만 했다. 발행인의 파산이나 정부 결정으로 인한 위기에 처하지 않도록.

그런데 내각은 태도를 바꾸었다. 얼마 전 실시한 선거로 과격왕당파가 예상치 못한 표를 얻었다. 1815년의 왕당파 의원 이후 1824년 '재집권 의원! 결국 빅토르는 자유당원들의 표적, 그리고 낭만주의를 일종의 '혁명의 씨앗'으로 보는 모든 이들의 표적이 되었다.

그는 이런 글을 읽었다. "어떤 이들 눈에 그는 '울보 수도회원'일 뿐이지만 또 다른 이들, 왕좌와 제단 통합을 원하는 강력한 반⁴ 비밀 조직인 수도회 반대론자들 눈에 그는, 자신의 글 속에서 나폴레옹을 말할 때 늘 서사적, 영웅적 표현만을 찾는 위험인물이었다. 위고, 그는 과연 과격왕당파? 오히려 변절자 아니던가!"

그는 자신을 지켜야만 했다. 내각과 단절하고 싶지 않았다. 옹호해줄 사람이 필요했다.

그는 전투 장관인 클래르몽-토네르 공작을 찾아가 레오폴 위고가 육군 감찰관이나 중장으로 임명되도록, 그리고 은퇴로 끝나지 않도록 조치해줄 것을 부탁했다. 클래르몽-토네르는 스페인에서 함께한 레오폴 전우 아니던가?

그는 그에게서 좋은 말만 들었다. 후회와 미안함 … 결국 해주고 싶지만, 그럴 수 없다는 말이었다. 그는 '심한 코감기'를 구실로 그 '전투 장관의 강의'를 빠져 나왔다. 그는 썼다.

"사랑하는 아버지, 아무튼 명예 중장 계급 지원서를 제게 서둘러 보내 주셔요. 중요하고 시급한 일이예요. 민원 시기를 놓치면 안 됩니다. …"

아버지에 대한 관심과 애정은 날로 커갔다. 아버지를 돕고 싶었다. 그 때부터는 매일같이 아버지를 가까이에서 대하는 느낌이었다. 그는 레오폴의 수많은 이야기를 담은 회고록이나 『티롤의 모험 혹은 수용소의 처녀』란 제목의 소설 출간을 위해 출판사들을 쫓아다녔다.

그러나 잘 풀리지 않아 우울했다. 상처받고 또다시 불안해졌다. 시력을 잃는 듯한 느낌마저 들었다. 거의 2주 동안 쓸 수가 없었다. 눈빛에 초조함이 역력했다.

어느 날 신문을 보다가, 아카데미 돔 아래에서 실시한 콩쿠르 제네랄* 수여식 연설에서 아카데미 회원 오제와 교육부장관 몽세니르 프라이시누가 '문학의 새로운 사조'인 낭만주의를 싸잡아 비난했다는 것을 알았다.

빅토르는 표적이 된 느낌을 받았다. 부인하지 않고 어떻게 침묵을 지킬 수 있겠는가? 대응을 해야만 했다. 그리스 소송을 승리로 이끌지 못한 것 때문에 병이 들고 결국 그리스에서 죽은 바이런을 위한 추모의 글 요청을 받은 빅토르, 자신의 생각을 표현할 기회였다.

"착각하지 마라. 속 좁은 소수의 무리들이 보편적 사고를 지난 세기의 한심스러운 문학 시스템으로 되돌리고자 하는 것은 부질없는 일… 로베스피에르의 처형대 이후로는 도라**의 서정시를 재탕할 수는 없다. 그리고 지금은 볼테르를 지속할 수 있는 보나파르트 세기가 아니다. …"

그리고 그는 그 새로운 학회의 회장은 샤토브리앙이라고 결론지었다.

그는 매사 솔직하고 싶었다. 그리고 자신의 판단력을 믿었다.

샤토브리앙은 의심의 여지가 없는 왕정주의자, 외무장관, 스페인 전쟁의 승자가 아니던가?

그리고 6월 6일, 느닷없이 벼락 치는 듯한 느낌이 들었다! 샤토브리앙, 정통 왕정의 상징인 그가 장관직에서 추방되었다! 빅토르는 아연실색하고 격분했다. 샤토브리앙은 수도회, 낭만주의자들을 공격하는 이들, 프라이시누, 빌렐르 의회 의장, 이들의 음모의 희생자였다.

곧, 친구 수메와 데샹의 사퇴도 알게 되었다. 그들은 일정한 거리를 두었다. 수메는 프랑스 아카데미 프랑세즈 후보자인데, 만일 「라 뮈즈 프랑세즈」가 권

---

* Concours général. 전국 고교 백일장.
** Claude Joseph Dorat(1734~1780). 시인.

력에 저항하는 정치적, 문학적 전쟁에 참여한다면 어떻게 그가 선출될 수 있겠는가? 수메는 자신의 정당성의 증거를 제시하고 싶어했다. 그러니 「라 뮈즈 프랑세즈」를 까대는 것보다 더 큰 충성의 표시가 있었을까?

빅토르는 저항하기를 원했다.

6월 7일 그는 「샤토브리앙 선생께 드리는 오드」를 발표했다.

> 샤토브리앙, 그는 제피로스들보다
>
> 차라리 허리케인을 원하는 위풍당당한 배이니…
>
>
> [⋯]
>
> 천재에게는 어디에나 탁월한 상징이 있으니
>
> 그가 가장 사랑하는 이는 언제나 희생자들
>
> [⋯]
>
> 또한, 말해보오, 궁중에서, 무엇을 할 참이오?
>
> 당신은 폭풍우 치는 하늘로부터 온 고귀한 아이가 아니오?
>
> 불행이 당신을 놀라게 하지도 허물을 찾지도 않으리니
>
> 폭풍우 몰려오면 찾아보기 힘든, 왕의 친구들이여
>
> 누구란 말인가, 머리가 날아갈 위험이 되어서야 비로소 아첨하는
>
> 처형대 위에서 알랑거리는 이들
>
> [⋯]
>
> 만만세로 프랑스가 떠받드는 당신
>
> 당신의 대범한 운명은 성취되리니!
>
> 당신의 허다한 어두움은 곧 다가올 당신의 영광
>
> 운명이 당신을 덮쳤을 때, 운명에 감사해야 하오
>
> 불행이 닥칠 때마다

빅토르는 '소심한 사람들'의 동요, 수메의 전략, 수메가 찾은 지원자들을 간파했다. 7월 25일 「라 뮈즈 프랑세즈」는 간행되지 못했다. 29일 수메는 프랑스 아카데미 회원에 선출되었다.

"하늘의 이름으로, 지금 일어나고 있는 모든 일을 말해 주시오! 아카데미의 낡은 의자의 열정이 여전히 금세기 천재들의 앞길을 막을 수 있나요?" 그토록 걱정하는 비니에게 무어라고 답할 것인가?

빅토르는 어깨를 으쓱거렸다. 비니는 올레롱*에 있었으니, 사소한 음모들, 야망의 유희, 정치적 복수, 회원들의 허영심과 비겁함을 파악할 수 없었다.

그는 샤토브리앙을 쳐다보았다. '그가 실각한 이후 우리 관계는 훨씬 더 가까워졌고, 그가 호의를 베푸는 동안에 오히려 느슨해졌구나.'

"제 소중한 친구의 몰락의 여파로 「라 뮈즈 프랑세즈」는 죽었습니다. 글로는 표현할 수 없는 특별한 화제입니다." 그는 아버지에게 털어놨다. 그런데 이것이 중요한 일이었을까?

아델은 잘하고 있었다. 그녀는 몇 주 안에 출산 예정이었다. "불쌍하고 사랑하는 으젠느의 상태는 여전합니다. 그렇게 깔아져 있는 상태로는 희망이 없습니다."

진정한 희망과 진정한 고통이 바로 거기 있었다.

빅토르는 아델이 누워 있는 침대 옆에 앉았다. 그녀의 손을 잡았다. 그녀의 마지막 임신 기간 8개월 동안 더 이상 그녀를 떠나고 싶지 않았다.

8월 28일 새벽 3시 30분, 마침내 '해방'이었다. 피로에 지쳐 있던 그는 '기쁨의 절정'을 맞았다.

---

* Oléon. 샤렁트-마리팀의 해안, 대서양에 위치한 섬.

"사랑하는 아버지,

당신의 손녀 레오폴딘느가 세상에 나왔어요! 아델이 다섯 시간 산통을 씩씩하게 이겨냈어요. 아이는 건강하고 통통해요. 불쌍한 우리 레오폴은 그렇게 허약했지만요. …"

그는 '다시 돌아온 아이'에게서 잠시도 눈을 뗄 수가 없었다.

"태어난 지 하루 밖에 되지 않은 아이가 벌써 대견해요. 젖 빠는 모습이 그렇게 예쁠 수가 없어요. 마치 레오폴딘느, 세실, 마리, 피에르, 카트린느, 이 고운 이름들을 오랫동안 달고 다니기로 결심한 것 같아요. …"

그는 명랑 쾌활한 레오폴딘느가 좋아 죽을 지경이었다. '어이구 내 새끼' 하고 속삭이며 아이를 품에 안곤 했다. 아이 요람을 부부 침대 곁에 늘 두고 싶어 했다.

9월 16일, 보란 듯이 아이를 데리고 생-쉴피스 성당, 세례를 받을 예배석으로 갔다.

블루아에서 온 부모님과 함께 교회를 나올 즈음 별안간 종이 울리기 시작했다. 조종이었다. 루이 18세가 승하했다. 그리고 동생 아르투아 백작이 샤를르 10세라는 이름으로 왕위를 계승했다.

다음 날 샤토브리앙이 서명한 유인물을 받았다. '왕은 죽었다. 폐하 만세!'라는 제목이었다.

그는 샤를르 10세 편에 가담하는 문서*를 읽었다. 그리고 새로운 군주가 루이 18세가 저지른 불의를 일소해주기를 기대했다.

그는 또한 그의 목소리를 듣기를 원했다. 그는 오드 한 편을 쓰기 시작했다.

---

* '왕당파의 제3공화국에의 가담'을 의미함. 샤를르 10세는 입헌군주제 요청을 거부하고 강력한 왕정과 가톨릭 국가로의 복고를 꾀함. 이에 저항하여 1830년 7월 혁명이 발발함.

죽음이 지키는 어두운 체류의 침묵!

기독교 왕, 최후의 행렬을 따라

최후의 궁전으로 들어가시네.

그는 잠시 멈추었다.

아직도 시신이 외국의 섬에 묻혀있는, 사망한 또 다른 군주인 나폴레옹을
생각했다.

생-드니에서, 생트-엘렌느에서

나는 그렇게 운명을 생각하며

불투명한 눈으로 헤아려 보았네

죽음에 관한 이 위대한 신비들을.

그는 황제를 떠올리도록 하기 위해, 펜을 잡지 않을 수 없었다. 자신의 말이
자동으로 써지는 느낌이었다. 루이 18세의 장례를 기리기를 원한다고 스스로
되뇌며 '폭풍이 으르렁거리는 섬'을 묘사했다. …

예전에 스스로 만들어 놓은 거룩한 무덤이 아니구나

갖가지 왕실의 기구는 어디 갔는가

전투복을 입은 채 잠이 들었으니

그의 잠자리에 동행이란 없구나

하여, 더 이상 이 세상 제국을 소유하지 못하고

파도에 부딪는 검은 바위며

바람에 얻어맞는 늙은 버드나무며

긴 세월 추방된 왕, 우리 시대를 풍요롭게 한, 사자死者의 침대로 내려왔네

다들 비웃었다. 자유주의자들은 나폴레옹에게만 열광하는 '과격파'를 비웃었다! 그는 이러한 구설수들을 무시하고 싶었다. 그는 자신의 왕정제에 대한 신념, 새로운 군주에 대한 충성만을 생각했다. 그러나 간과할 수 없는 민족의 역사가 있었다.

그는 자신을 이해하는 듯 보이는 비니로부터 편지를 받는다.

"생트-엘렌느와 생-드니에 대한 선생의 동등한 비교는 실제적이고 방대한 생각이오. 국립 연극은 일종의 순수한 소신이 필요하다는 것이 옳다는 생각이 드오… 내 생각에 천재들은 오직 이런 식으로 현시대의 상황에 꽂힐 수 있지요. 왜냐하면 그들의 독립성과 존엄성은 진실에 의해서만 지켜지기 때문이오. 그러니 그 시적 왕관의 새로운 정수精髓를 선생 따님의 요람 위에 올려놓고 행복하시오. …"

그렇단 말인가?

연말이었다. 빅토르는 자문했다. 숙부에게 편지를 썼다.

"1년만 더 부탁드립니다. 저희는 행복합니다. 경제 사정이 훨씬 더 좋아졌습니다. 내 지난번 작품 판매로 예전 파산 손실은 만회되었어요. 살림을 채우고 집을 짓는 데도 아주 요긴했지요. 내년에는 수입이 줄어들겠지요. 모쪼록 계속 채워지기를 기원합니다. … 또 다른 손실, 훨씬 더 민감한, 가엾은 아가 레오폴을 잃은 것도 '복원'되었습니다. 쑥쑥 자라는 대견한 딸 아이가 있습니다. …"

사람이 세상으로부터 고립될 수 있겠는가?

그는 프랑스 아카데미에 당선되지 못한 라마르틴느의 쓰디쓴 글을 읽었다. 그는 피레네 수비대에 혼자 있다고 불평하는 비니에게 답했다.

"파리에서 교육부와 아카데미 틈에서 무엇이 되겠습니까? 제 경우는 독방 밖으로 튀어나와 본들 분노와 연민 말고는 다른 아무 느낌은 없습니다.

그래서 저는 그런 것을 가급적 드러내지 않고 집에 머물고 있습니다. 집이 제일 행복한 곳이지요. 딸내미 요람을 흔들며, 천사인 아내가 있는 곳이지요. 제 모든 기쁨은 여기에 있어요. 저에게 아주 특별한 친구 말고는 아무런 외부 연락은 없어요. 제일 반가운 것은 당연히 선생의 안부이지요… 그러다가도 내 모든 생각은 어느덧 날아가 버리고 사람들 열정과 관심이 오직 투우장으로 몰리는 걸 볼 때면 속이 터집니다."

12월 29일이었다.

비니에게 부칠 편지를 다시 읽었다. 그리고 말미에 한 마디 덧붙였다.

"자질구레한 상처들로 괴롭습니다. 저는 말입니다. 비교에서 오는 자존심이 문제입니다. 이해해 주십시오. 마치 아킬레스 같습니다. 뒤꿈치가 문제입니다."

1825

그의 아침 시절, 그는 꿈꾸는 자였으니!
그의 여정이 끝날 때쯤, 그는 사색가였으니!

빅토르는 보지라르 로에 있는 아파트 2층 문을 열었다. 사다리처럼 가파른 계단이 내려다보였다. 1층 목공소에서 풍겨오는 밀풀과 나무 향기가 코에 와 닿았다.

좁은 층계참에는 어슴푸레한 빛이 들어왔다. 그는 알퐁스 라브와 폴-프랑수아 뒤부아를 맞이했다. 그는 자신의 견해에 빠져 눈이 멀지 않은 두 자유주의 언론인을 존경할뿐더러 그들에 대한 애정마저 있었다. 그는 뒤부아가 몇 주 전 자신의 일간지 「르 글로브」에 실은 기사를 높이 평가했다. 뒤부아에 따르면, "프랑스는 정치와 종교에서와 마찬가지로 문학도 두 개의 큰 진영으로 나뉜다. 하나는 신조信條로서의 자유, 즉 미래에 대한 희망이며, 다른 하나는 권위, 즉 과거의 신앙…"이라는 것이다.

그러나 무엇보다도 왕정주의자, 전통주의자, 그리고 신新문학파를 자처해, 보수주의자들의 공격을 받는 빅토르의 관심을 끈 것은 바로 기사의 결론이었다.

뒤부아는 그 상황을 설명했다.

"특이한 점은, 정치와 종교에 있어서의 자유사상가들은 문학의 절대주의

자들이고, 아카데미에 맞서는 개신교는 거의 모두 혁신의 적敵으로서의 정당에 속해 있다는 것입니다."

그는 두 사람을 거실로 안내했다. 정월 초의 희미한 빛 아래 알퐁스 라브의 얼굴은 더욱 괴물 같아보였다.

곱슬곱슬한 금발은 아름다웠지만, 성병性病으로, 스페인 전쟁 사령관 보좌관 시절 위고 장군을 만났던 50대의 남자는 성한 구석이 없었다. 콧구멍도 입술도 없었다. 애꾸눈에다가 피부는 사나운 발톱이 죄다 일구어놓은 듯했다. 치아는 새까만데다가 그것도 부서져 있었다. 그래도 그의 말투는 다정했고 시선은 관대해 보였다.

빅토르는 이 남자가 자신을 어느 정도 아들처럼 생각한다는 것을 알았다. 라브는 『아이슬란드의 한』에 대하여 격찬하는 글을 썼다. 그는 늘 꼬마 레오폴딘느가 무서워할까봐 조심했다.

아이는 잠이 들었다. 두 손을 살포시 포개고 있는 아이는 아델에게 안겨 있었다. 빅토르는 몇 분 동안 아무 말 없이 어린 딸과 아내를 바라보았다. 그런 풍경은 매번 그를 혼란스럽게 했다.

그는 라브와 폴-프랑수아 뒤부아 쪽으로 몸을 돌렸다.

두 남자는 아이를 깨우지 않도록 나지막한 소리로, 샤를르 10세를 비난했다. 그는 5월에 랭스에서 대관식을 거행할 계획이었다. 마치 언제 혁명이 있었냐는 듯이. 또 다른 주도적인 획책이 있었다. 이민자들에게 10억 프랑을 지불하고 「타르튀프」*의 공연을 금지한다는 소문이 돌았다. 왕가의 예술 책임자인 소스텐 들 라 로쉬푸코 자작이 대부분의 조치를 단행할 책임을 맡았다. 샤토브

---

* Tartuffe. 1664년 발표된 몰리에르의 희곡. 위선적인 독신자 타르튀프의 악행과 편협한 신앙을 고발

리앙의 앙숙인 빌렐르 위원회 의장 명령에 따라 그는 사람들과 일간지 매수를 위한 '침몰 기금'을 집행할 준비를 했다.

라브는 고개를 내저었다. 위고 장군에 대해 이야기하며 스페인의 추억을 환기시켰다. 빅토르는 긴장하여 듣고 있었다.

두 남자는 그가 라마르틴느와 함께 라 로슈푸코를 통해 레지옹 도뇌르* 기사 등급 승인 요청을 위해 온 것을 알았다. 스물세 살, 이례적인 일이었다!

그래도 라 로슈푸코는 환대를 표했다. 그는 '아직 어리지만 왕정제와 종교적 감정을 의심할 수 없는 두 시인'을 위해 왕께 이 요구서를 제출하겠다고 했다. 그리고 로슈푸코는 군주가 '제단과 왕좌의 신성한 대의를 멈춤 없이 지지해온 빅토르 위고의 고귀한 노력'에 흡족해할 것이라고 믿었다.

더구나, 소스텐 들 라 로슈푸코는 위고가 랭스의 대관식에 초대받을 것이라고 귀뜸해 주었다. 샤를르 10세를 송축하고 의식을 기리는 일이었다. 여행비와 생활비는 당연히 왕가에서 충당한다는 것이었다.

그는 라브를 바라보았다. 위고 장군에 대해 그가 '극진히 다정하고 존경하는 마음'을 재확인하는 것을 들었다. 감동을 받았다. 라브는 역시 '착하고 품격 있는 친구'였다.

그는 뒤부아에게 다가갔다. 아델의 환대, 레오폴딘느의 존재에 뒤부아가 감동한 것을 알았다.

뒤부아는 알렉상드르 수메가 오데옹에서 자신이 번역한 쉴러의 『잔다르크』의 낭만주의 신념을 버리고 이미 폐기된 모든 고전극 규칙을 따라 시행했던 상연, 그 문학적 논쟁에 대해 말했다. 사실이었다. 그가 프랑스 아카데미에

---

* Légion d'honneur. 1802년 나폴레옹 1세가 전공(戰功) 군인을 위해 제정한 훈장. 현재도 국가와 사회에 공헌한 인물에 수여하고 있음.

선출되었을 때 일이었다.

"나는 중앙에 맞설 때는 통합하지만 그 나머지는 반반, 한쪽은 좌, 다른 한쪽은 우에 서 있다." 뒤부아는 평소와 같이 편지에서도 말했다.

빅토르는 동의했다. 그는 알퐁스 라브의 『러시아 사史』를 읽었다. 그는 라브의 정치적 소신에는 함께 하지 않았다. 그러나 말했다. "고품격을 소유한 남자들은 아량이 있어야 하고 또한 상대를 존중해야 한다. 설령 견해가 대립된다 하더라도."

그는 일어섰다. 라브와 뒤부아를 다시 따라갔다. 그리고 덧붙여 말했다.

"사람들은 내가 문학적 이단을 포기했다고 말합니다. 우리의 위대한 시인 수메 같은 사람처럼 말이오. 절대 그렇지 않다고 큰소리로 한번 말해 주시오. 어디에 계시든 선생은 저를 도와주시겠지요."

빅토르는 거실로 돌아왔다. 레오폴딘느는 잠이 들었다. 엄마의 젖가슴에 얼굴을 묻은 채. …

> 순수한 불꽃으로 가득 찬 아이의 두 눈을 보노라면
> 그 영혼의 고향, 낙원에서
> 방금 작별 인사를 하고 온 아이 같구나
> 순간의 환희로 빛나는 아이의 시선은
> 여전히 키메라*를 따르는 듯하고
> 그리고 자애로운 어머니에게서는
> 아기 하느님의 겸손한 어머니를 보는 듯 하구나!!126

빅토르는 행복했다.

---

* chimère. 그리스 신화에 나오는 괴물.

새해 벽두부터 그에게는 행복한 한 해가 될 것 같았다. 레오폴딘느는 튼튼하고 쾌활했다. 아델은 어려움 없이 젖을 물렸다. 주변 모두가 애정 어린 부모처럼 느껴졌다. 아내의 식구뿐만 아니라 아버지와 새엄마까지. 그는 레오폴과 그토록 가까워 본 적이 없었다. 레오폴이 그렇게 부드럽고 세심할 수가 없었다. … 그는 자신의 소망의 기도문을 써 보냈다. "단 이슬과 같은 주님의 평강이 저희에게 부어지고 있사옵니다." 카트린느는 레오폴딘느의 대모代母가 되었다. 빅토르는 아버지께 이렇게 회신했다.

"아버지께서는 저희의 따뜻하고 존경하는 마음을 아시니, 그저 모든 것을 맡기고 믿어주실 줄 압니다."

그는 으젠느에 관한 말만은 함구했다. 그는 샤랑통 호스피스의 한 방문자의 말을 기억했다. "날이 갈수록 보기 힘들 정도로 추해가는 것을 보았어요. … 호스피스 담당자들 말이 으젠느는 더 이상 치료할 수 없는 상태랍니다. 그렇다면 의심의 여지가 더 있나요. 가능한 한 속히 그가 대자연에 진 빚을 갚도록 하는 편이 낫겠지요."

으젠느는 안부를 묻는 이들에게 똑같은 말만 했다. "네, 선생님은 참 멋지십니다!"

공포, 혼란, 회한.

그러나 아델, 레오폴딘느, 레지옹 도뇌르, 랭스로의 여행, 그리고 그전에, 드디어 봄 망울이 터질 즈음, 블루아의 아버지 집에 머무르게 되었다.

그는 무엇보다도 생각해야 했다. 사는 일, 침몰沈沒이 아니다. 그리고 마침내 으젠느를 잊는 데 성공했다.

블루아로 데려가는 우편마차에서 빅토르는 졸고 있는 레오폴딘느와 애 엄마가 그렇게 예쁠 수가 없었다. "왕께서 선생을 레지옹 도뇌르 기사로 임명하고 대관식에 초대하셨습니다. 꿈같은 은총이지요." 수스텐 들라 로쉬푸코가 큰소리로 해준 말을 생각했다. 자작은 "선생은 여행 비용 천 프랑도 받게 될 것이오."라고도 덧붙였다.

기분이 넘치게 좋았다. 아버지의 집은 두 개의 과수원으로 둘러싸여 있고, 녹색 덧문이 있고, 정사각형 모양의 흰 집이었다. 아버지는 아들에게 블루아와 샹보르성을 보여주었다.

빅토르는 마음을 온통 빼앗겼다.

'요정의 성이다!'

그들은 솔로뉴에 있는 위고 장군 소유의 재산 라 밀리티에르로 갔다.

녹색으로 도배한 방에 앉았다. 벽을 꼭 메운 담쟁이는 앞에 놓인 종이에 그림자를 드리웠다. 그는 그 윤곽을 따라 자르기도 하고 그리기도 했다. 그렇게 크레용으로 종이 위에 그림자 모양을 그리며, 글쓰기가 줄 수 없는 평화로운 감정을 오랜만에 가져보았다.

그는 그 그림을 처남 폴 푸셰에게 보냈다. "이 모든 그림이 태양과 그늘에 의해 그려진다고 가정해 봅시다. 그러면 처남은 매력적인 것을 보게 될 것이오. 시인이라고 하는 광인들은 이렇게 행동하지요."

그리고는 아버지와 함께 시골길을 걸었다. 레오폴이 '레지옹 도뇌르' 순서 속의 가족 의식에서 자신을 진지하게 환영해준 데 대한 자긍심으로 흐뭇해했다.

빅토르는 레오폴이 연금 6천 프랑을 받고 명예 중장 진급 시기에 맞추어 아버지께 기쁨을 안겨드렸다고 생각했다

만사가 다 잘 풀려갔다. 따라서 5월 19일에 그 집을 떠나야 했고 가족을 그곳에 남겨둔 것을 후회했다.

파리 행, 이어서 랭스 행이었다.

그는 오를레앙에서부터 펜을 다시 잡았다. 그리고 아델에게 썼다.

"시간이 내게는 길게만 느껴지는구료. 이미 당신과 나를 갈라놓은 140리 길이 이토록 낙담을 준다오. …"

파리에서도 똑같은 슬픔, 버려진 아파트에서.

그는 푸셰 댁에 가 그들과 함께 저녁을 먹었다. 그러나 텅빈 부부 침대는 그를 절망에 빠뜨렸다.

그는 양복점을 방문했을 때 주의가 좀 산만했다. 청색 코트, 버클 달린 구두, 그리고 검을 차고 있었으니. 마침내 알렉상드르 수메는 그에게 반바지를 빌려준다! 노디에를 만나고, 여행 준비를 하고 있는 화가 알로 그리고 미술관 사무총장 카유를 만나면서 그는 유쾌한 표정을 지으려 애썼다.

같은 마차로 떠나기로 결정되었다.

그러나 빅토르가 보지라르 로에 돌아오자마자, 아파트의 침묵이 그를 압도했다. 아델에게 말했다. "평소처럼 슬프고 낙담한 채로 집에 돌아왔소. 시간이 얼마나 긴지! 그리고 그대를 본 이후로 오랫동안 무엇을 했는지 알고 싶소."

아델의 편지들은 하나도 도착하지 않았다. 최근 소식을 알지 못하고 떠나야만 했다.

랭스로 가는 도로는 새로 난 길이었다. 마차의 행렬이 끊임없이 이어졌다. '이 도로에서는 모든 물가가 비싸고 길은 온통 혼잡했다. 호스텔은 여행자로 넘쳐나고 도로는 마차로 가득 차 있었다. 맨 뒤에 따라오는 마차들은 마치 뼛조각보다 작아 보였다. 모든 것을 태우는 메뚜기 떼와 같고 … 나는 말로 표현힐 수 없이 기뻤다. 랭스에 다 와 가므로. 거기 내 사랑하는 아델의 편지가 도착해 있으리라, 그 얼마나 기쁜가?'

그는 실망했다. 랭스에는 편지가 없었다! 그는 박식하고 달변가인 노디에와 함께 도시를 찾았다. 대성당은 그야말로 위대했다. 어느 날 밤, 노디에는 4명이 쓰는 방에서 셰익스피어의 비극을 읽고 있었다. 읽으며 번역까지 하고 있었다. 빅토르는 귀담아 들었다. 놀라운 일이었다. 그는 대성당의 고딕 만큼이나 '불타오르는' 어떤 세계를 발견했다.

매일 매일, 조금씩 조금씩, 호기심과 장관壯觀, 사람들이 퍼붓는 존경의 환대 … 그는 마치 빨간 '리본'을 단 셈이었다. 슬픔은 지워져 갔다. 다들 왕을 기다렸다. 알록스는 연회장의 걸개 그림을 그렸다. 연극 공연을 관람 했다.

그러다가 드디어 아내로부터 여러 통의 편지를 받았다. … 그러나 '뒤집어졌다.' 아델이 시어머니의 태도에 대한 불만을 쏟아냈기 때문이다.

"오! 여보, 싸늘한 냉기 때문에 얼마나 고통스러운지 아시나요? 저는 너무나 사랑받아서 탈이예요. 배려에 아주 둘러싸여 있어요. … 시어머니는 저희를 쥐꼬리만큼 도와주면서 그것도 불만이예요. … 여기는 힘들어요. 도저히 남아 있을 수가 없어요. … 실은 당신도 예상치 못한 일들로 파리에 억지로 남아있다고 말해야 할걸요. …" 물론 후에 아델은 파리에서 그와 합류한다.

빅토르는 방에서 왔다 갔다 했다. 극도로 열을 받았다. 배신당한 느낌이었다. 결국 '그 여자'는 미워할 수밖에 없는 여자였다. 그는 즉시 답신했다.

"세상에, 어떻게 당신을 그렇게 따돌릴 수 있나! 아버지 집에서는 다들 내 사랑 아델에게 온통 차갑고 무관심하군! 사랑하는 나의 천사, 난 지금 화가 난 것이 아니오. 폐부 깊숙이, 그렇소, 속을 후비는 것 같소. …"

화가 머리끝까지 났다. "딴 사람들 성질이 좋건 나쁘건 뭔 상관이오? 당신이 고분고분할 이유가 뭐 있소. 앞으로도 마찬가지요! 그래도 여보, 아버지만큼은 좀 챙겨 주오. 당신을 사랑하는 분이니 말이오."

그는 레오폴에게 편지를 썼다. 일단 대관식이 끝나도 블루아에서 합류할 수 없다고 자초지종을 말했다.

대관식에 참석하면서도, 왕과 여론을 만족시킬 만한 시는 쓸 수 없을 것 같은 불안감이 들었다. 특히 '의식 행사가 아무리 열광적'이어도, 그것은 더 이상 시대적 분위기에 안 맞고 우스꽝스러운 면이 너무 많다는 생각, 이런 고리타분한 제복, 이 권력에서 밀려난, 복고풍 옷차림의 하급 관료들만 보였다.

그는 샤토브리앙에게, 의식은 인상적이었으나 왕이 대주교 발치에서 온몸으로 굽신거리는 것을 보고 충격을 받았다고 말했다.

화가 난 샤토브리앙의 모습을 보았다.

'나는 대관식을 아주 다르게 생각했소. 정직한 교회, 말 탄 왕, 교회 헌장과 복음이라는 두 지식의 원천 … 자유를 잇는 종교. 그런데 그것 대신 가판대와 퍼레이드만 있었소. 돈을 쓰는 방법조차도 모르오. 무슨 일이 있었는지 아오? 프랑스 왕과 영국 대사 간 경마 전투를 했는데 패한 것은 바로 왕이었소. … '
자작이 이렇게 말하는 듯 싶었다.

빅토르는 자리를 떴다. 샤토브리앙이 빌렐르*에게 받는 굴욕을 보았다. 힘이 없었기 때문이다.

그는 적대감이 너무 크다 보니 왕과 왕의 대관식을 선양할 자신의 능력을 의심했다. 그리고 라마르틴느는 그를 앞섰다. 그가 랭스에서 떨어져 있는 동안 『대관식의 노래』를 출간했다. 그러나 샤를르 10세는 라마르틴느가 필립 에갈리테의 시해를 암시했다고 분개했다.

빅토르는 막중한 책임감으로 짓눌리는 느낌이 들었다. 아버지에게 이렇게 썼다. "왕은 마음에 들어 하시는 것이 아무것도 없었어요. 다만 제가 지금 랭스에 있는지 물으셨습니다. 아버지, 제가 지금 어떤 위치인지를 아셔야 합니다."

6월 2일 그는 파리로 돌아갔다. 아델이 환대해주었다. 그는 아내와 레오폴딘느를 꼭 끌어안았다. 잠시 후 그는 작은 방으로 들어갔다. 스스로를 가두고

---

* Villèle(1816~1830). 프랑스의 하원의원.

글을 썼다.

그는 레오폴의 답신을 생각했다. "네 일이나 챙기거라. 절망하면 안 된다. 위대한 일이 널 기다리고 있다. 라마르틴느 선생은 출간을 너무 서둘렀다. 그리고 그가 행한 일, 내가 본 것, 모두 별것 아니었다."

빅토르는 작업을 시작했다. 그러나 머릿속에 단어가 쉽사리 떠오르지 않았다. 그는 시인에 대한 거의 공인된 기대 역할에 주눅이 들었다. 죽을 지경이었다. 결국 그는 모든 것을 내려놓았다. 그리고 다시 시작했다.

며칠 후 드디어 오드를 끝냈다. 그리고 몇 번이고 읽었다.

> 대도시들 사이의 옛 프랑크족 나라들
>
> 빛나는 교회가 하나 있었지, 우리의 모든 왕은 거기서 왔네
>
> 두 기둥이 흔들릴 정도로 위풍당당한 발걸음
>
> 십자가 앞에서 겸손해지는 법
>
> [⋯]
>
> 보라, 발맞추어 전진하는 행렬
>
> 교황은 전사들에게 샤를르 10세를 요구했네
>
> 랭스의 제단에서 보이는 프랑스 기旗 카디스 성벽에 나부끼고
>
> 공중으로 울리는 종소리, 그리고 굉음을 울리는 대포
>
> 세계 왕들 중 맏이 앞에
>
> 온 백성이 무릎 꿇었네
>
> 수천 승리의 외침이 뒤섞이며 부서지고
>
> 왕은 머리를 숙여 엎드리고 주교들은 말했네
>
> "주님, 저희를 불쌍히 여기소서!"
>
> [⋯]
>
> 오 주님! 백성이 칭송하는 왕을 영원히 지키소서![127]

그는 즉시 오드를 발행인 라보카에게 가져다 주었다. 6월 14일부터 출간해야 했기 때문이다. 그동안 일간지들은 그것을 복제하고 있었다. 아버지에게 말했다.

"이것만 성공하면 내 꿈을 뛰어넘는 것입니다. 일곱 여덟 종의 일간지가 출간했어요. 오드를 왕께 바칠 것입니다."

그는 6월 24일 샤를르 10세 앞에 섰을 때 자신이 겪은 몇몇 감정들을 이야기했다. 왕은 웃음 가득하고 자애로웠다. 이렇게 말하는 듯했다.

"빅토르 위고 선생! 선생의 아름다운 재능은 오래전에 알았소. 나는 지대한 관심을 가지고 당신의 오드를 읽어볼 것이오. 감사하오."

빅토르는 몸을 숙여 왕께 절을 올렸다. 무슨 말인지 몇 마디 하긴 했으나 후에는 기억할 수 없었다. 이렇게 중얼거렸으리라.

"폐하, 존엄하신…."

그리고 그는 알현謁見을 한 다음 날 소스텐 들 라 로슈푸코로부터 편지 한 통을 받고는 놀랐다. 랭스로의 여행을 위해 약속한 천 프랑을 지불할 뿐 아니라 500 프랑 짜리 세브르 도자기를 보낸다는 내용이었다. 그리고 무엇보다도 폐하께서는 시 낭독에서 얻은 기쁨을 입증하고자 왕립 인쇄소가 찍은 모든 활자 인쇄술을 사용하여 그 시를 재인쇄하도록 명령했다는 것이다.

왕은 『오드』 견본 500부를 선불로 주문했으니!

정말 환상의 순간이었다!

성공과 명성은 가족의 행복으로 이어졌다. 레오폴딘느는 첫걸음을 떼고 몇마디 말을 시작했다. 아델은 밝게 빛났다. 많은 친구들이 보지라르 로에 왔다.

일요일이면 사람들이 샤를르 노디에의 집에 모였다. 또한 아르스날 도서관 살롱에 모였다.

노디에는 알프스 여행 계획까지 제안했다. 샤모니에 가고, 몽블랑을 보고,

스위스에도 간다. 부인들과 레오폴딘느도 여행을 떠나는 것이다. 돈은? 노디에는 『몽블랑과 샤모니 계곡으로 떠나는 시적이고도 그림 같은 여행』이라는 제목의 이야기책으로 여행 경비를 대준다는 출판사 위르뱅 카넬을 찾았다.

빅토르는 네 편의 오드에 대한 대가로 2,250프랑을 받을 예정이었다. 그리고 라마르틴느도 이 모험에 동참하는 조건으로 4편의 「명상」에 대해 같은 금액을, 담당자 노디에 역시 동일한 금액을 받을 예정이었다.

그는 도취되어 있었다.

그는 잘 알고 지내는 출판사 대표 라드보카를 만나 「오드」 두 권의 재판과 미출간 시집 3권의 초판을 제안했다. 4,000프랑, 2년간 써야 할 작품의 양, 지불해야 할 금액은 격월 500프랑 짜리 8장의 어음이었다. 저자에게는 견본 50부를 제공하는 것이었다.

서명을 했다. 그동안 그렇게 유리한 계약에 서명한 적은 단 한 번도 없었다. 마침내, 자유로우며, 독립할 수 있다는 생각이 들었다. 미래에 대한 확신이 들었다.

그러던 어느 날 아침, 노인 라 리비에르가 찾아왔다. 그는 학교 선생이면서 가정교사, 푀이앙틴느 시절의 교수였던 사람이다. 빅토르는 자리에 없었다. 라 리비에르는 옛 제자가 돌아오기를 원했다.

후에 그는 숫자로 가득 찬 메모지를 발견했다. '1813년 6월 1일부터 1814년 12월 3일까지 으젠느와 빅토르-마리 위고 두 분의 학용품 구입에 소요된 선불 비용'이라고 써 있었다. 486프랑 80 상팀의 빚, 10년이나 되었다! 그는 화가 났다.

그렇다고 혼자서 갚는단 말인가? 불공평하다는 생각이 들었다. 물론 갚을 수도 있겠지만 그러고 싶지 않았다. 결국 필요한 것은 아버지가 대줄 것이니.

"사랑하는 아버지, 제가 이런 유類의 채권이 신성하다고 말씀드리는 것은 쓸데없는 일이에요. 우리가 아는 작은 것, 우리가 가치 있다고 여기는 작은 것, 바로 그것을, 존경하는 그 분께 빚진 것입니다. 그 분이 필요로 하는 만큼 아버지께서 서둘러 그분 요구를 들어주시리라 믿어 의심치 않아요. … 그 분은 놀라울 정도로 자상하게 10년을 기다렸습니다."

빅토르는 라 리비에르에게 200프랑을 보내기로 결심했다. "시계를 사려고 예약했어요. 사랑하는 아버지, 이 금액은 아버지께서 부담할 빚을 줄여 드리는 데도 도움이 될 겁니다. …" 잔금은 아버지가 갚을 것을 믿었다.

그러나 지난 과거가 갑자기 떠오르면서 마음이 요동쳤다. 그는 어머니와 으젠느, 그리고 뢰이앙틴느를 생각했다. 아델은 더욱 살갑게 느껴졌다. 노디에 부부를 동반하고, 아델과 레오폴딘느와 함께 알프스 여행을 하게 되어 너무 기뻤다.

노디에의 마차 뒤를 따르는 빅토르의 마차에는 아내와 딸이 빅토르와 마주앉았다. 출발하면서부터 빅토르는 그 여행은 자신의 인생의 황금기 중 하나가 될 거라는 생각이 들었다.

그들은 젊고 여름은 찬란했다. 레오폴딘느는 재잘거리고 아델은 행복으로 충만했다.

나날이 즐겁고 대자연은 흥분을 부추겼다. 빅토르는 생-푸앵에 있는 라마르틴느의 집으로 가면서 단 한 차례 속상한 일을 겪었다. 그 시인이 함께 만나는 것을 거절한 것이다. 그의 집에서 자는 대신 부르고뉴의 마콩에서 잤다.

여행을 떠난 지 보름이 지나 샤모니에 도착하여 빙해氷海로 갔다.

그는 거대한 구름 속에 갇힌 산 정상에서 눈을 떼지 못했다. 찬탄만으로는 모자랐다. 대자연의 형상들은 그 자체로 거대한 기념비, 바로크 건축물을 연상시켰다.

그는 썼다. "발 아래로는 지옥의 강이 흐르고 머리 위로는 천국의 섬이 있다.”

출판 선수금이 바닥이 났다. 온 길을 돌아가야 했다. 파리에 도착해서는 라마르틴느가 플로랑스 주재 공사관 비서로 임명된 것을 알았다.

빅토르는 그에게 헌정시를 바치고 싶었다. 라미르틴느가 작품 「대관식의 노래」의 실패로 상처를 받았을 수가 있다고 생각했다. 그는 오드를 한 편 헌정하고 싶었다. 그래야만 그 실망을 잊게 할 것 같았다. 알고 있었다. 그의 질투심. 왜냐하면 대관식 때, 빅토르가 쓴 오드만을 선정한 일, 그리고 그것이 순전히 라마르틴느를 망신을 주려고 한 일인 것을 알았다. 그런 사람들이 다 시인들이었다!

그는 썼다.

나, 내가 패배했을 때, 나는 당신의 승리를 사랑할 것이오

당신도 그것을 아시지요, 내 마음에 온통 영광인 친구,

타인의 승리는 수치가 아니오

시인이여, 내게는 시인들을 위한 노래가 늘 있지요

그리고 타인의 머리를 장식하는 월계관이

내 이마에 그늘을 드리운 적 없으니!

[…]

당신의 이름이 그들의 외침에 울려 퍼질 필요가 있소

시간은 정의를 불러오지요

폭풍이 몰아치도록 그대로 두시오

그러면 당신의 월계관이 위대해질 거요!128

라마르틴느는 신명이 났을까? 아니면 반대로 상처를 받았을까?

빅토르는 지체할 시간이 없었다.

그는 다시 쓰기 시작했다. 종종 눈이 빠져나갈 것만 같았으나 고개를 들 틈조차 없었다.

그는 프랑스 정부가 마침내 인정한 아이티 독립을 다룬 『뷔그-자르갈』 초판을 회수한 것이 오히려 기대치 않은 반향을 불러와 책 판매가 유리해졌다. 빅토르는 계좌를 다시 열었다. 돈이 필요했다. 주머니에 18프랑을 가지고 샤모니에 돌아왔다. 그런데 런던 시장이 붕괴했다. 그로 인한 금융 위기는 수많은 파산을 초래했다. 그리고 자금이 부족했다.

일을 해야 했다. 자금을 만들어내야 했다. 독립을 확인할 필요가 있었다.

그는 레오폴에게 답신을 했다. 그동안 레오폴은 무소식에 심란해하고 있었다.

"한 달 만에 소설을 썼습니다. 이것이 제 긴 침묵에 대한 변명입니다. 이 책은 카넬이 저를 위해 아주 비싼 값에 구입해 주었답니다. 돈이 필요했습니다. 단권이지만 밤낮없이 작업할 수밖에 없었던 것을 짐작하시겠지요. 저는 지금 너무 피곤하지만 애써 추스르고 있습니다. 내년에는 자유로울 수 있기를 바라면서요."

아델과 계모 사이에 존재했던 어려운 관계가 그들 사이를 소원하게 했지만, 아버지와 친밀감은 회복되고 있었다. 아무 말도 없었으나 레오폴이 이해한 것이 분명했다.

사실 빅토르는 아버지에 대한 생각을 멈춘 적은 없었다. 그리고 위고 장군과 그의 형제들이 배우였던 그 제국의 무훈武勳에 대해서도 그랬다. 아버지를 그토록 사랑한 적도, 이해한 적도 없었다는 생각이 들었다.

그리고 그는 시간이 갈수록, 그 남자가 경험한 것, 나폴레옹에 대한 충성심에 매력을 느꼈다. 그는 더 이상 예전처럼 보나파르트를 비난할 수만은 없었다. 그에게 박수갈채와 아울러 저주 또한 퍼붓고 싶었다.

> "나폴레옹께 영광! 최고의 영도자께 영광!
>
> […]
>
> 제국의 지경을 그토록 높이 쌓은 분
>
> 우린 이상적인 지구에 살고 있다는 생각 안 드는가
>
> 뇌우雷雨 소리 들리지 않는 곳!
>
> 폭풍우 소리 들리는 것은 단지 그의 발아래일 뿐
>
> 그의 머리를 치려면
>
> 벼락은 훨씬 더 높이 올라야 하리!"

동시에 그는 또 덧붙였다.

> "수치! 수치! 불행! 파문破門! 복수!
>
> […]
>
> 학살의 평원과 승리의 들판,
>
> 치명적인 영광이 메아리처럼 울리고
>
> 그것은 죽은 이들의 저주일지니!
>
> […]
>
> 그가 추락한 오랜 후에도 여전히 뿜는 연기를 보느니
>
> 넓고도 검고 굉음 울리는 박격포의 아가리
>
> 무거운 비행 하강을 위해 천구天口가 상승하는 곳… 129

아무튼 그는 자신도 모르게 영웅담의 숨결을 느끼며 그 남자의 운명에 매료되었다.

그의 아침 시절, 그는 꿈꾸는 자였으니!

그의 여정이 끝날 때쯤, 그는 사색가였으니!

그것은 그가 자신의 미친 꿈을 즐겼다는 것

보좌와 영광, 그 허상을 알았지

그런 꿈이 무엇인지 가까이 보았네

흘러간 미래의 허무가 어떤 것인지를![130]

빅토르는 자문했다. 그것이 모든 야망 있는 자의 길인가? 자신도 그들 중 하나는 아닌가?

그는 고개를 들었다. 레오폴딘느의 얼굴이 평온을 주었다.

시인이여, 틀림없이 천사를 보았소

아버지, 잃어버린 아이를 찾았어요.[131]

1826

아! 불쌍한 크롬웰! 그대의 광기가 그대를 욕망하게 하는구나

전능한 그대여 - 그대는 그대 삶에서 무엇을 했는가[132]

빅토르는 눈을 감았다. 그는 동공의 반점이 넓어지고 시야가 차츰 희미해지는 것 같았다. 그러나 정월 초에 나올 『뷔그-자르갈』 서문을 끝내고 싶었다.

그는 다시 쓰기 시작했다. 프랑스가 아이티 독립을 인정한 현재 상황을 악용하지 않도록 저항하기를 원했다.

"읽게 될 에피소드는 1791년에 발생한 생-도밍그의 노예 반란에서 구상을 얻었다. 문제는 작가의 출간을 차단할 정도의 상황을 담고 있다는 것이다."

그것을 주장해야 했다. 계약을 유리하게 하고 싶은 생각을 어떻게 고백할까? 문학이라는 직업은 작은 허구들이 필요했다. 그는 그것들을 용인했다. 결국, 중요한 것은 작품, 작품의 격을 위한 노력이었다.

그는 다시 두 눈을 질끈 감았다. 종종 소경이 된 느낌이었다. 그것이 천재天才를 위한 대가인가? 그는 호메로스와 밀턴을 생각했다. 그러나 모두 옛 시인들일 뿐, 그는 이제 겨우 스물네 살이었다!

작업실에서 글을 쓰다가 아버지로부터 편지 한통을 받았다. 걱정이 담긴 글이었다. "푸른 선글라스를 잘 쓰고, 여유 있는 시간에는 대자연의 힘에 눈을 내맡겨라. 젊은 나이에 겪는 위기가 꼭 위험한 것은 아니지만 그래도 신경 써야

할 현명한 충고다. 밀턴의 운명을 무릅쓰면 안 된다. …"

빅토르는 아버지의 관심에 감동을 받고, 『뷔그-자르갈』의 내용에 어느 장교가 한 병사를 시켜 자신의 코트를 솔질하도록 하는 이야기를 넣었다. … 군 보급품 전문 독자로서 말한 아버지의 수정 요구를 반영한 것이다. 아주 작은 부분이라도 깊이 생각하고 싶었다. 성공할 것으로 판단한 만큼 속이는 식으로 출판에 서명하지도 않았다.

3쇄를 대비했으나 결국 불안했다. 운명이 그의 수입을 박탈하기로 작정했다는 생각이 들었다. 출판사는 새로운 위기를 감지했다. 실패와 파산을 선언한 출판사 대표 위르뱅 카넬에게 뭐라고 답해야 할 것인가?

"3천 프랑을 손해 보았소. 이제 이 구멍을 메우려면 두 배로 뛰어야 하오. 끝 없는 과정과 좌절을 각오해야 할 거요."

그는 2, 3년 만에 그는 계약 전문가가 되었다. 샤토브리앙과 출판사 라보카 사이의 중재를 맡는 일에도 동의했다. 그렇게 그는 자작의 작품 총서 판권비 550,000프랑을 따냈다.

하지만 샤토브리앙이 그 금액을 다 차지하지는 않을까? 자신도 낭패 위기에 있었다.

그리고 빅토르는 돌아가는 판국에 더 이상 기대지 않는 유일한 방법은 돈을 투자하고 이자 수입으로만 사는 것, 그 수입을 파먹지 말고, 오히려 계약 건마다 성과를 내는 일이었다. 부양가족이 늘어날수록 분명히 해야 할 목표였다.

아이가 나오려 한다는 아델의 전갈이 왔다. 그러나 아델은 그에게 열정을 주지 못했다. 마치 자신이 운명의 희생양이라는 듯 무기력에 빠져 있었다.

그럴수록 그는 일을 해야 했다. 기쁨이 차오를 때도 있었다. 「르 드라포 블 랑」의 보도를 접했을 때였다. "폐하께서 빅토르 위고 선생의 『뷔그-자르갈』 견 본 25권을 왕궁 서재에 비치하도록 배려하셨다."

소스텐 들 라 로쉬푸코 자작에게 편지를 쓸 절호의 기회였다. 왕가가 지급하는 1,000프랑의 연금을 곧 인상하겠다고 한 당시 장관들의 약속을 상기시킬 기회였다.

용기있게 펜을 들어야 했다. "그때부터 4년이 흘렀습니다. … 자작님, 제 연금만 고정되어 있는 것 같습니다. 이제 인상된 연금을 받을 권리가 있지요. 그 당시야 제가 내놓을 명분이 지금에 비하면 아무것도 아니었지요. …"

그리고 현 왕권에 충성을 다해야 했다! 황제의 군인이며 자유주의자인 포이 장군 장례식에 10만 명이 모였다. 1825년 11월 말이었다! 정부가 제안한 장자 상속권에 관한 프로젝트가 의회에서 거부되고 "예수회를 타도하라!"라는 함성과 함께 파리가 꿈틀댔다. 라 카즈와 나폴레옹과의 대화에서 창안한 『생트-엘렌의 추억』은 출간되자마자 대성공이었다. … 자유주의 성향인 친구 폴 프랑수아 뒤부아의 일간지 「르 글로브」가 자기 목소리를 내자, 1월 15일자로 창간호를 낸 「르 피가로」 역시 여론 변화를 파악하지 못하는 것 같이 보이는 정부에 대해 비판을 가했다.

빅토르는 생각이 깊었다. 날이 갈수록 나폴레옹 역사에 매력이 끌렸다. 그는 작품 『두 섬Les Deux Îles』에서 이를 잘 보여주었다. 「르 글로브」가 『오드』를 출간하고 뒤부아가 극찬의 해설을 붙인 것은 놀랄 일이 아니었다.

"그것은 광기다. 말하자면 시인의 광기. 그림에서의 들라크루아 선생처럼 시에서는 빅토르 위고 선생이다. 인정한다. 젊고 예리한 힘을 사랑한다. 작품을 차갑게 비난할 수도 있지만, 실은 작품들이 저자를 치명적인 냉정으로부터 예술로 이끌어 냈다."

영웅적이고 특별한 인물이 출현하는 혁명기, 그때가 바로 시인이 영감을 길어 올려야 할 때가 아니었던가?

그는 영국 혁명과 크롬웰 관련 저서 십여 권을 모으기 시작했다. 연극 작품에서 영국 역사의 순간을 환기시키는 것은 1793년*의 비극의 나날, 왕에 대한 형 집행과 군인에 의한 권력 장악을 회상하도록 하는 방법이었다.

시나브로 극장은 돈을 벌어들였다. 다들 성과에 따라 급여를 받았다. 보마르세 덕에 일정 기간 동안 문학 작품이 팔리면서 저작권을 보장받았다.

그는 희곡을 쓰기로 마음먹었다. 크롬웰을 중심인물로 잡았다.

8월 6일 작업을 시작했다. 도시는 열기에 지쳐 있었고 아델은 배가 동산만 해서 틈만 나면 누웠다.

가을이었다. 그는 테아트르-프랑세에 근무하는 궁전 커미셔너인 테일러 남작을 만났다. 그의 연극 주제에 큰 관심이 갔다. 테일러는 노 배우 탈마와의 오찬을 약속했다. 탈마는 나폴레옹 앞에서 수차례 출연한 사람이었다.

빅토르는 흥분과 존경심으로 노인을 바라보았다. 마치 황제가 다가오는 듯했다! 탈마는 불평을 했다. 사람들이 자신을 무시한다, 배우들을 깔본다는 것이었다. 나폴레옹은 결국 그에게 레지옹 도 뇌르를 수여하지 않았다. 테아트르-프랑세를 위한 야심작도 더 이상 없었다. 빅토르는 자신의 기획을 설명하며 탈마가 열정적으로 경청한다는 믿음이 갔다. 그 희극배우는 그에게 대본을 속히 완성해달라는 요구도 했다. 10월 중순에 4막 대본이 나왔다. 그리고, 그달 19일, 탈마는 사망했다.

빅토르는 열정이 산산 조각난 느낌이었다. 대본 마무리를 후일로 미루었다. 그리고 편안하고 허허로운 삶의 소용돌이 속으로 들어갔다.

11월 2일, 아들 샤를르가 세상에 나왔다.

"사랑하는 아버지,

아델이 새벽 5시 20분 전 해산했어요. 아주 건강한 사내 아이입니다. 아델이 너무 고생해서 안타까워요. 지금 제가 침대 곁에서 편지를 쓰고 있어요. 아내

---

* 혁명군과 혁명 진압군 간의 '방데(Véndée) 전투'의 해. 루이 16가 처형됨.

가 점차 좋아지고 있긴 하지만, 아직 열이 덜 내렸어요. 말을 좀 삼가고 있으라고 했어요.

아버지, 이 새로운 존재는 대신해 온 아이예요. 3년 전 잃고 나서 저희가 그토록 고통스러웠던 작은 천사 말이에요."

며칠 후 그는 보지라르 로의 아파트 작은 방에서 친구들과 더불어 샤를르의 세례 축하 파티를 했다.

일부 작가들, 비니나 라마르틴느 같은 이들은 올 수 없었지만 빅토르는 함께 하는 것이나 진배없었다. 그는 「라 코티디엔느」*에서 막 출간한 비니의 소설 『5 군신軍神 Cinq - Mars』을 변호했다. 그는 「르 글로브」에 실린 자신도 모르는 새로운 칼럼니스트 생트-뵈브의 비평에 이렇게 답했다. 그는 비니의 실망을 생각해 그의 발랄한 문체를 칭찬하고 위로해주고 싶었다, '루이 13세 통치 아래의 음모'와 같은 작가의 급선회 표현을 칭찬하는 방법이었다. 리슐리외**의 매력적인 인물이 돋보였다.

그는 결론을 냈다. "가장 빠른 방법은 「5군신」을 모르는 이들에게 이렇게 말하는 것이다, 나는 벌써 읽었소. 좀 읽어 보시오."

그리고 비니는 이를 알고 답했다. "모두 아름답소. 하지만 딴 사람들이 볼 때는 나를 향한 아첨꾼이오. 불행한 일은, 우리들이 쓰는 것처럼 우리 자신이 생각하지 않는다고 믿는 거지요. 불쌍하오."

사나브로 빅토르는 문인의 세계를 알았다. 11월에 『오드와 발라드』 신간을 낼 때, 몇몇 친구들에게는 열렬히 환영 받을 것이고, 그를 시샘하는 사람들은 화가 난 채 삐죽거릴 것이라는 것을 알고 있었다.

---

* La Quotidienne. 1790년 설립된 왕당파 일간지. 1848년 일간지 『뤼니옹 L'Union』이 계승함.
** Richelieu(1585~1642). 추기경, 루이 13세의 총애를 받던 재상.

그는 라마르틴느 편지를 태연하게 받았다. 편지에서 그는 성실함과 신중함을 모두 보았다. "엄중한 충고이오. 더 이상 독창성을 찾지 마오! 선생 자신이 독창적으로 태어났기 때문이오. 이제는 모방 전문가에게 맡기시오. 더욱 단순함을 추구하오."

그리고 평소와 같이 우정이 넘치는 알프레드 드 비니조차도 의례적이었다. 진심보다는 습관일색의 칭찬이었으니!

분명 주변 사람들은 그의 성공에 관대하지 않았지만 『오드와 발라드』만은 금세 절판되었다. 그리고 그의 시에 감동한 낯선 이들의 편지에 스스로도 감동했다.

그리고 젊은 시인 빅토르 파비는 재능과 순발력 넘치는 기사를 앙제 지역 회보에 게재했다. 위고는 감사를 표했다. 빅토르 파비는 응대하고 나서, '새로운 것으로 평가된 낭만주의의, 그리고 그 계열의 시詩를 위한 확고한 기초를 닦아달라'고 요청했다. 중요한 것은 바로 이것! 시인과 진정한 독자 사이에 놓일, 어떠한 이면의 생각도 개입하지 않는 그러한 유대관계.

하지만 또한 '스승'의 동의를 구해야만 했다. 11월 28일, 샤토브리앙에게 작정하고 편지를 썼다.

"스승께서 격려해주신다면 더없이 기쁘겠습니다. 선생은 단순히 수석 발행인이 아니십니다. 그보다는 이 시대 가장 위대한 시인이고, 저로 말할 것 같으면 가장 모자란 … 하지만 이번 시구詩句를 천재이신 스승님의 혜량으로 받아주신다면…"

답신이 없었다. 실망이 컸다. 그리고 『오드와 발라드』 서문 몇 줄 때문에 샤토브리앙이 회를 낸 것이 아닌지 자문해보았다. 그것을 다시 읽어보았다. 작품이 너무 탄탄한 나머지, 자작의 눈에는 제자라기보다는 중견 시인으로서 서명한 것으로 보인 걸까?

그는 썼다.

"시인은 단 하나의 모델만을 가져야 한다. 바로 대자연이다. 그리고 안내자는 진실이다. 시인은 이미 쓰인 것을 가지고 써서는 안 된다. 영혼과 가슴으로 써야 한다. 인간의 손에 회자된 모든 책 가운데 시인이 톺아볼 것은 단 두 권뿐이다. 호머 그리고 성경….

어떤 면에서 우리는, 호메로스에서는 인간의 천재성, 성경에서는 하느님의 에스프리, 이 이중적 국면에서 보이는 완벽한 창조 질서를 발견했다."

1827

정신을 깨울 일! 또 다른 시대는 도래하고
프랑스, 유린당할 만큼 죽지 않았으니!

빅토르는 백지 위에 제목을 적었다. '해내야 할 희곡 작품들'

마음이 절박했다. 몇 주 후면 스물다섯이다. 벌써! 많은 인물을 무대에 올려보고 싶었다. 루이 11세 아니면 샤를르 캥, 철 가면 아니면 필립 2세, 루이 16세.

써야 할 작품 주제 목록을 작성했다. 잠시 머뭇거린 그는 덧붙여 적었다. '앙기엥 공작*의 죽음, 보나파르트의 변명.'

스물다섯 나이, 그러니까 1793년 12월, 보나파르트는 이미 툴롱을 점령하고 장군의 반열에 오르는 영광을 얻었다. 몇 달 후 로베스피에르는 처형대에서 목이 달아났다.

혁명의 시대, 극단의 시대.

그는 이미 쓰기 시작한 『크롬웰』, 혁명을 환기하는 작품 철을 열었다. 한 장 한 장 넘겼다. 노트해놓은 것들이 빼곡했다. 대본을 희곡으로 꾸미는 새로운 형식의 일종의 선언문을 만들어야 했다.

언제 끝낼 수 있을까?

새해 벽두, 혼란스러웠다. 20일 동안 겨우 서른네 귀절 밖에 쓰지 못했다!

---

* le duc d'Enghien(1772~1804). 부르봉 가의 일원. 영국을 돕고 프랑스에 대항하다가 처형됨.

그래도 그는 몇 달 전 시작한 「에이미 롭사르트」*대본을 잘 끝냈다. 16세기 영국에서 엘리자베드 여왕, 레이터 백작이 진陣을 치고 있었다. 여왕은 에이미를 좋아하는데 고백을 하지 못하고 있다. … 빅토르는 이 대본은 서명하지 않은 채 오데옹 극장 대표 토마 소바주에게 넘기기로 결심했다. 마치 아델 오라버니 폴 푸셰의 작품인 것처럼 하여.

당시 그 작품을 가지고 민낯으로 나아간다면, 사람들은 대본을 들어보지도 않고 시나브로 새로운 문학 세대의 기수로 떠오른 자를 해치우기 위해 단죄하리라는 것을 그는 확신했다.

그에게는 이미 적이 많았다. 강한 자세로 그들을 맞설 수밖에 없었다. 『크롬웰』이 그것이었으리라. 그저 평화의 에스프리를 견지하고 싶었다.

그는 일어나 아델의 방으로 갔다. 그녀는 잠이 들어 있었다. 피곤한 얼굴이었다. 잠자는 중에도 권태의 표정이 역력했다. 입가에는 주름이 깊게 패어있었다. 레오폴딘느도 어여쁘고 평온하게 잠이 들었다. 허리를 숙여 샤를르가 노는 요람을 들여다보았다. 아들 숨소리는 정상이었다.

그는 방에서 나왔다.

그리고 '하느님께서 도우셔서 아들이 살았습니다.' 혼잣말을 했다.

수일 동안 아이 때문에 부부는 고통 그런 고통이 없었다. "저희 갓난애한테 위염이 닥쳤어요, 10주 만에 잃을 뻔했어요." 트레뷔셰 숙부에게 말했다.

그는 과연 새롭게 닥친 운명을 감당해낼 것인가?

아무튼 하느님은 그가 유념하길 원했다. 위고는 글을 써야 할, 하느님이 자신에게 부여한 에너지와 사상을 발산해야만 하는 일종의 소명으로 느꼈다.

'지금이다. 아들이 위험을 벗어난 것을 알았다. 전진해야 한다. 속히.'

---

* Amy Robsart(1550 - 1560). 영국 제1대 레스터 백작 로버트 더들리의 부인.

정월 이튿날 그는 「르 글로브」에서 「오드와 발라드」에 기고한 두 편의 긴 기사를 읽었다. 유보조항도 발견했다. 필자 생트-뵈브는 거듭 언급했다. "시詩에서도 마찬가지다. 폭력만큼 위험한 것은 없다. 폭력이란 일단 허용되면 그것은 온갖 빌미로 악용된다." 그러나 동시에 생트-뵈브는 덧붙였다. "단 스무 행의 시구지만, 자연스러움과 운율에 완벽하다. … 이 스무 행만으로도 사유思惟를 채색하는 데 전혀 고갈되지 않는다는 점을 우리는 알아야 한다."

빅토르는 그 두 기사를 곱씹어 읽었다. 그 논객은 대부분 비평가와 대조되는 미묘하고 정교하며 박식한 사고를 지니고 있었으며 그 음조를 이어주는 「르 글로브」에다 기고했다. 위고는 기사 덕분에 자신의 청중이 늘어가는 것을 알았다. 더 이상 그는 왕정주의들과 과격파들을 다루는 작가가 아니었다. 자유주의자들이 그를 환대했다.

그는 생트-뵈브를 알고 싶었다. 그리고 이 스물세 살의 집필자가 보지라르로 94번지에 살고 있다는 사실을 「르 글로브」에서 보고 알았다. 그는 그곳으로 가 그를 찾았으나 만나지 못했다. 하지만 이튿날 생트-뵈브는 바로 나타났다.

오, 그렇게 괴상한 사람일 수가! 축 늘어진 얼굴, 무표정한 얼굴, 엄청나게 큰 코, 바짝 붙은 턱, 붉은 머리칼이 머리를 감싸고 있어 작고 가느다란 몸에 비해 거대해 보였다. 그는 낯설어했다. 아델에게 빠른 시선을 보냈다. 그리고 자신이 시인이라고 했다. 그러다가 차츰 활기를 띠고 똑똑하게 말했다.

빅토르는 반했다. 그는 시에 관한 자신의 생각을 말했다. 생트-뵈브는 품격 있는 존경심을 가지고 경청했다. 마치 그는 차례 자세의 초등학교 학생처럼 굴었다. 그는 자신의 시들을 보내면서 이렇게 밀했다.

"이 시들은 아무에게도 보여주지 않았소." 그는 분명히 했다. "그러니 그것들을 친구의 신뢰로 보기 바라오."

그리고 그는 아델 앞에서 굽신거렸다.

생트-뵈브는 자기 시들을 보냈다. 위고는 읽었다. 민감한 영혼으로부터 나온 작품들이었다.

"속히 오시오, 선생." 편지를 썼다. "나는 당신이 시인인 것을 금세 알아보았소. 나는 나의 혜안에 대한 긍지가 있소. 그만큼 높은 수준의 재능을 알아본 것이 기쁘오. 어서 오시오. 할 말이 너무 많소. 아니면 알려주시오. 어디서 당신을 볼 수 있는지. 친구 빅토르 위고."

생트-뵈브가 다시 왔다.

종종, 빅토르는 하루에 두 번이나 그를 보는 것이 놀랍고도 기뻤다. 조신하고 자상하고 처신했다. 행복감을 느꼈다. 게다가 시인으로서 우정과 사랑과 찬탄에 둘러싸여 있다고 느끼는 세나클에 들어간 것은 영광이었다.

한편 보지라르 아파트는 두 아이, 가정부, 그리고 그 작은 거실에서 만나는 친구들 하며 한 가족이 쓰기에 너무도 옹색했다.

빅토르는 새로운 규모의 집을 물색했다. 그리고 노트르-담-데-샹 로 11번지에 있는 계단이 있는 집을 찾았다. 드넓은 정원으로 둘러있고, 그 끝으로는 작은 연못을 가로지르는 다리가 놓여 있었다. 현관문을 나가면 곧바로 뤽상부르 공원에 닿았다. 전원이 멀지 않았다. 일단 보지라르와 몽파르나스 울타리만 넘으면, 들판 그리고 농장이다.

나이 든 집 주인은 1층을 세놓았다. 그들은 상냥하고 자상한 이들이었다. 정원도 자유로이 쓰게 했다. 빅토르는 아이들이 뛰노는 것을 보며 푀이앙틴느를 회상했다.

그는 비니, 노디에, 뒤부아, 생트-뵈브 그리고 조각가 다비드 당제를 소개해준 젊은 빅토르 파비를 초대했으며, 종종 무리를 지어 노트르-담-데-샹 로를 떠나 방브 울타리 너머 소게Sauguet 아주머니의 카바레에 갔다. 다들 자유를 만끽했으며, 청년들 틈에서 놀았다. 샤를르 노디에는 나이 50에 마치 조상祖上처럼 보였다! 백포도주를 마시고, 치킨 혹은 오믈렛을 먹었다. 시를 말하고, 각자의 비전을 말했다.

종종 형 아벨이 그 모임에 합류했다. 약혼자 쥘리 뒤비달 드 몽페리에와 함께 왔다.

빅토르는 그 젊은 여자에게서 눈을 뗄 수가 없었다. 파리를 지나 랭스 지방의 블루아에 혼자서 간 일이 있었다. 그 때 그녀는 아델의 미술 선생님이었다. 그리고 레오폴딘느의 인물사진을 몇 차례 그려주었다. 빅토르는 그녀와 더불어 그림과 화법에 관한 이야기를 나누었다. 화가 아쉬유 드베리아와도 친분을 맺었다. 그 사람은 「오드」를 쓸 때마다 표제를 새겨준 이고, 그 역시 아델과 자녀들을 모델로 삼곤 했었다. 그 화가의 제자 루이 불랑제와 함께 노트르-담-데-샹 로에 간 적도 있었다. 그 때 빅토르는, 희곡 작품들의 무대장식을 제안한 그 젊은 화가의 말을 받아들였다. 맨 나중 으젠느 들라크루와의 검토를 거쳤다. 빅토르는 그 사람에게 「에이미 롭사르」의 의상 데생을 부탁했다.

레오폴은 종종 저녁 초대를 받았다. 그는 수시로 파리에 왔다. 아벨이 살던 기숙사 내부 무시외 로 9번지에 세 들어 있었다. 레오폴은 수다쟁이였다. 그는 어떤 은행가와 인연이 있었는데 아벨을 '신용보증 상호 진보 회사'에 넣었다. 수입이 엄청나다고 장담했다.

빅토르는 체격 좋은 홍안紅顔의 사내를 놀랍고도 살갑게 쳐다보았다. 그 남자는 자신의 새로운 활동에 관한 말을 멈추고는 라 그랑 다르메의 원정 이야기를 꺼냈다. 빅토르는 경청하며 그의 남자다운, 영웅적이고 열광적인 모습에 반했다.

또한, 1월 24일, 오스트리아 대사 영접 행사가 있던 날, 수위는 솔트, 맥도날드, 모티에, 우디노에게는 귀족 칭호를 붙이지 않았다. '기병 장교'일 뿐 달마티 공작, 타랑트, 트레비즈, 레지오 같은 공작들이 아니었다. 창피하고 질겁한 이는 아버지라는 생각이 들었다. 그는 몇몇 일간지들이 표현하는 분노를 공유했다.

그는 다시 작업에 착수했다. 행동하며 글을 쓰는 느낌이 들었다. 자신의 울렁거림을 들었다. 언어에 사로잡혔다. 자신의 있는 그대로 모든 것을 표현했다. 자신의 유년과 자신의 견해들.

그는 방돔 광장의 원기둥을 상상하며 말을 걸었다.

> 오 복수에 불타는 기념비! 잊을 수 없는 전리품!
>
> [···]
>
> 대 제국과 대 육군의 잔해들
>
> 원기둥, 소리 높여 명성을 말해주는!
>
> 나 그대 사랑하오, 이방인이 두려워 떨며 그대 존경하오
>
> 승리로 아로새긴 그대 옛 영웅들을 나 사랑하오
>
> 그리하여 이 모든 영광의 유령들
>
> 그대 주위에 운집한.

그는 왕정王政을 부인하지 않았다. ···

> 앙리의 청동에 내 자존이 그대와 혼인하니
>
> 그대 둘 모두 보고 싶소, 조국의 영광이니···
>
> [···]
>
> 나 이해하오, 기억도 없이 우리를 믿는 이방인은
>
> 한 장 한 장 우리의 역사를 찢기를 원하는구나
>
> 날카로운 철 펜, 피를 찍어 쓴 역사를
>
> [···]
>
> 정신을 깨울 일! 또 다른 시대는 도래하고

프랑스, 유린당할 만큼 죽지 않았으니

[…]

전군이 무장하고, 방데는 날카로운 검을 벼리는구나

워털루의 돌 위에서

[…]

나는 침묵할 자! 한때 취해 살던 자

내 이름 작센, 전투의 함성에 융해되어버린!

나로다, 나부끼는 승리의 깃발을 따른!

누구인가, 나팔 소리에 합류하여 가닥가닥 끊어진 내 음성

검劍의 황금 매듭을 매만지던!

나였도다, 어린아이 시절에도 군인이었으니!133

그는 잠잠하니 반동反動의 때를 기다렸다. 그는 그 시가 부딪는 반향에 당황하지 않았다.

2월 9일, 「르 주르날 데 데바」가 이 시를 발표했다. 일상 내내, 허구한 날, 『오드』를 가지고 논평들을 해댔다. 「르 글로브」의 자유주의자들은 적대적이었다.

빅토르는 어깨를 으쓱거리며 갸웃거렸다. 자유주의자들, 새로운 문학 사조에 열려있는 이들은 제국의 위대성을 이해하지 못했다. 영웅주의에 민감하지 못했다. 일부 왕정주의 일간지들의 비난에 더 이상 놀라지도 않았다. 일간지들은 배신낭했나고 생각했다. 그러니 그는 『오드』에 이렇게 썼다.

우리 부르봉가는 언제나 승리를 얻어 냈네

우리의 왕들은 섬뜩한 원수로부터 그대를 보호했지

오 전리품! 그들의 발 앞에 그대 손바닥이 놓이고

만일 그대의 네 마리 독수리가 휴식할 때

그것은 국왕기 백기의 그늘 아래 있는 걸세.134

그러나 필시 그들은 자신들 속에 내재된 불꽃, '보나파르트주의자들'이 환호했던 불꽃을 싫어했다.

2월 10일, 그를 신나게 만든 익명의 평론 「판도라」를 읽었다. 아버지가 그 필자인 듯했다. "지금 우리의 언어는 그의 언어이다." 그 논객은 단언했다. "그의 종교는 우리의 종교가 되었다. 그는 오스트리아의 굴욕에 분개했다. 그는 이방인의 위협에 시달렸다. 그리고 방돔 기념비 앞에 서서 이 시대인들에게 이 운동을 회상하는 성가를 불렀다. 후렴과 합창곡은 우리 전사들이 제마프*에서 반복해 불렀다. …"

그는 자유주의 철학자 빅토르 쿠쟁을 만났다. 그는 빅토르를 얼싸안으며 그렇게 말했다.

위대한 시민에게 경의를!

빅토르는 해방되었다. 그것은 마치 분열된 당黨들이 그와 혼연일체 되어 향후 더 이상 떨어질 수 없는 것과 같았다. 그리고 그는 더욱 큰 힘을 받아 『크롬웰』 종장을 쓰기 시작했다.

그는 툴루즈 호텔의 드넓은 살롱 안에 있는 장인댁에 친구들을 초대했다. 다양한 단막들을 읽도록 하고 싶었다. 거기에는 생트-뵈브, 노디에, 파비, 비니, 그리고 구석에 알퐁스 라브가 있었다. 다음 날 저녁에는 또 다른 친구들을 초대했다. 자기 연극 대본을 큰 소리로 읽고, 응수하는 소리들을 듣고, 맞장구를 얻어냈다.

---

* Jemmapes. 1792년 11월 제마프 전투에서 오스트리아 군대를 뒤무리에 장군이 섬멸함.

그는 생트-뵈브가 중얼거리는 말을 들었다. "부드럽게 하기, 녹여 넣기, 생략하기 등 몇 가지 부수 작업만으로도 선생 작품은 완성이오. 아름다운 작품이 아닌, 이미 존재하는, 걸작이오."

그는 위로를 느꼈다. 대본에 가구라든지 등장인물이 너무 많아 공연이 힘들어도 사실 여론이 기대하는 것은 바로 이런 외적인 표방이었다. 대본은 오데옹과 파바르 극장에서 셰익스피어를 연기하기 위해 온 영국 배우들에게 박수를 받지 않겠는가? 그러니까 「르 글로브」에서는 찬사 가득한 기사를 오텔로, 로미오와 줄리엣, 햄릿의 공연에 할애한 것이다.

시간이 되었다.

빅토르는 오데옹 독본 위원회 앞에서 「에이미 롭사르」를 읽는데, 극장에 통과된 대본은 폴 푸셰의 것이라고 거듭 설명했다. 실은 숨기고 싶었다. 『크롬웰』 출간으로 '깜짝'을 더 잘 준비하기 위해서였다.

그는 집결 신호가 될 서문을 썼다. '사고思考의 세관원'에 도전한 셈이었다.

"무엇보다도 파괴해야 할 것은, 바로 낡고 가식적인 취향이다. 이로 인한 현대문학의 녹을 벗겨내야 한다. 물어뜯거나 탈색시키는 것은 헛일이다. 그는 젊고 냉정하고 힘 있는 젊은 세대에게 말했다. 그러나 그들을 이해하지 못했다. 18세기의 꼬리는 19세기에도 여전하다. 하지만 우리는 그렇지 않다. 보나파르트를 보았던 젊은 우리는 그 꼬리를 달지 않았다."

그는 생각했다. 그러므로 상황은 명확했다. 여론의 움직임과 일치된 느낌이 들었다.

그는 종종 나비드 딩제 혹은 빅토르 파비와 함께 파리를 산책했다.

생트-뵈브를 만났다. 빅토르를 좀더 수월하게 만나려고 자신도 노트르-담-데-샹 로 19번지로 이사 한 사람이었다.

군중의 고함소리를 들었다. 소위 '정의와 사랑의 법'으로 일간지 통제 시스

템을 만들려 한다는 비난을 받은 장관들을 야유하는 소리였다. "언론의 자유를! 예수회 타도!" 그러나 샤를르 10세는 격분하여 국민 위병을 해산하고 일사분란한 검열위원회를 만들었다.

왕으로서는 어떻게 국가가 자신을 축출하려 한다는 생각을 하지 않을 수 있을까? 10만 이상의 시위대가 페르-라셰즈 공동묘지를 점거했다. 자유당 마뉴엘 의원이 묻힌 곳이었다. 파리가 온통 진동했다. 그리고 빵값은 천정부지로 올랐다.

빅토르는, 반대파들이 그 조직으로 몰려들고 있다고 투덜대는 라브의 목소리를 들었다. "하늘은 스스로 돕는 자를 돕는다." 그들은 더 많은 성공 가능성으로 선거를 치를 수 있게 되었다. 샤를르 10세가 방금 하원을 해산했기 때문이었다.

그는 무엇을 바라는 것은 무엇인가? 더 강한 여당?

11월 24일, 그는 250석을 확보하고 사사건건 반대하는 야당에 비해 그를 지지해줄 200명의 하원의원이 있었다!

빅토르는 『크롬웰』의 마지막 대사를 읽고, 검토하고, 마무리했다.

당시 사회는 그가 쓴 것, 부르짖고자 하는 것을 필요로 한다고 생각했다. 그리고 자신 안에서 그것이 막 올라오는 것을 느꼈다.

그는 그레브 광장을 가로질러 갔다. 형틀이 다시 세워졌다. 그는 망나니가 처형대의 칼을 갈고, 여러 번 떨어뜨리기도 하고, 나무의 홈에 기름을 바르는 것을 보았다. 열여덟 살 여자 친구를 죽인 스무 살 먹은 불쌍한 청년 울바흐에 대한 처형이 단번에 성공하도록 하는 행동이었다. 빅토르는 그 죄수에 관한 모든 것을 읽었다. 그리고 그는 삶, 환상, 사랑의 범죄, 울바흐의 회심을 보며 '통째로' 뒤흔들렸다.

죽음에 바쳐진 그 남자의 운명을 주제로 생각한 것을 언젠가는 표현해야만 했다. 혹은 감방 사슬에 묶인 사람들 이야기. 그는 다비드 당제와 함께 툴롱으로 떠날 죄수들을 수갑 채우는 곳 비세트르에 참관하러 갔다. 그는 지하 감옥을 톺아보면서 어깨로 떨어지며 스미는 축축한 돌의 습기를 느꼈다.

후에 그는 그 죄가 많아 고통받는 인간에 대해 쓰게 된다.

그는 날이 갈수록 인간들의 고통에 충격을 받고 천착했다.

빅토르 파비, 다비드 당제 같은 젊은 시인, 예술가들이 그와 연을 맺게 된 것도 필시 이런 연유에서였으리라. 실제로 그들은 그에게 말하곤 했다. "강렬하며, 태고太古적인 그대 영혼을 사랑하여." 그는 스위스의 한 젊은, 병자病者 시인 얌베르 갈루아를 만나게 되었다. "선생을 사랑하지 않고는 선생을 안다는 것은 불가능하군요." 갈루아가 말했다. "선생은 내가 알고 있는 최고의 남자이십니다."

바로 그 신뢰, 그에게 내려진 그런 평들, 위고는 그것을 자신의 임무로 받아들였다. 저버릴 수가 없었다. 스스로 높이 앙양되어야 했다. 아무리 큰 대가를 치르더라도.

그는 『크롬웰』 원고 맨 앞에 서명했다. "나의 아버지에게 바친다." 그리고 대본을 인쇄에 넘겼다.

12월 6일, 생각지 못한 사건이 터졌다. 「르 글로브」는 출판사에다 잡지 전체를 『크롬웰』로 '도배하도록' 할애했다!

빅토르는 생트-뵈브가 대본에 대한 분석과 비평 두 장편 논문을 싣기로 한 것을 알았다. 그러나 「르 글로브」는 끝내 게재하지 않았다!

"프로자이스트*들은 나한테 품은 앙심이 있지." 그는 두런거렸다. "철학자들까지도 똑같은 옹졸한 불관용을 보라. 소위 민주주이자라 하는 것들이 하는 가위질 좀 보라."

그리고 그는 격정으로 쓴 편지들을 받았다.

---

* prosaïste. 문학에서 산문의 독점권을 주장하는 학파.

"불멸의 저서다." 비니는 이렇게 썼다. "어마무시한 작품이다. 『크롬웰』의 물결은 우리 시대 모든 현대 비극을 덮고 있다. 그 작품이 극장을 점령하게 되면 거기서 혁명이 일어날 것이다. 그리고 문제는 다 풀릴 것이다."

이런 기대에도 불구하고 공연의 기회는 거의 없었다. 결국 다른 방안을 모색해야 했다. 처녀 '공략', 파고들 틈새 개척을 생각해야 했다.

보나파르트의 힘을 생각했다.

> 거기, 나는 보았네, 순식간에 포탄을 발사하는 곳
>
> 거기, 왕을 시해한 자의 이름으로 민중을 학살하는 곳
>
> 거기, 군인이여, 그들 권력을 찬탈하는 선동가들
>
> 거기, 밤샘으로 쇠약해진 젊고 자랑스러운 영사
>
> 경이驚異로 가득 찬 제국의 꿈들
>
> 길고 검은 머리칼 밑에 창백한… 135

그러나, 『크롬웰』의 반향은 미약했다. 그리고 그가 표현할 만한 자아의 통일은 「방돔 광장 원주 기둥에서의 오드」 속에 실었다. 일종의 우울을 종종 겪으며.

그동안 아델이 품어온 우울인가? 그녀는 지난 10월 엄마를 잃고 그동안 뼈를 때리는 고통을 겪고 있었다.

쥘리 뒤비달 드 몽페리에와 아벨의 혼인의 기쁨은 어느덧 희미해지고, 으젠느의 부재 또한 그의 광기의 감옥 안에 끝내 유폐된 것인가?

이제 가족 파티, 연회, 만찬도 지치고 권태마저 밀려왔다. 가족 모임에는 늘 백 명, 이 백 명, 사람들이 들끓었다.

그의 눈에는 행복하고, 자랑스러운 아버지가 어른거렸다. 그리고 보나파르

트를 다시 생각했다.

> 항상 그를! 온 누리에 그가! 뜨겁거나 차갑거나
> 그의 이미지는 끊임없이 내 생각을 두드리며
> 내 영혼에 창조적인 숨을 불어넣는구나
> 나는 떨고 있네, 내 입 가득 말은 넘쳐흐르는데
> 태산 같은 그의 이름, 아우라에 휩싸인 채
> 내 시구詩句 속에서 드높이 용솟음치니.136

쥘리를 쳐다보았다. 형수가 된 여자였다. 아름답고 광채가 나는 여자였다.
그는 탄식했다.

> 그대는 우리의 사람이었소, 당신의 운명이었소
> 아무도 그대를 그로부터 면케 할 수 없었소
> 그렇소, 제단의 음성이 그대를 내 누이라 부를 것이오
> 하지만 그것은 내 마음속 음성의 메아리일 뿐
> 내 마음은 이미 나를 그대 형제라 부른 것이오.137

그는 눈을 돌렸다. 엄습해온 불안을 감추고 싶었다.

1828

오! 구름의 날개 위로

달아나게 해다오! 달아나게 해다오!

빅토르는 누굴까 궁금했다. 1월 29일 수요일 오밤중이었다. 노트르-담-데-샹 로의 집 현관문 초인종을 울리는 이가 있었다.

남자는 숨이 넘어가는 듯 했다. 문간에 미동도 하지 않은 채 서 있었다. 머리를 흔들더니 따발총을 쏘듯 말하는데 말끝마다 툭툭 끊어지는 음성이었다. 마치 할 말을 속히 하고 얼른 잊고 싶다는 듯 했다.

"말씀을 전하러 왔습니다. 선생 아버님께서…"

잠시 멈칫했다가는 다시 입을 열었다.

"위고 장군께서 소천 하셨습니다."

빅토르는 숨이 턱 막혔다. 누군가 목구멍과 아랫배를 갈기는 듯, 망치로 한 대 얻어맞은 듯 했다. 입을 열었다. 울부짖고 싶었다.

무쉬 로에서 아버지와 함께 저녁을 먹고 헤어진 것이 불과 한 시간 전이었다. 분명 아버지는 즐겁고 행복해 보였었다. 아버지의 장래 계획에 관해 자세히 들었었다. 그리고 『크롬웰』에 지면을 온통 할애한 「르 글로브」 특집호 이야기를 아버지로부터 들으며 감격했다. 빌렐르에서 마르티냑으로의 내각 교

체 이야기며, 자유주의자들과 화해하고 과격왕당파와 합심하여 여당 창당 시
도를 위한 의회 신임 의장의 첫 행보에 관한 이야기며 … 빅토르는 자신의 출
판의 전망에 대해서도 물었다. 일간지들을 짓누르고 예수회와 수도회를 압박
해온 온갖 제한 조항을 미르티냐이 깨끗이 삭제할 거라는 말을 아버지는 되풀
이했었다. 이제부터 젊은이들이 아버지 자신처럼 자유로이 살아가리라는 말
까지!

헤어지면서 부자父子는 따뜻이 포옹 했었다. 레오폴은 건장했고 얼굴에 홍
조를 띠고 있었다.

그리고 그는 보았다. 무쉬 로에 있는 방으로 돌아온 아버지. 아버지는 빳빳
한, 핏기 없는, 셔츠 깃 단추가 풀린, 두 팔이 동여매인 한 구의 시신일 뿐이었
다.

침대 곁에 서 있던 주치의가 말했다. "장군께서는 급성 뇌출혈로 사망하셨
습니다. 사혈을 시도했지만 소용없었습니다."

죽음.

빅토르는 고아가 되었다. 형 아벨을 향해 몸을 돌렸다. 그리고 으젠느를 생
각했다.

그는 즉시 움직였다. 그는 사망 신고서에 서명을 하고, 부음을 통고했다. 추
후 그는 위고 남작이 되었고, 아벨은 위고 백작, 으젠느는 자작이 되었다. 그는
아버지 약식 전기를 썼다. 1월 3일 외교관 교회에서 거행될 장례에서 낭독할
예정이었다.

"조셉-레오폴-시기스베르 위고 백작은 삼십 세에 자원한 군인이었으며,
1790년에 장교로 임관했도다. 영예로운 혁명전쟁은 그가 검으로써 그의 새로
운 지경을 얻는 것을 보았으니, 그의 이름 찬란한 제국의 역사의 페이지에 기

록되어 후대 수세기를 전승하리니."

그는 아벨과 함께 추도식을 진행했다.

아버지의 시신은 사두四頭마차에 실렸다. 그리고 오색 깃발의 휘장으로 덮어졌다. 마차 뒤로는 장례 사열병들, 그리고 적잖은 수의 수비대 행렬이 이어졌다.

"위고 백작은 빛나는 150명의 장군 중 한 분이었습니다. 명命에 의해 숭고한 검을 거두었을 때 포이 장군은 백작께서 면직을 명받는 순간 웅변적으로 애도를 표했습니다. 2년 전 현역군인에서 해제되었으며, 이제는 죽음으로써 이승으로부터 말소되었습니다." 라살 후작이 조사를 읽는 동안 빅토르는 눈물을 흘리지 않았다.

그는 앞으로 나아갔다.

그는 원고 낭독이 진행되는 것을 들었다. 후에 한 공화주의자, 한 보나파르트주의자의 대본이 될 수도 있는 원고. 하지만 그것은 단순히 아들로서의 예도禮道였다.

그의 가슴을 깊이 두드린 문장을 2월 8일자 「르 주르날 데 데바」에서 읽었다. "위고 장군은 아들들에게 자랑스러운 이름을 남겼다. … 적어도 그는 영광스러운 이름 영광스럽게 선포되어 확실한 위안을 얻고 갔다. 빅토르 위고 선생, 『크롬웰』의 저자, 그가 바로 장군의 자녀들 중 하나다."

그는 그 기사를 쓴 사람이 라브의 친구 알퐁스 라브인 것을 알았다. 빅토르 파비에게 말했다. 그를 애써서 위로했다.

"세상에서 저를 제일 사랑해주셨던 분을 잃었습니다. 품격과 인격을 갖추셨던 분입니다. 저에게 늘 자긍심을 갖도록 하셨어요. 저에게서 눈을 떼신 적이 없는 아버지이십니다."

그는 돌아가신 아버지 앞에서 자신의 삶에 대한 책임감을 느꼈다.

한편 그는 받은 상처가 너무 깊어 영원히 아물 수 없다는 것도 알았다. 어머니의 죽음, 첫째, 어여쁜 레오폴의 죽음, 으젠느의 이성의 죽음, 이런 것들이 응어리져 가슴에 커다란 구멍을 뚫어놓았다. 어느 한 가지 추억만으로도 금세 고통이 몰려왔다. 일몰의 장엄한 풍광마저 이를 부추겼다.

종종, 파비, 노디에, 생트-뵈브, 혹은 비니 같은 친구들과 함께 몽루즈와 방브 너머, 시골까지, 무엇보다도 여름의 길고 긴 석양이 끝없이 펼쳐질 때, 끝내 지평선 너머로 사라지는 태양을 바라보며, 눈을 크게 뜨고 있으나, 맹인처럼, 자아를 잃은 듯, 움직이지도 않은 채 서 있곤 했다.

후에 그는 『석양Soleils couchant』을 환기시키며, 불안과 자신을 치는 운명을 회피하고 싶은 욕망을 썼다.

오! 구름의 날개 위로

달아나게 해다오! 달아나게 해다오![138]

어두운 한해였다.

조각가 친구 다비드 당제가 대로에서 폭행을 당하고, 결국 죽었다. 당시 빅토르는 자신의 프로필을 그리기 위해 포즈를 취하고 있었다. 정월 초였다. 빅토르는 죽은 친구 곁을 밤낮 지켰다. 친절하고, 재능이 넘치던 친구, 그렇게 죽음은 늘 그의 곁을 어른거렸다.

죽음은 원로 아카데미 회원 프랑수아 네프샤토를 또 덮쳤다. 비토르는 자신의 천재天才를 알아준 그를 기억했다. 열다섯 살 어린 나이에 처녀 시詩를 썼을 때였다.

연이어 숙부 푸랑수아-쥐스트 위고도 죽었다. 마치 그의 형을 오래 지켜주지 못해 떠난 것처럼. 그런 것만 같았다. 이제 숙모를 챙겨야만 했다.

곁에서 맞는 죽음들은 빅토르 자신마저도 진흙탕 같은 과거로 끌고 들어갔다.

빅토르, 절망 상태에서, 아버지의 서류들을 뒤졌다. 그 착한 분이 자녀들 어머니를 그토록 미워했다는 것이 가능한 일이었을까?

스물여섯 살, 위고는 겪었다. 부모의 상심傷心을 고스란히 몸으로 겪었다.

그는 으젠느나 자신이나 '아주머니'라고 부르던 사랑받지 못한 숙모, 고통 Goton의 비참한 모습이 눈앞에 아른거렸다. 그녀는 늘 까다로운 성미였다, 게다가 위고 백작에게 기대야 했다. 후사를 얻고 싶은 '여자', 과부였다. 서로가 감당할 몫이 있다는 것을 강조해야 했다. 불평하고 무시당했다고 여기고, 이것저것 망각하고 있는 숙모에게 말해주어야 했다.

"아버지가 연루된 한 때의 온갖 괴로운 추억들은 더 이상 꺼내지 마셔요. 모두가 아버지의 운명이고 아이들 운명이잖아요. 그 때문에 우리가 사랑하지 못했나요? 이제 우리 모두가 견뎌야 할 공동 운명입니다. … 함께 감수해야지요. …" 그렇게 써놓았다.

그러나 알았다. 아벨이 받아들이지 않는다는 것을. 그는 레오폴의 서류를 정리하고 나서는 확인했다. '트레뷔셰 숙부는 어머니에게 빚쟁이였구나.' 숙부는 자기 누이 소피의 아들들에게 2천 프랑을 빚졌다! "이 모든 것을 글로 남기는 것은 빅토르 네 몫이야." 아벨은 되뇌곤 했다.

빅토르는 결행했다. 해야 했다. 그 상황에서 그를 압박하는 '시급하고 과도한 숙제'에 대해 말했다.

"저는 그저 무능한 시인이었습니다. … 제 무관심으로 상황은 악행 수준까지 갔고요. 분명 이 점에 있어 솔직한 기억을 부탁드립니다. 솔직히 이 사건은 그냥 덮고 갔으면 했어요. 이미 가려졌던 것처럼요. 하지만 아버지 빚쟁이들은 줄지어 변제를 기다리고, 가족은 늘어나고, 게다가 불쌍한 으젠느의 이자는 너무 많아 도통 잠이 오지 않아요. 세상에 이처럼 절박한 일들이 있을까요. 아벨과 마찬가지로 간곡한 호소를 드리지 않을 수 없습니다. 숙부님 자녀들은 계속 늘어나는데 의무는 되레 줄고, 게다가 최근 상속 덕에 숙부님 위치는 엄청 올라갔지요. 분명히 말씀드립니다. 이젠 분명한 답신을 주십시요."

이런 편지를 써야만 했다. 그리고 아델은 또 임신했다. 곧 셋째가 나오는데! 그는 기뻐 흥분하기보다는 고통스러워하는 그녀를 그저 지켜보았다. 다시 그를 아프게 했다.

다행이었다. 언어를 통해 주위의 '또 다른 세상'의 풍광을 그릴 수 있어서.

그는 자신이 전혀 안 그런 듯이 써갔다. 『오드와 발라드』의 새로운 출간을 위한 편집을 했다. 그리고 머나먼 나라로 여행하는 몽상으로 자신을 이끌어갔다. 『동방東邦 *Orientales*』 시리즈로 많은 시를 썼다.

이렇게 하여 줄줄이 이어지는 불화들을 잊었다. 루이 숙부와 가까이 지낸 것이 단적인 증거였다. 숙부는 편지를 받지 못하는 것을 투덜대곤 했다.

"내가 모든 시간을 쏟아 집중해야할 만큼 시급하고 머리 아픈 일, 그래서 블루아의 우리 일들을 돌아볼 시간조차 없다는 것을 숙부가 알면, 어쩔 수 없이 편지를 못 쓰는 이 마음, 무심함을 탓할 수 없을 거다."

계속 쓰는 것. 그것만이 온갖 불안을 물리치는 길. 샤를르는 백일해에 걸리고 식구마다 병을 앓는 그 현실을 잊는 수단이었다.

터키 군대가 시나간 곳은 모든 게 폐허와 시망

포도주의 섬 키오, 지금은 어두운 암초일 뿐

[…]

천지가 사막이구나. 아니다. 시커멓게 그을린 성벽 옆

파란 눈을 가진 아이, 그리스 아이, 쭈그려 앉아 있구나

[…]

얘야 무얼 줄까? 착한 아이야, 무얼 도와주면 되겠니

'친구 아저씨'

그리스 아이는 말했네, 파란 눈을 가진 아이는 말했네

'화약과 총알을 주세요.¹³⁹

그리고 다들 도취했다. 그리고 이렇게 휩싸였다.

장송곡葬聲曲의 정령들

죽음의 아들

칠흑의 어둠 속

그들은 발걸음을 서두르고

떼를 지어 으르렁 거리네

그리하여, 보이지 않는 심연의 파도

홀로 한 서린 소리

[…]

알 수 없는

이 밤이여…

들리는구나

모든 것이 달아나는 소리

모든 것이 지나가는 소리

공간은

모두 지워버리네

그 소음들을.¹⁴⁰

그는 세상을 부정하고 창작에만 천착했다. 그리고 죽음의 욕망에 무릎 꿇고 싶은 유혹.

> 나를 피안彼岸의 세계로 달아나게 해 주오
> 그로써 충분하니, 저곳 이슥한 밤으로
> 등대를 좇아, 언어를 찾아
> 몽상 그리고 의심, 나에게는 그것이면 족하리니
> 저 낮은 곳의 소리 내게 들리노니
> 그대들에게는 저 높은 곳에서 들리는 소리.141

고개를 들었다. 그리고 석양을 응시했다. 아델을 보았다. 새로운 미래의 무게, '어린 새끼들 가득한' 삶은 그를 다시 다잡았다.

생트-뵈브가 『16세기 시詩의 목록』를 가져다주었다. 게다가 자신이 엮은 롱사르의 2절판 고급 저서를 건넸다. 빅토르는 속이 뒤틀렸다. 그 남자, 걸핏하면 아델에게 눈을 돌리기 때문이었다. 부드럽고 겸손하고 비굴하다시피 한, 달콤한 언사 가득한, 가만가만, 은밀하고 비열하기까지.

에밀 데샹이 왔다. 점잖고 유쾌한 성격의 남자였다. 그는 『로미오와 줄리에트』를 비니와 공동 번역을 하고, 코메디-프랑세즈에서의 시연을 꿈꾸었다. 빅토르는 빌-레베크 로에 있는 그의 살롱에 종종 들르기로 했었다. 거기서 『동방』의 시들을 읽었다. 데샹의 명랑 쾌활한 우정을 느꼈다. 그것은 이를테면 아델에 대한 정분情分이었다. 데샹은 종종 이렇게 말했다. "그저 여인으로서보다 마담 빅토르로시가 훨씬 사랑스럽고 우아하오." 그러면서 위고는 그의 시 낭송을 경청했다.

'내 친구 중 당신은 천재작가보다는 대필 노예 작가로 보이오.' 데샹은 빅토르의 웃음을 박살 내는 말장난 습관으로 말했다.

더욱 심각한 것은, 매번 '외 목발의 면 서기… 어쩌고' 하며 빅토르를 표현한 일이다, 신문학新文學을 위한 진정한 선언 '로망티즘'을 썼다는 작자가. 그리고 빅토르에게 새로운 잡지 「문학의 개혁 그리고 예술」을 맡아줄 것을 제안했다. 데샹은 말했다. "당신, 우리의 하느님, 동의하시오. 모든 것 다 잘될 겁니다."

알프레드 비니는 데샹 편을 들어 위고의 동의를 요구했다.

그러나 거절해야 했다.

"나는 영예와 우애의 집정정부*의 보나파르트가 되고 싶지 않소."

잡지계에서, 동맹 싸움에서 시대는 그에게 호의적이지 않았다.

그는 홀로 전위前衛에 있었다. 얼굴을 반짝 들고 전진해야 했다.

망설일 시간이 없었다. 2월 13일, 처녀 공연작 「에이미 롭사르」는 야유를 받았다. 배우들이 나올 때마다 조롱이 쏟아졌다. 폴 푸셰가 서명한 희곡 공연 시도 자체가 실수였다!

그는 일간지에 이렇게 썼다.

"이 작품은 나와 절대 무관하지 않다. 이 대본에 군데군데 나에 관련된 장면의 대사들이 있다. 바로 이 부분들 때문에 비난을 받은 것 같다는 말씀을 드린다."

그리고 덧붙였다.

"추신: 저자가 작품을 회수함."

겁나지는 않았다.

"모사꾼들은 말입니다." 빅토르 파비에게 말했다. "『에이미 롭사르』를 야유했지만 실은 『크롬웰』을 조롱하는 거였지요. 언급할 가치도 없어요. 찌질하기 짝이 없는 고전적인 모략이지요."

---

* 대혁명기, 1799년부터 1804년까지 존립했던 나폴레옹의 쿠데타 정부.

싸울 준비를 했다. 자신이 직접 극장 무대에서 말해야겠다는 신념을 다졌다. 그곳이야말로 전통 지지자들이 저항을 하는 곳이었기 때문이었다. 결국 알렉상드르 수메, 기로, 자기 측근인 이런 시인들이 데샹과 비니의 『로미오와 줄리에트』 번역본의 코메디-프랑세즈 공연을 반대한다는 것을 알았다. 수메와 함께 다른 몇몇이 왕에게 고하는 탄원서를 제출했다. 그들은 말했다. "관중의 빈축을 사면서까지 테아트르-프랑세에 알렉상드르 뒤마의 대본 「앙리 3세와 그의 조정朝庭」을 올릴 생각을 하는 것 아닙니까? 영국 배우들이 파리시 극장에서 허구한 날 셰익스피어 비극들을 올리는 것으로도 모자란 것입니까?"

전투를 해야 했다. … 샤를르 10세가 탄원자들에게 응답하면서 개입을 조심스럽게 거절한 것이 위고는 못내 기뻤다.

"여러분, 여러분 욕망을 나는 전혀 채워줄 수 없습니다. 나는 모든 프랑스인과 똑같은 한 표일 뿐입니다."

왕은 방임을 원한다는 뜻이었다. 결국 공연 가능한 대본을 다시 쓰는 길밖에 없었다!

그는 시골 전원을 걸었다. 무거운 몸으로 걷는 아델을 부축했다. 비에브르 계곡을 따라 난 길 끝에 베르탱의 장남이 사는 저택 레 로쉬가 있었다. 베르탱은 「르 주르날 데 대바」의 대표였다. 중요한 사람이었다. 그리고 위고는 자신을 환대하는 자유주의자를 존경했다. 그의 딸 루이즈 베르탱이 피아노 앞에 앉았다. 그녀의 비만은 거의 장애 수준이었다. 그런데도 아주 낙천적이고 감성적이었다. 그녀는 작곡을 했다. 빅토르가 레 로쉬를 둘러싼 공원을 바라보고 있을 때, 레오폴딘느와 샤를르는 연주를 했고, 순간 그에게 푀이앙틴느가 떠올랐다.

그는 나무들 사이를 걸었다. 그리고 생각했다. 고전에 맞서 승리할 수 있는 이는 오직 자신뿐임을! 그는 이미 명성이 있었다. 샤토브리앙은 이미 늙었고 빅토르는 로마 대사를 수락했다. 곧 파리를 떠날 예정이었다. 라마르틴느는 플로랑스에서 돌아왔다. 실은 대사직을 소원했던 사람이었다. 문학적 싸움에서는 발을 떼고 있던 사람이었다.

알프레드 비니, 데샹, 『조셉 들로름의 삶』 집필 중인 생트-뵈브, 게다가 젊은 소설가 오노레 드 발자크까지 위고는 이들 모두를 발행인으로 활용했다. 발자크의 재능과 정력은 감동하고도 남았다. 알렉상드르 뒤마, 혹은 제라르 드 네르발, 테오필 고티에, 빅토르 파비에 같은 젊은 시인들도 만났으나, 다들 신세대 기수들은 아니었다.

칼을 **빼야** 할 자는 위고 자신이었다.

한편, 그는 사회 전체가 요동하는 것을 느꼈다. 거리는 불만의 소리가 난무했다. 빵값은 날로 치솟고 재앙은 가난한 사람들을 짓눌렀다. 마르티냑은 자유주의자들과의 화해를 시도했으나 민중은 요동할 뿐이었다.

위고는 노트를 펴고 자신의 향후 계획들을 적었다.

"여느 거리마다 즐비한, 중세를 연상케 하는 온갖 부랑아, 도둑, 범죄자들이 왜 노트르담 주변은 얼씬대지 못하는 걸까? 왜 그 고딕 대성당을 축으로 희곡을 쓰지 않는 것인가?" 그는 벌써 구도를 잡기 시작했다.

잠시 멈칫했다. 진통을 시작한 아델 곁에 있어야 했다. 해산은 며칠 걸렸다.

태어날 아이, 생명의 기적과 죽음의 필연을 생각했다. 무슨 권리로 '삶을 물리기로' 결정하는가? 마치 그것이 운명이라는 듯, 마치 신으로부터 죽일 권한을 얻은 것처럼.

맏이의 운명을 생각하며 출생을 기다렸다. 그를 다시 괴롭히는 죽음의 장면, 어린 시절 놀던 스페인 도로로부터 베리 공작의 암살자 루벨의 참수까지,

그레브 광장에 세워진 처형대까지 그의 뇌리에 박힌 모든 풍광들, 형리가 처형대 홈에 기름칠을 하던.

펜에 잉크를 찍었다. 그리고 제목을 『사형수 최후의 날 *Le Dernier Jour d'un con-mamné*』이라 붙였다.

1828년 10월 4일. 첫 문장을 찍었다.

사형 선고를 받았다!

이 생각으로 산 것이 벌써 5주째. 눈만 뜨면 오직 그 생각, 언제나 그 장면에 벌써 반죽음, 중압감으로 짓눌리니!

몇 주 아니 몇 년이 지난 듯 하다. 이전에는 나도 딴 사람들과 똑같은 사람이었건만…

이제 그는 위고가 아니었다. 비세트르 성에 구금된 사형수. 그는 '나'가 된 '타자'였다. 구금된, 언도받은 삶에 사로잡혀, 아델의 임신은 거의 잊었다.

10월 21일 아들이 출생하고, 빅토르라 이름 짓고, 11월 5일 생-쉴피스에서 세례를 주면서 자신이 되어버린 '타자'로부터 비로소 **빠져나올** 수 있었다.

빅토르 때문에 행복했다. 혼선을 피하기 위해 프랑수아-빅토르라 이름 지었다.

출생의 순간은 죽은 아버지를 대신해주는 시간이었다. 쥘리와 아벨 역시 아들을 하나씩 두었다. 둘 다 이름이 그냥 레오폴이었다.

빅토르 위고는 흥분된 채 책상에 앉아 몰입했다. 『사형수 마지막 날』에만 매달렸다. 또 다른 '나'로 들어가며, 나머지 더이상 중요한 것은 없었다.

다시 멈추었다. '새끼들의 개미집'이 떠올랐다.

또한『오드와 발라드』신간 서문도 마무리해야만 했다.

"언젠가 19세기 정치와 문학이 한마디로 요약될 날을 기다리자. 질서 안에서의 자유, 예술 안에서의 자유!" 결론에다 이렇게 썼다.

드디어『오드와 발라드』견본을 받았다. 그리고 아델의 불룩한 배 위에 책을 올려놓고 말했다. "내 아내와 나는 동시에 임신한 거다. 아내는 사내아이를, 나는 한 권의 책을."

그녀는 잠이 쏟아지고 평온할 뿐이었다. 마치 고역, 고통, 어찌할 수 없는 일상인 듯. 실망스러웠다.

그것 말고 어떤 책이라면 그녀가 번쩍할까?

『오드와 발라드』는 몇몇 각본各本들을 보강해 재편한 것뿐이었다. 그는 비니에게서 온 편지를 읽었다. "선생 아드님은『동방』의 소리를 들으며 태어났군요. 잘 생기고 똘똘하고, 동양인처럼 생각이 깊소. 쌍둥이 누이들에게 읽기와 노래만 배우면 되겠소."

『동방』은 아직 육필 본 상태였다!

그렇다면, 어느 것이 출판 본이 될 것인가? 노트르담 드 파리에 관한 것? 그는 틈틈이 아이디어들을 한 장의 도면 위에 메모해갔다.『사형수 최후의 날』? 그것도 여전히 완성본은 아니었다.

아무튼, 모든 책들은 기어이 탄생해야만 했다. 빅토르는 그것들을 모두 써내기로 작심했다.

11월 15일, 그는 다른 출판인 샤를르 고슬랭을 만났다.

협상은 험난했으나 결국은 합의했다. 고슬랭은『동방』을 출간하고,『뷔그-자르갈』2쇄를 찍고, 끝내『사형수 최후의 날』과『파리의 노트르-담 드 파리』작업에 들어갔다.『파리의 노트르-담』에 고슬랭은 무려 4천 프랑을 쏟아부었다. 1,000 프랑은 후불이었다. 1829년 4월 15일이었다.

출간 1년이 지나서야 빅토르 위고 남작은 저작권을 얻었다. 그리고 위고는 출간 예정작들을 고슬랭에게 동일 가격으로 우선 출판권을 줄 예정이었다.

지금, 써야 한다. 비세트르의 지하 방으로 돌아간다. 거기서 '형리刑吏를 기다리는' 거다.

그리고 또 한 죽음이 닥쳤다.

12월 19일, 양가 부모 상견 최종 증인인 마리-조셉 트레뷔셰 숙부가 별세했다.

그리고 짝꿍, 어린 시절 친구 펠릭스 비스카라가 떠났다.

고통.

감금의 추위가 뼈에 사무쳐 오는 듯했다. 마치 그레브 형장 행 수레가 덜컹거리며 영혼을 찢는 듯 했다.

그는 썼다. 그리고 왁자지껄한 광장의 소음이 그를 압박했다. "군중의 소리는 커져만 가고, 찢어지는 듯한 고음, 차라리 즐거운…"

'은총을! 은총을! 아니면 단 5분이라도 연민을…' 되풀이해서 소리쳤다.

'오, 연민을! 단 1분 만이라도 은총을 구하오니! 그렇잖으면 저항하노니! 물어뜯어!

재판관과 형리는 가버리고, 나 홀로, 두 명의 순경과 나만 남았다.

오! 하이에나처럼 울부짖는 끔찍한 민중들! 형벌로부터 도피하지 못한들 누가 알아줄까?

구원받지 못한들? 내 은총이란 어디에?… 대체 내가 용서받지 못하는 것이 가당한 일인가?

아! 참담한 이들! 처형대를 오르는 소리…'

빅토르는 덧붙였다. '4시였다.'

12월 26일 새벽, 도망자 '나'는 끝내 처형대 위에서 죽어가고 있었다.

그에게 이렇게 읊조리면서.

혁명으로 내가 불순한 나락奈落을 열었다고?

세상을 만들어가려면 카오스가 있어야 하네

캄캄한 나의 밤, 한 위대한 음성이 나에게 일렀지

끝내 내가 원한 일, 군중을 그곳으로 이끌었네

붕괴하는 세기와 더불어 흘러간 세기 또한 마주하리니.142

제6부
1829~1830

1829

한 음성이 내게 들렸으니, 나아가라! 심연深淵은 깊고
튀는 불꽃 혹은 흐르는 선혈, 나는 거기 붉은 빛을 보노라

아버지가 작고한 것이 벌써 1년이 되었다! 빅토르는 쓰는 일을 멈추고, 정원이 끝나는 곳에 있는 작은 다리를 응시했다. 막내 프랑수아-빅토르를 돌보는 아델이 보였다. 그녀는 온 몸을 감싼 채, 차가운 빛이 쏟아지는 정월 아침 천천히 거닐고 있었다. 그녀 곁에는 레오폴딘느와 샤를르가 서로 손잡고 놀고, 아델의 동생 쥘리도 함께 있었다. 어머니가 떠나고 나서는 이렇게 모여 살아야만 했다.

부동不動의 시간이 길었다. 부인 그리고 챙겨야 할 아이들이 눈에 가득 들어왔다.

레오폴은 더 이상 곁에 없었다. 그때부터는 그가 돛대이고, 함선 기수이며, 조타수, 선장이었다. 그는 써야 했다. 자신이 운항하는 배가, 그가 목격한 위험, 두 번 다시 겪고 싶지 않은 그 비참한 바다에 다시는 표류하지 않기 위해.

그는 영예로운 운명을 생각했다. 기억은 끊임없이 그를 사로잡았다. 그의 내면에는 효심을 넘어, 존경, 아니 거의 선망의 남자가 자리 잡고 있었다.

그는 멋진 사람, 정복자, 입법권자, 선지자였으니

머리의 남자를 넘어, 앞으로 전진하는
만인의 어두운 밤을 밝히는 번뜩이는 불꽃의 남자로
그대의 이십 세, 이십 세기는 모든 것을 기억하고!…
- 내가 말하노니, 그렇게 연민은 나에게 다가와
비로소 나는 무덤에 갇힌 모든 이들을 생각하노니!!43

그것을 확신하고 싶었다. 그렇다고 아버지가 겪었던 영웅적 시대를 향한 향수의 감정 또한 피할 수 없었다.

지난 날, 어린 시절 스페인에서 본 이미지가 다시 떠올랐다.

그러나 그는 노트르-담-데-샹 로에서 부르주아의 삶을 사는 한 가장에 불과했다. 아내는 갈수록 지쳐가는 듯했다. 둘은 포옹을 피하고, 최근 출산과 프랑수아-빅토르의 모유 수유를 놓고 말다툼까지 했다.

위고는 아내와의 사이에 놓인 큰 수렁이 날마다 깊어가는 듯 하고 욕망과 싸우는 느낌도 들었다. 그리고 볼 때마다 그의 시선을 좇고 그의 영광에 홀리는 젊은 여자들에게 빠져들었다.

그는 다시 펜을 들었다. 『동방』 서문을 끝내야 했다. 곧 선보여 할 작품이었다. 이미 어떤 면에서는 동양과 동양의 빛깔, 그리고 동양의 전설을 다루며 현장 정치 혹 지나친 판타지 풍 예술 정치를 포기한 자신의 기교와 주제 선택이 마치 죄인양, 비판이 쏟아질 것을 벌써 알았다.

한편에서는 고슬랭 대표가 낸 『사형수 최후의 날』이 형편없고, 걱정스러우며, 도덕을 해치는 작품이라는 뒷말이 자자했다.

뒷말들은, 아직은 수근대는 수준이었으나 그는 화가 났다. "작품이 좋은가 나쁜가? 전방위로 벌어진 비평 … 조금만 높은 수준에서 보면, 시에서는 좋은 주제도 나쁜 주제도 없다. 다만 좋은 시인, 나쁜 시인이 있을 뿐이다. 더구나, 모든 것이 주제이고, 모든 것이 예술에 속한다. 모든 것이 시에 인용될 권리가 있다. … 어떤 동기에서 주제를 선정했건 따지지 말자. …"

「르 글로브」 1월 21일자를 폈을 때, 그는 자신의 두려움을 얼마나 합리화했는지를 생각했다. 다들 그의 논지를 놓고 논쟁하지 않고, 선정된 주제를 놓고 격렬하게 비판했다. 그의 책에 대한 검토보다는 편집 과정에 관한 것들이었다.

그에 아랑곳없이 초판은 절판되었고 고슬랭은 곧 2쇄를 결정했다. 그는 장황한 투자 설명에서 『빅토르 위고 전집』을 총 10권으로 내겠다고 발표하기도 했다. 계약에 강하고 확실한 도서 발행인 자질을 갖춘 그 남자는 『사형수 최후의 날』 원고 일부 수정을 제안하면서 수락했다.

위고는 분노에 휩싸였다. 고슬랭에게 답신했다. "고슬랭 선생, 선생의 편지를 받은 것은 영광이오. 이런 유類의 편지는 처음이오. 유감이오. 제 경험으로 보면 책장수들은 책을 읽어보지도 않고 책을 다루지요. 저는 그들이 손해 봤다는 이야기를 들어본 적이 없소. 그래도 대표께서 그렇게 하시기를 바라오. 책을 파는 데는 제가 더 능한 적이 없다는 생각이 드오. …"

화는 좀 누그러졌다.

『동방』과 기존 『사형수 마지막 날』까지 '까는' 비평을 초연하게 지켜보았다. 그리고 시화집 2쇄 서문을 편집했다. 그는 서신을 보냈다.

"이 책은 작가가 지금 같은 문학의 위기, 문학의 혁명기에 갈망하는, 유일하게 성공 가능한 그런 장르를 확보했소. 한편으로는 강한 대립을 하고 다른 편으로는 집착하고 동정하는 스타일이지요. …" 그는 남들이 말하듯 자신이 '젊은 루이 14세 같은 사람, 가상 심각한 질문을 던져놓고, 걷어차고, 박차를 가하고, 손에는 채찍을 든… 사람'이라는 비판을 반박했다. 그는 쓰던 편지를 멈추었다.

아닌 게 아니라 그는 학교 교장처럼 행동한 것이 사실이었다.

노트르-담-데-샹 로에서 제라르 드 네르발이나 테오필 고티에 같은 젊은 시인들을 만나는 자리에서 특히 그랬다.

생트-뵈브는 하루 두 번씩이나 동료로서 존경과 정중함, 예찬하는 말을 부드럽게 했다. 그리고 아델 위고의 사소한 행동, 그녀가 하는 말에 세심한 주의를 기울였다. 게다가 지나치게 겸손한 편지까지 썼다. "그나마 제 작은 재능은 부인의 솔선수범. 그리고 듣기 좋으라고 저에게 해주신 칭찬 덕분이오. 부인이 하는 것을 보고 배웠고, 부인은 또 제가 할 수 있다는 믿음을 주셨소. 다만 제 근본이 워낙 일천한지라, 저의 재능은 다시 부인께로 돌아갔소. 그리고 얼마간 그렇게 흘러간 거요. 시냇물이 강으로 바다로 흘러가듯 말이오. 그러니 저의 영감은 오직 부인 곁에 있을 때, 부인과 부인을 감싸고 있는 그 무엇에서만 나오는 것이오. 보다시피 저의 가정생활이라는 건 부인 곁에 있는 것 뿐. 제게 행복한 시간은 부인의 소파 혹은 부인의 난로 가에 앉아있을 때일 뿐이오. …"

빅토르는 그를 지켜보았다. 그는 종종, 그 존재 자체로 짐스러운 남자였다.

그는 이미 비니 같은 '나리'께서는 자신을 어떻게 보는지 짐작은 했다. '못생기고 키 작은, 평범한 얼굴에다 등은 구부정하게 굽었고 마치 늙은 여자마냥 잔뜩 주름진 얼굴로 말하는, 표현은 늘 절절하게 하고, 학력은 뛰어나고 문학 비평 능력이 풍부한데다 영감이 풍부한, 타고난 시인은 아니지만 탁월한 작품을 많이 쓴 남자 … .'

어머니와 함께 사는데, 또 아델을 '경애하는 듯한' 이상한 사람. 그가 접근할 수 있는 여자는 아델 하나 뿐인 보양이었다. 징싱이 이닌 상태라고 수군들 거리지 않는가? 그는 요도하열尿道下裂 환자이었던 같다.* 젊은 여자들 하고만 어울리며 일시적인 성애만 좇았다. 그런 남자가 아델에 대해 대체 어떤 감정을

---

*요도의 구멍이 정상 위치보다 아래에서 열리는 발육 기형. 수태 불능의 병.

품고 있는 것인가?

빅토르는 대체 무슨 구설수인지 빨리 파악하고 싶었다. 생트-뵈브로부터 지식, 성찰 같은 것을 빼먹는다는 의심을 받고 있는 것을 알았다. 그가 이 사람 저 사람 옮겨 가며 그들 것을 '훔치는 자'라는 주장까지 했으니.

생트-뵈브가 왕정 발전을 고민하는 데 빅토르에게 도움이 된 것은 사실이었다. 왕정은 날이 갈수록 막을 내리고 있었고 샤를르 10세는 폴리냑, 부르몽과 함께 과격 왕당 정부를 꾸미고 있었다. 게다가 친구 에밀 베르탱은 「르 주르날 데 데바」에서 언급했다. "코블렌츠, 위털루, 1815, 세 가지 원칙, 세 명의 내각 사람들 … 접수하라. 내각을 뒤엎어라. 굴욕, 불행과 위험만을 가중시킬 뿐이다."

베르탱은 6개월 후 감옥에서 처형되었다.

사건이 그쯤 되면 견해를 바꾸지 않을 수 있을까? 위고는 알프레드 비니가 주저하다가 내뱉는 말을 들었다.

"내가 사랑했던 빅토르는 이제 더 이상 … 그는 신앙과 왕당파에는 좀 망상이 있다. 또 마치 어린 소녀처럼 순결하고, 야성적인 면이 있다. 모든 게 그에게 잘 어울린다. 그래서 우리는 그를 좋아했다. 그런데 지금 그는 노골적인 말을 좋아하고, 자유주의로 행동하는 것이 영 그 사람답지 않다."

위고는 모욕을 받은 것이다. 그는 종종 문학에 있어서의 경쟁과 정치적 선택 뒤에 은폐된 질투심을 감춘 채 결별하는 친구들 때문에 고통스러웠다.

샤를르 노디에는 「르 주르날 데 데바」에 이렇게 썼다. "『사형수 최후의 날』은 읽지 않겠다. 하느님이 그리 하라 했다! 그것은 기억하고 싶지 않은 날에 대한 몽상일 뿐, 어둠 속으로 또다시 추락하지 않기를 원한다면… 대체 왜 이런 책을?… 이런 식의 작품으로 작가가 인기를 얻는다는 게 가능한가? 대부분 독자들은 작가와 작품 주제를 분리해서 보지 않는다. 그리고 이런 작가는 독자의 독서 향유권을 모르는 사람이다. 분명하고도 또한 두려운 것은 바로 이 점이다."

더 큰 악재가 있었다.

「라 코티디엔느」를 펴자 얼굴을 후려치는 듯한 쥘르 자냉이 쓴 기사 문장이 눈에 들어왔다. "성공은 작가를 정당화할 수 없다. 재능이 사면해줄 수 없는 일이다. 인간의 영혼을 병들게 하고, 한 나라의 평화에 생채기를 내는 그의 극성은 누구도 용인할 수 없다. …"

돌이 사방에서 날아오는 듯 했다!

이번에는 노디에가 『동방』을 비판했다. "프랑스에서 시인이 우리 토지대장에 있지도 않은 땅에서 색깔들을 차용할 권리는 어디까지 용인될 수 있는가?…"

몸에 통증이 시작되었다.

'상태가 안 좋다. 일주일 전부터 창자가 무섭게 꼬인다.' 눈병도 재발했다. 눈가리개를 했다. 더 이상 읽을 수도 쓸 수도 없었다.

스물일곱 번째 생일은 침울하기만 했다!

그래도 일은 해야 했다. 가령 과부가 된 카트린느가 시시비비하는 아버지 재산 상속 같은 너절한 집안 문제들을 해결해야 했다. 소송대리인, 경매인에게 넘길 것들의 목록을 따져봐야 했다. 우울은 어느 새 숙제로 바뀌었다. 슬펐다!

그중 가장 슬픈 것은 역시 이웃들이 멀어지는 일이었다. 아델은 그의 무심 속에 묻혔다. 생트-뵈브가 그녀 곁에 앉아 한숨 지며 속닥거리는 시간만 활기가 돌았다.

노디에는 고지식하기 짝이 없는 비평가가 되었다. 위고는 내질렀다.

"대체 당신이 어느 시간을 내어 내 책을 읽었소? 전과 비교할 수 없을 만큼 사방 적들이 집결한 맹렬한 곳, 끊임없이 모사를 꾸며 나를 둘러싼 무리들이 증오와 비방의 그물을 짜고 있는 … 아! 샤를르, 그래도 당신의 침묵에 의지할 권리가 있던 순간에. 당신이 부수고 싶었던 건 다 부서졌군요. 나만 언제나 괴롭겠지요… 이건 나에게도, 당신에게도 너무 슬픈 일이오. 샤를르, 당신이 당신의 삶에서 이보다 더 깊게, 더 다정히 친구를 잃은 적은 없다는 뜻이오. 더없이 끔찍한 일이오."

위고는 벌떡 일어났다. 살아야 했다!

「라 르뷔 드 파리」* 편집장과 타협하는 거다. …

난 원고를 절대 판 적이 없는데… 한 웅큼 밖에 안 되는, 5백 프랑도 안 될 것을 설마하니!

남아있는 친구들과 아카데미 회원들에게 지원을 요청한 라마르틴느를 지지하자. …

"사랑하는 친구여, 그런 경우 당신이 나를 의지하는 마음과 같이 나 또한 당신을 의지하오. 아카데미에서 저를 소개하고 싶소. … 잘 알고 계시잖소. 수메 씨에게 영향을 미치고 계시잖소. 저를 대신해 제발 그의 목소리를 좀 낮추어주오."

요청서를 읽고 난 위고는 즉시 개입했다. 그리고 1차 투표에 라마르틴느가 당선되었다! 대만족이었다. 그는 잠시 꿈을 꾸었다. 언젠가는 후보자가 되리라. 그것이 사리에 맞았다. 수메는 결국 그에게 편지를 쓰진 않았다. "라마르틴느와 당신, 친애하는 위대한 빅토르 선생, 아카데미를 열망하시오. 그런데 샤토브리앙 근처 어디에 당신 자리를 찜해둔 거요?…"

과연 언제?

당장 그는 생각했다. '불쌍한 자냉과 라투쉬'가 일간지마다 자신들의 욕망,

---

* La Revue de Paris. 1829년 창간하여 1970년까지 발행된 문학 저널.

분노, 증오를 쏟아내고 있다. 그들은 결정적인 순간에 우리 대열에서 이탈했다. 무서운 폭풍이 나를 덮치고 있다. 그리고 그 모든 기본 저널리즘에 대한 증오 때문에 다들 판단력을 잃은 것이다.'

그는 생트-뵈브에게 말했다. "보시다시피 안타까운 일이오. 앞으로 우리가 톡톡히 대가를 치르도록 만들었소."

그는 헤쳐 나가야 할 싸움을 생각하며 답답하고 또한 흥분이 되었다.

후에 라마르틴느에게 말했다.

"저는 말입니다. 싸울 겁니다. 예상하셨지요? 저는 지금 짐승들에게 넘어가는 느낌입니다. 하지만 그대로 둘 겁니다. 저는 저대로 생각이 있습니다. 저는 삼류 연재소설에 싸잡아 먹잇감이 되고 있습니다. 엊그제 5쪽 분량으로 실린 것을 보았습니다. 골방에서 읽는 무협지 같았지요. 이제 커 갈수도, 단단해질 수도 없습니다. 선생에 대한 저의 우정 말입니다."

또다시 눈병이 도졌다. 보호대로 눈을 가릴 수밖에 없었다. 방금 생트-뵈브에게서 온 편지를 읽는 아델 목소리를 들었다. 여행 중인 그는 독일로 가기 전 브장송에 머물고 있었다.

생트-뵈브는 썼다. "솔직히, 부인, 제가 미쳤지요. 목표도 없이 부인 곁 따뜻한 난로, 언제나 넘치도록 분위기 돋우는 빅토르의 이야기를 두고 떠나오다니. 제가 하루 두 번이나 찾아갔잖아요. 그 중 한번은 부인 때문에 간 거 아시지요. 저는 걱정이 많답니다. 머리가 텅 비었어요. 이젠 목표도 없고, 의지도 없고, 작품거리도 … 더는 분명한 의지가 없어요. 어리석을 만큼 나태하고, 틈만 나면 어디돈가 날아날 생각만 하는 … 대체 지금 왜 부인 곁을 떠나 브장송 여관 구석에 와있는 건지. …"

빅토르는 벌떡 일어섰다. 눈가리개를 확 벗어 던졌다.

가까운 뤽상부르 공원을 산책해야겠다고 마음먹었다. 노트르-담-데-샹 로의 집을 둘러싼 공원 끝으로 문이 하나 밖에 없었고 그 문은 오솔길로 이어졌다.

그는 아델과 생트-뵈브와 자기 세 사람 사이에 만들어진 야릇한 관계를 생각했다. 『동방』과 『사형수 최후의 날』을 공격하는 앙숙들을 어떻게 하면 따돌릴까도 생각했다. 또한 코메디-프랑스세즈에 올릴 뒤마의 대본 「앙리 3세와 그의 궁정」이 받았던 성공적 환대도 생각했다.

극장! 이미 그가 『크롬웰』로 맞닥뜨려 본, 그러나 또 다시 뚫고 나가야 할 전선. 성공을 생각한다면, 반드시 적들을 따돌리는 일 말고도 어느 정도 보장된 수입이 있어야 했다.

집으로 돌아왔다.

창작에 돌입했다. 6월 초였다. 드라마 「리쉴뢰외 하의 결투」였다.

「5군신」에서 비니가 접근한 것과 유사한 주제였다. 그러나 그는 여주인공을 세우고 싶어, 손 털고 개과천선한 창녀 마리옹 들 로름을 설정했다. 그녀는 순수한 청년 디디에게 사랑받기를 원했는데, 옛 애인 중 한 명인 사베르니 후작의 눈에 띈다. 그 두 남자 간 결투가 시작되고, 우여곡절 끝에 극은 리쉴리외가 왕의 전투 금지령을 어긴 자들에게 가하는 형벌로 끝이 난다.

그는 다시 감금되었다. 눈병도 악화한 데다가 복통까지 겹쳤다.

6월 26일 드라마는 끝났다. 열정과 죽음이 추기경의 '주홍 가운'에 은폐된다.

… 그의 주홍 옷은 그들의 핏방울로 만들어졌다네 …

위고는 완전히 지쳤다. 마지막 대사를 끝냈다.

병사들로 둘러싸인 기수들이 사형 선고를 받은 디디에와 사베르니의 처형장을 지난다. 마리옹은 커튼이 쳐진 가마 안에 무릎을 꿇고 끌려간다.

당신의 그리스도의 이름으로, 당신의 혈통의 이름으로
부디 은총을! 그들에게 은총을! 주여!

음성이 있었으니, 가마 안에서 나오는 음성.

은총은 없다!

마리옹은 벌떡 일어선다. 온통 헝클어진 모습으로 민중에게 가마 안을 보여
준다.

다들 보시오! 자, 붉은 남자가 지나갑니다!

… 그리하여 '가마는 포석鋪石 위로 쓰러진다.'

저녁 무렵 그는 이 문장을 읽었다. 숨 막히는 듯한 7월 9일 저녁이었다.

노트르-담-데-샹 로의 아파트 거실은 그가 독서모임에 초대한 친구들로 가
득했다. 생트-뵈브, 발자크, 뮈세, 들라크루아, 뒤마, 메리메, 비니, 그 밖에 드
베리아, 베르탱 부부, 그리고 테일러, 테아트르-프랑세 대표가 있었다. 뜨거운
박수갈채가 터졌다.

알렉상드르 뒤마가 다가왔다. 그는 손을 내밀어 그의 허리를 잡아 일으켜
세우며 외쳤다. "선생께 모든 영광을!"

그리고 뒤마는 그를 놓고 거듭 말했다.

"장하시오! 장하시오! 뷔페로 향하기도 전에 케익을 삼키기 시작해, 입 안
가득한 쾌감으로 죽는 거요. 감탄할 만한 일이오!"

빅토르는 또 다른 친구를 보러 갔다. 그때 아델에게 말을 걸고 있는 생트-뵈브를 보았다. 그에게로 갔다. 찬사를 과하게 보냈다.

"우린 까무러치는 줄 알았어요. 다른 건 뵈지도 않아요. …" 여자들은 여름 밤의 열기 속에서 탄성을 지르고 있었다.

다들 새벽에 자리를 떴다. 위고는 녹초가 되었지만 승리감이 몰려왔다. 아침 9시, 막 잠이 들었을 때 누군가 문을 두드렸다. 테일러가 보고 싶어 한다는 말이었다. 그는 열정적인 사람이었다. 테아트르-프랑세에 위고의 작품을 올리고 싶다는 말이었다! 어찌 허락을 안 할까?

그런데 포르트-생-마르탱 극장 대표, 오데옹 극장 대표 아렐도 다녀갔다. 그들도 대본을 부탁했다. 빅토르는 잠자코 듣고는 고개를 저었다. 테일러와의 약속을 지키기로 했다. 그대로 간다!

그는 공연 전 리허설을 기다렸다. 프랑스 대극장에서는 연극 수락에 앞서 거치는 공식적인 일이었다. 대본 그대로 기분이 고조되어 말하는 테일러를 보았다. 대단하다! 극장 대표는 낮은 목소리로 말했다. 심의위원회가 반드시 수정을 요구할 거다, 당신이 묘사한 루이 13세 캐릭터는 위원들에게 지탄받을 거다. … '작가는 샤를르 10세에 대한 비판만을 원하는구나' 라고 관중들이 생각할까 두려웠던 것이다.

위고는 금세 감격과 분노 사이를 오갔다. 8월 초하루부터 테일러가 전한 소식 때문이었다. 한동안 낭만파로 알려진 아카데미 회원 브리포가 그 후 검열위원회를 관장했는데 '공연 금지'를 결정했다는 것이다. 이런 일이 있다니!

그는 내무부장관에게 서한을 보냈다.

"저의 수익을 이렇게 깎아버리는 결정을 하시면 안 됩니다. 각하, 이러시면 각하께서도 고통을 받으실 겁니다."

그는 싸움을 포기하고 싶지 않았다. 그는 왕의 접견 기회를 얻었다.

8월 7일이었지. 오 어두운 운명이여!

[…]

왕실에서 단둘이 나란히 걸으며

두 남자는 팔꿈치가 닿을 만큼 가까이

이야기를 나누었지. 내 가슴에 새겨진 위대한 추억!

첫인상은 고리타분하고 우울하고 근엄하기만 했네…

[…] 그는 왕이었네. 백발의 노인

백년의 세월과 왕정의 무게에 허리가 굽었지

다른 하나는 왕들에게 낯선 청년

시인, 나그네, 쓸모없는 목소리

[…]

이제 시인과 허리 굽은 늙은 왕 사이에서

무슨 일이 있었던가

[…]

시인은 어느 날 저녁 보길 원했네

성직자에게 지배받는 왕 루이 13세

[…]

노인은 망설였네. 벌거숭이로 무얼 할 수 있단 말인가

루이 13세, 허약하고 환영받지 못하는 왕

무덤에서 죽은 자 흔들어 깨우는 것이 무슨 소용이 있는가

[…]

시인은 사내답게 강하게 씌였지

자유에 불타는, 사랑하는, 예술에 열렬한

그러나 그 고결한 노인을 존경하는

[…]

그리고 존엄한 귀를 위하여 단어를 선택한 뒤

그는 말했네, 이 시대는 숭고한 물결을 타고 있다고.

그 어떤 것도, 담대한 다리들도, 지하 운하들도,

하느님 외에는 그 무엇도 막지 못하네, 길들이지 못하네

날로 날로 위대한 민중 혹은 용솟는 대양이여.144

그러나 왕은 양보하지 않았다. 개명된 「마리옹 들 로름」 공연은 금지되었다. 그리고 그는 신임 내무부장관 부르도네로부터 편지 한통을 받았다. "이후로 우리 지방 예산 수혜 대상 문학인들의 연금은 연 6천 프랑이 될 것이오… 위고 남작, 선생과의 친분으로 이렇게 왕의 호의를 받으니 행복하오. …" 위고는 모욕감이 들었다. 한 대 맞은 느낌이었다.

이런 일이라니! 대체 그들은 누굴 위해 돈을 받는 것인가? 그들은 판단했으니, 그도 이런 '보상'을 거절하지 않고 덥석 받으리라고.

그는 그의 서재에서 서성였다. 손에는 장관의 서신을 들고 있었다. 그는 아델과 생트-뵈브를 쳐다보았다. 생트-뵈브도 그를 보고 있었다. 빅토르는 서신을 건넸다. 생트-뵈브가 서신을 읽는 동안 그는 답신을 쓰기 시작했다. 가족이 수세기 이래 국가에 헌신해온 것을 강조하면서.

"아버지와 두 분 숙부는 검으로써 지난 40년을 섬겨오셨습니다."

그는 눈을 들었다. 과격왕당파들, 코블렌츠의 남자들, 워털루의 남자들, 그리고 1815년의 남자들은 그것을 기억한다!

"각하, 연금액이 이토록 적어도 제게는 과분합니다." 그는 서신을 이어갔다. "아버지의 모든 운명은 스페인 왕으로 인해 억류된 세월이었습니다. … 그러하니 각하, 저의 펜은 살아있으니, 저의 극작 『마리옹 들 로름』의 적법한 공연을 끝까지 고려하겠습니다."

실은, 그때의 거절은 오히려 행복하고 뿌듯했다. 그후 그는 부르도네가 제

안한 참사원의 정치적 입장과 행정부의 결의를 통쾌히 거부했다.

생트-뵈브에게 답신들을 보여주었다. 분명 그는 이 일간지 저 일간지에 그 내용들을 퍼 나를 참이고, 일간지들은 그 거부 사건에다 정치적 의미를 부여할 것을 알았다. 그는 8월 15일 토요일부터 관련 보도 첫 기사들을 보고도 놀라지 않았다.

그가 장관에게 보낸 또 다른 서한을 다들 잊고 있었다. "왕은 빅토르 위고로부터, 충성, 성실, 헌신 외에는 어느 것도 기대해서는 안 된다."

"「르 글로브」는 오히려 '첫 문학 쿠데타'를 언급했다. "위고 선생은 온갖 사조思潮들에 맞서 시작한 사투死鬪에서 첫 번째 정치적 공격을 받는 영예를 안았다. …"

"「르 주르날 데 데바」, 「입헌정치」 역시 유사한 평을 했다. 한 논객은 그렇게 썼다. "젊은 시인이 정당하게 평가받은 새로운 권리들을 대중이 알게 된 것은 잘 된 일이다." 또 다른 논객이 덧붙였다. "과연, 젊음이란 무지한 장관들이 바라는대로 그렇게 쉬이 타락하지 않는다."

8월 18일 「르 글로브」는 결론지었다. "연금 액수에 대한 뒷말을 하며 위고 선생이 연금 받는 것을 비난하는 내각 신문에 관한 대답은 간단했다. 은총을 자랑스러워할 날과 시간이 따로 있다. 그 날짜와 시간을 바꾸는 일은 분명한 오점이다."

빅토르는 승리를 쟁취했다는 생각이 들었다. 연초 그에게 적대적이었던 일간지들을 정복한 셈이나. 본래 질투와 증오는 늘 기기 있었다. 저널리즘의 빈민가, 무기력하고 경쟁적이기만 한 작가들 사이에. 그럼에도 불구하고 그들은 늘 고개를 숙여야 했으니.

그의 왕과의 관계는 깨지지 않았다!

그 상황을 한껏 활용해야 했다. 새로운 대본을 쓴다면 그것까지 권력자들이 거부하기는 어려울 것이므로.

9월 2일부터 다시 책상 앞에 앉았다. 어머니와 으젠느 형과 함께 마드리드에 갔을 때 지나던 스페인 마을 에르나니를 기억했다.

그는 「에르나니 또는 카스틸랑인의 명예, 또는 샤를르 5세의 젊음」이란 제목으로 글을 썼다.

그는 1636년 코르네이유 대표 희곡 「시드」가 불러온 소동을 생각했다. 에르나니는 거의 2세기 후 재현된 우레 소리가 분명했다.

그는 현관문을 닫고 잠가버렸다.

그는 썼다. 끝없는 몽상에 빠진 듯이. 추방자 에르나니, 경쟁자 동 뤼 고메즈, 그리고 아리따운 도냐 솔 부인이 출현한다. 둘은 모두 그녀를 사랑하고 곧 카를르 5세가 될 스페인 왕 돈 카를로스 역시 그녀를 사랑하고 구애한다. 동지이면서도 정치적으로는 다른 이유로, 두 라이벌은 왕의 암살을 꾀한다.

연극이 시작된다. 돈 카를로스는 관대하다. 그러나 에르나니는 돈 뤼 고메즈에게, "만일 당신이 요구한다면 삶의 포기를 약속 하겠소." 그리고 에르나니는 순종한다. 운명은 그렇게 흘러가고, 주인공을 따라간다. 그는 죽음을 맞이하고, 그때 남자들이 그에게 행복할 권리를 준다.

에르나니는 자신이 낙인찍힌 것을 알고 도냐 솔에게 이른다. 그리고 위고는 그가 쓴 대사마다 마치 자신이 토로하는 감정을 이입한다.

> 오! 그대 불쌍하여 말하노니, 속히 도망치시오! - 나를 믿어야 하오
> 나는 다른 모든 이들과 똑같은 남자
> 지식인, 꿈꿔온 목표를 향해 직진하는 자이니
> 정신 똑바로 차리시오. 나는 앞으로 나아가는 힘이오!

[…]

저 아래로 하강, 하강할지언정 멈춤은 결코 없으리니

이따금 헐떡이며 또다시 힘주어 고개를 돌리면

한 목소리 있어 나에게 이르노니, 전진하라! 심연은 깊고

그리하여 바닥에 불꽃 혹은 흥건한 붉은 피 보이노니!

그러나, 내 사나운 길 이미 에워싸고

모든 것 무너지고 모든 것 죽사오니. 날 건드는 자 화 있을 지라!

오! 달아나시오! 내 치명적인 길에서 달아나시오

아! 만일 그러지 아니하면 차라리 내 손으로 그대를 치리니!

그리고 도냐 솔은 그의 목을 끌어안고 응답한다.

당신은 용맹하고 관대한 사자이니!

당신을 사랑합니다.145

9월 30일, 살롱에 모인 친구들의 환호성을 또다시 들었다. 그는 친구들에게 대본을 읽어주었다. 그리고 에르나니와 도냐 솔의 죽음을 확인하는 뤼 고메즈의 마지막 독백.

그녀는 죽었다! 오! 이제 나는 지옥에 떨어지려니.

다들 일제히 기립했다. 열광이었나.

10월 5일 리허설은 박수갈채로 끝나고 연극은 코메디-프랑세즈에 예약되었다.

성공?

위고는 불안을 물리치지 못했다. 앙숙들이 여전히 무장해제를 하지 않고 있다고 느꼈다.

다행히 아카데미 회원 브리포가 연극 공연 수락을 공표했다. "인간의 에스프리가 모든 규칙을 벗어나 얼마나 멀리까지 갈 수 있는지를 대중이 본다는 것은 너무도 바람직한 일입니다."

그러나 내무부장관과 검열위원회는 끝내 수정을 요구했다. 위고는 라부르도네 경에게 응수했다. "네 가지 사유를 들어 저는 반론하지 않을 수 없습니다. …"

그런 교전과 복병들로 그는 열 받고 속이 터졌다.

"선생이 알고 있는 지긋지긋한 염증이 창자에서 시작되어 머리를 타고 올라와 눈까지 퍼졌소. 저는 소경이 된 채 종일 사무실에 갇혀 있소. 차양을 내리고, 창문도 닫고 현관문도 닫고 있소. 일할 수도, 읽을 수도, 쓸 수도 없단 말이오." 생트-뵈브에게 그렇게 토로했다.

몸에 신열이 났다. 파리는 올해 마지막 달 센느 강이 얼어붙을 정도로 매서운 추위에 휩싸였다. 테아트르-프랑세에 가려면 바람에 뒤흔들리는 다리를 건너고 미끄러지지 않도록 덧신을 신어야 했다. 마침내 극장에 도착했다. 극장은 매우 긴장된 분위기였다.

거장 여배우 마르스가 "당신은 당당하고도 관대한 나의 사자lion요" 라는 대사를 거부했다는 말을 들었다. 그녀는 조롱거리가 되고 싶지 않다고 말을 뒤풀이했다.

그녀를 질책하면서 배역에서 배제한다고 통보할 수밖에 없었다. 그녀는 분개했으나 결국은 고개를 숙였다. 그러나 위고는 끝내 그녀가 대본에 충실하리라는 믿음이 안 들었다.

그는 무성한 뒷소문에 맞서야 했다. 그가 모사를 꾸몄다는 것이다. 비니가 번역하고 오랜 동안 공연 목록에 등재되어온 『오델로』의 일정이 무시된 채 『에르나니』 뒤에 공연되었다고 주장했다. 어떡해서라도 위고를 비니와 혼돈시키려고 한 것이 분명했다!

「르 글로브」는 비니의 저서를 경멸하며 '낭만파 피그미 족장 위고 선생'에 대한 헛소문을 뿌려댔다.

응수해야 했다. 그는 말했다. "『오델로』보다 『에르나니』가 먼저다, 언젠가는!" 비니에게도 써 보냈다. "우리 둘을 이간질 하고 있소. 그렇지만 『오델로』의 날 저는 선생에게 입증해 보일 거요. 내가 그 어느 때보다 선생에게 선하고 헌신적인 친구임을 말이오."

구렁이 같은 인간들에게 그 말이 먹히겠는가?

검열위원들이 난리가 났다. 덜컥 겁이 났다. 위원회에 제출한 원고는 신문사 편집실에서 돌아다니고 있었다. 조롱당하고 희화戱畵되었다. 『라 르뷔 드 파리』는 『에르나니』에 대한 라투쉬의 장문 기사로 '문학의 파벌'을 고발했다. 공모共謀는 젊은 작가들이 자신의 작품을 방어하기 위한 목적이라는 것이었다. 위고는 자신이 표적이 된 것을 알았다. 라투쉬가 말했다.

"왕자와 신하, 대가들과 그들의 하인, 한 수 더 나가 사기꾼과 공범자끼리만 어울리도록 문학적 풍속을 바꾸어 놓은 자는 누구인가? 이대로라면 우정은 투기가 되고 허영은 사회적 유대가 된 것이다. 사방팔방 창작의 삶을 위한 상호보험회사가 개업될 것이다. …"

긴장은 고조되었다. 일종의 앙가주망으로 가는 결정적 교전이었다. 전혀 새로운 방법으로 승전해야 했다. 그는 연극 공연에서 관례가 된 '전문 박수부대' 동원을 거부했다. 대신 그는 친구늘을 불렀다.

그는 반격했다.

"검열이란 말하자면 자필 원고, 제 맘대로 할 수 있는 원고, 자기 쾌락을 위한 원고다. 그것으로 원하는 모든 것을 할 수 있다. 검열은 나의 문학적 원수다.

검열은 나의 정치적 원수다. 검열은 용납할 수 없는 권리, 부정직한, 불충한 것이다. 나는 검열을 규탄한다."

연말이었다. 센느강은 여전히 꽁꽁 얼어 있었으나 빅토르는 성공을 거두었다는 생각으로 뜨거웠다.

검열도 취소되고 『에르나니』도 승인이 났다.

"원고 효력 유지의 권리를 부여함. 나아가 극장 사무국장 트루베 남작의 동 카를로스에 대한 표현들도 동일함. 겁쟁이, 미치광이, 몹쓸 왕…"

하지만 끝내 불허의 표현이 있었으니, "작금의 왕들은 나에게 신성하다고 그대는 믿는가?" 그 말은 이렇게 바꾸어야 했다. "우리에게 신성한 이름이란 존재하는가?"

중요한 것은, 작품은 결국 무대에 올라갔다는 것, 그리고 핵심은 하나도 바뀌지 않았다는 점이었다. 우리의 말은 단순하다! 이 정도라면 붙어볼 만하다! 매 순간은 전투이니.

샤를르 노디에는 그를 버렸고 비니는 『오델로』의 찌질한 성공으로 예민해져 있었다. 일간지들은 눈치만 보고 있었다.

위고는 토로할 곳이 필요했다. 결국 12월 중순 생-발리에게 써 보냈다.

"선생은 내가 빚에 허덕이며, 사람에 짓눌리고, 일에 과부하가 걸리고, 결국 질식해버리는 꼴을 지켜보는구려. 코메디-프랑세즈, 『에르나니』, 리허설, 남배우 간, 여배우 간 무대 뒤 질투의 싸움, 일간지들과 경찰의 음모, 게다가 한편으로 늘 심각할 정도로 혼란스러운 나의 사생활, 정리되지 않은 아버지의 유산… 이것이 바로 내 삶이라오. … 선생은 언제나 뱃고동 울리는 항구에 있구료. 부디 기다려 주시오! 난, 난 헤엄치고, 싸우며, 이 물결 기어이 거슬러 올라가리니. …"

12월 31일, 그러니까 그 해 끝 날에도 머리를 쥐어박는 일이 있었으니, 친구 알퐁스 라브의 죽음이었다. 망극罔極, 장렬한 희생.

슬프다! 친구 지금 뭐하는가, 오! 라브, 오 내 친구여

잠든 무덤 속, 준엄한 역사가여!

[…]

오 고결한 친구여, 옛 선인들처럼 벌써

우리 곁에 친구 음성은 사라졌으니

친구 가슴에 부풀어 오르던 공평으로 충만했던

강인한 그대 목소리

칼로 파내고 끌로 새기던 친구의 손 그리워라

현자들이 황금에 놀아나는 시절

이익에 눈먼 사상이 오직 돈에 알랑거리는 시절이여… 146

1830

칠월은 당신께 주었소, 당신 가족을 살리기 위해

바스티유를 불태우는 아름다운 태양 세 개를…

위고는 마르스 양이 극장 난간 쪽으로 나가는 것을 보았다.

그 여배우가 1월 초부터 매일 출연하는 소극장을 알고 있었다. 그는 리허설을 방해하고, 갑자기 그의 눈을 가리는 장난을 했다. 한번은, 작가가 오케스트라 어느 자리에 앉아있는지 뻔히 알면서도 들어와 그를 찾는 척을 했다.

일어서 나오는데 마르스 양이 싯구 하나를 말하며 물었다.

"위고 선생님, 이거 좋아하시나요?"

그는 평정심을 지켰다. 피곤함과 일종의 큰 확신에 찬 느낌이었다.

"그러니까 썼지요, 부인. 좋다고 생각했으니까요." 이어 말했다.

"도냐 솔 연기를 하지만 솔직히 마르스 양으로 남기를 원하잖아요. 만일 실제 실바 출신 뤼 고메즈의 고아라면…."

조용한 말투로 이어갔다. 배우들의 지적을 참을성 있게 수용해야 했다.

『에르나니』 초연이 2월 25일 그러니까 그의 스물여덟 번째 생일 전날 밤 예정되어 있었다. 한 가지 목표, 무조건 고분고분 하는 것이었다. 이후로 아이들과 아델은 더 이상 보기 힘들리라 생각했다. 늘 무엇엔가에 쫓겼다. 리허설, 온갖 비난, 구설수, 때로는 선배들의 '훌륭한 충고들', 함량 미달의 친구들까지.

샤를르 노디에는 라마르틴느에게 털어놓았다. 위고는 이미 알고 있었다.

"위고 선생에 대한 저의 우정을 쏟은들, 자신의 안정과 행복을 걸고 투신하는 무모한 용기가 유감입니다. 말하자면 작은 내전內戰을 방불케 하는 폭풍 같은 선전을 볼 때마다 느낍니다만…"

그는 위고의 배역 교체를 나무랐다.

"나이 스물일곱에 말하자면 교파를 만들었으니, 우리가 냉정한 이성으로 공연을 되돌리는 일은 틀린 것 같소. 젊은 팬들의 열정은 그에게 틀림없는 경고음이 될 테니. …"

위고는 의아한 듯 어깨를 들썩였다. 노디에가 알랑거리는 말에는 위선과 가시가 있었으니, 그런 말들. "부디 선생께 앞날이 고난이 되지 않기를!"

생트-뵈브, 절친인 그의 행동이 이상했다. 『에르나니』 이야기는 일체 없고, 고통스러워만 보였다. 한탄을 하고 한숨을 지었다. '독일 베를린 아니면 뮌헨 어느 대학, 바이에른의 선한 왕이 있는 곳'으로 도피하고 싶다고 했다. 거기 살며, 불문학을 가르치고 독일어도 배우고 싶다고.

행운이 왔다. 메리메, 벵자맹 콩스탕, 티에르 같은 '지식의 거봉들'로부터 편지를 받았다. 「르 글로브」의 보도처럼 그들은 한결같이 초연을 재촉했다.

그리고 위고는 그 청년들이 그의 아파트로 들어가는 것을 보았다. 그 예술가 학생들은 바로크 양식의 옷에, 장발에, 요상한 모자를 쓰고 있었다. 위고는 자신감의 파도가 밀려오는 듯했다. 그들은 고티에, 드베리아, 네르발, 발자크, 베를리오즈, 페트루스 보렐 들라 크루아 같은 믿을만한 친구들과 함께 오케스트라 수십 개 좌석을 씸하러 갔다. 빅수부데로씨 일당들과 맞장뜨자는 생각이었다.

그 '시위대'의 거두들, 아틀리에 동료들은 노트르-담-데-샹 로 광장을 표방하러 나왔다.

위고는 붉은 종이 두루마리를 구입했다. 그리고 정사각형으로 작게 자른 종 잇장마다 스페인어 '이에로Hierro'라고 갈겨썼다. '무쇠'라는 뜻이었다. 그는 그 시위대를 화랑 2층에 앉히고는 '통행증'을 각각 나누어 주었다.

그는 '야성적이고 럭비공 같은' 청년 부대를 보며, 자기 자신은 지금 자신 한 사람 그 이상을 대표하고 있음을 깨달았다. 그리고 붉은 조끼 차림에 허리까지 내려오는 장발로 공연장에 올 고티에를 만났다!

2월 25일, 공연 첫 날, 꽁꽁 언 겨울 오후, 테아트르-프랑세로 갔을 때 3시부 터 어마무시한 지지부대가 안으로 들이닥치는 것을 목격했다.

그 부대는 거기서 4시간 이상 장내를 장악했다. 힘찬 노래를 부르고, 마늘 소시지와 구운 소시지를 먹어댔다. 오줌 냄새는 극장 어두운 구석까지 진동했 다. 실크 드레스에다 프록코트와 검은 양복 조끼까지 걸친 이들이 자리를 차지 하고 익살을 부리며 입장객들을 환영했다. '헷갈리는', 난장판 관중, 온갖 음식 냄새, 오줌 냄새까지 속이 뒤집어질 지경이었다.

위고는 커튼 틈새로 관망했다. 무대 뒤에서 박수갈채, 함성의 물결, 휘파람 소리를 지켜보았다. 첫날 저녁의 전투는 승리했음을 직감했다.

공연이 끝나자 마르스 양이 그에게 다가와 말했다.

"저, 말입니다. 사랑하는 도냐 솔을 포옹해야 하는 거 아닌가요?"

그가 극장 밖으로 나갔을 때 수십 명의 청년들이 그를 둘러쌌다. 그를 전승 장군처럼 수행하여 노트르-담-데-샹 로까지 행진했다. 함성을 지르며, 노래를 부르며, 박수를 치며.

살롱이 북적거렸다. 뒤마는 기고만장했다. 붉은 조끼 차림의 고티에는 광채 를 발하며 선언하듯 말했다.

"오늘 저녁 우리의 삶을 결정한다!"

흥행수입이 대단하다고들 입을 모았다. 5,134 프랑 20 상팀, 대 성공이었다.

위고는 몇 발짝 물러서서 말했다. "전투는 이제 시작일 뿐입니다. 며칠 후, 그 많은 '친구들'이 나타나지 못할 때 가장 힘든 공연이 될 것입니다. 테아트르-프랑세 대표 테일러는 작가에게 좌석 수백 개를 제공한다 했지만 막상 관중이 1,500명이나 되었습니다. 매 순간 싸워야 합니다. 흥행 수입도 지키고, 아직 『에르나니』보다는 고전극에 취향이 기울어있는 배우들에게 열정을 풀무질해야 합니다."

뒤마, 페트루스 보렐, 고티에, 그 청년들은 연극이 분명히 수용될 때까지 극장 측 반감을 사지 말자고 결의했다.

며칠 후 그는 반대파를 해결하기 어려울 것 같은 생각이 들었다. 물론 그중에는 자기 친구들도 몇 명 있었다.

「르 주르날 데 데바」에 실린 기사 중 딱 하나 외에 모든 평론가들은 그 작품에 관해 공연 조건들을 들어 비판을 쏟아냈다.

"작가는 자기 작품의 입맛에 맞는 관객들만 데려다 놓았다. 망나니 패거리, 교양이라고는 찾아볼 수 없는, 어느 술집에서 놀던 것들인지 모를 것들이 점잖은 극장을 구역질나는 소굴로 만들었다."

그는 1월 3일자 자유 일간지 「르 나씨오날」*에 실린 티에르, 아르망 카렐의 신랄한 기사를 읽었다. 그 평론가는 위고가 예술 규칙에 무지하며, 또한 분명 그는 정치적 자유와 예술적 창조의 한계를 분별하지 못하고 있다고 생각했다.

그는 자기가 존경하는 인물들의 견해에 대해 민감했던 것이 사실이다.

샤토브리앙은 칭송했다. "나는 여기까지. 위고 선생, 이제 당신이오." 그리고 위고는 자신의 청년기 목표를 이루었다는 생각이 들었다. "샤토브리앙 아니면 차라리 아무것도."

---

* Le National. 1830년 티에르(A.Thiers), 카렐(A.Carrel) 등이 창간한 일간지. 두 번째 왕정복고에 대한 반대 세력인 자유주의자들의 대변지였음.

그러나 「정치적 저널의 연재」의 발자크의 기사에서 준엄한 문장을 마주했다.

"이 작품의 동력은 바닥이 났다. 테마는 용인 불가 수준, 캐릭터는 가식적이며 인물들의 행위는 상식 밖이다. … 지금껏 보건대 작가는 시인이라기보다는 신문 연재 작가, 극작가라기보다는 차라리 시인이다. 빅토르 위고 선생은 우연에 의해서만 대자연의 속성을 간파하는 듯 하다. … 『에르나니』는 고작 발라드의 테마에 불과하다."

그런 비판들에 더 이상 연연해하지 말자, 이젠 분명해졌다, 그는 그 말을 되풀이했다. 그리고 극장 공연의 인기를 확신하고 다짐했다. 제2회 공연에서 4,907 프랑, 80상팀이나 벌었잖은가? 게다가 출판사 겸 서점주인인 마메로부터 견본 2,500부 출간비 5천 프랑도 받았다. 새로운 출판사, 새로운 발행인과 계약하기로 했다. 작품은 『카비네 들 렉튀르강의실』에 연재로 선보였다.

그해 만진 돈이 2,000프랑이 넘었다. 500 프랑은 5퍼센트 이잣돈 놀이로도 충분했다. 그보다 더 기쁜 일은 18개월쯤은 생활비 걱정은 안 해도 된다는 것이었다!

여기서 만족할 그가 아니었다.

확실한 설복說伏을, 피력披瀝을 원했다. 카렐에게 서한을 보내고 싶었다. 카렐은 사조가 바뀌는 상황에서 매우 중요한 역할을 하는 기자였다. …

왕의 연설 직후 정부 의견에 하원의원 221명이 반대표를 던졌다. 그리고 샤를르 10세는 하원을 해산하고 알제리에 군대를 동원했다. 자신을 지지할 선거인을 모을 목적이었다. 그러나 온갖 유혹과 압력에도 불구하고 221명은 각각 반대표를 두 배로 물고 올 거라는 데 의견이 일치했다.

살롱에서, 편집국에서 질서 있고 조용한 정치적 변화, 부르봉에서 오를레앙으로의 교체를 기대하고 있었다.

시역자 *이며 공화국 옛 군인인 오를레앙가 필립 에갈리테의 아들 루이 필립은 천하가 두려워하는 과격한 혁명이 발발하지 않기를 바랐다.

결국 국가의 일부인 청년들이 언론 자유를 제한하는 백기白旗 극단주의자들에 맞서 반발하고 있을 뿐만 아니라 참사까지 일어났다. 실업자는 급증하고 빵값은 치솟았다. 청년들은 테아트르-프랑세에 몰려들었다. 그리고 땅바닥에 드러누워 『에르나니』를 가열차게 응원했다. "단두대로! 무릎을 꿇려라!" 그들은 귀부인들을 뒤집어엎고 관습에 대한 경멸을 표현하며 다들 후들후들 떨게 했다.

만일, 활활 타오르는 젊음과 기존 질서에 대한 적대감이 가난한 이들의 분노, 공화당의 야망을 만날 때 어디까지 갈 것인가?

새로운 1793년을 향하여?

위고는 사회의 참상과 자유주의와 공화주의 간 갈등의 심각성을 느꼈다. 그는 노르망디의 빈자들과 실업자들의 이익을 대변하는 시를 썼다. 그리고 「르 글로브」를 발행하게 된다.

그는 '세상의 부자들과 행운아'들에게 경고하고, '자선'을 부추기고 싶었다. 그래야만 혁명을 피할 수 있다는 생각이었다.

> 어두운 네거리에, 거지가 틀림없구나
> 멈추어 서서 금빛 살롱 창문으로 새어 나오는
> 그대 빛나는 실루엣을 보고 있으니
> […]
> 법이라는 것, 아랫깃들 눈에 볼 공정히고 나쁘지만
> 또한 어떤 이들은
> 오직 즐겨라! 그리 말하노니, 부러워하라!

---

* 루이 16세 처형에 동의한 국민공회 의원.

어둡고, 쓰라리고, 냉혹한 생각

가련한 자 가슴에 침묵으로 피어오르는데

부자들, 오늘만 행복한 이들, 오직 쾌락에 잠드는구나

바라건대, 그 쾌락이 가난한 자의 손에 든 것마저 빼앗지 않기를

거지의 시선이 꽂혀있는 곳, 넘치는 부자들의 재물들

오! 모두 다 자선이 되어야 하리니!··· 147

그러나 대본이 나오자마자 걱정이 생겼다. 주변이 온통 반감이었다! 그는 작품의 각 연들이 「르 글로브」에는 순전히 우회적인 목소리로 연재되었다고 알려지기를 원했다. 달리 말하면 "다들 이런 좋은 시적 성과그런 용어를 쓸 자격이 있다면를 말하고 있다. 오직 출판을 위한 일이라는 것이다. 그래서 또한 위험하다. 여러분이 혜량 하여 주실 줄 믿는다."라고.

한恨과 질투 속에서 자란 무지를 무엇으로 물리칠 수 있는가? 아직도 『에르나니』에 대해 일절 기고한 적이 없는 생트-뵈브의 끈질긴 침묵에 놀랐다. 그래도 가장 가까운 친구로 생각했기 때문이었다. 결국 그에게 질문을 던졌다. 대답은 칼처럼 떨어졌다.

"지금으로서는 『에르나니』에 대한 기사를 쓴다는 것이 불가능합니다. 형식이나 내용 어느 면으로도 나쁠 것이 없습니다. 『에르나니』에 대해 무감각합니다. 단 한 가지 사실만은 알고 있습니다. 탁월한 작품이라는 점입니다. 왜냐고요? 어떻게 아느냐고요? 더 이상 묻지 마십시오."

위고는 기사를 더는 읽을 수 없었다.

'무감각하다.'는 말이 무슨 말인가? 비판이 비 오듯 쏟아지고, 작품을 조롱하고, 공연 때마다 관객들, 특히 여자들은 음해할 목적으로 대사가 나올 때마

다 키득거리고, 연기를 방해하는 것을 제일 친한 친구라고 하는 자가 막아주어야 하지 않나? '탁월하다.'고 말한 작품 아닌가?"

여러 극장에서 『에르나니』를 조롱하는 연극, '정체불명'이라는 제목의 '코믹극'을 공연하면서 도냐솔 역에 파라솔 양을 끼워 넣었다.

"카스티유 성 사람들이 위험하든 그렇지 않든, 낭만적인 5개의 그림과 시구들로 인해 일관성이 없다, 치명적인 향을 풍긴다, 표제를 '에르날리'로 바꾸어야 한다, 나아가 다른 제약을 가해야 한다. …" 하며 난리들을 피웠다.

그런 끝없는 전투에서 위고는 당연히 반격해야 하지 않았을까?

그는 다시 한번 읽었다. 그리고는 편지 서두 다음의 가혹한 문장에서 생트-뵈브의 행동에 대한 열쇠를 찾았다고 생각했다. "선생이 시작한 이 싸움은 결과가 어떻든 선생께 엄청난 영광을 보장한 거요. 나폴레옹과 똑같은 셈이지요. 마치 나폴레옹처럼 불가능한 일을 시도하고 있지 않소? 사실 그동안 무슨 일이 있었는지 봅시다. 선생의 삶은 끊임없이 모든 이들에게 시달렸잖소? 자유로운 시간을 빼앗기고, 증오는 폭발하고, 소중한 옛 우정들은 떠나고, 그 자리를 멍청이 또는 미친놈이 대신 차지했소. 늘어난 선생 이마의 주름을 보시오. 또 얼굴을 가린 먹구름을 보시오. 그게 어디 위대한 사고思考를 하느라 생긴 것이라고만 할 수 있습니까? 이제 내 마음이 아프오. 지난날이 후회되오. 이제 고개를 숙여 선생께 인사하고 어디론가 종적을 감추어야겠소. 내게는 나폴레옹 황제보다 보나파르트 집정관이 훨씬 더 호감이 갔소이다!"

그렇게 우정이 끝인가? 인정할 수가 없었다. 생트-뵈브의 판단은 위고에게는 쓰리고 혹독했다. 우정이라고는 찾아볼 수 없었다.

그는 편지에서 계속했다. "선생은 오스테를리츠, 이에나까지 가겠지요. 모르긴 해도 『에르나니』가 벌써 오스테를리츠에 가 있을지도 모르지요. 선생은 한계를 느낄 거고 예술은 추락할 거요. 선생의 유산은 빈털터리가 되고, 선생

자신은 이 시대를 깜짝 놀라게 한 찬란하고 숭고한 에피소드에 불과할 것이오."

위고는 입안에 소태처럼 쓴 맛을 가득 느꼈다. "찢어버리시오. 죄다 잊으시오." 생트-뵈브가 결론을 내버렸다.

그도 역시 비수를 꽂았다.

그리고 편지지 여백에 비스듬히 끄적인 몇 줄이 있었다. 마치 참을 수 없는 분노의 외침 같은, 도저히 숨길 수 없는 질투의 발작 같은.

"그리고 부인? 사람들이 무릎을 꿇고 선생의 노래를 들을 때만 선생의 리라 위에서 그 이름을 기억될 분이지요. 종일 세속적인 이들 눈에 노출된 채 80명이 넘는 낯선 청년들에게 입장표를 나누어주고 있더군요. 순결하고 매력 있는 친숙함, 우정에 대한 진정한 대가로 떼거리들에게 정을 준 셈이지요. 매춘의 호객행위, 괜찮지요 뭐. 무조건 감사하지요. 저속한 의상 하며… 날 가지세요, 라는 거지요!"

그는 편지를 다시 읽었다. 그토록 모욕적인 말을 한 자가 또 있었던가? 추잡한 계산이 예상되는가?

아내를 지켜준다는 친구란 작자의 정체는 무엇인가? 무슨 권리로?

위고는 자신에게 영예, 재정적인 성공이 용납되지 않는구나, 생각이 되었다. 실은 그가 일전에 극장 대표 테일러에게 그런 말을 한 적이 있었다. "모진 풍파가 몰려와도 수입은 언제나 4천 프랑 이상으로 유지되오. 놀라운 일이오." 시기 질투꾼들은 알고 있었다. 자신들이 받는 돈을 따져보고 심술과 증오가 끓는 거였다.

그들은 알고 있었을까? 위고란 자가 어디 출신인지.

그는 비평가들의 견해에 대해 무관심할 수는 없는 노릇이었다. 내 작품들의 반응이 그들에게 달려 있고, 수입도, 나아가 작가로서의 생존이 그들에게 달려 있으니.

그는 『에르나니』 편집자에게 사정했다. "정중히 부탁드립니다. 작품 견본이 일간지에 보도되었는지 내일 아침 한마디만 해 주십시오. 벌써 이의 제기를 받았습니다. 그 사람들 마음을 거스르지 말아야 합니다. 급합니다. 『에르나니』를 즉각 보내주십시오. 무엇보다 중요한 것은, 어떤 저널에 작품을 맡기는가 하는 점입니다. 물론 「르 글로브」, 「르 탕」, 「르 나시오날」… 을 포함해서 말입니다."

그는 그 저널에서 아르망 카렐이 『에르나니』에 헌정한 두 번째 기사에 다시 꽂혔다. 위궤양까지 생겼다! 『에르나니』를 지지하는 운동 속에 모두가 지향하는 정치적 변화에 대한 의지 표현이 들어있다는 것을 정적인 카렐 같은 이는 깨닫지 못했을까?

샤를르 10세의 호소에도 불구하고, 선거는 정부에 대한 신임을 부결한 221명의 의원 대신 274명의 야당 의원을 의회에 보내면서 끝이 났다. 그리고 아무도 알제리 원정의 명분에 넘어가지 않았다. 그런 내용이 「르 주르날 데 데바」에 실렸다. "알제리에 대한 승리를 우리들 자유에 반하는 승리로 만들고, 나아가 우리가 쟁취하고자 하는 영광을 부패와 폭력의 수단으로 악용하려는 비상식적인 목표가 있다."

적어도 카렐은 자신이 비평을 퍼붓는 그 작품을 쓴 시인에 대해 모든 것을 알고 있었다!

위고는 그를 설복시키고 싶었다. 그에게 이렇게 썼다.

"살롱과 일간지가 모든 것을 쥐락펴락하는 시절, 나는 살롱에도 일간지에 기대지 않고 줄곧 나의 길을 가기 시작했소. 내가 관련된 사건이 있을 때마다 나는 혼자였소. 의식이든 예술이든 말이오. 유념하시기를 부탁하오, 카렐 선생. 나는 제국의 거대한 숙명에 속해 있긴 하지만 내게 제국과 숙명은 애당초 관심이 없소. 나는 스무 살에 결혼한 사람이오. 가장이란 뜻이오. 나는 오직 나 개인의 일 그리고 오늘이라는 시간에 전념하오. 공장 노동자처럼 말이오. …"

과연 위고란 사람이 누구인지 이해하는 데 그 말이면 족할까? 시인은 계속했다. "난 가련한 자요. 나는 예술을 일종의 부역로 취급해왔지요. 예술을 위해서라면, 현재보다는 미래를 생각했소. 나는 선택의 여지가 없이 작품과 일을 동시에 짊어지고 있소. 불행이오. 말이오만, 사명은 작품을 절대 방해하지 못하오."

순간 그 편지를 쓰며 숨이 턱 막히는 느낌이었으나, 그래도 앞으로 18개월 동안 벌어들일 수입을 생각하며 누그러졌다. "돈으로 보면 솔직히 나에게 『에르나니』는 별것 아니었다." 후에 그는 이렇게 털어놓았지만.

위고는 『노트르-담 드 파리』를 발행인 고슬랭에게 주겠다고 약속했다. 지금은 소설 윤곽만 쓰고 관련 자료만 모은 상황이었다. 고슬랭은 초조했다.

괴로워하던 고슬랭은 어떻게든 출판해야 했다. 결국 에르나니의 소동을 이용하고 싶어 했다.

"더 이상 본 저작물의 출판을 미룰 수 없습니다. 심각한 손해를 입지 않기 위해 저는 법적 권리를 이행하기로 결정했습니다!"

위고는 머리 끝까지 화가 났다. 고슬랭은 이미 그에게 『사형수 최후의 날』을 위한 문학의 교훈을 말하고 싶어한 사람이었다. 그리고 당시에는 법적 협박 수단으로 계약의 칼을 휘두르고 있었다. 고슬랭은 원고를 다시 읽었다. 어떻게든 합의를 해내야만 했다. 그는 위고를 만나 작품완본 발표를 위한 전단 배포 비용 이야기를 들었다. 생트-뵈브가 그 제작자였다. 위고의 친구 아닌가? 그것이 바로 계약 참여의 또 다른 증거 아닌가? 위고가 계약을 이행하지 않으면 생트-뵈브가 타협할 생각이었다. … 위고는 이를 악물었다.

그는 수갑 찬 기분이었다. 갱신된 계약으로 발행인이 요구하는 엄격한 조건에 동의해야 했다. 게다가 12월 1일까지는 『노트르-담 드 파리』 최종본을 인도할 것을 약속하지 않으면 벌금을 주당 천 프랑씩 물어야 하고, 2개월 지연되면

이천 프랑을 추가로 지불하는 것이었다. 2월 1일이 되면 일만 프랑!

계약서 서명이 끝나고 그는 자초지종을 합창단장에게 말해주고 싶었다.

'잊을 수 없을 거요. 모리배들 같으니. 소송 사건에 제일 친한 내 친구 한 명 이름을 넣어 협박하여, 끝내 내 권리를 포기하고 당신의 부당한 선언에 서명하게 만든!'

그러나 막상 고슬랭에게 편지를 쓰면서는 무슨 답변인가 싶었다. "당신과의 관계 유지를 위해 당신의 그 변덕과 고집에 무릎을 꿇어야 한다면, 차라리 잘 되었소. 이제 당신이 회피할 수 있는 딴 길이 없게 되니 나는 기쁘오. 게다가 내가 바라는 대로 원만한 화해 이전에 당신 편지를 받았다면 틀림없이 해답은 법원뿐이었을 거요…"

그는 편지를 구겨버렸다. '아! 다시는 발행인에게 의지하지 말자! 내 자신 아닌 타인에게 복종하도록 절대 스스로 강요하지 말자!' 스물여덟 나이에 그는 이미 그런 상황을 원하여 그토록 싸웠던 걸까?

마치 '나'의 에스프리는 절망의 소용돌이에 휘말리는 듯한, 그동안 쌓아온 모든 창작과 이루어낸 영광은 아무짝에도 쓸모없는 듯한, 마치 심연은 눈앞에 있고 '나'는 너무 멀리 와버린 것을 깨달은 것 같은, 차라리 무無이고 싶은 생각이 들었다.

친구들이여, 깊은 백일몽으로 뚫고 들어가지 마오
꽃 만발한 들판의 흙을 파 헤집지 마오
잠든 대양이 그대의 눈에 들어올 때
다만 수면 위에서 헤엄을 치고 물가에서 노시오
생각이란 끝없이 어둡기 때문! 눈에 보이지 않는 비탈은
현실 세계에서 보이지 않는 영역으로 향하려니
나선螺旋은 깊기만 하고 일단 거기로 내려가면

그 길은 끝없이 길고 갈수록 넓어지리니

그리하여 어느 치명적인 비밀을 건드리고 나면

그 어두운 여정으로부터 종종 우리는 창백해져 돌아올 뿐!

[…]

오! 시간과 공간, 두 겹의 바다여

인간의 선박이 언제나 지나고 또 지나는 곳.148

그를 사로잡는 괴로움, 밤바다에 익사하는 듯한 야상夜想의 감정은 모두다, 고슬랭과의 계약을 준수하기 위해 일에 매달리고, 또한 막 시작한 『노트르-담 드 파리』 집필에 매달리며 편집자에게 목이 조이는 고통을 겪으며 그 모든 것들에 엮여 도저히 집중하기가 힘들었던 데서 왔다.

게다가 생트-뵈브의 거동도 그랬다. 그가 보낸 편지들, 헷갈리는, 또한 칭송하다가 원망을 쏟아내다가 하는. 그가 보낸 비난들은 결국 그가 노트르-담-데-샹 로의 이웃이 아니라는 뜻이었다.

그는 화가 치밀었다! 생트-뵈브는 위고가 장 구종 로 9번지 샹젤리제, 원예 농사의 중심, 모르마르트 씨의 유명 호텔에 정착해서 호사를 누리고 있다고 생각했다. 파리 교외의 유일한 건물! 그러나 노트르 담 데 샹 로의 소유주들은 『에르나니』 공연에 따른 리셉션, 집회, 소음을 더 이상 용인하지는 않았다. 공연은 벌써 서른여섯 차례나 이루어졌으며 마지막 공연은 6월 26일에 있었다. 그동안은 임대료를 갱신하지 않았다.

이제부터는 장-구종 로로 간다!

위고는 넓은 방들을 왔다 갔다 하며 서재를 석판화와 소묘로 장식했다. 의자 대여섯 개와 테이블 몇 개를 놓고, 그 위에다 『노트르-담 드 파리』를 위한 두툼한 참고서를 올려놓았다.

창문을 열면 정원과 시골과 나무들이 보이고 멀리 앵발리드의 돔이 보였다.

이제 됐다. 드디어 작업할 차례다.

그때였다. 생트-뵈브가 찾아왔다. 마치 질투하는 애인처럼 아델에 대해 언급한 편지를 보낸 직후였다. "부인에게 전해 주시오. 날 불쌍히 여기고 날 위해 기도해달라고!"

그 말이 대체 무슨 말인가?

위고는 간신 같은 그의 얼굴을 쳐다보았다. 그와 말을 섞고 싶지 않았다. 생트-뵈브와 자신 사이에는 일종의 깊은 균열이 나 있다는 것을 직감했다. 그런 그의 행동을 표현하는 편지를 받은 것은 놀랄 일이 아니었다.

"어제, 우리는 참 서글프고 냉랭했소. 좋지 않게 헤어져 괴로웠소. 저녁 내내 힘들었소. 돌아오면서, 그리고 밤새도록 말이오. 이런 상태라면 선생을 종종 본다는 것이 불가하다고 생각했소. 실은 그 때문에 선생을 자주 보지 못한 거요. 솔직히 우리가 서로 할 말이, 나눌 이야기가 뭐가 있겠소? 아무 것도. 예전처럼 함께 할 수 있는 것이 하나도 없으니.…"

위고는 아델을 물끄러미 쳐다보았다. 그는 그녀와 생트-뵈브 둘이 꾸민 모사를 눈으로 확인했던 사실을 떠올렸다. 생트-뵈브가 한 모든 말들과 그녀에 대한 그의 관심이 위고의 머릿속에 되돌아왔다.

위고는 그런 일들을 질투가 아니라 동정으로 느껴졌다. 그 남자는 지금 괴로운 남자다. 사랑은 그에게 마치 숙명처럼 툭 떨어진 것. 왜 그를 꼭 단죄해야 할까? 더구나 그와 전투를 벌이듯 말인가?

생트-뵈브는 이렇게 썼다.

"나는 끔찍하고 질 나쁜 생각, 온갖 증오와 실투, 세나가 인간 혐오도 갖고 있소. 더 이상 울지도 못하오. 나는 만사를 음흉하게, 철저히 은밀하게 분석하오. 내가 지금 이러니 내 자신을 숨기고, 엄청 진정하고, 원한을 너무 휘젓지 않고 담담히 가라앉히고, 선생 같은 친구 앞에서 나 스스로를 자책하고 있소. 나는 지금 그래서 그러는 거요." 그리고는 '마담 위고'에게 다시 한 번 용서를 구했다!

위고는 자문했다. 생트-뵈브가 말하는 사랑은 공유된 사랑인가? 그는 아델을 향해 몸을 돌렸다. 그녀는 고개를 푹 숙이고 있었다. 그녀가 힘들어하는 것은 임신 마지막 몇 주간의 피로도 여름 더위도 아니었다. 얼굴은 슬픔이 가득하다는 것을 말해주고 있었다.

> 오! 왜 숨으려 하오? 여기 혼자 울고 있는 그대
> 그대 몽상의 눈앞에 대체 누가 지나갔소?
> 그대 영혼에 어느 그림자가 떠 오른 거요?
> 긴긴 회한인지 아니면 어두운 예감인지
> 아니면 잠자던 과거 속 푸른 기억들,
> 그것도 아니면 여자의 모호한 결핍?[149]

그는 다가가고 싶었다. 하지만 염치와 일종의 부담이 가로막았다. 또 사실 모든 것을 알고 싶지도 않았을 것이다.

설상가상으로 연이어 사건들이 터졌다.

군대가 샹젤리제를 침공했다. 시장 한 가운데 포대가 진을 쳤다. 야영지는 바로 나무 아래에 있었다. 그리고 사격이 시작되었다.

밖으로 뛰어나갔다. 군인들에게 둘러싸인 소년 한 명이 나무에 묶여 있었다. 군인을 향해 총을 쏜 모양이었다. 위고는 지체 없이 끼어들었다. 아이에게 총질을 해서는 안 된다!

아이는 구사일생으로 살았다. 그리고 위고는 파리가 온통 혁명에 휩싸였다는 것을 알았다. 샤를르 10세는 칙령을 공표했다. 의회는 해산되었고 모든 언론과 금지대상 신문들은 어떤 형태든 삼엄한 검열 대상으로 짓눌렀다.

싸움이 이제 시작이었다.

1815년부터 쌓여온 원한이 끓어오른 것이다. 부르봉 왕가는 삼색기를 찢어 버리고 오직 흰색만으로 된 깃발을 지금 휘두르고 있었다.

싸움은 7월 27, 28, 29, 이렇게 3일 간 계속되었다.

파리 이공대생들이 수공업자들과 합류했다. 티에르, 카렐 같은 「나시오날」의 자유주의 부르주아들은 영광스러운 3일이 지난 8월 1일 시청 발코니에서 오를레앙 가의 루이-필립이 라 파예트 장군의 경호 아래 프랑스 왕으로 등극하도록 조종했다.

"라 파예트의 공화주의식 포옹이 왕을 만들었군." 샤토브리앙이 두런거렸다.

위고가 답했다.

"1830년 7월 이후 우리는 '공화제적인' 것 그리고 '왕정'이란 단어가 필요했습니다."*

그는 싸울 수가 없었다. 그는 그것을 평생 후회하리라 했다. 그러나 7월 28일 그는 부부 침실 문을 지나 걸어갔을 때 멀리 대포가 요란하게 울렸다. 아내는 친정 엄마와 같은 이름의 아이를 낳았다.

"선하신 주님께서 방금 저에게 큰 행복을 주셨다." 위고는 외쳤다. "아내는 다행히 어젯밤 제법 몸이 크고 건강하고 통통한 딸을 낳았다."

그는 산모가 누워있는 침대에 다가갔다. 그녀는 기운이 소진한 중에도 뭔가 단호한 표정을 하고 손을 들어 그를 뿌리쳤나. 그리고 "이 애가 미지막이에요."라고 중얼거렸다. 8년 동안 다섯, 첫째는 잃고 이제 3남 1녀, 충분했다.

그녀는 고개를 돌렸다. 그제부터 각방 생활이었다.

---

* 7월 혁명(1830년)은 군주제 자체는 유지하되 입헌군주제를 목표로 함.

게다가 그녀는 생트-뵈브가 막둥이의 대부를 했으면 좋겠다는 말을 중얼거렸다.

위고도 지쳤다.

모든 것이 뒤범벅이었다! 개인의 '혁명'과 자신이 참여할 수 없는 정치혁명. 복잡한 생각을 하다가 며칠 동안 아이들과 함께 몽포르-라모리로 피신해 있기로 결정했다. 그리고 거기에 가 있으면서 주인과의 대화 속에서 자신이 위험한 혁명가임을 깨달았다.

'혁명은 늑대와 같아서, 서로 뜯어 먹지는 않는다.' 그는 혼잣말을 했다.

사람들은 그를 '먹잇감'으로 놔두었다.

파리에 돌아왔을 때도 평정은 아직 돌아오지 않았다. 루이-필립은 삼색기를 온 몸에 두르고 있었다. '프랑스 왕'임을 보이려 한 것이었지만 사실 그는 누가 봐도 '부르주아 왕'이었다. 그들은 무기를 내려놓기를 꺼렸다. 위고는 비장한 생각을 했다.

'프랑스가 총성에 휩싸여 있을 때, 내 안에는 노병의 자식이 있으니 그는 다시 일어서리라'

와중에 그는 또 한 번 충격을 받았다. 정치적 반전이 이어졌다.

'끓는 냄비 위에 삼 색 휘장을 잡아매는 저 모든 사람들을 보니 참으로 한심스럽구나.'

그는 망명을 떠나는 샤를르 10세를 저주하는 사람들 사이에 있고 싶지 않았다.

그는 썼다. 혁명을 예찬하고 싶었다.

자랑스러우시니. 당신은 당신 선조들에 견줄만한 일을 해냈으니
숱한 전쟁으로 박탈된 민중의 주권

338

당신은 수의壽衣에 감긴 주권을 살려냈으니

칠월은 당신께 주었소, 당신 가족을 살리기 위해

바스티유를 불태우는 아름다운 태양 세 개를…

당신 선조들은 그중 하나만 소유했으니!

[…]

사흘 밤, 사흘 낮, 용광로에서

우리 온 민중은 불에 달구었으니… 150

그리고 그는 덧붙였다.

오! 망명자가 가져온 그리고 망명자가 가져올

이 죽은 종족 위에서 내가 울 수 있도록 해 주오

이미 세 차례나 그들을 앗아간 치명적인 바람!

적어도 우리 선조 노왕老王들을 다시 모셔옵시다

플뢰뤼스의 깃발*

그 자랑스러운 군의 영예를 돌려주오

떠나가는 프랑스 깃발에.151

그는 '삼색기라도 백기 앞에 엎드릴 줄도 알아야 한다.'는 것을 말할 필요를 느꼈다.

역사는 그를 부주키는데 어찌 스스로를 김금한 채 『노트르 담』을 쓴단 말인가! 그는 혁명의 난리 속에 분실한 자료들을 찾는다는 구실로 고슬랭에게 다시 연기를 요청해야 했다. 발행인은 그에게 2개월 연장에 동의했다.

---

* Fleurus. 오스트리아 군대를 상대로 승리한 1794년의 전투.

그리고 9월 1일 그는 일종의 커다란 모피를 뒤집어쓴 채 글을 쓰기 시작했다. '기적의 과정', '노트르 담 성당 광장', 파리 중심에 서 있는 대형 'H자'를 닮은 두개의 탑 외에는 모두 잊고 싶었다.

황제의 관을 생트-엘렌느에서 송환하여 방돔 기둥 아래 놓기를 원하는 몇몇 하원 의원들의 요구를 지지하던 때 말고는 쓰는 일을 멈추지 않았다. 그리고 일부 연聯을 구성하는 시간은 1827년에 쓴 「콜론에 관한 오드」 속편 제공과 동일했다. 벌써 3년이 넘었다!

헤맨 길이 얼마였던가! 명을 달리한 아버지! 혁명은 도래했으니! 아이들! 그리고 의혹, 고뇌, 첩첩산중이구나. 그의 아내이기를 포기한 아델, 성실하지만 필시 딴 남자의 애인인 것이 분명한 … 수시로 편지를 보내더니 결국 온갖 이해를 구하며 아델에 대한 사랑을 고백하는 생트-뵈브….

"내 하루가 어떻게 흘러가는지, 내가 얼마나 모순적인 정열에 사로잡히는지 안다면, 당신을 화나게 한 사람을 불쌍히 여기고 나를 비난하는 대신 나에 대해 영원한 침묵을 지킨 채 내가 죽기를 바랄 것이오. 아시겠지만, 내게는, 절망, 분노, 때때로 당신을 죽이고 싶은 욕망, 진실로 … 나는 사랑을 오직 당신, 당신에 대한 이중적인 우정위고 부인 그리고 당신 안에서만 찾았소. 그리고 내 상상과 마음의 치명적인 실수를 확인했을 때 나는 비로소 가슴이 에이고 덜덜 떨리기 시작했소. 이런 나의 사랑은 하느님이 증인이오. 앞으로 나는 당신 집에서 무엇인들 할 수 있는 것이 있겠소? 당신은 불신하고 있고, 의심은 우리 사이를 파고들고, 당신의 감시는 불안하기만 한데. 위고의 부인이라 해서 당신 스스로는 나의 시선을 주목할 수 없는 것이오?"

위고는 쭈뼛거렸다. 생트-뵈브가 아직은 그와 여전히 접촉하고 있기 때문이었다. 아델이 그러나 그 남자에게 넘어가는 것은 상상할 수 없었다. 아무리 그의 노골적인 사랑 표현에 아델이 푹 빠졌다 하더라도. 그리고 집착의 피해

자 아델에게는 관대한 생각이 들었다. 그녀를 무엇이라고 나무랄 수 있단 말인가? 그는 답신했다.

"친구여, 우리 서로 관용을 가집시다. 나는 내 상처가 있고 선생은 선생의 상처가 있소. … 오직 시간이 약이 될 거요. 이 모든 상황에서 우리가 서로 더욱 사랑해야 할 이유를 찾을 때까지 기다립시다. 아내는 선생의 편지를 읽었소. 우리 종종 만납시다. 나에게 편지도 계속 보내주시오. 결국 나보다 좋은 친구는 없을 거요. …"

생트-뵈브는 불만으로 투덜거렸다.

"우리 우정이 이제 끝난 거요? 그리고 그게 내 잘못이오? 허송세월만 낭비한 거요? 기약할 수 없는 미래만 바라보고 있어야 하겠군요. 그렇잖소?"

결국 그는 무엇을 원하는 것인가? 빅토르는 한숨을 지었다. 질투만은 아니었다. '나는 아델을 여전히 사랑하는가? 길 가는 나그네의 시선이 한 소녀의 발목에 꽂혀 하루 밤새도록 뒤척이며 그녀를 그리워하듯이 지금도 나는 아델을 사랑하고 있는 걸까?'

인정해야 했다. 모든 것이 달라졌다. 이제 그는 그녀가 생트-뵈브와 자신 둘 중 하나를 선택하도록 할 준비가 됐다. 생트-뵈브에게 편지를 썼다. "자, 선생을 보는 것은 변함없이 반가울 거요. 편지를 쓰는 일도 마찬가지요. 삶의 리얼리티는 단 두세 개 뿐이오. 우정이 그 중 하나요."

그는 책상으로 돌아갔다. 『노트르-담 드 파리』 집필을 계속해야 했다.

순간, 그는 방돔 지하의 나폴레옹 시신 안장식에 봉헌한 싯구들을 다시 읽었다.

아버지는 평소 황제에 대해 말하며 분명 행복해한 것 같았다.

잠드소서, 언젠가 우리는 님을 찾아 가리다! 그날은 필시 오고!

우리는 님을 주군을 넘어 하느님으로 모시리니

비운에 간 님의 운명에 우리 눈은 촉촉이 젖어…

[…]

오! 편히 가소서, 아름다운 장례를 마련하오리다

[…]

님은 우리와 더불어 평안하소서! 님께서 세우신 돔 기둥 아래 누우소서

강인한 힘 솟아오르는 당당한 파리 안에 잠드소서… 152

그는 이미 노트르담을 중심으로 들끓는 파리를 그리고 있었다.

제7편
1831~1832

1831

> 그리하여, 오! 저주하노니, 그들의 궁정, 그들의 은신처에서
> 왕들이 탄 말들은 그 배에서 피가 흐르리니!

위고는 작업실로 들어갔다. 그는 금세 알아보았다. 『노트르-담 드 파리』 원고지 위에 메모가 적힌 쪽지가 있었다. 얼른 들여다보았다. 7살이 되는 레오폴딘느가 쓴 것임을 금세 알았다. "사랑하는 아빠, 새해 복 많이 받으세요. 똑똑하게, 아빠가 원하는 공부를 열심히 할 것을 약속할게요. 디딘느."

감동하여 눈물이 찔끔 났다. 역시 자녀란 유일한 부富이니. ⋯

너의 아름다운 두 눈에 한없는 유순함이 가득하고
너의 유쾌하고 축복받은 귀여운 두 손은
지금껏 어떤 죄도 범한 적 없으니
그대 어린 발걸음 우리 죄악의 진흙탕에 들여놓은 적 없으니
신성한 얼굴이여! 금발의 아이여!
황금빛 후광을 두른 아름다운 천사여![153]

빅토르는 아델이 자기를 사랑하지 않는다고 원망할 수 없었다. 그녀는 나무랄 데 없는 엄마였다. 하지만 그를 여전히 사랑할 수 있을까?

생트-뵈브에게 제안했다. 아델로 하여금 둘 중 하나를 선택하도록. 그는 속으로, 그녀는 망설이지 않으리라, 그자가 미친 듯 알랑거린 짓이니. 그뿐. 결국 그는 자신이 생트-뵈브에게 했던 말을 그녀에게 해주었다. … 그녀는 위고를 제 정신이 아니라는 듯 쳐다보았다.

그녀가 설마 생트-뵈브를 위하여 자신을 버릴 수 있을까? 그리고 그는 온갖 구설수를 떨치고 모녀를 책임질 생각을 할 수 있을까?

승산 없는 열정이 솟았다. '내가 반드시 이기리라. 아델은 평생 내게 매여 살았으니.'

하지만 그녀가 둘 사이에 설정해놓은 거리, 아내로서의 의무를 다하면서도 확실히 유지하고 있는 무관심. 위고는 기가 죽어 있었다.

거실에는 생트-뵈브가 아이들에게 보내준 장난감들이 보였다. 레오폴딘느는 감사의 편지까지 썼다. 모두다 아델이 시킨 것이었다.

"생트-뵈브 아저씨 안녕하세요, 예쁜 인형을 주셔서 고맙습니다. 샤를르도 너무 좋아해요. 아저씨가 아빠와 엄마를 보러 오시면 너무 좋겠어요. 여동생도 너무 좋아해요. 아저씨 꼬마 친구, 디딘느."

위고는 잠시 망설였다. 생트-뵈브와 한 가족처럼 지낸 과거 모든 기억으로 혼란스러웠다. 막내의 대부이기도 한 생트-뵈브.

온갖 생각을 잠재울 수 있는가, 지울 수는 있을까?

아델은 그럴 수 있다고 했다.

위고는 펜을 들었다.

"친구여, 당신은 우리 이런 아이들에게 좋은 사람이었소. 아내와 나는 당신에게 감사해야 하오. 모레 화요일 저희와 저녁이나 함께 합시다. 1830년은 지났소! 당신 친구, 빅토르. 참, 디딘느 편지는 받았는지 궁금하오."

작업실로 돌아갔다.

신세를 지고 있는 출판업자, 좋아하지도 않는 고슬랭에게 편지를 써야 했다. "『노트르-담 드 파리』를 2월 1일까지 기일 엄수하여 넘겨드릴 수 있습니다. 물론 오늘, 그러니까 1월 12일부터 당신이 결정하는 일정에 따르겠습니다. 저는 결론 7, 8 쪽만 쓰면 됩니다."

원고를 넘겨보았다.

자신의 다른 어떤 작품과도 비교가 안될 만큼 그 소설에 몰입했다. 그는 욕망과 미덕 사이에서 고민하는 대주교 클로드 프롤로였다. 그는 때로 종을 울리는 콰지모도의 영혼, 혹은 포에뷔스 드 샤토페르 대위의 위풍이기도 했다. 그도 소설 속 그들처럼 보헤미안 에스메랄다를 사랑했다. 위고는 그녀를 자신의 유년과 청년의 기억에서 가져왔다. 그의 몽상으로부터 끌어오기도 했다. 그는 운명을 믿고 두려워했다. 그를 표현하는 그리스어 '아난케Ananké, 숙명'가 '파리 정 중앙의 거대한 교회… 거대한 쌍두의 스핑크스'의 벽에 쓰여 있다고 상상했다.

그리고 그는 대주교 프롤로에게 자신의 꿈을 빌려주었다.

"언론에 의해 휘발된 인간의 생각, 신권神權의 용기容器에서 증발할 것입니다. … 한 권력이 다른 한 권력을 계승한 것이지요. 언론이 교회를 죽일 거라는 의미입니다. … 모든 문명은 신정 정치에서 시작하여 민주주의로 끝나는 법입니다."

그는 텍스트를 고슬랭에게 보냈다.

그는 이제 견본 부수의 숫자를 조작할 것 같은 교활한 출판사와 시시비비해야 했다. "정확한 부수를 공개할 것을 단도직입적으로 그리고 엄중히 요구합니다. …" 그를 들볶고 언성을 높여야 했다.

"위고 선생은 고슬랭이 기사를 즉흥적으로 작성하거나 또는 즉시 쓰도록 할 만한 일간지들의 친절하고 힘 있는 대행자들 이름을 그에게 전달하는 데만 관심이 있군요. …"

고슬랭만은 나쁜 생각에 기운 사람이었다. 위고가 준비하는 시집 『가을 나뭇잎 *Les Feuilles d'automne*』 출판 혹은 예전에 금서였던, 그리고 포르트-생-마르탱 극장이 무대에 올리기로 한 희극 『마리옹 들 로름』 출판을 어떻게 그에게 맡긴단 말인가?

해결책은 단 하나였다. 그에게 계약 갱신을 위한 거액을 요구하는 거다. 고슬랭은 당연히 지불 거부를 할 것이고 그러면 출판사를 바꾸는 거다. 다행히도 『가을 나뭇잎』 견본 4천부를 6천 프랑을 주겠다고 한 랑뒤엘 같은 사람한테 가는 거다. 그리고 고슬랭, 그 자는 잊는 거다!

그는 한 언론에 그 이야기를 기고하기로 했다.

"대꾸할 가치가 없는, 읽을 가치가 없는 것이나 사람들, 심지어 존재조차 무시할 자들이 있다. 나에게 고슬랭 출판사는 바로 이런 인간이거나 이런 류의 것이다. 나는 그가 말하거나 말하도록 하는 것에 대해 대꾸하지 않을뿐더러 그가 찍어내거나 찍어내도록 하는 것은 절대 읽지 않을 것이다. 앞으로 그 자가 생존할 수 있을지 난 모른다. …"

이런! 고슬랭은 『노트르-담 드 파리』를 벌써 뿌렸다! 위고는 자신의 소설의 동력으로 삼았던 '아난케'란 단어가 가슴을 짓누르는 듯했다.

『노트르-담 드 파리』가 서점마다 배송된 날, 베리 공작 추모를 위해 정통왕조 지지파들이 모여든 생-제르맹-로제루와를 반란군이 습격했다. 대교구는 완전히 파괴되었다.

게다가 파리는 매일같이 폭동으로 들끓었다. 공화당이 루이-필립* 편을 들어 7월 혁명에 따른 몰수를 용인하지 않기 때문이었다.

위고는 불안했다. 책을 사는 이도, 극장에 오는 이도 없었다.

---

* 1830년 7월 혁명 후 왕에 즉위함.

그는 말했다. '서점이 불안한 상태'에서 『가을의 나뭇잎』에 랑뒤엘과 서명한 이윤이 큰 계약의 재정 조건을 검토할 준비가 되어 있다.'라고. 그러나 누가 그런 태도에 감사하겠는가? 그의 무욕無慾?

그는 수입을 올리는 일에만 관심 있는, '작품을 돈으로 계산하는' 작가로 알려진 소문들을 들었다. 실은 비참하게도 지갑 끈을 조이고 아내로 하여금 쥐어짜도록 만들었다.

"가엾은 사람 같으니"라고 생트-뵈브가 말했다. "빅토르는 괜찮지만 불쌍한 아내는 몸이 많이 아프고 건강이 좋지 않으니. 빅토르가 질투가 난 거지요. 자존감이 상한 거요. 아내만 병자가 된 거요."

그토록 질투하고, 오해하고, 미워할 수 있을까? 성공의 대가란 말인가?

『마리옹 들 로름』은 그 소동에도 불구하고 포르트-생-마르탱 극장은 만원이었다. 『노트르-담 드 파리』는 잘 팔리고 있었다. 고슬랭이 매출액 일부를 숨긴 것까지 하면 훨씬 더 팔렸으리라. 비니는 또다시 회색 얼굴이었다. "그는 아직 자신의 재능만큼 성공을 거두지 못했다."라고 위고를 비판했다. 비니는 극장에서 『마리옹 들 로름』을 연기한 마리 도르발의 연인이었을지는 모르나, 압도적인 승리를 경험한 적은 없었다. 질투는 거기로부터.

라마르틴느는 먼저 『노트르-담 드 파리』의 열렬한 독자라고 말했다. "그것은 소설에서의 셰익스피어, 중세풍의 서사시이다. … 다만, 선명한 '하느님의 섭리'의 결핍 때문에 부도덕하다. 선생의 성전에는 모든 것이 있다, 종교를 제외하고…." 우호적인 예찬자였던 젊은 몽탈랑베르 백작도 똑같은 비난을 했다.

하느님에 대한 믿음, 좀 다른 사고를 할 수는 없을까? 즉석에서 돌에 맞지 않고도?

생트-뵈브의 가장 이해할 수 없는 태도, 그것은 바로 이 소설에 관한 기사 쓰는 것을 거부하는 일이었다!

위고는 우정 회복을 위해 시도한 자신의 노력을 비난했다. 그토록 애쓰고, 인정하고, 당당하게 비판을 받기 위해 노력했건만. "오늘 아침 『노트르-담 드 파리』를 보내드리오. 청컨대 너무 나쁘게 보진 마오. …"라고 썼다.

답신이 오기도 전에 그는 간청했다. "선생이 『노트르-담 드 파리』에 대해 총대를 멜 셈이오? 다들 악담한다고 선생도 아직 할 말이 많은 거요? 선생은 안 그러기를 바라오."

답신을 기다렸다.

일간지 「라브니르」*는 소설에 관련된 좋은 잡지를 출판하고, 비판적인 기사도 싣고 있었지만, 생트-뵈브 것은 없었다. 자신을 은폐하는 암시 가득한 달콤한 편지글 말고는. 그는 비난했다.

"내려놓음, 신뢰, 솔직함의 결여로 우리 우정에 큰 실수를 했소… 상처는 바로 거기에 있소… 선생이 나에게 쓴 것이나 내가 선생께 쓴 어떤 것을 보아도 논쟁으로서 진실 되고 그럴듯한 주제는 어차피 서로 접근하지 못한 거요."

무엇일까? 아델로 하여금 둘 중 하나를 선택하도록 하는 것 말고 대체 무엇을 하고 무슨 말을 했단 말인가! 그는 생트-뵈브에게 곱씹어 말해야 했다.

"내가 한 말, 내가 지불한 것, 내가 제안한 것을 똑똑히 기억하시오. 나는 내 약속을 지키고 선생이 원하는 대로 다 했소. 내 나름대로는 대단한 결단이었소. 선생도 잘 알 거요!"

결국 생트-뵈브는 솔직하지 못해 뭇 비난을 받았다!

그는 계속 날아오는 편지들을 우울하게 읽고 있었다. 회한과 '한 방 먹이는' 말들이 뒤섞여 있는 편지들이었다.

"잘 알고 있소. 그 소설에 관해 단 한 마디도 언급하지 않았다고 비난들 하시는 것을. 하지만 표현해야 할 견해란 절대로 펜에서 나오는 것이 아니오. 찬양 일색의 양념으로 그저…"

---

*L'Avenir. 1832년 라므네(Lamennais)가 창간. 교회와 정부의 분리를 주장한 일간지.

생트-뵈브는 덧붙였다. "친구여 말해보오. 내가 앞으로 친구와 악수할 수 있겠소?"

위고는 망설였다. '우리 자신의 거대한 한 뭉치'인 둘의 우정을 어찌 포기한 단 말인가?

생트-뵈브는 돌아와 아델을 바라보며 한숨을 지었다. 아델의 마지막 교태가 가슴을 짓눌렀다. 그리고 분명히 알았다. 그녀가 더 이상 자신을 사랑하지 않는다는 것을.

그토록 잦았던 방문, 수없는 위선, 그리고 고통들! 진실을 토로하는 것으로 족했다.

"잘못 꿰고 잘못 꿰매어진 3개월, 반쪽짜리 밀월은 결국 이루지 못한 사랑이오… 더 이상 우리는 서로에게 자유롭지 않소… 이제는 모든 것이 저에게는 고문이오. 당신 있는 곳에 언제나 함께 있을 자격이 없다 하는 한 사람의 강요, 끊임없이 잔인하게 일렀지요. 우린 더 이상 과거의 친구가 아니라고… 이제 서로 만나는 일을 멈춥시다. 다만 한동안만은 나를 믿어주오. 우리 서로의 사랑을 아예 끝내지 않기 위함이오."

생트-뵈브는 여전히 집착했다. 자신의 선의를 내세워 아무 일도 없었다는 듯 우정에 매달리며 아델에 대한 사랑을 포기하지 않았다. "나를 위해 남아있는 그대여" 그는 고백했다. "도저히 접을 수 없는, 양도할 수 없는 나의 애정" 대체 무얼 하자는 것인지?

위고는 며칠간 떨어져 로쉬 성城 베르탱 댁에 머물기로 했다. 그리고 거기서 평화를 되찾았다. 파리에 남아있는 아델의 편지가 도착하는 순간까지도 무관심 속에 서로 평온했다. "아듀, 친구." 한쪽이 이렇게 안부를 전하면 "내일 봐요, 친구"라고 다른 쪽이 응답했다. 사랑하는 남자와 이런 식으로 편지를 주고받던가?

아델에 대한 사랑의 기억들이 한꺼번에 밀려오는 듯했다. 쓰는 말투도 어쩜 예전과 똑같았다.

"당신이 너무 그립소… 당신이 돌아왔던 그 집이 너무 즐겁고 북적댔었던 것이 지금 나에게는 공허하고 쓸쓸하오… 10년 전보다 더 그렇소. 당신 없이는 난 아무것도 아니오. 내 사랑 아델! 살아갈 수가 없구료. 오! 내 곁에 당신이 없는 시간을 말해 뭣하오. 당신이 있어야 할 침대당신은 마음이 떠났겠지만, 제기랄!, 당신 드레스, 스타킹, 옷가지들이 지금 내 곁 소파 위에 널려 있는 방… 모든 것들이 괴롭기만 하오. 가슴을 찌르는 것 같소. 밤새 잠을 못 이뤘소. 열여덟 살 때처럼 당신을 생각했소. 몽상만 하고 있었소. 마치 여태 당신과 함께 잠을 자본 일이 없는 것처럼. 사랑하는 천사!…

"내 돌아가면 당신 양말을 벗기고 어여쁜 그 두 발에 입맞춤하겠소. 당신의 빅토르."

공전의 시간, 알고 있었다. 고통.

그는 썼다.

그대, 언젠가 그러지 않았던가, 깊이 잠든 시간

그녀가 만사 잊고 홍안으로 잠든 시간

고통스러운 어린아이처럼

저녁부터 이튿날 새벽까지 백 번이나 그녀 이름을 부르며

울고 있었지

그녀가 다시 부르러 올 것을 믿고

어머니를 저주하고, 그리고 숙고 싶었시

그대, 자신이 마치 한 여인 같다는 생각이 들었으니

그대 영혼 속 시선은 또 다른 영혼에게 불을 켰지

그대는 매혹되었고, 그때 하늘이 열린 것이지

그리고 그 아이, 그대 눈물 속에서 노는 아이를 위하여

장난감 수레바퀴 위에서 그대 숨을 거두는 것이 달콤하리

그대, 사랑해본 일 없고 고통받은 적 없는 이여![154]

그는 그때서 생트-뵈브와 아델이 서로 사랑하는 것을 분명히 알았다. 필시 교회를 오가며 만나고 있었으리. 소문이 자자했으니⋯ 생트-뵈브는 자기 확신을 퍼뜨리고, 환상 그득한 시를 써 자신의 사랑을 입증하려 했다.

절망을 억누르기 위해, 일하고, 글을 썼다. 정부가 요청한 '1830년 7월 사자 死者들'을 위한 찬가를 썼다. 일레롤드 음악에 맞추어 불릴 곡이었다.

그는 자신 속의 다른 자신이 글을 쓰고 있다는 생각이 들었다.

조국을 위해 목숨을 바친 숭고한 님이여

군중이 관 앞에서 기도하오니

그 기도 받을 권리 있으시옵니다

님의 이름은 아름다움 중에 아름다운 이름이오니

세상의 온갖 영광은 다 지나고 하루살이로 전락하오

그리고, 어머니가 그러하듯

온 민중의 목소리, 무덤 앞에서 님들을 따독이려니!

우리의 영원한 프랑스의 영광이여!

프랑스를 위해 죽은 님의 영광이여![155]

그러나 일단 찬가가 끝나자, 슬픔과 우수가 다시 찾아왔다.

언제나, 만물의 근본에, 항상 그 정신 속에,

비록 예술이 그를 붙잡고, 취하게 하고, 그를 비웃는다 해도

비록 그의 노래가, 그의 생각이

그토록 기쁘게 부화하여 둥지에 앉았으나

그에게 돌아왔네, 침통한, 우울한, 차가운 후회

모두가 사라진 과거, 과거일 뿐이오, 그것이 무엇이든![156]

그리고 그는 욕망이 솟구치는 느낌이 들었다.

그는 여자의 몸을 금하는 '나쁜' 아델에게 화가 났다. 그는 에너지 발산이 필요했다. 그는 지나가는 여자들, 포르트-생-마르탱 극장 무대 뒤에서 만나는 가까운 여자들, 여배우 마리 도르발, 혹은 살롱에서 춤추는 마리 노디에 같은 여자들을 바라보았다.

젊고 아름다우며 성적 매력이 분출하는 여자들이었다.

마담, 그대 주위에는 수많은 은총이 빛나고

그대 노래는 너무도 순수하고, 당신 춤은

정복자의 매력을 은닉하고 있으니

그토록 짜릿한 시선은 그대 눈동자를 적시고

그대란 여자 속에는 그 무엇이 있으니

내 가슴에 너무나 달콤하게 와 닿는 무엇이… [157]

하지만 그는 점점 더 억제힐 수 없을 것 같은 충동에 굴복하기를 거부했다. 아이들을 바라보고, 누구보다도 레오폴딘느, 무릎 꿇고 기도하고 있는 딸을 바라보았다. 제어장치, 보호 장치.

종일토록, 그대를 보지 않고

거짓 욕망, 거짓 기쁨,

거짓말과 열정을 버리고

그대 불멸의 왕관 발아래 머리 숙여

하느님 앞의 딸처럼, 딸 앞에 그러해야 하오

지극한 사랑으로!158

얼마나 저항할 수 있단 말인가?

자기 안에서 모든 것이 흔들렸다. 그는 변했다. 그는 알았다. 주위 사람들 역시 변해갔다. 바르샤바 함락 발표와 함께 폭동이 연이어 일어났다. 바르샤바는 끝내 러시아의 손에 넘어갔다.

서슬 시퍼런 권력. 보수주의자 카시미르 프리에가 개혁의 남자 라피트의 후임이 되었다. 반대파들은 모두 투옥되었다. 루이-필립을 단죄하기 위해 그를 호구虎口로 선전해대는 것으로 충분했다! 리옹에서는 방직공장 직공들이 무기를 들었다. 그들은 이제 도시의 주인이 되었다. 반란을 진압하기 위해 술트 원수와 왕의 장남 오를레앙 공작이 지휘하는 2만 군대가 필요했다.

위고는 파리의 거리, 빅투와르 광장에서 일어난 여성들의 폭동에 가담했다. 나라의 운명은 한 치 앞이 안보였다.

그는 조셉 보나파르트의 서한에 답을 했다. 보나파르트는 뉴욕에 살며 「방돔 콜론의 오드」를 예찬한 사람이었다. 나폴레옹의 동생에게 그는 말했다. "'독수리'가 부활시킨 자유 그리고 제국의 기억과 결혼해야 한다. 제국의 이름을 받들어, 현실은 암울하나 독립을 향한 초석에 서서 프랑스의 청춘에 의지해야 한다. 필시 나는 어떤 힘이 있다."

그는 분명히 알았다. 프랑스가 아직도 주저하고 있는 것을. 7월 왕정은 불안하기만 했다.

이런 분위기에 11월 30일 출간 예정인 시집을 준비할 경황이 있는가? 이런저런 자신의 과거, 감정, 향수를 말하는 것이 정당한가? 나라는 지금 온통 난리인데.『가을의 나뭇잎』 같은 것을 대체 누가 읽는다는 말인가? 신문은 밤낮 전투 소식으로 도배를 하고, 에밀 지라르뎅*은 도시 담벽 밑에 진을 친 '불쌍한 오랑캐들' 소식을 퍼 나르고 있는데.

그는『가을의 나뭇잎』서문에서 이렇게 소명하고 있다.

"정치적으로 엄중한 때이건만 그 누구도 문제 제기를 하지 않고 있다. 이에 저자는 한 개인의 문제보다는 작금의 상황에 대한 실현 가능한 모든 사회적 해법을 성찰한다. 혁명의 용광로 안에서, 귀청 따가운 신문들의 모루 위에서, 뒤틀리고, 녹아 버리고, 벼려진 정치라는 몸의 갈비뼈骨들… 무욕無慾을 향한 가련한 이들의 책을 출판하는 일은 미친 짓이다. 미친 짓! 왜 이런 짓을 하는가?… 불구하고, 나는 확신한다. 예술이란 견지하는 것, 예술은 천착하는 것, 예술은 자기 자신에 충실한 행동임을…"

모름지기 그에게 무심이란 없었다. 그는 '그냥 존재'이기를 원치 않았다.

나는 시대의 아들이니!

[…]

깊은 적의敵意로 압제를 증오하네

또한 들리느니, 세상 어느 구석에서엔가

험악한 하늘 아래, 살인적인 왕 치하에서

끝내 물복하며 부르짖는 민중들…

[…]

그리하여, 오! 저주하노니, 그들의 궁정, 그들의 은신처에서

---

* Émile Girardin(1802~1881). 기자, 출판인, 정치인. 자유주의를 옹호함.

왕들이 탄 말들은 그 배에서 피가 흐르리니!

생각하노니, 시인은 바로 그들의 심판자!

격분한 뮤즈, 무서운 주먹을 가진 뮤즈는

포로들을 묶듯, 왕좌 위에다 그들을 묶어버리고

그들의 느슨한 왕관을 족쇄로 조여 버릴 능력이 있으니…

[…]

오! 뮤즈는 아무런 힘이 없는 민중에 빚을 지었으니

아, 잊은 지 오래이니

사랑, 가족, 유년

그리고 감미로운 샹송과 평온한 여가

그리하여 나는 나의 리라에 다시 청동 현弦을 덧대리니!159

1832

천한 그대 어머니들은 매음을 하였도다!

그대들은 모두 사생아들이니!

위고는 손으로 눈을 감쌌다. 불타는듯한 고통으로 어느 날은 작업을 전혀 하지 못하고 눈꺼풀을 지그시 눌러 댔다. '몹쓸 눈', '이 놈의 병든 눈'에 대해 신경질 부리지 않기 위해 애썼으나 불안은 여전히 그를 사로잡고 있었다.

두 달 모자란 서른의 나이인데, 이미 자라목이 되었다. 몸이 너무 비대해진 탓이었다. 얼굴은 뒤틀리고, 눈은 벌겋고, 이마는 마당 같았다. 그는 더 이상 보나파르트가 아니었다. 이미 나폴레옹이 되어갔다.

하지만 무얼 통치한단 말인가?

아델을 바라보았다. 그녀도 퉁퉁해졌다. 평온하고 안정되어 보였다. 사랑하고 사랑받는 것을 보란 듯이. 필시 생트-뵈브를 바라보고 있으리라. 남편을 버리고 그자에게 몸을 주었단 말인가?

상상할 수도 없는 일이있다. 한 여자를 품에 넣고, 그 발에, 종아리에 입을 맞추고, 그저 그리워하고 있었으니. 극장과 연주 홀을 오가는 어린 여배우를 보며 날이 갈수록 혼란스러웠다.

사랑, 꿀 같기도 하고 독 같기도 한, 사랑, 불의 묘약

남녀가 뒤섞여 내뿜는 거친 숨소리

부르르 떠는 온몸의 전율 그리고 온갖 영혼의 몽상들… 160

그 이상은 몰랐다. 때로는 자신을 전혀 알지 못했다는 생각, 여전히 무지했던 세계, 또한 아델과 피상적으로 살아온 모든 세계. 욕망이 불러온 상황이라는 생각이 들었다.

그는 아델을 지배하지 않았다. 아델은 그를 탈출했다. 그는 쓰린 마음으로 마음을 적었다.

"사랑받지는 못하며 사랑하는 자에게 화 있으라. 매력적인 이 여자. 달콤하고 하얀 얼굴, 마냥 천진하여 그 이상 기쁨과 사랑이 없다. 그녀는 당신을 좋아하지 않는다. 그렇다고 더 이상 미워할 일도 없다. 당신을 사랑하지 않는다, 그게 전부 … 사랑에 대한 온갖 생각이 그녀에게 떠오른 것. 그 생각들을 쫓아버리지 않고, 붙잡지도 않고 다가온 그대로 떠나도록 그녀는 내버려 둔 것을."

그는 그렇게 오래 갈 수 있었을까? 그렇게는, 삶은 더 이상 축제, 환희가 아니었으리라.

거실은 휘황했고 테이블은 거대했다.

늘 그렇듯, 잠시 후 연회는 다시 시작되었다. … 161

사랑 없이 무대가 바뀌었으므로.

… 당장 열어야 하오

우리는 들여야 하오! 그리고 때로는 죽음

때로는 다가오는 추방, 헐떡이는 입

하나는 무덤과 함께, 다른 하나는 장막과 함께

무거운 발로 죽음까지, 가벼운 발걸음으로 추방을

언제나 낯선 옷을 입은 망령이여![162]

그는 자신에게 물었다. 서른 살, 1차 인생 결산의 시간. 아델의 사랑은 잃고, 그렇다고 작가로서는 으뜸 호평을 받았는가?

그것이 목표였던 것은 분명했다. … 샤토브리앙 아니면 아무것도! 따져볼 시간이었다. 노디에 살롱에서 만난 작가 친구 피에르 퐁타니와 함께 왕궁 회랑을 거닐며 그 말을 되뇌었다. 그 역시 마리 노디에와의 사랑을 한탄하고 있었다.

그는 토로해야 했다. "나는 으뜸을 원한다. 만일 내가 으뜸이 필요 없다고 생각했다면, 난 차라리 공중인을 꿈꾸었을 것이다."

퐁타니는 놀란 토끼 눈을 하고 그를 보다가 힘을 보탰다. "그대와 경쟁할 자 세상에 누가 있겠소? 라마르틴느?"

위고는 어깨를 으쓱거렸다. 미심쩍은 말, 생트-뵈브 같은 이는 "드라마, 소설, 시에서 오늘날 모두가 이 작가를 거론하는데, 그는 위대한 시인에 비해 결코 뒤지지 않는 산문가이지요…"라고 했다. 위고의 위치를 부인하고, 반박하고, 자극하기 위해서였다.

생트-뵈브의 찬사는 단 하나의 의도밖에 없었다. 그를 고립시키고, 그를 부러워하는 이들을 지적하고, 비니뿐 아니라 라마르틴느와 또 다른 많은 이들이 그에 맞서도록 자극하는 것이었다!

그의 질투, 추잡한 경쟁, 위선, 생트-뵈브의 그런 모사가 그를 괴롭혔다. 별안간 지평선이 어두워지는 듯했다.

그는 샤랑통 왕립요양원 관리관으로부터 편지를 한 통 받았다. 연금에 출자

하고 으젠느를 보살피라는 요구였다. 그러겠다고 했다. 그러나 그는 형이 애물단지로만 여겨졌다.

그는 으젠느 방문권을 신청했다. 에스퀴롤 병원장은 응답했다. 1월 28일이었다. "의사의 의무는 맡겨진 환자 치료에 합당한 방법으로 행정을 하는 것이지요. 그런데 선생, 무슨 일이지요? 매종 드 샤랑통 왕립요양원에 문외한이신 분… 제가 말씀드립니다. 으젠느 씨 상태는 전과 거의 같습니다. 만사 무관심입니다. 심지어 자기 자신까지도 말이지요. 그리고 예전 주치의와 똑같은 당부를 드립니다. 이제 환자를 보러 오시지 않는 것이 좋겠다는 생각입니다. …"

그는 나락에 빠진 으젠느를 상상하고 싶지 않았다. 발병했던 첫해, 또래인 형에 대한 기억이란 가슴 찢는 고통이었다.

그는 샤랑통의 편지를 한 통을 또 받았다. 더 이상 이해할 수 없는 내용이었다. "선생의 방문은 선생의 형제에게 해가 되진 않습니다. 불행히도 지금 환자의 정신 상태는 그 어떤 기억의 흔적도 없습니다만 귀하의 방문으로 어쩌면 일부 지인들을 떠올릴 수 있을지도 모릅니다. 모르긴 해도 선생의 존재가 환자에게 어떤 비밀 코드를 깨울 수도 있지요. 지금 환자의 몸 상태는 괜찮습니다만, 두 다리가 주기적으로 부어오르고 무기력 상태가 계속되면서 동작 자체가 거의 없는 상태입니다. …"

어떡하나?

삶이란 그렇게 결정되는가…

마자린느 로에 모르뷔스 콜레라 첫 희생자가 나타났다. 전염병은 곧 가파르게 퍼져나갔다. 그리고 최악의 풍문들이 함께 돌았다. '누군가' 우물과 수돗물에 독을 탔다는 것이었다. 파리 민중 대량학살을 기도했다는 것이다. 정부가 이 악행을 이용해 정적을 일소해 버리려 한다고도 했다. 다들 집에 틀어박혔다. 누군가 향불을 피웠다. 다들 두려워 떨었다.

위고는 넋이 나간 것 같았다. 샤를르는 구토를 하고 몸에 경직이 왔다. 오한으로 덜덜 떨었다. 위고는 통통하고 작은 샤를로 인형으로 그를 마사지하고 몸을 데워주기 위해 애썼다. 의사는 콜레라의 가벼운 공격이라고 진단했다. 몇 시간 사경을 헤매이던 아이의 상태가 호전되었다. 죽음은 멀어졌다. 그러나 병은 장-구종 로에 있는 집 수위를 공격했다. 그리고 으젠느와 지냈던 시절 한 때 미움을 받았던 마르탱-쇼핀느 '부인' 고통Goton을 데려갔다.

그리고 에스퀴롤 박사는 으젠느를 만나지 말라는 말을 분명히 그리고 거듭하여 말했다.

온통 캄캄했다.

어느 날 밤, 그는 소스라치게 놀라 깨어났다.

머리를 산발한 여자가 비명을 지르며 방에 쳐들어가려고 했다. 위고가 일어섰다. 그녀는 난리를 치며 소리를 지르고, 온갖 몸짓을 다했다. 무엇을 원하는가? 그는 뒷걸음질했다. 에르나니 시절 연극을 열렬히 지지했던 청년 에르네스트 드 삭스-코부르의 어머니였다. 장-구종 로 근처에 와서 살기를 바랐던 존경하는 시인, 전염병의 희생자인 청년은 그렇게 사망했다. 그 역시 감염병의 희생자였다. 그리고 어머니는 절망하여 정신이 돌았다. 그녀는 팔을 내 저었다. 그는 알았다. 자신이 아들을 죽였다고 자책했다! 그녀의 행동을 뜯어말리고 진정시켜야 했다.

죽음이 사방에서 도륙을 하고 있었다. 평의회 의장도 죽었다. 수천 명의 파리 시민들이 수레에 실려 나갔다. 위고는 사회가 온통 뒤흔들린다고 느꼈다.

그는 격리된 채 있있다. 그는 『사형수 미지막 날』을 위한 새로운 서문을 썼다.

"과거의 사회 조직은 세 축 위에 놓여 있었다. 사제, 왕, 그리고 형리刑吏였다. 그러나 특별한 음성이 울린 것이 이미 오래 전이다. '신들은 모두 떠났다!' 최근 또 다른 음성이 일어나 소리쳤다. '왕들은 모두 떠났다!' 바야흐로 지금은 세 번째 음성이 일어나 말하는 시간이다. '형리는 모두 떠났다!'… 문명이란 일련의 끊임없는 변혁일 뿐….”

그러나 집 밖에만 나가면 폭력, 사람을 죽이는 '끔찍한 렌치'를 볼 수 있었다.

튈르리를 산책하다가 소몽 도로를 건너려 할 때였다. 느닷없이 철책이 닫혔다. 민중 봉기였다. 6월 5일, 반정부 의원이며 대육군의 영관인 라마르크 장군은 땅에 묻히고, 공화주의자들은 바리케이드를 치고 생-메리 수도원 안에 은신했다. 계엄령이 선포되었다.

위고는 관망했다. 그리고 적었다.

생트-뵈브는 그를 부추겼다. 「나시오날」 기자들은 계엄령 반대 탄원을 제출하기를 원하는데 그래야 하지 않겠소?”

“대찬성이오. 계엄 사태에 선생이 서명하는 것은 나 또한 죄다 서명하리다.
당신의 진정한 친구 빅토르.”

결국 생트-뵈브와는 단절할 수가 없었다! '친구'란 늘 그렇게 모호한 것이려니. 그는 아이들 선물을 사 보내고, 샤를르의 건강을 염려하고, 그리고 『가을의 나뭇잎』을 위한 기사를 투고했다. 그리고 아델을 살폈다!

그는 신문에 난 자신의 글들을 확인했다. 다들 자신의 생각을 그와 교류했으며, 정의의 진영을 선택했다. '가련한 정치 야바위꾼들'에 맞서.

위고는 파리를 휩쓰는 탄압에 분개했다. 그리고 생-메리 수도원 안의 반란자들의 저항에 감동했다.

두려웠다. 그 많은 사형 선고, 그르넬 담벽에서의 '그토록 뜨겁고도 관대한 젊은 여성 골수들'의 사형 집행. 그럴 줄 알았다면 봉기에 무조건 동참할 것을….

일단 신중하고 싶었다. 중도적 입장이었다.

"기다릴 줄 알자. 공화국은 반드시 올 것이다. 더디게라도. 자, 천한 것들이 우리의 깃발을 붉게 더럽힌다고 고통스러워 할 일만은 아니다. … 그 자들은 진보의 정치적 사상을 후퇴시키고 있다. 어쩔 수 없이 폭도가 된 정직한 소상 공인들을 극한의 공포에 몰아넣고, 공화국을 허수아비로 만들고 있다. 93년은 슬픈 구더기이다. 로베스피에르 이야기는 그만두고 워싱턴 이야기나 해야 한 다."

그러나 그는 오를레앙 통치자들에 대항하여 정당주의자들의 백기 뒤에서 방데를 부추기기 위해 프랑스로 은밀히 귀국한 베리 공작부인을 배신하고 경 찰에 넘기기 위해, 한 사내에게 거액의 돈을 준 '정치 야바위꾼'들과 통치자들 행동에 실망하고 분개했다. 그는 가톨릭으로 개종한 수석 랍비의 아들인 밀고 자 시몽 도이츠를 낙인찍었다.

> 명예, 믿음, 연민
> 이것이 유대인들이 비겁하게 팔아먹은 것!
> […]
> 사실 그는 유대인도 아니다! 더러운 이교도
> 변절자, 세상의 치욕이며 쓰레기
> 악취 나는 배교자, 낯선 편향자 … 163

그는 유대인들의 적이자 외국인들에게 적대적인 국가가 느끼고 있는 것에 대해 반향이 일었고, 라이흐스타트 공작 레글롱이 사망했다는 사실이 알려졌 을 때 큰 상처를 받았다. 그렇게 문은 닫혔다. 조셉 보나파르트와 일치하는 사 람, 나폴레옹에 대한 기억이 남아있는 사람은 더 이상 그 혈통의 미래를 보지 못했으니.

둘 다 죽었나이다

주여, 당신의 오른손은 참으로 무서우니

당신은 무적의 주인, 승리의 남자로 시작하시고

그리고 마침내 납골당을 완성하셨으니

아비와 자식 수의를 돌리는 데 10년이면 족하오이다!

[…]

기나긴 밤이여! 영원한 혼돈이여!

하늘에는 쪽빛 한 구석 없으며

인간과 사물은 뒤범벅되어

어두운 심연을 굴러 가나이다

모든 것은 파도 아래 흘러가고

요람의 왕들이여, 세상의 주군들이여

대머리 이마와 금발 머리

위대한 꼬마 나폴레옹이여![164]

그는 무엇을 해야 했을까? 처박히는 것이었다. 일을 하는 것이었다. 그는 극장을 생각했다. 연극 한 편의 성공으로 들어온 수입은 어마어마 할 수도 있고, 작가는 수입의 12%까지 받고, 연극 대본 인쇄로 몇 천 프랑을 받을 수도 있으며, 『에르나니』 공연 때부터 알고 있는 극장은 '강단'이고 '연단'이 될 수 있었다. 운집한 청중을 향한 즉석연설이 가능하고, 그 울림은 책보다 훨씬 크고 집단적이라 여겼다.

그는 썼다. 그는 득정의 왕, 프랑수아 1세를 무대에 올리고 주위에 중신들을 배치하기를 원했다. '왕이 웃을 때' 사람들은 고통스러워한다는 것을 보여주는

일이었다. 트리불레, 왕의 광인, 꼽추, 궁정 음모의 노리개, 도발적인 어릿광대
는 자신도 모르게 왕의 유혹에 빠진 딸 블랑쉬의 죽음에 책임을 진다. 위고는
잔인하게 조롱하는 인사들의 무자비한 이기심을 그리고 싶었다.

> 트리불레 어릿광대, 트리불레 병신病身…

불쌍한 남자, 운명의 희생양.

시 낭송이 이어지자, 사방에서 분노가 터져 나온다. 트리불레는 기세등등하
여 중신重臣들에게 외친다.

> 천한 그대 어머니들은 매음을 하였도다!
> 그대들은 모두 사생아들이니! 165

대사를 마치고 대본에서 눈을 떼자, 고독의 무게가 그를 짓눌렀다.

베르탱 댁 로쉬 성으로 돌아왔다. 아델은 파리에 있었다. 그들은 샹젤리제
를 떠나 루아이얄 광장 6번지 새로운 아파트로 이사를 왔다.

때로는 아델이 로쉬에 있고 빅토르가 파리에 남아 자신이 직접 꾸민 큰 방
에서 글을 썼었다.

그는 밖으로 나가 잠시 광장 쪽으로 갔다. 주변 민중의 일상이 가슴에 와 닿
았다. 장인들의 아틀리에의 소음을 듣기를 좋아했다. 종종 소요가 있는 구역이
고, 가까이 생-앙투안느 근교가 옆에 있고, 급류같은 폭동이 쏟아져 나오는 골
목들, 그는 파리, 나아가 프랑스 역사의 심장에 있다는 생각이 들었다.

그리고 돌아왔을 때 아델은 없었다. 가슴이 조여왔다.

"집은 텅 비어 보였소. 당신이 없을 때, 당신은 모르겠지만, 내 사랑 아델, 당
신은 나의 분신인 셈이오. 당신은 잘 모를 거요. 아니, 나를 종종 의심하고 있잖

소. 그것은 큰 실수요. 난 모든 능력이 있소. 당신을 사랑하는 것을 멈추는 일 말고는….”

한숨이 나왔다. 생트-뵈브를 잊을 수 없었다. 이제는 아델에 대해 무관심 하는 것도 어려웠다.

다시 미친 듯 일에 매달렸다. 죄진 여인, 엎질러진 운명, 범인 뤼크레스 보르지아*는 사랑하는 남자 게나로에게 독약을 먹인다. 아들을 구하려고 한다. 그러나 남자는 죽기 직전 결국 그녀를 죽인다.

7월 20일, 두 편의 희곡으로 끝이 났다. 8월 말 그는 코메디-프랑세즈에서 『왕은 즐긴다 *Le Roi s'amuse*』대본을 낭독했다. 그리고 대표인 테일러는 무대에 올릴 결심을 했다.

위고는 오디션을 보러 갔다. 그리고 루아이얄 광장에 있는 집 아파트도 열심히 정리했다.

“혼돈 속에서 8일 동안 못을 박고 망치질 하며 마치 도둑처럼 지냈소이다. 참으로 지겨웠소. 모든 것은 리허설에서 평가 받겠소. …” 로쉬 성에 사는 루이 베르탱에게 그렇게 써보냈다.

11월 22일 예정된 초연을 불과 며칠 앞두고 그는 “홀마다 어떻게 이렇게 넘치도록, 누구에게 예약되었는지 도대체 알 수가 없었다. …”라고 기록했다.

4시간 전부터 만원이 된 극장에 들어서자 일부 관객들은 “귀족을 타도하라!”, “풀로를 타도하라!”라고 외치며 ‘라 마르세이예즈’와 ‘잘 될 거야’를 불렀다. ‘풀로’는 루이 필립의 별명이었다.

위고는 한 발 물러섰다. 정치가 공연과 대본을 장악했다. 대본이 그 상황의 희생자가 될 것이라는 직감이 들었다. 다음날 아침 테아트르-프랑세 무대 감독이 방금 보낸 봉투를 열었다. 최악의 상황이 기다리고 있었다.

---

* 「Rucrèce Borgia」. 1833년에 쓴 위고의 희곡 작품.

틀리지 않았다. 감독은 이렇게 썼다.

"지금은 10시 30분. 방금 『왕은 즐긴다』의 공연을 당장 중단하라는 명령을 받았소. 정부가 보낸 명령을 하달한 이는 바로 테일러 씨이오."

차후로 연극은 금지되었다.

그는 청년들이 조직적으로 스크럼을 짜는 '난폭한 시위'를 원하지는 않았다. 그것은 필히 '정부가 오래전부터 학수고대하는 봉기'를 가져올 것이기 때문이었다.

하지만 그는 분노가 치밀어 숨이 막힐 지경이었다. 혁명으로 탄생한 정권이 검열을 다시 시작하다니!

그는 말했다. "내 운명이 나를 이끈다. 나는 코메디-프랑세즈에 화가 치민다. 내 자신을 진정시키려면 소송을 해야만 한다. 분명하다. 내가 승리할 것이다. 정부가 치러야 할 대가가 클 것이다. 회원들이 모두다 하는 말이다."

여론이 따라주어야 했다. 하지만 신문을 보고는 금세 실망했다. 기자들 대부분은 대본을 혹독하게 평했다. 언론들에게 이해시켜야 했다. 더 이상 연극의 문제가 아닌 정치의 문제임을.

그는 「나시오날」의 아르망 카렐에게 부탁했다. 그는 낭만 희극에 대한 적대감은 없었다. 하지만 야당 언론인으로서 정부를 공격할 기회를 원하는 사람이었다. 위고는 곧 그를 만났다.

그리고 그는 생트-뵈브에게 전했다.

"친구여, 카렐을 만났소. 참으로 친절하고 똑똑한 분이었소. … 그는 자기 대신 내가 선생께 전반적인 문제를 다루는 정치적 기사를 요청할 수 있으며, 야당이 스스로 퇴각하기를 원하지 않는다면, 그들은 이 상황에서 나를 따뜻하게 지지해야 한다고 덧붙였소. 친애하는 친구여, 난 이렇게 참여하고 투쟁을 지속해야 하오. 친구의 도움이 절실하오. 알잖소. 나의 능력은 보잘 것 없고, 또 사실 난 집만 왔다 갔다 한 사람이라. ⋯ 모든 것을 친구의 손에 맡기오.

　당신의 영원한 친구 빅토르."

　그 편지를 쓰고 기사를 기다려야만 했다. 생트-뵈브는 당연히 피해 갔고 끝내 기사를 내보내지 않았다. 그는 이렇게 말했다. "나는 극장에 관한 법률 문제에 관한 분명한 입장이 없소⋯"

　홀로 싸워야 했다. 그리고 내부무장관에게 서한을 보내 2천 프랑의 왕실 연금을 포기하겠노라 알렸다. 그리고 우선 곧 열릴 소송에서 오딜리옹 변호사의 변호만 바짝 의지해야 했다.

　그러나 그는 『왕은 즐긴다』 서문에서 맹비난했다. "날이면 날마다 힘겹게, 땀을 뻘뻘 흘리며, 온갖 법률안들을 수레에 실어, 부르봉 궁에서 튈르리까지, 부르봉 궁에서 뤽상부르까지 낑낑거리고 나르며 자신들이 이 사회를 세워가고 있다고 착각하는 '날라리' 정치인들, 가련한 악마들!"

　무조건, 경멸로 그들을 제압해야 했다.

　그는 부르스 성의 상사商事법정 홀에서 증언했다. 목소리조차 못내는 '바짝 쫄아있는' 군중들도 모두 자신을 지지하고 있음을 알았다.

　그는 장내를 강타했다. "지금 혁명 40년이 가져다 준 권리와 신분을 정부가 야금야금, 몽땅 앗아가고 있소이다. ⋯ 나폴레옹은 정부에 교활하지도 위선적이지도 않았소. 나폴레옹은 지금 정부처럼 우리가 방심하는 사이에 우리의 권리를 조목조목 강탈하질 않았소. 나폴레옹은 한 번의 타격과 한 손으로 모든 것을 한 번에 가져갔습니다. 사자는 여우의 버릇이 없습니다. 기억합시다. 우리들 자유는 영광을 위하여 충분한 대가를 지불했습니다.

　지금까지 프랑스는 우리가 원하는 그런 프랑스, 자유로운 프랑스, 주권국가로서의 프랑스가 아니었습니다. 한 남자에 예속된 그리하여 세상의 안방마님인 프랑스. 거듭 말하지만, 위대했던 지난 날의 프랑스가 오늘날 찌질한 프랑스가 되었습니다. 우리는 그때처럼 우리 마음대로 나아가지만 이미 대국은 아닙니다. …"

대중 앞에서 말하며 그는 처음 내면의 떨림을 경험했다. 글을 쓸 때만큼이나 그것은 강력했다.

덧붙여 말했다.

"여러분, 드릴 말씀은 오직 이 뿐 … 금세기에는 오직 한 명의 위인, 나폴레옹, 위대한 것, 오직 자유만 있었습니다. 우리에게 위대한 사람이란 더 이상 없습니다. 위대한 것을 갖도록 노력합시다."

군중 속을 헤쳐 나가자 환호성들을 질렀다. 궁전 부근의 거리처럼 회랑에는 인파로 들끓었다.

그는 자신을 인정하는 목소리들, 주위의 풍문에 꽂혔다. 그는 자신이 금세기에 그의 업적과 작품을 남길 것이며, 아마도 그의 작품은 세상의 흐름을 바꾸리라 확신했다.

12월 29일, 그는 포르트-생-마르탱 극장으로 돌아갔다. 극장 대표 아렐은 『뤼크레스 보르지아 *Lucrèce Borgia*』를 위해 준비된 계약서를 내밀었다. 그 작품이야말로 『왕은 즐긴다』의 공연 금지 이후 더욱더 큰 호감을 불러왔다.

위고는 전과는 판이하게 다른 약관을 읽었다. 수입의 1할, 게다가 공연 성공 보수가 쏟아지는 것이었다. 원고를 건네고 나면 1천, 2천, 3천 프랑… 을 찍게 될 상황이었다.

사인했다.

스스로 강인함이, 단련된 자긍심이 솟있다.

그는 걸어서 루아이얄 광장으로 돌아갔다.

제8부
1833~1843

1833

까만, 앳된, 커다란, 반짝이는 눈에 하얀 얼굴.
온 누리에 빛나는 그녀는 불, 미소 짓는 격정…

위고는 포르트-생-마르탱 극장 무대에 오른 오십대 여배우 조르주 양을 바라보며 경청했다. 그녀는 까랑까랑한 목소리로 「뤼크레스 보르지아」 제1장 대사 한 대목을 연기하고 있었다.

그리고 무엇이 나에게 중한가요? 내가 누군지 그들이 모르는 한 난 두려울 것 없네.
만일 내가 누군지 그들이 안다면, 두려울 사람들은 바로 그들이지.

그녀는 여전히 아름다웠다. 한때 나폴레옹의 정부情婦였고, 지금은 극장 대표이자 그녀의 연인인 플렉스 아렐을 지배하고 있었다.

그녀는 배역을 원했다. 그러므로 그녀는 다른 모든 배우들에게, 심지어 무대에서 한 발 뗀 프레데릭 르메트르한테도 자신의 존재, 출연을 요구했다.

한 달 뒤 2월 2일 초연을 위한 무대장치 준비로 분주한 세트장의 미광 속, 일전 리허설 중에 이미 본 적이 있는 여자의 실루엣이 보였다. 몇 달 전쯤이었을 것이다. 한 무도회에서였을까? 그 젊은 여자는 줄리에트 드루에라고 했다.

날씬한 몸매, 장밋빛 돋을무늬비단 레이스, 잘록한 허리가 돋보였다. 까만 머리칼에 완벽한 달걀모양의 얼굴이었다.

분방하며 순진해 보였다.

그는 감을 잡았다. 그녀가 자기를 뚫어지게 쳐다보는 것을. 그를 '유혹하고 싶고', 그를 사로잡고 싶어 하는 여배우들 중 하나 같았다. 그러면서도 그녀의 눈빛에는 진심과 순결이 흐르고 있었다.

그녀는 자유로운 태도와 몸짓을 가진 여자였으며 수줍음과 소녀의 천부적인 매력 또한 있었다.

혼란스러웠다. 그리고 이미 빠져들었다. 차라리 그녀를 보지도 말고 다가가지도 말 셈이었다. 그러나 양 어깨선, 두 팔, 봉긋한 젖가슴이 한 눈에 들어왔다. 볼록한 엉덩이와 참새 같은 두 발에도 눈이 꽂혔다. 그는 이미 마음을 빼앗기고 있었다. 그녀는 네그로니 공주 역을 맡았다. 그 장면에서 그녀의 대사는 단 몇 줄뿐이었다.

그녀는 즉시 항의했다. 그리고는 어깨를 한들한들 흔들며 덧붙였다.

"빅토르 위고 작가님 대본에는 제 역이 겨우 요거네요!

그는 유혹, 욕망에 저항하려 애쓰는 모습을 보였다. 그리고 투덜투덜했다. 마치 쥘리에트 양에게 준 배역을 설득하려는 듯.

"무얼 원하는 거요. 가련한 아가씨가 '자기 상품'을 보여주는 걸 말릴 재간이 없구만. …"

그리고는 그 젊은 여자를 그렇게 본 자신이 부끄럽고 불손했다는 생각이 들었다.

그런데 그 여자기 대체 누구지? 그는 아렐에게 물었다. 아렐은 그녀를 브뤼셀에서 만났고, 그녀에게 초연의 기회를 주었었다. 분명한 것은, 그녀는 본래 희극 배우가 아니었다는 것이다. 위고는 귀동냥으로, 외동딸 클래르 엄마인 스물일곱 살 브르타뉴 여자의 삶을 대강 알았다. 일곱 살 고아로 모 수도원에 맡겨진 여자 아이는 지금의 아이 아버지가 된 잠 파라디에라는 조각가의 당시 모델로 있었다. 차후 그 남자는 그녀와 헤어지기로 결정 했고, 그녀는 이 남자 저 남자에게 넘겨졌다.

위고에게 그 '소녀'의 삶에 관한 스토리 한 마디 한 마디는 가슴속에 동요가, 연민으로, 그리고 분노로 파고들었다. 마치 이미 자신의 집착이 된 듯.

그녀는 파라디에를 위하여 누드 포즈를 취했다. 그는 노골적인 포즈의 조각상, 주로 '르 폰느와 바크샹트'라는 한 쌍을 소재로 삼았는데 그는 드미도프 왕자*의 요청에 따른 제작이었다. 그는 우랄의 광산 소유주로서, 에쉬퀴에 로 35번지 아파트에서 만나 인터뷰하곤 했다.

하지만 그녀는 그 러시아인의 후덕에도 불구하고 빚에 허덕였다. 게다가 드미도프는 그녀의 연인 목록 맨 마지막 이름이었다. 목록에는 이탈리아 판화가 바르톨로메오 피넬리, 그리고 빈털털이 기자이며 작가로 그녀에게 얹혀살았던 알퐁스 카르가 있었다. 그 남자 다음은 테아트르-프랑세 극장 데코화가 샤를르 세샹이라는 남자였는데 그도 역시 그런 식으로 살았다.

위고는 그녀에게서 눈을 뗄 수 없었다. 그녀를 소유했던 온갖 남정네들을 누가 아는가? 그녀는 '님들께서 하룻밤 꽃을 따기 위해 왕림하는' 여배우들에 속한 여자였다. 그녀들은 모두 매력적인 외모에, '쉬운', 명랑 쾌활한, 자유로운, 하지만 어느 날 밤 진정으로 자신을 사랑해줄 남자, 자신이 사랑할 남자를 기어이 만나려니 한결같이 '앙망하는' 여자들이었다.

위고는 여전히 머뭇거렸다. 그는 선량한 지아비였다. 하지만 욕망이 불타오르고 있었다. 사랑받는 남자는 더 이상 아니었다. 계속해서 동침을 거부하는, 의심의 여지없이 생트-뵈브를 만나는 여자 아델. 그 상황, 그 고독, 아이들은

---

*Demidoff(1813~1870). 러시아인으로 산업, 외교관 및 예술 후원자.

그렇게 여기 있는데, 아델은 분명 곰살맞은 엄마가 분명한데, 결국 그를 절망
케 했다.

그는 뭇사람들이 자기를 사랑했던 그 시간들에 대한 노스탤지어에 갇혔다.

> 시간이여 지나갔는가. 이 순간
> 나를 어루만지는 이는 복이 있으니
> 내 안에서 나는 슬프구나
> 내 지붕 밑에는 나쁜 주인이 있으니
> 나는 휘황하고 드높은 탑이려니
> 거기 어두운 종루가 들어있구나
>
> 내 가슴 속 그늘은 넘쳐흐르고
> 나의 영화 아래 숨겨진
> 고통만이 내 집에서 울고 있으니… 166

어느덧 쥘리에트 드루에를 보는 일, 그녀의 눈빛을 느끼며 그에게는 감정이
되살아나고 있었다. 그녀에 대한 찬사를 전혀 마다하지 않았다.

> 까만, 앳된, 커다란, 반짝이는 눈에 하얀 얼굴
> 온 누리에 빛나는 그녀는 불이었으니, 미소 짓는 격정이여…

그는 더 이상 견딜 수가 없었다. …

> 그녀는 갔네, 지나쳐 갔네, 한 마리 불꽃 같은 새처럼
> 자신도 모르게 두 사람의 영혼에 불을 지르고

그녀의 매력적인 걸음걸음에 고정된 눈빛 속으로

온 누리에 황홀을 던지며!

　　그는 그녀에게 말을 걸었다. 그리고 그녀의 손등에 깍듯한 태도로 입을 맞추었다, 어색하도록, 수줍어하며, 낯을 붉히며. 그리고 분장실로 돌아왔다. 조르주 양, 프레데릭 르메트르, 아렐, 여타 배우들이 그녀를, 아니 '아가씨'를 싸고돌며 신경 쓰는 그를 보고 비웃었다.

　　그대, 그대는 그녀를 응시하고 있었지, 그녀에게 감히 다가가지도 못하며.

　　화약통은 불똥을 두려워하거든.[167]

　　'균형 잡힌, 섬세한 아름다움, 촉촉하고 생기 돋는 선홍빛의 입, 그토록 야성적인 쾌활 속에서도 오목조목한 입, 그리스 신전의 흰 대리석 박공처럼 맑고 그윽한 이마, 놀라운 자태로 반사되며 넘실거리는 검은 머리칼에 그는 홀딱 반했다. 완벽한 복고풍 옷깃, 두 어깨, 두 팔'… 데오필 고티에의 말마따나, 초연의 저녁 그에게 안달하는 모습은 보이지 않았다.

　　그녀가 무대를 가로지르는 것을 바라보다가 그녀의 몇 마디 대사를 들었으나 연극 흥행 분위기에 그냥 휩쓸려 버렸다. 환호성이 떠나갈 듯했다. 그는 조르주 양에게 축하인사를 하고는 다시 쥘리에트 분장실로 돌아왔다. '오! 무성연기, 하지만 영혼이 있었소.' 그렇게 말하고 싶었다. 눈에서 멀어지기 전 그는 그녀를 그저 바라볼 수만 있었다.

　　극장을 나오자 관객들이 기다리고 있다가, 루아이얄 광장까지 그를 따랐다.

　　그는 더 이상 자기 감정의 주인이 아니었다.

　　겉으로는 과거처럼 살고 있었다. 상사 법정은 『왕은 즐긴다』 금연禁演에 따른 소송비용을 그에게 지급하라고 판결했기 때문에 그는 화가 치밀었다.

그는 자신의 변론을 축하해 주었던 조셉 보나파르트에게 응답했다. 나폴레옹을 금세기 가장 위대한 인물이라고 추켜세웠다. "진정으로, 우리는 왕정보다 공화국을 향해 나아가고 있습니다. 그러나 폐하와 같은 현자에게는 정부의 외형은 그다지 중요하지 않습니다."

그는 언제나 아이들과 놀아주는 좋은 아버지, 자신을 둘러싼 갖가지 뒷소리들은 사실 아내의 애인이 부채질한 것이라는 것을 믿고 싶어하지 않으려는 관대한 남편이었다.

그런데 2월 16일 그녀한테 그런 말을 들은 그는 전혀 다른 사람이었다.

"빅토르 작가님,

오늘 저녁 K 부인 댁에서 좀 뵈어요.

그 때까지는 사랑으로 인내할게요.

오늘 저녁. 오! 오늘 저녁, 끝내줄거에요.

선생님께 저를 송두리째 드릴거예요."

그는 알았다. 그동안 쥘리에트는 생-마르탱 로 5-2번지의 친구 크라프트 부인 댁에 방을 하나 얻어 두고 있었다.

그는 사육제*를 기념하는 기간 배우들이 여는 무도회 참석 초청장을 받았다. 그런데 크라프트 부인의 살롱에서 쥘리에트를 보고 그녀와 눈이 마주치는 순간, 그는 알았다. 예전에 그녀가 보낸 편지대로, 바로 오늘 저녁임을 알았다.

춤도, 보는 사람도 없다. 음악도 없다. 오직 육체의 음악 말고는.

그는 아무것도 알지 못했다. 그토록 아름다운, 자유의 욕망으로 충만한 여자와 함께 다시 태어나는 느낌이었다!

사랑한다는 것이 무슨 뜻인지, 내 몸과 그녀의 몸을 고음으로, 저음으로 하

---

* Mardi gras. 사순절 전 축제 기간.

모니의 공명을 울린다는 것이 무슨 뜻인지 아는 데 삼십일 년을 기다려야 했다. 시간을 망각하고, 환희 이외의 모든 것이 폐기되는 것. 그리고 일치, 관능의 일치뿐만 아니라 영혼의 일치이기도 했다.

그녀를 쳐다보았다. 그는 그녀가 예전에 알고 지내던 남자들에 대한 분노와 질투를 또 한 번 생생하게 느꼈다. 아무튼 그녀는 숫처녀의 순결을 고스란히 지니고 있었으니.

자기 자신도 숫총각 같이 느꼈다. 그것은 마치 아델과 함께 지낸 시간이 어둡고 밋밋한 딴 세계에 속한 것처럼, 그제야 비로소 자신의 빛과 맛의 불꽃을 발견한 것 같았다.

그는 말했다.

"1802년 2월 26일, 1833년 2월 17일, 나는 그대 품 안에서 행복으로 태어났소. 앞날은 삶, 뒷날은 사랑이오. 사랑한다는 것은 살아가는 일 그 이상의 것이오."

그는 마침내 번데기를 터트리고 자유를 얻은 느낌, 소중함은 알았으나 그동안 단 한 번도 경험한 적 없는 능력을 비로소 얻은 듯한 느낌이었다. 그렇게 언제까지나 살고 싶었다.

　　　장미향 진동하는 침실에서

그리고 나아가고 싶었다.

　　　내가 무릎 꿇고 받들 매혹적인 이 존재를 향하여… 168

그녀를 쳐다보는 일, 사랑하는 일은 지칠 줄 몰랐다.

하루에도 몇 차례씩 보내오는 그녀의 편지를 읽었다. 그녀가 절대적인 것처럼 보인 만큼, 또한 놀랍고 환희, 게다가 불안감도 있었다. … 그녀에 대한 사랑에 푹 빠졌지만, 그렇다고 아델과 아이들과 헤어지거나 삶을 완전히 바꿀 생각은 없었다.

그녀는 백지 상단에 "전부 아니면 전무"라고 썼다.

위고는 쥘리에트가 진실을 말하고 있다고 생각했다. 사실 그녀는 에쉬키에로에 있는 아파트에 계속 살고 있었다. 거기서 드미도프 왕자를 계속 만나는 것도 사실인 듯했다. 그녀가 그이를 못 떠나는 것이 강요에 의한 것인지는 모르나, 또한 세탁업자, 가구상, 납품업자에게 수천 프랑씩 빚도 지고 있어, 채권자들이 들들 볶고 괴롭히고 있다고 했다. 파리에서는 이미 드미도프가 자기 아파트에서 그녀를 만나고 있고, 그녀의 빚을 갚아주었다는 소문도 돌았다.

위고는 또 욱했다. 거칠어졌다. 그녀가 살아온 그런 과거를 부정하고 싶었다. 그자하고의 관계를 당장 끊기를 바랐다. 그녀는 이미 그의 것이므로.

그는 울부짖었다.

그녀는 말했다. "내 이성이든 사랑이든 결국 깨지고야 말 텐데, 또다른 슬픔을 자초하느니 차라리 헤어지는 편이 낫겠어요."

그리고 그녀도 질투가 났다! 쥘리에트는 그에게 '늙다리 여자'에 대해 경고했다. 조르주 양은 둘이 서로 사랑한다는 것을 알고, 아렐에게 「뤼크레스 보르지아」 공연을 멈추도록 압력을 넣었다. 그러나 연극은 성공했다! 수입이 그렇게 큰 줄은 꿈에도 모르고 조르주에게 굴복했다. 끝내는 위고와 논쟁하고 결투하자는 말로 으름장을 놓기도 했으나 결국은 화해했다. 그리고 작가는 새로운 연극을 약속했다. 그는 돈이 필요했다. 쥘리에트의 빚을 갚아야 했다!

20일이 지나, 8월 12일에서 9월 1일 사이에 그는 「마리 튀도르*Marie Tudor*」를 썼다. 그 작품은 11월 6일에서야 초연으로 무대에 올랐다. 쥘리에트는 아름답고 젊은 마리블러디 메리 왕비의 경쟁자인 제인 역을, 조르주 양은 해설을 맡았다.

쥘리에트의 첫 출연에 다들, 우스꽝스럽고 딱딱하고 어설프며 더듬거린다고 비난들 했다. 그 모두가 '작가의 정부', '사악한' 여배우에 대한 음모였다. 두 번째 날 저녁 공연에, 그는 압력을 받고 배역을 철회했다.

그리고 막이 올랐다.

"빅토르, 사랑하는 님이여

빅토르, 사랑해요.

지금 제 마음은 시들었어요. 용기도 기력도 잃었어요. 내 삶과 행복, 당신이 원하는 대로 하셔요.

제게 닥친 그 모든 부당하고 부끄러운 일들로 당신의 깊은 애정을 받아들일 용기가 없어요.

이제 저에 대하여는 당신이 마음대로 하셔요.

당신이 어떡하든, 무슨 일이 닥치든, 당신을 사랑할 거예요. 불변의 믿음, 불변의 열정으로 숨을 거두는 순간까지 말이에요.

쥘리에트."

그녀의 편지를 받고는 그는 불타는 느낌이었다. 내용은 그러했다.

"나의 빅토르, 나의 사랑, 나의 천사, 우리의 사랑이 위기에 처했던 때 그 이후로도 저는 당신을 사랑했어요. … 사랑해요. 당신 아니면 저는 아무것도 아니에요. 맹세해요." 그런 다음 절망적인 순간에 그리고 마지막 숨을 헐떡이며 그에게 받은 편지를 몽땅 찢어 불태웠다!

그는 마치 누군가 그의 몸과 삶을 찢어 짓밟는 듯했다. 하지만 그는 그녀가 무슨 고통과 싸우고 있는지도 알았다. 그는 말했다.

"사랑하오. 내 불쌍한 천사, 그대는 내 사랑을 잘 알 거요. 그대는 꼭 어린 애 같소. 그러면서도 엄마 같은 지혜가 있소. 그래서 난 내 모든 사랑으로 그대를 모두 감쌀 수 있소.

나만 생각하오, 자기!"

'그래, 빚을 갚아주자. 채권자들 손아귀에서 구해주자. 드미도프 왕자 그자로부터!'

"내 돈은 그대 것이오. 그대 위해 번 돈이오. 그대에게 주고픈 내 어두운 밤의 일부요. 난 딴 사내들과는 다른 놈이오. 난 그대 숙명을 나누고 싶소. 그대가 추락한다 해도, 난 그대를 세상에서 가장 따뜻한 영혼, 운명이라도 함부로 할 수 없는 고결하고 드높은 존재로 생각하오. 딴 것들과 작당하여 바닥에 고꾸라진 불쌍한 여자를 짓밟는, 난 그런 인간이 아니오. …

그 누구도 그대에게 첫 돌을 던질 순 없소. 나 외에는 말이오. 만일 누군가 그대에게 돌을 던진다면, 그땐 그대에 앞서 돌을 내가 다 맞겠소. …"

그녀가 그 편지마저 찢어버렸을까? 그는 더 써 내려갔다.

"나는 바라오. 언젠가 내 삶 속에서 그대 삶의 흔적을 발견하기를 말이오… 사람들이 알아주기만을 바라오. 내 그대를 사랑했다는 것, 그대를 존경했다는 것, 그대 두 발에 입을 맞추었다는 것, 그대를 향한 흠모와 열애로 가득한 가슴을 지녔던 남자였다는 사실을 말이오… 투명인간 같은 내 가엾은 천사, 그대 삶의 숙명을 생각하며 난 계속 눈물이 나오. 하지만 마음속 깊이 기쁘게 이 말을 하오. 그대 같은 고귀하고 순결하고, 크고 따뜻한 영혼은 본 적이 없소. 만일 세상에 착하고, 순수하고, 헌신적인 가슴이 있다면 그건 바로 그대 가슴이오. 만일 세상에 완전하고, 심오하고, 자애롭고, 뜨겁고, 고갈되지 않는 무한한 사랑이 있다면 그건 바로 그대의 사랑이오.

그대 아리따운 이마에, 그대 아리따운 영혼에 입맞춤하오.

빅토르."

그는 그녀에 대한 무한한 연민을 느꼈다. 스스로를 사랑으로 구원하는 타락한 천사를, 그녀를 열애했다. 그녀는 더없이 아름답고, 외롭고, 헌신적이고, 격정으로 가득한 여자였다. 그녀는 그에게 완전히 깃들었다. 그 또한 그녀가 주는 '은총'에 취하고, 결국 자신이 고도의 감정으로 고양한 것이다.

그녀는 그를 이해했고 그의 말을 경청했다. 그녀는 그가 헌사한 시들을 베껴두었다. 그녀는 그를 존경했다. 그리고 그를 빛냈다.

그녀에게 시를 바쳤다.

> 맞소, 나는 눈빛 그대는 별이오
>
> 나는 응시하고 그대는 빛을 발하오!
>
> 나는 유랑하는 배 그대는 돛이니
>
> 나는 표류하고 그대는 끌어들이노니!
>
> 찬란히 빛나는 그대 곁에서 나는 슬프고 우울하게 전진하오
>
> 눈부신 낮은 빛없는 밤에 닿아
>
> 육체 뒤에 그림자가 오듯
>
> 사색의 사랑은 오직 미美를 좇느니.169

그는 그녀 때문에 괴로웠다. 실의와 수치감에 쌓인 그녀를 위로하고 싶었다. 그녀는 두 번째 공연부터 배역에서 제외되고 제인 역은 알렉상드르 뒤마의 정부, 페리에로 대체되었다. 그리고 그는 뒤마와 사이가 틀어졌다. 표면상으로는 그의 친구 베르탱이 감독으로 있는 「르 주르날 데 데바」에서 뒤마를 비방하는 글들이 갈등의 원인이었다.

모든 일이 진행되고 있었으나 그는 파리가 구설수로 시끄러운 것을 알았다. 교활하고 은밀한 생트-뵈브가 부추기고 퍼뜨렸다. 아델은 아무 말 하지 않았으나 줄리에트의 정체를 알았다. 그리고 자기가 결코 주지 못하는 것을 밖에서

찾는 남편에게 복수하고 상처주기 위해 그녀는 남편이 애지중지하는 아이 레오폴딘느를 생-드니의 왕실수도원에 가두기로 작정했다. 아델은 그곳에 동생 쥘리를 이미 대기시켜 놓았다.

그러나 위고는 포기할 수도 없고 포기 할 생각도 없었다.

그는 영원히 쥘리에트에게 매여 있었다. 그는 이미 예감했다. 그녀는 이제 그의 삶의 일부가 되었다.

그는 루아이얄 광장의 자기 집을 알려주고 싶었다. 아델은 아이들과 함께 로쉬에 있었다.

그는 쥘리에트를 자기 사무실로 안내하여 곳곳을 보여주었다. 그는 자기 사생활을 보여주면 쥘리에트가 행복해할 줄 알았다. … 그러나 그녀는 그런 편지를 보냈다.

"저는 이번 당신 집안을 돌아보고서 서글펐어요. 두려울 정도로 마음이 무거웠어요. 잘 알고 있어요. 이젠 잘 알아요. 제가 어떻게 당신과 헤어졌는지, 어떤 점에서 제가 당신께 낯선 여자인지를 말이에요. 당신 잘못이 아니에요. 불쌍한 내 사랑. 물론 제 잘못도 아니에요. 내 불행에 당신의 지나친 몫을 드리는 것은 옳지 않아요. 그것과 상관없이 저는 제가 가장 비참한 여자라고 생각해요." 이 여자를 어떻게 위로하면 될까?… 자학하고 있을 수만은 없었다. 그는 자기 주변 사람들에게 나름대로 베풀 힘이 충분하다는 생각이 들었다.

그는 쥘리에트에게 "그대는 「마리 튀도르」에서 부정의 희생양이었소." 라는 말을 되풀이했다.

"그대는 2천 명 관객 앞에서 밝은 역을 소화했소. 그러나 난 한 사람만 그대를 이해했소. 바로 나요. 2천명, 그들이 2천명의 지성인들은 아니오… 제발 잠잠히 있으오. 어느 날엔가 정의가 돌아올 거요. 내 이름이 살아있는 한, 그대 이름은 살아 있으리라.

그대는 깊은 영혼, 고결한 마음, 모든 것을 혜량하는 지성, 배역의 모든 상황을 이상화하는 아름다움을 지녔소. … 그대는 모닥불을 피우기 위해 몇 번이고 두드려야 하는 돌멩이가 아니오. 그대는 한 줄기 빛으로 족히 수천의 불꽃을 던지는 다이아몬드요."

그는 그녀를 꼭 껴안았다. 그리고 다시 속삭였다. "나에게 입맞춤 해주오. 아름다운 공주 …." 그제서야 그녀는 '내 것'이라고 느꼈다.

"저를 정말 사랑하시나요? 그러시면 저에 대한 연민이 있으시겠지요. 절 도와주세요. 당신은 제 스스로 만든, 말도 못하고 오금을 못 펴고 죽어지내는 신세로부터 벗어나도록 도와주실 수 있으시죠. 저는 지금 제 몸과 제 마음까지 고문하고 있어요. 오, 착하신 저의 천사여, 제발 고개좀 들고 살도록 도와주세요. 당신을 의지하고 희망을 갖도록 말이에요! 제발, 제발 부탁 이예요."

그녀는 그의 속을 뒤집었다. 그리고 그를 '키웠다.'.

그녀는 그를 뒤흔들었다. 그녀는 그를 앙양시켰다.

그는 원했다. 원할 때는 언제나 자기 것이 되기를, 자기를 위해 살기를, 필요하다면 언제든 은둔하기를 원했다. 딴 남자와 붙어있는 것은 도저히 인정할 수 없었다.

과거 속에 계속 살으리라. 사랑으로 부요하게, 동굴 속 깊숙이 은신한 채.

그것이 그가 바라는 것이었다.

그는 자신을 둘러싼 구설수, 비난, 뒷 담화들을 비웃었다. 혹자는 질투하고, 혹자는 '이중생활'을 걱정했다.

와중에도 그들은 『뤼크레스 보르지아』 서문을 읽었다.

"모든 일에 도덕과 연민이 돌도록 하라. 그러면 더 이상 혐오와 배척이 사라지리니. 끔찍한 일에는 신앙적인 사고를 융합하라. 거룩해지고 순결해지리니. 하느님을 교수대에 묶어라. 비로소 십자가를 얻으리니."

그가 극도로 화를 내는 순간은 늘, 자신이 가장 사랑하는, 가장 진실한 친구들 속에서, 자신의 삶의 방식과 같지 않을 때였다. "그 누구도 날 이해할 수 없소." 빅토르 파비에게 써 보낸 말이다. "선생 마저도 … 그래서 괴로운 거요."

그는 자기 작품을 통해, 자기의 뜻을 설명하기를 원했다.

"극장은 이를테면 교회요. 휴머니즘은 일종의 신앙이오… 극히 불경스럽든지 혹은 경건하든지 둘 중 하나요. 나는 지금 일종의 소명을 행하고 있다고 믿소…"

그는 2월 17일 '거룩한 밤' 이후, 새로이 발견하고, 새로이 살게 되었다. 마치 출생증명이나 세례식을 거행하듯.

그는 말을 이었다. "나는 올처럼 결점이 많은 적이 없었고, 또한 올만큼 좋은 적도 없었소. 여러분이 못내 아쉬워하는 '결백'의 시절보다 나에게는 지금이 훨씬 낫소. 예전에는 결백했으나 이제는 관대할 거요. 그것은 위대한 진보요. 하느님은 알고 있소. …"

친구들은 그의 '과업'을 크게 염려하지 않았다. 그에 대한 믿음이 있었으리라.

"갑시다! 나는 내 미래를 분명히 보오. 목표를 똑바로 바라보고 믿음으로 나아가기 때문이오. 가다가 넘어질 거라면 나는 앞서서 넘어질 것이오. 내 삶과 과업을 마치는 날, 과오와 결핍, 의지와 숙명, 선과 악이 끝나면 심판을 받을 것이오.

언제나 나를 사랑해 주오, 나 또한 친구들을 내 품에 안아드리오. 빅토르 위고."

1834

오, 마담! 왜 이런 슬픔이 당신을 좇는지요?

왜 여전히 눈물을 흘려야 하는지…

위고는 작업실 문을 열었다. 한 남자가 기다리고 있었다. 그는 편지 한 통을 건네고 가버렸다.

쥘리에트의 편지임을 곧 알았다. 그는 머뭇거렸다.

최근, 둘은 서로 상처를 주며, 또한 서로 사랑했다. 그는 쥘리에트를 함부로 대했다. 그는 질투를 부렸고, 인정머리도 없었다. 그는 알았다. 전당포에 맡긴 것들. '자수 캐미솔 마흔여덟, 캠브릭 셔츠 서른여섯, 드레스 스물다섯그중 민소매둘, 자수 페티코트 서른하나, 자수 캐미솔 열둘, 목욕 가운 스물셋, 주름 장식 스트라이프 캐시미어 하나, 인도산 캐시미어 숄 하나…'

그렇게 열거하고 싶지는 않았다. 옷 하나하나가 마치 어느 애인, 어느 날 밤, 어느 무대, 일종의 혼탁, 종종 그것은 서로의 추억으로 되돌아오는 과거를 보는 듯 했다. 모두 다 빚진 것들. 마치 데미도프 왕자가 앉거나 누웠던 의자와 침대처럼 느껴졌다.

그녀를 원망하고, 또한 자신을 탓했다. 결국, 편지를 읽었다.

"1834년 1월 1일, 오전 2시

나의 빅토르 씨,

저는 당신에게 아무 말도 할 수 없어요. 제 사정은 짐작하실 거예요. 그저 당신 좋을 대로 하셔요.

사랑해요. 과거의 기억과 미래에 대한 두려움으로 이제는 전처럼 당신에게 말을 못 건네겠어요. 지난날은 다 잊고 당신 앞날이나 생각하셔요. 저는 당신을 사랑한다는 말을 다시 꺼낼 힘을 회복해야 해요.

사랑해요. 쥘리에트.”

그녀를 계속하여 사랑할 수 있을 것 같지 않았다. 주위의 시선, 조롱하는 말속에서도 그는 남들이 자신의 불륜을 비난하는 줄도 몰랐다. 아델은 마치 자신에 차 있는 듯 조용하고 무관심하며 심지어 냉소적이기까지 했다. 모두다 그녀 주위를 맴돌며, 글 쓰고, 속닥거리고, 사랑을 부추기는 시를 써서 출간하는 생트-뵈브가 원인이었다.

위고는 불의의 희생양 같이 느껴졌다. 핍박과도 같았다. 그는 불같은 이들이나 용맹한 사람보다는 비판받는, 온갖 찌질하고 음울한 사람들이 따르는 혁명의 남자를 생각했다. 그는 방금 출간된 미라보*의 『기억들』을 읽고, 대중 연설가의 자서전을 쓰기 시작했다. 자기 삶의 새로운 시기를 맞이할 계획이었다. 자신에 관한 방점을 찍고 싶었다. 미 출간 작품들도 모아 『혼재된 문학과 철학 *Littérature et Philosophie mêlées*』을 두 권으로 묶고 싶었다.

“모든 정직한 작가의 삶에는, 과거와 더불어 생각할 필요가 있다고 느끼는 순간이 있다. …” 그는 문집을 펴내면서 그렇게 썼다. 결론에는 자신이 작업한 「미라보」를 삽입했다.

그는 써야 했다. 무엇보다도 자기 확신을 위하여, 나아가 정부가 자유와 권리를 짓밟고 숨통을 조이는 그 순간 자기 목소리를 내기를 원했다.

“프랑스 혁명은 온갖 사회 이론들을 위한 일종의 거대한 책을 편 것이다. 이

---

* Mirabeau(1749~1791). 정치가, 프랑스 혁명의 중심인물 중 하나.

를테면 그것은 위대한 유언이다. 미라보는 거기에 자기 이름을 적었다. 로베스피에르도 자기 이름을, 나폴레옹도 자기 이름을 적었다. 루이 18세는 자기 말소를 했다. 샤를르 10세는 그 페이지를 찢어버렸다. 1830년 8월 7일의 의회는 그것을 거의 복원했다. 그러나 거기까지였다. 여기 책이 있다. 여기 펜도 있다. 누가 써야 하는가?"

자신이 그 사람이라면, 만일 그것이 자신의 숙명이라면….

그는 스스로 몽상에 빠졌다. 그는 비교해 말했다.

"볼테르는 당黨을 말하고, 몰리에르는 사회를 말하고, 셰익스피어는 인간을 말했다."

지금 자신은 왜 휴머니즘을 말하지 않는가?

그는 잠시 이런 저런 몽상에 취해 있었다. "선생은 글로 말하는 미라보요." 사람들은 그에게 말했다. "선생의 정치적 국면으로 들어간다면 말이오. …" 사람들은 이렇게 덧붙였다.

왜 가만히 있겠는가?

하지만 막상 어찌 행동할지 몰랐다. 시간이 임박하면, 만일 그 시간이 온다면, 자신이 필시 '사건'에 연루될 것은 불을 보듯 뻔했다. '정상적인 이든 비정상적인 이든' 남에 대한 비난은 중요하지 않았다. '자신이 위대한 까닭에 욕망하지 않는 민중, 민중은 미라보를 위하여 있었다.' 민중은 언젠가는 필히 빅토르 위고를 위하여 존재하리라.

그는 쥘리에트에게 돌아갔다. 다시 열정의 점화, 그리고 분노의 발산. 그는 그녀의 말에 죄책감을 느꼈다.

"오늘 밤 당신은 조르주라는 이의 비열한 중상모략과 제 과거의 불행이 나를 압도하도록 만들었어요… 거듭 말씀드려 미안하지만, 저는 영혼도 없고 명예도 없는, 메마르고 허영심 큰 여자랍니다. 저를 짓누르는 빚은 솔직히 저의 방탕과 사치에서 왔어요. … 말씀드리지만, 우리 사이에는 더 이상 가능한 것이 없어요… 그래도 당신을 위해 지녔던 저의 순수하고 열렬한 사랑의 진실을 뿌리치진 마시기 바래요. 지나가는 노인을 보고, 한 때는 저이도 젊고 힘센 시절이 있었다는 걸 믿지 않는 어린애들처럼 굴지는 마셔요.

저요, 저는 제 영혼 온힘을 다하여 당신을 사랑했어요."

그는 답장을 하려고 펜을 들었다. 순간, 1월 13일 저녁 11시 반에 수첩에다 써놓은 문장이 눈에 들어왔다. '오늘도 그저 그녀의 애인, 내일은….' 그는 그것이 부끄러웠다. 그녀와 이별할 수도, 사랑을 거부할 수도 없었다.

얼마 후 그는 편지를 썼다. 초야初夜를 자축하는 편지였다.

"믿음, 희망, 기쁨, 삶, 몽상, 느낌, 열망, 한숨, 원함, 능력, 이 모든 말들은 단 한 마디로 요약되오. 바로 '사랑'이오. 나의 쥘리에트, 마찬가지로, 온갖 하늘의 빛, 태양으로부터 오는 빛, 뭇별들로부터 오는 빛, 밤의 빛은 모두 태양의 빛만큼이나 그대의 시선 속에 모두 녹아 있소. … 사랑하오. 절절히 사랑하오. 그대를 생각하면 내 속을 휘젓는 그 무엇이 있소. 마치 우리 아이들을 생각할 때와 같이 말이오. 가엾은 영혼! 희망을! 그대는 그대 자신에 맞선 운명을 지니고 있소, 그대를 위한, 사랑.

그대의 예쁜 두 발과 커다란 두 눈에 입을 맞추오. 빅토르."

그런 상황이 그녀에게 일부 책임이 있지만, 그래도 그는 압수, 퇴거, 형사 재판으로 그녀를 협박하는 채권자들로부터 벗어나도록 돕고 싶었다. 그리고 데미도프와의 모든 관계를 끊도록 요구했다. 그녀는 차라리 은둔자로 살겠노라 했다. 하지만 여전히 과거에 쫓기고 있었다. 도저히 벗어날 수 없는 빚이 발목을 잡고 있었다.

그들은 또다시 가슴을 찢었다.

'어느 것 하나도 당신의 자애를 얻지 못했어요.' 그녀는 혼자 말했다. '오늘 저는 당신을 위해 변함없이 여기 있어요. 1년 전만 해도 만인을 위한, 필요하면

언제든 돈으로 해결하는 일등 부자의 품에 안기던 여자였지만….'

　그는 화가 났다. 돈이 없었다! 살림을 위한 지출 명세서를 날마다 작성해야 했다. 아델에게 정확한 구매 내역서를 요구했으며, 한 달에 겨우 350프랑을 주고 초과분에 대해서는 물어내라고까지 다그쳤다. 그를 무조건 비난하는 이들은 알았을까? 그가 지출하는 모든 돈이 밤의 미명微明 아래 써댄 글의 대가라는 사실을. 그는 말했다.

　"그대에게 편지 쓰는 시간은 나는 거의 소경이 된 상태요. 『노트르담 드 파리』에 밤새 매달리다보니 눈에서 불이 났소."

　돈 걱정을 해결해야 했다. 돈이 있어야 자립이 가능했다. 돈 없이는 글도 자유로이 쓸 수 없는 일. 쥘리에트 생각을 떠나, 그녀의 빚을 청산해주어야 한다는 것을 인정하지 않았다. 본능적인 거부감, 자신이 없었다.

　묘안을 찾아 헤매다가 테아트르-프랑세에 쥘리에트를 끼워 넣는 데 성공했다. 연 3천 프랑을 받는 조건이었다. 그 후 그녀는 예술가로서의 이력을 쌓으며 에쉬키에 로의 전셋돈을 낼 수 있게 되었다.

　몇 주 동안 그는 가슴이 답답했다. 육체가 '고양'됨으로써 얻는 빛나는 사랑을 포기할 수는 없었다. '나는 한 시간 동안 그대 품에서 에덴의 세기를 만들리라.' 혼잣말을 했다.

　그렇게 쥘리에트는 몸을 온전히 맡긴 채 그의 욕구를 채워주었다. 그도 역시 그녀에게 공기만큼이나 필요한 존재가 되었다는 느낌이 들었다.

　그녀가 그가 보내오는 편지들을 놀라움으로 읽곤 했다. 그녀는 허식도 잔머리도 없었다. '발가벗은 쥘리에트'였다.

　"안녕, 내 사랑, 안녕, 나의 위대한 시인, 안녕, 나의 하느님 … 나의 귀요미, 사랑해요, 오늘 밤 당신 때문에 너무 행복해요. 후회란 없어요. 오, 이 밤이 인생만큼 길었으면 좋겠어요. …"

그러나 그는 두려웠다. 그 행복으로 인해 크나큰 적대감, 질투, 비열함으로 대가를 치러야 했다.

생트-뵈브는 자기 책 지면에 미라보에 관한 주제를 할애했다. 그것은 뻔한 찬사와 삐딱한 독설의 뒤범벅이었다. 위고는 고개를 들었다. 아델을 바라보았다. 둘은 사륜마차 안에서 또는 아주 작은 방에서 만났다. 어쩌다 아델이 로쉬 성에서 묵는 날이면 언제나 근처에서 생트-뵈브가 기다리고 있었다.

위고는 그 일로 더 이상은 고통 받지 않았다. 다만 '그 애인놈'의 위선으로 고통스러웠다. "칭찬은 그만 받고 동정을 받았으면 좋겠소. 대체 어디서부터 일이 이렇게 꼬인 것이오? 우리 둘이 문제이오? 자신에게 양심적으로 물어보시오. …" 생트-뵈브에게 썼다. 생트 뵈브가 또다시 회피하는 것이 이제는 놀랍지도 않았다.

거짓의 우정을 끝내야만 했다!

"오늘 나와 공유해야 할 증오와 비겁한 핍박이 너무 크오. 그리고 난 분명히 알겠소. 우리의 우정, 가장 많이 겪은 우정마저도 버리고 해체되는 것을. 잘 가오 친구. 각자가 땅에 묻읍시다, 조용히, 이미 죽은 것, 그리고 선생의 편지가 내 안에서 죽이는 것을. 잘 가시오."

생트-뵈브의 음흉한 암시가 날아왔다.

"내가 내 본업으로 돌아왔듯이 선생은 선생의 작업으로 돌아가시오. 나는 성전이 없소. 그러니 아무도 멸시하지 않소. 선생은 성전이 있잖소. 그러니 온갖 염문을 피하시오."

생트-뵈브가 어떻게 쥘리에트를 이용하는지 훤히 알 수 있었다!

"생트-뵈브에게는 신랄함과 증오가 점점 가득 찼다. 그는 나를 공격하고 나는 그를 동정했다. … 겹겹이 포장된 그의 말 속에서 욕망의 촉이 발산했다."

상처를 크게 받았다. 그를 에워싼 몰이해를 어떻게 받아들인단 말인가?

발길 닿는 곳마다 불행이 도사린, 세상에 대한 저항을 글에 담고 싶어하는 이는 아무도 없어보였다. 그는 달랐다. 폭로하기를 원했으므로 '가난한 노동자' 클로드 구외의 삶을 이야기로 풀었다. "그는 훔쳤다. … 내가 안 것은, 이 도둑질로 아내와 아이의 3일 분량 빵과 불을 얻었고, 남자는 5년이나 감옥살이 했다. 사회의 구조적인 악은 결국 그 불행한 남자로 하여금 경비원을 죽이고 자살 기도를 하게 했다. 허무한 일. 응당 사형을 언도받았다. 다시 공포가 엄습했다.

민중의 머리, 자, 문제는 이것이니… 그 머리를 경작하고, 물을 주고, 영양을 주고, 계몽하고, 교화하고, 그리고 유용하게 사용한다면, 그것을 자를 일이란 없다."

단박에 결판내는 것은 어마어마하게 쉬운 일이다! 방직공장 노동자들이 소요를 일으키면 리옹 언덕에서 공장 일대에 폭탄을 퍼부으면 끝, 파리에서 폭동이 일어나거든 트랑스노냉 로 주민들을 학살해버리면 끝이다!

역사가이며 구 야당 의원이었던 내무부 장관 티에르*를 선두로 조용하고 잔혹한 탄압을 주도하던 정부에 그는 분노하고 저항했다.

민중이 교육을 받지 못한 까닭으로 '넘쳐나는 죄수, 넘쳐나는 매춘부', 그리하여 '사회의 중심의 핏속에는 악이 있다.'는 사실을 각료들에게 어떻게 이해시킬 것인가? 그리고 이는 대포 몇 방을 날리거나 혹은 트랑스노냉 로에서 그랬듯 용기병의 말발굽으로 시체를 짓밟는 것으로 어찌 치유할 수 있다는 것인가?

정치적 각축장으로 내려가, 마치 라마르틴느처럼 의원이 되어야 할까? 아니면, 「클로드 구외」를 집필하며 내가 행동하는 것처럼, 강력한 부르짖음으로 그들이 끝내 알아듣도록 해야 하는가?

---

* Thiers(1797~1877), 변호사, 언론인, 역사가, 프랑스 공화국 대통령(1871~1873).

그는 의심했다. 그리고 환멸 했다. '영광의 3일*'에서 나온 권력 때문이었다.

"나폴리에서, 치마를 걷어 올리고 뒤를 보여준 것은 바로 소녀들이었다. 책임은 바로 정부에 있다!"

그는 마래 구역의 거리를 활보했다. 루아이얄 광장에서 멀지 않았다.

그는 보기를 원했다. 사방이 바리케이드였다. 천지가 군인들 그리고 살기등등한, 증오로 가득한 국가경비대원들이었다. 그를 에워쌌다. 그는 신분증이 없었다. "팔에 끼고 있는 것이 무슨 책이냐?" 그는 즉각 책을 **빼앗겼다**.

"생-시몽?"**

그를 제켜버렸다. 그는 생시몽주의자 중 하나였다. 민중의 머릿속에 반란의 불을 붙인 '사회주의자들' 중 하나였다! 그는 자기 내면의 음성을 듣고자 애썼다. 그리고 해명했다. 루이 14세와 동시대로, 생시몽 공작의 「기억들」이 문제였다. 그는 거듭 외쳤다. "나는 『에르나니』, 『노트르-담 드 파리』의 작가 빅토르 위고이오." 결국 그는 풀려났다.

소요 사태는 평정되어 가라앉았다. 그는 쥘리에트와 함께 몽마르트르 로에서 걸었다. 새순 가득한 나무 아래 '카바레' 홀에 자리를 잡고 앉았다. 전원에 와 있는 듯했다. 날씨도 쾌청했다. 그는 「클로드 구외」 원고를 읽기 시작했다. 눈을 들었을 때, 그는 쥘리에트의 감정을 공감하고는 찔끔 눈물을 흘렸다.

그는 원고 첫 장에 썼다. "사랑하는 쥘리에트에게, 1834년 6월 24일, 몇 장을 쓰고는 즉시 읽었다. 몽마르트르 언덕, 오후 3시에서 4시 사이였다. 두 그루의 어린나무들이 우리에게 그늘이 되어 주었다. 우리 둘의 머리 위로는 아름다운 태양이 빛났다. 그녀보다는 덜 아름다운."

비록 잠시였으나 그에게는 은총의 순간이었다. 시나브로 여름이었다.

---

* 1830년 7월 27~29일. 샤를르 10세의 왕권 강화에 대한 민중의 저항, 루이-필립을 옹위.

** Saint-Simon(1760~1825). 경제학자, 계몽주의 사상가. 공상적 사회주의자.

그는 며칠간 파리를 떠나기로 했다, 쥘리에트와 함께. 당연히 비에브르 계곡을 선택했다. 로쉬 성에서 멀지 않았다. 여름마다 그곳 베르탱 댁에서 아델과 아이들이 머물던 곳이었다. 그는 쥘리에트에게 루이스 베르탱에 관해 말해주었다. 「라 에스메랄다」의 배경 음악을 작곡하고, 오페라 「노트르-담 드 파리」도 책자로 낸 사람이라고 했다. 그리고 쥘리에트 손을 꼭 잡고는, 로쉬에서 멀지 않은 곳 메츠, 밤나무 숲 너머, 작고 하얀 집에 대해 말해주었다. 나중에는 그녀를 위해 방 하나를 세를 얻었다. 그리고 그는 로쉬에서 아델과 아이들과 살 때에도, 날마다 그녀를 보러 올 수 있게 되니!

쥘리에트는 꼬치꼬치 따지는 여자가 아니었다. 말하자면 양면의 삶이었다. 숨겨진 이면을 수용하는 여자였다. 그것이 그녀에게 그늘진 것만은 아니었으므로. 주이-앙-조사에 있는 여관 레퀴 드 프랑스 식당에서 그와 함께 하룻밤을 보낸 날 그녀는 그렇게 썼다.

"저는요, 쥘리에트는요 세상 여자들 중에서 제일 행복하고 제일 만족한 여자였어요. 솔직히 말해 그날만큼 충만함 속에서 당신을 사랑하고 당신에게 사랑받는 행복을 느껴본 적이 없었어요. 기록으로 남길 이 편지는 제 마음 그대로 보여드리는 행동입니다. 그것은 저의 남은 삶을 바치고자 하는 그런 것이에요. 그날, 그 시간, 그 순간은 후일 계속해서 머리에 떠올라, 그 마음 그대로 오늘까지 왔어요. 거듭 말하지만, 저는 당신의 것으로, 제 생각마저 당신 것으로, 당신을 향한 유일한 사랑으로 가득 차 있답니다.

1834년 7월 4일, 오후 3시, 파리에서 줄리에트 씀.
후일 증거를 위해 사인하고, 이 편지에 수없는 입맞춤을."

그는 그저 행복하여 흥분이 되었다. 하지만 한편으로는 은근히 불안했다. 마치 그 사랑은 너무도 절대적이고 너무도 커 보였다. 그 위험을 은폐하기에는, 알 수 없는 미래의 보상으로서는.

불안은 여전했다. 쥘리에트의 몸을 만지는 순간마저도. 그는 말했다. "내 사랑! 나의 천사! … 그대 침대에 쓰인 글씨들, 그대와 나의 팔에, 나체에, 황홀한 … 그리고 그대는 나에 대한 노래를 불러주었소. 내 영혼을 사로잡는 목소리로. 매혹적인 목소리로 들려준 노래들! 내 시구를 가지고 지은 노래. 하지만 시를 완성한 것은 그대이니 …."

과연 사랑이란 원하는 세상을 만들 수 있는 것일까?

쥘리에트는 에쉬키에 로를 떠났다. 그는 말했다.

"그토록 행복하고 그토록 불행했던 이 방 추억을 우리 영원히 간직합시다. 결국 내가 사랑한 이 방, 이 방 천장은 나에게는 늘 하늘이었으니.

오, 쥘리에트, 이 거리를, 이 문을, 이 창문을 두 번 다시 보지 맙시다. 가슴속에 깊은 울림이 오기 전에는."

"이 집은 이제 안녕, 하지만 사랑만은 영원히 가는 거요!"

그녀는 파라디 로 4번지로 이사했다. 방은 작고 누추했으나 그는 썼다. "거리 이름은 너무 멋지오. 나의 쥘리에트! 이 방, 이 침대에서 바라보는 하늘은 온전히 우리를 위한 것이오. 이제 우리 새 삶을 시작하는 거요. 우리 옛 사랑으로 삶을 시작합시다. 주변 풍광 외에 변한 것은 하나도 없소. 우리 주변 모든 것이 지난날처럼 여전히 감미롭고, 선하고, 연민이 넘치고, 헌신적이며, 그리고 사랑스럽기를! 그대와 더불어 언제까지나 이대로의 삶이면 좋겠소. …"

편지를 쥘리에트에게 부치기 전에 그는 한 줄 한 줄 톺아보며 생각했다. 그이상 더 좋을 수 있을까? 그는 그렇게 확신하며, 자신의 고뇌를 억누르려고 되뇌어 말하는 것은 아니었을까?

빚쟁이들은 그이 종적을 살살이 뒤졌다. 그리고 '송곳니'를 드러냈다. 그녀의 빚은 2만 프랑이나 되었다! 위고에게 공포감이 몰려왔다. 그는 랑뒤엘 출판사와 몇몇 작품에 대한 재출간 계약에 사인했다. 9천 프랑이나 받다니! 작가로서는 어마어마한 액수였다! 하지만 어찌하랴. 자그만치 2만 프랑이나 되는 '빚의 크레바스'가 있었으니, 그의 발밑에.

그는 울부짖었다. 그러다가 떠났다. 절망을 안고. 후에 그는 쥘리에트가 보낸 편지를 읽었다.

"이런 당신 글귀들은 모두 저의 영혼, 저의 생각, 저의 사랑의 싸늘한 주검으로 남을 거예요. 마치 저의 몸이 시나브로 피와 살로 된 생명의 주검이 되듯.

저의 믿음을 고백하기 위해 씁니다.

저의 죄를 용서받기 위해 씁니다.

탄식하기 위해 씁니다. 내 눈물은 내 숨통을 죌 것이므로, 끝내 나를 죽일 것이므로.

오늘 저녁, 이 거리에 남을 거예요. 남은 힘이 저를 버리지 않는 한.

희망은 없으나 여기 머무를 거예요. 아무튼 머물 거예요."

그는 망설였다. 그 사랑에 대한 결론을 내야 했다. "그대 쪽에서나 내 쪽에서나 다 끝난 것 같소. … 그대에게 쓴 마지막 구절들에 너무 상심하지 말기 바라오…" 그리고 그는 제안했다. "이게 마지막으로 하는 말이오. 그대 이잣돈을 함께 처리하는 데 필요한…"

그래, 이 열정, 이 고뇌를 끝낸다. 끝내고 평정을 되찾고, 쓰는 거다.

그리고 누군가 전해준 '8월 2일 토요일' 소인이 찍힌 편지. "영원히 안녕, 안녕 영원히. 그 말을 한 건 그대였지요, 그럼 안녕, 저는 불행하고 타락했으나 당신만은 행복하고 찬미 받기를 … . 안녕, 그 말속에는 제 모든 삶, 제 기쁨, 제 모든 행복이 들어 있어요. 안녕. 줄리에트.

저는 딸과 함께 떠나요. 곧 아이를 데리러 갈 거예요. 우리 관계는 유지해요."

땅이 꺼지는 듯했다. 그는 이 거리 저 거리를 미친 듯 내달렸다. 그리고 브레스트까지 갈 여권을 원했다. 쥘리에트는 거기 있는 여동생 콕 부인 집에 은신해 있었다. 그는 스물여덟 살 아내와 딸 클래르를 여권에 등록했다. 그들을 다시 데려올 생각이었다. 헤어지기를 원했던 것은 미친 짓이었다!

'쥘리에트! 쥘리에트! 내 사랑! 내 모든 막말과 절망을 거두겠소. 무엇보다도 더 이상 그대를 무시하지 않겠소. 그대가 가엾소. 그대를 용서하오, 사랑하오, 사랑하오, 그대를 축복하오. … 난 지금 지옥에 있소, 그대 두 발에 입을 맞추오. 하늘은 온통 어두우나 나는 알고 있소, 내게 무슨 희망이 있는지를. 그대는 날 위해 태어났소, 쥘리에트. 그대를 다시 안 본다는 것은 내겐 불가능인 일이오, 그러니 곧.'

머릿속에는 오직 그 생각이었다. 그는 자책했다. 그는 '죄인'이었다. 자학할 수도, 학대할 수도 없었다.

돈을 찾아 나서야 했다. 잠 프라디에*를 찾아갔다. 후에 그는 썼다.

"난 내 오장육부를 다 보여주었소. 약속도 받았소. 그대 아이의 아버지와 나 둘이서 온힘 다해 그대를 구하기로 했소. 그도 나처럼 서약했소. 필요한 일을 다 해주기로." 그러나 쥘리에트는 파리로 돌아와야 했다. …

"나를 추스르고 모든 걸 해결하려… 난, 내 깐에, 손발이 닳도록 일해 막 천 프랑을 모았소. 그대는 알 거요. 사랑은 그런 것이오. 우편마차로 가겠소… 벌써 서른 시간이나 굶었소. 상관없소. 그저 그대를 사랑하오…"

그는 팔이 찢어지는 상처를 입었다. 통증이 심했다. 불로 지지는 듯한 통증은 마치 마음속 고통의 문신처럼 느껴졌다.

떠나기 전, 그는 빚쟁이들 집을 한 바탕 돌았다. 어떤 이의 빚은 갚고, 어떤 이의 빚은 갚겠다는 약속을 하고 각서를 써주었다.

"그대가 끔찍한 상황에 처하도록 그대를 버려두었다는 말은 듣고 싶지 않소. 그대에게 준 것은 안 주고 호익를 베풀었다는 소문을 하늘 아래 남기길 원치 않소. 우선 그대를 구해야 하니…"

---

* Jammes Pradier(1790~1852). 스위스 제네바 출신의 프랑스 조각가. 쥘리에트의 전 남편으로 슬하에 딸 쥘리를 둠.

그는 우편마차를 잡아탔다. 렌느를 지났다. 그리고 브레스트를 지나 쥘리에 트가 있는 생-르낭에 도착했다.

그는 이제 알았다. 둘은 절대 헤어질 수 없음을. 둘의 사랑은 험한 협곡을 건 넜다, 자칫하면 침몰할 뻔한.

그런 심정을 쓰고 싶었다. 8월 9일이었다.

"저녁 7시였소. 날씨는 흡사 우리의 운명과도 같구료. 이제 안개와 폭풍우 몰아치는 날은 지나가고 우리는 맑은 하루를 맞은 거요. 떨어져 있는 동안 하 늘과 바다는 얼마나 우울하고 음산했던지. 이제는 푸르고 더욱 잔잔하여 그대 는 나와 함께 웃을 수 있게 되었소. 아름다운 나의 영혼, 필시 하느님도 그대를 사랑하실 거요!

여기, 우리의 결합은 엄숙한 약속으로 봉인되었소. 여기, 우리 둘의 삶은 영 원히 용접된 거요. 언제나 기억합시다. 우린 앞으로 서로가 빚진 자요. 그렇지 만 그대 나에게 진 빚, 그건 잊어도 좋소. 내 그대에게 진 빚, 그것만은 내 잊지 않으리니, 그것이 바로 행복이오."

천천히 갔다. 낭트를 시작으로, 앙제, 투르, 앙부아즈, 오를레앙, 에탕프, 몽 트레리, 베르사이유 까지.

그의 여정마다 순간순간이 단절되었다. 쥘리에트와의 계약은 봉인되었으 나 아델과의 계약도 파기할 순 없었다. "내가 그대를 얼마나 사랑하는지 그대 도 눈으로 보고 있고, 또한 잘 알 것이오… 그대 삶은 곧 나의 삶이오. 당신 기 쁨은 곧 내 기쁨이오. 우리 곧 만납시다, 아델, 그 어느 때보다 당신을 사랑하 오. 정말 사랑하오, 그리고 … 또 봐요, 내 사랑. 종종 내 생각을 해주오. 나 또한 그대를 언제나 생각할 테니."

이제 쥘리에트는 어떡한담? 생트-뵈브는 여전히 로쉬 주변을 배회하는데, 오후만 되면 그를 만나는 것이 아닌지?

결국 그녀의 편지를 받았다. 읽고 또 읽었다. 편지 행간에는 경멸에 가까운 도도함이 흘렀다.

"내 가엾은 친구, 난 멀리서 당신을 슬프게 할 만한 말은 하고 싶지 않아요. 당신 곁에서 당신을 위로할 처지가 못돼요. 그래도 당신이 저를 마음 깊이 사랑하는 것을 믿어요. 그리고 당신은 혼자서도 잘 놀 거라고 생각해요. 제게 오는 것을 이토록 지체하니 말이죠. 이런저런 확신들로 저는 행복해요. 앞으로는 우리 떨어지지 않기를, 그리고 그렇게 진실하고 헌신적인 여친 곁에서, 또한 당신을 그토록 사랑하고 당신이 그토록 사랑하는 애인들 곁에서 행복에 빠지길 바래요. 당신은 아무래도 부성보다는 모성이 큰 분이예요. …"

아무튼 안심이 되었다.

쥘리에트를 다시 보는 것만으로도, 로쉬 성에서 걸어서 채 한 시간이 안 걸리는, 메츠에 있는 작은 집 방에 자리 잡아 기뻤다. 가족 동반으로 로쉬 성에서 8, 9월 두 달을 지낼 셈이었다.

그는 이제 아름다운 집에서 평화롭게, 레오폴딘느 샤를르, 프랑수아-빅토르, 그리고 아델, 그리고 막둥이가 루이즈 베르탱과 어울려 공원에서 노는 것을 보며 글을 쓸 수 있게 되었다.

밖으로 나갔다. 숲 속 깊이 들어갔다. 그리고 커다란 밤나무 둥치 틈새에 편지를 접어 넣었다. 기다릴 수 없을 때는, 쥘리에트는 여기에는 꼭 올 테니까, 이 만남의 장소에서 보면 되었다. 기다릴 수 있을 때는, 무성한 풀밭, 나무 그늘 아래에서 사랑을 나누면 되었다. 게다가 종종 메츠의 집에 올 때 보면 되었다.

저녁 시간, 그는 로쉬로 돌아왔다. 종종 아델은 보이지 않았다. 생트-뵈브를 민나러 간 것일까? 생각힐 필요가 없는 일.

비로소 이해할 수 있는, 사랑할 수 있는, 그렇게 행동할 수 있다는 확신이 들었다. 그리고 넉넉한 마음만 가지면 바르게 처신할 수 있으리라는 믿음이 생겼다. 마침내 아델이 돌아왔다. 그녀가 아이들을 껴안는 것을 지켜보았다. 그는 깨달았다, 어린 시절이 자신을 그녀와 붙여놓았을 때부터 그 끈이란 절대 끊을 수 있는 것이 아니구나.

쥘리에트가 방 안에서 그를 꼭 끌어안았다. 그는 손으로 꼭 쥔 그녀의 두 발에 애무를 했다. 그녀의 두 눈에서 사랑 그리고 그녀가 바치는 온 몸의 헌시를 읽었을 때, 또한 알았다. 오직 죽음만이 둘 사이를 끝내리라.

그는 어떻게 그녀를 보호해야 할지를 알았다. 그녀가 상황의 희생양이라 생각했다. 그녀의 말마따나 그녀는 행복한 벽난로 앞에서, 단란한 가족을 누릴 권리는 없었다. 그러니 그녀의 아픔을 가중시켜서는 안 된다.

그녀와 함께 산책을 했다. 앞에 교회가 보였다.

날은 저물고 그녀에게 슬픔이, 고요가 밀려 왔네
우리는 교회 안으로 들어갔지
교회지기가 없는 제단 촛대, 마치 사랑 없는 마음처럼
불꽃이 꺼져버린.

쥘리에트는 무릎을 꿇고, 기도를 올렸다.

"주님, 제 곁에는 아무도 없어요
저는 눈물뿐, 한 포기 식물 같사오니
사방 폐허 가운데 잊힌 여자 같사오니
쓰다 버린 물건처럼!
불구하고, 저는 할 일 아무 것도 없사오니
마치 청동처럼 냉혹한 이 세상에서…"

그는 복받치는 감정으로 그녀의 기도를 들었다.

　오, 마담! 왜 이런 슬픔이 당신을 좇는지요?

　왜 여전히 눈물을 흘려야 하는지…

　그대, 매력적인 마음을 가진 여자, 한밤중처럼 어둡고

　새벽 여명처럼 감미로운 여자가"170

그리고 그가 쓴 시는 나중에 그녀가 찾을 수 있도록 밤나무 틈새에 꽂아두었다.

그는 그 헌사의 편지 첫 장에 썼다. "존경하는 그대에게, 사랑하는 그대에게."

그리고 그는 로쉬 성으로 돌아왔다. 그리고 아델을 보았다. …

　그녀! 고개를 떨군 내 머리 위의 덕이여

　[…] 내 기쁨은 아내로부터, 그녀는 지고의 행복이니

　우리들, 그녀의 아이들 혹 내가 흔들릴 때

　호된 말도 없고 업신여기는 표정도 없이

　두 손으로 아이들을 떠받치고 마음으로부터 나를 지지하니… 171

그는 주저앉았다. 그리고 두 손으로 머리를 감싸 쥐었다. 두 눈의 통증은 여전히 심했다. 그의 나이 서른두 살이 끝났다. 이내, 자녀 넷, 정부, 그리고 고정 수입까지. 그야말로 안정된 삶의 사내였다.

1835

온통 시든 그대의 꽃을 들고 가버리시오.
내 영혼 속에는 그 누구도 꺾지 못할 한 송이 꽃 있으니!

위고는 그의 작업실에 혼자였다. 그는 아버지 초상화를 앞에 세워놓았다. 벌써 몇 년 전에 그린 것이었다. 추억이 복받쳐 올랐다. 정월 초하루의 밤, 그는 잉크로 실루엣, 풍광, 폐허의 성을 그렸다. 그릴수록 마음이 즐거웠다. 일종의 매료 상태였다. 칠하고, 게다가 온갖 사람들의 얼굴을 그렸다. 알고 있는 인물들 뿐만 아니라 몽상으로 떠오른 얼굴들도 그렸다. 그러다가는 종종 멈추어야 했다. 그냥 그대로 시간이 흘러가도록 내버려두는 것이었다.

백지를 들었다. 쥘리에트에게 편지를 쓰고 싶었다. 레오폴 위고의 초상화를 함께 보내고자 했다.

"1835년 1월 1일

이 분이 우리 아버지요. 그리고 그대는 이미 아들을 가졌소.

1835년 새해도 15분이 지나고 있소. 그대가 내 사람이 된 것이, 내가 그대의 사람이 된 것이 한 달하고도 16일만 지나면 2년이 되는구료. 알 수가 없소. 어느 날에 끝날지 난 모르오. 누군들 자신이 죽는 날을 알겠소?

설령 삶이 끝난들 또 다른 삶이 시작되는 것뿐. 하늘은 사랑의 연속 일뿐이오."

덧붙여 말했다. "난 그대 온 몸에다 천 번쯤 입맞춤을 할 것이오. 그대 몸 어느 한 군데 빠짐없이 나에게는 그대의 가슴으로 다가오니…."

그녀를 생각한다는 것은 언제나, 감정의 발로였다. 하지만 분명히 고백할 용기를 내야 했다. 몸으로는 이미 예전보다 '덜 땡기는' 나이였다. 관계한지 2년이 됐다고 육체의 격정이 고갈될 수도 있는가? 그간 지펴온 불이 너무도 뜨거웠던 까닭인가?

> 이토록 빠르게 가는 해에게 이제는 말할 수 있지
> 통과, 언제나 통과! 나는 더 이상 늙을 일 없다네
> 온통 시든 그대의 꽃을 들고 가버리시오
> 내 영혼 속에는 그 누구도 꺾지 못할 한 송이 꽃이 있으니!172

그녀를 위해 임대해놓은 투르넬 로의 아파트에서 다시 만났다. 파라디 로의 주택은 좁아터졌기 때문이었다. 그녀는 빚쟁이들이 남기고 간 몇몇 가구들을 사용하고 있었다.

그녀는 침대에 누워 그가 건네준 문집 『황혼의 노래 Chants du crépuscule』에서 시들을 베껴 썼다. 시간을 유용하게 보내야 했다. 그가 그녀가 밖으로 돌아다니는 것을 좋아하지 않았으므로. 온갖 유혹들을 물리쳐야 했다. 화장실도, 기분 전환도. 엄격하고 조신한 생활을 해야 했다.

그녀는 그가 주는 것 외에 딴 돈은 없었다. 무대에는 다시는 못 올라가게 되었기 때문이었다.

그는 계산에 꼼꼼했다. 쥐꼬리만큼 돈을 주면서도 꼬박꼬박 그녀를 보러 왔다. 아무튼 주는 돈이 매달 8백 프랑이나 되었으니!

그녀는 전적으로 그에게 의존했다. 그는 여전히 낯설긴 했지만 그녀가 자신의 삶의 분신인 것은 사실이었다. 마치 아이들 중 하나인 것처럼 깊게 생각했

다. 그는 그녀에 대한 전권을 쥐고 있었다. 욕망은 그리 크지 않았다. 마치 그들 삶이 융해되어 둘의 삶이 뒤틀린 것처럼.

그는 여전히 애인이었으나 그녀의 몸을 향한 열정은 시들해졌다. 그가 솔직히 부담스러운 상태에 있을 때 그녀는 말했다.

"사랑해요. 당신은 매력이 넘쳐요. 당신을 원해요. 오늘 밤처럼 좋은 밤이 있을라고요. 즐길 마음만 있다면 황홀하실 수 있지요. 하지만 버터 바른 빵을 먹는 남자보다 더 바보 같군요. 당신은 복권에 당첨되어도 소용없을 사람이에요."

그녀가 이렇게까지 하는 말은 무슨 뜻일까?

"우리는 완전히 멍청한 사람처럼 살고 있어요. 이토록 잔인한 동정 속에 사는 두 연인의 스캔들을 이제는 멈출 시간이에요… 우리가 번갯불처럼 만나온 것이 이렇게 오래되었네요. 게다가 우리 둘 사이에는 이중 담요 3장이 있지요. 좀 더 일찍, 좀 더 친밀하게 만났다면 이렇게 밋밋하진 않았겠지요."

투덜거리는 쥘리에트의 질투가 이어졌다.

"분명히 말하지만 당신을 사랑해요. 만일 당신이 가버리면 전 당신을 죽일 거예요. 분명히 아셨죠?" 그녀는 곱씹어 말했다.

그도 질투의 사내였다.

그는 바로 그 감정을 활용하여 희곡을 쓰고 싶었다. 코메디-프랑세즈의 신임 대표 주슬랭 드 라살은 선금 4천 프랑을 지불했다. 또 편집장 랑뒤엘은 판권비로 9천 프랑을 주었다. 게다가 극장 수입에 대한 일정 지분도 약속했다.

「앙젤로, 파두의 폭군Angelo, tyran de Padoue」 이야기를 쓰기로 했다. 배우자 카트리나는 청년 로돌프를 사랑하고, 로돌프는 여배우 티스베에게 칭송을 받으며. 앙젤로는 질투에 빠진다, 두 여자와 똑같이. 사랑의 감정이 오락가락 한다. 그 때 위선의 첩자 오모데가 나타난다. 그는 악감정으로 서로의 관계를 폭로한다.

채 한 달이 안 되어 희곡을 완성했다. 낭독은 마르스 양과 마리 도르발에게 돌아갔다. 둘은 티스베와 카트리나 역을 맡았다. 그는 오모데가 '시간과 장소에 따라 변신을 하지만 실은 일인 다역이었다. 베니스에서는 첩자 역, 콩스탕티노플에서는 내시 역, 파리에서는 홍보역이었다.

그리고 그는 비평가들과 기자들, 또한 그에 맞서 비판을 쏟아내는 귀스타브 플랑쉬, 혹은 『황혼의 노래 Les Chants du crépuscule』의 '문학적 촉의 결여'를 지적하며 평범한 모음시집 쪽으로 몰고 가는 생트-뵈브, 그런 사람들을 의식해야 했다.

생트-뵈브는 쥘리에트를 찬미하는 시들만 수락했다. 그 중 하나가 「다트 릴리아」였다. 그리고 그 작품은 아델에게 바치는 헌정시가 되었다.

오! 그대가 누구든지, 오직 그녀를 축복하시오. 바로 그녀를!
나의 눈에 비친 불멸의 내 영혼 속 자매여!
나의 오만, 나의 욕망, 나의 피난처, 내가 의지할 곳!
내 늙은 날들이 그리는 젊은 시절의 정상이여![173]

위고는 생트-뵈브의 계속되는 해설을 읽고 울화통이 터졌다.

"마무리 단계에서 작가는 관객들의 눈에다 백합 한 줌을 던지고 싶어했던 것 같소. 작가가 이런 배려까지 필요하다고 생각한 것은 아무래도 유감스럽소. … 존경의 대상이 더 뜨고 더 찬사를 받도록 과감한 생략이 필요하다는 것을 몰랐던 모양이오."

도덕적 교훈을 주는 양 하는 위선자 아닌가? 어떡하든 아델을 방어하기 위해?

위고는 결투에 임할 각오를 한 뒤, 마음을 가라앉혔다. 분명히 그의 코를 납작하게 해야 했다. 하지만 고민은 여전하여, 쥘리에트의 비난에 덧붙여 여배우 마리 도르발에 대한 질투로 이어졌다.

"그토록 고결한 당신 생각을 저 말고 해석할 수 있는 사람이 또 있나요. ⋯ 당신의 컨셉을 표현하는 행복에서 내가 제외되다니요. 그게 얼마나 가슴 아픈 일인지 모르시나요. ⋯ 여자와 남자의 사고방식의 합일, 지성의 여배우와 작가와의 결혼생활, 이런 연기의 행복에서 저를 배제시키는 건가요?"

글쓰기를 방해하는 그런 싸움, 그런 비난에 신물이 났다.

그는 「앙젤로」에서 쥘리에트에게 배역을 줄 수가 없었다. 또 다른 모사를 불러올 것이 고통스러웠다. 그런 와중에도 연극은 대 성공이었다! 대체 그녀는 왜 상황을 이해하지 못하는지? 흥행 수입은 하루 저녁 평균 2,250 프랑으로 올랐다. 뿐만 아니라 향후 공연은 60회나 예약되었다!

다들 마리 도르발에게 박수갈채를 보냈다. 쥘리에트는 두런거렸다.

"내가 너에게 그토록 진솔한 박수를 쳐준 사실을 안다면, 엉뚱하게도 그렇게 섭섭한 말을 하진 않았을 텐데 ⋯."

그는 그녀의 헌신과 성실에 감동했다. 다만 언론과 살롱들에 대한 반감이 남아 있었다. ⋯ 마치 그의 성공이 불러온 질투에다 도덕적 비난이 가해진 것 같았다.

'아가씨' 쥘리에트와의 '단순한 관계'야 그렇다 치더라도, 진지한 사랑, 그것도 공개적이다시피 한 그의 애정관계는 다들 이해할 수 없었다. 사방에서 비난이 쏟아졌다.

"당신, 당신에게 몰려드는 군중들은
덕을 칭송 했었지
뿌리째 뽑히고, 시들고, 비탈에 넘어져
마치 쓰러진 삼나무 같은!

여기 수없이 많은, 질투하는 이들의 발아래 있는 당신

키득거리며 지나는 나그네들

이마만 빛나는 당신은 어둠에 이골이 났구나

찌질하고 몰염치한 것!

[…]

"사악한 사람들, 한숨에 달려와 당신의 삶을 물어

이빨로 찢어버렸지

그리고 사내들은 부러워하고 있었네

그 안을 들여다보느라 머리를 처박고!"174

그는 올랭피오*였다. 그는 올랭피오의 고통을 되새기며 자신에게 말했다.

"저 밑에서 포효하도록 그냥 두자

우리를 둘러싼 성난 폭풍우를

그리고

우리는 저 위에서 평온하게 있자구나

하얗게 뒤덮인 설산처럼."175

마음의 평화와 기쁨을 위해서는 쥘리에트와 함께 파리에서 멀어질 수밖에 없다는 것을 알았다. 터지는 일마다 먹먹하기만 했다.

1830년 7월 28일, 혁명 기념일 날 피에쉬가 루이-필립에 대해 자행한 공격도 사실은 비현실적, 우발적 사건일 뿐이었다. 소식을 들은 며칠 후 피카르디와 노르망디 군사작전이 전개되는 것을 보았다. 그는 쥘리에트의 기쁨, 자신의 평온한 즐거움, 그리고 되찾은 일상으로 행복한 나날이었다. 아델은 낭트에 있

---

* Olympio. 올림포스 산. 위고의 사상과 예술상의 상징적 분신.

었다. 생트-뵈브와 함께 빅토르 파비*의 결혼식 참석을 위해 앙제에도 갔다. 위고는 로쉬에서 아델을 만나기로 했다. 쥘리에트는 다시 메츠에 있는 집에 안착시켜 놓고.

시나브로 가을이었다. 파리는 가깝고 끔찍한 소식들은 속속 도착했다. 피에치**와 체포된 공범자들은 곧 재판을 받고 사형선고가 내려질 예정이었다. 언론의 자유를 제한하는 법률은 9월에 통과되었다. 위고는 생각했다. '피에치의 공격으로 가뜩이나 공포에 싸인 프랑스를 완전히 얼어붙게 하고, 끝내 왕정을 강화 했구나'. 사회주의자 루이 블랑과 똑같은 생각이었다. 공화국 체제는 그 어느 때보다 멀게만 느껴졌다. 반면에 왕에게는 때를 맞아 더없이 좋은 징조로 미래가 열리고 있었다. 그 체제로 살아야 할 것 같았다.

그때부터 그는 이름을 걸고, 분명한 역할로 '주목받는' 자가 되기로 마음먹었다.

그는 '프랑스 일반 역사 관련 미공개 문학, 철학, 과학 및 예술 기념비 위원회' 일원으로서 자기를 격려해준 장관 기조의 제안에 흔쾌히 답한 것이 흐뭇했다. 거기서 빅토르 쿠쟁과 메리메를 만났다. 그런 연유로 난생 처음 기관의 위원이 되었다. 그것이 기뻤다.

그는 아카데미 프랑세즈 지원을 권유하는 이들의 말에 귀 기울였다. 때마침 공석이 있었다.

연말, 그는 단체들을 방문하기 시작했다. 쥘리에트는 마차 안에 웅크린 채 그를 기다리며 기꺼이 동행했다. 메츠에서는 하얀 집에 은둔했다. 그녀는 또다시 절망에 빠졌다. 다시 그를 떠날 생각을 하며 편지를 썼다.

---

* Victor Pavie(1808~1886). 앙제 출생. 작가, 시인.
** Fieschi. 코르시카인으로 1835년 7월 루이 필립 왕의 암살범임.

"이렇게 무릎 꿇고 빌게요. 저를 제발 내보내 주세요. 제 목소리는 너무 작고, 당신께 부탁할 기도도 없고, 그러니 아시잖아요, 가엾은 친구여, 저는 불행하고, 너무 창피하고, 아무튼 당신 생각과 관계없이 당신 곁을 떠날 거예요. 동의서를 써주시는 게 좋겠지요. 당신 곁을 영원히 떠나며 적어도 당신에게 불복종하진 않았다는 슬픈 만족은 있겠지요."

당연히, 그는 받아들이지 않았다. 그는 수도 없이 맹세하고, 선언하고, 편지를 썼다. 그래도 설득하지 못했다. 자신 역시 예전처럼 그녀에 대한 사랑을 확신하는지 모를 일이었다.

"저는 지난 6개월 전부터 곰곰이 생각해왔어요. 이젠 잘 알아요. 날이 갈수록 저에 대한 사랑이 줄었어요." 그녀는 이렇게 썼다.

그러나 그는 그녀가 떠나는 것을 막았다, 그녀를 위해, 자신을 위해. 그는 절연할 수는 없었다. 그래서 어느 날 '아카데미의 방문 일정'으로 나가며 마차 안에서나마 그녀를 본다는 데 안도했다.

매번, 그는 티에르 내무장관이건 빌망 씨건 자신이 만난 아카데미 회원은 한결같이 겸손했다고 설명했다. 알렉상드르 수메, 라마르틴느, 기타 그의 몇몇 지지자들, 그리고 다음과 같은 샤토브리앙의 조언에도 불구하고 결국 다수표를 얻지 못했다.

"선생이 자신을 아카데미에 직접 소개하는 편이 옳소. 우스운 일이지만 천재들은 모두가 해냈습니다. 라신느와 코르네이유도 아카데미 출신이오. 그것을 부인해서는 안 되오. 게다가 높은 가치를 추구하는 이들은 모사를 꾸미는 길을 응당 막는 법이오. … 위고 선생, 나도 선생처럼 했소이다. 나는 아카데미에서 내 자신을 소개했소. 나도 회원이오. 니에게 그런 점이 있었소이다. …"

쥘리에트는 그를 끌어안았다.

그는 인내하기로, 그리하여 명성과 훈장을 얻겠노라 결심했다. 그리고 현재

의 상황에 만족하지 않았다. 그는 두런거렸다. '나는 이미 수도 없이 넘어졌노라.'

적어도 불의하게 대해서는 안 되었다. 자기에게 삶을 바치고, '과거'에도 불구하고 관대함과 고결함으로 그를 어루만져주는 여자에게.

오! 추락하는 여자를 절대로 모욕하지 마오!

가련한 영혼이 바위에 짓눌려 있는 줄 누가 알랴!

허구헌날 굶주림과 싸운 것을 누가 알랴!

[…]

과오는 우리에게 있소. 그대, 부자에게! 그대의 황금에!

또한 진흙탕에도 맑은 물은 있는 법

먼지로부터 물방울이 떨어지고

그리하여 첫 영광으로부터 또다시 진주가 되리니

충분하오, 그것으로 모든 것은 다시 살아나리니

한 줄기 태양 빛 혹은 한 줄기 사랑으로부터![176]

1836

내가 지금 무슨 생각을 한담?- 오! 너희들을 두고 온 집은 멀고
내 아이들, 너희들 생각! 너희들, 내 어린 자식들…

위고는 『르 르뷔 드 파리』를 천천히 넘겼다. 니자르라는 사람으로부터, 1월
호에는 그에 관한 '혹독한 기사'를 싣겠다는 전갈이 왔다.

제목을 읽었다. "1836년의 빅토르 위고, 죽은 것이나 다름없는 시인!" 이 말
을 하기 위해 그 많은 지면을 할애하고, 그 많은 말을 담다니!… 버림받은 자,
오를레앙 파 그리고 '거의 공화주의자'인 정통 왕당파, 게다가 사생활은 추문
으로 얼룩진 남자.

보면 볼수록 증오하는 글들이 너무도 불쾌했다. 다들 그를 혐오하고 있었
다.

물론 의리 있는 친구들도 몇 있었으니, 라마르틴느, 베랑제, 둘은 아카데미
회원 르부렝에게 편지를 썼다. "위고에 대해 말씀드립니다. 그는 여러분들이
한 자리 차지하도록 영예를 안겨준 사람이오. 부디 하느님 편에서 판단하고 그
를 배척하지 마시오!"

젊은 시인 오귀스트 바크리는 위고에게 자기 저서들을 보내며, 만나길 원했
다. 그는 거듭 일렀다.

"선생님을 잊지 않은, 나아가 선생님을 위해 목숨을 바칠 만한 가련한 한 젊

은이를 선생님께서 오히려 잊지 않으셨는지요."

이런 말에 어찌 귀 기울이지 않았을까, 욕망, 질투, 증오, 그리고 온갖 욕설뿐인 상황에서.

아카데미 프랑세즈가 2월 18일 평범한 극작가인 마레샬 그루쉬의 매형 뒤파티를 선호하는 것에는 놀라지도 않았다. 그리고 4선에서 단 2표를 얻었다. 그것도 라마르틴느와 샤토브리앙의 표가 분명했다.

뒤파티*가 그에게 써 보낸 말은 괘념치 않았다.

> "선생보다 내가 먼저 제단으로 올라가오
> 오직 내 나이만이 밀고 나갈 수 있소
> 이미 선생은 불멸이오
> 그러니 선생은 기다릴 시간이 충분하잖소."

… 그는 다시 도전하리라. 맞는 말이었다. 이제 겨우 서른네 살! 뒤파티, 그리고 쥘리에트가 인정한 재능, 성공, '불멸의' 명성을 잊도록 할 수 있을까?

하지만 많은 아카데미 회원들 눈에 비친 '부도덕한' 둘의 관계가 가져올 대가를 그녀는 헤아리고나 있을까?

아무튼 그녀에게 만족이란 없었다. 이해는 갔으나 매주 보내오는 그 많은 편지 때문에 그는 여전히 불안하고 신작에 착수할 수가 없었다.

그녀는 코메디-프랑세즈 재 응시를 접겠다는 말을 얼른 했다. "당신은 테아트르-프랑세에서 얼마든지 당신 기존 작품을 재연할 수 있어요. 꼭 신작을 올리지 않아도 돼요."

그러면서 그녀는 덧붙였다.

---

* Dupaty(1775~1851). 극작가, 해군 장교, 가수, 저널리스트

"전 위대한 배우가 되고 싶어요. 무엇보다도 당신이 생각하는 역을 해내는 것이 먼저예요. 그리고 돈을 버는 일, 나아가 당신을 부자로 만드는 일, 다 해낼 거예요." 그리고 그녀는 마리옹 들 로름* 역을 열심히 고민했다. 이런 말도 환기시켰다. "이 순간 당신은 저를 이미 사랑하고 있어요… 저에게 마리옹은 배역이 아니에요. 그것은 바로 저예요."

그녀는 그의 숨통을 조였다!

그리고 그녀는 그가 자신에게 가하는 속박이 불만이었다. 그는 파리에서 그녀가 곁에 따라다니는 것을 싫어했다. 그렇다고 어느 녀석에게 현혹되어 거리를 배회하는 것도 싫었다! 필시 그는 그녀를 은둔 그리고 종속시킴으로써 자신의 일탈 욕망을 상쇄하고 싶었던 것이었으리라.

그녀는 불만을 토로했다. "되풀이되는 기다림의 삶의 고통을 감내할 자신이 없어요. 또 매사 저에게 오는 온갖 속박에 제 자신이 반항하는 것도 막을 순 없어요."

울고 싶은 심정이었다. "결국 이거였군!" 하지만 그녀의 단호한 말 또한 들을 수밖에 없었다.

"제겐 헌신적인 빅토르만 있어요. 예전 같은 사랑하는 나의 빅토르는 없어요. 갈수록 드는 생각이지만, 이젠 분명해졌어요. 당신 임무는 당장 저를 떠나시는 거예요. 왜냐하면 저는 당신과 그저 정부로만 살자고 한 거죠. 옛 사랑의 하녀가 아니고요. 퇴직연금은 요구하지도 바라지도 않아요. 당신 가슴 속에 온전한 제 자리만 있으면 돼요. …"

가슴이 먹먹했다. 사랑한다는 말만 되풀이했다. 그리고 사랑했다! 더구나 둘은 지금 파리로부터 멀리 떨어진 곳에 와있지 않은가?

아델과 아이들은 마를리 숲 가운데 푸르퀴외의 저택에 정착했다. 거기서 봄

---

* Marion de Lorme(1613~1650). 파리의 유명 기생. 위고의 희곡 작품명이기도 함.

과 여름을 보낼 계획이었다. 그리고 위고는 결국 쥘리에트와 함께 여행을 마무리할 수 있었다. 그것은 이미 일종의 의식행사가 된 여행이었다.

그는 쥘리에트를 찾아 갔다. 새로 이사 온 작고 소박한 아파트, 생-아나스타즈 로 14번지였다.

그녀는 말했다.

"나는 더러운 쓰레기 속에 묻혀 살아요. 저는요, 추하고 불결해서 … 하늘나라에 가서나 당신이 생각하는 예쁜 여자가 되어있을 걸요. …

그는 그녀를 데리고 나왔다.

먼지 풀풀 날리는 노르망디 신작로를 달렸다. 생-말로, 몽-생-미셸, 그리고 세르부르, 바이외, 퐁-레베크, 옹플뢰르로. 가는 곳마다 여관에 머물렀다.

행복했다. 파리의 질투꾼들은 싹 다 잊었다!

　　초록의 가파른 벼랑을 천천히 올랐네
　　그리고 정상에서 바라보았지

　　눈 앞의 공기와 물결은 이중의 심연을 열고
　　[…]
　　바람은 천 가지 얼굴로 달리는 파도를 쫓고
　　넘실거리는 파랑은 그림자를 드리우며
　　이 모두 무한하고, 나는 거기서 하느님을 보았으니.177

한편으로 그는 자신이 마치 수족을 잃은 사람 같았다. 레오폴딘느와 어린 아델, 샤를르, 프랑수아-빅토르가 곁에 없었으니.

　　내가 지금 무슨 생각을 한담?- 오! 너희들을 두고 온 집은 멀고 내 아이들, 너희들 생각! 너희들, 내 어린 자식들…

[…]

깔깔거리는 식탁이며, 탁탁 거리는 난로

너희들에게 스미는 그 모든 지극한 보살핌

그토록 자애로운 너희 어머니 그리고 온화하신 외할아버지![178]

그는 아내에게 편지를 썼다. 푸르퀴외에서 무진 권태로울 것 같은 아내. 그곳에는 친정아버지 푸세, 이제는 늙은 채 사제들에게 둘러싸인 '그토록 온화하신 어르신'이 있었다.

9월 8일에 있을 레오폴딘느의 첫 영성체 준비 중이었다. 아델의 낡은 오간자 드레스를 잘라 아이의 흰색 드레스를 만들고 있는 쥘리에트!

아델의 편지를 읽고 위고는, 생트-뵈브가 싫증내기를 기다리지 않고 그녀가 먼저 생트-뵈브와의 관계를 끊는 것을 상상했다. 7월 초, 그녀로부터 놀라운 편지를 받았다. 편지는 좀 의아한 배려가 가득했다.

"절대 포기하지 마셔요. 저는 낙이 없어도 돼요. 내게 필요한 것은 평온이예요. 저는 취향도 너무 늙었고 서럽진 않으나 그냥 슬퍼요. 이 삶에서 더 나아질 것이 뭐 있겠어요? … 제 삶의 행복은 다 지나갔어요. 남들의 만족 속에서 행복을 찾을 뿐 … 당신은 세상 모든 일을 할 수 있는 분이예요. 당신이 행복하기만 하다면 저는 괜찮아요. 무관심이라고 생각지 않아요. 그것은 저에게 헌신이고 삶으로부터의 초연이에요."

그는 신앙심, 희생정신, 단념이 담긴 분상을 뇌뇌어 읽었다. 아델의 편지는 이어졌다.

"또한, 결혼이 가져다준 당신에 대한 권리를 착각하진 않을게요. 제 생각에, 당신은 소년처럼 자유로운 남자입니다. 가난한 친구, 나이 스물에 결혼한 당신, 저처럼 가난한 여자에게 당신의 삶을 묶어두고 싶진 않아요. 적어도 당신이 저에게 주는 것이란 솔직하고 모든 자유를 조건으로 주는 것이겠지요. 그러니 당신 자신을 괴롭히지 마셔요. 제 영혼 안에서 그 어떤 것도 당신에 대한 애정을 뒤바꾸진 못할 것을 믿으셔요. '제 나름' 견고하고 헌신적인 애정이에요. 나의 착한 빅토르여 안녕, 가능하면 당신 옛 여친에게 종종 편지해 주세요. …"

그녀는 그에게 자유를 주었다. 그러나 그녀에게 그토록 집착한 적도 없었다! 쥘리에트에게 집착하듯! 종종, 그는 애정과 기억을 이어주는 배우자가 둘이라는 생각, 그러나 필시, 이런 생각이 한편 두렵기도 하고 한편 매료된 것도 사실이었다. 열정은 다른 곳에 있었다. 그의 삶 속에는 공간이 있고, 앞으로도 있게 되리니. 더욱 강한 감정을 쏟아낼 공간.

그는 생-발레리-쉬르-솜 모래톱을 따라 걸었다. 그리고 해변에서 멀어져 가는 배들을 바라보았다.

> 오! 먼 바다를 향해 기쁘게 나선
> 얼마나 많은 선원들과 선장들이
> 저 음침한 수평선 속으로 자취를 감추었던가!
> 모질고 슬픈 운명이여, 얼마나 많이 사라졌던가!
> 달도 뜨지 않은 밤, 깊이를 잴 수 없는 바다 속으로,
> 눈먼 대양 속으로, 영원히 묻혀 버렸구나!
> […]
> 그대들의 운명을 누구도 알지 못하노니, 가엾게 사라진 이들이여!
> 죽어버린 이마 미지의 암초에 부딪치며… 179

그래도 돌아와야 했다. 푸르퀴외에 있는 아이들과 아이들의 어머니를 찾아

보고, 생활비를 걱정하고, 그리고 읍소하는 아델 말을 들어야 했다.

"당신은 돈 쓰는 일로 저를 원망하는 대신 제가 할 수 있는 일을 하는 것을 눈으로 보아야 해요. …"

고개를 떨구었다. 그리고 잠시 후 말을 이었다.

"당신이 해야 할 일 좀 하세요, 제발요. 노상 하는 잔소리도 아니잖아요. 다만 저는 당신은 지금 가족은 안중에도 없는 것이 안타까워요… 여보 당신이 일하는 것을 보았으면 원이 없겠어요. …"

그랬다. 올 들어 그는 시극도 쓰질 않았다. 루이 베르탱의 음악 이야기를 위해 『노트르-담 드 파리』에서 발췌해 소책자로 만든 오페라 「라 에스메랄다」도 왕립음악 아카데미에서는 단 5회 공연에 그칠 정도로 알리지 못했으니! 관현악법들을 정립한 베를리오즈, 그리고 '일개 도당' 리스트는 오랜 동안 「르 주르날 데 데바」의 상임 대표인 루이즈의 부친 베르탱 부부에 맞서 가수들 목소리를 뒤덮었다.

사실 지갑에 돈을 채워주는 것은 그런 작품이 아니었으니! 결국 그는 새로운 거작巨作을 고통스럽게 구상하고 있었다.

종종, 그는 자신을 흔드는 분노에 휩싸이곤 했다. 사회, 그리고 정권이 머리를 곤두서게 했다. 가난한 이들이 넘쳐나고! 불의는 강물처럼 흐르는! 곧 진압되긴 했지만, 바르베스와 블랑키의 '폭탄의 음모'를 입증하질 못했다. 설상가상으로 작가들이 처형된 루이-필립 테러 사건들이 있었다. 이들 중 하나, 왕에게 총격을 가했던 알리보, 군주 시해범 상징인 검은 베일로 낯을 가린 채 죽기 직전 그는 소리쳤다. "사유를 위하여 죽노라!"

그리고 황제의 조카 루이 나폴레옹 보나파르트는 10월 30일 스트라스부르 주둔군 반란 주동으로 추방되는 처지이니 무슨 생각을 할 겨를이 있겠는가?

폭력과 범죄에서 선이 싹틀 순 없는 노릇이다, 아무리 정치적인 일들이라 한

들. 위고는 자다가도 불끈불끈했다!

> 오 뮤즈, 참으시오! 냉혹한 국가國歌의 뮤즈!
>
> 정의로운 법과 주권의 뮤즈⋯
>
> [⋯]오! 아직은 아무 말 하지 말고 그들을 두고 보셔요!
>
> 말할 수 있는 시간이 올 때까지 기다리셔요⋯ 180

그는, 언젠가는 꼭 뮤즈의 음성이 강해져 필시 역사의 흐름과 민중의 운명을 뒤바꾸리라 믿었다. 그러니, 당장은, 온갖 억측들에 매몰되어있다고 느꼈다.

친구 생-발레리에게 편지를 썼다.

"이것이 바로 가장 관대하다고 하는 이들이 종종 나를 대하는 오류이오. 여러분과 또 다른 많은 이들이 나를 정의롭게 대할 날이 반드시 올 것이오."

그는 알고 있었다. 그 시간이 아직은 오지 않았음을.

절대 포기할 수 없었다. 12월 말이었다.

그는 아카데미 회원 방문을 다시 시작했다. 노인장 레이누아르*의 자리에 지원하기로 결심했으므로. 레이누아르는 일찍이 그가 시인의 첫 발을 떼도록 도와준 이였다.

희망은 없어 보였다.

12월 29일, 심판은 떨어졌다. 4차 투표에서 겨우 4표를 얻었다. 당선된 역사가 미녜는 16표!

맥이 풀렸다.

첫 출마 때 보다는 좋은 결과라는 말을 들었다. 무슨 의미가 있는가? 어느

---

* Raynouard(1761~1836). 극작가.

세월에 뜻을 이룬단 말인가? 게다가 무슨 평정심을 보여주어야 할지?

12월 31일, 그는 자신만이 알고 있는 쥘리에트에게 편지를 써야 했다. 위고는 연말이면 그녀를 버렸다는 죄책감이 들곤 했다. 그리하여 그는 헌신적인 사람, 자신이 믿을 수 있는 사람에게 말을 해야 했다.

"청컨대, 가엾은 나의 천사, 오늘은 나의 집에서 그대 생각으로 올 한해를 마무리하고 싶소. 내일은, 그대의 집에서, 내 생각으로 시작하고 싶소. ⋯ 새해 그대에게 그리고 다른 모든 이들에게 바라는 것, 그것은 행복이오. 내 자신에게 갈구하는 것, 그것은 그대의 사랑. 난 이미 가지고 있소, 안 그렇소?"

1837

내 유년, 정다웠던 금발의 동무.

오! 이제 말 좀 해봐요, 운명이 예정되었던 형…

위고는 끄적거렸다. 시 몇 행을 썼다 지웠다 했다.

그는 문학 재산권 위원회 위원들의 발언에 귀가 간지러웠으나, 내면의 음성에만 귀를 기울였다.

> 오! 미완의 세기여, 불안과 의혹으로 가득찬…
>
> […]
>
> 거기 왕들은 더듬더듬 길을 물으며 가고
>
> […]
>
> 시인이 침몰하는 두려운 앞날
>
> 점점 심연으로 기울어가는 왕좌들을 보라
>
> 무더기로 무너져 내리는 혼돈의 사건들 아래![181]

그는 고개를 들었다. 그리고 내무부, 긴 테이블에 둘러앉은 작가들과 장관을 바라보았다.

그토록 질서가 위협받을 것을 누가 알았을까? 연 초 몇 달 간 '폭동이 잦아들었다.' 한들, 되레 나라에는 파란이 몰려오고 있다는 느낌이 들었다. 혼란이 지나간 몇 해 후의 숱한 음모와 습격이라는 낯선 느낌이었다.

위고는 오를레앙 공작의 아들과 멕클렌부르크-쉬베린*의 공주의 결혼 기념으로 1,500개의 식탁이 마련된 왕의 만찬장인 베르사이유에 초대를 받았다. 그는 망설이다가 공작에게 편지를 보냈다. 뒤마와 발자크는 파티에 초대 받지 못했다. 이들은 당연히 레지옹 도뇌르 훈장을 받지 못했다. 위고 자신도 관료에는 발탁되지 못했다. 문제의 시와 편지들로 인해 그를 무시했던 증거가 아니던가? 그런 상황에서 그는 왕의 초대에 응할 수는 없었다.

그는 놀랐다. 오를레앙 공작이 답신을 한 것이었다. 뒤마와 발자크는 영광스럽게 받아들이고 초대에 응했다. 그는 베르사이유로 갔다. 거기서 금발에다 정숙하고 아름다운 젊은 오를레앙 공작부인 엘렌느가 가까이 오는 것을 보았다. 그는 한 눈에 반했다. 그녀는 위고의 시구들을 알고 있다고 말하고는 즉시 낭송을 시작했다. "당신의 『노트르담 드 파리』를 방문한 적이 있소"라고 덧붙였다. 그녀는 자기가 괴테 선생과도 종종 소감을 나눈 적이 있다고 말을 맺었다.

그녀의 관심에 감동을 받았다.

그녀는 마르상 별장의 저녁 파티에 그를 초대했다. 그 파티는 몇몇 시인과 예술인이 둘러앉아 담소를 나눌, 그녀가 원하는 오순도순 살가운 모임이었다. 이후 그녀는 그 모임을 '벽난로'라고 부르게 된다! 깔깔대며 웃는, 참으로 젊고 멋이 넘치는 여자였다. 그는 날아갈 듯 했다.

그러던 어느 날 아침 루아이알 굉징에서 오를레앙 공작과 공작부인이 선물한 화가 생-이브르 화백의 대형 작품을 하인들이 배달해왔다. 그는 놀랐다. 그리고 혼란스러웠다. 제목은 「이네스 드 카스트로의 시신 대관식」이었다. 파리

---

* Mecklembourg-Schwerin. 1815년부터 97년간 존재한 독일 북부의 대공국(大公國).

살롱에서 최고의 찬사를 받은 작품이었다.

그는 감사의 의미로 준비해온 최근 시집 『내면의 목소리 *Les Voix intérieures*』를 공작 부부에게 보냈다. 작품 서문에서 그는 말했다. "시인의 능력은 모름지기 독립으로부터 나온다.' … 백합꽃을 모독하지 말고 삼색기에 예를 갖추어야 한다. … 관대한 정파라면 어느 편이든 함께 하고, 사악한 정파라면 그 어느 편에도 서지 않는다. …"

그는 이런 입장을 견지하기를 원했다. 그것을 확인하고는 공작 부인의 살롱에 종종 갔다. 게다가 공작 부부를 루아이얄 광장의 자기 집에 초대할 생각까지 했다. "못할 까닭이 있는가?"

왕정에 대한 맹목적 가담을 뜻하는 것이 아니었다. 과연 어느 체제가 가능할까? 공화국은 여전히 꿈이었다. 봉기? 그것은 경멸의 대상일 뿐이다. '민중에 대한 진정한 존경과 군중에 대한 경멸'을 아우르는 법을 알아야 했다.

독립을 분명히 하기 위한 작품 『내면의 목소리』를 아버지 묘소에 헌정했다. …

"왕군王軍 중장, 위고 백작, 조제프 레오폴 지기스베르께 바침. 1774년 출생, 1791년 지원병, 1803년 대령, 1809년 준장, 1810년 주지사, 1825년 중장, 1828년 소천.

개선문에는 등재하지 않았다.

그리고 서명했다. '존경을 담아 아들 빅토르 위고.'

그런 말들 속에서 기억이 봇물처럼 올라왔다. 나이 겨우 서른다섯, 2월 20일, 샤랑통에 있는 으젠느의 사망 소식을 들었다. 천년의 과거가 되살아나는 느낌이었다. 고통, 죄책감이 엄습했다.

패배한 삶, 감금의 삶, 결국 죽은 형에게 그는 카인이었을까?

내 유년, 정다웠던 금발의 동무

오! 이제 말 좀 해봐요, 운명이 예정되었던 형…

슬픈 앞날을 위해,

죽음은 시나브로 형의 불꽃을 다시 사르고

죽음은 바야흐로 형의 영혼을 깨웠으니

형, 기억해 봐요!

형, 제발 우리들 유년을 기억 좀 해봐요!

[…]

푸르른 푀이앙틴느를 기억해 봐요…

오 시간이여! 찬란한 날들이여! 새벽은 너무 이른 환희였으니!

형, 기억하나요, 형, 형?182…

그는 기억했다. 둘 사이 치열했던 질투, 서로 던지던 도전장, 얼마나 쾌재를 불렀던가. 으젠느를 제키고, 몰아내고, 그에게서 아델을 빼앗은 시간.

몇 명의 예외, 쥘리에트, 젊은 시인 오귀스트 바크리를 빼고 나면 그에게 질투와 시기 말고 무엇이 있었던가?

생트-뵈브는 『라 르뷔 드 파리』에서 「퐁티비의 부인」 스토리를 흘려버렸다. 하지만 그것은 아델과 함께 했던 삶을 포장한 환기에 불과했으니! 어떤 모임에서나, 때로는 친구의 장례식에서조차 그를 만나면 증오를 느꼈다.

'대양은 상처를 씻지 않고 지나가리라!'

그는 알렉상드르 뒤마와는 화해했으나 생트-뵈브와는 결코 그럴 수 없었다. 아델, 그녀는 원망과 무능으로 가득 찬, 인색한 존재, 고루한 인간과 끝내 헤어졌다.

이것이 그를 둘러싼 삶이었네. 으젠느, 그에게 좋은 구석은 정말 없었을까?

그리고 나는 머뭇거리고, 겪어내고, 행동하고, 살지니
명성 드높은 청동의 입 안에서 커가는 내 이름을 보라
그리고 숨기며, 스파르타에서처럼, 들어 갈 때는 웃으며
내 배 속을 갉아먹는 욕망의 여우,
내 보호의 코트 아래!

그는 상처 받았다. 또한 조롱받는 것을 느꼈다.

백 가지 길로 쾌락을 향해 달려가는 자
배부르고 또 먹이 찾는 일만 생각하는 자
돈을 숭배하노니
슬프다! 우리의 열정에는 언제나 비열한 발톱 있으니
거기, 우리 영혼이 지닌 모든 것이 달린
순결하고 신성한 슬픈 조각상이여!183

혼돈된 마음을 추스릴 수가 없었다.

시구들을 보내온 바크리에게 답했다.

"지금 난 슬프고 짓눌려 있네. 병들기 전에는 유년과 젊음의 또래였던 형을 잃었네. 아버지, 어머니, 아이, 형! 나는 내 주변 죽음이 자아내는 고독을 고통스럽게 지켜보고 있지. 아름다운 시구들 좀 보내주게. 그대의 고결하고 맛깔난 시는 내 마음을 뒤흔드는 어떤 마력이 있으니 ⋯."

그는 슬픔을 늘 함께한 쥘리에트의 말을 들었다. 그녀는 말했다. "당신을 슬

프게 하는 모든 것은 저를 슬프게 해요. 당신이 사랑하는 모든 것, 저도 사랑해요. 당신이 후회하는 모든 것, 그것은 저도 후회해요. …”

과연 그녀는 그를 위로하는 걸까?

그녀는 여전히 까탈 맞고 강박증까지 있었다. 베개 밑에는 ‘기념일 메모장’을 놓아두었다. 그리고는 해마다 2월 17일이면 ‘우리가 사랑했던 첫 날’이라고 메모하곤 했다. 그랬다. 그는 그런 그녀를 좋아했다.

그리고 어찌 거부할 수 있을까? 이런 말을 하는 남자라면. “나는 그대가 어떤 사람인지 알아요. 하느님은 나를 구제하시기 위하여 사람을 보내셨소… 예수 그리스도께서 온 세상을 위해 하신 일, 그대만이 오직 나를 위해 그렇게 한 거요. 그 분처럼, 그대는 그대의 안식과 삶을 희생하여 내 영혼을 구원했소.”

어떻게 거절할 수 있을까? 일 년 내 내 갇혀 지내는 여자, 그녀가 요구하는 기념 여행을.

“여행을 하고 싶어요, 저요, 아니면 아무것도… 오, 제게 딴 목표가 있나요? 당신과 함께, 보름 정도만, 세상에서 그보다 기쁜 일이 있을라고요. 당신이 잠자는 일이 거의 없는 이 방과 침대를 쳐다보고만 지내느니 그게 더 의미 있지요.”

그는 그 마음에 끌려갔다. 아델의 반발에도 불구하고. 그 후 그녀는 홀로 남겨둔 채.

그는 여름 내내 아이들과 아내를 오테이외의 부알로 로에 놔두고, 쥘리에트와 함께 벨기에로 가버렸다. 농에서 오스텅으로, 이프르에서 브뤼주로 갔다. 앙베르와 브뤼셀 간 철도도 처음 보았다!

그는 중세 도시들을 섭렵하고, 교회들을 방문하고, 그리고 편지를 썼다. “나의 가엾은 천사, 나의 아델에게.” 그는 “나를 사랑해주오”라는 말을 되풀이했다. 그녀는 답했다. "이제는 안녕, 친구여, 당신에게 입맞춤해요. 사랑해요. 행복하셔야 해요."

그런 사람이었던가?

쥘리에트는 벌써 아쉬움으로 가득했다. 9월 중순, 한 달 여행은 벌써 끝나고 다시 고독이 찾아왔다. 그리고 '결투'의 시간, 분노 뒤의 재회가 돌아왔다.

"내 사랑 당신, 우린 오늘 밤 서로 받은 상처만 생각하는군요. 우린 너무 어리석든지 혹은 너무 사악해요. 어쩜 더 나쁠 수도 있어요. 둘 다 미쳤죠. 더 이상 견디기가 어려워요. 제 가슴은 온통 멍이 들었어요. 어떻게든 저는 스스로 마음을 어루만져보지만, 시간이 갈수록 참기 어려워요. 쉼과 사랑이 필요해요. 당신의 쌀쌀함과 당신의 부재가 가련한 내 가슴에 박아놓은 못을 빼려면 말이에요. 사랑해요, 나의 사랑 빅토르, 고통은 고통이고, 사랑을 부정하고 싶진 않아요…"

그는 알고 있었다. 쥘리에트의 헌신 없이 살 수 있었을까? 그러나 되풀이되는 말싸움으로 기력이 소진되고 있었다. 우울했다. 마치 그때부터의 삶이 어두운 빛으로 가려질 것만 같았다.

페를라셰즈의 보지라르 묘지에 임시 안치된 어머니 시신을 위고의 무덤으로 옮겼다.

그는 코메디-프랑세즈를 고소했다. 자신과 체결한 계약 조건과 달리 「앙젤로, 파두의 폭」군과 『에르나니』의 무대 공연을 거부했기 때문이다. 소송에서 이겼다.

하지만 무슨 의미가 있는가? 밤낮 맞장을 뜨고, 악다구니처럼 서로 빼앗고 물어뜯는 일들. 삶이란 어이없이 짧고, 결국 시간은 모든 것을 지워 버릴 것을.

열정이라는 것마저도.

그는 기억했다. 비에브르 계곡, 1834년, 1835년 여름 쥘리에트와 함께 메츠에 머무르던 추억. 꿈결처럼 아스라한. 둘만의 사랑이 촉촉이 밴 곳들을 낱낱이.

들판도 어둡지 않고 하늘도 적막하지 않았느니

아무렴, 태양은 끝없는 하늘 가운데서

대지를 내리비치고 있었지

대기는 향기로 가득하고 초원은 한없이 푸르렀지

가슴의 상처만 그리도 키워주던

이곳에 그가 다시 왔을 때!

[…]

그는 창백하게 걷고 있었지

무겁고 우울한 발자국 소리를 들으며

그늘 드리운 나뭇가지 하나하나를 바라보았네

아아! 다시는 오지 않을 그날!

[…]

"우리 둘이 지난 자리 누군가가 또 지나리니

우리 둘이 머문 곳 다른 이 또한 머물리니

일찍이 우리 두 영혼이 그려놓은 꿈

그들 또한 이어서 꿈꾸리니, 멈출 수 없으리라!

[…]

나이 늘면 성열은 모두 사라져 가고

정열의 가면도 칼도 멀리 가버리네

익살부리는 떠돌이 어릿광대들

패거리들은 저 언덕 너머로 모두 이울었으니

[…]

그리고 거기 어떤 빛도 비치지 않는 칠흑의 밤

모든 것이 끝나는 듯한 어두운 산자락에서

내 영혼은 느끼노니

무엇인가 여전히 베일에 가려 파닥거리는…

어둠 속에 잠든 그대, 오 거룩한 추억이여!"[184]

그는 비탄에 잠긴 올랭피오였다.

1838

맛있게 드시오! 오, 올곧은 각료 여러분!

후덕한 의원님들!…

빅토르 위고는 마차에서 방금 내린 오를레앙 공작 내외를 향해 나아갔다. 호위 기병대가 왕궁을 가득 메웠다. 그는 목례를 하고 뒤로 물러난 다음, 계단과 살롱에서는 전하를 앞서갔다. 「라 에스메랄다」 소녀 합창단원이 루이 베르탱의 지휘로 노래를 불렀다.

주위를 둘러보았다.

예술가, 작가, 언론인, 아카데미 회원들, 파리의 모든 요인들이 아파트 거실로 몰려왔다. 자긍심이 몰려왔다. 마침내 여기에. 온갖 질투와 비난에도 불구하고, 1년 전 출간한 시집 『내면의 목소리』에서 노래한 바로 그 도시의 중심에 지금 섰으니.

오! 파리는 어머니의 도시!

파리는 상엄한 곳

금세 사라질 돌개바람이

영원한 중심 위에서 소용돌이치는구나!

파리! 어두운 불 혹은 순결한 별이여![185]

429

아델을 주목했다. 그녀는 오를레앙 공작부인에게 아이들을 소개하고 있었다. 고상하고도 돋보이는 기품이 있었다. 우아한 위고 백작 부인이었다. 으젠느가 죽은 후 작위는 동생에게 넘어갔다. 그녀는 왕의 여동생 아델라이드 부인 초대를 받고 왔다.

위고는 미소를 지었다. 온갖 장애를 딛고 온 그는 장차 프랑스 아카데미 회원 당선 예정인 자. 그의 자리를 거부할 자가 누가 있었으랴? 필시, 장차 그는 프랑스 왕의 중신에 임명될 사람. 당연한 일이었다.

그는 테아트르-프랑세즈 대기실로 들어갔다. 『에르나니』와 『마리옹 들 로름』이 연이어 공연되고 있었다. 코메디-프랑세즈는 계약을 준수해야 한다는 법원 판결에 응해야 했다. 공연에 연루된 극장은 작가에 대한 보상의 어려움을 겪고 있었다. 그는 극장 대표 베델과 배우들로부터 유명 작가로서의 환대를 받았다. 극장은 관객으로 가득찼다. 『에르나니』로 인한 전투의 시간은 끝이 났다!

마리 도르발이 도냐 솔과 마리옹 들 로름 역할을 맡았다. 그는 그녀에게 찬사의 말을 건넸다. 그녀는 달콤하게 속삭였다. 그 두 작품은 향후 각각 10회 이상 공연될 예정이었다. 저작료만도 최소한 5,000프랑이 예정되어 있었다.

금년 대박 날 참이었다, 위고는 확신했다. 그는 유혹하고 있었다. 그는 우아하게 보이도록 신경 썼다. 가슴을 꽉 조인 실크 조끼에, 세련되게 빗어 내린 머리칼은 바지까지 내려와 있었다.

그는 마리 도르발 뿐 아니라 차기 작품에서의 배역을 고대하며 자기 주변에 얼쩡거리는 모든 젊은 여배우들을 홀리고 있었다. 사실 앙테노르 졸리가 경영하는, 신설된 라 르네상스 극장이 공연권을 얻은 것은 순전히 오를레앙 공작이 위고와 뒤마와 같은 이들이 활약할 만한 무대가 필요하다고 생각해준 덕이었다. 든든한 뒷배 덕에 만사 대통이었다.

하지만 쥘리에트가 있었다.

그는 그녀와 함께 외출하기를 원하지 않았다. 더 이상 둘의 관계를 내보이고 싶지 않았다. 그녀는 불평했다. "당신이 저와 함께 대놓고 다니는 것을 꺼리는 데는 분명 어떤 여자 때문 아니에요? 우리 둘 관계는 이제 끝났다고 말하고 싶은 거잖아요!"

반박해야 했다. 믿도록 해야 했다. 그녀를 집에 가두는 것은 자신의 질투심 때문이라고 했다.

그녀는 따져댔다.

"저는 당신이 일을 하고 있다는 것, 당신의 사업이 있는 것도 잘 알아요. 하지만 결국 이런 핑계로 1년 내내 저를 감옥살이 시키고 있잖아요.

그는 자신에게 물었다. 그는 관계를 깰 수도 없고, 깨고 싶지도 않았다. 그녀가 어디로 가고, 무엇으로 산단 말인가? 게다가 그를 채워주고 있는 그녀의 사랑! 실은 그녀는 지금 복종하지 않을 수 없었다. 그가 주는 것에 만족해야 하는 상황이었으므로.

그러면서 둘 사이에는 실랑이가 끊이지 않았다. 그는 그녀에게 뒤풀이해 말하곤 했다. "사랑할수록 사랑받는 거요." 하지만 그녀도, 그도 너무 골똘하다 보니 첫날 밤 5주년을 까맣게 잊었다! 게다가 지금은 그녀에게 더 이상 매력을 느끼지 못하는 것도 속일 수 없었다. 갈수록 점점 더.

"아침에 나타나지 않는다고 앙알대고 싶지 않아요." 그녀는 이어 말했다. "앞으로는 그런 일 가지고 말하고 싶지도 않아요. 부질없이 애인의 호의를 구걸하는 여자보다 치사하고 어리석은 것은 없기 때문이죠. 그러니, 사랑하는 이여, 저는 이제부터 당신과는 오라버니를 둔 여동생으로 살아야 해요. 어떤 식이든 우리가 남편과 아내 사이였던 시절을 생각하는 일은 삼가는 것이 당신에게도 좋겠지요. …"

하지만 그녀는 마리 도르발 말고도 오를레앙 공작부인에 대한 질투심을 어찌할 수 없었다. 더구나 그는 그 젊은 공작부인에 대해 무심하지 않은 것이 사실이었다, 장차 여왕이 되어 주위의 관심을 모을 여인.

시나브로 쥘리에트를 보는 일은 드물어졌다. 그는 르네상스 극장이 기대하는 희곡을 쓰기 위해 스스로 고립했다. 그랬다. 그는 동 살뤼스트 드 바잔 수상의 음모의 희생자인 스페인 여왕 도냐 마리아 드 네부르를 무대에 올릴 때 그는 이미 자신이 사랑하고픈, 사랑하는 한 여왕을 생각하고 있었다. 그녀는 수상을 모욕하고, 왕따 시키고, 수시로 거부했다. 시종 뤼 블라스를 사랑하기 위해서였다. 나아가 뤼 블라스를 귀인 세자르로 개명해준 여왕. 마침내 그녀는 그를 장관으로 임명한다!

몇 달 간 그는 무기력한 시간을 보낸 후 그는 글 쓰는 광기가 다시 도졌다. 연극이 끝날 무렵, 시구 하나하나, 대사 한 구절 한 구절이 비수처럼 자신에게 꽂혀왔다. 뤼 블라스가 여왕을 보호하기 위해 가면을 벗고 달려들어 귀인 살뤼스트를 죽이고 스스로 목숨을 끊는.

　　전하, 우리는 불온한 당을 만들겠소

　　나는 천한 옷을 걸치고 있지만, 당신은 천한 영혼을 가진 자요!

　　[…]

　　전하, 배신자, 음흉한 자들이

　　희한하고 기괴한 일을 저지를 때

　　귀인이든 촌놈이든 인간은 누구나 권리, 자신의 길을 갈 권리가 있소

　　그들 낯에 침을 뱉고 선고를 내리고

　　검, 도끼, 단도를 들이대 보시오

　　전하! 나는 상놈이었소만! 어느 날 형리가 될 줄 누가 아오?[186]

432

8월 11일 그는 대본 마지막 줄을 썼다. 펜을 잡은 지 채 한 달도 안 되었다.

쥘리에트를 본 지도 2주나 지났다. 대본은 필히 누군가 '광 팬' 앞에서 낭송해야만 했다. 12일, 그녀의 집으로 갔다. 다시 시작이었다. …

맛있게 드시오! 오, 올곧은 각료 여러분!
후덕한 의원님들!…

이것이 그대들이 섬기는 방식
집을 거덜 내는 종들아!

쥘리에트는 구절마다 떨렸다.

이토록 그대들은 여기에 다른 관심 없으니
그대들 호주머니 채우는 일 그리고 끝내 도주하는 것 말고는!
시들어 버려라, 기울어가는 그대들의 나라 앞에서,
나라의 무덤을 파헤쳐 강탈하는 산역군山役軍들아!187

마지막 대사에서 그녀는 감정이 복받쳐 부르르 떨었다. 독에 취한 뤼 블라스는 마침내 그를 확인하고, 그 모습 그대로 사랑하는 여왕을 끌어안는다. 그리고 그는 최후의 한 마디 "고맙소!"라고 하고는 숨을 거둔다.

쥘리에트에게 도나 마리아 드 네부르 역에 동의하지 않도록 할 수 있을까?

이렇게 말하는 그녀에게 어떻게 그녀를 돌려놓을까?

"저는 불쌍한 몽유병자예요. 샹파뉴 와인 때문에 너무 취했어요. 모두가 두 개로 보여요. 영광과 행복, 사랑과 존경, 사방 모두가 어마어마하고 불가능한 차원으로 보여요. …"

그는 며칠간 그녀와 함께 샹파뉴로 여행을 떠났다. 그는 앙테노르 졸리에게 배역들을 나누도록 위임했다. 여왕 역을 분배하는 일은 부담을 주지 않았다. 여행에서 돌아온 8월 말, 작업은 끝나 있었다. 여왕은 프레데릭 르메트르의 정부인 루이즈 보두앵이 맡았다. 쥘리에트에게는 뤼 블라스 역을 맡겼다.

위고는 반항할 의지가 없었다. 결국, 쥘리에트는 「마리 튀도르」 공연 중 조롱을 받았다! 그는 또 다른 실패의 위험을 감수할 수 있을까? 그리고 그는 라르네상스 대표의 선택 뒤에는 그녀의 해고를 요구하는 글을 쓰고 직접 개입한 아델이 있었다고 판단했다. 아델은 다시 가정을 지키는 배우자가 되어, 가족 걱정으로, '가엾은 남친', '눈먼 남편'을 요물인 '여자애' 쥘리에트로부터 떼어놓기로 결심했기 때문이었다.

이제는 절망을 견디는 그녀의 신음 소리를 듣는 일이 남아 있었다.

"슬퍼 죽겠어요. 가여운 내 사랑. 멋지고 영광스러운 당신 배역은 끝났고 제 가슴 속에 영원히 묻힌 것 같아요. 마리아 드 뇌부르는 절대 나처럼, 나를 위해 살지 않을 것이에요. 나는 당신이 상상하는 것보다 훨씬 더 슬퍼요. 잃어버린 마지막 희망은 나에게 끔찍한 충격이에요. 당신은 지금 친절하고 관대해야 해요. 내가 너무 고통스러워요. 날 사랑해주세요, 제발 날 사랑해주세요, 내가 살기를 바란다면 말이에요. …"

뭐라고 대답할 것인가?

사랑하오, 그리고 절망하지 마오
당신의 영혼 속, 내가 가끔 지나치는 곳
내 싯구가 낮게 속삭이는 곳
만사 제자리에 두시오.[188]

그는 머뭇거릴 시간도, 슬픔을 생각할 겨를이 없었다.

초연은 11월 8일에 있었다. 그리고 『에르나니』초연 때와 같은 난리는 더 이상 벌어지지 않았다. 오를레앙 공작 부부를 호위하는 신하들이 있었다. 야유는 좀 있었으나 박수갈채에 묻혔다. 그리고 매일 저녁, 50회 공연 내내, 극장은 늘 만원이었다!

비평은 사나웠다. 발자크는 다음과 같이 썼다. "뤼 블라스는 저질이었다. 이는 시의 치욕이었다." 귀스타브 플랑쉬도 이렇게 말했다. "너무 일찍 영광을 알아버린 위고 선생의 목불인견目不忍見의 냉소주의. 그는 마치 성채처럼 자기 자신의 예찬에 갇혀 있다. 이 비정상적 오만으로부터 광기까지는 단 한 발짝 거리이며, 위고 선생은 이 거리를 뤼 블라스를 쓰며 단박에 넘어버렸다."

위고는 자신이 각종 비판, 질투, 그리고 누군가의 증오, 타인의 몰이해에 대해 둔감하다는 것을 알았다. 자기 작품 속의 부패하고 돌이킬 수 없는 왕정주의 그림을 혐오하는 이들이 있다는 것을 그는 알고 있었다. "『에르나니』에서 뜬 오스트리아 왕가의 태양이 「뤼 블라스」에서 지고 있다."라고 희곡 본 서문에 썼다.

그러나 차후 검열로부터 자유로웠다. 왕자들의 친구였던 것이다. 그리고 1840년 이후 작품 22권을 출간했다. 그리고 현금 18만 프랑과 12만 프랑, 도합 30만 프랑을 지불 약속한 회사 뒤리에와 계약을 체결했다. 드디어 4년 연속 연금 수령으로 자신과 가족을 위한 독립을 확보했다는 것을 알았다.

그는 돈을 교환하여 166,824 프랑 37 상팀 어치 채권 매입을 부탁했다.

그는 마침내, 12월, 부유한 남자가 되었다.

1839

감사하고 감사하오니! 무덤의 이름으로 감사하오니!
요람의 이름으로 감사하오니!

빅토르 위고는 추웠다. 새해 출발이 좋지 않았다. 지난밤, 쥘리에트는 꼬부라진 목소리로 말했다. "이 지저분한 무대 뒤에서 그 모든 증오의 말들이 새어나온 거예요." 배우들의 구설수와 질투들. 이제 그는 정월 초하루 밤을 홀로 지키며 그녀를 생각했다. 서슬펐다. 죄책감까지 몰려왔다. 그는 얼굴을 찌르는 겨울 안개와 성에로 덮인 포도 위를 걸으며 지은 시구들을 그녀에게 보냈다.

겨울은 거친 길을 하얗게 내고
그대의 날들은 악한 자들에게 시달리는구료
삭풍은 그대 부드러운 손을 깨무는데
증오는 그대 기쁨 위로 숨을 내불고 있으니
[…]
그대 영원한 사랑을 간직해주오
이 겨울, 별들은 불꽃을 꺼버리는가?
하느님은 하늘로부터 그 무엇도 가져가는 분 아니니
그대 영혼으로부터 그 어느 것도![189]

436

그는 덧붙였다.

"설령 미움을 받는다 해도, 우리는 서로 사랑해야 하오.

새해는 맞이했는데 우리는 병자성사*를 올리는군요. 그리고 나는 종지부를 찍을 단어로 새해를 시작하는 것이오, 그러잖소?

사랑하오!"

그녀의 집으로 갔다. 그녀가 주는 사랑, 그녀가 내주는 육체에 언제나 감동했다. 그녀를 꼭 끌어안았다. 욕망이 그를 사로잡았고 그는 온전히 몸을 내맡겼다. 기대를 만족시키는 희열로 가득했다.

몇 시간 후 그녀로부터 편지를 받았다.

"방금 나눈 격렬한 사랑이 얼마나 좋았는지요! 그 자리에서 죽어도 좋을 만큼! 전부 아니면 전무, 그게 제 소신이예요. 사랑에 있어서라면 이 금언은 세상에서 제일 멋지고 진실해요…"

그는 함박만한 웃음을 지었다, 마치 온 몸이 팽창하는 것 같았다. 결정적인 순간의 희열이 떠올랐다. 그녀는 말을 이었다.

"안녕히 주무세요, 코뿔소여, 대왕 호랑이여 … 당신에게 저는 언제나 채찍을 맞을 준비가 되어있는 소녀랍니다. 솔직히, 예전의 제 모습과 지금 제 모습을 비교해보면 알아볼 수 없는 정도예요."

하지만 이상했다. 그녀의 기분은 곧 바뀔 것임을 알고 있어서인지 그동안 느꼈던 욕망이 순간적으로 사그라졌다.

벌써 그녀는 "사랑을 위해서라면 영감 쯤은 희생할 수 있어야지요."라는 말을 뇌풀이하고 혹은 온통 핑책으로 떼를 써 그를 짜증 나게 했다.

"오, 여자에게 불을 붙여놓고, 혼자 발산하고 혼자 불을 끄게 하는 남자가 있던가, 기적의 생-필립 촛불이라도 되나요?"

---

* 임종 때 받는 성체.

그는 편지를 쓰고, 시를 옮어주고, 부드럽고 사랑으로 가득찬 말로 그녀를 편안하게 해주려고 애썼다. 그리고 단언하기도 했다. "6년간의 사랑이 내 온갖 생각을 밝게 해주었소. 내 삶은 일종의 수수께끼요. 그 속에는 그대 이름이라는 언어가 있소. 나의 천사여, 그대를 사랑하던 날, 나는 모든 것을 이해했소. 사랑한다는 것, 그것은 수단이고 목적이오. 삶이고 행복이오."

> 때때로 어두워지는 그대 어여쁜 얼굴을 드오
> 즐거워야 하오, 지금은 봄이오
> 황금의 계절 4월은 순풍의 신 제피르들 사이에서
> 온갖 향수와 노래와 입맞춤, 그리고 미소를 발하오
> 그리고 달콤하게 속삭이는 온갖 언어들,
> 사랑은 숲속 그늘처럼 가슴으로 돌아오오.190

그렇게 쓰고는 곱씹어 보았다. 마음에 들지 않았다. 여기까지 자신을 밀어붙인, 「뤼 블라스」까지 쓸 수 있었던 그 열정이 솟지 않았다.

이제부터는 어떻게, 무엇을?

격렬한 애정 행위로 불안한 것인가? 혹은 발자크가 주도하는 신설 문인 클럽 때문에 혹은 늘 참석하는 역사 유적 위원회 일로 힘든 것인가?

그 어느 것도 아니었다. 그보다는 몸에 변화가 왔다는 생각이 들었다. 우선 체중이 늘었다. 두통도 있고 종기가 나고, 늘 눈이 아팠다. 마치 원천이 고갈된 것 같았다. 자기 안의 새로운 샘의 분출을 발견해야 할 것 같았다.

그는 거리로 나돌았다. 5월 중순, 바르베스와 블랑키가 이끄는 젊은 무리들이 무기를 들고 일부 경찰서와 시청을 습격하고, 마레 지구에서 저항하고 있었다. 루아이얄 광장에서 진을 친 부대도 보였다. 그는 한밤중까지 거리를 활보했다. 맹렬한 포격도 겪고 경기병 행렬에도 동참했다.

'폭동의 시즌'도 오래가지는 않았다.

그들은 총기를 들고도 후퇴할 겨를조차 없었다. 숙영지의 불빛으로 민가까지 대낮같이 밝게 비추고 있는 일개 대대를 상대로 폭도들이 무엇을 할 수 있겠는가?

위고는 적었다. 거리의 풍광에 빠져들었다.

"흰 모자와 완벽하게 가린 검은 베일을 한 여장 남자가 내 옆을 바람처럼 지나갔다. …"

그는 혁명을 믿지 않았다. 혁명이 나부끼는 정치도 믿지 않았다.

"우리 정치적인 수준은 이렇게 찌질하구나. 아무것도 아닌 것에 날뛰는 시원찮은 것들."

왕정복고당과 혁명당 그 중간에 '문명당'이 탄생해야 한다고 생각했다. 그는 말했다.

"나는 지금 사회적 질문이 정치적 질문을 대체하는 날을 위하여 함성을 울리는 것이다."

듣는 이 없었으나, 그런 외침은 자신의 본분이었기에…

　　엄중한 시절, 시인은

　　진보된 날을 준비하러 오노니

　　그는 유토피아의 사람

　　두 발은 여기에, 두 눈은 딴 세상에 두노니

　　그는 바로 만인의 머리 위에 있는 이

　　언제나, 선지자처럼

　　그의 손에, 모든 이들이 받들어 올릴 수 있는,

　　그가 흔드는 횃불처럼

치욕을 당하든, 찬양을 받든

그것은 마침내 우리의 미래가 활활 타오르도록 해야 하노니![191]

마침내, 심판을 받아야 할, 체포된 폭도들이었다. 바르베스는 사형 선고, 블랑키는 야반도주 했다. 참여해야 했다. 왕과 왕자들과 함께 명성을 이용해 형리에게서 바르베스를 탈취해야 했다.

그는 7월 12일 사형 집행 당일, 루이 필립 공에게 탄원을 했다. 그는 군주를 움직여, 최근 잃은 딸 그리고 갓 태어난 손자를 생각하도록 하고 싶었다. 그는 단숨에 써 내려갔다.

폐하의 천사가 비둘기처럼 날아오르게 하소서!

그 존귀한 왕자, 순종적이고 가냘픈 갈대여!

감사하고 감사하오니! 무덤의 이름으로 감사하오니!

요람의 이름으로 감사하오니![192]

그리고 그는 오래지 않아 마음을 놓을 수 있었다. 왕이 답신을 보내왔다.

"내가 선생보다 먼저 생각하고 있었소. 선생이 은총을 구하는 순간, 이미 내 가슴에 와닿았소. 이제 짐은 은총을 받는 일만 남았소."

그는 며칠 동안 호전되었다. 기운이 돌아오는 것 같았다. 그는 루아이얄 광장의 아파트를 주기적으로 찾는 젊은 시인 오귀스트 바크리를 만났다. 오귀스트는 아델과 레오폴딘느와 담소를 나누었다. 그리고는 르아브르와 루앙 간 자기 가족 소유의 세느강 변의 빌키에서 휴가를 보낼 것을 제안했다. 형 샤를르와 부모도 기꺼이 환영할 거라고 했다. 아델도 좋다고 했다. 그러나 위고는 할 일이 있어 파리에 있어야 한다고 말했다. 오귀스트 바크리에게 말했다.

"부탁하오. 내게는 지금은 결정적인 시기요. 작업 착수를 위한 최상의 상태를 찾아 그런 정신으로 작업에 집중할 때요. 지난 해 「뤼 블라스」를 시작할 때 제가 얼마나 몰입했는지 보았을 거요. '위대한 생각'에 돌입할 때는 늘 두려움이 뒤섞인 일종의 어두운 슬픔이 있소. 잘 알거요. 나는 지금 그런 순간이오. 다만 작품 구안이 관건이오. 나는 그것을 믿소. 젊은이도 언젠가 판단해주시겠지요."

그는 작업에 들어갔다. 그는 루이 14세의 쌍둥이, 철 가면을 쓴 은닉의 형제를 상기시키기 위해 마자랭의 얼굴을 그려내기를 원했다. 그는 잘 알고 있었다. 주제도 적절했다. 다만 이야기로 갱신하여 성공하고자 했다. 그는 은둔에 들어갔다. 밤에도 두 시간 이상 잠을 자지 않았다.

한 달 뒤, 그는 힘이 고갈되고 피로로 녹초가 되어 깔아지며 마음까지 괴로웠다. 「쌍둥이」를 끝낼 수 없었다. 형제간 싸움으로 너무 고통스러워 희곡을 마무리할 수 없을 것 같았다. 으젠느에 대한 기억이 그를 마비키는 듯 했다.

며칠 간 쥘리에트와 함께 집을 떠나있었다.

차츰 두통이 사라지고 종기도 가라앉았다. 제법 먼 여행도 갈 수 있었다. 스트라스부르에서 발르, 취리히에서 로잔, 제네바에서 툴롱까지, 시간이 허락하는대로, 마음 내키는대로. 그리고 그곳에 있는 감옥, 이동 교도소를 들러 보았다. 그리고 니스, 그리고 레랭 섬에서 철가면*의 유적을 찾아본 뒤 배로 론 강을 거슬러 올라갔다. 두 달이 지나 파리로 돌아왔을 때, 머리는 이미지로 충만하고 수첩은 메모로 가득찼다.

쥘리에트는 연신 감사하며 말했다.

"저는 배은망덕하지 않아요. 당신은 저에게 무려 두 달이나 되는 행복을 선사했어요. 매일 밤낮 제 입술에 선사해준 달콤한 입맞춤은 …."

---

* Masque de fer. 1703년까지 바스티유 감옥에 실제 수감되어 있던 '철로 얼굴을 가린 죄수'.

그녀를 확신시켜준 것은 무엇일까?

일종의 비밀스럽고 영적인 결혼, 영혼 간 합의, 언약 교환. 그녀는 영원히 무대를 포기할 셈이었다. 그는 그녀도, 그녀의 딸 클래르도 결코 버리지 않을 작정이었다.

그녀의 얼굴이 해같이 밝아졌다. 그 역시 그녀가 보여준 감사로 '뒤집어'졌다. 그녀는 속삭였다.

"당신 영혼의 숭고한 선善… 오늘 아침 잠자리에서 일어나는 마음과 아침기도는 새 신부가 하는 것들이었어요. 오! 어쩜, 저는 당신의 아내예요. 그렇지 않아요? 낭군님… 그렇다 해도 저의 첫째 호칭, 다른 모든 이들 사이에서, 그리고 다른 모든 것들 중에서 제가 지키고 싶은 첫 번째 이름은요. 바로 당신의 애인이랍니다. 열혈의, 불타는, 헌신적인, 오직 당신의 눈빛에 살고 오직 당신 웃음에 희희낙락하는.

축복 받을 분, 나의 사랑하는 관대한 분, 이제는 당신 딸이 된 가엾은 제 딸까지 챙겨 준 분. …"

집에 돌아오자, 아델은 빌키에 머물며 좋은 시간이었다는, 필시 좋은 정도 그 이상이었다는 이야기, 샤를르 바크리와 레오폴딘느 사이에 있었던 일에 대해 말했다. 스물다섯 살 남자, 레오폴딘느 나이는 이제 겨우 열다섯이었다.

그는 그 이야기에 거의 관심이 없었다. 아델은 말했다.

"아카데미에 한 자리가 있대요. 당신 거기 입후보 하시나요? 당신에게 무슨 행운이 온지를 제가 알면 안 되나요?"

그는 물론 입후보했다! 분명 그는 라마르틴느, 샤토브리앙, 수메, 노디에를 의지할 수 있었다. 그는 막 발자크를 만났다. 이 사람도 역사학자 미쇼 의장이 지금 앉아있는 자리에 앉고 싶었으나, 위고의 출마 사실을 알고는 조용히 물러나기로 결심했다.

위고는 간청했다.

"은총이 있을 거요. 나를 믿으시오. 물러나지 마시오!"

그래도 발자크는 포기했다.

하지만 아무 도움이 안 되었다. 12월 19일, 7번의 투표 후로도 아무도 선출되지 않았다. 위고는 1차 투표에서 9표, 마지막 투표에서 8표를 얻었다. 영광이었으나 씁쓸했다.

그는 쥘리에트를 보았다. 그녀는 말했다.

"아카데미에 다시는 얼굴을 보이지 마셔요! 세 번이나 웃지 못했다면 네 번째에는 얼간이, 웃음거리가 되는 것이지요. 이것이 저의 문학적 견해예요. 저의 정치적 견해에 관해서는, 당신도 알고 있지요. 당신이 루이-필립보다 더 잘생겼어요. 그러나 그것은 제 잘못이 아니지요. 견해는 모두 자유이지요."

그는 웃었다. 그녀의 말에 언짢은 기분이 싹 가셨다.

그러나 그는 12월 31일 파리 대주교 몽시뇰 켈랑이 별세했다는 소식을 들었다. 또한 아카데미에 한 자리가 났다는 소식도 들었다. 그는 자신이 다시 후보가 될 것을 알고 있었다.

1840

얼음 같은 하늘, 순결한 태양. 오! 역사에 빛나노니

불타는 제국의 슬픈 승리!

위고는 의아했다. 쥘리에트가 언제쯤 잠잠해질까? 그는 1월 2일 도착한 편지를 후딱 읽었다.

"오 하느님, 나의 위대한 빅토르!" 쥘리에트는 이렇게 썼다.

그녀의 성실, 그녀의 '불꽃', 그녀의 격정에 그는 언제나 감동했다. 클래르에 대해 한 말도 그랬다. "가엾은 아이는 모든 것을 알았어요. 저희를 대하는 당신 행동이 너무도 점잖고 아량이 있으시니. 아이 눈에 눈물이 그렁그렁하잖아요. 오! 당신을 헤아리고 사랑하는 마음 두 배 세 배랍니다."

그에게 클래르를 그렇게까지 말해주어야 했을까?

온갖 감정을 참지 못하고 표현하는 그녀였다. 그런데 그의 창작에 필요한 평정심을 훼방하고 있다는 것을 생각이나 하고 이 말 저 말 했던 걸까?

"저는 사실 고통스럽고 짜증이 나고 무료하답니다."라고 말했다. 필사할 대본들을 좀 갖다주기를 원했다. 그리고 그녀는 그의 '지나친 냉정함'을 이미 수시로 힐난했다. 그는 당장 가슴을 찌르는 듯이 불쾌한 생각이 들었다. …

"저는 이런 말을 서글프고 쓰린 마음으로 하는 거예요. 마치 끔찍한 사실을 발견한 것 같은 불행한 여자처럼요. 당신의 헌신과 아량에 대해서는 불만이 없어요. 다만 곰곰 생각해보니 이 모든 게 열정도 아니고, 사랑도 아니에요."

또 말했다. "뼈가 쑤시고 온몸이 아파 죽고 싶어요. 그리고요. 저는 정말 더러운 괴물이에요… 당신을 너무 사랑하는 것이 제 자신을 추하게 만든 것 같아요." 그녀는 또다시 결별을 제안했다. 그녀는 비난 거리를 늘어놓았다. "제 살림살이를 죄다 통제하시니… 이제나 저제나 고달파요. 아침 스프 만들 당근 하나도 없고, 샘에서 물 길어올 방법도 없고, 양말 한쪽도, 흰 블라우스도 살 여력이 없어요."

피곤했다.

곁에 있는 아델까지 그를 괴롭혔다.

"걱정이에요. 솔직히 말해, 당신은 가진 것이 없으니 앞으로 … 당신은 당신 가정을 돌보고 지키는 청지기 아닌가요?… 저는 지금 당신한테 오누이나 여친처럼 말하는 거예요… 생각 좀 하세요. 당신 앞날을 생각해보세요. 생활비를 줄이려면 어찌해야 하는지 제발 좀요. … 치료할 수 있는 당신 상처가 불치가 되도록 기다릴 거예요?" 두말할 것 없이 그녀는 줄리에트와 떨어지기를 바라며 바가지를 긁는 것이었다!

그는 그런 모습을 원하지 않았다. 줠리에트는 수시로 절대적 사랑, 헌신, 기억, 불만, 비난으로 그를 질식시켰다. 그런데 자기에 매달려, 자기를 위해 사는, 자기한테 삶을 내준 남자를 거부하는 까닭은 무엇이람? 소중한 사람이 맞나? 종종 그렇게는 생각하지만, 전적으로 믿어왔건만…

이웃들, 친구들, 믿을만한 지인들까지 중요한 순간에 그를 피했다.

2월 20일 아카데미-프랑세즈, 약속을 어긴 채 그를 따돌리고 생리학자 플루, 이어서 몰레 백작*에게 표를 던져 두 명의 새로운 회원을 선출한 이들은 누구인가? 그를 다시 콩티 궁전 문전에 남겨둔 채!

---

* Molé(1781~1855). 전 프랑스 외무장관.

실망을 감추어야 했다. 투표 결과에 뒤마가 분개하고 있을 때 그는 애써 무관심한 태도를 연출했다. 뒤마가 연로한 회원 네포뮈센느 르메르시에를 붙잡고 호소할 때도 그는 미소를 지어야 했다. 뒤마는 말을 던졌다.

"르메르시에 선생, 빅토르 위고 선택을 거부했군요. 언젠가는 그이에게 넘겨줄 것이 있지요. 바로 당신 그 자리요!

뒤마는 복수심 가득한 웃음을 터뜨리고는, 위고에게 다른 어느 회원 비에네의 기고문이 있는 일간지 「르 탕」을 건넸다. "나는 줄곧 위고 선생에게 표를 던졌소. 실은 그동안 내가 낭만주의를 반대하는 풍자문을 쓰긴 했지만 말이오. 앞으로도 누구든 편견은 갖지 않을 거요. 『오드』와 『동방』의 작가는 찌질한 작가들과는 다르오. 그리고 그는 천재요. 그 자리가 딱이오."

쥘리에트는 분노하여 소리쳤다.

"그것들 악마가 안 잡아가나, 늙은 오소리 같은 속물들!"

위고는 그녀가 무엇을 원하는지 알고 있었다. 사랑 안의 감금, 사회의 거부, 도피.

"저는요, 아카데미도 극장도 서점도 다 없었으면 좋겠어요. 그저 대로, 역마차, 여관, 우리 '여보' 아니 '자기'만 있었으면 좋겠어요!"

그것만으로 채워질 수만 있다면! 정반대였다. 그는 시인으로서뿐 아니라 행동하는 사람으로, 자신의 결정을 통해 타인의 운명에 영향을 미치며 언젠가는 더 큰 역할을 하고 싶다는 욕망을 느꼈다.

그는 문인협회의 대표인 발자크의 뒤를 잇는 데 동의했다. 그리고 토론을 주관하면서 권위를 인정받았다고 생각했다.

그는 청년들이 자기에게 다가오는 것을 확인했다. 오귀스트 바크리나 폴 뫼리스 뿐 아니라 차츰 지인들, 일면도 없는 이들까지. 존경에 대한 입증이 불어나고 있었다.

기자실과 파리 살롱의 혐오와 질투가 그를 에워쌌다. 그 와중에도 프랑스 전역에서 그에게 편지가 날아들었다. 한번은 열아홉 살 청년으로부터 그런 편지를 받았다. "선생을 영웅처럼 사랑합니다. … 선생도 젊을 때가 있으셨지요? 그러니 한 권의 책이 저자를 통해 우리들에게 주는 사랑을 아셔야 합니다. 그리고 선생께서는 책에게 큰 소리로 감사하시고, 책에게 겸손히 입맞춤하셔야 해요."

열아홉 청년 샤를르 보들레르에게 한 대 얻어맞은 것 같았으나 그래도 마음에 울림이 있었다. 생각해보니 그는 이제 젊지 않았다. 벌써 서른여덟! 얼굴에 잔뜩 난 종기 때문에 벌써 늙어 보이는 자신을 알고 있었다. …

발자크를 찾아갔다. 그는 세 살 위였지만 몸무게 때문에 숨이 넘어갈 듯 가쁜 숨을 몰아쉬었다. 라마르틴느는 열두 살 위였으나 시간은 점점 자신과 그의 나이 차이를 지워가는 듯했다.

5월에 출간된 『빛과 그림자 *Les Rayons et les Ombres*』를 두 작가에게 보냈다. 발자크는 「라 르뷔 드 파리」에 기고하면서 열광했다. 그는 이렇게 썼다.

"단언컨대, 위고 선생은 19세기 가장 위대한 시인이다! 만일 내가 힘이 있다면 그에게 걸맞는 영예와 부를 내리고, 그리고 그에게 서사시 한 편 부탁하고 싶다. …"

마음이 훈훈했다. 위고는 답했다.

"아무튼, 무조건 감사하오. 아름다운 천재에 감사하고, 따뜻한 우정에 감사하오."

그는 발자크를 향한 진정한 존경, 그리고 연민을 느꼈다. 매혹적인 힘은 있었지만 고통을 겪고 있는 사람인 까닭이었다. 그는 빚에 눌려 있었다. 내무부 장관 레뮈자는 발자크의 영웅 프레데릭 르 메트르 역을 맡았던 배우가 루이 필립의 헤어 스타일이었다는 이유로 「보트랭」 공연을 금지했다!

'관여해야만 한다, 결정을 취소하도록 해야 한다.' 그러나 허사였다. …

위고는 성공 그리고 많은 저서에도 불구하고 고군분투하는 작가들의 시련을 목격했다. 빚쟁이들은 그를 에워싸고 '짖고' 있다. 그러니 이제부터 어떻게든 자신을 보호하고, 어떻게든 후딱 수입을 올려 편안히 좀 생활하고, 자기 재산을 보호하고, 쥘리에트와 그녀를 보호해야겠다는 결론을 어찌 내리지 않겠는가. 그녀의 친구를 괴롭히는 그 불행의 딸.

생트-뵈브, 그와는 우정을 나누면서도 그를 '가장 끈질기고도 의도적으로 계산된 사람'으로 생각했다. 그런 생각, 당연하지 않은가? 삶 또한 전투다. 이겨야 했다. 보급품을 확보해야만 했다. 적에게 저항할 수 있는 요새를 짓거나 아니면 요새를 정복해야 했다. 생트-뵈브로 말하자면, 사방팔방 "위고는 애꾸눈이다. … 그의 눈에는 자기만 보인다."고 말하고 다녔다. 기사는 한 줄도 쓰지 않으며 『빛과 그림자』에 대한 비판만 퍼뜨렸다. 아카데미의 차기 자리를 염두에 둔 것이다. 그리고 선거 때 위고의 표를 얻을 것까지 기대하고 있었다! 더구나 그는 그것을 인정하면서, '크고 빨간 것을 심하게 좋아하는 영민한 아이의 실수처럼 보일 만한 취향의 오류, 날것들'을 비난했다. "지금 이 재능은 곧 그의 인격이 되었고, 점점 심해지고, 고착된 것이었으니, 성숙된 인간과는 영원히 안녕!"

위고는 그런 말을 듣고는 어깨를 치켜 올렸다. 애꾸눈이? 뭐 어때!

생-프리에 있는 샤토 드 테라스 공원, 파리에서 멀지 않은 그곳에서 책 읽는 아델을 보며 그는 안쓰럽기만 했다. 그녀는 여름내 아이들과 여기 머물 예정이었다. 그런 태도로 그녀는 그 남자를 사랑했으니! 그는 그래서 더욱 가슴이 아프기도 하고, 한편 놀랍기도 했다. 지금 그녀는 배우자이며 '좋은 엄마'였다, 레오폴딘느의 말대로.

그의 눈은 새까만 머리칼을 뒤로 늘어뜨린, 단정한 모습의 예쁜 얼굴의 딸을 직시했다. 열여섯 살. 딸은 샤를르 바크리의 관심에 민감해 있는 듯 했다. … 아이가 벌써 남자의 눈길을 끄는 매력을 갖는다는 것이 가능한 일인가?

생각하며 그는 놀랐다. 하지만 생각을 떨쳐냈다. 그리고 아들 샤를르와 프랑수아-빅토르를 쳐다보았다. 그 둘은 이미 라틴을 주제로 한 상을 받은 팔팔한 청년, 괜찮은 학생이었다. 어린 아델, 허약하여 낙담을 잘하고 늘 침울했다. 이런 모습이 그를 걱정스럽게 했다. 게다가 으젠느를 떠올리게 만들었다.

아이들과 함께 있고 싶었다. 그러나 쥘리에트, 그녀가 기다리는 자유의 몇 주, 그 역시 그녀와 함께 해야 하는 의례적인 여행. 의무는 아니었으나 필요한 배려, 그리고 그는 낯선 풍경들이 눈에 들어왔으니.

그해는 독일, 라인강 계곡, 쾰른에서 하이델베르그, 튀붕겐을 목표로 했다.

그는 썼다. 그는 강을 굽어보며 정상에는 우뚝 솟은 성이 있는 절벽을 묘사했다. 라인강 좌안의 프랑스는, 정말 가까웠다. 한 눈에 들어왔다.

중세뿐 아니라 나폴레옹 역사의 발자취가 흠뻑 밴 풍광이 말을 걸어왔다. 여행은 계속되었다. 두 달 간의 대장정을 끝내고서야 비로소 파리로 돌아갔다. 그리고 기행 일기를 열었다, 메모와 스케치로 가득차 있는. 책으로 펴낼 생각이었다.

파리 루아이얄 광장을 보는 일은 늘 즐거웠다. 파리는 언제나 역설적이었다.

루이 나폴레옹 보나파르트의 종신형 언도를 담담한 마음으로 떠올렸다, 그는 블로뉴에서 또다시 쿠데타를 시도하고는 요새 암^{Ham}에 수감되었다. 그리고 그의 숙부인 나폴레옹 1세의 유해가 돌아온다는 발표를 다들 학수고대하고 있었다. 유해는 생트-엘렌느에서 돌아와 앵발리드에 묻히게 되었다! '보나파르트 파'와 '애국자들'을 유인하는 루이-필립의 영리한 행동이었다.

위고는 그 사건의 목격자로서만이 아니라 배우가 되기를 원했다.

그는 시 「황제의 귀환 *Le Retour de l'Empereur*」을 행사 전날인 12월 14일 소책자로 발간할 예정이었다. 게다가, 황제에 대해 쓴 시들을 합본했다. 이는 며칠 뒤에 '나폴레옹 서사시 모음'이 된다. 그는 직접 편집자 견해를 썼다. '빅토르 위고의 빛나는 이름인 나폴레옹의 위엄에 지극히 영예롭게 접근한' 책을 내놓고자 했다.

그는 자신이 제국의 역사에 맞닿아 있다고 생각했다. 아버지, 심지어 쥘리에트 때문이었다. 그녀의 전 후견인이자 연인이었던 데미도프 왕자는 그후 마틸드 보나파르트 공주와 로마에서 결혼식을 올렸다!

그는 그녀에게 그 말을 했다. 그녀는 알아듣지 못하고 그저 비통해했다. 그리고 반항적으로 소리를 질렀다.

"지금껏 나는 앞마당 개처럼 끌려 다녔네요. 내가 어리석었어요. 개집도 하나, 목줄도 하나, 거기에 던져준 개밥이 내 몫이었네요. 당신 개와 함께 데리고 다닌 딴 여자들이 있었죠. 나는 그다지 행복하지 않았네요. 내 목줄은 하도 단단히 묶여 있어서 당신이 그것을 수시로 풀어주기에는 한계가 있었지요."

당장은 그녀의 말이 귀에 들어오지 않았다. 그는 써야 했다.

생트-엘렌느! 교훈! 전락! 모범! 고뇌!
영국은 그의 천재를 혐오하여
대낮에 이 위대한 사람을 집어 삼키기 시작하고
우주는 이 호메로스적인 광경을 재현하는구나
사슬, 아프리카 하늘의 불에 그을린 바위

그리고 타이탄과 독수리!

[…]

당신, 장례식 주인공

왕! 천재! 황제! 순교자!

시간이 닫히고 우리가 지은 이 벽 안으로

들어가라, 다시는 나올 생각을 마라!193

12월 15일 아침 6시 30분 둥둥둥, 거리에 북소리가 울렸다. 그는 11시에 나갔다. 거리는 황량하고 가게들은 모두 닫혀 있었다. 너무 추웠다. 개천은 모두 얼어붙었다. 마냥 걸어갔다. 그리고 쥘리에트의 집에 도착했다.

깊은 생각을 하지 않았다. 그녀가 자기와 함께 있기를 원했다. 거기, 추위로 발을 동동 구르는 관중들이 있는 연단 위에. 눈보라는 앵발리드 광장을 휩쓸고 있었다.

그런 다음 조포弔砲 발사, 황제의 병거 사열이 있었다.

"대포 소리 그리고 지축을 울리는 포효에 도시 전체의 함성이 들리는 듯 하도다."

위고는 모자를 벗었다. 그리고 자기를 에워싼 얼굴이 보이지 않는 사람들에게 소리쳤다. "일동 모자 벗엇!"

그는 '모두가 보기를 원했던 것, 프랑스가 부르짖었던 것, 민중이 고대했던 것, 모든 눈들이 헛되이 찾던 것을 숨기고 있는 그 마차를 응시했다. 나폴레옹의 관.'

쥘리에트는 그의 팔에 기대었다. 그는 쥘리에트가 한없이 고마웠다. 그녀는 말했다.

"세상에서 가장 숭고한 사람의 팔에 기대어, 숭고한 사자死者가 지나는 것을 본다는 것은 얼마나 기쁘고 자랑스러운 일인지요. 고마워요, 내 사랑. 가슴속 깊이 고마워요. 당신 곁에서 우리 황제의 승리에 동참하게 해주시니 한없이 고마워요. 장례마차가 우리 앞을 지날 때 열렬한 당신 두 눈에 어떤 빛이 발했는지 당신 스스로는 아실 수 없죠. 당신의 시선이 바닥과 마차 휘장 사이를 지나 사자의 이마에 존경과 감탄을 표하는 것 같았어요. 이 잔치에는 하느님의 두 걸작이 있다는 것을 말하고 싶어하는 것을 아실 거예요. 하나는 거룩한 사자, 또 하나는 불멸의 생자."

그는 그녀의 말을 잠자코 들었다. 필시 그는 그녀가 자기 곁에 남아 그런 생각을 하고 그런 말을 해주고, 자기와 교감해주기를 원했으리라. 자신의 감정을 받아줄 유일한 사람이었으므로.

그는 샹젤리제를 뒤로 하고는, 앞으로 홀로 나아가며 읊었다.

> 얼음 같은 하늘, 순결한 태양
> 오! 역사에 빛나노니
> 불타는 제국의 슬픈 승리!
> 민중은 영원히 당신을 추억 속에 간직하리니
> 영광을 보듯 아름다운 날이여
> 무덤처럼 차가운 날이여![194]

그는 홀로 루아이얄 광장으로 돌아왔다.

장례 의전은 그를 고양시키고 그의 야망을 견고히 해주었다. 뒤마의 예측대로 프랑스 아카데미의 후보자로, 그해 세상을 떠난 네포뮈센느 르메르시에 의장 자리에 앉게 되었다! 그러나 그때서야 한 걸음을 뗀 것뿐, 더 높은 곳으로 가는 여정, 프랑스 중신, 필시 장관이 될 참이었다.

만일 야망을 안겨주는 쥘리에트의 무한한 사랑과 끝없는 열애가 없었다면, 그가 자기 운명에 대한 확신을 어찌 가졌겠는가?

그녀에게 편지를 썼다. 12월 31일 밤이었다.

그녀는 평소처럼 혼자였다.

"그러하니 올해도 변함없이 행복하셔야 해요, 나의 천사여, 작년처럼 재작년처럼. 강하고, 충직하고, 선하고, 위대하고, 그리고 다정하셔요. 당신의 미덕, 그것은 바로 저의 삶이니까요."

"그 많은 사람 중에 내 그대를 아내로 삼았소. 그리고 그대를 주님의 천사로 만들 셈이오. 아름답고 사랑스러운 그대 입술에 천 번의 입맞춤을. 빅."

1841

굽실굽실하고, 희희덕 거리며 말한다네, 나는 예수회거든!
음모를 꾸미고, 쳐내고, 아첨하고, 기어오르고, 거짓을 늘어놓고…

위고는 기다렸다. 선거가 진행되었다. 1월 7일 오후 한낮이었다. 어제만 해도, 그는 아카데미 회원 17표는 자신했다. 온종일 안절부절 동분서주했다. 그들의 신뢰를 굳게 믿고 싶었다. 그러나 지금, 더는 알 길이 없었다. 필시 또다시 절망, 또다시 패배의 두려움.

그는 시구 몇 줄을 휘갈겨 썼다.

… 그리고 삶을 위해 떠나며 말하네
나는 덕과 청렴, 그리고 정직이니
[…] 나는 앞으로 나아가오, 그리고 보기 시작하오
운명은 결코 탄탄대로가 아니니[…]
당장은 분노하나, 시간이 가면 받아들이리니
성공을 위해서라면, 푸른색에 맴돌지 말라
내려가다, 내려가다, 그리하여 추락하리니
굽실굽실하고, 시시덕대며 말한다네, 나는 예수회거든!
음모를 꾸미고, 쳐내고, 아첨하고, 기어오르고, 거짓을 늘어놓고… 195

현관문 여는 소리가 나고, 왁자지껄하는 소리가 들렸다. 작업실로 뛰어들어온 것은 레오폴딘느였다. 그리고는 단박에 그의 목에 매달렸다. 당선, 열일곱, 아카데미 회원의 표!

그는 시를 쓰던 종이를 집어치웠다. 마침내 숨을 쉬는 것 같았다. 새로운 삶이 열리는 듯 했다. 생생한 공기가 그에게 들어왔다. 의구심, 후회, 그리고 강박을 쓸어가 버렸다.

방문객들이 줄을 이었다. 편지 한 통이 날아왔다. 쥘리에트의 글씨였다. 그녀는 결과를 이미 알았다. 그는 후닥닥 읽었다.

"모두를 위해 잘된 일이에요. 사랑하는 아카데미 회원님, 드디어 당선되셨어요. 자, 이제 당신은 자리 잡은 분이네요. 말씀드리지만, 별걱정 없는 사람이기를 기대해요. 삶의 강이라는 기차에 오르고 나면 내일은 생각할 것 없지요. 그동안 보아온 것보다 당신은 훨씬 젊어요. 모두가 동의하는 말이에요. 결국, 의리 있는 열일곱 표 덕분이에요, 추악한 열 다섯명 반대자들이 있었지만 말이에요. 마침내 당신은 아카데미 회원이에요. 이런 엄청난 경사라니요!"

말하자면 그는 소용돌이에 휘말려, 삶이 그를 끌고 가게 되었다. 모두들 그를 축하해주었다. 샤토브리앙은 "위고 선생, 선생은 그 누구에게도 빚진 것이 없소. 당신 재능은 모든 것을 해냈소. 당신 스스로 머리 위에 왕관을 쓴 것이오."라고 말했다.

그는 좀 도취되었다. 대관식 날 그는 나폴레옹을 생각했다.

그리고 생트-뵈브 같은, 빠른 계산으로 추켜 주기를 좋아하는 이들이 다가왔다.

레오폴딘느, 너무도 아름답고 순결한, 하얀 드레스가 눈부신 그녀는, 처음 간 무도회벌써 이런 곳에 가다니서 생트-뵈브가 파티 내내 자기에게 수없이 예의를 표했다고 말했다! 분명 남은 선거를 생각하는 생트-뵈브! 그는 말했으리라.

"피선거인 위고, 하지만 아직은 승리한 것이 아니오. 위고는 알렉상드르 뒤마, 발자크, 비니, 출마했던 이들 중 자기를 책임지고 밀어줄 사람 세 명을 말했소만, 나도 네 번째 후원자요. 나는 한없이 미천한 자이나 아직은 쓸 만하오. 그 셋보다야."

사람들은 그랬다.

델핀 게이, 젊은 시절의 친구, 지금은 에밀 지라르댕의 아내로 권력자가 된 「라 프레스 La Presse」의 대표가 그를 초대했다.

거기에는 뷔조 장군이 있었다. 알제리 정복에 대한 이야기들을 하고 있었다. 위고는 말했다.

"한밤중, 한 명의 민중을 찾으러 가는 이는 깬 사람이오. 우리는 이 세상의 그리스인들이오. …"

정월이었다. 눈이 내리는 추운 밤, 남자는 호객 하는 한 소녀를 보았다. 그는 한 어린 부르주아 사내가 소녀의 등 안으로 눈뭉치를 밀어 넣는 것을 보았다. 소녀는 비명을 지르고, 달라 들어 사내를 후려쳤다. 사내는 가만있지 않았다. 싸움이 벌어졌다. 마을 순경이 들이닥쳐 소녀를 끌어 갔다. 가해자는 모른 척 한 채.

그는 경찰서까지 일행을 따라갔다. '개 취급'을 당하고 투옥된 소녀를 보았다. 그는 바로 들어가, 사건을 증언하고, 자기 이름을 댔다. 소녀는 석방되었다. 하지만 웬, 언론은 그가 매춘부와 함께 있었으며 더러운 몸싸움에 연루된 아카데미 회원이라고 주장하며 사건을 종결해버렸으니, 세상에 이런 억울한 일이!

세상은 수많은 얼굴을 가지고 있다. 우리가 빛 가운데 있다면 밤에 사는 사람들을 결코 잊어서는 안 된다.

그러나 치러야 할 대가, 그것은 비방, 적대적인 기사, 가열찬 시기이다.

그는 발자크가 기고한 일간지 『르 샤리바리』*에 비방하는 기사가 난 것을 알았다. 그는 말했다. "만일 선생이 좀 막아주면 저에게 큰 힘이 될 것이오." 헛된 말이었다. 발자크는 답했다.

"제가 할 수 있는 일은 없소. 아무것도 … 만일 건드리면 열 배로 되받을 거요."

능력의 한계를 느꼈다. 단 하루, 한 시간, 한 순간도 없었다. 공격 받지 않는 날이. 심지어 쥘리에트 한테 마저. 시시때때로 화를 내고 질투를 했다. "안녕, 서른 아홉 몹쓸 남자, 안녕 노인장, 안녕 아카데미 회원님… 내가 지붕에 올라가 소리라도 지를까요? 나잇살이나 먹었으면 이런 소란 그만 피우라는 걸 좀 가르쳐 줘야 해요."

그렇다. 다시 일어난다. 나를 고양한다. 쓴다. 대망을 갖는다. 시시콜콜 대응하지 않는다.

6월 3일 그는 원주 기둥들이 줄지어있는 거대한 반원형의 마자랭 궁 연단에 섰다. 아카데미 회원 입회 연설을 하기 위해서였다. 그에게 피선의 기회를 준 네포뮈센 르메르시에 의장에게 경의를 표했다. 다소 흥분이 되었다.

맨 앞줄에 앉은 쥘리에트를 보았다. 기대한 일이었다. 그리고 그녀와 멀지 않은 곳에 아델과 아이들, 발자크, 그리고 오를레앙 공작 내외를 비롯해 다른 많은 이들이 참석한 것을 보며, 그는 궁宮이 자신의 출마를 지지했다는 것을 확신했다.

그는 지난 몇 주 동안 준비한 연설문을 읽기 시작했다. 마지막 순간까지 연설문을 교정하고 어떤 부분은 완전히 교체했다. 정치 행위를 분명히 하고 싶었다. 자신의 야망은 단지 끝내 당선된 불후의 학회 안의 작가만은 아니었다. 마침내 불멸의 빛나는 군중 속에서, 오직 위대한 임무 수행으로 조국에 이바지할

---

* Le Charivari. 1832년부터 1937년까지 유지된 커리커쳐, 정치 카툰, 리뷰 중심의 일간지.

준비가 된 남자였다. 그는 말했다.

"금세기 초 프랑스는 우리 국민들에게 실로 장관이었습니다. 이를 만든 남자가 있었으니, 그가 프랑스를 위대하게 만들었고, 나아가 그는 유럽을 또한 그렇게 만들었습니다."

청중이 놀라는 광경을 목격했다. 시나브로 그는 황제의 초상화를 그리고 있었다. 그는 말을 이었다.

"만인이 나폴레옹 앞에 무릎을 꿇었습니다. 다만 무릎 꿇은 세계 앞에서 우뚝 선 육 위六位의 시인을 제외하고 말이오. 빛나는 이름들을 여러분 앞에서 불러보고자 합니다. 뒤키스, 델리유, 스탈 부인, 벤자맹 콩스탕, 샤토브리앙, 르메르시에…"

그는 청중이 평정심을 되찾은 것을 알았다. 청중은 네포뮈센느 르메르시에*의 찬사가 시작되리라 생각했다. 그는 억지로 참여한 사람이었지만 "나폴레옹은 국가의 별이 된 후 다시 태양이 되었습니다. 죄짓지 않고도 스스로 눈부실 수 있었던 사람입니다." 이어서 그는 결론을 통해, 만일 루이 16세가 말레셰르브**의 말만 들었어도 분명 혁명을 피했을 수 있었을 거라는 말을 했다. 그는 자신이 떨고 있는 것을 느꼈다. 위고, 지금 그가 루이-필립 1세***의 변호인이 되고 싶어 한다는 것을 모두가 알았다.

그는 이제 가만히 앉아서, 아카데미 회원 살방디의 칼칼한 답변을 들어야 했다. "우리의 선배들은 승리를 위해 선조들의 이미지를 몸에 두르고 있었습니다. 나폴레옹, 시에스, 말셰르브는 선생의 선조가 아닙니다. 선생이 그만 못한 이유가 없습니다. 장 밥티스트 루소, 클레망 마로, 시편 작가 팽다르. 이분들보다 더 뛰어난 혈통이 또 있는지 모르겠습니다."

---

* Népomucène Lemercier(1771~1840). 시인, 극작가.

** Malesherbes(1721~1794). 법률가, 정치인, 루이 16세 변호인.

*** Louis-Philippe(1773~1850). 혁명으로 즉위하고 혁명으로 퇴위됨. 입헌군주제 지향. 프랑스의 마지막 왕.

그가 열어가려는 정치적인 길을 어떻게든 막고 싶어들 했다.

그는 빈정거리며 말하는 루아이에-콜라르를 만났다.

"위고 선생, 이 작은 의회에서 실로 위대한 연설을 하셨소. … 여기는 장관들 단체요. 우리 두 의회 중 한 군데에 지원하면 되오!"

오를레앙 공작이 이미 루이-필립을 이어 정부를 구성하고, 거기 위고를 앉힐 것으로 다들 생각했다.

베랑제*도 놀라고 있다는 것을 알았다. "엉뚱한 일이지요. 빅토르 위고 선생이 정치 입문을 위해, 심지어는 장관직 때문에 아카데미에 들어가다니. 출세병입니다." 게다가 생트-뵈브의 야유하는 소리가 들렸다. "위인들이 늘어놓던 장황한 말 뿐이었소… 콜로세움 안에서 들리던 소음들, 로마인들, 트라키아인들, 아니면 짐승들을 모아놓고 늘어놓는 소리들, 학사원 돔 아래서 또한 세련된 대중 앞에서 하는 듣기 거북한 소리일 뿐이었소."

진실한, 믿을 만한 친구가 있단 말인가?

바크리, 뫼리스 그리고, 당연히, 쥘리에트. 그녀는 말했다.

"오! 당신은 진정 멋지고 고귀하고 숭고한 분. 사랑하는 당신, 당신은 제 두 눈의 광채, 제 영혼의 불꽃, 제 삶의 삶. 불쌍한 당신, 당신이 창백하고 흥분한 채 아카데미에 들어서는 것을 보고 저는 죽을 것 같았어요. … 고마운 당신, 위기에 처한 여자, 당신을 좋아하는 가련한 여자를 품어 주셔서 고마워요. 고약한, 더러운 패거리들만 아니었어도 모든 게 최고였을 거예요. …"

그러나 쥘리에트의 행복이 비평가들의 혹평을 잊게 할 ~~수는~~ 없었다. 루이-필립도 불만을 품고 '뒤무리에 캠프의 지원'이라는 제목의 연설 평가를 잘 받은 것을 감사하지 않았다. 원고에서, 발미 전투와 제마프 전투를 승리로 이끈

---

* Béranger(1780~1857). 시인, 작곡가, 대중음악의 거장.

'뒤무리에 중위와 켈러만 중위'라 불러주는 것으로 만족해야 했다.

그는 또 아델 말에 귀 기울였다. 그녀는 겉으로는 그런 말을 하지 않았으나, 그가 쥘리에트와의 관계를 끊었으면 하는 의도를 말했다.

"지금 당신 집이 어떤 상태인지 아세요? 생각좀 해보세요. 뿌린대로 거둘 겁니다. 알고 있어요. 지금 우리 둘의 얽매인 생활방식, 문제 없죠. 그렇지만 이제 보세요. 그게 당신의 앞길을 막을 거예요. 또 당신이 세운 목표를 소원대로 즉각 이룰 것 같아요? 장담하지만 다 막힐 거예요."

그러면서 '집사' 아델은 이런 말도 했다. "내 머리 속으로 이미 다 내려놓았어요. 당신 재산을 빼앗을 수 있는 권리 모두요." 속으로는 그가 쥘리에트에게 땡전 한 푼도 주지 않기를 원하면서. 말해 무엇 하리!

그는 루아이알 광장의 아파트 이 방 저 방을 왔다 갔다 했다. 오래된 물건들, 몇몇 그림, 비싼 가구 몇 점. 뭐가 더 필요하단 말인가? 아이스크림, 커피, 샌드위치에 대해 로얄 광장에 위치한 스위스 식료품점에서 보내준 광고 제품이 점점 더 쌓였다. 무조건 되돌려 보냈다. 지금으로 충분하지 않은가?

그나마 지금 자립을 지켜주는 자산과 자금은 건드리지 않을 셈이었다. 1840년 가을 포르트-생-마르탱 극장에서 공연 예정인 「뤼 블라스」의 수입도 더는 쓰지 않을 생각이었다. 고정 수입을 올리는 데 투자해야 하니. 우선은 가진 돈 이자수입으로 살아야 했다. 그래야만 '내일'이 있었으므로.

그는 옷을 사거나 이발소에서 시간을 보내고 머리를 정돈하는 데는 절제하고 또 절제 하고자 했다. 단정한 옷차림과 소박한 외모가 차라리 필요했다. 국가의 중신이나 장관을 욕망한다면 다른 사람 눈에 어떻게 보여야 하는지 알아야 했다. 그런데 쥘리에트가 놀려댈 때는 죽을 맛이었다. "여공처럼 졸라매는 여보야. 곱슬머리 좀 봐요. 전시장 마네킹 같아요. 자기는 정말 웃겨요. 천상 아카데미 회원이야!…"

마음 울컥할 때는 늘 고통도 함께 따라왔다. 고통 없이 할 수 있는 것은 아무것도 없었다. "그대가 나보다 그토록 젊고 예쁘다는 것을 생각하면 눈물이 앞을 가렸소. … 이제는 내 인생 삼분의 일은 예전의 자기에게 바칠 것이오. 그대가 애교로 얻은 모든 것, 그걸 나는 사랑으로 잃은 것 같구료. 끝내 슬프오."

어찌 딴 말을 하리. 그녀를 절대 떠나지 않을 것을 다짐하고, '그대 얼굴에, 얼굴만큼나 고결하고 또한 성스러운 그대 두 발에' 언제나 입맞춤할 것을 곱씹어 언약하지 않고.

그는 작년 여행 중의 메모들을 가지고 '라인강'이라는 제목을 붙여 완성한 두 권의 육필원고를 그녀에게 주었다. 그녀는 그의 '필사자'가 된 것을 무척 좋아했다. 그는 이런 작업 말고 자신의 모습, 욕망하는 것, 삶의 흐름, 쥘리에트의 처지, 어느 것 하나도 바꿀 수가 없었다.

그녀는 자신의 말마따나 '감옥 그리고 영원한 유배'의 삶을 지닌 것이 사실이었다. 그녀는 덧붙였다. "당신을 사랑한 것이 죄예요."

"당신 의복을 몽땅 통칠하고 다 찢어발겨놓기 바래요. 나 혼자서 수선하고 깨끗이 빨아 싹 다려놓을 테니. 그 누구한테도 신세 짓지 않고요.

듣고 있나요, 나의 자기. 나는 이 조건에서만 감당할 수 있어요. 이 노예 상태, 이 감옥을."

1842

그대, 고독, 심연의 소음들, 슬프고 온화한,

이 두 거상巨像들을 그대의 그늘에 잠기도록 하라!

위고는 다비드 당제*가 건네준 자신의 대리석 흉상 작품을 바라보았다. 조각가는 그렇게 보았다. 입가는 쓰라린 주름, 무겁고 슬픈 얼굴, 대리석의 공허한 두 눈, 거의 절망적인 표정!

그는 고개를 저었다.

그동안 자신이 이중인격자였다는 생각이 들었다. 머리에 성공의 상징인 월계관을 썼지만, 다비드 당제는 약삭빠르게 산 사람이 아니구나 싶었다.

위고는 인정했다. 표현할 수 없는 무언가가 자신을 갉아먹는다는 사실을. 마흔이라는 나이 탓일까? 젊어서부터 던져버렸거나 혹은 잃어버린 것들을 계산해볼 나이, 자긍심 있는 성숙에 이르는 과정일까?

자신이 인정받은 증거는 확실했다!

라마르틴느가 방금 보낸 편지가 그것이었다. 그 시인은 방금 나온 두 권으로 된 『라인강』을 읽고 나서 단언했다. "이 책으로 선생은 정치가가 된 것이오. 왕은 선생을 중신으로 삼고 우리는 선생을 장관으로 만들 것이오. 하지만 이

---

* David d'Angers(1788~1856). 유명 조각가.

모든 것이 무슨 의미가 있소? 대자연이 위고를 만든 것이지."

무엇을 더 원할까?

옆에 있던 발자크가 작품에 관해 언급했다. 게다가 언론은 온갖 파문과 억측을 쏟아냈다. 그 책의 결론은 배우자를 대변한 오를레앙 공작부인의 말에서 영감을 받은 것임을 시사했다. 위고는 놀랐다. 자기는 그 책이 특별한 내용을 담고 있다고 여기지 않았다. 그는 단언했다. "프랑스아 독일의 동맹, 그것은 곧 유럽의 헌법이다." 1815년부터 영국과 러시아는 그것을 막기 위한 안간힘을 썼다. 그리고 동맹을 추진하기 위해 라인강 좌안을 프랑스에 반환하고, 동시에 프로이센에게는 그 보상으로 북부 대왕국을 제안할 필요가 있다고 했다. '인류의 교육이 유럽의 사명'이기 때문에 유럽은 그 운명을 완수할 수 있으리라는 내용이었다.

그는 칭찬이나 아이러니한 말에는 거의 무관심했다. 그의 기획에는 실로 관대하고 선견지명이 있었다. 어떤 이는 미친 짓이라 했고 어떤 이는 이렇게 선포했다. "프로이센을 강화하는 일, 생각만 해도 밝아오는 프랑스의 미래여!"

왜 그는 자신이 시작한 논쟁, 약속된 정치적 미래에 관해 그다지 민감하지 않았을까? 나이 마흔의 무게 탓이었을까?

그는 불안했다. 병이 떠나지 않았다. 절박했다. 운명의 복수가 두려웠다. 마치 자신의 성공, 아카데미 프랑세즈 회원 선출, 실현되고 있는 듯한 자신의 기획들, 그 모든 것은 잔인한 고통, 개인적인 비극이라는 대가를 치러야 했다.

프랑수아-빅토르, 의사로부터 막내아들 진단 결과를 들었다. 늑막염이었다.

위고는 그의 '천사', '착한 아이'의 수척한 얼굴을 그저 어루만졌다. 열네 살 성인이 어린아이처럼 허약해 보였다. 게다가 몇 주, 몇 달이나 계속된 병은 호전될 기미가 없었다. 죽음이 곁에서 기다리는 듯, 매복을 서고 있는 듯했다.

첫째 아들 레오폴의 죽음이 떠올랐다. 끝내 떠나지 않은, 달라붙어 있던 질병 앞에서의 무능.

쥘리에트의 집으로 갔다. 그녀, 그녀 역시, 병난 채, 몸져누워 있었다. 전혀 못 먹고 있었다. 설상가상으로 그 자신도 열병이 났다. 결국 여러 날 갇혀 지내야만 했다.

그의 사십 년 세월은 죽음으로 각인되는 것인가?

그는 바크리 집안 아들 샤를르가 레오폴딘느와 결혼하고 싶어한다는 것을 알고 계속 머리가 아팠다. 이미 시간은 어린 디딘느를 성숙한 여자로 바꿔어 놓은 것을 어떻게 인정한담? 실은 샤를르 바크리의 누나 르페브르 부인은 두 어린 아들과 남편을 여의었다!

위고는 몽시 장군 사망 며칠 후 술트 장군이 한 말이 생각났다. "그 분은 틀림없이 천국에서 다시 만나 싸우고 있을 거요!" 그리고 친구, 로쉬 성주며 「르 주르날 데 데바」 대표 베르탱, 그리고 스탕달도 죽었다.

그는 위기를 직감했다. 그리고 어린 레오폴딘느가 벌써 곁을 떠난다고 생각하니, 괴로웠다.

그는 샤를르 바크리를 맞이했다. 레오폴딘느 보다 거의 열살 위인 청년이었다. 자초지종을 물었다. 앞으로 살림 꾸릴 돈 마련도 다짐받고 싶었다. 시인은 지참금이 적다고 말했다. 아무튼 샤를르와 레오폴딘느의 앞날은 바크리에 달려 있었다.

격렬한 논의 끝에 결국 그는 결혼 날짜를 이듬해 초로 정하는 데 동의했다. 그 결정으로 이제부터 딸과의 이별은 피할 수 없게 되었다. 가슴이 저렸다.

그 또한 나이 마흔의 일! 아이들과 분가해 살아야 하고, 일상의 낙을 보고, 믿음과 사랑으로 충만할 때이건만, 이런 것들은 바뀌고 사라질 수도 있다는 생각이 들었다.

그런데 박박 바가지 긁는 쥘리에트에게는 뭐라고 말해야 할까? "당신은 하느님의 동정과 관용으로 충만한 착한 마음씨를 지녔건만. 그러면 뭐 해요? 더 이상 지아비로서의 사랑이 없는걸. 아니라고 할 수 있나요. 저를 더 이상 속일 순 없어요."

아델, 그녀도 불평했다. 이렇게 썼다.

"여보, 저는 단 한 번도 행복한 적이 없군요. 아무리 생각해봐도요. 저의 기쁨은 당신에게서만 얻을 수 있어요. 오랫동안 잃어버린 행복을 당신에게 주실 것을 하느님께 기도할게요. … 이 편지를 꼭 간직하세요. 혹시라도 저에 대한 원망이 또 생기거든, 생각하세요. 그이는 그 빚으로 당신에 대한 좋은 마음만 가졌던 사람이었다는 것을요."

그녀는 생트-뵈브를 잊었다! 그녀는 그 남자가 죄책감을 갖기를 원했다. 언젠가 쥐미에 주교의 방명록에 빅토르와 쥘리에트라는 이름이 나란히 적힌 것을 발견하고 자기도 얼마나 고통스러웠던가.

그는 비난이나 집요한 감시에 신물이 났다. 그리고 자신은 애교와 아부를 실험해보는 일은 관심이 없다고 주장했다.

어떡해야 하나? 산다는 것이 다 그렇지만. 그토록 종종 쓰라린 것을.

7월 13일, 그는 그 해 어두운 그림자에 대한 느낌이 선명하게 몰려왔다. 왕좌 후계자인 오를레앙 공작이 사망했다. 흥분하여 날뛰는 말들로 마차에서 낙상한 것이다. 젊고, 화통하고, 다정다감했던 그 남자를 위고는 늘 존경했었다. 게다가 위고를 늘 지지해준 사람이었다.

그는 사고가 난 장소로 갔다. 마이오 문 보터리에서 멀지 않았다. 그는 메모했다.

"왕자는 제3번과 제4번 포도鋪道, 좌측, 갓길로 추락해 두개골이 깨졌다. 만일 열여덟 뼘만 밖으로 나갔어도, 흙바닥에 떨어졌을 것을."

모두가 팔자소관이었다.

위고는 천천히 걸었다. 나무들이며 여관 간판이며, 모든 것이 짓누르는 듯했다.

거기, 왕은 아들의 피로 얼룩진 것을 속히 지우고 새로 포도를 깔도록 지시했다. 이름하여 '반란의' 도로였다. 공작의 말들이 '반란한' 까닭이었다.

신호탄? 인연? 우연 혹은 숙명?

그런 생각을 어찌 하지 않을 수 있겠는가? "왕정 존재 이래 법은 말했다. 왕의 장자만이 통치한다. 그런데 보라. 지난 사십 년간 진실은 말했다. 왕의 장자가 통치해본 일이 없다."

루아이얄 광장으로 돌아온 그는 왕에게 탄원서를 썼다. 1년간 자신이 대표로 임명된 학사원 이름으로 다음날 읽을 예정이었다. 왕정에 대한 깊은 애정 선언을 다음과 같이 하기를 원했다.

"전하의 아드님이 소천했습니다. … 온 나라가 왕자의 죽음을 애도하고 있습니다. 군은 군인의 죽음을 애도합니다. 학사원은 사상가를 잃은 슬픔에 빠져 있습니다. … 전하, 전하의 피는 나라의 피이오니. 왕가와 프랑스의 마음은 하나입니다. 어느 한 편을 치는 것은 다른 한 편을 치는 것이며… 열두 해 이래 신봉信奉의 일체감으로 전하께 충성해온 프랑스, 오늘날 또한 고통의 일체감으로 전하를 받들고 있습니다."

그는 격앙하여 말했다. 그리고 7월 23일, 왕은 그에게 "깊은 감동을 받았소. … 그만한 애도, 또한 재능으로 정의를 보여주어 왕자의 마음에 큰 위안이 되었을 것이오."라고 일렀다.

위고는 편지를 다시 읽었다. 상황이 그를 유리하게 만들었다. 왕은 그를 선택했다.

그것은 일생일대 사건이었다. 그리고 그는 학사원 이름으로 말했기 때문에 오늘 왕이 감사를 표한 것이 분명했다. 그는 작위를 향한 큰 걸음, 중신으로 가는 길이었다. 그는 전혀 계산하지 않았으나 성은聖恩은 바로 그것이었다.

그는 오를레앙 공작의 부인을 예방하기로 결심했다. 애도를 표하기 위해서였다. 그리고 그는 쥘리에트의 동행을 허락했다. 마차에서 대기하는 것이었다. 공작부인은 상복을 입고, 고결한 자태에다 변함없이 다정한 모습이었다. 그는 젊은 부인의 품격에 감동했다.

쥘리에트를 만나자, 무슨 말을 할 수가 없었다. 쥘리에트가 발끈하며 말했기 때문이다.

"나처럼 못 입고 사는 여자가 있을라고요. 꾸미는 거라곤 세수밖에 없죠. 게다가 진짜 불행은요. 이 아름다운 몸매로 당신을 더 정신 못 차리게 할 수도 있을 것을!

그는 반응하지 않았다.

확실히 그녀에 대해 느끼는 감정이 변했다. 벌써 여러 해 되었어도 그녀는 체념하지 않았다. 그로서는 그녀를 안심시키는 일 말고는 할 수 있는 것이 없었다.

그녀는 고개를 숙였다. 그리고 말했다.

"나의 사랑, 오랫동안 억눌려온, 이제는 병적 퇴행, 거의 광기예요. 만사가 괴로워요. 온통 두려워요. 불행한 여자. 결국 당신을 너무 사랑한 것이 죄예요."

절망에 찬 그녀 질투 앞에서 할 수 있는 일이 무엇인가? 그 마당에 글쓰기는 무슨? 작품 완성은 무슨? 혼란스러운 감정이 마음을 이토록 찢는데. 레오폴딘느 결혼식은 곧 다가오고, 애간장을 태우는 정치 욕망, 아델의 슬픔, 아이들의 건강, 써야 할 돈 하며.

다시 일을 시작해야 했다.

그는 스스로를 감금했다.

그는 라인강 계곡을 내려가며, 구불구불한 강줄기 그 위에 자리 잡은 중세 성들을 지켜보며 느낀 것을 희극으로 표현하고 싶었다. 그는 선과 악, 현 황제의 야만 그리고 권력을 무대에 올리기를 원했다.

그는 투옥하고 탄압하는 봉건 영주들에게 당하는 허약하고 굴욕적인 군주의 인물, 욥을 묘사했다. 그리고 모두들 죽은 줄로 아는 그의 형 프레데릭 황제의 인물. 그러나 그는 돌아와, 질서와 법, 그리고 문명을 재건한다. 서로 이어진 3부작 「선조」, 「거지」, 「잃어버린 카바레」, 「성주들」*을 이어갈 계획이었다.

그는 써야 했다. 예전에 미처 끝내지 못한 작품 「쌍둥이」. 이번에는 능력을 발휘하여 끝까지 가보는 거였다.

10월 15일, 마지막 행을 썼다.

황제는 결론을 내렸다.

　　운명이야 어떠하든, 시계 종소리 울리는 시간
　　축복할 수 있는 이 행복하리니!

그러자 욥은 무릎을 꿇고 화답했다.

　　　　　용서할 줄 아는 사람, 위대하여라!

그 다음 시인은 결론을 내렸다.

---

* 『Les Burgraves』. 1843년 코메디-프랑세즈가 초연한 위고의 사극.

오 거상巨像! 세상은 당신에게 너무 작으니

그대, 고독, 심연의 소음들, 슬프고 온화한,

이 두 거상들을 그대의 그늘에 잠기도록 하오!

그리고 온 땅이 당신의 고요하고 어두운 밤에

존경으로, 거의 공포에 질린 표정으로,

위대한 성주와 위대한 황제가 입성하는 것을 바라보오![196]

그는 테아트르-프랑세 무대 위의 배우들을 보며 기쁨이 넘쳐, 그들이 동의한 대본을 낭독했다. 이 작품은 1843년 정월 공연 예정이었다.

다가오는 해는 레오폴딘느의 결혼식이 있는 해이니 더 좋을 것이리라. … 그렇게 믿고 싶었다. 하지만, 불안이 엄습했다.

잠을 이루지 못하고 뒤척이던 밤.

소스라치게 놀라 잠에서 깨었다. 식은땀이 흘렀다. 그리고 악몽의 기억이 조금씩 되살아났다.

그는 보았다. 어느 낯선 집 호화로운 거실, 생면부지의 한 무리 남자들에 둘러싸인 오를레앙 공작. 그 가운데 라파예트*도 있었다. 공작은 그에게 다가왔다. 잠시 후 위고는 자기 코에서 피가 흐르는 것을 알았다.

"새까맣게 그리고 뭉텅뭉텅 흐르는 피는 내 입으로, 내 두 뺨으로 퍼져나갔다.

11월 13일 밤의 꿈이었다. … 왕자의 운구를 실은 영구차가 나가던 바로 그날 밤이었다."

---

* La Fayette(1757~1834). 사상가이자 군인. 미 독립전쟁의 공로자. 대혁명 당시 국민위병 사령관.

1843

너를 사랑하는 자를 사랑해라, 그리고 그에게서 행복하여라

잘 가라! 그의 보석이 되어라, 오 우리의 보석이었던 아이야!

위고는 딸을 바라보았다. 레오폴딘느는 콧노래를 부르고, 이 방 저 방을 노닐고, 문득 다가와 그를 껴안기도 했다. 실컷 웃었다. 그리고 몇 주 후, 2월 15일, 딸은 집을 떠났다. 그의 나이 곧 마흔 한 살. 한숨을 쉬었다.

나쁜 꿈, 그의 밤을 사로잡은 악몽을 결국 피하지 못했다. '딸을 결혼시키는 서운한 행복' 때문에 괴로운 것일까? 울고 싶었다.

루아이얄 광장의 집, 아이들과 아델 앞에서는 꾹 참았지만, 쥘리에트의 집에 도착해서는 자제하기 힘들었다. 감정을 숨기고 싶었으나 쥘리에트는 금세 알았다.

그녀는 집요하게 물었다.

"무슨 일이에요, 내 가련한 천사 씨? 당신은 제게 아무것도 숨길 수가 없어요. 그렇죠, 내 사랑? 어제 제가 올핸 뭐든지 자신 있다고 말했지요. 작년보다는 훨씬 좋아질 것 같았어요. 그런데 당신은 제 믿음, 제 소망을 말하는데 아무런 반응이 없었잖아요. 당신 제가 모르는 무슨 불안 혹은 무슨 걱정거리가 있군요. …"

자기 자신은 알았을까?

딸 결혼식이 있었다. 바로 그때부터 문학계, 심지어 극장에 기대할 수 있는 것이 아무것도 없다는 생각이 들었다. 「성주들」의 초연이야말로 새로운 『에르나니』 전투가 되기를 기대했다. 성공적인 공연을 위해, 연극을 지키기 위해 청년들을 찾아다녔다. 그는 오귀스트 바크리와 폴 뫼리스에게도 책임을 주었다. 그러나 미술 쪽이나 인테리어 쪽에서는 아무 도움 못 받고 빈손으로 돌아왔다. 그런 소리나 듣고 다녔다.

"이봐 젊은이들, 그대들 주인장에게 가서 전하게. 남아 있는 젊음이 있기는 있는 것인가!"

낭만주의자들은 다 어디로 갔는가. 다 늙은 것인가. 손을 털었던가.

그랬다. 이제 쥘리에트에게는 어떻게 설명하랴? 그는 더 사랑해야 했다. 열정을 다시 살려야 했다. 게다가 잃어버린 사랑의 희열의 부재는 그를 '통렬한 잿빛' 속에 잠기게 했다. 레오폴딘느가 곁에서 멀어지는 슬픔 말고도.

그는 쥘리에트에게 대꾸하고 싶지 않아 고개를 돌렸다. 그녀는 언제나 복병이었다. 늘 눈치 백 단이었다. 그녀는 말했다.

"저는 금세 알아요. 당신을 남자 혹은 시인이라는 자존심 하나 보고 접근하고 따라다니는 여자들 얼굴을 어떻게든 꼼꼼히 보고 속속들이 알려는 호기심과 욕망이 당신에게 있다는 걸 말이에요. 말리고 싶지 않아요. 단 한번 바람만 피워 보셔요. 죽어 버릴 거예요. 하고 싶은 말은 그거예요. …"

얼마 후 그는 그녀의 딸에 관해 말했다. 쥘리에트는 애써 안심 시켰다.

"여보, 디딘느* 걱정은 눈곱만큼도 할 것 없어요. 그 아이는 제일 행복한 여자가 될 테니, 두고 보셔요. 내 예감은 늘 족집게예요. 특히 당신에 관한 한, 그리고 당신이 좋아하는 이들에 관한 일이라면…"

쥘리에트는 레오폴딘느 예식을 앞두고 들떠있는 듯싶었다. 생-폴-생-루이

---

* 레오폴딘느의 애칭.

교회 교리 문답실에서 진행된 의식에는 가지 않고, 결혼 전야는 주민예식장에서 보내며, 아주 가까운 사람들만 초대하고, 루아이얄 광장 집에서 가족 저녁 만찬으로 딱 끝낼 참이었다.

쥘리에트는 눈을 내리깔고, 이미 희고 헝클어진 머리칼을 한 채, 레오폴딘느의 기념품을 사고 싶다고 중얼거렸다. '이제 곧 부인이 될 아이에게는 하찮은 것이지만 나로서는 작은 유품이 될 아이 장신구이지.'

위고는 머뭇거렸다. 그는 집에서 쥘리에트의 이름을 언급한 적이 없었다. 하지만 누가 그 존재를 무시할 수 있으랴? 그는 레오폴딘느에게 몇 마디 조용히 건네자 그녀는 즉시 미사책을 건넸다.

그는 혼란스러웠다. 비통하여 숨이 찼다. 격정이 차올랐다. 사랑으로써 모든 가족들, 딸을 사랑하는 모든 이들을 불러 모으고 싶었다.

하지만, 장차 신부의 기쁨에 상관없이, 그는 슬픔을 떨치지 못했다. 죽음에 대한 생각. 그는 썼다.

> 작별 인사 없이는 아무것도 보내지 마오
> 무덤이 당신을 위로할 수 있기를, 오! 무덤에 이른 이들
> 떨어지는 장미꽃에게 한숨을!
> 꺼져가는 별을 보오!
> [...]
> 주여, 인간의 아우성을 긍휼히 여기소서.
> 당신을 향해 우리의 팔을 온전히 들어 올리오니
> 살아있는 것을 어루만지소서
> 죽어가는 것을 위로 하소서.[197]

그는 시청에서든 예배당에서든 웃고 싶었다. 그러나 이미 그것은 어려웠다.

마음이 찢어지는 듯했다. 내 아이, 천사, 딸 레오폴딘느에 대한 보살핌은 끝이라는 생각이 들었다. 소 제단을 바라보았다. 그리고 머리를 숙였다. 보좌신부는 혼인축복을 했다.

기도는 하지 않았지만, 입술은 기도문으로 가득했다.

> 너를 사랑하는 자를 사랑해라, 그리고 그에게서 행복하여라
> 잘 가라! 그의 보석이 되어라, 오 우리의 보석이었던 아이야!
> 가라, 축복받은 내 아이, 이 가족에서 저 가족으로 가거라
> 행복은 가져가거라, 우리에게는 우울을 남겨두고!
>
> 이곳에서는 너를 붙잡고, 저곳에서는 너를 원하는구나
> 딸, 아내, 천사, 아이, 겹겹의 임무를 모두 수행하여라
> 우리에게는 회한을 주고, 그분들에게는 소망을 주거라
> 울음으로 나가거라! 웃음으로 들어오너라![198]

그는 저녁 식사를 하며 즐거운 마음을 지키려고 애썼다. 이튿날, 쥘리에트가 '그들' 결혼기념 사진첩을 건넸다. 그는 썼다. "어제, 딸을 결혼시켰다. 내 사랑하는 아이. 이제 내 곁을 떠났다. 끌어안아야 할 슬픔이 뼛속까지 사무친다. 누가 이 마음 알리? 나그네의 손이 장미꽃을 꺾는 순간 장미는 무엇을 할 수 있을까? 나는 그 자리에서 울었고 너는 네 가슴에 내 얼굴을 묻었지. 고통이 목을 조이는구나. 나의 천사야, 너는 얼마나 살가운 아이인지, 또 난 널 얼마나 사랑했던지. 마치 십년 전 우리 첫사랑 포옹처럼."

딸과 함께 있는 시간, 딸의 두 팔에 안겨, 마치 엄마가 흔들어주는 요람 속 아이처럼 마음을 달래고 있었다. 그러나 생-아나스타즈 로의 작은 집을 떠나며 그는 다시 불안하고, 가슴이 저려오고, 절망이 엄습했다.

「성주들」의 초연은 실패했다. 하루 저녁 수입은 평균 1,500프랑 정도였다. 야유가 난무했다. 팔레-루아이얄 극장에서는 「레 쥐르-그라브Les Hures-graves」라는, 조롱투의 제목이 붙은 작품이 무대에 올랐다. 그리고 오데옹에서는 무거운 고전주의 연극인 프랑수아 퐁사르라는 이의 작품 「뤼크레스 보르지아」에 대중과 언론이 박수갈채를 보내고 있었다. 위고는 더는 지켜 볼 수 없다는 생각, 낭만주의 극장의 시대가 끝났다는 생각이 들었다.

다들 그를 이해할 수 없었다. 그는 「성주들」를 출간하며 서문을 통해 해명하고자 했다. 그는 썼다.

"「성주들」은 절대적으로… 순수 판타지 작품, 기분파들의 열정의 산물입니다. 아이스킬로스*가 그리스를 예찬하며 유럽을 설명하듯이, '위대한 민족성'을 통해 우리는 '세계를 조국으로, 인류를 민족으로' 삼기를 기대했습니다."

그러나 누가 이런 말에 귀 기울일 수 있단 말인가? 하인리히 하이네** 까지도 지탄을 보냈다. "「성주들」은 삼중의 권태, 나무 인형, 음산한 인형극 놀이라고 했다. 위고의 열정만큼 나에게 역겨운 것은 없다. 끓어오르는 동작으로 설치지만, 겉만 화려하게 타오르고 속은 불쌍할 정도로 빈약하고 차갑다."

당시 위고에 대한 평은 그러했다!

분명히, 발자크나 비니의 지지를 받은 것은 그나마 다행이었다. "친애하는 빅토르, 모함은 지나가도록 내버려 두시오. 「성주들」은 추락할 수 없소. 불멸의 작품이오."

언론은 조롱했다. 그의 작품 실패를 혜성의 통과에 비유했다. 『르 샤리바리』는 냉소를 그렇게 표현했다.

"파란 금고를 곁눈질하는 위고여

---

* Eschyle. 그리스인으로 비극의 창시자임.
** Henri Heine(1797~1856). 유대계 독일의 시인, 작가, 기자, 문학 평론가.

주께 나지막이 물어보라

왜 혜성은 꼬리를 가지고 있는지

그리고 「성주들」은 꼬리가 없는지를."

그는 웃어야 했다. 비아냥에 무심했다. 그럴 수 있었다. 흥행 수입만이 그의
보호막이었으므로. 그러나 「성주들」의 실패, 퐁사르의 「뤼크레스 보르지아」
의 성공이 관건이었다. 발자크가 분개하여 '파리지앵들에게 자행된 기만'에 대
해 역설하고, 또 데오필 고티에가 "재능 있는 자가 천재를 폄하하기는 쉬운 일
이다."라고 공언해주긴 했지만. 씁쓸했다. 불안했다. 이로써 시인, 극작가, 작
가로서의 삶이 끝장나는 것은 아닌가. …

오직 홀로였다.

레오폴딘느는 남편과 함께 아브르에 정착했다. 센느강 변의 빌키에의 가족
농지에도 종종 들렀다.

딸이 너무도 그리웠다. … 젊음, 은총, 애정이 얼마나 자신에게 든든했던지.
딸에게 꼭 말해주어야 했다.

"지난 한 달 온통 난리였단다. 되살아난 증오에 휩싸였었지. 리허설에, 소송
사건에, 이것 저것 골칫거리들에, 변호사들에게, 배우들에게 짓눌렸다. 지치
고, 붙잡혀 있고, 눈병에다가, 사방 정신을 못 차렸지. 어여쁜 내 아이야, 이 말
은 할 수 있다. 너를 생각하지 않고는, 마음 속 소소한 선한 내 마음을 포대로
가득 보내지 않고는 잠시도 견딜 수가 없었단다. 아빠는 네가 행복하리라 믿는
다. ㄱ래야만 내 자신 멀리서라ᄃ 기쁘ᄀ, 슬픔ᄃ 덜어질 터이니…

마음이 무겁지만 또한 충만하단다. 얘들아, 우애 있게 지내야 한다. 진지하
고, 진실하고, 선하며, 현실적으로 … 「성주들」을 받으면 96쪽과 97쪽을 읽어
보아라… 리허설에서는 못들은 구절이지. 아버지와 딸과의 이별을 떠올리게

하는구나. 구석에 처박혀 울었다. 얼간이처럼 그리고 한 아버지로서… 사랑한다, 가라, 불쌍하고 어린 나의 디딘느 ….”

아델과 아이들은 봄과 여름을 보내기 위해 아브르로 갔다. 그는 상반되는 감정이 북받쳐 올랐다. 고독이 그를 압박했다. 동시에 그는 순종하고 은둔하고 있는 쥘리에트의 '바가지 긁는 소리를 듣지 않는' 자유를 즐겼다. 그녀는 남편이 약속한 여름 피서 여행을 꿈꾸는 것으로 족했다. 이런 그녀를 어찌 회피할 수 있겠는가?

그는 자녀들에게 써 보냈다. “모두들 그립구나. 내 아이들아. 나는 여기서 고통 가득한 불쌍한 영혼이 되어 지내고 있단다. 귀여운 디딘느는 잘 지낸다. 너희들 어머니는 흡족해 하니, 너희들도 잘 지내야 된다. 너희 생각하며 나 스스로 위로는 한다만 되레 고통만 가득하구나.”

그는 고민 끝에 편지를 부치고는 기쁘게 루아이얄 광장을 가로질러 갔다. 쥘리에트에게는 들르지 않았다. 그녀는 우울한 마음 상태가 여전했기 때문이었다. 그녀는 늘 곱씹어 말했다. “이제 당신은 더 이상 나를 사랑하지 않아요. 사랑을 해도 예전 같지 않아요. 늘 같은 말이죠.”

반박할 용기가 나지 않았다. 차라리 그녀가 이렇게 말해주기를. “당신 하고 싶은대로 당신 삶을 정리하세요. 그건 너무 당연하죠. 약속할게요. 이 모든 정리를 군소리 없이 받아들일게요. 무슨 정리가 됐든 간에요. 기다리는 동안, 여보, 나는 조신하게 조용히 있을게요. 당신은 당신 자신이나 돌보세요. 몰골이 말이 아니에요.”

그는 두 어깨를 들썩였다. 침묵할 그녀는 아니었다. 분명, 뭔가 잘못되고 있었다. 힘들 겨를도 없는 아침이었다.

그는 오히려 다 잃었다고 생각한 열정, 에너지, 의지를 다시 찾았다. 몇 주

전 소개받은 한 젊은 여자를 만났다. 레오니 도네*, 파리는 온통 그 여성 이야기들이었다. 그녀는 화가인 남편 비아르와 함께 스피쯔베르에서 어떤 모험을 하고 있는 중이었다. 그는 그녀를 사모아의 집에서 본 적이 있었다. 그 집 주인 아블렝 부인은 척식회사와 집정정부 시절 대를 이어 통치했던 조세핀 드 보아르네, 바라, 보나파르트 측근 중 하나였던 크레올 인이었다.

스물둘이나 셋 되었을까 말까 할 그 금발의 여자를 얼핏 보고는 금세 반했다. 레오니 도네는 훤칠한 키에 수정같이 맑고 생생한 눈을 가지고 있었다. 바야흐로 계절은 오월. 그녀에게 다가갔을 때 땅이 일렁이는 듯 했다. 쥘리에트 이후 이런 느낌 처음이었다. 레오니와 함께 더욱 강렬한 느낌이 온 것은 필시 이제는 나이가 들었고 그녀는 한참 때인 까닭이었으리. 게다가 암팡지고, 어떤 것에도 누구에게도 구애받지 않는 여자였으니. 그녀에게, 그는 남편도 아들도 아니었다. 형제도 상전도 아니었다. 오직 '무르익은' 영광의 남자였다. 그리고 그녀를 생각하면 욕망과 작열灼熱이 일고 가슴에 부활이 임했으니.

종종 그녀는 여전히 포기하지 않았다. 쥘리에트, 관리해야 했다. 만사를 숨겨야 했다. 두려움. 그의 외도를 알기라도 하는 날이면 그녀가 돌이킬 수 없는 일을 저지를 수도 있다는 생각이 들었다. 그리고 그는 이미 날렵한, 속이는, 그리고 거리낌 없는 여자들 몇몇과는 벌써 관계를 가졌다. 하지만 왜 죄인 취급한단 말인가? '불순한, 반 미친, 온갖 아양을 떨며 사는, 무시당하는, 이름도 없는', 딴 인간들과 똑같은 이 '여자들'을.

그는 그 이상을 원했다. 열정이 필요했다. 확신이 왔다. 레오니 도네, 자신의 삶을 불사를 위대한 불을 찾고 있는 여자, 자기 못지않은 여자.

그녀를 생각했다. 7월 9일, 가족들과 함께 아브르에 머무는 시간. 샤를르, 아델, 아이들과 함께 레오폴딘느도 있었다. '오롯이 행복한 날'이었다! 다들 휴가

---

* Léonie d' Aunet(1820~1879). 여류 소설가, 극작가, 탐험가.

를 연장하자고 난리를 피웠으나 그는 지고 싶지 않았다. 일을 해야 했다, 일도 해야 하고 남불로 가 코트레에서 자신을 좀 추스르고, 유적도 돌아보고, 또 풍성한 창작을 위해서는 주위 풍광도 감상해야 한다고 했다.

솔직히 그는 며칠간 파리에 머물기를 원했다. 홀로, 레오니를 볼 목적이었다. 일전에 단단히 약속한 쥘리에트와의 여행을 떠나기 전에.

7월 10일, 아침 6시부터 회한 그리고 환희를 안고 떠났다. 전혀 다른 삶을 살기 위하여. 그에게는 탐험이 필요했다. 다만 감정은 숨긴 채, 곱씹어 말해야 했다. "나는 슬프다." 그랬다. 아델에게 편지를 쓰는 시간만은 늘 진지했다. "아브르에게 보낸 하루 동안 행복했소! 너무도 완벽하고 너무도 벅찬 행복이었소. 아름다움, 활기, 기쁨, 건강으로 충만한 당신을 보았소. 사랑받는 느낌이었소, 햇살 가득한 곳에서. 아델, 당신은 정말 당신이었소. 나에게 완벽하게 예쁘고 착하고, 살갑고 매력적인 여인. 가슴 속 깊이 감사하오."

다시 쓰기 시작했다. 같은 날, 7월 18일, 레오폴딘느를 위해서였다.

"아브르에서 보낸 날은 내 생각 속에 들어온 한 줄기 빛이었다. 평생 못 잊을 경험이었다. 너희 모두를 감당하느라 얼마나 힘들었던지! 모두 다 필요한 일이었지. 벅찬 마음으로 떠난 여행이었지. 아침이면 못 근처를 지나며 새근새근 잠든 가엾은 내 딸, 잠든 디딘느를 창문 너머로 바라보았지. 널 축복하고 널 위해 하느님 이름을 불렀지, 마음 속 깊은 곳으로부터. 앞으로 두 달 후면 널 다시 포옹할 수 있을 거야. 기다리는 동안 편지 좀 하거라. 네 엄마가 일러줄 거야. 내가 어디 있는지…."

그는 파리에서 보르도, 이어서 바이욘느에서 스페인에 이르는 여행 중 톨로사, 생-세바스티엥, 팡플륀느를 들렀다. 그러면서 아델에게 편지를 썼다.

"어릴 적에 본 스페인의 모든 풍광이 다 있구료. …"

초록색 덧문, 회랑, 광장의 포도, 추억을 더듬는 데 이것으로 족했다.

'신비스러운 과거여! 우리는 우리 주변 사물들 안에 우리 자신을 가둔다는 말은 딱 맞는 말이다.'

유년의 공간으로 되돌아오면 왜 언제나 우울한가? 쥘리에트라는 존재만으로도 행복한데, 레오니 도네에 대한 기억은 왜 몽롱해지지 않는가?

피레네를 지나 코트레에서 멈추었다. 온천욕을 위해서였다. 그는 자신의 삶, 스스로 불러온 증오들을 생각했다.

> 알 것이오, 내 운명을 보는 몽상의 친구여
> 질투, 쓰라림, 야비함, 악다구니 같은 무리들
> 내 발꿈치를 쳐 나를 모욕하고 물어뜯는,
> 마치 내가 거인이라도 되는 듯, 그토록 강한 자라도 되는 듯![199]

한밤중이었다. 그는 악몽에 시달리다가 깨어 벌떡 일어났다. 그는 썼다. 그리고 쓴 것을 읽으며 스스로 놀랐다. 시구마다 절망과 불안이 스미어 있었다.

> 을씨년스러운 새가 우는 조롱 소리를 들었네
> 창백한 꽃이 풀밭에서 몸을 떠는 모습
> 그리고 우울한 먹구름 속에서 눈물 흘리는 나무를 보았네
> 그리고 지평선에서 몸을 떠는 파리한 새벽
>
> 저녁이면 보았네, 떠도는 검은 풍광
> […]
> 소름 돋는 달을 지나는 소나무들을 보았네
> 그 시간, 나는 벙어리가 되어, 겁에 질렸네

영원 전 창조, 이처럼 두렵고 어마어마했으리

놀라운 장관이여.200

슬픔, 절망, 두려움, 점점 그는 북방으로 올라가는 느낌이 들었다. 페리귀에,
자르낙, 코냑, 생트, 올레롱… 느낌은 그의 곁을 떠날 줄을 몰랐다.

9월 8일, 올레롱 섬, 쥘리에트 곁에 앉아 지평선을 바라보았다. 그리고 수첩
에 이렇게 적었다. "돛단배 한 척 새 한 마리 보이지 않았다. 하늘은 낮게 드리
우고, 푸르스름한 안개 속, 하현으로 이우는 거대한 둥근 달이 붉고 빛바랜 모
습을 드러냈다. 내 영혼 안에 죽음이 드리웠다. 오늘 저녁은 온통 장송곡이 울
리고 온누리 처연하기만 했다. 섬은 바다에 누운 마치 거대한 관, 달은 그 곁의
금 촛대 같았다. …"

그들은 9일, 카페리호를 타고 로쉬포로 돌아갔다. 얼굴하며 손등에는 '괴물
모기들, 회색 쇠파리떼'가 떼로 날아 승객들의 피를 빨아댔다.

로쉬포에서, 예매하려는 로셀 행 역마차는 여섯 시 출발 예정, 네 시간을 대
기해야 했다. 쥘리에트는 카페에 들어가자고 졸랐다. 신문을 보려는 것이었다.

그녀를 따라 홀 안쪽으로 갔다. 지배인이 맥주 한 병을 내왔다. 옆 테이블에
는 잡지들이 놓여 있었다. 그는 잡지 「르 시에클Le Siècle」를 읽기 시작했다.

잠시 후 느닷없이 눈동자가 풀리기 시작했다. 얼굴의 피가 다 쏟아져, 목구
멍을 거쳐 심장으로 역류하는 느낌이었다.

기사를 끝까지 보기위해 안간힘을 썼다. 「르 주르날 뒤 아브르」, 그리고 「세
기」에 실린 기사였다.

"충격적인 사건이 발생해 전 국민이 슬퍼하고 애도의 물결이 일고 있다. 오
늘 아침 사랑하는 문인 가족에 닥친 어두운 소식입니다. 희생자 중에는 우리
시민이 포함되어 있다.

바로 어제 정오 경, 센 강변 지역 빌키에 거주하는 아브르의 전 선장이며 상인으로 코드베크에서 사업을 하는 피에르 바크리 씨가 수상 여행을 시도했다. 강에서의 운항과 소형보트 운전에 익숙한 그는 당일, 돛단 카누에 열 살짜리 아들, 조카 샤를르 바크리 씨와 젊은 아내, 빅토르 위고의 딸을 태운 것으로 알려졌다. …

카누가 강 건너편 도-단느라는 모래톱 측방으로 전복되었다는 소식이 해변에 전해지기까지는 이미 30분이 지났다. 관계자들은 사건 현장에 즉시 출동했다. …

피에르 바크리 씨는 카누 가장자리에서 목이 꺾이고 몸이 굽은 시신으로 발견되었다. 그 외 다른 세 명도 실종 상태이다. …

불행한 사고 발생 주변을 수색한 결과, 그물을 이용해 안타깝게 사망한 젊은 여성의 시신을 수습했다. 시신은 해변으로 옮겨 침상에 안치했다. …

빅토르 위고 씨 부인은 오늘 아침 다른 두 아이와 함께 살고 있는 아브르에서 소식을 접했다. 어머니로서의 지극한 애정을 지닌 그녀는 현재 충격에 휩싸인 상태이며 즉각 파리를 향해 출발했다. 빅토르 위고 씨는 현재 여행 중이었으며, 여행지는 로셸인 것으로 알려졌다."

그는 쥘리에트에게 고개를 돌려 숨넘어가는 소리로 말했다. "이런 끔찍한 일이!201" 그녀는 질겁한 표정으로 그를 보았다. "순간 나는 그가 벼락을 맞은 줄 알았다. 거친 입술은 새하얗게 보였고, 그 맑은 눈은 동공이 풀린 채 허공을 바라보고 있었다. …" 그녀는 신문을 들고 읽어 내려갔다.

그는 그녀가 울지 않기를 바랐다. '저주받은' 카페를 벗어나야만 했다. 그녀를 데리고 나갔다.

거리에는 여전히 사람들이 걸어가고 있었다. 마차에 올랐다. 마차는 숨 막히도록 악취 가득한, 흙탕물 튀는 길을 따라 굴러갔다.

레오폴딘느는 죽었다. 9월 4일이었다. 지난 몇 주 그를 사로잡았던 잿빛 우울은 이미 막장을 예고한 것이었다. 와중에, 9월 7일, 그는 눈이 먼 채 아델에게 편지를 썼다. "나는 곧 당신과 함께 할 것이오. 열 사나흘은 걸릴 거요. 이제는 당신과 온전히 하나가 될 거요."

지금, 9월 10일, 그는 토로했다.

"우연히 신문을 보았나이다. 오 하느님, 당신은 무얼 하셨나요? 심장이 터질 것만 같사오니… 불쌍한 내 아내. 울지 마오. 마음 접읍시다. 아이는 분명 천사였소. 하느님께 돌려드립시다. 오오, 아이는 너무도 행복했소. 오, 이 무서운 재앙이 적어도 우리 마음을 다지고 결속하기를."

속을 모조리 쏟아내야 했다. 그렇다고 쥘리에트에게 그럴 순 없었다. 그러고 싶었으나 그녀 역시 충격에 빠져 있었다.

루이 불랑제에게 편지를 썼다. 생전에 레오폴딘느의 예쁜 얼굴을 여러 장 그려준 사람이었다.

"하느님은 우리 삶의, 우리 가정의 영혼을 거두어 가셨소. … 딸아이에게 심하게 집착한 망상으로 행복감이 과도하여 솔직히 두려웠었소. … 아, 가슴이 찢어지오."

루이즈 베르탱에게 말했다. "어느 카페에 들어갔소. 맥주 한 잔과 신문 「르 시에클」을 시켰지요. 신문을 펴는 순간 느꼈소. 내 삶과 내 심장 절반이 사라지는 것을. 이 가엾은 아이를 얼마나 사랑했는지 말로 표현하는 것은 불가능하오. … 오 하느님, 대체 당신은 무얼 하고 계셨습니까? 너무도 행복했던 아이가. 미모, 에스프리와 젊음, 게다가 사랑까지 모든 걸 다 갖춘 아이가 …."

여행을 계속할 수는 없었다. 동료들은 마치 아무 일 없었다는 듯 수다를 떨었다. 마차는 묘지를 향해 갔다. 마차의 창이 산산조각 부서진 것처럼 보였다. 마치 폭발해버린 삶처럼.

파리, 9월 12일이었다.

그녀는 벌써 빌르키에 남편과 함께 묻혔다. 위고는 아델을 꼭 끌어안았다. 아델은 손에서 레오폴딘느의 머리칼을 놓지를 못했다. 그리고 숨이 막히도록 흐느껴 울었다.

그날 장롱 위에서 레오폴딘느가 입던 드레스를 발견했다.

날마다 보내오는 줄리에트의 편지들을 하나씩 톺아보았다.

"불안과 슬픔으로 저는 지금 마치 미친년 같답니다.

오, 난 이제 당신을 언제, 어떻게 볼 수 있을까요? 너무 무서워요. 저는, 고통을 받아도 끄떡없는 몸을 가진 당신처럼은 불가능해요."

그는 결국 답을 했다. 최근 일들을 이야기해달라고 말하며 그녀를 안심시키려 애썼다.

그리고 그는 작업실에 처박혀 라마르틴느에게 썼다. 그 역시도 외동딸의 죽음을 겪은 사람이었다. "나도 선생처럼 내 미래의 천사를 잃었소." 오귀스트 바크리에게도 말했다.

"나는 고통으로 폐인이 됐다네." 시인 에뒤아르 티에르에게도 말했다. "난 말이오. 또 다른 생을 기다리오. 그 생을 어찌 믿지 않을 수 있겠소? 내 딸은 혼령이 되었소. 난 아이의 혼령을 보았소. 아이의 손을 만졌소. 18년이나 내 곁에 있던 아이요. 나에겐 여전히 딸아이의 광채로 가득한 시선이 있소. 아이는 이 세상에서도 훌륭한 삶 속에서 뛰어난 사람을 살았다오…"

그는 생트-뵈브의 침묵을 주목했다.

또한 다시 도진 쥘리에트의 절망에도 부딪쳐야 했다. 그녀는 위고의 건강을 심히 걱정하고 있었다. "아시지요? 허약한 당신 머리로 혈액이 무섭게 쏠렸대요. 자기… 불쌍한 아버지, 당장 고통과 절망에서 빠져나와야 해요."

딸의 상을 당한 고통을 어찌 피할 수 있을까? 온통 레오폴딘느의 생각, 얼굴, 옷, 그리고 아델의 구슬픈 울음, 숨넘어가는 비명… 숱한 회한에 찢어지는 가슴을 어찌하랴. 딸의 죽음이 행여 자신의 불륜에 대한 대가는 아니었는지, 쥘리에트, 1시간용의 덧없는 여자, 그리고 이제는 레오니 도네까지.

그것은 그의 삶의 유일한 과오였으니.

애원하오니, 오 하느님! 내 영혼을 돌아보소서…

[…]

한 번 더 혜량하소서, 새벽부터

일하고, 맞서 싸우고, 사유하고, 걷고, 몸부림치고

무지한 이들에게 대자연의 섭리를 설파하고

당신의 광명으로 만사를 밝히려 했사오니

증오와 분노를 꿋꿋이 견디고

이 땅에서 분투하였으니

대가도 바랄 수 없었으니

제가 어찌 알 수 있었겠나이까

당신 역시 내 짜부러진 머리 위에서

그 승리의 팔을 내리누를 것을,

그리고 알량한 제 기쁨을 엿보시던 당신,

그토록 속히 내 아이를 **빼앗아** 가시다니요![202]

하느님을 원망했다. 레오폴딘느를 **빼앗고**, 샤를르 바크리까지. '자신의 생명을 나의 비둘기에게 선물한 청년', 강물에 빠진 그녀를 구하려 끝까지 몸부림을 친 샤를르…

살려내지 못하느니, 차라리 죽음을 택했구나
오 하느님, 돌아보소서… 203

며칠간 그는 루아이얄 광장의 집 안에 틀어박혔다. 흐느끼는 소리만 침묵을 깨뜨릴 뿐. 시나브로, 고통은 가슴 속에 둥지를 트는 것임을 알았다. 사라지는 법이 없이. 그러나 삶을 파먹는 것'만은 아님을, 다만 끌어안고 가는, 그리하여 차라리 어떤 원천이 될 것임을,

그는 계속 살아가야 했다. 그것을 알았다.

레오니 도네에 대한 기억, 그녀를 다시 보고 싶은 욕망, 자신이 겪은 '가슴을 찢는 시절'에 전혀 섞이지 않은 여자를 만나야만 할 필요.

밖으로 나갔다. 아카데미 프랑세즈 모임에 가고, 프랑스어 발전을 위한 토론에도 참가했다.

지난 몇 주 동안의 병마와 싸운 후 원기를 좀 회복한 것 같았다. 상처는 여전히 불타고 자신은 마치 상이군인 같이 느껴졌지만, 그렇다고 그 결핍, 그 기억을 언제까지 끌고 간단 말인가?

12월 말, 그는 결국 레오니를 만났다. 그리고 '뒤집혔다.' 그녀는 너무 예쁘고, 너무 젊고, 너무 명랑했다. 갈색 머리칼에 애무해야 했다. 그녀의 입에, 그녀의 종아리에, 그녀의 두 발을 애무해야 했다.

그녀를 위한 편지를 쓰기를, 그러면서 연말, 새로운 삶의 장을 열기를 원했다. 레오폴딘느는 죽고, 다시 사랑하고, 두 가지 숙명을 끌어안았다.

사랑은 더 이상 낡고 사악한 큐피드가 아니니

눈가리개로 인해 눈이 먼 벌거숭이

땅에 떨어진 증오를 짓밟는

당당한 기병, 군모를 눌러 쓴 자

어둡고 질투하는, 무장한, 운명의 정복자

부인, 그대 위해 싸울 때 그는 강인한 자요

베일을 벗은 사랑이 그대를 볼 때, 그의 이마 위로

뭇별 가운데 활강하는, 날개 달린 어여쁜 영혼

오, 빛나는 에스프리! 빛나는 아름다움!

그는 강한 자, 분노의 두 팔로

당신 앞에 끌려온 욕망, 불순한 사탄을 꺾어 버리는

그는 승리했노라, 그리하여, 유유悠悠한 자부심 가득한 채

하나씩 톺아보노니, 기쁨에 찬 눈으로

그의 발아래 괴물을, 그리고 하늘의 천사들을.[204]

그는 사랑했다. 시나브로 삶은 다시 그를 융융融融히, 고무鼓舞해갔다. 그리고 사랑은 그를 관대하게 만들었다.

12월 31일, 쥘리에트에게 썼다. 이제 두 팔을 벌려 그녀를 안아주고, 절망과 응어리로부터 그녀를 구해야만 했다.

"그대를 사랑한다는 사실만을 기억하오. 뜨거운 사랑으로 그대 발등에 입맞춤하게 해주오. 그날 첫날 그러했듯 끝날에도 난 그러할 거요."

그는 확신했다. 사랑의 언어는 절대 허구가 아님을.

제2권

내가 바로 그가 되리니

천 명뿐이라면, 나도 함께 있겠소

설령 백 명뿐이라 해도, 나는 주저없이 실라*와 맞서겠소

만약 열 명만 남는다면 나는 열 번째가 될 것이오

그리하여 한 사람만 남는다면 내가 바로 그가 되리니.

빅토르 위고, 「월트라 베르바」

---

* 로마의 원로원 의원, 독재자.

제1부
1844-1847

1844

내겐 모든 것이 고통스러운 꿈으로 보였소.

그녀가 내게서 그렇게 떠날 수는 없었던 것처럼…

위고는 생-클로 성의 살롱에서 자신을 향해 걸어오는 루이 필립 왕을 보았다. 그 곳은 왕이 친척과 왕비 그리고 그의 누이 아델라이드 부인과 정기적으로 야회를 열던 곳이었다. 거기에는 정부 수반인 기조도 와 있었다. 그는 검은 장식용 쇠사슬과 단추 구멍에 붉은 리본이 달린 의복에 투박하고 장중한 레지옹도뇌르 훈장을 차고 있었다.

왕은 그의 팔을 잡고 자신이 앉았던 널찍한 대기실로 인도하여, 붉은색 소파 위에 앉도록 권했다. 소파는 벽난로 맞은 편, 두 문 사이에 놓여 있었다

"위고 선생, 그대를 만나 기쁘오. 이 모든 것에 대해 어떻게 생각하시오? 모든 게 심각하오, 매우 심각해 보이오."라고 말을 시작했다.

그는 타이티에서 일어났던 한 사건에 대하여 말했다. 그곳은 프랑스 관리가 영국의 영사를 체포했던 곳이었다.

루이 필립 왕이 계속했다. "내가 알기로는 정치적인 면에서, 벌어지는 일에 대하여 가끔은 심사숙고할 필요가 있어요, 특히 누구인지 만큼은 …. " 그는 왕의 말을 듣고 있었다. 왕은 우호적이고 단순하며, 직설적이고 또한 진지했다

"위고 선생, 사람들은 나를 나쁘다고 여기고 있소. 나는 이미 끝난 사람이고

배신자라고 말하오. 그것이 내게는 상처라오. 나는 정직한 사람이오. 아주 간단히 말하오. 나는 앞으로만 갈 뿐이오. 나를 아는 사람들은 내가 개방적인 사람이라고 알고 있소만 ….”

파티는 길어지고 있었고, 위고는 모든 문장을 기억하려고 애썼다. 집으로 돌아와서, 그는 수첩에 왕의 말과, 티에리, 기조, 카시미르 페리에의 모습금고처럼 땅바닥에 봉인된 은행가의 영혼과 그의 탄식을 기록하려고 했다. “오! 진정한 장관이 얼마나 희귀한가! 그들은 모두 초등학생 같다. 회의하는 시간은 그들을 지루하게 할 뿐이고, 가장 큰 일은 실행하는 과정에 이루어지는 법이다. 그들은 그들의 장관직, 그들의 커미션, 그들의 사무실, 그들의 수다에 정신을 쏟고 있다.”

그런 파티에 참석하는 것과 내밀한 대화들은 그가 곧 프랑스의 의원, 아마 장관이 될 것이라는 생각을 공고히 해 주었다. 그는 그러한 야망으로 잠시나마 레오폴딘느에 대한 기억을 묻어두고, 고통을 참을 수 있는 유일한 수단에 잠시 취해 있었다. 그러나 모든 것이 다시 떠오르자 고독의 순간이 필요했다.

오! 나는 처음에 미친 놈 같았네

아! 그래서 3일 동안 몹시도 울었네

[…]

난 길바닥에 이마를 찧고 싶었네

난 원통했고, 매 순간마다, 무서워하고

그 끔찍한 일에 눈을 떼지 못하고 있었지

난 그것을 믿을 수 없어, ‘아니다.’라고 쓰고 있었지

하느님은 이름도 없는 불행을 내버려 두십니까

그 불행은 마음에 절망만 일으키는데?

내겐 모든 것이 고통스러운 꿈으로 보였네

딸이 내게서 그렇게 떠날 수는 없었던 것처럼

내가 옆방에서 그녀의 웃음소리를 듣고 있었던 것처럼

마침내 죽었다는 것은 있을 수 없었던 것처럼

그리고 나는 그 문으로 들어가는 딸을 볼 것 같았네.

그는 가끔 딸이 다시 나타날 것이라고 믿고 있었다.

자! 키를 돌리는 손놀림 소리!

기다려! 올 거야! 가만 있어봐, 소리가 들려!

분명히 집안 어디엔가 있기 때문인 게야!205

위고는 1843년 9월의 그러한 날들 이후에, 세상을 더 이상 같은 시각으로 볼 수 없었다. 사물의 숨겨진 모습도 있었고, 사후의 삶은 존재했다. 늘 그렇다고 생각은 했었지만, 당시에는 확실했다. 더구나 레오폴딘느는 그에게 그렇듯 신비한 현실을 접하게 해주었다. '불행이라는 것은 명확한 것이야. 내가 고통을 받은 이후로 내 안과 밖에서 얼마나 많은 것을 보았는가?' 라고 그는 말했다.

스스로 상처를 키운다고 느꼈다. 그래서 아델에게 그런 사실을 털어놓았다.

"방금 우리를 내려친 타격으로 내가 약하고 두려워하는 것을 당신은 알고 있구려."

그는 아직도 그러한 징조가 보이면 더욱 조심하게 되었다. 그는 맹신적이었다.

"난 어떤 금요일에도 너희들을 다시 보고 싶지 않아." 그는 아이들에게 말했다.

사람들은 사물의 이면에 대해 무엇을 알고 있을까?

그에게 죽음은 도처에 존재하는 것처럼 보였다.

죽음은 경쟁자였던 옛 친구 사를르 노디에를 데려갔다. 만사가 덧없거늘 어떻게 사람들을 비난할 수 있단 말인가?

생트-뵈브가 그를 찾아왔다. 아카데미 의원 선거에서 그의 표가 필요했던 사람이었다. 그는 생트-뵈브를 주시하면서, 간청하는 듯한 목소리를 듣고 있었다. 그에게 투표하는 것을 왜 거절해야 했을까? 그들 사이엔 한 때 우정이기도 했던 오랜 과거가 있었다. 위고는 레오폴딘느가 죽은 뒤로 고통은 생생하게 살아있어서, 오히려 관대함과 관용과 용서로 스스로를 몰아가는 느낌이 들었다.

그가 중재에 나섰다. 그는 후보인 비니와의 만남을 주선했다. 그는 생트-뵈브가 더 유리한 입장에 있기 때문에 기다려야 한다고 비니를 설득했다.

그의 말은 틀리지 않았다. 생트-뵈브가 3월 14일 21표 차이로 선출되었다. 메리메가 샤를르 노디에의 자리를 차지한 날과 같았다.

누구의 승리인가? 회개하는 낭만주의자들의 승리? 야망가들의 승리? 약삭빠른 자들의 승리인가?

그는 댓글을 읽었지만, 자신이 더 이상 파벌이나 측근, 심지어 정당과 연관된다고는 느끼지 않았다. 그는 단지 자신의 양심에만 충실하고 싶었다. 그래서 필요하다면 과거에는 자신이 틀렸다고 고백할 준비까지 하고 있었다. 그 당시 그는 겨우 15살의 시인일 뿐이었으니까. 그는 왕정주의자에 의해 암살된 브륀느 원수처럼, 찬탈자와 그에게 충실한 사람들을 비난했었다.

그는 후회했다. 그는 브륀느 원수 동상 제작 위원회 위원장에게 편지를 썼다. "대략 20세 이후에, 모든 애국심에서 비롯된 증오, 당파적 모든 편견은 내 마음에서 사라졌소. 내가 어렸을 때에는 정당에 속해 있었소. 내가 성인이 된 이후에는 프랑스에 속해 있소."

그는 그 해만큼 추악한 싸움에서 사람들을 서로 대적하게 만드는 사소한 갈등을 넘어서는 느낌을 받은 적이 없었다. 고통과 잔혹한 상실감으로 그럴 수밖에 없었다. 만나는 사람들을 고양시키는 애정도 커졌다. 그래서 사랑했다.

오! 그를 열광하게 하는 사람이 이제 쥘리에트는 아니었다. 설령 그가 그러한 사실을 모를지라도, 그녀에게는 명료함에서 오는 고통스런 번득임이 있었다. "당신이 나를 사랑하지 않는다고 믿는 때가 있어요. 또한 아주 완고하게 세세한 규칙을 내게 강요하는 것이 혹독한 복수를 채우기 위해서라는 사실을 믿는 순간도 있구요… 나는 더 이상 그렇게 살 수는 없어요. 아니면 내가 미쳐버리거나 피를 토하고 죽을 것 같아요."

그녀는 "당신에게 다가오는 이들에게는 낙낙하고 영적인데, 저한테는 늘 바빠 바빠 하는 군요."라며 그를 다그쳤다.

어떻게 그녀를 고통스럽지 않게 할 수 있을까?

그는 그녀를 위해 생-아나스타스 로 14번지에 작은 정원이 딸린 단층집을 임대했다. 그는 그녀에게 온갖 찬사를 퍼부었다. "오늘 하늘 아래에 당신보다 더 높이 머리를 들 수 있는 권리를 가진 여인은 없소. … 당신이 운명을 거부했을 뿐이오"

그러나 그런 것이 그녀가 그에게 기대한 것이 아니라는 것을 알고 있었다. 그녀는 그녀가 원하는 것, 열정, 욕망을 더 이상 부추기지 않았다.

다른 여자가 있었다, 비나르의 배우자인 레오니 도네였다. 그녀를 바라만 보아도 사랑이 그를 휘감는 기쁨을 느꼈다. 옆구리의 상처에도 불구하고 그가 살아남을 수 있었던 것은 그녀를 향한 열정 덕분이었다.

> 부인, 당신은, 매혹적인 우아함
> 고상한 부드러움, 기분 좋은 쾌활
> 천상의 시선, 매력적인 모자
> 여신, 후작 부인의 자태라오.[206]

그는 그처럼 감미로운 시선을 가진 젊은 미인, 그녀의 눈, '오만하고 기이하고 특이한 매력'이 전혀 싫증나지 않았다.

그는 마차 안에서 그녀를 기다렸다. 그들은 숨어있거나, 아니면 한밤에 텅 빈 거리는 그녀와 함께 산책했다. 하지만 그녀가 자신을 거부한다고 느끼자 혼란스러웠다.

그땐 첫 번째 만남이었지

4월에

나는 기억하네, 나의 사랑아

그가 널 기억할까?

우리는 거대한 도시를 쏘다녔지…

[…]

우리는 불꽃으로 가득찬 서로를 바라보았고

조용히,

그리고 영혼은 영혼에 응답했지

눈엔 눈으로

[…]

그대는 말했지 "난 조용하고 자부심이 있어요

당신을 사랑해요! 암요!"

[…]

"봐요, 내 내마음엔 아무런 흔들림이 없어요

내 남편이 되어주셔요

영원한 의식이

우리와 함께 있답니다!207"

그는 벌써 그런 말들을 사용했는데, 아델에게 아니면 쥘리에트에게? 알고 싶지 않았다. 그는 다시 태어났다. 같게 혹은 다르게. 모든 것은 단순하고 투명하고, 운율은 노래와 정확하게 일치했다

> 너의 기억 속에 영원히 간직해주오
>
> 항상 간직해주오
>
> 아름다운 소설, 아름다운 이야기
>
> 우리의 사랑에 대한![208]

레오니는 가끔 루아이얄 광장에 왔다. 그녀는 그의 사무실로 직접 갈 수 있는, 좁고 눈에 안뜨이는 계단을 통하여 미끄러지듯 슬며시 들어왔다. 가정부도, 가족도 어느 누구도 그곳을 통과할 수 있는 권한은 없었다.

그는 그녀를 열정적으로 껴안았다. 그는 자신이 어디에 있는지 조차 잊어버렸다.

> 그리고 자주 그는 쾌감을 느꼈지, 오 신성한 일이여!
>
> 감미로운 방심 속에, 천사들만이 알 수 있지
>
> 그의 발 위에 그대의 매력적인 맨발을 포개고[209]

그는 몸을 일으켰다. 그녀는 옷을 입은 후 가버렸다. 그는 잠시 동안 꼼짝 않고 있었다. 그가 잘못했던가?

삶은 사랑이었다. 그래서 사랑을 잡아야 하고, 사랑을 유지해야 하고….

> 파도, 먹구름 그리고 시간,
>
> 모든 것이 지나가고, 우리는 모든 걸 슬퍼하네!
>
> 우리 안에 한 가지가 남아있다는 걸

우리 주변의 모든 것이 변할 때!

새가 쏜살같이 떠나가네

그 달콤한 둥지, 그 오래된 탑…

오! 제비는 가버려라!

사랑은 잡아두고210

그녀가 정작 그에게 그리운 존재로 남게 되자마자 그녀는 떠나갔다. 그는 나가서 그녀를 다시 찾았다. 그러한 열정과 욕망 외에는 아무 것도 중요하지 않았다. 그가 되뇌었다. '그토록 붉은 당신의 입이….' 그는 무릎을 꿇었다. 그녀는 벨트와 코르셋을 풀었다. …

그리하여, 나의 애무에 혼미해지고

나의 흥분에 얼굴이 붉어지고,

그녀의 금발 머리띠를 풀었네

그녀는 나에게 말했지. 어서요, 자…

오 하느님! 기쁨, 황홀경, 몽롱함

육체의 절묘한 아름다움

나의 애무에 흠뻑 젖었네

온갖 순수함과 달콤한 보물이여

거기에서 수많은 불꽃이 타오르네… 211

위고를 살게 한 것은 바로 그러한 불꽃이었다.

1845

왕에게 아첨하는 자, 하층민을 조롱하는 자,
모두가 한꺼번에 뒤섞여 기괴한 소리를 내오

위고는 크게 화를 냈다. 하인들이 왕실 인장이 찍힌 편지를 되돌려 주고 왔던 것이 레오니를 놀라게 했던 것이다. 그들은 문간에서 오랫동안 서재의 문을 두드렸다. 레오니는 공포에 질려 도망쳤다.

"내가 하루 종일 당신에게, 아니 우리에게 전념해야겠소." 위고는 빠르게 써 나갔다. "임시일지라도 '은신처'를 찾는 것은 당신은 물론 내게도 기다려지는 일이오. 앞으로는 당신을 더 자주 보려고 하오. 내가 너무 성급한 것인지 판단해 보오."

그는 온 파리 시내를 뛰어다녔다. 모든 일들이 뒤섞였다. 레오니를 맞아들이기 위한 장소를 서둘러 찾아야 했고, 왕이 "당신을 프랑스 의원으로 제수한다."라고 통고하는 의회 의장의 서한도 있었다.

마침내, 마침내 찾아냈다! 정복하기 위해서라면 원하는 것만으로 충분했다. 그는 포브르 생 오노레 로에서 멀지 않은, 생로쉬 거리에 있는, 가구가 잘 갖추어진 아파트를 찾았다. 그는 상상했다. '오! 내 가슴이 쿵쿵 뛴다, 생각만 해도! 나의 천사여, 당신과 함께 온 밤을 지낼 수 있다니! 당신은 그것을 이해할 수 있겠소? 당신은 이 말이 담고 있는 의미를 온전히 느끼오? 어느 밤이든, 내 품에

서 잠자는 당신을 느낄 것이오. …'

그는 기쁨을, 솟아나는 수많은 말들을 주체할 수가 없었다.

"당신은 천사, 나는 당신의 발에 입을 맞추고, 나는 당신의 눈물에도 입을 맞출 것이오. … 가장 열정적이고 가장 부드러운 애무도 당신에 대한 나의 사랑, 나를 압도하는 사랑에는 미치지 못할 것이오. …"

> 당신 안에 보이는, 순수한 빛,
> 합치된 힘에서 나오는 우아함
> 당신의 이름은, 또한
> 이중의 천재,
> 사자처럼 시작하여
> 하모니처럼 끝내네.212

그가 '이 금발의 여인'을 생각만 해도, 그녀 옷의 금빛 드레스 주름을 만지는 생각만 해도, 욕망으로 몸을 떨었다. 그렇게 걱정거리를 잊었다, 그의 「뤼크레스 보르지아」는 도니제티의 「라 리느가타」라는 오페라로 표절되었다! 이제 막 교정을 마친 동일 작가의 한 작품일 뿐인데, 새로운 재판이 필요할까, 이미 심판을 받았었는데?

그는 옹호하는 테오필 고티에의 말을 들었다.

"오늘날 모든 펜과 붓에는 어느 정도의 잉크와 색이 있소. 그것이 어떤 면에서 당신을 폄하할까요? 불쌍한 악마가 강가에 무릎을 꿇고 목이 말라 물 한 모금 마신다 하여 강에서 파도가 줄어들까요?"

위고는 주저하다가 무미건조한 논쟁을 끝냈다. 그는 이러한 헛된 싸움이나 문학계의 하찮은 일에 시간을 낭비하고 싶지 않았다.

그는 아카데미 프랑세즈에서 생트-뵈브의 연설에 응답해야 하고, 정성껏 수용적인 마음으로 이번 리셉션을 준비하고 있었다. 생트-뵈브는 그렇게 말할 것이다. "당신보다 더 많은 비용을 작가에게 지불하는 사람은 거의 없습니다. 시인이신 당신은 당신만의 길을 찾아낼 줄 알고, 당신만의 엘레지를 반나절 만에 창작할 줄 아시지요. …"

그가 생트-뵈브의 감사 인사를 받았을 때, 그는 두 개의 연설을 연관 지어 소책자로 만들어 아델에게 보여주었다. 그녀가 깜짝 놀라 흐뭇해하는 모습을 보았다. 그녀는 그가 방금 쓴 헌정서를 다소 쑥스러워하며 읽어 내려갔다.

"내 아내에게, 그녀가 매력적이기 때문에 부드러움을, 그녀가 착하기에 두 배의 존경을 표합니다."

왜 질투와 상처받은 허영심에서 온 천박한 상처를 건드릴까? 왜 그가 사랑하고 그를 사랑했던 모든 여성과 사랑으로 결합하지 못할까? 그의 인생의 한쪽에는 몸과 마음이 젊은 열정인 레오니가 있고, 다른 한 편에는 어린 시절의 친구이자 어머니와 같은 아델, 예민하고 그를 헌신적으로 사랑하는 쥘리에트가 있는데!

그녀는 생-아나스타즈 로 14번지를 떠나 12번지로 향했다. "나는 당신의 예쁜 발에 닿은 마루판의 먼지조차도, 단 한번이라도 당신을 따뜻하게 했던 난로의 재조차도 모두 가져가고 싶소. …" 하고 그가 말했다.

그는 그녀가 "난 이제 머리카락이 거의 없는 흉측한 늙은이가 되었어요."라고 말했을 때 측은한 생각이 들었다. "왜 선하신 하느님은 나에게 백발을 내리시고 당신에게는 검은 머리카락과 유행이 지나 쓸 수도 없는 젊음의 사치를 아낌없이 쏟아 부으셨을까요?" 라고 한 마디 덧붙였을 때, 그는 머리를 떨구었다.

그는 그녀가 외출하는 것을 더는 막지 않기로 마음먹었다. 이제 더 이상 그럴 이유가 없었다. 더구나 쥘리에트는 어린 딸 클래르에게 돌아가야만 했다.

그 아이는 친부가 프라디에라는 성을 사용하지 못하게 하며 딸을 거부한 이후 몸이 아픈 상태였다.

그는 쥘리에트와 그녀의 딸을 보호하고, 그들을 도우면서 그들의 삶을 더 가볍게 해주고 싶었다. 그래서 그녀를 사랑한다고, 그녀의 '너그럽고 정직한 성격'을 충분히 이해했다고 되풀이 하여 말했다. "그리고 오늘 나에게 행복이 있다면 그것은 당신에 대한 나의 사랑이오. …" 그는 그녀의 애정에 대한 보답으로 몇 마디를 건넬 수 있었다.

그녀는 그에게 원고를 요청했다. 그를 위해 원고를 필사하고 싶었다. 그는 막 시작한 소설의 시작인 죄수 장 트레장 이야기의 첫 부분을 주었다. 그 소설은 가난한 사람들의 소설이 될 것이며 책의 제목을 『레미제라블』로 붙일 생각을 했다. 할 수만 있으면 상원의 회기 중에도 끄적거리면서 작업을 계속했다.

그는 부지런하고 배려하는 상원의원이 되고 싶었다. 그러나 종종 동료 의원들이나, 위엄 있고 거만한 사람들을 볼 때에 그는 쥘리에트와 그녀의 딸 클래르를 다시 생각해 보곤 했다. 처벌은 면했지만 행복의 화려함만 알고 있는 이 여자는 말했다. "제가 거리에서 혼자 걸어갈 때만큼 더 슬픈 일은 없지요. 열두 살 이후로 저에게 그런 일은 결코 없었으니까요." 그만큼 그녀의 사랑은 너무도 까다롭고 만족할 줄도 몰랐다.

그리고 가엾게도 그녀의 딸 클래르는 이미 유언장을 작성하였다! 가슴이 찢어질 듯한 몇 줄의 글이었다. "내가 이 세상에 더 이상 없게 될 때에도, 나는 가장 사랑하는 어머니와 가까이 있게 될 거야, 인생은 한낱 여행일 뿐이지, 우리 모두는 언젠가 항구에서 다시 만날 거야."

그가 그 글을 읽고 나서, 주변에 동료 의원들이 앉아 있는 반원형 회의장의 화려한 모습을 보니, 그는 마음이 편하지 않았다. 그는 써 두었다.

"시인, 높이 올라가는 것만으로는 충분하지 않다. 여전히 사람들이 세상에서 무엇을 하고 있는지 알아야 한다. 어떤 사람들은 풍선처럼 흩날리기도 하고, 어떤 사람들은 독수리처럼 날기도 하니까."

이미 마흔 세 살이 된 당시 그는 무엇을 선택해야 했을까?

공화당 신문은 그를 표적으로 삼았다.

그는 「르 나시오날」에 게재된 아르망 마라의 기사를 보았다. "파스키에 위원장은 빅토르 위고 자작을 프랑스의 상원의원으로 인정하는 법령을 발표했다. … 이제 우리는 가슴이 후련하다. 정작 몰랐다. 그가 자작이었다는 것을! 그의 시에서 전율을 느꼈으며, 그의 가문에 대한 격찬에 매몰되어 있었을 뿐이다. 빅토르 위고는 이제 죽었다. 프랑스의 서정적인 상원의원인 위고 자작에게 경의를 표해야 한다! 그가 모욕했던 민주주의에 대해 이제는 웃을 수 있다. 그 모욕에 대한 보복이 바로 이것이다!"

그리고 그의 일대기는 다음과 같이 덧붙여졌다. "빅토르 위고 씨는 프랑스 상원으로 임명되었고, 왕은 즐겁게 논다. …"

그는 그런 빈정거림을 무시하고 싶었다, 또한 생트-뵈브의 배신도 그랬다. 생트-뵈브는 막 아카데미 회원이 되었고, 이미 100부 정도의 『사랑의 책』을 출판했다. 그 책 속에 있는 모든 시에는 아델의 존재가 암시되어 있었다.

알퐁스 카르*가 썼던 것처럼, 야비했다.

그러나 항의하는 것은 그 '증오의 책'에 더욱 반향을 불러일으킬 것 같았다. 그래서 침묵했다. 다 잊어 버리고 레오니가 기다리고 있는 생로쉬 로에 있는 가구가 잘 갖추어진 아파트에서 일상을 되찾으려고 노력했다.

밤은 짧을 것이다.

'나는 당신을 사랑하오, 당신은 알거요. … 말하지 않아도, 바라보지 않아도, 껴안지 않아도 당신을 사랑하오. …' 그가 속삭였다.

그는 그녀를 껴안고 애무하며 소곤거렸다.

---

* Alphonse Karr(1808~1890). 비평가.

나무는 봄을 기다리고 하늘은 새벽을 기다리오

그리고 나는 사랑을 기다리고 있소.

그들은 웃었다. 빅토르는 레오니의 연인들을 떠올렸다. …

첫 연인은 당신을 훔쳤고 두 번째는 당신을 팔아버렸소

하나는 비열한 견습공이고, 다른 하나는 저주받은 유대인

고귀한 정신, 사랑하는 영혼인 그대여

세 번째 만이 당신께 가치 있고, 당신만을 이해하오213

그들은 긴 잠을 잤을까, 그 날 7월 5일에?

갑자기 쿵쾅거리는 노크 소리가 문을 뒤흔들고 이미 밝은 새벽에 울려 퍼졌다. 거칠고 권위에 찬 목소리가 반복되었다.

"왕명령이오. 문을 여시오!"

남편인 프랑수아 비아르는 그렇게 레오니를 추적하게 했으며, 경찰이 법에 따라서 저지른 아내의 불륜을 찾아내려고 와 있었다.

위고는 발밑으로 땅이 꺼지는 것 같았다.

그는 레오니에게 접근하려 했다. 사람들이 그를 뒤로 밀어냈다. 남편이 고소장을 제출하였고, 경찰에 요청했기 때문에 그녀는 법대로 투옥되어야 했다.

그는 항의했다. 사람들은 그를 만류했다. 그는 프랑스의 상원의원이니, 면책 특권의 혜택을 보았다! 사람들이 레오니를 끌고 갔다.

그는 생-나자르 감옥에 수감되어 있는 그녀의 모습을 상상해 보았다. 매춘부들과 어깨를 맞대어야 할 감옥에, 천한 사람들 속에 내던져 있는 그녀의 모습을. 레오니! 그는 눈물을 억제할 수 없었다. 그는 휘감아오는 공포심을 느꼈다. 그는 신문들이 쏟아낼 사건에 대한 보도를 추측해 보았다. 스캔들이 그를

웃음거리로 만들 것이다! 그를 시기하는 모든 자, 그를 미워하는 자, 왕의 친구이자 프랑스 상원의원이니만큼 그때부터는 시인을 비난하는 모든 자들이 그를 찢어 놓을 참이었다.

그는 생-오노레 길을 따라 걸었다. 그는 쥘리에트의 집에 다다랐다. 그러나 그가 지금까지 살아왔던 것과 그녀가 모르는 있는 정열을 어떻게 그녀에게 드러낼까?

그는 그녀를 깨우지 않고 발길을 돌렸다.

루와이얄 광장에 도착했다. 그는 말해야 했다. 그는 아델 앞에 무릎을 꿇고 친구이자, 여동생 같고 이해심 많은 아내에게 말했다. 어떤 역할을 하는 것은 행복한 일이며, 관계를 유지하기 위해서라도 타고난 편안한 마음으로 남편을 이해하는 것이 얼마나 행복한가에 대하여. 그는 울먹임을 참을 수가 없었다.

그녀는 그의 머리를 쓰다듬었다. 그녀는 생-라자르 감옥으로 레오니를 만나러 갈 것이다.

그는 머리를 들었다. 그녀가 용서한 것은 물론이고 그를 이해한다고 말했다! 순간 그는 아델이 쥘리에트를 너무 미워한 나머지 한 때 긴 여름 여행의 동반자였고, 그녀의 최대 경쟁자였던 쥘리에트를 고통스럽게 하려고 레오니를 이용할지도 모른다고 생각했다.

그는 레오니를 감옥에서 빼내오고 스캔들을 덮어야 한다고, 사람들은 프랑스 상원의원에게 일격을 가하기 위해 스캔들을 폭로할 것이라고 되뇌였다.

그는 파리 전역을 돌아다니며 신문에 영향을 줄 수 있는 모든 사람들을 만났다. 그러나 일부 일간지는 이미 "파리에서 개탄스러운 스캔들에 대해 많은 이야기가 돌고 있다. 우리의 가장 유명한 작가 중 한 명이 어제 형사 소송에서 경찰청장에게 도움을 받았을 어떤 남편 때문에 깜짝 놀랐다고 한다. 부정한 아내는 투옥되었을 것이고 슬프게도 행복한 연인은 그의 인격을 침해하지 못하게 할 수 있는 정치적 직위에 의해서만 자유를 유지할 수 있는 슬픈 혜택을 누려야 했다."

마침내 비아르가 고소를 철회했다. 며칠 후에 레오니는 풀려나게 되고, 6개월 동안 뇌브-베리 로에 있는 오귀스틴느 수도원에 감금되는 것으로 마무리되었다.

왕은 그를 관대한 사람으로 보이도록 비아르에게 프레스코화를 주문했을 것이다! 그래서 왕정파 신문은 비아르 배우자의 별거 재판을 언급하지 않았으며 그 '슬픈 사건'에 대하여 신중함을 보였다.

위고가 쥘리에트의 집에서 알게 된 몇 가지 소문은 여전히 사실과 달랐다! 아프다면서 그가 그녀의 집에만 숨어 있었기 때문이었다. 또한 그녀도 그를 애지중지하며 보살피는 것이 너무 행복한 나머지 신문들도 대강 대강 훑어 보게 되었다.

그리하여 그녀는 다음과 같은 기사도 읽지 않았다. "모某 씨가 고소를 철회한 민원에 대하여 루이-필립 왕에게 그렇게 처리하기로 약속한 이후에, 위고는 어제 여권을 가지고 3개월간 스페인으로 여행을 떠났다."

그는 숨어있어야 했다. 하복부에 통증이 있다고 했는데, 사실은 자신이 쥘리에트를 속이기 위한 핑계였는지 아니면 정말 아팠던 것인지 알 수 없다고 했다. …

브르타뉴에 있는 쥘리에트의 부모가 언론에서 읽고 걱정하는 소문에 대해 그에게 물었을 때, 그녀에게 어떻게 대답해야 했을까? 그녀는 웃어넘기며 부인했다. 확실히 혼란스러웠으리라. 그렇지 않았을까? 그는 그녀를 안심시킨 후 떠났다.

그는 파리를 떠나 몽 페르메이 근처로 가서 레오니를 찾아 다녔다. 그녀는 감옥에서 나와 수도원에 들어가기까지 며칠 동안 자유를 누리고 있었다.

그녀는 거기에 있었다, 상처받고, 더럽혀지고, 굴욕을 당하고, 성숙하고, 희생된 채. 그는 그녀를 더더욱 사랑했다.

이후 그는 루아이얄 광장에 칩거했다. 그 곳은 논평의 진흙탕이 그에게 튀었던 곳이었다. 생트-뵈브는 가는 곳마다 즐기듯이 악담을 퍼뜨린다고 사람들은 수군거렸다. "빅토르 위고의 사건과 엄청난 간음의 장면을 잘 알고 계실 것입니다. 우리는 그를 비난하고, 동정하고, 비웃기도 합니다. 난, 그의 최근 작품에 대하여 자주 했던 말을 아주 단순하게 말하는 것뿐입니다. 작품이 무겁고도 무겁게 쓰여졌다는 것이지요."

그리고 다른 사람들은 그가 바람둥이 중에서 가장 천한 사람일 뿐이며, 넝마주이와 같은 마음을 가지고 있으며, 가장 낮고 더러운 물가에 있는 편이 나은 사람이라고 악의적으로 덧붙여서 말했다.

그는 라마르틴느가 슬며시 미소를 지으며 중얼거렸다는 것도 알고 있었다. "이러한 일들은 빨리 잊혀집니다. 프랑스 사람들은 융통성이 있어서 소파에서처럼 유연하게 일어납니다."

그러한 험담을 무시하고 새로운 소설, 『레미제라블』을 계속해야 할 때였다.

병이 악화된 쥘리에트의 딸을 생각하지 않을 수 없었다. 클래르는 죽음을 바라는 것 같았다. 몇 년 전 눈 덮인 어느 날 밤, 태부Taitbout에서 보았던 매춘부의 이미지가 떠올랐다. 그는 그 여자를 공격한 마을 하인들도 무시한 그 불행한 여자에게만 책임을 덮어씌운 부르주아들에게 맞섰었다. 레오폴딘느의 환영이 떠나질 않았다. 그는 어디에 있는지 알지도 못하는 무덤에서 묵상기도를 했던 아델에게 편지를 썼다.

"나는 단지 당신을 위해, 나를 위해, 우리 아이들을 위해, 천상에 있는 우리 천사를 위해 기도했소. 당신은 내가 기도하는 종교를 가진 것으로 알고 있을 것이오. 기도하지 않는다는 것이 내겐 불가능한 일이오. 우리는 신비 속에 있소. 산 자와 영혼의 차이, 그것은 산 자는 보지 못하지만 영혼은 본다는 것이오.

기도는 바로 영혼들에게 가는 것이오."

한편 그는 상당히 관대하고 정의로우며 선하다고 하는 디뉴*의 주교 미올리에 대한 문서를 수집하며 일을 시작했다. 동시에 그는 글을 쓰면서도 연민을 느꼈다.

그는 쥘리에트의 집에 머물렀다. 그는 그녀가 옮겨 쓸 소설의 페이지 분량을 가져왔다. 그리고 메츠에 있는 그 집에서 가까운 비에브르 계곡에 그녀를 데리고 갔다. 그 집은 그들이 행복했었던 곳이었다. 그녀에게 행복을 주는 것은 그토록 쉬운 일이었다. 그녀의 얼굴은 행복으로 환하게 빛났다.

그녀는 다음 날 즉시 그에게 편지를 보냈다. "11년 전, 우리가 함께 걷던 모든 길을 다시 가 보고 싶었어요… 저는 당신을 바라보고 있었지요, 사랑하는 빅토르, 여전히 젊고, 여전히 멋지고, 11년 전보다 더 멋진 당신 모습을 보았어요. 제 마음을 들여다보니 그 속에는 황홀함과 열렬한 사랑으로 가득차 있더군요, 제가 당신을 사랑했던 첫 날처럼…."

그는 벅찬 마음으로 그녀를 떠올렸다. 쥘리에트, 그녀는 아름다운 영혼을 가지고 있었다! 너무나 욕심이 없었다. 그가 메츠에게 집을 사주고 싶었으나 그녀는 거절했다.

그가 종이를 가져와서 「멜랑콜리」 페이지 윗부분에 글을 쓰기 시작하여, 눈사태처럼 밀려오는 단어들로 채워나갔다.

듣는가, 수척한 옆 모습의 여자
마르고, 창백하며, 놀란 아이를 안고 있는,
거리 한가운데에서 한탄하는 사람이 거기에 있소
한 떼의 무리가 그 소리를 들으려, 그녀 주변에 몰려드오
[…]

---

* Digne. 프랑스 남동부 도시. 장발장이 이곳 대성당에서 은제 도기를 훔침.

그녀는 흐느끼다, 떠나버리오. 그 유령이 지나갔을 때

오 사상가들이여, 모인 무리 가운데,

찢어지는 마음의 심연을 본 사람은 누구인가

당신은 아직도 무엇을 듣고 있는가? 긴 웃음의 파편

[…]

천재가 나타났소. 그는 부드럽고,

그는 강하고 키가 크오. 그는 모두에게 도움이 되오…

[…] 그가 오고 있소! 아마도 그에게 왕관을 씌울 것이오! 그를 야유하오!

서기관, 학자, 수사학자, 상류층, 군중,

아무것도 모르는 자들, 하층민을 조롱하는 자들

왕에게 아첨하는 자, 하층민을 조롱하는 자

모두가 한꺼번에 뒤섞여 기괴한 소리를 내오

그가 설교자라면, 그가 장관이라면

다들 그를 조롱하니, 그가 시인이라면 들을 것이오

이 합창 "터무니없고!, 거짓이고!, 괴물! 역겨워!"

[…] 그는 나아가오, 그는 투쟁하고! 아! 열렬하고 슬픈 모욕은

그가 내딛는 걸음마다, 변모하고, 오랫동안 남아있소,

[…] 그는 영광을 뿌리며 나아가고, 치욕을 긁어모으고 있소.214

위고는 펜을 놓았다. 그는 마치 고해성사를 한 것처럼 뭉클했다.

1846

나는 위대한 민족을 원하고 자유인을 원하오.

나는 여성의 더 나은 미래를 꿈꾸며…

위고는 고통 때문에 질식할 것 같은 느낌이 들어 루아이얄 광장을 가로질러 가지 못할 것 같았다. 이미 어두워지고 있었다. 숨이 가빴다. 그는 멈추어 주위를 둘러보았다.

그날 아침부터 그는 무슨 일이 일어날지 확실히 알고 있었다.

그는 투르농 거리를 걸어 올라갔다. 날은 화창했으나 매우 추웠다. 그는 창백하고 여읜 금발의 한 남자를 발견했다. 그 남자는 햇빛이 밝은데도 헐렁하고 두꺼운 캔버스 바지를 입고 있었다. 발목 주변에 피 묻은 천으로 감겨있고 나막신을 신었지만 상처 난 맨발이었다. 두 명의 군인이 그를 둘러싸고 있었다. 그는 품속에 빵 한 덩어리를 끌어안고 있었다. 주위 사람들이 그가 빵을 훔쳤다고 말하여 군인들이 그를 연행하고 있었다. 남자는 헌병대 막사 앞에서 잠시 동안 감시받으며 서 있었다. 문양이 새겨진 대형 4륜 마차가 몇 걸음 떨어진 곳에 서 있었다. 아름답고, 피부가 희고, 생기 넘치며, 분홍 모자를 쓴, 멋진 검정 벨벳 드레스를 입은 한 여성이, 마차 안에서 귀염이 넘치는 어린 아이와 함께 웃으며 놀고 있었다. "그 여자는 무서운 남자가 그녀를 바라보고 있다는 것을 몰랐다."

위고는 그 아이디어, 그 장면이 오히려 뇌리에 깊게 각인되었다고 기억했다. "그 남자, 그는 비천함의 환영이었고, 백주 대낮에 어둠 속으로 뛰어든, 다가오는 혁명의 보기 흉한 기형의 모습이었다. 그 순간이야말로 그 남자는 그여자가 있었다는 것을 알고 있었는데, 그 여자는 남자가 있다는 것을 깨닫지 못했다 해도, 재앙은 피할 수 없었다."

그는 종일 그 끔찍한 영감에서 벗어나려 했다.

그는 귀족원 연설대에 올라갔다. 그는 말했다. 그는 자신이 말하는 것의 영향력에 대해 더 이상 어떤 환상을 갖지 않았다.

그는 수 차례 러시아에 맞서는 영웅적인 폴란드인들의 운명을 상기시키려고 중재에 나섰다. 그러나 정부 수반인 기조Guizot는 아무 말도 듣고 싶어 하지 않았다. 그는 몸을 사리고 있을 뿐이었다. 무너져가는 세상의 그러한 징조를 보지 못하는 것일까?

바르샤바에서는 코자크인들이 사람들을 죽였다. 그리고 엘뵈프에서는 모직제조업자들이 자신의 일을 빼앗아가는 기계를 부수었다. 생-앙트완느 지역에서는 사람들이 빵 가격 인상 때문에 폭동을 일으켰다. 그리고 그 해 초 몇 달에 걸쳐 두 사람이 왕을 죽이려고 했었다.

법정에서는 그들을 재판했다. 그는 루이-필립 왕에게 총을 발사했던 범인들 중에서 첫 번째 사람, 피에르 르콩트의 얼굴을 아직도 기억하고 있었다. 그당시 왕은 부인과 가족에게 둘러 싸여 있었다.

그는 르콩트의 말을 듣고 그를 구하고 싶었다. "그가 생각을 올바르게 지각하고 행동을 명확하게 인식한 사람이라고 생각하진 않습니다."라고 위고는 말했다. 사형에 처해야 한다는 의견에는 표를 던지지 않았다. 그리고 다른 두 명의 의원만이 위고의 뜻에 동의했다. 재판부는 루이-필립 왕이 사형 선고를 받은 사람을 사면할 것이라고 상상했다. 하지만 그는 참수되었다.

위고는 몸을 엄습하는 전율을 느끼고 있었다. 그는 재판 과정을 떠올리며 중얼거렸다.

'피고인과 법무장관은 차이점이 있다. 피고인은 잔인한 얼굴이었고 에베르 총장은 사나운 얼굴을 하고 있었다.

그리고 그날 아침, 그 장면, 품에 빵을 움켜안은 채 사슬에 묶인 남자, 그리고 털이 뻣뻣하고 벗겨진 그의 머리.

그리고 복숭아를 훔친 죄로 체포된 아이들도 있었다.'

그는 다시 걷기 시작했다. 몇 발자국의 거리에 그의 집이 있었다.

어쩌면 그가 정치의 소용돌이에 발을 내딛은 것이 잘못이었다. 그는 프랑스 상원의원이 되었고, 영국의 장관 플라머스톤의 수행원과 함께 기조의 저택에서 식사를 하게 되었다. 그 장관은 튀니스의 총독을 위한 파티에서 프랑스의 가장 중요한 인물들과 이야기를 나누었고 새로운 교황 비오 9세, 또는 알제리의 식민화 정책 그리고 세계의 흐름에 대한 자신의 의견을 제시했다.

그리고 위고는 뷔조 원수에게 '활기찬 성격과 위대한 업적'을 높이 추켜세우며 알제리에 적임자의 한 사람으로 자기 형 아벨을 추천했다.

그는 왕의 측근 중 한 사람으로 머지 않아 틀림없이 장관이 될 것이다. 그렇다면 그는 무엇을 할 수 있을까?

그는 의심이 들어 말했다.

"나는 이제 사람들이 '유용하다.'고 부르는 것에 관심도 있지만, 실은 이상과 아름다움에 대한 종교적 명상가이기도 하지요."

그의 이야기 상대인 가스통 드 플루스 남작은 겸손하게 미소 지었다.

"베르질리우스*의 시 20편은 인간의 천재성에 더 큰 비중을 두었는데, 난 이미 했거나 하게 될 의회에서의 모든 연설만큼이나 여러번 문명의 진보에도 비

---

* Virgile(BC 70~19). 로마의 서사 시인.

중을 두고 있다는 말을 추가로 드립니다." 위고는 계속 말했다.

 그러나 의심이 무엇이든 간에 그는 더 이상 내친 걸음을 되돌릴 수 없다는 것을 알고 있었다. 그것이 선택될 운명이었다. 그는 나아가야 했다. 그러나 그는 자신의 삶이 자신에게서 멀어지고 있다는 느낌이 들었다. 그는 어떻게 해볼 도리가 없는 사건에 휩쓸려버렸다.

 5월 말, 그는 자신이 갇혀 있던 암Ham의 요새에서 방금 탈출한 루이 나폴레옹 보나파르트의 운명에 대해 무엇을 할 수 있을까? 그는 그것에 대해서 장황하게 이야기했다.

 한편, 광대뼈가 붉어지고 온 몸이 땀으로 뒤덮인 쥘리에트의 딸은 그녀가 이송된 퐁텐느 로 56번지에 있는 오퇴이유에 있는 방 안에서 죽어가고 있었다.

 그녀의 엄마는 그곳으로 이사했다. 어머니는 딸의 죽음이 임박했다고 생각하니 가슴이 찢어지는 듯해 밤을 지새고 있었다. 클래르가 중얼거렸다.

 "안녕히, 아저씨, 너무 착하고 너무나 매력적인 나의 어머니를 항상 잘 돌보아 주세요. 그 점에 대하여 당신의 클래르가 매우 감사하리라는 것을 믿어 주세요."

 그는 매일 클래르의 머리맡에 있어야 했다. 그녀의 불같이 뜨거운 손을 잡아주고, 절망에 빠진 쥘리에트를 안아주어야 했다. 그러나 그는 아카데미 회의와, 의원 회합에 참석을 해야 했다.

 그는 콩티 관저에 들어가서 생트-뵈브를 불러 세워 조롱해 줄 필요가 있었다. 아니면 그렇게 『에르나니』를 망각한 채, 하찮은 『뤼크레스 보르지아』의 작가 프랑수아 퐁사르를 예로 들면서 의회 연단에서 연극의 개혁을 부추겼던 점을 변명하는 라마르틴느에게 편지를 써야 했다.

 "20년간의 우정, 나의 영광스러운 우정을 부인하거나 짓밟는 말을 할 바에는 차라리 혓바닥을 잘라버리겠소."라고 라마르틴느는 뉘우쳤다.

그래서 그에게 답할 필요가 있었다. "당신은 위대하고 존경스런 분이오!"

사람들은 그렇게 인생을 낭비한다.

그는 쥘리에트에게 말했다. "나로서는 말로 형언할 수 없는 일들과 희생의 소용돌이 속에 있었소. 모든 것이 한꺼번에 같은 시간에 추락하고 있었고. 기분풀이라도 하듯이 이렇게 한 순간에 나를 가두어 버리는 선하신 하느님을 원망했다오. 그러나 단 1분도 당신에 대한 나의 생각을 바꾸고 싶지 않은 순간이었소."

마치 그렇게 했던 것처럼!

사람들은 그가 어쩔 수없이 개입하도록 했다. 그는 위대한 시인이었다. 다른 사람들은 어디에 있었을까? 라마르틴느는? 극장이 제공하는 큰 영광도 누려본 적이 없는, 정치에 전념하는 국회의원, 비니는? 그는 아카데미 회원으로 막 선출되었지만 그의 명성은 미미했다. 그는 아카데미 프랑세즈 안에서나 이야기 되는 정도였다. 샤토브리앙에 관해 말하자면, 그는 매일 오후 레카미에 부인*의 침대 옆에 죽치고 있는 반신불수에다가 눈이 먼 노인에 불과했다.

그래서 사람들은 위고에게 쏠렸다. 사람들은 그가 말하기를 기다렸다. 노동자에 대한 배상 문제에 대하여 배심원단 설립자에게 문의하는 것 조차도 사람들은 위고에게 부탁을 했다.

그는 실행에 옮겼다. 그는 운명이 결정될 때까지 자신의 의무, 새로운 임무를 수행해야 한다고 느꼈다.

단 거짓이어서는 안 되었다. 그는 그러한 배려 행위에 자부심을 가졌다. …
"하지만 당신은 무엇을 원하십니까? 당신은 우리의 나폴레옹입니다!" 폴 뫼리스와 그의 측근 오귀스트 바크리가 그에게 소리 높여 외쳤을 때, 그는 잠시 도취되었다.

아아, 삶이 다시 그의 목을 조였다. 클래르가 죽었다. 그녀를 땅 속에 묻고,

---

* Madame Recamier. 샤토브리앙은 깊은 우정으로 그녀의 문학 살롱에 드나듦.

그녀를 통하여 레오폴딘느를 다시 살려내려고 했다.

어찌된 일인가! 당신의 딸도! 당신의 딸이 내 딸을 뒤따르다니!

오 속이 깊은 어머니, 어머니, 아름다운 어머니

그 아이가 돌아올 수 있도록 문을 열어 두시길,

저기 풀밭에 있는 돌이 바로 무덤이오!

뒤섞인 파도에 사라진 나의 딸

자, 너의 차례야, 클래르, 그렇게 날아오르렴

저 높은 곳에서 그녀들이 서로를 부르는가?

그렇게 그녀들은 뒤따라 떠나가는가, 아아?

[…]

무너지는 우리의 비천한 마음을 찾아 너희들은 언제 올 거니?

언제 이 인간의 세상으로 다시 오겠니?

  깊은 어두움 속에 있는 우리를 함께 달래기 위해,

  영원한 시선의 눈부심으로?215

그는 클래르의 죽음으로 고통스럽고 괴로워했고, 자녀들 때문에도 걱정했다. 이제 막 대학에 합격한 샤를르도 병에 걸렸다. 장티푸스로 진단받았다. 그의 동생 프랑수아- 빅토르는 지나치게 얼굴이 창백했다. 그가 이제 막 면도를 시작하였기 때문이라고 단순하게 여길 수 있을까? 막내 아델은 기가 죽은 것처럼 매우 조용했다.

위고는 어둠에 둘러싸여 감시당하고 있는 것 같았다.

그는 처음으로 빌키에에 있는 레오폴딘느의 무덤 앞에 서 있었다. 쥘리에트는 코드벡에 있는 코메르스 호텔에서 마음 졸이며 위고를 기다리고 있었다.

그는 오랫동안 무덤 앞에 머물렀다.

오 말해주렴! 나는 왜 항상 땅 밑을 바라보는지

왜 무덤에 물어보고, 왜 밤에만 찾아 헤매는지?

그리고 항상 비석에 몸을 기울여, 들으려고 하는지

작은 소리라도 기대하는 것처럼?216

그는 기도했다.

눈을 들어 보렴! 먼지를 보려고 하지 마.

이 푸른 창공으로 너의 영혼을 날아갈 수 있게 하렴

창공에서 바라보고, 빛에서 찾고

그리고 무엇보다 하느님을 믿으렴!217

그는 아이들에게 빌키에에 대하여 편지를 쓰고 싶었다. "모든 힘과 모든 행복은 서로를 위한 사랑 안에 있다는 것"을 그들이 이해할 필요가 있었다. "더구나, 서로 사랑하는 것, 그것은 우리가 삶에서 소유한 것 중 거의 모든 것이다."

그는 사랑했고 사랑을 받았다. 그는 그것을 알고 있었다. 그는 호텔에서 쥘리에트를 다시 만났다.

그녀는 속삭였다

"사랑하는 이여, 당신이 제 곁에 없는 순간, 저에게는 더 이상 아무것도, 저에게 아무것도 없는 것이지요. 저는 어떤 것에도 관심이 없고, 당신을 보고 싶은 욕망과 당신이 필요하다는 것 외에는 아무것도 몰라요…"

그는 그녀를 떠나지 않을 것이기 때문에 그녀가 행복한 여자임을 확신시켜야 했다.

"사랑하오. 나만 생각해 주오! 감미로운 천사여." 그가 그녀에게 속삭였다.

하지만 위고는 그녀로만 만족할 수 없었다. 일이 그렇게 되었다. 레오니를 다시 찾을 필요가 있었다.

그는 파리에서 레오니를 다시 만났다. 그녀는 웃으면서 그녀가 몇 주 전에 떠났던 아우구스티누스 수도원에서 어떻게 위고의 시를 받아쓰기 텍스트로 선택했는지에 대해 이야기했다!

그는 그녀의 말을 듣고 있었다. 그녀는 여전히 아름다웠다.

그녀는 루아이얄 광장에 오게 되었다. 아뎉이 우정으로 레오니를 초대한 것이었다. 그는 두 여자가 나누는 수다를 듣고 있었다. 레오니는 아뎉에게, 주문할 드레스의 색상이나 몸통의 자수에 대해 조언을 해주었다. 잠시 조용해 지더니 레오니가 집을 떠났다.

그는 다시 그녀의 집으로 갈 것이고, 뜨겁게 그녀와 사랑할 것이다.

그러나 그녀를 사랑하면서도, 위고를 유혹하려고 위고를 만져줄 딴 여자가 필요하다고 생각했다.

> 그녀가 지나갔네. 그녀가 나에게 미소를 지은 것 같았네 …
>
> […]
>
> 그녀는 타프타* 여름 드레스를 입고
>
> 딱정벌레 색 작은 장화를 신고
>
> 해질녘이 오기 전에 지나가는 그림자 모습
>
> 희망을 품은 것을 자랑스럽게 여긴 것이 무엇인지 알 수 없네
>
> […]
>
> 내가 생각하는 동안, 아직도 그녀를 보고 있다고 믿으면서…
>
> […]

---

* taffetas. 호박단.

늙은 여자, 반은 암고양이, 반은 아르피*

[…] 나에게 나지막이 말했소 "손님은 이 소녀를 원하시나요 ?"218

그것 때문에 화도 나고 혼란스럽게 했지만, 그를 유혹하기도 했다. … 포르트-생-마르탱 극장과 서커스단에 전시된 활인화活人畵 속에 나체로 그려진 영국 젊은 여인들.

'나는 어느 날 저녁 그곳에 가까이 가서 보고 싶은 호기심이 생겼다. … 그 여자들 중 한 명은 예쁜 것 이상으로 아름답고 화려했다. 그녀의 까맣고 슬픔어린 눈, 깔보는 듯한 입, 거만하고 취하게 하는 미소보다 더 장엄한 것은 없었다. 내가 기억하기에 그녀의 이름은 마리아였다.'

그는 '완벽한 천진함이나 완전한 타락에서 나오는 평화로운 미소를 지닌' 7,8명의 여성을 기억하며 극장 무대 뒤에서 나왔다.

그가 그녀를 사랑하고 욕망하면서도, 더 이상 그녀만으로 만족하지 않는다고 느끼고 있었기 때문에 레오니가 처음엔 불만을 나타냈다.

그가 루아이얄 광장으로 돌아왔을 때 그는 마음이 심란했다. 그토록 만족할 수 없고 '탐욕'이 필요한 그는 누구인가? 그것이 두려움과 고뇌에서 벗어날 수 있는 유일한 방법이었을까?

내 영혼은 슬픔에 잠겨 있었네. 어둠의 시간이었지
공기는 무형의 모양과 수많은 목소리를 섞어버렸네
죽음의 노래는 이 모든 소유에서 나오는 것 같고
그림자는 삼중 베일에 쌓인 거대한 신전과 같았네
나는 보았지, 깊은 곳에서 빛나는 별들을

---

* harpie. 몸은 새이며 얼굴은 여자인 괴물.

밤의 검은 담요에 놓인 커다란 양초를.219

그는 주변에서 그를 지켜보는 성실하고 헌신적인 몇몇 친구들은, 얼굴이 네모지고 몸통이 넓으며 곱슬곱슬한 머리를 가진 그가, 프랑스의 저명한 의원이 되어 튈르리 궁전에 자주 들러 왕이나 기조와 수다를 떠는 모습에 대해 걱정할 것이라고 추측했다. 기조는 상당한 수입을 올리는 학자이며 엽색가였는데 아직도 『에르나니』 공연으로 수입이 상당했다. 프랑스 대극장의 성공으로 얻는 수익이었다.

그는 그것이 전부였다. 그는 그러한 것을 인정했다. 그러나 오귀스트 바크리, 폴 뫼리스 또는 루이스 블랑제리는 그가 예복 차림에 몸과 얼굴엔 회반죽을 바르고 있다는 것을 정말로 몰랐을까?

아니, 난 변하지 않았소, 루이, 당신의 마음이 잘못 된 거지

나는 항상 그랬던 것처럼 사려 깊은 사람이오

[…] 나는, 사랑으로 살고, 사랑으로 고통 받도록 태어났소

번갈아 연주되는 내 안의 두 종류 음악

머리에는 오케스트라, 영혼에는 리라

[…]

나는 위대한 민족을 원하고 자유인을 원하오

나는 여성의 더 나은 미래를 꿈꾼다오

가난한 자와 노동자 편에 있고

나는 그들에게는 형제요, 내 생각의 깊은 곳에서

과격하고 고통받는 군중을 어떻게 이끌어 갈까

법에 더 많은 근거와 더 많은 융통성을 어떻게 부여할까

이 세상의 고통을 어떻게 줄일 수 있을까

굶주림, 고된 노동, 악과 불행을?

이 모든 물음이 나를 그들의 감옥에 가두어버렸다오

곧이어 깊은 생각에 잠겼다가, 금방 쾌활해지오

나는 갑자기 마음이 밝아졌소

그랬다오, 내 작은 모임에서, 난, 말 한 마디로

뜻밖의 터무니없는 환상으로

난롯가에서 저녁마다 널리 퍼지게 했소

하느님을 미소 짓게 하는 아이들의 이 웃음소리가

그렇게 당신은 나를 알게 되었소. 난 여전히 변함이 없소

단지 오늘은, 사랑하는 사람들을 슬프게 했소

가끔 죽음의 슬픔이 고통스런 얼굴에 젖어들었소

나는 행복한 사람들 한가운데에 오래 머물지 못했소 … 220

1847

사는 일, 죽는 일, 숨 쉬는 일,

사랑에 대해 말하거나 속삭이거나 한숨을 쉬는 일 221

갑자기 위고는 너무 지친 나머지 눈을 감은 채 손바닥에 이마를 얹었다. 마치 거대한 무게가 어깨를 짓누르는 것처럼 보였다.

며칠 있으면 마흔 다섯! 나폴레옹에게 그 나이는 1814년, 즉 러시아 전장에서 패퇴한 후 첫 번째 권력을 넘겨준 해였다.

그는 자리에서 일어나 종이 위에 글을 써 내려갔다.

눈이 내리고 있었지. 우리는 그의 정복 소식에 열광 했어

처음으로 독수리가 머리를 떨구었네

암울한 날들! 황제는 천천히 돌아오고 있네

연기 가득한 모스크바가 불타는 것을 뒤로 하고

눈이 내리고 있었네. 혹독한 겨울은 눈 더미로 다져져 있고

하얀 평원에 이은 또 다른 하얀 평야

이제 더 이상 사령관이나 깃발도 알아보지 못했지

어제는 대군, 지금은 오합지졸.222

그는 멈추었다. 쓴 종이를 멀찍이 밀어냈다. 그는 나중에는 계속할 것이리라. 이제는 자신의 소설을 계속 작업하여 장 트레장의 일생을 마무리해야 했다. 『장 트레장』은 그가 선택한 제목 중 하나였고, 다른 하나는 『레미제라블』이었다.

하지만 그는 펜을 내려놓았다. 그가 원하는 만큼 빨리 진척되지 않았다. 쥘리에트가 그를 괴롭히고 있었다.

"이제 『장 트레장』을 다시 썼으니 곧바로 필사할 몇 페이지라도 내게 주시겠어요?"

그는 한숨을 쉬었다. 그는 그 책 쓰는 작업을 끝낼 것이지만, 가끔 그날 밤처럼 '너무 따분하고 지겹게' 느껴져 그 책 쓰는 일에서 도망치고 싶은 유혹도 있었다. 하지만 그렇게 할 수가 없었다. 방심은 금물이었다. 그는 극장에 가서 『햄릿』을 관람하려던 것을 포기했다. 그를 초대했던 폴 뫼리스에게 그 사정을 말했을 때 그도 이해했다.

"나의 사상 속에 모든 것이 축적되어 있는데, 이 순간에 그것이 흔들릴까 두렵소… 나는 오랫동안 꿈을 꾸지 않고는 햄릿을 다시 볼 수 없다오. 이 거대하고 음울한 시, 내가 하고 있는 작업에 편견을 줄 수도 있기 때문이오."

아마도 어려움은 거기에 있었던 것 같았다. 그가 묘사하는 세계, 그가 따라가는 비참한 삶들, 죄수들, 어린 소녀와 불행한 어머니의 삶, 그 모든 것들이 주변에서 목격한 상황으로 그를 이끌어갔다. 글을 쓸 때에, 그는 시대의 폭력성과 잔혹성이 천지가 진동하듯 으르렁 거리는 소리를 들었다.

뷔장세에서 농민 폭동이 일어났다. 공장이 파괴되었다. 부유층이 학살되었고, 마을 광장에 세워진 단두대에서 세 명의 폭동 주동자가 참수되었다. 거의 매주 여기저기서 폭동이 일어났다. 뮐루즈에서, 파리의 생-오노레 거리에서. 빵은 너무 비싸고, 일자리는 부족하고, 아이들은 굶어 죽어갔다.

그 모든 것을 목격했다. 부자와 가난한 자의 격차가 늘 더 깊어지고 벌어지는 단절을.

그는 뱅센느 숲에서 몽팡시에 공작이 주최한 파티에 갔을 때 그를 따라다녔던 시선들을 기억했다. 세 줄로 늘어선 구경꾼이 있었다. … 매 순간 군중은 자수 놓은 옷을 입고 화려한 차림으로 4륜 마차를 타고가는 사람들에게 공격적이고 불길한 말들을 쏟아냈다. 그것은 일순간 빛 주위를 에워싼 증오의 구름과 같은 것이었다. 군중들이 부자를 그런 눈으로 바라볼 때, 그것은 모든 사람의 머릿속에 있는 생각이 아니라 사건이었다.

그는 아직도 그 기억에 떨고 있었다.

무엇을 해야 할까? 가난한 사람들을 죽이는 일?

그는 감옥을 방문하고 사형수를 만났다.

"있는 그대로의 사회적 상황에서 하층민들은 그 어떤 계급보다 더 많은 형벌의 무게를 짊어지고 있다."고 그는 말했다. 그들의 잘못이 아니었다. 한편으로는 지식이 부족했고, 또 다른 면에서는 일거리가 없었다. 한편으로는 생활고가 그들을 내몰았지만, 다른 한편으로는 어떠한 빛도 그들을 밝혀주지 않았다. 거기에 추락이 있을 뿐.

그는 가장 비참하고 심한 착취를 당하며 다섯 살 때부터 일에 내몰리는 아이들을 보호하고 싶었다! 그래서 분노가 치밀었다.

"나의 입장에서 안락한 생활이나 권력을 포기할 수도 있습니다. 아이들에 관한 한, 법은 더 이상 법이 되어서는 안 됩니다. 법은 어머니처럼 되어야 합니다!" 하고 절규했다.

그러나 그는 감옥에 대하여 그리고 아동 노동을 규제하는 법률에 관한 연설문을 쓸 때, 자신의 말이 제대로 먹히지 않을 거라고 확신했다. 실제로 그에게는 말할 기회조차 주지 않았다.

귀족원은 너무 바빠서 판결할 수가 없었다!

위고는 부패 혐의로 기소된 상원의원 퀴비에르 장군과 전 장관인 테스트 그리고 공범자들에 대한 고발내용을 조금은 두려워하면서 듣고 있었다. 의원들은 그들을 비난했다.

그와 비슷한 시간에 슈와죌 프라슬랭이 아내를 죽이고 음독자살했다. 그것은 마치 사회가 썩어가고 있으며, 사회를 파괴하려는 사람들에게 행동할 명분을 주는 것 같았다.

그는 모두가 정신차려야 한다고 외치고 싶었다.

'몇 월 달엔가 퀴비에르가 장군으로 있을 때 군대가 공격을 받았고, 테스트 대통령 때에는 사법관이 공격을 당했다. 지금 프라슬랭 공작 시대엔 전직 고관이 수난을 당하고 있는 것이다. 하지만, 그러한 행동은 멈춰야 했다!'

그는 아무런 두려움 없이 반대자들에게 관심을 두지 않은 채 통치하고 있는 기조를 지켜보았다. 반대자들은 선거권을 얻기 위한 납세액을 200프랑에서 100프랑으로 낮추는 개혁을 요구하는 '연회宴會 캠페인'을 조직했다. 샤토-루즈의 정원에서 열린 파리 연회, 마콩의 연회에서는 『지롱댕의 역사』를 출간한 지 얼마 안 된 라마르틴느가 연사로 나섰다.

위고는 그것을 읽고 그에게 다음과 같이 썼다. "당신은 이 거대한 사건을 그 규모에 맞는 생각으로만 받아들이고 있습니다." 그러나 그는 혁명을 일으키는 것처럼 보이려는 유혹, 즉 폭력에 대해 걱정하고 있었다. 루이 블랑과 미쉴레가 같은 시기에 『혁명의 역사』를 막 출판했고, 거리가 꿈틀대는 바로 그 시점에 라마르틴느처럼 신중한 정신에 대한 폭력을 염려했다.

그들은 모두 무엇을 바라고 있을까? 그들은 "모든 사람이 겪는 비참함이 소수의 부를 강탈하는 날, 그런 밤이 오다는 것을 모를까요? 누구에게도 남은 것이라고는 아무것도 없어요. 여기는 위험으로만 가득 차 있습니다."

위고는 라마르틴느에게 고백했다. "우리가 사랑하고 우리 두 사람이 돕고 있는 사람들의 거룩하고 정의로운 대의를 위해 나는 당신이 더 엄격해졌으면 좋겠습니다."

그러나 그러한 연회가 가열되는 것을 막기에 너무 늦은 것이 아닐까? 샬롱의 연회에서 루이 블랑과 르드뤼 롤랭은 보통선거를 요구했다. 그러나 그들에게 정치적 혁명은 '사회주의 혁명'이라는 목표로 연결되는 수단일 뿐이었다.

그는 그러한 선언에 대해 익숙치 않았다. 그는 자신이 사회의 모든 면을 알고 있는 유일한 사람 중 하나라고 느꼈다. 세상의 한쪽 면만 보는 사람도 아니었다.

그는 외면하지 않고 비참함을 주시했다. 그러한 비참함을 묘사했다. 비참함은 그가 작업하는 소설의 영혼이었다. 그러면서도 그는 권력층과 부유층들과 어깨를 나란히 하는 위치에 있었고, 튈르리 궁이나 생-클루 성에 자유롭게 출입할 수 있는 지위에 있었다.

그는 루아이얄 광장에 있는 자신의 집에서 탁아소를 위한 복권 발행을 계획했다. 알렉상드르 뒤마, 발자크, 라마르틴느, 몽테스키외 백작 뿐만 아니라 다카즈 공작부인 등 많은 사람이 찾아왔다. 복권 발행으로 2,000 프랑을 마련했다. 약 20개의 요람을 기부하기에 충분했다!

사소한 것이었을까? 그렇지만 사람들은 1792년 9월의 대학살과 로베스피에르의 단두대 중 어느 것을 선호했을까?

그는 제롬 보나파르트 왕과 그의 아들들이 프랑스로 돌아갈 수 있도록 보나파르트 가문을 대신하여 개입할 때 귀족원 연단에서 그렇게 말했다.

"내 마음에 평화롭지 않거나 온건하지 않은 것이란 없습니다!"

그는 자신이 두려워하는 것을 수없이 말했다. 그가 '타락한 양심, 돈이 지배하는 세상, 만연된 부패'에 대해 생각하는 바를 거듭 말했다. 그래서 외쳤다.

"자, 황제제도에 대해 좀 이야기해 봅시다. 그게 우리에게 도움이 될 것입니다!"

그는 사람들이 그를 '보나파르트주의자'로 몰아갈 것이라는 것을 알고 있었다. 하지만 그것이 중요할까!

"여러분, 오늘 위험이 어디에 있는지 알고 싶습니까? 군주들의 편이 아니라 군중의 편으로 눈을 돌리십시오. … 말하기가 아주 고통스럽지만, 어디에 많은 유용한 세균이 있고, 동시에 어디에 많은 무서운 효소가 있습니까… 민중이 고통받아서는 안 됩니다! 배고프지 않아야 합니다! 여기에 중요한 문제가 있습니다, 위험이 존재한다는 것입니다. 뷔장세에서 쇠스랑을 든 공격이 의도와 다르게 깊은 구렁에 빠져든 것입니다."

그는 덧붙여 말했다.

"이 정부에 경고를 보내는 것입니다!"

그러나 누가 그 말을 들었을까? 기조였을까?

위고는 고개를 가로 저었다.

"기조는 개인적으로는 부패하지 않았고, 다만 부패를 통해 통치합니다. 내가 보기에 그는 매춘 업소를 운영하는 정숙한 여자처럼 보입니다!"

그는 그런 걱정에서 벗어나고 싶지만, 슬픔과 고뇌가 그에게 달라붙어 있는 듯 했다.

사형수 감방에서 오랫동안 이야기를 나누었던 암살자 마르키는 참수를 당했다. 스무 살 남짓한 남자 이야기, 그 얼굴이 떠올랐다. 샤를르의 또래였다! 독립하기를 원했던 아들, 돈을 달라던 아들, 아들을 대신하여 입대할 사람을 찾아야 했었다. 위고 샤를르를 대신하여 입대할 남자는 1,100프랑을 요구했고, 그에게 지불해야만 했었다!

프랑수아-빅토르, 그는 병에 걸려 정신이 오락가락했고 얼굴은 벌겋고 몸까지 떨었다. 장티푸스였다. 그리고 그토록 강하고 무너지지 않을 것같은 아내 아델도 차례로 병에 걸렸다.

그렇게 죽음이 도사리고 있었다. 쥘리에트는 그를 안심시키려고 애썼지만,

한편으로는 불안함도 감추지 않았다. "사랑의 질투를 제외하고는 저의 온전한 존경과 모든 동정은 당신의 고귀하고 훌륭한 아내를 위한 것이라는 것을 당신은 알고 있지요… 저는 용기 있게 당신을 기다립니다. 사랑하는 이여."

그러나 그는 운명 앞에서 무력감을 떨칠 수 없었다.

'죽음이 계속 내 주위를 맴돈다면 생각보다 슬프지 않게 삶을 포기할 수 있을 것이다. … 아무도 나를 더 이상 사랑하지 않는 날이 온다면, 오, 차라리 죽어버릴 것이다. …'

그리고 죽은 레오폴딘느와 클레르가 그를 괴롭혔다. 죽은 각각의 아이가 상처를 헤집었다.

"우리는 운명의 죄수이지요." 그는 외동딸을 잃은 작가 아르센 우세이예에게 말했다. "사람들은 오고 가고 일하고 심지어 웃기까지 합니다. 그러나 무엇을 하든 마음에는 항상 어둡고 쓸쓸한 것이 있지요."

그리하여 그는 일에 몰두했다. 글을 쓰기 위해 새벽 1시까지 저녁을 먹지 않기로 했다. 결국 열이 오르고 탈진하여, 흥분된 상태로 뛰쳐나왔다.

그는 쥘리에트의 집으로 갔다. 그녀는 대부분의 경우 잠을 자거나 그렇지 않으면 비난하기 일쑤였다. "제가 처음 잠드는 시간인 자정 전에는 당신이 오고 싶어하지 않는다고 생각하니 너무 슬퍼요. 자정에는 제가 사는 고독 속에서 벗어날 수 없는 때거든요." 그녀는 그가 '그의 일'에 대해 언급하는 것을 더는 들으려 하지 않았다!

"나는 당신의 두뇌가 시계추처럼 규칙적으로 작동하고, 당신이 매일 밤 자정까지도 여유가 없다는 것을 이해할 수 없어요. 일이라기보다 어떤 계략인 것 같아요."

그는 대답하지 않았다.

그녀는 그를 '독한 배신자'라고 몰아세웠다.

"당신은 끝도 없고 단조로운 이런 사랑을 좋은 마음으로 받아들여야 해요… 당신은 거리에 나가면 모든 계층의 사람들로부터 보상을 받고 있기 때문이죠. 저는 당신에게 불평하는 게 아니예요."

다시 침묵해야만 했다. 쥘리에트를 떠나 레오니를 다시 만나고 그녀를 사랑해야 했다.

그리고 다시 밖으로 나와 욕망이 온몸을 침범하도록 방치한 채, 머리 속에 있는 수많은 상념을 몰아내고, 어떤 여자에게든 관계없이 그 여자를 정복하는 데 필요한 것을 말해야만 했다.

"부인, 난 그저 한 마리 개일 뿐이지만 당신을 사랑해요…"

그는 또 다른 소녀를 따라가게 될 것이고 대가를 지불할 참이었다.

아니면 에밀 드 지라르댕의 정부이자, 그 남자와 다른 남자 사이를 오가는 에스떼르 기몽에게서 하룻밤 혹은 한 시간의 밀회를 차지하려고 할 것이다. 에밀 드 지라르댕, 그는 친한 친구였다. 위고는 방금 상원에서 그를 변호했다. 그는 정부 부패의 원인 제공 혐의로 기소되었었다.

그러나 욕망은 우정을 흔들어 놓기도 했다.

그는 에스테르에게 한 통의 편지를 썼다. "언제가 낙원일까요? 월요일에 원하오? 화요일이 좋은가요? 수요일은 어떻소? 금요일은 두려워요? 나는 미루는 것이 두려울 뿐이오."

그는 여자를 소유할 때마다 욕구가 충족되고 더 한층 욕망이 솟는 것 같았다. 육체도 그를 만족시키지 못했다. 그는 그들을 모두 껴안고, 쓰다듬고 또한 마음을 차지하고 싶었다. 사람들이 깊은 심연에 빠지는 것처럼 마음이 멈출 때, 쾌락에 빠져버리고 싶었다.

그는 알리스 오지에 대한 뜬금없는 말을 접하게 되었다. 그녀는 배우이자 댄서였다. 스물 다섯 살이었다. 그녀는 파리에서 가장 아름다운 몸매에 가느다란 갈색 곱슬머리, 탱탱한 젖가슴, 엉덩이까지 풍만하다는 소문이었다 그녀는 왕의 아들인 공작의 침대, 한 은행가의 침상 등 많은 침대에서 뒹굴었다. 그녀는 가구와 특별한 침대를 샀다고 위고에게 설명했으며, 또한 그를 만나 몇 구절의 시를 듣고 싶다고 말했다.

그의 몸과 마음은 정념에 휩싸였다. "제가 이렇게 편지를 쓰는 것은 한남자에게가 아니라 … 절반은 하느님이신 분입니다."라고 그녀는 말했다.

그의 정신 속에는 오로지 그녀만 있었다. 그는 그녀에게 답했다.

> 석양이 물들어가는 시간
> 하늘이 황금 빛으로 가득 찬 곳
> 플라톤은 파도에서 나오는 비너스를 보고 싶어하나
> 난, 알리스가 침대에 가는 것을 보고 싶어라

그는 그녀의 집으로 갔다.

> 어두움 속에 가려진 이 푹신한 침대
> 수많은 큐피드가
> 벗은 발로 바스락거리고
> 어두운 바다와 닮은
> 그 바다에서 나오는 비너스를 바라보노니.

그 어떤 것도 그가 그 여자를 취하는 것을 막을 수 없었다.

> 마호가니 침대가 아니어도 그 침대가 그토록 아름다워
> 보석 상자보다 보석에 감탄할 뿐.

그는 그녀의 육체에 도취되었다. "카통*이 아니라 창녀가 되라."라고 그는 말했다.

알리스는 한 발짝 내딛고 웃으면서 자기가 샤를르를 안다고 했다. 샤를르 위고, 맞아, 그의 아들이라고!

아름다운 이여, 나는 당신을 나의 불꽃으로 색칠했지만
내 아들은 더 잘 해냈다오
그는 내 **빵**을 덥석 물고 있다오, 부인
그리고 눈앞에서 먹는다오.

그는 샤를르가 알리스에게 썼던 소박하지만 위엄 있는 편지를 발견했다.

"당신은 아버지와 영광을 선택했군요. 당신을 비난하지 않습니다. 어떤 여자라도 당신처럼 선택했을 겁니다. … 안녕히 그리고 고마웠어요. 그분과 행복하세요. 비록 그는 내가 당신을 사랑했던 것보다는 당신을 더 사랑하진 않을 것이라는 것을 기억하지만 여전히 당신을 사랑합니다. 감사, 감사, 감사해요."

운명은 그런 것이었다. 위고는 아무런 후회도 없었다. 그는 자신의 욕망을 꽃피워야만 살 수 있고, 살아남을 수 있다는 것을 알고 있었다. 하지만 쥘리에트는 그가 왜 불행한지 알려고도 않고 샤를르에 관해서만 말했다. 그는 그러한 쥘리에트에게 속삭였다.

"많은 것들이 나를 슬프게 한다오. …"

항상 관대했던 쥘리에트는 걱정하며 위로했다.

"불쌍한 샤를로, 2주 동안의 부재가 이 불쌍한 소년의 삶에 깊이 뿌리를 내릴 시간으로는 부족했던 관계를 완전히 깨뜨렸군요. 그는 건강하게 돌아와서 적어도 잠시 동안은 잠잠할 거예요. …"라고 그녀는 말했다.

---

*Caton(BC 234-149), 사치를 배격한 농민 출신의 정치가.

그는 아무것도 인정하지 않았다. 왜 고통스럽게 만드는가? 그는 천천히 루아이알 광장으로 되돌아왔다.

12월의 마지막 날이었다. 왕의 누이이자 고문인 아델레이드 부인이 밤중에 사망했다.

위고는 튈르리로 가면서 그 날 아침에 보았던 왕의 고통이 떠올랐다.

위고는 자기의 작업실로 들어갔다. 한밤중이었다. 그는 쥘리에트에게 늘 하던 대로 편지를 쓸 셈이었다. 쓸 말이 저절로 떠올랐다. "천국에 있는 사랑하는 사람들과 함께 살아갑시다. 사랑하오! 당신은 내 기쁨이오! 오! 행복하기를!"

이어서 그는 매일 알게 된 것을 기록하는 수첩을 펼쳐서 다음과 같이 써내려갔다.

"마담 아델레이드는 '왕의 수호신'이었다. 그 노인은 얼마나 공허할까!… 왕이 우는 것을 보는 것만으로도 고통스럽다. … 의원들은 왕이 받게 될 충격에서 오는 불안과 고통의 비탄에 젖은 튈르리를 떠났다."

"오늘 밤, 모든 극장 휴관."

"이렇게 1847년이 저물었다."

제2부
1848-1851

1848

나는 내가 할 수 있는 일을 했소. 봉사했소. 밤도 새워가며.

때론 사람들이 나의 고통을 비웃는 것도 보았소

위고는 독서를 멈췄다. 목이 칼칼했다. 쥘리에트가 내민 물잔을 들었다. 그는 원고의 페이지에서 눈도 떼지 않은 채 마셨다. 그는 서둘러 계속 읽어나가서, 아라스 중죄 법정 홀에 있는 '몽트뢰이으 쉬르 메르의 시장 마들랜느'의 다음 부분을 읽었다.

그는 꿈을 꾼대로 그러한 대사를 썼지만, 앞으로 어떤 일이 벌어질지, 마들랜느 시장이 내릴 선택에 대해, 죄수였던 과거를 숨기고 '불쌍한 사람들'을 구제하는 데 전념하는 그 남자에 대해 여전히 아무것도 모르고 있다는 생각이 들었다.

그는 부드럽게 묻는 쥘리에트의 목소리를 겨우 들었다.

"그렇게 읽다보면 피곤하지 않나요?"

그는 저녁 무렵부터 큰 소리로 읽고 있었다.… 그는 고개를 저었다. 다시 읽기 시작했다.

사람들이 영아 살해로 시작했는데 지금은 죄수, 재범자, '전과자'로 퍼져 나가고 있다. 그 남자는 사과를 훔쳤지만 잘 입증되지 않은 듯 보였다. 그는 이미 툴롱의 갤리선에 가본 적이 있었기 때문이었다. 그것이 그의 사업을 망치는 것이었다.…

목이 메었다. 그는 청중석 가운데로 나와서 큰 소리로 외치는 마들랜느 시장의 운명에 매료되었다. "검사님… 당신은 큰 실수를 하고 계십니다. 이 남자를 풀어 주시오… 나는 이름을 숨겨왔고, 부자였으며, 시장이 되었습니다. 나는 정직한 사람들에게 돌아오고 싶었습니다. 하지만 그것은 가능해 보이지 않습니다."

그는 자신이 소설의 저자라는 것을 잊었다. 마들랜느 시장이란 이름을 가진 장 트레장을 창조한 저자, 한 놈팽이가 옷 속에 눈덩이를 넣어 괴롭혔던 불쌍한 소녀 팡틴느란 인물을 창조해낸 저자라는 사실을.

그는 마침내 머리를 들었다. 그는 오랜 전에 태부 로에서 있었던 장면이 떠올랐다. 아카데미 프랑세즈에 막 선출되었던 그가 한 소녀를 위하여 증언했던 일이었다.

그가 실제로 겪었던 사건에 소설의 살을 붙였다.

그는 쥘리에트에게서 감동과 존경의 눈빛을 보았다. 그가 그녀를 필요로 하는 것은 바로 이러한 것, 둘 사이의 감정적 일치 때문이었다. 그녀에게 더 이상 욕망이 생기지 않아도 부드러움이 있고, 그녀와 공유하는 것이 있어 함께 살고 있었다.

"용감한 장 트레장의 가혹한 모든 고통이 느껴져요. 이 불쌍한 순교자의 운명에 저도 모르게 눈물이 나요. … 그것에 대해 당신에게 무어라고 말해야 할지 모르겠지만 … 제가 알고 있는 모든 지식과 마음과 영혼은 당신이 『레미제라블』이라고 부르는 이 숭고한 책에 푹 빠져버렸어요. 나는 확신해요. 이 책을 읽는 모든 사람들은 제가 판단할 수는 없지만, 문학적인 가치와는 별도로 저와 똑같은 것을 느낄 거예요." 그녀는 말했다.

그런데 정치와 사건들, 욕망이 그를 서재에서 밖으로 끌어냈으니 '불쌍한 사람들'은 어떻게 마무리 해야만 할까?

하지만 그는 거부하지 않았다. 반대였다! 그는 시청을 포위한 채 표석을 뜯어내며 항의하고 반란을 일으킨 그 군중에 매료되었다. 기조 정부는 2월 22일 개혁 선언을 위해 열 예정이었던 연회와 시위를 금지했기 때문이었다.

그는 의회에서 의자에 앉아 정부에 도전하도록 그에게 요구하러 찾아온 동료들의 말에 귀 기울였다. 그는 주저했다. 그는 라마르틴느가 기조의 정책을 비판하고 개혁을 요구하며 연회 금지를 비난하기 위해 하원에 개입했다는 것을 알고 있기 때문이었다. 또한 친구인 에밀 드 지라르댕도 역시 똑 같이 했기 때문이었다.

2월의 어두운 거리는 "기조는 물러나라! 개혁 만세!"라고 외치는 소규모의 군중들로 혼란스러웠다.

그는 멀리서 창과 검, 총과 도끼로 무장한 사람들을 발견했다. 그들은 풍뇌프 다리를 건너오고 있었다. 그는 콩코드 다리를 향해 걸어갔다. 기병연대가 그를 막아섰고, 때때로 그들은 고함을 지르고 개혁을 요구하면서 흩어지는 사람들을 광장으로 몰아넣었다. 그리고 굽힘 없이 "공화국 만세"라 외치는 목소리가 들려왔다.

그는 알리스 오지의 집으로 갔다. 그녀는 샤세리오라는 화가와 함께 살고 있었다.

그녀는 집에 있었다. 그녀는 나뭇가지 모양의 촛대의 밝은 빛을 받으며 어깨에 착 붙는 붉은 캐시미어 숄 차림에 미소를 띠고 있었다. 그녀는 그를 살펴보고 있었다.

그는 본 것을 말해 주었으며, 나즈막한 목소리로 덧붙여 말했다. "비천함이 사람들을 혁명으로 이끌고, 혁명은 사람들을 비참함으로 빨아들이오." 이어서 말했다. "폭동은 진압되지만, 혁명은 승리할 것입니다."

그러나 거기, 그 테이블에선 잊어야만 했다. 알리스는 숄을 내려서 목덜미를 반쯤 드러냈고, 드레스를 살짝 걷어 올려 다리를 보인 채, 발꿈치를 테이블에 올려 놓았다. 샤세리오는 질겁을 했다.

갑자기 총격전과 경고 소리가 들려왔다.

위고는 황량하고 음산한 거리를 지나 돌아왔다. 가로등은 모두 박살이 났다. 루아이얄 광장은 군 막사처럼 차단되었다. 군인들은 아케이드 아래 매복해 있었다. 생 루이 로에는 대대병력이 벽채를 따라 조용히 몸을 등지고 있었다.

2월 23일에서 24일 밤새도록 총성이 울렸다. 횃불의 연기 자욱한 불빛은 카퓌신느 인도에서 벌어진 총격 후에 희생자들의 시신이 던져진 시체더미를 비추고 있었다. 군대가 시위대를 향해 총을 쏘았던 것이다.

> 사람들은 문을 닫고, 창가로 몸을 굽혔구나.
> 누더기 차림의 폭도, 밤처럼 서글퍼라
> 전진하라, 모여라, 나아가자, 함성이 들려오는데
> 군대는, 기병은 무엇을 하는가
> 폭도는 나아간다, 무시무시하게, 튈르리 주변으로
> […]내전! 폭동! 오 슬픔이여! 이 밤
> 검고 차가운 포도鋪道를 마지막 침대로 삼는가!223

목요일 아침, 그는 경고 방송을 들었다. 그는 마레 거리에 군대가 접근하지 못하도록 바리케이트가 쳐진 것을 발견했다. 그때 목이 터져라 노래하는 아이의 목소리가 날카롭게 들려왔다.

하지만 93년*에 사람들은 말했어
루이 16세의 죽음을 의결했다고
아! 아! 아! 그래 정말이야
까데 루셀은 착한 아이였어!

평등이란 시민은
그를 전하라고 부르고 싶었어
맹세했어, 그건 내게 이상해 보였어
카르마뇰**을 춤추는 그가…

이 재미있는 노래가 전제 군주의 종말을 고한다는 느낌이 들었다.

그는 8구역 시청에서 시장을 만났다. 군중들이 건물 앞에 몰려들었다. 소식이 이어졌다. 주 방위군이 폭동에 합류했다. 군인들은 폭도와 친해졌다. 뢰이이 병영은 점령되었고, 미님므의 병영은 항복을 했다. 루이 필립 왕은 기조를 해임했으며, 의회는 해산되었다. 그리고 불과 몇 시간 후, 왕은 퇴위했다.

그것이 바로 역사였다.

위고는 묘한 느낌이 들었다. 그는 지켜보았다. 마치 관객처럼. 또한 불안했다. 자유는 어떻게 될까? 사람들은 라 카르마뇰을 불렀다. 그는 공포와 단두대의 시대를 연상시키는 얼굴들을 보았다. 행동해야만 했다.

시장은 그가 시청의 발코니에서 연설하도록 요청했다. 그는 그 소란스러운 군중을 압도하고 의회의 해산과 루이 필립의 퇴위를 선언했다. 환호성이 그의 목소리를 삼켜버렸다. 그는 외쳤다.

"오를레앙 공작부인이 섭정할 것입니다!"

---

* 대혁명 당시 루이 16세가 처형된 해.

** La Carmagnole. 프랑스 혁명 당시 유행한 춤.

알아들을 수 없는 중얼거림과 섞여서 몇 군데에서 환호하는 소리가 들렸다.

그는 사람들이 모인 바스티유 광장으로 가서 다시 그 말을 해야 했다. 위고는 그러한 확신과, 자신을 앞으로 나아갈 수 있게 한 힘, 종종 적대적이기도 하지만 놀라는 시선으로 바라보는 무장한 사람들의 무리를 가로질러 앞으로 나아가게 하는 그러한 힘에 자신도 스스로 놀랐다.

그는 기둥의 받침대에 올라가서 반복하여 외쳤다. "왕이 퇴위했습니다!"

그런데 한 목소리가 응답했다. "아니오, 퇴위가 아니라, 폐위된 것이오! 폐위!"

군중들이 그를 좋아하지 않는다고 느꼈다. 그는 말했다. "섭정…." 그러자 야유가 터져나왔다. "부르봉 왕가는 물러가라! 왕도 싫고, 왕비도 싫고, 주인도 아니다!" 파란 작업복 차림의 남자가 소총을 들어 조준했다.

그에게서 시선을 떼지 말고, 폭도가 소리치는 동안 눈을 똑바로 쳐다보아야 했다.

"의원은 닥쳐라! 의원은 물러가라!"

위고는 한 발 물러났다.

그는 그가 할 일은 완수했다는 느낌이 들었다. 군중이 갈라졌다. 그런데 갑자기 파란 작업복을 입은 남자가 거기서 나타나 총을 다시 겨누며 외쳤다. "의원을 죽여라!"

멈춰서는 안 되었다. 계속 나아가야 했다. 그는 한 노동자가 손으로 총대를 잡아 아래로 내리며 고함치는 것을 보았다.

"안되오. 의원에게 존경을 표하시오!"

그는 루아이얄 광장으로 조용히 돌아왔다. 그는 건물 정면 중 한 곳에 걸린 표지판이 눈에 들어왔다. '보주 광장'이라고 쓰여있다. 루아이얄 광장은 지워지고, 혁명이 광장을 탈환했다!

부르봉 궁에서 라마르틴느가 공화정을 선포했다. 그는 임시정부의 일원이었다. 그는 붉은기를 강제하려는 폭도들 사이에서 삼색기를 고수하는 데 성공하고 큰 소리로 외쳤다.

"시민들이여, 삼색기는 공화국과 제국과 함께, 그리고 여러분의 자유와 여러분의 영광을 온 세계에 알렸습니다!"

라마르틴느를 만나야 했다.

위고는 그 해 2월 25일 시청으로 향했다. 군중이 빽빽이 몰려있어 나아갈 수가 없었다. 그때 방위군 사령관이 다가오더니 외쳤다. "빅토르 위고를 자리로 안내하라!" 그러자 군중이 갈라졌다.

라마르틴느는 거기, 점령한 거실 안에서 가슴에 삼색의 스카프를 가로 매고 뼈를 잡은 채 갈비를 뜯으면서 서 있었다. 그리고 팔을 벌려 환영했다

"오! 우리에게 오셨군요. 빅토르 위고 의원님, 공화국으로는 신입 당원이시군요!"

그는 창 쪽에 가서 자리를 잡았다.

"보시오, 이것이 대양이오." 라마르틴느는 중얼거렸다.

그는 한 자치구의 시장 자리를 제의하는 말을 들었는데, 장관 자리는 어떨까? 공화국의 교육부 장관은? 그는 고개를 저었다. 그는 제의를 원치 않았다. 그는 군중에 질겁했기 때문었다. 그런 사람들이 민중일까? 단지 일부의 희미한 거품의 문제일까? 그런데 공화국을 위해서는 너무 빠른 것이 아닐까?

그는 물러 나왔다. 그는 오를레앙 공작부인의 고문이 될 수도 있었지만, 섭정은 왕과 함께 진행되고 있었다.

느닷없이 그들은 외치네, 폴리냐크나 기조를 타도하라!
변두리에서 온 아이가 노래를 부르며 돌격 하네
한 사람이 구현한 8세기의 역사

아이는 로마를 갖는 것처럼 파리를 갖는다네

웃으면서, 피를 흘리면서. 우리는 자신을 방어하지 못하네

그는 이기네, 그는 어린 아이를 넘어 왕이 되고

그는 달리네, 루브르를 취하고 튈르리 궁전에 입성 하네

그에게는 왕좌를, 그에게는 높은 회랑을

그는 거니노니, 대신으로서 마라와 함께

플로르 정자에서 마르상 정자까지.224

그러나 위고는 그토록 속히 포기하고 싶지 않았고, 폐위 된 왕이 그에게 보여준 우정을 생각했다. 아직 때가 아니었다. 그는 정치 문제에서 사형제 폐지를 막 통과시킨 라마르틴느에게 편지를 썼다.

"숭고한 사실입니다.… 박수를 보내며 마음속 찬사를 보냅니다. 선생은 천재 시인, 천재 작가, 천재 웅변가이며 지혜와 용기를 가지고 계십니다. 당신은 위대한 분입니다."

"나는 선생을 존경하고 그리고 사랑합니다."

라마르틴느는 그의 내각에 샤를르 위고를 받아들일 결심까지도 하게 되었다.

그는 화산과도 같은 파리와 거리를 두었다. 혁명, 공화국은 그가 46번째 생일이 있는 달에 태동했다. 그에게 빠른 것일까 아니면 늦은 것일까?

그는 함성과 '조국에게 죽음을', '카르마뇰 춤을 추자' 같은 노래를 들었다. 분위기는 폭풍과 같았다. 그는 다른 사건들이 일어날 것이며, 이미 더 참혹할 것이라고 확신했다. 의심할 것도 없이 그 때가 올 것이다.

그 시점에, 그는 레오니의 육체가 그리웠다. 밤마다 날 듯한 걸음으로 라페리에르 로 12 번지 그녀의 집으로 갔다.

그녀는 집에 있었다. 여전히 아름답고, 열정적이고, 말이 많고 질투심도 있는 그녀는 '늙은' 쥘리에트를 비웃으며, 그녀를 계속 만나는 그를 나무랐다. 위고는 동정과 연민 외에는 쥘리에트와 더 이상 관련이 없다고 대답해야 했다. 만약 그가 쥘리에트를 더 이상 만나지 않는다면, 그녀는 어떻게 될 것인가?

그는 자신이 말했던 것이 탐탁치 않았다. 그는 화제를 돌리려고 했다. 파리에 문을 연 실업자 구제 취로 사업장이 가난한 사람들에게 일자리를 주어야 한다는 것이라든지, 이어서 이탈리아, 오스트리아 등 전 유럽을 뒤흔든 혁명에 관해서도 말했다.

이윽고 그녀는 그의 말을 듣고나서, 친구 아믈랭 부인이 보나파르트가 권좌를 회복하는 것과 아직도 감옥에 있는 루이 나폴레옹도 복귀하기를 얼마나 기대하고 있는지를 그에게 설명했다. 하지만 민중이 결정하려면 프랑스에 돌아오도록 해야 한다는 말을 덧붙였다.

그는 말했다.

"자의건 타의건 어떤 제약을 하더라도 완전하고도 결정적으로, 나는 나폴레옹을 존경하는 사람들 중의 한 사람이오."

그녀는 그에게 다가왔고, 그는 내맡긴 육체에 빠져들었다.

보주 광장, 그의 작업 탁자 위에서 시장 직을 수락했다고 예단하고 항의하는 아홉 번째 자치구의 민중연합에서 온 편지를 발견했다. 그는 읽고 또 읽어보았다. 도대체 그들은 왜 그를 증오했을까?

"우리는 오래전부터 당신의 경멸스럽고 거만하며 귀족적인 행적을 알고 있었기 때문에 프랑스 공화국의 민주적 기구에 대한 당신의 헌신을 신뢰하지 않소. 또한 당신의 과거 행동은 우리가 솔직히 쉴 수 있는 만족할 만한 보증을 못하기 때문이오."

그러나 그는 아무것도 구하지 않았다! 그는 단지 자유의 나무, 보주 광장이란 나무를 심는 의식을 주재하는 것에 동의했을 뿐이었다!

그는 그의 생각을 숨기지 않았다. "첫 번째 혁명은 파괴되었다. 두 번째 혁명은 만들어가야 한다. 첫 번째 자유의 나무는 자유, 평등 그리고 인류의 평등을 위하여 예수가 희생으로 짊어진 십자가이다.… 항구적 자유 만세! 전 세계적인 공화국 만세!"

그럼에도 불구하고, 그는 제헌의회 선거에 출마하고 싶지 않았다. 하지만 그는 압력을 받았다. 사람들이 그를 이해하는 데는 시간이 필요했다. 적대적인 시선이 그를 따라다녔다. 그가 쥘리에트에게 그런 사실을 털어놓자, 그녀는 도피할 때 돈을 숨길 허리띠를 준비해 주었다. 그들은 바스티유 광장에서 그를 죽이겠다고 위협했었다!

그럼에도 불구하고 시민들은 그가 어떤 일이 있더라도 후보가 되어야 한다고 고집했다. 다시 그는 유혹을 받았다. 실은 그가 정치적 행동을 꿈꾸지 않았던가? 그는 여전히 망설이다가 결단을 내렸다.

"나는 나서지도 않고, 거부하지도 않을 것이다."

사람들이 그를 원한다면 그에게 표를 주리라.

"그의 마음과 양심이 있다면, 그의 인생에 관해 한 페이지를 썼던 그 사람 자체는 자연스럽게 드러날 것이다."

그는 한 걸음 물러나 있었다. 군중의 행렬은 함성을 외치며 아직도 거리를 행진하고 있었다. "사회공화국 만세!"

그는 취로 사업장에서 하루 종일 게으름 피우고, 술 마시고, 카드놀이를 하고, 잡담을 하고, 특정한 임무를 부여받지 않고도 급여를 받는 노동자들을 지켜보았다. 지나가는 용기있는 사람들의 분개한 목소리도 들었다. "군주시대는 한량이 있었고, 공화시대에는 백수가 있으리니." 그는 그러한 취로 사업장과 더불어서 그들은 '부질없이 낭비되는 거대한 힘'이라는 느낌이 들었다.

그는 위협이 쌓여간다고 느꼈기 때문에 걱정하고 있었다. 그러나 위협을 어떻게 거부할 수 있으랴?

그는 선거 결과를 기다리고 있었다. 물론 그는 후보자가 아니었지만, 사람들이 자발적으로 그에게 투표하기를 기대했다. 라마르틴느는 파리에서 259,000표, 프랑스 전역에서 1,600,000표를 얻어 수도의 첫 번째 선출 공무원이 되었지만, 그는 단지 59,444표만 얻어 패배했다. 투표자들은 그를 샹가르니에 장군보다 단 200표 더 많은 48위에 두었다.

> 나는 내가 할 수 있는 일을 했소. 봉사했소, 밤도 새워가며
> 때론 사람들이 나의 고통을 비웃는 것도 보았소
> 증오의 대상이 되어 놀랐소
> 고생도 많이 하고 일을 많이 했소
> 날개도 펼 수 없는 이 지상 감옥에서
> 아무런 불평도 없이, 피를 흘리고, 조롱받으며
> 우울하고 지치고 인간 죄수들에게 시달리고
> 나는 영원한 쇠사슬의 연결고리를 달고 살았소.[225]

이번 총선 패배는 방금 귀싸대기를 맞은 것 같았다.

> 난 혼미와 권태로 꽉 차 있소. 어떤 남자처럼
> 동트기 전에 일어나서 잠을 못 이루는 사람.[226]

그는 제헌의회에서 국가의 미래를 결정하는 사람이 아니었다! 쥘리에트가 그를 위로하기 위해 편지를 썼을 때 그는 웃을 수 없었다. "안녕, 사랑하는 이여, 안녕, 내 가슴으로 선택한 분. 저는 당신을 제 공화국의 첫 번째 시민으로 선언하고, 당신을 저의 최종 정부의 수뇌부에 두었어요… 그렇기 때문에 저는

못된 블랑키 씨의 친구들을 입과 턱까지 두들겨 패도록 부름을 받은 축복받은 대표들이 누구인지 알아야 해서 투표 결과를 알고 싶어요."

그녀는 그가 폭동에 끼어들려고 하는 것이 습관 되었다고 싫은 소리를 했다. 그녀는 '사람들이 폭도들의 목을 조르기'를 기대했다. "더 이상 혁명도 진화도 신비도 없다면 저는 이 정부를 지지해요. 그럼에도 불구하고, 당신이 저를 도와주셔요, 그러니 제 방으로 정기적으로 만나러 와 주세요. 저는 당신이 저를 죽도록 사랑해 주었으면 해요, 그게 전부예요.…"

그러나 정작 그가 사랑을 나누어야 하는 사람은 바로 레오니 도네였으니! 그런데 그녀조차도 그가 5명의 집행 위원회 구성을 잊게 만들 수 없었다. 그 중에는 라마르틴느가 있었다.

강은 흐르고 있는데, 자신은 쓸모도 없고 잊혀진 채 강둑에 남아 있다는 인상을 받았다.

그리고 물살은 점점 거세게 흘러갔다. 5월 15일 블랑키가 이끄는 극단주의자들, 과격파들의 시위가 의회를 침공했다. 위고는 말했다.

"이미 민중이 아니었던 한 폭도, 사악한 얼굴에, 충혈된 눈, 맹금류의 부리를 닮은 코를 가진 폭도가 소리쳤소. '내일 우리는 자유의 나무를 세운 만큼의 단두대를 파리에 세울 것이다.' 라고."

의원들은 저항했다. 바르베스와 라스파이는 체포되었고. 블랑키가 숨어버렸다. 카베냑 장군은 그 전쟁의 장관으로 임명되었다.

그때 1793년처럼, 사람들이 피를 흘리거나 머리가 나뒹굴지 않도록 해야 했다.

위고는 분개하여 소리쳤다.

"뭐, 항상 똑같은 낡고 붉은 누더기! 항상 같은 창! 오 끔찍한 일을 되풀이 하는 자들! 그 일은 위대하니까 존중하시오…" 테러와 공산주의가 결합되어 서로 지지하는 것은 인명과 재산에 대한 오래된 범죄일 뿐이었다. 그러한 이론의 연장선에서 보았을 때, 현상을 깊게 파고 들어가 보면 마라와 페르 뒤쉬슨느* 의 본질적 부분에 도달하게 되었다. 그는 공산주의를 '카르투슈'라고 하고 테러를 '망드랭'**이라고 한다는 것을 알게 되었다.

그가 말하는 것은 바로 그것이었다. 부분 선거여러 현懸에서 의원이 선출되기 때문에 그는 입후보할 것이다! 그에게는 선택이 명확해 보였기 때문이었다. 두려운 것 하나는 바로 붉은 깃발의 공화국이었는데, 장엄한 명구로 '자유, 평등, 박애' 혹은 섬찟한 선택지로 '죽음' 을 덧붙일 것이었다. 다른 것은 바로 삼색기의 공화국, '성스러운 프랑스인의 공동체'의 공화국이었다. 삼색기의 공화국을 문화라고 부르고, 붉은 깃발의 공화국은 공포라고 부르리라.'

그는 그것을 기록하고 그 생각을 믿음의 고백으로 삼으려고 했다. 그래서 그는 유권자들에게 그를 소개하는 5대 예술산업협회 총회에서 연설할 예정이었다.

"한 달 전에, 나는 선거 주도권을 존중하기 위해 개인 출마를 기권하는 것이 내 의무라고 생각했습니다. … 위험은 다 드러났습니다. 나를 소개합니다." 그는 말했다.

사람들은 갈채를 보냈다. 그는 객석과 대화를 했다.

"범죄이고, 재앙이었던 5월 15일 시위 이전에는 자신을 후보로 내세우는 것은 하나의 권리일 뿐이었습니다.… 오늘 이것은 의무이며, 누구도 의무를 포기하지 않습니다. 의무를 기권하는 것은 의무를 저버리는 것입니다. 여러분도 아실 겁니다. 나는 기권하지 않습니다. 깊이 생각한 것을 한 마디로 요약하자면 전제 군주에 대한 강한 증오, 민중에 대한 깊고도 온화한 사랑입니다.…"

그는 만장일치로 연합 협회의 후보로 선포되었고 6월 4일에는 86,965표를

---

* Marat, Père Duchesne. 과격파 신문.
** Cartouche, Mandrin. 18세기의 유명한 강도들.

얻어 7위에 올랐습니다. 여덟 번째는 아블랭 부인과 레오니 도네가 말했던 루이 나폴리옹 보나파르트로 위고보다 2,500표를 적게 얻었다.

위고가 의회에 입장하여, 첫 연설을 하기 위해 연단에 올라갈 때는 크나큰 열광과 기쁨의 순간이었다. 온 나라와 수도에 산재한 유일한 문제로서 취로 사업장의 문제에 대해 속임수를 쓸 수가 없었다.

"게으름 피웠던 4개월 동안에, 우리는 용감한 노동자들을 문명이 보장할 수 없는 적대적인 놈팽이로 만들었습니다. 나폴레옹이 영웅으로 만든 이 사람들을 우리의 시사비평가들은 야만인으로 만들어 버렸습니다! 이따금 내 마음 속 깊은 곳에서 슬픔이 밀려왔습니다.…"

"우리가 배신하고 타락시킨 고상하고 점잖은 민중들! 할 일 없고, 안일하며, 길들여진 태만한 사람들. 장벽, 끝없는 도박, 지루함, 말다툼. 만족할 만한 급여 대신 마음을 황폐시키는 자선. 명예 훼손, 풍자하는 글, 혐오스러운 포스터 등 아아! 당신들은 민중들을 비하하고, 잘못 이끌고 있습니다. 붉은 공화국과 푸른 포도주로 민중들을 취하게 하는 일은 언제 끝날까요?"

그는 비참함 때문에 반란에 가담한, 이념에 세뇌된 국영 공방의 노동자들과 나머지 국가의 다른 지역 노동자들과의 대립을 막기에는 너무 늦었다고 확신하니 마음이 찢기는 것 같았다.

그는 '자칭 민주적 사상가, 사회주의적 사상가'라는 사람들이 무슨 일이 일어날지를 알고 있다면 불행에 대비하여 불행을 조장하지 말고, '절망에 대비하기 위해 절망을 선동하지 않기'를 바랐다.

그가 국회의사당 연단 모서리를 두 손으로 움켜쥐며 쥐며, 그 해 6월 말, 1793년의 공포를 되풀이하려는 이들에 대한 탄핵을 예견할 때 의원들은 그에게 박수갈채를 보냈다.

"여러분 조심하십시오! 두 가지 재앙이 여러분의 문 앞에 있습니다. 두 괴물이 기다리고 포효합니다. 우리와 여러분의 뒤에서, 어둠 속에서, 내전과 노예

전쟁, 즉 사자와 호랑이와 같습니다. 그들을 풀어주지 마십시오! 하느님의 이름으로 우리를 도우소서!" 그는 절규했다.

너무 늦었다. 그는 그것을 알고 있었다. 위고는 노동자들이 솔로뉴 지방의 물 빼기 사업 같은 주요 작업장 고용을 위해 해고되거나, 입대 또는 지방으로의 전출 중 하나의 선택밖에 없다는 것을 알기 때문에 취로사업장 해산에 투표를 했다. 그들은 받아들이지 않을 것이다. 위고는 이미 보주광장 주변 골목에 첫 번째 바리케이드가 세워지는 것을 보았다. 벌써 함성 소리가 울려퍼졌다. "빵을 달라, 일을 달라 아니면 죽음을 달라!"

그는 군대의 소극적 대처에 놀랐고 분통을 터뜨렸다. 카베냑 장군은 반란이 확산되자 군대를 보내 금방 파리 동부 전역을 장악했다. 도로 포장용 돌, 가구, 짐수레가 외곽이 있는 생-앙투완느, 포부르 뒤 탕플 거리를 가로막았다.

그는 이러한 거리를 걸어 다녔다. 그도 역시 의원이었다. 하지만 지금은 혁명이고, 반란이었다! 그는 카베냑 장군의 책략과 숨은 동기를 예견했다. 장군은 행동하기로 동의했지만, 결국 자신의 이익을 위한 것이었다. 결론적으로 모든 권한을 획득하여 집행위원회를 몰아내고 집행권의 유일한 주인이 되기 위한 것이었다. 그러한 조건하에서 카베냑은 반군에 맞서 그의 군대를 출동시켰던 것이다.

위고는 그들을 살펴보았다. 그는 바리케이드에 다가갔다. 그는 질서 회복을 계획하기 위해 대의원 중에서 선출된 60명의 위원 중 한 명이었다.

그는 경계선에 있는 군인들과 같이 있었다. 그는 탄약을 주우러 돌맹이 사이를 뛰어다니는 불쌍한 아이들을 보았다. 바리케이드 꼭대기를 기어오르는 한 여성도 눈에 들어왔다. 그녀는 젊고 예뻤지만 머리칼이 흐트러져 끔찍한 모습을 하고 있었다. 매춘부였던 그 여성은 드레스를 허리까지 끌어올린 채 주방위군에게 소리를 질렀다. 그 살벌한 사창가 말은 항상 번역해야 하는 언어였다. "겁쟁이 놈들아, 배짱 있으면 내 배를 쏴봐라!"

기병 소대의 발포로 불쌍한 여인이 쓰러졌다. 그녀는 큰 소리로 비명을 지르며 무너졌다. 바리케이드와 공격자들 사이에 공포의 침묵이 흘렀다. 갑자기 두 번째 여자가 나타났다. 그녀 역시 여전히 젊고 더 아름다웠다. 그녀는 겨우 열일곱 살밖에 되지 않은 어린아이에 가까웠다.

그는 눈을 감았다. '얼마나 처참한 광경인가!' 그는 그녀의 목소리를 들었다. "쏴라, 깡패놈들아!" 이어진 총성.

그는 기록해 두었다. 그것은 나중에 그의 소설에 나올 것이다.

그는 다시 걸어갔다. 그는 아델과 아이들이 머물렀던 보주광장에 가고 싶었다. 도처에서 사람들이 죽어가고 있었다.

'양 편에서 흐르는 모든 피는 용감하고 고결한 피'라고 생각했다.

그는 3개의 바리케이드로 막힌 생 루이 거리에 있었다. 주 방위군과 기동경비대가 발포했다. 6월 24일 오후 2시였다.

위고는 멀리서 살인적인 총격전을 하는 남자들을 바라보았다. 속히 멈추어야 했다! 그는 깊이 생각하지 못했다. 행동해야만 했다, 어떤 힘에 의해 이끌려가고 있는 느낌이 들었다. 그는 군대를 추월하여 길 한가운데에 혼자 섰다. 그는 절규했다.

"우리는 끝내야 합니다, 여러분, 앞으로! 앞으로!

위험에 맞설 때 사람을 덜 잃었다.

바리케이드가 차례로 무너졌다. 그는 널린 시체, 체포된 사람들, 일제사격을 목격했다. 발포로 인한….

그가 이보다 더 비극적인 상황을 경험한 적이 있었을까?

"이보다 더 차갑고 어두운 것은 없었다. 그것은 끔찍한 일이었다. 약자가 힘으로 얻어낸 모든 것을 한방에 날려 버리는 타락한 영웅주의. 야만주의 때문에 스스로를 방어하면서, 냉소주의에 공격을 받은 이 문명. 한편으로는 민중의 절망, 다른 한편으로는 사회의 절망."

그는 피로에 기진맥진했다. 그는 걸었고, 혼란의 한 가운데 서 있었다.

그는 의회로 향했다. 한 남자가 그에게 다가와서, 폭도들이 침입하여 그의 집을 불태웠지만, 그의 가족은 안전하다고 알려주었다. 그는 갑자기 무력감이 밀려왔다.

그는 라마르틴느에게 해명을 요구했지만, 라마르틴느는 더 이상 권한이 없었다. 그는 질려서 얼굴이 창백해졌다. 카베냑 장군이 그러한 상황의 주역이었다. 위고는 보주광장까지 내달렸다.

폭도들은 실제로 그 집에 불을 지르려 했지만, 나무가 너무 무성하여 불이 붙지 않았기 때문에 그들은 집에 침입한 것으로 만족했다.

그는 서재로 들어가서 다른 방들도 살펴보았다. "나는 그들에게 정의를 빚진 것이며, 그들이 내 집의 모든 것을 존중했다는 점을 기꺼이 그들에게 돌려주겠다. 그들은 들어갈 때와 똑같이 그대로 나왔다."

그러나 아델은 더 이상 활화산 가운데에 위치한 그 집에서 살고 싶지 않았다. 이사 갈 필요가 있었다. 우선 이슬리 로에 정착하고, 다음에는 투르-도베른 뉴 37번지에 있는 큰 집으로 가기를 원했다. 그 집은 창문이 파리를 향해 있고, 잠잠한 바다처럼 푸르고 조용한 곳이었다.

그는 레오니 도네에게서 멀지 않은 곳에 살고 있었다. 그 동네로 오라고 조언한 것도 그녀였고, 아델이 계획하고 결정하지 못하는 사이, 이사를 떠맡은 것도 그녀였다. 그녀에게는 쥘리에트가 로디에 시市안의 근처에 살고 있다는 사실을 숨겨야 했다. 아믈랭 부인처럼, 카베냑 장군이 철권으로 폭도들에게 가하는 무자비한 탄압에 전혀 관여하지 않고, '빈곤의 소멸'에 관한 책을 저술했으며, '질서가 무정부 상태를 이겼다.' 고 주장하는 성실한 루이 나폴레옹 보나파르트의 공로를 칭찬하는 것을 멈추지 않는 그녀였다,

이제 위험한 자는 카베냑이었다.

위고는 군인들에게 둘러싸여 수용소를 향해 떠나는 포로 행렬을 보았다. 체포된 25,000명이나 바리케이드의 핏빛 도로에 세워져 총살당한 사람들을 아무도 심판할 수 없었다. 마치 죽음이 파리에 그림자를 드리운 것과 같았다.

샤토브리앙은 7월 4일 아침 8시에 사망했다.

위고는 샤토브리앙의 방에 들어가 흰 커튼이 쳐진 작은 철제 침대를 발견했다. 고인의 얼굴에는 '그가 평생에 품고 있었던 고귀함과 죽음에 대한 비장한 위엄'이 뒤섞여 있었다. 입과 턱은 삼베 손수건으로 가려져 있었으며, 관자놀이에 흰머리가 드러나도록 흰색 면 모자가 씌워져 있었다.…'

그제서야 한 시대가 막 끝났다는 것을 어떻게 확신하지 않을 수 있으랴! 피 어린 6월의 날들이, 유럽 전체를 뒤흔든 그 혁명이, 또 다른 시대의 시작을 가르키고 있음을!

그래서 역사의 두 측면 사이의 연결고리가 되는 곳은 바로 프랑스였다. 그는 확신했다. 그 사람, 그가 바로 거기에 있었다. 헌법을 논의하게 될, 의회에 영향력을 행사할 수 있는 그곳에 그가 있었다.

그러나 당분간 탄압에 맞서야 했다. 보통선거로 선출될 공화국의 미래 대통령을 꿈꾸는 카베냑에 대항해야 했다.

투옥된 사람들, 이송된 사람들을 변호해야 했다.

"어제는 당신들과 싸웠지만, 오늘은 당신들을 변호할 것입니다." 위고는 외쳤다.

언론의 자유를 옹호하고, 계엄령 폐지를 요구해야 했다. 그것을 위해서 그의 아들과, 폴 뫼리스와, 오귀스트 바크리가 '무정부주의에 대해서는 격렬한 증오를, 민중에 대해서는 부드럽고 깊은 사랑을'이란 모토로 「레벤느망 L'Événement」이란 일간지를 만들었다.

그는 평정심을 되찾았다. 그의 선택은 분명하며 흔들리지 않을 것이다. 그에게는 자신만이 힘이었다.

의회에서 그는 알고 있는 대로 투표했다. 좌파 진영에서는 그를 국회의원들과 같이 푸아티에 위원회의 보수 의원으로 분류했다. 그러나 그는 루이 나폴레옹 보나파르트 의원이 공화국 대통령 후보가 되는 것을 원치 않는 사람들에 반대하는 투표에 참여하기 위해서 그들과 합칠 수 있었다. "그는 2월 이후로 공화국에 가담한 것 외에는 아무 일도 하지 않았다. 그렇다면 그를 제외한 이유가 무엇이었을까? "

의회와 민중이 그것을 알아야 했다.

"나의 정치적 행동은 박수나 소문에 좌우되지 않습니다. 여러분이 무엇을 하든지 나는 질서의 진영에 남을 것입니다. 그러나 이것만은 알아 두십시오. 여러분들의 정치적 관점에서 실패라고 부르는 것을 회피하기 위해서 내 양심이 죄라고 부르는 것은 결코 행하지 않을 것입니다."

조금씩 그는 투르-도베른느 로에 있는 새 집에 '은신처'를 만들었다. 그러나 평온함을 찾지 못했다. 그는 마치 2월과 6월의 충격이 그 영향력을 발휘했던 것처럼 파리와 그 외 지역들은 여전히 안정을 되찾지 못하고 있었다.

그는 역시 불안해하는 쥘리에트를 보았다.

"만약 공화국이 이 모든 끔찍한 불행을 서둘러 구제하지 않는다면, 6월과 같은 끔찍한 날이 또 오지 않을까 두려워요." 그녀는 중얼거렸다.

그는 의회 연단에 섰다. 그는 정치적 문제뿐만 아니라 모든 범죄에 대해 사형이 폐지되기를 바랐다. 그는 벤치에 앉아 있는 신중하고 흐릿한 남자 루이 나폴레옹 보나파르트를 유심히 바라보았다. 수수하고 아주 보잘 것 없는 그의 모습을.

위고는 민중의 주권을 선포하는 의원들이 자신을 목조르는 고통에는 관심이 없다는 느낌이 들었다. 기아와 무력이 모든 것을 삼켜버리는 기형적이고 무시무시한 국가의 상황은 비참함과 주권이 뒤섞인 상황이었다.

위고의 경고는 들린 걸까? 그는 경보를 울리는 한 사람의 역할에 충실하고 싶을 뿐이이었다.

> 권력을 찾을 필요가 없네, 그대가 해야 할 것은
> 다른 곳에서의 활동, 그대, 다른 차원의 존재여야 하니까,
> 그 일에서 순순히 물러나는 거라네
> [⋯]
> 그대의 역할은 경고하기 그리고 생각에 잠겨 있는 것.227

그는 반복하여 말했다.
"날 장관으로 보지 마시오⋯ 난 권력이 아니라 영향을 주고 싶을 뿐이오."

그러나 공화국의 대통령 선거에서 누구를 지지할지 선택해야 했다. 카베냑, 라마르틴느, 루이 나폴레옹 보나파르트가 후보였다.
그는 실망했다. 2월 혁명이 무슨 소용이 있었을까? 거기서 탄생한 정권은 6월의 피로 물들인 많은 나날이 지난 지금 어떤 모습인가?

> 아니오, 당신은 위대하고 성스러운 공화국이 아니오!
> 오 곁눈질하는, 삐딱한 모습의 유령이여
> 당신은 우리 깃발에 경의를 표하지 않았다오
> 민중에겐 일터를 국가엔 휴식을 주지도 않았소
> 당신은 가련한 사람들의 권리를 인정하지 않았소
> 당신은 그들의 고귀한 불행에 다가가는 것을 몰랐소!228

그렇지만 공화국의 유령 카베냑과 나폴레옹의 그림자 루이 나폴레옹 중 하나를 선택해야만 했다.

그는 폴 뫼리스, 오귀스트 바크리 그리고 그의 아들들이 후보들을 위하여 「레벤느망」에서 언론 캠페인하는 것을 주저하고 있다는 것을 알게 되었다.

그런데 투르-도베른뉴 로에 나타난 사람, 아직도 새로운 거주지의 방을 찾아 오가는 사람들의 트렁크와 상자 사이를 뚫고 나아가고 있는 남자, 루이 나폴레옹이었다. 그는 거무튀튀한 얼굴에 조금은 무기력해 보였다. 그는 독일식 억양에다가 희미한 목소리로 말했다. 그는 나폴레옹의 자태를 그토록 찬양한 시인에게 경의를 표하기 위해 왔다고 했다. 그는 단지 시민일 뿐이지만, 그의 야망은 황제가 되는 것보다 워싱턴과 동등하게 되는 것이었다. 그리고 그는 시인의 조언과 의견을 언제나 경청할 준비가 되어 있었을 것이다.…

자, 선택해야 했다! 더욱이 여론, 민중들, 농민들, 그리고 귀족들도 루이 나폴레옹 보나파르트에게로 향했다. 그런데 어떻게 카베냑을 지원할까?

"만약 카베냑 장군이 공화국의 대통령으로 선출된다면, 팡테옹에서 볼테르와 루소를 파내고 알리보와 피에쉬*를 안치할 것이고, 건물의 박공에 있는 비문을 다음과 같이 변경해야 할 것입니다. '암살자들에게 감사하는 조국!' 제목은 「레벤느망」."

위고는 어떤 통보도 받지 못했다.

그가 의회에 도착했을 때, 그를 둘러싸고 「레벤느망」을 폐쇄하도록 독촉했다. 카베냑이 보낸 자객이 그를 납치하여 죽일 준비가 되어 있다고 넌지시 귀뜸해 주었다. 게임이 시작되었다. 레오니는 그의 목을 껴안았고, 그가 미래의 인물, 루이 나폴레옹을 선택 했다!고 말했다. 그는 여전히 불안했다.

그는 루이 나폴레옹이 그의 지지자 오딜롱 바로, 레뮈사, 토크빌의 몇몇 사람들과 함께 그를 초대한 저녁 식사 내내 침묵을 지켰다.

그러나 「레벤느망」에는 나폴레옹에 대하여 다음과 같이 보도되었다.

"사람들은 루이 보나파르트를 믿는다. 루이 보나파르트는 정령과 인간, 신

---

*루이 필립에 대한 '공격'의 저자들.

의 두 가지 목소리를 믿으며, 우리는 그들이 선택한 사람 외에는 누구도 선택하지 않는다." 그리고 전체 지면에서 루이 나폴레옹 보나파르트라는 이름을 반복하고 제목을 "나폴레옹은 죽지 않았다!"라고 붙였다.

믿어야 했다. 그에게 투표해야만 했고, 우리 자신을 확신시키고, 그 나폴레옹이 과거와 미래를 보는 방법을 알고 있다는 사실을 받아들여야 했다. 그가 나아갈 때 소중한 것을 뒤에 떨어뜨리지 않았으며, 그는 변함없는 존경심으로, 방심하지 않고, 질서와 자유를, 문명과 진보를, 사실과 사상을 감싸고 보호하겠다고 약속했다.

거리에서, 위고는 시민들의 노래를 들었다.

악당을 원하세요?

라스파이에게 투표하세요!

악당을 원하십니까?

르드뤼-롤랭을 데려가세요

대혼란을 원하세요?

카베냑에 투표하세요!

그러나 당신은 좋은 것을 원하세요?

나폴레옹을 잡으세요!

그러나 위고는 12월 10일 투표 결과를 알고 나서 그리 기뻐하지 않았다. 루이 나폴레옹 보나파르트는 5,434,226표를 얻어 카베냑의 1,448,107표, 라마르틴느의 17,940표에 비해 압도적인 승리를 거두었다!

그리고 12월 20일, 의회에서 루이 나폴레옹 보나파르트를 환영할 때, 의회 의장이 대통령의 서열에 합당한 영예를 공화국 대통령에게 부여해야 한다고 발표하는 것을 들었을 때, 그는 깊이 생각하지 않고 '그의 임무에 합당하게' 라고 대꾸했다! 그 순간 그는 동료들의 시선이 자신을 피한다는 것을 직감했다. 그는 의회에서 나왔고 모든 사람이 그에게서 멀어져갔다. '마치 장관이 될 기회를 놓쳤거나 소홀히 한 사람을 피하려는 것처럼.'

그에겐 상관없는 일이었다!

'나는 진실의 남자, 민중의 남자, 양심의 남자가 되고 싶다. 나는 권력을 구하지 않고, 박수도 구하지 않으며, 장관이 되려는 야망도, 호민관이 되려는 야심도 없다.' 그는 되뇌었다.

그는 자신의 소설로 돌아가기 위해 다른 일은 잊고 싶었다.

그는 편집자 뒤리에를 다시 만났다.

"올해는 경기도 출판업계도 좋지 않죠? 그렇지 않은가요?" 뒤리에가 말했다. 동의하듯 그는 어깨를 으쓱했다. "올해는 계산하지 않는 것이 공평할 것 같습니다.… 1839년 9월 2일의 우리 계약에 따라서 당신이 나에게서 구입한 서적들의 판매를 자발적으로 1년 더 연장해드리지요."

12월 24일 같은 날 저녁, 그는 엘리제궁에서 식사를 했다. 공화국의 새 대통령은 자리에서 일어나 늦게 도착한 그를 환영했다.

루이 나폴레옹은 "간단히 말하면 내가 선생에게 갔던 것처럼, 선생이 나에게 왔군요, 감사하오." 하고 말했다.

사람들은 예술과 언론을 화제에 올렸다.

위고는 예술과 언론을 자유롭게 하고 또한 지원해 주도록 대통령을 설득하려고 했다. 대통령은 '집주인이라기 보다는 차라리 당황한 이방인'처럼 그의 말을 듣고 있었다.

방문자들이 그에게 말을 걸 때에 그를 어떻게 불러야 할지 주저했다. 어떤 사람들에게는 그는 '귀하'였고, 어떤 사람들에게는 '왕자, 전하, 각하였고, 다른 사람들은 '시민*'이었다.

결국 어떤 호칭이 적합했을까?

한 해의 마지막 날이었다. 몇 개월 동안 벌어진 수많은 사건과 혼란들!

그는 라마르틴느의 집으로 갔다. 라마르틴느는 품격 있게 작별인사를 하며 한 마디 덧붙였다. "보통선거는 나에게 망신을 주었소. 난 결과를 받아들이지도, 거부하지도 않소. 다만 기다릴 뿐이오."

위고는 그를 살펴 보았다. 2월 이후에 라마르틴느는 허리가 굽어졌다. 10개월 만에 10년이나 늙다니!

그때서야 밤의 고독 속에서 그는 습관처럼 쥘리에트에게 편지를 쓰려고 했다.

"이 편지를 받게 될 때, 1849년이 시작되니까, 올해로 열여섯 번째 해가 되오. 오! 처음처럼 우리 사랑의 끝이 오지 않기를!

"나의 천사, 당신을 축복하오!"

그는 다른 종이를 가져와서 다시 쓰기 시작했다.

살아가는 사람들은 투쟁하는 사람들. 그들은
확고한 계획을 영혼과 얼굴로 채우는 자
고상한 운명으로 험한 정상을 오르는 자
숭고한 목적을 가지고 깊이 생각하며 걷는 사람들
[…] 마음이 선한 자들, 그 날들이 충만한 자들
주님! 살아가는 저 사람들, 또 다른 사람들, 그들을 동정하오니
무無가 막연한 권태로 그들을 취하게 하므로
가장 무거운 짐은 겪는 것이 아니라 존재하는 것이므로.229

---

* Citoyen ; 혁명 때 monsieur 대신 썼던 말

1849

수많은 열정과 그토록 많은 분노가 무슨 소용이 있을까
절망의 상태에 그렇게 빨리 이르는 것이라면!

위고는 레오니 도네의 육체만 생각하고 싶었다.

그는 마치 자신과 자신을 괴롭히는 선입견 사이에 단어의 울타리, 꿈을 세우고 싶다는 듯 종이 한 장에 빠르게 써내려갔다.

"오! 이 순간에 갑자기 당신이 내 방에 들어와, 신성한 미소를 지으며 나에게 '저는 당신과 함께 밤을 보내러 왔어요'라고 말한다면 나는 행복으로 미치게 될 것 같소. 당신은 그런 상상을 해 보았소? 다른 어떤 생각보다 단 하나의 이러한 생각이 나를 도취시키고 현혹시킨다오. 오! 당신을 소유하는 것은 당신을 사랑하는 것이며 하늘의 축복이오. 내가 당신을 소유할 때, 내가 완전히 벗은 당신을 내 품에 안았을 때, 나는 더 이상 남자가 아니고, 당신은 더 이상 여자가 아니며, 우리 둘은 천국의 군주이며 황제가 되는 것이오. 아시오? 나는 당신을 미치도록 애무할 것이오… 난 당신이 완전한 장밋빛이 되도록 애무하겠소, 머리부터 발끝까지."

그는 눈을 감았다. 그는 몇 걸음 떨어져 살고 있는 그녀의 집으로 즉시 가고 싶었다. 게다가 그녀는 그를 기다리고 있었다. 그러나 그녀는 아직도 '늙은 년'과 관계를 끊지 못하는 그를 몰아세울 것이다! 마치 그가 그렇게 할 수 있는 것처럼. 그러나 레오니는 그가 원하는 것은 자기이고, 그를 쥘리에트에게 묶어놓았던 일은 이미 지난 일이라는 점, 무엇보다도 기억과 마음의 문제라는 것을 잘 알고 있었다.

그가 그녀를 공범자로 삼았을 때 그녀가 어떻게 그것을 의심할 수 있을까? 그는 며칠 전에 그녀에게 이렇게 말했다. "이것은 당신이 아는 그 불쌍한 소녀의 편지이며 내가 쓴 답장과 함께 당신에게 보내겠소.… 편지를 우체통에 넣도록 하시오… 이 우표는 내가 시골에 있다는 것을 증명해 줄 것이오."

그러나 레오니는 진정하기는커녕 벌컥 화를 냈다.

"하지만 … 아니에요! 나는 존재하는 것 자체를 견딜 수 없어요.…" 그녀는 말했다.

그녀는 쥘리에트에게 알리겠다고 위협했다. 그녀는 '심연, 굴욕', '창녀의 역겨운 역할'에 대해 말했다. 그녀는 화날 때의 모습이 너무 아름다웠다. "저는 당신에게 저의 목숨과 저의 인생을 드리지만 양심은 드릴 수 없어요.… 난 수치스런 역할을 했어요." 그리고 질투로 이어졌다. "당신이 우리의 상황을 유지하는 것을 절대적으로 거부했기 때문에, 그녀가 당신 위에 세운 제국이 얼마나 크겠어요. 그리고 당신이 그녀에 대한 열정이 얼마나 깊겠어요! 제게 필요한 것은 약간의 솔직함과 사랑이었어요." 라고 말했다. 그리고 마무리 지었다. "저는 여기 당신의 것 모두를 모았어요. 보내시면 돼요."

그는 한숨을 쉬었다. 그는 참고 기다리며 자신을 받아달라고 그녀를 설득하는 데 성공했다. 그러나 열정으로 순환되지 않을 때, 다른 사람과의 관계를 유지하려는 의지에다 한 사람에 대한 욕망을 추가하는 것이, 사랑하는 것이 단순하지 않다는 것을 누가 알까?

그는 심기가 불편했다. 그는 쥘리에트가 자신에게 썼던 내용을 레오니에게 공개함으로써 쥘리에트를 배신했다. 그런데 그녀들은 왜 그가 둘 다 사랑할 수 있고, 사랑받을 수 있고, 사랑했다는 사실을 받아들이지 않았을까?

서로 지적 간에 살고 있는 지역의 거리에서 그가 쥘리에트와 걷고 있을 때, 한 걸음 내디딜 때마다 눈에 띨까 조심스러웠다. 게다가 쥘리에트를 그렇게 모욕했고, 그 때문에 그녀가 고통을 겪고 있음을 그는 알고 있었다. 그녀는 또 다른 이유로 화가 치밀어 올랐다.

"만나는 것에 대한 두려움에 사로잡혀서 부끄러워하는 남자와 가슴 졸이며 겪는 과정에서 오는 끔찍하고도 도덕적이며 육체적인 고문을 겪는 것보다는, 사람들이 하느님을 사랑하듯이, 저는 당신을 집에서 조용히, 그리고 두터운 믿음으로 사랑하는 것이 더 좋아요.… 제가 스캔들을 일으키고 싶지 않은 것보다는 당신이 저를 부정하는 것을 원하지 않아요. 저는 당신에게 저 자신을 강요하지 않지만, 저는 예기치 않은 순간에 당신이 저를 개보다도 못한 존재로 대하는 것을 원치 않아요. … 저는 이제부터 집에 있을 거예요. 그렇게 하면 저는 당신을 귀찮게 하지 않을 것이고, 당신은 거리낌없이 부리나케 달아날 수도 있고, 당신이 만나는 모든 여인들과 얼굴 붉히지 않고 인사도 할 수 있을 것이예요."

그는 그녀의 말을 수긍했다.

그러나 그녀는 자신의 삶이 어떤 것인지 상상할 수 있을까? 그리고 왜 그는 열정이 이끄는 곳에서 갈망하고 사랑할 권리가 없을까?

그리고 쥘리에트도 레오니처럼 그가 돈을 벌 생각을 해야 한다는 것을 알고 있을까? 그가 수입에 대해서 걱정하고, 「마리 튀도르」의 재연과 그 수입에 대해 얼마나 걱정하고 있었던가?

그녀들 모두 돈이 필요하기 때문이었다. 쥘리에트는 수입원이 없었고, 레오니는 도움을 요청했다. 덕분에 「레벤느망」에 기사를 게시하지만 그는 레오니에게 2,000 프랑을 지불해야만 했다.

"이것이 내가 가진 것 전부요. … 나는 혈관에서 피를 뽑고 싶지만 피는 돈이 아니오."

쥘리에트가 덜 까다롭다는 것을 인정할 수밖에 없었다. 그가 원하는 레오니는 아마도 더 젊고 더 아름답기 때문인지 종종 반항도 하였고, 루이 나폴레옹 보나파르트에게 진정으로 합류하지 않은 것에 대해 그를 질책하기도 했다.

쥘리에트는 자세를 낮추고 그가 원한다면 인생을 바칠 준비가 되어 있다는 점을 위고는 확신했다.

"저는 항상 당신을 사랑하고 겸손하게 당신을 존경하는, 매우 순종적인 당신의 보잘 것 없는 '자기'가 되고 싶어요."라고 말했다.

그리고 아델이 있었다. 그녀와 대통령 리셉션, 엘리제 궁에서의 무도회나 만찬에도 함께 다녔다.

아델은 이제 이웃이 된 레오니를 항상 맞아들여서, 그는 때때로 그녀들의 수다떠는 소리도 들었다. 아델은 공화국 대통령이 시인들이나 예술가들과 어울리지 않는 것을 아쉽다고 했고, 레오니는 변호하는 편이었다.

황제라는 칭호를 가진 그 대통령은 누구였던가? 그가 원하는 것은 무엇이었던가? 위고는 그 남자가 겁을 내고 있기 때문에 걱정이 되었다. 쿠데타가 일어난다는 소문이었다. 샹가르니에 장군은 스스로 산악당원 또는 민주적 사회주의자라는 사람들을 체포하기 위해 의회를 해산할 준비를 하고 있었다.

"우리는 숨을 쉬는 것도 아니고, 사는 것도 아니며, 회오리바람 속에 있다."라고 위고는 말했다.

『레미제라블』를 계속 써가기 위해 필요한 평정을 찾는 방법은 무엇일까? 그는 "정치적 하늘이 며칠 전부터 다시 아주 어두워졌다."고 기록해 두었다.

그는 대통령을 관찰해보았는데, 그이 판단은 매번 더 가혹했다. '루이 나폴레옹 보나파르트는 왕자들이라는 무지한 부류에 속하고 이주민이라는 외국인 부류에 속했다. 모든 것을 제쳐두고… 속에도 아무것도 없고… 그는 보나파르트의 어떤 것도 가지고 있지 않으며, 용모도 태도도 아니었다. 아마도 그가 아

닐지도 모른다.…'

그는 서로 숙덕거리는 말에 귀를 기울였다. 사람들은 루이 나폴레옹의 어머니인 호텐스 여왕의 거침없는 태도와, 네덜란드 제독 베르후엘과의 관계를 상기시켰다.

'대통령? 네덜란드에서 온 기념품'이라고 그들은 수근거렸다.

그러나 그것이 중요한 것은 아니었다! 우선, 민중을 갉아먹는 빈곤과 싸워야 했다. 그는 생-앙투완느 변두리의 골목길을 걸을 때 불쾌감과 혐오 때문에 튀어나오는 행동을 참아야 했다.

"파리에, 파리의 변두리에 최근 폭동의 바람이 너무나 쉽게 불어닥쳐서, 가족들이나 모든 가족들이, 남자, 여자, 어린 소녀, 아이들이 거리에, 집에, 소굴에 뒤죽박죽 모여 살고 있다. 인간이란 피조물이 겨울 추위를 피하기 땅속에 숨어 있는 것이다. 아이들은 침대나 담요도 없었으며, 옷이라고 말할 수도 없는 입을 것이라고는 경계석 모퉁이의 웅덩이에서 주워온 곰팡이 핀 누더기 뭉치, 일종의 도시의 오물이었다."

그는 "몽포콩* 드넓은 묘지의 더럽고 악취 나는 더미에서 먹을 것을 찾고 있는 어머니와 그녀의 네 아이들"을 보았다! 그는 한 작가가 일 주일 동안 먹을 것이 없어 굶어 죽었다는 것도 알게 되었다. 그런 불행에 대하여 무엇을 해야 할까? 정치적 곤욕이 무슨 소용이 있을까? 아무 변화도 없는데 왜 그런 모든 소요, 그런 연설, 그러한 혁명이 필요할까? 삶은 단지 몸짓이고 환상일 뿐인가?

오, 인간의 허영에서 온 비참한 무더기

꿈꾸라! 평원에서 불어오는 첫 바람에

---

* Montfaucon. 론 계곡의 지명, 아비뇽에서 15km 거리.

모든 것이 흩어지고 또 사라졌으면!

권력, 사랑, 밤에 타오르는 고통

교만과 쾌락, 타오르는 분노

그것이 모든 연기와 뒤섞였으면!

수많은 열정과 그토록 많은 분노가 무슨 소용이 있을까

절망의 상태에 이렇게 빨리 이르는 것이라면![230]

그는 그의 아들들이 「레벤느망」에서 그와 논의한 끝에 썼듯이, "단 1년이면 2월 24일에 믿었던 모든 생각과 모든 사람들을 허약하게 만드는데 충분하다." 고 느꼈다.

그리고 딱 1년이 지났다. 위고는 47세이고, 그의 선배이자 2주 동안 암흑 혁명에서 빛나는 사람이었으며 붉은 깃발을 발로 짓밟고 사형을 폐지한 사람, 라마르틴느는 이제 더 이상 아무것도 아니었다!

그것은 하나의 본질이었다. 정치는 그를 받아주지 않았다.

위고는 라마르틴느의 경우를 깊이 생각해 보았다. 숙고했다. 그는 자신이 프와티에 로 선거 위원회를 구성하고 있는 '성주들', 보수파의 사람들에게 더 가까이 다가가지 않으면 자신이 재선되지 않을 것이라고 확신했다. 그는 재선 되기를 원했다.

하지만 사회 민주주의 좌파는 그를 적으로 취급했다.

좌파는 의원의 권한을 연장하고 싶어 했으나, 그는 의회의 해산과 입법부의 새로운 선거를 요구하지 않았던가?

좌파는 그를 용서하지 않았다. "어떻게? 공화당원인 당신이 공화국에 대한 믿음이 없소?"라고 외쳤기 때문이었다. 투표는 진행되었고 의회는 해산되었 다. 그래서 그는 프와티에 로에 합류해야 했다.

'전쟁터 한가운데에 혼자있는 것처럼 선거철에 고립되어서는 안 된다. 깊이 생각해 보니 이 사람들과 한 배를 타선 안될 것 같다. 나는 그들의 종교에 속하지 않고 그들의 피부색에 속하지도 않는다. 그러나 배가 침몰할 때 승객들은 모두 선원이 되거나 펌프질하러 달리리라!

그는 재선되고 싶었다.

그는 자신이 후보였던 연합위원회 회원들 앞에 섰다. 그는 자신이 위원으로 재임하는 동안 했던 일에 대해 설명하고 싶었다.

"1년 동안 나의 모든 정치적 행동은 한 단어로 요약될 수 있습니다. 나는 변호했습니다. 힘차게, 단호하게, 내 말처럼 가슴으로, 거리의 고통스러운 전투에서, 의회 연단의 격렬한 투쟁에서 나는 무정부 상태에 맞서 질서를, 독단에 맞서 자유를 수호했습니다."

그는 환호와 동의와 '예, 예, 사실이오.'라는 말들이 오간 후에 다시 말하기 시작했다.

"나는 최선을 다했고, 내가 원하는 모든 것을 하지 않고, 내가 할 수 있는 모든 것을 하였습니다. 그리고 나는 의무를 완수한 후, 극도로 신중하면서도 침착하게 여러분에게 돌아왔습니다."

5월 13일, 그는 117,069표를 얻어 파리에서 10번째로 당선되었다. 왕정파, 오를레앙주의자, 가톨릭교도 및 일부 보나파르트주의자 등 보수파는 3,310,000표와 450석을 획득했다! 또 다른 대척점에 있던 사회 민주주의자들은 1,955,000표와 180석을 얻었다. 75석을 얻은 중도파는 붕괴되었다!

그러한 의회에서 무엇을 해야 할까? 위고는 라마르틴느와 같은 저명한 인사들이 거부당했다는 느낌이 들었다.

'나의 재선은 아무것도 아니고, 프랑스에게는 고통이며, 마콩에게는 축복이며, 라마르틴느에게는 재선의 포기였다!'

그는 약간은 조롱을 섞어서, 자신을 일원으로 여기는 보수파 의원들 사이에서도 고립된 느낌이 들었다. 그는 시인이었다. 그렇지 않은가?

그는 평화회의를 주재하였는데, 환호 속에 일갈했다. "민중들에게 말합시다. 여러분은 한 형제입니다!" 또는 "오늘이 민중의 피가 종식되는 날, 학살과 전쟁이 끝나는 날, 세계의 조화와 평화의 시작을 알리는 날이 되기를 바랍니다. 사람들이 말하는 1572년 8월 24일의 생-바르텔르미*는 1849년 8월 24일에 지워져 사라지는 것입니다!"라고.

그는 모든 '배불뚝이들'의 비웃음을 예상했다.

입법의회에서는 우디노 장군이 프랑스군을 이끌고 로마 원정에 나서는 것에 반대하는 그의 주장을 받아들이지 않았다. 장군은 교황 비오 9세의 권리를 회복시켜서, 교황이 이탈리아 혁명당원들을 체포, 심판, 처벌할 수 있도록 허용했다. 교황은 혁명당원들이 도시를 정복하여 그들 나라의 수도로 만들 것이라는 생각을 가지고 있었기 때문이었다!

그리고 그가 발언할 때, 교황을 비판할 때마다 다수의 의원들의 얼굴 표정을 보는 것으로, 질책하는 고함 소리를 듣는 것으로, 그가 보수파로부터 더 멀어지고 있다고 예상하는 것이 어렵지 않았다.

그는 물러서지 않을 것이다.

"다수파의 의원 되기? 양심보다 명령을 우선 하는 것 그건 아니오!"

그는 손가락질하며 우파 의원들에게 맞섰다.

"그래서 당신들은 삼색기 깃발 아래, 로마에 교수대를 세우도록 방치한다는 것이오?"

그에게 박수를 보내는 것은 좌파였다.

그는 6월 13일 프랑스 로마 원정에 반대하는 시위에 참여하고 싶지 않았지만, 군대가 반대파 신문의 인쇄기를 약탈했다는 사실을 알고 항의했다.

"몽탈랑베르 경**이 이러한 박수갈채가 나에 대한 처벌이라고 말했습니까?

---

* Saint-Barthélemy. 카리브해 프랑스령의 섬. 가톨릭 세력이 개신교 신자 위그노인들을 학살한 곳.
** Montalembert(1810~1870). 정치가, 가토릭 사가(史家), (국가로부터의) 교회 자유론자.

이러한 형벌, 나는 그것을 받아들이며 오히려 영광으로 생각합니다.… 어제는 폴란드를 변호했던 몽탈랑베르 경이 억압하는 자들의 편으로 넘어갔는데, 나는 억압받는 자들의 편에 서 있습니다."

좌파는 또다시 큰 박수를 보냈다.

위고는 하루하루 지날수록 경계에 가까워지고 있다는 것과 한 번 넘으면 다시 되돌릴 수 없을 것이라고 느꼈다.

그는 처음 왕정주의의 시작 활동을 한 이후로 걸어왔던 기나긴 여정을 떠올렸다.

그는 루이 18세와 샤를르 10세의 기금으로 지급된 연금의 수혜자였다. 그는 루이 필립과 오를레앙 공작과도 가까운 사이였다. 그는 프랑스의 의원이었다. 그는 장관을 꿈꿨다. 그는 1848년 6월에는 노동자의 바리케이드를 공격하도록 군대를 조종했다.

그리고 당시 그는 비참한 사태에 대해 언급하고, 변두리에서 보았던 것을 의원들에게 보고했다.

"의원 여러분, 생각해 보십시오. 무정부 상태는 구렁텅이에 이르는 것이며, 그 심연을 더 깊이 파헤치는 것은 불행한 일입니다. 여러분은 무정부 상태에 반대하는 법을 만들었으니, 이제 불행을 막는 법을 만드십시오.…"

사람들은 그를 막았다. 그는 불행을 없애고 환상을 유지할 수 있다고 말한 혐의를 받고 있었다. 그는 말을 이었다. 그는 요약하여 말했다.

"여러분, 나는 고통이 이 세상에서 제거될 수 있다고 믿는 부류는 아닙니다. 고통은 신의 법칙입니다. 그렇습니다, 나는 우리가 불행을 파괴할 수 있다고 생각하고 확언하는 사람 중 하나입니다!"

사람들은 그가 그렇게 하도록 용인하지 않을 참이었다.

한 의원이 그를 향해 소리쳤다.

"그것은 심각한 오류요. 약화시킬 수는 있지만, 절대적으로 파괴할 수는 없소!"

그는 다시 일어선다.

"나병이 사라진 것처럼 불행이 사라질 것입니다!" 라고 쏘아 부쳤다.

국경을 넘었다. 루이 나폴레옹 보나파르트는 한 때 로마의 자유주의 정책을 승인하는 것처럼 보였는데, 다수였던 가톨릭의 보수파 압력에 어떻게 저항할 수 있을까? 그리하여 그는 마침내 보병인 오디노 장군의 병사들에게 이탈리아 혁명당원들을 체포하고 재판하고 처형하는 교황의 경찰을 지켜만 보는 명분만을 제시했다.

루이 나폴레옹은 위고의 조언을 받아들였다. 그들의 관계는 깍듯하였지만 긴장감이 흘렀다. 그 남자는 그 때까지 상상했던 것보다 더 교활하고 능숙한 것 같았다. 위고는 걱정스럽게 면담을 하고 나왔다. 소득을 보장하기 위해 주식 시장에서 농간을 부릴 수 있는 정도의 재산도 없는 대통령이, 다시 얻을 수 없는 4년 임기가 끝난 후에 권좌를 떠나는 데 동의할까? 아니면….

모든 가능성이 열려있었다. 그래서 모니* 가家, 풀** 가家등 대통령 측근들은 걱정을 했다.

그는 그런 내용을 그의 아들들에게 말했고 프랑수아-빅토르와 샤를르는 「레벤느망」에서 기사화했다. "루이 나폴레옹은 그의 조언자들이 그가 가진 모든 숭고한 열정을 억누르려고 부단히 노력해 왔던 나쁜 사람들이라는 것을 깨닫지 못할까?"

위고는 보수파와 루이 나폴레옹과 그렇게 단절되고 나며, 자신이 고립되고 중상을 당할 것이라는 것을 알고 있었다. 대통령은 그가 장관직 요청을 거부했

---

* Morny. 나폴레옹 3세의 이복동생.
** Fould. 나폴레옹 3세 때 재무장관.

기 때문에 대통령에 대해 적대적이라는 비난을 받아도 놀라지 않았다.

그는 그것을 부정하였다

"루이 보나파르트 경과의 관계에서, 그와 나 사이에 그런 종류의 개방적 태도 문제로 관계가 멀어지거나 가까워 질 수 있다는 의문을 가져본 적이 결코 없습니다. 나는 반대 증거를 조금이라도 제공하는 사람에게 대항할 것입니다.…"

중상 모략자들은 그러한 모순을 전혀 신경 쓰지 않았고, 그 말들은 위고에게 전달될 수도 없었다. 그는 자신의 양심만 생각했다.

쥘리에트는 분통을 터뜨렸다.

"저는 그 폭력적이고 질투심 많고 증오하는 사람들의 사악한 믿음과 어리석음 때문에 마음에 상처를 입었어요. 당신은 모든 것과 모두를 위해서 진리 안에서, 자기 희생을 감수하며, 헌신적인데, 당신이 편들어 싸워주는 그들의 파렴치함에 저는 영혼의 바닥까지 수치스럽네요."

그는 그녀의 신뢰감에 감동했다. 그가 어떻게 이런 그녀와 헤어질 수 있을까? 그는 그녀를 안심시키려 했다. "사람들에 대한 믿음이 필요하오." 그는 중얼거리며 한 마디 덧붙였다.

"민중을 믿지 않는 이는 정치에서의 무신론자이다."

1850

당신의 검은 손톱으로 두뇌를 파내어보라.
비방하고, 짖고, 깨물고, 거짓말하고, 살아라!

빅토르 위고는 벨퐁 로 모퉁이에 있는 포부르 프와소니 에서 4륜마차에서 내렸다. 느닷없이 나타난 갑옷을 입은 기갑부대에 놀랐다. 기수들은 검을 움켜쥐고 있었다. 겨울 밤, 여기 저기서 새어나오는 가게의 불빛에 칼날이 번득였다.

그는 물러섰다. 두 마리의 말이 끄는 대형 4륜마차가 도착했다. 그 마차는 다른 기갑병들의 호위 아래, 승강구에는 장교들이 대기하였으며, 마차 뒤에는 험상궂은 기병대가 바짝 따라왔다.

"그렇지요, 대통령이 틀림없습니다!" 합승마차 마부가 중얼거렸다.

나폴레옹 황제 시대처럼 녹색과 금색 옷을 입은 두 명의 종복이 마차 뒤에 서 있었다. 이어 두 번째 마차가 도착하고, 달팽이라고 불리는 작고 낮은 2인용 마차 2대 그리고 2륜 마차가 도착했다.

그는 그들이 멀어져 가는 것을 지켜보았다.

'마치 누구는 뱅센느 숲에 가고 동시에 누구는 엘리제 궁으로 가는 것 같다.'고 중얼거렸다.

그는 산책을 하면서 그의 눈으로는 '황제의 마차로 시작하여 삯마차로 끝나는 그 기이한 행렬'을 쫓고 있었다.

그는 노동자 차림을 한 사람들이 "공화국 만세!"라고 외치는 소리나, 밤이면 어린 아이가 "황제 만세!"라고 외치는 기쁨의 목소리가 희미하게 들리는 소리도 들었다. 한 노파가 아이에게 말한다. "그러니 그가 무엇인가를 할 때까지 기다려야 해."

위고는 천천히 돌아왔다. 그는 레오니의 집에 갔다가, 쥘리에트 집으로 갈 참이었다.

그는 자신에게 편지를 쓰던 어린 소녀 클래르와의 만남을 떠올렸다. "아저씨는 저를 예쁘다고 했어요. 아저씨는 제게 그렇게 말했지요. 하지만 예쁜 여자들은 많이 있죠, 저보다 더 예쁜 여자들도 많구요, 그러나 저의 시인, 아저씨는 아실 거예요. 저처럼 아저씨를 존경할 줄 아는 사람은 없어요. 저는 확신해요.… 가족도 모르게 이렇게 아저씨를 만나는 것이 피해를 줄까봐 가끔은 두려워요.… 아저씨는 저를 조금이라도 사랑한다면, 아저씨는 열일곱 살짜리의 온전한 믿음을 저버리지 않으실 거예요.…"

클래르의 갸냘픈 몸과 순수한 시선을 떠올리는 것만으로도 그는 몸서리를 쳤다. 그는 그녀를 다시 한번 만날 것이다. 그녀는 들키지 않고 삯마차를 탈 것이고, 덧문을 내린 채 그들은 달릴 것이다.

그는 자신을 호시탐탐 노리는 적들을 상상해 보았다. 그들은 어떤 것도 그를 보호할 수 없는 스캔들을 터뜨리려고, 그런 어린 소녀와 함께 다니는 그를 현장에서 덮칠 꿈을 꾸고 있는 것이다. 그가 이런 저런 젊은 여성, 자작 부인 또는 코메디 프랑세즈 회원, 서민 여성 또는 여류시인을 만나러 갈 때마다, 그들은 그에게 덫을 놓았다!

그랬다. 그는 어떤 위험이 있더라도 포기할 수 없었다. 반대로. 그는 점점 더 여자의 육체가 필요한 것 같았다. 사랑은 무엇보다도 애무하고, 키스하고, 새로운 삶을 관통하는 것이며, 결국 안을 수 있는 여자가 누구인지는 중요하지 않은 것이다. 그는 그런 점을 인정했다. 지식이 있던 없던, 조건이 어떻든지, 미모와 관계없이 여자는 그의 삶이었다. 여자는 그에게서 에너지를 끌어내는 존재였다. 그의 나이 마흔 여덟, 그는 매일매일 새로운 '남성'의 증거를 필요로 하는 것일까?

그는 그러한 자신의 행동에 대한 이유를 생각하기 조차 싫었다. 억누를 수 없는 욕망에 복종하고 욕망을 충족시키는 것 그것은 숨 쉬는 것이나 식사나 글쓰기만큼 그에게 필요한 일이었다.

그는 쥘리에트를 떠올려 보았다. 그에게는 그녀도 필요했다. 그녀는 부드럽고 삶의 모든 순간의 선물이었으며, 그를 지원을 해주기 때문이었다. 그가 그녀의 집에 들어갈 때, 그는 그녀의 사랑과 헌신으로 보호받고 있다고 느꼈다.

그는 방금 의회에서 격론을 했다.

그는 성직자 학교와 예수회 학교에 맡기는 교육에 관한 법에 반대했다. 교육부 장관인 팔루 백작은 그 법안이 빨리 통과되기를 바랐다.

그는 증오로 일그러진 얼굴들을 보았고, 그가 비판하는 목소리를 낼 때, 보수파 진영에서 들려오는 고함소리를 들었다. "나는 교회는 교회, 국가는 국가이기를 원합니다.… 여러분의 법은 가면을 쓴 법입니다.… 그것은 노예 사상입니다.… 여러분은 교회의 기생충, 교회의 질병입니다. 여러분은 신자가 아니라 이해하지도 못하는 종교의 신봉자입니다. 여러분은 신성성神聖性을 연출하는 사람들입니다. 교회를 당신들의 조합이나, 전략, 교리, 야망과 뒤섞지 마십시오. 종교를 여러분의 시중을 드는 어머니로 부르지 마십시오!"

그러자 보수파 의원들이 격분했고 위고는 그들에게 외쳤다.

"대체 누구를 탓하고 싶은 것입니까? 나는 분명히 말합니다. 당신들은 인간의 이성을 탓하고 싶은 것이지요? 왜 그럴까요? 인간의 이성에 의해 지배받기 때문입니다!"

그들은 두려움에 사로잡혀 있었다. 그들이 제안하는 모든 법은 재갈을 물리고, 구속하고, 제한하는 법이었다. 그리고 그는 좌파의 환호에 이끌려 매번 개입하게 되었다. 그들은 그가 좋아하지 않고 믿지도 않지만, 그를 지지하는 사회주의 민주주의자들일 뿐이었다.

그는 쥘리에트를 위하여 기록해 두었다.

"5년 전, 나는 왕의 총애를 받는 사람이 될 순간이 있었소. 오늘, 나는 민중들의 총애를 받는 사람이 되는 순간이오. 나는 과거에 그런 사람이 아니었던 사람, 그 이상의 사람도 아니오. 왜냐하면 뚜렷하게 내가 혼자 설 수 있을 때가, 나의 양심에 대해 충실한 것이 거리에서 누군가를 짜증나게 할 때가 올 것이기 때문이오. 마치 튈르리에서 다른 사람에게 충격을 주었던 것과 같소.…"

그러나 그는 어느 한쪽에 대해 걱정하고 싶지는 않았다. 그는 자신의 생각과 양심이 시키는 대로 말했다.

언론의 자유를 제한하고, 극장 검열을 재개하고, 특정 신문 「레벤느망」은 첫 번째 시범타였다의 공개 판매를 금지하고, 알제리에 보내어 죽게 할 6월 항쟁의 혐의자들을 추방하는 법을 그가 어떻게 받아들일 수 있을까?

'아! 몸 사리는 말은 집어 치워라. 위선적인 말은 그치라, 적어도 진지해보라, 그리고 우리에게 말해보라, 사형제도가 부활했다!'고 부르짖었다. 목이 쉬어버렸다.

사실, 그들을 볼 때, 그들이 자신에게 도전하기보다 더 많이 짖어대는 의원들의 말을 들을 때, 느꼈다. 바로 그들을 밀어내는 민중들에 대한 두려움이었다. 각 지역 보궐선거에서 사회 민주주의자인 신 산악당 의원들이 파리에서 3명, 프랑스 전역에서 10명이 선출되었고, 그리고 다시 파리에서 대중 소설가이자 극좌파인 멋쟁이 으젠느 쉬가 선거인단에 의해 선출되었다! 그러자 보수파는 동요하였고, 의원들과 정부는 확산을 막기 위해 보통선거를 제한하는 것을 꿈꾸고 있었다.

그들은 거기에 그렇게 존재하고 있었다!

그는 알렉상드르 뒤마가 그에게 보낸 편지를 읽었다.

"친애하는 빅토르,

내일, 당신은 연설을 할 것입니다. 그렇지요? 당신은 세계적인 지성의 대표적 인물입니다.… 그들에게 말하십시오. 그들이 미쳤다고, 그들이 하고 있는 투쟁은 미친 짓이라고… 과거에서 아무 것도 보지 못했던 그 사람들은 미래 속에서도 아무 것도 보지 못했지 않습니까? 민주주의자들은 당신이 어디에서 왔고 어디로 가는지도 모르지 않습니까?… 그런데 지금은 잘 보이지 않겠지만, 당신은 분명히 알고 있습니다. 나폴레옹, 루이 18세, 루이-필립이 실패한 곳에 심연이 있고, 세 군주를 삼켜버린 그 곳에는 더 이상 가능한 군주국은 없다는 것을…. 지금 여기서 내가 말하는 것뿐만 아니라 제가 20년 동안 써왔던 것입니다. … 우리 모두의 이름으로 연설하는 영광을 우리들 중에서 으뜸인 당신께 드립니다.…"

위고는 훼방을 받으며 의회 연단을 마주했을 때 그 편지를 기억하고 있었다. 그때에 그는 흐릿한 목소리로 겨우 연설했다.

"자, 해보시오! 300만 유권자 중에서 4명을 선출하고, 800만 유권자 중에서 9명을 선출합시다! 여러분이 선출하지 못하는 것은 여러분 잘못이오… 나아갈 시기요, 시간은 흐르고, 여전히 지구는 돌고 있소, 생각이란 상향 이동하는 것이오. 점점 더 여러분과 시대의 간극은 벌어지고 있소. 젊은 세대와 여러분들과의 간격, 자유 정신과 여러분과의 간격이…."

증오에 찬 연설이 있은 후, 그는 여전히 인신 공격, 즉 「주르날 데 데바」 지誌의 칼럼니스트의 배신으로 고통을 받아야 했다.

"위고 선생이 사회의 불의를 참으시는 듯했던 시절이 있었는데… 이 순간은 빅토르 위고 선생이 학자가 된 그리고 프랑스 의원이 된 때와 매우 흡사합니다.…"

「뤼니베르」에서 매일 공격하는 사람은, '예수회에 무신앙 가입자가 그랬던 것처럼 '미니스커트 저널리스트' 루이 뵈이요였다. 1848년부터 보수파에서는 그에게 말했었다. "닥치시오! 웃기지 마시오!"

그리고 몽탈랑베르는 그의 측근이자 친구였다. 그는 보통선거에 대한 토론이 끝난 다음 날 의회의 연단에 올라갔다. 위고는 지치기도 하고 몸도 아파서 그 자리에 없었다. 그러나 위고는 치를 떨면서 '독사'같은 몽탈랑베르가 선언한 것을 읽었다. "보수파의 한 의원이 말하기를. '만일 그가 여기 있었다면, 나는 그가 아첨했던 모든 이유, 그가 부정한 모든 근거를 상기시킬 것입니다.… 그는 패배한 이유에 따른 의무를 회피하고 있습니다.'"

그는 자신이 쓴 글을 회상하며, 왕정이 몰락한 후 그가 샤를르 10세와 오를레앙 공작 부인에게 어떻게 충실했는지, 보나파르트가 망명에서 돌아올 수 있도록 어떻게 개입했는지 답변하려고 했다.

그러나 그는 상처 받는 느낌이 들었다. 몽탈랑베르는 능란한 사람이었다.

"여러분은 위고 씨가 추구해 왔던 언어를 보면, 항상 같은 형태이지만 항상 다른 대상을 향하고 있음을 발견하게 될 것입니다.… 그는 내일, 미래의 전제 정치를 위해 그가 오늘 사람들에게 제공했던 그 향을 불어 넣으려고 할 것입니다. 그것은 이미 두 왕조에게 숨을 불어넣었던 향입니다."

의회의 대다수 의원들이 반복하는 환호는 마치 수없이 따귀 때리는 것만 같았다.

"민주주의를 없애시오. 자유를 없애시오, 그 날이 온다면, 내가 없다는 것을 알게 될 것이오!" 위고의 답변이었다.

그는 몽탈랑베르에게 낙인을 찍어두기 위해 몇 구절을 휘갈겨 썼다.

오! 내가 당신을 아주 높은 산으로 데려다 주겠어

독사여, 밤이 널 낳아줄 구렁텅이로,

평원과 늪으로, 외침과 야유

목소리, 발소리, 소음, 모든 것이 사라지리!

[…]

만일 당신을 숭배하는 사람들이 – 독사, 사람들이 당신을 숭배하니까 –

당신이 피난처라고 믿는 오물 웅덩이에서 당신을 찾게 되면

어둠 속에서 한 목소리가 그들에게 말하리

그곳을 지나던 독수리가 그를 물어갔다고.231

그러나 더 시급한 것이 있었다. 쿠데타와 암살에 대한 소문이 돌고 있었다.

그는 어깨를 치켜올렸다.… "검열, 경찰, 압박, 우직한 신자, 하사와 닮은 굼뜨고, 멍청한, 기만적인 정부. 초소가 여러분을 감시하고, 고해소가 당신들의 죄를 염탐하고 있습니다."

공화당 출신의 전 대령이었던 의원 샤라가 그의 팔을 잡았다.

"나는 지금 이 순간 형언할 수 없는 감정, 절대적 힘을 가진 우둔함에 직면하는 굴욕을 맛보고 있소"라고 위고는 그에게 털어 놓았다.

그는 "프랑스의 미래가 아니라 스페인의 과거로서의 프랑스를 꿈꾸는 수도원 같은 잔혹함, 어둠, 침묵, 무능함, 부동성, 절대주의의 정당, 예수회당"에 관해 말하고 있었다.

샤라는 그의 말에 귀를 기울이며 다른 문제가 있다고 소곤거렸다.

"조심하십시오. 폭동의 경우, 경찰이 실패하면 또 다른 경찰이 수행합니다. 역할이 나누어져 있는 것이지요. 샤라 대령이 할 일은 끝났다고 어제 누군가가 말하더군요. 당신이 샹젤리제 거리를 건널 때 권총으로 암살할 것입니다. 카베냑의 경우, 그는 엘더 로의 모퉁이를 지나가지 않을 것입니다. 조심하셔야 합

니다!" 샤라는 반복하여 말했다.

티에르*라는 사람에 대해 무엇이 두려울까? 광대처럼 보이는 그 작은 남자들 중 한 사람인데?

"만약 그들의 프뤽티도르**, 그들의 군주제 쿠데타가 일어나면 나는 옆에 있을 겁니다. 그들의 천둥소리에 내가 어떻게 반응할지 아십니까? 폭소를 터뜨릴 거요!"

그러나 조금씩, 그는 엄습해 오는 불안감을 떨칠 수는 없었다.

'과거가 다시 치열해지는' 시대였다. 예수회당, 종교 재판당, 그리고 '국가'라는 인체에서 배背의 부분을 차지하는 위치에 있는 소위 '중산층'의 이기주의가 있었다. 사다리를 올라가면 사다리를 당겨버리는 그 인간들은 자신들이 도달했던 곳에 민중이 올라가는 것을 원하지 않았다.

그는 방으로 들어오면서 다음과 같은 것을 생각했다.

　.. 당파黨派
　불쌍한, 실성한, 보잘 것 없는, 왜소하고 치명적인… 232

그 방은 죽은 천재, 거인 발자크의 시신이 놓여 있었다.

그는 '거의 검은색에 가까운 오른쪽으로 기울어진 보랏빛 얼굴과, 깍지 않은 수염, 짧게 자른 회색 머리, 그리고 부릅뜬 채 고정된 눈을 바라보았다. 나는 그를 옆에서 보았었는데, 그는 황제를 닮았었다.'

"그는 밤중에 죽었다. 그는 51세였다."

그는 묘지에서 추모사를 해야 했다.

그는 관을 씌운 은빛 술鶲장식 중 하나를 잡고 관의 오른쪽에서 걸었고, 알

---

* Thiers(1797-1877). 정치가·역사가, 대통령(1871-73).
** Fructidor. 혁명력 12월로서 '12월 혁명'을 지칭.

렉상드르 뒤마는 다른 쪽에서 걸었다.

"호송대가 파리를 건너 가로수길을 지나 페르-라 셰즈로 향했다.… 하늘이 눈물이라도 흘릴 것 같은 그런 날이었다.…"

그는 묘지 곁에서 "이 거대하고 기이한 작품의 저자는 강렬한 혁명적 작가의 후예이다.…"라고 추모사를 했다.

그리고 8월 21일, 걸어오며 그는 확신이 들었다. 즉 발자크의 죽음은, '모든 사람에게서 어떤 것을 끄집어내는, 어떤 사람에게서는 환상을, 또 다른 사람들로부터는 희망을, 이런 사람들에게서는 외침을, 저런 사람에게는 가면을 뽑아 버리는', 이 거장의 종말은 한 시대의 종말을 봉인하는 것이라는 확신. 발자크의 작품은 '몸과 몸을 서로 부딪치며 현대 사회를 사로잡았다.'

하지만 그 작품이 정치 질서 안에서 무엇을 탄생시킬 수 있을까? 공화국 아니면 종교 재판? 미래 아니면 과거?

10월 10일, 위고는 사토리의 병영에서 날이 갈수록 '왕-대통령'으로 불리고 있는 루이 나폴레옹 보나파르트 앞에서 행진하는 군대가 '나폴레옹 만세! 황제 만세!'라고 외쳤다는 것을 알게 되었다.

그 창백한 남자가 감히?

그는 쥘리에트의 말을 듣고 있었다.

"난 당신 같은 남자가 정당의 모든 파렴치한漢의 표적이 될 수 있다는 것이 불쾌해요. 재능도 없고, 기백도 없고, 심장도 없는 가련한 자들이 감히 당신과 싸우는 것이 불쾌하고, 그들이 가증스럽고 야비하다는 것을 알게 되었지요… 당신의 용기와 희생과 헌신에 감탄해요.…" 그녀가 말했다.

예수회에게 미소를 짓고, 「뤼니베르」의 루이 뵈이요 공격을 무시할 필요가 있다고 그가 대꾸했다.

당신이 현학적인 사람이 아니었다면 사형집행자가 되었으리

당신에게는 칼도 거룩하고 고통도 아름다울 걸

오 괴물들이여! 노래하라, 당신의 사악한 찬송가를

화형대, 당신의 유일한 횃불!

[…]

어서, 계속, 크랭크를 돌려라

당신의 불결한 신문, 사악하고 타락한 사기꾼들

당신의 검은 손톱으로 두뇌를 파내어보라

비방하고, 짖고, 깨물고, 거짓말하고, 살아라!233

쥘리에트는 고개를 저었다. 그리고 그녀가 중얼거렸다.

'정치가 당신의 삶 전체를 갉아먹은 후, 행복은 제게서 멀어졌어요. 다시 돌아올까? 저는 그것이 의심스럽고, 그것은 저를 절망으로 몰아가는 거예요.'

그녀에게 어떻게 대답할 것인가?

1851

그 남자는 무덤으로 내려가기 오래전에 죽고

그의 삶의 모든 부패가 그를 갉아먹고 있었으니…

위고는 말하고 싶었다. 그래야 했다. 하지만 목은 여전히 아팠고 몇 주 지나서야 겨우 자신의 목소리를 들을 수 있었다. 연단에서 소리를 높인 까닭에 목소리가 갈라져 있었다. 그래도 그는 몇 시간 동안 의회의 12차 위원회 구성원들과 의원들을 분열시켰던 그 토론에 개입해야만 했다.

그는 듣고 있었다.

연초부터 분위기가 달라졌다.

루이 나폴레옹 보나파르트는 1월 9일, 방위군과 파리 군사 지역의 이중 지휘권을 가지고 있던 샹가르니에 장군을 해임했다.

샹가르니에 장군은 얼굴에 분을 바르고, 향수를 뿌리는 곱슬머리 장교였는데, 보수파의 실세였다. 그는 공화국과 루이 나폴레옹에 대해 쿠데타를 일으킬 준비가 되어 있다는 소문이 돌았다. 그 사람은 1797년에 장군이었으며, 나폴레옹 보나파르트 대왕이 제거했던 피쉬그뤼*의 계파였다.

모든 것이 다시 시작되는 것 같지만, 당사자들은 모두 소인배들이었다!

---

* Pichegru(1761~1804). 대혁명 시기의 장군. 왕당파, 자코뱅의 거두, 나폴레옹 1세에 의해 제거됨.

보수파가 주도하는 의회는 샹가르니에가 해임된 후 정부에 대한 불신임안을 표결했다. 그러자 루이 나폴레옹은 또 다른 부처를 설립하고 아무 일도 없었다는 듯이 의회에 기부금을 거의 200만 프랑 증액해 줄 것을 요청했다! 루이 나폴레옹은 이미 승인해 주었던 기부금을 모두 써버렸다. 여자들, 파티, 무도회, 오락, 신앙과 언론 매수의 대가를 비싸게 지불했다.

위고는 망설였다. 일어날 것인가? 그는 옆에 있는 공화당 의원인 미셸 드 부르주에게 귓속말을 했다.

"엘리제 궁에 대해서는 크게 동요되지는 않지만, 다수당의 입장이 걱정이 되오. 내 눈에는 나폴레옹은 안 보이지만, 피쉬그뤼가 보인단 말이오."

또한 그는 그 해는 평온할 것이라고 확신했다. 5월 헌법에 따라 루이 나폴레옹이 다시 후보가 될 권리가 없이 퇴진을 요구받을 때, 모든 것이 내년에 결정될 것이기 때문이었다. 루이 나폴레옹이 헌법 개정을 승인받지 않는 한, 보수파의 과반수는 개정안에 투표하지 않을 것이다. 게다가 공화당도 그 사항에 적대적이기 때문에 루이 나폴레옹은 그 다음 해에 쿠데타의 유혹을 받게 될 것이다.

그는 쥘리에트가 그에게 이야기해준 꿈을 떠올렸다.

"저는 어젯밤 꿈속에서 화염에 휩싸인 채 전속력으로 달리는 커다란 4륜마차를 보았어요. 말들은 이빨 사이에 재갈이 물려져 있었구요."

그는 그녀에게 이렇게 대답했다.

"당신은 꿈에서 1852년을 보았군!"

그때부터 사람들은 대항 준비를 할 참이었다. 그런데 공화당원의 입장에서 루이 나폴레옹 보나파르트와 샹가르니에 장군 중 하나를 어떻게 선택할까?

그는 한 가지만은 확신했다. 사람들은 그를 싫어했다! 프랑스 아카데미에서 '독사'같은 몽탈랑베르는 알프레드 드 뮈세가 2표를 얻는 것과 달리 25표로 얻어 선출되었다! 뮈세에게 표를 던진 사람은 위고와 의심할 여지 없이 라마르틴 느였다.

'부르주아 계급의 눈으로 보면 나는 괴물이다. 어떤 사람들은 나를 개처럼 쏴 죽여야 한다고 말한다. 불쌍한 부르주아지! 그들은 단돈 100수sous 때문에 두려워한다!'

그들은 위선, 모욕, 편협, 불의에 맞서 싸운, 자유에 대한 모든 생각을 옹호한 위고를 용서할 수 없었다.

그가 의회에 있는 그의 자리에 다다랐을 때, 적대적인 시선의 무게를 느꼈으며, 비웃는 소리도 들었다.

그것은 자신의 양심의 자유를 위해 치러야 할 대가였다. 그러므로 받아들였다.

그는 발언권을 요청했다. 그는 자리에서 일어났다.

"나는 이 위원회의 위원이 되고 싶지 않습니다. 나는 아직도 몸이 너무 안 좋아 연단에 갈 수가 없습니다. 발언을 하지 않으려고 했던 것입니다. 여기서도 마찬가지입니다."

그러나 그는 루이 나폴레옹의 책략, 반공화주의 연설, 황제의 이름으로 찬사를 받기 위한 유일한 목적인 여행, 헌법 개정을 요구하는 청원을 시작한 디-데상브르 위원회*의 자금 조달을 폭로할 필요가 있었다.

끝내야 했다.

"여러분에게 말하고 있는 나, 위고는 보나파르트 경에게 투표했습니다. 나의 행동 권한 내에서 그의 선출을 지지했습니다.… 정치적 유죄 판결을 받은 상황에서 이 왕자에게는 지성이 있었습니다. 민주주의가 있었습니다. 우리는 그에게 희망을 걸었습니다." 그는 겨우 들을 수 있는 목소리로, 목이 타들어가

---

* Dix-Décembre. 보나파르트주의의 정치적 조직체.

는 목소리로 말을 이어가고 있었다.

그는 기침을 하였고, 더 크게 말하고 싶었다.

"우리는 우리의 희망에 속았습니다. 우리가 그 사람에게 기대했던 것, 기다렸던 것이 헛수고였습니다.… 2백만명을 필요로 했던 것은 왕자 혼자일 뿐이었습니다. 기부금이 없었다면, 공화국을 내일의 제국으로 만들었던 이러한 근위병 설립의 유혹도 없었을 것입니다. 이제 돈도 없고, 제국도 없습니다. … 여러분, 제왕적인 태도를 끝냅시다. 기부금을 구걸처럼 요구하니… 공화국을 받아들입시다."

그는 자신이 보수파의 증오심을 무장 해제시키지 않았지만, 보나파르트주의자들과 왕자-대통령을 걱정하는 측근들의 분노를 일으킬 것도 알고 있었다. 샤를르 드 레뮈사가 말한 것처럼 그들은 나약하고, 반쯤은 사기꾼이고, 허세부리는 사람들이라, 어떤 비용을 치루더라도 권력을 유지하고 싶어했기 때문이었다.

괴롭힘과 박해만 있을 뿐 보수적인 정부에게 바랄 것은 아무것도 없었다.

'경찰은 어디에나 있고, 정의는 어디에도 없다!' 그는 그 정부를 한 단어로 요약했다.

그 즈음 위고는 콜레쥐 드 프랑스*에서 미쉴레**의 강의 과정이 중단되었다는 것을 알게 되었다. 말도 안 되는 소리, 그는 의회 연단에 설 수는 없지만, 그럼에도 불구하고 그를 지지하고 싶었다. 위고는 그에게 편지를 썼다.

"내 의지보다 더 강한 악惡이 나를 내 자리에 주저 앉혔습니다.… 그러나 나는 당신에게 항의 의견을 보냅니다."

항의하는 학생들이 미쉴레를 도와달라며 그를 데리러 왔다. "사상의 자유

---

* Collège de France. 1530년에 설립된 성인 교육기관.
** Michelet(1798~1874). 역사가.

가 당신 자신에게 재갈을 물린 것이오.… '라고 그는 결론을 내렸다.

그는 사람들이 가지고 있는 매우 힘든 상황에 아들이 일격을 당한 것을 받아들여야 했고 싸워야 했다. 샤를르는 「레벤느망」에 사형제도를 비난하는 기사를 실었다는 이유로 고발 당했기 때문이었다.

그는 법정에서 변호했다.

"아, 네! 사실입니다. 우리는 매우 위험한 사람들입니다. 우리는 단두대를 폐지하고 싶습니다! 그것은 괴물입니다!"

그는 피의자석에 앉은 샤를르 쪽으로 몸을 돌렸다.

"내 아들아, 오늘 넌 큰 영예를 얻었고, 진실에서 우러난 숭고함을 위하여 고통받고 싸울만한 가치가 있는 사람이었다. 오늘부터 넌 우리 시대의 진실되고 씩씩한 삶으로 진입한 것이다. 자부심을 갖거라…"

그러나 선고는 내려졌다. 6개월 징역.

그들은 샤를르를 감옥에 가둠으로써 위고에게 타격을 주어 아마도 침묵시키고 싶어했을 것이다. 몇 달 후, 「레벤느망」에 실린 기사 건으로 똑같이 프랑수아-빅토르가 당했다. 폴 뫼리스는 그들과 함께 투옥되고 한 달 동안 금지된 신문은 게재를 중단해야 했다. 그러나 그것은 「라벤느망 뒤 퍼플」*로 대체되었다.

'나는 샤를르를 변호했던 것처럼 프랑수아-빅토르를 변호할 생각을 깊이 했었다. 모든 것을 고려해 볼 때, 포기하는 것이 현명했다. 나를 그토록 미워하는 배심원과 법원을 짜증나게 할 것 같았기 때문이었다.… 그 가련한 통치자들은 무엇이든 할 수 있었다.'고 위고는 설명했다.

다음번에는 오귀스트 바크리가 「레벤느망」 때문에 체포되었다.

그나마 위안이 되었던 것은 샤를르와 프랑수아-빅토르에게 내려진 선고에 못마땅한 옛 왕자 제롬 보나파르트가 보낸 편지였다.

---

* L'Avenement du Peuple. '민중의 출현'이란 의미.

"불공정하고 사악한 반응을 보이는 것은 당신에게 영광이지만, 우리나라가 가하는 압력과 내 품위를 깎아 내리는 것에 내가 얼마나 슬퍼하는지 당신은 이해 할 것입니다."

"그 점에서 유감입니다. 박해가 당신의 이름을 짓누르는 것을 보는 것, 프랑스의 영광 중 하나이자 망명 기간 동안 우리의 소중한 친구 중 한 명인 당신을 짓누르는 것을 보는 것, 그것은 치욕입니다!"

하지만 그랬다!

위고는 비인간적이고 잔혹한 불의가 지배하고 있음을 발견하는데는 주위를 둘러보는 것으로 충분하다는 인상을 받았다.

그는 혁명가의 동지 경제학자 아돌프 블랑키와 함께 릴르로 갔다. 그는 노동자들의 생활 조건을 이해하고 싶었다.

그는 루이 나폴레옹 보나파르트에게 기부금을 부담해야 하는 수백만 프랑을 기억하며 서민들이 사는 동네의 진흙탕 길을 걸었다. 그가 이런 릴르 지역 가족들의 불행을 목격했을 때, 그는 장관의 부패를 비난하는 '뤼 블라스'의 음성을 듣는 것 같았다!

> 백만 프랑! 백만 프랑! 성城, 왕실 세비歲費!
> 어느 날 나는 릴르의 동굴로 내려갔소
> 나는 끔찍한 지옥을 보았소.
> 거기 지하 방들 마다 유령들이 있었소
> 상처나고, 휘고, 구부러진, 척추가 사지를 비틀고
> 쇠로 묶인 손목
> [⋯]
> 릴르의 동굴! 우리는 당신의 돌 천장 아래에서 죽었소!

나는 보았소, 내 눈꺼풀 아래에서 우는 그 눈들을,

조각상의 어머니 품안에 있는 아기 유령을!

머리카락으로 덮인 소녀의 초점 잃은 눈을

죽어가는 할아버지의 헐떡거림을

 오 단테 알리기에리여!

당신들의 재물은 이러한 고통에서 나오나니

왕이여! 결핍이 당신의 하사금을 불려주고 있소

오, 승자여! 정복자!

당신의 예산은 철철 흘러 도처에 스며들고 있소

이 지하실의 벽으로부터, 이 지하실의 돌로부터,

죽어가는 이들의 마음들로부터.234

관대하지 않고서야 불평등과 불의를 부정하는 그를 어떻게 용서할 수 있을까? '불같은 투쟁과 폭풍'의 시대였다. 진리와 정의의 불꽃 속에서 자신의 삶을 불태우기로 선택한 사람들만이 그를 인정했다.

위고는 기우제페 마찌니로부터 한 통의 편지를 받았다. 그는 그 이탈리아 혁명당원에 대한 존경심을 갖고 있었기 때문에, 보내온 편지를 읽고 감동을 받았다. "학생 시절부터 시인인 당신을 흠모했습니다. 나는 오늘 민중과 그들의 지배자 사이에 존재하는 두 힘의 한계에 대하여 열화와 같은 말을 던지는 당신을 존경합니다." 그가 있어야 할 곳은 바로 그곳이었다.⋯

그러나 사람들은 그가 감내하는 긴장을 상상이나 할 수 있었을까? 그는 망각, 희망, 열정의 순간만이 증오와 위협에 대항할 수 있다고 확신했다. 자신을 암살할 음모가 있다고 다시 경고를 받았기 때문이었다. 그는 왕자-대통령을 공격하였고 산악당Montagne에 합류했다. 그는 자신의 명성을 정치적인 무기로 사용했다. 어떤 사람들에게는 그것이 소용없었다.

그는 레오니 도네의 품안에서도 위험과 긴장과 참담함을 잊을 수 없었다. '거액의 상업어음이라도 되듯이 아주 예쁜 세 딸을 낳은' 하녀 아르망스 뒤발롱의 품안에서도, 유혹하는 창녀들에게서도, 글을 쓰고 자신을 내어주는 독자들에게서도, 여배우에게서도, 수줍어하며 '저는 매일 밤 당신의 꿈을 꿉니다. 저는 그것만으로도 매우 행복합니다.…'라고 고백하는 클래르에게서도.

그는 유치할 정도로 그런 순진함에 감동하고 기뻐했다. 그녀가 그에게 편지를 썼다. "제시간에 집에 도착했어요. 저는 이미 다시 시작할 생각을 하고 있구요.… 나의 시인이여, 당신은 저와 함께 있었을 때의 기억을 잃었었다고 말했지요." 행복하고 편안한 순간들이여!

그렇게 그는 압박의 시간을 잊었다. 정치적 현실뿐만 아니라 다른 모든 여성들도 각자 자신의 자리가 있었다. 투르-도베른뉴에서 다시 만나는 아델, 아내에게 항상 인정받고 존중받는 레오니, 숨어야 하는 사람이자 다른 모든 사람을 숨겨야 하는 쥘리에트.

그는 6월 28일에 쥘리에트를 찾아갔다. 그녀는 집에 없었지만, 갑자기 탁자 위의 꾸러미들, 편지들, 그가 레오니 도네에게 7년 동안 쓴 모든 편지와 쥘리에트에게 최근에 보냈던 마지막 편지도 발견했다. 그녀는 그가 그녀에게 쏟았던 사랑만큼이나 열정적이고 시간에 뿌리를 두었던 사랑에게 양보해야 한다는 것을 이해해야 했다. 그녀가 어떻게 읽었을까!

쥘리에트는 읽었음에 틀림없다.

그는 자신이 두 여자에게 같은 말을 썼다는 것을 아주 잘 알고 있었다! 그는 그녀가 다시 느껴야할 것들을 상상해 보았다. 레오니가 알고 있는 거의 공식적인 장소에서, 투르-도베른뉴 로에서 만큼 살롱에서의 모든 열정도 잊어야만 하는 그녀를 상상해 보았다!

그는 최악의 상황이 두려웠다.

그는 스캔들을 생각했다.…

거기에 그녀가 있었다. 얼이 빠져 흐트러진 채, 그녀는 홀로 파리를 무작정 걸었다. 그녀는 말을 쏟아냈다.

"나에게 거짓 관대함을 베풀지 마세요… 당신의 시체가 생명의 흉내내는 끔찍한 신성 모독을 저지르는 모습을 보니 차라리 죽어버린 나에 대한 당신의 사랑을 애도하는 편이 나아요… 이제 모든 것이 파괴되었어요."

그는 레오니를 포기할 준비가 되었다는 것과 그녀가 혼자라는 걸 받아들이려고 애썼다.… 그녀는 그를 멈춰세웠다.

"당신의 희생은 쓸모가 없어요, 이제 머지않아 지금부터는 나에게 혐오스런 것처럼 당신에게도 그럴 거예요."

그는 대꾸할 수가 없었다.

"내 마음을 위로하기 위해 당신의 마음을 아프게 하고 싶었던 것에 대해 감사해요." 그녀는 계속했다.

그녀는 고개를 숙였다. 그녀는 낮은 목소리로 이어갔다.

"당신의 배신을 무자비하게 증명해 준 그 여성에게 감사하지요. 우리 사이에는 어느 것도 당신의 삶에서 지울 수 없고, 제 삶에서도 지울 수 없는 7년이란 세월이 있었어요. 당신이 그 여자를 무척이나 사랑했던 7년, 그리고 제가 감내해 왔던 귀머거리와 잠재된 예감으로 인해 제가 크게 고통받았던 7년이었어요."

그녀는 편지를 보여주었다. 그녀는 그 중 몇 문장을 읽었다. "당신은 천사이고 나는 당신의 발에 키스하고, 나는 당신의 눈물에 키스합니다.… 당신은 내 눈의 빛, 당신은 내 마음과 같은 생명입니다."

레오니는 왜 그런 말을 전했을까? 그것이 무절제와 복수의 욕망으로부터 그녀를 보호해 주었기 때문이었을까? 그녀를 해방시켰던 오랜 친구 아플랭 부인의 죽음 때문이었을까?

"그녀는 당신이 7년 동안 그녀에게 준 숭배를 제 마음의 바닥에까지 대담하게 집어넣었어요. 파렴치하고 사나웠지만 그것은 정직함이었어요." 쥘리에트가 중얼거렸다. 그 여자는 나의 사형 집행인이 될 자격이 있었다. 모든 사태가 잘 맞아 떨어졌다.… .

그는 절망스러웠다. 그는 레오니와 헤어지는 결정을 하지 말라고 간청했던 관대한 쥘리에트에게 고통을 주고 싶지 않았다. 그러나 레오니에 대한 질투와 고통은 순간순간 표출되었다.

그녀가 말한 것이 사실이었기 때문에, 그녀가 불공평한 운명의 희생자였기 때문에, 어떻게 변호할 것인지는 하나의 방편일 뿐이었다.

그는 그녀의 말을 듣고 있었다.

"저는 가장 굴욕적이고 신랄한 질투의 모든 고문을 겪고 있어요. 저는 7년 동안 당신이 아름답고 젊고 영적이고 훌륭하다고 생각하는 여자를 사랑해 왔다는 것을 알아요. 저는 그 여자가 갑작스럽게 폭로하지 않았다면, 그녀가 여전히 당신이 가장 좋아하는 여주인이라고 알고 있었을 거예요. 저는 당신이 그녀를 당신의 가족으로 소개했고, 그녀는 당신의 세계에 살고 있고, 언제든지 그녀를 만날 수 있고, 적어도 외부적으로 그러한 친밀한 관계를 계속하기로 약속했다는 것도 알고 있어요. 저는 그것을 다 알고 있는데 당신은 제가 안전하게 살기를 바라나요? 하지만 그러기 위해서는 제가 가장 멍청하거나 가장 미친 존재가 되어야 할 거예요. 아아, 저는 가장 근시안적이고 가장 불행한 사람일 뿐이네요.…"

그는 그녀를 안심시키려 애쓰며 그녀에게서 절대 떠나지 않겠다고 약속했다. 그래서 그는 그녀가 말했듯이 그녀가 다시 '이성적'으로 되었고, 그녀를 설득했다는 느낌이 들었다.

일상이 다시 시작되었고 그는 안도의 숨을 내쉬었다.

그는 7월 17일 국회 회기에 필요한 연설을 준비해야 했다. 자연스럽게 루이 나폴레옹 보나파르트가 대통령으로서 자신의 역할을 영속시키기 위해 기대하는 헌법 개정을 논의할 필요가 있었다.

위고는 전투가 험난할 것임을 알고 있었다. 정부안에 반대할 뿐만 아니라 보수당의 안에도 반대되는, 또한 아직도 공화국의 적일 수도 있는 루이 나폴레옹에 대한 적개심 때문에 수정안에 반대되는, 그러한 문제에 대하여 생각이 갈라지는 모호함이 있었다

그는 연단에 올랐다. 그는 자신의 목소리를 되찾았다.

"군주제 또는 공화국이라는 의제가 올라왔습니다. 그 누구도 더 이상 권력을 가질 수 없으며 누구도 그것을 피할 권리가 없습니다."

거의 매 순간마다 연설이 중단되었다.

"연장이 웬 말입니까?" 그는 절규했다. "그것은 종신 집정제입니다. 종신 집정제는 어디로 인도합니까? 제국으로 이끌어 갑니다! 여러분, 음모가 있습니다! 음모, 내가 여러분에게 말씀드립니다! 나는 그것을 조사할 권리가 있습니다. 그것을 파헤칠 것입니다. 합시다! 모든 것을 폭로해야 합니다. 모든 것에 있어서 아주 중요한 날입니다. 프랑스가 불시에 장악되어 가까운 시일 내에 까닭도 모른 채, 황제를 맞이하는 일은 없어야 합니다!"

"황제 문제, 그 의도를 좀 더 논의합시다!" 그가 이어갔다.

그가 일어났다. 그는 소인배들을 통렬히 비난할 것이다. 그는 긴 글을 쓸 때만큼이나 강한 어조로 말을 할 때 설렘을 느꼈다. 거기는 반원半圓이 무대이고 그 대극장에서 펼쳐지는 것은 민중의 운명이었다! 그리고 위고, 그는 작가이자 배우였다!

그는 위대한 나폴레옹을 떠올리며 말을 이어갔다.

"왕홀王笏과 검劍, 당신들, 당신들은 그것을 긁어모으고 싶고, 거인들의 검, 타이탄의 왕홀을 당신들의 작디 작은 손에 쥐고 싶어 하는 것입니다! 왜 그래

야 합니까? 무엇을 하려구요! 아우구스투스, 아우구스튈르 이후! 무엇이 있었습니까! 대인 나폴레옹이 있었기 때문에 소인 나폴레옹 또한 있어야 합니다!" 그는 외쳤다.

난리였다. 증오의 외침이 환호성을 덮어버렸다.

그는 그 말로 자신이 권력의 표적이 되었다는 것을 알고 있었다. 사람들은 할 수만 있다면 그를 죽일 것 같았다. 그는 그것을 확신했다. 그러나 그는 생각한 대로 끝까지 갔다는 것을 흡족하게 생각했다.

그는 연단에서 내려와 자리에 앉았다. 그는 자신에게 비아냥거리는 의원들을 바라보았다.

그는 몸을 진정하기 위해 100번 이상 중단되었던 연설이 끝난 세 시간 후에 정신적 활력을 되찾아 쓰기 시작했다.

죽어갈 사람들, 비천하고 무례한 군중

먼지가 되기 전에 진흙이니…

[…] 질투하고, 유치한 분노에 사로잡힌,

자신들이 쓸모없다고 느낄수록 더욱 분노하고

그들은 앞서 걷는 사람의 발뒤꿈치를 물어뜯는구나.

그들은 짖어야만 하는 굴욕을 당하노니.

그들의 찌질함을 만 천하에 드높일 순 없으리

[…] 처음부터 끝까지 원하는 사람의 것이니

오늘은 보나파르트, 내일은 샹가르니에의 것!

[…] 군중들로부터 멀리 떨어져 있는 엄격한 사상가

고독의 깊숙한 곳에서 어제를 꿈꿀 때

그의 고요함 속에 갑자기 드러내며

당신들에게 진실을 말하기 위해 오누나

패자를 방어하고 조국을 안심시키며

터뜨려라! 고함, 모욕, 분노,

그의 이름에 달려들라 전리품처럼

당신들은 그에게서 거만한 미소만 얻을 뿐

눈 길 한번 받지 못할 터! – 이 고요한 영혼 때문에

당신들의 존경을 경멸하고 당신들의 증오를 존중할지니.235

    그는 의회에서 나왔다. 그는 쥘리에트를 발견했다. 그녀가 무엇을 하러 왔을까? 그녀는 자신의 운명을 받아들인 것 같았다. 그는 피했는데, 그녀는 자연스럽게 불평을 털어놓았다.

    "저를 만난 것이 불쾌하여 놀란 남자처럼, 세상에서 가장 창피하고, 가장 혼란스러운 모습으로, 저에게 아무 말도 하지 않고, 나에게 아무 설명도 하지 않고, 지체없이 안으로 들어가려는 당신의 정중함에 몹시 당황해서 되돌아왔어요." 그녀는 '자살의 열광'에 관해서 말하였고, '내 마음속에 지옥이 있으며'라는 말을 덧붙였다. 그녀는 했던 말에 대해 뉘우치고, '당신의 직업에 관한 모든 요구와 정치인으로서의 당신의 위치에서 필요한 모든 관리'에 자신이 딱이라고 단언했다.

    그녀가 부정하더라도 다시 비난이 밀려왔다.

    "저는 당신에 대한 어떤 권리도 요구하지 않아요, 제 인생에서 당신이 가장 생생하게 차지했던 19년이 당신의 휴식, 배려였지만, 행복에는 티끌만큼의 무게도 안 나가네요."

    마침내 그녀는 그를 도와주겠다고 제안했다. 또한 그는 자신이 그녀를 믿을 수 있다는 것을 알게 되었다. 그때는 긴장이 고조되고 있었고, 모든 사람이 그를 잔인하고 파렴치한 사람이라고 말하는 루이 나폴레옹 보나파르트가 알제리에서 두각을 나타내는 생 아르노 장군을 국방장관으로 임명했을 때였다. 그

러한 임명은 루이 나폴레옹 보나파르트가 의회에서 자신의 요구가 관철되지 않았음에도 불구하고, 포기하지 않았음을 보여주는 명확한 증거였다. 의회는 왕자 대통령이 요청한 기부금, 법 개정, 보통 선거로의 복귀를 거부했고, 보수파 의원들로부터도 민중 주권의 수호자로서의 존재감에 대해 걱정이 많았던 왕자-대통령이었다.

쥘리에트는 그 때가 그들 사이에 새로운 마음의 상처를 줄 때가 아니라는 것을 어떻게 이해하지 못할까? 샤를르와 프랑수아-빅토르는 폴 뫼리스와 오귀스트 바크리처럼 감옥에 수감되어 있었다. 폭동은 계속 이어지고 있었다.…

> 오! 그는 아무것도 아니며 당신이 모든 것이오니
> 주님! 살아계신 하느님, 오직 당신만이 서 계시니…
> […] 그는 무덤으로 내려가기 오래전 죽었습니다
> 그의 평생 동안의 모든 부패가 그를 갉아먹고
> 탐욕, 교만, 증오, 거짓말
> 사악한 사랑, 미친 오류, 나쁜 본능,
> 그러므로 우리는 후에 무엇이 썩는지 모르오니.236

그 자신도 그 구절에 스며들어 있는 쓰라림 때문에 그 구절을 다시 읽으면서 깜짝 놀랐다. 잿빛 가을이 그토록 그를 암울하게 만들었던가?

의회 회기는 11월 4일까지 중단되었다. 그는 쥘리에트를 위로하고 싶었고, 그녀가 원했지만, 자신이 '희생'되어선 안된다는 것을 그녀에게 확신시키고 싶었다. 그는 그녀와 강렬하고 깊은 관계를 유지하기를 원했다. 그는 그녀를 믿을 수 있다는 것도 알고 있었다. 그래서 그녀도 그에게 기대야 했다.

"당신은 저의 처분에 맡기고 제 집에 당신의 모든 서류를 놓아 두세요, 저의 호기심과 저의 질투심 때문에 문서들 중의 하나를 훔쳐볼까하는 걱정은 일절 마시구요." 그녀는 속삭였다.

그녀는 진실하게 말하고 있었고, 그도 그것을 확신했다. 그가 퐁텐블로 숲으로 그녀와의 산책을 계획했을 때, 그녀가 감사했고 진정되었으며, 행복해 하고 있다고 느꼈다. 그렇게 쉽게 그녀를 기쁘게 하다니! 그녀가 그에게 안기며 그녀가 쿠데타를 두려워하는 것이 자신을 위해서가 아니라 그를 위해서라고 말할 때 그는 감격했다.

"제 인생의 꿈은 당신을 위해 헌신적으로 죽는 것일 거예요. 그러나 모든 요행과 끔찍한 혁명의 모든 위험에 내던져진 당신의 모습을 생각하면, 사랑하는 빅토르, 숭고한 사랑, 축복받은 연인이여, 저는 당신이 고통받는 것을 보는 것만 아니면 커다란 용기가 솟아나요…" 그녀는 덧붙였다.

그녀가 그에게 베푸는 사랑, 헌신은 그를 크게 고무시켰다. 헤어질 생각을 한 번도 해보지 않은 것에 대한 보상 같은 것이었다. 하지만 레오니를 다시 만나는 것, 또 사랑하는 것을 왜 포기하겠는가? 그녀 역시 필요했다.

아무튼 쥘리에트는 투르-도베른뉴 로에 가긴 하지만, 거리를 두게 되고 더 짜증이 났다. 집안 분위기가 무거웠다. 그의 아들들과 바크리와 뫼리스는 여전히 감옥에 있는데, 어떻게 그 슬픔과 분노에서 벗어날 수 있었을까?

글을 쓰며 희생을 승화시켰다.

내 아들들아, 만족하렴. 명예는 너희들이 있는 곳에

그리고 당신들, 나의 두 친구, 영광이여, 오 자랑스러운 시인들이여

당신의 이름에 영광을, 적절한 모욕으로

사악한 재판관, 비천하고 어리석은 자들에게 제안하라

　당신, 당신들의 끈질긴 달콤함

당신, 당신들의 가치없는 미소

[…]

힘든 시기, 잘 되었소. 순교자가 위로하니

오 진실이여, 나는 어떤 후광보다 더 존경하오

[…]

당신의 얼굴에 드리운 그림자

감옥의 창살 !237

원고작업을 다시 시작할 때인 것 같았다. 게다가 쥘리에트는 장 트레장이 장발장이 되는 그 소설을 계속해야 한다고 힘주어 말했다. 하지만 그는 너무 걱정되었다.…

… 당신은 나에게 말하는구려,

당신의 책 『레미제라블』를 끝내라고,

친구여, 이 방대한 원고를 완성하기 위해

무엇보다 마음의 자유가 필요하오

사람의 뇌에서 세상이 죽어갈 때

그는 생각할 수 없다오, 로마의 일을

보나파르트를, 포쉐를, 몰레를.

무한한 우주와 별이 빛나는 하늘을 돌려주오!

고독과 침묵의 숲을 돌려 주오!

아아! 동시에 시인은 될 수 없는가

누가 멀리 날아가 법제 심의원 샹가르니에를 팔꿈치로 찌르고

독수리를 이상 속으로, 매를 공동묘지로.238

그는 쥘리에트를 다시 만났다. 그녀는 더 침착해 보였다

"사랑하는 빅토르, 저에겐 아무것도 숨기지 말아요, 동정 때문이에요. 부탁해요."

그는 약속했다.

투르-도베른뉴 집에 돌아와서 그는 그녀의 편지를 받았다. "제 두 손을 모아, 죽은 듯이 엄숙한 마음과 고요한 영혼으로 당신께 왔어요. 그리고 당신에게 이 말을 하고 싶어요, 나의 빅토르, 사랑해요."

그는 폭풍이 사라져가고 있다는 느낌이 들었다. 합리적이고 관대한 사랑은 질투를 넘어섰고, 상처는 조금씩 아물어 가리라. 한 달 후, 새해가 되면 그는 나이 쉰이 될 참이었다.

그는 12월 2일의 여전히 캄캄한 아침, 『레미제라블』을 다시 읽고 수정하고 있었다. 8시, 벌써 한 방문객이 왔다.

그는 젊은 의원 베르시니를 알아보았다. 얼굴이 창백해진 그가 첫 마디를 꺼냈을 때, 위고는 상황을 짐작했다.

쿠데타였다.

베르시니가 알고 있는 것을 이야기하는 것을 들으면서, 몸을 일으켜 서둘러 옷을 차려입었다. 군대에 포위된 부르봉 궁전, 의원 체포, 루이 나폴레옹 보나파르트가 보통선거 회복, 의회 해산, 12월 14일부터 21일까지 민중과 협의를 선언하는 포고문이 나붙었다. 결국 봉쇄된 상태였다.

루이 나폴레옹은 법률에 반한 범죄를 선택한 것이었다! 손에 무기를 들고 저항해야 했다. 쿠데타에 반대하기로 결정한 대표자들은 블랑쉬 로 70번지에서 만날 것이라고 베르시니가 설명했다.

위고는 그 집에 거주하는 가구 세공인의 얼굴을 유심히 살펴보면서 선 채로 식사를 했다. 그 자는 참정권을 제한한 의회와 1848년 6월 봉기 당시 빈민들을 학살한 공화국을 싫어하기 때문에 민중들은 루이 나폴레옹을 지지하는 것이라고 설명했다.

'싸울 것이다!' 위고는 힘주어 말했다.

그는 감옥에 갇힌 아들들을 떠올렸고, 그가 행동하기로 결정한 것을 결행하는 사람에 대해 복수를 하려는 협잡꾼 무리들 때문에, 그들이 감수해야 할 것에 대해서도 생각했다.

그는 미셸 드 부르주, 빅토르 보댕, 으젠느 수 등 민중의 대표들이 모인 블랑쉬 로의 어떤 집에서 생각했던 것을 말했다. 안쪽에서, 그는 그 모임을 그녀의 집에서 진행하는 코펜스 남작 부인을 언뜻 보았다. 그 부인의 얼굴을 보고 잠시 머뭇거렸다. 그는 쥘리에트를 생각했다. 백발인데다가 그가 감수할 위험에 대한 생각에 이미 공포에 빠져 있을 그녀를.

'무기를 들라는 발표를 해야 한다!' 그는 되풀이하여 말했다.

그러나 사람들은 그를 따르지 않고, 민중들에게 상황을 이해하고 정신을 가다듬을 수 있는 시간을 주기를 바랐다.

그는 거리의 분위기가 어떤지 살피러 밖으로 나갔다. 거기에 군중들이 있었고, 또한 종렬 대형의 보병 부대가 북을 앞세워 진군하고 있었다. 그는 사람들이 자신을 알아볼 것이라고 추측했다. 젊은이들이 그를 둘러싸고 그에게 따지듯이 물었다. "무엇을 해야 합니까?"

그는 몸을 돌렸다. 기다리고, 기대하고 있는 주위 사람들에게.

"쿠데타의 파벌 포스터를 찢어 버리시오, '공화국 만세!'라고 외치시오"

"만약 그들이 우리를 쏘면?"

"여러분도 무기를 드시오!"

그는 망설임과 의구심이 스쳤다. 그가 다시 소리쳤다.

"루이 보나파르트는 반란자입니다. 그는 오늘 모든 범죄로 자신을 지키고 있습니다. 그는 자신의 배신만으로도 법을 어긴 것입니다. 시민 여러분, 여러분은 두 손이 있습니다. 한 손에는 정의를, 한 손에는 총을 들고, 보나파르트와 싸우십시오"

겁에 질린 얼굴로 한 가게 주인이 다가왔다.

"너무 크지 않게 말하세요, 그렇게 말하는 것을 사람들이 들으면, 당신을 쏘아버릴 겁니다."

위고는 다시 목소리를 높였다.

"여러분이 내 시신을 보게 되고, 내 죽음에서 하느님의 정의가 실현된다면 그것은 매우 멋진 일이 될 것입니다!"

군중이 외쳤다. "빅토르 위고 만세!"

그는 답했다. "헌법 만세를 외치시오!"

그들은 그 말을 다시 외치다가 덧붙였다. "공화국 만세!"

그는 그들을 바라보았다. 그들은 열성과 분노 자체였다. 그는 망설였다. 그는 모든 것이 결정된 첫 번째 기회 중 그 순간에 군중을 전투로 몰아갈 수도 있었다.

그러나 사람들은 그를 만류했다. 불쌍한 사람들은 무장 해제되었다. 보병이 거기에 있었고, 대포도 와 있었다.… 그는 더 이상 알 수가 없었다. 그는 블랑쉬로에 있는 집에서 다른 의원들과 함께 결성될 저항 위원회와 연결될 거라는 느낌이 들었다.

그는 그곳으로 돌아가서 방금 경험한 것을 말하였고 무기 사용에 대해 다시 강조했다. 그리고 그는 동료들이 즉시 행동하기를 꺼린다는 점을 지적하면서 서두르지 않은 것을 후회했다. 그는 의원 중 한 명인 보댕에게 다가갔다. 그는 대 민중 선언문을 보댕이 받아쓰도록 했다.

그는 자신을 둘러싸고 있는 의원들을 보며 박자에 맞추어 외쳤다.

"루이 나폴레옹은 배신자다."

"그는 헌법을 유린했다."

"그는 법위에 군림한다.…"

"민중은 영원히 보통 선거권을 소유하고 있으며, 그것을 **빼앗는** 군주는 필요치 않으며, 반역자를 타도할 것이다."

"민중은 의무를 다합시다."

"공화당 대표들이 앞장 서 행진할 것이오."

"공화국 만세!"

"무기를 들어라!"

으젠느 수, 보댕, 쇼엘쉐, 미셀 드 부르쥐, 몇 몇 사람이 서명을 했다. 하지만 부대가 위협하는 곳을 떠나, 대표의 집이 있는 젬마프 역에서 다시 합류해야 했다.

위고는 이리 뛰고 저리 뛰었다. 한 순간도 허비할 수 없었다. 그는 군인들에게 보내는 선언문을 받아쓰게 할 참이었다. 그는 그의 이름만 서명할 것이고, 쿠데타 세력이 그를 잡아간다면, 혼자 총살을 당하리라!

"병사들이여, 범죄자를 법에 인도하라!" 그는 명령하듯 절규했다. "작금의 나폴레옹은 여러분을 마렝고 전투에 다시 내보낼 것이며, 그는 여러분에게 트랑스노냉 학살 작전을 다시 시킬 것이다."

군인들은 군중을 향해 총을 쏘고 싶어할까? 학살하고 싶어할까?

"병사들이여, 프랑스군은 인류의 선봉대이다, 범죄에 손을 대는 일을 멈춰라!"

그는 그토록 격렬한 분노와 결단력을 느껴본 적이 없었다. 그는 느꼈다. 그 때가 그의 삶의 결정적인 순간이었음을. 그 때 12월 2일은 그 운명과 함께한 날이었다고. 그리고 그의 인생 전부가 그 날 그의 행동으로 인해 빛을 발하거나 어두워질 것이리라. 그는 그의 운명에 따라 살아야 하리라.

그는 집에 가고 싶었다. 그는 4륜 마차에 올랐다. 그는 마차가 지나갈 때 군인들에게 외치는 것을 억제할 수가 없었다. "독재자를 타도하라! 배신자를 죽여라!" 그는 본능에 따랐다. 그리고 침묵을 지키는 군대와 민중의 소극적인 태도에 놀랐다.

그는 마차에서 뛰어내렸다. 투르-도베른뉴 로의 방향으로 몇 발자국 가는데, 한 남자가 다가와서 일렀다.

"경찰이 집을 에워쌌어요!"

위고는 어둠속으로 숨어서 쥘리에트의 집으로 뛰었다. 그녀는 다가오는 그를 껴안았다. 그는 거기서 잠을 잘 수 없었지만, 그녀는 그를 보살펴주고 싶어 했다.

그들은 1848년 6월에 그를 위해 증언을 해줌으로써 그의 생명을 구해 주었던 한 포도주 상인의 집으로 갔다.

"저의 집은 여러분의 집이나 마찬가지입니다. 낮이건, 밤이건." 그 남자는 말했다. 그리고 시인의 손을 꼭 잡으면서 말을 덧붙였다. "생-앙투안느 지역. 그리고 사람들은 요동치지 않을 것입니다. 이 지역은 조용하고 군인 순찰대가 쫙 깔려 있어요."

사람들을 동요시키기에는 너무 이르거나 이미 너무 늦었다는 것을 누가 알까? 그는 장소를 옮겨, 세입자인 한 청년이 그에게 호의로 제공했던 코마르탱 로의 한 아파트 소파에서 잠을 자야 했다. 청년은 그의 어머니 로엘르리 부인과 함께 살고 있었다.

그는 느슨한 금발 머리를 한 아름다운 여성에게 감사 인사를 했다. 그는 실내 가운을 입은 그녀를 보고 짐짓 놀랐고, 그러한 놀라움이 그녀의 아름다움과 우아함을 더욱 돋보이게 했다.

운명이란 그런 것이었다.

내일, 싸워야 한다.

그는 잠을 못 이루었다. 그는 12월 3일 아침에 집으로 돌아가려고 서둘렀지만, 밤에 경찰이 그를 체포하러 왔다. 도망쳐야 했다.

그는 거리를 두루 걸었다. 여기 저기에 여러 개의 바리케이드가 있었다. 그는 가끔 야유하기도 하는 노동자 무리에게 연설도 했다. 그는 바스티유 광장에서 장교들에게 더 이상 '무법자'의 명령에 복종하지 말라고 촉구했다. 누군가가 뒤에서 그를 잡아끌었다.

쥘리에트였다.

"총 맞을 짓을 하고 있군요!" 그녀는 말했다.

그녀는 멀리서 그를 따라왔었다. 그는 그녀가 자신을 지켜보고 있다는 것도, 그를 보호하기 위해 총 앞에 몸을 던질 준비가 되어 있다는 것도 알고 있었다. 그는 가능한 한 빨리 그의 생명보다 훨씬 더 귀중한 모든 원고를 넣은 트렁크를 그녀에게 맡기고자 했다.

그는 주위를 둘러보았다. 도처에 군인들이 깔려 있었고, 분개하기보다 더 호기심이 많은, 주저하는 군중들, 비로소 그는 군중이 무관심하다는 것을 당연히 인정해야 했다. 사람들은 마치 쿠데타가 일어나지 않은 것처럼 아무 일도 없었다는 듯이 군인들 사이를 왔다 갔다 했다.

몇 걸음 떨어진 거리에 바리케이드가 있었다. 빅토르 보댕 의원이 쌓인 돌더미 위에 서서, 바로 거기서 죽었다. 그를 바라보던 빈정거리는 노동자들, 그가 25프랑의 배상금을 변호했다고 비난하는 노동자들과 맞서다 죽었다. "여러분은 25프랑 때문에 어떻게 사람을 죽이는지 보게 될 것이오."

알렉산더 레이가 그의 시신을 지켜보고 있었고, 다른 몇몇 의원들이 둘러싸고 있었다.

> 바리케이드는 새벽부터 북적였고
> 내가 갔을 때 그녀는 여전히 담배를 피우고 있었네
> 레이가 내 손을 잡으며 말했소, 보댕은 죽었다고

그는 잠자는 아이처럼 차분하고 온화해 보였소

그의 눈은 감겨 있었고 그의 팔은 아래로 처져 있고 그의 입은

영웅적이고 사나운 미소로 웃고 있었소.

그를 둘러싼 이들이 그를 데려갔소… 239

위고는 그 시신을 응시하고, 그의 결의는 더욱 강해졌다. '이 쿠데타는 범죄야! 그는 군대가 저항하는 모든 사람을 쏘고 있다는 것을 알게 되었다. 뒤마는 그를 보호하기 위해 투르-도베른뉴 로로 데려 갔다. 그를 체포하거나 죽인 사람에게 25,000프랑을 주겠다고 했다.

그가 절규했다. "한쪽에는 군대와 범죄가 있고, 다른 한쪽에는 소수의 사람들과 법이 있다. 이제 싸움뿐이다!"

밤을 지내기 위한 새로운 피난처를 찾아야 했다. 그는 리쉴리외 로 19번지에 있는 친구의 아파트로 숨어 들어갔다.

그는 절망하지 않았다.

내일, 싸울 것이다.

12월 4일 아침, 날이 쌀쌀했다. 그는 결정적인 날이 시작되고 있음을 직감했다. 바리케이드가 더 많아지고 소음과 함성들로 숨이 막힐 듯 했다.

회합이 거듭되지만, 의원들의 의지가 약해지는 것을 느꼈다. 사람들은 그들을 따르지 않았다.

갑자기 군인들이 이탈리앵 대로와 몽마르트르 대로에서 행인들에게, 인도에서 서성대며 군중을 향해 발포했다는 소식을 들었다. 수백명이 죽으리라.

거기로 가야 했다. 티크톤 로로 가서 희생자들 중의 한 사람 앞에 머리를 숙였다.

그 아이는 머리에 두 번 총을 맞았소

집은 깨끗하고 보잘것없지만 평화롭고 수수했소

우리는 초상화에서 축복받은 가지를 보았소

울고 있던 노모가 거기에 있었소

우리는 조용히 전신을 바라보았소. 그의 입

창백하니, 열려있었소, 죽음은 그의 분노 어린 눈을 덮고 있었소

[…]

밤은 음울했소. 총 소리가 들렸소

다른 사람들이 살해당하는 거리에서

아이를 매장해야 한다고 우리들이 말했소

호두나무 찬장에서 흰색 담요를 가져 왔소

난롯가의 할아버지가 그에게 다가갔소

[…]

이제 나 혼자 어떻게 살라고?

[…] 왜 아이를 죽였소? 누군가 설명 좀 해주었으면,

아이는 '공화국 만세'를 외치지도 않았는데…

[…]

당신은 정치를 이해하지 못하오니, 어머니여.

나폴레옹, 그것이 그의 본명

가난하고 심지어 왕자인, 그는 궁전을 좋아했다오

그에겐 말들이, 하인들이 어울렸고

그의 유희에, 테이블에, 살롱에,

사냥에 돈이 어울렸다오

똑같은 계기로, 그는 구했다오

가족을, 교회를 그리고 사회를,

> 그는 여름에 장미 가득한 생-클루에 집을 갖고 싶어 했다오
>
> 지사와 시장이 그를 경배하러 오는 곳
>
> 그런데 꼬부랑 할머니들은
>
> 세월에 흔들리는 불쌍한 회색빛 손가락으로
>
> 일곱 살 아이들의 수의를 꿰매고 있었소.[240]

죽은 아이는 범죄의 얼굴이 되리라. 그리고 그것은 『징벌』로 불릴 것이다. 그는 그 세상에 없는 두 아이, 쥘리에트의 딸인 클래르와 레오폴딘느를 생각했다.

쥘리에트는 하루 종일 그의 곁에 있었고, 그녀의 존재는 천사와 같았다. 죽음을 무릅쓰고 군인들에게 대들려 할 때마다 분노를 다독여 주고 팔로 감싸 안고, 그를 지켜주는 천사.

그녀의 친구 중 한 명인 자크-피르맹 랑뱅로부터 죄뇌르 로 4번가에 사는 인쇄기술자를 구한 것도 그녀였다. 필요하다면 위고가 벨기에로 갈 수 있는 여권을 만들어 주도록 요구할 수도 있었다.

나바랭 로 2번가에 있는 사라쟁 드 몽-페리에의 집에 새로운 거처를 찾아낸 것도 그녀였다. 그 집에 원고로 가득 찬 트렁크를 두고, 바로 그곳에서 잠을 청하게 되었다. 그는 며칠 동안 거리를 떠돈 후에야, 저항이 무너졌고, 마지막 의원들마저 흩어져 일부는 해외로 도피하고 다른 일부는 망각 속으로 도피하려 한다는 느낌이 들었다.

그는 12월 7일에야 알게 되었다. 테아트르-프랑세에서 「마리옹 들 로름」 공연 포스터가 붙었고, 극장은 만원이었고, 그녀가 열렬히 박수를 보내고 있다는 것을. 그리고 관객들 사이에는 그를 암살하고 범죄를 사고로 위장하라는 명령을 내린 신임 내무장관 모르니가 웃고 있었다.

그 당시 그는 몽페리에의 집에서 대기하고 있었다. 쥘리에트가 식사를 가져왔다. 그녀는 침착하고, 영웅적이며, 고요하며, 마치 그런 식으로 자신을 바치고, 목숨을 거는 것이 그녀를 행복하게 만든 것처럼 변신한 얼굴이었다.

그녀는 자신이 없는 동안 자신의 집을 수색 당했다고 말했다. 그녀를 체포하려고 한 것이었다. 그녀도 숨어야 했다.

나바랭 로에 있는 그 집도 더 이상 안전하지 않았다. 12월 10일 수요일, 왕자이자 대통령에게 호의적이었던, 위고가 경영하는 신문에서, 사람들이 알고 있듯이 위고의 추종자인 대통령이 시인을 숨기지 않았는지 물었다고 몽페리에는 설명했다.

따라서 그는 12월 4일의 총격이 난무하는 파리를 버리고 그 곳을 떠나야 했다.

" 12월 2일은 사라져 버렸다. 12월 4일은 12월 2일을 구출했다.… 파리는 제자리로 되돌아 갔다. 대죄의 소요騷擾가 오히려 효과를 본 것이었다. 파리는 거의 파리가 아닌 상태였다. 다음 날, 그 겁에 질린 거인의 이빨이 덜덜 떨리는 소리가 어둠속에서 들려왔다."

모르니는 그것이 '정직한 사람들의 승리'라고 선언했다.

투옥된 아들들을 버리고, 범죄자들의 손아귀에 빠진 도시에 아내와 어린 아델을 남겨두고 그는 망명해야 했다.

그러나 파리는 마치 수백 명의 사망자가 대로 변에 묻히지 않은 것처럼, 아이가 머리에 두 발의 총알을 맞지 않은 것처럼 살고 있었다.…

> 아이는 오늘 아침, 창 앞에서 놀고 있었어!
> 그들이 나를 죽였다고 말하는군, 불쌍한 작은 존재를!
> 아이가 거리를 지나가는데, 그들은 그를 쏴버렸어.241

12월 11일 8시에 파리를 떠나 브뤼셀로 향하는 기차 안에서, 위고는 이틀 뒤에 원고가 든 트렁크를 가지고 그를 만나러 오게 될 쥘리에트를 생각했다.

'내가 잡히지도 결과적으로 총에 맞지 않았고, 내가 이 시간에 살아있는 것, 나는 쥘리에트 드루에 부인에게 빚지고 있는 거야. 그녀는 자신의 자유와 생명의 위험을 무릅쓰고 모든 것으로부터 나를 보호하고, 쉬지 않고 나를 보살펴주고, 내게 확실한 피난처를 제공해 주고 나를 구해 주었어… 그녀는 밤이나 낮이나 서 있었고, 어둠 속을 홀로 파리의 거리를 헤매고, 보초를 속이고, 첩자를 추적하고, 총탄 가운데의 가로수 길을 대담하게 지나가고, 나를 구해야 할 때에는 내가 있는 곳을 예견하여 찾아냈었지. 하느님께서 그것을 아시니 그녀에게 보상을 해주실 거야!'

그는 그 끔찍한 나날 동안 레오니를 수소문하는 것 외에는 어떤 일도 하지 않았다. 그는 그녀가 이미 12월 2일에 끝나버린 그의 삶의 다른 부분을 차지하고 있다는 인상을 받았다. 그는 여전히 그녀를 생각하고 있었다.

인쇄 기술자 랑생자크 페르맹의 이름으로 된 여권으로 심사를 받았고, 어렵지 않게 세관을 통과한 후, 그는 브뤼셀 역 승강장에서 쥘리에트의 소꿉 친구인 뤼테로 부인을 만났다.

그들은 비올렛 로 31번지에 있는 포르트 베르트 호텔에 숙소를 정하고, 위고는 곧바로 글을 쓰기 시작했다.

그 해 12월 12일 아침 7시, 그는 아델을 안심시켜야 했고 '미래는 전표錢票에 달려 있다.'고 말해야 하며, 그녀가 보관하고 있는 '서류'에 대해서 걱정해야 했다.

"당신은 내 옻칠 찬장당신 아버지의 것속에 있는 붉은색 서류함의 서류철에서 연금 증명서를 찾을 수 있을 것이오, 잘 관리해야 하오."

망명 생활의 수단을 염두에 두어야 하기 때문이었다.

그는 글을 쓸 것이다. 하지만 누가 책을 배포하고, 누구와 계약을 체결하고, 어떻게 돈을 지불하거나 지불하게 될 돈을 받을 것인가?

다시금 분노가 치밀었다.… 그는 1793년 무명의 젊은 대위 보나파르트가 일약 장군으로 진급한 마을인 툴롱에서 보았던 죄수들을 떠올렸다.

치욕과 영광이 뿌려진 도시

생각 많은 죄수의 칼날이 재물을 몽땅 앗아간 곳

오 툴롱! 너와 함께 삼촌이 시작하여

조카들이 끝내는구나!

가라, 저주받아라! 금욕적인 시대에, 포탄을

치욕을 받는 위대한 군인이여

영웅적인 손으로 대포에 넣어

그를 당신의 발아래에 끌어 내리라![242]

쥘리에트는 트렁크를 가지고 12월 13일에 바로 브뤼셀에 도착했다. 위고는 그의 원고와 그를 사랑하는 이 여자가 자신의 삶에서 목숨과도 같은 분신임을 새삼 깨달았다.

그는 아델의 편지에서, 레오니의 집이 있는 라페리에르 로가 수색 당했으며, 아델은 그러한 변화에 대처하기 위해 '이 불쌍한 노파'로 부른다는 것을 알게 되었다. 그는 친척들을 곤경에 빠뜨린 셈이었다! 그러나 그는 사회문제에 참여한 것을 후회하지 않았다. "12일 동안 나는 삶과 죽음 사이에 있었지만 한 순간도 혼란스럽지 않았소. 나는 나 자신에 대해 만족했고. 또한 나는 내 의무를 다했다오, 그것도 완벽히 해낸 것을 알고 있소. 이러한 사실이 만족감을 주는 것이오. 나는 내 주위에서 절대적인 헌신만 볼 수 있었소.…"라고 그는 그녀에게 털어놓았다.

그는 아델에게 쥘리에트에 관해서는 말할 수가 없었다. "절약하며 살아야 하오, 내가 당신에게 남긴 돈으로 오랫 동안 견뎌야 하오. 나는 몇 달 동안은 여기서 지낼 수 있을 만큼 충분하오." 그는 덧붙여 말했다.

그러나 그는 빨리 돈에 집중해야 했다.…

"만약 현금이 계속 줄어들면, 나는 더 확실한 곳에 재투자하기 위해 나의 채권을 매도할 거요. 당신은 어떻게 생각하오? 이럴 경우엔 위임장을 보내줄 거요. 이러한 유類의 작업을 어떻게 수행해야 할지 나에게 알려 주시오. 그것을 재사용할 수 있도록, 프랑스 외부로 나에게 자금을 보낼 수 있는 아주 확실한 방법이 있어야 할 거요."

아델은 브뤼셀로 여행을 떠날 예정이어서, 프랑스 채권을 매각하고 벨기에 국립 은행의 주식을 매입하며 런던에서도 영국 주식 3%를 매입했다. 그렇게 그는 독립생활을 할 만큼은 되었다. 그 범죄자들이 그의 재산과 채권을 압수할 생각을 가질 수 있기 때문이었다.

작업이 진행되었고, 그가 계산해 보니, 안심이 되었다.

"수입이 약 3천 프랑 감소한 것은 사실이지만, 우리는 재산을 지켜냈다. 거의 전부를… ."

그는 흡족했다.

그가 예상컨대 파리 당국이 부추긴 벨기에 헌병대는 그의 여권을 조사하였고 그것이 위조였기 때문에 여권을 인정하지 않았다. 그러나 곧 그들은 사과하였고, 존경과 관심을 가지고 그를 보살펴 주었다. 포르트 베르트 호텔에서 옆방 이웃은 12월 2일 투르-도베른뉴 로에서 함께 있었던 젊은 위원 베르시니였다. 위고는 일하기를 원했고, 자신이 설명할 수 있는 유일한 사람이라고 생각하는 『어느 범죄 이야기』를 쓰고 싶었다. 그는 목격자이자 배우이자 희생자였다. 그의 아들과 바크리, 그리고 폴 뫼리스는 여전히 투옥된 상태였다.

"샤를르에게, 상남자가 되어야 한다고 말해 주시오. 매 순간 내 목숨이 총구 끝에 놓여 있던 시간에도 언제나 생각했다고. 아이는 매 순간 가장이 될 수 있었소. 매사 당신이 아이를 지지해 주오. 아무튼 아이는 명심해야 할 거요."

그는 지금껏 가족과 가까웠던 적이 없었다. 힘든 시기가 시작되었고 그는 아델과 그의 아들들에 대한 믿음이 있었으며, 늘 그랬듯 당연히 쥘리에트도 그의 가족이었다.

그는 아델의 도움을 받아 레오니에게 편지를 썼다. "편지 봉투에 이렇게 주소를 적으시오. 보르도 사서함, 도네 부인. 그리고 우편함에 넣어주오."

그는 자신이 믿는 사람들로부터는 이해받고 있지만, 범죄의 공범자들로부터는 미움을 받고 있다는 점도 알고 있었다.

아델은 편지를 썼다. "날이 밝아오기 시작하네요. 공화당원들이 동요하고 있어요. 그들은 말했어요 '위고는 의심할 여지 없이 진보적인 사람이고, 저명한 웅변가이며, 위대한 정신을 가지고 있지만, 때가 되면 그가 행동하는 사람이 될까?' 그들이 당신을 의심했던 측면도 있었어요. 이제 경험해 본 바로는 당신은 그들을 크게 만족시켰고 그들이 당신을 의심한 것을 후회하고 있어요."

"당신의 천재성, 흔들리지 않는 원칙 외에도, 두 가지 요소가 당신이 이 시간에 매우 높은 도덕적 지위를 정복하는 데 도움이 되었어요. 당신은 물질적 욕심이 없고 또 기다릴 줄 안다는 것이죠.…"

그는 만족했다. 브뤼셀에서 만찬장에 모인 인쇄업 종사 노동자들이 마찌니, 코쉬트, 위고와 건배를 하고 있었다. 독재정권의 저항을 몸소 실천한 세 남자와 ….

파리에서 베랑제는 아델에게 말했다. "위고는 정치적으로 젊고, 그는 시대의 사상을 대표하며, 그는 상황을 잘 파악합니다. 우리는 그가 필요합니다. 그가 물러서 있으면 안됩니다.…" 그는 그럴 생각이 없었다. 그는 아델이 이틀에 걸쳐 브뤼셀에 왔을 때 그 사실을 알려주었다.

그녀를 보고 그는 안심했다. 그녀는 그가 그녀를 잊고 있었다는 눈치였다. 그녀는 정기적으로 아들을 면회갔고, 너무 자주 변덕스러운 그의 딸도 돌보았다.

그는 마치 그 12월 동안 자신이 성취한 일이 자신의 운명에 의미를 부여한 것처럼, 자신의 모든 삶이 제 자리를 잡은 듯한 느낌이 들었다.

'나는 지금껏 싸워왔고, 시인이 어떤 사람인지 조금은 보여주었다.… 이 부르주아들은 이제야 들러리 당黨들이 모두 겁쟁이이듯 지성인들은 용감하다는 사실을 알게 되리라.'

그는 폴 뫼리스에게 편지를 썼다. 감옥에서는 중심인물이요, 엘리제궁에서는 맹수 같은 사람!

"친애하는 친구, 나는 이런 시절이 짧아지기를 바라오. 만약 길어진다면, 우리는 더 오래동안 웃게 되겠지요. 얼마나 부끄러운 일입니까! 다행히 좌파는 용감하게 깃발을 잡았소. 이 악당들은 범죄에 범죄를, 반역에 포악을, 잔학에 비겁을 더했소. 만약 내가 총에 맞지 않았다면 그들의 잘못도 아니고 내 잘못도 아니오. 나는 여기서 활동할 거요…"

그는 『어느 범죄 이야기』를 쓰기 시작했다. 그는 자신의 의무가 거기에 있으며, 문학적 영광을 잘 알면서도 끝내 진실을 말하는 시인으로서 범죄에 맞서기 위해 살았다는 확신이 들었다. '매일 매일 죽음과 나 사이의 밀도가 약해지고 있다. 나는 영원의 투명함을 알아간다.'

12월 31일, 그는 민중 투표 결과가 발표된 것을 알았다. 반대 646,000명, 무효 36,880명, 기권 1,500,000명이 반대하고 7,439,216표가 찬성하여 쿠데타를 승인된 셈이었다.

그는 어깨를 치켜 올렸다.

덕분에 진실이 밝혀질 참이었다.

1852년은 그의 50번째 생일이 되는 해였지만 그는 활기있음을 느꼈다. 길이 멀 수도 있었다. 추적당할 수도 있었다. 그는 이미 말했다. "살아 있는 자란 바로 싸우는 자들이다."

그는 싸울 것이다. 그 어느 때보다 많이 썼다.

"오늘은 우리 모두에게 중대한 시련의 한 해를 마치는 날이오. 우리 두 아들은 감옥에 있고 나는 망명 중이오." 그는 아델에게 편지를 썼다.

"혹독하지만, 견딜만 하오.

약간의 서리는 수확을 늘리는 법이오.

나는 말이오, 하느님께 감사할 뿐이오."

1852

사랑하리 추방을! 고통, 너를 사랑하리!

슬픔은 나의 왕관이 되리.

위고는 브뤼셀의 그랑플라스 광장을 둘러싼 골목을 홀로 걸었다.

희미한 골목, 웃음소리와 떠드는 소리와 기름 냄새가 새어나오는 선술집에서 몇 걸음 떨어진 곳, 그는 밝은 색 블라우스 속 묵직한 젖가슴과 주름진 치마 밑에 풍만한 엉덩이를 가진 소녀들을 보았다.

그는 멈춰 섰다.

도발적인 그 여자들은 다리를 들어올려 발목과 종아리가 보여도 개의치 않았다.

그는 망설였다. 수없이 간청도 하고 부탁도 하면서 그를 걱정하는 쥘리에트에게서 막 빠져 나왔다.

그녀가 편지를 보냈다. "보나파르트 씨의 무시무시한 자객에게 당하지 않도록 특히 조심하세요. 문을 단단히 닫고 경계를 소홀히 하지 마세요. 사랑하는 분, 당신의 방 문 주위에서 들리는 아주 작은 소리에도 귀를 기울여야 하는 것이 매우 중요해요. 순간적인 방심으로 당신이 끔찍한 일을 당한다면 얼마나 절망스럽겠어요! 그런 생각이 들면 심장에서 피가 멈추는 것 같아요."

그러나 그는 그 소녀들 중 한 명에게 이렇게 말하고 싶었다. '이리 오렴, 수줍게 웃는 금발의 소녀여!"

그는 자신의 욕망에 굴복했다. 그녀들 중 한 여에게 접근하였고, 몸짓만으로 이루어지는 순간적 사랑을 하기위해 그녀를 따라갔다.

그녀를 따라가 그는 힘과 충만감을 경험했다. 그가 보기에 그 여자는 그의 격정에 놀란듯했다.

그는 며칠 전 감옥에서 풀려나 브뤼셀에서 만난 아들을 보고 깜짝 놀랐다. 의심할 것도 없이 샤를르는 쇠약하고 삐쩍 말랐을 것이라고 상상했는데, 반대로 살이 쪘기 때문이다. 벨기에 맥주의 효과였을까? 아이는 몸도 좋아졌고 머리도 맑았다. 그는 몇 년 동안 묻혀 지낸 후에, 천천히 그를 질식시키면서 그를 감싸고 있던 보호막이 깨어져버린 듯, 그동안 그처럼 활기찼던 모습은 본 적이 없었다.

12월 2일의 쿠데타와 언제라도 일어날 수 있는 죽음과의 열흘 간의 투쟁이 보호막을 산산조각냈던 것이다.

그는 샤를르에게 말했다.

"가난한 망명의 삶이지만 자유가 있단다! 집도 잘 곳도 먹을 것도 형편 없지만, 육체가 편한 곳에 있으니 무슨 상관이겠니. 정신이 넓은 곳에 있는데…"

더욱이 그는 그랑플라스 27번지에 있는 집, 아래층에는 담배 가게가 있고, 자신의 2층 방에서 창문을 열기만 하면 바로 희열을 느낄 수 있었다.

그는 종탑과 금박을 입힌 조각된 벽, 가랑비를 맞아 빛나는 길바닥을 보았다. 그는 그 꽃장식들과 중세의 가옥 그리고 플랑드르 레이스처럼 정교한 건축물을 찾아보느라 시간가는 줄 몰랐다.

그는 포르트 베르트 호텔에 이어서 같은 그랑플라스 16번지에서 몇 주를 보낸 후에는, 운명이 그에게 그곳에 살도록 호의를 베풀었다는 확신을 갖게 되다.

그의 방은 매우 작았지만, 다소 천장이 높아서 일할 때에 고개만 들어 종탑을 보면 온갖 아이디어 떠올랐다. 그는 증언을 수집하고, 다른 망명자들로부터의 문서도 모으고, 고발 행동뿐만 아니라 심지어 '해부한 인체의 일부'를 포함하여 그 책을 완성하는데 필요한 사실들 수집하면서, 집필 중인「어느 범죄 이야기」에서 다른 것도 구상하고 싶어했다.

'나는 12월 2일 정변에 대한 줄거리에 심혈을 기울였다. 날마다 자료가 들어왔다. 믿을 수 없는 사실이 있었다. 그것은 역사가 될 것이고, 사람들은 소설을 읽는다고 믿을 것이다. 그 책은 분명 유럽에서 먹힐 것이다. … 사실로 시작해서 아이디어로 끝나는 거칠고 호기심 가득한 책으로 써낼 것이다. 대단한 요행도 아니고, 풍부한 주제도 아니다.'

만약 '꼬마 나폴레옹'이 1월 9일 그를 추방함으로써 그를 제거했다고 생각한다면 오산이었다!

'나는 하느님의 뜻으로 프랑스 밖에 있는 것이다. 그러나 나는 권리를 침해받은 것이고, 양심의 평화가 무너졌다고 느끼고 있다. 민중들은 언젠가는 깨어날 것이고, 그때 모든 사람들이 제 자리에 있는 자신을 발견하게 될 것이다. 나는 내 집에 있고, 루이 나폴레옹은 약을 먹고 있을 것이다.'

그는 확실히 운명의 목소리가 되고 운명의 방향을 가르키는 사람이었다.

"나는 보나파르트에게 걸맞는 대우를 할 것이다. 나는 그 괴짜의 역사적 미래를 맡고 있는 것이다. 나는 들은 그대로 후손들에게 전할 것이다."라며 퇴고했다.

그래서 그의 방에는 침대로 쓸 수 있는 검은 말총으로 된 긴 소파, 일하고 식사를 해야 하는 둥근 탁자, 작은 난로의 파이프가 연결된 벽난로 위쪽에 낡은 거울만 있었다. 전혀 문제가 없었다.

'글을 쓰고, 자신과 평화롭게 지내며, 눈을 들어 종탑을 보기도 했다. 망명중임에도 불구하고, 또 보나파르트 씨 덕에 행복했다.'

나는 높은 플랑드르 박공의 한가운데에 살았네

하루 종일 하늘빛 속에서, 연기 피어나는 낡은 지붕 위로

도취한 구름 떼가 날아가는 것을 보았네

나는 명상에 잠겨 있었지, 팔꿈치를 내 책 위에 얹고

시시각각으로, 지나가는 이 검은 날개,

시간, 우리의 소문과 뒤섞인 이 불확실한 천둥소리

시간이 어두운 불꽃으로 사라져가는 곳

내 이마 위로 흔들리는 브뤼셀 종탑

[…] 눈앞에는, 엄숙하고 거대한 광장

우주 사방 어디든 볼 수 있었네

독수리를, 별을, 파도를, 산을 떠오르게 하는,

그리고 에그몽* 처형대 네 개의 포석.243

그러나 아직 돌의 아름다움과 그 안에 새겨진 역사, 시계의 리듬에 마음을 빼앗길 때가 아니었다.

그는 설명했다. "나는 12월 2일의 물웅덩이 속에 목까지 잠겨 있소. 웅덩이 물을 퍼내고 마음의 날개를 씻은 후에 싯구를 출판하겠소. 루이 보나파르트는 나의 펜 닦개일 뿐이오."

하지만 잉크가 짙게 묻어 있었다! 위고는 참을성이 필요했다.

"항상 새로운 정보를 입수하면 이미 작성한 부분을 다시 작성해야 했다. 그 것이 힘들었다. 나는 일을 두려워하지 않지만, 허사가 되는 일을 싫어했다."

그는 '익숙한 세부 사항'을 모으고 싶었다. "그래서 내가 이야기를 좋아한다 는 것을 당신도 알잖아요."

때때로 저녁에 '버림받은 사람들'이 방에 와서 그가 읽어주는 말이 용기의

---

* Egmont(1522-1568). 스페인에 항거한 네덜란드 독립운동의 영웅.

영약靈藥인 것처럼 열광적으로 보내는 칭찬에 그는 감동을 받았다.

"네. 일어날 것이오!" 그는 큰 소리로 말했다.

"예, 어떤 사람들에게는 치욕인 무기력 상태에서 우리는 벗어날 것이오. 프랑스가 깨어날 때, 프랑스가 눈을 뜰 때, 프랑스가 분별력을 가질 때, 앞에 처한 것들을 볼 때, 그리고 이와는 별도로, 암흑 상태에서 결혼 시키고 동침을 해버린, 그 끔찍한 범죄 앞에서 프랑스는 무시무시한 전율을 느끼오. 그러나 프랑스는 되돌아 갈 것이오."

'드디어, 최후의 순간이 올 것이다.'

그는 멈춰 서서 존경과 형제애를 눈으로 느끼며 말을 이어갔다.

"내 책은 잘 진척되고 있습니다. 나는 만족합니다. 대포에 잉크병으로 맞서는거요. 잉크가 대포를 깨뜨릴 것입니다."

그는 그 책의 제목을 그때까지 정하지 못했다. 「어느 범죄 이야기」? 아니면 『꼬마 나폴레옹』? 그는 벨기에 신문이 종종 루이 나폴레옹을 그런 식으로 묘사한다는 것을 발견하고는 기뻐했다. 그는 그 인물에게 영원히 '세례'를 베푼 것이었다. 말이 씨가 되었다.

망명생활에 행복했던 것처럼 그는 때때로 자신을 괴롭히는 알지 못할 기쁨으로 스스로 깜짝 놀랐다.

완수한 의무감 그 이상이었다. 그는 자유의 느낌, 더 좋게 말하면 해방감을 경험했다. 아마도 그것은 역시 며칠 전 파리에서 도착하여, 그랑플라스에서 멀지 않은 생-위베르 통로의 프랑스 아케이드 11호에 살고 있는 쥘리에트의 존재 덕분이었을 것이다. 가까이 있는 것은 망명의 어려움을 덜어 주었다. 쥘리에트는 안심했다. 그녀와 함께 그는 자신의 일상을 유지해 나갔다.

드물지만 가끔, 그는 그녀의 곁에서 밤을 보냈다. 물론 욕망은 더 이상 없었다. 그는 그것을 알고 있고, 그녀도 또한 알고 있었다. 그들 사이에 영원히 봉인된 계약을 깨지 않으리라는 것을. 사람들이 동전 몇닢을 던지면서 차버리는 여자들에게 그가 끌린다는 것을 그녀가 모르지는 않았다.

그는 그녀의 기분 변화를 이해하지 못하는 척했다. 설령 그녀가 모든 것을 말할 때에도.

"저의 조바심과 슬픔의 비밀은 기억에서 오죠. 제가 아무리 잊고 싶어도 생각이 나는 걸요. 당신이 저만 사랑했던 시간이, 또한 육체적인 거리를 두기 위해서 당신의 건강을 핑계대고, 다른 여인을 사랑했었던 날이."

그녀가 "저는 당신의 뜻에 따를 거예요. 제 행복과 제 삶에 대한 책임을 어떤 조건도 없이 당신에게 맡기겠어요."라고 덧붙여 말할 때, 그는 그녀가 여전히 질투하며 불만족스런 상태라는 느낌이 들었다.

아델로서는 쥘리에트가 브뤼셀에 있다는 사실을 용납하기 어려웠다.

위고는 그의 아내가 입을 다물고 심각한 얼굴을 하고 있는 모습을 상상하며 편지를 썼다.

"이 모임에는 행복한 사람들이 있소. 당신은 그 모임의 엄격한 지도자요, 당신의 잘못을 찾아내는 지도자, 어떤 잘못에 대하여 관대함이 거의 없는 지도자. 내가 당신에게 바라는 좋은 사람이란, 당신을 따르지 않는 사람에게도 충분할 정도로 헌신하는 존재로 알려지는 것이오. … 민감한 주제를 다시 한 번 건드려서 미안하오. 그러나 나는 맹세하오. 당신을 이 세상에서 가장 사랑한다고, 내 딸 데데아델에게도 맹세하오. 이 어려운 문제를 내가 언급하는 것이 바로 당신의 유일한 관심사일 것이오. 이 문제를 떠올리도록 내가 그렇게 할 필요가 있는 것은 친구이자 아내에 대한 나의 의무요."

그는 그러한 자신의 태도에 짜증이 났다. 쥘리에트에게 의문을 품는 사람들은, 그녀의 역할에 대해 무엇을 알고 있을까?

12월이 되면서 그는 그녀에 대한 사람들의 비판을 더 이상 받아들일 수 없었다. 그녀는 품위있고 겸손하며 자신의 위치를 지키고 있었다.

"그녀는 내 생명을 구했고 그녀가 없었다면 최절정기에 나는 잡혀가 죽었을 것이오." 아델에게 되풀이하여 말하곤 했다. "그것은 20년 동안 한 번도 흔들리지 않은 절대적이고 완전한 헌신이오. 나아가 모든 것에 대한 철저한 자기희생과 인종忍從이오, 내가 하느님께 기도하듯 말하지만, 이 여인이 없었다면 바로 그 순간에 내가 죽거나 추방되었을 것이오. 그녀는 현재 여기 완전히 고독 속에 살고 있소. '절대 밖에 나가지 않고' 이름도 숨긴 채 말이오. 나는 어두워진 후에만 그녀를 볼 수 있소. 내 남은 생활은 모두 공개적이오. … 여기 온 이후로 여자들과 팔짱을 끼고 외출한 건 딱 두 번이오… 거리에서 내 모습을 어떻게 보여야 하겠소. 브뤼셀에서, 내가! 이건 터무니없고 말도 안되는 일이오."

그는 부아가 치밀었다. 아델은 그 시점에 그의 평판을 걱정하여, 브뤼셀에 오고 싶어하는 레오니 도데를 만나서, 레오니를 파리에 남도록 설득해야만 했기 때문이었다.

"그녀는 무모하긴 해도 고상하고 마음이 너그럽다오! 그러나 그녀가 이번 여행을 하지 않았으면 하오."

그리고 그는 지킴이의 역할에 매우 자랑스러워하는 아델이 확신하는 것에 놀라지는 않았다. "안심하세요. 저는 곧 도네 부인을 만나러 갈 거예요. 그녀가 여기서 떠나지 않을 거라는 답장을 보낼께요."

아델은 그녀가 이곳저곳에 기사나 스피츠베르크 여행 이야기를 게재하도록 테오필 고티에게 요청하게 된다.

"당신 쪽에서 그녀의 마음까지는 아니더라도 적어도 그녀의 자존심을 세워 줄 수 있는 편지를 써주면 좋을 것 같다."고 아델은 덧붙였다. "그녀를 마음의 자매로 만드셔요. 당신에게 한가한 시간이 없다는 것을 알아요. 그러나 때로는 몇 마디의 말로도 충분할 거예요. 친애하는 위대한 친구, 지켜 볼께요. 평화롭게 일하고 침착 하셔요"

더구나 그가 레오니를 받아들일 수도 없다는 것을 원했을까? 거기 브뤼셀에서 모든 것이 알려져 있었다.

그는 감시당하고 있다고 느끼며, 심지어 스스로 감시했다. 그가 어떻게 살고 있으며 무엇을 준비하는지 알고 싶어하는 보나파르트나 벨기에 정부의 스파이가 있다는 것은 의심의 여지가 없었다. 프랑스의 개입 위협을 받는 그 작은 나라에서 그가 작업하고 있는 그 책을 출판할 수 있을까?

그는 「어떤 범죄의 이야기」의 완성을 의심했던 것처럼, 그것에 대해 의심하기 시작했다. 동시에 차라리 더 성공할 수 있는 『꼬마 나폴레옹』의 인물묘사를 써볼까하는 생각도 들었다.

그는 출판업자 헤첼Hetzel이 그 작품을 영국에서 인쇄하고 벨기에에서 프랑스로 배포할 준비를 하는 것을 확인했다. 그것은 괜찮은 수입이 될 것 같았다.

돈이 필요했다. 위고는 계산해 보았다. 그는 자신에게 필요한 것은 물론, 부탁한 것은 아니지만 제롬 나폴레옹의 아들이 효과적으로 중재한 덕분에 감옥에서 막 석방된 샤를르와 프랑수아-빅토르, 아델과 딸이 필요로 하는 것을 마련해 주어야 했다. 불행한 프랑수아-빅토르는 석방 즉시 빚더미에 앉았고, 여배우 아나이스 리에벤느 집에 은신했다. 그리고 한 남자의 첩인 그녀와 미치도록 사랑에 빠졌다. 그는 주식 투기를 하며, 샤를르보다도 더 열심히 일하지는 않았다!

거기에 쥘리에트, 도움을 요청하는 레오니 도네와 그들의 하인들까지 추가하니 열 명 이상이었다! 그런데 필요한 돈을 모으기 위해, 말로만 해야 했다!

물론 원금은 영향을 받지 않아서 수입원은 확실했다. 그러나 그는 아들들에게, 아델에게, 쥘리에트에게, 모두 사람에게 '소비의 엄격함이 필요하다.'고 말하고 싶었는데, 레오니에게는 망설였다. 그는 지불해야 했고, 관대하게 보여야 했기 때문이다.

"수입은 아직 보장되지 않았기 때문에 우리는 비용을 비밀로 해서는 안된다. 수입은 들어오겠지만 현재 오지는 않았다."라고 그는 설명했다.

그래서 그는 계산하고 이야기했다.

"가까운 시일 내에 내가 당신을 못 볼 수도 있소. 그러면 내가 죽은 후에 원금을 찾으시오." 그가 아델에게 말했다.

사실, 때때로 그는 건강을 걱정했다.

그는 손으로 심장을 쥐어짜는 듯한 느낌이 들었고, 점점 고통스러워져서 가슴을 짓눌렀다. 토할 것 같았다. 그를 압박하는 것이 과로, '인색한' 집착, 수 백 가지의 사소한 일들 때문일까? 새벽 3시는 되어야 집에 들어오는 샤를르! 아나이스와 연루되어 파리에서는 사람들의 비웃음거리가 된 프랑수아-빅토르, 다른 연인들이 그녀에게 제공하는 것으로만 사는 빚투성이 소녀의 호의에 의존하기 때문이었다!

미래가 보였다. 추방기간은 그가 생각했던 것보다 더 길 것 같았다. 현행 체제가 지속될 것으로 보였다. 그의 지지자는 셀 수 없이 많았다. 주식 시장은 번창하고 있었다. 장관들 사이의 경쟁, 일부에서는 사임, 다른 사람들은 복귀, 웃음거리밖에 안되는 모든 것이 받아들여지는 것 같았다.

그래서 그는 가끔 씁쓸함을 토로했다. 물론 그는 그렇게 되뇌였다. '나는 추방을 좋아하고, 망명을 사랑하오. 그랑플라스에 있는 나의 다락방과 가난, 그리고 역경을 사랑하오. ⋯ 어제는, 나를 따르는 개가, 여기서, 내 무릎위로 뛰어 올라왔어요. 개는 제멋대로 무릎에 불편하게 앉았어요. 그러나 개는 그곳에 머물려고 했어요. 난 중얼거렸지요. '마음은 행복하지만 다리는 불행하군.' 이것이 나의 상황이오."

그럼에도 불구하고 그는 일부 사람들이 이미 돌아갈 계획이라는 것을 확인했다. 그의 친구 에밀 드 지라르댕은 날이 갈수록 루이 나폴레옹 보나파르트에게 대한 적대감이 줄어들고, 알렉상드르 뒤마 피스는 파리에서 그의 희곡을 공연하고 모르니 공작에게 헌정한 것을 확인했다. … 위고는 결단력과 의지가 천천히 침식되는 것이 두려웠다.

어쩌면 그는 수입이 없어질까 봐 걱정하고 있었을까? 그는 무슨 말을 하더라도 독립을 불가능하게 하는 빈곤을 두려워했다.

'추락하는 것, 그것은 아무것도 아니다, 그것은 용광로다. 감소하는 것은 작은 불꽃이다.' 그는 중얼거렸다.

그래서 그는 더 열심히 일했다. 어려움과 불확실성은 오히려 그를 더욱 단호하게 만들었다. 그는 냉혹한 사람이기를 원했다.

> 시체들이여, 말하라! 당신의 살인자는 누구인가
> 어떤 손이 그 단검을 당신의 가슴에 쑤셔 넣었는가
> 가장 먼저 당신이었소, 내가 어둠속에 본 사람은?
> 당신 이름은? 종교는? 당신의 살인자는? 사제
>   - 당신들, 당신들의 이름은? 청렴, 겸손, 이성, 미덕
>   - 누가 네 목을 쳤는가? 교회. 당신, 당신은 누구인가
>   - 나는 국가라는 신앙. 누가 당신을 찔렀는가
>   - 충성 맹세. 당신의 피로 물들어 잠든 당신은 누구인가
>   - 내 이름은 정의. 당신의 사형 집행인은 누구인가
>   - 판사. 당신, 칼집에 칼이 없는 거인
> 그 찌꺼기가 타오르는 빛을 꺼버리는가
>   - 나는 아우스터리츠, 누가 당신을 죽였는가? 군대.244

그는 자신의 분노가 결코 꺼질 수 없을 거라는 느낌이 들었다. 분노는 기반이 잡힌 정부, 명확한 정부, 힘있는 정부에 대해 압력을 가하는 내면의 열정이었다. 그 정부는 유태계인 푸가 주도하는 주식시장과 수녀가 되고 싶어하는 여

성들과 도지사가 되고 싶어하는 남성들이 존중하는 가톨릭계 몽탈랑베르의 교회에 의해 지지받고 있었다.

그는 그러한 도덕적으로 저하되고 이익에만 대립하며 훔친 부富를 나누어 가지려고 논쟁하는 사람들 사이의 싸움에 반발심이 생겼다.

> 부끄러워 하라! 프랑스여, 오늘 당신이 해야 할 과업이 있소
>
> 알아보라, 사람들이 선호하는 것이 모파스 인지 모르니 인지
>
> 궁전의 저 높은 곳에서
>
> 두 사람 모두 질서를 세웠고 가족들을 구했소
>
> 어느 쪽이 이길까? 한 편에선 여자를 얻었고
>
> 다른 한 편은 하인을.245

그러나 그들은 몇 년 동안 주인이 될 것이다.

그는 벨기에 정부가 파리가 가하는 압력에 점점 더 신경을 쓰고 있다고 느꼈다. 『어느 범죄 이야기』가 아니라 의심할 여지 없이 『꼬마 나폴레옹』이 될 원고가 나타나는 날에는 어떤 일이 벌어질까?

그는 앞장서서 브뤼셀을 떠날 준비를 하고, 망명 중의 망명을 받아들여야 하며, 『꼬마 나폴레옹』이 위협할 수 없는 왕국, 대왕도 패배시킬 수 없었던 영국에 정착할 필요가 있었다!

그는 저지섬, 앵글로 노르만 군도를 생각하고 있었다. 그 섬은 프랑스에 근접해 있고, 프랑스어가 사용되고 어떤 사람들은 1848년부터 살고 있기도 했으나 수많은 망명자들이 피신하여 살고 있는 곳이었다.

아델과 아이들은 섬의 수도인 생-텔리에로 가야 했으며, 거기서 그들을 다시 만날 생각을 하니 안심이 되었다. 그는 정말로 인생의 새로운 시기를 시작할 수 있게 되었다.

그래서 다음에는 과거를 끝내야만 하고, 허물을 벗을 줄도 알아야 하고, 가져갈 수도 없는 모든 가구들, 자질구레한 실내 장식품들, 그림, 물건들, 30여 년 간 모아온 책들을 처분해야만 했다.

끝내라! 후회하지 않도록, 깨어버리라! 추억에 얽매이지 말고.

아델은 가구를 전시하여 경매하는 등 모든 것을 처리해야 했다. 그는 이틀 동안 브뤼셀에서 그녀와 함께 있었다. 그는 그녀의 용기와 결단력에 감동했다.

"저는 일에 전념하고 있어요." 그녀는 파리로 돌아오자마자 편지를 썼다. 그녀는 판매를 준비했다. 은제품이나 린네르 판매하는 일에도 손을 놓고 있지 않았다. 그녀는 가구에 사적인 편지를 남기지 않도록 조심했다

"당신에게 싫은 소리를 해야겠어요. 어떻게 자물쇠도 잠그지 않은 침대 옆 탁자 서랍에 넘쳐날 만큼 많은 양의 은밀한 편지를 넣어 둘 수 있나요? 그래서 종들은 마음만 먹으면 편지들을 읽고 또 감출 수도 있잖아요."

그녀는 다른 가구를 뒤져보았고, 온갖 종류의 서류와 사적인 물건을 발견했다.

가구 상인이 위고 가문의 하인 중 한 명에게서 샀다고 말한 문서와 책을 판매하고 있다는 사실을, 아마도 서점 주인인 듯한 낯선 사람이 그에게 편지를 써서 알려주었을 때, 그는 격한 배신감을 느꼈다. 수많은 사적인 편지도 있었고, 심지어 위고의 출생증명서까지 있었는데!

위고는 가구를 판매하기로 결정했을 때, 그의 삶의 소재가 되었던 것들이 사방으로 분산되어 판매되는 것과 그러한 약탈로 고통받을 것이라고 상상하지 못했다.

그런데 그는 「라 프레스」에서, 테오필 고티에가 그러한 판매를 정당화하는 기사를 읽고 감동을 받았다.

"가슴 아픈 광경이다, 사후 판매에 관해서도 먹먹한 생각과 쓰라린 반성으

로 마음이 무겁다. … 그러나 더 슬프고 보기에 더 고통스러운 것은 살아있는 사람의 가구 판매이다, 특히 그 사람은 바로 빅토르 위고, 즉 프랑스의 가장 위대한 시인이며 지금은 단테처럼 망명 중인 ….”

그리고 쥘 자냉은 「르 주르날 데 데바」지에 기고했다.

“당신은 지금 탕자 취급을 받고 있고, 자식이 없는 죽은 사람 취급을 받고 있습니다!”

그에게는 그런 것이 위안이 되었다. 그는 엄청난 인파가 전시장을 방문했다는 것을 알게 되었다. 사람들 중에서 한 여성이 다음과 같이 말했다는 것도 들었다. “용기 있는 위고님, 그는 자신의 대의를 변호하기 위해 자신을 망쳤습니다. 그가 더 이상 돈이 없기 때문에 그의 가구를 판매합니다. 그를 위한 모금을 해야 합니다. 나는 20 수를 낼 것입니다.”

그는 그럴 정도로 가난하지는 않았다. 그러나 희생은 잔인했다. 그가 겪는 고통은 출생의 고통인 것 같았다. 그는 앞으로 나아가고 있음을 느꼈고, 가슴의 통증에도 불구하고 7월 12일 저녁 11시에 『꼬마 나폴레옹』 원고를 끝내기 위해 전례 없이 작업했다.

그는 낙인을 결코 지울 수 없는 보나파르트 씨를 질책할 작정이었다.

“먼저 여러분은 인간의 의식이 무엇인지 좀 더 알아야 합니다. 새로운 사실을 아셔야 합니다. 이 세상에는 선과 악, 두 가지가 있습니다. … 작금의 주인은 보나파르트입니다. 그는 그의 범죄에 대해 800만 표를 행사했고, 사소한 쾌락에 1,200만 표를 주었습니다. 그는 독재자이며 전지전능합니다. 행인이라면, 누군가 어둠 속에서 길을 잃은 사람, 그가 비록 모르는 이라 해도 그이에게 말할 것입니다. ‘여보시오, 그렇게 가면 안 되오!”

위고는 그 행인이 되고 싶었다.

원고는 준비되었다.

책이 출간되기 전에 저지섬에 가야만 했다.

아델과 딸을 초대해야 했다. 프랑수아-빅토르가 그의 어머니와 여동생을 동반하도록 요청하고, 샤를르와 동행하여 브뤼셀을 떠나도록 해야 했다.

쥘리에트는 혼자 여행을 할 참이었다. 마치 빅토르 위고와 아무 관련이 없는 낯선 사람처럼. 그것을 믿으려면 눈을 마주치지 않아야 했다.

그래서 그녀는 여행자들 사이에서 멀리 서 있거나 다른 배를 타야 하리라!

위고는 쥘리에트의 항의를 듣고 수긍했다. 그녀가 말하는 것을 들으면서 그는 죄책감과 무력감을 느꼈다. 그랬다. 그는 그녀에게 그가 할 수 있는 것을 해주었다.

"당신이 원하는 대로 모두 해드릴께요." 그녀가 말했다. "제가 언제 어떻게 장소를 바꾸고, 브뤼셀에서 저지섬으로 이동하는지 신경쓰지 마세요. …"

"편견에 제 자신을 내맡기는 것은 아주 간단해요. … 하지만 저의 헌신, 충성, 사랑에 부과된 희생과 존경을 생각해 보면, 잔인하게 불공평하고 끔찍하게 조롱하는 어떤 것이 있더군요. 가진 것이 없는 것이 미덕인 또 다른 여자의 문제였을 때 아무도 그것에 대해 깊이 생각하지 않고 하찮게 여기더군요."

레오니 도네가 드러낸 상처는 여전히 고통스러웠다. 그가 무엇을 할 수 있을까? 그는 고개를 떨구었다.

"레오니에게 가족의 식구들은 친절했고, 아들들의 보호자 같은 공손한 예의는 의무였어요. 부인을 배려하여 보호막이 되어 주고 친구, 자매 등으로 받아들였어요. 그녀에겐 너그러움, 동정, 애정이 있어요." 쥘리에트는 말을 이어갔다

"저에게는 편견과 위선과 부도덕이 규범에 포함된 모든 고통을 엄격하고 독하게 적용해요. 세상 여성들의 뻔뻔한 악덕에 경의를 표해요. 정직과 헌신과 사랑의 범죄를 저지른 불쌍한 피조물에 대한 불명예군요. 문제는 아주 간단해요. 레오니가 속한 사회를 존경받고 소중하게 보호해야 해요. 저는 당신이 원

하는 시간과 방법으로 저지섬으로 떠나겠어요."

그는 쥘리에트를 거의 생각할 수가 없었다. 브뤼셀에 남아 있는 망명자들과 그를 지지한 벨기에 인들에게 편지를 써서 그들에게 설명해야 했다. "내가 벨기에에 있는 것으로 황당한 일을 일으키고 싶지 않소. 보나파르트씨의 대사가 나 때문에 위협하며 풍파를 일으키고 있소. 나는 영국에 갈 것이오. 나는 거기서 거대한 음모와 찌질한 한 남자 이야기를 끝내 완성할 것이오."

그런데, 사업과 교란작전, 방해공작, 그와 관련된 일에 압도될 때, 쥘리에트의 감정에 대해서는 어떻게 처신해야 할까. '내가 트렁크를 꾸리고 교정쇄를 수정한다. 나는 꼼짝도 하지 않고, 내 아이디어에 날개를 달아본다. 나는 당황하고, 속상하고, 서두르고, 나를 떠나기를 원하는 벨기에 정부에 밀려, 내가 머물기를 원하는 망명자들에 때문에 마음이 갈기갈기 찢겨진다. …'

사실, 그에게 '망명 중 망명' 생활은 돈이 많이 들었다. 그는 앙베르에서 영국으로 가는 배에 올라 그를 배웅하기 모인 망명자들에게 마지막 연설을 할 때 감격했다.

그가 런던에 도착했을 때, 그는 '거대'하고 거무스름한 도시에 사로잡혔다. 그는 다른 망명자, 마찌니와 코쉬트, 루이 블랑 그리고 쇼엘셰를 만났다. 그러나 그는 자신을 억압하는 영국을 떠나려고 서둘렀다.

그리고 8월 5일 아침의 끝자락에 저지섬의 해안과 큰 바위들과 푸른 언덕의 능선을 보고 나서야 그는 마침내 자유롭게 숨을 쉬고 있다는 인상을 받았다.

생텔리에 부두에서 그는 망명자들에게 둘러싸인 두 명 아델과 오귀스트 바크리를 발견했다. 그는 샤를르와 함께 내렸다. 그런데 프랑수아-빅토르는 파리에 머물기를 원했다. 그는 쥘리에트에 대해 크게 신경 쓰지 않았다. 그녀는 신중하고 순종하며 그를 따를 것이다.

그는 몇 마디 말을 건넸다. 그는 『꼬마 나폴레옹』이 오늘 브뤼셀에서 출간되었다고도 했다.

그는 자신을 둘러싸고 있는 사람들을 바라보았다. 어떤 사람들은 1848년 6월 이후로 망명 생활을 하고 있었다.

"우리는 마지막 순간의 노동자입니다, 나는 그렇게 알고 있고 또 그렇게 주장합니다! 그러나 우리는 이 마지막 순간이 박해의 시간, 눈물의 시간, 피의 시간, 투쟁의 시간, 망명의 시간인 바, 우리는 노동자임을 자랑할 수 있습니다."

"사라진 조국을 위해 서로 사랑합시다! 학살당한 공화국을 위해 서로 사랑합시다! 공동의 적에 맞서 사랑합시다!"

"시민이여, 공화국 만세! 망명자들이여, 프랑스 만세!"

그는 초원 한가운데, 바다가 내려다보이는 오솔길을 천천히 걸으며 폼 도르 호텔에서 가족과 함께 지내고 있었다.

'만일 멋진 망명지가 있다면, 저지섬이 바로 매력적인 곳 중 하나일 것이다. … 내 창가로는 프랑스를 볼 수 있고, 저쪽에서는 해뜨는 것을 볼 수 있다.'

그는 쥘리에트가 처음 머물렀던 코메르스 호텔과 그녀가 작은 아파트를 임대했던 넬슨 홀 작은 별장이 언뜻 눈에 들어왔다.

이미 그녀는 그에게 쪽지를 보내왔다.

"바다를 바라보는 것이 브뤼셀의 그랑플라스보다 당신에게 더 나은 영감을 줄 것인지, 저의 작은 별장이 생 위베르 아케이드의 방보다 더 환영받는 것인지, 알게 되겠지요."

그리고는 대답할 수 없는 고통스러운 문장들로 채워졌다.

" 당신의 사랑보다 제 사랑을 연장하는 것이 슬프고 부끄럽군요… 당신이 무관심으로 이어지는 단계를 불태우는 동안 제가 당신을 사랑하는데 그렇게 오래 걸렸다면 그것은 당신의 잘못이 아니지요. 저는 당신이 거의 모든 사람들의 평범한 속도를 따랐다고 비난하는 것도 아니예요. 그러나 제가 영원히 살아도 절대 벗어날 수 없는 열정의 테두리 속에 당신을 너무 능숙하게 가두어 두고 싶었던 자신이 원망스러울 뿐이네요.”

그는 그녀를 방문하고 싶었지만 생텔리에는 모든 것이 알려진 작은 마을이었다. 가장 먼저 할 일은 폼도르 호텔을 나와 바다가 내려다보이는 빌라 마린 테라스에 정착하는 것이었다. 그 집은 정원과, 채소밭 그리고 수평선 전체가 보이는 테라스가 갖춰져 있었다. 그곳에서 그는 글을 쓸 것이다.

그는 8월 하반기에 거처를 정하게 되자마자 시를 써야 할 필요성에 때문에 살고 있다는 느낌이 들었다.

'바위와 초원과 장미와 구름 그리고 바다 한가운데서 나는 완전한 시 속에 빠져 있었다. 시구詩句는 이토록 완전히 장엄한 자연에서 저절로 나왔다. 수평선이 웅장하지 않을 때는 매력을 발산했다.'

그는 행복했다!

“바다가 발아래에 있다. … 바다 위 50~60 리 쯤에 세르크라는 거대한 바위가 있었다. 그것은 일종의 요정의 성城이었다. 불가사의로 가득한…”

　　나는 이 외로운 섬을 사랑하네
　　저지 섬, 자유로운 영국땅
　　오래된 작은 별장들로 덮여있고
　　짙은 빛 바닷물, 때때로 불어나고
　　배, 방황하는 쟁기
　　파도, 신비한 주름살 .246

그는 내키는 대로 명상이나, 공상 혹은 시를 탐닉할 수도 있었다.
일종의 병적인 쾌락, 자만하고 자기 만족적인 즐거움에 이르기까지.

모든 영혼이 약해지기 때문에,

우리가 비굴해서 우리가 망각하기에

진실, 순수, 위대함, 아름다움을

역사에 분노한 눈을

명예, 법, 정의 영광을

그리고 무덤에 있는 사람들을

사랑하리 추방을! 고통, 너를 사랑하리!

슬픔은 나의 왕관이 되리

사랑하리, 오만한 가난이여!

바람막이 문도 좋아하고

애도를 좋아하고, 엄숙한 조각상

내 옆에 앉아 있네.247

그는 그러한 유혹에 굴복하고 싶지 않았다.

그는 두 명의 아델인 어머니와 딸, 샤를르 그리고 오귀스트 바크리를 살펴
보았다. 가족이 그의 주위에 있는데, 프랑수아-빅토르는 유일하게 부재 중이
며 여전히 아나이스 리에벤느에 대한 불길한 열정에 사로잡혀 있었다. 그는 그
곳 저지섬으로 와야 했다. 왜냐하면 그가 망가지거나, 위고 가문의 이름을 훼
손하도록 방치할 수도 없고, 정권의 끄나풀에게 자비를 베풀 수도 없기 때문이
었다.

아들에게 닥친 위협도 있고, 섬에서 감시하는 스파이들이 있는데 어떻게 보
나파르트를 잊겠는가?

게다가, 11월 7일에 원로원으로부터 제국의 존엄을 회복하자는 제안과 2주

후에 그 주제에 대한 민중 투표 조직을 손에 넣은 한 인물의 제안 때문에, 위고는 매일 상처를 받는 느낌이 들었다.

그러나 얼마나 위엄이 있는가! 어떠한 황제던가, 어떠한 제국이던가! 위고는 탄성을 질렀다.

'여기 온 이후로 생-말로의 세관 직원, 헌병 및 정보원을 세 배로 늘리게 된 것을 영광으로 생각한다! 책이 상륙하는 것을 막으려고 총검을 휘두르는 멍청함이여!'

『꼬마 나폴레옹』이 크게 인기를 얻었다. 사람들은 그 책을 불법으로 유통했다. 강탈하기도 했다. 복사본들이 등장했다.

그는 망명자들이 벨기에에서 보낸 편지를 읽었다. 그의 책이 성공했다는 것이다.

"우리는 동시에 더 많은 사람들이 만족할 수 있도록 작은 책을 10권이나 12권으로 나누었다. 여러 조각으로 복사하기도 했다. 우리는 그것의 일부를 벽보에, 브러시에… 다시 인쇄하기까지 했다. … 사람들은 밤에 그 책을 읽으려고 만나고, 문도 닫고, 하인들을 재웠다. …"

책이 번역되었다. 사람들은 그 책을 런던에서도 읽었다. 뒤마는 토리노에는 '견본도 남아 있지 않았다. 얼마나 성공적이었으며 얼마나 놀라운 효과인가!'라고 감탄했다.

위고는 자신의 힘이 10배는 증가했다고 느꼈다. 펜만 들면 낱말이 어렵지 않게 풀려나왔다.

> 프랑스를 중국으로 만드는 이 사악한 악당들,
>
> 내 채찍이 그들의 등골을 후려치는 소리를 들으리
>
> […] 나는 바이스처럼 내 구절에 그들을 잡아두고

중백의, 견장, 성무일도 기도서가 떨어지는 것을 보리라

케사르, 내 가죽 채찍에

도망치는구나, 외투를 걷어 올리고!248

목숨을 건 결투, 루이 나폴레옹 보나파르트와의 사적인 전쟁을 치루고 있다는 생각이 들었다.

… 재앙에 능한 이 보잘 것 없는 황제,

이 늑대에게 시구 한 소절의 사냥개 떼를 풀어 놓으리 … 249

… 그에게서 나폴레옹의 신화, 그의 아버지에 대한 추억들, 오스테를리츠 전투의 기념일을 훔쳐가 버렸다. 루이 나폴레옹은 모든 것을 더럽혔다. 그러므로 그 자와 그 대결을 끝까지 이끌어야 했다.

우리는 민중들이 깨어있게 하리라

그래, 우리는 마지막 숨을 쉴 때까지 요청하리라

쇠사슬에 묶인 채 꺼져가는 프랑스의 구원이여

우리의 위대한 조상들처럼 성스러운 반란이여

우리는 하느님까지 초대하여 이것을 무너뜨리리

그것은 우리의 생각, 우리도 그렇게

더 좋아하리. 운명은 우리를 바퀴 아래에 짓밟고

우리의 피가 흘러 당신의 진창에 괴는 것을 보게 되리 250

그는 그 시들을 재구성할 때 '복수자', '복수자의 노래' 또는 '징벌'이라는 제목을 붙여 한 권으로 출판할 수 있다는 것을 알았다.

그의 편집인 헤첼에게 편지를 썼다.

"나는 지금 『꼬마 나폴레옹』과 자연스럽고도 필수적인 짝을 이루게 될 한 권의 시를 쓰고 있습니다. … 이 책에는 우리가 말할 수 있는 모든 것, 우리가 부를 수 있는 모든 것이 포함될 것입니다. … 그것은 새로운 부식제입니다. 루이 보나파르트에게 적용하는 데 필요하다고 믿습니다. 한쪽으로만 구워져 있는 황제를 석쇠에 올려 돌려야 할 때가 온 것 같습니다. 나는 적어도 『꼬마 나폴레옹』의 성공과 동등할 것이라고 믿습니다. …"

그러나 12월 2일, 11월 민중 투표 결과가 발표되었다. 찬성 7,824,189명, 반대 253,145명, 기권 200만 명이 조금 넘었다. 그에게는 절망의 순간이었다.

황제의 파리 입성* 축제와 동시에 망명자들의 귀환 허가하며, 그들에 대한 보복은 없을 것이라고 발표되었다.

일부 망명자들은 머뭇거렸고, 다른 일부는 조심스럽게 떠나갔다.

위고는 분노로 치를 떨며 괴로워 했다.

> 인간의 양심은 죽었소, 춤타령에,
>
> 양심 위에 그는 쪼그리고 앉았소. 시체를 보고 기뻐했소
>
> 순간순간, 쾌활하고, 의기양양하고, 붉어진 눈시울
>
> 그는 돌아서서 죽은 양심에 따귀를 날렸소.[251]

항복해야 하다니!

> 나는 모진 망명을 받아들이리, 끝도 없고 기한도 없는,
>
> 알려고도, 깊이 생각하지도 않으리
>
> 누군가가 더 확고하다고 생각했을 것을 접어야 할지

---

* 루이 나폴레옹 보나파르트가 나폴레옹 3세로 황제 등극함.

또 많은 이들이 떠나면 누가 남아 있어야 할지.

천 명뿐이라면, 나는 함께 있겠소
설령 백 명뿐이라 해도, 나는 주저없이 실라*와 맞서겠소
만약 열 명이 남는다면 나는 열 번째가 될 것이오
그리하여 한 사람만 남는다면 내가 바로 그 사람일 것이오! 252

그는 바다가 내려다보이는 오솔길을 혼자 걸었다.

12월의 회색 태양이 비추는 바위 앞에 멈추었다. 거기에서 그는 은판사진기로 사진을 많이 찍었던 오귀스트 바크리와 샤를르를 위해서 여러 번 포즈를 취했었다.

그곳에서 몇 걸음 떨어진 곳에서 그는 쥘리에트를 만났었고 그들은 나란히 걸었었다. 그녀는 그에게 이렇게 말했었다.

"사랑하는 이여, 12월 2일의 악명 높은 함정이 당신에게 영감을 주는 것을 보면서 … 이 엄청난 범죄가 당신에게는 더 큰 영광이, 민중에게 더 큰 가르침을 주기 위해 저질러진 것 같아요. … 숭고한 저의 빅토르, 이렇게 기적적으로 당신을 구원해 주신 하느님께 감사하지 않은 날이 없었어요. … 그리고 단 1분도 당신을 존경하고 경배하지 않은 시간은 없었지요. … 이제 다시 당신을 보게 되네요. 멸시하면서 군인들에게 따지고 … 그들을 놀라게 하고, 장군들을 겁주는 당신을요. … 그 순간은, 당신이 사람이 아니라 가장 고통스러운 분노에 사로잡힌 나라의 천사였어요. 생각하면 아직도 두렵고 떨려요."

그는 마린 테라스로 돌아왔다. 아나이스 리에벤느와 함께 프랑수아-빅토르가 결국 도착했지만, 다시 떠나라고 설득해야만 했다. 그는 그녀를 따르지 않

---

* Lucius Comelius Sylla(BC 138-BC 78). 로마의 장군, 정치가. 공포정치를 함.

도록 아들을 달래고, 영향을 주어야 했다.

또한 삶의 현실을 무시할 수 없었다. 계정을 작성해야 했고, 헤첼과 논의하고 계약에 서명도 해야 했다. 모욕도 견뎌야 했다. 루이 뵈이요가 그를 다룬 「뤼니베르」의 기사가 그랬다. "불쌍하고 영광스러운 걸레… 그는 하느님에게서 재능을, 왕에게서 영예를, 백성에게서 인기를 얻었다. 손에 쥔 것은 아무것도 없다. … 그는 곤경에 빠진 가증스럽고 우스꽝스런 존재다."

그에게 영향을 주는 것이 그런 상처인가?, 프랑수아-빅토르로 인한 걱정인가?, 아니면 일상 적인 작업의 피로감인가?

그는 그해 12월 31일, 심장과 마찬가지로 가슴에 극심한 통증으로 상처도 받고 지쳤다는 느낌이 들었다.

아마도 그것은 죽음이 다가오고 있는 것이리라.

쥘리에트가 아니라면 누구에게 털어놓아야 할까?

　　아직 시퍼런 풀이 타작되고 있어

　　나는 떠나가리, 평온하게, 망가진 채

　　내 심장이 나를 죽이는 느낌

　　나는 내가 살았던 곳에서 죽으리.

1853

우리들처럼 역사는 하수구 같은 시기가 있소.
그곳에 당신들을 위한 식탁이 놓여있소.

위고는 작은 해변에 부서지는 파도에 몸을 던졌다. 그는 바다의 추위에 휘둘리는 것을 즐겼다. 그는 거의 매일 포구를 막고 있는 바위까지 헤엄치는데, 그것이 목욕하는 습관을 갖게 만들었다. 그는 자신감을 얻었고 자신의 활력과 몸에서 방출되는 에너지를 알 수도 있어서 매우 행복했다.

그는 쉰한 살의 나이에도 아들들보다 젊게 느껴졌다. 초원에서 샤를르와 프랑수아-빅토르와 함께 말을 탈 때에도, 그들보다 앞서 달렸다. 동행들과 절벽 위를 걸을 때에도 그의 발걸음이 더 빨랐다.

그리고 아델이나 쥘리에트를 보았을 때, 백발에다가 몸마저 뒤틀린 두 노인을 보는 것 같았다. 그는 그녀들에게 동정심을 갖고 친절하게 대했다. 그는 그녀들을 사랑했다. 그러나 그를 매료시키는 것은 젊은 노르망디출신 하녀의 몸이었다.

그는 그녀들의 당황함, 처지한 태도, 애수, 페티코트와 블라우스 아래의 촉촉한 살결, 하얀 피부, 부푼 젖가슴, 탄력 있는 허벅지를 좋아했다. 그는 어루만지고, 입 맞추고, 체취를 맡았다. 대화도 하고, 잠도 잤고, 냄새도 맡았다. 그는 껴안았고, 깊숙이 파고들기도 했다. 그것은 바다에서 목욕하는 것과 같았으며,

정화하는 것이었고 활력을 불어넣어 주었다.

그는 해방감을 느꼈고, 몸은 유연해졌다.

그는 젊은 여자에게 동전을 남겨두었다. 다음날까지 평화로웠으니.

그런데 그가 자신의 집이 아니고, 그의 종들 중에서 찾지도 않고, 기꺼이 자신을 바치는 여자를 어디에서 구하는지 사람들은 알고 싶어할까? 모든 망명객들은 생텔리에의 '여인들'을 이용했다. 그 여자들은 자부심을 갖게 되었다. 그래서 보나파르트의 첩자들은 프랑스 부영사라도 되는 것처럼, 일개 순경에 지나지 않은, 내무부 장관의 대리인 에밀 로랑은 위고 씨의 탈선에 대한 보고서를 파리에 보낼 참이었다.

그러므로 집에서 사랑을 해야 했다. 장미빛 뺨과 넓은 발을 가진 젊은 농부 여인들은 '점잖은 주인'이 그녀들을 영광스럽게 해주려고 밤에 온다는 것을 알고 있었다. 그는 그것이 그녀들을 행복하게 한다고 상상했다.

종종 방으로 돌아와도 다시 잠들 수 없었다. 그는 글을 썼다.

그의 머리가 시구詩句로 가득 찬 적이 있었던가? 그는 때때로 자신이 흐름에 휩쓸려 지나가고 있다는 인상을 받았다. 밀물이 밀려오고, 손이 페이지 위에서 내달리며, 그리고 손을 떼고나서, 그는 받아쓰기로 작곡한 것처럼 거의 놀라움으로 자신이 쓴 것을 다시 읽어 보았다.

동물의 가죽옷을 입은 그의 아이들과 함께

헝클어진 머릿결로, 폭풍의 한가운데서 생동감 넘쳐

카인은 여호와를 피하여 왔고

저녁이 되자 슬픔에 잠긴 남자가 찾아왔네

산 아래로 큰 평원으로

[…]그는 어둠 속에서 열린 눈을 보았네

미동도 없이 암흑 속에서 자신을 바라보는.

"내가 너무 가깝게 있어", 그는 떨면서 말했네

[…]

그래서 사람들은 구덩이를 팠고, 카인은 말했네, "됐어!"

그는 어두운 둥근 천장 아래로 혼자 내려갔네

그가 그림자 속 의자에 앉았을 때

그의 이마가 지하에 갇혔네

눈은 무덤 속에 있었고 카인을 바라보았네.253

그는 제목을 「양심」이라 붙였다.

그는 거의 매일 한편의 시를 추가하고 시집 출간을 기다렸다. 1월에 출판사 덕분에 마침내 『징벌』이라는 제목을 선택했다.

쓰고 또 썼다. 드디어 책을 끝내야 했다.

루이 보나파르트는 테바 백작부인, 으제니 드 몬티조와 결혼했다. 위고는 어느 날 저녁 보주 광장에서 그리고 가끔 델핀 드 그라댕의 살롱에서 보았던 갈색 머리의 여인이 떠올랐다.

그는 델핀이 보낸 편지를 다시 읽어 보았다.

"당신이 우리 집에서 보았고, 매우 편하게 스페인어로 말했던 아름다운 으제니를 기억하시나요? 그녀가 바로 부스트라파의 아내랍니다."

그는 잠시 멈추었다. 그는 웃었다. 그는 자유롭고 창의적인 기질의 델핀을 다시 보고 싶어 조바심이 났다. 부스트라파, '꼬마 나폴레옹'이라고 조롱하는 이름을 붙이다 보니 쓰지 못해 아쉬웠던 이름이었다. 그는 델핀을 저지 섬으로 초대할 것이다.

"으제니는 매력적인 여성이며 더 나은 대우를 받을 자격이 있어요." 델핀은 말을 이어갔었다. "나를 놀라게 한 것이 있어요. 그녀가 부스트라파에게 '읽었다.'고 말했을 때 그녀는 수천 번 조심해가면서 몰래 당신의 책을 읽었다는 것이죠. 마침내 그녀는 모두 읽었어요. 저는요. 읽으려는 열정이 좀 식었어요."

그는 파리의 상황이 급격히 악화될 것이라는 느낌이 들었다. 그래서 그 책은 빨리 출판되어야 했다. 서둘러 황제를 공격할 필요가 있었다.

> 우리들처럼 역사는 하수구 같은 시기가 있소
> 그곳에 당신들을 위한 식탁이 놓여있소
> [⋯] 거기서 웃음과 노래가 들리고, 둘러싸여 있소
> 그들의 성실함을 자랑하는 여성들에,
> 천 가지 태도를 취하는 그들의 음탕함에
> 민중과 개들에겐 멀찍이 뼈를 던져주고
> 모든 탐욕스런 인간들, 모든 향락에 절은 인간들
> 길바닥보다 더러운 요행의 왕자들
> 걸신들린 아첨꾼들, 배불뚝이 전하殿下 ⋯ 254

그는 분노의 외침을 멈출 수도 없었고, 멈추어서도 안되었다.

> 울려라, 항상 울려라, 생각의 나팔을.
> [⋯]
> 일곱 번째에 성벽은 무너지리.255

그 책은 바로 루이 보나파르트라는 동상을 무너뜨리는 일격이어야 했다.

그는 헤첼*에게 글을 보냈다.

"나는 이 제목에 마음을 굳혔습니다. 『징벌』, 이 제목은 위협적이고 단순합

---

* Pierre-Jules Hetzel(1814~1886). 출판사 편집인이자 발행인.

니다. 즉, 아름답습니다. 나는 빨리 끝내도록 모든 돛을 올릴 겁니다. 서둘러야 합니다. 나는 보나파르트를 만만하게 봅니다. 오래 걸리지 않을 것입니다. 제국은 그것을 앞당겼습니다. 몬티조*의 결혼은 그것을 완성한 것입니다."

그는 원고를 훑어보았다. 그는 헤첼에게 공격의 폭력성에 대해 알려줄 필요가 있었다. 아마도 소송을 피하기 위해 두 개의 판, 즉 하나는 완성판, 다른 하나는 편집판으로 계획하여야 했다. 특히 책이 기대되기 때문이었다. 한 망명자가 그에게 다음과 같은 영문 신문을 가져왔다. "빅토르 위고는 꼬마 나폴레옹을 능가할 것이다. 그는 대리석 조각상을 떨게 할 엄청난 책을 준비하고 있다."

따라서 모든 독자에게 다가갈 수 있는 비밀판과 그리고 다른 판이 필요했다.

또한 그 판들은 모두 성공해야 했다. 왜 그것을 숨겨야 할까? "나는 악마와도 같이 돈이 필요하오. 잊지 마시오!" 그는 헤첼에게 잘라 말했다.

예를 들어 고슬랭과 다른 계약을 체결할 때도 있었을 것이다. 그가 약속한 두 권의 소설과 불면의 밤에 불쑥 떠올랐던 모든 조각들을 가지고 짜 맞추었던 『관조觀照』라 부를 수 있는 두 권의 시집과 교환하려는 시도를 했었다. 그러나 『레미제라블』를 어떻게 마무리 할까?

그리고 그가 지불해야할 어음과 약속어음도 있었다.

그는 잠시 생각에 잠겼다. 시집 『징벌』이 성공할 수 있을까?

그는 헤첼에게 말했다. 그렇게 하면 "내 재산으로 당신의 재산을 복구할 수 있습니다. 지금으로부터 4년까지는 나는 여전히 보나파르트씨에게 갚아 주어야 할 것이 있어요. 내 머리 속에는 책이 나올 때 나무의 잎을 흔들 수 있는 15권의 분량의 내용이 있습니다. 이 모든 새들이 날아갈 수 있도록 도와주시오."

이어서 "그러는 동안 제 초상화를 보시오. 사실 샤를르는 실력 있는 사진가가 되었습니다. 여기 그의 작품이 있습니다. 그걸 팔아보는 것은 어떠시오? 4

---

* Eugénie de Montijo(1826~1920). 나플레옹 3세와 결혼한 황후.

수우로 진행해 볼 수 있는 판版도 있고, 또 다른 소형판으로는 『꼬마 나폴레옹』과 새 책을 연결할 수도 있습니다. 당신은 어떠한 비용을 들이지 않아도 됩니다. … 샤를르는 100수우 200수우 등의 단위로 비용을 보낼 것입니다. 그것이 팔렸을 때, 당신은 당신의 수수료를 받고 여기로 돈을 보내면 됩니다. 그것은 모두 사람들의 활에 한 줄을 붙이는 것과 같습니다. …"

하지만 헤첼이 알아야 할 사실은 『징벌』은 '폭력적일 것이며, 시는 정직하지만 온건하지 않다.'는 것이었다.

"나는 대중에 영향을 미친다는 점에서는 작은 타격이 아니라고 덧붙이고 싶습니다. 나는 아마도 부르주아를 겁먹게 할 것입니다. 내가 민중들을 일깨우는 것이 나랑 무슨 상관이 있겠습니까? 마지막으로, 이것은 잊지 마십시오. 언젠가는 보복을 멈추게 하고, 내 스스로 복수하지 않으며, 가능한 한 유혈 사태를 방지하고, 루이 보나파르트의 목숨을 포함한 모든 사람들의 목숨을 구할 권리를 갖고 싶습니다. 그런 까닭에 평범한 운율은 시시한 제목이 될 것입니다. 이제부터 정치인으로서, 내가 분노하여 말하는 중에, 대학살과는 달리 징벌이라는 생각을 사람들의 마음에 뿌리고 싶습니다. '집요할 정도로 관대함', 지금의 이러한 내 목표를 염두에 두십시오."

5월 31일 오전 11시, 그는 펜을 내려놓았다. 그는 『징벌』을 끝냈다. 의심할 여지 없이 그것은 몇 달은 지나야 출판될 것이었다. 몇 번이고 삭제하여 '공식판'을 만들어 가고, 런던이나 브뤼셀의 명예가 손상시키지 않도록, 완벽한 판으로 제네바와 뉴욕에서 출판된다는 점을 지정할 것이다. 그런 다음 공개적으로나 비공개적으로 항간에서 그 말이 나오기를 기다려야 할 것이다.

인쇄업자를 찾기 위해 노력을 아끼지 않고, 대부분 사람들의 비겁함에 분개하고, 막 딸을 잃었기 때문에 괴로워하고 있던 헤첼에게 그는 친밀감을 느꼈다.

"고통 받는 사람들에게 할 말이 없습니다. 나는 고통을 압니다. 나는 10년 전에 그런 고통을 경험하였고, 이제 10년의 끝자락에서 처음 그날처럼 내 마음 깊은 곳에서 피맺힌 상처를 느끼고 있습니다. … 나의 분신인 딸의 무덤에 묻혀 있습니다. 고통은 죽지 않고 거기에 살고 있습니다. 지난 10년 간, 저녁마다 하느님께 드리는 기도를 딸에게 전하지 않고 잠을 잔 적이 없습니다. …"

그는 일어섰다. 잿빛 날씨의 거친 바다에도 불구하고 밖에 나가서, 걷고, 말을 타고, 씻고 싶었다. 그는 자신을 내던지고, 다이빙하고, 헤엄을 쳤다. 갑자기 해류가 자신을 넓은 곳으로 끌어당기는 것을 느꼈다. 그것은 썰물이어서 막을 도리가 없었다. 그는 온 힘을 다해 싸웠다. 거기서 벗어나야 했다.

'난 아직 할 일이 너무 많은데.'

마침내 그는 발이 바닥에 닿았다. 지치긴 했지만 행복했다.

'나는 보나파르트주의자가 아닌 사람으로서 수영했지. 죽는다고? 그것은 바보같은 짓이야.' 그는 중얼거렸다.

그러나 결정하시는 분은 하느님이었다.

그는 매일 죽음이 아주 가까이에 있다는 느낌을 받았다. 그는 죽은 망명자들의 공동묘지에서 몇 마디 하기로 했다.

"시민 여러분,

4개월 동안 세 개의 관棺

죽음이 앞당겨지고, 하느님이 우리를 구원하십니다, 한 사람씩…."

그는 종종 서로 적대적인 망명자들을 만났는데, 일부는 붉은 깃발을 휘날리며 혁명과 테러를 꿈꾸고, 일부는 항구적인 공화국을 꿈꾸고 있었다. 어떤 사람들은 '형제다운' 단체로, 어떤 사람들은 '형제애'라는 단체로 재규합되었다.

그는 그러한 집단과는 거리를 두고 싶었다. 그의 야망은 다른 것이었다.

'나는 권력을 싫어한다. 내가 자제할 수 있을 때에만 권력을 받아들일 것'이라고 말했다.

그는 동족 간의 투쟁에 실망했다.

비가 왔다.

'여름은 슬프다, 올해도. 비극처럼 적막하고, 애가哀歌처럼 습하구나.' 그는 때때로 모든 것이 그에게서 떨어져나가는 느낌을 받았다.

'나는 바람이 부는대로 하수구로 흘러가는 어떤 것도, 내 운명조차도 조정하지 않는다. 양심에 평화로운 것 외에 세상에서 달리 좋은 것은 없다.'

그것은 마치 갑작스러운 해일처럼, 몇 날 며칠 동안 그를 사로잡았던 절망의 파도였다. 그는 의심했다.

'나는 이번 겨울 내내 시를 썼다. 순수한 시, 사건이 혼합된 시'라고 언급했다. '아직도 유럽에서 출판할 수 있는 방법이 있다면 마지막으로 출판하려고 한다.'

그는 쥘리에트에게 갔다. 그는 그녀의 헌신과 애정이 필요했고, 그녀에게 이해받고 싶었다.

"그래요, 나의 가엾은 분, 사랑해요." 그녀가 속삭였다. "쉬세요, 저는 당신의 꿈속에서 웃고 있을께요."

사실, 그녀도 불평 했다.

"사진기 앞에서 무한정 포즈를 취하지 말고, 당신이 원했다면 저를 놓아줄 수 있었을텐데… 사랑스러운 분이여, 그렇게 즐기고, 사진도 찍고, 당신의 방식대로 아름다운 태양을 즐기세요. 저는 고독에 절어 있을 테니까요. …"

그러나 그는 그녀가 관대하고도 헌신적으로 무엇이든 받아들일 준비가 되어 있다는 것을 아주 잘 알고 있었다.

위고가 '아델과 아들들'을 데리고 외출할 때 쥘리에트가 눈으로는 그들을 따르고 있었다는 것을 잊지 않았다.

"당신 아내의 고귀한 아름다움과 그 고결한 특성을 질투하기는커녕, 가능하다면 당신 이름의 명예와 행복을 위해서, 당신 부인이 더 아름답고 더 경건하시기를 원해요. 이 세상에선, 저는 매우 평범하고 당신에게 합당하지 않은 가난한 여자일 뿐입니다. … 저 세상에선, 저는 당신이 다른 모든 사람들 보다 더 좋아하는 빛나는 천사가 될 것입니다. 저는 자신을 인정하고 이번 생과 다음 생에서 제 운명을 받아들입니다."하고 그녀는 말했다. …

그는 그녀가 변함없이 아내에게 주었던 선물에 감동을 받았다. 그녀는 그에게 없어서는 안 될 존재였다. 그녀는 그의 일부였다. 그녀가 그를 안심시키기 때문에 그는 거의 매일 그녀를 만나려고 노력했다. 가면없이도 살 수 있고, 인간은 선하다는 징표와 같았다. 그러면서 그는 날마다 인간의 이중성을 느끼곤 했다.

그렇듯 위베르라는 망명자, 브뤼셀에 이어 그곳 저지섬까지 찾아왔고, 모든 망명자들이 도와주었고, 아꼈던 사람, 가진 것도 없고 타협하지 않는 공화주의였던 그가 치안장관인 모파스의 첩자라는 사실이 그때 막 밝혀졌다. 위베르는 반대파들을 제국으로 넘겼고, 그에 대한 대가를 받았다.

망명자들이 몰려와서, 위고에게 위베르에 대한 재판에 참석하도록 요청했다. 그들은 그를 사형에 처하기를 원했다.

그는 그것을 막아야 했다. 그는 일어섰다.

"위베르 아에는 두 가지 존재가 있어요 하나는 밀고자요, 다른 하나는 인간이지요. 스파이는 악명이 높고 사람은 신성합니다. …"라고 단언했다. "선언컨대, 어느 누구도 위베르를 건드리지 못하며, 그를 학대하지 못할 것입니다."

사람들은 웅성거렸다. 목소리가 높아지고 있었다.

"아, 그래그래, 언제나 부드러우니까! 바로 그거지, 첩자가 구제받은 것이군. 이것은 우리에게 수다 떠는 법을 가르쳐 주는 것이네. 배신자를 처형하고 싶을 때 옥상에서 그렇게 소리치면 되는 거야?"

공개적으로 그 사실을 발표하고, 여론을 대변하고, 위베르와 보나파르트를 고사시키는 것에 만족하라고 망명자들을 설득시켜야 했다.

"나는 보나파르트 씨의 손이 온통 검은 가방 안에 있다고 봅니다."

그는 덧붙여 말했다. "보나파르트를 찌르는 것은 단검을 없애는 것이고, 위베르를 모욕을 주는 것이 따귀를 때리는 것입니다."

위베르는 영국 사법부에 넘겨질 것이며, 빚 때문에 감옥에 갈 것이다. 그러나 그가 첩자의 생명을 구했다 하더라도 그는 괴로웠다. 그 사람은 굶주림 때문에 자신을 팔았던 것이다.

하느님의 의도와 심판은 무엇일까?

며칠 동안 저지섬에 머물고 있는 델핀 드 지라르댕이 어둠의 비밀, 하느님의 의도, 영혼의 운명은 알려져 있다고 있다고 대답하자 그가 깜짝 놀랐다. 그녀가 그것은 '말하는 탁자', '움직이는 탁자', '유동적인 광기'를 불러냈는데, 파리에서 일부 회의론자들이 비웃었고, 또 다른 이들은 인정하지 않았다. 그녀가 '꼬마 나폴레옹'에 반대한 정치적 행동에 대하여 선량한 시민들을 혼란스럽게 하였기 때문이었다.

하지만 델핀은 그녀가 유령과 소통하기 시작했다는 것을 증명할 수 있었다. … 영靈들이 그녀에게 말을 걸었다!

세 개의 다리가 있는 작은 원탁을 더 큰 테이블에 올려 놓은 다음, 삼각 다리에 손을 올려놓은 채, 내세가 나타나기를 기다려야 했다. 그러면 원탁의 다리 중 하나를 들어 올리고 테이블을 두드리면서 '예'는 한번 노크하고, '아니오'는 두 번 치며, 그리고 알파벳의 각 글자는 알파벳의 순서에 따라 위치하는데, 'C'는 '세 번을 쳤을 때 쓰여졌다.'.

델핀은 입증했다. 위고는 아델과 딸의 황홀한 시선, 오귀스트 바크리의 머뭇거림, 샤를르와 프랑수아-빅토르의 관심에 놀랐다.

그는 테이블이 정리되는 동안 방에 머물기를 망설였다. 그는 자신이 삼켜질 위험이 있는 심연, '어둠의 입구' 가장자리에 있다는 인상을 받았다. 델핀이 유령에게 질문하기 시작했을 때 그는 뒤로 물러났다.

그러나 9월 11일 일요일, 그는 커다란 정사각형 테이블 주위에 앉기로 했다. 샤를르는 테이블 위에 델핀 드 지라르댕이 생텔리에서 그러한 의도를 가지고 사왔던 3개의 다리가 달린 원형 탁자를 올려 놓았다. 거기엔 2명의 망명자, 르 플로 장군과 트레브뇌 백작, 그의 두 아들과, 두 명의 아델과 오귀스트 바크리가 함께 있었다.

그는 지라르댕 부인이 낮은 목소리로 묻는 것을 들었다.

"거기 누군가요?"

그는 테이블 다리 중 하나가 올라갔는데 내려오지 않는 것을 보았다.

"귀찮게 하는 일이 있나요? 맞으면 한 번 두드리고, 아니라면 두 번 두드리세요." 지라르댕 부인이 다시 물었다.

그는 한 번의 노크를 들었다.

"뭐라고요?

"마름모꼴."

그들은 큰 테이블 주위에 마름모꼴 형태로 다이아몬드 패턴으로 앉아 있었다. 그들은 테이블과 위치를 바꾸었다. 위고는 감정에 압도당하는 것 같았다. 그게 가능한 일인가? 두드림은 계속 이어졌다.

"너는 누구니?" 마담 드 지라르댕이 물었다.

"소녀입니다."

"내가 누구를 생각하고 있을까?" 오귀스트 바크리가 물었다.

"죽은 여인이지요."

위고는 목이 조여오는 것을 느꼈다.

그는 예전에 레오폴딘느가 죽은 후에 글을 썼었다.

정말 불가능한 걸까, 감미로운 천사여,

그 돌을 들어 올리고 조금 이야기하는 것이?

"넌 누구니?

"아메 소로르예요."

그는 정말 하고 싶었던 질문을 던졌다.

"너는 행복하니?"

"네."

"너는 어디에 있는 거니?"

"빛 속에요."

"너에게 가려면 어떻게 해야 할까?"

"사랑하셔요."

그는 손 밑에서 테이블이 진동하는 것을 느꼈다. 충격으로 숨이 멎을 것 같았다.

"누가 널 보냈니?"

"선하신 하느님께서요."

"너에 대해 말해 줘. 우리에게 할 말이 있니?"

"네."

"무슨 말인데?"

"다른 세상 사람들을 용서하세요"

그는 너무 혼란스러워서 말을 할 수가 없었다. 그는 뒤로 물러났다. 아마도 델핀이나 샤를르만의 최면술 때문이었을까? 그러나 그러한 설명으론 부족했다. 저 세상이 있는 것이다. 그는 항상 그렇게 생각하고 느꼈었다. 밤마다 망자亡者의 영혼이 종종 이상한 꿈속에 나타나 그를 따라다녔다. 그리고 그림을 그릴 때 검은 펜으로 큰 충격을 가하여 칠하게 하고 손을 이끌어가는 사람은 누구였을까? 그리고 말에물결이 부서졌을 때, 어떤 알 수 없는 바람이 언어들을 밀어냈을까? 신은 영혼들과 함께 빛과 어둠의 세계에 살고 있었다.

위고는 계속하고 싶었다. 매일 놀라움과 충격의 연속이었다. 영혼들이 말을 하고, 돌아가는 탁자가 유령에게 이야기하고 생각에 말을 걸었다.

그는 유령과의 대화를 기록해 달라고 부탁했다.

그것은 '두려워'라고 말하는 루이 보나파르트의 대화이다.

"내가 두려운가?"

"그렇다."

"세상에서 내가 가장 무서운가?"

"그렇다."

그는 그러한 대화 속에 완전히 빠져 있었다. 그는 11월 21일 『징벌』의 출판에 관심이 없다는 사실에 놀랐다. 그렇게 그는 수많은 영혼들과의 만남에 사로잡혀 있었다. 즉 어둠의 세계의 영혼, 샤토브리앙, 볼테르, 루소, 잔다르크, 희곡, 사제, 드라마, 시, 마키야벨, 마호메트 또는 무덤의 그림자, 그리고 대인大人 나폴레옹 또는 '인간은 영혼의 감옥이고 동물은 영혼의 도형장'이라고 말하는' 발람의 아네스의 영혼들과 만났던 것이다.

그는 쥘리에트에게 자신이 느꼈던 것, 흥분, 신비, 뜻하지 않게 가까이에서 나누었던 대화를 설명하려고 했다.

그는 그녀를 설득하지 못했다고 느꼈다.

"저는 영들에 대한 동정심과 친화력이 부족해도 당신이 그러한 세계와 조금이라도 거래를 계속한다면, 그들의 말에 따라야 할 것 같군요. 그래야 가끔이라도 당신을 볼 기회가 생기니까요!" 그녀가 대답했다.

그는 그러한 아이러니를 좋아하지 않았다. 그는 '어둠의 입구가 말하는 것'을 듣고 있다는 느낌이 들었다.

오 틈이여! 영혼이 곤두박질치고 의심을 부르네
우리는 시계 소리를 듣네, 한 방울 한 방울
물받이에 떨어지는 물방울처럼
인간은 흐릿하고 세상은 검고 하늘은 어둡네
밤의 형태는 어둠 속에 오고 가네
그리고 우리, 창백하여, 우리는 명상에 잠기네

우리는 어두운 것, 미지의 것, 보이지 않는 것을 묵상하네
우리는 현실, 이상, 가능성을 탐구하고.
존재, 항상 존재하는 유령
우리는 불확실한 어둠이 떨리는 것을 주시하네
우리는 우리의 운명에 기대어
고정된 시선과 떨리는 영혼

우리는 장례식장의 소음에 귀 기울이네
한숨소리를 듣고 있네, 어둠 속을 헤매는
누구의 한숨이 어둠을 울리는지
때로는 헤아릴 수 없는 밤에 길을 잃고
우리는 강력한 섬광으로 밝아지는 것을 보네

　그러나 어쩌면 쥘리에트는 회전하는 테이블 주위에서 매일 만나는 가족 및 친구들의 모임에서 제외되었기 때문에 적대적 상태인 셈이었다.

　"당신의 주술에 관해서는, 당신의 개인적, 집단적 신념이 무엇이든 간에 앞으로 쾌락보다 슬픔이 더 많을 것이라고 봐요. 제가 설명하는 데 어려움은 있지만, 이 취미가 심각한 것이라면 이성적으로 볼 때 위험할 수도 있고, 거기에 조금이라도 속임수가 섞여 있다면 불경건한 것으로 느껴져요. 제가 당신의 입장에 대해 의심하지 않기 때문이에요."

　나폴레옹 대왕이나 로베스피에르가 그에게 말을 걸었을 때 느끼는 감정을 어떻게 그녀에게 느끼게 할 수 있으랴?

　"당신이 나였다면 무엇을 하시겠습니까?" 위고는 나폴레옹에게 물었다.

　"당신의 시구詩句.

　"나의 책『꼬마 나폴레옹』에 대해 어떻게 생각하시나요?

　"엄청난 진실, 배신자로 낙인찍는 것 ….

　어느 질문에 답하면서 하느님을 '영원한 눈으로 무한하게 응시하는 분'으로 정의한 것은 바로 나폴레옹이었다.

　앙드레 셰니에가 테이블 위를 몇 번이고 두드리면서 그에게 했던 말에 어떻게 그가 기뻐하지 않을 수 있을까?

　"빅토르 위고, 당신은 뜻밖의 날개, 온 하늘의 새, 밤의 노래, 새벽의 지저귐, 폭풍의 갈매기. 당신은 고독에 합당하지 않은 독수리. 당신은 접근할 수 없는 진실의 산을 천천히 오르고, 정상에 오르면 당신의 과업은 예상치 못한 날개를 펴고 치솟으리라. 당신은 예술에서 혁명을 일으켰고, 세상에선 혁명을 준비하리. 자, 두 가지 작업을 수행하라. 창조와 죽음. 파괴와 건설 …. 시인이여, 당신은 보나파르트의 피디아스*, 피디아스는 파로스의 대리석을, 당신은 망명의 화강암을 가지고 있으니. 모든 바위를 가지고, 당신의 분노로 바위를 조각하라. 당신은 할 수 있기를, 바다의 시인이여!"

저 세상의 목소리가 아니라면 누가 그렇게 생각해 낼 수 있을까? 셰니에의 영혼이 아니라면 누가 감히 그 문장을 작성할 수 있을까?

셰니에가 이야기를 계속 이어갈 때 위고가 매혹되었을까? "완전히 잘린 머리는 영혼이 침묵하는 슬픈 미망인의 것이었다. 아아, 나의 영원이자 내 젊은 날의 미망인이여."

그러나 쥘리에트는 공감하려 하지 않았다. "당신은 저세상에 있는 영들이 당신의 낚싯줄에 걸린 죽은 물고기들을 잡고 있는 것이에요. 이것은 험담하는 탁자가 있기 오래전부터 지중해 지역에 이미 알려졌던 방식이죠. 그것에 관해서, 저로서는 가장 다정하게 표현한 것이예요." 위고는 대답하지 않았다.

말하는 테이블과 각각 접촉을 한 후에 그는 피로감이 몰려왔다.

그는 오귀스트 바크리가 작성한 작성한 보고서를 다시 읽어 보았다.

저 세상에서 넘어온 첫 존재, 아메 소로르, 레오폴딘느의 영혼을 접촉한 9월 11일 일요일 이후부터, 그가 지금껏 꿈이나, 글, 환상을 통해 자신도 모르게 빠져 들어갔던 또 다른 세계에 그의 정신이 열려 있는 것 같았다.

그는 1843년 9월 레오폴딘느의 죽음을 알게 된 그 전날 밤이 기억났다. 그는 올레롱에서 밤새 음울한 환상에 맞서 싸웠었다.

10년 후인 1853년 9월 달 거의 그 날에 레오폴딘느가 돌아온 것은 우연이었을까?

그러나 그는 파리로 돌아간 델핀 드 지라르댕에게 편지를 썼다. "이 시점에서, 우리는 '새로운 과학'이라 불렀던 그것에 대해 약간 보류하고 있습니다. 당

---

* Phidias(BC 490-BC 430). 고대 그리스의 조각가.

신도 아시다시피, 나에게는 초능력이 없습니다. 난 그저 아브락스테이블와 아브라카다브라*정도에 그칠 뿐입니다.

나는 그런 요술을 당신의 처분에 맡깁니다. 악마의 도움이 없는 그 요술을…."

그런 다음 그는 말하는 테이블에 쏟는 열정에 시간을 얼마나 소모하는지 따져보았다.

그러나 그는 글로 써서, 자신 안에 품고 있는 말들을 형상화해야 했다.

게다가 그의 삶의 증인으로서 이야기하는 한, 인간 빅토르 위고에 대한 기사를 써야 하기 때문에 아델 역시 그녀의 임무가 있었다. 그리고 그들의 딸 아델도 일기를 썼다. 샤를르와 프랑수아-빅토르, 오귀스트 바크리는 글을 쓰거나 사진을 찍었다.

"우리들은 누가 더 잘 썼는지 주장도 하며 수업을 받고 있는 셈입니다." 그는 지라르댕 부인에게 털어놓았다.

그리고 12월 29일에 그는 추가하여 써 보냈다.

"부인, 그가 나를 단련시키는 이 시련에 대해 매일 하느님께 감사한다는 사실을 알고 계십니까? 나는 고통스럽고, 마음 속으로는 울고 있으며, 내 영혼의 깊은 곳에서 조국을 향한 외침이 있습니다. 모든 것이 무거워도 받아들이고, 감사하지요. 내가 미래에 대하여 연습할 수 있도록 선택되어 행복합니다."

---

* ABAX(테이블)와 ABACADARA 요술 주문.

제4부
1854 - 1855

1854

당신의 입에 손가락을 댄, 신비한 영혼이 지나가는 …

떠나지 마오! 사나운 남자에게 말하라

그해 1월 1일, 위고는 이제 막 조카 레오폴의 주소를 적었던 봉투 한 켠에 '가족 편지임. 뜯지 말 것. 빅토르 위고'라고 썼다.

그리고는 분노에 몸을 떨며 펜을 내려놓았다. 제국 검열관은 분명 그런 문구는 전혀 고려하지 않을 것이다. 검열관은 편지를 손가락과 시선으로 모독할 것이다. 검열관은 루이 숙부가 죽은 것으로 알고 의심할 것도 없이 그 편지를 압류할 것이다. 위고가 조카에게 보내는 편지에 "네 아버지를 보내드리자, 슬퍼하지 말고. 그는 겁쟁이의 땅을 떠나 용감한 자의 하늘로 올라간 거야. 그의 자리가 더 좋았어. 그의 이름에 어울려"라고 쓰인 것을 검열관이 어떻게 받아들일 수 있을까?

그가 썼던 다른 많은 편지들처럼 그 편지는 결코 도착하지 않을 것이다. 그리고 시집 『징벌』이 출판된 이후로 서신 가로채기가 더 잦아졌다.

그는 레오니 도네에게 그 책 한 권을 보내려고 했다. 허사였다. 밀수꾼들이 견본을 보관하고, 50프랑을 요구했다. 그가 폴 뫼리스에게 설명했다. "만약 레오니가 이 책을 정말로 원하면, 8개의 주소를 알려주기만 하면 됩니다. 그 주소로 우체국을 통해 봉투로 8개의 단편을 받게 되지요. 그 후 다시 합치는 것보다

쉬운 일은 없습니다. …"

그 모든 것이 짜증나고 역겨웠다. 게다가 비용이 많이 들었다. 그는 돈이 필요했다. 그의 저작물을 판매하여 유일하게 자산을 늘리고, 또 수입을 올릴 수 있었다.

"우리는 방금 이탈리아인들을 대상으로 『에르나니』를 공연했습니다. 살았어요. 『징벌』은 40,000부가 판매되어 유통되고 있습니다. 그러나 프랑스에서 60프랑에 판매되는 책은 나에게 5수우만 들어옵니다. 그러면 서점은 파산합니다! 특히 런던은 파산의 나라입니다!"

따라서 판매, 계약을 모니터링하고 파리에서 그를 대표하는 뫼리스에게 출판업자 고슬랭을 만나 협상하도록 요청해야 했다.

"나는 계약에 명시된 대로 9천 프랑에 동의할 것입니다."

아마도 계획된 소설의 출판을 그가 『관조』라는 제목으로 준비하고 있는 시 모음집과 교환할 수 있을까?

고슬랭이 꺼려했기 때문에, 헤첼에게로 눈을 돌릴 필요가 있었다. 헤첼은 『징벌』을 출판함으로써 헌신과 용기와 능력을 보여주었었다.

그는 헤첼에게 보내는 편지에서 "현명한 서점은 나와 함께 지금 큰 일을 시작할 수 있습니다. 나는 앞으로 3, 4년 안에 망명에 대한 것과 15년 전에 시작된 일에 관한 것. 시, 산문, 소설, 드라마, 희곡, 역사 등 어떤 장르든 15~20권의 책을 쉽게 쓸 수 있습니다. 오직 나만이 서점의 미래입니다. 제안하자면, 시작은 각각 '가을 나뭇잎'의 소재를 담은 두 권의 시집이 될 것입니다. 그것이 바로 『관조』입니다. …

그는 거정거리가 있었다. 그의 주변에서 망명자들이 불행에 빠져 굴욕을 당하는 것을 보았기 때문이었다. 그들을 돕기 위해 구독 신청을 시작해야만 했다.

'그들은 감당할 수 있는 것보다 더 많은 고통을 받고 있다!'

그 다음은 가족, 아들들과 딸, 아내와 쥘리에트에 대한 지원도 걱정이 되었다. 그가 거의 매일 밤 찾는 아양떠는 하녀들에게 주는 푼돈까지도.

"따라서 두 배로 일해야 했고, 작품을 생산해야 했다. 그런데 출판업자들의 제안은 점점 엄격해지고 있었다. 분명히 상황을 악용하고 있었다. …"

그는 '나의 친한 동료 망명자' 헤첼이, 원고를 넘겨줄 때 절반을 지불하고, 출판 6개월 후에 차액을 지불하는 조건으로 2만 프랑에 두 권의 『관조』를 출판하기로 했을 때에야 안심을 했다.

수백, 수천의 싯구를 쓰는 일만 남았다.

그는 해가 뜨자마자 책상으로 갔다. 그는 바다를 보는 것이 좋았다. 조금씩은 밤에도 보이는 바다.

> 저지섬은 파도 속에 영원한 으르렁거림 속에 잠을 자네
> 섬의 왜소함엔, 두 가지 위대함이 있네
> 섬, 섬은 대양을 품고 있네, 바위, 바위는 산이라네
> 남부 노르망디와 북부 브르타뉴에 걸친,
> 섬은 우리에겐 프랑스이고, 섬은 꽃침대 안에 있네
> 섬은 웃기도 하고 때로는 울기도 하네
>
> 세 번째로 그곳에서 익은 사과를 보았네
> 파도가 희미한 속삭임으로 침식한, 망명의 땅이여… 257

시간이 흘러갔다. 시구절이 떠올랐다. 그는 『관조』에 수록할 구절을 썼고, 그가 상상하기에 마왕을 떠올릴 수 있는 구절은 사탄에게 헌정된 위대한 작품이 될 것이다.

그는 너무 많은 글을 쓴 탓에 약간 몽롱한 상태로 식구들을 찾아 내려왔다.

그들은 여러 개의 테이블 주위에 앉았다. 가장 작은 삼각다리에 손을 얹었다.

"누구세요?" 그가 물었다.

"죽은 여자."

그녀는 두드렸고 말을 시작했다.

"모든 위대한 영은 그의 삶에서 두 가지 과업을 수행한다. 산 사람의 일과 유령의 과업. 그는 무시무시한 내세를 산 자의 일상에 집어넣고, 찬란한 천상 세계를 유령의 과업에 섞어버린다. …"

그는 '포로된 영혼'의 규칙적인 노크 소리를 들었다.

"오늘의 불가능은 내일의 필요함이다." 죽은 여자의 말은 계속되었다. "10년 동안에 10년치의 유작, 5년 동안에 5년치의 유작을 유언장에 일정하게 나누어 명시하라. 당신은 여기서 묘비의 위대함을 볼 것이다. 때때로 인간의 위기에 처하는 시간에, 묘비가 진보 위에 머물던 어둠에서 빠져나갈 때, 묘비가 사상을 억누르던 그림자에서 빠져나갈 때. 묘비는 갑자기 그의 두 돌의 입술을 열고 말할 것이다. 사람들은 찾고 찾다가 너의 무덤을 발견한다. 사람들은 의심한다, 너의 무덤은 확신한다. 사람들은 부인한다. 너의 무덤은 증명한다."

그는 마치 최면에 걸린 것 같았다.

또 다른 많은 사람들이 산 자의 문을 두드리러 왔다. 몰리에르, 조수아, 셰익스피어, 대서양, 철 가면, 갈릴레이, 안드로클레스의 사자*! 섬 주민들이 본 적이 있다고 주장하는 '포로된 영혼'들 역시 바위 사이에 있는 마린 테라스 주변을 배회하며 속삭였다.

"당신이 이발사가 말하는 사람들이 집 가까이에서 보았다고 말하는 흰옷의 부인인가요?" 오귀스트 바크리가 물었다.

"그렇다."

"만약 우리가 그 길에 있었다면, 당신을 볼 수 있었을까요?"

---

*탈출한 노예가 다시 잡혔지만, 그가 구해 준 사자가 물지 않아 관중의 요구로 석방되었음.

"그렇다."

"오늘 밤에도요?"

"그렇다."

"몇 시에요?"

"3 시"

위고는 흠칫 물러났다. 몸이 떨렸고 불안함이 엄습했다.

3월 24일 저녁 열한시 반. 그는 자려고 해보았다. 그러나 그의 밤은 종종 불안과 악몽으로 가득 차 있었다. 그가 쓴 그 구절들, 그가 구성하고 있는 그 '사탄'에 대한 구절이 그를 괴롭혔던 것일까, 아니면 '포로된 영혼'의 대화였을까? 그리고 갑자기, 그는 자신이 꾸고 있는 꿈속에서 주변 물체를 또렷하게 알아보았는데, 그때 초인종 소리를 들었다. 그는 잠에서 깨어났다. 그는 베개에서 몸을 일으켰다.

'집 밖에는 아무도 없다. 종을 울린 것은 집에 있던 사람이 아니었다. 혹시 3시였다면?'

그는 성냥을 집어들었다. 네 번째 만에야 불꽃이 일었다. 그는 촛불을 켰다. 3시 5분이었다. 정확히 3시에 초인종이 울렸다. 그는 밖을 내다보았다. 어슴프레한 밤. 유령 실루엣처럼 빛나는 흔적. 어둠 세계의 흰옷 입은 부인이었을까?

… 곳이 섬까지 뻗어 있는 곳

유령이 나를 기다리고 있었네. 음울하고 말없는 존재

커지는 손으로 내 머리카락을 잡아

나를 바위 꼭대기까지 데려다 놓고, 그리고 내게 말했네

모두가 그의 법칙, 그의 목표, 그의 방법을 인정하고 있음을 알라

아침이었다. 그는 들판을 걷고 수영도 하고 바다를 따라 말을 달렸지만, 밤의 기억은 잊혀지지 않았다.

'내가 할 일이 두 가지 남았지. 끝내는 것과 죽는 것'이라고 생각했다.

그가 창조해야 할 것을 끝내는 것.

위고는 자신의 테이블로 돌아왔다. 슬픔이 그를 사로잡았다. 그 목소리들은 어디서 나오는 걸까? 그들이 그와 같이 말을 하고 있었지만, 그는 그들의 대화를 기록하는 오귀스트 바크리나 샤를르에게 아무것도 지시하지 않았다.

당신의 입에 손가락을 댄, 신비한 영혼이

지나가는… 떠나지 마오! 사나운 남자에게 말하라…

　어둠과 무한함에 취한,

[…]

가끔 한밤중에 내 집에 온 것이 당신이오?

지난밤 내 문을 두드린 것이 당신이었소?

　내가 잠 못들고 있을 때?

그때 천천히 오는 당신의 빛은 나를 향하는 것이었소?

아마 내 집 문턱의 돌이 첫 걸음이군

　죽음의 어두운 단계에서

[…]

오! 심연이 얼마나 어둡고, 눈이 얼마나 나약한가!

우리 앞에는 움직이지 않는 침묵이 있네

　우리는 누구인가? 우리는 어디에 있는가?

그는 즐겨야 할까 울어야 할까? 우리가 만나는 사람들

사라지네. 법칙이란 무엇인가 기도는 우리에게 보여 주네

무릎의 상처를.

[…]

항상 밤에! 어느 때건 푸른 빛 속에! 항상 새벽에!

우리는 걷고 있네. 우리는 아직 한 발짝도 움직이지 못하네![259]

어떻게 믿지 않을 수 있을까?

죽은 자는 어두운 지하실 바닥 깊은 곳에 차갑게 서서,

어둠 속에서 유령의 손가락으로 '하느님'이라고 썼네

　그들의 묘비석에.[260]

그는 죽음이 자신을 둘러싼 도처에 있고, 죽음이 별도의 왕국을 지배하지 않으며, 자연의 모든 곳에 있다는 인상을 받았다. 그리고 탁자의 삼각다리를 흔들리게 하면서 죽은 여자가 구술한 이상한 문구가 그를 사로잡았다.

"네 삶의 오이디푸스와 무덤의 스핑크스가 되어라"라고 그녀는 말했다.

그는 하루하루가 지날수록 우주와 더 친밀해진다는 확신이 들었다. 아마도 그는 망명의 외로움에 빚을 지고 있는 것 같았다. …

'3년 동안 나는 인생의 진정한 정점에 서 있음을 느꼈고, 사람들이 사실, 역사, 사건, 성공, 재앙, 신의 섭리 부르는 모든 것의 실제 윤곽을 보았다.

이런 관점에서만이 나를 추방한 보나파르트 씨와, 나를 선택하신 하느님께 감사해야 할 것 같다. 나는 망명 중에 죽을 수도 있지만 증진한 모습으로 죽을 것이다.

모든 것이 잘 되어간다.'

그러나 그렇게 예민하게 깨닫기 때문에 고통을 받게 되는 것이었다. 그는

나폴레옹 3세의 프랑스와 영국이 러시아에 대해 방금 일으킨 전쟁 때문에 화가 치밀었다. 크림 반도에서 사망자, 알마에서 사망자, 부상자와 죽어가는 사람들을 가득 실은 선박들.

"12월 2일을 지워버리시오, 보나파르트를 제거하시오. 동양과의 전쟁은 안 되오!" 그는 절규했다.

그는 여주인을 살해한 죄로 교수형에 처해야 하는 암살자 타프너의 사형 선고에 격분했다.

"건지섬에 교수대를 세우려 합니다. 나는 교수대를 뒤엎어 버리려고 합니다!"

위고는 섬 주민들을 설득했다.

"여러분들에게 죄인이라고 말하는 사람들은 바로 망명자들입니다. 망명중인 사람들은 무덤속에 있는 사람들에게 손을 내밀고 있습니다. … 내 말을 들어주시오…"

그는 내무장관인 팔머스틴 경에게 편지를 썼다. 장관은 집행유예를 승인한 후에, 결국 범죄자를 교수형에 처할 것을 명령했다. 처형은 끔찍했고, 도시 전체가 보는 앞에서 10분 이상 지속되었다.

'정치가의 뜻대로 되었다!' 라고 그는 적었다.

'왜 한 여자를 죽이는 대신 타프너는 300명의 여인을 죽이지 않았을까? 수백 명의 노인과 아이들을 무더기로 추가하지 않았을까? 왜 강제로 문을 부수는 것 대신에 증언 선서를 번복하지 않았을까? … 왜 희생자의 집을 불태우는 것 대신에, 파리를 기관총으로 쏘지 않았을까? 런던에 대사가 있었을 터인데!'

위고는 법원에 대해 잘 아는 프랑스 의원이었을 때, 파리에서 기조의 집에서 만찬을 하던 중 팔머스틴 경을 만났던 것을 떠올렸다.

"당신이 내게 강한 인상을 주었던 것은 바로 넥타이를 매는 드문 방식 때문이었죠. 당신은 매듭을 매는 기술로 유명하다고 들었습니다. 나는 당신이 다른 사람의 매듭을 묶는 방법도 알고 있다는 것을 알고 있습니다."

위고는 그러한 비방이 한 패가 되어 러시아와 전쟁을 벌이고 있는 나폴레옹 3세와 더 잘 맞는 영국인의 분노를 불러일으킬 것임을 알고 있었다.

"역사상 두 명의 나폴레옹이 있을 것입니다. 둥근 기둥에 묶인 나폴레옹이 있고 말뚝에 묶인 나폴레옹도 있지요" 하고 그는 말했다.

"영국은 최초의 사형집행인이자 최후의 연인이 되는 행운을 가졌을 것입니다."

그는 자신을 환영하는 스페인 정부의 초청을 받아들여서는 안 되는 것인지 망설였다.

'이 아름다운 태양이 나를 유혹한다. 난 푸른 하늘의 시민이다.'

그러나 얼마 안되어 마드리드 초청은 취소되었고, 『꼬마 나폴레옹』 출판이 스페인 사람들에게 압력을 주게 되었다. … 그래서 사람들이 계속해서 그를 용인한다는 조건으로 영국에 남아 있어야 했다.

그는 로버트 필 경이 하원에서 연설한 연설문을 읽고 있었다. 그는 연설문의 공격의 폭력성에 놀라지 않았다.

"한 개인 빅토르 위고는 프랑스 민중이 그들의 군주로 선택한 유별난 인물과 일종의 개인적인 싸움을 하고 있습니다. 또한 그는 프랑스의 황제와의 동맹이 영국에게는 도덕적인 타락이라고 건지섬 민중들에게 말하고 다닙니다. 빅토르 위고씨가 어떻게 이 모든 것을 볼 수 있습니까? 이 나라에 망명한 외국인들이 아직도 영국인들에게 이런 파렴치하고 말도 안되는 소리를 하면 막을 방법이 없는지 내무부 장관에게 물어봐야 한다고 생각합니다."

그는 분노에 사로잡혔다. 영국에서는 언론이 자유롭다! 그는 신문에 편지를 보내려고 했다. 보나파르트가 누구인지 상기시키기 위해서였다. "그의 범죄에 맞서 무기를 든 나를 프랑스에서 추방한 사람, 내가 맞섰던 것은 시민으로서 나의 권리이자 국민을 대표하는 의무였기 때문입니다. 루이 보나파르트는 나를 『꼬마 나폴레옹』 때문에 벨기에에서 추방하게 만들었습니다. 그는 아마 나를 영국에서도 몰아낼 것입니다. … 세 번의 망명은 아무것도 아닙니다. 나는 다만 내가 더 이상 미미한 존재라는 근거가 없다는 점을 보나파르트 나폴레옹에게 경고하는 것입니다. … 진실과 정의가 하느님 자체라는 사실을 알아야 한다고 알려주는 것뿐입니다. 나는 12월 2일에 죄의 댓가를 받을 순간이 올 것이라고 선언합니다. 프랑스에도, 벨기에에도, 영국에도, 미국에도, 무덤 바닥에서도, 영혼들이 살고 있다면, 내가 믿고 확언하는 대로 그 시간을 서두를 것이라고 선언합니다. 보나파르트 씨가 옳습니다. 나와 그 사이에는 실제로 '개인적 다툼'이 있습니다. 그의 재판관석의 판사와 그의 의자에 앉아 있는 피고인 사이의 오랜 개인적인 다툼이죠."

글을 쓰고 나니 그는 마음이 진정되었다. 그는 쥘리에트에게 그 편지를 읽어주었다. 그녀는 그를 보고, 그의 말을 들을 때 너무 행복했고, 그도 진심으로 감격했다.

"당신은 나에게 자신이 늙어간다고 말했소… 나의 J. J, 젊음을 뜻하는 JJeunesse는 사라져 가겠지만, 기쁨을 의미하는 두 번째 JJoie는 남아 있을 것이오."

그러나 지나간 행복의 순간을, 그녀는 한탄했다.

그녀가 말했다. "마침, 정장을 하고 바크리와 함께 있는 당신의 부인이 저기 계시군요. 그 '제복'의 화려함을 저의 꾀죄죄한 하녀복과 비교를 해보세요. 저는 기쁘지는 않네요. 아 아!"

"내가 내 일을 소홀히 하면서 세상 일을 조금 한 것은 사실이지만, 나중에 나의 행복으로 본다면 그 대가는 그리 대수로운 덕德이 아니었소."

"됐어요. 눈물이 나서 숨이 막힐 것 같군요. 그것이 저를 크게 미화시키지는 않아요."

그는 그녀를 안심시키고 그녀가 복사한 원고 『관조』에 대해 이야기했다.

"그래도 균형 잡힌 책이오. 그 책을 나의 잃어버린 젊음, 나의 쇠약한 마음, 나의 죽은 딸, 나의 죽은 조국, 이렇게 네 부분으로 나눌 것이오."

그는 덧붙여 말했다. "우리가 쓰고 있는 것은 바로 우리의 육체 자체요."

12월 31일이었다.

한 해의 마지막 날 그랬던 것처럼, 홀로 있는 쥘리에트에게 말하고 싶었다.

'나의 연인이여, 나의 사랑처럼 우리의 사랑처럼, 사랑은 오로지 하느님 안에서만 갈증을 해소할 수 있다오.

충만하게 살기 위해서는, 죽음이 필요하오.'

1855

인간! 우리는 눈을 감고 다가가네

무한한 저세상에.

용기가 있다면 오라!261

위고는 막 시작한 그림을 포기하고 일어났다. 거무스름한 풍경에 바위와 탑과 바다의 파도를 그렸었다. 그는 테라스로 나갔다. 1월이라 춥지는 않았다. 그는 어떤 소리를 들었다. 개犬 퐁토 역시 틀림없이 그 소리를 듣고서, 집 바로 아래에 있는 정원에서 몸을 흔들고 있었다. 그 날 오후, 위고는 개를 데리고 숲으로 갔다.

나는 내 검은 개에게 말했소. 오라, 퐁토, 우리에게로 오라!

나는 숲으로 가오. 농부 차림으로

나는 큰 숲으로 들어가 오래된 책에서 글을 읽는다오

[…] 오 슬픈 인류여, 나는 자연으로 도망치고 있소!

그리고, 모든 것은 환상, 속임수

거짓, 사악함, 화려한 미덕의 악!이라 말하는 동안

나의 개 퐁토가 날 따르고 있소. 개가 미덕이오

사람이 될 수 없는 짐승

퐁토는 정직한 눈으로 나를 보고 있소.262

위고는 꼼짝도 하지 않고 있었다. 그에게 밤은 점점 더 혼란스러웠다. 그는 삐걱 거리는 소리를 들었고, 침대가 흔들리는 느낌을 받았다. 때로는 욕망이 그를 격렬하게 사로잡았다. 그는 일어섰다. 그는 하녀들 중 한 명이 있는 작은 방으로 갔다.

너는 누구인가, 아름다운 여인?

너의 이름은?

[…]

제가 그 소녀예요, 그녀는 말했지

호랑가시나무 가지를 꺾으세요.263

청춘의 육체는 그를 진정시키고 고요함을 가져다 주었다. 그는 작업 테이블로 돌아갔다.

'사탄', '하느님'…, 그리고 『관조』에 수록된 다른 시들. 수평선을 바라보는 것만으로도 충분히 감정이 떠오르는 수백의 시구들.

온천지가 캄캄하고, 파도는 어둡네

저기 어두운 심연 위에

빛이 나오. 그림자 속 등대

그리고 창공의 별이.

[…]

두 개의 횃불! 두 개의 신비

불행인가 다행인가!

하나는 땅에게 알리고

다른 하나는 하늘에 고하네.264

　그는 그 시들을 선택하여 『관조』 두 권을 구성하려고 했다. 그 책은 예기치 못한 사건이 될 것이다. 성공을 거두어야 할 별개의 책.

　'만약 영혼의 거울이 있다면 바로 이 책일 것이다.'

　"『관조』는 제목을 『기억』으로 이름 붙일 수도 있었다. 그것은 25년 동안 시로서 표현한 다양한 현실과 친지들이 이야기하고 표현했던 내 인생 전부였다. 그것은 파란색으로 시작하여 검은색으로 끝났다. 그러나 사람들이 특별하게도 밤에 태양을 보았고, 특히 무덤에서 하느님을 보았다."

　그는 미래의 비평가와 그의 친구들, 그리고 헤첼까지도 설득하고 싶었다.

　"일격을 가해야 했고 나는 결심을 했습니다. 나폴레옹 1세처럼 나의 적립금이 효과가 나도록 할 것입니다. 나 자신과는 별도로 관리하고 있는 것, 나는 그것을 『관조』를 가장 완전한 시 작품으로 만드는 데에 바칠 것입니다. 나는 아직 기자Giseh*의 피라미드만을 모래 위에 세웠을 뿐입니다. 이제 쉐옵Cheops**의 피라미드를 건설할 때입니다. 『관조』는 나의 대大피라미드가 될 것입니다."

　그 책이 팔려서 헤첼이 약속한 2만 프랑보다 훨씬 더 많은 수익을 내야 했다. 돈이 있으면 자신을 보호하고 추방 가능성에 직면하게 될 때 굴욕을 피할 수도 있기 때문이었다. 질식할 정도로 비참하게 사는 모든 망명자들을 도울 수도 있었다. 어떤 이들은 굴복하도록 유혹을 받고, 어떤 이들은 침묵을 지키며 살겠다고 약속하거나 제국 체제에 동의하기로 약속함으로써 고개를 숙인 채 프랑스로 돌아가고 싶은 유혹을 받았다.

---

* 이집트 나일강 중류의 서안에 위치한 도시.

** 고대 이집트 왕국의 '황금기'의 두 번째 파라오.

그는 그 책들에 수록된 여러 부분을 다시 읽었다. 그는 생각하기에 '예전'과 '오늘'이라는 두 부분으로 그렇게 엄격하게 구성을 한 적은 없었다. 그는 독자를 유혹하고, 마음을 끌고 싶었다.

"그곳에 관심을 가져본 사람들은 영혼의 바닥에서 천천히 긁어 모은 깊고 어두운 물에서 자신의 모습을 발견할 것입니다. … 그것은 하나의 '영혼의 기억'이라고 부를 수 있는 것입니다. … 첫 번째 그 구절은 마지막 구절을 읽은 후에야 완전한 의미를 갖습니다. 이 시는 외부는 피라미드지만, 내부는 둥근 천장으로 되어 있습니다. 이제 피라미드, 둥근 천장, 모든 돌이 이러한 종류의 건물로 자리잡는 것입니다."

하지만 출판 전, 여전히 기다려야 했다. 시적인 구조물에 여기 저기를 추가하고 새로운 방을 더 깊이 뚫어야 했다. 서두르지 않고, 사람들은 운명과 숙명의 표현 같은, 사건들에 휘둘리고 있음을 알고 있어야 했다.

그러면 보나파르트는 언제 붕괴될까? 그는 공격의 희생자가 될까? 그들은 교대하고 있었다. 제국 경찰은 범죄자 일원의 형제인 피아노리가 저지섬에 있을 것이라는 사실도 흘렸다. 영국 당국에 압력을 가하여 무법자를 감시하고 추방하는 방법!

기다려야 했다.

"그래서 나는 서두르지 않습니다. 서글프고, 기다림이 괴롭지만, 기다리는 것이 좋다는 것을 알고 있습니다. 내가 우려하는 것은 지금 이 순간 보나파르트는 병풍 뒤에서 하느님께서 주관하는 엄청난 혁명이 계속되고 있다는 것입니다. …" 위고가 말했다.

그는 나폴레옹 3세가 이끄는 러시아 전쟁이 '1812'년 1년이면 끝날 것이라고 상상했다. '소인 나폴레옹은 대인 나폴레옹처럼 러시아에서 패할 것이다. 왕정복고만을 혁명이라 부를 것이다 "라고 말했었다.

그는 미래를 알고 싶었다. 그래서 그는 '탁자들'이 그에게 들려주는 응답에 집착했다.

그는 물었다.

"거기 누구세요?"

"예수 그리스도."

탁자들은 놀라운 것을 말했다. 예수 그리스도는 설명했다. "기독교는 모든 인간사와 마찬가지로 진보이자 악이다. 그것은 밤이라는 자물쇠가 있는 빛으로 향하는 문이다. 문 앞에는 하늘이 있고 행인은 문을 열고 하느님에게 가서 신앙을 갖지만, 길을 잃는다. 하느님은 집이 없다. 하느님은 영원히 날아다니신다."

위고는 깜짝 놀랐다. '탁자들'은 그가 20년 동안 생각한 바를 '기막힌 사고의 확장'으로 확답해 주었다. 그러나 탁자들은 '침묵과 비밀'을 지키라고 명령했다. 그는 그 소리를 듣고 놀라움을 금치 못했다. 몰리에르가 비극적인 시를 읊고 있다는 사실이나, 처형된 범죄자 타프너가 이상한 구술을 떠듬거리며 계속하고 있다는 사실 때문이었다. '분노, 번득이는 바다의 침대, 분노 파도-거울, 판으로 된 거울, 불타는 강의 침대! 팔머스턴 경의 창백한 얼굴에 서린 공포.'

그리고 다시 '흰옷 입은 여인'이 등장했다.

> 나는 흰 천사가 내 머리 위로 지나가는 것을 보았네
>
> 그 눈부신 비행은 폭풍을 잠잠케 했고
>
> 그리고 멀리서 시끄러운 바다를 잠잠하게 했네
>
> 천사여, 이 밤에 뭐하려고 왔나요?
>
> […]
>
> 나는 보고 있었네. 그녀의 눈동자가 빛나는 어둠 속에서
>
> 그의 날개 깃털 너머의 별들을.265

위고는 혼란스러웠다. 그는 자신의 아델어머니와 딸, 오귀스트 바크리, 폴 뫼리스, 불안에 떨고 있는 망명자 쥘 알릭스의 얼굴들을 보았다. 삼각 다리 두드리는 소리에 모두 압도된 것 같았다.

그는 쥘리에트에게 대답하지 않았다. 그녀는 그가 내세에 대한 대화를 이어갈 것이라고 예상하고 있었다. "당신은 다른 세계에서 온 아름다운 여인과 죄를 짓는 대화를 계속하고 있는 것 같은데요?"

그는 약한 영혼들이 사라질 수 있는 심연의 문턱에 와 있다고 느꼈다. 게다가, 위고는 쥘 알릭스가 '말하는 탁자'와의 한 차례가 세션이 끝난 후 격렬한 광기의 위기에 사로잡혀서, 그를 붙잡아 통제하며 가둬야 할 필요성을 알게 되었다.

그러므로 그 날 저녁의 세션, 죽은 자와의 교류를 포기해야 했다. 그러나 위고는 자신이 그 세계의 다른 부분과 깨지지 않을 강렬한 관계를 맺었다는 인상을 받았다.

그는 형인 아벨의 죽음을 알게 되었을 때, 형이 자기와 가까웠던 적이 없었던 것 같았다.

'죽은 자가 나를 찾아왔고 모든 슬픔이 나를 둘러싸고 있었어. 잘 된 거지. 하느님은 자신이 하는 일을 알고 계시거든' 그가 말했다.

그렇게, 죽은 자는 '진리와 빛' 안에 산 자와 매우 가깝게 혼재되어 있었다.

나는 아버지와 어머니를 잃었고
내 맏이도, 아주 어렸는데, 아아!
내게는, 자연은 온통
임종을 알리는 종소리

나는 두 형제 사이에서 잠자고 있었네

아이들, 우리는 세 마리의 새였지

아아! 운명은 그들 두 요람을

두 개의 관棺으로 바꾸었네

[…]

생각에 잠긴 눈에 눈물이 흐르고

내 너덜너덜한 드레스의 구멍

떠오르는 것은 아무것도 없어라

열어라, 무덤이여.266

마치 세상의 현실을 더 신중하게 헤아릴 수 있게 하려는 것처럼, 죽음이 그를 스치며, 주변에서 노크하는 것 같았다. 그리고 델핀 드 지라르댕이 사망했다.

그렇게 그녀는 가버렸고

그리고 말이 없으니

오 별이 빛나는 어두운 궁륭

날개 달린 위대한 영혼을 돌려 주오

누가 노래를 부르고 있었소!

[…]

신비 속에 있는 나의 모든 매듭들

녹아버렸소

그림자는 나의 엄격한 조국

이 세상엔 친구가 적네

저세상 보다.267

초상初喪이 생길 때마다, 과거의 모든 죽음과 그에 따른 고통이 되돌아왔다. 미쉴레, 조르주 상드가 각각 자녀들을 잃었다. 첫 번째 아들 레오폴, 이어서 레오폴딘느가 죽었던 것과 같았다.

> 어머니, 당신의 딸이 죽은 지 열두 해
> 그때부터 난 아버지로 그리고 당신은 강한 여자로
> 하느님은 알고 있지요. 우리에겐 단 하루도 없었다는 것을,
> 기도와 사랑으로 하느님의 이름을 향기롭게 하지 않았던 날이
> [⋯] 서로 마주 보며 자비를 베풀지 않았고
> 나와 당신에 대한 슬픔의 끝을 요구하지도 않았으니
> 망각이라는 그 비겁함에.268

그는 죽은 자의 그 섬찟한 침착함에 궁금해하지 않을 수 없었다. 그 평온함이 그를 끌어당겼다. 다음과 같이 쓴 것이 병적인 것일까?

> 오 죽음이여! 황홀한 시간이여! 오 영안실의 빛이여!
> 당신은 간혹 수의를 들어 올린 적이 있었나요?269

죽음이 가까이 있는데 세상 일에 간섭해야 할까? 소리질러본들 무슨 소용 있으랴?

> 둔해지고, 말이 없고, 늙고, 머리가 희어지니, 이제
> 오직 호인好人인 시절이 왔으니⋯ 270

그가 해안을 따라 포구에서 절벽까지 걸으며, 때때로 유혹에 사로잡혔다.

그는 퐁토가 파도를 향해 달려가 껑충 뛰어오르는 것을 지켜보았다. 그는 어젯밤 사랑했던 그 여자를 생각했다.

그의 아들들이나 딸 아델이나 그가 보기에, 그녀는 '말하는 탁자'에 둘러앉으러 종종 왔던 영국인 핀슨 중위를 초롱초롱한 눈으로 바라보는 것 같았다. 왜 보나파르트를 걱정할까? 사건이 있으면 항상 다시 시작되는 소문에 대해 왜 염려할까?

"나는 거의 밤낮으로 일하고, 시詩로 가득 채워져 둥둥 떠 있었다. 나는 하늘빛에 넋을 잃고, 바다와 하나가 되었다. 허리케인과 거대한 모래 사장, 슬픔과 밤의 모든 별과도 하나가 되었다."

왜 그것으로 충분하지 않았을까? 왜 그는 나폴레옹 3세가 런던에서 빅토리아 여왕에게 호화로운 환영을 받은 일을 사적인 모욕으로 느꼈을까? 자신도 모르게 말이 튀어나오는 것을 느꼈다. 그는 황제에게 외쳤다.

'여기에 무엇하러 왔소? 누구한테 온 것이오? 당신은 누구를 모욕하러 왔소? 여왕의 민중 속에 있는 영국이오? 아니면 망명자 속에 있는 프랑스요? 말하지만 당신은 오지 말았어야 했소, 여기는 당신이 있을 곳이 아니오. 보시오. 이 사람들은 자유롭다는 것을 잘 알 것이오. … 영혼의 책임에 대해 어떤 생각을 갖고 있소? 당신의 내일은 어떤 것이오? 이 세상에 대한 당신의 내일은? 무덤 속에 있는 당신의 내일은? … 이보시오, 나는 영원히 무시무시한 침묵의 존재인 당신을 불쌍히 여기오.'

그는 망명자들이 있는 로쉐 쪽으로 걸었다. 그 블록에서는 바다가 내려다보였고, 종종 저지섬에 있는 프랑스인들을 만날 수도 있었다. 그는 자신에게 속삭이는 그 목소리의 충고를 따를 수도 없고 따르지도 않을 것이었다.

진정하라, 친구여
모든 것에서 물러나고, 투쟁에서 벗어나라, 빗장을 걸.271

그의 두 아렐은 의심의 여지 없이 그렇게 생각했다.

그러나 그는 자신의 길에서 벗어나지 않을 셈이었다. '겁먹지 말자. 멈추지 말자, 인간이 고통받고 있어. 진보의 위대한 돌파구가 열려 있어. 선을 짓밟는 악의 공격은 그 어느 때보다 더 거칠고 난폭해. 싸우다가 죽으리라.'

갑자기 극심한 통증이 그의 두개골을 파고들었고, 피가 그의 눈을 덮어버렸다. 그는 비틀거렸다.

머리에 돌을 맞았다. 얼굴과 머리를 바닷물에 담구었다가, 천천히 걸어갔다.

놀고 있는 아이들이 부주의하여 그에게 상처를 주었을까? 그랬다. 그러나 망명자들은 그것이 매복이라고 생각할 것이다.

저지섬의 하늘에 갑자기 소나기가 몰아쳤다. 빅토리아 여왕이 파리를 공식 방문했다. 그녀는 심지어 황제의 무덤인 앵발리드에 영접을 받았다. 그리고 크림 반도에서는 대수롭지 않은 몇 주 동안의 공격 끝에 말라코프와 세바스토폴이 프랑스와 영국에게 함락되었다.

승리한 동맹국이 망명자들이 퍼붓는 조롱과 비난에 반응하지 않고 어떻게 참을 수 있겠는가?

위고는 망명객 펠릭스 피아트가 파리 여행에서 돌아온 영국 여왕에게 보낸 공개 서한을 걱정스럽게 읽었다. 영국인들은 그 말을 받아들이지 않을 것이라고 그는 생각했다. 피아트는 다음과 같이 썼다.

"당신은 황제에게 무엇하러 갔습니까.…

그렇지요. 당신은 모든 것을 희생했습니다. 여왕의 존엄, 여성의 냉철함, 귀족의 자부심, 영국 여성의 감정, 계급, 인종, 성, 모든 것, 수치심까지도, 그 동맹에 대한 애정 때문에."

저지섬의 일간지 『롬므』는 그 편지를 복사했고, 이어서 여왕에 대한 모욕을 비난하는 포스터가 생텔리에의 벽을 뒤덮었다. 위고는 "모욕이다. 좌익을 타도하라!" 라는 글을 읽었다.

저지섬의 경찰관이 회의를 주최했다. 신문 발행에 대한 책임으로 3명의 망명자가 추방되었고, 『롬므』인쇄소가 약탈당했다.

그에 대응하여 글을 써야만 했다. "쿠데타가 막 영국인의 자유의지 안에 싹트기 시작하여, 이제 영국이 망명객을 금지하는 그런 시점에 왔다. 한 걸음만 더 나아가면 영국은 프랑스 제국의 부속국이 된다. 저지섬은 쿠탕스 구區의 한 면面으로 전락할 것이다."

사람들은 그가 침묵하도록 그냥 두지 않았다.

그는 자신의 선언을 지지하는 다른 망명자의 서명을 받았다. 영국의 결정 배후에는 외교적으로 압박하는 나폴레옹 3세의 책략이 숨겨져 있는 것이 확실했다.

"프랑스 민중은 사형 집행인이고 영국 정부는 동맹을 위하여 범죄자 황제를 인정하고 있다."고 썼다.

10월 27일, 경찰관이 추방 명령을 알리러 왔을 때 그는 놀라지 않았다.

'우리는 지금 이 순간 역사의 한 페이지를 쓰고 있다!'

그는 그의 트렁크에 가득 찬 원고에 대해서만 걱정했다. 나머지는 하느님께서 결정하실 것이니까.

이웃 섬인 건지로 갈 것이다. 프랑수아-빅토르는 아버지와 함께 떠날 것이다. 그리고 쥘리에트와 그의 하녀 수잔느도 멀리 떨어진 채로 여행길에 오를 것이다. 그 다음에는 샤를르가, 나중에는 아델과 딸, 오귀스트 바크리가 올 것이다. 이주를 추진하는 것은 그들이었다.

추방은 11월 2일에 발효될 것이 확실했다.

"나는 추방 마지막 날까지 기다리고 싶지 않다. 나는 내일 떠날 것이다." 위고는 말했다.

그가 10월 31일에 저지섬을 떠날 때는 오전 7시 15분이었다.

> 망명자의 고유 재산은 항상 젊다는 것이오
> 나는 '망명'으로 거의 영향을 받지 않았지
> 영어로 일격을 가하여 웃어 버렸다네.272

그가 건지섬에 도착했을 때는 오전 10시였다.

"거친 바다. 비. 돌풍."

저지섬은 이미 어렴풋해졌고, 위고는 탑승하는데 어려움이 있을까 걱정했었다. "거대한 파도. 사람과 짐을 실은 작은 보트들. 부두의 군중."

그는 흰 넥타이 차림의 남자가 프랑스 영사라고 상상했다.

'내가 군중 속을 걸어갔을 때, 사람들을 모두 알아 볼 수 있었다.'

그는 금방 섬의 아름다움에 사로잡혔지만 빨리 정착하는 것이 필요했다.

쥘리에트는 법률상으로 하숙집에 주거를 정했고, 위고 가족은 생-피에르 '오트빌 로 20번지, 일종의 갈매기 둥지' 안에 가구가 구비된 주택을 임대했다.

그는 11월 9일에 두 아델과 바크리를 맞이하러 나갔는데, 수년 간의 작업으로 가득 찬 그의 큰 트렁크가 파도 위의 사슬 끝에서 흔들리는 것을 걱정스럽게 바라보았다. 마침내 한 선원이 그녀를 부축하여 보트에 태워 부두로 데려왔다.

작업에 착수하여 『관조』를 끝내서 책들이 팔리기를 기대해야 했다. 그는 걱정이 많았다. 다시 추방될 위기에 처해 있었다. 테데움찬가과 퍼레이드와 같이 호화찬란하게 축하받고 있는, 군사적 승리로 고무된 나폴레옹 3세는 저지섬에서의 추방을 이용하여 런던에 더 많은 것을 요구하고, 『관조』를 금지하고 싶어

했다.

'그들은 모든 것을 할 수 있다!'

그러면 어떻게 살 것인가?

"바로 이 순간, 나는 여전히 허공에 떠있는 상태지만 새로운 사건이 생겨서 바닥을 칠 수 있다. 이 모든 것이 아무것도 아니다. 내 추진력은 굽힘이 없고 해야할 것은 이루어졌다. 우리는 흰 빵에서 갈색 빵으로, 갈색 빵에서 검은 빵으로 떨어진 것뿐이다. 그게 전부다. …"

그러나 그는 아델에게 알려야 했다.

"추방 이후로 돈이 내 손에서 시냇물처럼 빠져나가기 때문에 경제적으로 힘이 들 것이오. 우리가 두 달 후에 이방인 법안에 의해 추방된다면, 어떡해야 할지 모르겠소. …"

위고는 영국과 스코틀랜드 여러 마을에서 자신에 대한 정부의 정책에 반대하는 집회와 연회가 열린다는 것을 알게 되어 기뻐했다. 그는 안심했다. 무엇보다 '유럽 전역에 있는 친애하는 동포'에게 감사했다. 그것이 영국과 프랑스의 자유 민중 사이의 '진정한 동맹'이었다. 현재 두 정부의 동맹은 헛되고 거짓이며 잿더미로 가득 차 있었다.

그는 그 해 12월 31일에 아직 어렴풋하게만 알고 있는 그 지역의 오솔길을 걷고 있었다. 아마도 저지섬보다는 덜 영국적이지만, 그는 그 섬을 좋아하게 될 것이다.

미래에 관해서는…

'나는 선한 하느님께서 1852, 1853, 1854, 1855년과 같은 직물 조각을 다수하게 우리에게 펼쳐 놓으실 것으로 믿는다. 그리고 나는 하느님께 맡긴다.'

피아트 볼룬타스*

---

* Fiat Voluntas(라틴어). '의지하자'라는 뜻.

제5부
1856~1861

1856

> 그리고 만일 그가 하느님이라면,
> 그의 형상에 맞게 만들었으리라.
> 우주의 밤과 영원한 침묵을.

위고는 감동했다. 쥘리에트가 그에게 방금 보내온 편지를 다시 읽었다.

"모든 것은 우리의 영원에 대한 절정에서 나오는 확신, 희망, 믿음이지요. 만물의 원리이신 하느님은 살아계시고, 제가 살았던 만큼 당신을 사랑할 것이고, 당신을 사랑했어야만 했고, 현재도 사랑한다고 느끼고 있어요."

쥘리에트는 가식도 없고, 열정도 질투도 기쁨도 절망도 없지만 말에는 재능이 있었다.

위고는 그녀의 정확한 표현과 기분 전환에 매번 놀랐다. 그녀는 결코 어중간하게 신중한 태도를 취하지 않고, 항상 높은 정상에 있거나 깊은 구렁에 있었다.

그 날, 1월 1일 화요일, 그녀는 행복했다.

위고의 손가락 끝에서 솟아나는 그의 꿈속에는, 죽은 새의 대가리들과, 탑, 강, 바다, 또는 베일을 쓴 여자의 얼굴이 등장했다. 그 꿈으로 마음을 진정시키고 있던 위고는, 12월 31일 그녀에게 보내는 으레 쓰는 편지에 그가 매일 그리는 수많은 그림 중 하나를 슬쩍 넣은 것이 그녀를 깜짝 놀라게 하리라고는 상상하지 못했다.

"저는 그 그림에 눈이 부실 정도로 기쁘고 행복하며 충만해졌어요." 그녀는 말을 이어갔다. "저는 제게 보내온 아주 소중한 편지, 즉 제 영혼의 기쁨만을 바랐는데, 당신은 편지 속에 사랑의 빛처럼 웃고 있는 매력적이고 예쁜 금빛 그림을 넣어주셨네요."

그러나 그녀는 또한 질투의 잿더미로 자신을 덮을 수 있었다. 왜냐하면 저지섬에 왔던 한 사람의 추종자 베르토 부인이 건지섬에 상륙할 채비를 했기 때문이었다. 그리고 '당신에게 후회의 그림자와 가슴이 찢어질 듯 어쩔 수 없는 고통을 덜어주기 위해서', '희생'과 '용기'를 말하는 쥘리에트가 조용하면서도 친척과 같이 맞이한다는 것을 어떻게 믿을 수 있을까?

이어 밤의 사랑이 있었다. 자신을 포기하거나 순종하는 젊은 하녀의 육체가 있었고, 위고가 아무 것도 말하지 않아도, 그에게 필요한 것이 무엇인지를 잘 알고 있는 쥘리에트가 있었다. 그런데 욕망이란 것이 하나의 삶인데, 어떤 여자든 상관없이 그녀들을 늘 만족시킬 수 있으랴!

> 플라우투스*는 그의 하녀에 미쳤지
> 그가 코르푸에 살았을 때.273

그러나 그는 자신의 수첩에 썼던 내용을 그녀에게 분명히 말할 수는 없었다. "사랑의 자유는 생각의 자유 못지않게 신성한 것이다. 오늘날 간음이라고 하는 것은 한 때 이단으로 불렸던 것과 같은 것이다."

그는 자유로운 영혼이었다!

설령, 그녀가 겪는 고통 때문에 죄책감도 들고, 화를 돋군다 하더라도.

---

* Plaute(BC254-184). 로마의 희곡 작가, 시인.

"절망의 순간이자 각성의 순간에 나를 압도하는 권태와 실망감이 느껴져요." 그녀는 고백했다. "당신의 일, 당신의 가족, 당신의 친구, 당신의 영광을 위한 활동 중에서 하루에 몇 분씩 의무적으로 제게 시간을 내 주어야 하고, 그것을 진절머리나게 지켜나간다 해도, 그것이 저에 대한 당신의 진정한 마음이라는 환상을 갖기에는 충분하지 않아요. 우리의 마음이 변치 않도록 우리가 서로 사랑의 종말을 비밀로 하려면 두 사람 모두 초인적인 노력을 해야 해요. 일종의 연민과 거짓된 존경은 당신에게 동의하는데 방해가 되네요. 제가 여기에서 멀리 떨어진, 한적한 곳에서 저의 삶을 마무리하도록 저를 보내달라고 간청할 정도로 솔직하게 말하는 것이예요."

그는 받아들일 수 없었다. 그녀는 마음 속 깊이 그의 태도를 의심하는 걸까? 그는 의식적으로든 아니든 그를 계속적으로 협박하는 것은 아닌지 되물었다.

그녀도 필요했고, 저지섬의 길보다 더 가파른 섬의 길을 매일 걷는 것도 필요했기 때문이었다. 그녀가 떠난다면 이미 너무 억압적인 망명의 외로움이 훨씬 더 클 것이라는 것을 그녀는 알지 못한 것일까?

역시 그것을 확인하고, 봉우리에서 심연으로 넘어갔는데.

그는 바위에 부딪치는 바다를, 파도를 무지개 색으로 빛나는 햇살을 바라보고 있었다.

'뾰쪽한 바위 끝에 있는 것처럼, 파도의 모든 거품과 하늘의 모든 구름이 내 창 아래에 있는 것처럼, 내가 살고 있는 이 찬란한 고독 속에 있는 내 마음의 상태를 당신은 알고 있는가? 나는 바다와 같은 거대한 꿈속에 살고 있으며, 점차 바다의 몽상가가 되어가고 있다. 이 모든 경이로운 광경 앞에서 그리고 내가 침잠하는 모든 거대하고 생생한 생각에 이르게 되니, 나는 오로지 하느님의 한 증인으로서 생을 마치게 되겠지.'

그는 '하느님'이라고 제목을 붙이고 싶어 하면서 긴 시를 써나가기 시작했다.

언제? 왜? 어떻게? 어디서?

모든 것이 침묵하고, 닫혀있고, 귀를 막고, 후퇴하네

모든 것이 헤아릴 수도 없고 피할 수도 없는 황혼 속에 살고 있지

유한한 존재는 두려워하며 생각하고 또 생각하네

누군가 '나다.'라고 말하길 기다리면서.

어둠의 침묵이 섬찟하네

다가갈 수 없는 후광 너머로 보이네

일종의 넓고 신비스러운 얼굴이

가장 어두운 하늘에서 희미하게 움직이는 듯.

그리고 만일 그가 하느님이라면, 그의 형상에 맞게 만들었으리라

우주의 밤과 영원한 침묵을

나는, 기다리네. 누가 태어날까? 새벽일까, 저녁일까?

나의 한 눈은 믿음, 다른 한 눈은 절망.274

그는 몇 시간 동안 시구와 생각의 리듬에 몸을 내맡기고 있었다.

그러나 나는 항상 끔찍한 의심으로 되돌아가네

[…]

알아채는 것이 상상하는 것을 방해하네!

온통 불길한 결과는 원인을 직접적으로만 보지 않네.275

자, 어떻게 낙담의 순간을 피할 수 있을까?

"망명은 나를 프랑스에서 분리했을 뿐만 아니라 지구에서 거의 떼어놓았으며, 나는 죽은 것 같은 순간에 있었다"라고 그는 토로했다.

그는 호소했다.

"추방자는 일종의 죽은 종족입니다. 추방자는 거의 죽음을 무릅써야만 충고할 수 있습니다. 천재의 돛에서와 같이 민중들의 돛에서, 모든 인간의 돛에서 미래의 숨결이 되는 자유와 진보에 대한 모든 위대한 사상에 충실하십시오."

그는 그렇게 생각했고, 그것을 거듭 말했다. 그는 항상 '참되고, 위대하고, 정의롭고, 아름답다.'고 믿었던 것과 같은 편에 서 있었다는 느낌이 들었다.

그리고 지금도 그는 헌신하고 있었다. 마찌니는 그에게 이탈리아 혁명당원들을 지원해 달라고 요청했고 그는 주저하지 않고 수락했다. 그는 써 주었다.

"크건 작건 괴물과 독재자가 통치하는 것은 얼마 안 되는 순간일 뿐입니다. 우리는 거의 끝에 도달했습니다. … 단 한 가지 생각만 하고 현재의 위치에서 자신의 삶을 사십시오. 이탈리아가 되십시오. 그리고 이 끔찍한 생각을 마음속 깊이 되새겨 두십시오. 이탈리아가 민중이 아니라면, 이탈리아인은 인간이 될 수 없습니다."

때로는 쥘리에트 옆에서 조용히 걸을 때나 파도에 부딪치고 바위에 휩쓸려 가고 여전히 세찬 바람 속에서 재빨리 옷을 입지만, 피와 영혼에 효과적인 자극이 되는 수영을 할 때, 주변의 망명자들조차 폭군, 무엇보다도 나폴레옹 3세의 종말이 다가오는 것을 의심하는 사람들이 옳은지 아닌지 그는 스스로에게 묻곤 했다

어쨌든 그 사람 '꼬마 나폴레옹'은 확신에 확신으로 차서 성공을 거듭하며 날고 있는 듯했다.

러시아는 패배했고, 파리 의회는 평화의 귀환을 표명했으며, 1815년 조약을 폐지하고 나폴레옹 1세의 사생아 발레프스키 백작을 외무장관으로 임명한 나폴레옹 3세의 국제적 역할을 강조했다.

위고는 루이 나폴레옹 보나파르트의 성공과 견고함이 확산되는 의도에 대항하기를 원했다.

"그 사람은 어떤 바람이 불어도 스스로를 부패시키는 무시무시한 힘 중 하나입니다. 그에게는 모든 것이 독기이고 전염병입니다. 그리고 평화든 전쟁이든 모든 것은 부패를 앞당깁니다. 그는 사나흘 안으로, 어느 날 아침에 자연적인 괴질에 떨어질 것입니다. 그는 떨어져 나갈 것입니다. 붕대를 감을 때 제국의 상처난 딱지를 보게 될 것입니다. 그러니 인내심을 가지십시오."

그러나 상황, 즉 제국이 러시아에 대한 승리와 파리의 의회에서 얻은 힘에 대한 자신감을 이용할 필요가 있었다. 권위주의적 제약이 다소 완화되었다. 승리한 황제가 무엇을 두려워하겠는가?

그렇다면 벨기에 판에 만족하지 않고 프랑스 자체에서 『관조』를 출판하려 하지 않을 이유가 있었을까? 수입과 확산을 다양화하는 수단이고, 독자층을 늘리는 수단이 될 터인데, 더 이상 전투적인 책 『꼬마 나폴레옹』이나 『징벌』을 통해서가 아니라 시를 통해 독자들에게 다가감으로써 독자를 확장하는 방법이었다. 그리고 그 책의 성공은 정치적인 반향을 불러일으킬 것이었다.

따라서 위고는 폴 뫼리스가 치안국장 피에르-엑토르 콜레-매그레를 만나는 것에 동의했다. 그 남자는 루이 나폴레옹 보나파르트에 합류하기 전 「레벤느망」의 기자였다. 그는 위고를 존경했다고 폴 뫼리스는 거듭 말했다.

"내가 당신을 위해 무엇을 하면 되겠습니까?" 그는 폴 뫼리스에게 물었다.

검열을 지휘하는 사람, 바로 그가 프랑스에서 『관조』 출판을 금지하거나 승인할 수 있었다.

프랑스의 가장 위대한 작가인 위고는 10년 동안 프랑스에서 아무 것도 출판하지 않았지만, 더 이상 사전 검열을 받아들이지 않을 것이라고 뫼리스는 옹호했다.

"『관조』 속에 현 체제에 반하는 단 하나의 구절도 없다고 말할 수 있는가?" 하고 콜레 매그레가 질문했다. 폴 뫼리스는 그렇다고 맹세했다.

"그렇다면『관조』를 출판하시오."라고 치안국장이 말했다.

위고는 자신이 쓴 수천 편의 구절에서 가져와 구성한 두 권의 책을 프랑스에서 출판하는 것이 가능하리라는 느낌이 들었다. 그의 삶 25년이 펼쳐지고 있었다. 그는 책의 출간은 물론 교정쇄의 교정을 담당하고 있는 폴 뫼리스가 던진 질문에 답하며 다시 생각해 보았다. 브뤼셀의 헤첼과 파리의 파녜르와 미셸 레비라는 두 출판사와 협력해야 했다.

조급해졌다. 그는 그 책의 출간이 인생의 전환점으로 여겨질 것이라고 추측했다.

"출판이 되기도 전에 들리는 소문은 이제 엄청납니다, 10개 신문이 출판 소식을 발표했습니다. …" 폴 뫼리스가 위고에게 써 보냈다.

신속한 행동이 필요했다. 그가 보기에 헤첼은 질질 끌고 있는 것 같았다.

"친애하는 편집자님, 반드시 출판해야 합니다. 즉시 출판하세요. 나는 수많은 형태로 들려오는 외침만 들립니다. '출판하시오! 출판하시오! 대성공을 거둘 것 같고, 감격스러운 순간을 놓치지 마세요!' 그러니 출판하십시오. 이제 출판을 늦추는 것은 불가능합니다. 파리의 발행인들은 결단을 내리길 기대합니다. '예' 또는 '아니오'라고 말해 주기를 바랍니다. '예'라고 한다면 그들을 위해 책을 인쇄합니다. 그렇지 않은 경우 우리가 인쇄합시다. 우리는 3월 1일부터 5일까지 인쇄 기간으로 잡았습니다. 그렇지 않으면 프랑스에서는 모든 계약이 해지된 것으로 간주할 것이며, 이 사실을 미리 당신에게 알려드리는 것입니다. …"

헤첼은 그러한 위협에도 불구하고 꾸물거렸다. 이미 4월 초가 되었다. 결과와 상관없이 더 이상 기다릴 수 없었다! 제국이 평화를 이루고, 유지되기를! 변하는 것은 환경이고 책은 남는 것이다.

폴 뫼리스에게 조언을 했다. "가능하다면 호의적인 평론지「르뷔 드 파리」등의 발행 날짜와 일치하는 판매 날짜를 선택하시오. 그 날 모든 서점에 배포하고, 인용문과 발췌문은 모든 저널에 동시에 제공하시오. 물론 원하는 친구, 애호가들에게는 전 날에 견본을 보내시오…"

위고는 레오니 도네에서부터 라마르틴느까지, 미슐레에서 뒤마까지 어떤 이름도 잊지 않으려고 노력했다.

그는 첫 페이지에 서명하여 뫼리스에게 다시 보낼 것이며, 뫼리스는 그것을 견본 안에 삽입할 참이었다.

4월 23일로 예정된 출판을 약 10일 앞두고 그는 여전히 걱정거리가 있었다.

'「라 프레스」와 「르 시에클」의 기사는 누가 쓸 것인가? 새로운 호흡으로 열린 마음이 필요했다.'

그리고 위고는 기다려야 했다.

뫼리스는 출판 바로 다음 날인 4월 24일에 작성된 첫 번째 편지를 위고에게 보냈다.

"제가 예측하기로는 대성공입니다! 어제 아침, 파녜르는 그에게 필요한 1,000부를 받았습니다. 어제 5시에는 그는 한 부도 남기지 않았습니다."

어디에도 책이 없었다. 파녜르와 레비 출판사는 즉시 구매할 수 있는 3,000부 분량의 새로운 인쇄를 제안했다.

뫼리스는 권당 1프랑의 판으로 10,000부를 원했다. "1년 안에 60,000부를 보증하겠습니다. 그것은 대중적이고 민주적인 일이 될 것입니다. 학생과 노동자는 당신에게서 빵처럼 구입할 것입니다. … 그들 중 많은 사람들이 같은 판을 샀는데, 심지어 어제는 12프랑에 판을 사기도 했습니다. … 드디어, 선생님, 그 효과는 엄청나며 두말 할 여지가 없습니다."

위고는 마침내 안심이 되었다. 신판은 5월 20일 예정. 하지만 판매에서 빨리 이익을 내야 했다. 그는 헤첼에게 편지를 썼다.

"내 주식 중개인 쿠르몽씨에게 판매 다음날 3,000프랑을 지불해 주십시오."

또한 두 번째 판의 성공을 확신시키는 것이 문제였다.

"압수의 시기를 고려해 볼 때, 새롭고 획기적으로 홍보를 해야 합니다. 네 번째 페이지에 넣을 포스터, 광고 등이 필요합니다. 부탁하건데, 이 모든 것을 잘 관리하십시오. 매우 중요합니다! 아셰트 씨가 나에게 편지를 보냈더군요… 판매하는 데에 다시 한번 판매에 불을 지펴야 합니다!"

그는 망설였지만 헤첼을 신뢰했다. 그래서 다시 편지를 썼다.

"어떤 마음으로 말하는지 잘 아시겠지만, 『관조』 관련해서는 정치적인 측면이 있다는 것과 우리의 잘못으로 우리가 깨운 사람들을 다시 잠들게 해서는 안 된다는 점을 말씀드리는 것입니다."

그는 매일 증기선이 도착하기를 기다렸다. 2만 프랑의 송금을 알리는 헤첼의 통지서와 알렉상드르 뒤마와 미슐레의 열광적인 편지를.

그러나 관련 기사는 거의 없고, 비평은 호의적이기보다 적대적이었다. 라마르틴느의 공개적인 평가나 생트-뵈브가 쓴 기사를 찾아보았지만 헛수고였다.

라마르틴느는 얼버무렸다. "일반인들처럼 우리는 빅토르 위고씨가 이제 막 출판한 『관조』라는 두 권의 시집을 읽어보았다. 동시대의 시인이자 옛 친구였던 시인의 작품을 평가하는 것은 시인에게 어울리지 않는다. 비판은 경쟁으로 의심될 것이고, 칭찬은 우리가 지상에서 인지하는 두 가지 가장 큰 힘, 즉 천재성과 불행에 대한 찬사처럼 보일 것이다."

생트-뵈브는 "위고가 위대한 재능을 지닌 시인이라는데 동의할 순 없지만… 이제부터 그의 이름은 전쟁의 이름이 될 것"이라고 수없이 말해왔다.

위고는 분개했다. 그 '고상한 분들'은 그를 질투했거나, 그의 정치적 견해를 받아들일 수 없었던 것이다!

그래서 그는 조르주 상드의 호의적인 기사를 더욱 감동적으로 읽었다. 기사는 이렇게 결론 맺었다. "당신이 그토록 용감하게 맞서 싸워온 어둠의 영혼을 물리칠 때가 되었습니다. 그 무덤에서 당신을 떼어내십시오."

그가 바르베 도르빌리, 귀스타브 플랑쉬, 루이 뵈이요, 그리고 보나파르트 언론의 모든 기자들의 위고에 대한 증오를 알게 되었을 때, 그가 어떻게 할 수 있을까? 그들은 그를 조롱할 것이다. 사람들은 따라 할 것이다. 그의 사생활을 파헤칠 것이다.

바르베 도르빌리는 「르 페이」 지에 『관조』에 대한 두 개의 기사를 길게 썼다. "『관조』에 대해서는 서둘러 처리해야 합니다. 왜냐하면 그것은 빠른 시일 안에 사람들의 망각 속에 가두어야 할 책 중 하나이기 때문입니다. 그것은 1만 2,000마리의 벌레 무게로 망각 속에 가라앉을 것입니다. 이것은 정말로 빅토르 위고의 추억을 위한 저주스러운 책이며, 일부러 우리가 기억을 기사로 다루게 하려는 것입니다. 『관조』에서부터 위고 씨는 더 이상 존재하지 않습니다."

위고는 간악한 멍청이들에게 분노하고 있었다. 그는 귀스타브 플랑쉬에게 분풀이하고 싶었다. 한 때 알았었고, 「라 르뷔 데 되 몽드」지에서 복수심을 갖고 수년 동안 자신을 추적했던 사람이었다.

나는 속으로 말했소, 이 사람은 어릿광대인가

그를 불쌍히 여겨야 하지 않을까? 의미가 없어졌는가

그래서 그는 이해하지 못할까? 날 때부터 눈이 멀었는가

말더듬이? 귀머거리? 보잘 것 없는 고집은 어디에서 오는가

모든 천재성과 모든 영광과 각광을 무시하고

별빛을 흐리게 하고 등불을 끄려 하며

그러니 찢으라, 비방하라, 모욕하라, 상처를 내라, 밤이여

밤부터 모든 빛을 욕하며 가버려라, 오 비참하오

나는 보았소, 그대의 눈, 그대의 등, 그대의 척추, 그대의 등짝

납작한 두개골, 역겨운 배…

[…] 나는 하느님 없는 그대의 마음, 대야도 없는 그대의 방을 보았소

꾀꼬리의 지저귐에 화를 내는 당신을 보았소

언제나 인상을 찌푸리고 항상 주먹을 불끈 쥔 당신을.

그래서, 왜 그대 자신 일자무식인지 전혀 모르는지 알게 되었소.[276]

그는 걸었고, 바위 꼭대기에서 파도 속으로 다이빙도 했다. 신체적인 단련과 추위와 파도와 싸우면서 분노를 삭혔다.

그는 그렇게 활기차고 전투적인 느낌을 받은 적이 없었다. 미래를 보장하고 독립할 수 있는 돈이 있었다.

그가 소유할 첫 번째 집인 오트빌 거리 38번지에 있는, 하얀색의 넓은 빈 집을 왜 사지 않겠는가? 그는 그것을 이루는데 54년을 기다린 셈이었다!

그는 그 집에 가보았다. 집은 바다를 향해 있었으며, 은퇴한 영국 해적의 소유였다.

몇 백 미터 떨어진 또 다른 빌라인 라 팔뤼에 쥘리에트가 정착할 수도 있었다. 그리고 경매에서 팔리지 않은 몇 가지 예술 작품과 쥘리에트의 가구를 파리에서 가져오게 할 수도 있었다.

5월 16일, 그는 벅찬 마음으로 매매 문서에 서명했다. 그 집이 바로 오트빌 하우스가 되는 것이었다. 그는 맨 위층을 차지할 것이다 몇 년 전부터 그들과 함께 살았던 오귀스트 바크리는 1층 방을 사용할 것이다. 두 아델, 즉 엄마와 딸은 2층에서, 아들들은 3층에서 지낼 것이다.

하녀들은 4층에 있는 그의 방 옆에 있는 작은 방에서 자게 될 것이다. 그는 일종의 온실과 같은 곳을 꾸밀 라운지에서 작업을 할 것이다. 거기에서 그는 생-피에르 항구와 바다를 바라볼 것이다.

'나는 집주인이다.' 그는 되뇌였다.

더 이상 그를 추방할 수 없게 될 것이다. 그는 매년 여왕에게 두 마리의 암탉

을 바쳐야 할 것이다. … 그가 매력을 느낀 옛날 방식의 세금!

그는 자신의 창작이라는 요새가 자신을 보호하고 있다는 느낌이 들었다. 그래서 오트빌하우스도 그 일부였고, 창작은 오트빌에서 태어났다.

'이 집이 『관조』의 두 가지 초판의 산물이다. 나는 집이 프랑스가 망명자에게 준 선물로 여기고 있다. 조국은 큰 집이 없는 나에게 집, 작은 집을 주었다.'고 말했다.

그때부터는, 그 집을 적절하게 사용할 필요가 있었다. 그는 글을 쓰면서 가구도 만들었다. 안락의자, 등받이 있는 의자, 탁자도 필요했지만, 조각상은 역시 도기陶器나 벽난로와 마찬가지로 물질로 만들어진 시와 같은 것이었다. 풍경이나 친숙한 책처럼 모든 것이 눈에 보여야 했다. 그 곳에서는 아무도 그를 쫓아낼 수 없을 것이다!

쥘리에트는 집에 채울 고가구와 물건들을 사러 나갔다. 그 집은 몇 달 후 10월 17일이 지나서 정착하여, 11월 5일에 처음으로 잠을 잘 수 있는 집이었다.

유령의 집인가? 밤에는 사람의 발소리보다는 가볍고 동물의 발소리보다 무거운 소리를 들었다. 때로는 날카롭고 낯선 노래가 들리거나 가까이에서 숨쉬는 소리로 들리기도 했다.

그의 묘한 야행성 행동 때문이었던가? 방해받지 않아서 오는 과로였을까? 그래서 두통이 오고 목이 뻣뻣하고, 매일 아침 말총 장갑으로 몸을 문지르고 찬물을 끼얹으며 씨름했던 걸까? 그런 다음 그는 쥘리에트에게 인사를 건넸다. 그녀는 라 팔뤼에 있는 그녀의 집에서 자신을 지켜보고 있었다.

"결국 이렇게 당신의 이웃이 되었네요." 그녀는 편지를 써보냈다. "이렇게 우리의 두 집이 가까이에 있는 것이 두 사람 영혼을 더 가깝게 하고, 이제 두 사람 사이에 빈틈이 거의 없어져서 더 가깝게 사랑하게 된 것 같아요."

"이미 당신의 삶 속으로 더 들어가고 있는 것 같이 느껴지오. … 우리 두 존재가 더 가깝게 서로를 끌어안길 기다리니, 난 행복하오. 암! 당신 옆에 사는 것이 얼마나 행복한지…."

그는 행복했을까?

그는 「르 주르날 데 데바」에서 『관조』 시집에 대해 호의적인 평가를 한 쥘르 자냉의 기사를 읽었다. 그러나 그것이 그에게 감동을 주는 것은 아니었다.

그는 자냉에게 편지를 썼다. "그러나 현재, 상황은 이런 것이오. 내 이름을 말하는 것은 항의하는 것이오. 내 이름을 말하는 것은 전제주의를 부정하는 것이오. 내 이름을 말하는 것은 자유를, 투사 이름을, 찢어진 이름을, 추방자 이름을 표명하는 것이오. 당신은 너무 대담하게 말하고 있소. … 당신은 나팔을 가지고 그의 이름을 노래 불렀소. 또한 제국과 황제의 면전에 전쟁을 포함한 모든 것을 썼소. 나는 그것에 대하여 당신에게 감사하지는 않소. 다만 축하하는 것이오."

그 다음엔, 오트빌하우스가 있었다.

그것은 그의 자부심이었다.

"『관조』에는 4층짜리 건지섬에 있는 집의 지붕, 정원, 낮은 계단, 지하실, 나지막한 뜰, 라운지, 그리고 발코니 등 모든 곳이 등장했다. 첫 번째 들보에서 마지막 타일까지, 『관조』의 모든 비용을 만들어 주었다. 그 책은 나에게 지붕을 주었다. …"

행복했을까?

그에게는 아마도 충분한 관심을 기울이지 못한 '사랑하는 아이' 아델이 있었다. 아이가 병에 걸린 지 얼마 되지 않았다. 며칠 동안 극도로 쇠약해져서 더 이상 먹지도 못했고, 마치 살고자 하는 모든 욕망이 떠난 것처럼 그녀의 시선엔 생기가 없었다.

그의 책임이었을까?

운명이 그를 다시 굴복시키려는 것이었을까? 그래서 그렇게 운명은 레오폴딘느를 물에 빠져 죽게 했던 것처럼, 어린 아델을 공격하는 것인가?

아델이 그를 떠나게 된다면 고통은 어떠할까?

바다가 보이는 라운지에 선 채로 글을 쓰는데 사용하는 한 작은 탁자 위에 놓인 아내의 편지를 발견했다. 그의 아내는 심각한 문제에 대해서는 얼굴을 맞대고 이야기하는 것보다 글로 이야기하는 것을 더 좋아했다.

"저는 딸이 다시 슬퍼지는 것을 보고 있어요. 이곳에서의 삶은 여전히 똑같군요. 기분 전환 거리도 없도, 아무런 사건도 없고, 새로운 얼굴도 없어요." 그녀는 글을 써 내려갔다.

"아이의 이런 상태가 당분간 계속될지도 몰라요. 하지만 유배 기간이 오래 지속되면, 이 아이는 살아있을 수 없어요. 제발 아이에게 관심을 가져 주세요. 딸을 보살피려 애쓰지만, 아이의 울증鬱症은 다시 시작되고 있어요. 앞으로 저는 내 의무를 다하기로 결심했어요. 아이를 보호해야 하니까요.

"저는 제 자신에게 말하곤 해요. 당신은 모든 것을 갖고 있어요. 셋씩이나요. 당신과 두 아들. 당신은 바쁜 삶을 살고 있는데, 내 딸만 홀로 죽어가고 있고, 그 아이는 이제 할 수 있는 게 아무것도 없어요. 저는 딸에게 빚을 지고 있어요. 가꿀 만한 작은 정원과 타피스리프랑스 자수를 하는 것이 스물여섯 살 소녀에게 충분한 양식이 되지 못하지요."

한 해의 마지막 날이었다.

무엇을 해야 할 것인가?

건지섬을 떠나고 싶지 않았다. 그는 자신이 쓴 글을 결코 부정하지 않을 것이다.

"그리하여 여기 단 한 명만 남는다면, 내가 바로 그 사람일지니."

1857

아주 어릴 적, 너는 내 옆에서 잠을 잤었지, 장밋빛 생기를 머금고
구유에 잠든 어린 예수처럼…

위고는 자신을 휘감은 고뇌에서 더 이상 벗어날 수 없었다.

그는 새벽부터 시 수백 구절을 쓴 후 정오쯤 라운지에서 내려오면서 딸 아델이 앉아 있는 것을 발견할 때마다 고통에 사로잡혔다. 그녀는 무관심한 표정으로 허공만 바라보며 미동도 없이 조용히 부엌에서 기다리고 있었다.

다들 그녀의 주위에서 이야기하고 있었다. 샤를르는 책을 완성하고, 프랑수아-빅토르는 셰익스피어의 소네트 번역의 출처를 교정하고 있었다. 번역서는 미셸 레비 출판사가 파리에서 출판할 것이다. 오귀스트 바크리는 자신이 지은 시를 존경과 우수에 젖은 표정으로 어머니, 아델 앞에서 낭독했다. 아마도 그는 그의 형과 결혼한 레오폴딘느를 사랑했기에, 몇 년 동안 위고 부인에게 플라토닉한 사랑을 바쳤을 것이다. 그리고 젊은 부부가 익사한 후에도, 아주 헌신적인 남자였던 그는 아델을 떠나지 않았던 것이다.

그는 그곳에 살면서 한 달에 240프랑의 하숙비를 지불했다!

점심 식사 후, 위고는 때때로 잠깐 산책하는 데 딸을 동행하고 싶었다. 그러나 그녀는 벌써 자기 방으로 돌아갔고, 그 다음엔 그를 기다리는 쥘리에트가 있었다. 몇 걸음을 걷는 것이 일상적인 기쁨이었다.

그리고 위고는 한 발치 떨어져 지냈으나, 늘 걱정되어 괴로웠다.

아델이 마음의 병으로 고통 받고 있는 것 같았다. 때때로 그는 딸에게 화를 내며, 그녀가 외부와 차단한다고 비난했다. 그 즉시 어머니는 딸을 옹호했다.

"오늘 아침에, 당신은 식사하면서 딸은 엄마만 사랑한다고 말했지요. … 아델은 불평도, 인정도 구하지 않고 당신에게 청춘을 희생했는데, 당신은 그 아이를 이기적으로 보아왔어요… . 이제, 아델은 냉냉하고 아주 무감각하게 되었지요. 그럴 수 있어요. 하지만 그 아이가 자신의 미래가 꼬이는 것을 볼 때., 그 아이가 무엇을 겪고 있고, 무엇을 겪었는지 누가 알 수 있겠어요? 추방은 어쩔 수 없는 일이었어요. 망명 장소의 선택은 아마도 더 신중했어야 했어요."

위고는 아내가 주장하는 것을 알고 있었다. 그녀는 '내 남편은 섬을 사랑하나 봐.'라고 투덜거리며 나가 버렸다.

오트빌 하우스를 예술품과 똑같이 만들려는 위고의 모든 노력에 그녀가 호의적이지 않다고 느꼈다. 그가 디자인한 가구, 그가 설계한 계획에 따라 공사 감독한 도기로 장식된 식당의 벽난로, 또는 가리발디라고 이름 지은 방의 검은 샹들리에, 참나무 갤러리 등 그녀는 그러한 것들을 좋아하지 않았다. 그리고 그녀는 물론 '조상들의 안락 의자'도 우스꽝스럽게 여겼다. 그가 그 의자에 'EGO HUGO'라고 새겼고 팔걸이에는 위고 1세 '조르주 1534', 그리고 아버지를 기념하여 '레오폴 1828' 라고 새겨넣었다.

그것은 또한 식당 문 위에 새겨진 글귀 '엑실리움 비타 에스트'* 때문이기도 했다.

"우리는 돈을 많이 썼어요. 집을 샀고, 너무 많은 장식을 하느라 지출이 컸어요.' 라고 그녀는 말했다.

아내로서 그녀는 여기 건지섬에서의 삶을 받아들일 준비가 되어 있었고, 그것은 자신의 의무라고 인정했다. 아들들은 완전한 남자가 되어 자신들의 일을

---

* 망명은 삶이다(Exilium vita est). 라틴어

하고 있었다.

'하지만 아델에게는 모든 것이 깨져 버렸다.'

그래서 아내는 마지막 화살을 날렸다, 비난 섞인 뼈있는 몇 마디 말을.

"전성기를 바쳤을 정부情夫가 있을 것 같은 남자, 그 남자가 정직하다면, 그는 정부에게 배상을 하겠죠. 정부에게 했는데 어떻게 딸에게는 하지 않을 수 있겠어요?"

그렇게 대들었다.

그녀는 물론 매일 밤 4층 하녀들의 방에서 무슨 일이 일어나는지 다 알고 있었다. 그가 하녀들에게 동전을 몇 푼 주고, 치마를 들추고, 젖가슴과 다리를 애무한 후에 허벅지를 벌리게 했다는 것도 아내는 알고 있었다.

방으로 돌아온 그는 자신이 한 일을 일기장에 기록해야 할 필요가 있었다. 기록의 흔적을 남기지 않는 것은 존재하지 않기 때문이었다. 말은 생명이고 생명은 말을 통해서만 존재하는 것이다! 태초에 말씀이 있었으니.

그는 담요와 지붕이 이미 만족시킨 것만큼 하녀마다 이름을 기록해 두었다, 그만큼 불행한 사람은 많았다. 그래서 돈까지 주는 '정부'의 애무를 받아 들이는 일, 감미롭다면, 즐겁다면, 왜 마다할까?

결국, 그렇게 상상하고 싶었다!

그는 '콩스탕스, 마리안느, 소피' 라고 써 놓았는데, '토마토'*를 먹은 날이라고 기록해 두었다. 그가 비밀을 유지하기 위해 스페인어를 사용했다. '비스토 이 토마토 줄리아**, 비스토 이 타카도 로타린지아*** 등. 비스타는 '칼리나는 붉은색 천장을 닦았다'는 의미.

---

* 은밀히 만났던 하녀들을 지칭.
** 보면서 사랑을 나눈 줄리아.
*** 보면서 만진 로타린지아.

삶이란 그런 것! 여자는 세상의 시작이자 에너지의 원천이었다.

그는 아내가 그를 바라보며 작은 목소리로 하는 날카로운 말을 들었다.

"그이는 해수욕을 많이 해요. … 그래서 다시 젊어지고 짱이에요!'

그러나 그녀는 다시 딸에 대해 이야기했다. 아무래도 아델은 두 달 동안 건지섬를 떠나야 할 것 같고 자연스럽게 어머니가 딸과 동행할 것이라고 말했다.

"내가 아델을 여행하게 하려는 것이 당신을 떠나려는 음모나 계략으로 알고 계시는 군요. … 나는 단지 아델을 기분 전환시켜 그녀를 방에서 긴급히 꺼내고 싶을 뿐이예요. 그 아이에게 몇 가지 기분전환거리가 있을 것 같아요."

그는 그 뜻은 알겠으나 그것을 받아들이기가 고통스러웠다. 그들은 둘 다 가진 것이 무엇이 있는가? 딸 뿐만 아니라 어머니도 문제였으니. 기분전환이 필요하다니?

그것 때문에 그는 화가 치밀었다. 그녀가 파리에 가서 기분전환 하면 왜 안 되는 것일까? 거기에서는 황실 축제가 한창일 텐데!

"사람들은 지금 프랑스에서 매우 행복한 것 같소."라고 귀뜸했다. 시궁창의 행복도 행복인 것이오. 나는 그런 것이 부럽지 않고, 이런 행복, 망명 생활이 좋소. 녹녹치는 않지만 그래도 자유롭소. 프랑스에서 사람들은 춤을 추고, 무리지어 춤도 즐긴다 하오, 양치기도 춤을 추고, 푸줏간 주인도 춤을 춘다고 합디다. 모두가 사라방드와 꼬티용을 즐긴다지요. 바이올린, 탬버린, 나팔 취주, 꽃 장식을 한 사람들, 금관악기 부는 사람들, 허공에 춤추는 악궁樂弓, 질주하는 사람들, 소용돌이, 쾌락의 땀, 앙트레샤, 춤곡의 발자국소리, 잘 단련되어 펼쳐 내는 롱 드 장브, 시손도 있을 것이오."*

아마 그는 더 이상 프랑스로 돌아갈 수 없는 것일까?

『보바리 부인』과 『악의 꽃』을 판매 금지한 나라… 그는 플로베르와 보들레

---

* 사라방드, 꼬티용, 앙트레샤, 롱 드 장브, 시손 등은 모두 춤의 동작들.

르가 보내온 저서를 읽고 얼마나 감동을 받았는지 그들에게 편지를 썼다.

그가 책을 썼었고 뒤마는 단지 서명을 한 책들의 작자 관계를 따지려고, 오귀스트 마케라는 사람이 뒤마를 고소하는 나라!

동시에 『왕은 즐긴다』를 표절하여 「리골레토」를 재연했으니!

때때로 그의 영혼에 차오르는 고통을 어떻게 느끼지 않을 수 있을까?

친구인 라마르틴느는 그의 「문학 인터뷰」에, 살아있는 사람에게 끔찍한 시구로 낙인을 찍는, 그러한 분노로 쓰여진 작품에 대해 무의식적인 거부감을 느꼈다고 썼다.

당연히 그의 모든 독자들은 『징벌』을 생각했을 것이다!

실망과 분노뿐! 우정은 어디에 있을까?

"사랑하는 라마르틴느,

우리 사이에는 모호함이 없습니다. 여기 나를 둘러싸고 있는 모든 망명자들은 만장일치로 당신이 지칭하고 싶은 사람이 나라고 생각하고 있습니다. … 그리고 나는 당신이 답할 때까지 내 개인적인 의견을 보류합니다. '예' 또는 '아니오'로 답하십시오. 37년의 우정을 지속하거나 끝내는 것은 솔직함에 달려 있습니다.

당신의 오랜 친구 빅토르."

당연히 라마르틴느는 자신을 정당화할 것이고, 불편한 마음으로 증거를 부인할 것이다!

서글픈 순간이었다. 그런데 축제 분위기 속에 댄서들에게 둘러싸인 루이 보나파르트는 자신의 영광을 위해 선거를 준비하고 있었다. 공화당 후보가 있기 때문에 투표해야 할까? 망명객들은 위고에게 질문을 퍼부었다.

위고가 대답했다. "보나파르트에 대해서는 두 가지 태도가 가능합니다. 기권하거나 폭동을 일으키는 것입니다. 다른 하나를 취하기 위해서 하나를 포기해야 합니다."

그러나 누가 봉기할 수 있을까?

겉으로 보기에 황제는 성공밖에 몰랐다! 도로를 신설하였고, 스니 산에 터널을 뚫었다. 그리고 파리의 대로를 가스로 불을 밝혔다! 그러니 화려한 장식 뒤에서 게걸스럽게 집어삼키는 스핑크스가 있더라도, 무지와 매춘과 불행이란 수수께끼가 등장해도, 황실 축제의 그 큰 무도회에서 사람들은 춤을 추었다. 그보다 더 중대한 시간은 없었다. 상원의원은 소리쳤다. "콩트르당스 춤을 추어라! 카드리유*의 두 번째 자세! 숙녀 분들은 몸을 앞뒤로 흔들고!" 그러자 입법부 직원이 다시 이어받았다. "등을 맞대고! 남자들만 춤을!"

그런 분위기에서 『하느님』과 『사탄의 최후』가 읽힌다는 것을 어떻게 상상할 수 있을까, 이미 작품을 완성하여 출판할 준비까지 마쳤는데?

헤첼은 출판 연기를 조언했다. '더구나 어떤 큰 성공을 거둔 후에는 그 성공에 대해 시기하는 반응이 있다.'고 설명했다. … "『하느님』과 『사탄』은 『관조』로 어리둥절하여 드러나지 않았던 많은 반대파들의 표적이 될 것입니다."

그렇다면, 산다는 것은 글을 쓰는 것이고 살기 위해서는 글을 써야 하기 때문에, 모든 적들을 또다시 패배시키기 위해서는 헤첼이 말했듯이 다른 길에서 시작하고 예상치 못한 것을 만들 필요가 있었다.

위고는 라운지에 있는 작은 선반 중 하나에 자리를 잡았다. 그는 손에는 펜을 들고 몸에는 헐렁한 빨간 옷을 편하게 걸치고 섰다. 그 옷은 그가 밤부터 새벽에까지 작업할 때 입었던 것이다.

그는 일반적으로 어리석음의 화신으로 간주되는 동물인 당나귀에게 말을 걸었던 구절을 인용하여, 하느님의 존재를 논박하고 대단한 능력이 있는 척하

---

*4인조 춤.

는 자들에게 항의하려고 했다.

　　당나귀가 급히 학자에게 내려왔네.
　　너의 이름은 무엇인가?, 칸트가 말했지.
　　내 이름은 '인내', 당나귀가 말했네
　　네, 그것이 제 이름이죠, 그럴 자격이 있어요
　　인간들만이 올라왔던 그 꼭대기에서 내려왔으니까요
　　그리고 그는 그곳을 지식, 계산, 이성, 교리라고 불렀네… 277

　아니면 『서사시 소시집』를 쓸 필요가 있었고, 『여러 세기의 전설』에 관해 이
야기할 것을 고려해야 하며, 왕과 성직자를 비판할, 알지도 못하는 사람, 단지
지나가는 행인일 뿐인 피사의 노인, 엘키스란 인물을 만들어 내야 했다.

　　아, 금세기는 치욕의 홍수에 휩쓸렸소!

　　또 다른 재앙, 보여주기도 난처한, 성직자
　　[…]
　　말하는 지금 나는 누구인가, 말하고 있는 나는? 나는
　　길을 가던 한 노인네…
　　[…] 나는 외부에서 들리는 위대한 목소리…
　　[…]
　　눈썹 아래의 눈, 매우 관대하고
　　그리고 가장 고귀한 황제는 참을성 있게 그 남자의 말을 들었소
　　그의 눈으로 왕들에게 의견을 물었소, 그가 손짓하오
　　도끼를 잡는 집행자에게

나는 그래야 마땅하오

노인이 말했소, 좋소, 끝이 마음에 드오

그리고 조용히 그는 손으로 옷깃을 잡아당기고

도끼 쪽으로 몸을 돌려 말했소. 받들어 모시며

나으리, 나는 그럴만한 능력이 없소

당신이 옳소. 당신, 왕자, 그리고 당신, 왕

나는 당신보다 머리를 더 가지고 있으니 그것을 내게서 거두어 가시오…

278

그는 일상적인 긴 글쓰기 세션을 마쳤기 때문에 더 차분해진 느낌이 들었다. 그는 라운지에서 내려와 오트빌 하우스에서 진행 중인 작업을 점검했다.

'내 집은 하루에 못 박는 비율로 계속 지어지고 있다.'고 그는 알렉상드르 뒤마에게 설명했다. 건지섬을 방문한 알렉상드르 뒤마는 옆집에서 이틀간 머물렀다. 사람들은 느린 것이 현명하다고 말하지만, 건지섬 일꾼들로 말하자면 느린 것은 미친 것이라고 말하는 편이 나았다.

하지만 조금씩 각각의 조각이 하나의 작품이 되고, 뒤마는 열정을 보였다.

위고는 그를 쥘리에트와 만나게 해 주고 싶었다. 그녀는 처음부터 거절했다.

"나는 당신이 뒤마를 나에게 데려오지 않았으면 좋겠어요. 오랜 세월이 흘러 서글픈 모습으로 변해버린 나 자신을 보여주는 것이 무척 부끄럽기 때문이에요."

"나는 노년이라는 도덕적 가면 속에 내 사랑의 영원한 젊음을 느끼려 해도, 잠시나마 제 영혼을 숨기는 '늑대'를 키울 수 없기 때문에, 나를 전혀 드러내지 않는 편이 더 낫다고 생각해요."

그는 그러한 고통과 고상함 그리고 그러한 자부심에 감동을 받았다. 그는 강하게 요구했다. 그녀는 결국 받아들였지만, 그는 쥘리에트의 고통은 멈추지 않을 것임을 잘 알고 있다.

그녀는 그렇게 말했다. "육체의 쇠락으로 변해가기까지, 영혼이 영원한 젊음으로 변하는 모습까지 당신에게 보인 창피함을 너그럽게 봐 주셔요. 필요하다면 내 인생의 남은 누더기를 입고 당신과 먼 곳에서 생을 끝마칠 수 있도록 나를 놔 주셔요. 그리고 나를 역겨움과 지루함의 대상이 되도록 강요하지 마셔요. …"

그는 기대고 있는 그녀를 껴안았다. 그는 감정과 욕구를 솟아올랐다.

그는 그녀가 당황하고 몽롱해진 것을 느꼈다.

그녀는 다음날 그에게 편지를 썼다. "얼마나 좋은 시간이고 얼마나 아름다운 날인지, 그리고 그 순정적인 사랑에 대한 얼마나 달콤한 에필로그였던가요!"

"초로初老의 올 여름, 나는 생-마르탱의 행운을 기대하며 멀리 있었다. …"

그는 오트빌 하우스로 돌아갔다. 그는 침울하고, 너무 슬퍼서 얼어붙어 있는 딸의 모습을 발견했다. 그는 지금의 불만스러운 젊은 여자가 되어버린, 옛날의 어린 아델을 회상했다.

> 아주 어릴 적, 너는 내 옆에서 잠을 잤었지, 장밋빛 생기를 머금고
> 구유에서 자고 있는 어린 예수처럼…
> […]
> 그리고 내 눈은 눈물로 젖어 버렸지, 그 무엇인가를 생각하면서
> 밤에 우리를 기다리고 있을… 279

1858

미워하자, 끊임없이 추격하자, 쉬지 않고

형제들이여, 어두움을, 아니 어두운 자들을

위고는 파도에 밀린 조약돌이 부딪치는 것처럼 단어가 머리에서 굴러다니는 느낌을 받았다.

1858년 1월 1일, 그가 서 있는 작은 탁자의 뒤편에서 비추는 원뿔 모양의 빛을 받으며 글을 쓰고 있었다. 바람이 불었고, 넘실거리는 파도가 생-피에르 항구의 부두에 둔탁한 소리를 내며 쏟아냈다. 그는 그 시를 「최고의 연민」이라고 불렀다.

> 깊은 밤, 슬픔이었소
> 어둠과 함께 만들어낸 거칠고 어두운 소리
> 어두운 비밀을 아는 무한 속으로 굴러가오
> 이 소리는 외쳐야 할 외침과 같소
> 광대하고 무거운 영혼이 드넓은 곳을 가로질러
> 심연을 헤치고 절망스럽게 날고 있소…
> […]

역사상 가장 위대한 비극의 노래였소
영원한, 장엄한, 고상한 민중이었소
끔찍한, 영원한 폭군을 저주하는.280

그는 멈췄다.

그는 역사라는 그 무자비한 비극을 그림으로 표현하고 싶었고 동시에 용서를 청하고 있었다.

미워하자, 끊임없이 추격하자, 쉬지 않고
형제들이여, 어두움을, 아니 어두운 자들을.281

그러나 누가 그것을 들을까?

그는 1월 14일 이탈리아 망명자 오르시니가 나폴레옹 3세가 지나갈 때 3개의 폭탄을 터뜨렸다는 사실을 알았다. 황제는 무사했지만, 8명이나 죽고 142명이 부상했다. 오르시니와 그의 공범자들은 사형을 선고받았다. 그리고 치안법은 제국에 반대하는 모든 시위를 억압하고, 공화주의자를 범죄자로 만들고, 그렇게 탄압과 도발의 문이 활짝 열리게 될 참이었다.

위고는 리옹의 어느 검사가 프랑스-스위스 국경에서 무장 봉기를 선동하는 황제 살해범에 대하여, 1월 10일자 빅토르 위고가 서명한 항소장을 경찰이 압수했다고 주장한다는 사실을 알게 되었다. 오르시니가 저격하기 4일 전에 그가 썼을 것이다.

"시민들이여, 깨어나시오, 무기를 들고 돌진하시오, 오늘 모든 시민의 마음에는 괴물 암살, 복수의 외침, 단 하나의 외침만 있을 뿐입니다. … 복수의 종은 울렸습니다. …"

그는 엄청난 혐오감을 느꼈다. 그가, 암살을 요청했다니! 그는 '극도의 관대함'과 '최고의 자비'를 권장했던 이가!

그러나 그는 걱정이 되었다. 오르시니는 잉글랜드에서 공격을 준비했다. 그래서 팔머스턴 정부는 그것으로 인해 전복되었다. 망명자에게 책임을 돌리지 않을까?

한편, 그 혼란스런 시기에 아델, 딸, 그리고 오귀스트 바크리는 두 달 동안 건지섬을 떠나 사우샘프턴과 르 아브르를 거쳐 파리로 가고 싶어했다.

신중한 결정이었을까?

하지만 아델은 완고했다. 그녀가 말했다.

"당신은 저지섬을 당신의 거주지로 선택했고, 나는 거기로 따라갔어요. 저지섬 거주가 어려워지자 제게는 말도 없이 건지섬으로 왔지요. 여기에 머무르는 것이 편하시던가요? 저는 아무 말도 하지 않고 당신을 따라왔어요. 집을 구입하면서 결정적으로 건지섬에 정착했죠. 당신은 집 구매에 대해 저와 상의도 하지 않았어요. 나는 당신을 따라 이 집으로 들어왔고, 당신에게 복종하지만 절대 노예가 될 수는 없어요. … 지금 이 순간, 나는 아주 밉살스런 내 여동생 때문에 파리에 가야 해요. 나는 거기에 갔다가 빨리 돌아올 거예요. 그런 일이 있기 때문에 일 년 중 가장 슬픈 달에, 아델의 태도를 바꾸게 하는 일을 후회하지 않는다는 것을 덧붙여 말씀드려요. …"

그는 그들이 1월 16일 9시 20분에 승선하는 것을 지켜보았다. 슬픔.

특히 그는 샤를르와 프랑수아-빅토르 위고도 섬을 떠나려 한다고 느꼈기 때문이었다. 그는 그들의 욕망과 비판, 그리고 비난 때문에 상처를 입었다. 그들은 그가 폭군일 것이라고 말하기도 했다. 그가 위고의 힘을 표현하려고 싶었던 'EGO HUGO'라는 그 집이 슬픔에 덮여 있었다.

그는 프랑수아-빅토르의 속내 이야기에 깜짝 놀랐다.

그의 아들이 말했다 "촘촘하게 짜여진 작은 조직이 이번에는 엉망이 될 것 같아 두려워요. 어쨌든 우리는 망명의 암흑기에 있는데 터널의 끝이 보이지 않아요. …"

그래서 셰익스피어 번역에 착수했던 프랑수아-빅토르는 때때로 런던으로 도피했다. 환상적인 이야기를 쓰고 있는 샤를르는 외로움에 맞서 싸우고 있었다. 쾌락을 추구하는 낙천적인 기질을 가진 그가 건지섬에서 자신이 꿈꾸었던, 필요한 여자들도 만나지 않았다.

프랑수아-빅토르는 그가 있는 건지섬으로 돌아오자마자 한숨을 쉬었고, '우울'백작과 '향수'백작 부인과 함께 '갇혀있는' 느낌이 든다고 했다. '여긴 겨울이고 안개뿐이다. 우리는 6개월 동안 하나의 물동이에 갇힌 감옥살이를 해야 할 텐데…'라며 한숨을 지었다.

그들이 원하는 것은 무엇이었을까? 프랑스에 돌아가서 굴복하는 것?

그는 아들들을 불렀고, 프랑수아-빅토르가 말하는 것을 들었을 때, 충격을 받았다.

"이 집은 아버지 것이지요. 우리는 이 집에 아버지만 남겨둘 것입니다."

종종 그는 쥘리에트조차도 다른 곳을 꿈꾸고 있는 느낌도 들었다.

그는 아델이 없는 틈을 이용하여 그녀에게 오트빌 하우스를 방문하여 자신의 아들들을 만날 수 있도록 부탁했다. 몇 주 동안 목요일마다 세 명의 위고 부자가 그녀의 집에서 식사를 하기로 결정까지 했다. 그러나 아들들은 섬을 떠날 생각만 하고 있으니 그 결정이 얼마나 갈까?

"당신의 가족이 가끔 약간의 외부 공기를 마시는 것이 좋고 또 그래야 하지요. 당신의 망명이 그들에게 주는 만족스럽고 후광에 둘러싸인 내면의 행복보다 떠나는 것이 상대적으로 더 감사하게 여겨진다면요." 쥘리에트가 거들었다.

아마도 그들은 그의 감정을 공유할 수 없었을 것이다.

그는 샤를르와 프랑수아-빅토르보다 미슐레*와 더 가깝게 느꼈다. 중요한

---

* Jules Michelet(1798-1874). 역사가. 민중의 입장에서 반동적 세력에 저항.

것은 전투와 같은 희망에서 함께 한 영혼의 친교였다.

그는 미쉴레의 책에서 그가 썼었거나 썼을지도 모를 문장들과 페이지를 발견했다.

"우리는 때때로 같은 잉크병에 펜을 담그기도 합니다. 이렇게 자랑하는 것을 용서바랍니다. 우리에게 함께 사용하는 잉크병은 끝이 없는 것이고 절대적인 것입니다. 내 생각은 망명 중이 아니라 명상 속에서 살아 있습니다. 나는 헤아릴 수 없는 것과 마주하며, 이 고독 속에 잠겨있습니다. 그 고독 속에서 당신을 이웃으로 느낍니다."

그러나 미쉴레에게, 얼마나 당혹스러울까!

그는 피에르 르루*처럼, 망명자들에게 속고 상처도 받았다. 그는 라마르틴느와 다시는 관계를 맺지 않았다. '유다 르루의 온유한 선구자 라마르틴느?'라고 비난하며 화가 치밀어 오르는데, 쥘리에트가 아니면 누구에게 자신의 괴로움을 털어놓을 수 있겠는가? 그녀는 말을 이어갔었다. "놀랍군요, 이러한 두 가지 배신이 매우 유사하기 때문에 … 출발점이 같네요. 문학적 질투와 정치적 질투, 희생과 부정에 대한 이기주의의 질투, 선에 대한 악의 질투, 별에 대한 램프의 질투, 이 모든 비천한 질투는 악한 마음과 시기의 도가니에서 섞이고 녹아 우리가 목격하는 끔찍한 것을 만들어내며, 저 같은 사람이 가지고 있는 단순하고 정직한 모든 영혼을 격분시키지요…"

그는 늪으로부터 탈출하고 싶었다. 그래서 그는 자신의 작품에 더욱 깊이 빠져들어, 그가 처음엔 『인간 전설』 혹은 『인간성 전설』이라고 명명했던 『여러 세기의 전설』을 날이 갈수록 띄우는 일만이 성공의 길이었다.

나는 더 이상 살아 있다는 느낌이 들지 않았소. 침착해 지고,

---

* Pierre Leroux(1797-1871). 사회주의자. 1851년 나폴레옹의 쿠데타로 영국 망명.

걷고, 신성한 목표를 확인하고, 느껴본다오

신성한 현기증, 기쁨, 공포

진실로 향하는 모든 의심들을,

그러나 나는 교의教義를 증오하오, 그것은 수도원이니

깊은 구렁에서 어두운 사랑이 자라는 것을 느낀다오

야만적이고, 피 흘리고, 아프고, 쫓겨난, 고요한 내 마음에

점점 더 퍼져가는 무한함 속에… 282

그러나 그는 언제 그 시들을 출판할까? 그 후에 산문이, 아마도 아직 미완성이지만, 장발장의 운명이 걸린 소설 『레미제라블』, 『레미제라블』이 출판될 수도 있었다.

당분간 그는 『최고의 연민』을 다시 시작하고 싶었다. 그래서 6월 19일, 4개월여 만에 파리에서 돌아온 아델을 보고 행복하여, 큰 소리로 몇 구절을 읽었다. 그리고 그의 아들들도 오귀스트 바크리의 주변에 앉아서 관심을 기울여 그의 낭송을 듣고 있었다.

아아! 나는 머리를 손에 감싸 쥐었네

안개를 주시하고. 거리를 살펴보았지

생각에 잠겨, 생각의 눈으로 따라갔으니

흩어지는 수많은 인간 무리들…

[…]

나는 거짓된 날들을, 왜곡된 정의를 유심히 살펴보았네

바람이 불어오던 도덕의 불결한 횃불

폭군의 이마에 반사된 것을 보았으며

그것들과 마주쳐서 하나씩 움켜잡았고

그들의 본성과 우리의 본성을 비교하여 보았지

나는 꾸러미의 무게를 쟀고, 이름에 색을 입혔으며

그리고, 떨면서, 나는 여기까지 이르렀으니, 끝내 용서를 하자!283

귀 아래에서 목덜미로 퍼지고, 가슴과 등으로 뻗쳐나가는 것처럼 타는 듯한 통증으로 목이 갑자기 수축되어, 그는 멈추고 탁자에 기대고 있었다. 그가 물을 마시려고 했지만 삼킬 수 없다는 걸 느꼈다. 무엇이 문제였을까?

불과 며칠이 지났을 뿐인데, 사방에서 질병의 공격을 받고 있다고 짐작했다. 그의 피부가 여기 저기 부풀어 오르고, 그러한 종기는 농양으로 이어졌다. 다리가 무겁고 발이 부어 올랐다. 고통이 격심했다. 열 때문에 그의 머리 전체가 맥박의 리듬에 공명하는 것 같았다. 그의 등에 있는 염증은 두 개의 농양으로 형성되었다. 그는 가만히 앉아 있지도 못하고 거의 눕지도 못하게 되었다.

그에게는 메스를 대어 굳은 조직을 제거해줄 필요가 있었다. 등 중앙에 위치한 상처가 너무 크고 상태가 나빠서 어떤 움직임도 불가능하게 만들었으며, 두 달이 지난 후에도 마찬가지였다.' 탄저병은 엄청난 '재앙'이었다.

몇 주가 지났다. 그는 더 이상 작업을 할 수가 없었다. 아들들이 그의 침대 곁에서 교대로 읽어주는 것을 듣고 있었다. 목소리가 멀리 떨어져 있는 것 같았다. 그는 첫 번째 메시지를 읽고 나서 마음 아파하는 쥘리에트를 생각했다.

"사랑하는 분, 나의 사랑이여, 우리가 하느님께 무슨 잘못을 했기에, 당신의 건강과 저의 사랑에 대해 이토록 잔인하게 우리를 내리쳤을까요?"

그는 그녀를 안심시키려고 7월 29일 잠시 테라스에 모습을 드러냈다.

그는 그녀의 집착을 알고 있었다. 그는 그녀를 위해 자신을 드러내는 횟수를 헤아려 보았다. 그녀는 위고에게 그의 정원에서 자라는 귀한 딸기와 신선한 달걀을 가져오게 하였다 그녀는 매일 그에게 편지를 썼다.

그녀는 오트빌 하우스를 수중에 넣고 싶어했다. 그는 그것도 알고 있었다.

"나는 이슬비가 당신의 책표지에 떨어지는 것을 보았고, 빗방울은 당신의 발코니 난간을 따라 땅으로 떨어지더군요. 그리고 나는 감히 쉬잔을 보내 하인들에게 알려줄 수도 없었어요. … 오, 당신의 품격있는 부인은 제 양심과 제 마음의 진심을 왜 모를까요!

멀리서 그를 보는 것으로 그녀는 마음이 흔들렸다.

"얼마나 고생했는지 알 수 있어요. 멋있고 고귀한 당신의 얼굴이 내가 보기에는 갸날프고 너무 창백하여 발코니에서 아파하고 있을까봐 두려웠어요."

위고에게 시간은 흐르지 않는 것 같았다.

그는 쥘리에트의 말을 들었다. "조금만 더 견디시고 용기를 내세요. 나의 가엾은 순교자시여, 그러면 당신의 구원이 완성될 거예요. 의사가 방금 나에게 말해 주었어요."

드디어 그는 어느 날 저녁 그녀의 집으로 저녁 식사를 하러 갈 수 있었지만, 쇠약해진 느낌이 들었다. 등에 있는 상처가 너무 아파서 어깨가 뻥 뚫린 듯했다. 4개월이 넘는 시간이 지난 11월 11일이 되어서야 '나의 흉터에 붙어 있던 딱지'가 떨어졌다, 마침내!

그러나 그는 일을 할 때도 아팠고, 라운지의 작은 탁자 앞에 서 있기에도 고통스러웠다.

그는 헤첼에게 알려주었다. "탄저병 혹은 4개월간의 중단되었던 작업이 4주 만에 복구될 수 있다는 것을 믿지는 마시오!"

그러면서 조금씩 다시 태어난 듯한 인상을 받았다. 곧 힘을 되찾았다. 그는 다시 찾아온 가늘고 차가운 겨울비를 맞으며 오솔길을 걸었다.

하지만, 오트빌 하우스의 분위기는 무거웠다. 여전히 그녀의 딸은 한층 더 침울했다. 아내 아델은 여전히 생트-뵈브가 떠났을 때를 떠올렸다. 그녀는 생트-뵈브로부터 편지를 받았다. 그녀가 파리에 머무는 동안 만났던 것이 확실했다. …

샤를르, 그가, 투덜거렸다.

"필사하지 않는다면, 건지섬에서 무엇을 한담? 그것도 없다면 지루해 죽을 것 같아."

프랑수아-빅토르는 조바심과 불만을 더는 숨기지 않았다. 그리고 오귀스트 바크리는 섬을 떠나 프랑스로 돌아가기로 결심했다.

슬픔. 글쓰기. 꿈꾸기. 상상하기.

> 올림푸스에 사티로스가 살았네, 철수하라
> 신성한 산 기슭의 거대한 야생 숲에서
> 그는 거기에 살았네, 사냥하고, 꿈을 꾸고, 가지들 사이에서
> 밤낮, 흐릿한 백색 형상을 뒤쫓으며… 284

그리고는 내면에서 솟아오르는 욕망을 느꼈다. 밤이 되면 일어나서 젊은 하녀의 방으로 들어갔다.

삶이었다. 힘이었다.

그리고는 그 해의 마지막 날에 쥘리에트에게 편지를 썼다.

"당신에게 편지하오 나의 사랑하는 천사 … 당신을 이보다 사랑한 적이 없소. 당신은 언제나 내 삶에 필요하며, 나에게 당신은 항상 젊고, 항상 매력적이고, 항상 존경하는 존재요, 나의 여인이며 나의 천사요. 당신과 함께하는 지상 생활은 내 마음의 전부이며, 당신과 함께 할 천국에서의 삶이 내 영혼의 본질이오. … 오, 내가 있어 행복하길 바라오. 나는 당신 덕분에 행복하오. … 당신의 미소는 나의 빛이오. 사랑하오. 또 만나요. 영원히."

1859

꿈속에 여러 세기의 벽이 나타났다.

그것은 원시 화강암으로 된 살아있는 육체였다. …

위고가 손을 올렸다. 그는 너무 빨리 글을 써 나갔고, 굵고 검은 선으로 그어가며 펜을 짓눌렀기 때문에, 글쓰기를 끝냈을 때 그의 글씨는 그가 상상하고 있는 그림과 흡사했다.

그러나 그 상황에서, 그를 밀어내는 것은 내적인 힘의 흐름이 아니라, 거의 분노에 가까운 사악한 기질의 움직임이었다.

그는 헤첼이 보낸 새로운 편지를 방금 받았는데 조바심이 묻어 있었다. 출판사는 전쟁을 두려워했다. 나폴레옹 3세는 이탈리아 혁명당원들 편에 섰다. 피에몬테가 이끄는 혁명당원들은 빅토르 에마뉘엘 2세를 왕으로 세우고, 장관에는 카보우르, 가리발디를 대장으로 삼아서 이탈리아를 재통일하고 오스트리아인을 몰아내고자 했다. 그래서 나폴레옹 3세는 '이탈리아 전역에서 터져 나오는 고통의 외침'을 듣고 있다고 말하거나 글을 쓰도록 허용했고 또한 '이탈리아인의 해방'을 허락하려고 했다.

빅토르 위고는 분개했다. 그는 해방자라고 자처하는 범인이었다! 자기 나라의 법을 파괴하는 남자가 다른 나라에서는 법을 옹호한다고 주장하다니! 월계수를 쫓는 능란한 남자, 삼촌의 영광과 이탈리아 캠페인으로 미화하여 자신의 이름을 빛내고 싶어하는 남자!

그런 맥락에서도 당연히, 헤첼은 『여러 세기의 전설』 출판에 대해 걱정하고 있었던 것이다. "6월에 전투가 벌어질 것 같은데, 그 순간이 적기라고 봅니다. 그리고 앞날은 불투명하지요, 그러니 그 순간을 잡읍시다."

원하는 대로 책을 끝마칠 때 그 남자는 무엇을 상상하고 있을까? "난 열심히 하고 있는데 당신이 하고 싶은 말이 무엇이오? 책은 다 끝냈냐구요? 그럴 수도 있고 아닐 수도 있어요. 아직 해야만 할 것은 있어요. 이 책은 퍼져나가고 있고 수입도 됩니다. 당신은 전쟁이 두렵겠지만, 나는 그렇지 않습니다. … 나는 내 책 한권을 출판하는 데 걸리는 15분 동안에도 걱정하지 않았습니다. 순간의 성공은 나에게 중요하지 않습니다. 사람이 하는 일이 성실할 때 모든 판매는 항상 균형을 맞추어 갑니다. 전쟁이 일어나겠지요, 그리 되겠지요!"

그러나 헤첼은 자신의 수입에 대해 걱정하여 완강했다. 더욱이 그가 주장하는 것이 틀리지는 않았다.

"당신은 판매를 확대하려고 작품을 미루는 것이군요… 당신이 쓰는 한 줄 한 줄이 부피를 늘리고, 부수적인 문장들이 장서가 됩니다. 자, 존경하는 작가님, 당신의 작품 두 권을 덮을 수 있는 황금 나사羅紗 한 조각을 잘라서 나에게 보내주십시오."

'이것은 주문呪文이다.'

'이는 곧 주술이 될 수도 있다.'

위고는 그러한 이유에 굴복하게 되고, 동시에 그런 재촉과 압력에 견디기 힘들 것이라는 느낌이 들었다.

더구나 가족들은 그를 폭군이라고 불렀었는데!

하지만 그는 굴복했다.

'헤첼은 나의 낡은 외투 자락이 찢어지지 않을 정도로 나를 잡아당겨서, 나는 『여러 세기의 전설』을 넘겨주기로 결정했다.'고 그는 폴 뫼리스에게 사실을 털어놓았다.

『관조』의 경우, 그가 신문과 유명인사, 여성에게 보내는 수정판을 감독할 책임을 맡게 되었다. 그러나 그가 따르고 싶지 않은 규칙을 강요하고, 쓸모없이 수정하도록 그를 괴롭히지 말아야 했다!

"사실은 나도 나만의 철자법과 구두점 표현 방식이 있소. 볼테르를 시작으로 하여 모든 작가는 고유한 방식을 갖고 있지요. 편집인의 지성은 작가 스타일의 일부인 철자 표기 방식을 존중하는 것입니다. 그래서 나는 'lys'라고 쓰지 'lis'라고 쓰지는 않습니다. ⋯ 교정하는 사람에게는 대문자와 쉼표라는 두 가지 질병이 있는데, 이 두 가지 지엽적인 것을 가지고 구절을 잘라내거나 손상시키는 것이지요. 나는 내가 할 수 있는 한 최대한 이를 찾아낼 것이오. ⋯"

출판 결정이 내려졌기 때문에 인쇄 지연을 고려할 때 9월 이전은 아니리라, 책의 서문을 붙이고 헌사를 선택해야 했다.

위고는 머뭇거리다가 다음과 같이 썼다.

"프랑스에게.
책이여, 바람이 너를 데려가
프랑스로, 내가 태어난 곳!
뿌리 뽑힌 나무가
죽은 잎사귀를 피게 하는구나."

그런 다음, 그 수천 구절의 의미를 설명해야했다.

그는 '주기적인 작업의 한 유형으로서 인간성을 표현하고⋯ 일종의 어둡고 투명한 거울에 비춰지기를⋯'를 원했다. '그 위대한 형상, 유일하면서도 다양한, 윤기 나면서 빛이 나고, 치명적이면서도 신성한, 인간을⋯.' 저자는 『여러 세기의 전설』을 그 시기에 거의 완성된 두 개의 다른 시와 연결했다.' '하나는 대단원이고, 다른 하나는 완결인데, 바로 「사탄의 최후」와 「하느님」이었다.

전체는 '1,000개의 연으로 이루어진 일종의 종교적 찬가가 될 것이며, 그 내면에는 깊은 믿음이 있고, 절정 부분에는 고상한 기도'로 구성되어 있었다. …'

위고는 그 서문을 다시 읽어보고 만족하지 않아서 책이 나오게 된 비전을 말하고 싶었다. '생각하기' 전에 먼저 '보기' 때문이었다.

꿈속에 여러 세기의 벽이 나타났다.

그것은 원시 화강암으로 된 살아있는 육체였다 …

[…]

때때로 밝은 벽에 번개가 번쩍여

수백만의 얼굴이 갑자기 빛을 발하네

난 거기서 '전부'라 부르는 '무無'를 보고 있었지

왕들, 신들, 영예와 법, 시 구절들

시대의 물결에 따르는 세대들

내 앞에 끝없이 펼쳐져 있구나

역병, 고통, 무지, 기아

미신, 과학, 역사

끝없이 펼쳐진 어두운 건물 표면처럼

온갖 무너진 것들로 만들어진 이 벽

세워져 있었네. 가파르고, 슬프고, 단조롭게. 어디에 있었을까

나도 모르느니, 어둠이 있는 어떤 곳에… 285

그는 원고의 페이지와 교정지를 보았다. 하나의 작품이라는 성전을 짓는 한 개의 돌 이상이었다. 그는 노트르담의 두 탑이 이루고 있는 'H'라는 글자에 대해 생각해 보았다. 그 'H'라는 글자에서 그가 오트빌 하우스를 위해 만들었던 벽난로와 가구들을 떠올리고 싶었다.

그러나 그는 그 집도, 그의 일도 완성하지 못했다는 것을 알고 있었다.

'아직 해야 할 일이 얼마나 많은데!' 그는 외쳤다. '서두르자! 나는 결코 갈 준비는 하지 않을 것이다. 그래도 죽게 되겠지.'

그러므로 매일 계속되어야 했다. 써야 했고, 새 돌 조각을 생각해야 했다. 그는 프랑수아-빅토르에게 설명했다.

"나는 4두 마차 위에서 박차를 가하며 서 있다. 『거리와 숲의 노래』, 내가 쓰고 있는 『여러 세기의 전설』, 내가 꿈꾸는 드라마 「토르크마다」, 그리고 오트빌 하우스 작품의 거장 중의 한 사람 모제가 짠 마차. 나는 괴물 넷을 훌륭한 안내자에게 인도하는 것이다."

그러나 그의 아들이 그의 말을 듣고 있었을까? 그는 아들이 망명 생활에 지쳐있는데다가, 셰익스피어를 번역하는 일에 몰두하여 넋 놓고 있다는 느낌이 들었다.

그래서 위고는 혼자 있다고 느꼈다.

'작년은 병病, 올해는 혼자구나.' 그는 중얼거렸다.

그는 두 아델과 샤를르가 런던으로 떠나는 상황을 받아들일 수 밖에 없었다. 그들은 확실히 한 달 동안은 그곳에 머물 것이다. 그들은 극장에 그리고 무도회에도 갈 것이다. 그리고 의심할 여지 없이 아델은 핀슨 중위를 다시 만나지 않는다면, 어머니의 배려로 어떤 배우자를 찾아보려 할 것이다. 딸 아델은 가끔 핀슨 중위를 생각하는 것 같았다.

프랑수아-빅토르는 오트빌 하우스에서 며칠 머물렀는데, 저녁에는 오랜 시간 당구 게임을 하였지만, 건지 섬을 떠났다.

그 모든 것에 돈이 많이 들었다! 그들은 자신들이 지출하는 금액을 알고나 있을까, 그 여행자들이!

그런데 그 당시 새 책이 판매되지 않아 '현재 시점은 옹색'했다.

"사랑하는 아내에게, 우리가 정한 것처럼 적은 예산 범위 내에서 지출해 주시오." 그는 아내에게 편지를 보냈다. 그리고 그녀가 런던에 며칠 더 머물고 싶다면, 아델은 한 달 동안 계획했던 금액을 절약해야 했다! 그는 그의 재산을 축내지 않을 것이다!

그는 2년 전 인도에서 세포이 반란*이 일어났을 때 느꼈던 고통을 떠올렸다.

"나는 여러 가지 공채에 연금의 형태로 모든 재산을 가지고 있는데, 내일 파산할 수도 있소. … 파멸이오. 잉글랜드의 파산이 유럽의 파산으로 이어져 내가 파산할 수도 있소."

그는 자신의 운명이 위태롭다는 것을 결코 잊어서는 안 되었다. 그러나 그의 주변 사람들이나 그의 가족들은 그가 인색하다고 여겼다!

쥘리에트 조차도 때때로 그를 아르파공**이라고 부르며 부활절 일요일에 그녀에게 새 모자를 사주기를 거부한 그를 원망했었다!

그러나 판단하는 것은 오직 그의 몫이었다.

그가 쥘리에트와 런던에서 돌아온 샤를르와 함께 세르크 옆의 섬에서 보름 정도 머물기로 결정했을 때, 그는 그 여행에 필요한 예산을 세밀하게 책정했다.

그는 섬에서의 체류에 만족했다. 아들과 쥘리에트 사이에 관계가 좋아졌고, 그 섬도 만족스러웠다. 섬은 테라멘느의 히드라가 배를 드러낸 채 누워있는, 어느 야수처럼 보였고, 바다 한가운데 물속의 거대한 얼굴처럼 보였다.

건너는 데만 한 시간이 넘게 걸렸다. 그는 앞으로 나아가면서 섬을 바라보

---

* Cipayes. 영국이 설립한 동인도 회사의 노예들의 반영 항쟁.
** Harpagon. 인색한 사람을 가리킴. 몰리에르의 희곡 「수전노(L'Avare)」의 등장인물.

았다. 언젠가는 그 바위 위에 앉아 있는 장면을 상상했다. 그는 갑판 위를 걸으면서 글을 구상했다.

> 돛은 부드럽게 부풀어 오르고 파도는 잔잔했네
> 우리는 항해하여 1시 전에 도착할 것이 확실했고
> 아무것도 할 일은 없네. 좋은 날씨, 바람이 꿈꾸게 했네
> 밧줄 감는 롤러 위에 누워있는 선원… 286

그러나 그는 일종의 조바심으로 오트빌 하우스를 다시 생각했다. 그 집은 그의 작품이었다. 역시 그곳, 그곳에서만 그가 여성의 육체를 품에 안을 수 있었다.

쥘리에트가 세르크 섬에서 그와 친밀감을 나누며 기뻐하지만, 그녀가 그 상황을 힘들게 받아들인다는 것을 그는 잘 알고 있었다.

"너무 오랫동안 당신을 차지하지 못해서 이제 전 당신의 삶에서 거의 낯선 사람처럼 느껴요." 그녀는 거듭 말했다. 그건 아니었다. 단지 그녀는 같은 장소에 있지 않았을 뿐이었다.

그러나 그는 젊은 여자를 애무하면서 느끼는 젊음의 기쁨을 어떻게 그녀에게 고백할 수 있을까? 그리고 나중에 돈을 지불해야만 하는지, 아니면 뚱뚱한 허벅지에, 거칠은 발에, 투박하고 조금은 모자란 시골 처녀인지는 별로 중요하지 않았다는 것을!

> 그리고 나를 사로잡은 것이 무엇인지, 그대는 알리
> 쟌느? 내가 더 좋아하는 그것
> 그대 치마의 아주 작은 꽃
> 하늘에 있는 모든 별들보다… 287

오라, 사랑하라, 세상을 잊자

영혼에 영혼을 뒤섞어버리자, 그리고 보라

짙은 달이 뜨는 것을

나뭇가지 사이로!288

그는 방에서 나왔다. 그는 여자가 에너지를 제공받은 것처럼, 활기가 돌았고, 창작할 준비가 되었다고 느꼈다.

8월의 심장, 여름이었다. 그는 바위가 많은 포구의 시원한 물에서 해수욕을 즐긴 후, 천천히 걸어서 돌아왔다.

그 주 일요일, 생-피에르-포르 거리에 소규모의 군중이 조용하게 모여 있었다. 그는 '밝그레한 부르주아의 선한 모습'으로 지나가는 자그마한 여인을 보았다. 건지섬을 방문 중인 빅토리아 여왕이었다.

"여왕이 불시에 일요일에 방문했기 때문에, 군중들은 냉랭하게 맞이했다. 그녀는 내가 있던 방향의 군중들에게 인사를 건넸다. 나는 언제나 여자에게 인사를 하듯이 모자 챙을 들어 올렸다. 내가 인사한 유일한 사람이었다.

그런데, 여왕은 '꼬마 나폴레옹'과 동맹을 맺고 그를 런던으로 초대했으며, 그를 방문하였다!

보나파르트가 외관상 성공한 것은 사실이었다.

보나파르트는 암시했던 것처럼 오스트리아와의 전쟁에 돌입했다. 그는 '전쟁의 목적이 이탈리아를 되찾아 주는 것'이라고 말했다.

그리고 밀라노에서 승리의 입성도 있었지만 빅토르-엠마누엘 2세의 진영에서, 피비린내 나는 전투가 팔레스트로, 마젠타, 솔페리노로 이어졌다.

그러다 본색이 드러나자, 나폴레옹 3세는 약속을 어겨 이탈리아를 포기하고 오스트리아와 비야프랑카 휴전 협정에 서명하였으며, 피에몬테 주州의 니스와 사브와 지방을 '팁'으로 요구했다.

니스, 이탈리아 애국자 가리발디의 고향!

그러나 승리한 황제를 축하하는 찬가는 얼마나 멋진 일인가!

그리고 이제 그의 마지막 오만, 8월 16일 '추방된 자들에 대한 사면'을 선언했다!

"살인자가 살해된 자들을 사면하고, 범죄자가 무고한 사람을 용서했다."

위고는 건지섬에 모인 망명자들을 살펴보았다. 그는 씁쓸하지는 않았다. 그러나 그는 여기서 집단적으로 움직일 가능성은 없다고 느꼈다. 망명자 중 3분의 2가 돌아가기로 결정했다!

반대로 그는 그들을 비난하지 않았다. 그들은 프랑스에서 혁명당에서 일하게 될 것이다. 그러나 그는 머물러야 했다. 그는 선언문을 작성하여 영국의 신문에 보내려고 했다.

"내가 사면이라는 것에 잠시 주의를 기울이라는 것 외에 나에 관한 한, 아무도 나에게 관심이 없을 것이다. 프랑스의 현 상황 속에서, 절대적이고, 바꿀 수도 없고, 항구적으로 항의하는 것, 그것은 나의 임무이다. 내가 한 약속에 충실하고, 내 양심에 따라 나는 망명의 끝날까지 자유와 함께 할 것이다. 자유가 돌아오는 날 나도 돌아갈 것이다.

빅토르 위고, 1859년 8월 18일 하우스빌 하우스."

구절들을 다시 읽으면서 그는 거의 희열에 가까운 자부심을 느꼈다. 그는 어떤 대가를 치르더라도 자신의 운명에 충실했으며 1851년부터 그렇게 해왔다.

나는 '죽음'과 '수치', 둘 다 보았소
어스름한 숲 속 깊은 곳을 해질녘에 걸었소

[…]

'수치'가 내게 말하길, 내 이름은 기쁨

나는 행복에게 다가갔소, 오라, 황금, 자줏빛 옷감, 비단

많은 파티, 호화로운 궁전들, 사제들, 광대들

웅장한 천장 아래에서는 승리의 웃음

서둘러 그들의 돈 자루를 열어젖힌 풍요로움

[…] 이 모든 것은 너의 것, 오라, 넌 나를 따르기만 하라

그리고 나는 행복에게 대답했소. 당신의 말에서 나쁜 냄새가 나오

죽음이 나에게 말했소, 내 이름은 '의무'요, 난 갈 것이오

고뇌와 기적을 거쳐 무덤으로.

나는 그에게 물었소. 당신 뒤에 자리 있소?

이후, 신이 현현하는나타나는 어둠을 향해 돌아서

우리는 깊은 숲 속으로 함께 길을 떠났소… 289

그러나 사람들이 따라갈 수 있는 다른 길이 없다면, 얼마나 어려운 길일까! 위고는 9월 마지막 날부터 『여러 세기의 전설』이 출판된 후 서점에서 보이는 반응에 다시 한번 놀라고 충격을 받았다. 확실한 성공이었다.

"책은 팔리고, 팔리고, 팔려서 오랫동안 팔릴 것입니다. 우리가 무슨 불평이 있겠어요?" 헤첼이 물었다.

그냥 출판업자일 뿐이었다. … 그는 판매 부수를 헤아리는 것에 만족했다!

그러나 그 책에 대해 계속해서 말하는 생트-뵈브의 악의는 여전했다. 얼마나 권력을 남용하는 것인가! 모든 면에서 과장과 과잉의 편견이 얼마나 컸던가! 키클로페스와 폴리페모스*가 얼마나 강하던지 … 도덕적 섬세함, 진정한 감성, 재주와 풍미에 관해서는 어떠한 흔적도 없었다. …

---

* Cyclope, Polyphème. 『오디세이아』에 나오는 공포의 거인 부족들. '편견'을 의미함.

그리고 메리메처럼 저명하고 뛰어난 제국의 모든 작가들은 그의 작품 앞에서 입을 다물고 있었다. 심지어 라마르틴느는 얼굴까지 찡그렸다.

'백조*의 공격이군!' 위고가 중얼거렸다.

그는 다시 일어섰다. 대항할 필요가 있었다. 플로베르, 보들레르, 그리고 젊은 베를렌느는 그에게 박수를 보냈다. 그리고 헤첼은 조르주 상드에게서 받은 한 통의 편지를 보내왔다. 그녀는 그의 능력을 격찬하며 덧붙이기를, '그의 결점은 자질이 넘친다는 것이며 그가 지붕 꼭대기에서 질주한다고 말할 필요조차도 없다. 사람들은 아마 그를 떨어뜨려서 한 위대한 인간을 죽이고 싶어하는 것 같다. 참으로 저의가 고약하다!'

아마도 조르주가 말했듯이 그가 바꾸기에는 너무 늦었다. 그리고 그는 바꾸고 싶지도 않았다.

이미 쓰여진 작품이었고, 그는 작품에 충실하기만 하면 되었다. 마치 강물이 바다를 향해 나아갈 때, 근원에서 솟아나 격랑의 동력으로 퍼져나가는 것과 같았다. 정말로 그는 오로지 앞으로 나아가고, 다가오는 죽음을 향해 흘러가기만 하면 되었다!

그는 헤첼에게 말했다, "보시오, 나는 순간의 효과에 대해서는 최소한의 가치와 결부시켰어요. 당신도 알고 있고, 나도 그렇게 믿어요. 책이란 영광을 얻든지 아니며 잊혀지든지 결국은 가치있는 것을 담는 것이오. 순간의 성공은 무엇보다도 편집자와 관련이 있기 때문에 편집자에 따라 다릅니다. 공격하는 것은 나의 삶이고, 혹평, 그것은 나의 빵이오!"

그것은 정의와 진실을 위해 행동하려는 사람들의 운명이라고 그는 확신했다. 매 순간 사람들이 다른 사람들을 박해하는데 어떻게 그가 행동을 멈출 수 있었겠는가?

---

*문호로서의 라마르틴느 자신을 일컬음.

그는 11월 말에 백인 미국인 존 브라운이 흑인 노예를 선동시키려다 사형 선고를 받았다는 사실을 알게 되었다. 가능한 일인가? 워싱턴 지역에서!

그는 처형 전에 개입하여 주장해야 했다. "저항은 신성한 의무이며, 노예제에 반대하는 것이다. 존 브라운은 버지니아의 노예들을 해방시켜 구원의 과업을 시작하고 싶었던 것이다."

그는 예측했다. '브라운*을 사형시키는 것은 돌이킬 수 없는 잘못이 될 것이다. 그것은 미국 연방에 잠재적인 균열을 만들어 결국 분열시킬 것이다. … 카인이 아벨을 죽이는 것보다 더 고통스런 것이 있는데, 그것은 워싱턴이 스파르타쿠스**를 죽이는 것이다.'

그들은 12월 2일에 존 브라운을 교수형에 처했다. 그리고 그 소식이 건지섬에 전해졌다.

위고는 두꺼운 검은색 선으로 시신을 매단 교수대를 그렸다. 그는 저지섬에서 보았던 타프네의 처형이 떠올랐다. 그는 펜이 구부러질 정도로 세게 눌러글을 썼다.

"그리스도를 위하여 그리스도처럼"

그는 '영혼이 무너져'버렸다.

그는 조르주 상드에게 글을 써 보냈다. "그들이 발표한 집행 유예는 분노를 가라앉히기 위한 교활한 계략이었습니다. 더구나 그렇게 한 것은 공화국이었습니다! 사람을 소유물로 여긴다는 것은 얼마나 사악한 광기입니까? 그리고 광기가 어디로 향하는지 보십시오! 여기 해방자를 죽이는 자유 국가가 있습니다! 아아, 부인, 정말 마음이 아프군요. 왕들의 범죄, 왕의 범죄는 용인되어 당

---

* John Brown(1800-1859). 미국의 급진적 무장 노예 해방 운동가.
** Spartacus. 고대 로마 시대, 자유를 위해 투쟁한 검투사 노예.

연한 일로 되었습니다. 그러나 사상가가 견딜 수 없는 것은 민중들이 짓는 죄입니다."

그는 가끔 절망적인 느낌이 들었다. 그의 믿음과 정반대로 '죽음의 신'이 '정신'을 이기고 있으며, 죽음은 곧 정신을 끌어내리려는 것 같았다, 아주 빠르게.

그 해 12월 28일 그는 만일의 사태에 대비하여 준비해 두고 싶었다. 그는 썼다

"내가 마음에 품고 있던 바를 완성하기 전에, 아마도 그럴 수도 있기 때문에, 만일 내가 죽게 된다면, 내 아들들은 가장 광범위한 것부터 한 줄이나 한 구절의 조각들까지 내가 남기게 될 제목 없는 모든 단편들을 모아서, 그것을 최선을 다해 분류하고, 『대양』이란 제목으로 출판하게 될 것이다."

그는 안도감을 느꼈다.

그는 라운지에서 나선형 다리가 있는 탁자 위에 손을 올려놓고, 『여러 세기의 전설』을 썼다. 그는 그 소설을 쥘리에트에게 보내고 싶었다.

12월 31일, 그가 그녀에게 보냈던 편지에서 다음과 같이 덧붙였다.

"내일, 당신에게 『여러 세기의 전설』을 잉크와 함께 보낼 것이오."

"당신은 그것을 기억하시오? 우리가 그것을 함께 샀었소. 건지섬에 도착했을 때, 그것은 육지에서 가져온 보잘 것 없는 잉크병이었소. … 이 편지를 포함해 4년 동안 쓴 모든 것이 이 잉크병에서 나왔다오. 나는 당신과 함께 잉크를 전부 사용하고 싶소. 잉크를 거룩하게 만드는 것이오. 하지만, 난 더 이상 그 잉크를 사용하지 않겠소. 당신은 그것을 우리의 유물과 기억 속에 보관하게 될 것이기 때문이오."

"내가 당신에게 마지막 잉크 한 방울을 건네는 이 잉크병은 당신을 위한 마지막 숨이 될, 내 인생과 비슷하오."

1860

내 생명을 거두소서, 오 하느님, 나를 다시 데려가소서.
하루도 기다리지 마소서! 한 시간도 지체하지 마소서!

위고는 쥘리에트의 방 한구석을 차지하고 있는 작은 탁자 위에 잉크병을 놓았다. 그는 그녀를 바라보았다. 그녀의 얼굴과 몸은 세월의 흐름으로 깊게 패어 있었다. 그녀는 기침을 했다. 그녀는 이미 며칠 동안 아팠는데, 1월 시작부터 바람도 많이 불고, 날씨도 흐리고 습하여 쉽게 회복하기 어려울 것 같았다.

그녀가 더 이상 그와 가까이 있지 않게 될 날은 올 것인가?

뭐라고! 그녀를 잃다니! …
오! 그녀 없이 세월을 어떻게 보낼 수 있으랴
만약 그녀를 잃는다면…
내 생명을 거두소서, 오 하느님, 나를 다시 데려가소서
하루도 기다리지 마소서! 한 시간도 지체하지 마소서!
나는 죽을 때까지 무엇이 될 것인가!290

그는 펜을 들었다. 그 해 1월 1일, 감사의 증거를 남길 필요가 있었다. 그는
썼다

"내가 잡혔다면 1851년 12월에 총으로 사살하라는 명령이 내려졌을 것이다. 그 시간에 내가 살수 있었던 것은, 자신의 자유를 포기하고 목숨의 위험을 감수하며, 나를 모든 함정에서 보호하고, 지칠 줄 모르며 보살펴 주고, 안전한 피난처를 찾아준 쥘리에트 드루에 부인의 덕분이었다. 그녀에 대한 영장이 발부되었었고, 그리고 그녀는 추방 후 그 날까지도 헌신에 대한 대가를 치르고 있었다.

그녀는 우리가 그런 일들에 대해 이야기하는 것을 원하지 않았지만, 그것은 알려질 필요가 있었다. 나는 여기서, 내 마음과 영혼의 깊은 곳에서 우러나 정중하게 증거를 전할 수 있도록 그녀에게 간청했다. 빅토르 위고⋯ 1860년 1월 1일 오트빌 하우스, 망명 9년을 시작하며."

그는 그녀에게 그렇게 빚을 졌다. 그리고 아내인 아델이 멀어진 만큼 그는 쥘리에트와 더욱 가까워졌다고 느꼈다. 아델은 더 이상 딸의 건강을 걱정하는 엄마 역할을 하지 않았다. 그녀는 망명생활을 견디는 것이 힘들다고 고백했다. 그녀는 파리에 있는 여동생 쥘리 쉬네의 집으로 가고 싶어했다. 2월 4일, 그녀는 딸을 오트빌 하우스에 남겨두고 홀로 프랑스로 떠났다.

위고는 수첩을 펴고 써나갔다.

"내 아내는 파리에 가려고 한다. 물론 그녀의 여행 경비는 내가 그녀에게 보통 달에 할당한 돈으로 충당하며, 특별히 별도의 비용은 지불하지 않을 것이다."

그녀는 그를 사랑한 적이 있었을까?

사실, 그는 몇 년 동안 스스로에게 질문한 적은 없었다. 그녀가 떠난 지 한 달이 넘었다. 그녀는 여동생과 생트-뵈브를 만날 것이다.

그에게는 쥘리에트와 맨 발과 맨 팔, 반점 무늬에 분홍색 피부를 가진 젊고 활기찬 시골여자들만 남았다.

그리고 건지섬에 사는 몇몇 여성들, 부유한 러시아 사람 과부 엥겔슨 부인, '피에르 르루에게 사기를 당했다.'는 그녀는 낯선 곳에서 가져온 향수처럼 매력적이었다. 그런데 그는 아마도 아델이 젊디 젊은 처제인 쥘리 쉬네와 함께 파리에서 돌아올 것이라고 생각했다.

그는 오트빌 하우스에서의 생활이 그에게 딱 맞다고 고백했다. 볼테르에게는 페르네가 있고, 그에게는 건지섬이 있었다. 그는 더 이상 파리를 그리워하지 않았다. 그리고 그가 거울 속에서 자신을 바라볼 때, 그의 외모, 옷, 인후염으로부터 보호해주기를 기대하며 기르기 시작한 수염, 모든 것이 그는 더 이상 파리의 작가도 아니고, 모든 것의 중심에 있기를 원하는 대표, 프랑스의 의원도 아님을 보여주는 듯했다.

나이 든 장인匠人의 옷차림, 심지어는 노동자의 옷차림, 인쇄공의 차림이면 어떤가?

행동 시점을 놓치고 있는 것은 아닐까?

그는 가리발디와 합류하기 위해 제노바에서 얼마 전에 범선 '엠마'를 전세 낸 알렉상드르 뒤마를 생각했다. 이탈리아 '용병대장'은 나폴리 군대를 몰아내고 나폴리 왕국을 이탈리아 왕국에 통합하기 위해 시칠리아에 방금 상륙했다. 그것은 영웅적이고 용맹스런 모험이었다.

그러나 그 외에 그가 무엇을 바라겠는가?

"나는 독하지만 올바른 사람이며, 망명 때문에 그 암초에 대처하기 위해 행동하였고, 남은 삶을 위해 사랑해온 사람이오." 조르주 상드에게 그렇게 편지를 썼다.

비록 그에게 쏟아지는 비난, 중상, 하찮은 것들이 여전히 그를 짜증나게 하고 상처를 주더라도, 그는 모두 맞설 수 있다고 생각했다.

"사람들은 내가 태어난 이후 나를 찢어 놓았으며, 내 안에 경멸만 깨워놓았을 뿐이다."라고 그는 덧붙여 썼다.

그는 경쟁자, 스스로를 친구라 칭하는 자들, 때로는 하찮은 일에 얽매이는 자들을 원망하지 않았다. 어떠한 원한도 느끼지 않았다. 그에게 필요하다고 권하는 라마르틴느의 전집도 구독했다.

그리고 라마르틴느가 보낸 감사 편지를 받았을 때, 그는 라마르틴느에 대해 연민을 느꼈다. 그것은 마치 하느님이 한 때에는 질투했다가 그제야 고백하는 사람에게 벌을 주는 것 같았다. "프랑스는 눈에 띄지도 않는 작은 엘리트에게는 예외지만, 나에게는 잔인하다. 나는 프랑스가 나를 낙인찍는 것에 만족하는 긍정적이거나 부정적인 분노에 대하여, 내면에서 끓어오르는 격분을 숨기기 어렵다."

그런데 그가 라마르틴느의 마지막 문장을 발견했을 때 마음이 무거웠다.

"제 완성작의 사업은 조금씩 성공을 하고 있긴 한데 잘 안되고, 일당을 기다리는 집달리 틈에서 당신에게 편지를 쓰고 있습니다!"

'비참한 인생이여! 안녕.'

위고는 몸서리를 쳤다. 그가 그런 굴욕적이고 고통스러운 상황에 빠지지 않기 위해 자신의 재산을 보존하는 것이 얼마나 잘한 일인가.

일해야만 했다.

그는 자신의 물질적 상황과 그가 죽은 후에 가족의 경제적 상황을 확실하게 보장할 뿐만 아니라, 이미 58세가 된 시점에 온갖 문학 장르에서 대가로서의 입지를 확인하기 위해서라도 주요 작품을 써내야 했다.

시 분야에서 『관조』는 그를 최고의 수준에 올려놓았다. 산문을 택해야 했다. '소설은 거의 현대 예술을 정복하는 분야이다. 소설은 이 위대한 19세기에서 진보의 힘이자 인간의 천재성 중 하나이다.'

그는 『사탄의 최후』를 포기하려 했다. 그리고 시작한 소설을 마무리하려 했다. 그는 라운지에 놓인 트렁크에 다가갔다. 그는 그것을 열었다. 그리고 셔츠 더미에서 한 뭉치를 찾았다.

그것을 꺼냈다.

'오늘 나는 원고 트렁크에서 『레미제라블』을 꺼냈다. 우선 읽기부터 시작했다.'

그는 12년 전, 1848년 2월 21일에 그 작품을 중단했었다. 그러나 쥘리에트는 각 인물들을 기억했고 먼저 코제트를 떠올렸다.

"12년 동안 떨어져 있었을 실제의 어린 소녀의 기다림처럼 나는 항상 설레는 애정과 기쁨으로 그 인물들을 생각했어요. 나는 그 불쌍한 소녀를 다시 보고 싶고, 그 소녀가 가지고 있는 인형의 운명도 알고 싶은 마음이 간절했죠. 저는 괴물 자베르가 그 가련하고 숭고한 악당 무슈 르 메르의 자취를 알아차렸는지, 그리고 제가 그곳을 떠난 이후로 몽파르나스 대로에 있는 가난한 집이 안락과 행복의 빛으로 밝혀졌는지 알고 싶어 견딜 수가 없었어요."

그도 코제트, 장 발장, 마리우스, 자베르를 잊고 있었다. 그런데 쥘리에트의 말에 용기가 솟는 듯했다.

그는 소설을 꼼꼼히 다시 읽었다.

'나는 『레미제라블』 생각으로 가득 차 있지만, 그 작품은 눈으로는 볼 수 없는 곳에 있었고, 내가 생각했던 것보다 나를 더 멀리 데려갈 것이다. 12월 이전에는 끝내지 못할 것 같다.'

더구나 그는 책의 의미를 명확히 하려고, '책의 시작, 철학'으로 제목을 붙여 서문을 쓰고 싶었다.

진보와 과학 심지어 공화국의 이름으로, 하느님을 거부하는 모든 사상가들, 작가들로부터 빈축을 사고 있었기 때문이었다. 『레미제라블』은 일종의 다른 철학을 구현하고자 했다.

'나는 하느님을 믿는다. 나는 영혼을 믿는다. 나는 행동의 책임감을 믿는다. 나는 우주의 아버지께 나 자신을 바친다. 현재 시점에서 볼 때, 종교라는 것은 인간과 신에 대한 그들의 의무가 있기 때문에, 어떤 사제도 내 장례식에 참석하지 않을 것이니, 나는 내가 사랑하는 온유한 존재들에게 내 영혼을 맡긴다.'

그가 『레미제라블』에서 표현한 것은 바로 그러한 생각이었다.

그는 책 서문에 이렇게 썼다. "우리가 읽을 책은 종교적인 책이다. 어떤 관점에서 종교인가? 이상적이지만 절대적인 관점에서, 불명확하지만 확고한 관점에서… 이 책의 저자는 현재 지배적인 모든 종교에 대해 이방인이다. 동시에 그는 그들의 남용에 맞서 싸우면서, 신성한 측면을 향한 것과 같은 인간적인 면을 두려워하면서 모든 것을 인정하고 존중한다. … 저자는 기도하는 사람, 신앙을 가진 사람들 중의 한 사람이다. 그리고 이 고통이 담긴 책의 출발점에서에서 소리 높여 선언하는 것이다."

그는 장 발장이 그러한 이미지이기를 원했다. 그때부터는 장 발장에게, 코제트에게, 마리우스를 비롯한 많은 사람들에게 그의 시대를 돌려주어야만 했다. 하지만 그것은 역사이고 장발장을 부추겨서, 그가 그 문을 열어야 한다는 압박감이 들었다.

가리발디는 이탈리아에서 싸우고 있었다. 그는 나폴리를 정복했다. 그는 알렉상드르 뒤마를 도시 박물관의 관장으로 삼았다. 그리고 정의에 매혹된 사람들에게서 시작된 모든 것이 가리발디의 공적 때문에 흔들리고 있었다.

수백 명의 이름으로 서명한 탄원서를 통해, 위고가 와서 가리발디에 대해 이야기해 달라고 요청했을 때, 어떻게 망명 생활을 했던 저지섬에 가기를 거부할 수 있었겠는가?

그는 섬에 상륙했고 벽을 덮고 있는 커다란 포스터를 보고 놀랐다. '빅토르 위고가 왔다!'

그의 연설에 모두가 환호했다.

"가리발디, 가리발디가 누구입니까? 그는 한 남자일 뿐, 그 이상 아무것도 아닙니다. 그러나 그 단어가 뜻하는 모든 숭고함의 의미에 걸 맞는 사람입니다. 자유의 남자, 인간성을 지닌 남자이지요. 그의 동포 비르질Virgil이 말했듯이 '남성Vir입니다. 그런데 이 남자는 숭고합니다. 왜냐하면 오직 원칙만이 있기 때문이지요. 힘은 존재하지 않았습니다. 오직 정의와 진실만이 있을 뿐입니다, 오직 민중들만 있을 뿐이며, 오로지 영혼만이, 이상理想의 힘만이, 현 세상의 양심과, 천국의 섭리만이 있을 뿐입니다."

그는 이미 5년 전 저지섬에서 추방되었기 때문에, 하느님께서 아껴두었던 보상으로 환영을 받고 있는 느낌이 들었다.

그는 행복한 마음으로 건지섬으로 돌아왔지만, 며칠 동안 『레미제라블』에서 멀어져 있었기 때문에 주의를 집중하기가 어려웠다.

또한 삶이 요구하는 일상적이고 진부한 걱정거리 때문에 바라는 대로 작업에 복귀하기가 쉽지 않았다.

그의 딸 아델은 부모와 함께 루앙에서 온 청년 앙드레 부스케의 청혼을 경멸스럽게 거절했다. 그녀 나이 이미 서른 살이 되었는데, 원하는 것은 무엇일까? 그녀는 아직도 핀슨 중위를 생각하고 있었을까? 영국인을!

목과 등에 묵직한 통증이 왔다. 심장이 아니라면, 다시 아픈 것이 후두일까? 열이 나는 느낌이 들었다, 온 몸이 땀으로 흠뻑 젖은 것을 확인했다. 불안이 엄습했다.

그는 의사와 상담하였고 의사가 그를 진정시켰다.

아마도 그러한 고통은 그가 아직까지도 팡틴느, 장 발장, 코제트, 자베르, 테나르디에 가족에 대하여 그들의 인생을 이끌어 가는 저작을 재개하지 않았기 때문일 것이다. 그는 그해 12월 30일에 결단을 내려야 했다.

"오늘 나는 다시 『레미제라블』을 다시 쓰기 시작했다."고 그는 수첩에 기록했다. "내가 명상과 지식으로 내 영혼에 비친, 작품 전체를 관통하는 데 7개월이 걸렸다. 그 결과 내가 12년 전에 쓴 것과 오늘 쓰게 될 것 사이에 절대적인 통일을 기할 수 있었다. 작품에서 떠나지 않기를 기대하면서 1848년 2월 21일에 중단되었던 작업을 나는 다시 시작했다."

그는 헤첼로부터 계약 제안을 받았다.

"나는 작품을 끝내기 전에는 어떤 결론도 내리고 싶지 않습니다. 아쉐트 출판사와의 150,000프랑 헤첼이 중개자였음 계약과 관련해서 4,5년 동안은 이 제안이 적절하지만, 10년 기간으로 보면 대단한 것도 아닙니다."

그러나 그는 헤첼과 단절하고 싶지는 않았다. 발행인은 자신이 작업을 계속하고 있음을 알아야 했다.

12월 31일에 쥘리에트에게 편지를 썼다. "나는 여전히 약간 몸이 좋지 않소, 하지만 평생을 닥쳐오는 고통과 질병에 맞서왔고, 그럼에도 일을 해왔소. 영혼은 육체의 쇠락에 순종하도록 만들어지지 않았소."

1861

야행성의 키메라*가 지나다가 나를 움켜잡았소

그의 발톱으로, 입 맞추고 괴성을 지르며.291

위고는 기억하고 있었다. 그는 교수대에 매달린 존 브라운을 나타내는 그림 아래 "그리스도를 위하여, 그리스도처럼"라고 쓴 적이 있었다.

그런데 그가 예상한 대로 미국에서는 링컨이 당선되고, 남부가 북부에서 분리되기를 원하면서 그때부터 미국 연방은 붕괴되고 있었다.

그는 씁쓸하고도 지적인 만족감이 뒤섞여 두려운 느낌이 들었다. 그는 '사건이 거의 내 말처럼 되어가리라고는 생각하지 못했지' 하고 중얼거렸다.

그는 처제인 쥘리의 남편 폴 쉬네에게 그 그림의 판화 출판을 맡기려고 했다.

"그러므로 이 중대한 사건의 출발점인 샤를스톤**의 교수대를, 교훈으로서 모든 사람이 볼 수 있도록 추가합시다."

그러나 위고는 고쳐 말했다.

"이 앨범의 출판은 『레미제라블』의 완결판이 끝날 때까지 이루어지지 않을 것이오. 내가 말하는 것은 '완결판'입니다. …" 또한 그는 판화 출판 4일 전에

* chimère. 그리스신화에 나오는 사자의 머리·양의 몸·용의 꼬리를 가진 괴물.
** Charleston. 남북 전쟁이 시작된 미국 사우스 캐롤라이나 주의 도시.

3,000프랑과 불확정의 수익의 3분의 1을 원했다.

그는 자신의 권리와 이름을 지켜야 했다. 그의 주변 사람들은 선의를 가지고, 자신의 이익이 아니라면 자신의 목적을 위해서 위고의 명성을 이용하고 싶어했다. 그래서 폴 뫼리스와 오귀스트 바크리도 「레벤느망」 재개를 원했다. 독재적인 제국이 자유 제국에게 자리를 양보하면서 제재를 풀기 시작하였기 때문이었다. 그러나 그들은 무엇을 출판할 수 있을까? '문학 행사'에 만족할까? 위고는 거절했다.

「레벤느망」은 『레벤느망』이 되어야 한다. 즉 1850년 이전과 같이 자유롭게 말해야 한다! "손톱을 자르거나 이빨을 뽑을 필요가 없어야 한다. 나 위고의 두 아들을 포함하여 여러분들 4명은 사자 굴에 있었다. 목소리를 높일 수 있는 날, 시인은 여전히 너희들에게 외칠 것이다. '제대로 포효했구나!'"

그는 들볶이는 느낌이 들었다. 하지만 『레미제라블』에서 진전을 이루고 있으며 자신이 쓰고 있는 것에 만족하고 있었다. 쥘리에트가 베끼고 있는 부분의 뒷 이야기가 궁금하여 서두르고 있다는 것은 바람직한 신호였으며, 그녀는 등장인물의 운명에 안타까워하면서도 집착하고 있었다.

그녀는 말했다. "재미있는 사본을 주셔서 고마워요. 가능한 한 다른 필사할 부분을 달라고 당신에게 요구 하면서도, 오늘도 기쁘게 필사하려고 해요. 제가 모든 필사를 독점하는 것을 매우 소중히 여기고 있어요. … 그래서 제가 『레미제라블』을 시작한 것처럼, 저 혼자서 마치고 싶어요."

실상 그녀는 압력을 가하고 있었다. 사랑에서도 그랬지만 그 소설을 결론지을 모든 요구와 필요성 때문에 위고는 녹초가 되었다.

그는 건강이 좋지 않았다. 미세한 통증이 기관 동맥에서 퍼져 후두를 침범하는 느낌이 들었다. 그는 진료를 받았다. 의사가 말하는 것을 믿지 않았다. 그리고 그들이 만성 후두염의 결말이 결핵이 될 거라는 사실을 그에게 숨기려 한다면?

그는 그러한 생각을 떨칠 수가 없었다.

'불길한 생각의 무게를 침착하게 짊어지고 주변 사람을 걱정시키지 않도록 해야 했다. 그러나 쥘리에트를 속일 수는 없었다. 그녀는 그를 '나의 가련한 고통'이라고 불렀다.

그는 굴복했다. 그리고 말했다.

"난 시작했던 일을 끝내고 싶었소. 나는 하느님께 기도를 했소. 내 영혼이 끝날 때까지 참고 기다리라고 내 몸에게 명령해 달라고… 내가 일을 마치면 내 건강을 원하는 대로 내버려두고 걱정하지 않을 것이오. 나는 내가 죽을 것이라는 것을 잘 알고 있소. 하느님, 나에게 두 가지를 허락해 주십시오. 잘 끝내고 잘 죽도록."

저녁마다, 그는 다가오는 밤, 불면증, 그리고 그를 끌고다니는 꿈 때문에 불안했다. 잴 수 없을 만큼 키가 크고, 창백하며 온통 검고, 상복을 입은 여자가 그를 붙잡고 흔들어대고, 탐욕스런 다른 여자들은 겁을 주면서 다리를 벌리고 다가왔다.

그는 죽은 딸에게 기도했다. '나를 잠들게 해 주렴.' 그러고 나면 그는 한 순간 평온함이 그를 감싸는 느낌이 들었다.

하지만 3월의 어느 날 아침, 몇 달 먼저 집으로 되돌아갔던 예전 하녀 중 하나인 퀼리나가 방금 사망했다는 소식을 듣고, 위고는 자신의 고통이 참을 수 없을 정도로 커지고 있음을 느꼈다. 그는 퀼리나의 젊고 유순한 모습이 훤히 떠올랐다. 그는 그녀의 즐거운 목소리를 듣고 있었다. 그는 더 이상 『레미제라블』을 진척할 수 없었다.

결국 그는 의사의 조언에 따라 1852년 이후 처음으로 그 섬에서 멀리, 군도 群島로부터 떠나야 했다.

3월 25일, 쥘리에트와 샤를르와 함께 그는 아킬라 다리 위에서 『레미제라블』 원고가 가득 들어있는 그 방수 가방을 바라보았다. 그는 영국 본토에서 책을 마무리할 것이다.

수평선 위로 섬들이 점차 사라지고 바람이 거세질수록 고통이 사라지고 호흡하기도 편한 것 같았다.

런던에서 그를 진찰한 의사들은 다른 어떠한 질병도 발견하지 못했으며, 공기가 바뀌면 사라질, 기껏해야 경미한 '신경통'을 찾아냈을 뿐이었다.

며칠 후 브뤼셀, 앙베르에서 마련해준 축하 만찬, 환호의 리셉션에서 잔을 들어 올릴 때, 그는 다시 태어난 느낌을 받았다. 그는 첼리스트인 젊은 여자, 언젠가 만난 적이 있는 엘렌드 카토우에 흠뻑 빠졌다. 그는 추방지에서 탈출한 망명자처럼, 생트-엘렌느 섬에서 도망친 황제처럼 여전히 유혹할 수 있는 자신의 모습을 발견했다. 그는 4월, 5월에 사진을 찍었다. 그는 작업복을 벗고 검은 양복에 흰 셔츠를 입은 것이 행복했다.

그는 사람들의 찬사에 아랑곳하지 않았지만, 기뻤다. 사람들이 아첨하는 것 같기도 했다.

"사람들은 나에게 수염이 아주 멋있다고 말하며, 푸들처럼 흰 바탕에 검은 얼룩무늬 의상에도 찬사를 보냈다."

그리고 그는 쥘리에트의 의심을 피하기 위해 다시 속임수를 사용해야 했다!

쥘리에트는 말했다. "제가 이 세상에서 숭배했던 사랑, 다른 사람에게 희망을 주었던 지금의 사랑을 누구도 방해하지 않았으면 좋겠어요. 저는 당신이 저를 속이고 싶어하지도 않고, 속일 수도 없다고 믿어요. 그러나 저는 당신을 사랑해요, 두려워요."

그는 아무런 대답을 하지 않았으나 더 할 수 없이 잘 되어 간다고 느꼈다.

"그는 마시고, 먹고, 진정한 남자처럼 잠을 잔다." 그리고 여자들은 그가 모든 힘을 가지고 있음을 확인하기 위해 함께 있었다!

그는 말했다. "나는 수평선에서 수평선으로 갔다. 나는 바다를 떠나 육지로 갔으며, 언덕과 계곡을 달렸다. 선하신 주님의 위대한 자연이 나를 치유했다."

그리고 『레미제라블』을 빨리 끝내고자 하는 열망은 그를 재충전 시켰다. 그는 쥘리에트와 함께 워털루 전쟁이 벌어졌던 몽-생-장에 있는 콜론느 호텔에 숙소를 잡았다. 두 달 동안 그곳에 머물고 싶었다. 그 기간에는 우고몽 농장, 울타리 사이, 과수원, 덤불에서 소설의 장면이 진행되는 것을 쓰는 시간이었다.

모든 것을 보아야 했다. 오솔길을 걷고, 언덕을 오르고 농민들에게 묻기도 했다. 그들 중 어떤 이들은 어렸을 때 전투의 목격자였는지도 모를 일이었으니.

그는 털어놓았다. "내가 하려는 말이 사실일 것이다. 물론 그것은 나에게만 진실일 것이다. 실은 모든 사람은 자신이 가지고 있는 사실만을 제공할 뿐이다. 게다가 그 불행했던 들판을 거니는 것보다 더 감동적인 것은 없다."

"나는 '위대한 나폴레옹'과 '꼬마 나폴레옹' 사이에 얼마나 거리가 있고 심연이 있는지 점점 더 알게 되었다."

그는 '매일 길고 힘겨운' 작업을 이어갔다.

때로는, 밤중에, 시구들이 밀려오는데, 꿈에서 끌어내어 적어 놓기도 했다.

오 파란만장한 독재자여, 당신의 운명은 어떠했는가!

당신은 케사르였고 솔로몬처럼 위대했소

연기와 불 병거를 굴리며

당신은 신의 소리와 똑같이 땅에서도 소리를 내었소

그런데 사람들은 천둥소리를 들었다고 믿었소

당신의 암말이 질주할 때

오스테를리츠의 냉혹한 암흑의 벌판 위를.[292]

원고지가 쌓여갔다. '워털루 들판에 칩거'한 지 6주가 되었다. "그리고 오늘 6월 30일 아침, 8시 30분, 창가에 아름다운 태양이 비칠 때, 나는 『레미제라블』을 끝마쳤다. 워털루 전쟁이 벌어진 6월에, 내가 전투를 벌인 곳은 바로 그곳, 워털루 평원이었다. 패배하지 않기를 소망했다. … 이제 책은 언제쯤 나올까? 그것은 또 다른 문제였다. … 아직도 오랫동안 치밀하게 작업할 일이 남아 있었다. 나의 괴물을 머리부터 발끝까지 검사해야만 했다. 내가 바다에 던질 것은 나의 리바이어던*이었다. 그 괴물은 어떤 항구에도 들어갈 수 없고, 언제나 드넓은 바다에서 모든 폭풍을 견뎌야 할 것이다. 그 배에서 단 하나의 못도 빠져서는 안 된다. 머리가 일곱 달린 히드라는 결코 심연에서 부화하지 않을 것이다. 단테는 지하에 지옥을 만들었고 나는 지상에서 지옥을 만들고자 했다. 그는 지옥에 떨어진 사람들을 그렸고, 나는 인간들을 그렸다."

그는 해방된 느낌이었다. 그는 쥘리에트와 함께 마을에서 마을로, 벨기에로, 네덜란드로 갈 수 있었다.

그는 "나는 일터에 나가지 않고 있다"라고 브뤼셀에 있는 샤를르에게 털어 놓았다. 그 곳에는 두 명의 아델, 엄마와 딸도 머물고 있었다.

이따금 그는 편지를 받았다. 라크르와와 베르뵈코벤 출판사에서는 그에게 『레미제라블』에 대한 계약에 서명하라고 압박을 가했다. 샤를르가 중개자 역할을 했다. 헤첼은 더 이상 그 대열에 끼지 않았다. 그에게는 예상된 금액이 너무 높았기 때문이었다.

출판사가 책이 필요하도록 만들어야 했다.

그는 9월 3일 건지섬로 돌아왔다. 그는 '수정궁'으로 만들기 위하여 개조하고 싶은 라운지, 자신만의 '아지트'에 기쁘게 복귀했다. 그는 발코니로 갔다 그는 몸을 내밀었다. 그리고 갑자기 그는 오트빌 하우스에 인접한 이웃 집의 방에서 땅에 떨어져 달빛에 빛나는 페트코트를 발견했다.

---

* Léviathan/ 인간의 힘을 초월하는 바다 괴물

그는 눈으로 본 것에 매료되었다.

한 젊은 여성이 누드로 나타났다.

"우네 무제르, 조벤, 아 아파레치도 누다, 에스 미 쿠에바 베시나."*

서른 네 살쯤 된 젊은 이웃 여인이었다. 그녀의 남편은 언제나 부재중이었다.

그는 매일 밤 그녀를 지켜보지 않을 수 없었다, "수브 클라라 누드 루체르나."**

그것은 그가 다시 태어나는 신호인 것 같았다. 하느님은 그에게 시간, 생명을 주었다. 그는 그의 작업을 계속했고, 먼저 『레미제라블』부터 출판할 것이다. 그는 치열하게 협상했다.

10월 4일, 라크르와 출판사는 번역 권한을 포함하여 12년간 사용하는 조건으로 30만 프랑을 지불하는 데 동의했다. 그러나 언론에서 연재하는 것도 문제가 되지 않아, 어떤 경우에도 권리는 50만 프랑은 될 것이다!

"그러면 우리는 이 금액을 새로운 주요 민주적인 신문사 설립에 영향을 줄 수도 있다!"

모든 것에 신경을 써야 했다. …

"우리는 파리에서 인쇄할 것이며, 하나는 8°판in-8°, 다른 하나는 보급판으로 18°판으로 만들 것이다. 악의는 없지만 뻔뻔스럽게 발표하여 위협이 되는 위조품에 주의할 필요가 있을 것이다."

그는 소설을 소개하는 안내서의 초안 작성을 관해 편집자에게 조언했다.

짧지만 주제를 훼손하지 않아야 했다. 특히 『노트르-담 드 파리』에 관해 언급해야 하는데 다음과 같이 말해야 했다 "중세 이후, 현재… 빅토르 위고가 『노트르-담 드 파리』에서 중세 시대에 관해 말했던 것을 『레미제라블』을 통해

---

* 그녀는 나의 새로운 이웃이다.

** 밝은 램프 아래 누드.

현대 시대에 대해 말하는 것이다. 그의 작업에서 이 두 권의 책은 인류를 비추는 두 개의 거울과 같을 것이다."

그는 보내온 교정쇄를 보았다. 그는 목표를 달성했다. 그는 장난스럽게 끄적였다. 그는 가브로쉬가 파리의 거리를 달리며 노래하는 것을 상상했다.

> 랑 탕 플랑!
> 북을 울리고, 또 울려라
> 팡 팡 팡
> 피프 파프 붐, 랑 플랑 탕 플랑
> 활기찬 새벽!
> [⋯]
> 부르주아는 잘난 체 하는구나⋯
> [⋯]
> 그는 자식에게 가르치지
> 어떻게 우리의 고통을 비웃는지
> 그에겐, 민중과 프랑스
> 자유, 희망
> 인간과 하느님은 보이지도 않지
> 돈 한 푼만도 못하니
>
> 나는 노래자락을 만들고
> 당신들은 명중 나팔을 불어대지
> 큰 북채로, 작은 북채로, 둥둥!
> 큰 북채로, 작은 북채로![293]

어쩌면 결국 그 계약은 자신이 재산을 안전한 곳에 두었다는 확신인데 실제로 안전한 것일까?

그는 아델에게 편지를 보냈다. "『레미제라블』을 판매하여 수지가 동등하게 되었소. 따라서 수입이 있으니 소비도 늘릴 수 있을 것이오. 우리도 편안하게 될 것이고, 나도 좀 더 쉬어야겠소. 이제 매년 갚아야 할 빚은 없소. 이제 좀 숨을 쉬게 되었소. 나는 건강을 해친 것 같았고, 실제로 건강을 망가뜨렸던 고된 노동은 하지 않을 것이오. 그게 전부요. 당신의 지출, 우리의 지출이 얼마나 초과했는지를 안다면, 놀랄 것이오. …"

"요컨대 내 결론은 모든 것은 잘 되어간다는 것이오. 확실히 더욱 여유롭게 살 수 있지만, 우리가 분산되면 망할 것이오. 이 점을 주의해야 하오. 그러니 세부적인 것을 기록해 두시오. 그렇지는 않겠지만, 나는 샤를르가 파리에서 옹색하게 지내는 것을 원하지 않소. 나는 12월 1일부터 그가 없는 동안에도 한 달에 125프랑의 연금을 주겠다고 오늘 샤를르에게 편지를 썼소."

"『레미제라블』건은 우리 아이들에게 놀라운 일이었다. 아이들에게 멋진 미래의 틀을 마련해 주었다. …"

그것은 샤를르가 건지섬로 돌아가고 싶어하지 않는 까닭이었다.

'나는 내 문학적 상황에 따른 정치적 희생을 하고 있다."라고 말했다.

그는 폴 뫼리스와 함께 『레미제라블』에서 착안하여 5막으로 된 드라마를 쓸 계획을 갖고 있었다. 바로 그것이었다! 그러나 여전히 샤를르에게 연금을 지불해야 하며 프랑수아-빅토르에게도 똑같이 해 주어야 했다!

그리고 딸 아델에게도 지참금으로 50,000프랑을 줄 생각을 해야 했다. 그녀가 핀슨 중위와 결혼하기를 원했기 때문이었다.

위고는 12월 25일 오트빌 하우스에서 맞이하는 무표정한 얼굴의 그 영국 장교를 눈여겨 보았다. 그는 핀슨 중위가 미국과의 전쟁이 발발할 경우 다음 날 아침 즉시 자신의 연대와 함께 캐나다로 떠날 것이라고 공표하는 것을 보고 깜짝 놀랐다!

결혼의 실마리였을까?

위고는 또다시 자신에게 엄습하는 불안에 사로잡혔다. 그러나 아델은 단호해 보였다. 그녀는 의기양양하게도 그 중위의 초상화를 대략 그리고 있었다.

"그가 몇 년 동안 고생하고, 용기를 갖게 되고, 일하고, 고통을 겪은 끝에 마침내 내게 다가와 손을 내밀었어요."

그러나 12월 25일에, 중위는 공식적으로 어떠한 요구도 하지 않았다! 다만 아델의 말을 들어야 했다.

"오늘 아빠가 얕보는 무명의 청년은 아마도 '하트'일 거예요. 불신하지 마세요. 몸도 부실하고, 불완전하며 그리고 무가치하고 열등한 사위들이 오히려 그들의 미천함 속에 찬란한 빛을 감추고 있어요."

"나는 언니 디딘을 기억해서 아빠에게 알베르 핀슨을 추천하는 거예요."

위고는 레오폴딘느를 떠올려 주어 크게 감동했다. 그는 아델의 행복을 위해, 아델이 그 결합을 간절히 원하기 때문에 결혼은 물론 지참금 지불에도 동의했다!

하지만 그녀는 핀슨 중위의 의도를 잘못 알고 있지 않았을까?

위고는 그러한 생각을 밀어냈지만, '모든 것이 좋은' 연말이건만, 슬픔이 되돌아 왔다고 느꼈다.

애견이 죽었다. 매일같이 달려와 안기던 수나, 위고에게는 충격이었을까?

아니면 그를 우울하게 만든 것이 비, 바람, 추위, 겨울이었을까?

그는 자신의 죽음, 쥘리에트의 죽음에 대한 생각을 떨칠 수가 없었다.

"나는 하느님 앞에 엎드렸다. 그리고 그분께 우리가 함께 살고, 함께 죽고, 함께 부활하게 해달라고 간청했다. 그 분께서 우리 둘을 위해 남겨둔 세월을 계산하고 그 숫자를 우리에게 각각 1분까지도 절반으로 나누어 달라고 청했다. 나는 그 분이 답변해 주시기를 바랐다."

그를 괴롭힌 것이 『레미제라블』 출판이 다가오면서 느끼는 지극히 단순한 고뇌 때문이었을까? 그는 쥘리에트의 말을 들었다. 그가 느끼는 바를 그녀는 큰 소리로 말하는 것 같았다.

그녀는 궁금했다. '『레미제라블』이 세상에 어떤 영향을 미칠까? 생각만 해도 가슴이 벅차오르고 손이 떨렸다. 이 책이 대중에게 공개될 때 온 마음을 휘어잡을 수 있는 모든 숭배와 존경과 온갖 각광을 맞아들이기 위해서, 나는 모든 눈, 모든 귀, 모든 영혼이 되고 싶다.'

그도 그렇게 되기를 기도했다.

제6부
1862-1867

1862

아마도 거대하고 험상궂은 죽음의 신은,

창공 아래 비스듬히, 당신을 바라보겠지. …

'10년 만에 지금처럼 고립된 것은 처음이다.'

그는 『레미제라블』교정쇄에 인쇄할 좋은 것을 제공하기 위해서 텍스트 한 부분을 수정하고, 다른 부분에서 다시 수정하고, 때때로 장章을 옮기는 것을 고려하거나, 그렇지 않으면 장 발장이 일하는 수도원을 세느강 왼쪽이 아닌 오른쪽에 배치하는 것도 고려해 보아야 했다.

그는 모든 세부 사항을 처리해야 했고, 권장 사항들을 제시하여 편집자인 라크루와를 들볶았다.

'내가 교정본을 검토하지 않고는, 내 책 중 단 한 권의 초판도 인쇄된 적이 없었고, 인쇄되지도 않을 것이다.' 그는 거듭해서 말했다.

그는 『레미제라블』을 다섯 부분으로 나누어 10권으로 편집하려고 했다. 그는 자신이 썼던 긴 철학적 서문이 들어간 출판을 포기하고, 단숨에 짧은 두 페이지로 써서 대체하기로 결정했다. 그때부터 책의 의미가 명확하게 드러났다.

완전한 문명사회에서 법과 관습에서 비롯된 행위에 따라 인위적으로 지옥을 만들어 내고, 신성한 운명을 인간의 죽음으로 복잡하게 만드는 사회적 천벌이 존재하는 한, 금세기의 세 가지 문제인 프롤레타리아에 따른 남성의 몰락, 굶주림으로 인한 여성의 타락, 무지에서 오는 아이의 쇠약이 해결되지 않는 한, 특정 지역에서 사회적 질식이 존재하는 한, 다시 말해, 더 넓은 관점에서 본다면 이 땅에 무지와 불행이 있는 한, 이런 성격의 책들은 무용지물이 아닐 것입니다.

그리고 나서 책이 가져다 줄 돈 때문에 라크루와 한 발 한 발 싸워 나가야 했다. 라크르와가 시인은 셈을 못할 것이라고 상상한다면, 착각하는 것이다!

그는 편집자에게 편지를 썼다. "당신이 잘못했더군요. 당신들이 한 권당 5프랑으로 하고 2프랑 50 싼 가격으로 판매한다면 할인을 하는 것이지요. 생각해 보시오. …"

그런데 갑자기 멈칫했다. 벨기에 출신 사서가 자신이 위고의 이름으로 몇 구절을 출판했다고 고백한 편지를 받았기 때문이었다. 벨기에의 왕이 사형수를 사면해 주도록 간청하기 위해서였다. 그리고 「르 주르날 드 브뤼주」 지가 그것을 출판했다!

위고는 주춤했다. 혼자 소리쳤다.

'그 시구는 내가 쓴 것이 아니'라고 주장했다. 그러나 명분은 좋다. …

'그 시구의 저자가 누구든, 나는 그에게 감사한다. 목숨을 구하는 일에 내 이름이 도용되고 심지어 욕을 먹는다해도 좋다!'

9명 중 7명이 사면됐다는 소식을 듣고 온 몸이 나른해졌다. 그는 잠시 눈을 감았다. 그는 혁명가 바르베스를 떠올렸다. 그가 루이-필립에게 편지를 써서 사면을 받았던 사람이었다. 더구나 그는 『레미제라블』에 그 에피소드를 끌어들였다.

그는 그 책에 자신의 모든 경험, 모든 기억, 모든 생각, 모든 시를 담았다는 느낌이 들었다. 또한 40년 이상의 작업에 대한 최고의 업적으로서, 그의 생애

60년이 되는 1862년에 『레미제라블』이 등장하는 것은 일종의 운명의 신호인 듯 했다.

'이 책은, 최고의 작품은 아닐지라도, 내 작업에서 가장 주요한 작품 중의 하나일 것이라고 확신한다.'

라크르와가 요청한 대로 특정 부분을 줄이는 데 동의하는 것이 문제될 것은 없었다. 하지만 어떠한 장章을 '삭제하는 것'은 허용하지 않을 것이었다. 그는 출판사에 말해 두었다. "이 책은 산과 같으오. 잴 수도 없으며 멀리서만 잘 볼 수 있소. 모든 것은 한 덩어리이오. 1부와 2부에서 길게 느껴질 수 있는 디테일은 마지막을 위한 준비이며, 초반 길게 느끼는 부분이 끝마무리의 극적인 효과를 더할 것이오.'

그는 교정 작업에 지쳐 조급해졌다. 그가 더 깊이 파고 들어갈수록, 그 책이 그에게는 전 생애의 역작으로 보였다. 라크르와 출판사는 그가 끝까지 손을 놓지 못하는 것을 이해해야만 했다.

'양심의 드라마, 영혼의 서사시, 그것이 바로 이 책이다. 책에 참신함과 의외성이 있다. 그렇게 될 것이다. 나는 순간의 성공을 말하는 것이 아니라, 미래의 결정적 확실성을 말하는 것이다. … 모든 인간은 물질적인 행동을 하며, 철학자와 개혁가에게는 도덕적 드라마의 반전이 있다.'

그는 3월 5일 오트빌 하우스에 12명 정도의 가난한 아이들을 초대하여 점심 식사를 제공하면서 그러한 집착과 고뇌에서 조금은 벗어나려고 애썼다.

그는 그런 이벤트를 매주 반복할 계획이었다.

"그들과의 식사는 우리 식사와 똑같이 할 것이다. 우리는 그들을 대접할 것이다. 그들은 식탁에 앉으면서 '주님, 축복받으소서.'라고 말하고, 식사 후 일어날 때는 '주님, 감사합니다.'라고 말할 것이다."

그러나 그는 강요된 기도를 반대하는 아들 샤를르의 비판을 직면하게 되었다. 샤를르는 건지섬 시절부터 감시받고 있다고 확신하면서 빚을 진 상태로 파리에 머물고 있었다. 아들은 편지를 보내왔다. "교회는 교회가 있어야 할 자리에 있어야 하며, 집으로 끌어들여서는 안 됩니다. 오트빌이 사제관처럼 보여서 득이 될 것은 아무것도 없어요. …"

어찌 그토록 아버지를 이해하지 못할까? 어떻게 아버지가 자신을 염탐한다고 생각할 수 있을까?

위고는 답장을 보냈다. "우리는 너를 사랑하고, 너를 원하고 있단다. 손톱만큼도 비난하지 않고 감추는 것도 없다. 그것이 우리 모두의 마음이란다. …"

그러면서도 아들이 그렇게 이해가 부족한 것을 받아들일 수는 없었다.

그는 거듭 일렀다. "나는 소크라테스의 존재를 믿는 것처럼 그리스도의 존재를 믿는다. 나 자신의 존재보다도 주님을 더 믿는다. 거듭 말하지만, 나는 나 자신보다 주님의 존재를 더 확신한다. …"

그가 『레미제라블』에 표현한 그러한 믿음을 독자들은 공감할까? 아니면 순진하거나 퇴행적이라고 생각하여 충격을 받을까? 그는 4월 3일 발매되는 책의 출간에 대한 첫 반응을 초조하게 기다리고 있었다.

그리고 동시에 그는 다음 부분의 교정쇄를 계속 수정해야 했다. 라크르와 출판사는 6월 30일까지 10권이 모두 나올 수 있기를 기다리고 있었다. 그리고 때마침 정기선 편으로 우편물이 들어 있는 짐짝이 생-피에르 항구의 부두에 도착했다.

배포되기까지 아직 몇 시간을 기다려야 했다. 그 때 4월 10일자 편지가 도착했다. "소설 1부의 초판은 이미 절판되었으며 재인쇄가 시작되었습니다!"

"교정하는 사람이 교정판을 읽으면서 울었습니다."

아틀리에 회원들이 모두 모여, 구입한 책을 모든 동료가 읽은 후에 그 책의 주인이 될 사람을 정하기 위해 제비를 뽑았다.

단 몇 편의 기사만 출판되었는데 그 중의 하나는 보들레르의 기고였다. 그 젊은 시인은 호의적이었다. 「라 르뷔 뒤 몽드 카톨리크」에서 루이 뵈이요의 기고는 적대적이었는데, 좌파계열 신문 「르 시에클」에서 르카스라는 사람의 기고는 유보적이었다. 일부 비평가들은 그 책이 대혁명을 10년이나 앞당겼다고 주장하였다!

그리고 「데바 *Débats*」지에서는, 권력의 편에 가까운 연대기 작가 퀴비예-플뢰는 그렇게 썼다. "위고가 사회주의적인 논문을 쓴 것은 아니다. 그는 경험을 통하여 우리가 알고 있는 것보다 훨씬 위험한 일을 했다. … 그가 고백하는 것처럼, 이 책은 한 작가의 작품일 뿐만 아니라 한 인간의 행동이며, 진정한 1848년의 봉기이고 하나의 정당政黨의 행위라고 말하는 것이다."

위고는 자신이 기다리는 일이 바라는 대로 벌어지고 있다고 느꼈다. 책은 읽히고 거침없이 팔려나갔다. 그리고 적들은 짖어댔다.

'4월, 대박난 달이다! 『레미제라블』의 성공이다!' 그는 중얼거렸다,

그는 쥘리에트와 기쁨을 나눌 수 있었다. 아델은 파리에 가 있었다. 그녀는 소문을 수집하고 검열 가능성을 걱정하면서 편지를 보내왔다. 당국이 폴 뫼리스와 샤를르가 『레미제라블』과 관련된 드라마의 공연을 금지하지 않았던가?

위고는 싸울 준비가 되어 있었다.

'보나파르트가 『레미제라블』을 핍박한다면 프랑스 안에서 문학은 나에게 문을 닫은 것이기 때문에, 나는 프랑스 밖에서 문학 활동을 하며, 『꼬마 나폴레옹』과 『관조』를 가지고 전쟁을 다시 시작하리라.'

그러나 보나파르트는 감히 그러진 못할 것이다!

적대적인 기사들, 놀랄 것이 얼마나 있으랴?

라마르틴느는 평소와 같이 신중하게, 우정이라고 자연스럽게 말하면서 상투적인 '백조의 공격'을 퍼부었다. '걸작에 관한 고려사항' 혹은 '천재의 위험'

이라고 제목을 붙인 그의 비평에서, 라마르틴느는 '미묘한 것으로부터, 친구로부터, 불완전하지만 신성하고 필요한 사회를 지켜내고 싶다'고 선언했다. 그의 의무는 '친구에, 섬세한 것에 대항하여 방어하고' 싶다고 선언했다. … '라마르틴느의 의무는 '위험한 책'을 폭로하는 일이었다고 위고가 비꼬았다.

상관 없었다!

위고가 말했다. "한 남자가 나처럼 유용하고 정직한 일을 하고 있거나 또는 정직한 일을 하려고 세상의 여주인 격인 엄청난 악惡에 맞설 때, 그 남자는 증오에 둘러 쌓이고, 모든 분노의 표적이 된다."

더구나 라마르틴느와 그 밖의 사람들도 잘 알고 있었다.

"급진적인 것이 이상적이라면, 그렇습니다. … 나는 급진적입니다." 위고는 말을 이어갔다. "나는 왕 없는 사회, 국경 없는 인류, 책 없는 종교를 지향합니다. 맞습니다. 나는 거짓을 파는 사제, 불의를 자행하는 재판관과 싸우고 있습니다. 나는 봉건적 요소를 없애고 재산권을 보편화되길 바랍니다. 나는 사형제도가 없어지기를 원하며, 노예제도를 거부합니다, 나는 불행을 몰아내고, 무지한 사람을 가르치고, 질병을 치료하고, 밤을 밝히고 싶습니다. 나는 증오를 증오합니다.

이것이 내가 존재하는 까닭이며, 내가 『레미제라블』을 쓴 이유입니다.

내 생각에 『레미제라블』은 기본적으로는 형제애, 궁극적으로는 진보를 담고 있는 책일 뿐입니다."

5월 19일, 10시에 그는 펜을 내려놓았다. 그는 『레미제라블』을 전체적으로 수정하여 작업을 끝마쳤다.

그는 쥘리에트에게 말했다.

"당신의 축제는 곧 나의 축제요. 축제는 이 책을 배달하는 것과 동시에 시작되오. 내일은 원고의 마지막 부분을 보내겠소. 내일 나는 자유로울 것이오. 나는 『레미제라블』에서 벗어난다오. 이것이 당신에게 바치는 꽃다발이오."

그렇게 말하면 그녀가 만족할 것이라고 알고 있었다. 그리고 아델이 건지섬을 떠난 그때, 그는 그녀와 점점 더 가까워졌다고 느끼는 것이 사실이었다. 그는 자신의 인생을 살아가고 있고, 쥘리에트가 오귀스트 바크리와 함께 쓴 『생애의 한 증인이 말하는 빅토르 위고』라는 책을 출간하기 위해서 계약서에 서명을 했다. 그녀는 평범한 삶의 일부인 기억을 15,000프랑에 팔았다. 그녀의 기억은 9,000프랑에, 바크리의 기억은 6,000프랑에 팔았다!

위고에게 쥘리에트는 그 어느 때보다 헌신의 화신으로 보였다.

"저의 보잘 것 없는 기억을 당신의 인생에서 가장 영광스러운 날로, 『레미제라블』로 연관시켜 주셔서 고마워요… 당신이 인류의 한복판을 여행하면서 아직도 먼지 묻어있는 당신의 소중한 발에 키스합니다. 또한 당신의 신성한 후광도 보지 못한 저의 두 눈을 손으로 가릴 뿐입니다. 나는 당신에게 무릎을 꿇고 키스합니다."

그는 그녀와 함께 아르덴과 라인강을 따라 한 달 이상의 긴 여행을 떠날 수 있었다.

그는 독자들이 다른 편의 책이 출판되자마자 서로 쟁탈전을 벌이는 것도 알고 있었다.

팡제르 편집 인쇄소가 있는 센느 거리는 아침 6시부터 서점의 점원 무리, 위탁판매업자, 서점의 속보마速步馬들이 점거하고 있었다. 가게 문이 열리면 난리가 나기 때문에 마을의 하사관들이 질서를 유지해야 했다. 가게에는 『레미제라블』 무더기만 있었다. "책 무더기는 매장 전체를 차지하고 바닥에서 천장까지 쌓여있었다. 그 피라미드는 판매 가능한 서적이 4만 8,000권이라는 놀랄만한 수치를 나타낸 것이었다." 파리에서 보내온 편지에서 읽은 내용이었다.

벨기에서도 똑같은 반응이었으며, 대부분의 국가에서도 번역이 예정되어 있었다.

'주님, 감사합니다.'

건지섬으로 떠나기 며칠 전 브뤼셀의 한 출판사가 주최하는 연회에 갔다. 목이 뻐근했다.

9월 16일에 그가 고백했다. "내 감정을 뭐라 표현할 수가 없었다."

그의 주변에 그 도시의 시장, 망명자들이 있었다, 이제 그는 '거대하고 신성한 진보의 기관차'로서 언론의 자유를 부르짖게 되리라.

그는 자신을 환호하는 청중과 10,000여 명 독자들의 열광에 매료되었다. 그들은 연대기 작가보다 더 나은 공화주의자일 수도 있지만, 『레미제라블』이 위고가 되풀이하여 언급했던 '사랑과 연민의 책, 화해의 외침'이라는 것을 이해한 사람들이었다.

예를 들어 워털루 전투에 대하여 그가 가지고 있는 너무 영웅적인 관점에 대해 이런 저런 면을 비판하며 눈살을 찌푸린 사람들, 그들은 '정당이 정치적 성향 때문에 국적을 바꾸는 것은 잘못이며, 나는 그러한 실수를 하지 않으리라는 것'을 이해하지 못한 것이었다.

9월 29일, 그는 건지섬으로 돌아와 아직 미완성인 '수정궁', 완성이 덜된 라운지에 앉아 있었다. 가을바람이 불어와 헤집기 시작하는 바다를 바라보았다. 그는 거친 물결의 움직임과 드넓은 지평선 위를 끝없이 달리는 구름이 서로 조화를 이루고 있다고 느꼈다.

그는 테이블에 앉았다. 그는 파리에서 온 편지들을 읽었다. 편지에는 생트-뵈브가 브뤼셀의 연회에서 마틸드 공주 등 황제 측근들의 관심을 끌었다는 소식이 덧붙여 있었다. 생트-뵈브는 그곳에서 '위협적이고 의기양양한 코블렌츠라는 사람을 만났다. … 그렇다면 그들이 내일은 우리의 침략자이며, 다음에는 망명자로 돌아오는가? 그렇게 되어가는 것이 내일이 아니고 오늘이라는 사실

이 우스꽝스럽다. …'

위고는 그러한 사실을 알고나니 역겨워 구역질이 났다. 분노가 치밀어 올랐다.

오라, 청하노라! 왔구나, 불명예여, 뻔뻔함이여

냉소여, 왔구나, 더럽혀지고, 즐거워하며, 줄에 끌려서

[…]

생트-뵈브…

[…]

거짓 맹세, 쿠데타, 성공, 창녀

양성兩姓인 당신, 당신의 삐딱한 시선으로

오라!294

비열한 사람들과 싸울 수 있는 단 한 가지의 방법, 그것은 책을 읽히는 것 뿐이었다.

그는 재출간을 하지 않는 라크르와 출판사에 편지를 보냈다. 출판사에서는 인기 있는 판을 출시하지 않은 채, 높은 가격이 유지되는 종점에서, 느리지만 확실하게 유통되기를 기다리고 있었다.

그는 출판사에 재촉했다. "쇠는 달구어졌을 때 두드려야 하오. 그리고 다시 식히시오! 지금 저렴하고 작은 형식의 판을 출판해야만, 당신은 첫날 성과와 동력을 한층 더 강력하게 이어나갈 수 있소. 즉 책이 사람들의 지칠 줄 모르는 심층을 파고들게 하는 것이오! 하지만 당신에게서 엄청난 분량을 구매한 엘리트에게서, 더 많은 권수를 구매하려는 대중으로 눈을 돌리시오. …"

사람들이 팡틴느와 코제트의 운명에 눈물을 흘리고 마리우스를 따라 바리케이드까지 가다가 장 발장의 운명에 압도된 상황에서 생트-뵈브와 루이 뵈요는 위고에 맞서 무엇을 할 수 있었을까?

위고는 끄떡없을 것이다.

특히 그는 빈곤으로부터 보호받고 있었으니, 독립작가이면서 부자이기까지 한, 그렇다, 그는 그것을 인정해야 했다.

그는 1862년에 벨기에 국립은행 주식 231주를 살 수 있었다. 그와 그의 가족들의 안정이 보증된 것이었다. 그는 두려움 없이 죽을 수 있을 것이다.

죽는 것?

> 모든 것이 몽땅 썩지 않는다고 누가 알랴
> 우리가 믿는 영광, 생명, 씨앗이
> 공포와 죽음이 아니라고 누가 알랴
> [⋯]
> 심연은 광대한 납골당이려니
> 혜성이 검은 장막의 주름을 따라 기어 다니는구나
> 오, 소음으로 가득 찬 살아있는 것들이여
>
> 아마도 거대하고 험상궂은 죽음의 신은
> 창공 아래 비스듬히, 당신을 바라보겠지
> 밤을 앞세우고!
>
> 세상은 죽은 자 같으려니
> 계절이 가져다준 하늘은
> 수많은 다양한 빛을 발하려니
> 오 인간들, 당신에게 상처 주는 법에 굴복되고
> 이 거대하고 화려한 시체
> 별들은 모두 시의 구절들이니!295

1863

나는 소리 없이 자스민과 카네이션의 잎사귀를 꺾고,

그리고 닫힌 눈꺼풀 너머 당신을 바라보며 기도 했소.296

위고는 매일 밤이 괴로우리라는 것을 알았다. 누군가가 그를 흔들어 침대에서 끌어 내리는 듯했다.

그는 종종 일어나서 하녀의 방과 자신의 방을 구분하는 칸막이로 다가갔다. 만들어 두었던 '못 구멍'에 눈을 붙였다. 그는 옷을 벗은 채 침대 가장자리에 발을 올려 놓고, 다리를 드러낸 젊은 여자를 훔쳐보았다.

욕망이 그를 지배하자 악몽이 사라졌다. 그는 침대로 돌아갔다. 그러나 그는 그 목소리를 들었다. 그것은 레오니 도네의 목소리 같았다. 그녀는 그를 부르며 다가왔다. 그리고 때때로 그녀가 그를 향해 몸을 구부릴 때, 그는 죽음의 신을 보는 것이라고 믿었다.

'불길한 꿈. 지속적으로 꾸는 꿈. 경고일까? 형태도 거의 변하지 않는 같은 꿈.'

그는 레오폴딘느에게 기도했다. 그녀만이 그를 도울 수 있을 것이다. 어쩌면 쥘리에트의 딸, 클래르도 가능했으리라.

'천상에 있는, 오, 나의 사랑스러운 천사여, 차라리 내 목숨을 가져가소서!'

그는 속삭였다. 무엇이 그를 고통스럽게 했을까? 그는 무덤으로 내려가는 것은 두렵지 않았다. 하느님은 이미 그에게 많은 것을 주셨다!

그렇다면 무엇일까? 기력이 소진한 것에 대한 두려움일까? 열정도 욕망도 없는 실루엣에 지나지 않을 것이라는 두려움일까?

그는 발코니로 나왔다. 옆집 침실 쪽을 바라보았다. 요 전날 그는 다리의 절반쯤 올라오는 부드러운 부츠 차림의 우아한 영국인 여자를 보았었다. 그것만으로도 그의 피부에 파고드는 전율을 느꼈다.

그는 여자의 몸을 보고 만져야만 했다.

그는 몸을 돌렸다. 그는 라팔뤼의 별장의 그늘을 상상했다. 그 집은 쥘리에트가 며칠 동안만 살고 있는 곳이었다. 습기가 너무 많아서, 그는 그녀가 오트빌가 20번지에 정착하기를 원했다. 그 곳은 그가 건지 섬에 처음 몇 주간 머물렀던 곳이기도 했다.

그는 쥘리에트를 생각하는 것만으로도 마음이 진정되었으며, 그녀가 방금 보낸 편지를 기억하는 것만으로도 마음이 편해졌다. 마치 그들의 만남의 기념일인 2월 17일처럼.

그녀는 그에게 편지를 보냈었다. "제 인생에서 이러한 30년간의 사랑은 아무런 방해없이 보낸 단 하루 같았어요. 저는 지금까지 그랬던 적이 없었던 것처럼 더 젊고, 더 활기차고 더 강하게 당신을 사랑한다고 느껴요. 몸과 마음, 영혼, 그 모든 것이 당신의 것이고 당신을 위해서, 당신을 통해서만 존재하지요. 당신에게 미소를 보내며, 당신을 축복하며 당신을 우러러 봅니다."

그는 그녀에게 답했다.

"영원히 함께하오! 하느님이 우리에게 이 낙원을 허락하길, 오 나의 사랑스러운 천사여, 우리 서로 사랑하자구요!"

그러나 그녀는 잊지 않고 있었다. 위고가 젊은 여자의 몸, 어렴풋이 보이는 다리, 봉긋한 젖가슴, 낯선 여자가 가져다 주는 욕망의 힘 없이는 살 수 없다는 것을 그녀는 잘 알고 있었다.

그의 나이 61세, 나이가 들수록 욕망은 더 커지는 듯했다.

그의 입을 바짝 마르게 하는, 꺼지지 않는 여자들에 대한 갈망을 잊고 그가 몰입하는 것은 오로지 일하는 것뿐이었다.

새해, 그는 원고를 분류했다. 그는 『여러 세기의 전설』 두 번째 부분을 쓸 생각을 하고 있었다. 그러나 무엇보다도 그는 세기 초 프랑스의 대격변에 점점 더 마음이 쏠렸다.

그는 당통, 마라, 로베스피에르와 그들의 희생자인 루이 16세와 귀족들과 같은 비범한 인물들에 대해 축적해 놓았던 저작물을 훑어보았다. 그가 젊은 처제인 쥘리 쉬네에게 그녀가 정리해야 할 책들을 건네주면, 그녀는 접사다리 위에 서서 그의 도서관을 정리했다. 그는 그녀를 바라보았다. 그는 그녀에게 마음이 쓰였다. 그녀의 남편은 존 브라운에 관한 판화 앨범과 함께 그에 대한 권한을 뺏아가고 싶어하는 나쁜 놈이기 때문에 더욱 그러했다. 좋은 교훈을 주었다! 그때부터 위고는 그의 그림 출판을 거부하기로 결정했다.

'나는 작가로서 괴발개발 쓴 글씨를 출판해서는 안된다.'고 단언했다.

그는 가끔 쥘리에게 시선을 던지며 방안을 서성였다. 그리고 동시에 그는 1793년 브르타뉴의 황무지 한 성곽에서 일어난 화재를 상상했는데, 올빼미당원을 추적하는 공화국 병사도 떠올랐다. 그는 '그의' 죽은자들, 그의 어머니, 아버지, 그 역사의 배우들을 생각했다.

그런 과거에서 어떻게 벗어날 수 있을까?

그는 말했다. "19세기의 시인, 19세기의 작가는 프랑스 혁명의 후예입니다. 이 화산에는 89와 93이라는 두 개의 분화구가 있는데, 거기에서 두 개의 용암이 흐릅니다."

그는 봉투 뒷면에 이름과 장면을 적었다.

그는 자신의 프로젝트에 대해 묻는 그의 편집인 라크르와에게 대답했다.

"나는 해야만 하는 아주 위대한 과업의 문턱에 서 있습니다. 동시에 나를 끌어당기는 무한함 앞에 주춤하고 있습니다. 작업이란 바로 『93년』이지요. 내가 이 책을 쓴다면, 봄까지는 내가 맡은 부분은 마치게 됩니다. 몰두해야 하겠지요. 완료될 때까지 아무 것도 공개할 수 없습니다. 나를 구속하는 것도 불가능합니다. 나는 절대적인 선의를 가지고 있어요, 당신에겐 진정한 애정을 가지고 있습니다. 그러나 연기할 수 있는 사람은 오로지 나라는 사실을 아셔야 합니다."

그리고 언론에서 여전히 갑론을박하는 『레미제라블』의 성공 이후에는 시간을 좀 두어야 했다. 언론은 대부분 적대적이었다. 사람들은 그가 '폭도에 관한 서사시'를 썼다고 수근대었다. 그가 폭도의 서사시를 썼다고도 말했다. 그는 사회주의를 신봉하는 마티외와 짝꿍이 되었고, 수년 동안 트렁크에 있었던 그 소설을 주식 시장 투기꾼처럼 재정적으로 적절한 시기에 내놓았다는 말도 들었다. 그는 그러한 사람일 것이며, 사회주의를 팔고 가난한 사람들에게 아첨하더라도, 배당금을 받으며 은행가처럼 살고 있다고 비난하였다!

그는 자신에게 쏟아지는 증오를 감수하면서, 『93년』을 출판한다면 어떻게 될까!

그는 자신이 프랑스와 해외에서, 그 어느 때보다 관심의 중심에 있다고 느꼈다. 그리고 이러한 관심에는 애정, 감탄, 무분별하고 불건전한 호기심, 질투, 저열한 흥미, 또는 그의 도움을 받고자 하는 욕망이 뒤섞여 있었다.

그 중에 도움을 청하는 과부가 있었다.

'나는 그녀에게 20프랑의 수표를 보낸다. 늙고 가난한 그녀에게 관심을 가질 만한 가치가 있어 보였다.'

또한 그 중에서 폴란드인들이 이제 막 러시아에 저항하며 지원을 요청했다. 그러한 호소를 외면하고서야 그는 무엇을 할 수 있을까?

"러시아 병사들이여, 다시 인간이 되시오! 지금 이 영광이 당신에게 주어진 것이오, 영광을 잡으시오.

러시아 병사들이여, 폴란드인들을 본받으시오. 그들과 싸우지 마시오. 폴란드에서 당신 앞에 있는 것은 적이 아니라 본받을 사람들이오."

그리고 가리발디는 그렇게 적어 보내왔다. "이탈리아인에게 백만 정의 총이 더 필요합니다. 필요한 자금을 모으는 데 당신이 도울 것이라고 확신합니다. …"

카프르라 섬에 감금되어 피에몬테 군주국에 의해 이용당하고 있는 망명자 가리발디를 도와야했고, 기부금을 신청해야 했다!

멕시코 사람들 역시 도움이 필요했다. 그들은 나폴레옹 3세의 군대가 벌인 전쟁에 휩싸여 있었다. 나폴레옹 3세는 멕시코인들에게 오스트리아의 군주인 막시밀리안을 받아들일 것을 강요하려는 의도를 품고 있었으며, 특히 아메리카 대륙에 거점을 확보하기 위해 미국을 약화시키는 남북전쟁에서 이득을 취하려는 속셈이 있었다.

그는 프랑스군에 의해 포위된 푸에블라 주민들이 매일 『꼬마 나폴레옹』에서 발췌한 한 페이지를 게재한 신문을 발행한다는 것을 알게 되었다!

위고는 그들에게 편지를 썼다. "여러분이 함께 나를 믿는 것이 옳습니다. 여러분과 전쟁을 하고 있는 것은 프랑스가 아니라 제국입니다. 우리는 제국에 맞서고 있습니다. 여러분은 여러분의 입장에서, 나는 나의 입장에서, 여러분은 여러분의 나라에서, 나는 망명지에서… 공화국이 여러분과 함께합니다."

그는 자신이 거부하지 않으면 더 이상 사람들의 시선을 피할 수 없다는 확신이 들었다. 그러한 사실 때문에 그는 더욱 확고해졌는데, 예를 들어 5월의 입법 선거에 출마한 공화당 후보들에게 황제에 대한 맹세를 거부하라고 조언할 수밖에 없었다. 그러나 그 후보자들은 이 비타협적인 제안을 무시하고 비웃었다. 공화당의 반대파가 대성공을 거두고 있기 때문에 아마도 그들의 말이 옳았을 것이다.

그러나 평범한 인간에게는 능력도 있고, 기회가 맞아야 가치가 있다. 그는 자신이 썼던 에세이『윌리엄 셰익스피어』에서 언급한 것처럼, 그는 대양의 남자였다. 그는 타협할 수 없었다. 그는 셰익스피어처럼 최고의 예술 영역에 살고 있었다. 그래서 그는 모범을 보이고 모든 사람을 위해 행동하고 글을 써야만 했다.

모든 사람을 위한 모든 것, 그것이 정치 음모의 미궁에 빠지지 않고, 시민의 투쟁에 참여해야 하는 예술가, 시인이자 예언자로서 높이 우뚝 서야 하는 예술가의 신조였다.

'문명이 필요로 하는 것은 위대한 후예, 바로 민중 문학이다. … 그렇다! 정신이다! 쓸모 있어야 한다! … 산다는 것은 참여하는 것이다!'

그래서 그가 대혁명의 화산에서『93년』이란 용암의 흐름, 공포정치, 방데 전쟁, 기요틴, 학살, 방화, 공화국의 병사들의 용기에 맞서는 올빼미당원들의 영웅주의를 다시 떠올리는 이유였다. 또한 어머니 그리고 아버지도!

모든 것에도 불구하고 가끔 그는 망설였다. '나는 산들을 움직이기에 조금은 늙었다, 그리고 어떠한 산이던가! 산 그 자체!『93년』끝내! 하느님이 원하신다면!

그가『윌리엄 셰익스피어』를 계속 집필하는 동안, 욕심 많은 출판인 라크르와가 라마르틴느에게 같은 주제에 관한 책을 주문할 의사를 표명했기 때문에 화가 치밀었다. 위고는 말했다. '나를 모욕하는 것으로 보이는군. 뾰쪽한 탑에서 달리게 하는 거야.' 그는 그 소설에 대해 계속 생각했다.

그는 폴 뫼리스에게 편지를 보냈다.

"내 계정으로 구매할 것이니, 당신이 말했던『대혁명시대의 예술』이란 책을 나에게 보내주시오. 혁명 의회가 루이 16세를 심판했던 재판정을 자세하게 묘사한 내용이나 판화라도 있던가요? 만약 있다면 나에게 보내주시겠소? 공포 정치에 관한 모르티메-테르노의 저서가 무엇이지요?"

하지만 그는 먼저 셰익스피어의 작품을 프랑스어로 번역한 프랑수아-빅토르를 깊이 생각하며 『윌리엄 셰익스피어』를 끝내고 싶었다. 그는 아들이 걱정되었다. 아들 프랑수아-빅토르가 번역을 도와준 영국여자 에밀리 드 퓌트롬과 사랑에 빠진 것을 알고 있었다. 그녀는 생기도 없이 얼굴이 창백하며, 기침을 하는 것으로 보아 폐병에 걸린 것 같았다.

주여, 자식이란 기쁨과 고통의 근원이오니!

샤를르는 영국 본토에 머물고 있었다. 그는 도박장에 자주 드나들고, 쾌락에 빠졌다. 그는 곧 어머니와 함께 브뤼셀에 정착할 계획이었다. 그러나 아델은 『생애의 한 증인이 말하는 빅토르 위고』의 출판 덕분에 당분간 파리에서 그녀에게 주어진 유명세를 즐기고 있었다.

위고는 먼저 신중하게 반응했다. "사람들이 내가 그 작품과 아무 관련이 없다고 알고 있는 것은 매우 중요한 거요. 흥미있는 것은 나는 그것을 읽어보지 않았다는 것이지요."

그는 그것을 대충 훑어 보았다.

"전체적인 조화는 매우 훌륭하오."라고 아델에게 짧게 언급했다. 그녀는 브뤼셀과 파리로 되돌아가기 전에 며칠 동안 건지섬에 머물고 있었다. 그래서 그는 더 이상 그러한 여행의 유용성에 대해 논쟁하려 하지 않았다. 더구나 각자는 서로 멀리 떨어져서, 각자의 삶을 살아가고 있었기 때문이었다. 나이가 들며, 시나브로, 긴장도, 질투도, 인색함도 누그러져 갔다.

따라서 그는 쥘리에트와 함께 해마다 아르덴, 벨기에, 라인 계곡으로 긴 여행을 하는 것에 대하여 아델이 더 이상 언급하지 않는다는 점에 주목했다.

더 잘된 것은, 아델이 쥘리에트에게 건넬 자신의 책 한 권을 위고에게 준 사

실이다. 그는 책을 폈다. 책에 헌사가 쓰여 있었다

"드루에 부인에게, 망명 중에 쓰다, 망명 덕분에 펴내다.

아델 위고, 오트빌 하우스, 1863."

그는 시간이 지혜와 화해라는 작품을 만들어 냈다는 것에 행복했다. 그리고 그가 쥘리에트에게 마련해준 오트빌 가의 새 집으로 가서 그 책을 주었을 때, 그는 그녀의 감동에 놀라지는 않았다. 그녀는 하느님께 감사했고, 그가 그녀의 집으로 배달시켰던 모든 가구를 보여주었다.

"모든 것을 당신의 가족에게 되돌려 주어야 해요… 내가 죽은 후에, 당신이 관대하게도, 내 생애 동안 나에게 준 모든 것을 그들에게 되돌려 드릴 거예요."

마침내 화합하는 것일까? 불안은 그를 계속 괴롭혔다. 불안은 불면증과 악몽을 낳았고, 추하고 비참한 꿈을 꾸게 했다. 그 꿈은 관음증 환자처럼 그가 여자의 몸을 떠올렸을 때, 또는 그가 하녀의 방에 들어갈 때, 그녀를 만지게 하거나 사랑하게 할 때에만 중단되었다.

그러나 그가 혼자 있을 때, 파도처럼 솟구치는 언어들로 상상과 아이디어의 드넓은 바다에 휩쓸리지 않을 때면, 그는 고통스럽게 딸 아델을 생각했다. 그의 딸은 인사도 없이 6월 18일 오트빌 하우스를 떠났다. 그녀는 어머니를 만나러 간다 했고, 이어 런던에서는 약혼자 핀슨 중위를 찾아 결혼차 몰타로 떠날 것이라고 편지를 썼다. 그녀가 나중에 영국 장교인 남편의 근처, 카나다의 핼리팩스에 있다고 써 보냈을 때 어떻게 마음 졸이지 않을 수 있었을까? 위고에게 의심이 생겼다. 그와 결혼을 하긴 한 걸까?

그는 그녀의 행동에서 이상한 점을 발견했다.

'아델의 모든 행동은 수수께끼 같다. 우리는 결혼에 동의했다. 그녀는 집에서 도망쳤다. 그녀는 집에서 아버지, 어머니, 형제, 부모, 친구들 앞에서 품위 있게 결혼할 수도 있었다. 그녀는 결혼식을 도피처로 만들었다. 갑자기 그녀는 결혼했다고 편지를 보내왔다. 그것도 편지에는 단 세 줄로 언급했다. 열 페이지 이상은 돈을 요구하는 내용이었다. 내 이름도 언급하지 않았다. 편지에 나는 계산원처럼, 암시되어 있을 뿐이었다. 그렇다면, 그녀는 어디서, 어떻게, 누구 앞에서, 어떤 법에 따라 결혼했을까? 일체 언급이 없었다. … 증거를 찾을 수 없는 결혼을 했다는 것이다. … '

마음이 편치 않았다. 거의 배신당한 느낌이었다. 문제는 건지섬에서 일어났다. 사람들은 거리에서 그에게 말을 걸어와, 딸에 대해 물었다. 그녀가 결혼했다는 것이 사실인가요?

그러나 빅토르 위고의 가족이 되는 엄청난 영예를 안고 있는, 키가 작고 못된 영국 군인, 그는 어디에 있었을까? 그는 정말 사위였는가?

'나는 스스로에게 이 질문을 할 수 밖에 없었다. 딸이 침묵하는 것은 결혼을 하지 않았다는 것을 말하는 것이리라.'

그 일은 고통이었다. '나는 피로와 걱정으로 짓눌려 있어… 우리는 매우 고통스러운 한 해를 보내고 있구나.'

놀라지는 않았지만, 그는 아내가 퍼붓는 비난에 주눅이 들었다.

"아델은 자유로운 아이였어요. 그 아이의 인생은 정치적인 엄격함에 희생되지 않았나요? 이러한 엄격함 자체는 유배지를 선택하는 문제 때문에 더 커지지 않았나요? 당신이 당신의 모든 의무를 수행하는 동안, 우리는 얼굴을 맞대고 우리 아이에 대한 의무를 다하고 있었던가요? 그 아이가 불행한 존재가 아니었나요?" 그녀는 원망하듯 말했다

소문을 진정시켜야만 했다! 그는 10월 1일자 건지섬의 주간지 「라 가제트」 지에 게재를 요청하는 의견을 보냈다. 그는 거기에 결혼을 발표했다. "1863년 9월 17일, 파리에서, 제16 영국 보병 연대의 알베르 핀슨 씨와, 레종도뇌르 훈장 수훈자이며 프랑스의 전 의회의원, 공화국 시절 인민의 전 대표, 아카데미 프랑세즈 회원이자 스페인 카를 3세의 명에 의한 기사, 현재는 건지섬의 생-피

에르-포르에 거주하는 빅토르 위고의 딸, 아델 위고 양 결혼하다."

그리고 그는 『윌리엄 셰익스피어』를 마무리하며 잊으려고도 해보았다. 그러나 가끔 그는 방해를 받았다. 마치 허리케인이 올거라고 예감할 때 폭풍우가 접근하는 것을 주시하고 있는 것처럼.

또한 몇 주 후에 번개와 천둥 소리가 기다리고 있었다. 프랑수아-빅토르가 편지를 보내왔을 때였다. 딸 아델, 그녀가 결혼하지 않았으며 핀슨 중위에게 자신과 결혼하도록 강요하기 위해 핼리팩스에 있으며, 중위에게 최면을 걸면 결혼에 성공할 수 있지만 그러려면 5천 프랑이 필요하고, 아버지가 지참금을 미리 지불해야만 할 것이라고 밝혔다.

'불쌍한 아이!'

그는 형 으젠느가 생각났다. 그는 아델의 판단력 때문에 두려웠다. 그는 그 영국 도적놈이 그녀에게 가한 굴욕을 참을 수가 없었다.

행동이 필요했다.

"모두 일어나시오." 그는 아내에게 편지를 썼다.

"그 자는 비열하고 못된 것들 중에 가장 천박한 놈이오! 그는 10년간의 거짓을, 거만하고 냉정한 결별 통보로 끝내버리다니! 음흉하고 짐승같은 영혼을 가진 인간이오! 자, 아델을 축하합시다. 아델이 그 놈과 결혼하지 않은 것은 큰 행복이오."

그는 이어갔다. "낙담하지 마시오. 모든 것은 제자리로 돌아올 것이오. … 6개월 후에 아델은 오트빌로 돌아올 것이오. 그녀의 이름은 아델 부인이 될 것, 그게 전부요. 그녀는 숙녀가 될 만큼 충분히 나이가 들었고 우리가 계정을 제공하지 않아도 되오. … 불쌍한 아이는 지금껏 행복하지 못했소. 이제 행복해질 때가 되는거요."

위고는 그녀가 거절한 모든 청혼을 떠올렸다. 가장 최근에는 이탈리아 시인가니자로가 건지섬으로 와서 그녀에게 청혼했지만, 그녀가 거절했다.

그는 생각의 끝까지 이르는 것이, 아델이 그녀의 오빠와 똑같은 질병을 앓고 있다고 상상하는 것이 두려웠다.

그는 덧붙여 말했다. "나는 모든 것을 고쳐나갈 것이오. 만약 어리석은 자에게 불명예를 돌리는 힘이 있다면, 나는 더욱 영광스럽게 하는 능력이 있소. 나중에 아델이 완치되어 미소를 지으며 정직한 남자와 결혼할 것이오. … 그녀가 결혼하지 않은 것은 불행이지만, 그 놈에게서 벗어난 것은 행복한 것이오. 하느님이 지켜주신 것이오. 우리가 사랑의 힘으로 그 아이를 낫게 합시다. …"

하지만 그는 고뇌와 죄책감을 떨쳐버릴 수 없었다.

그러한 고통을 글로 써놓았다.

"나는 일을 많이 했다. 이것이 망명이 좋은 이유였다. 하루하루가 짧기에 새벽에 일어났다. 내겐 바다가 보이는 '수정궁'이 있다. 이러한 설렘이 내 일과 뒤섞여 있다."

그러나 바다는 겨울의 회색빛으로 물들고, 습하고 차가운 바람이 멈추지 않고 불어왔다.

'노년에 이르고 죽음은 다가오는구나. 또 다른 세상이 나를 부르노라. 모두들 나에게서 떠나가라. 모든 것이 순탄하다. 각자 자신의 길을 가거라. 다들 헤어질 때가 되었으니. 나도 내 갈 길을 가야 하노니.'

그는 다가오는 죽음을 두려워하지 않았다.

그는 '숭고한 관조觀照'에 잠겨 죽음을 바라보았다. 실은 그것이 연말에 쓴 일부 페이지에 부여한 제목이었다.

'그 그림자, 무덤이 무엇인지 알리라. 확신컨대, 명확성에 대한 나의 소망은 헛되지 않으리라.'

1864

바다는, 깊은 하늘 아래, 호랑이처럼

그림자로 얼룩진 빛나는 피부를 가졌소.[297]

새벽이었다. 위고가 쓰고 있었다. 그는 『윌리엄 셰익스피어』의 이곳 저곳에 여러 가지 의견과 '무한한 소리를 들은 귀머거리' 베토벤의 인물묘사를 추가하고 싶었다. 그는 쥘리 쉬네가 필사를 마친 원고를 다시 읽었다. 어떻게 받아들여졌을까?

위고가 말했다. "라크르와가 상상했던 것처럼, 이 책은 순수한 문학서가 아니다. 예술을 위한 예술은 나에게 불가능하다. 특히 큰 시련을 겪은 후에는… 모든 문제에 대해 현재의 이 책이 지닌 편재성遍在性 때문이다."

그는 헌사 쓰는 일이 아직 남아 있었다. 그는 주저하지 않았다.

"영국에,

나는 이 책을 영국에 바친다. 영국의 시인을 기리기 위하여.

나는 영국에 진실을 말한다. 명성이 있고 자유로운 땅으로서 나는 영국을 존경하며, 망명자로서 나는 영국을 사랑한다."

그런 후에 그는 책을 라크르와에 보냈다.

그리고 잠시 휴식을 취할 수 있었다.

그는 조심스럽게 그의 '라운지'를 장식하려고 두 개의 커다란 널빤지에 용을 그렸다.

해질녘에 그는 하녀의 방으로 들어가 그녀의 젖가슴을 보여 달라고 요구했다. 그리고 수첩에 기록했다. '스위스'는 우유 같은 피부, 분홍색 젖꼭지를 생각나게 할 것이다. 그는 그것을 알고 있었다. 그는 하녀에게 1프랑을 주었다. 그런 다음 테이블로 돌아와서 두 구절을 썼다.

> 그녀 치마를 들추는 바람은
> 종종 그녀의 종아리를 보여 주었소.[298]

그러한 유희는 끝났다. 마치 그의 펜은 그의 몸을 필요로 하는 수족 같았다.

그는 『93년』을 생각하고 있었다. 그 소설은 아직 실제로 시작하지도 못했으나 그를 사로잡고 있었다. 또한 그는 또 다른 이야기 『바다의 노동자들』을 기획하고, 줄거리를 구성하고 있는 중이었다.

위고는 최근에 나다르에게서 편지를 한 통 받았는데, 그는 온 자산을 '헬리콥터'라고 부르는 기계에 투자한 사람이었다. 그러나 그 기계는 땅바닥에 추락하여 사진 작가의 자산을 삼켜 버렸다!

위고는 항공 항법, 공기 기관차, 육중한 기계로 하늘을 정복하는 나다르 프로젝트와 그런 것들이 보여주는 진보에 매료되었다.

그는 답장을 썼다. "아! 기계가 해방자군요. 그 기계를 날게 해 보시오. 그 기계가 날 수 있고 사람을 태우게 되겠지요. 그것은 장애를 만들어내는 표면상의 불평등을 낮추고 쓸데없는 대립에 대한 미신과 편견을 줄여 줍니다. … 그리고 '급속한 발전이오… 헬리콥터, 바로 그것이다.' 하며 사람들은 놀라워하고 그러한 비전에 주목할 것입니다."

그는 나다르에게 편지를 보냈는데, 나다르가 현상을 이해하고, 자신의 경험을 다시 시작하기 위한 지원을 찾을 수도 있기 때문이었다.

동시에, 어떻게 기계를 소설로 끌어오지 않을 수 있을까?

그럴 수도 있었다, 『바다의 노동자들』에! 생-말로와 건지섬 사이를 운항하는 증기선을 준비하는 선주. 그러한 발전에 불안해 하는 전통적인 어부들. 그들은 배를 가라앉힌다. 그리고 선주는 자신을 구제해줄 사람에게 조카딸을 약속한다. 그 사람은 독신으로 사는 질리아인데 사업에 성공하지만, 그는 질리아가 사랑하는 남자에게 그녀를 양보하며, 조카딸을 포기한다.

위고는 작업대에서 바다를 마주하며 서 있었다. 그가 눈앞에 보고 있는 것은 바로 그가 무대 위에서 생생하게 보여줄 '바다 노동자들'의 세계였다.

그는 중얼거렸다. '시와 산문은 모든 모공을 통하여 나를 흥분시키는구나.'

글을 쓰지 않고는 그는 살 수가 없었다!

그는 덧붙였다. '나는 내 기쁨을 위해 이 땅에 온 것이 아니다. 나는 의무에 묶인 일종의 야수같은 족속이다. 그리고 지금 내게 주어진 시간은 점점 짧아지고 있고, 내가 해야 할 일을 마저 끝낼 수 있을지 모르겠다.'

그것이 그에게 벗어날 수 없는 불안의 어두운 그림자를 남기는 것일까?

그는 심지어 첫 부분에만 쓴 『바다의 노동자들』의 글보다 더 절망적인 글은 없었던 것 같았다. 그러나 질리아는 고독한 사람이었다. 그 집이 텅 비어 있으니 그렇지 않았을까?

어머니, 아델이 집을 비운 지 16개월이 되었다! 그녀는 망명을 싫어했다기보다 위고를 덜 사랑했다.

아들 샤를르는 파리에 있었다. 매월 연금을 125프랑에서 200프랑으로 인상해야 주어야 했다!

프랑수아-빅토르는 육지나 런던에 체류했는데, 건지섬으로 돌아오면 슬픔에 절어 지냈다. 애인 에밀리 드 퓌트롱이 죽어가고 있기 때문이었다.

쥘리에트만이 스스로 오트빌-페리라고 부르는 새 집에 머물고 있었다. 하지만 쥘리에트가 즐거웠던 적이 있었던가? 그녀는 열정적이며, 사랑으로 소진되고, 고통스런 모호함에 고립되어 있었다.

위고가 매일 밤 젊은 하녀들과 무엇을 하는지, 요리사인 수잔을 바라보는 모습을 그녀가 오늘 알게 된다면, 그녀에게 얼마나 새로운 불행이 닥칠까!

그리고 그 딸 아델도 있었다.

그 혹독한 캐나다 겨울, 핼리팩스에서 그녀를 데리고 있는 사람들은 '암울한 소식들'을 전해왔다.

"가엾은 아이는 건강에 필요한 보살핌을 완전히 무시하고 거의 먹지 않고 지냅니다. 이 지역의 꽁꽁 얼어붙은 추위에 외출할 때에도 거의 옷을 입지 않습니다. …"

또한 그 '작달막한 군인' 영국 중위는 그녀를 완전히 버렸다.

아델이 그렇게 된 것을 직접 보지 않고 어떻게 결론을 내리겠는가? '가엾은 아이는 완전히 정상이 아니다. 그녀의 정신을 돌아오게 하는 것이 우리가 해야 하는 유일한 수고이다.' 위고는 그렇게 생각했다.

그는 마음이 찢어졌고, 괴로웠으며, 때로는 고통에 압도되어 밤마다 다시 악몽으로 지새웠다.

위고는 '비천한 핀슨이 아델에게 어떠한 모욕도 서슴치 않았다는 것'을 알게 되었다. 또한 '핀슨이 한 여자와 함께 차를 몰고 아델의 창문을 지나가는 척 했다'는 것도 알았다.

아델이 그것을 어떻게 참을 수 있겠는가?

'마침내 아델이 자존심 때문에 미쳐버렸을까? 아델이 키가 너무 크다고? 그게 잘못인가? 아델의 젖가슴이? 아델이 얼마나 겸손한데, 그런데 얼마나 가증스러운 놈인가! 아델이 자신 안에 어떤 적이 있다고 생각하는 것이 가슴 아프구나.'

그는 누군가 그녀를 구해주기를 바라고 있었다. '만약 치유가 될 수만 있다면… 일단 다시 데려오고, 데려올 수만 있다면 그녀를 구할 것이다. 미래를 잃

을 순 없다. 바라건데.'

그는 딸 아델이 광기에서 벗어날 것이라고 믿는 것은 물론 자기 자신을 쇠약하게 하는 절망과 싸우는 일 역시 힘겨웠다.

'이 모든 고통 속에서도, 내 정신만은 일을 해야 한다. 출판을 진행해야만 한다.'

4월 15일에 출판된 『윌리엄 셰익스피어』의 평가는 그리 호의적이지 않았다. 라크르와는 몇 마디 말로 불만을 드러냈다.

"나는 이익 없이 비용을 충당하기 위해 15,000권은 판매해야 했습니다."라고 알려왔다. 하지만 단지 8,000부만 팔렸다.

라크르와는 자신의 생각을 암시해 주었다. "그 책에 대한 지식 계층의 미학적이고 고도의 철학적 비평이 있은 후에야, 그 책이 대중들에게 전해져서 거리와 숲 어디에서나 읽혀질 것입니다. 결과적으로 호의적인 목소리가 많으면 당신은 대중적인 생명력을 갖게 될 것입니다. 그런 다음에 『93년』이 출판되면, 바로 대박날 것입니다."

12년 계약이 끝날 즈음이면 15,000 부수는 판매될 것이라고 라크르와를 안심시켜야 했다.

'모든 것이 그렇게 됩니다. 나는 다음을 준비하고 있습니다.

사람들은 나에게 돌아오겠지만, 기다리는 동안 난 고독을 또 맛보겠지요."

평소와 같이 문학적 증오가 표현되었다.

「라 가제트 드 프랑스」지誌에 누군가 그 책은 '악몽과 편두통'의 모음집이라고 표현하는가 하면, 또 다른 사람은 '자아MOI'라고 제목 붙일 수 있겠다고 꼬집었다.

사람들은 비판하고, 조롱하고, '위대한 목신은 죽었다.'고 선언했다.

위고는 '고전적인 공화파 신문이 나를 공격하는데, 고전적이지 않은 보나파르트주의 신문들은 나를 지지한다.'는 점을 발견했다.

아델의 상황이 그를 심약하게 만들었고, 위고는 그러한 적대적인 반응, 그가 말하고 싶은 것을 이해받지 못했다는 점 때문에 평소보다 더 크게 흔들렸다.

그는 샤를르에게 편지를 썼다. "내 슬픔은 바다에서 오는 게 아니라, 바다 너머에서 오는구나. 아델이 이 끔찍한 위험에서, 거의 난파된 배 안에서, 그녀의 도덕적 감각과 이성이 침몰되어 있는 한, 나는 극심한 고통의 시간을 보내게 될 것 같구나."

그는 그들에게 『윌리엄 셰익스피어』의 운명에 대해 말하고 싶지 않았다. 하지만 그 때문에 자신을 절망으로 밀어넣는다는 것을 잘 알고 있었다.

때때로, 밤에는, 소스라쳐 잠에서 깨었다.

'나는 가장 기괴하며, 가장 세세하게 기억할 수 있을 정도로 라마르틴느가 미쳐있는 꿈을 꾸었다!'

라크르와가 위고의 『윌리엄 셰익스피어』와 동일한 주제로 라마르틴느의 책을 동시에 출간하고 싶어했기 때문이었을까?

모든 것이 그에게 깊은 슬픔을 안겨주었다. 그는 치통, 신경통을 앓고 있었다.

그는 자문했다.

'내가 너무 많이 시작하는 것 같다. 이제는 아주 길고 긴 침묵을 지키는 것이 가치가 있으리라… 아무 것도 출판하지 않고, 더 좋은 작품 활동만 할 것이다. 시간이 얼마 남지 않았으니, 작품을 쓰는데 시간을 활용하고 싶다. 책을 출판하는 것보다. …'

그리고 동시에 그는 몇 가지 프로젝트를 가지고 있었다. 『바다의 노동자들』, 시집 『거리와 숲의 노래』, 그리고 방대한 소설 『93년』. '내가 살아있는 몇

년 동안 써야 하거나 끝내야 할 몇권의 대작들이 있다. 그 때문에 나는 시간에 쫓길 것이다.'

그는 8월 15일에 『바다의 노동자들』의 원고를 챙겨 가지고 두 달 이상 동안 쥘리에트와 함께 건지섬을 떠나 매년 같은 장소로 여행을 떠났다. 라인강변과, 도시들과 성채들, 브뤼헤에서 하이델베르그에 이르는 중세 교회들이 아름다움을 잃지 않고 그를 매료시켰다.

그는 휴식 시간을 활용하여 책을 읽고, 글을 쓰고, 회계를 확인했다. 그는 라크르와가 『윌리엄 셰익스피어』의 인세로 지불한 돈으로 벨기에 국립 은행의 새로운 주식 8주를 16,405프랑 90상팀*에 매입하기로 결정했다. 그는 그 당시 209개의 채권을 보유하고 있어 안정적인 수입을 얻게 되었다. 그는 쥘리에트가 사는 오트빌-페리의 지상권을 획득할 수 있었다. 또한 레오니 도네에게 도움을 줄 수 있었다.

그는 레오니 도네에게 편지를 보냈다. "그간 그대가 얼마나 가혹하고 부당했소? 그대나 그대 주변에 당혹스러운 일이 있다는 것을 알았으니, 그 상황을 완화하기 위해 내가 할 수 있는 조그만 일이라도 할 수 있게 허용해 주시오. 여기 500프랑을 받아주시겠소? 간청하오."

위고는 이탈리아의 해방을 위한 설교를 하러 영국에 찾아온 가리발디를 지원했다.

"건지섬은 카프라라 분들께 경의를 표합니다. … 기다리면서 서로 사랑합시다." 그는 가리발디에게 글을 써 보냈다.

그는 일주일에 한 번 건지섬 가난한 아이들에게 식사 제공하는 것을 계속하고 있었다.

---

*노동자의 급여는 주당 일당 25프랑 정도, 대략적인 노동자의 월 급여는 120프랑 정도.

그는 자신을 필요로 하는 모든 선한 일에 몰두했다. 심지어 루이 블랑*의 후원 아래 셰익스피어 기념비를 건립하는 것까지도.

돈이 있으니 그것이 가능했다. 그러므로 계속해서 일하고 출판해야 했다. 아양을 떠는 하녀들에게 호의를 베풀 때에도, 그녀들의 방에서 만날 때에도 돈이 있어야 했다.

삐걱 거리는 침대 소리

천국에서 들리는 소리 중 하나

아델이 11월 25일에 건지섬에 돌아올 것이고, 오트빌 하우스에서 두 달도 안 되는 몇 주 동안 머물거라는 생각이 들어도, 밤에 하녀들에게 가는 것을 멈출 생각이 없었다.

그들 사이에 무엇이 남아 있을까? 우정, 아이들에 대한 변함없는 사랑, 프랑수아-빅토르와 딸에게 있어서는 똑같은 고통. 그리고 이제 배우자의 감정에 대해서는 한없는 관용뿐.

그러나 12월 22일, 쥘리에트가 아델로부터 방금 받은 편지를 그에게 건네자 그는 깜짝 놀랐다. 그날은 '가난한 아이들'이 점심을 먹는 날이었다.

"오늘 성탄을 축하합니다, 부인. 크리스마스는 어린이들의 축제이며, 결과적으로 우리의 축제이지요. 이 작은 엄숙함, 곧 마음의 축제를 누리며 은총을 받으시기 바레요.

부인께, 애정과 품위를 담아, 아델 빅토르 위고."

쥘리에트는 몹시 당황했다. 그녀는 보내려는 답장을 보여주었다.

"부인, 축제, 당신은 저에게 그것을 보내셨군요. 당신의 편지를 받고 기쁨이 넘칩니다. 편지에 감동했어요. 당신은요 저의 습관, 고독을 잘 알고 있지요, 그

---

* Louis Blanc(1811-1882). 프랑스 정치가, 역사가, 사회학자.

런데 오늘 당신의 편지를 받고 얼마나 행복했는지요. 저를 탓하지는 마셔요. 이 행복으로 충분해요. 당신이 선을 행하면서 모두에게 복을 주려면 제가 나타나지 않는 것이 좋은 줄로 생각하세요. 부드럽고 깊은 애정을 보내며, 쥘리에트 드루에"

위고는 쥘리에트를 얼싸안았다.

12월 31일 그는 그녀에게 편지를 썼다. "당신에게 내 영혼을 보내오. 당신은 절을 받을 만큼 훌륭한 사람이오."

그리고 봉투에는 이렇게만 적었다.

"나의 부인을 위해"

그는 자신 안에 반성과 사랑이 하나로 결합된 느낌이 들었다.

"나는 심장이 생각하기를 원하는 사람이다."

1865

사실이지, 잠시 나는 제쳐두었네

우리의 크고 심각한 모든 문제들을…

위고는 젊은 여자의 귀에 입을 대고 중얼거렸다.

"마리, 왜 너는 하인이고 나는 주인인지 모르겠구나. 그 이면에는 뭔가가 있어. 그것은 내가 주인이기 때문에 너를 그렇게 대하는 것이지. 만일 내가 하인이었다면, 하인으로 취급받을 수 있는 것과 같단다."

그는 마리의 꾹 참는 웃음, 그의 뜻에 따르기 전에 그를 밀어내는 척하는 그녀의 차가운 손을 좋아했다. 그는 흰 수염이 얼굴을 온통 가리고 있는 63세의 남자라는 사실을 망각하고 있었다. 그는 쥘리에트와 브뤼셀 여행 중에 자신이 포즈를 취했던 사진 하나에 콧수염이 여전히 검게 남아 있어 놀랐고, 반세기 전의 멋진 청년의 모습을 되찾으려 하면서 매번 깜짝 놀랐다. 가능한 일인가?

그는 빈정대는 마리에게 키스했다.

그렇게 예쁘게 웃는 것

그것은 나쁜 것. 오 배신이지

광기를 불러일으키면서도

이성을 잃지 않으니!

그렇게 매력적으로 웃는 것!

그것은 죄, 곁에서

사람들은 꿈을 부풀리지

지나치게 큰 매력으로.

[…]

그렇게 잘 되어갈 때

숨어야 해

버려진 연인,

떠올려야 소용 있을까?

지쳤어, 오 요염한 여인아

항상 떨고 있으려니

당신은 라켓

그리고 나는 공!299

그가 방금 지어낸 그 구절들, 그의 트렁크에 들어 있는 원고, 파일, 수첩 안에 있는 다른 많은 구절들, 그리고 그 중 일부는 젖가슴이 레이스를 들어올리는 '신성하고 발랄한 하녀'를 볼 때 그에게 떠올랐던 것이었다. 그는 오래 전에 그러한 구절들을 더 풍성하게 하여 『거리와 숲의 노래』라는 시집에 모아 소설 사이의 간이역처럼 만들고 싶었다.

사실이지, 잠시 나는 제쳐두었네

우리의 크고 심각한 모든 문제들을…

나는 괴물들을 목줄로 묶어 끌고 다녔고

나는 그리퐁의 마차를 타고 떠돌았지

나는 내려서, 땅에 발을 디뎠네
[…]
나는 예측할 수도 없는 일을 미루어 놓았지
나는 메두사와 사탄을 제쳐 두었네
그리고는 무시무시한 스핑크스에게 말했지
장미에게 말을 걸고 있으니, 꺼져버려라

친구, 이 휴식은 당신을 화나게 했군
거기서 무엇을 할까? 숲은 금빛이고
나는 포스터를 붙였으니, 늦추어라
나는 초원에서 좀 웃어 보리니.300

그는 서문에서 독자들이 그러한 도발을 이해하기를 바랐다.

위고는 설명을 덧붙였다. "사람의 마음 앞면에는 '젊음'이라고 쓰여 있고 뒷면에는 '지혜'라고 쓰여 있습니다. 이 책은 많은 부분이 꿈으로, 약간은 기억으로 쓰여졌습니다."

그는 느끼는 것이 살아있는 것이라는 것을 연상시키고 싶었다. 결국, 독자들, '제국의 축제'에 도취되었던 사람들, '불르바르' 가의 극장에서 깔깔 웃던 사람들, 자유사상을 부추기는 사람들이 『거리와 숲의 노래』에 유혹된다면 안될 이유라도 있는가? 그 중 일부가 내일은 『바다의 노동자들』을 읽고, 후에는 『93년』을 읽게 되리라.

그리고 그는 『거리와 숲의 노래』와 『바다의 노동자들』을 묶어서 총 12만 프랑에 판매할 의도를 가지고 있었다. 나중에 9월 말에는 8만 프랑, 판매가 시작된 6개월 후에는 4만 프랑. 또한 라크르와는 계약에 서명하는 데 동의하였다!

왜 망설일까?

··· 가라, 아무도 감히 쓰지 못한 것을 노래하라

웃어라, 사람들이 짐작해 보도록, 오 노래여

웃음의 가면 뒤에

이성의 얼굴을

노래는 불꽃

노래하라, 그러면 넌 행복하리

영혼의 모든 그림자들

노래하며 사라지리라.301

그해 1월 14일 한밤중에 오트빌 하우스의 문을 두드리는 소리가 들렸다.

위고는 펜을 내려놓았다. 내면에서 노래했던 기뻐하는 목소리, 그 목소리는 점점 멀어져 갔다. 목소리는 사라져갔다. 사람들이 현관에서 이야기하고 있었다. 그는 내려갔다. 사람들의 얼굴이 절망으로 일그러져 있었다.

프랑수아-빅토르의 연인, 에밀리 드 퓌트롱이 방금 사망했다.

위고는 아들 쪽으로 몸을 돌렸다. 온통 고통에 쌓인 아들이 중얼거렸다. "난 사랑할 자격이 없었어!" 그리고 오열하며 주먹으로 가슴과 얼굴을 두들겨 팼다, 끔찍한 위기였다. 프랑수아-빅토르는 건지섬에 머물 수 없었다. 그는 장례식에 참석할 힘이 없을 것 같았다. 그는 섬을 떠나야 했다. 그리고 그의 어머니가 그와 동행하리라.

오늘 아침, 새벽은 어둡고 비가 내리니

아직은 밤이라고 말하리라

우리는 함께 보게 되리니

새벽빛을 그리워하며

그 이름 서명도 하지 못하는 태양을.[302]

1월 18일. 위고는 항구를 바라보며 수첩에 다음과 같이 기록했다.

"8시 반. 내 방의 유리창에서 방금 그들의 차가 멀어지는 것을 보았다. 정기선이 눈에 들어왔다. 8시 45분, 저쪽 부두에서 그들의 마차가 선창에 도착하는 것을 보았다. 9시 15분, 저지섬에서 오는 우편선이 눈에 들어온다. 9시 30분, 배가 부두에 정박한다. 10시, 우편선이 멀어져갔다. 그들은 부두에 있었다. 잠시 후 연기가 걷혔다. 오늘은 떠나는 날, 내일은 장례식. 암울한 삶이다."

그는 아직 봉하지 않은 무덤에서 말해야 할 것 같았다.

바람이 불었다. 비가 왔다. 날씨가 추웠다.

"형제들아, 가혹한 운명을 받아들이자. 희망을 가지고 순종하자. … 가거라, 영혼아… 죽음의 아름다움도 있으니. 눈물짓는 우리의 눈앞에서 미소를 지으면서, 말로 표현할 수 없이 사랑받는 영혼도 있으니. 슬픈 존재는 사라졌으나, 아니 떠난 것은 아니니… 죽음을 받아들이자. …"

방금 낭송된, 그리고 죽음을 끔찍한 날로 치부해버린 프로테스탄트의 의례적인 추도사를 지우기 위해서 그는 자신이 할 수 있는 한 최고의 확신을 가지고 그렇게 말을 했다. '신의 분노한 얼굴. 끝없는 복수. 누가 죽을 것인지 추측가능한 신의 진노 등. 그 가엾은 죽음, 사람들은 그 죽음을 어떻게 대했는가! 내 연설이 유용했다. 연설을 듣고 두려워하는 자들은 슬퍼했다. 나는 죽음을 명예 회복시켰다. 죽음과 잘 지내고 있다는 생각이 들 정도로 나는 죽음과 가까이 있었다.'

그는 죽음에 대해 어떠한 두려움도 느끼지 않았다. 그러나 "나는 아직 해야 할 일이 너무 많고 나에게 주어진 시간이 얼마 남지 않았다. '보시오, 모두다 떠가가노니. 프루동, 샤라…"

야윈 얼굴, 수척한 몸으로 쉰 아홉 번째 생일을 자축하는 사람은 쥘리에트였다, 그녀는 그런 상황을 받아들이려고 애쓰고 있었다.

'세월이 쌓이며 제가 외형적으로 변형되어가는 동안, 내적으로는 제 안에 착한 천사의 주형이 만들어진 느낌이 들어요. 그 주형 안에서 내 영혼은 영원히 당신의 동반자가 되기에 꼭 맞게 되어 있지요.'

훌륭하고 영웅적인 쥘리에트, 샤를르와 프랑수아-빅토르가 그녀에게 경의를 표하기 시작했다. 그러나 '저와 당신의 가정에 대하여 30년 동안 절제하고 신중하며 존경해 온 이유로 오트빌 하우스에 오는 것을 거절했다. 더구나 아델이 더 이상 그곳에 머물지 않고 있는데!

그러한 인간의 존엄성, 열정, 사랑, 헌신도 죽음과 함께 사라질 수 있다는 것을 어찌들 생각할 수 있으랴?

그런 생각이 들자, 그의 마음은 온통 뒤죽박죽이 되어버린 느낌이 들었다. 죽음은 하나의 시작일 뿐이었다. 그는 그것을 쥘리에트에게 말했다.

"중단된 것 같은 일은 계속되는 것이오, 죽음은 한 해를 마감하는 것이며, 곧바로 다른 곳에서 한 해가 다시 시작되는 것이오."

그러나 일 년은 얼마나 짧은지! 죽음이라는 속도에 압도당하지 않으려면 항상 달려야 했다.

시간을 낭비하지 않으려면 글을 쓰고, 시간을 잃지 않으려면 출판하지 않아야 한다!

'책 한 권을 출판하는데 한 권을 쓰는 것만큼 시간이 오래 걸리고… 차라리 다른 책을 쓰는 것이 더 낫겠구나…'

그는 『바다의 일꾼들』을 마쳤고, 『거리와 숲의 노래』를 완성했으며, 긴장을 낮추려고 희곡 「할머니」를 썼다. 사람들은 그가 어떻게 사는지 알기나 할까? 가끔 그는 마음을 톺아보지 않을 수 없었다.

'나는 거의 완전히 고립되어 있다. 폭풍우가 몰아치는 달이다. 하늘은 설탕 종이처럼 펼쳐져 있고, 낮에는 우박이 내리고 밤에는 바람이 심하다. 나는 일한다. 그것이 나의 힘이다.'

그러나 하루는 짧았다. 눈이 피곤했다. 좀처럼 떨어지지 않은 불면증. '나는 눈을 감지 않은 채, 아침에는 밤에 잠자리에 들었듯이 거의 똑같이 일어난다. 이어서 나는 이렇게 서서 일하고 있다.'

그는 습관처럼 쥘리에트와는 몇 주간 여행할 때에만 어울렸다. 벨기에, 라인강 계곡으로. 그는 수정하고 싶은 『바다의 노동자들』 원고를 가지고 갔었다. 그는 10월 25일에 나올 『거리와 숲의 노래』 교정판을 읽었다. 그리고 그는 10월 18일 브뤼셀에서 그 책 마지막 장을 교정했다. 그 날은 샤를르가, 철도 건설업자이자 엔지니어인 빅토르 부와의 제자, 공화당 위원 쥘르 시몽의 대녀 알리스 르앤과 결혼을 하는 날이었다.

위고는 마음이 흔들렸다. 18세의 고아를 보니 그는 레오폴딘느가 생각났다. 그에게는 인생이 끝없이 오가기를 반복하는 파도처럼 펼쳐지는 듯했다. 신혼부부는 아델과 프랑수아-빅토르가 기거하고 있는 아스트로노미 로의 집에서 위고를 기다리고 있었다.

"나는 그들을 안아주고 축복해 주었소." 위고는 쥘리에트에게 말했다.

그리고 사람들은 10월 말의 폭풍우에도 불구하고 건지섬을 향해 떠났다.

"내 책이 나타날 시점에, 나의 존재는 사라질 것이다. 그 책이 내일에는 파리에 있을 것이고, 나는 바다 한 가운데 있을 것이다. 그 책은 빛의 모든 위험을 무릅쓸 것이고, 나는 어둠의 위험을 감수하게 될 것이다. …"라고 기록해 두었다.

『바다의 노동자들』의 수정판을 완성하려고 그가 원했던 만큼 그 책의 운명을 망각할 수는 없었다.

그는 첫 번째 편지를 받았다. 벌써, 단 하루 만에 『거리와 숲의 노래』는 5,000부가 팔렸다!

"우리는 첫 번째와 두 번째 인쇄분을 모두 소진했습니다. 라크라와 출판사에서 오늘은 3쇄에 들어갈 것입니다. … 대단한 판매입니다." 오귀스트 바크리가 알려왔다.

그가 호감을 샀을까? 첫 번째 기사는 그랬다. 비타협적이고 파괴적인 폭력으로 선동하는 공화당원 쥘르 발레는 『르 피가로』에서 다음과 같이 비판했다.

"초심자가 그런 작품을 출판사에 가져오면, 연민의 미소가 아니라면 폭소를 터뜨리며 작품을 되돌려줄 텐데… 혐오스러운 책이다. 자신의 영광을 위해서 위고 씨는 이미 몇 년 전에 조용히 사임하는 것이 더 나았을 것이다. …"

상처.

그런데 루이 뵈요는 『파리의 향기』에서 "내가 그 작품을 예찬하는 장점은 바로 성실함이다. 위고 씨는 디오게네스에게 자신의 모든 것을 바쳤다." 뵈요는 그 책에 표현된 노인의 영혼에 대해 말했으며 '가증스럽다.'고 결론지었다.

비평가들에게 위고는 '방탕함으로 망가지고 더 이상 머리에 머리카락이 없는' 노쇠한 자유인일 뿐이었다.

'재능이 이제는 기적에 가깝다는 것을 확인하고 싶었던 바르베 도르빌리는 "거짓 영감靈感이며 단조롭다."라고 덧붙였다. …

그리고 그는 『레 누보 삼디』에서 아르몽 드 퐁마르탱의 글을 다시 읽어볼 필요가 있었다. "모름지기 위고 씨는 늙은 테너가 무대에 오르기 전에 검은 가발에 입술 연지를 바른 것처럼 이 책을 출판했을 것이다."

책은 성공적으로 판매되고 있었지만, 위고는 불행했다.

그는 다시 작품에 몰입했다. 그는 다음과 같이 되뇌이며 자신을 설득하려고 했다.

'나는 의식과 지성의 위대한 발현을 제외하고는 모든 것에 관심이 없다. 증오도 결코 없었고 이제는 화도 나지 않는다. …'

하지만 절망하고 있었다.

그는 딸 아델을 생각했다. 그녀는 정신이 오락가락하고 있었다.

악몽, 불면증, 충혈된 눈은 항상 그를 괴롭혔다. 그는 레오니 도네의 꿈을 꾸었다. 그러나 그가 보았던 것은 수십 년 전의 사랑스러운 애인이었던 어린 레오니였다.

그는 크고 조용한 집 오트빌 하우스 이곳저곳을 돌아다녔다. 그는 모두 떠나버린 자녀들과 아내를 생각했다.

'내가 그대들의 텅 빈 방에 들어갈 때, 가슴은 어둠으로 가득하니.'

1866

한 인간 안에는 얼마나 많은 인간이 있던가!

오, 거인이여, 당신 안에 얼마나 많은 존재들이 있던가!

위고는 잠이 들지 않았지만 눈을 감고 있었다. 머리맡에는 노크소리가 나고, 동물이 그르렁거리는 것과 같은 이상한 소리가 들린다고 믿었다. 그리고 침대가 물위에 던져진 것 같이 느껴졌다.

그는 눈을 뜨려 했다. 누군가를 부르고 싶었다. 그러나 그럴 수가 없었다. 누군가 그의 귀에 대고 속삭이는 것 같은 느낌이 들었다. 그는 겨우 일어날 수 있었고, 정월 초하루 날부터 태풍처럼 불어오는 거센 바람소리를 들을 수 있었다.

방은 비어 있었다. 매일 아침 그랬듯 그는 날달걀 두 개와 블랙커피 한 잔을 들이켰다. 그러나 라운지에서 일하기 전에 그는 그날 밤의 소동을 써 놓아야 했다.

그는 썼다. "그것은 꿈에서 벌어진 것이 아니었다. 어느 미지의 세계에서 비롯된 현실이었다. 사실이었다."

그는 왜 그처럼 밤의 고통에 시달렸을까?

"핼리팩스. 불면증" 이라고 썼다.

그는 떠도는 딸을 잊을 수 없었다.

'핼리팩스를 생각할 때가 나에게는 매우 슬픈 순간이었다. …'

위고는 아내 아델의 부재에 상처를 받고 있었다. 아내는 그 후에 파리와 브뤼셀 사이를 오가며 살고 있었다. 그녀는 이제 막 아들들과 이사를 하여 벨기에 수도 안에 있는 바리케이드 광장 4번지에 정착했다. 몸도 아프고, 충혈로 시달리고 있었는데, 그러한 긴장 때문에 시야가 흐려졌다. 그녀는 실명할까봐 두려워했다.

그녀는 브뤼셀로 그를 불러들여 정착하기 위해 이미 여러 번 편지를 보냈다.

"정말, 당신은 우리에게 빨리 와야 해요. 지금 무엇 때문에 당신이 건지섬에 있는지 모르겠어요… 아버지가 없다는 것은 영혼이 없는 것이예요. 당신은 취향에 맞는 가구를 갖춘 예쁜 집을 가질 수도 있어요."

그는 주위를 둘러보았다. 그의 트렁크, 원고로 가득 찬 상자, 스케치, 그가 디자인한 가구, 그의 책들. 그곳이 매우 익숙했다. 그는 서서 일했다. '어떻게든지 죽는 것이기 때문에, 나는 머리 때문에 죽는 것보다는 다리 때문에 그리 되는 것이 더 좋다!' 고 말했다.

11시, 라운지에 있는 난로가 붉게 달아올랐기 때문에, 땀을 뻘뻘 흘리게 되자, 그는 밤새도록 밖에 있던 찬물동이의 물을 몸에 끼얹었다. 그리고 그는 말총 장갑으로 몸을 뿍뿍 문질렀다.

브뤼셀에서, 도시에서 그러한 리듬으로 살 수 있었을까?

"나의 모든 작업 도구가 여기에 있소. 여기 나의 영감은 웅크리고 있는 것들로 만들어진 산이오. 이런 것을 운반하는 것은 불가능한 일이오. 그래서 나는 작업 둥지가 있는 이 곳에서 꼼짝하지 않는 것이오. 당신은 그것을 장애물로 알고 있소만. 다음 편지에는 당신에게 돈을 보낼 참이오." 그는 아델에게만 답장을 보냈다.

쥘리에트가 있었고 젊은 여자들도 있었지만.

그 때, 다락방에서, 몸을 기울이네

 시끌벅적한 빨래터에서,

즐거운 여인, 하얀 거품 속에

흥얼거리며 팔꿈치를 담그네… 303

그리고 그는 매일 많은 여성들이 필요했는데, 밤 시간의 일부는 십자 침대를 함께 사용 했던 하녀 엘리사 구필로도 필요했고 혹은 그녀의 여동생 오귀스틴도 필요했다. "그녀는 열일곱이었다. 그녀는 돈도 거처도 없었기에, 나는 내 집에 그녀를 살게 하고 먹여주겠다고 말했다. 그녀가 정착할 때까지…"

그리고 브뤼셀에서는 그의 며느리 알리스의 하녀인 필로멘느를 '가졌다.'. 그리고 엘리사가 오트빌 하우스를 떠날 때 그는 마리-쟌느와 다시 시작할 것이다.

그는 모든 여성들을 "토다."라고 수첩에 적었다. 기억하고 싶었고, 일어난 일은 흔적을 간직한 단어를 통해서만 존재하기 때문이었다.

그에게 삶을 제공한 것은 그러한 여자들의 다리와 젖가슴이었다. 그가 밤에 어둠에서 태어난 시구詩句들을 들려준 것은 아마도 그 여자들일 것이다.

한 인간 안에는 얼마나 많은 인간이 있던가!

오 거인이여, 당신 안에 얼마나 많은 존재들이 있던가!

당신의 속옷 한 조각으로

왕의 코트 20벌을 만들 것이니… 304

그리고 점점 더 고립되고 도전을 받는다고 느낄 때, 그에게는 힘이 필요했다. '내가 너무 미움을 받아서 아마도 금세기에는 불편한 사람으로 남으리라 생각하게 되었다.'고 한 편집자에게 말했다.

그는 그의 작품이 다시 읽힐 가능성조차 의심했다.

'성공은 철저히 거부된 것처럼 보였다. 루이 보나파르트씨는 그의 군대처럼 그의 문학계파를 조직했다. 보수적인 비평가는 제멋대로 칭찬하고 또 모욕했다. 그들은 제국 축제의 측근 드 마샤씨의 시구에 갈채를 보냈지만, 『거리와 숲의 노래』에는 야유를 보냈다. '두루미와 보아뱀의 노래'라는 패러디도 만들어냈다!'

그것이 현실이었다! '내게 시간이 부족하고, 남은 날들이 부족하고, 보는 사람이 그리울 때…' 그래도 계속 써야만 했다.

하지만 포기할 문제가 아니었다. 『바다의 노동자들』을 신속하게 출판해야만 했다. 그는 다음과 같이 서문을 썼다.

"숙명의 여신 아난케*가 3중으로 우리를 짓누른다. 도그마의 아난케, 법法의 아난케, 사물事物의 아난케. 「노트르-담 드 파리」에서 도그마의 아난케를 비판했고, 『레미제라블』에서는 법의 아난케를 환기시켰다. 이 책에서는 세 번째를 가리킨다."

"인간을 둘러싸고 있는 이 세 가지 숙명에 내적인 운명, 최고의 아난케, 인간의 마음이 뒤섞여 있다."

그리고 그는 "이 책은 현 세대를 위해 쓰여진 것이 아니라 후세를 위해 쓰여졌으며, 이것이 바로 책의 약점이자 강점"이라고 덧붙였다.

독자들은 질리아에게 연민을 느낄까? 그 외톨이가 거대한 문어와 씨름하는 모습을 보면 떨릴까? 그들은 그가 여자와 바다를 이중으로 보고 싶어한다는 것을 알게 될까, 아니면 더 알기 쉽게 말해서, 두 심연 속으로 뛰어든 이중적 탐지기를 발견할 수 있을까?

그는 2월 15일에 수정을 끝낸 교정쇄를 내주었고, 책은 3월 12일에 출판될

---

*그리스 신화의 여신. 신들조차도 거스를 수 없는 숙명, 불변의 필연성.

것이다. 그리고 금방 성공 소식을 받았다. 견본 쟁탈전이 벌어졌다. 언론은 가까이 있는 완강한 적들에게는 적대적이지 않았다. 그리고 질투하는 적들에게도.

질문을 받은 라마르틴느는 살롱에서 그렇게 말했으리라. "그것은 바보가 되어버린 미친 자의 작품입니다." 그러나 라마르틴느는 그 성명을 보도한 「레벤느망」에 부인否認하는 기사를 게재하도록 했다. 진실이었을까? 거짓이었을까?

위고는 일간지 「르 솔레이유」에 사전 게재하는데 총 50만 프랑 제의를 거부한 것을 후회하지 않았다.

다들 그가 인색하다고 말했었다! 그가 신문 편집자에게 "나의 문학적 양심은 50만 프랑 앞에서 겸손하게 눈을 낮추도록 해주었습니다."라고 써 보냈다.

그러나 책이 나왔을 때 그는 출판사 라크르와 협상했던 신문의 문예란 출판을 받아들여야 했다. 그래서 『바다의 노동자들』을 발행하는 신문의 부수는 파리와 브뤼셀에서 수만 부씩 증가했으며, 많은 독자들이 너무 열광적이었다.

그는 파리에서는 '문어'에 대해서만 이야기한다는 놀라운 기사를 기쁘게 읽었다. 거대한 수족관에서 살아있는 문어가 전시되었다. 레스토랑에서 문어를 먹을 수 있었다. 우아한 여성들을 위해 '문어 모자'도 만들었다.

그는 가슴이 후련해진 듯한, 그런 성공에서 위로 받는 느낌이 들었다. 그는 시대의 위선을 폭로하는 『천 프랑의 보상금』과 『관여關與』라는 두 편의 작은 희극을 며칠 만에 쓸 수 있었다. 그는 점잖은 사람들은 좋은 매너라는 핑계로 돈과 성性이 세상의 원동력이라는 것을 보여주는 등장인물 즉 첫 번째 희곡에서 죄수 글라피외, 두 번째 작품에서 첩妾을 무대에 올리는 것을 원하지 않았다.

그는 단지 오펜바흐에게 영광을 가져다 준 시대의 악곡을 가지고 상연하고 싫었고, 특히 조금 더 명랑하게 글을 써야할 필요성을 시험해 보았다.

『바다의 노동자들』의 성공 이후 그는 무엇을 두려워했을까? 그는 부자였다. 그는 신중을 기하기 위해 계속해서 식구들의 지갑을 조였지만, 재정 위기는 걱정조차 하지 않았다. 전쟁에 대한 소문이 증폭되고 있었기 때문이었다. 프로이센이 오스트리아에 대항하기 위해 이탈리아와 동맹을 맺었고, 또 해제했다.

"나는 변동이 심한 땅에 아무 것도 두지 않는다. 내가 가진 모든 것은 유럽에서 가장 견고한 자산이다. 그래서 내 마음은 아주 고요하다." 그런 말로 가족을 안심시켰다.

그는 안전지대에 있었다. 그는 부자였다.

그러나 당시 그는 다소 초연한 절망감으로 나폴레옹 3세에 대항하는 비스마르크의 외교적 작전을 오스트리아군에게 짓밟힌 이탈리아 쿠스토짜 전투를, 프러시아 군사들이 비엔나 군사들을 쓸어버리는 사도바 전투를 지원하고 있었다. 새롭게 등장한 위험한 전사들이 있었다! 또한 라인강 좌안에 이어 벨기에, 룩셈부르크를 비스마르크에게 요구하는 나폴레옹 3세가 우스꽝스러웠다.

"나는 그 가엾은 민중의 야수들을 불쌍하게 여기고 있습니다. 그들은 남이 시키는 대로 할 때, 행복해지기가 얼마나 쉬울까요! 권력은 욕망 말고는 아무 것도 아닙니다. 욕망은 아는 것이 없으면 아무것도 아닙니다. … 그들을 깨우쳐 줍시다."

따라서 목소리를 높여야 했다, 저지섬에서 사형제에 반대하고, 이제 가리발디와 이탈리아의 완전한 통일을 위해, 그리고 그리스의 완전한 독립을 위해서.

언제나 선과 악의 싸움이었다. 어찌 무관심할 수 있겠는가?

매년 6월에 쥘리에트를 데리고 대륙으로 가는 배 위에서, 시나브로 위고는 새로운 소설을 상상하고 있었다.

그것은 『웃는 남자』의 이야기일 수도 있었다. 그의 이름은 그윈플렌이었을 것이다. 그는 17세기 말에 영국에서 살았을 것이다. 그는 어린 시절에 납치되었을 것이고, 그를 납치한 사람들은 그를 알아보지 못하게 만들기 위해 그의 얼굴을 기형으로 만들었을 것이며, 그의 감정이 어떻든지 그는 괴물같이 웃는 모습을 멈출 수가 없었을 것이다. 어느 날, 그는 남작 클랜샤를르리 라는 진정한 정체성을 되찾게 될 것이다. 부유한 상원 의원인 그는 평생을 함께한 가난한 사람들에게 충실하려고 노력했을 것이고, 그들을 위해 변호하고, 비웃음만 지었을 것이다. 왜냐하면 그의 마음이 찡그린 얼굴로 웃음이 가려져 있기 때문이었을 것이다.

브뤼셀의 바리케이드 광장에 있는 집에서 그는 그 구절을 읽었다. 쥘리에트가 마침내 아내와 아들 사이의 가족 식탁에 나타났다.

그는 그녀가 만족하는 것을 보고, 그녀가 말하는 것을 듣고 기뻤다.

"나 같은 불쌍한 노파에게 더 이상 허락될 수 없을 만큼, 나는 기쁘고 감격스럽고 눈부시며 행복해요… 방금 받은 모든 행복으로 감동이 넘쳐흘러요. 당신을 존경하며, 여러분을 축복해요."

하지만 둘다 늙었다.

그는 아내가 걱정되었다. 아내의 얼굴에 피로와 병색이 역력했다. 쥘리에트도 걱정이었다. 고통을 호소하며 10월 말에 건지섬으로 돌아온 쥘리에트는 통증 때문에 걷지도 못하여, 그와 함께 매일 걷는 산책을 포기할 수밖에 없었다. 하지만 그는 망또를 왼쪽 어깨 너머 뒤로 던지고 허리를 단단하고 곧게 펴고, 손은 주머니에 넣고, 어깨를 뒤로 젖히고, 팔꿈치는 안으로 집어넣고, 발의 아치의 윤곽을 드러내는 부츠의 뾰족한 끝을 땅에 가볍게 내려놓으며 활기차게 걸었다.

어느 날 그는 건지섬에서 가르치고 있는 프랑스어 교사 폴 스타퍼를 맞이했다. 젊은 그 남자는 개방적인 보수주의자였다. 그는 그 남자가 위고를 '왕자의 다리를 가진 남자'라고 부르는 것을 무심코 알게 되었다. 그가 매일 두 시간 동안 섬의 길을 걷는 것을 보았기 때문이었다. 스타퍼는 덧붙였다. "그는 원하는 대로 옷을 입을 수 있습니다. 그는 거지의 누더기를 입어도 멋지게 보일 것입니다."

위고는 웃었다.

위고는 크리스마스 기간 오트빌 하우스에 가난한 아이들을 불러 모았다. 간식, 나누어 줄 의류, 크리스마스 트리와 장난감도 풍성했다. 그는 평화로울 수 있었다. 반대로 화도 났다. 그는 방금 두 통의 편지를 받았다.

한 통의 편지에서, 한 연락원은 몸이 아픈 소년이 자신이 죽은 후에 빅토르 위고의 사진을 그의 관에 넣어달라고 요청했다고 알려왔다. "그에게는 당신이 하느님과 다름없는 분이었습니다."

그리고 다른 편지에는 그의 딸 아델은 여전히 '작달막한 영국 군인'을 좇아서 핼리팩스와 캐나다를 떠나 바베이도스로 갔다고 전해왔다.

쥘리에트가 '우리의 작은 고향'이라고 부르는 섬, 건지섬의 바람 부는 들판을 걷고 있었다.

그는 거의 검은 빛으로 낮게 깔린 하늘을 바라보았다.

'사랑만이 세상을 정당화하고 죽음에 가까워지는 것은 영혼을 위대하게 하는 것이니.'

1867

주변 감시자를 세 배로 늘린, 그 죄인.

자기 고통도 못 느끼오. 그의 차례가 다가오고 있소. 언제? 곧.

위고는 에네트 드 케슬러의 말을 듣고 흥분되었다. 그가 며칠 전에 오트빌 하우스에 데려온 그 망명자는 떨리는 목소리로 말했다. 그는 밤새도록 옆방에서 '두드리는 소리'를 들었다는 것이었다.

"내 딸의 방이오. …" 위고가 말했다.

케슬러는 불안하고 걱정스러워 보였기에, 그를 안심시켰다. 거의 매일 밤, 두드리는 소리, 한숨 소리, 이상한 불빛까지 번쩍였다.

그는 말을 계속 이어갔다. "당신도 아시겠지만, 나는 끊임없이 죽은 자들을 부르고, 그들을 생각하고. 그렇게 하면 죽은 이들이 우리에게 온다오. 우리의 기억이 부를 때, 죽은 이들의 그림자가 접근해요. 나는 이 세상의 삶보다 저 세상의 삶에 훨씬 더 가까이 있고, 때때로 내 영혼의 눈앞에, 우리 세상의 너머에 있는 저 위대한 빛의 세계에 대한, 매우 선명한 실루엣이 보이는 것 같소. …"

그는 말을 멈췄다. 며칠 후면 예순 다섯 살이 된다. 죽음이 바로 곁에 있었다.

"나는 밤이 걱정되지 않는 사람 중 하나요." 그는 자신에게 말하듯 중얼거렸다. "나는 내일에 대해 확신하오. 솔직히 말해 나는 밤이나 죽음을 믿지 않소, 다만 새벽만을 믿는다오."

그는 몇 걸음 걸어서, 절벽과 해안의 가장자리를 따라 구불구불한 들판을 가로지르는 길을 바라보았다.

"나는 종종 꿈속을 거닌다오, 바다를 따라, 생각에 잠겨, 프랑스를 생각하며, 저 너머 지평선을 바라보며 그리고 내 안의 이상을 떠올리며." 그는 말을 이어갔다. "나는 가끔 책 한권을 가지고 간다오. 애독서가 있지요.

그는 케슬러를 향해서 말을 덧붙였다.

"그 때문에 희망 중에서, 가장 큰 죽음에서 나의 신앙이 깊어지지요. 신앙은 나에게 노년이라는 어두운 비탈길을 수월하게 가도록 해 준다오."

하지만, 육십오 세의 나이에도 불구하고 그는 늙었다는 느낌이 들지 않았다.

매일 밤 그는 여자를 보고 애무했다. 그 안에서 욕망은 여전히 요동쳤다.

방문객이 거의 없는 1월 초, 누군가 오트빌 하우스의 문을 두드렸다. 그는 몸을 기울여 내다 보았다. 그리고 금세 열이 달아 올랐다. 어여쁜 여인이 기다리고 있었다. 그녀는 프랑스인이었으며, 루이즈 융이란 여성 문인이었다. 그녀를 유혹하고 싶었다. 그녀는 다시 오겠다고 약속했다. 그는 그녀를 풀밭이나 바위로 가려져 모래 위에 누울 수 있는 포구 쪽으로 데리고 갈 참이었다. 그리고 그는 수첩에 '연통 위의 난로'라고 기록할 것이다. 언젠가 그것을 읽는다면 그것이 '그의 성기에 있는 음모'를 의미한다는 것을 누가 이해할 수 있을까?

하지만 그것은 그가 생각하는 죽음과 늙음에 대한 균형을 이루는 방법이었다. 그리고 열정을 되살리는 데에는, 그녀의 미모와 도덕적 자유를 알고 있는, 테오필 고티에의 딸, 쥐디트 고티에의 책을 받는 것으로 충분했다. 쥐디트 고티에는 그의 이름을 한자漢子로 써서 자신의 『비취의 책』을 그에게 헌정하지 않았을까? 그리고 그것은 초대의 한 방법, 추파를 보내는 것이 아니었을까?

그는 즉시 그녀에게 편지를 썼다. "나는 당신의 책을 가지고 있습니다. 첫 페이지에서 당신이 쓴 내 이름을 보았는데, 마치 여신의 손으로 쓴 것처럼 빛나는 상형 문자가 되었더군요…

당신은 시인의 딸이자 시인의 아내, 왕의 딸이자 왕의 아내, 왕비입니다. 여왕 그 이상이지요, 뮤즈 신입니다.

당신의 새벽은 나의 어둠에 미소를 짓는군요. 감사합니다, 부인, 나는 당신을 존경합니다."

그는 얼마간 쥐디트 고티에를 만날 날을 꿈꾸었다.

그러나 그 시간 그는 아내를 맞이해야 했다. 아델은 오트빌 하우스를 떠난 지 2년 후인 1월 18일에 돌아왔다. 그녀는 몇 주 후인 3월 초에 떠나야 하지만 자기가 없는 동안 남편을 지켜 준 것에 감사하기 위해 쥘리에트를 방문하고 싶어 했다.

그녀는 쥘리에트가 거의 한 달 동안 오트빌 하우스에 머물렀다는 것을 알고 있었다. 더 이상 질투도, 경쟁심도 없었다.

위고는 그녀들을 보았다. 아델을 만나본 쥘리에트는 더 큰 관심을 보였고, 아델은 관대하면서도 이력이 난 절대적 권위에 충만해 있었다. 둘 다 그가 사랑하는, 그가 책임져야 하는 노인들이었다.

그리고 그에게는 '상반신', '스위스 용병들', 그리고 젊은 하녀들의 젖가슴이 필요했다. 하녀가 쪼그리고 앉아서 그곳, 라운지에서 바닥을 청소하고 있을 때, 그는 그녀의 엉덩이, 그녀의 맨 팔을 보면서, 그녀의 허벅지를 상상하면서, 그녀의 발목과 종아리를 보면서, '종'을 치는 것을 자제할 수가 없었다. 그가 기록했듯이, 바보짓을 하는 것이었다.

그런 다음 그는 잊어버리며, 욕망도 사라졌다. 그는 희곡 「그들은 먹을까?」의 등장인물에게, 마녀 지네브, 자유로운 존재 아리올로, 왕, 연인들 등 역할을 부여했다. 그는 희곡에서 일어날 일을 상상했다. 마녀는 한 남자에게 사형을 선고했기 때문에 살아남지 못할 것이라고 군주에게 계시할 것이고, 아리올로는 독이 든 과일 정원에 갇혀있던 연인들을 저주로부터 해방시켜 구원할 것이다. 그리고 한 연인은 나중에 왕이 될 것이다.

> 당신이, 바로 당신이 다스릴 차례요. 드디어
> 그렇게 되리다. 단 당신은 굶주렸다는 것을 기억하시오.[305]

아리올로가 말했다.

그 때문에, 무엇을 하든지 위고는 인간의 운명에 무관심할 수가 없었다.

더구나, 그는 사람들이 그의 팔을 이끌어 광장으로 데려가기를 바랐을 것이다. 매일 그는 전 세계에서 온 편지 더미를 보고 압도되어 손수 답장을 해야 했으며, 종종 편지들 때문에 시간을 허비하여 짜증이 나기도 했다.

'나의 하루의 사분의 일이야! 써야 할 편지가 스무 통이고!' 그는 탄식했다.

그러면 어떻게 20페이지를 작성할까?

한 편지에, 아이들에게 줄 옷을 사주기 위해 돈을 요구하는 한 여성이 있었다. 또 다른 편지엔, 「르 시에클」지의 기자들이 볼테르 동상을 건립을 위해 착수한 구독 신청에 가입해 줄 것을 요청했다. 그는 쏟아주었다.

"볼테르는 선구자이며 그는 위대한 아침의 별입니다. 사제들이 그를 '새벽별'이라고 부르기도 합니다."

그는 투르크에 대항하는 크레타인을 위해서 개입해 줄 것을 요청받았다. 투르크 군은 그들이 마을을 떠날 때 '크고 작은 시체 더미 위에 무너져 내리는 폐허 더미'를 그대로 두고 떠났다. 그리고 나폴레옹 3세의 한 측근은 그에게 막시밀리안 왕을 죽음에서 구해달라고 요청했다. 왕은 자신이 멕시코를 통치할 수 있다고 믿고 있었지만, 프랑스군이 떠난 후 후아레스에게 잡혀있었다.

그는 썼다. 죽음으로부터 생명을 구하기 위해서라도 써야 했다.

"막시밀리앙은 후아레스에게 목숨을 걸 것이오. 그러면 사람들은 처벌하라고 할까요? 처벌하려고 하면, 막시밀리안은 공화국의 배려로 살아날 것이오."

너무 늦었다. 막시밀리앙은 이미 총살을 당했다.

그런데 위고는 사형 선고를 받은 아일랜드의 페니앙을 위해 다시 개입했는데, 그는 무죄를 증명했다고 생각했고, 결국 그들의 사면을 얻는 데 성공했다.

하지만 그러한 일에는 자신이 있었지만 절망에 빠졌다. 다른 죄인이 생길 것이고, 또 다시 불필요한 죽음이 이어질 것이기 때문이었다.

그는 유럽이 새로운 대학살을 경험할 것이라는 인상을 받았다. 나폴레옹 3세는 확실히 자신의 제국을 '자유화'했으며, 비판적 언론도 탄생했고, 구舊 야당의 우두머리 에밀 올리비에가 이끄는 제3당이 구성되었지만, 국가 간의 긴장은 고조되었다.

베네치아를 손에 넣은 이탈리아군은 이제 프랑스군이 철수한 교황령을 점령하고 싶어했다. 사도바에서 오스트리아를 물리친 프로이센은 주변의 독일 전체를 통일하고자 했다. 그리고 비스마르크는 유능하고 냉정한 정치가였다.

위고는 말했다. "나에게 '국가'라는 개념은 '휴머니즘'이란 개념 안에 녹아있는 것이고, 나는 '빛'이라는 조국만 알고 있을 뿐입니다. 그래서 나는 금방이라도 벌어질 것 같은 증오스런 전쟁을 혐오스럽게 주시하고 있습니다. 독일인 한 명은 프랑스인 한 명과 똑같은 나의 형제입니다."

그렇다면 무슨 일이 일어나고 있는지 대중에게 과연 어떻게 알릴 수 있었을까? 대중들은 아마도 '제국이 바로 평화다!'라고 그 어느 때보다 의심없이 믿고 있을 것이다. 위고는 샹 드 마르스 광장에 모인 군중들이 만국 박람회를 엄숙하게 거행한 나폴레옹 3세를 칭송했다는 기사를 짜증과 낙담이 뒤섞인 채 읽었다.

제철소, 프레스, 압연기, 기관차 그리고 무기도 함께 발전되었다! 샤스포는 새로운 속사 소총을 발명했다. 그리고 폴란드를 탄압하는 러시아의 군주 알렉산드르 2세 황제가 박람회를 방문했다. 러시아가 '인민의 감옥'임을 상기시키기 위해 황제를 죽이려고 폴란드 망명자가 권총을 쏘았다. 베레조프스키, 그는 말 한 마리만 상처를 입혔다!

"파리에서 사건이 일어났다! 부상당한 말, 슬픈 일이다. 나는 황제에게라도 권총을 쏘는 것을 좋아하지 않는다. 하지만 그 폴란드인은 용감한 것 같다."

그는 오스만 남작이 수도의 몸통을 꿰뚫어 만든 새로운 대로를 가로지르는 초대받은 모든 고위층 행렬을 환호하는 파리의 모습과, 황제에 대한 복종을 기뻐하는 듯한 파리의 광경에 모욕을 느꼈다.

위고는 투덜거렸다. "사람들은 프랑스에 대하여 잘못 알고 있다. 사람들은 프랑스를 물질적인 강국으로 생각한다. 아니다. 프랑스는 도덕적인 강국이다."

그는 박람회 방문객에게 줄 『파리-안내』를 이용하고 싶었다. 라크르와 편집자가 의뢰한 책의 서문에서 과거의 파리에 대한 향수와 '제국 체제'에서 벗어난 '파리'의 꿈을 표현하고자 했다.

그는 '가장 무도회와 함께 술잔치에 빠진 파리'를 거부했다. 그는 89년 혁명의 파리를 예찬했다.

"파리는 사상이 퍼져나가는 곳입니다. … 파리는 주축의 도시입니다. 이곳에 한 세기가 주어지면, 그때부터 역사가 돌기 시작했지요."

동시에 그는 걱정스러웠다. 그는 '테아트르-프랑세'에서 『에르나니』가 재연되는 것을 인정했다. 사람들은 검열관이 1830년 이후 처음으로 연극을 공연을 허용할 것이라고 확신했다! 나폴레옹 3세는 공연에 관심이 있었다. 그것은 제국이 자유로워졌다는 신호가 될 것이며 만국 박람회 기간 동안에 공연하는 것은 국제적인 반향을 불러일으킬 것이다. 그런데 만일 그가 『파리-안내』에 쓴 글이 공연 금지의 구실이 될 수도 있다면? 만약 파리 제국에 대한 이러한 비판이 적시에 증오를 불러일으키고, 어두운 기억이 두 번 다시 필요치 않은 『에르나니』에 해를 끼친다면?

그는 연극 재공연을 관람하기 위해 파리에 온 아델과, 폴 뫼리스, 오귀스트 바크리의 편지를 보고 안심했다.

열광적인 관중, 1830년보다 더욱 씩씩해진 젊은이들, '위고 만세!'의 외침, '망명자 만세!', 사람들이 그에게 첫 번째 공연의 분위기를 전해주었을 때, 그는 감격해 소름이 돋았다. 바크리는 보고했다. "모든 막幕에서 배우들이 다시 호출되어 무대에 또 나왔었습니다. 어느 날 저녁에는 다섯 번의 앵콜을 받았습니다. 이것은 테아트르-프랑세에서 결코 본 적이 없는 일이었습니다!" 바크리는 다음과 같이 덧붙였다. "우리는 두 번째 공연에서 전례 없는 금액 5,200프랑의 수익을 올렸습니다. 당신이 도덕적, 문학적으로 어마무시한 성공을 거둔 것은 물론, 재정적으로도 대단한 성공을 거두리라 믿습니다."

만족한 순간이었다. 하느님은 그에게 기쁨과 평화를 가져다 주기로 결정한 걸까?

위고에게 몇 주 전에 샤를르와 알리스의 결혼으로 브뤼셀에서 태어난 손자 조르주가 생겼다. 그는 가계 문제를 중요하게 생각하지 않는다고 말했으나 그래도 성취감과 자부심을 느꼈다. '인간은 현존이며, 그가 한 일은 결국 그만한 가치가 있는 것이다.'

신생아도 위고였다. 그는 아기의 탄생을 축하하고 자신이 기대하는 것을 기록으로 남기기 위해서 아이에게 편지를 썼다. 그가 쓰는 단어 마다 그의 감동이 배어 있었다.

"사명을 위해서 태어났고, 사명을 위해, 자유를 위해 성장하며, 빛 속에서 죽기 위해 살아갈 조르주! 너의 혈관에는 어머니의 달콤한 우유와 아버지의 관대한 정신이 들어있단다. 착하거라, 강하거라, 정직하거라 그리고 정의로워라! 할머니의 입맞춤 안에서 할아버지의 축복을 받으리라."

나중에 조르주는 그 구절들을 읽을 것이고, 단어들은 그를 위해 살아날 것이다. 그것이 그의 유산이 될 것이다.

쥘리에트와 함께 위고는 손자를 만나기 위해 서둘러 건지섬을 떠나 브뤼셀로 갔다. 『에르나니』로 돈을 너무 많이 벌었기 때문에 그는 선물을 미리 보낸 후 도착하고 싶어서, 아들들에게 500프랑을, 어린 조르주에게도 500프랑을 보냈다.

그는 바리케이드 광장에 있는 집에서 지낼 생각을 하고 있었다. 그 집에는 아델과 그녀의 며느리 알리스에게 시중드는 젊은 하녀들이 있었다. 그는 밤의 계획이 필요했다.

"옆 칸에는 한 두 명한 명보다는 차라리 두 명의 하녀가 잘 수 있는 방이 딸린 뒷집에 예전처럼 아주 소박한 내 방을 마련해 다오. 나는 여전히 야행성 경련이 있는데, 심각하지는 않다고 믿지만 절대 혼자 있는 것은 위험에 빠뜨릴 수 있어." 그렇게 편지를 썼다.

그는 그렇게 요청하고도 남았다. 그리고 한 두 명의 하녀가 그의 경련을 풀어주러 왔으리라. …

그는 7월 17일 건지섬을 떠났다.

'토할 것 같았으나 나는 바다에서 오는 흔들림이 좋았다. 나는 구토마저 즐거웠다. 제국이 역시 구역질나게도 하고 서글프게도 하는구나.'

도착하자마자 그는 잠자는 아이를 보고 싶어했다.

'녀석은 미남인 것 같고, 귀엽게 자고 있군'

그는 너무 빨리 세상을 떠난 맏아들 레오폴을 떠올리며 가슴이 미어지는 것 같았다. 그리고 아들들이 태어나던 때, 레오폴딘느, 그리고 머나먼 바베이도스에서 방황하는 불쌍한 아델을 떠올렸다.

그는 7월 25일에 생트-귀뒬레 대성당에 갔다. 거기서 조르주는 세례를 받았다. 그는 기도했다.

"스스로 존재하시는 창조주를 믿으며, 완전함, 영원함, 절대적임, 진실함, 아름다움과 정의를 믿습니다. '나'를 주관하시는 하느님을 믿습니다. '나'가 없는 무한은 한계가 있고, 무한에 부족한 것이 있다면, 그것은 무한이 아닙니다. 따라서 하느님은 부족함이 없는 무한하신 분이십니다.

그러므로 하느님이신 신비로부터 나온 '나'를 믿습니다.

하느님을 믿는 믿음은 내 생명 그 이상이요, 그것은 내 영혼이옵니다.

그것은 필시 나의 영혼 그 이상, 나의 양심입니다.

나는 범신론자가 아닙니다. 범신론자는 말합니다. '모든 것이 신이라고.'

바로 나는 하느님은 전부라고 말합니다."

위고는 쥘리에트에게 인생에서 가장 행복한 순간이 될 며칠간의 여행을 제안할 수 있었다. 그들은 젤랑드를 거쳐, 쇼퐁탠느에 도착했다. 그곳엔 기력이 떨어진 아델이 쉬고 있었다. 위고는 눈이 점점 어두워지고 실명할 것 같은 아내에게 책을 읽어주는 쥘리에트를 착잡하게 바라보고 있었다.

잠시 망설였다. 아내와 가까이 있어야 하지 않을까? 하지만 건지섬 일이 그를 기다리고 있었다. 『웃는 남자』를 끝내고 『93년』을 쓸 준비를 해야만했다.

도착했을 때, 그는 독립군 부대의 우두머리인 가리발디가 카프르라 섬에서 탈출한 후 교황령의 국경을 넘었다는 것을 알게 되었다. 조르주의 미소, 브뤼셀 거리를 산책할 때 손자의 깔깔 웃던 소리, '마차와 말'을 주었을 때의 감탄은 이미 기억 속에서 얼마나 멀어졌던가!

그는 드 파일리 장군이 지휘하는 프랑스 사단이 치비타베키아에 상륙하여 11월 3일 멘타나에서 가리발디의 '붉은 셔츠 의용군'을 격파했다는 소식을 듣고 격분했다.

"샤스포 소총이 놀라운 일을 해냈다."고 가리발디 군에게 가해진 학살을 지켜보면서 그 장군이 말했었다.

위고는 프랑스의 이름으로 자행된 그 학살에 구역질이 났다. 바로 그에 대해 글을 쓰고 역겨운 소리를 지른다면, 오데옹 극장에서 공연될 그의 희곡 「뤼블라스」의 공연이 중지될 것이라는 것을 알고 있었다. 무슨 상관이랴! 그는 「멘타나」라고도 부를 수도 있는 『건지섬의 목소리』에서 시작했다.

이탈리아에 대한 범죄의 죄인은 교황과 황제였다. 그는 먼저 교황 비오 9세를 공격하고자 했다.

> 오 사악한 노인이여, 책임은 당신에게 있소
>
> 모래 속에서 해골을 파내는 독수리와 같은,
>
> [⋯] 소총은 아주 뜨거웠소, 구실을 다 했소
>
> 사용된 총탄도 할 일을 다했소.
>
> 끝났소. 죽은 자는 죽었소. 이제 당신의 미사를 올리시오
>
> 손을 좀 씻고 손가락으로 성체 빵을 잡으시오
>
> 하느님께 피를 바쳐서는 안 되기 때문이오!
>
> [⋯]
>
> 죄가 완성되었소. 누가 그랬을까 교황?
>
> 아니오. 왕? 아니오. 팔에 힘이 없어 빗나갔소
>
> 그렇다면 범인은 누구요? 그 사람. 무명의 남자
>
> 우리의 담 뒤에서 숨어있던 자
>
> [⋯] 주변 감시자를 세 배로 늘린, 그 죄인
>
> 자기의 고통도 못 느끼오. 그의 차례가 다가오고 있소. 언제? 곧
>
> [⋯]
>
> 오 민중이여! 어둠에 잠든 자들이여, 언제 일어날 것인가?
>
> 침대에 머무르는 것은 총에 맞은 사람들과 어울리지 않으니

[…] 분개한 그대, 그대의 영혼으로 무엇을 하였소!

제국은 하나의 동굴, 온갖 종류의 밤

캄캄한 안개 속에 그대를 가두리라

[…]

그대는 아마도 온통 쏘다닐 것이오, 찾으려, 닿으려

힘없는 주먹으로 칼을 잡으려

어둠 속 끔찍이도 더듬거리며![306]

그는 며칠 후 오데옹의 제국 극장 감독 쉴리로부터 「뤼 블라스」 공연을 금지한다는 편지를 받았을 때 놀라지 않았다.

그는 답장을 보냈다.

"튈르리에 있는, 루이 보나파르트씨에게.

쉴리가 서명한 편지를 받았음을 확인함. 빅토르 위고."

그는 침착했다.

아들들에게 편지를 썼다. "예상했던 대로 『건지섬의 목소리』는 나에게 「뤼 블라스」 만한 가치가 있단다. 모든 것이 잘 되었다. 잘해도 아주 잘한 일이었지."

그 날은 망명 16년 째 되는 날이었다.

뫼리스가 『건지섬의 목소리』의 시구마다 500프랑이 소요된다고 편지를 보내왔다.

그럴 줄 알고 있었다. 내가 첫 번째 화물이 포함된 50통의 편지를 우체국에 제시할 때에, 나는 케슬러에게 50통의 편지를 보낼 2,000 프랑을 주고 상자 속에 편지를 던져 넣었거든.

내가 보나파르트를 잘 알고 있다는 것을 너희들도 잘 알 것이다. 적어도 그도 나를 잘 알고 있음에 틀림없다."

겨울 빛으로 물든 가을이었다. 전날, 맨체스터에서 페니안, 라킨 알톤, 세 명이 교수형을 당했다. 당시 보나파르트의 동맹자인 영국 여왕은 그들에게 은혜를 베풀지 않았다.

오 지독한 여인…

[…]

물레의 실로 무엇을 한 것이오?,

당신 발 아래 만인이 엎드려 있는 동안?

답해 보시오. 무엇을 만들었소?

-교수대의 밧줄.307

다행히도 싹트는 생명이 있었다. 샤를르는 12월 말에 아내가 다시 임신 소식을 보내왔다.

위고는 한 해 마지막 날 기록했다. "조르주가 태어난 것은 대 성공이다. 알리스가 두 번째에도 성공하기를."

1868

오 어머니들이여! 요람은 무덤과 통한다오.
영원은 한 가지 그 이상 신성한 비밀을 간직하고 있으니.

위고는 오트빌 하우스의 붉은색 거실에 있는 큰 거울 앞에서 자신을 바라보았다. 영락없는 66세의 남자였다! 그는 턱수염과 콧수염을 깎고 다듬었지만 이제는 듬성한 머리카락만큼이나 모두 하얬다. 부은 눈꺼풀, 눈 밑 둥글게 패인 주름, 주름지고 창백한 피부를 지우려는 듯 거울에서 섬칫 뒤로 물러섰다.

그는 몸을 돌렸다. 처제 쥘리 쉐네가 그를 지켜보고 있었다.

"나도 이제 늙었소. 나는 '인척'이란 말에 대한 어떠한 권리도 없으니, 그냥 오라버니라 부르시오."

그는 라운지로 갔다. 그는 매일같이 사무실에 도착하는 수십 통의 편지를 발견하고 감정이 혼란스러웠다. 일주일에 거의 200통에 이르는 편지들! 그는 편지를 읽고 답장을 쓰는데 시간이 걸렸으나, 오히려 젊음을 유지할 수 있게 해 주었다. 수십만 명의 독자들과 그에게 소식을 알리는 특파원들에게 썼던 말과 연결되기 때문에 여전히 생기가 넘쳤다. 그리고 이제 막 파리에서 72번째 공연이 끝난 『에르나니』에 환호하는 관객들도 있었다. 물론 수입은 늘 일정치 않았다.

프랑수아-빅토르는 편지로 알려왔다. "브뤼셀의 극장은 「뤼 블라스」 공연을 광고했으며, '서리가 내리든, 땅이 빙판지든, 눈이 오든, 얼음이 얼든, 벨기에라 하여도', 성공은 부정할 수 없어요. 다만, 이곳에서도 부과되는 세금은 높습니다."

그러나 위험성이 있는 사업을 하는데 모아놓은 재산의 일부를 사용하는 것이 문제 되지는 않았다.

위고는 더 많은 것을 얻어내려는 아델과 두 아들 그리고 오귀스트 바크리를 이겨내야 했다.

그는 아델이 보낸 편지를 읽었다. 그녀는 '살림할 돈을 늘려 주어야 하며, 자신들의 계정을 완벽한 상태로 유지하고 있느니 그가 요청하면 보낼 수 있다.'고 했다. …

어떻게든, 그는 노력하고자 했다. 그러나 그는 청지기였으며, 미래에 대한 보증인이었다. 그러므로 합리적이고 신중하게 생각했다.

만일 아들들과 바크리의 말을 들었다면 그는 파리에서 신문에 모험을 걸었을 것이다. 파리에는 이전보다 더 나쁜 새로운 언론법이 있었다. 그는 자유주의 제국의 우호적인 장식 아래 독재의 철권이 숨어 있다고 확신했다. 로쉬포르가 창간한 「라 랑테른느」지는 '프랑스는 불만의 원인을 해소하지 못한 채 인구만 3,600만 명에 이른다.'고 썼다는 이유로 유죄선고를 받고 발행 금지 되었으며, 발행인은 벨기에로 도피해야 했다!'

위고는 답했다. "나는 신문에 대해 생각을 다시 해 보았다. 어쨌든 나는 재정적 후원자로도, 영감을 주는 사람으로도 거기에 나타나지 않아야 한다. 그들은 즉시 스핑크스의 목을 부러뜨릴 것이므로. 그들의 법 집행은 가혹하다. …"

그럼에도 불구하고, 그에게 가해진 압력 덕분에 그는 얼굴에 새겨져가는 연륜도 생기고, 눈은 광채를 발했다. 그리고 그는 언제나 사형제 반대에 개입해야 했고, 늘 글을 써야 했고, 그때부터는 스페인 사람들에게 공화국을 수립해야 나라가 강해진다고 말해야 했다.

그는 건지섬, 저지섬에 관중을 모을 필요가 있었다. 그들이 프랑스에서 건너온 순회 극단이 연주하는 『에르나니』 공연에 환호를 보내게 하기 위해서였다. 연극이 끝날 무렵 관중들은 일어서서 외쳤다. 위고 만세! 그리고 영국 언론은 그때 그가 가난한 아이들을 위해 한 일을 기리면서 매우 호의적이었다. 그는 위대하고 착한 사람이었다.

때때로, 관심을 받을 때에, 그는 자신의 '고독은 회오리 바람'처럼 느껴지기도 했다.

그가 늙지 않았다는 것이었다.

그리고 새로운 하녀들이 있었는데, 마리에프, 스물여덟 살의 고아, 생-브리외크 출신의 처녀였다. 그는 그녀를 한 달에 17프랑에 고용했다. 그는 옆방에 기거하는 그녀를 보고 싶어 참을 수가 없었다. 그는 밤을 기다렸다. 그는 다음 날 다음과 같이 쓸 수 있을 것이다. "마리에트 … 종 … 아리스토텔레스." 그는 그녀를 '보았다.' 그는 만족했다. 며칠 후에는 그의 수첩에 마리에트를 추가할 것이다. "마리에트 … 종 … 난로 청소 … 팁."

그는 그들을 열등한 사람으로 대하고 싶지 않았다. 그는 그녀들이 무지에서 벗어나기를 원했다. "나는 두 명의 하녀 마리와 마리에트에게 글씨 쓰는 법을 알려주기 시작했다. 나는 그들에게 큰 글씨로 예문을 만들어 주었다."

그리고 그곳에서 나란히 앉아 있는 아주 어린 그들을 보는 것이 그를 흥분시켰다. "종 … 종자위… 아리스토텔레스그들을 만지고, 삽입하고… 두 스위스인그녀들의 두 젖가슴…"

그것으로 그의 안에 있는 욕망이 충족될 수는 없는 것 같았다. 그는 다시 편지를 보냈던 여성, 루이즈 융을 떠올린다. 그는 그녀를 한적한 포구들 중 한 포구로 다시 데리고 간다. 그리고 밤에 그는 그녀에 대한, 또한 다른 모든 여자들에 대한 꿈을 꾼다. 그는 그녀들의 다리, 허벅지, 발, 젖가슴에 대해서도 꿈을 꾼다. 그는 잠자는 여자를 범하는 몽마夢魔다. 그는 본능적으로 성적 쾌락을 즐긴다. 그는 '스퐁트'라고 적었다.

그러나 그는 숨겨야만 했고, 그럼에도 불구하고 사람들은 그러한 삶을 단죄할 것이라는 것도 잘 알고 있었다. 그래서 그는 「유명한 사랑」이라는 제목의 5-20권으로 된 시리즈물 제안을 거절했다.

그는 그런 아이디어는 매력적이고 대중적이며 성공하리라고 폴 뫼리스에게 말했다. "분명히 말하지만 그런 성공은 나를 필요로 하지 않네. 내 나이에, 적어도 더는 큰 소리로 말하지 말아야 할 말이 있지. 특히 여러 사람과의 사랑에 대해선 … 사람들은 아주 회고적인 사랑에 관해서, 『거리와 숲의 노래』에 관해서 나를 원 없이 모욕을 했으니까!"

그들은 그가 욕망도 없고 쾌락도 모르는 노인이라고 상상했을까! 그들은 그가 장님이었고 죽었다고 글을 썼었다! 그는 어느 날 밤 브뤼셀에서 한 젊은 여성을 만났던 것을 기억했다. 그 여자는 그를 보고 빅토르 위고와 닮았다는 것을 알았지만, '그는 죽었다.'고 말했었다.

그는 살았다. 그는 썼다. 그는 아직 『웃는 남자』를 끝내지 못했다. 물론 쥘리쉬네와 쥘리에트에게 원고를 필사하라고 시키기는 했으나, 그는 이미 다음 작품 『93년』에 마음이 가 있었다.

"나는 내가 진정한 혁명을 일으키고 있다고 믿는다." 그는 월터 스코트의 역사 소설이나 뒤마가 쓴 것 같은 역사 드라마는 쓰고 싶지 않았다.

그는 라크루와에게 설명했다 하지만 편집자는 책의 성공과 실패 외에 다른 것을 이해했을까? "내가 이야기를 구상할 때, 등장인물에게는 주어진 특성에 맞게 경험해 왔던 것, 할 수 있는 것만 부여합니다. 그리고 적절하게 언급된 의도에 그들을 최소한 적게 끌어들이지요. 나의 방식은 창조된 등장인물들이 실제 사실을 그려가는 것입니다."

결국 라크르와는 계약 조건을 수락해야 했다. 즉 4만 프랑씩 5권을 판매하는 것인데 그 중에서 『웃는 남자』가 4권이었다. 라크르와는 동의하고 즉시 10만 프랑을 지불했으며 작품이 출판되면 10만 프랑을 추가로 지불하기로 했다.

모든 것이 순조로왔다.

하지만 갑자기 날벼락이 쳤다.

편지였다. 첫 손자인 어린 조르주가 4월 14일 뇌수막염으로 사망했다는 소식. 그 어린 손자는 장남 레오폴과 같은 운명을 겪은 것이다. 위고는 『관조』 3권을 출간했고, 「돌아오는 자」라고 제목 붙였던 시를 떠올렸다. 알리스가 8월에 태어날 아이를 임신했기 때문에 그는 되돌아오리라 믿고 싶었다.

그는 썼다.

> 오 어머니들이여! 요람은 무덤과 통한다오
> 영원은 한가지 그 이상 신성한 비밀을 간직하고 있으니

그러나 그는 자신이 느꼈던 기쁨을 기억하며 그렇게 덧붙였다.

> 그날이 왔네, 그녀는 또 다른 아이를 낳았고
> 그리고 아버지는 기뻐하며 소리치네, 아들이야.308

그것을 믿고 싶었다. 그는 비탄에 빠진 부모 샤를르와 알리스에게 위로의 말을 했다. "나는 '돌아오는 자'를 믿는다. 몇 달 안에, 매력적인 나의 손자 어린 조르주를 알리스가 우리에게 되돌려 줄 것이다."

그러나 가끔 절망이 찾아왔다. 그는 자신을 설득하려 하지만, 운명에 맡길

필요가 있었다. 휴식이 필요했다. 그는 폴 뫼리스에게 편지를 보냈다.

"그는 돌아올 것이네. 그러리라 믿네. 그 온순한 아이는 참으로 매력적이었지! 난 천국에서 그 작은 영혼을 볼 거라 확신하네. 보이지 않는 곳에서 이미 알고 있는 새가 바스락거리는 소리를 듣고 있었다네. 하느님께 그 아이를 되돌려 달라고 청했지. 아아! 때때로 나는 절망에 빠진다네. 불쌍한 내 아내에게 말하지 말게. 이 곳 길에서 아이들이 탄 작은 마차들을 볼 용기가 없다네. 그것을 보면 내가 브뤼셀 대로에서 조르주를 4륜 마차에 태워주던 생각이 나기 때문이지."

"사랑해 주세요."

그는 쥘리에트의 말을 들었다. 그는 그녀가 괴로워하고 괴로워하며 영혼이 날카로워지는 것을 보았지만, 그녀는 되레 그를 위로하고 지탱해 주었다.

"나의 사랑으로 위로를 삼으세요. 그 위로는 당신이 슬퍼하는 사랑스러운 아이가 소생하는 날까지 당신의 상처를 진정시켜 줄 거예요. … 나의 키스는 내가 당신의 발을 적셔주고 싶은 눈물입니다."

그는 쥘리에트와 함께 브뤼셀에 갈 예정이었다.

그곳에서 가족들과 함께 자신의 생일을 축하할 것이라고 들었다.

"올해 나를 위한 생일 파티는 없을 것이다. 내 생일 파티는 손자 조르주가 돌아오는 것이다."

알리스를 보고서야 그는 안심했다. 또 다른 아들이 태어날 것이고, 그는 그것을 확신했다.

삶이 그를 이끌어가야 했다.

그는 알리스의 하녀 필로멘느를 다시 만났다. 다른 하녀 알린 대신에 그의 옆방에서 잠을 자는 것이 그녀였다. 그는 그녀를 보았고, 그녀를 어루만졌다.

"엉덩이가 예쁜 필로멘느, 필로멘느의 숲에서 아리스토텔레스를 보았다."라고 적었다.

그는 그토록 빈번하게 자신을 사로잡는 욕구에 놀랐다. "오후 2시. 비르지니 요리사 종, 하녀 종."

그랬다. 그에게 삶은 바로 거기에 있었다. 그는 그의 방식대로 그렇게 8월 16일 '돌아오는 자' 또 다른 조르주의 출생을 축하했다.

"손자 조르주가 되돌아 왔다. 알리스가 그를 우리에게 돌려주었다."

그는 아이가 살 수 있을 것이란 확신을 했다. 그리고 그 출생은 그에게 『웃는 남자』를 끝마치도록 하는 자극을 준 것 같았다. 그는 글을 써 나갔고 8월 23일 그 소설을 끝맺었다.

그는 모든 것이 다시 제 자리를 잡았다는 느낌이 들었다. 쥘리에트는 아이를 볼 수 있게 초대받았다. '아이는 당시 양쪽 젖을 빨고 있었다. 한 동안 왼쪽 젖만 빨던 아이. '민주적인 태도였을까.'

위고는 웃었다. 그는 아델을 가볍게 안았다. 그는 그녀와 4륜 마차로 브뤼셀 여행을 했다. 그녀는 기뻤다. 그녀는 이제부터 그와 함께 할 것이라고 말했다.

그런데 갑자기 또다시 청천벽력 같은 일이 일어났다. 아델은 몸이 뻣뻣해지고, 눈이 돌아갔다. 뇌졸중이었다. 희망이 거의 없다고 의사들이 말했다. 전보를 받은 의사 알릭스가 도착했다. 그리고, 8월 27일, 그녀는 떠났다. 아침 6시 30분.

위고는 두 눈을 감았다.

그녀는 죽기 전에 잠깐 동안 그의 손을 꼭 쥐었고, 그를 알아보는 것 같았다.

'하느님은 부드럽고 위대한 영혼을 받아주시리. 그녀를 하느님께 돌려 드리오이니, 그녀에게 축복이 있기를!' 그는 조용히 속삭였다.

그녀는 레오폴딘느 옆, 빌키에 묻히기를 원했었다. 따라서 시신을 운구해야 하는데, 그는 키브랭 너머까지 시신과 함께 갈 수가 없었다.

"나는 그곳에 있던 꽃을 가져왔다. 나는 그것을 머리 주위에 놓았다. 얼굴이 가리지 않게 머리 주변에 동그랗게 하얀 데이지꽃을 꽂고 온 몸에 꽃을 얹고 관을 꽃으로 가득 채웠다. 그런 다음 나는 그녀의 이마에 키스하고 그녀에게 나지막하게 속삭였다. '축복을 받으시오.' 그리고 나는 그녀 옆에 무릎을 꿇고 있었다."

그는 가족들이 다가가 아델을 껴안고 오열하는 것을 지켜보았다.

그는 참나무 관이 닫히기 전에 주머니에서 방금 발견한 작은 열쇠를 가지고, 그녀가 누워 있는 관의 전면 납鉛 위에 'V. H.'라고 새겨 넣고자 했다. 관이 닫히고 그는 납에 입을 맞추고, 이어 참나무 관에도 입을 맞추었다.

"관 뚜껑에는 22개의 못이 있었다. 나는 1822년에 그녀와 결혼했다."

그런 다음 그는 관을 키브랭으로 가져갔다.

"나는 떠나기 전 검은 옷을 입었는데, 앞으로도 벗지 못할 것이다."

그는 키브랭에서 그는 한 주민의 집에서 밤을 보냈다. 5일 동안 잠을 이루지 못했다. 그는 눈이 휘둥그래졌다. 그는 방에서 삽화가 담긴 『레미제라블』을 발견했다. "나는 그 책에 내 이름과 날짜를 써 놓았다. 주인을 위한 기념으로."

위고는 브뤼셀의 바리케이드 광장에 있는 집에서 아델의 초상화를 오랫동안 바라보았다. 사람들이 갖고 싶어하는 죽은 아델의 초상화였다. 사진은 한 장만 인쇄되었다. 그는 사진 위에 '구원받은 사랑하는 여인'이라고 썼다.

떠오르는 기억은 넘쳐흐르고, 모든 것은 고통스러웠다.

그는 빌키에의 무덤에 이렇게만 새기기를 원했다.

아델
빅토르 위고의 아내

그는 10월 9일에 쥘리에트 함께 건지섬으로 돌아왔다. 쥘리에트는 그에게 편지를 보냈다. "내 영혼은 성장하여 두 배로 커진 것 같군요. 내 영혼과 돌아가신 당신의 아내의 영혼을 다하여 당신을 사랑합니다. 이 세상에서 당신 인생의 고결한 증인이었던 그 분에게 청합니다. 천국의 하느님 앞에서 당신이 내 사람이 되기를 원한다고. 내가 이 세상에 사는 동안 그리고 다음 세상에서도 당신을 사랑할 수 있도록 그 분에게 허락을 구합니다. … 그녀에 대한 소중한 기억이 사람들 사이에서 영원히 영광스럽고 축복받기를! 그녀가 내 안에서도 그랬듯이…." 하지만 그가 오트빌 하우스에 들어갈 때, 집의 공허함이 그를 짓눌렀다.

자잘한 조각들과 물건들도 마치 애도에 잠긴 것 같았다. 그는 자신의 딸, '그 불쌍하고 길 잃은 소녀'를 생각했다.

'그녀 때문에 내가 마음이 짓눌린 채 지낸 것이 5년이 되었다.'고 말했다. '그녀가 돌아오기를, 그리고 내 마음이 꽃피는 동시에 내 팔이 열리기를.'

그러나 그는 슬픔에 굴복해서는 안되었다. '자, 다시 일을 시작해야 한다.'

그리고 밤이 되면 젊은 하녀가 십자형 침대에서 몸을 던지며 한숨을 쉬는 소리가 들렸다.

그는 일어나서 그녀의 방으로 슬며시 미끄러져 들어갔다. 그는 그 건강하고 활기찬 젊은 삶을 만져야 했다.

그는 수첩에 기록했다. "생-유스틴 여인 코드, 3 프랑"

그는 그녀에게서 원하는 것을 얻었다.

그때 그는 업무를 재개할 수 있고, 보댕 의원이 동상을 세우는 공개 청약에 지원할 수 있었으며, 또한 법원에 기소되어 주장이 강한 젊은 변호사 레옹 강베타의 변호를 받는 그의 추종자들을 지지할 수 있었다.

그는 가난한 아이들의 크리스마스 저녁 식사를 해결할 수 있었다. "우리를 시험하는 죽음도 가난한 사람들이 있다는 것을 어찌할 수는 없습니다. 우리가 다른 사람들이 겪는 고통을 잊을 수 있다면, 우리 자신이 겪는 고통이 그것을 상기시켜 줄 것입니다. 죽음은 의무에 대한 부름입니다."

그러나 그가 써내는 모든 단어, 그가 가구에 던지는 모든 표정, 그가 하는 모든 몸짓이 위고에게는 죽은 아델과 딸 아델, 그리고 그녀들 주변에 있다가 사라진 이들의 환영을 떠올리게 했다.

그는 종종 자신이 사랑했던 사람들, 자녀들, 아내, 쥘리에트 역시 자신의 일을 위해 희생시켰다는 느낌이 들곤 했다.

'나는 여기에 있고 … 나는 일한다. 사람들은 나만 홀로 남겨두었다. 방치, 그것은 노인의 숙명이다. 나는 오직 여기서 일을 잘 할 수 있다. 가족은 나의 행복이다. 가족과 일, 행복과 의무 사이에서 선택해야 한다. 나는 의무를 선택했다. 이것이 내 삶의 법칙이다.'

1869

내 안에 죽음도, 인간 의식도 있소.

그래서 나를 이끄는 그 엄청난 죽음을 맛보았소.

그는 수첩을 훑어보았다. '수정궁'의 유리를 닦고 있는 하녀의 몸, 엉덩이, 쳐든 팔에 대한 기억이 떠올랐다. 이 하녀에게는 1프랑, 저 하녀에게는 3프랑을 주었었다. 그는 새로온 하녀의 젖가슴을 만졌고, 다른 하녀의 허벅지를 더듬었다. 그리고 그는 비르지니를 보면서 자위행위를 했었다. 그리고 그는 '종', '난로'라고 적었었다.

그런 식이었다. 그는 그녀들이 그곳에 있을 때, 라운지나 그들의 작은 방에, 십자형 침대에 있을 때에는 다른 것을 생각할 수 없었다. 그는 그녀들을 보고 만져야 했으며 "난로, 원통, 아리스토텔레스, 스위스인들, 종"이라고 적었다.

그의 욕망, 그의 필요가 충족되어야 했다. 그는 그들에게 대가를 지불했다. 그리고 그녀들은 열성적으로 받아들였다. 그들은 결혼을 하고 남편과 아이들을 낳아서 돌아왔다. 그리고 남편이 아이를 공원에서 산책시키는 동안 때때로 그런 행위를 재빨리 다시 시작했다. 그 후에, 아이에게 2프랑을 주는 것으로 충분했다.

그랬다. 그런 식이었다. 그는 끊을 수가 없었다. 그리고 그는 무슨 명목으로 그리 할까? 그는 여자들에게 받아들이도록 강요하지 않았다. 거부한다고 해서 내보내지도 않았다. 그는 그들이 동의할 때 적은 금액으로 그들에게 보상했다.

가끔 그에게 순간적으로 어떤 생각이 떠올랐다. 그의 필요성 때문에 그들이 지장을 받는다면?

그는 그러한 생각, 후회, 죄책감을 밀어냈다. 그는 결코 그들을 모욕하지 않았다. 그녀들은 멸시받는 팡틴느가 아니었다. 종종 그는 그녀들에게 몸을 보여 달라고만 요청하였고, 그가 애무하는 것을 허락해 달라고 청했다. 그는 몸짓이 부드러워서 그녀들이 놀란다는 것도 잘 알고 있었다. 존중받은 여자들.

그리고 그 여자들은 그가 보통 수준 이상의 사람이라는 것과 그녀들에게서 힘과 활력을 얻는다는 것을 이해하고 있다는 느낌이 들었다. 그는 그녀들에게 원고로 가득 찬 세 개의 트렁크를 보여주었다. 그리고 그는 하녀들이 그가 일하는 곳인 '라운지'나 '수정방'에 드나들 때 그녀들을 관찰했다. 그들은 연극의 원고그가 '자유 연극'이라고 제목을 붙인 합본으로 재구성하고 싶어하는가 쌓여있는 탁자의 둘레로 돌아서 다녔다. 그 합본은 「레페」, 「마가레타 에스카 」 이 두 작품은 「갈뤼스 사제의 진귀한 두 가지 물건」으로 구성됨, 「자베트 후작부인」, 「토르크마다」, 「웰프」, 「오스보의 사령관」으로 구성했는데, 1869년 1월부터 바다를 바라보며 서서 몇 달 동안 작업을 했다. 때로는 하녀들이 이리저리 걸레질하는 리듬에 따라 엉덩이를 씰룩거리며 쪼그려 앉아 있는 동안, 그는 「레페」의 시구를 몇 구절 지었다. 그 작품에 족장, 망명자인 아들 슬라쥐스트리, 그리고 미래를 실현하는 손자 알보스의 3대를 묘사했다.

아치형의 등, 부풀어 오른 젖가슴. 상반신을 든 채 하녀들은 하던 일을 멈추었다. 그리고 그는 알보스의 긴 독백을 낭독했다.

> 아! 그 남자는 잠자고 있는 눈먼 바보!
> 그에게 심연을 보여주려면 떨어져 보아야 하지
> 마침내 그가 명예와 정의를 알려면

어둠의 치욕을 맛보아야 하지!

그러자 알보스는 의구심이 생겼다

그러나 그 사람은 헐벗고 비천하네. 그의 움켜쥔 손

힘이 없고. 그는 손톱도 없고.

그리고 슬라쥐스트리는 '칼집에서 칼을 뽑아 머리 위로 들어올리며' 대답했
다,

칼을 받아라 !309

그것은 반란의 연극이고, 전제 정치에 대한 투쟁의 연극이었다. 그가 그의
67세 생일 이틀 전인 1869년 2월 24일에 결말을 썼을 때, 그는 그 날이 1848년
공화국 선포 기념일이라고도 언급했다. 그리고 그는 루이 16세의 처형 기념일
인 1월 21일 「검劍」를 쓰기 시작했다!

이러한 일은 우연보다 더한 우연이 아니었을까? 그저 이끌려서 쓴 것이라
면.

문제는 그 연극도 읽히기나 할까? 그는 당시 그와 사람들 사이에 간격이 만
들어지고 있다는 느낌을 받았다.

『웃는 남자』가 파리에서 출간되었다. 그는 서문에 그렇게 썼다. "이 책의 진
정한 제목이 '귀족정치'였다. 다음에 나올 또 다른 책은 '군주제'라는 제목이 될
수도 있다. 그리고 이 두 권의 책을 가지고 작품을 완성하게 된다면 『93년』이
라는 제목의 다른 책으로 이어질 것이다."

이해가 가는 말이었을까?

"유일한 진정한 독자는 생각하는 독자이며, 이 책을 그들에게 헌정한다."
그러나 프랑스를 예수회와 공권력으로 이끌어가는 제국 체제에서 그런 독자가 존재했을까? 아무튼 그는 그『웃는 남자』가 그가 쓴 책들 중 최고라고 확신했다.

"그것은『레미제라블』과 짝을 이루는 것이다."
이미 사람들은 그것을 알 필요가 있었다!

그는 라크르와에 대하여 화가 났다. 출판사는『웃는 남자』를 활용하여 카탈로그에 있는 다른 책을 판매하는 것을 구상하고 있었다! 100프랑 상당의 책을 구매하는 모든 사람에게『웃는 남자』를 무료로 주다니! 그것은 런던에서 30프랑, 파리에서 40프랑의 가치가 있었는데! 그러한 조건에서 어떻게 독자를 확보할 수 있을까! 라크르와는 항의의 서한에 답장도 하지 않았다. 그와 헤어질 수도 있었다. 그리고 실망스러움을 무시해 보려고도 했다.

하지만 상처는 끝이 없었다. 성공은 없고 늘 그랬듯이 비평가들은 적대적이었다.

위고는 어깨를 들썩이며 악의적인 기사를 손짓 한 번으로 무시해버렸다.

"나는 비평가의 미트리다테스*입니다. 이해하실 겁니다. 나는 38년 동안「두 세계 평론」**이 나를 2주마다 살해했기 때문에 그에 익숙해졌고, 그것이 나를 더욱 단단하게 만들었습니다!" 그는 담담하게 말했다.

그러나 그는『웃는 남자』를 활자의 홈자국 스타일이라고 조롱하는 바르베 도르빌리의 표현을 염두에 두고 있었다. …『웃는 남자』는 반향있는 한 남자를 모든 작품 중에서 가장 속도감있고 가장 어둡게 표현한 작품이었다. 그가 바보짓을 하고 싶어도, 조용하게는 할 수도 없는 남자 …『웃는 남자』, 바로 우

---

* Mithridate(BC135-63). 폰투스 왕국의 통치자로 로마공화정에 대한 강력한 반대자.
** La Revue de Deux Mondes.

리였다. … 그 침은 장님을 치유할 것이다.* 20년 동안 족쇄를 차고 있는, 명망 높은 행운의 선수 빅토르 위고가 마지막 게임에서 졌다. … 그의 이름은 빅토르였고, 그 이름이 그에게는 잘 어울렸다! 그래서 사람들은 그를 빅투스**실패자 Victus라고 불렀다!

다시 일어서야 했다. 실패를 인정하고 살아야 했다. 필시 "우리의 적들이 그렇게 부르고, 우리가 당돌하게 받아들인 공허한 단어인 낭만주의, 그것은 문학의 프랑스 혁명"이었다. 그리고 '마른 비텔리우스'***에 불과한 보나파르트의 곪아버린 제국에서 어떻게 공격을 받지 않고 혁명을 선포할 수 있겠는가?

아무튼, 그는 그렇게 천착했으니.

'나는 항상 내가 하는 일에 온전히 나 자신을 몰입한다!'

그는 정면으로 실패의 원인을 찾아야 한다는 것을 알고 있었다. '성공이 사라졌기' 때문이었다. '시대를 잘 못 본 것이 바로 나였던가? 시대가 나를 몰라본 것인가?… 내가 틀렸다고 생각하면 침묵할 것이고, 그것이 나에게는 기분 좋은 일이다. 그러나 내가 존재하는 것은 내 기쁨을 위한 것이 아닌 것을 이미 알았다.'

좀 더 멀리 나아가야했다.

'『웃는 남자』의 실패를 주목하는 것은 나에게 중요하다. 실패의 원인은 두 가지인데, 하나는 출판사, 다른 하나는 바로 나였다. 출판사는 터무니없는 추측, 설명할 수 없는 지연, 적절한 시기를 놓쳤고, 나는 소설을 남용하려 했고, 서사시를 만들고 싶었다. 나는 독자가 행간 마다 생각하도록 강요하고 싶었었다. 거기서 일종의 대중적 분노가 나에게 미친 것이다.'

---

* 예수가 침을 발라 장님의 눈을 뜨게 해준 내용을 비유함.

** Victus. 실패자(라틴어).

*** Vitellius. 로마의 황제. 매사 원로원과 시민의 승인을 받을 정도로 무력했다 함.

그리고 돈 문제가 있었다. 라크르와 출판사에 4만 프랑 이상을 요구해야 했다. 쓸 돈이 커지면서 더욱 그랬다. 아들들은 위고에게 무슨 일이 일어나고 있는지 알아야 했다. 특히 스파에서 몇 주를 보내고 카지노에서 놀면서 여전히 빚을 지고 있는 샤를르는 위고가 연금을 지불해야 할 대상이 자신이라는 사실을 알아야만 했다.

위고는 설명을 했다. "10개월 동안 내가 브뤼셀에서 그녀의 채권자들에게 지불한 금액 말고도, 1만 프랑 이상을 너의 불쌍한 어머니의 빚을 갚았다. 그 부채 중 많은 부분이 분명히 과대 평가되었지만, 아무튼 그것을 갚고 있다. 이 예상치 못한 온갖 지출들이 올해 내 수입을 넘어섰다. …"

그리고 끊임없이 방황하는 아델도 있었다.

"만약 아델이 약속한 대로 돌아오면, 그 아이에게 여행 선물로 500프랑을 줄 것이다. 그러나 돌아오지 않으면 다음 분기에 받아야 할 것이다. …"

그는 계산하고 또 계산했다. 샤를르의 아내 알리스가 또 임신하기도 했고, 아무튼 손자들과 아들들이 궁핍에서 벗어나기를 바랐다. 결국 위고 자신도 죽을 때까지 자유롭고 싶었다.

얼마나 오래 살까? 여전히 오랫동안 글을 쓸 수 있을까?

라마르틴느는 2월 28일 사망했다. 보들레르는 1867년에, 생트-뵈브, 메리메, 뒤마는 중병에 걸렸다. 죽음이 그를 둘러싸고 있었다.

'머리 속에 든 것을 마무리할 시간을 갖고 싶다. 생각 속에 있는 것을 모두 해낸다는 것은 불가능하다. 내 머릿속에 품고 있는 드라마와 시는 내가 출판했던 것 보다 더 많기 때문이다.'

그의 내면에 있는 모든 계획을 떠올려 보면, 그는 여전히 무르익은 상태에 있다는 묘한 느낌을 경험했다.

그는 오귀스트 바크리에게 털어놓았다. "오, 나는 내가 늙지 않는다는 것과 반대로 성장하고 있다는 것을 아주 잘 알고 있다네. 그리고 그것이 죽음이 다가온다는 것을 느끼는 방법이지. 얼마나 멋진 영혼의 증거인가! 내 몸은 쇠퇴하고 내 마음은 성장하고 있어. 내 노년에 병이 생겼지. 나는 미지의 여명 속으로 올라가는 느낌이 든다네. 나는 영원한 청년이고 아직 젊은 영혼도, 무덤도 가지고 있지. 영혼은 육신의 소산이라고 하는 사람들은 얼마나 눈이 먼 것인가! 내 육체는 죽어도 영혼은 살아 있을 것일세. 이렇게 형이상학적으로 말한 것을 용서하게. 날 사랑해 주게."

그리고 그는 그의 아들들과 폴 뫼리스, 바크리, 로쉬포르 그리고 젊은이들의 삶과 연결되어 있다고 느꼈다. 그가 망설였음에도 불구하고 그들은 「르 라펠」 신문을 창간하려고 함께 모인 사람들이었다. 그가 그 신문 이름을 추천했다.

그는 그들에게 편지를 보냈다. 「르 라펠」은 빛을 발하고 신랄한 신문이 될 것이오. 여러분은 웃으면서 투쟁하게 될 것이오. … 여러분은 미래의 당당한 솔직함을 이마에 써 붙인 존경할 만한 오늘의 젊은이들에게 희망의 암호를 보낼 것이오."

자존감이었다. 그는 프랑수아-빅토르와 샤를르의 기사를 읽으면서 그것을 느꼈다. 한 사람은 1869년 다음 날이 89일이라고 발표했고 다른 한 사람은 5, 6월의 입법 선거에서 하원의원에 출마한 로쉬포르를 위한 선거 운동을 했다. 야당인 공화당은 거의 3,350,000표를 얻었고 보나파르트당은 4,458,000표였다! 프랑스의 모든 대도시는 공화당 의원을 선출했다. 그리고 나폴레옹 3세는 자유주의 제국에서 의회주의 제국으로 조금씩 밀려났는데, 그것은 에밀 올리비에와 제3당의 의원들이 요구한 것이었으며, 그들은 소위 '황제에게 행복한 노년'을 보장해 주고 싶어했다.

프랑스와 프로이센 사이의 긴장이 고조되고 있는데, 특히 라 리카마리, 오뱅, 광산의 포석에서, 용광로 앞에서 군대가 굶주려 파업하는 노동자들을 향해 총격을 가하고 있는 상황에서, 미래에는 위험이 없다고 그들이 상상이나 할 수 있었을까? 「르 라펠」을 통해 로쉬포르는 샤스포 소총으로 수십 명의 노동자를 죽이는 그 정권을 질책했다. 그는 "제국은 계속하여 빈곤층을 죽이고 있다. … 여전히 가난한 사람들은 존재하고 있다."라고 기고했다.

이미 공개 판매가 금지된 「르 라펠」은 압수되었고 편집자들은 기소되었다.

어떻게 그 젊은 노동자의 운명을 설명하지 않을 수 있으며, 어떻게 분개하지 않을 수 있단 말인가?

그대는 몇 살이오? 열여섯. 그대는 어느 곳에서 왔소?

도뱅에서. 싸운 곳이 어디인지 알려주지 않겠소?

싸운 것이 아니라, 그들이 우릴 죽였어요… 광산은

번창했었지요. 거기서 무엇을 생산했소? 굶주림

[…]

왜 당신도 불평하지 그랬소? 물론 했었어요

불쾌하게 생각하지 않고 요구했었어요

조금 덜 일하도록 해주고 월급을 조금만 더 달라고

그래서 당신들에게 무엇을 주었소? 총알 세례요.

[…]

나는 법을 모르는데 그들은 법을 들이댔지요

이제 그대는 무엇을 할 참이오? 난 창녀예요.310

그는 다시 감옥에 갈 위험을 무릅쓰고 싸우는 아들들을 보고 싶었다.

"나는 나의 두 아들, 너희들을 열렬히 사랑한다. 너희들을 보고 싶구나… 나는 7월 31일 브뤼셀에 도착하여 8월 5일까지 있을 것이다. … 브뤼셀에 머무는 동안 너는 나에게 점심을 준비해 주렴. 내 커피와 내 커틀릿. 그러면 나는 너희들에게 저녁 식사를 제공할거야. 즉, 4명치아가 6개 난 조르주를 포함하여 모두를 포스트 호텔에서 식사하도록 매일 초대할 것이다. 이렇게 하는 것이 간편할 것 같구나.

하녀 중 한 명이 내 옆 방뒷편 본관에서 자야 한다는 것을 잊지 말거라. 나는 여전히 바보같이 치통 때문에 야행성 호흡곤란을 겪고 있단다. …"

그는 브뤼셀의 바리케이드 광장에 있는 집을 찾아갔다. 그는 부엌 딸린 방을 지나가며 하녀 비르지느가 항상 그 자리에 있는 것을 확인하였다, 필로멘느처럼. 그는 새로 온 하녀 테레즈를 유심히 살펴보았다. 그녀는 그의 옆방에서 자게 될 사람이었다.

"그녀는 못 생겼다. 플랑드르 출신, 금발, 그리고 자기 나이를 모른다. 그녀는 자신이 서른 세 살이라고 믿고 있었다. 나는 그녀에게 "결혼했어요?"라고 물었다. 그녀는 완전히 파리 여성처럼 나에게 대답했었다. "무서워라!"

이틀 후 그는 수첩에 다음과 같이 기록할 수 있었다.

"아침 5시. 테레즈. 스위스. 에페소스."

누군가 수첩을 펼쳐본다면, 그것이 하녀의 풍만한 순백색 젖가슴을 나타내며, 그리고 에페소스에서 아르테미스 신전에 불을 지른 헤로스트라투스에 대한 암시에 관한 것임을 누가 알까? 그는 수첩을 덮었다. 에로스, 그가 벗어나고 싶지도 않고 벗어날 수도 없는 에로스였다.

이어, 새벽부터 점심시간까지 일을 해야 했다. 그의 의무는 그런 것이었다.

그리고 과거를 상기시킬 필요가 있었다. 제국이 변화하는 시기였고, 만약 기억이 사라진다면, 그 때는 그가 겪고 있는 위기가 고조되어 나타날 수 있기 때문이었다. 사람들은 1851년 12월을 기억할까?

"당신은 사람들이 25프랑에 어떻게 죽는지 보게 될 것이오!"

보댕이 말했소. 죽음을 무릅쓴 말은 위대하다고.

그것도 불쌍한 무리들을 막지 못하리

망명자들에게, 기억에 남는 패자에게 외치는 것을

심연의 바닥에서 의무감 때문에 묶여있는 그들에게.

잘된 일이오. 당신은 우리와 같았소. 당신은 원했소

상원의원, 공작, 대사, 장관이 되기를…

오, 사악한 바위 밑에 있는 바다는 얼마나 어두울까!311

그러나 그 향수와 '고향의 아픔'*을 넘어 그는 막연한 의심이 자신에게 스며들고 있는 것이 아니라 가끔 만나는 사람들, 즉 독자들에게서 싹트고 있음을 느꼈다.

당신은 나에게 말했소.

왜 이런 진노가 끝나지 않는지?

하늘은 당신처럼 화를 내지 않소

[…] 이 제국이 지속되는 거의 20년 동안

나무가 잠시라도 성장을 멈췄던가?

[…]

20년 동안 항상 점점 더 매력적인,

숲은 자라고, 푸르고, 늙고, 젊고, 울창하고

같은 도시의 소음에도 신선한 속삭임

---

* Mal du pays. 헝가리 프란츠 리스트(1811-1886) 작곡. 향수를 불러일으키는 곡.

내가 그렇소, 사실이오. 내가 증명하오, 오 태양이여

위대하고 고요한 이 하늘 아래서, 솟아라

나무가 천천히 자라고, 부끄러움도 더디도록.[312]

로잔 평화 회의에 초청받아 가는 길, 가는 역마다 그를 환호했고, 로잔과 대표단이 그를 영웅처럼 환영했을 때, 그는 안심이 했다.

사람들은 그의 투쟁을 이해했다. 그는 개회식과 폐회식에서도 연설했다.

"인간에게 필요한 첫 번째, 첫 번째 권리, 첫 번째 의무는 바로 자유입니다." 라고 설파했다.

기립 환호 때문에 그는 가끔 연설을 멈추어야 했다.

"우리는 위대한 대륙 공화국을 원합니다! 그는 우리는 유럽 연합을 원하며, 자유가 목표이며 평화가 결과입니다."라고 힘주어 주장했다.

청중은 환성을 올렸다. "위고 만세!" 순간 그는 자신의 삶과 일, 겪었던 희생을 그러한 환호와 자유, 평화, 공화국에 대한 이념에 대한 성원, 그들의 기대에서 보상받았다고 확신했다.

그는 가벼운 마음으로 쥘리에트와 함께 짧은 여정으로 로잔에서 베른, 바젤, 루체른, 콩스탕스를 향해 떠날 수 있었다.

그는 하루 25프랑에 빌린 두 마리가 끄는 마차를 자주 멈추도록 했다. 모든 비용을 포함하여 휴식하는데 20프랑이 필요했다. 그는 호숫가, 라인강 유역, 기념물들을 그렸다. 프랑수아-빅토르가 그들과 함께 했다. 위고는 아들들과 쥘리에트가 서로 양해하였기 때문에 만족했다.

브뤼셀로 돌아왔다.

"'내가 도착했을 때, 알리스가 출산했다는 것을 알았다. 태어난 지 8개월 된 예쁜 여자아이로, 레오폴딘느, 아델, 클레망스, 쟌느 등으로 불렀다. 조르주는 혼자 걸어다녔고, 여동생에게 뽀뽀를 했다."

어린 쟌느가 그의 손가락을 움켜쥐었을 때 그는 울컥했다. 레오폴딘느, 아델, 그의 딸들이 떠올랐다. 아주 오래 전 일이었다. 그처럼 다시 태어나고, 연속되는 것이 좋았다. 그는 아들들에게, 쥘리에트에게, 알리스에게, 그렇게 모인 모든 가족에게 사랑이 승리하는 종교 재판관에 대한 희곡 「토르크마다」를 읽어주었다.

오! 부부여, 이 천상의 말을 그대는 이해할까!
아름다움, 수줍음, 그대의 천상의 몸, 그대의 축복받은 육체란 말을…313

그런 다음 그는 몸을 추스려 뒤편에 있는 방으로 돌아갔다.

"테레즈를 대신할 새로운 하녀가 오늘 밤 옆방에서 잔다. 그녀의 이름은 엘리즈이다. 농부였다. 짙은 갈색머리. 피부가 거의 까만색이다."

그는 브뤼셀에 머물고 있었다. 가을이었다.

그는 바리케이드 광장에 익숙해졌다. 또한 어두운 거리와 여성의 실루엣이 있는 도시를 즐겼다. 그를 알아보는 사람도 없어, 자신의 새로운 모습을 발견할 수 있었다.

그리고 파리의 소식을 듣고 그는 대륙에 머물러 있게 되었다.

나폴레옹 3세는 야당 의원이 많은 의회 소집을 정해진 날짜를 넘겨 연기함으로써 자신이 만든 헌법을 위반했다.

샤를르는 「르 라펠」지를 이용해서 10월 26일 대규모 평화 시위를 조직하도록 모든 공화당원을 이끌었다.

좌파는 참여하기를 꺼렸다. 1851년에 대로大路에서 일어난 사태를 떠올려 볼 때 가혹한 탄압의 위험이 컸기 때문이었다.

위고는 불안에 사로잡혔다. 그는 파리에서 모든 사람이 이야기한다고 말하는 『세기 Le Siècle』의 기사를 읽었다.

저널리스트 루이 주르당은 이렇게 썼다. "이 순간, 정치 세계의 극단에 놓인 두 남자가 인간의 양심이 짊어질 수 있는 가장 무거운 책임을 지고 있다. 그중 한 명은 왕좌에 앉아 있는데 바로 나폴레옹 3세이고, 다른 한 명은 빅토르 위고이다."

책임감의 무게, 그는 그것을 무겁게 느꼈다. 그는 좌파가 시위에 참여하기를 거부한다는 것을 알게 되었다. 그래서 그는 응답했다. "좌파가 기권하면, 민중도 기권해야 한다. 민중의 지지가 부족하다. 그래서 시위도 없다. … 민중이 기권하게 되면 샤스포 소총도 필요없다. 대표자들이 말하면 서약이 필요없다. … 마지막 한마디 하겠다. 내가 반란을 조언하는 날, 나는 거기에 있을 것이다. 하지만 이번에는 조언하지 않겠다."

그는 건지섬으로 돌아갈 준비를 하고 있었다.

그는 제국이 눈에 띄게 안정이 되었지만, 시대는 변하고 있으며 대격변이 다가오고 있다는 직감이 들었다. 새로운 시대에 역할을 맡게 될 것은 그 사람이었을까? 아니면 그는 단지 목소리이거나, 증인이거나, 그의 아들들을 위한 행동이었을까?

샤를르는 선거 모임에 참석했기 때문에 징벌 부대로 송치된 두 명의 군인을 옹호한 혐의로 기소되어 선고를 받고 있었다.

"내 아들, 두 번째로 당했구나." 그는 아들에게 편지를 썼다.

1851년, 샤를르는 이미 투옥된 적이 있었다. 그리고 강베타와 쥘르 파브르의 탄원에도 불구하고, 새로운 재판 결과 그는 다시 투옥되었다.

위고는 머뭇거리다가 덧붙였다.

"네가 그들의 감옥에 가는 것은 잘 된 것 같다. 그것은 용감하고 순수한 것이며, 너는 가장 자랑스럽고 격조 높은 모습을 보여주는 것이다. 너의 위치는 너의 위대한 재능과 너의 위대한 정신과 일치해야 한다. 너의 위치는 눈부시게 될 것이다. 기약 없는 망명보다는 그 4개월이 너에겐 잘 된 일이다. 형기刑期를 마치거든 후에 건지섬의 매력적인 봄을 만끽하러 오너라."

연말, 섬은 안개로 휩싸였다. 그리고 11월 8일, 위고가 오트빌 하우스로 돌아왔을 때, 그는 어깨에 추위가 내려앉는 것을 느꼈다. 그는 라운지에서 작업하는 것을 포기해야 했다. 눈이 내렸다. 그는 힘들게 걸어 다녔다. 류머티즘 때문에 엉덩이를 움직이지 못했다. 그는 하녀를 불러 장화를 벗기도록 했다.

고통을 잊으려고 노력해야만 했다.

그는 쥘리에트에게 말했다.

"나의 사랑스러운 천사, 하느님께 감사합시다. 우리는 건강하게 한 해를 마무리 하고 있소. 사랑이 잘 나가면 육체의 작은 상처는 아무 것도 아니오."

하지만 그는 속삭였다 '나는 다시 혼자다. 일과 바다와 단 둘 뿐.'

나는 바다에게 말했소, 안녕! 내가 들어갈까?
오 심연이여, 너의 신비 속에, 오 사자여, 너의 은신처에?
나는 노예가 된 인간들 사이에서 왔소
심연이여, 나는 더 이상 내가 살아 있는지 조차 알 수 없소
내 안에 죽음도, 인간 의식도 있소
그래서 나를 이끄는 이 엄청난 죽음을 맛보았소.314

교황이여, 높은 키리날 궁에 있는 교황, 그대는 쓸모가 없소
로마 사람 누구도 대홍수를 파악하니까,
왕들이여, 당신들은 가치가 없소, 당신들은 가치가 없소, 재판관들이여
그대는 쓸모가 없소, 고상한 왕좌 속의 케사르여
길바닥 피를 핥고 다니는 개 같은 자들이여.315

1870

놀란 대포는 침묵했고, 몰입된 근접전도 멈추었소.

… 심연의 말이 들려왔소

위고는 하얀 페이지 위쪽에 펜을 눌러 썼다. 방금 쓴 '1870년 1월 2일'이란 단어들에 굵은 선으로 밑줄을 그었다.

그 제목이 최적이었다. 따라서 사람들은 그가 쓰는 시를 읽으며, 1월 2일에 나폴레옹 3세가 과거에 반대파였던 에밀 올리비에를 정부 수반으로 선택했으며, 그 책략 덕분에 위고가 확실하게, 제국에 힘을 불어넣으려는 의도를 갖게 된다.

좋은 왕이 되어야 하리니. 검劍을 바꾸어야 하리니

제국은 자유로워라. 악마여! 우리가 무엇을 할까

쿠데타의 모든 늙은 악당들을 데리고

맙소사! 그들을 팔아? 얼마나 깎아줄까! 저 위에 버릴까!

12월 2일은 죽었으니. 1월 2일에 그것을 묻어버리리니.316

헌법안에서의 모든 변화와 모든 연설을 했음에도 불구하고, 황제와 튈르리궁의 측근들, 군대에 권력을 위임하는 그 교활함에 누가 속겠는가?

당신이 순진하거나 미묘한 사람

개혁이라니! 어디를? 진보라니! 그게 어떤 것인데?

당신이 큰 발걸음을 내디뎠다고 하는군. 몇 걸음을? 내가 찾아봤어

망다랭에서 진흙창을 걸으며 조크리스*가 막대자를 내밀고 있군

쿠데타는 기복이 심하고 다양해지고 있어

그 장소를 알고 그 내면도 알고 있지

[…]

일종의 날개 없는 기러기가 된 제국

거의 어린 여자들의 기숙학교… 317

그는 남들이 우롱하는 '천진한 어린아이 같은 민중' 앞에서 씁쓸한 연민을 느꼈다. 그러나 그는 이중성은 곧 밝혀지리라 확신했다. 시간이 필요하고, 진실은 승리할 것이다.

1월 11일 그는 한 남자가 전보를 흔들며 오트빌 하우스에 다가오는 것을 보았다. 프랑스로부터 소식을 받은 저지섬의 신호소는 그것을 건지섬의 신호소로 전달했다.

그 전날 파리에서는 나폴레옹 3세의 사촌인 보나파르트 왕자가 자택에서 로쉬포르의 신문 「라 마르세예즈」의 기자인 빅토르 느와르를 살해했다. 빅토르 느와르는 「라마르세예즈」의 기자 폴 그루세의 증인 자격으로, 다른 협력자와 함께 온 사람이었다.

위고는 「르 라펠」에 저널리스트 에두아르 록로이가 "피에르 보나파르트 씨는 가문의 전통을 경건하게 지켰다."고 썼던 것을 알고 있었다.

로쉬포르는 그의 신문에서 강하게 치고 나왔다. "프랑스 민중이여, 정말 충

---

* Jocrisse. 코메디 희극의 캐릭터. '얼간이'의 의미.

분하다고 생각하지 않나요?"

위고는 망명생활이 그를 위축시키는 무력감에 시달렸다. 1월 12일, 오퇴이으에서 거행된 빅토르 느와르의 장례식에는 십만 명이 넘는 사람들이 모였다.

군중이 플루랑, 블랑키를 따라 파리 중심을 행진하도록 하는데는 한 마디 말이면 충분한 듯 했다. 그러나 로쉬포르와 들레클루즈는 소요에 반대하여 행진을 방해했다.

왜 그랬을까?

"오퇴이으에서의 격렬한 상황은 제국의 은총에 대한 쿠데타가 될 수 있었고 또 그래야 했다. 12일의 엄청난 기회를 놓쳤다. 그 기회를 찾을 수 있을까? 단 한 번의 시도로 끝낼 수 있었다. 혁명적 감각이 결여되어 있었다. 치명적인 세력이 있었다."라고 위고는 썼다.

위고는 로쉬포르와 들레클루즈를 비난했다. 위고는 바크리, 뫼리스 자기 아들 샤를르의 분노에 공감했다.

피에르 보나파르트가 무죄 석방한 것에 항의하는 샤를르는 6개월의 징역형을 선고받고 망명을 선택했다. 로쉬포르는 체포되어 구금되었다.

폭동이 일어났다면 1848년 6월과 같은 학살로 이어졌을 것이다. 파리에는 샤스포 소총으로 무장한 6만 명이 넘는 군대가 있었다. 루이즈 미쉘 같은 일부 시위자들은 단검만 소지하고 있었는데 대체 그들이 무엇을 할 수 있었을까?

게다가 그 당시 보나파르트 사건은 본질을 숨기면 안 되었다.

> 사람들은 나에게 말했고. 피에르 보나파르트에게로 달려가라고.
> 아니요, 난 나의 길이 있소. 그것은 다른 사람의 길이고, 난 결코 멀어질 수 없소,
> 그 무엇도 난 그 어느 것도 잊을 수 없는 목표 있으니
> 숲으로! 나는 멧돼지가 아니라 호랑이를 사냥할 것이오.318

하지만 그는 암초 위에 서 있었다. 파리에서 일어나는 일을 떠올려야 했다. 포르트-생-마르탱 극장에서의 「뤼크레스 보르지아」 재공연, 진정 그 성공을 좇을 수 있을까?

그는 연극의 열광적인 관객이자 충실한 친구들인 조르주 상드와 테오필 고티에가 보낸 편지를 감동적으로 읽었다.

하지만 검열이 공연을 얼마나 오래 동안 용인할 수 있을지 누군들 알았을까?

"20년 동안 나는 격리되어 있었다. 재산을 지키던 사람들이 내 재산을 몰수했다. 쿠데타로 내 레퍼토리가 박탈되었다. 페스트에 걸린 나의 드라마는 검역소에 있었다. 검은 깃발이 나를 덮어버렸다. 3년 전, 『에르나니』는 금지에서 해제되었다. 하지만 그들은 최대한 빨리 그것을 감옥에 넣어버렸다. … 오늘, 「뤼크레스 보르지아」 차례다. 보르지아, 그녀는 해방된다. 그러나 그녀는 중대한 혐의가 있는, 전염시키는 요주의 인물로 의심받는다. 과연 그들은 얼마나 오랫동안 그녀를 가두지 않고 밖에 놔둘까?"

그는 양심의 가책도 없는 제국에서 기대할 것이 없었다. 제국의 시커먼 정신은 변하지 않을 것이니.

그들은 죽이고 약탈하고 망가진 법을 마저 부수었소
그렇다고 말하여도 그들은 즐기는 것 같았다오
승리하고 주인이 되자마자, 그들은 부정했소
역사를, 하살을, 죽음과 어두움을.
다들 더 이상 기쁨과 즐거움을 알려고 하지 않았다오
절정에 도달하기 위해 지나가는 어떤 그늘 때문에.319

그래서 사람들이 항상 『어느 범죄 이야기』, 그리고 그런 조건 속에서 '꼬마 나폴레옹'이 권력을 잡았다는 것을 기억할 수 있도록, 『징벌』의 미래 판인 새로운 시를 써야 했다.

위고는 그것이 자신의 소명이라는 느낌이 들었다. 그는 고발인이자 증인이었다.

그는 예전처럼 글을 썼다. 그는 소탁자 앞에 서 있으려고만해도 때때로 다리를 마비시키는 고통을 이겨내야 했다.

'나는 지금 좌골신경통에 시달린다. 나는 통증을 거칠게 다루고 있다. … 내 치료 방법은 끔찍하지만 효과적이다. 찬물을 끼얹은 다음, 커다란 난로 앞에서의 건조 마찰이다. … '

2월이면 68세가 되는데, 그에게는 그 고통을 잊게 해주는 젊은 여자, 하녀, 방문하는 여자들이 있었다. 그들을 보고, 애무하고, 사랑하고, 수첩에 기록할 시간도 있었다. 수첩에는 '난로' 혹은 라틴어로 '육체적 관계를 맺다*'란 말을 기억하기 위하여 'osc'라고 썼다. 그는 욕망에 사로잡힌, 거의 청춘과 같았다. 그것이 매우 짜릿하여 더 이상 고통도 나이도 생각하지 않게 하였고, 그는 점점 더 갈망했다. 그는 5프랑, 7프랑, 2프랑을 지불했다. 그래서 괴로움, 절망, 때로는 비통함이 안개처럼 흩어져 버렸다

물론 자신이 느낀 만족감을 쥘리에트에게는 숨겨야 했다. 그리고 말로는 그녀의 의심과 질투를 억제할 수 없을지라도, 아무튼 위안이 되었다. 그래서 그는 그녀에게 그렇게 썼다. "2월. 내가 태어난 달1802년 2월 26일. 『에르나니』의 달 1830년 2월 28일. 『노트르-담 드 파리』의 달1831년 2월 13일. 『뤼크레스 보르지아』의 달1833년 2월 2일, 1870년 2월 2일. 『레미제라블』이 완성된 달1861년 2월. 공화국의 달 1848년 2월 24일. 사랑의 달1833년 2월 16일."

"이번 달은 나에게 빛의 징조를 나타낸 달이오. 나는 그것을 당신에게 바치

---

* osculum. 육체적 관계를 맺다.

고 그것을 당신에게 바치오. 오 나의 달콤한 천사여."

그러나 그러한 위안은 짧고 매번 더 간략해졌다. 자신의 불온을 잊기 위해서라도 그는 또 다른 여자, 또 다른 접촉의 즐거움이 필요했으며, 소설 『93년』을 쓰는데 남은 얼마간의 시간도 필요했다. 그 소설은 『정신의 네 가지 바람』이라 부를 시집에, 흩어져 있는 모든 시들을 모으기 위한 것이었다. 그는 이미 계획을 세웠는데, 내용상 두 권으로 나누었고, 각권마다 '세기, 사랑, 운명, 혁명'을 담아 두 권으로 구성하는 것이었다. 하지만 그에겐 시간이 모자라지 않았을까?

죽음이 가까이 와 있었다. 그가 맞아주었던 늙은 망명자 에네트 드 케슬러를 땅에 묻어야 했다. 그리고 케슬러가 위고 외에 다른 사제는 원하지 않는다고 더듬거리며 말했을 때 어떻게 마음이 흔들리지 않았겠는가?

그는 무덤 앞에서 말해야 했다. "잘 가시오, 나의 옛 동반자여. 당신은 참된 삶을 살게 될 것이오. 그리고 망명자의 이름으로, '자발적 희생자'라는 이름으로 우리는 망명이라고 하는 이 큰 틈바구니에 서서 우리의 신념과 희생자들의 영령과 더불어 결코 항복하지 않기로 결심했소."라고 끝맺었다.

그는 케슬러의 유언에 따라 종교의식 없는 매장을 규탄하는 모든 사람들의 적대적인 시선과 항의에 맞서며 오트빌 하우스로 돌아갔다.

망명이란 역시 그런 것이었고, 온통 주위 사람들의 '몰이해'였다.

하지만 그는 케슬러의 죽음이 그에게 새로운 힘을 주었다고 생각했다. 그 모든 죽음이 헛된 것은 아니었다.

그러나 그림자 속에 숨은 운명은
잘못된 것이오. 만약, 걸음 수를 세면서,
침울한 늙은 보행자가

피곤하다고 믿는다면.320

그리고 나날을 환하게 밝혀주는 은총인 듯, 샤를르와 그의 아내 알리스, 그리고 그들의 아이들 조르주와 쟌느가 건지섬에 도착했다.

그는 마음이 조급해졌다. 그는 조르주를 위해 짧은 시를 지었다.

참새들과 울새들
창공과 물에서 나오렴
모두 와서 보리를 거두어주렴
귀여운 새 님들
귀여운 조르주 님 집에서.321

그는 샤를르에게 편지를 보냈다. "이 순간이 섬이 제일 환상적이란다. 마치 거대한 꽃과 같지. 프랑수아-빅토르가 왔었다면 우리는 함께 보나파르트를 무한 잊을텐데."

그는 손녀를 보고 목소리를 들으니 마음이 벅찼다.

쟌느가 말하네. 자신이 모르는 것을 말하네
[…] 불분명하고, 불명확하고, 모호하고, 혼란스러운, 흐릿한 중얼거림
선한 할아버지이신 하느님이 놀라서 귀 기울이네322

마치 오트빌 하우스가 생기로 가득 차는 듯했다

어린아이가 나를 완전히 바보로 만드네
나는 아이가 둘. 조르주와 쟌느. 한 아이를 안내인으로 삼고

또 한 아이는 빛으로 삼아, 그리고 나는 그들의 목소리 따라 달려가네

조르주가 2살이고, 쟌느가 10개월이라는 점을 잊지 않고

[…]

오 쟌느! 조르주! 내 마음을 사로잡는 목소리!

별들이 노래를 부른다면 그렇게 말을 더듬으리

우리를 향한 아이들의 얼굴은 우리를 비추고 우리를 빛나게 하네

오! 너희들은 어디에서 왔지? 우리가 숭배하는 미지인?

놀란 표정을 짓는 쟌느, 자신감 넘치는 눈을 가진 조르주

아이들은 낙원에 취해 비틀거리네.323

쟌느를 보다가 갑자기, 아델이 도피한 이후 그를 괴롭혔던 고통이 더욱 심해졌다. 아델은 왜 버틸까?

'나는 내 팔을 딸에게 벌리고 있다. 나는 늙었다. 내 행복은 너희들이 내 주위에 있는 모든 것을 갖는 것이다. … . 딸을 슬프게 할 수 있는 말은 내 입에서 결코 나오지 않으리니. 너희에게도 마찬가지지만 내 마음 속에는 아델에 대한 무한한 부드러움만이 있다.'

그는 그녀가 살아갈 수 있도록 넉 달에 한 번씩 일정한 돈을 보내주었다. 하지만 그렇다고 그를 짓누르는 죄책감이 사라지지는 않았다. 그러면서도 그는 운명처럼 공적인 활동에 참여하도록 강요받았고, 그 결과 아내가 질책했듯이, 그의 사회 참여 때문에 결국 가족을 희생시켜야 했다는 것도 잘 알고 있었다.

그럴만한 가치가 있었을까?

그는 '프랑스 국민은 1860년 이후 헌법으로 추진하는 개혁에 동의하는가?'라는 나폴레옹 3세가 제기한 교묘한 질문에 5월 8일 시행된 투표에서 7,358,000명의 프랑스인이 '그렇다.'라고 답한 것을 알았을 때, 그에게는 불확

실한 순간이었다.

아무튼 그는 반대표를 던졌다. '권리가 금지될 수 있는가? 그렇다. 그는 금지당했다. 처벌할 수 있는가? 아니다.'

반대표를 던진 프랑스인은 157만 2,000명에 불과했다. 그리고 1,300,000명은 기권했다. 하지만 차츰 그는 확신을 갖게 되었다. 대도시와 센느 구역에서는 '반대'표가 우세했다. 사람들은 각성할 수 있을 것이다.

군중에게 아첨하는 것, 오 내 정신으로는, 아니오!

> 아, 민중은 위에 있지만 군중은 아래에 있소
> 군중은 파편 옆에 있는 희미한 윤곽일 뿐.
> 숫자란, 바로 수많은 먼지 중의 한 부스러기
> [···]
> 오! 우리 주위의 그림자 속에 떨어지는 것은 무엇이오?
> 얼마나 많은 눈송이인가! 여러분은 그 수를 알 수 있소?
> 수백만을 세고 또 수백만을 세어 보시오!
> 어두운 밤! 우리는 성으로 들어가는 사자를 보았소
> [···] 눈부신 눈사태가 칙칙한 하늘을 채우고
> 짙어지는 얼음의 두께! 그것이 끝인가?
> 더 이상 자신의 길을 구별하지 못하리. 모든 것이 함정이니
> 그렇다
>
> 그것은 무엇이 될까 이 많은 눈 속에서?
> 땅에서 수의까지 똑같이 차가운 장막,
> 내일, 일출 한 시간 후에?324

아마도 벌써 내일인지도 모른다. 국민투표 결과에 만족하면서, 황제가 행복한 노년을 보낼 것이라고 반복하여 말하면서, 아니면 '그 어느 시대에도 평화 유지가 보장된 적은 없었다.'고 단언하면서도, 사람들은 에밀 올리비에의 발언을 잊어버린 듯했다.

반대로 위고는 전쟁이 다가오고 있음을 감지했다. 호헨촐레른 가문 사람이 스페인의 왕이 될 가능성이 있었다. 나폴레옹 3세의 외무장관은 프랑스는 스페인 왕위에 독일 왕자를 받아들이지 않을 것이라고 확언했다. 그리고 며칠 후 호헨촐레른의 왕자 레오폴은 왕위 후보에서 철회한다고 발표를 했지만, 프랑스는 그에 대한 보증을 요구했다. 그리고 7월 13일, 프로이센의 빌헬름 1세가 있는 국제특급우편의 급보를 보면 프랑스 대사가 모욕을 당했다는 것을 보여주는 것 같았다. 위고는 마음이 안 놓였다.

> 민중을 행복하게 하는 것은 대포를 쏘는 것이오
> […] 인간 종족의 참된 목표란 정조준하여 죽이는 일
> 가진 칼만을 유일한 진정제로 여기는 이들
> 줄무늬 포탄을 걸작으로 여긴다오, 그들의 별,
> 이것은 랭카스터 폭탄에서 나오는 섬광이오.[325]

하지만 그는 잘 되기를 바랐다. 7월 14일, 그는 오트빌 하우스에 떡갈나무를 심었다. 그 나무는 '유럽 합중국'산 떡갈나무의 탄생인 셈이었다.

그는 미래에 대한 내기를 하고 싶어했다. 그는 「정신의 네 가지 바람」의 마무리 작업을 했다. '내가 더 좋게 할 것은 없고, 나는 거기에 몰두할 것이다.'

그런데 전쟁의 그림자가 그에게 드리웠다.

"나는 프로이센이 무너질 거라는 것을 믿지만, 혁명 전까지 분규가 연속적인 충격으로 이어질 수 있을 것이다."라고 그는 피력했다.

7월 19일, 전쟁이 발발했다. 프랑스 제국은 모든 독일 국가를 끌어모으는 프로이센에 전쟁을 선포했다.

위고는 애국 운동이 독일에 대항하여 국가를 단결시키는 것처럼 보인다는 기사를 놀랍지 않게 읽었다. 그는 어떤 일이 일어날 수 있는지, 무엇을 원해야 하는지 상상해 보려고 했다.

'나는 프랑스를 위해서 라인강을 원한다. 왜냐하면 그것이 지적으로나 물질적으로, 가능한 한 가장 힘있는 프랑스 집단을 만들어, 유럽 연합 의회에서 독일 집단에 대항하고 유럽연방에 프랑스어 사용을 의무화해야 하기 때문이다. 독일어를 사용하는 유럽 연합은 300년 지체 될 것이다. 지체한다는 것은 퇴보한다는 것이다. … 그러나 나폴레옹으로는 안된다! 이러한 참혹한 전쟁으로도 안된다!

그는 왕실과 제국이 발표하는 '학살' 앞에서 엄청난 슬픔을 느꼈다.

무엇을 해야 할까? 그들을 막기에는 너무 늦었다. 그리고 만약 프랑스 제국이 이기면 상황은 강화되고 더 나빠지면 합법화될 것이다.

이미 그 해 8월 9일에 에밀 올리비에가 사임했고 쿠쟁-몽토방 장군이 그를 대신했다. 황제가 전쟁에 나섰기 때문에 으제니 황후의 섭정이 시작되었다!

그리고 매일매일 불안한 소식을 접했다. 프로에쉬빌러와 포르바흐에서 프랑스군의 패배! 스트라스부르에서의 포위! 위태위태한 메츠!

그는 더 이상 건지섬에 머물며 섬의 여성들에게 누더기를 풀어서 헝겊을 만드는 일을 권하는 것으로 만족할 수가 없었다.

'우리는 두 개의 동일한 부품을 만들어 하나는 프랑스로, 다른 하나는 프로이센으로 보낼 것이다.'

'혁명적인 의미에서 내가 믿는 것처럼 만약 상황이 악화된다면…' 브뤼셀 대륙에 도착해야 하고 프랑스로 갈 준비가 되어 있어야 했다. '나는 가지고 있던 세 개의 트렁크에 내 원고들을 정리하여 옮겨 담는다. … 종이가 섞이더라도 걱정하지 말자, 원고를 '막사'로 보내는 작업은 길고도 힘든 일이지만, 그것을 모두 내 뒤에 남겨두는 것은 안 될 말이다. … 거기에 있는 것이 엄청나게 많은 것이니까…'

어쩌면 이것이 망명의 끝일까? 제국이 무너지면 그는 파리에 있어야 한다. 그것은 나폴레옹 3세에 저항한 유일한 상징이므로. 중요한 역할을 할 수 있는 것이다. 민중은 나폴레옹에게 등을 돌릴 것이기 때문에 그가 마침내 단호하게 행동할 수 있는 때가 다가오고 있었다. 말하자면, 위고는 패배한 제국의 잔해에서 탄생할 새로운 공화국의 설립자가 될 수도 있었다.

그는 벌써 걱정을 하고 있는 쥘리에트의 말을 듣고 있었다.

"제가 결코 익숙해지지 않을 것은 당신이 파리에 갈 때 직면하게 될 모든 종류의 위험이에요. 당신의 건강을 잃게 되는 것에서부터 저에 대한 사랑을 잃는 것까지, 제 영혼의 죽음이죠. 그곳에서 겪게 될 온갖 종류의 고문은 생각만 해도 고통스러워요. 용기도 없어지네요. 그리고 미리 용서를 구할께요."

물론, 8월 15일 9시 30분에 쥘리에트는 사우샘프톤을 향해 닻을 올린 정기선 브리타니 갑판 위, 그의 옆에 있었다. 그는 주위에 있는 쟌느, 조르주, 샤를르, 알리스, 유모와 하녀들, 쉬잔느, 마리에트, 필로멘느를 둘러보았다.

이틀간의 여행 끝에 8월 17일 브뤼셀에 도착했다. 그들은 조직적으로 움직였다. 일부는 포스트로의 호텔에, 다른 일부는 바리케이드 광장의 집으로 갔다. '마리에트는 내 개인적인 시중을 들기 위해 매일 나에게 와야 할 것이다.'

그는 망명으로 보낸 거의 19년, 그 모든 세월을 생각해 보았다. 이제 끝인가? 프랑스에서 전해오는 소식은 불확실했고 헷갈리기만 했다. 메츠가 함락되었는가? 그는 기다리면서 일을 시작해야 했다. 그는 찬물로 목욕을 한 다음 쓰기 시작했다.

저녁 식사 시간, 그는 샤를르의 접시에 1,000프랑의 돈 꾸러미와 함께 메모를 남겼다. "사랑하는 아들 샤를르, 쟌느의 통행료를 내가 지불할테니 허락해 주렴. 1870년 8월 18일, 빠빠빠가."

빠빠빠, 그것은 손녀가 위고를 부르는 말이었다.

그는 더 이상 기다릴 수가 없었다. 그는 프랑스 영사관으로 갔다. 파리로 돌아가 나라를 지키려는 의무를 다하기 위해 여권을 요구하는 그에게 대리 공사는 말했다. '그 무엇보다도, 세기의 위대한 시인께 경의를 표합니다.' 이튿날 즉시 그에게 여권을 발급해 주었다.

그는 시기를 결정하는 일만 남았다. 그는 폴 뫼리스가 파리로 돌아갈 수 있는지 여부를 알려줄 전보에 희망을 걸고 있었다.

'제국을 구하러 가야한다.'는 아니었다.

"프랑스를 구하고, 파리를 구하고, 제국을 없애는 것이 목표이다. … 파리의 죽음을 함께 하는 것은 나에게는 영광이다. 그러나 그것은 크나큰 결말이 될 것이며, 이 모든 끔찍한 사건들이 작은 사건이 될까봐 두렵다. 작은 사건을 함께하고 싶지는 않다. 프로이센이 전쟁을 멈추고, 수치스러운 평화를 맺고, 동맹을 해체하고, 보나파르트나 오를레앙가와 타협하는 것, 나는 그것을 혐오하며, 만약 민중이 행동하지 않는다면 나는 망명생활로 돌아갈 것이다."

군사적 상황은 악화되었다. 나폴레옹 3세'가 이끄는 군대가 메츠 지방을 탈환하려고 스당에 집결했다.

아마 하느님도 실패할 수 있는 이 순간에 누가 할 수 있을까?
예측을
어두운 쪽으로일까 아니면 행복한 쪽으로일까, 바퀴가
돌아가는 것이?

[…]

나는 최고와 최악을 동시에 보고 있소.

　　암막!

프랑스는 오스테를리츠를 가질 자격이 있소, 그리고 제국은

　　워털루를.

나는 갈 것이오, 그대의 성스런 성채로 돌아갈 것이오

　　오 파리여!

나는 결코 꺼지지 않는 영혼을 되찾아 줄 것이오

　　망명자의 영혼을

[…]

그리고 내 야망은, 국경에 있을 때

　　이방인,

이제 권력에 할당된 것은 없고, 온전히 주어진 몫은

　　위험

[…]

그리고 아마도 희망이 빛나는 그대의 땅에서

　　순수한 횃불

프랑스여, 내 망명의 대가로 그대는 나에게 허락할 것이오

　　무덤을.326

그러나 브뤼셀에서 있으면 프랑스에서 그리고 스당 전선에서 무슨 일이 일어나고 있는지 알 수 없다는 것을 알게 되었다.

"나는 단지 영웅적인 단 하나의 사건과 한가지 일, 그리고 단 한가지 작업 때문에 파리에 가고 싶을 뿐이다."라고 그는 피력했다. "혁명에 도움을 요청하는 파리. 그래서 내가 가려는 것이오. 그렇지 않다면, 나는 머물러 있었을 것이

오. 오직 전쟁의 종결만이 전쟁에서 벗어날 수 있고, 유럽 연합만이 군주제의 무서운 충돌에서 벗어날 수 있소! 당신은 그것들을 보게 될 것이오." 그는 폴 뫼리스에게 덧붙여 말했다. "나는 그것들을 보지 않을 것이오. 그 이유는 내가 예언했기 때문이오. 나는 1851년 7월 17일 야유를 받으며 '유럽 합중국'이라는 단어를 처음으로 언급했소. 그래서 나는 왕따 된 것이오. 모세는 가나안을 본 적이 없소."

그러나 9월 3일에 신문팔이들이 '포로 나폴레옹 3세'라고 적힌 거대한 포스터를 들고 지나갈 때 어떻게 주저하겠는가?

황제는 스당에서 패하고 프로이센의 왕 빌헤름 1세에게 항복했다.

민중이 존경하는 조상에 필적하려고 노력하고, 자부심을 가진

우리 병사들이 고군분투하는 동안

갑자기 훼손된 깃발이 흔들렸소

숙명을 받아들이며

모두가 피 흘리고, 싸우고 저항하거나 죽어가는 동안

기괴한 비명소리가 들려왔소. 살고 싶다!

놀란 대포는 침묵했고, 몰입된 근접전도

멈추었소… 심연의 말이 들려왔소

그리고 검은 독수리가 발톱을 펴고 기다렸소.[327]

위고는 그랑플라스 15번 로에 모인 망명자들이 삼색기를 유지할지 붉은기를 채택할지 토론하는 소리를 듣고 있었다!

마치 그 질문을 해야 했던 것처럼!

9월 4일에 황제의 폐위가 선언되었고, 공화국이 선포되어 티에르, 쥘르 파

브, 강베타, 쥘르 시몽, 트로슈 장군, 로쉬포르를 포함한 임시 정부가 구성되기 때문에, 위고는 급히 돌아와야 했다.

더 이상 기다릴 수 없었다. 마침내! 마침내, 19년간의 망명 끝에 기차는 9월 5일 오후 2시 55분에 출발했다. 브뤼셀이 멀어져갔다.

위고는 프랑스로 진입하는 오후 4시에 지나칠 풍경을 보고 싶었다. 역 플랫폼에서 사람들이 외쳤다. '빅토르 위고 만세!' 그는 철로 근처의 숲 속에서 군인들의 막사를 보았다. 그는 군인들에게 외쳤다. '군대 만세!' 그는 눈물을 멈출 수 없었다.

오후 9시 35분에 파리의 북역에서는 '라 마르세이예즈, 출발의 노래'를 부르는 군중, '위고 만세!'를 외치는 군중, 『징벌』의 구절을 낭송하는 군중이 있었다.

그는 쥐디트 고티에가 너무나 아름답다고 여겼다. 마치 젊은 여성의 얼굴이 프랑스의 얼굴인 것 같았다.

말을 해야 했다. 그는 카페 발코니에서 몇 마디, 그리고 군중에 둘러싸인 마차에서 세 번 말했다.

그는 말했다. "두 가지 위대한 일이 나를 여기로 불러왔습니다. 첫째는 공화국, 둘째는 위험입니다. … 침공에 맞서 공화국을 함께 감싸고 형제가 됩시다. 우리는 정복할 것입니다. 형제애로서 자유를 구할 수 있습니다."

그가 머물게 될 폴 뫼리스의 집이 있는 프로쇼 5번 로를 향해 천천히 움직이기 시작하는 마차 주위에 군중이 몰려들었다.

숱한 질문이 쏟아졌다. 사람들은 시청까지 그를 안내하기를 원했다.

그는 일어섰다. 그는 대답했다.

"아닙니다. 시민 여러분! 나는 공화국 임시정부를 흔들러 온 것이 아니라 지지하러 왔습니다." 그리고 덧붙여 말했다.

"여러분은 19년의 망명 생활을 단 한 시간 만에 나에게 보상해 주었습니다."

간단한 것은 없었다, 첫 시각부터. 그는 그것을 예상했다. 다음 날인 9월 6일부터 알렉상드르 레이가 찾아와서 숄쉐르, 르드뤼-롤랭과 함께 삼두 정치에 합류하라고 제안했다. 그는 1851년 12월 부쉬-뒤-론의 의원이었던 레이가 보댕이 죽임 당한 바리케이드에서 그를 환영했던 것을 기억했다. 그는 레이에게 환기시켰다.

> 바리케이드는 새벽에 매서웠소
> 내가 갔을 때 바리케이드는 아직도 연기가 피어오르고 있었소
> 레이가 내 손을 잡고 말했소, 보댕이 죽었다고.[328]

그 말에 레이는 눈물을 지었다. 아무튼 삼두정치를 거부해야 했다. "나는 그에게 말했다. "내가 합류하는 것은 불가능한 일입니다."

임시 정부를 구성하는 사람들이 모두 제국에 맹세하더라도 임시 정부를 지지해야 했다. 그들은 타협할 줄 모르는 망명자 위고를 두려워해야 했다. 위고는 아들들이 움직이는 신문 「르 라펠」의 지지를 받고 있었다. 그 신문은, 과거엔 다소 온건했던 반대파였지만, 그 당시는 각료가 된 쥘르 시몽 가문, 쥘르 파브르 가문, 쥘르 페리 가문에 항상 맞섰다. 그러면 티에르와 토로쉬 장군에 대해선 어땠을까? 그러나 그는 제국이 멸망한 마당에 전쟁을 끝내기 위해 노력해야 하기 때문에 그들과 맞서고 싶지 않았다.

독일인들에게 편지를 보냈다

"독일인들이여, 여러분에게 말하는 사람은 친구입니다. …

이 전쟁이 우리에게서 비롯된 것입니까? 전쟁을 원한 것은 제국이었고, 전쟁을 벌인 것도 제국입니다. 제국은 죽었습니다. 그렇습니다. 그 시체와 우리는 공통점이 없습니다. … 우리는 프랑스 공화국입니다. … 우리는 우리의 깃

발에 유럽 합중국이라고 씁니다. … 여러분은 우리의 적, 당신의 적을 죽였습니다. 더 이상 무엇을 원하십니까?…”

그는 독일인들이 그러한 호소를 듣기를 기대하였고, 두 언어로 파리 거리에 나붙기를 기대했다.

그리고 저녁마다 프로쇼 거리, 혹은 루브르성 별채에서, 쥘리에트가 정착한 리볼리 로 174번지에서, 저녁 식사 시간에 그는 장관, 여배우, 기자, 오랜 친구 테오필 고티에 등 그의 하객들의 견해를 들었다. 그들은 독일의 의도, 파리를 포위하기 시작한 독일군의 진격을 화제로 삼고 있었다. 그것은 독일군이 샤티용과 몽 발레리앙을 점령했을 때 이루어질 화제였다! 그는 그의 호소가 들리지 않을 것이라고 받아들였다. 그는 독일 신문들이 그의 편지에 ‘돛대에 더 가까이 매달아라’와 같은 답장을 보냈다고 들었다. 사람들이 돛대 꼭대기에 시인을 매달까!

“나는 그런 위협에 미소로 답하겠다.” 그는 그 말부터 꺼냈다.

그리고는 펜을 들어 프랑스인들에게 보내는 호소문을 작성했다. 싸워야만 했다. 독일인들은 이성과 평화의 목소리를 듣고 싶어하지 않았기 때문이었다.

“모든 코뮌이여 일어나라!… 프로이센군은 80만, 여러분은 4천만. 밤낮 산악에서, 평원에서 숲에서 전쟁을 하자. 일어나라! 일어나라!… 저격수들이여, 가라, 덤불을 넘어, 급류를 건너, 그늘과 황혼을 즐겨라…”

이어서 그는 파리 시민들에게 연설했다. “시민들이여, 모두 싸움터로!… 팡테옹 영령들은 궁륭아래에서 돔에 들어올 권리를 갖게 될 사람들을 영접하기 위해 어찌 할까 고민하고 있습니다. …”

그리고 그 때는 프로이센군이 수도를 포위하고 있었기 때문에, 위고는 무기를 들고 싶어했다. 그는 군모와 방위군 외투를 구입했다. 그른 트로슈 장군에게 편지를 썼다.

“노인은 아무것도 아니지만 본보기라는 의미가 있소. 나는 위험을 감수하고 비무장 상태로 전장에 가고 싶소. 당신이 서명한 통행증이 필요하다고 들었소. 통행증을 보내주시오.

장군, 나의 진심을 믿어주시오."

그러나 그는 정치권에 끼어들고 싶지는 않았다. 그는 프로이센의 압박을 풀지 못하는 임시정부와 그에게 응대하지 않고 '너무 수동적인 저항 때문에 사임해버린' 트로슈 장군을 불신의 눈으로 바라보았다.

그러나 그는 10월 31일 시청을 점령하고 임시 정부를 전복하기를 원하며 혁명적인 파리 코뮌을 꿈꾸는 플루랑스파나 블랑키파를 따르지 않았다.

"사람들은 정부 각료의 명단에 내 이름을 끼워 넣었다. 나는 거부 입장을 고수했다."고 위고는 적어두었다. 그리고 그는 자치구 시장 후보가 되는 것도 받아들이지 않았다. 사람들은 여러 번 그를 부추겼다. 그러나 그것은 그가 망명 중이었을 때 바라던 역할이 아니었다.

파리에서 혁명의 움직임을 두려워하여, 10월 31일 이후, 아마도 프로이센과 협상하기 시작한, 완고한 임시 정부의 구성원들을 스스로 걱정하고 있음을 느꼈다. 그들은 가리발디가 프랑스를 방어하기 위해 준비를 시작했다는 것을 알고도 불편했다.

그래서 그 혼란스러운 상황에서, 그는 숨겨진 의도가 만연한 정치적 상황에 관여되는 것을 원치 않았다. 그는 자신을 후보자로 초대하는 사람들에게 대답했다.

"우리 자신이 처한 심각한 상황에서, 나는 시민으로서 겸손하고 위대한 의무를 더 잘 완수하기 위해 내 인격을 내세우지 않는 것을 원칙으로 삼고 있습니다."

그는 단지 그의 작품이 극장에서 읽혀지기를 바랄 뿐이며, 『징벌』 출판의 저작권이 파리 방어에 관련된 대포 구입을 위한 구독료로 지불되기를 바랄 뿐이었다.

"사람들은 극장에서 내 작품을 공연할 수 있는 허가를 나에게 요청하진 않았습니다."고 말했다. "내 허락을 구하지 않고 어디에서나 작품을 말합니다. 그들이 옳습니다. 내가 쓴 것이 내 것은 아닙니다. 나의 작품은 공공의 것입니다."

게다가 가끔, 자신이 알지 못했던 파리, 대로, 오스만의 작품으로 뒤덮인 지역을 바라보면서 산책할 때, 사람들은 그를 알아보았다. 그는 자신의 사진이 수도의 거리에서 팔리고, 군중이 『징벌』이 낭송되는 극장으로 몰려들고, 3천 명이 오페라에서 그의 시를 듣기 위해 왔고, 사람들이 벽에 붙여진 그의 '독일인들에게, 프랑스인에게, 파리지앵에게 보내는 호소문'을 읽는다는 것을 알고 있었다.

그는 어린 시절을 매혹시켰던 장소를 찾으려 푀이앙틴느로 갔다. 줄리에트가 동행했다. 하지만 헛수고였다. "내 어린 시절 집과 정원은 사라져 버렸다. 그 위로 도로가 생겼다."

마치 제국이 그의 과거를 샅샅이 뒤진 듯, 세월이 기억을 지워버린 것 같았다.

그는 거기를 떠나 쥘리에트를 루브르의 로앙 별채로 데리고 갔다. 그는 그녀가 프로쇼 거리에 계속 살고 있는 그와 멀리 떨어져 있는 것을 좋아하지 않는다는 것을 알고 있었다. 그러나 그는 그녀의 질투와 걱정이 담긴 감시와는 거리가 먼 자유로움을 느꼈다. 그 새로운 파리는 그가 혼자 있을 때 갑자기 그를 흥분시키고 또 흥분 시켰다 …

오 파리여, 그대는 역사를 무릎 꿇게 만들리라
피 흘림은 그대의 아름다움, 죽음은 그대의 승리

> [···] 그대는 여신을 깨우고 사티로스*를 사냥하리
>
> 그대는 다시 전사가 되고 순교자 되리니
>
> 또한 명예, 아름다움, 진실, 위대한 도덕 속에서,
>
> 그대 한편에서 죽을 때 그대 다른 한편에서 다시 태어나리니.329

여인들은 아름답고, 젊고, 도발적이었다. 그는 나날이 살기 어려워지는 그 당시 포위된 파리에서처럼 욕심을 낸 적이 없었다.

사람들은 어떤 모양으로든 말고기를 먹었다. "돼지고기 진열대 전면에 '기사의 소시지'라고 내건 광고를 보았다." 그리고 출처를 모르는 소금에 절인 고기도 먹었다. 그러나 쥐 한 마리 값은 8수우였다. 감자와 마찬가지로 양파 한 개에 1수우.

"어제 우리는 사슴 고기를 먹었다. 엊그제는 곰 고기를, 이틀 전에는 영양 고기를 먹었다. 그것은 '플랑트 정원'의 선물이었다."

그는 평온한 표정으로 손자를 바라보았다. 쟌느는 그 때 겨우 한 살이 되었다.

> 금발인 너의 오빠 그리고 너, 너희들이면 충분하지
>
> 내 영혼에, 또한 너희들의 재롱을 보는 것. 그것으로 충분하고
>
> 그리고 수많은 시련을 겪은 후,
>
> 나는 내 무덤 위에 요람 그림자가 드리우는 것으로 만족해
>
> 떠오르는 태양으로 빛나는 너희들의 요람. 330

두 꼬마는 배불리 먹었다. 하지만 가난한 사람들이 얼마나 많았을까? 그는 젊은 어머니들로부터 도움을 요청하는 편지를 받았다. 어떤 이들은 "저는 팡

---

* Satyre, 반인반수(半人半獸)인 숲의 신.

틴느입니다. 세 아이가 있습니다." 때때로 그는 그들을 방문했다. 그는 그 비참한 여성들에게 동전 몇 푼을 주었다. 그들에게는 '횡재'였다. 그러면 그들은 젖가슴과 다리를 보여주었다. 그는 적어 두었다. "비서. 콘스탄스 몬토방 양에게. 키스. 5프랑" 그는 매일 한 사람의 젊은 여성이 필요했고, 때로는 여러 명의 여자들을 안으면서 고뇌의 나락에 빠지는 순간을 버티고 있었다.

"비서. 과부 고도 부인에게, 난로, 10 프랑

마르그리트 에리쿠르 양도나 솔. 키스. 난로. 비서. 5프랑."

거기엔 창녀들도 있었다. …

오 거리의 여인들이여

그대의 다락방에서, 나는 자랐다오

그대의 미소에 죽었던 나

그대의 생쥐로 살려 하오.331

"어제 나는 쥐를 먹었고 구역질이 나서 4행시를 지었다."고 적었다.

"20년 만에 다시 보았다. 피토. 모든 것

올랭프 오두아르 부인. 오똑한 젖가슴. 키스."

올랭프 오두아르 부인은 소설가였지만 대부분은 하녀였고, 일부는 창녀였고 배우였다. 종종 그들은 사랑에 빠지고 시인의 유혹을 받았다. 그는 눈부신 아름다움을 지닌 쥐디트 고티에를 다시 만났다. 그는 『레미제라블』의 등장인물 중의 한 사람의 이름을 따서 '앙졸라'라는 기사를 썼던 혁명가, 루이즈 미셸도 다시 만났다.

"앙졸라를 만났음마차로 한 시간, 2프랑 50"

그녀가 체포되었다는 것을 알게 된 그는 그녀의 석방을 위해 임시 정부의 주변에 개입했다.

"그녀는 나에게 감사하기 위해 왔다."고 그는 기록했다.

그는 파리에 도취되었다. 개방된 여자들의 도시. 마치 그의 노년이 마침내 아무런 제한 없이 자신의 욕망에 맡길 수 있는 것 같았다. 그 포위된 도시에서는 그에게 모든 것이 제공되는 것 같았다.

그는 늘 그랬듯 불평하는 쥘리에트에게 대답하지 않았다.

"저는 당신의 마음이 닿지 않는 곳, 여기서 살려고 온 것은 당신에게 순종하기 위해서입니다. 저는 환상에 잡힌 것도 아닌데, 당신은 조금씩 어떻게든 저와 당신 사이를 멀어지게 하는 것 같은 느낌이 들어요. … 그래서, 저는 당신이 파리로 돌아오는 날 제 행복이 끝날 것이라는 것을 항상 알고 있었지요. 그래서 저에게는 놀라운 일이 아니예요. 하느님은 우리의 사랑에 18년의 유예를 주셨어요. 천만 다행이지요. 이젠 당신이 행복해할 차례예요. 정신적 취향과 마음의 필요에 따라서 말이예요."

사실이었으며, 그는 그것을 알고 있었고, 거의 쾌활할 정도로 성취감을 느꼈다. 그는 최후의 승리를 의심하지 않았다.

> 튜튼 작자들아, 그걸 알아야지, 너희에게 알려주어야만 해
> 안 될 일, 너희들은 알사스와 로렌느를 가져가지 못한다
> 독일을 차지하는 것은 바로 우리일 것이니.[332]

그는 포위 공격에서 오는 장엄한 분위기, 무장한 사람들, 국가 경비대, 이동 경비대가 지나가는 긴장된 도시의 분위기를 좋아했다. 그들은 성채 안으로 되돌아갔으며, 그는 시 몇 구절이 떠올랐다.

> 그들은 파리의 거대한 감시견.
> […]

이 그림자 속에서 짖어대는 그 요새들은 얼마나 아름다운가![333]

그는 새벽에 나팔수가 연주하는 기상 나팔, 북소리, '섬세하고 호전적인 멜로디'와 '무기를 들라'라는 외침 소리를 듣는 것이 좋았다. "그렇게 해가 뜨고 파리가 깨어났다."

그는 밖으로 나갔다.

"비서. 마르텔에게, 라페리에르 거리, 옛 생 조르주 거리, 5층, 12호나는 옛날 집이라고 믿었다. … , 2프랑."

돌아오면서, 그는 포격 소리에 깜짝 놀랐다. 12월의 끝 무렵, 프로이센군이 파리를 포격했다. 그리고 파리를 질식시키고 있는 프로이센의 손아귀를 느슨하게 하려는 시도로 샹피니와 부르제에서 감행된 '돌파'는 실패했다. 그리고 전투가 더 강화되기를 바라는 파리 9구역의 젊은 클레망소 시장의 요청에도 불구하고, 트로슈 장군과 다른 군대 수뇌부들은 전면적인 새로운 공세는 불가능하다고 선언했다.

그들이 원하는 것은 무엇이었을까, 항복이었을까? 그는 파리가 모든 희생을 치른 마당에 그러한 굴욕을 받아들이지 않을 것이라고 확신했다. 총을 구입하려고 적은 돈이라도 기부했던 시민들, 『징벌』을 들으러 와서 티켓 값을 대포구입 비용으로 지불했던 시민들은 싸워보지도 못하고 굴복하지는 않을 것이다.

> 내 말을 들어라, 너의 차례라고 들리리라
>
> 오 대포여, 오 천둥이여, 오 두려워 떠는 전사여
>
> […] 너를 축복하노니, 너는 이 도시를 지키리라
>
> 오 대포여, 내전에서는 침묵하라.[334]

그러나 그는 군중이 위협적이라고 느꼈다. 종종 성난 군중들이 거리에 모였다. 방위군들은 전쟁을 주도하지 않는 임시정부와 소심한 장군들을 비난했고, 군대를 지휘하며 제국에 충성했던 모든 장교들을 비난했다!

그는 고뇌와 격분에 사로잡혔다.

"오 도시여! 비교할 수 없는 파리여!… 아, 네가 상처를 입고, 학살당하고, 소총에 맞고, 기관총에 맞고, 몰살당하고, 살해당하는 걸 보면… 나는 눈물이 나고, 오열하여 질식할 듯하며, 가슴이 콩당거리고, 말을 잊게 하느니, 차라리 너와 함께 죽고 싶다, 나의 민중이여!"

그는 부서지고 찢어진 것처럼 느껴졌다. 걱정하다못해 격앙되었다. 그는 쥘리에트에게 말했다.

"1870년은 거의 끝나가고, 1871년이 임박했소. 이 2년 사이, 일 년은 끔찍했고 또 일 년은 잘 모르겠소. 난 당신을 위해 내 마음을 쓰겠소. 그 마음은 당신을 지난 해의 공포로부터 보호해 주었고, 다가오는 해의 수수께끼로부터 당신을 지켜줄 것이오."

그리고 그는 머리를 빗고 수염을 다듬었다. 그는 저녁 식사에 오게 될 쥐디트 고티에를 기다렸다. 시간이 흘러가고 있었다. 그녀가 예고했었던 것처럼, 폭탄 테러 때문에 그녀는 그를 만나지 못했었다.

> 만일 당신이 왔더라면, 오 내가 존경하는 미인이여!
> 나는 당신에게 호젓하게 식사를 제공했을텐데
> 페가수스*를 잡아 요리했을 텐데
> 당신에게 말 날개를 대접하기 위하여.

---

* Pégase. 그리스 신화에 나오는 날개달린 천마(天馬).

그는 끝나가는 해를, 그리고 죽은 친구들을 생각했다. 알렉상드르 뒤마 페르가 12월 5일 사망, 전투에서 많은 사람들이 사라져갔다!

> 그들이 끔찍하고 외로운 들판에 누워있구나
> 그들의 피는 땅에 끔찍한 웅덩이를 만들었고
> [...]
> 이 정적 속에 거대한 얼음 바람이 불고
> 그들은 비 내리는 하늘 아래에 벌거벗겨진 채 피로 물들어 있었으니.

> 오 내 조국을 위해 죽은 자여, 나는 당신이 부러워하는 사람이었소.[335]

그는 펜을 내려놓았다. '비참한 해, 끔찍한 해. ...'

이미 구상하여 여러 날 써놓은 그가 보고 생각한 것을 증언할 싯구들을 두 모음집에 담았다.

> 사형 집행인, 당신의 기억은 사형 틀 속에 당신을 가두고
> 나는 잃어버린 파리를 찾고 있소. 내가 지켜야 하는,
> 내 아이들이 놀던 정원은 어디 있는 거요?
> 그들은 어렸고 나는 젊었던 시절의 정원.
> 아이들이 외치는 맑은 소리, 아버지 점심 드셔요!
> 지금은 어디에 있느냐, 내가 몸을 데우던 집 안 어디에?[336]

그는 수첩를 폈다. 그리고 여전히 준비 없이 아주 유쾌하게 글을 썼다. 그는 파리에서 볼 수 있는 수많은 육체, 여성들을 상상하였고, 욕망을 느꼈으며, 그 욕망을 결코 고갈시키지 않을 것 같았다.

"죽임을 당하는 것은 누구에게나 일어날 수 있는 좋은 운명이다."라고 적었다. "내가 이런 것을 다른 이들보다 더 바란다는 말은 아니다. 하지만 회피하고 싶지도 않다. 고의적으로 죽으려고 할 필요는 없지만, 일부러 살려고 할 필요도 없다."

그는 밖으로 나갈 준비가 되어 있었다. 그의 펜 끝에서 다시 몇 구절이 흘러나왔다.

나는 국가에 바치리라, 나의 재가 아니라
나의 스테이크를, 왕의 조각을…
미인들이여, 그대들이 나를 먹으면
알게 되리라 내가 얼마나 부드러운지!

1871

왕이 위고 씨에게 명령한 것이오.

왕국을 떠나라고. 그럼 나는 떠나야지. 그런데 왜 가야하지?

위고는 그해 1월 1일, 장난감 채롱 앞에서 무릎을 꿇고 있는 어린 조르주와 쟌느를 바라보고 있었다. 아이들 얼굴에는 놀라움과 당혹감이 서려있었다. 조르주는 '기쁨에 취한' 것 같았다. 샤를르는 그의 아들을 보면서 중얼거렸다. '기쁨의 걸작이야!'

위고는 몇 분 동안 파리를 짓이기는 프로이센의 폭격하루에 6천발의 폭탄이 멈춘 듯했다. 두 어린 아이의 존재와 행복은 불행과 죄악을 잊게 하는 힘이 되는 것 같았다.

프로이센군은 병원, 특히 발-드-그라스의 병원을 목표로 삼았다. 포탄은 게-뤼삭 거리에 떨어졌다. 위고는 기억하고 있었다. 그는 다시 한 번 쾨이양틴느에 갔었는데, 그 폭탄 중 하나의 폭풍에 뒤덮여 있었다.

그는 조르주와 쟌느에게 다가갔다.

얘들아, 사람들이 나중에 너희에게 말하겠지

할아버지가 너희를 사랑했다고, 이 세상에서 가장 사랑했다고

기쁨도 거의 없고 시기심이 많았다고

너희가 어렸을 때, 그는 늙었다고.

[…] 대대적인 포격이 있던 그 악명 높은 겨울

그는 비극적인 파리를 가로질렀다고, 칼을 움켜쥐고

너희에게 많은 장난감과 인형을

그리고 수 없이 우스꽝스런 행동을 하는 꼭두각시 인형을 가져오려고.

그리고 너희들은 커다란 나무 아래에서 생각에 잠겨 있겠지.[337]

그는 저녁 식사에 루이 블랑, 로쉬포르, 도미에를 맞이했다.

"쥘 사이먼 부인이 그뤼예르산 치즈를 나에게 보냈어요, 상당한 사치였죠. 우리는 열 셋이서 식사하고 있었어요."

그는 숫자를 좋아하지 않았으나, 가끔 저주처럼 숫자를 쫓고 있다는 인상을 받았다. 그리고 밤에는 노크 소리를 들었다. 그는 꿈을 꾸고 있었다. 쥘리 쉬네가 다가오고 있는 것 같았다. 그의 처제가 몸을 기대었다. 그는 기록해 두었다. "무의식적임. 시간의 정지." 쾌감을 느낄 뻔 했다.

그는 일찍 일어났다. 그는 밖으로 나갔다. 그는 몇 명의 여성에게 도움을 주었다.

"비서. 과부 마틸에게4명의 자녀가 있음, 난로, 스위스, 키스."

그는 파리에서 갈 수 있는 많은 주소를 가지고 있었다. 매번 그는 필요한 것을 얻었으며, 끝없는 욕구를 채웠었다. 그리고 그는 돌아와서 그가 무엇을 보았고 무엇을 했는지 기록했다.

" 계란 한 개에 2프랑 75수우. 코끼리 고기는 파운드당 40프랑. 양파 한 자루, 800프랑."

"루이즈 다비드 양."

"마르그리트 에리쿠르 양, 몽톨롱 골목 14번지, 키스"

"프레발 부인, 스위스."

그의 모든 감각이 깨어났다. 그렇게 감히 생각하기 힘든 그런 특별한 분위기가 그에게 어울렸다. 하지만 그는 춥고 배가 고팠다.

'잘 된 일이야. 다른 사람들이 겪는 고통을 나도 겪고 있는 거야' 라고 중얼거렸다.

그는 구경꾼처럼 관찰했다.

> 파리, 끔찍하고도 쾌활한 전장. 안녕, 파리여
> 우리는 한 민중, 우리는 한 세계, 우리는 한 영혼이니.338

그는 군대가 승리하기를 희망하는 파리 사람들과 함께 하는 느낌이 들었다. 그들은 1월 18일 베르사이유의 글라스 갤러리에서 비스마르크를 만나 협상한 쥘 파브르에게 분개했다. 쥘 파브르는 방금 독일 제국을 선포하였다! 사람들이 굴복할까?

그는 새로운 출구를 찾아 요새를 향해 이동하는 대대 병력을 목격했다.

> 차가운 새벽이 밝아 어렴풋하게 보이오
> 군대가 질서 있게 거리에서 행군하였소
> 난 군대를 따라갔소, 그 활기차고 거대한 소리에 이끌려,
> 그들이 앞으로 나아갈 때 사람들의 행보는 어디를 향하는가
> 모두다 전투에 참가할 시민들.339

그러니 누기 그들을 이끌어 갈까? 임시 정부는 항복하기로 협상했다. 클레망소를 선두로 한 파리의 시장들이 파면을 요청한 트로쉬, 르플로쉬, 르콩트, 토마 등의 장군들은 계속 지휘하고 있었다! 어떻게 싸울까, 어떻게 이 조건을 극복해 나갈까?

트로쉬의 과거인 듯한 그 남자

그저 그런 모든 미덕을 가진 인간 중에

용감하고 정직하고 경건하고 이름없는 군인

좋은 총인데, 반동이 좀 심한…

[…]

자랑스럽고, 피로 얼룩지고, 부상당한, 결코 무너지지 않은 이 나라

강베타는 걸었지만, 트로쉬는 절뚝거렸소.³⁴⁰

그는 혁명 선봉자들과 함께 분노하고 행동했던 1월 22일 시청 점거를 시도했던 시민들과 국민 경비대의 분노를 이해했다. 그들은 뒤로 밀려났고 6일 후 쥘 파브르와 비스마르크가 휴전 협정에 서명했다. 너무 속히 그리고 맹목적이어서 쥘르 파브르는 동부지역에서 계속 싸우고 있는 군대의 운명을 예상하지 못하였다!

위고는 그것 때문에 괴로웠다. 그는 꽁꽁 얼어붙고 굶주린 파리를 걸었다. 그는 모든 것을 들었다. 그리고 집에 돌아와, 썼다.

그리하여 가장 위대한 나라들이 전복되었소!

당신들의 노동은 실패를 위한 것이었소,

오 민중들이여! 당신들은 말하겠지. 뭐라고! 우리가 밤새도록

그러려고 요새 위에 있었다고!

그러려고 우리는 용감하고 거만했고 무적이었다고

프로이센은 화살이었고 우리는 표적이었다고

그것 때문에 우리가 영웅이었고, 순교자였다고…

[…]

오 민중이여, 이것이 역사의 떨림이 될 것이오

수많은 부끄러움이 큰 영광에 이르는 것을 보는 것이니.341

그는 주변에서 시청에 반대하는 시위를 주도하도록 압력을 가하는 사람들의 얼굴을 보았다. 그는 거절했다. 그는 반대로 말했다. "나는 모든 사람들을 침묵하고 단합하기를 요청합니다."

그는 거리에서 긴장감이 고조되는 것을 느꼈다. 투항, 일부 민중은 그것을 받아들일 수 없었다.

우리가 이 전쟁을 끝낸다면
프로이센이 원하는 대로
프랑스는 유리잔 같으리니,
카바레 테이블 위에 놓인
사람들은 그것을 비운 다음 깨버리리
우리의 자랑스러운 조국은 사라지리
오 슬퍼라! 그는 멸시받는 자이리니
우리가 존경했던 그분이었건만
[…]
더 이상 자부심도, 희망도 없소
역사에 슬픔은 짙게 드리웠으니…
하느님, 프랑스를 추락시키지 마소서
평화 저편의 나락으로.342

그러나 그는 적들이 보는 앞에서 프랑스 국민 간의 내전 폭동을 거부했다. 그러나 그는 걱정하고 있었다. 그는 분노가 끓어오르는 것을 느꼈다. 쟌느가 몸이 좋지 않았다. 그는 썼다. 그리고 얼어붙은 땅 위를 눈을 맞으며 걸었다.

"루이즈 페리가 양, 키스. 비서. 토방에게, 아리스토텔레스, 15프랑"

그는 돌아왔다. 그는 서류를 분류했다. 2월 8일에 열리는 총선에서 그가 당선되면 파리를 떠나 국회가 열리게 될 보르도로 갈 참이었다. 그리고 그는 투표 결과를 확신했다.

예측은 정확했다. 214,169표로 루이 블랑에 이어 두 번째로 수도에서 국회의원이 되었고 가리발디가 그 다음이었다. 파리 사람들의 감정은 어떻다고 말할까!

그는 가족들을 모았다. "손녀 딸 쟌느는 매우 쾌활했다." 그들은 2월 13일 월요일 9시에 보르도로 떠날 것이다.

또 13이란 숫자였다!

2월 14일 오후 1시 30분의 보르도. 숙소를 구해야 했다.

"방은 한 달에 300프랑이었다." 그는 하녀 중 한 명인 마리에트와 함께 쿠르스 로 37번지에 숙소를 정했다. 주인들은 호감이 가는 이들이었다. 쥘리에트는 생모르 로에 자리를 잡았다. 그녀는 머리가 희끗하고 여윈 모습이었다.

'잃어버린 우리의 소중한 낙원인 건지섬이 생각난다.'고 그녀는 속삭였다.

그렇게 되었다. 그는 그녀가 다음 날 의회에 동행하는 것을 원하지 않았다.

티에르를 행정부 수반으로 선출하고 하원의장으로 쥘 그레비를 선출한 의원들이 모인 대형 극장 앞 광장에서, 그는 군중이 '공화국 만세! 위고 만세! 라고 외치는 소리를 들었다.

일렬로 늘어선 방위군들이 모자를 벗고 그에게 경례했다.

그는 의원들이 의회에서 나오는 것을 보았다. 그들의 적대적인 시선은 이미 예상했다. 그들 대부분은 전쟁이 계속되는 것과 공화국을 반대하는, 시골에서 선출된 유명 인사들이었다

더구나 티에르는 그들과 보르도 협정을 맺었다. 정권 체제의 문제 즉 군주

제인지 또는 공화제 인지는 묻지 않기로 한 것이었다.

의원들이 원하는 것은 공화국이 아니라 질서이며, 공화당 의원을 선택한 대도시의 행보를 가로막는 것이며, 프로이센군과 싸울 총과 대포를 제공했었는데 그때부터는 혁명을 일으키기 위해 그 무기를 사용할 수 있는 파리지앵을 무장해제하려는 것이었다.

그래서 어떤 대가를 치르더라도 알자스와 로렌느를 포기하고 평화 협정에 서명해야 했다. 두 지역의 의원들이 항의하고, 포기와 배신이라 소리치더라도 비스마르크가 그것을 원하기 때문이었다. 그리고 그들은 사임했다.

위고는 급진 좌파 그룹을 이끌면서 모든 것을 느꼈다. 그는 폴 뫼리스에게 알렸다.

"상황이 끔찍하오. 국회는 희귀한 회의소요. 우리는 50 대 700의 비율로 참석하고 있소. 그것은 1815년에 1851년을 합친 것이오.아, 약간 반전이 있지만 같은 수치임…"

그러한 의회에서 그가 무엇을 할 수 있을까?

알자스와 로렌느의 포기에 맞서 "아니요, 프랑스는 멸망하지 않을 것이오. …"라고 외칠까?

"나는 이 평화에 투표하지 않겠소. 악명 높은 평화는 끔찍한 평화이기 때문이오. …"라고 절규할까?

그렇다면 "프랑스가 잃을 모든 것은 혁명으로 얻을 것이오!"라고 경고할까?

그래서 그는 미래에 대하여 발언했다.

"오, 1시가 될 것입니다. 우리는 그 시간이 다가오는 것을 느끼고 있습니다. 그것은 대단한 반전입니다. 우리는 이 시점부터 역사 속으로 성큼 다가가는 우리 미래의 승전보를 듣고 있습니다. 그렇습니다. 내일이 되자마자 시작됩니다.

내일부터 프랑스는 단 한 가지 생각만 할 것입니다. 절망에서 벗어나 확실한 희망 속에 쉬는 것, 심사숙고하는 것입니다. 힘을 되찾는 것… 대포를 제조하고 시민들을 조직하는 것, 국민의 군軍을 창설하는 것, 로마가 포에니 전쟁 과정을 연구했듯이 프로이센의 전쟁 과정을 연구하는 것, 프랑스를 강하게 하고, 공고히 하며 재생성하여 위대한 프랑스를 만드는 것, 그리하여 92년의 프랑스, 사상의 프랑스, 칼의 프랑스가 되는 것만을 생각해야 합니다."

의회에서 어떤 자리에서는 동조의 박수를 보냈다. "옳소, 옳소!"

그는 말을 이어갔다. "언젠가 프랑스는 문득 제대로 나아갈 것입니다. 프랑스는 강력해질 것입니다. 우리는 프랑스가 로렌느를 장악하고 알사스를 다시 되찾는 날을 보게 될 것입니다. 그게 전부일까요? 아닙니다. 아니예요! 잘 들어보십시오. 트레브, 마인츠, 콜론느 코블렌츠을 탈취할 것입니다. …"

의회의 다른 자리에서 사람들이 외쳤다. "안되오, 안됩니다!"

그가 대답했다. "내 말을 들어보십시오, 여러분. 프랑스 의회가 어떤 권리로 애국심의 표현을 가로막습니까?"

여러 의원들이 소리를 높였다.

"말해 보시오, 당신의 생각을 마무리 하시오!"

위고가 다시 말을 이어갔다. "라인강 좌안 전체를 장악하는 것이오. 그러면 사람들은 프랑스가 외치는 것을 듣게 될 것입니다. '이번엔 내 차례요, 독일인이여, 내가 여기 있소! 내가 당신의 적이오? 아닙니다. 나는 당신의 언니요. 나는 당신에게서 모든 것을 되찾았고, 한 가지 조건으로 당신에게 모든 것을 되돌려 드리오. 그것은 우리가 한 민중이고 한 가족이며 하나의 공화국이라는 것이오. 나는 내 요새를 허물고 당신은 당신의 요새를 허무는 것이오. 나의 복수는 바로 형제애요! 더 이상 국경은 없소! 라인강은 모두의 것이오! 같은 공화국이 됩시다, 같은 유럽 합중국이 됩시다. 하나의 대륙 연합이 되고, 유럽의 자유, 만국의 평화가 됩니다!'라는 외침을 듣게 될 것입니다."

그는 의회를 떠날 때 한 의원이 중얼거리는 것을 듣고도 놀라지 않았다.

"루이 블랑은 사악하지만, 빅토르 위고는 더 나쁘군."

그는 주변에서 오는 증오와 질투를 직감했다. 비열함 역시.

의회는 파리를 두려워하여 베르사이유에 정착하기로 결정했다. 그는 알자스와 로렌느 지역 분할에 항의해왔던 것처럼 줄곧 항의했다.

"여러분, 파리에서 꾸물대지 맙시다. 프로이센보다 더 멀리 나아가지 맙시다. 프로이센군이 프랑스를 절단했습니다. 프랑스를 마비시키지는 맙시다. … 그리고 그런 꿈을 꾸지 말고 그런 실수를 하지 마십시오!"

그러나 그는 패배했다.

"우리들 사이에서 좌파는 산산조각이 났다. … 나는 아마도 고립되어 사임하게 될 것 같다."라고 그는 언급했다.

그는 3월 8일, 가리발디의 의원직 출마를 인정하지 않고, 이탈리아 애국자의 말을 듣지 않은 채 취하를 준비하고 있던 의회에 맞서기 위해 연단에 올랐을 때, 머릿속에 그런 생각을 염두에 두었다.

그는 가리발디가 누구인지 회상하면서, 방해 공작이 빈번한 것이, 똑같은 증오의 공격을 받았던 1850~1851년에 있다는 느낌을 받았다. 말 끝마다 사람들은 그의 말을 가로 막았다. 그는 몸을 뒤로 젖히면서 일갈했다.

"3주 전, 여러분은 가리발디의 말을 듣지 않으셨더군요… 오늘은 내 말을 듣기를 거부하셨습니다! 그것으로 충분합니다. 사직하겠습니다."

그는 연단에서 내려왔다. 그는 의회 속기사의 책상 바깥쪽에 서서 사직서를 썼다.

그리고 루이 블랑과 좌파의 다른 의원들이 그에게 어떤 압력을 가하든 그는 그것을 유지하기로 결심했다.

그는 떠날 준비를 시작했다. 3월 13일 여느 아침처럼 그는 안주인이 보낸 꽃다발을 받았다. 그러던 중 브뤼셀에서 만났었던 여배우 파르게이으 양이 찾아왔다. 그녀가 떠나갔을 때 그는 수첩에 다음과 같이 기록했다. "파르게이양, 키스."

그러나 기쁨은 잠깐이었다. 그는 숫자 13을 생각했다. 그의 밤을 괴롭힌 노크소리와 몸이 좋지 않은 쥘리에트를 생각했다. 그의 며느리 알리스와 벌였던 논쟁과 하녀 마리에트와 필로넨느를 생각했다. 잠시 사이가 좋지 않았던 아들 샤를르, 그 날 저녁에 랑타 레스토랑에서 다들 만나기로 했고, 모든 손님이 이미 와 있는데 늦게 왔던 아들 샤를르를 생각했다.

위고는 다가오는 소년을 보고 있었다. 사람들이 그를 찾았고, 바로 그 남자라고 말했다. 위고는 식당에서 나갔다. 그는 집주인 포르트 씨를 알아보았다.

"선생님, 힘내세요. 샤를르씨가…"

"뭐라고요?"

"그가 죽었습니다."

사람들은 목욕하다가 피로 물든 그를 발견하였으며, 그는 삯마차의 나무 의자에 늘어져 있었다. 급성 뇌출혈이었다.

위고는 더 이상 밤과 낮조차 구분이 안되었다. '그토록 훤칠하고, 착하고, 온화하고, 고상한 마음과, 그런 재능을 가진 아이가 떠나다니. 아아! 산산 조각났구나.'

그는 잠을 자지 못했다. 그는 알리스를 위로했다. 그는 조르주와 쟌느를 돌보았다. 그는 3월 17일에 샤를르의 유해를 파리로 가져가야 하는 영안실 마차에 올랐다.

샤를르! 샤를르! 오 내 아들아! 어찌된 일이니! 네가 나를 떠나다니

아! 모든 것이 사라졌어! 아무것도 남은 게 없어!

너는 찬란한 빛 속으로 갔지만

우리에게는 온통 어둠뿐이구나… 343

아들을 페르-라쉐즈까지 육로로 옮겨야했다. 3월 18일, 거리가 바리케이드로 차단되었다. 코뮌의 항거가 막 시작되었다. 무장한 사람들이 길을 열어주었다.

위고는 겨드랑이에 총을 든 채 영구차를 호위하는 방위군을 바라보았다.

들판에서는 북 소리, 펄럭이는 깃발

바스티유에서 황량한 언덕 기슭까지

[…] 민중은 팔에 무기를 끼고 있네. 민중은 슬프고, 생각에 잠겼으며

그의 위대한 대대는 침묵하며 줄을 지어 서 있구나

죽은 아들과 무덤을 찾는 아버지

지나가네, 한 사람은 용감하고 강인하고 잘 생긴 사람

다른 사람은 늙고 얼굴에 흐르는 눈물을 숨기고 있네

그들이 지날 때 군단들이 경례하네.344

연달아. 슬픔에 슬픔으로. 아! 시련은 반복되네

그렇군. 생각에 잠긴 그 남자는 문제없이 그것을 받아들이리라.345

군중은 페르 라쉐즈의 무덤 사이에 있었다.

"관이 내려졌다. 그를 무덤에 놓기 전에, 나는 무릎을 꿇고 그에게 입을 맞추었다. 지하묘지가 열려있었다. 무덤의 평석이 올려져 있었다. 망명 이후 한 번도 본 적 없는 아버지의 묘를 보았다. …"

"샤를르는 나의 아버지, 어머니, 형과 함께 그곳에 있을 것이다."

입구가 너무 좁아 돌을 갈아내야 했다. 그 일이 30분 동안 계속되었다. 군중 속에 손을 내밀며 어떤 목소리가 들렸다.

"저는 쿠베입니다."

사람들은 마침내 그 아들, 그 죽은 자들을 떠나갔다

'그들은 살아있다. 우리보다 더 살아있다.' 위고는 중얼거렸다.

파리는 반란 상태에 있었다. 파리 시민들의 돈으로 구입한 대포를 도로 빼앗으려던 2명의 장군 르콩트와 토마가 몽마르트르에서 사살당했다. 그들의 군인들은 반란을 일으켰고, 그 후에도 역시 반란을 일으킨 방위군과 합류했다.

코뮌이 선포되었다.

"조심하십시오!" 위고는 자신에게 자문을 제공한 중앙 위원회의 4명의 구성원에게 말했다. "여러분은 하나의 범죄로 끝날 수도 있는 권리에서 출발하는 것입니다."

그는 파리를 떠나고 싶었다. 그는 프로이센과의 전쟁이 문제였을 때 참가하기를 원했지만 발표된 내전에는 어느 하나 참여하고 싶지는 않았다.

정부는 몽마르트르에서 대포를 제거하고 싶었다. 큰 위험에 비해 작은 이유였다. 그런 순진한 생각이 바로 잘못이었다. 코뮌의 입장에서는 싸우는 것이었다!

코뮌, 그 혐오스러운 의회 앞에서 얼마나 훌륭한 일이었는가? 하지만 아아! 코뮌은 5-6명의 개탄스러운 주동자들에 의해 어리석게도 타협했다!

어쨌든 그는 파리를 떠나 브뤼셀로 가야했다. 그곳에서 샤를르의 재산을 정산해야 했기 때문이었다. 그리고 또한 적을 앞에 두고 프랑스인끼리 목을 베는 파리를 보고 절망했기 때문이었다.

그는 무엇을 시도하리? 무엇을 말하리?

3월 22일 오후 2시에 알리스, 마리에트, 손자들, 쥘리에트와 함께 바리케이드 광장에 도착했다.

그는 걱정에 사로잡혔다. 그는 파리의 사건을 보도하는 신문을 샅샅이 읽었다. 상황은 악화되고 있었다

'양측 모두 큰 실수를 저질렀다.'고 잘라 말했다. 의회의 입장에서는 그러한 사건은 범죄였다.

행정부가 몽마르트르에서 대포를 제거하기로 결정했을 때 어떻게 그 작전에 말馬이 필요하다는 것을 어떻게 예상하지 못했을까?

피를 흘리고, 내전이 시작되었다. 위고는 또 다시 망명 중이었으며, 그저 무력감을 느꼈다.

그는 아들의 재산을 살펴보고 있었는데, 그들의 문서를 가져오는 모든 채권자들이 두려웠다. 그들 중 하나는 16,790프랑에 대한 부채 증서를 탁자 위에 놓았다! 가족 회의가 구성되었고, 그는 손주들의 대리 후견인이 되는 것을 수락했다. 대처하는 사람은 바로 그였다. 급히 구해야 할 금액은 거의 50,000 프랑이었다!

그는 알리스가 후견인에게 분개하고 그가 하녀들과 유지하는 관계에 대해 비난한다고 느꼈다. 그래서 그는 며느리 알리스에게 잘 좀 설명해 주라고 종종 프랑수아-빅토르에게 요청했다.

"그녀는 미지급 된 숄금빛 야자 숄, 1000프랑을 반환해야 했다. 어떤 경우에도 미성년인 두 명의 어린 자녀가 추가 손실을 부담하게 하고 싶지 않았고, 비용을 지불하지 않을 것이다."

그는 아이들을 데리고 브뤼셀에서 산책하고 있었다. 가끔 지나가는 행인들이 그를 알아보고 멈춰 섰다. 그들은 파리를 막 떠나온 프랑스인들이었다. 그들은 그에게 그곳에서 무슨 일이 일어나는지 이야기해 주었다. 코뮌에서 사람들이 손에 권총을 들고 이야기한다고 그에게 말해 주었다. 그리고 '나는 마라를 존경하지만 그는 부드러웠다.'고 말한다고도 했다. 사람들은 폭력적인 선언

에 취해서 서로를 모욕하거나 서로 위협한다고….

그는 그들에게서 벗어났다.

"요컨대… 의회가 사나운 만큼 코뮌은 어리석다. 양편 모두 미쳤다. 그러나 프랑스, 파리, 그 공화국은 거기서 벗어날 것이다."

그때 그는 그를 진정시키고 프랑스의 비극을 잊게 만드는 여자들을 만났다.

그는 정보를 기록해 두었다. 바리케이드 광장 뒤, 랑파르 뒤 노르 로 2번지, 25 상팀에 시가 한 개피, 브랜디 한 잔, 커피 한 잔 그리고 여자 한 명!

그러나 그는 그러한 공개적인 쾌락의 장소를 불신했다. 거기에서 사람들은 그를 알아보았다. 그는 '안, 18세, 프래리 16번지. 난로, 5프랑 65수우. 아르쟝 로 3번지'를 더 좋아했다. 그리고 기타를 든 가난한 거리의 가수와 같은 여성들이 그에게 다가가면 그는 그들에게 동전가수에게는 5프랑을 주었고 종종 그가 원하는 것을 얻었다. 그가 물어볼 필요가 있었을까? 그들은 제공했고 제공받았다. 그는 얻었고 지불했다.

그는 바라케이드 광장으로 돌아갔다. 그는 썼다. 그 구절들은 그 '무시무시한 해'의 푯대 구실을 하게 될 것이다.

그리고 그는 파리에서 받은 모든 뉴스에 구역질이 났다.

코뮌은 방돔 기둥을 무너뜨리기로 결정했고, 파괴를 구상한 사람은 친절하고 정력적이며 페르-라쉐즈에서 만났던 쿠르베였다. 어떤 광기가 그를 사로잡았을까?

기둥이 무너졌을 때 사람들이 다가갔소
[…]
그 파편에 귀를 댄 사람들은 들었소
어둠 속에서 들리는 것 같은 소문
하늘 아래 불평하고 바다에 말하고

그 신비한 소리가 말하였소.

로마가 틀린 것처럼 당신도 틀렸소

당신이 한 사람의 영광이라 여긴 것

그것은 민중의 영광이고, 당신의 영광이오. 아아!

[…]

당신의 어린 시절은 내 노년을 감당할 수 없소

그렇소. 나는 울름과 바그람과 함께 떠나오. 내가 남겨두리라

스당을. 안녕. 나는 지쳤소. 나는 가오

나는 아직도 나의 전쟁이 더 좋소, 아, 당신의 평화보다.346

그러나 무너져버린 영광의 트로피보다 더 나쁜 일이 있었다. 베르사이유 공세에 대응하여 코뮌에 의해 파리가 불타버린 것이다.

그러나 공포 속에서 어디로 갈까? 그리고 어디까지 갈까?

낮은 목소리가 말하였소, 갈 수 있소. 그럼 모스크바로?

[…]

당신은 왜 일할까? 당신의 발광상태는 어디로 향할까?347

일종의 범죄가 흩어져 천지에 떠돌아다니고 있소

그 그림자가 그를 덮을 때 순진한 사람도 검게 보이는 법

어떤 사람이 루브르 박물관을 불태웠다고? 뭐라고? 루브르 박물관은 무엇이오?

그는 그것을 알지 못했소. 또 끔찍한 짓을 하는 어떤 사람은

그 앞에서 총을 쏘아대오, 어처구니 없소. 법은 어디에 있소?

어두운 자매들과 함께한 암흑과 불길

파리를 삼키고, 마음을, 영혼을 앗아갔소

나는 죽이고 보지 않소. 나는 죽어서 아무것도 모르오

[…]

침묵의 죽음이, 오 공포가, 눈먼 군중을 쓸어버렸소.[348]

한 주가 피로 시작되었다. 수천 명의 용의자가 재판 없이 총살되었다. 그에 대한 대응으로 인질, 유명 인사, 성직자들이 살해되었다.

언제 끝날까? 무슨 일인가! 그들은 느끼지 못하네

그 위대한 나라가 그들의 발걸음마다 무너지는 것을!

[…]

당신들은 거기에 신호를 두는 대신 구렁을 더 깊이 파고 있소!

양쪽에서 같은 가증스러운 나팔 소리

같은 외침소리, 죽음! 전쟁! 누구에게? 대답하라, 카인이여![349]

다만 그가 읽는 뉴스는 매일매일 더 비극적이었다. 수백 명 단위로 여성별로, 어린이별로 처형은 모든 교차로에서 그리고 페르-라셰즈의 무덤 사이에서도 자행되었다.

도처에 주검. 아, 하소연이 아니오.

오 익기도 전에 베어지는 밀의 운명!

오 민중들!

그들은 무서운 성벽 한쪽 구석으로 끌고 갔소

그렇소. 그들은 역풍에 당했소

그 남자는 자신을 겨냥하는 군인에게 말하였소, 잘 있으시오, 형제여

[…]

음산한 소음이 로보 막사를 채우고 있소

무덤을 열고 닫는 천둥소리였소

그곳에선 많은 사람들이 기관총을 쏘고 있소. 아무도 슬퍼하지 않소

그들은 사람들의 죽음에 아랑곳하지 않는 것 같소…

[…]

또한 그들은 거의 마음대로 목을 잘라도 묵인되오.

곰곰이 생각해 보오. 오늘날 그들이 죽인, 이 저주받은 자들

기쁨이 없었기에 절망도 없소.350

그는 망연자실했다. … 그는 코뮌의 행위를 비난했다. 그는 코뮌에 대한 지지를 거부했다. 도를 넘은 탄압, 총살한 자의 붉은 피가 흐르는 센느 강을 보고 그는 실성한 것 같았다. 얼마나 많은 사람들이 재판 없이 처형되었을까? 2만 명, 3만 명?

"나는 결코 복수에 참여하지 않으리라"라고 그는 「복수는 없다」라는 제목의 시에서 말했다. 그런데 사람들은 삼림을 벌채하듯 죽였다. 그리고 그는 패배자 편에 서 있는 느낌이었다.

오 ! 난 당신들과 함께 있소! 나에게는 이 어두운 기쁨도 있소

짓눌린 자들, 맞고 죽은 자들

나를 끌어당겼소 나는 그들의 형제로 느껴지오, 옹호하오

쓰러져 있는, 내가 싸웠고 승리했던 자들을.

[…]

사람들이 뚱뚱한 여자를 죽였다고 생각하는데

사람들은 아침이면 구덩이에서 손들이 나오는 것을 보았소

[…]

확실히 나는 승리하지 못했던 것 같소

난 추락하여, 엄숙하게 그리고 홀로 돌아왔소

당신의 깃발이 아니라 당신의 수의를 향해… 351

그는 침묵할 수 없었다. 그는 벨기에 정부에 대한 연설로, 브뤼셀이 코뮌 패배자의 망명을 거부하는 것에 대해 항의했다.

'만일 그 사람들 중 한 사람이 내 집에 오면 나는 문을 열어 주겠다. … 벨기에 정부는 나를 반대할 것이지만, 벨기에 국민은 나와 함께할 것이다'라고 그는 결론지었다.

5월 27일 밤. 오전 11시 30분. 그는 그날 저녁에 처음 만났고 '도움'으로 5프랑을 줬던 한 여자에게서 떠나왔다.

그는 벨기에 정부에 대한 그의 연설과, 일간지 「벨기에 독립」이 게재했던 논쟁을 숙고했다.

그는 이틀 전부터 모욕과 위협하는 편지를 받았다. 또한 격려의 편지도 받았다. 그는 바리케이드 광장으로 돌아갔다. 그런데 갑자기, 꽝음과, 고함 소리, 방의 창문을 깨뜨리고 문에 부딪히고, 덧문에 튀는 돌맹이, 건물 정면을 오르려고 하는 사람들이 외쳐댔다. "빅토르 위고를 죽여라! 장 발장을 죽여라! 클랑샤를리를 죽여라! 교수형에 처하라! 교수대로 보내라! 도적놈을 죽여라! 빅토르 위고를 죽입시다!"

아무도 몰랐소 어느 가엾은 멍청이 무리들이

느닷없이 내 집에 들이닥친 것인지.

마당의 나무들도 떨고 있었으니…

[…]

조르주는 쟌느의 손을 잡고 진정시키고

흑색 난동. 목소리는 더 이상 인간의 소리가 아니었으니

사려 깊게, 나는 기도하며 여인들을 안심시키고

그리고 내 창문은 난무하는 돌팔매질로 저렇게 뚫렸소.352

그리고 얼마 후 공식 서신을 받았다.

"왕이 위고 씨에게 명령한 것이오

왕국을 떠나라고." 그럼 나는 떠나야지. 그런데 왜 가야 하지?

왜냐고? 그러나 그것은 아주 간단해, 친구. 나는

사람들이 '죽여라'라고 말할 때 '때려 죽여라'라고 말하기를 주저한 사람

이니까!

[…]

선택해야 한다면 난 여전히 진흙으로 물들인 범죄가 더 좋아

금으로 수놓은 범죄보다,

무지를 변명하자면, 난 거리낌 없이 말했지

그 불행은 망상의 시작을 나타낸다고

사람들을 절망에 빠뜨려선 안된다고…

[…]

사람들은 그것을 믿을까? 나는 내 양심에 귀를 기울이지!

죽음! 부숴라! 베어라! 외침을 들을 때, 나는 나아가지

무작위 살인이 나쁘다는 것을 알게 될 때까지

[…]

나는 악당이고, 배신이지

모두가 미쳤을 때, 이성을 불러일으켰으니.353

그러나 그는 더 큰 소리로 외치기로 결심하여, 다시 썼다. "사면하라! 사면하라! 흘린 피로도 충분하다! 희생된 것으로 충분하다! 이제는 프랑스에 용서를. 피를 흘리는 것은 프랑스이다."

사형이 계속되는 상황이었다. 폴 뫼리스는 로쉬포르처럼 투옥되었다. 다른 많은 사람들이 죽어갔다.

누가 그의 말을 듣겠는가?

그는 브뤼셀을 떠나야 했고, 룩셈부르크의 작은 마을 비앙당으로 가기로 결심했다.

잘 된 일이었다. 그는 혼자 남아있다. 어둠이 그의 발 앞에 있다.

그는 광야를 알고 있고 그 때문에 흔들리지 않았다.354

그는 먼저 코흐 호텔로 이사했다가, 우르강 근처에 두 채의 집을 빌렸다. 그는 첫 번째 집을 선택했고, 두 번째 집은 가족들이 거주했다.

2개월 반 전에 샤를르가 세상을 떠난 후 처음으로, 아들이 그를 그렇게 많이 괴롭힌 적이 없었음인지 그는 평온한 느낌이 들었다.

오 샤를르, 나는 네가 가까이에 있는 것 같구나. 부드러운 순교자…

[…]

무릎을 꿇고 눈물을 짓고 있는데, 나의 문턱에서는

어린 두 아이가 노래를 부르네.355

그에게 고요함과, 때로는 기쁨을 가져다주는 사람은 바로 아이들이었다. 그 다음에는 우연히 마주치는 사람들, 그의 손을 잡고 『징벌』을 암송하는 농부 등이 있었다.

공손하게 그에게 인사하는 젊고 아름다운 여인들도 있었고, 그를 찾아오는 사람들도 있었으며, 그녀들 중에 한 여자가 고백한 말을 수첩에 기록해 두었다. "메 하 디초 께 우스테드 퀴에라, 하레저는 당신이 원하는 어떤 것이라도 하겠어요." 그리고 그녀는 그에게서 아이를 갖고 싶다고 말하기까지 하였다! 그러면 그는 비밀을 지키기 위하여 스페인어로 모든 것을 기록했다.

그는 비앙당 주변의 들판을 걷고, 그는 강변을 따라 걸었다. 여름의 충만함을 좋아했다. 그리고 돌아오는 길에 모리스 가로의 미망인 마리 메르시에가 보낸 편지를 받았다. 모리스 가로는 코뮌이 인질들을 투옥시켰다가 처형했던 마자 교도소의 책임자였다는 이유로 베르사이유 사람들에게 총살 당했다.

마리는 가난했다. 그녀는 일자리를 요청했다. 알리스는 왜 그녀를 하인으로 받아들이지 않았을까?

마리는 젊었다. 그녀는 '피의 일주일' 동안 겪었던 일, 목격했던 처형 장면, 6주 된 아이와 함께 총을 맞은 젊은 여성에 대하여 이야기해 주었다.

그녀는 "그 작은 로켓 로에서, 사람들은 바리케이드 안에 있는 약 2,000명의 고아들을 쏴 죽였다."고 말을 이어갔다.

그는 공포에 질린 채 그녀의 말을 들었다.

"나는 그녀에게 일주일간 필요한 여러 가지를 구입하는데 쓸 약간의 비용과 식사할 때 그녀가 마시는 와인 비용으로 5프랑을 주었다."라고 기록했다.

그녀는 야만적인 탄압의 희생자 중 한 명이었다. 그녀는 그를 움직였다

"마리 메르시에가로의 미망인에게 5 프랑을 주었다."

"가로의 미망인이 나의 외투를 꿰메었다. 상반신 부분이었다. 나는 그녀가 '4프랑 50수우'면 된다고 거절했지만, 하루치 삯보다 더 많이 지불했다."

그리고 며칠 후, 그는 기록할 수 있었다.

"마리 가로. 스위스, 키스. 3프랑 75수우."

그는 쥘리에트나 알리스가 있음에도 불구하고 그가 할 수 있는 만큼 그녀를 만났다. 그는 그녀와 우르강변까지 함께 갔고, 그녀가 옷을 벗고 강에서 알몸으로 목욕하는 동안 넋을 잃고 지켜보았다.

때때로 그는 『무시무시한 해』에 넣게 될 싯구의 몇 구절을 그녀에게 읽어주었다. 그는 그녀의 충격 받은 모습을 보았다. 그녀는 남편의 시체를 포함하여 시체가 가득 찬 화물차 따라 무덤까지 갔다고 말하였고, 기관총에 맞아 땅에 묻힐 때 '엄마'하고 절규하던 수천 명의 아이들에 대해 여전히 이야기했다.

위고는 그녀에게 다가갔다. 밖은 여름 폭풍, 억수, 번개, 천둥 소리가 요란했다.

나중에 그는 자신의 수첩에 다음과 같이 기록할 것이다. "비서. 마리 가로. 모든 것. 3프랑 75수우."

그러나 며칠 후 그는 북부 지역의 길에서 한 젊은 여성을 보게 되었다."M.E 모델. 북부지역 길에서. 비서. 3프랑 75수우."

그는 돌아왔다. 그는 류머티즘을 앓고 있었는데, 아마 통풍 발작일 수도 있었다.

쥘리에트는 신장염 통증으로 침대에 누워 있었다. 옆구리에 뜨거운 다리미를 대면 통증이 다소 완화되었다.

알리스 자신도 브뤼셀로 진찰을 받으러 갔다. 쟌느 또한 열이 있었다.

그는 잠을 잘 못 잤다. 마리 메르시에는 알리스의 책망과 쥘리에트의 감시를 피해서 비앙당을 떠나 리에쥐로 가기로 결정했다. 그러나 그는 그녀를 다시 찾아가기로 약속했다.

벌써 불길한 밤, 갑작스런 외침, 경고 소리. 그는 창문을 열었다. 그는 집 문턱에서 바람에 휘감긴 불길 속에 있는 마리 메르시에를 발견했다. 그는 내려와

주민의 사슬을 강까지 이어지도록 지휘했다. "초당 한 물동이씩, 5,000개 이상의 양동이가 내 손을 거쳐갔다."

그는 시장이 부재중일 때 필요한 결정을 내리고, 그러한 단순한 행동을 취하면서 강렬한 감정과 희망의 증폭하는 것을 실감했다. 그것은 대의로 뭉쳤을 때 사람들이 함께 할 수 있는 일이었다.

그리고 며칠 후, 불에 탄 잔해가 치워지고 있을 때, 그는 앞서 내달아 혼자 걸어가며 내미는 손을 뿌리치는 쟌느를 바라보았다.

축제 기분이었다. 즐거웠다.

> 뭐! 지옥이 끝날 것이오! 어둠은 순리를 따르리라!
> 오 너그러움이여! 오 거대한 감옥에 빛이여!
> 무엇을 해야 그 이상한 마음이 움직일지 알 수가 없소

> 깊은 곳에서 천사의 미소는 얼마나 큰 약속인가! 356

하지만 기쁨은 금세 식어버렸다. 그는 '피의 일주일'과 수천 건의 총살 사건이 있은 지 두 달 후에도 탄압이 계속되고 있다는 기사를 분노와 일종의 두려움속에서 읽었다.

사토리 주둔지에서 처형을 했거나 추방했다.

7월 2일에 있었던 선거에서 위고는 후보자가 아니었지만 그럼에도 불구하고 57,854표를 얻었다는 것을 알게 되었다. "나는 깊은 감동을 받았다. … 자신의 임무를 다 하는 이는 늘상 벌힘 받는다." 그는 유권자들의 신뢰에 자부심을 갖게 되었다.

그들을 위해서라도, 자신에게도 마찬가지로 그는 싸움을 계속해야만 했다. 그는 9월 22일 로쉬포르가 추방 선고를 받았다는 사실을 알게 되었다. 그는 프

랑스에서 처벌 받을 각오를 하고 파리로 돌아가서 로쉬포르를 변호해야만 했다. 그는 티에르 정부에 인터뷰를 요청했고 9월 25일 가족과 함께 파리의 라피트 거리에 있는 바이런 호텔로 이사했다.

10월 1일 그는 티에르를 만나기 위해 베르사이유로 갔다. 그는 검은 옷을 입은 작은 남자가 진홍색 실크로 장식된 살롱에 들어가는 것을 보았다. 그리고 그 남자는 위고를 긴 복도 끝에 있는 한적한 집무실로 안내했다.

"양심의 가책이 듭니다." 위고가 말을 꺼냈다.

싹싹한 티에르는 수긍했다. 그는 로쉬포르를 추방하지 않고 프랑스의 요새에서 복역하는 데 동의했다. 로쉬포르는 그의 아이들을 자유롭게 볼 수 있게 되었다. 그리고 몇 달 안에 사면이 될 것이다.

"나도 당신처럼 정복자 같지만, 패배한 사람이오. 당신처럼 나도 모욕의 회오리 바람을 겪고 있소. 매일 아침 100여개의 신문이 나를 진흙탕 속으로 끌어들이지만, 나는 그것들을 읽지 않소." 티에르는 혼자말처럼 중얼거렸다.

"혹평을 읽는다는 것, 그것은 그의 평판에서 변소 냄새를 맡는 것이지." 위고가 대답했다.

티에르가 웃었다.

위고가 독촉했다. 로쉬포르를 사면해야 했다!

"나는 검은 코트를 입은 독재자의 불쌍한 악마일 뿐이라오." 티에르가 얼버무렸다.

이제 베르사이유 감옥에 있는 로쉬포르를 만나야 했다.

기차에서, 위고는 한 젊은 여성이 속삭이는 것을 들었다.

"빅토르 위고는 영웅이야."

그녀는 그를 알아보고 갑자기 다가와 속삭였다. "고생이 많으셨어요, 선생님! 고통받는 사람들을 지켜주세요!" 그녀는 울먹였다. 그는 그녀의 손을 꼭 잡아 주었다.

그는 감격했고, 이어서 만난 로쉬포르가 "당신이 아니었다면 저는 죽었을 것입니다."라며 몇 번이나 말을 했을 때 그는 무척 당황했다.

처형이 계속되는 것이 사실이었다. 당시로서는 합법적이었다. 한때 코뮌의 군대를 지휘했던 애국자 장교인 로셀은 사토리에서 총살되었다. 가스통 크레미요는 마르세이유에서 처형되었다. 그리고 추방자들을 태운 배들은 쇠사슬에 묶인 남녀들을 선창에 싣고 뉴칼레도니아를 향해 항해하고 있었다.

로쉬포르는 죄수 호송마차로 라 로셸까지 데리고 가서, 거기서 바다 한가운데 있는 봐야르 요새로 보내졌다.

탄압은 멈추지 않았다.

하지만 삶은 계속되었다. 파리는 아무 일도 없었다는 듯 고동쳤다.

위고는 라-로쉬푸코 로 66번지에, 쥘리에트는 피갈 로 55번지에 있는 아파트로 이사했다. 그녀는 시집 『무시무시한 해』를 필사하고 있었다.

'내가 당신을 사랑하는 것만큼 당신에게 사랑받는 것 다음으로 필사하는 것은 내게 주어진 가장 큰 행복이예요!'

그는 1872년 1월 7일에 있을 보궐 선거에 출마하지 말라고 조언하는 것을 들었다. 그러나 그는 선출되도록 노력해야만 했다. 사면을 주장하기 위해서, 자신의 목소리를 내기 위하여, '혈기 넘치는 젊은 몽상가' 루이즈 미셸이 처형받는 것을 막기 위해서라도.

그녀는 전쟁 평의회의 판사들에게 외쳤다. "당신이 겁쟁이가 아니라면 나를 죽여라!"

끝없는 학살, 전투를 보았으니
십자가에 달린 사람들, 병상에 누운 파리Paris
당신 말속에는 엄청난 연민이 있었소
당신은 위대한 미친 영혼들이 하는 일을 했소

그리고 고군분투하고, 꿈꾸고, 고통받으며 지치고

당신은 말했소. 내가 죽였소! 그쪽이 먼저 죽이려 했으므로.

당신은 자신에게 거짓말을 했소, 끔찍하고 초인적인.

[…]

이 논쟁에서 당신은 아름답고도 이상해 보였지.357

그녀는 사방 울타리인 요새에 감금되는 형을 받았다.

그는 그녀와 함께 4륜 마차로 산책했던 일이 떠올랐다. 그는 펜을 내려놓았
다.

"작고 귀여운 무당벌레가 책장으로 툭 떨어졌다. … 나는 그것이 정원으로
돌아갈 수 있도록 창가에 놓아주었다."

제9부
1872-1873

1872

우리 둘은 천국에서의 이웃이오, 부인
당신은 아름답고 나는 늙었으므로.

왜?

그 해 첫 날에, 위고는 자신에 대한 궁금증을 억제할 수가 없었다.

그는 답이 없다는 것을 알고 있었다. 왜냐하면 하느님만이 죽음의 시간을 결정하기 때문이었다. 그러나 그 질문은 끊임없이 되돌아와 그를 괴롭혔다. 그는 귀여운 쟌느가 "안녕 파파파"라고 말하며 인형을 태운 작은 차를 밀면서 다가오는 것을 보았다.

'그렇다. 내가 사랑하는 많은 이들이 일흔도 되기 전에 왜 죽었을까?, 나도 몇 주 후 죽을 수도 있을까?'

왜 이런 불의와 운명의 단절이 오는가? 점심에 검은 눈과 머리카락을 가진 그 젊은 '수수께끼 같은 여성' 쥐디트 고티에 옆에 앉았을 때, 왜 육체에 활력을 느낀 걸까? 그녀는 테오필의 딸이자 시인 카툴 망데스의 부인으로서 겨우 스물두 살이었고, 그녀도 그에게 같은 매력을 느낄 것이라고 확실히 믿었던 까닭이었다.

그에게 접근하는 대상으로, 그녀가 젊고 아름답고 영광스러운 유일한 사람은 아니었다.

그는 2월 19일부터 오데옹 극장에서 연극을 재공연할 배우들에게 「뤼 블라스」를 읽어 주었다. 그런데 여왕 역을 맡은 사라 베르나르트는 다리를 높이 들어 꼬면서 도발적이고 오만 불손하게 그를 주시하고 있었다. 그녀는 고양이같은 몸과 높은 목소리를 가지고 있었는데, 그를 '괴물'이라고 속삭였다. 그는 기쁨이 솟구치는 것을 느꼈다. 그녀가 다리와 몸을 흔들며 테이블에 앉았을 때, 그가 말했다.

정직하고 존경받는 스페인 여왕이
그렇게 테이블에 앉으면 안 되지요.

그녀는 웃었다. 그는 자신이 일흔의 나이, 수염과 머리가 희끗하고, 주름진 피부로 몸을 감싸고 있음에도 불구하고, 대담하고 날씬한 남자들이 주위에 깔려있는 그 여배우를 정복할 준비가 되어 있는 청년, 청년이라고 느꼈다!

문 두드리는 소리, 호흡 곤란, 감정의 번득임 때문에 잠이 깨면, 그가 생각하고 있는, 그를 자극하고 유혹하는 쥐디트와 사라, 한 여자와 또 다른 여자는 밤마다 그의 차지였다. "전부", "쥐디트", "토다", "사라."

당분간 그가 "전부"를 가지고 있는 이폴리트 루카스 부인, 외제니 기노 양, 에미 암네스트 양, 그리고 그 밖의 다른 여성들의 가슴을 만지는 것에 만족해야 했다. 그리고 그는 수첩에 그들의 이름을 적고 때때로 '0' 또는 '=' 란 기호를 추가했다. 그것은 그가 그들을 소유하고 있음을 상기시킨 내용이었다. 어떻게 한 걸까? "전부" 혹은 "절반보다 더" 아니면 "절반 가까이"라고 적었었다. …

그리고 그는 할 수 있는 한 그들을 소유했다. 육체는 육체일 뿐이었다. 아무것도 아니었다. 그의 몸 어떤 부분도 합당하지 않거나 배제될 수 없었다. "전부"였다.

그는 블랑쉬라는 여자아이의 몸을 주의 깊은 시선으로 자세하게 살펴보았다. 그 아이는 쥘리에트의 가족 친구인 랑뱅 가족이 입양한 아이였다. 쥘리에트의 친구 가족이며, 그가 1851년 12월 벨기에 국경을 넘을 때, 그 이름을 사용하기도 했었다.

블랑쉬는 글을 쓸 줄 안다고 쥘리에트가 말해 주었다. 그녀는 위고의 수 많은 시구를 깊이 알고 있었다. 필사자로서 그녀는 쥘리 쉬네를 대신했다. 때로는 쥘리에트를 대신하기도. 이제는 그녀조차 류머티즘으로 글을 쓰는데 지장이 있었다.

쥘리에트는 고마워했다. "제가 젊은 랑뱅에게 시키려고 한 의도를 허락해 주어서 기뻐요. 그녀가 잘 할 거라 기대하며, 어떤 경우에도 시키는 것이 불편하지 않을 거예요."

그러다보니 블랑쉬는 하녀 앙리에트를 대신하게 되었다. 빅토르 위고는 그녀를 살펴보았다. 그녀는 튼튼한 몸에, 묵직한 젖가슴과, 엉덩이가 넓은 편이었다. 그리고 그녀는 스무살 그 이상은 아닌듯 한데 스물 둘? 스물 여덟? 그녀는 젊음의 우아함과 수줍음을 지니고 있었다.

일흔이 넘었는데도, 그는 기운이 넘치는 느낌이 들었다.

필시 그가 공격을 받았기 때문일 것이다. 그리고 신문이 그에게 던지는 그러한 모욕도 그가 여전히 무게가 있고, 사람들이 그를 두려워하고 있음을 증명하는 것이었다. 한 사람은 그가 히말라야만큼 어리석다고 말했다. 그는 웃어넘겼다. 칭찬이나 다름없기 때문이었다. 다른 한 사람은 그를 '지구상에서 가장 비참한 사람'이라고 주장했다.

그리고 사람들은 그가 1월 7일에 열리는 부분 입법을 계기로 선출되지 않도록 훼방했다. 경찰청은 반대파의 선전을 용이하게 하는 한편, 세 가지 증거에

서명을 요구함으로써 포스터 부착을 미루었다. 위고는 경쟁자의 121,158표에 비해 93,123표를 얻었다. 그러나 이것은 그의 반대파를 무장 해제시키기에는 충분하지 않았다.

"우파에서는 내가 득표한 것을 두려워하는 것 같고, 내가 파리로 돌아가는 것을 거부하는 것 같다. 루이 블랑은 '파리에는 여전히 93,000명의 악당이 있다.'는 말을 들었다."라고 기록해 두었다.

그는 악당들의 대표였다! 그랬다!

"어떤 이해할 수 없는 시대에는, 사회는 두려움을 갖게 되고 무자비한 사람들에게 도움을 요청한다. 폭력만이 언어이고, 무자비함만이 구원자이다. 피를 흘린다는 것은 상식이 있다는 것이다. '패배자는 정복자의 자비에 달려있다.'는 것은 국가의 이성이건만, 연민은 배신처럼 보이고, 사람들은 연민하는 사람에게 재앙을 전가한다. 광기에 영향을 받은 사람은 공공의 적으로 간주된다." 그는 그렇게 썼다

그는 반전反轉을 생각했다. 그는 그것을 거듭 역설했다. 계속해서 사형을 선고하고, 사토리 수용소에서 처형하거나, 혹은 쥘 발레처럼 부재중 재판으로 사형을 선고하는 등의 탄압과, 코뮌에 대한 재판을 종식시켜야만 했다. 추방되는 사람들도 있었다.

또한 로쉬포르는 티에르의 약속과 달리 여전히 봐야르 요새에 감금되어 있었다.

위고는 당시에 사면이 질서의 기본 조건이라고 말했다.

아, 너희가 감옥에 가두는 자들을 조심하라!
분노는 그들의 사악한 동반자가 되나니… 358

그는 유죄 선고받은 자들의 아내, 어머니, 형제들이 그에게 보낸 편지들을

읽고 감동하기도 했고, 반항심도 생겨났다.

그는 '뛰어난 지성을 지닌 아름다운 사람인 라스툴 부인'과 같은 몇몇 여성들을 맞기도 했다. 그는 중재를 약속했다. '내가 할 수 있는 모든 것을 할 것입니다.'라고 거듭해서 말했다. 그리고 그는 실제로 처형과 추방을 막으려고 노력했다.

그는 프랑수아-빅토르가 그때에서야 막 재발행 허가를 받은 「르 라펠」 신문에 티에르의 정책에 대한 찬동 입장을 밝혀 깜작 놀랐다.

"네가 나를 믿는다면, 티에르에 대한 맹목적 신봉은 절제하거라. 파리에 대한 범죄는 지워지지 않는다."

찢기고, 점령되고, 모욕을 당하고, 굴욕을 당하는 프랑스의 상태를 어떻게 잊을 수 있겠는가.

"스당에서부터, 우리는 끝장내는 결투를 하고 있다. 나는 전쟁을 원하며, 결과적으로 군대를 원하는 사람들의 편이다."라고 강조하여 말했다.

그러나 그는 총살형 집행자의 부대가 아니라 복수의 군대, 애국자의 군대를 원했다.

> 오 프랑스여, 당신의 아들 중 하나가 당신 앞에 무릎을 꿇고 있사오니
> 아무것도 더럽히지 않는 신성한 예술의 겸손한 사제
> 당신에게 그의 슬픔과 순수한 사랑을 바치오니.359

그는 알고 있었을까? 그는 3월 16일, 1870년 이후 그의 연설과 기사를 모아 놓은 책, 『행동과 말』 출판에 대한 논평을 기다리고 있었다. 그 책에 이어 4월 20일에는 『무시무시한 해』가 출판될 예정이었다. 신문들은 두 작품의 발췌문을 재생산하고 칼럼니스트들은 열광했다. 대부분은 적대적이었고 경멸적이었으며 때로는 증오심을 드러내기도 했다.

처음 수 천 권의 책이 빨리 팔렸다고는 해도 그는 자신과 대중 사이에 간격이 생겼다고 느꼈다. 그는 파리라는 도시에 실망하고 지쳤다. 물론 늘 여자들이 있었다. 그는 날마다 수첩에 만났던 사람들을 기록했다. "으제니 기노 양. 전부. 나는 그녀에게 『행동과 말』 그리고 『무시무시한 해』를 주었다."

그러나 그것만으로는 그를 휘감은 슬픔을 달래기에 충분하지 않았다. 그는 마침내 딸 아델이 바베이도스로부터 생-나제르에 도착했다고 알리는 전보를 괴로운 마음으로 읽었다. "가엾은 내 자식!… 그녀와 동행한 흑인 여성, 바아 부인은 딸에게 정직하고 헌신적이었다."

그는 다음 날 아델이 입원한 알릭스 의사에게 갔다. 병원은 리볼리 로 178번지에 있었다.

"나는 아델을 보았다. 그 아이는 프랑수아-빅토르를 알아보지 못했다. 그녀는 나만 알아보았다. 나는 아이를 부둥켜 안았다. 나는 아이에게 온통 부드러운 말과 희망의 말만 해 주었다. 아델은 매우 조용했으며, 어떤 순간엔 졸린 것처럼 보였다."

그는 그 순간 이후 그녀가 제 정신이 아니라는 것을 알았다.

"헤아릴 수 없이 슬프다."

그는 으젠느, 레오폴딘느, 샤를르가 생각났다.

"이리 원통할 수가! 내 마음이 무너져 내린다."

사람들은 그녀를 생-망데에 있는 정신병원으로 옮길 것이다. 무덤보다 더 어두운 또 다시 닫힌 문.

ㄱ 불행에 대해 누가 그를 위로할 수 있으랴? 그는 부드러움과 연민으로 가득 찬 쥘리에트의 말도 거의 들리지 않았다.

"가엾고 고귀한 나의 순교자, 방금 너를 강타한 새로운 타격을 생각하면 가슴이 아프고 참을 수 없이 눈물이 나오는구나. 너에게 천재성을 부여한 하느님은 너의 삶을 인류의 모든 고통으로 가득 채움으로써 그 호의를 잔인하게 속죄하게 만드시는구나.”

그는 고개를 떨구었다. ‘선택’된다는 것, 그것은 고통을 받는 것이었다.

그는 정신병원 정원에서 아델을 다시 보았다. 그녀는 침착해 보였다. 그는 그녀를 안심시키려 했다. 그녀는 여전히 그녀를 핍박하고 불안하게 만드는 목소리로만 듣고 있었다. 그녀는 얼어붙은 것처럼 보이지만 슬픔은 없는 것 같았다.

그는 아델을 떠날 때, 자신이 눈은 휑하고 가슴은 찢어질 듯하며, 마치 장님처럼 걷는 느낌이 들었다.

그는 쟌느와 조르주를 너무나 놀라게 하는 그 흑인 여성을 여러 번 만났다. 그는 그녀를 다시 보고 싶었다, 외로웠다. 그는 그 피부, 그 모습, 그 이국적인 매력에 끌리는 느낌이 들었다.

그는 나중에 수첩에 다음과 같이 기록할 것이다.

“식민지의 흑인 여성인 바베이도스 출신의 셀린 알바레즈 바아 부인. 라 프리메라 네그라 드 미 비다.”

쟌느가 ‘모모메’라고 부르는 그 ‘내 생애 첫 흑인 여성’, 그녀가 트리니다드로 떠나기 전에, 어떻게 그녀를 다시 소유하지 않을 수 있겠는가?

그는 그녀에게 아델의 보석들을 주었다.

‘모든 것이 부서지고 빼앗겼다. 나는 보석들 중에서 아내의 반지를 발견했다. 나는 아델의 선물로, 두 개의 금 팔찌, 브로치와 금 귀걸이를 바아 부인에게 주었다.”

그를 유혹하는 것을 멈추지 않는 힘이 그 여성에게서 뿜어져 나왔다. 리버풀로 떠나기 전날, 그는 그녀에게 ‘모든 것’에 대해 감사하고 싶었다. 그는 그녀에게 1,500프랑의 지폐와 금으로 된 패물 한 세트를 줄 참이었다. …

그는 급히 다른 여성들이 필요했다.

“비서, 엘렌느 스탕 양. 전부.”

"카롤린 구드메츠 양, 거의."

"세파르 부인마드모아젤 포플리 극장에서, 유럽 광장 근처, 모스니에 로 16번지, 나에게 『마리옹 들 로름』의 4막을 되풀이 함. 거의 절반 이상."

운 좋게도 거리의 여인들이 거기에 있었다, 극장에, 우연히!

그는 코트를 입었다. 그는 50명이 앉을 수 있는 테이블이 있는 넓직한 방으로 갔는데, 「뤼 블라스」 100회 공연을 축하하기 위해 62명의 손님이 있을 것이다. 두 번째 테이블이 필요할 것이다.

그는 사라 베르나르트의 옆, 테이블 중앙에 자리를 잡았다. 젊은 여배우들이 얼마나 예쁘고 활기찼던가!

그는 일어나서 건배했다.

"변변친 않으나 짧게 하겠습니다, 나는 「뤼 블라스」 100회 공연을 오데옹 극장의 사랑하는 예술가들에게 바칩니다. … 극장의 행운을 위하여, 이것은 바로 파리의 번영을 위해 마시는 것입니다. … 오! 이 아름다운 도시, 이 도시를 경배합시다. … 그 머리 위에 영광의 면류관을 씌웁시다. … "

사라 베르나르트가 활기차게 일어나며 말하였을 때, 그는 깜짝 놀랐고 또 기뻐했다. "그러면 우리를 안아 주세요. 우리 여자들을요." 그리고 그녀는 얼굴을 앞으로 내밀며 덧붙여 말했다. "나부터 시작하여 나로 끝내야 해요."

탱탱한 피부, 향수 내음, 그를 떨게 하는 육체, 그리고 그는 밀착해온 사라의 몸에 도취했다.

그는 할 수 있었기 때문에, 여자들을 모두 소유하고 싶었다. 생명의 근원이 그녀들 안에 있었다.

그리고 그는 나중에 사라 베르나르트를 다시 보았다.

그러나 모든 사람이 떠나 공허함만 남고, 그는 채워야 할 필요가 있었다.

그는 결코 잊을 수 없는 아름다움을 지닌 쥐디트 고티에로부터 한 통의 편지를 받았다.

그는 종종 그녀에 대한 꿈을 꾸었으며, 그 젊은 여성과 함께 예전처럼 저지섬으로, 건지섬으로 도망쳐서, 그녀와 함께 인생의 새로운 시기를 시작할 수도 있는 상상도 했었다.

그녀는 이상하게도 「뤼 블라스」360의 한 구절을 인용하여 편지를 보냈다.

"나의 주인님,

당신의 발아래, 그림자 속에, 한 남자가 거기 있었어요. …

그는 기다리고 있습니다. …

나는 깊이 생각하여 결정을 했어요. 감사해요.

쥐디트."

할 수 있는 것을 주고, 모든 것을 얻는데 그가 어찌 서두르지 않을 수 있을까?

쥐디트, 우리의 두 운명은 조금 더 가까이에 있소

사람들은 내 얼굴과 당신의 얼굴을 보고도 믿지 않을 것이오

모든 신성한 심연이 당신의 눈에 나타나오

그리고 나는 내 영혼으로 별빛 심연을 느낀다오

우리는 둘 다 천국의 이웃이오, 부인

당신은 아름답고 나는 늙었으므로.361

그는 할 수 있는 한, 그녀가 원하는 만큼 그녀를 자주 만났다. 그러나 여전히 고뇌는 남아 있었다. 왜냐하면 딸 아델이 묻힌 무덤이 있기 때문이며, 왕당파 신문에서 가하는 모욕과 영국인과 미국인 방문자들의 감탄하는 선언도 무력화시키는 가톨릭과 보나파르트파가 있기 때문이었다. 그들은 위고에게 말했다. "당신이야말로 프랑스의 왕이오." 위고는 대답했다. "나는 한 세기 안에 50

년간 교전하고 있소."

그런데 교전은 끝나지 않았다. 그는 이미 수년간 모은 많은 기록들을 바탕으로, 소설 『93년 』을 쓰고 싶었다. 그는 평온함이 필요했다. 8월 초, 그는 건지섬으로 떠날 생각을 굳혔다. 자발적 망명자처럼, 영광스럽고, 갈갈이 찢긴 도시, 스스로 무너지고 있다고 느끼는 파리에서 벗어나기 위해서였다.

8월 7일 쥐디트 고티에를 마지막으로 방문하였고, 그녀는 병든 아버지에 대해 이야기했다. 두 사람이 오트빌 하우스에 오지 않는 이유는 무엇인지 그가 물었다.

"그 분은 오트빌 하우스의 주인이고, 나는 그의 형제가 될 것이다. 그 분은 그 집에 있어야 하고, 그곳에서 살고 그곳에서 죽을 것이다."

그는 그녀가 수락했을 때 기쁨이 폭발했지만, 그녀는 곧 모든 것이 바다의 상황에 달려 있다고 덧붙였다.

바다. … 쥘리에트, 프랑수아-빅토르, 알리스, 조르주, 쟌느 그리고 샤를르의 아내를 애정이 담긴 열정의 눈으로 바라보는 「르 라펠」 출신의 기자 에두아르 록로이와 함께, 그랑빌에서 배에 올랐을 때, 그는 고통스럽던 그 바다를 다시 보게 되었다.

그들은 저지섬에 들렀다. 망명의 길을 바라보며 위고는 감개무량했다. 멀리서 볼 수 있고 그 어느 때보다 무덤처럼 보이는 마린 테라스 맞은편 바위 사이로 목욕을 하러 갔다. 밤에 불르도르 호텔방에서 그는 종종 그의 밤을 방해하는 이상한 노크 소리에 잠을 깼다.

그는 군대 막사 근처에서 만났던 누더기 차림의 불쌍한 아이를 기억했다. 손에 이끌려 가는 그 여자아이는 2센트를 받고 병사들에게 매춘을 했다! "끔찍한 일이었다!"

"오 하느님, 고통받는 모든 것에, 속죄하는 것에, 실패한 모든 것과 실패할 수 있는 모든 것에, 지상과 천상에서 자비를 베푸소서… 제 불쌍한 딸 아델을, 제 사랑하는 어린 조르주와 쟌느를, 모든 무고한 사람들을, 모든 죄인들을 …. 모든 불쌍한 사람들을, 루이 보나파르트를, 저를 … 불쌍히 여기소서. 구원해 주소서, 용서해 주소서, 구하소서, 저를 변화시키소서! 그녀와 저에게 자비를 베푸소서. 구원해 주소서, 용서해 주소서, 구하소서, 저를 변화시키소서! 그녀와 저와, 그리고 제 사랑하는 아들 빅토르와 저와, 모든 사람, 그리고 저를 불쌍히 여기소서. 불쌍히 여기소서!"

그러한 기도로 그는 평정을 되찾고, 마음이 편안하게 8월 10일 건지섬에 도착했다. 그가 오트빌 하우스에 들어왔을 때는 오전 10시였다.

"정원에는 꽃과 새가 가득했고, 어린 아이들은 매우 기뻐했다."

그는 손주들과 함께 섬을 여행하고 아이들이 그에게 다가오면 주변의 모든 그림자가 사라지는 느낌을 받았다. 그 두 어린 아이들은 세상을 바꿀 수 있는 힘을 가지고 있었다. 그는 아이들을 바라보았다. 그는 관대할 수 밖에 없었다.

모든 것을 용서하는 것, 너무 심한가. 모든 것을 주는 것, 너무 많은가!
글쎄, 나는 모든 것을 주고 모든 것을 용서하련다
꼬마들에게… 362

그는 아이들의 어머니인 알리스의 비난을 감수하고 하녀인 마리에트와의 공모를 모색했다. 그는 에두아르 록로이에게 알리스의 손을 잡고 그녀를 단속하도록 권하였는데 거부할 거라 예상했다.

작은 전쟁이었다. 그래서 그는 라운지로 물러나 작은 탁자에 자신의 자리를 잡았다. 그는 바다를 보았다. 그는 『93년』의 원고를 폈다. 그러나 아이들의 목소리에 주의가 흐트러졌다. 혹은 그는 근처의 집을 보려고 몸을 기울였다.

"내 발코니 근처, 라운지의 이웃집의 예쁜 여자는 내가 이웃인 것에 만족한 것 같았다. 그녀는 아침에 서두르지 않고 일어나서 작은 창문을 열어두고 있었다. 그녀는 매우 아름다운 머리를 빗고 맨 팔을 보인 채 미소를 지었다."고 기록했다.

그는 그녀를 유혹하고 싶었지만, 쥘리에트가 지켜보고 감시하고 질투했다. 그래서 그는 쥐디트 고티에가 오트빌-하우스에 머무는 꿈까지 꾸었다.

"당신이 지금 아름다운 만큼이나 매력적이오. 당신이 신성한 만큼이나 선량하오. 그러니 고독한 사람을 만나러 오시오. 별들은 때때로 나를 찾아오고, 별 빛이 내 집에 들어온다오. 그들처럼 해주시오."하고 그녀에게 편지를 썼다.

또한 쥘리에트가 원고를 가지러 보낸 젊은 랑방 블랑쉬도 있었다. 오트빌하우스는 그녀의 몸과 그녀의 젊음으로 가득 채워졌다. 그러나 그는 그녀에게 다가가기를 망설였다. 그는 쥘리에트의 고통과 질책을 상상했지만, 블랑쉬의 젖가슴과 엉덩이에서 눈을 떼지 못하고, 그녀가 집을 나서자, 그는 마치 그의 70년이 갑자기 그를 짓누르는 것처럼 불행하다고 느꼈다.

그는 여자가 필요했다. 그러나 그는 예고도 없이 찾아온 마리 메르시에를 떠나보냈는데, 알리스와 쥘리에트의 질책을 들으며 거리를 두어야 했다. 게다가 블랑쉬는 마리 메르시에의 매력을 잊게 만들었다. 그가 생각하는 사람이 블랑쉬였고, 그녀가 없을 때 그리워하는 사람도 그녀였다.

그는 10월 1일에 알리스, 프랑수아-빅토르, 아이들이 섬을 떠난 이후로 더욱 버림받았다고 느꼈다. 젊은 과부 알리스는 이미 대륙으로 돌아간 록로이를 생각하고 있었다.

그들이 떠나기 전날 밤, 그는 잠을 이룰 수 없었다. 더구나 새벽에 그들이 준비하고 있는 것을 지켜보았다. 그는 항구로 마차까지 그들과 동행했다. 항구에는 웨이마우스 호가 막 닻을 내리고 있었다.

그는 길 모퉁이까지 그들을 따라갔다.

"모두 가버렸다. 헤아릴 수 없이 슬프다."

그는 배가 떠나서 페르메인 만灣의 끝자락을 돌아가는 것을 보려고, 재빠르게 라운지로 올라갔다.

끝이었다.

그들은 떠났다!
오 광활한 바다여, 이 불쌍한 꼬마들에게 친절을 베푸소서!363

그는 작업에 착수하여, 『93년』을 쓰기 시작했다.

그는 올려다 보았다. 그는 자신의 수정궁에 샤를르의 초상화와 조르주와 쟌느의 초상화를 걸어두었다.

그는 새 잉크병을 집어들었고, 잉크병의 마개를 열었으며, 그 책을 쓰기 위해 급히 구입한 인쇄용지 한 련500매을 준비했다. 그는 잉크병에 '상당히 오래된 깃펜'을 담구었다. 그러나 그는 시작하기가 어려웠다. 조르주와 쟌느에 대한 기억이 어른거렸기 때문이었다. 그는 그들이 없어서 생명이 단축된다고 느꼈다. 그가 일하려는 것은 그 아이들을 위한 것이었다.

그는 계산을 해 보니 걱정이 되었다. 그는 「뤼 블라스」의 저작료만 썼고, "남은 순소득은 내가 매년 내 아이들에게 해주는 연금을 지불할 정도인데, 프랑수아-빅토르에게 12,000프랑, 알리스에게 12,000프랑, 7,000프랑은 아델에게 … 내 손에서 30만 프랑이 빠져나간 지 2년이 지난 시점이었다. 나는 내 손자 손녀들의 빈약한 재산에 틈을 메우기 위해서 일한다."

그래서 글을 썼다. 그것을 위해 그리고 또한 가족의 빈자리를 채우려고. 그가 해야만 할 것, 즉 가끔 여기, 건지섬에서도 일어나는 증오에 맞서기 위해서 썼다.

어느 날 밤 젊은이들이 오트빌 하우스 앞에 모여들어 함성을 질렀다. "타도

하라, 꼬뮌!" 한 프랑스인 농부가 외쳤다

"내 밭에 빅토르 위고와 가리발디가 있었다면, 내 소총 부리로 그들을 개처럼 죽였을 것이다!"

그런 후에야 새벽이 되었다.

"이 가혹한 고독이 바로 내 작업 여건이었다. 내 앞에 시간이 얼마 남지 않았으니, 나는 그일이라는 의무를 다해야 한다."

그는 스스로를 납득시키려는 듯 그 고독한 '곰熊'의 조건을 반복하여 받아들였다. 그는 덧붙였다. "내 관심과 행복은 파리에 있을 것인데, 내 의무는 여기에 있다. … 더 이상 거기에는 두 손자도 없다. 슬프다."

그래서 글쓰는 데 투신해야 했다. "나는 일의 손아귀에 있다."라고 말해야 했다. 그리고 해야 할 일을 완성해야 했다. 특히 죽음이 자신을 둘러싸고 있다는 인상을 받기 때문이었다. 막내아들 프랑수아-빅토르가 아팠다. 하느님이 그를 보호해 달라고 기도해야 했다. 1830년 『에르나니』의 오랜 친구인 쥐디트의 아버지인 테오필 고티에가 사망했다. 당시에는 그렇게 말할 때였다.

> 안개 속의 태양, 혁명이여
> 인간을 회복시킨 후, 예술을 회복하라… 364

그리고 1872년의 그 날, 그는 테오필 고티에의 부재를 뼈저리게 느꼈다. 그에게, 한 시대 전체에 울리는 임종의 종소리였다.

> 인정하자, 그것이 율법이기 때문에, 누구두 피할 수 없으니
> 모든 것이 기울어 지는 법, 온통 빛나던 위대한 세기는
> 우리도 회피하는 이 거대한 그림자 속으로 저물었네
> 오! 황혼 속에서 나오는 소리가 얼마나 맹렬하던가

혜라클레스의 장작으로 베어진 참나무들!

죽음의 말馬이 울기 시작하며

또한 기뻐했소, 눈부신 시대가 끝나기 때문에

맞바람을 길들일 줄 알았던 이 오만한 세기가

숨을 거두었소⋯ 오 고티에! 당신은, 그들과 같은 사람, 형제

뒤마, 마르틴느, 뮈세를 따라 떠났구려

새로 판 오래된 우물은 말라버리고

더 이상 스틱스 강도 보이지 않듯, 더 이상 젊음도 없구려

거칠게 풀 베는 이는 그 많은 눈물을 안고

조신하게 나머지 밀을 향해 한 걸음씩 나아가고 있으니

이제는 내 차례요, 밤은 불안한 내 눈을 가득 채우니

아아, 비둘기의 미래를 아는 이 누구란 말인가

요람 위에서 울고 무덤 앞에서 웃는 이는.365

그는 쥐디트 고티에가 그에게 시 원고를 요청한 것에 마음이 설레었다. "나는 당신에게 그것을 드립니다. 당신 아버지이자 위대하고 존경하는 시인이 당신 안에 살아 있습니다. 이상형을 염두에 두고, 그는 정신으로나 여성으로나 완벽한 아름다움인 당신을 창조했습니다. 나는 당신의 두 날개에 키스를 보냅니다."

이제 그는 더 이상 미룰 수가 없었다.

그는 그해 12월 16일에 펜을 들었다.

"오늘에서야 비로소 『93년』이란 책을 쓰기 시작했다. 11월 21일부터 모든 작업을 준비하고 조율하고 적당히 배열하는 최종 부화 작업을 했다."

"이제 나는 하느님이 허락만 한다면, 쉬지 않고 내게 남은 모든 날 동안 글을 쓰겠다. 첫 번째 이야기, 『내전』.

그는 푸제르 주변의 들판과 작은 숲의 풍광을 알고 있었다. 그곳은 그가 올 빼미당원 몇 몇을 살게 하고 싶은 곳이었다. 그곳은 위고의 아버지는 전투를 했었고, 젊은 소피 트레뷔셰를 알았고, 쥘리에트가 살았던 곳이었다. 그리고 해마다 쥘리에트와 함께했던 여행 중에는 그 지역을 두루 다녔었다. 그런데 그는 공화국 군대의 지휘관을 쥘리에트의 가문인 고뱅으로 이름을 짓고 싶었다. 충직하고 영웅적인 그 남자 앞에는 이중인격자이며 올빼미당인 랑트낙 후작이 세 자녀를 구하기 위해 희생하려고 서 있게 할 것이다.

그 두 사람에게는 신성한 부분이 있을 테지만, 비극은 그들이 대립하면서 시작될 것이다. 그는 진실하고 용감한 내전 행위자들이 아니라 내전을 규탄할 것이다. 그는 마라, 당통, 로베스피에르와 같은 신의 손에 있는 운명의 주인을, 역사로부터 이끌어낼 것이다.

그는 또다시 낱말의 강물에 사로잡혀 있다고 느꼈다. 흐름을 거스르지 않고 그의 말대로 매일 글을 쓰며 '나의 앞으로' 나아가는 것만으로도 충분했다.

그는 그렇게 해서 모든 것이 제자리를 되찾았다는 인상을 받았다.

그는 가난한 아이들에게 매주 아침 식사를 제공하기 시작하고 그들과 함께 앉았다.

나는 그들과 함께 그들처럼, 그들에게 제공한 품질 좋은 똑같은 쇠고기를 먹었다!

그리고 그는 그들에게 크리스마스 선물을 주었다.

바쁘게 큰 인형에 옷입히는 어린 소녀들에게는 많은 영광이 될 것이다. 사람은 블랑쉬였는데, 아이들 사이로 젊고 쾌활한 그녀를 보는 것이 그를 혼란스럽게 했다. 그녀가 받아들인다면 그가 어떻게 거부할 수 있을까? 왜 거부해야 할까?

그는 다가갔다.

물론, 그는 쥘리에트의 부드러운 마음과 위대한 영혼을 괴롭히고 싶지는 않았다.

그러나 왜 생명의 확장을 포기하겠는가, 왜 욕망을 억눌러야 하는가, 그가 글을 쓰는 데 필요한 원천인 에너지를 어디에서 얻는단 말인가? 『93년』의 첫 줄을 읽을 때 열광하는 그녀, 쥘리에트가 어떻게 그것을 이해하지 못할까?

12월 25일. 그는 여전히 망설이고 있었다. 그는 쥐디트 고티에에게 편지를 썼다. 마치 그를 블랑쉬 쪽으로 몰아가는 그 욕망에 맞서 불을 붙이려는 것처럼.

"아직도 나를 기억하겠소, 부인?" 그는 물었다.

그는 라운지 안에 머무르고 있었다. 그는 '미친듯이 일하고' 싶었다. 하지만 되는 것은 아무 것도 없었다.

그는 내려갔다. 그는 블랑쉬를 보았다. 그는 그녀를 껴안았다.

남자를 받아들여 본 적이 없는 그녀는 그에게 응할 뿐이었다.

한 해의 마지막 날이었다. 그는 활기차고 성취감을 느꼈다.

쥘리에트를 지켜주고 의심을 지워야 했다.

"당신을 사랑하오. 나를 슬프게 하지 마오."

"나를 믿으시오. 우리의 천사들의 이름으로…."

그는 그녀에게 상처를 주고 싶지 않았다. 그가 부르는 여자들에게, 블랑쉬에게, 그의 수첩에는 '알바'에게 그가 매어 있다는 것을 쥘리에트가 알아서는 안 되는 일이었다.

하지만 삶은 그런 것.

'잿더미 속에 있는 것은 불길 속에 있던 것의 일부일 뿐이다.'

그런 확신이 목을 조여왔다.

그는 잠을 잘 수가 없었다.

'어젯밤 꿈에서 어린아이가 울면서 나를 부르는 것을 보았다.'

1873

나는 해방된 것이 아니오.

아니, 아무리 일어서려 해도 되지 않소.

무덤 천정에 부딪혔소.

위고는 펜을 내려놓았다. 몇 분 동안 그는 눈을 감고 있었다. 두 시간 넘게 뒤에 있는 탁자에 두 손으로 지탱하고 서 있었다.

피곤하지 않았다. 오히려 원기, 어떤 힘이 그를 뒤흔들고 있었다.

젊은 걸까, 늙은 걸까?

그는 방데 지방의 작은 숲 울타리 속으로 성큼 뛰어들었다. 내전에 참여한 것이었다. 그리고 공화파 군인 고뱅과 올빼미당의 랑트낙이 되었다. 그는 자신이 누구인지 잊어버렸다. 그 노인은 홀로 바다를 마주하고 있었다.

그때가, 루이 16세의 처형 80주년인 21일이 다가온 1월 초순, 그는 국민의회의 그림이 될 『93년』의 두 번째 부분을 서둘러 시작했다.

그는 젊은 걸까, 늙은 걸까?

일흔 한 살이면 어떤가? 그에게는 고뱅과 랑트낙과 생쥐스트 그리고 로베스피에르의 젊음이 있었다! 블랑쉬의 풋풋함이 있었다. 그녀에 대한 기억이 그에게서 떠나지 않고, 그녀의 진실함과 순수함에 감동했다.

그는 수첩에 기록해 두었다.

"알바. 펠리그로, 아가다르세. 노 키에로 말로 파라 엘라, 니 파라 라 께 티에 네 미 코라존"* 그는 블랑쉬에게 위험이 있다는 것을 직감하고 있었으며, '내 마음을 사로잡은' 그녀에게나, 쥘리에트에게나 나쁜일이 일어나지 않기를 바랐다. 그러나 그가 추측하건데, 쥘리에트는 이미 그를 감시하고 의심하고 있었다.

그에게 불어오는 젊음의 폭풍우, 세월을 휩쓸고, 그의 나이를 의심하게 만드는 젊음의 폭풍우에 어떻게 저항할 수 있으랴, 파도만큼, 폭우와 바위만큼, 방을 범람하고, 책과 원고를 적시며, 그가 계속해서 사용했기 때문에 너덜너덜 해져서, 건조하기가 어려울 것 같은 '올빼미당'에 대한 데스포의 저서를 적시면서 라운지에 부딪치는 바람만큼 강력하고 격렬한 젊음의 폭풍우에 어찌 저항하랴.

그래서 그는 쥘리에트의 현명함과 직관을 경계해야 했고, 그녀를 안심시켜야 했다. 그녀의 의심을 피하고 그녀의 불신을 누그러뜨리기 위해 그가 몇 년 동안 해왔던 것보다 더 자주 그녀에게 편지를 쓸 필요가 있었다.

"40년, 사랑하는 이여! 오늘 밤이 40 년이오! 이토록 기나긴 사랑이 얼마나 아름다운가! 기나긴 사랑이, 위대한 사랑이여!"

그는 거짓말을 하지 않았다. 쥘리에트는 '그의 마음을 사로잡은' 여자였다. 하지만 그는 블랑쉬가 그를 사랑하리라고는 상상하지 못했다. 또한 그 젊은 여인은, 놀림을 당하고 약탈당하고 동전을 주머니에 넣고 포옹을 기억조차 하지 않는 하녀들과는 달랐다.

위고는 수첩을 폈다. 그는 기록했다. 그리고 그때에는 또 하나의 방패로써 라틴어를 썼다.

---

* 알바, 위험하니 기다려요. 나는 그녀도 내 마음을 사로잡은 이도 나쁘게 되는 것을 원하지 않아.

"클라비. 아르데오 둠 티비 코지토! 딕시트 아모 보스."*

그가 "당신을 생각하면 나는 불타오른다오"라고 외쳤을 때, 블랑쉬는 "나는 당신을 사랑해요"라고 말했기 때문이었다. 그들 사이에, 그것은 단순히 욕망이 아니라 사랑이었고, 그래서 기쁨이었으며, 재발견된 젊음이었다.

그래서 블랑쉬와의 열정과 관계를 보호하고 유지하기 위해서는 변화가 필요했다. 그토록 젊고 탱탱한 그녀가 함께 나누고자하는 열정이었다.

그래서 그는 병상에 누워 있는 쥘리에트에게 몇 마디의 말을 되풀이했다.

"사랑하는 당신, 어떻게 밤을 보냈소? 당신은 어제 아팠구려. 당신이 밤을 잘 보냈다면 나에게 편지를 써주오. 당신이 고통받는 것을 보면, 나는 살 수 없다오. 당신은 나의 영혼이오."

그녀는 그가 자신을 필요로 한다는 것을 알고 있었다. 그 어느 때보다 더 고귀한 그녀의 헌신이 필요하다는 것을.

그녀는 그에게 말했다. "인류에게 당신의 탄생은 그리스도의 탄생보다 더 빛나고 더 유용하며 여전히 더 만족스럽지요. 그리고 지금의 시대가 예수에게서 시작된 것처럼, 다음 세기는 빅토르 위고로부터 시작될 거예요. 저는 당신의 발에 입을 맞추며 당신을 숭배해요."

"나는 당신의 밤이 나의 밤처럼 편안하길 바라며, 당신의 발에 입맞추오, 사랑하는 이여."라고 덧붙이면서 그는 대답했다. "당신을 축복하오, 오 나의 사랑스러운 천사여."

그런 다음 블랑쉬에게 가서 그녀를 껴안았을 때, 그는 자신이 방금 일흔한 번 째 생일을 맞았다는 것도 몰랐다.

그런데 어느 날 글을 쓰다가 등에 극심한 통증을 느꼈다.

발에 가시가 박혀 더 이상 똑바로 서 있을 수가 없었고, 앉아서 쓰기도 어려웠다. 다리가 무거운 것 같았고, 발목이 부어 오르고 아팠다.

---

* 나는 눈물이 나오. 당신을 생각하면 몸이 불타오르오.

갑자기 육체의 허약함과 나약함 그리고 나이를 재발견한 것 같았다.

그는 거기, 건지섬에서 죽고 싶지 않았다. 아직은 죽고 싶지도 않았다. 그는 끝내야 할 책이 있었고, 그의 머리에 써내야 할 다른 책들이 너무 많았다. 그의 내면에서 두드려대는 많은 시구들.

"떠나기 전에 쓰고 싶은 책을 작업하고 있다. … 내 눈에 작가란 일종의 신비한 임무를 가진 사람이다. 책을 쓴다는 것은 의무를 다하는 것이다."

그는 절뚝거리며 창가로 가서 수평선을 바라보았다.

"파리는 어떤 것으로도 대체되지 않는다. 심지어 바다도 대신할 수 없다. 여기에 나를 못 박아 두는 것은 나의 모든 의무를 다하지 않고, 나의 일을 마치지 않고는 이 세상을 떠나지 못하는 필연성이다. 여기서 한 달은 파리에서 일한 1년의 가치가 있다."

하지만 그는 씁쓸했다. 폴 뫼리스가 말해주었던 '대단한 성공'을 거둔 테아트르 프랑세에서의 「마리옹 들 로름」 재공연에 참석하지 못하도록 부당한 처벌을 받은 것 같았기 때문이었다. 이례적으로 수입금은 6,446프랑이나 되었다. 파바르양은 정말 훌륭했었다.

그는 한숨을 쉬지만 작업을 계속하여 과업을 결론지어야 했다, 죽음이 너무 빨리 다가오기 때문이었다.

나폴레옹 3세루이 나폴레옹 보나파르트는 1월 9일 사망했다. "3년 전만 해도 축복이었을 텐데, 지금도 더 이상 불행은 아니다." 더구나 그 남자를 증오하지 않았다. 그는 필요에 따라 격렬하게 맞서 싸웠지만, 그는 '꼬마 나폴레옹' 대한 자신의 과격함이, 언젠가는 스스로 관용을 설파하게 되리라 생각도 했다.

그리고 종종 그는 복수를 거부하는 유일한 사람이 아닌가 자문해 보았다. 거의 매주 사토리에서 총격 사건이 계속 발생하기 때문이었다. 티에르가 공화국의 대통령직에서 사임했지만 새로운 대통령인 막마옹 배후에 있는 사관들 때문에 상황은 더 나빠졌다. 그들은 끼리끼리 지원하고, 보호해 주고 복수 해

주었다. 패배하여 힘이 없는 바잰은 막마옹 덕분에 감형되는 되는 것을 보았다. 그리고 사람들은 다시 로쉬포르의 추방에 대하여 이야기했다. 그는 로쉬포르를 지켜야만 했기 때문에 로쉬포르를 위해서 개입해달라고 의회의장인 브로글리 공작에게 편지를 써야만 했다. 공작은 프랑스 아카데미 회원이고 로쉬포르는 작가가 아니던가?

그러나 브로글리는 답했다. "로쉬포르 씨는 천부적인 지적 능력에 따라 자신의 책임도 크며, 그런 재능이 있다하여 범죄의 중대성 때문에 처벌을 완화하는 이유가 될 수 없습니다."

공포.

범죄가 어디에 있는가? 공화국의 수장이 된 그 제국의 원수元帥들이기 때문에, 모두 보나파르트의 공범자였던 그들이 냉정하게 판단할 수 있었을까? 그리고 당시에 군주제로 귀환을 준비하는 꿈만 꾸고 있던 그들이 아니었던가?

수 없이 패배한 막-마옹

당신은 영광을 갈망하여

역사적으로 행동할 중요한 순간

마치 몽크*와도 같은 임무일까?

그러나 그들은 그럴 능력조차 없었다!

그래서 『93년』으로 돌아가 쓰고 또 썼다, 마치 블랑쉬의 몸을 껴안는 것과 같은 열정으로,

그리하여 6월 9일, 열두시 반에 책의 종결 부분에 이르렀다.

'이제 자잘한 세부 내용에 대한 수정 작업만 남았다. 15일 정도 걸릴 것 같

---

* '수도자, 구도자'를 일컫는 말.

다.'

여유롭고 평온한 순간이었다. 그것이 성과였다. 그는 곧 가까운 사람들에게 책을 읽어줄 수 있을 것이다. 또한 그는 프랑수아-빅토르, 오귀스트 바크리와 함께 기쁨을 나눌 필요성을 느꼈다.

"사랑하는 나의 빅토르,

너에게 이상적인 순서에 맞게 너의 새로운 형제가 탄생했음을 알리고 싶구나. 나에 관한 책이란다. … 이것은 첫 번째 이야기일 뿐이란다. 전체의 첫 번째 부분인 「내전」은 방데 지방을 그린 것이야. 만약 전체를 그릴 시간이 있었다면 어마어마한 규모였겠지만, 내가 그렇게 하지 못할 것 같구나. …"

아마도 몇 개월 동안 『93년』을 집필하면서 쌓인 피로겠지만, 사실 그는 새로운 고통을 느끼고 있었다.

프랑수아-빅토르도 앓고 있었다. 띄엄띄엄 아들에게서 받은 편지 속에서 아들의 가쁜 숨소리를 듣는 것 같았다.

아델은 정신착란에 갇힌 채 살아내고 있었다. 또 쥘리에트는 은밀한 수첩을 발견하여 페이지에 한 장 한 장 넘겨보고는 스페인어와 라틴어로 쓰여진 행간에서 멈췄다. 거기 숨겨져 있는 것을 어찌 추측하지 못했겠는가?

그러나 그녀가 '순진할 수도 있지만 뜨거운 쇠처럼 그의 마음을 찌르는' 어색하게 꾸민 말투로 그를 꾸짖는 것을 듣고 위고는 깜짝 놀랐다. 그녀는 덧붙여 말했다. "당신을 더욱 사랑해요."

그래서 그녀는 그를 블랑쉬와 연결시키는 것을 이해하지 못했다. 그렇지만 그녀가 젊은 여성을 프랑스로 다시 보내기로 결정할 때 그는 양보해야 했다. 게다가 블랑쉬는 결혼하기 위해 돌아가고 싶다고 교묘하게 주장했다.

쥘리에트 집에서 앙리에트로 대체된 블랑쉬는 그랑빌로 가는 배가 없기 때문에, 그 날 아침 생-말로로 떠났다. 위고는 무거운 마음으로 돛을 따라 눈길을 돌렸다. 그는 블랑쉬가 떠나는 곳에 있었던 쥘리에트의 이야기를 들어야 했다.

그러한 출발을 할 필요야 없었지만, 그래도 그런 감정이 없는 것은 아니었다.

그는 아무 말도 하지 않았고 고개를 떨구었다.

"블랑쉬는 줄곧 떠나고 싶어했기 때문에 그녀 얼굴은 기쁨으로 빛났어요" 쥘리에트는 말을 이어갔다. "진심으로, 마음을 다하여 그녀가 파리에서 행복하기를 바래요. 그녀도 그것을 바랐고, 행복할 자격이 있으니까요. 그리고 그렇게 하는 것이 내 행복을 해치지 않는다면 나는 기꺼이 그것을 해 줄 거예요."

그는 기다렸다. 그리고 기대했다. 7월 12일 블랑쉬는 돌아왔다. "레갈라 에스타도착." 그녀가 도착했다. 그녀를 다시 보고, 그녀를 데리고 들어가면서, 그는 흥분을 억제할 수가 없었다.

섬의 어떤 주민도 그를 알지 못한 까닭에 모든 신중함을 잊고 있다는 것을 그는 알기나 했을까? 하지만 무슨 상관이랴! 블랑쉬가 몰래 돌아왔다.

"오! 사랑, 최고의 사랑, 그것은 신비로운 것!"

그에게 젊음이 돌아왔다.

데 라스 트레스 아 라스 사이스 토다 라 피레르나 이즈키에르다3시부터 6시까지 왼쪽 다리 전체. 그리고 다른 날에는 "오른쪽 다리 전체."

"전부, 전부."

그는 그런 모험이 섬에서 발각될 것을 두려워하면서서 열광적인 사랑에 사로잡혀 있었다.

이미 사람들은 '이우고 씨'라고 부르며 다들 그를 알고 있었다. 그녀는 다시 떠나야 했다. 열흘 간의 숨겨진 삶, 열정적이고 비밀스럽고 분별없는 해후 끝에, 그는 7월 22일 그녀가 탄 배가 멀어져가는 것을 바라보고 있었다.

그래서, 너무도 빨리 그는 망명생활을, 그 섬을 견딜 수 없어, 파리에서 블랑쉬를 다시 만나려고 서둘렀다. 그는 장롱을 비우고 원고를 꾸려 넣었다.

그리고 7월 30일 오전 7시 50분, 그는 쥘리에트와 두 명의 하녀와 함께 건지 섬을 떠나 '프린세스'호를 타고 셰르부르로 향했다.

31일, 그는 파리에 있었다.

그들은 처음에는 피갈 로 55번지에 정착한 다음, 몽모랑시 별장의 개인 골목인 시코모르 로에 있는 오뙤이유로 이사했다. 그는 쟌느와 조르주, 알리스, 프랑수아-빅토르를 다시 만났다.

아들의 창백한 얼굴을 보니 감정이 울컥했다.

고뇌, 고통, 고통스러운 직관에도 불구하고 프랑수아-빅토르는 조금씩 미끄러져서, 점점 더 깊은 질병 속으로 빠져들어 갔지만, 그는 블랑쉬를 찾아 세간을 갖춘 집에 살게 할 생각만 했다. 그래야 투르넬 강변에 있는 그녀의 작은 집에서 매일 만나고 매일 사랑할 수 있기 때문이었다. 그리고 매번, 아찔하리라.

> 그녀는 나에게 말했지, 당신은 제가 속옷만 입고 있기를 원하세요?
> 그래서 나는 그녀에게 말했지, 여자는 입고 있는 것 보다
> 알몸이 더 좋거든… 366

그는 그녀를 격정으로 사랑하며 그녀와 함께 플랑트 정원을 산책하거나 혹은 마차를 탔다. 그는 그녀 옆에 누워서, 은밀한 순간들을 늘려갔다, 데 라스 도스 아 라스 세스두 시부터 여섯 시까지.

그리고 거기서 그는 오랫동안 느끼지 못했던, 질투를 느꼈다. 그는 수첩에 적어두었다. "엠페사 아 안가냐르므 콘 운 데 수 메사…. 그녀는 식탁에서 누군가와 함께 나를 속이기 시작한다 그녀는 몰래 누군가와 바람을 피우기 시작했다. 그녀는 다른 말을 할 수 없었다. 이번이 마지막으로 헤어졌다. 도와주지도 않고, 그녀를

그냥 두지 않을 것이다. …"

하지만 그녀가 다가와 오후 내내 그와 함께 지냈다. 그녀는 여전히 사랑스럽고 크게 반성하는 것처럼 보이자, 그는 굴복하고 말았다. 그는 적었다.

> 오, 육신에 사로잡힌 슬픈 인간의 정신이여!
> 오 감각의 섬망이여! 만취, 황홀경, 진흙탕!
> 검게 된 백조, 천사의 타락!
> 육체는 바로 암초, 가치가 없어지는 언어
> 떨면서 무너져 내리누나, 가장 고상한 영혼이. 367

그녀가 집 열쇠를 주었을 때, 그는 뿌듯함과 기쁨으로 폭발될 것 같았다. 그는 강하고 젊다고 느꼈다. 그는 배가 고팠다. 담요에 싸인 채 기침하고, 졸고, 지쳐있는 아들 옆에 앉아 입을 다물지 못할 정도로 음식을 삼켰다.

그는 그것이 옳지 않다는 것을 아주 잘 알고 있지만, 그가 무얼 할 수 있단 말인가? 위고, 그는 아직 살아있다. 그는 사랑했다. 그는 즐겼다. 그는 투쟁했다.

그는 9월 16일에 독일군이 철수하기 시작했다는 사실을 알았고, 정부는 평화 조약의 조건으로 50억 달러를 지불했다. 그는 그 소식에 질겁했다. 열광적인 논평을 분개하며 읽었다. 어딜 가나 '영토 회복'만이 관건이니. 그런 무분별, 이기주의가 가능하단 말인가?

> 나는 해방된 것이 아니오. 아니, 아무리 일어서려 해도
> 되지 않소. 무덤 천장에 부딪혔소
> 나는 숨이 막히고, 무시무시한 광막함에 던져졌소

어느 공기구멍으로 밤을 밝혀 볼 수 있다면,

난 알아보겠소, 저쪽에 메츠, 저쪽에 스트라스부르

저쪽엔 우리의 명예, 그리고 나는 다가가겠소, 전장의 어둠으로

그리고 키메라에 안긴 아름다운 금발의 아이들에게…

[…]

무엇이오! 당신이 노래하느라, 당신은 듣지 않고 있소

형제들이여, 두 도시에 들리는 통곡소리를!

무엇을, 당신은 보지도 않소, 쉽게 잠잠해지는 군중이여

로렌느를 바라보며 떨고 있는 알자스여! 368

그는 국가가 역사와 영웅들을 잊고 있다는 생각이 들었다.

나는 당신에게 숨기지 않소, 내가 우리 아버지들을 생각한다는 것을

호랑이에게 맞섰고, 그들은 독사 위를 밟고 다녔고

발톱에 대항했고, 독을 두려워하지 않았고

그리고 난쟁이보다 거인을 두려워하지 않았다는 것을

[…]

조롱당한 것도 사실이었소…

[…] 그들이 우리가 물러났던 라인강을 뛰어넘었소

그들은 결코 연약한 동반자가 아니었다는 것도. 369

그는 매일 블랑쉬에게 가는 4륜 마차의 지붕 윗자리에서 시 구절을 생각하고 지어냈다.

그는 완전히 영웅 시대의 회상 속으로 빠져들었다. 그의 아버지, 삼촌들이 주역이었고, 그의 내면에 새겨져 있던 이미지를 느끼고 있는 시대였다.

그는 돌아왔다. 탁자 위에 한 통의 편지가 와 있었다. '모든 것'을 발견했고, 그러한 이중성을 이해할 수 없고, 받아들일 수 없고, 그래서 떠난다고 선언한 쥘리에트.

9월 19일이었다. 오후 일곱 시 삼십분.

"재앙이었다. 극심한 불안. 끔찍한 밤." 그녀는 어디에 있을까?

"필사적으로 찾아보리라. …"

"내 영혼이 사라졌다."

그는 절망으로 무너져내렸다.

"모든 고통이 한꺼번에. 비밀의 필요성. 내가 침묵을 지키며 평소 태도를 유지해야만 한다. 이같은 고문은 없으리. … 나는 여기저기 찾아 나서지만… 나도 죽었으면 좋겠다. 내 마음은 완전히 타들어간다. 그녀는 더 이상 그곳에 없다. 더 이상 불빛도 없다. 먹지도 마시지도 않은 채 약 3일. 열이 났다. 나는 영매靈媒 콜리제 로 11번지, 올리스 부인에게 갔는데, 애매모호한 답변뿐이었다. 어떻게 될까?"

9월 23일 화요일 6시에 드디어 전보가 왔다. 그녀는 브뤼셀에 있었다. 다시 숨을 쉴 수 있을 것만 같았다. 하지만 잠은 오지 않았다. 그는 뒤척였다. 얕은 잠이 들었다. 끔찍한 소리에 잠이 깼다. 방에서 노크 소리가 들렸다. 이상하고 매우 시끄러운 노크 소리가 세 번 이어서 세 번.

그녀는 돌아올 것이다.

그는 파리 북역 플랫폼에서 그녀를 기다렸다.

"난 1센트짜리 빵을 사서 반 쯤 먹었다."

그는 질투심 많은 부인이 도망쳤다가 돌아온 것을 발견한 청년과 같았다. 그는 그녀를 껴안았다. 그녀와 식사를 했다.

"그녀의 서랍에는 120,000프랑 어치의 무기명 주식이 있었는데 그녀는 아무 것도 가져가지 않았다. 그녀는 재봉사에게서 빌린 200프랑을 가지고 떠났었다."

그는 그녀가 원하는 대로 프랑수아-빅토르의 머리맡에서 블랑쉬를 다시는 안 만날 것이라고 맹세했지만, 그의 내면에서 깊은 두려움 같은 무언가가 떨고 있었다.

그는 맹세를 반복했지만 그녀는 의심했다. "더 이상 당신과 나 사이를 구분할 수 없어서 얼이 빠진 것 같아요. 내가 아는 것은, 아마도 당신이 찾고 있지 않아도 당신에게 다가오는 젊은 유혹과, 내 가엾은 옛 사랑 방식에서 끊임없이 일어나는 갈등을 오랫동안 저항할 수 없다는 것입니다. 그것을 증명할 수는 없어요… 내 오랜 사랑은 당신이 원하는 깃털과 부리가 있는 모든 암탉 한가운데서 슬픈 얼굴을 하고 있는 것과 같아요, 서로 앞을 다투며 익숙한 꼬꼬거리기를 반복하면서요. 당신은 지치지도 않고 낙담하는 기색도 없이, 환상적인 사냥이 오랫동안 지속되었어요. … 오늘부터 내 마음의 열쇠를 문 밑에 두고 선하신 하느님의 곁으로 걸어가려구요. …"

그는 그녀를 안심시키고 싶었다. 그러나 그가 어떻게 여성의 알 몸을 거부할 수 있으며, 여인이 뿜어내는 욕망을 어떻게 포기할 수 있을까?

그녀는 그런 것을 알까? 그녀는 말했다. "저는 당신의 아픈 아들의 생명에 대하여 무모하고 신성모독적인 맹세를 하느님께 청했어요."

너무 늦었다.

12월 27일, 위고는 자신이 일하는 피갈 로 55번지 앞 아래층에서 마차가 기다리고 있다는 알 수 없는 목소리를 들었다.

"당신의 아들이…."

'위에는 두건 달린 옷을 걸치고, 바지와 슬리퍼 차림'으로 서둘러 나갔다.

그는 프랑수아-빅토르가 사는 드루오 로 20번지로 갔다. 그곳에서 샤를르의 미망인 알리스가 간병하고 있었다.

방에 들어서자마자 먼저 침대의 커튼이 드리워진 것을 보았고, 마치 기절한 것처럼 안락의자에 앉아있는 알리스가 눈에 들어왔다.

커튼을 제쳤다.

"프랑수아-빅토르는 자고 있는 것 같았다. 나는 부드럽고 따뜻했던 그의 손을 들어 올려 보았다. 그는 막 숨을 거두었다. 그의 숨결이 더 이상 입에서 나오지 않았지만, 그의 영혼만은 얼굴에 있었으니."

"오, 나의 사랑스럽고 사랑하는 프랑수아-빅토르."

마지막 남은 아들의 시신, 꽃으로 둘러싸인 아들의 얼굴을 다시 한 번 보아야 했다.

그는 영구차를 따라 페르-라쉐즈까지 갔다. 묘지가 꽉 찼다. 사람들은 관이 묻힐 임시 구덩이를 팠다.

그리고 프랑수아-빅토르 대해 이야기하는 루이 블랑의 조문을 들어야 했고, 덧붙여 말했다.

"너무나 많은 불행에 휩싸인 저명한 노인에 관해서 말하자면, 그 분에게는 시대의 무게를 끝까지 감당할 힘이 되는, 그 아름다운 구절에다 그것을 적절히 담는 소신이 있습니다."

무덤, 그것은 숭고한 연장延長.

우리는 무덤에 떨어졌다고 믿고 놀라면서 무덤에 합류하네.370

그는 악수해야만 하는, 그에게 내민 수많은 손을 보았다. 그리고 눈물을 흘리는 여성들을 보았을 때, 사방에서 커다란 함성이 들려왔다.

"빅토르 위고 만세! 공화국 만세!"

그는 마차에 탈 때 사람들이 자신을 지지하고 있다는 느낌을 받았다.

그리고 그는 중얼거렸다. '또 꺾이는구나, 내 인생 최고의 골절이다. 내 앞에는 조르주와 쟌느밖에 없구나.'

그는 덧붙였다. '나는 짓눌렸지만, 신앙이 있다. 나는 하느님의 영원한 자아를 믿는 것처럼 인간의 불멸의 자아를 믿는다.'

연말 즈음.

그는 일하고 싶었고, 『93년』의 마지막 부분과, 3권의 마지막 몇 장에 대한 교정쇄를 수정하고 싶었다.

그는 페이지 마다 꼼꼼히 읽었다. 그리고 시간이 가면서 불안은 사라졌다. 12월 31일이었다.

그는 수첩에 기록했다.

"이 끔찍한 해가 저물어간다.

저녁을 마치고 새해 선물로 둘러싸여 기뻐하는 아이들을 재웠다."

제10부
1874-1878

1874

나는 미움 받노니. 왜? 내가 옹호하므로
약자, 패자, 작은 것, 어린아이들을

위고가 몸을 일으켰다. 그는 방에서 더듬거리며 테이블까지 갔다. 그는 머릿속에서 맴도는 박자의 리듬을 반영한 단어를 쓰기 전까지는 마음이 편하지 않다는 것을 잘 알고 있었다. 희미한 불빛 속에서 그의 펜과 잉크병, 종이 뭉치를 찾았다. 그는 떠올랐던 글자를 구분하지 않고 써 버렸다.

그런데 지금 내가 무엇을 해야 좋은가? 죽는 것이다. 371

그는 잠시 테이블에 기대고 있었다. 간밤에 시 구절이 불쑥 떠올라 몸을 뒤척이다가 새해를 맞았다.

잠시 의자에 앉은 채로 엎드려 있었다. 새벽 2시였다. 다시 잠들려 하는 것이 무슨 소용이 있을까?

방에 불을 켰다. 그는 원고가 어둠 속에서 조금씩 드러나는 것을 보았다. 2월 20일 소설이 출간될 예정인 만큼 반드시 수정을 마쳐야 하는 『93년』의 교정본이었다. 그의 인생의 흔적을 시작한 달, 또 다시 그의 생일이 있는 달이었다. 그리고 책이 출간 며칠 후 그는 일흔 두 살이 될 것이다. 그가 막 시작했고 『내 아들들 *Mes fils*』이라고 제목을 붙인 이야기, 그 원고도 있었다.

그리고 그 제목을 다시 읽는 것으로도 그는 마음이 짓눌렸다. 아들들의 얼굴이 앞으로 다가오는 것 같았다.

'나의 샤를르는『무시무시한 해』를 책으로 읽지 않았다. 나의 빅토르는『93년』을 읽지 못했다. 아마도 그들은 저 세상에서 읽고 있을게다.' 그는 혼자 중얼거렸다.

그는 몇 줄을 써 나갔다.

"… 우리는 죽는다, 그리고 죽은 자는 이 세상에 슬퍼하는 자를 남긴다. 참는 것이다. 죽은 자는 앞서 있을 뿐이다. 누구든지 밤이 오는 것은 당연하다. 차례대로 자신의 몫을 받으러 올라가는 것은 당연하다. 특혜는 허울뿐이다. 무덤은 어떤 사람도 빼놓지 않는다."

그는 거울 속에 비친 자신의 모습을 보았다. 노인이었다. 눈은 부어올랐고, 가슴은 뻣뻣해졌다. 그는 시련이 있을 때마다 얼굴이 움푹 패였다는 인상을 받았다. 그는 자신의 몫, 불행의 큰 몫을 가지고 있었다.

아마도 쥘리에트가 방금 그에게 반복하여 말했으리라. "당신의 천재성과 마음의 위대함 때문에 수천 가지 삶의 고난이 커지고 또 늘어난다고 사람들은 말하지요. 하루하루가 위고를 고통으로 이끌어간다고도 말합니다. 당신에게는 하루가 일분이겠지요. 정맥의 맥박 하나하나가 새로운 슬픔을 가져온다고 말할 수도 있습니다."

그러나 그녀 외에 누가 그것에 대해 신경을 쓸까?

그는 사람들이 그가 무엇을 느끼고 있는지 알기를 원했으며, 사람들이 그에게 보이는 관심에 대하여 어떠한 환상도 없다는 것을 알아주길 바랐다! 사람들이 그에게 요구하는 것을 알고 싶고. 사람들이 그에게 줄 것이 무엇인지 알고 싶었다.

그 전날 그는 라파이예트 로 103번지에 사는 리아 달마라는 여성으로부터 한 통의 편지를 받았다. 그녀는 이미 그에게 '순수한 사랑'의 서신을 보냈다. 그는 편지 보는 것을 거절했다. 쥘리에트가 그가 그 서신에 후속 조치를 취하지 않겠다고 약속할 때까지 그를 들볶았다. 그런데 그 낯선 여인은 그가 그녀의 집에 오지 않으면 '내일, 오전 11시에 자살할 것'이라고 써 보냈다.

그는 가지 않을 것이다.

그는 모든 편지에 답장할 수 없었다. 쥘리에트는 감시하는 보호자였다. 그녀는 그가 매달 받는 '신비한' 꽃다발을 불 속에 던졌고, 또 니나 드 칼리아스라는 다른 낯선 사람이 보낸 거대한 라일락과 장미 꽃다발을 되돌려 보냈다!

그녀는 끊임없는 전쟁을 벌였다. 더구나 그녀는 당시 그와 가까운 곳, 클리쉬 로 21번지에 있는 집에 살고 있었다. 그 집은 연초에 막 정착한 곳이었다. 하지만 그녀는 불평했다. 그녀는 3층에 살고 그는 4층에 아이들과 함께 살기 때문이었다! 그래서 그녀는 자신이 '샤를르 부인'이라고 부르는 알리스에게 화를 내었고, '차갑고 이기적인 요구'에 대해, 그리고 위치가 잘못되어 좋은 조언을 못하게 되었다고 불평했다. 그리고 에두아르 록로이가 샤를르의 미망인에게 환심을 사려고 정기적으로 그 집을 어슬렁거리는 것도 사실이었다. 정상 아니었을까? 알리스는 젊은 여성이니 구애를 받는 것이었다. 그러나 쥘리에트는 그것을 이해하지 못하는 것 같았다. 그가 그의 수첩에서 '알바', '사르토리우스'라고 부르는 블랑쉬를 계속 만난다고 예상하면서 늘 질투하는 여자, 쥘리에트. 그는 매일 4륜마차를 타고 그녀의 집에 갔다. 그러면 쥘리에트는 그를 꾸짖고 비난하며, 볼테르를 인용했다.

제 나이에 맞는 정신이 없는 자
그 나이부터 모든 불행이 있나니.

그녀는 분통을 터뜨렸다. 그녀는 그에게 물었다. 그는 왜 예전처럼 주의를 기울이지 않는 걸까? "저는 공격적인 암탉 모양으로 세 가지 물음에 대답하지 않는 것이 더 나아요…. 당신은 모든 여인들에 대하여 한 번 쯤 무감각할 용기가 없기 때문에, 점점 커져만 가는 여자의 생생한 상처에 괴로워하는 것이예요… 당신이 탐욕스러운 암캐처럼 당신 주변을 배회하며, 팬티와 작은 지갑을 가지고 달려드는 모든 여자들을 조금씩 멀리할 것이라고 저는 믿어요."

그는 그녀를 평온하게 해야 했으므로, 쥘리에트를 진정시키기 위하여 '불멸의 여인에게'라고 제목을 붙인 시를 그녀에게 써 보내야만 했다.

무슨 말이오? 당신은, 영광과 후광을, 눈부심과 은혜를,

인정하지 않는 당신, 인정하는 것이 두렵소?372

하지만 그녀는 속지 않았다. 그녀는 그에게 감사를 표하고 슬픔으로 얼룩진 얼굴로 말했다.

"당신이 나에 대한 사랑으로 믿고 있는 거짓된 인간적 존경심을 당신의 마음에서 몰아내도록 허락해 주세요. 그것이 마음속으로는 늙은 여자에 대한 동정일 뿐이지요… 늙은 여자를 젊은 여자로 대체하니까요. 아니라고 말하지 마세요! 내가 그 진실과 정면으로 부딪쳐 나가고 진실에 도전할 용기도 있는데, 당신이 자존심과 자부심과 사랑 때문에 스스로에게 거짓말을 하는 것이 무슨 소용이 있겠어요?"

"나는 조롱이라는 무기만을 사용하는 싸움은 포기할 거예요."라고 그녀는 결론 지어 말했다.

그녀는 이미 그에게 몇 번이나 그 말을 했던가! 그리고 그들은 얼마나 많은 맹세를 주고 받았던가? 그는 그들이 서로 떨어질 수 없고, 다른 모든 것보다 탁월한 사랑으로 결합되어 있다고 확신하지만, 그래도 자신을 바치는 뭇 젊은 여

성들에게 끌리는 것을 방해받지 않는 특별한 사랑이었다.

그는 매일 블랑쉬 만나는 것을 지속하고 싶었다. 쥐디트 고티에를 보고 싶어했다. 쥘리에트는 그가 자신에게는 아무것도 숨기지 않을 것이라고 믿었기 때문인지, 위고는 쥐디트 고티에게 보내는 시를 쥘리에트에게 읽어주었다.

> 영혼이여, 조각상이여, 정신이여, 샛별이여
>
> 미인들 중 미인이여
>
> 당신의 맨발을 볼 사람은
>
> 날개를 볼 것이리라
>
> [⋯]
>
> 당신은 아름다움으로 빛을 발하네
>
> 그것은 당신의 베일
>
> 당신은 대리석
>
> 별이 살고 있는.[373]

또는 그가 쥐디트의 육체 때문에 괴로워하기 때문에, 그는 '니베아 논 프리지다.'*라고 이름을 붙였던 것이었다.

> 그녀는 증명한다네
>
> 순백도 그 여인에게서 앗아갈 수 없다는 것을
>
> 어떠한 도취도, 어떠한 행복도
>
> 어떠한 열정도
>
> [⋯]
>
> 미인은 어디서나

---

* 라틴어 '춥지 않은 눈'.

말을 부드럽게 다루네

그리고 우리는 불이 될 수도 있다네

눈이 된 채로.374

쥘리에트는 듣고 있었고, 그는 그녀의 얼굴에 쓰인 고통을 보고 괴로워했다. 그는 어르고, 위로하고 약속했다. 그리고 말을 이었다.

"내 시대의 정신은 일이어야 하고, 모든 것을 내려놓음, 죽음에 대한 갈망이어야 하오. 난 거기에 맞추려 하오."

진지함과 동시에 감동하면서 전처럼 열정적으로 시구절을 썼다. 그리고 그는 5월에 완성하고 싶은 『내 아들들』의 이야기를 이어갔다.

그는 처음 1,000부를 찍어낸 『93년』운명을 차근차근 따라가고 있었다. 그런데 초판이 매진되었기 때문에 긴급히 다른 판을 인쇄해야 했다. 그는 『무시무시한 해』가 이미 8만 부 이상 팔렸다는 것을 알고 흡족해 했다. 삽화가 들어 있는 판은 9만부를 넘어섰으며, 『93년』을 연재한 「르 라펠」은 수만 부의 판매량 증가를 보였다.

죽음의 유혹과 아주 가까이에, 죽음이 있다는 확신이 깃들어 있었으나 그는 살아 있었다.

'나는 사람들이 여러 번 무너뜨린 숲과 같다, 어린 싹이 점점 더 튼실해지고 생기가 돈다. … 나는 내 모습의 천분의 일을 말했을 뿐이라는 생각이 든다.'고 그는 말했다.

그리고 사람들은 그가 말하는 것을 듣고 있다는 것도 알고 있었다. 그러나 사람들은 그를 이해할까? 비평가들은 받아들이고 싶어도 그럴 수 없는 분별없는 교만함과 무관심으로 『93년』을 평가하고 있었다.

그는 그 책에서 "사람들이 힘을 실어주었다고 믿는 공포로부터 혁명을 해방시키고 싶었다. 이 책에서 나는 '순수함'이 공포의 힘을 제어하게 했다. 나는 이 무서운 숫자 93에 마음을 가라앉히는 빛을 밝히려고 노력했다. 나는 공포를 조성하지 않으며 법을 제정하는 진보를 바랐다."

그리고 사람들은 그 소설에 대해 그것이 코뮌에 대한 사과라고 말하기도 하고, 그 새 책에서 오로지 '왕당파가 한 명 더 있다.'는 것을 찾아내는 사람들이 있었는데, 그것 역시 모두 거짓이었다!

그 시점에 위고가 그 시대의 프랑스와 그렇게 단절되는 것이 가능했을까?

쿠데타 전날인 1851년 12월 1일 이후 처음으로 그가 아카데미 프랑세즈에 갔을 때 원장도 수위도 그를 가만히 놓아두지 않았다! 어떤 사람은 우선 그가 회의실에 들어가는 것을 막았고, 다른 사람은 그의 이름조차 부르지 않았는데, 실수하지 않은 것처럼 그를 본 적이 없다고까지 주장했다!

그것 뿐이었을까? 사람들이 무시하는 사람? 사람들이 싸움을 거는 사람? 그가 불의를 모른 체하지도 않고 폭로하기를 멈추기 싫어서일까? 아직도 총살 당하고 있는 코뮌 참가자들! 그리고 로쉬포르는 모든 약속과 달리 뉴칼레도니아로 추방되었다. 그래서 기부금을 지불해야만 했는데 그것은 그의 도피를 용이하게 해주기 위하여 공개적으로 그렇게 한 것이었다.

"4월 15일에 지불 만기인 아쉐트사의 수표를 당신에게 동봉합니다. 우리 친구 로쉬포르와 관련된 기부금 1,000프랑입니다. 당신 마음대로 쓸 수 있습니다. … 불법이지요. 더 잘된 일입니다. 나쁜 법을 어기는 것은 늘 좋은 것입니다." 그는 기부금을 모으는 에드몽 아담 부인에게 편지를 보냈다.

그는 마침내 로쉬포르와 그의 동료들이 탈출하여 자유를 되찾았다는 사실을 알고 기뻐했다.

하지만 고통, 그리움, 걱정이 계속 그를 괴롭히고 있었고, 기쁨의 순간은 금세 사라졌다. 쥘리에트는 몸도 아프고, 신염으로 고통 받고 있어 고통은 끝이 없었다.

"나는 불쌍한 환자의 양 옆구리를 면실유로 문지르며 간호했다. 나는 그녀가 거의 벌거벗은 것을 보았다. 그런 모습을 보는 것은 오래전부터 없었던 일이었다. 그녀는 여전히 훌륭한 몸매를 가지고 있었다."

그리고 아이들 문제도 있었다. 그는 큰 손자인 조르주의 시신이 페르-라셰즈의 위고 가문 묘지에 묻히기를 원했다. 따라서 브뤼셀에서 발굴을 추진하여 파리에 매장해야만 했다. 그리고 그가 나란히 배치된 그 모든 무덤을 보니 고통이 고조되었다.

조르주와 쟌느가 아플 때마다 걱정이 그를 헤집어 놓았다. 그러면 그는 불안으로 마비되는 것 같았다. 조르주는 정확히 류머티즘의 위험에 영향을 받았다. 의사들도 걱정했다. 그 아이는 심장의 통증을 호소했다. 그리고 죽은 자들보다 더 죽어 있는 아델이 있었다. 그는 그녀가 있는 생-망데를 방문했다. 고통이 너무 심해서 그는 수첩에 단지 몇 줄만 쓸 수 밖에 없었다.

"흔적도 남기고 싶지 않은 감정도 있다. 어제 내 불쌍한 딸을 방문했는데 얼마나 절망했던가!"

아들은 죽고, 산 채로 매장되는 딸, 그가 인생에서 가장 고통스러운 시련 중 하나를 겪고 있다는 것을 누가 신경이나 쓰겠는가?

"우리가 처한 비참한 순간에 사람들이 뒤에서 얼마나 음울하고 비열한 모욕을 하는지 알지도 못한 채, 이 백발의 아비가 시련과 죽음의 길을 걸으면서 대체 무엇을 할 수 있겠는가?"

그는 자신이 정치라는 것 안에 도덕적 문제, 인간적 문제를 도입하려고 한 것을 사람들이 용서하지 않을 것이라고 확신했다. 하지만 그는 자문했다. '오늘 나에게 가장 중요한 것은 무엇일까?'

"사랑하는 아이들아, 나에게는 오직 너희들 뿐이다. 너희들을 축복한다." 그는 조르주와 쟌느에게 편지를 썼다.

아이가 우리를 볼 때, 하느님이 우리를 보살피는 것을 느끼네.

그가 울 때, 나는 천둥소리를 듣네.375

    그리고 그는 피붙이에 대한 사랑이 주위 사람들에 대한 사랑으로 이어진다는 생각이 들었다.

약자들, 패자들, 작은 것들, 어린 아이들

나는 비난받고 있소. 왜? 사랑하기 때문에

독기 없이 말하고, 꿍꿍이 없는 마음이어서

[…]

하늘에서는 하얀, 땅에서는 검은. 나의 길

나는 모든 추방의 바람을 차례로 겪었으니

강한 자, 사악한 자, 나를 대적하는 자들

아래에서, 위에서 나를 무너뜨리려 하는 자들이 한데 뭉치건만

무슨 상관인가! 때로는 요람이 나를 축복하니

슬퍼하는 사람이 나에게 미소짓고, 궁창은 마냥 푸르니

또한 나의 임무를 다하는 것이 곧 권리이니. 하느님께 영광을!376

1875

나는 미쳤도다. 나는 사랑했고 또한 미친 늙은이
할아버지! 뭐? 떠나고 싶어라. 어디로 간단 말인가?

손을 들어, 그는 방금 대충 읽은 신문을 옆으로 밀어놓았다.

신문? 과거에 그는 과격한 왕정주의 신문이라고 말했었다. 사람들은 그러한 그를 비난했다. 그는 1875년 첫 몇 주 동안 출판한 소책자 때문에 비난을 받았다. 거기에서 그는 엑스에 주둔하는 112보병부대 소총수인 블랑이라는 군인을 옹호했기 때문이었다. 그는 '그의 상사를 심하게 모욕했다.'는 이유로 사형을 선고받았다. 그리고 농부인 그 보병이 다음 처형자로 발표되었다. 위고는 다시 한번 분노에 휩싸였다. 어떻게, 그들은 바잰느 원수와 배신자 처형은 하지 않고, 그 군인을 쏘게 되는가? 그는 필요하다면 두고두고 숱한 불의를 폭로할 준비가 되어 있었다.

'나는 바잰느를 위해서도, 블랑을 위해서도 중재했을 것이다!'

그것이 바로 신문에서 그를 모욕하는, 정부가 위고 씨의 압력에 저항할 것을 요구하는, 그 모욕자들이 블랑의 처형을 요구하는 이유였다.

위고는 그러한 비방에 반응하고 싶지도 않았다. 원한다면 창문에 돌을 던져도 되었다. 그런데 사람들은 그렇게 했다.

한 쪽 볼에다 대고 있는 노인네의 손

예전에는 쨍쨍하게 따귀를 치는 소리였거늘

그러나 이제는 영국의 하늘은

나이 일흔하나, 기나긴 망명은 시나브로 이 남자를

차겁게 식혀버렸으니

이제 잠잠히, 개의치 않으리. 알고 있네, 내 자신 무어라 불릴지

고작 능욕하는 자… 377

무슨 소용인가? 결투의 시간은 끝났다. 남은 날들을 죽음에서 한 남자를 구하는데, 그리고 정부가 양보하여 군인의 품위를 떨어뜨리지 않고 군인의 사형선고를 5년형으로 감형시키는데 사용해야만 했다. 그리고 죽음이 밀려오기 전까지는 글을 쓰는데 여생을 보내야만 했다.

정말 죽음은 매일 연속되었다. 불과 며칠 전에 본 처남인 폴 푸셰가 막 죽었다는 것을 알고 슬퍼했다. 그는 역사가이자 철학자인 에드가르 키네의 묘소에서 조사弔辭를 해야 했다. 그와는 자주 대화를 나눴었고, 존경할 만한 사람이었다.

슬픔.

"키네는 하나의 정신이었습니다. 늙음이 아니고, 세월이 흐를수록 더 커져가는 존재 중의 한사람이었습니다."라고 말했다.

그는 그들과 같은 존재이고 싶었다. 그는 그들 중 한 사람. 그리고 그는 끝까지 살아가기를 원했다.

나는 미쳤다. 나는 사랑했고 또한 미친 늙은이다.378

그는 매일 계속하여 블랑쉬를 만났다. 또한 건지섬에서 만난 하녀 오귀스틴 느도 만났다. 그가 모든 원고를 파리로 가져오고 싶어했기 때문에 일주일의 짧은 체류 기간 동안 만났던 오귀스틴느였다.

"오귀스틴느 두 번째 시기. 약간 안 좋음."이라고 적었다. 이어서 "세 번째 시기, 좀 더 적음."이라고 썼다.

그는 파리로 돌아왔고 즉시 그는 작은 아파트에서 블랑쉬를 다시 보았다. 그 지역을 철거하여 다리가 건설될 예정이었기 때문에 그는 아파트를 곧 떠나야 할 상황이었다.

"사토리우스. 집을 허물 것이다. 교량이 완성되었다." 그러나 그는 자신이 수첩에 이름을 쓰고 싶지도 않은 신비한 거리인 '40인의 거인'이라고 부르는 곳에 블랑쉬를 살게 했다.

그리고 블랑쉬 곁에 다른 모든 사람들이 있었다. "알바스트, 200프랑, 마리, 20프랑, 크리메, 170프랑 … 바리아, 230프랑."

때때로 그는 명확히 해 두었다.

"트록. 트램. 아리스토텔레스. 두 곳 모두, 그리고 나 역시"

그는 다시 한번 "아리스토텔레스"라고 썼다. 그가 그렇게 기억하고 싶은 규칙의 계보였다.

"쾌락과 잔인함은 같은 현상"이라고 그는 말했다.

그렇다, "나는 미쳤다. 나는 사랑했고 또한 미친 노인이다."

그는 다시한번 쥘리에트를 위로하려고 애써야 했다. 하지만 그녀가 스스로 절망에 이르는 노년으로 빠져들고 있는 것을 느꼈다. 그녀의 말을 들으며 가슴이 조여오는 것 같았다.

"거의 모든 점에서 저를 잠식한 도덕적 육체적 쇠약함이 당신에게는 적어도 커다란 권태이겠지요. 저는 더 이상 그 쇠약함에 대응할 만한 힘이 없어요.

당신은 틀림없이 오래 전에 그것을 알고 있었을 것입니다. … 어떠한 치료약도 없기 때문에, 제가 쇠약해져 가는 동안에, 당신은 영광과 건강과 힘의 정점에 있었어요. 그리고 당신의 사회적 필요성이 확대되어, 당신과 당신 주변으로 퍼져나가고 있었구요."

그녀는 그가 대답하는 것을 막고 자기 말을 계속 듣도록 요구했다.

"내 위대한 연인, 당신에게 현명하다면 내가 쓸모없는 인간이 되기 전에 나를 대신할 사람을 구하는 것이에요."

그는 한숨이 나왔다. '어떻게든 둘의 삶이 끝날 때까지 함께 걸어가야겠구나.'

그는 직전에 겪은, 더 이상 생각하고 싶지 않은 것으로 그녀를 불안케 하고 싶지 않았다.

6월 30일이었다. 그는 망명 기간에 관한 『행동과 말』의 교정본을 수정했다. 그 책은 5월 출간된 후, 망명 전의 내용을 통합하여 몇 달 안에 선을 보일 셈이었다. 그런데 갑자기 그는 더 이상 기억나는 것이 없다는 느낌이 들었다.

'갑자기 기억이 가물가물해지는 기이한 현상을 겪었다. 그런 현상이 두 시간 동안 지속되었다.'고 말했다.

마치 기억처럼, 생명이 흘러가 버릴 준비를 하는 것을 경고하듯, 그것이 죽음에 대한 첫 번째 경고였을까?

몇 주 후, 그는 죽음이 새로운 신호를 보내고 있는 느낌이 들었다.

그가 4륜 마차 위에 있는데, '마차 지붕 윗자리에서 한 멍청이가 나에게 떨어지는 것을 그대로 내버려 두었다.'

"떨어졌다. 약간의 피해가 있었다. 무릎에 긁힌 자국. 찢어진 바지. 나는 순전히 근육질이라고 믿는 몸의 여기저기에 통증이 왔다."

그는 그 상황에 대해 웃고 싶었다.

'나는 일어나서 뛰듯이 아무런 말도 하지 않고 집으로 돌아왔다. 종교 신문에 내가 죽었다고 알리는 기쁨을 주고 싶지 않았다. … '라고 그는 말했다.

그러나 그는 우연을 믿지 않았다.

"경고였다. 하느님과 우리 천사들에게 감사." 그는 그렇게 적었다

그리고 그는 매일 '사람들이' 그에게 경고하고 있다는 인상을 받았다.

밤마다 그는 다시 노크 소리를 들었다. 새끼들이 딸려 있던 작은 앵무새가 죽었다. 그는 이빨을 하나가 **빠졌다.** 쥘리에트는 그녀를 아프고 지친 상태로 만드는 신장 산통 때문에 크게 충격을 받았다.

죽음이 넘보고 있었다. 죽음이 달려들까?

예측할 필요가 있었다.

그는 사후에 남기게 될 미공개 작품 출판을 위하여, 유언장을 쓰기 시작했다.

"사랑하는 아들들이 없기 때문에 세 친구, 폴 뫼리스, 오귀스트 바크리 그리고 르페브르에게, 나는 이 출판을 지시한다. … 이 작품집의 출판 비용을 보장하기 위해 내 재산에서 100,000 프랑을 떼어놓을 것이고, 약속된 용도로 사용될 것이다. 몸과 마음이 온전한 상태에서 내 손으로 쓰고 행하다."

저녁마다, 그는 일주일에 여러 번 그래왔듯이, 약 10여명 정도의 식객들과 저녁을 먹었다. 회복은 되었지만 몽롱한 듯한 쥘리에트는 길다란 탁자의 앞쪽에 자리하고 있었고, 탁자 둘레에는 루이 블랑, 쥘르 시몽, 강베타, 클레망소, 플로베르, 에드몽 드 공쿠르, 방빌, 그리고 알리스, 가까이에 에두아르 록로이가 앉았다.

사람들은 가스등으로 밝힌 천장이 낮은 식당의 훈훈한 분위기에서 샴페인을 마셨다.

그는 가족과 친구들에게 둘러싸여 있어 기분이 좋았다. 그는 조르주와 쟌느가 잠들더라도 그러한 모임에 함께 있기를 원했다.

저녁 식사가 끝나고 그는 일어나서 천천히 몇 달 동안 사용했던 안경을 썼다.

벽난로에 기대어 자신이 썼던 마지막 구절을 읽기 시작했다. 그의 목소리는 세월이 무색할 정도로 점점 더 분명해지고 있었다.

　우리가 사랑이 우는 것을, 증오가 웃는 것을
　악이 지배하는 것을 보는 한
　정론이 방황하고, 제단은 거짓말을 하고, 네로가 금지하고
　예수가 피를 흘리는 것을 보는 한

　우리에게 무서운 계략을 가진
　왕이, 무신론 교회가 있는 한

　사슬에 묶인 사람들이, 프로메테우스가
　독수리 아래에 있는 한
　[…]
　나는 싸우리라! 내가 겁쟁이라는 것을 아노니
　다른 모습을 갖는,
　나는 내가 나의 과업을 외면하도록 허용하지 않으리
　오 하늘이여!
　[…]
　나는 쉬지 않고 말하고 또 중단없이 또 말하리
　진실을
　나는 파업하는 무명의 천민들 속에 있을 것이다
　광명으로

나는 유령이, 심판관이 되리라, 나의 슬픈 목소리는

메아리가 되리라

그 어떤 것도 대들지 못할 맹렬한 나팔수의 메아리

여리고 성에서… 379

1876

짐승의 얼굴은 끔찍하고, 그 얼굴에서

눈부신 영원한 문제, 무지無知를 느끼네…

그날 아침 위고는 줄곧 조르주와 쟌느를 생각하고 있었다. 그는 새해 전날인 12월 31일, 장난감 꾸러미를 발견했을 때, 아이들의 웃음을 떠올렸다. 그들은 달려가 어머니의 목에 매달렸었다.

내 영혼으로서는 그것은 묘한 감정이었지

여전히 한 여자의 품에 안겨 있는 아이

겨울을 무시하는 꽃, 사탄을 무시하는 천사를 본다는 것이… 380

그는 그들을 위해 글을 썼다. 가까운 시일 내에 그는 아이들이 그에게 영감을 주었던 모든 시를 모을 것이고 그래야만 했다. 그는 그들을 관찰할 때 무한하기도 하고 걱정스럽기도 한 행복을 느꼈다. 그는 죽은 아들들, 어쩌다 볼 수 있는 아델을 생각했는데, 산송장을 어떻게 해야 할까?

그는 줄리에트에게 털어 놓았다.

"여전히 같은 상태요. 아델은 내가 자기를 데리고 나가기를 바라오, 아아! 우리를 볼 때 우리는 둘 다 몸이 성하지 않은 상태요."라고 그가 말했다

다행스럽게도, 조르주와 쟌느의 웃음과 기쁨이 있었다. 그들과 함께 그는 '할아버지 노릇하는 법'을 배웠다. 그는 아이들을 플랑트 정원으로 데리고 갔다. 그곳에서 때때로 그는 마리 메르시에를 알아보았고, 다시 만났다. 또한 그를 기다리는 블랑쉬를 만났고, 조르주와 쟌느를 클리쉬 로에 다시 데려다 준 후 다시 블랑쉬에게 돌아올 것이다.

언어, 여자, 사랑, 그들의 몸, 아이들, 거기에 떨림이 있고, 삶의 비밀이 있었다. 위고의 신비.

그는 손자에게 속삭였다.

내 사랑스러운 조르주, 동물원을 보러 가자
무엇이든, 뷔퐁의 집이든, 서커스든, 어디든 상관없지
루테스를 떠나지 않고 아시리로 가자
그리고 파리를 떠나지 않고 통북투*로 가자꾸나··· 381

쟌느에게도 말했다.

나도 동물을 사랑한다는 것을 너에게 숨기지 않으마.
그것은 너를 즐겁게 하고, 나에게 교훈을 주지, 느낄 수 있어
그 야생의 머리 속에 있는 것은 아무것도 아니라는 것을
하느님은 흔들리는 거대한 숲에 명암을 넣은 것이라는 것을··· 382

그들을 놀라게 하지 않으면서 자신이 생각하는 것을 어떻게 이해시킬 것인가?

---

* Tomboutou. 아프리카 말리(Mali)의 도시.

짐승의 얼굴은 끔찍하고, 그 얼굴에서

눈부신 영원한 문제, 무지無知를 느끼네…

[…]

소란하고, 목이 쉰, 광란의 괴물은 자유롭지 못하구나

오 놀라워라! 이 묘한 균형은 무엇일까

화려함과 공포로 이루어진 우주

사탄이 저편에 있는 여호와가 다스리는 곳… 383

그는 아이들을 클리쉬 로로 데려가 종종 알리스와 쥘리에트 사이의 평화를
회복해야 했다.

쥘리에트는 집의 관리 직분을 맡았다. 초대한 열 명 정도의 손님들과 저녁
식사가 이어졌는데 모두 생기넘치는 대식가들이었다. 샴페인, 생선이나 랍스
터를 곁들인 앙트레, 설익힌 쇠고기 구이, 치즈와 디저트를 대접했는데 아이스
크림은 자주 제공해야 했다.

"저는 별거 아닌 일에 손이 많이 가요. 제가 아무리 용기와 정성을 다해 접대
한들 뭣해요. 사랑의 증표를 당신에게 주지 않으면 하루를 마치면서도 좋은 의
미를 얻지 못하지요!" 쥘리에트는 말했다.

그녀에게는 매일 먹여 살리는 다섯 명의 주인과 다섯 명의 하인이 있었고 상
시 초대객과 수시로 있는 저녁식사 인원이 있었다.

"저는 당신 집의 질서를 바꿔야 할 절실한 필요성을 느끼고 있어요. 저는 그
질서에서 사임할 준비가 되어 있어요… 당신이 저를 건지섬 혹 다른 곳에서 나
의 여생을 마치도록 보내주기를 간절히 부탁해요. 그곳에서는 당신의 집을 침
울하게 하거나 거북하게 하지 않고 당신을 숭배할 권리가 있을 것 같아요. …"

그러나 그는 그러한 문장, 그러한 소원이 단지 불평이나 탄식, 또는 거의 의

례적임을 알고 다시 한 번 강조했다.

"모든 것이 잘되고 있소. 나는 일하고 있고. 당신은 나의 영원한 사랑이오."

그녀는 조용히 있었다. 결국 그는 트론 광장, 바티뇰 또는 플랑트 정원으로 가는 옴니버스인 트램을 탈 수 있었다. 그는 블랑쉬 또는 마리 메르시에를 다시 찾았다. 그리고 이것들은 욕망의 같은 게임, 시간의 망각이었다. 그는 둘에 대가를 지불했다. 그리고 그녀들을 제외하고 그가 보는 모든 여자들에게도 지불했다. 그는 자신의 수첩에 기록했다. "J. E. 키스, 쇼세 당틴 77번지."

그리고 그녀들을 사랑했다는 것을 상기시키는 여성들에게 돈을 지불해야 했다. "리볼리 가 182번지에 사는 도네 부인이 나에게 대출을 요청했다. 나는 그녀에게 2천 프랑을 기부했다. 즉시 보냄."

그것을 줄리에트에게 숨기는 데 성공해야 했다. 그런데 사실 그녀는 속았을까? 그녀는 건지섬 생활을 되찾고 싶어했다. 그녀는 그가 여전히 정치에 참여하려는 유혹을 받는 것을 유감스럽게 생각했다. 하지만 사람들은 그를 부추겼다.

클레망소는 파리 시의회에서 상원의원 선거 후보자로 위고를 지명했다고 알려왔다. 그는 주저 없이 수락했다. 자신이 국가의 발전에 영향을 미치고, 자신의 유명세와 과거경험이 공화국에 봉사할 수 있을 것이라는 생각을 갖고 있었기 때문이다.

공화국이 살아남기 위해서는 작년에 공화국을 헌법적으로 확립하는 왈롱 수정안을 다수결로 통과시킨 것만으로는 충분하지 않았다! 막-마옹은 여전히 공화국이 수장, 의회 의장으로 공화당의 쥘르 시몽을 선택하는데 제약을 받을 지언정, 모든 것은 그가 공화국에 대한 도전을 포기하지 않았음을 보여주는 것이었다.

행동해야만 했다.

"우리 다같이 망상에서 벗어납시다. 용감함을 받아들입시다. 용감함, 그것이 바로 공화국입니다!" 위고는 일갈했다.

투표가 진행되었다. 그는 결과가 불확실하다고 예상했다. 그리고 실제로 그는 선출된 처음 세 명에는 포함되지도 않았다. 그러나 상원이 위치한 뤽상부르 궁전 근처의 거리에서 군중들은 그를 환호했다. '빅토르 위고 만세!' 그는 그러한 성급한 열망에서 벗어나고 싶었다. 두 번째 차례가 남아 있었다. 그는 게이 뤼삭 로에 있는 호텔에 잠시 피해 있었다. 그곳에서 상원으로 돌아갔을 때 그는 안내원이 자신을 환영하는 것에 놀랐으며, 안내원은 마차에서 내리는 것을 도우며 그에게 말했다.

"조심하세요, 의원님."

그렇게 그는 선출되었다! 그러나 가까스로 209명의 유권자 중 115명의 표로 당선된 것이다. 역시 후보였던 루이 블랑은 패배했다.

위고는 뤽상부르 홀의 문턱 위에서 잠시 멈추었다.

'나는 1848년 2월 25일 이후로 그 홀을 본 적이 없었다. 당시 나는 프랑스 의원이었다. 오늘 난 상원으로 돌아왔다.'

그가 베르사이유에서 열린 첫 번째 회의에 참석했을 때 그는 단 한 가지 강박에 사로잡혔다. 계속해서 재판을 받고 추방된 파리코뮌 가담자들에 대한 사면법을 통과시키는 것이었다.

그는 자신이 받은 눈물로 얼룩진 편지에 대하여 반응을 하고 싶은 것이었다.

그는 뉴칼레도니아로 수감된 죄수들의 출발을 지연시키기 위해 막-마옹과 접촉하였지만 헛수고였다. 위고는 그가 5월 22일에 변호하는 사면 법안에 대해 상원이 표명할 때까지 기다려야 한다고 끈질기게 주장했다.

"사면을 요청합니다. 온갖 상처를 봉합해야 합니다. 모든 증오는 소멸되어야 합니다."라고 말로 시작했다.

1871년 3월 18일의 코뮌반군에 대해 무자비한 반면, 처벌은 커녕 오히려 영광스럽게 된 12월 2일의 쿠데타를 생각해 보니 그는 분노가 치밀어 올랐다.

"무능으로 인한 반역과 공화국의 몰락에 따른 전복으로 스당 전투가 12월 2일을 완료한 후에, 범죄의 주모자는 침대에서 사망했습니다. … 이렇게 해서 20년 간격으로, 3월 18일과 12월 2일에 두 번의 반란을 보면, 위로부터 한 사람이 통치하는 지역에서 두 가지 행동 방침이 있었습니다. 즉 민중에 대해선 아주 엄격했고, 황제 앞에서는 아주 저자세를 취하였다는 것입니다. 이제는 두 개의 무게, 두 개의 기준이라는 수치심을 포기해야 할 때입니다. 3월 18일의 행동에 대하여 완전하고도 완벽한 사면을 요청합니다."

그는 대다수의 상원의원이 얼어붙은 반면 극좌파 의원들은 박수를 치는 것을 보았다. 투표가 이루어졌다. 그의 제안은 단 10표만 얻었을 뿐이었다!

더 나쁜 것이 있었다. 강베타가 사면을 규탄하고, 제국 아래 망명중인 공화파는 프랑스에 아무것도 한 일이 없다고 주장하리라고는 예견하지 못했다. 그리고 어떻게 스스로 표적이 되고 있음을 느끼지 못하랴!

슬픈 일이었다. 실망스러웠다.

그는 그를 위로하려는 쥘리에트의 말을 들었다.

"가엾은 내 사랑, 당신은 정치적 악순환에 사로잡혀 있어요. 즉, 모든 자유의 억압 속에 있는 것이지요. 잠시의 휴식과 단 일 분의 평정이 절실하건만… 절망적이네요. …"

왜 모든 것이 이래야 하나?

'상원의 사나운 바보들'은 사면을 거부했다.

"확실히, 대중이 투표할 수 있었다면 처음부터 사면이 선포되었을 것이고, 그렇게 관대하고 당당하게 사면을 요구했기 때문에 당신이 승리했을 거예요"

라고 그녀는 덧붙였다.

민중은 말할 권리가 없었다.

그러므로 상원의원들을 비난해야 했다. 그는 펜을 집었다.

예전에 풍랑과 안개 속에서 길을 잃은 추방자가

냉혹한 노인들 사이에 나타났소

그들은 나무 밑의 풀처럼 떨고 있었소

그의 숨소리는 무시무시했고, 그들을 모두 대리석으로 만들었소

그는 그들 위를 걷는 것만으로도 그들을 겁먹게 만들었소.

어둠의 통로를 채운 사람들,

그리고 그들 중 많은 사람들이 오래된 범죄에 휘둘렸고

바닥에서 암울한 태도를 유지하고 있었소

그 시선에 사로잡혔다고 느낀 창백한 사람들

그들은 더 이상 감히 초라한 이마를 들어 올리지도 못했소

[…]

몸짓 하나 소음 하나 없이 어둠 속에서 그런 일이 일어날 것이오

허무의 악령, 밤의 형상이

안개와 꿈으로 옷을 입고 앉아 있고

한 유령이 조각상에게 말을 붙이러 올 것이오. 384

그는 자신을 둘러싼 실패, 맹목적인 이기심, 편협함에 슬퍼했다. 그는 『행동과 말』 3권의 출간에 거의 무관심했다. 역사와 사회라는 게임 속에서 무엇이 그를 놀라게 할 수 있을까? 그는 모든 것을 보았고 모든 것을 겪은 듯 했다.

그에게는 여자의 몸이 주는 꺼지지 않는 감정이 남아있었다.

정신을 느끼는 육신,

비옥하게 하는 배와 영양을 공급하는 가슴

공포와 매력으로 가득 찬 신비.385

쓰는 것 역시, 멈추지 않았다.

그는 마치 육체와 단어가 서로를 먹여 살리는 것처럼 블랑쉬 혹은 마리 메르시에의 침실과 작업 테이블을 오갔다.

그는 그의 작품에서 "책은 숲 속에 있는 나무들처럼 뒤섞여 있다."고 말하였으며, 여자들에게도 똑같이 말할 수 있었다.

그런데 그에게는 단어의 종말과 육체적 쾌락의 종말이 곧 다가오는 듯했다.

"우리는 천국에 접근하고 있다오. 우리는 점점 더 영혼이 되어가고 있소. 우리에게 육체의 심장은 신비한 빛의 심장으로 대체되고 있다오." 쥘리에트에게 속삭였다.

그것도 그를 달래지는 못했다.

"지난 밤, 다섯 번이나 세게, 황급히 두드리는 소리. 그것은 새벽 2시경에 지팡이를 다섯 번 치는 소리 같았다. 잠시 후 반쯤 잠이 들었을 때, 나에게 이런 목소리가 들리는 듯했다. "우선 당장!" 하지만 그것은 '죽음'이란 말처럼 들렸다."

1877

잔느는 마른 빵을 든 채 어두운 방에 있었네.

하찮은 잘못 때문에…

위고는 연초에 막 펼친 수첩의 첫 페이지에 글을 쓰다가 머뭇거렸다.

그는 사람들이 페이지를 넘겨가면서 그러한 표시들, 모호한 표기들, 블랑쉬, 마리 메르시에, 다른 모든 여성들, 사라 베르나르트, 쥐디트 고티에 그리고 우연히 만난 소녀들과의 은밀한 만남에서 남기고 싶은 흔적들을 발견할 것이라고 상상했다.

그는 모든 사람이 비난하는 그런 사랑에 대해 언급하는 것을 포기하고 싶지 않았다. 쥘리에트는 병이 깊어질 때조차 질투했고, 알리스는 때때로 경멸하고 분개하였으며, 상노인이 여전히 여자들을 만나고 사랑하려고 젊은 여성에게 돈을 쓰고 있다고 상상하여 모두가 부끄러워하고 걱정을 했다.

다른 원고들처럼, 그가 남기고자 하는 그 수첩을 읽어보게 될 사람들이 그의 비밀을 알아챌 수 있을까?

그는 그들을 새로운 미로로 인도할 것이다. 그는 더 깊은 방을 파고, 그 방으로 이어지는 복도 앞에 블록을 쌓을 것이다.

그는 페이지 상단에 빠르게 글을 썼다.

"나는 여기에 내가 20년 동안 매일 써온 동일한 장르의 모든 작은 목록으로서 기록해 놓는다. 수수께끼처럼 보이는 특정 언급예를 들자면 에르베르트, T.17, 사르토리우스, 아리스토텔레스, 투리스 알베르나, 칼리토 몽테, 40명의 거인, C.R. 등은 나에게 단순히 참고점이며, 내가 이 수첩에 글을 쓰는 시점에 내가 작업하고 있는 작품을 오로지 나만 이해할 수 있는 형태로 표시한 것이다."

그는 갑자기 자신에게 새로운 자유를 준 것처럼 행복한 기분을 느꼈다. 그는 자신을 노쇠함 속에 가두어 놓으려는 사람들을 비웃고 있다는 느낌이 들었다. 그는 며칠 후면 자신이 일흔 다섯 살이 된다는 것도 아주 잘 알고 있었다.

나는 늙었도다, 하지만, 오! 로리에-로즈,

오! 백합, 내 늙음은 결코 막지 못하리니

온갖 부드러운 것들을

온갖 신선한 매력들을…

[…]

나는 늙었도다. 하지만, 내가 만일 사랑한다면

아무것도 후회할 것 없으리

꿀벌은 변함없이 같은 길 가노니

복숭아꽃을 유혹하기 위함이어라

[…]

자연은 광대한 침실이니

모든 것은 그리하여 소멸하고

모든 것은 그리하여 구원하며

큐피드, 그는 노련한 아이이어라

[…]

우리는 모두 영혼의 속삭임을 듣노니

모든 어둠은 거대한 전율

> 나는 여전히 그 아리아를 알고 있으니, 숙녀들이여
>
> 내가 만일 그 노래를 더 이상 알 수 없다면… 386

그는 계속 콧노래를 흥얼거릴 것이다. 왜냐하면 그것이 삶의 후렴이기 때문이었다. 그리고 그가 없으면, 일이 없으면, 인생은 더 이상 어떠한 강물도 흐르지 않는 자갈 침대에 불과할 것이다. 그리고 그는 자신의 삶에서는 모든 것이 연결되어 있다는 느낌을 받았다. 어떻게 사랑하고 어떻게 글을 쓰는가하는 것은 그의 운명에서 뗄 수 없는 양면이었다.

'나는 하루 종일 일하는 데 익숙하다. 내 나이에 낭비할 시간은 없다. …'

그렇기 때문에 사람들은 그를 찬양했고, 그를 찬미했다.

2월 26일, 그의 일흔다섯 번째 생일날, 그는 『여러 세기의 전설』의 새로운 시리즈를 출판하지 않았던가? 모두들 그를 기리기 위해 잔을 들었다. 쟌느가 말하였고, 위고는 감동했다.

> 가장 작은 내가
>
> 가장 큰 잔으로 마시네.

집은 손님으로 가득 차고 꽃다발은 쌓여갔다. 그리고 그는 사람들이 그에게 바라는 바에 응답했다.

"내가 싸움을 멈추는 날, 그날은 내가 삶을 멈추는 날이 될 것입니다."

그러나 그는 '사랑하다.'란 동사를 사용할 수 있을 것이며, 가까운 사람들이 아마도 혐오스러워서 고개를 돌리는 것을 보게 될 참이었다.

그래서, 그는 오후마다 빠져나와서 트론의 에트왈 광장 노선의 트램 플랫폼에서 혹은 바티뇰에서 플랑트 정원까지 데려다주는 옴니버스에서, 그 해 연말까지 운전사와 마부에게 500프랑을 선물로 줄 것이며, 회사 이사회 의장에게 말을 걸 생각을 했다. 그 여정은 한 바퀴를 돌 때마다 그를 노년에서 멀어지게 하고, 젊음의 샘과 같은 여성들의 몸에 더 가까이 데려가는 여행이기 때문이었다.

사람들은 그가 그렇게 살지 않도록 하고 싶어했다. 한 노인에게서 모든 것을 제거하고 싶어했다. 에두아르 록로이와 결혼하기로 결정한 알리스도 그 기회에 조르주와 쟌느의 후견인으로서의 역할을 위고에게서 **빼앗아** 자신이 소유하고 록로이를 공동 후견인으로 만들려는 시도까지 했다.

"나는 반대하여 외쳤다. 그렇게 내가 사라질 수도 있다. 내 안에 있는 샤를르가 사라질 수도 있다. 내가 살아있어도 록로이가 우리를 대신하겠지. 조르주와 쟌느는 낯선 사람의 소유가 되겠지! 안될 일! 절대로 안 돼!"

그는 그런 의도를 모욕과 공격으로 느꼈다.

어떻게 할까! 그는 알리스에게 지불하는 연간 12,000프랑의 연금을 유지하고, 자녀 교육을 위해 3,000프랑까지 인상하기로 결정했다. 그는 록로이와의 결합을 축복했지만, 허풍떨고, 가식적이며 때로는 적대적인 그 남자에 대해서는 동정심도 거의 없었다. 그는 심지어 빅토르 위고의 이름과 이름이 의미하는 모든 것이 결혼 청첩장에 나타내는 것을 수용했는데, 위고에게서 그의 손주들을 **빼앗고** 싶었던 걸까?

"불가능한 일! 절대로 안 돼!"

그는 알리스에게 편지를 썼다. 그는 물러서지 않을 것이고. 그녀도 그것을 알아야 했다.

그녀는 방에 들어가 울고, 그를 팔로 감싸 안았다. 그 다음에 록로이가 들어갔다.

사건이 종결되었다. 결혼식은 4월 3일 거행될 예정이었다. 군중들의 왔다. 그는 '빅토르 위고 만세!'라고 외치는 소리를 들었다. 그리고 그는 조르주와 쟌느, 알리스와 록로이를 만나러 가야만 했다. 그들은 며칠간 미디에 체류할 예정이었다.

그들이 클리쉬 로에 있는 집을 나서는 순간 그는 자신이 미끄러지는 것을 느꼈다. 땅에 넘어졌다. 그는 빨리 일어났다. 손상은 없었다. 왼손 새끼손가락에 긁힌 자국 뿐.

하지만 이런 낙상은 무슨 징조인가?

그는 그것을 잊고 일하고 싶었다. 그는 조르주와 쟌느를 위하여 썼던 시와, 이 아이들과의 대화를 매일 매일 수집했다. 그는 『할아버지 노릇 하는 법』이라는 제목으로 생각하는 모음집이 5월에 빨리 출판되기를 원했다. 손주들과 결속된 유대의 증거를 남기는 것처럼, 마치 손자들이 말하는 것을 듣는 것처럼, 자신의 구절을 아이들의 목소리에 맞추었고, 아이들의 놀이, 아이들의 슬픔을 이야기했기 때문이었다.

> 쟌느는 마른 빵을 든 채 어두운 방에 있었네
> 하찮은 잘못 때문에, 그리고 할 것도 못하고
> 나는 완전히 배반한 무법자를 만나러 갔네
> 어둠속에서 잼 한 병을 그에게 흘려보냈네
> 법 위반이었지. 내 도시에서,
> 사회의 구원에 근거를 둔 사람들은
> 화를 냈네, 그런데 쟌느가 부드러운 목소리로 말했네
> 더 이상 내 엄지 손가락으로 코를 만지지 않을 거야… 387

그는 책이 출간된 이후 거둔 성공에 대만족했다. 지나가던 행인들이 그를 알아보고, 쟌느와 조르주가 떠오른다는 말을 들었다. 그래서 자신이 아이들에

게 줄 수 있는 유일한 것을 두 손주들에게 준 것 같았다.

그는 죽어서도 아이들과 함께 있을 것이며, 그들의 이름은 책과 모든 독자의 기억 속에 영원히 연결될 것이다.

그는 그가 쓴 것에서 비롯된, 자신에게서 분출된 삶에 매료되었고 두려워했다. 또한 하느님이 그에게 위임하신 능력 때문에도.

"어제 저녁, 의사 코낭사브롱로, 파시은 알 수 없는 병에 걸린 스물두 살의 어린 소녀를 데려왔다. 그녀는 5년 전부터 동안 잠을 자지 못했다. 한 시간도 자지 않았다. 그녀는 내 책을 읽는 데 시간을 보냈으며, 내가 쓴 모든 것을 외우고 있었다. 의사는 내가 그녀에게 미치는 영향을 믿었기 때문에, 그녀에게 잠을 자라고 명령하길 요청했다. 나는 그렇게 했다."

그는 그녀가 멀어져 가는 것을 지켜보았다. 그는 자신의 온 가족을 위해 매일 밤 기도하는 것처럼 그녀를 위해 기도할 것이다. 간혹 일종의 신랄함 같은 고통이 그녀의 목소리와 외모조차 왜곡시키는 것처럼 보이기도 한 쥘리에트를 위해서도 기도할 것이다.

그녀는 그에게 편지를 썼다. "나는 당신이 일하도록 지켜볼게요. 나는 당신이 며칠 동안 즐기던 소소한 봄날의 우연에 완전히 당신을 맡기는 것이 더 좋아요… 나는 깊고도 어리석은 타성에 사로잡힌 느낌이 들어요. 다행히도 당신은 그것을 눈치 채지 못할 권리도 있어요. 지금부터 오늘 밤 지루함에서 벗어나는 시간을, 규칙에서 요구하는 틀에 박힌 모든 기쁨에 관해 저를 준비하는 시간을 갖고 싶어요. 오늘 저녁에 만나요, 기쁘고, 즐겁고, 기분이 좋아요"

그러나 그날 저녁 클리시 로에 있는 집의 거실에 그가 들어섰을 때, 심각하고 근심에 찬 사람들만 보였다.

공화국 대통령인 막-마옹은 5월 16일, 쥘르 시몽을 해임했다. 사람들은 막-

마옹의 편지를 읽었다.

"거의 쿠데타야. 군인의 편지로군." 위고가 말했다.

그는 현기증을 느꼈다. 삶의 끝자락, 역사가 다시 시작되는 것인가? 또 한번의 12월 2일인가?

그는 더 이상 프랑스를 떠나지 않을 것이다.

'나는 뭔가 준비되고 있는 것처럼 보이는 상황에 직면하여, 내 원고를 안전하게 보관하기로 결정했다. 목숨을 걸면 임무를 완수할 수 있기 때문에 나는 내 자아를 위해 그 반대로 할 것이다.'

그는 매일 상원으로 갔다. 그는 쥘 시몽의 해임과 대통령의 하원 해산 결정에 항의하는 발언을 하기 위해서였다.

"노인이란 경고하는 사람입니다. 나는 충성에 대한 믿음보다 더 나은 것을 요구하지 않습니다. 그러나, 우리는 이미 충성을 믿었다는 것을 기억합니다. 나는 나를 걱정스럽게 만드는 공통점을 알고 있습니다. … 당신은 모험을 시작하려 하고 있습니다. 돌아온 사람의 말을 들으시오. … 저는 이러한 파국에 반대합니다. 해산을 거부합니다."

그러나 해산안은 승인되었다. 그래서 그는 싸워야만 했고, 입법 선거 운동을 주도하면서 막-마옹이 굴복하거나 사임해야 한다고 주장하는 강베타를 지지해야 했다.

그는 강베타가 징역 3개월을 선고받았다는 사실을 알고 격분했다. 그 권력을 받아들여서는 안 되며, 따라서 '프랑스의 으뜸가는 군대는 심연深淵'이기 때문에 맞서 싸워야 했다.

막 세상을 떠난 티에르에게 공물 바치는 데에 조차 참여하며, 모든 수단을 동원해야 했다. 그는 공화당원이었으니까! 그는 강베타에게 다가가서 말했다. "당신이 크게 될 수 있다면, 그들의 집요함이 당신을 키워줄 것이오. 당신이 설득력있는 것만큼이나 이 정부는 어리석소. 얼마나 잘된 일이요!"

그가 12월 2일을 기억해 볼 때 1877년 가을에 일어나고 있는 일은 어설픈 희극에 불과하다고 생각했다. 하지만 여전히 위험했다. 그래서 멈추어야 했다.

그는 아직 출판된 적이 없는 『어떤 범죄 이야기』의 교정본을 서둘러 다시 읽어 보았다.

'이 책은 사실 그 이상의 것이다. 시급하다. 나는 그 책을 출판해야 한다.' 하고 그가 말했다.

그 작업이 선거 운동의 일부여야 하기 때문에, 그는 마지막 페이지를 수정하기 위해 새벽까지 일했다.

그리고 선거 7일 전인 10월 7일, 발행일 아침에 출판사 칼만-레비가 그에게 만 부가 팔렸다고 말했을 때 그는 기뻐 어쩔 줄을 몰랐다. 7만 부를 판매하는 데 4일밖에 걸리지 않았다. 하루에 만 부를 팔면 인쇄가 충분하지 않았다!

따라서 그는 싸움의 중심에 있었고, 막-마옹이 지명한 브로글리 의회 의장의 사임을 이끌어낸 공화주의 투표에 참여하게 되어 기뻤다. 브로글리는 굴복하여 사임하는 것 외에는 달리 방법이 없었다.

그는 공화국이 바로 섰다는 생각이 들었다. 그는 막-마옹의 후임 후보인 쥘르 그레비를 위해 선거운동을 하고 있는데, 그에게는 완전무결한 시대에 들어온 것 같았다.

브라질의 황제가 클리쉬 로에 오기로 되어 있었다. 그래서 그는 조르주에게 말했다. "여기에는 단 한 분의 폐하가 있지. 바로 빅토르 위고란다."

11월 21일 『에르나니』 재상연의 첫 공연이 끝날 때 그가 방에 서 있었는데, 그곳에 조르주와 쥘리에트가 가까이 있어서 매우 기뻤다.

"멋진 저녁이야! 멋진 저녁이야! 멋진 저녁이야! 누군가는 그 만장일치 박수로 모든 손들이 하나로 모아졌다고 말했을 거예요. 누군가는 모든 사람들의 이마 위에서 당신의 눈부신 천재성을 발산하는 것을 보았다고 하며, 어떤 사람들은 당신의 신성하고 숭고한 시에서 나오는 경이로움을 경배하며 반복하는 영혼의 무한한 합창을 들었다고 말했을 거예요." 그녀는 환호를 했다.

그는 홀로 여왕의 역할을 맡은 사라 베르나르트가 있는 무대 뒷방으로 찾아갔다. 그는 그녀의 손을 잡았다. 간혹 그가 밀착했던 그 육체를 기억해 냈다.

12월 11일 그는 그랜드 호텔에서 기자와 배우들을 위한 만찬을 열었다. 모든 언론은 『에르나니』를 환영했다. "영광의 배우들에게 감사를 전합시다."

그는 사라 베르나르트의 왼쪽에 앉았다. 정면에는 조르주가 앉기를 원했다. 언젠가 그가 그날 저녁파티를 기억하기 위해서였다.

그는 일어섰다. 그는 외쳤다. "그렇습니다. 예술은 조국입니다."

그는 사라 베르나르트에게로 향했다.

"당신은 자신에게 여왕의 왕관을 씌웠소, 두 번 여왕이오, 아름다움으로 여왕, 재능으로 여왕."

그는 몸을 굽혔다. 그는 사라의 손에 키스하며 속삭였다.

"감사하오, 부인"

그가 몇 살이었던가? 일흔다섯을 넘길 수는 있을까? 믿을 수 없었다.

그는 자정이 지나서 클리쉬 로에 있는 집으로 데려다 주는 마차 안에서 에밀 드 지라르에게 털어놓았다.

"나는 무장해제되어 있지 않다네. 보통 산다는 것, 특히 살았다는 것은 식어 가는 것이라네. 나는 안 그래. 죽음이 다가와도 무관심하지. 노인들은 자신이 수용소에 불과하다고 생각한다네. 난 그런 온순한 노인이 아니지. 나는 여전히 분노하고 과격하지. 나는 소리지르고, 화를 내고 울기도 하지. … 난 스스로 누그러뜨리지 않을 걸세!"

1878

내가 왜 딴 일을 하고 있는지 몰라

산비둘기 쉬고 있는 나무 아래서 꿈꾸는 일 말고…

1월의 며칠 동안, 위고는 더 이상 외로움을 견디기 어렵다는 느낌을 받았다. 주변에 가족이 있어야 할 필요성을 절감했다. 그는 쟌느와 조르주를 보고 싶어 했다. 다행히 저녁마다 쥘리에트, 알리스 그리고 아이들을 지치게 했던 저녁식사, 친구들이 있다는 사실에 안심이 되었다. 종종 적대적이었던 에두아르 록로이의 존재조차도 용납했다. 록로이는 적당한 나이가 넘으면 여자에게 시선을 던지거나 하인이나 요리사를 추근대거나 매일 오후 알지도 못하는 누군가를 찾아 외출을 해서는 안 된다고 툴툴거렸다!

학교 선생님이 되다시피 한 쥘리에트의 조언, 그녀는 우편 배달부를 염탐하고, 편지의 출처를 알려고 하고, 답장에 대해서도 불안해 하고 있었다.

그녀는 그가 보낼 모든 편지를 그녀에게 맡기진 않을 거라고 생각했다. …

"… 당신이 쟌느 에슬러 양에게 몰래 쓴 편지가 증거예요." 그녀가 말했다. "왜냐구요? … 남자는 늘 항상 불성실한 상태에 있기 때문이지요. 현재든 과거든, 생각이든 말이든 행동이든지…."

그녀는 그를 짜증나게 하지만 그가 늘 뒤풀이하던 선포 그 이상 더 원하는 것이 그녀에게 무엇이 있겠는가? '나는 당신을 경배하오, 난 당신 속에 살고 있

소. 사랑합시다. 당신에게 키스를 보내오. 난 당신을 축복하오, 영원히.'

그가 그녀의 말대로 살도록 해 줄 수는 없을까?

> 내가 왜 딴 일을 하고 있는지 몰라
>
> 산비둘기 쉬고 있는 나무 아래서 꿈꾸는 일 말고…
>
> […]
>
> 소녀들이 샘으로 씻으러 갈 때
>
> 그녀들은 내 먼 노래에 귀 기울이네… 388

하지만 그는 쥘리에트를 탓하지 않았다. 그녀 없이는 살 수 없었다. 그 점을 그녀에게 수없이 말했다. 그리고 그녀를 보호하고 싶었다. 그는 종신 연금으로 12,000프랑을 상속한다고 말했다.

하지만 그녀가 원하는 것을 맞춰 줄 방법은 없었다!

그가 그녀의 말을 듣는다면 그는 세상과 건지섬 여자들에게서 멀리 떨어져야 할 것이다! 그리고는 계속해서 자신의 목소리를 내고 싶어했다.

그는 클리쉬 로의 저녁모임을 좋아했다. 그는 쥘르 시몽에게 말했다.

"그렇소, 당신처럼, 나는 큰 위기가 끝났으며 공화당 상원이 무거운 혁명의 문을 이중으로 잠글 것이라고 믿습니다. 우리는 진정한 정치, 행복한 정치, 당신의 정치로 돌아갈 것입니다. …"

종교적 반대, 성직주의와 싸우는 것이 남아 있었다. 그리고 봄에, 그는 몇 년 동안 그 주제에 관해 쓴 시들을 모아 놓은 책 『교황』을 출판하기로 결정했다. 그는 레오 13세가 계승한 비오 9세가 사망한 2월과 볼테르 탄생 100주년이 되는 5월 30일 사이의 시점을 잘 선택했다고 판단했다. 그는 그 목적을 위해 설립된 위원회 의장과 취임 연설에 동의했다.

그는 볼테르의 용기에 경의를 표하고 싶었다. 그리고 말하고 싶었다. "오로지 볼테르만이 이 거대하고 끔찍한 세계에 대하여, 모든 사회적 불평등의 연합체에 대해 전쟁을 선포했습니다. 또한 전쟁을 수락했습니다. 그런데 그의 무기는 무엇이었습니까? 바람의 가벼움과 번개의 힘을 지닌 그것, 바로 펜이었습니다."

그는 자신의 삶, 자신의 종말을 상상했다. 교회의 적수인 칼라스와 라 바르 사람들의 마지막 메아리처럼.

그대는 볼테르처럼 귀환하리

그대의 위대한 파리에서 오래오래 누리리

놀이와 은혜와 웃음 가득한 채

그대는 본의 아닌 주인이 되리

그대는 사랑하며 죽어가리

사람들은 새벽부터 속삭이리

반쯤 닫힌 문턱에서

벌써! 라고 말하고, 아직도! 라고 말하고

그대는 어린애거나 늙은이가 되어

비로소 순수한 기쁨을 맛보리

너무 착해서 그대를 바보라 믿으리

너무 어리석어 그대를 선하다 하리라.389

『교황』의 출판과 볼테르 탄생 축하 행사로 공격을 받은 것이 놀라운 일은 아니었다. 그는 그의 모든 오래된 적, 바르베 도르빌리, 오를레앙의 주교 뒤팡루 몬시뇰을 다시 만난 것 뿐이었다. 한 사람은 『르 콩스티튜시오넬』에 그렇게 썼다. "그의 작품 『교황』은 너무도 많이 쏟아져서 익히 알려진 똑같은 물방울에 불과하며, 두뇌의 창작력이 거의 없는 단조로움 때문에 항상 같은 장소에 떨어져 씻겨내리는 물방울에 지나지 않는다."

주교로 말하자면, 그는 거짓 연민으로 가득 찬 사람이었다. "불쌍한 위대한 시인이시여, 당신은 균형을 잃은 선박이며, 세기의 바람에 이 해안에서 저 해안으로 밀려가고 있소. 당신은 당신이 영광에 접근하고 있다고 믿고 있는데, 나는 그것이 걱정되오. 당신은 동정 때문에 무너질 것이오. …"

> 만약 '이름이 속은 사람dupe로 시작하여
> 늑대loup로 끝나는 이 사제'가…

위고에게 모욕을 주었다고 믿었다면, 착각이었다. 위고는 그런 공격에 힘이 생겼다. 그는 여전히 살아 있었다. 그는 싸웠다.

> 사제들이여, 당신의 환영 속에 나를 삼킬 수 없소
> 하느님은 당신의 거짓에 빠지도록 놔두지 않았소
> 나는 나아가오, 창백한 선원들에게 신호를 보낸다오
> 나는 바다에서 사람들이 찾아낸 진주를 가져온다오
> 나는 살아있소! 난파선에서 탈출을 증명 하오
> 파도 위로 머리를 들고서.390

바르베 도르빌리, 뒤판루 쪽 사람들은 그가 느끼는 감정을 알 수 있을까? 그의 적들이 순간의 불가항력적인 바람을 찾는 한 인간의 방황만을 바라보는 지점에서, 그는 자신 운명의 연속성과 통일성을 보게 되었다.

『레미제라블』을 연극으로 각색한 사람은 그의 아들 샤를르였고, 그는 조르주와 쟌느와 함께 참여했다. 그의 아들은 그를 통해, 그리고 그의 자녀들을 통해 다시 살고 있었다. 그리고 그가 볼테르에 대해 말하거나 루소를 떠올리게 할 때 하나는 남자를, 다른 하나는 민중을 나타냄 그는 두 작가에 완전히 동의한다고 느꼈다. 아마도 그는 자신의 작품과 자신의 내부에 그들을 통합하는 데 성공한 것일까? 그는 『어떤 범죄 이야기』와 『징벌』, 『레미제라블』의 저자가 아니던가?

그는 자연의 순환에 맞춰져 있던 것처럼 이른 봄에는 힘이 넘쳐나는 것을 느꼈다.

그의 수첩에는 투리스 노바라고 썼던 투르넬 부두로 가서 블랑쉬를 보고 싶었다.

그는 기억하기 위해서 날마다 기록했다.

6월 22일: 투리스 노바. 종

6월 23일: 투리스 노바. 에브

6월 24일: 투리스 노바. 에브

6월 25일: 투리스 노바. 에브

6월 26일: 투리스 노바. 에브

6월 27일: 투리스 노바. 에브.

그는 좀 피곤했지만 행복하다고 느꼈고, 약해지지 않는 정력이 매우 자랑스러웠다.

6월 27일 저녁, 그는 자신의 집에서 루이 블랑을 맞이했다. 그리고 저녁 식사 후 분위기는 무거워지고 아마도 오후에 블랑쉬와의 사랑이 영향을 주었으리라, 그는 볼테르와 루소에 대한 토론에서 화를 냈다.

갑자기 말문이 막히고, 입엔 흙으로 가득 찬 느낌, 문장이 분산되는 느낌이

들어서 더 이상 말을 할 수 없다는 느낌이 들었다. 계속하려고 해 보았다. 그가 손을 들어 셔츠를 느슨하게 풀려고 하였지만 셔츠 깃에 닿을 수가 없었다.

그는 질식하고 있었다. 사람들은 두 벽 사이에서 그의 머리를 짓눌렀다. 그의 목, 가슴, 심장을 압박했다. 그는 토하고 싶어했다.

사람들은 그가 방으로 올라가는 것을 거들었다. 자신의 시야를 가리는 베일에도 불구하고 그는 의사인 알릭스와 세를 알아보았다. 그는 그들이 뇌충혈에 관해 이야기하고 있고, 힘을 아끼고, 젊은 여성들을 멀리하도록 요구한다는 것을 이해한다고 생각했다. 그는 팔꿈치로 딛고 몸을 일으켰다. 그는 놀랐다.

"정말, 천리天理가 경고하는 것이 틀림없군!"

다음날 그는 더 무겁게 걷는 것 같았다. 그는 쥘리에트와 짧은 산책을 했다.

"저는 당신이 저 세상에 가서도 산책을 하지 않을까봐 두려워요. 모두를 위해서 당신이 좀 더 휴식을 취하는 것을 보고 싶어요. 저는 당신을 괴롭히는 모든 자들의 손이 닿지 않을 때 비로소 조용히 있을 거예요. … 이것 때문에, 저것 때문에, 악마와 그의 패거리 때문에라도, 당신의 휴식, 당신의 건강 및 당신의 생명에 대해 걱정하지 않고."

그는 삶에서 처음으로 자신의 에너지가 약해졌다고 느꼈기 때문에 그냥 저주었다. 그리고 7월 4일, 그는 가족과 쥘리에트와 함께 파리를 떠나 건지섬으로 향했다.

그는 오트빌 하우스가 친구들과 목소리로 가득 차기를 바랐다.

"사랑하는 딸들과 언제 이곳에 오시겠소?" 그는 폴 뫼리스에게 편지를 썼다. 온 가족과 함께 오라고 바크리에게도 말했다.

아마도 그들의 존재는 그 굴레, 쥘리에트가 그를 무겁고 옹졸한 관심으로 둘러싸고 있는 감시를 느슨하게 할 수 있게 해 줄 것 같았다.

그녀는 항상 우편물을 감시했다. 그래서 그는 폴 뫼리스에게 위험한 편지를 보관해 달라고 요청했지만, 그녀는 여전히 그의 서랍을 뒤지고 있었고 그녀가 지난 몇 년 동안의 수첩을 찾았었다는 것을 알고 있었다. 그는 그녀의 비탄, 분노, 위협을 다시 견뎌야 했다. 그녀는 오트빌 하우스를 떠나 조카와 함께 이에나에 가서 살 것이라고 우겼다. 그는 심지어 그녀가 파리로 가서 가구를 부수고 많은 여성들이 그에게 보냈던 편지나 그와의 관계에 대한 단서를 찾으려고 할까봐 걱정되었다.

견딜 수 없는 일이었다.

쥘리에트는 그를 보호하고 싶다고 말하지만, 간청과 권고와 경고로 그를 짓이겼다! 그녀는 그가 바랑에 보관 중인 금화 5천 프랑을 발견했다. 그래서 그는 그녀의 추궁에 답해야했다. 그녀는 그가 보물을 여성들에게 지불하는 데 사용했다고 비난했다. 그런 것이 아니고 그는 병이 나으면 매춘부의 거리인 코르네로로 가지 않을까? 건지섬의 모든 남자들이 사랑을 찾아 배회하는 곳! 위고, 그도 역시!

그는 배우지 못한 사람처럼 고개를 숙여야 했다. 그녀는 말했다

"당신 앞에서 제 영혼을 다한 자랑스런 항의는 당신이라는 신성한 사람에게 하는 것이예요. 당신은 타락하고 냉소적인 사랑의 천박하고 야수같은 우상이 아닙니다. 세상을 현혹시키는 당신의 영광이 당신의 삶도 비추지요. 당신의 새벽은 순수하고, 당신의 황혼은 존귀하고 신성해야 합니다. 저는 당신의 천재성과 당신의 나이의 위엄에 합당하지 않은 어떠한 결점들로부터 당신을 보호하기 위해 저에게 남은 삶을 희생해서라도 당신을 보호하고 싶어요. …"

그녀는 그를 쥐락펴락했고, 그는 그녀와 싸울 힘도, 솔직히 그녀를 밀어낼 만한 기력두 ㄴ끼지 못했다 그녀는 그를 사랑했고 그도 그것을 알고 있었다. 그녀는 관심사라고 여겨지면 그를 위해 말하고 행동했다.

그리고 만일 그녀가 그에게서 삶의 에너지를 빼앗았다면? 그렇지만 그녀에게 그것을 말할 수는 없었다. 그저 듣고 있었다. … 그녀는 말하였다.

"당신을 거의 죽일 뻔한 위험한 유혹에 더 이상 굴복하지 않는 방법을 함께 모색해야 겠어요. 저는 당신에게 이것을 격렬하고도 열정적으로, 부드럽고 경건하게 부탁드려요. 당신은 당신이 겨우 빠져나왔고, 미래를 위협하는 끔찍한 과거와는 반드시 단절해야 해요. 내가 처음으로 당신을 사랑한 순간부터 당신이 내 삶속으로 들어왔듯이, 내가 당신의 삶 속으로 언제나 들어갈 수 있도록 간청드려요."

그래서 그녀는 그에게 은밀하고 비밀스러운 것도 남기고 싶지 않았다. 그는 그것을 받아 들일 수 없었다! 그녀는 '건강'에 관해서 지켜야 할 '영광'에 대해서, '끔찍하고 무서운 과거'에 대해서 말했다. 그는 그녀의 호기심 많고 의심스러운 시선이 자신을 짓누르는 것을 느꼈다. 그는 그녀의 포로가 아니며, 그렇게 되길 원하지도 않았다.

"왜 날 그렇게 쳐다보는 것이오?" 그는 말을 던졌다.

그 잔인한 질문에 그녀가 발을 헛딛고 당황했을 거라고 짐작했다. 그녀는 떠나고 싶다고 말했고, 그녀는 게임에서 졌다. 그런데 그는 다시 그녀에 대한 연민으로 가득 차 있었다.

호흡곤란이 왔다. 그는 매일 밤 구토를 하였고 방이 자기 주위를 도는 것 같은 느낌을 받았다. 그것이 새로운 공격이었을까?

그는 더 이상 작은 탁자 앞에 설 수 없을까 두려워했다. 몇 단어만 써도 지쳤다.

죽음이 그렇게 가까이 있다면, 파리에서 쓰러져야 하리라.

그는 11월 10일에 파리에 도착했다. 그는 폴 뫼리스가 그를 위해 임대한 작은 특별한 호텔엘로로 130번지를 찾았다. 알리스와 에두아르 록로이, 조르주와 쟌느는 132번지에 정착했다. 쥘리에트는 그와 함께 살 것이고 그녀의 방은 2층으로 계획했지만 그녀는 3층에 있고 싶어했다. 그가 자는 방 옆 방이었다.

그녀는 그를 감시하는 것을 멈추지 않을 것이다!

그는 그녀에게서 듀에나*처럼 권위주의적인 모습을 보았다.

"당신은 당신의 소중한 건강과 영광스러운 삶을 위태롭게 할 권리가 없어요. 당신의 이동의 자유를 조금 방해하는 위험을 감수하고 온 힘을 다해 막을 거예요. … 이 시점에서 당신이 자신에 대한 관심을 잃는 것을 제가 보게 될 때에, 저는 당신이 더 이상 저를 사랑하지 않는다고 믿을 거예요. …"

그러다가 갑자기, 그녀가 폭발했다. "맙소사, 4개월 이상 당신의 삶에 가해진 사악한 폭풍을 언제 끝내시겠어요?" 그녀는 덧붙였다. "작은 이유로 다른 여자에게 당신을 양보하는 고문보다 어떤 형태든 죽음을 택한 저를 용서해 주세요."

그는 생애 처음으로 족쇄를 찬 듯했다. 그에게는 유일한 집착이 있었다. 자유를 유지하기 위한 수단을 찾는 일. 그는 할 수 있다고 믿고 싶었다. 그는 뇌충혈 이전처럼 일에 성공할 것이라고 믿고 싶었다. 그는 썼다.

"나는 지금 책『모든 리라』를 끝내고 있다. 내 그 책을 테이블 위에 둔다. 나는 끊임없이 일하리라. 이 책은 이번 겨울에 나올 것이다. 나 때문에 지체되어서는 안된다."

그러나 펜이 너무 무거워진 듯 손가락 사이로 미끄러졌다.

* 지체 높은 집 딸의 신변을 보살피는 노녀(老女).

1879

그것은 신성하고 불가사의한 여성, 미의 여신

발가벗은全羅, 지옥과 천상의, 불가사의한…

그는 더 이상 쇠약해진 자신에 놀라지도 않았다. 예전 같으면 한밤중이라도 침대에서 튀쳐나와 쓰기 시작했겠지만 그럴 힘이 없었다. 그는 말총 베개에 머리를 올려놓고 있었다. 그는 분홍 비단으로 장식된 다락방을 바라보고 있었다. 창문은 엘로 거리의 집들을 둘러싸고 있는 밤나무와 라임나무 숲을 향해 열려 있었다.

빛이 방에 가득 채워지면서 그는 천천히 반쯤 잠에 빠져들었고, 아마도 조르주나 쟌느가 와서 침대 가장자리에 앉았을 때라면 그제서야 일어날 수도 있지만, 때로는 정오가 가까울 때까지 그렇게 있을 것이다.

그는 새로운 몸 상태에 대해 저항하지 않았다. 의심의 여지없이 그는 경주의 끝자락에 있었다. 하지만 그는 자신에게 아직은 에너지의 근원이 있다는 것을 알고 있었다. 1월 끝자락, 상원에서는 막-마옹이 마침내 사임하고 공화당의 쥘르 그레비가 공화국의 대통령으로 선출되었다! 그는 파리코뮌 가담자들에 대한 사면을 위해 다시 개입했다. 그는 우파 진영에서 저지하는 것을 보고 기뻤다. 그는 항의를 이어갔다. "내전은 잘못된 것입니다. 누가 저질렀습니까? 우리들 모두 저질렀거나 혹은 아무도 없는 것입니다. 광범위한 잘못에 대하여 광범위한 망각이 필요합니다. 광범위한 망각 그것이 바로 사면입니다."

좌파 진영의 박수와 우파 상원의원들의 적대적인 수근 거림을 들으며 그는 연단에서 내려왔다! 그러므로 그는 살아 있었다. 살기를 원했다. 마주친 세상을 다시 한번 끌어안고 싶었다.

그는 노예제 폐지에 관한 기념 대회에서 연설을 하도록 요청받았다. 그는 수락했으며 모든 조건은 무시했다. 그가 지쳤다고 쥘리에트가 말했다. 알리스와 록로이도 인정했다.

그는 연회 손님들의 박수 갈채에 넋을 잃었다. 그는 유럽이 '아프리카를 차지'해야 한다고 말했다. "당신들의 넘치는 물을 아프리카에 쏟아 부으시오. 일격에 사회적 문제를 해결하시오, 프롤레타리아를 소유자로 바꾸시오. … 19 세기에 백인은 흑인을 한 인간으로 만들고, 20세기에는 유럽은 아프리카를 하나의 세상으로 만들 것입니다."

그가 이렇게 말할 때, 그를 인정하는 청중을 마주할 때, 그는 기분이 들떴고 세월도 잊어버렸다.

그렇게 둘러싸여 있고 싶었다. 사라 베르나르트와 무네-쉴리가 해석한 연극 「뤼 블라스」가 코메디 프랑세즈에 레파토리에 들어갔기 때문에, 위고는 테아트르-프랑세에서 재연된 「뤼 블라스」를 위한 리셉션을 열었다. '빅토르 위고'를 외치며 박수갈채가 이어졌다. 그곳, 런던에서는 『에르나니』가 공연되었고, 여기에선 폴 뫼리스가 소설에서 끌어온 연극 『노트르-담 드 파리』가 100번째 공연을 올렸다. 그리고 2월에 출판된 모음집 『지상至上의 연민』을 구성하는 시들을 순서대로 정리하는 데 도움을 준 사람이 바로 뫼리스였다.

그는 그 자리에 있었고, 여전히, 참여하고 있었다.

그는 결코 자신이 절대로 냉소를 부추기는 사람이 아니라는 생각이 들었다. 증오 또는 아이러니는 항상 존재하며 그를 노리고 있지만, 미천한 사람들과 민중들은 그를 사랑한다는 인상을 받았다.

풍선을 타고 올라가 300미터 고도에서 파리를 보고 싶어서, 그가 앵발리드 광장으로 가고 있었을 때, 사람들이 그를 둘러싸고, 박수를 치고, 외쳤다. '빅토르 위고 만세!' 또한 그에게 접근하는 사람들 중 많은 사람들이 그의 시구절을 낭송했다!

그는 살아있었다.

그러나 죽음이 거기에 있었다. 죽음이 스며드는 것을 느꼈다. 그가 아는 사랑하는 사람들이 스러지는 것을 보았다.

그는 레오니 도네의 사망 소식을 듣고 한동안 엎드린 채 있었다. 그리고 그는 병이 갉아먹고 있는 쥘리에트가 두려웠다. 그녀는 불평했다. "오늘 밤은 다른 밤보다 안 좋아요, 극복할 수 없을 것 같아요. 아편도 제 고통을 덜어주지 못하네요. 침대에 누워 있지도 못하고, 일어서지도 못하며, 앉아 있지도 못해요. 현재 제 상황은 이래요. 당신이 어떻게 생각하시든 저 대신 다른 사람을 찾는 게 좋을 것 같군요. …"

고통이 그녀의 질투와 비난을 고조시켜왔듯, 그녀는 공격적이었다. 그의 속임수를 질책했다. 그리고 그가 계속해서 여자들을 만나고, 가능하다면 만지고, 사랑하고, 편지를 쓰는 것은 사실이었다. 쥘리에트는 더 이상 참을 수 없었다.

아델 갈르와 양孃이 누구냐고 그녀가 물었다. 대답이 아니라 흘려버릴 필요가 있었다. 도덕의 훈계를 감수하리라.

"당신이 모른다고 하면 사실이 아니라는 것이 되는군요. 그럼 그렇게 하세요, 그러면 저에게도 역시 완전하고 충성스러운 신뢰에 대한 명예로 생각해 주세요. 그것이, 당신이 제게 숨겨서는 안될 일, 당신이 해서는 안 되는 것을 찾아내고 발견하는, 고통스럽고 굴욕적인 유혹을 주는 것보다는 나을 테니까요."

그리고 그는 때때로 블론뉴 숲에 천천히 산책을 하러 간다고 말할 수 있을까? 몸값을 지불하는 남자에게 몸을 허락하는 여자들에게 접근하도록 허락받았다고 말할 수 있을까? 그리고 두 번이나 경찰에게 조서를 써야하는 굴욕을 당했다는 말을 할 수 있을까? "풍기 문란 기소" 경찰들이 말했었다.

그에게 다시 일었다. 육체들을 기억하면서 시 몇 구절을 쓰고 싶은 욕망.

> 오 여자들이여! 존엄한 순결이여! 성스런 자부심이여!
>
> 정숙함, 모든 두려움 가운데 있는 신성한 두려움이리라!
>
> 사려 깊고 부드러운 이마의 수줍은 엄격함!
>
> 무릎 꿇고 말하고 싶은 그대여
>
> 우리의 어두운 혼돈 속에서 그 모습이 너무나 고귀한 분…
>
> […] 여자들이여, 우리에게로 무엇을 하러 왔소?
>
> 그때 알지 못하는, 들어본 적 없는 자에게 물을 때
>
> 아니라고 말하는 목소리에, 네라는 말을 기대하면서
>
> 듣고, 보고 그리고 백일몽으로 가득 차서
>
> 나는 뤽상부르에 가고, 튈르리로 간다오… *391*

다들 그런 그의 유유자적함과 일탈을 금지하고 싶어했다!

그는 록로이와 완고한 쥘리에트에게 괴롭힘 당하며 감시받고 있었다. 그녀도 분명히 그렇게 느끼고 있었다. 그녀는 그가 익명의 사람들에게 공격을 받은 첫 번째 사람이라고 말했다. "그들은 당신의 건강과 아마도 당신의 생명의 위협 때문에, 그리고 우리가 친구든 적이든 고상하고 신성한 존재인 한 모두에게 남아 있어야 하는 당신의 존엄성을 희생을 이유로, 당신의 주의를 일깨우기 위해 명예를 주장하였지요."

"당신 주위에서 새롭게 늘어만 가는 그러한 시도는 저를 불안하게 하고, 저를 모욕하고, 당신 자신이 고통스러워 하기까지 인내심을 잃고 짜증날 시점이 되면 저도 슬퍼져요."

"용서해 주세요. 학교 선생님처럼 굴어서 … 희한하게도 당신이 나를 그렇

965

게 불렀기 때문에, 침묵하고 또 침묵해야겠지요. 설령 죽더라도, 숭고하고 존귀한 스승 앞에서는요.”

실은 그녀가 그것에 대해 아무 조치도 취하지 않을 것이며 아델 갈르와, 쟌느 에슬러의 편지를 추적할 것이며, 레오니 드 비트락을 경계할 것이라는 것을 잘 알고 있었다. 비트락은 그녀가 말하길 ‘나의 후계자 후보이며 어떤 대가도 없이 먹고 자는 것만 요구하였어요. … 그녀는 시인이고, 그녀는 당신을 존경하며, 어울리는 점이 있어요. … 나의 위대하신 분, 당신은 경솔하게 그 여자를 집으로 끌어들이는 일은 없기를 바래요. 그 인간이 당신에게 얼마나 매력적이든지, 그 사람이 나에게 일으키는 걱정을 덜어주기를 당신에게 부탁드려요.“

그래서 불로뉴 숲의 창녀들 말고 또 누가 남아 있을까?

쥐디트 고티에가 저녁 식사하러 왔을 때 쥘리에트는 침울하고 날카로워져 있었다. ‘지금 나는 방어하는 마음으로 그녀를 맞이하는 거예요.’라고 그녀는 투덜거렸다.

그녀는 블랑쉬를 떼어 놓는 데에 성공했고, 위고는 블랑쉬를 버리고 항복한 자신을 비난했다. 블랑쉬가 살 수 있도록 돈을 준 사람은 쥘리에트였다. 틀림없이 그들은 그녀를 겁먹게 했고, 그녀가 늙은 연인의 죽음에 책임이 있을 것이라고 말했을 것이다!

때때로 그는 블랑쉬가 엘로 거리의 집들 정원 앞에서 배회하는 것을 발견했다. 그는 마음이 아팠다. 그가 그녀를 다시 만나고 싶고, 그녀에게 신호를 보내고 싶지만, 쥘리에트의 분노에 어떻게 맞서랴? 결국 포기했다. 그리고 블랑쉬가 에밀 로슈뢰유와 결혼했다는 사실을 알고는 정말 절망에 빠졌다. 그는 남편될 사람이 그의 어머니에게 보낸 초대장을 우연히 발견하고서야 알게 되었다!

창문 너머로, 꼼짝도 하지 않고, 엘로 거리의 집 정면을 응시하고 있는 블랑쉬를 희미하게 바라보면서, 그는 그녀가 행복한지 상상조차 할 수 없었다. 그녀는 록로이에게, 쥘리에트에게 굴복하면서 절망에 빠진 채 결혼했음이 틀림

없었다.

대체 다른 사람이 정한 법에 복종하는 것이 노년인가?

그는 뷜르-레-로즈에 며칠 동안 머무르는 동안 그런 우울한 생각을 떨쳐버리지 못했다. 거기는 생-발르리-앙-코에 가까운 곳에 있었는데 폴 뫼리스가 그의 별장에 위고를 초대한 곳이었다. 바다가 숙소와 접해 있었다. 어느 날 아침, 보나파르트 당 소속 시장의 반대에도 불구하고 해변에서 영예로운 '라 마르세이예즈와 출발의 노래'를 연주하는 밴드 소리가 들려왔다. 하지만 증오의 과거는 지워지지 않았다!

그는 노르망디의 시골풍경과 센느 강 유역을 바라보았다. 그에겐 불행한 과거로 남아있었다. 강은 레오폴딘느와 샤를르 바크리를 삼켜버렸고, 아델은 그 옆에 잠들어 있었다. 빌키에 묘지, 그녀의 딸 옆에.

무어라고 주장하든, 그녀를 마음 아프게 할 것이라고 예상하지만, 쥘리에트가 그의 '경건한 순례'에 동행하는 것을 원치 않는다고 했기 때문에, 그는 무덤에 혼자 가고자 했다.

그는 무릎을 꿇었다. 그는 오후 내내 기도했다. 그는 속삭였다. '그들이 내가 하는 말을 듣고 있는 거야. 나도 그들의 말을 듣고 있지.'

과거와 현재, 우리가 사는 것과 미래 사이에는 경계가 없다. 생각하기에 따라 죽은 자와 산 자, 그리고 다시 태어날 사람들, 모두 다시 만나는 것이다.

그는 손자를 생각했다. 그는 그들에게 말해야만 했다.

"나는 너희들을 생각하고 있다. 너희들은 나의 관심이다. 너희들 미래는 나의 근심이자 희망이다. 희망이 맞을 것이다."

밤이었다. 그는 방에서 어떤 소리를 들었다. 다시 여러 번 두드리는 소리였다. 그는 일어났다. 그는 글 쓰는 탁자 역할을 하는 높은 책상까지 무겁게 걸어갔다. 몇 달 동안 마음속 깊은 곳에서 잊혔던 말이, 가까스로 몇 문장을 적으면서 연말이 되어서야 돌아오는 것 같았다. 쉼 없이 달려온 77세. 그는 숨을 몰아쉬었다. 그는 조르주를 생각했다. 그 어린 소년이 해야 할 것을, 그가 생의 마지막에 자신이 이해했다고 믿는 것을 물려주고 싶은 조르주를 생각했다. 그는 썼다.

오 조르주, 너는 어른이 될 거야, 알게 되겠지

누구에게 네 마음의 빚을 졌는지, 누구에게 신세를 졌는지

너의 목소리가 민중들에게, 남자들에게, 세상 사람들에게 무엇을 말해야

하는지,

그러면 난 깊은 나의 무덤에서 너의 말을 들을 거야

내가 거기에 있다고 생각하렴, 네 말을 듣고 있다고 믿으렴

죽은 우리가 행복한지 스스로 물어보렴.

넌 그걸 원할 거야 나의 조르주. 오! 나는 무척 평온하단다!

[…]

꿈인가? 오! 나는 네 말을 듣고 있다고 생각해. 인간의 영혼에게

위에서 불어온 바람이 휘저어 데려가는 민족들에게

한걸음 한걸음 목표를 향해 나아가는 사람들에게

너는 말하겠지, 시도한 노력을, 아름다운 죽음을

싸움을, 작업을, 무수한 반복을

큰 어둠을 채우는 엄청난 새벽을

굳건하게 마음을 유지하려면

너는 노인들에게 새로운 정신이 샘솟게 해야 할 거야

너는 우리 시대의 영웅적인 전사들에 대해 말해야 할 거야

순수한 정복자, 자랑스러운 군인, 금욕적인 얼굴

네가 그들을 잘 그리면, 너 때문에 생각할 거야

그 청년을 보며 네 아버지를, 노인을 보며 나를.392

펜을 내려놓았다. 침대로 돌아가는데, 침대의 나선형 기둥은 꼬불꼬불한 줄기처럼 어둠 속에서 서서히 나타났다.

그는 졸고 있었다. 다시 쓸까? 그에게 단어의 밀물은 또다시 밀려올 것인가?

그는 오전 내내 침대에 있을 것이다. 그런 다음 그는 주위를 산책하고 여자들을 볼 것이다. 그는 몇 년 전에 썼던 구절을 기억해냈다.

그것은 신성하고 불가사의한 여자, 미의 여신,

발가벗은, 지옥과 천상의, 불가사의한… 393

지옥 문지기일까? 살아남기 위해 혹은 단지 살아있음을 아는데 필요한 것을 하는 것을 쥘리에트는 왜 이해하지 못할까? 바다가 거품으로 비너스를 낳았다는 이야기를 모를까?*

시나브로 12월 31일이었다. 그는 정숙한 여자, 그녀를 안심시켜야 했다. 그는 썼다.

"감동도 있고 어려움도 있었던 한 해였다. 나는 바람이 뽑아버리기 전에 흔들리는 큰 나무를 닮았다. 그러나 멀든 가깝든 나는 하느님을 믿고 사랑하며, 내 마음 속에는 어린 아이들이 있고, 나는 사랑하는 이들을 위해 일한다. 모든 것이 잘 되어간다. 하느님께서는 찬미 받으시고, 우리의 천사들에게 축복을…."

---

* Vénus. 칼로 베인 제우스의 남근이 바다에 던져지자 거품이 일어 태어났다는 신(神).

1880

자신을 낭비하지 마오! 친구여, 무덤을 생각하시게!

침착하라. 그는 답했네. 나는 나의 횃불의 임무를 수행하는 것이오.

위고는 손을 들어 올렸다. 깜짝 놀랐다. 팔의 통증, 어깨의 통증 때문이었다. 책상 위에 쌓여 있는 원고 더미에 손가락을 얹었다. 그 단순한 움직임도 피곤했을 만큼 지치는 것을 느꼈다. 써야할 종이 더미를 바라보았다. 그것을 채워야 했다. 다시 침대로 돌아가고 싶은 유혹을 받았다. 눈을 반쯤 감고, 꿈을 꾸면서 길게 늘어져 있을 때 기분은 최상이었다. 그리고 그는 날이 갈수록 휴식에 대한 필요성이 커진다고 느꼈다.

전날 쥘리에트가 말했었다. "저는 오늘 아침에 당신에게 키스하고 달걀을 드리기 위해 세 번이나 당신에게 갔었어요. 그러나 너무 잘 자고 있어서 당신을 깨울 용기가 나지않았어요. 특히 당신이 밤을 어떻게 보냈는지 몰랐기 때문이죠."

그는 가족과 함께 점심을 먹으러 내려오지 않았다. 그런 일들이 점점 더 빈번해졌다. 그럼에도 불구하고 그는 그의 모든 작품 서문을 써야만 했다. 그의 출판인 헤첼과 캉탱은 그의 탄생일인 2월 26일에 출판하고 싶어했다. 그는 78세가 될 터였다.

그는 거울을 향해 눈을 돌렸는데, 자신을 알아보지 못했다. 뺨은 움푹 파이고, 어깨에 머리가 파묻혀 있는 노인이 바로 그였다니 있을 수 없는 일이었다. 그의 유년, 유년이 그에게 너무 가까이 있는 것 같아서, 그의 어머니를 다시 보고, 죽은 모든 사람들을 보기 위해 그저 눈을 감는 것으로는 충분하다는 것이 이제는 불가능한 일이었다.

하지만 그는 그였다. 그리고 사람들은 그의 주변에서 죽었다. 며칠 전 쥘 파브르가 죽었다. 이어서 아직 젊고 '굳은 정신과 착한 마음'을 가지고 있었던 귀스타브 플로베르가 죽었다. 그는 플로베르가 늘 그 자리에, 다른 모든 죽은 사람들처럼, '보이지 않지만 존재한다.'는 느낌이 들었다. 플로베르는 '고귀한 정신', '높은 열정'을 가진 사람, '어떤 열등한 열정'도 없는 사람이었다.

따라서 플로베르를 다시 만나기 전에 써야 했다.

그가 먼저 선택한 것은 '존경하고 사랑하는 출판사들'에게 알리는 것이었다.

"귀하의 작업에 필요한 도움이 될 모든 원고가 여기에 있습니다. 원하는 대로 사용하시오… 그것은 매 순간에 밝혀지는 나의 내밀하고도 고독한 생각이오. 오늘은 나도 모르는 앞선 나의 행동인 것 같다는 생각이오. 당신들이 판단할 일이오."

그는 숨을 가쁘게 쉬고 있었다. 받아들여야만 했다.

"내 사랑하는 폴 뫼리스가 나를 대신해 원고를 검토하고 교정해 주기를 간청하오… 나는 그에게 내 모든 권리를 이양하오… 내가 만족하는 것은, 폴 뫼리스가 본 것으로 충분할 것이오."

한숨을 쉬었다. 그리고는 고개를 숙였다.

'난, 나는 내가 할 수 있는 일을 한다.'

그리고는 어쩌면 자신이 표현해 낼 수 있는 마지막 줄일 수도 있는, 서문을 써야 했다. 죽음, 그것은 늘 거기 숨어있었으니.

그는 새 종이를 집었다.

그는 이전처럼 자신을 사로잡은 격렬한 급류처럼 말들이 솟구치기를 원했다. 그가 노를 저어 온 거대한 강, 그는 확신했다. 시작해야만 했다.

'글 쓰는 사람은 누구나 책을 쓴다. 책은 사람이다. 그가 알든 모르든, 원하든 원치 않든 사실이다. 어떤 작품이든, 보잘 것 없든 저명하든, 작가의 형상이 나타나는 것이다. 작품이 미미하면, 그에게 형벌이다. 작품이 위대하면 그에게 보상이다.'

그는 멈추었다. 속임수 없이 자신의 모든 것을 말한 것처럼 느꼈다.

'나는 양심이다.' 그가 혼잣말을 했다.

그는 그것을 쓰고 싶었다.

그는 장 자크 루소의 『고백록』 몇 행을 기억했다. "만일 독자 자신이 존경받을 만한 사람이라면, 저자를 존경하지도 않으면서 그 책을 집어 들지는 않을 것이다." 위고는 자신의 작업이 일종의 장편의 고백에 불과한 것 같았다.

그는 폴 뫼리스와 오귀스트 바크리를 보았다. 그들은 『종교들과 종교』란 제목으로 출간할 첫 시집, 두 번째로는 『당나귀』를 구성하고 있었다. 또한 『모든 리라』를 선보일 것이다. 그는 『에르나니』 초연 50주년을 기념하는 대연회에도 참석했다. 그는 여전히 사라 베르나르트를 옆자리에 두고 앉아 있었다.

"50년 전에는 당신에게 말하는 사람은 증오를 샀소. 미움을 받았고, 야유를 받았고, 저주를 받았지요." 오늘 … 오늘은 그가 감사를 표하였다."

그는 그렇게 자신의 작품에서 그리고 작품을 통해 항상 살아 있음을 느꼈다.

그는 『당나귀』를 시작할 구절을 쓰고 싶었다.

끝내야 하리. 조심하라, 그대는 죽게 되리니.

그대 밤낮으로 너무 빨리 소모하여 불살라 없어지리니!394

그러나 열여섯 구절을 쓴 후에 그는 멈췄다.

'나는 불꽃처럼 임무를 다하고 있다.'

라고 그는 결론을 썼다.

그리고 그는 『르 피가로』를 읽으며, 증오 또는 적어도 몰이해가 항상 존재한다는 것을 발견했다. 폭력적인 일격을 가하는 것은 에밀 졸라였다. 그는 일종의 서글프고 놀라운 마음으로 가혹하고 경멸적인 문장을 읽었다. 졸라는 썼다

"믿을 수도 없는 횡설수설이다. … 우리는 이보다 더 기괴하거나 이보다 더 쓸모없는 작품을 낳은 적이 없다. … 하지만 이 사람은 우리 중 한 사람이 아니다! 그는 세기의 유일무이한 현대인도 아니고, 현대적 천재의 화신으로 우리에게 제시하고자 하는 그런 세기의 인물이 아니다! 그는 중세 시대에 속했고 우리의 신념과 노동에 대해 전혀 이해하지 못하고 있다."

그는 답하지 않을 참이었다! 그는 정부가 차르의 생명을 노렸던 테러리스트 하르만의 러시아 송환을 거부하도록 개입함으로써 새로운 생명을 구했다는 것을 말할 수 있었다. 또한 그는 상원 연설에서 세 번째로 사면을 요구함으로써 마침내 정부가 국경일로 선포한 7월 14일에 코뮌 가담자들에게 완벽하고 완전한 사면을 부여하도록 압박했다는 것을 말할 수 있었다.

그는 모든 것을 말할 수 있었고 설명할 수 있었다. 그의 작품 활동이 정의와 자유를 위한 행동과 결코 분리되지 않았다고. 그러나 무슨 소용이 있었을까! 다만 추방된 망명자들이 귀환한 것으로, 보상받았다는 생각. 그리고 그는 루이즈 미셸이 마침내 귀가한다는 소식을 듣고 매우 기뻐했다!

루이즈 미셸! 그 열렬한 여성과 공유한 추억이 얼마던가.

하지만 인생의 강렬한 순간들을 누구와도 이야기할 수 없었다. 전에는 자신의 작품을 읽는 수많은 낯선 사람들과 대화를 나눴었다. 이제 그는 더 이상 글을 쓰지 않았다. 그리고 그는 말을 할 수 없었다.

쥘리에트는 늘 거기에 있었다. 성인聖人 중에 성인인 수호자, 날씬하고, 고통스러워 하는, 결코 감시를 게을리 하지 않는, 심지어는 8년 전 쥐디트 고티에게 경의를 표하기 위해 썼던 시를 비난하기도 했던 그녀였다. 그는 그것을 기억했다.

> 우리 둘은 천국에서의 이웃이오, 부인,
>
> 당신은 아름다웠고 나는 늙었으므로[395]

1872년, 생각했다! 하지만 아직 젊은 것만 같았다.

그는 쥘리에트가 괴로움이 가득한 목소리로 투덜거리는 말을 들어야 했다.

"이 글을 쓴 숭고하고도 가엾은 사람과 그가 글을 보낸 사람은 모두 건강한 사람들이지요. 배신과도 같이, 아무것도 몸과 영혼을 살지게 하고 유지시키는 것은 없어요. 악은 사랑과 선의의 바보들만을 위한 것이더군요. 이것이 제가 오늘 아침에 몸과 마음과 정신이 왜 그렇게 아픈지를 설명하는 것이에요."

그는 비난을 받아들였다. 그는 그녀가 그렇게 말해주기를 원했는지도 모른다.

'나의 우상의 조각들을 붙이는 삶을 보내는 거죠.'

'나는 양심이오'라고 말을 뒤풀이하고 싶었다.

그는 삶을 사랑하고, 여자의 몸도 사랑한 남자였다. 쥘리에트가 거부한 것은 바로 그것이었다. 그녀는 썼다. "나는 당신에게 건강을 돌보고 영광을 존중하도록 기도하라고 할 뿐이에요. 지금 내가 관심을 갖는 유일한 일이에요."

때때로 그는 그 감시자와 록로이에 대해 화내고 싶은 충동을 느꼈다. 그러나 알리스의 남편까지도 될 수 있는 대로 그의 외출을 막고, 여전히 감시하고,

더 사랑하고픈 욕망의 쾌락을 즐기지 못하게 막았다.

위고는 저항하였고, 쥘리에트는 '약간의 부당하고 해로운 횡포'에 대해 그를 질책했다. 그녀는 그가 '개인적인 필요', 즉 비용을 관리하고 있다고 비난했다.

"이 세상에서 보내야 하는 얼마 안 남은 시간까지도 흥정할 만한 가치는 없어요."라고 그녀는 말했다.

그는 후회했고, 가을이 다가옴에 따라 그녀와 며칠을 보내기 위해 빌르-레-로즈의 폴 뫼리스 집으로 떠났다. 그는 그녀가 너무 약하고 아픈 것을 보았다. 그는 썼다.

무엇이든, 삶이 고달픈 곳이면 어디에서든
온화함은 선善을 품는 법이오.396

그는 자신이 인간의 모든 고통과 희망을 공유할 줄 알고 이해할 수 있다고 확신했다.

'나는 인류가 걸어가는 길 위에 있는 돌이다, 그러나 그것이 옳은 길이다. 사람은 삶의 주인도 죽음의 주인도 아니다. 사람은 자유를 증가시키며 동료 시민들에게 인간의 고통을 줄이기 위한 노력을 제공할 수 있을 뿐이며, 불굴의 믿음을 하느님께 드릴 수 있을 뿐이다."

12월. 그 순간이 다가왔다. 그는 그것을 끊임없이 생각했다.

우리들 밤이 삶이란 결코 고갈될 수 없다.397

1881

만져서 느껴지지 않는, 전에 없던 희미한 어둠 속에…

나는 홀로임을 알았으나, 나는 더 이상 내가 아니었네… 398

위고는 눈을 감았고, 머리를 가슴 쪽으로 떨어뜨렸다. 손은 펜을 잡을 힘이 없었다. 해마다 연초에 쥘리에트에게 으레 보내던 편지도 더 이상 쓸 수 없을 것 같다는 생각이 들었다. 그녀가 편지를 그토록 기다린다는 것을 알면서도.

연례적인 사랑의 고백편지가 오지 않는 사실에 놀라면서 그녀는 전날 밤 서성거렸다. 그래서 오늘 1월 1일에는 편지를 꼭 써야 했다. 그러면 그녀는 경건한 몸짓으로 그 메시지를 줄곧 편지를 보관한 서류함에 넣을 것이다.

그런 생각을 하며 그는 낙담을 했다. 마치 속에서 헛구역질이 올라오는 것 같았다. 그는 '사랑합니다! 친애하는 천사!' 같은 말을 여러 번 썼다. 그는 '그곳에 있는 그들의 두 천사', 죽은 딸 레오폴딘느와 클래르가 보호해주는 거라고 종종 그녀에게 말했다. 그는 쓰던 글들을 계속 써야 한다는 생각이 위고를 짓누르고 있었다.

그리고 그 단어와 생각을 사용한 것, 줄거리에 이르기까지, 문장을 사방으로 돌려 의견을 바꾸게 했던 것, 그의 삶을 보낸 그 언어의 숲의 비탈길을 편력했다는 느낌이 그를 익눌렀다. 이제는 무거운 노년, 내 자신에게도 질린! 몽환으로써만 달아날 방도를 찾으리. 꿈이라도 꾸게 되면, 그토록 넘치게 썼던 단어, 아이디어, 이미지를 좀 쫓아내리라.

벌써, 기억과 어둠의 세력도 역시 그에게 너무 많은 감정을 준 것에 지쳤는지 그는 더 이상 꿈도 꾸지 않는 것 같았다.

간혹, 깊은 잠에 빠진 새벽 3시경, 귓가에 들리는 듯 방 안에서 세 번의 큰 노크 소리가 그를 갑자기 깨웠다.

그러나 밤의 장면에는 그 어떤 커튼도 쳐져 있지 않았다.

"방 안에는 절대 침묵과 고독 뿐" 그가 생각하는 무대는 텅 비어 있었다.

다시 펜을 들었다. 몇 주 후면 일흔아홉의 문턱을 넘어 여든이 될 것이다. 거의 70년 동안 글을 써 온 그가 어떻게 그의 입에 새로운 단어를 담을 수 있을까? 이제는 입을 다무는 것이 좋으리라.

그래서 그는 그녀에게 보낸 편지에 다만 몇 줄 만 써서 답장을 보냈다. 그는 자신이 더 이상 충분한 욕구가 없다는 것을 깨닫고 있었다. 그리고 그가 밤에 나쁜 곳에 가서 다시 깜짝 놀랄까봐, 그들이 그를 거의 감옥에 가두어 둔 것 같았으며 그 지루함이 커져갔다. 록로이는 그를 '밤의 배회자', 뻔뻔하고 '역겨운 노인'이라고 비난하면서 그를 여러 번 질책했다.

가끔 탈출할 수 있을 때, 매춘 여성이든 젖가슴을 볼 수 있는 유모든 여전히 여자에게 다가가면서, 자유롭기만 하다면, 그에게서 에너지가 다시 생겨날 수 있다고 느꼈다. 하지만 쥘리에트가 지켜보고 있었다.

한숨을 쉬었다. 그러면서도 그녀에게 편지를 써야 했다.

"나에게 큰 영광이오, 사랑하오! … 사랑하는 이여, 우리 마음 속엔 푸른 하늘이오. 오, 사랑하는 연인이여, 우리 가까이에 하늘 한 구석이 천천히 열리고 있소."

그 몇 줄 쓰는 것이 예전 수백 구절 시를 쓰고 난 것보다 더 피곤했다.

하지만 쥘리에트의 눈에 떠오르는 행복의 빛에 그는 감동했다. 그녀는 그의 일부였으며, 그는 그녀가 서서히 꺼져가는 것을 보고 고통스러워했다. 그러나 그녀는 몸을 곧추세우고 '심한 상처'에 대해 이야기를 했다. … '내 불쌍한 손발도 나를 돌보기 싫다하네요!'

그녀는 더 이상 걸을 수 없었다. 그녀는 더 이상 먹지 않았다. 그녀는 자신이 그보다 먼저 죽을 것이라고 되풀이하여 말했다.

"저를 잊지 않고 살아남았으면 좋겠어요."라고 그녀는 말했다.

그녀가 자주 하는 그 말에 그는 가슴이 아팠다. 그리고 그가 그녀에게 준 벨기에 국립 은행의 무기명 주식 35주를 위고 가족에게 돌려주겠다고 말했을 때, 이어서 전부 212,345프랑을 반환할 거라고 설명할 때, 마치 그녀가 임종을 알리는 것 같았다.

그는 말을 더듬었다.

"삶의 엄숙함이 보이고 그 어느 때보다 사랑의 절대적인 힘을 느끼는 시간이오. 우리는 모든 것을 갖고 있소. 사랑이 없으면 아무것도 가진 것이 없는 것이오."

그런 다음 그는 고개를 돌렸다. 그는 감히 생각해 보았다. '설령 그녀가 죽더라도 나는 살아야 할 것이다. 결정하고 선택하는 분은 하느님이시다. 계속 앞으로 나아가야 한다면 나는 그렇게 할 것이다.'

그는 5월 31일 출판 예정인 시집 『정신의 네 바람』 교정본을 천천히 수정하고 있었다. 그리고 그는 『모든 리라Toute la Lyre』와 『내 인생의 사건들』이 곧 선보일 것이라고 겉표지에 발표하기를 원했다.

공석이 세 자리가 있기 때문에 그는 아카데미 프랑세즈에 투표하러 갔다. 그는 학자들의 얼굴을 보았다. 그는 더 이상 환상을 가지고 있지 않았는데, 아마도 그것이 역시 노년이리라.

평소에 하는 자잘한 말도 안되는 소리, 맹세 등을 한 후에 투표를 했다. 좋은 사람들이었고 아무도 적군들 무리라고 의심하지 않을 것이다.

그래서 그의 편 사람들은 각오를 하고 있었다. 『정신의 네 바람』이 출판되자, 졸라Zola가 다시 '짖어댔다.'.

"이것은 위고의 주제에서 보편적인 거짓말이다. 모든 사람들은 우리처럼 그렇게 판단하고 있다. 하지만 빅토르 위고는 문학에서의 종교가 되었고, 질서를 유지하기 위한 일종의 경찰이 된 것이다. … 어쩔 수 없이 종교 상태로 넘어가는 것은 1830년의 혁명 시인에게 얼마나 끔찍한 종말인가!"

그는 1월 27일 일요일, 엘로에 있는 집 2층에 있는 창문 난간에 기대어 서서 수만 명의 사람들이 앞으로 오는 것을 보고 그 기사記事를 생각했다. 툴루즈나 니스에서 온 사람들, 깃발을 들고 밴드를 대동한 수백 명의 대표단과 시의원들 그리고 포목점 점원들도 있었다.

작가들, 대동양大東洋의 프리메이슨들, 정부, 지사, 파리 시의회, 그들 모두는 시인 탄생 80주년의 시작을 축하하고 싶어했다!

그랬다. 그는 엘로 거리의 입구에 세워진 깃대들, 묶음으로 결합된 깃발을 바라보았다. 깃대는 커다란 분홍색 커튼으로 연결되어 있으며, 거기에서 그는 큰 글자로 쓰여 있었다.

빅토르 위고

1802년 2월 26일 출생

1881년 쓰다

집 문 앞에 꽃이 쌓이고 방이 화환으로 가득 찼다. 어린이 대표단이 축하 글을 낭독하기 위해 오고, 고등학생들이 퍼레이드를 하고, 파란 드레스를 입고 우산을 손에 들고 있는 두 명의 중국인도 보였다!

그들은 '위고 만세!'라고 외쳤고, 밴드는 '라 마르세이예즈'를 연주했다.

오후 내내 6시간 동안 군중이 다녀갔다. 아마도 60만 명 정도는 될 것 같았다. 그는 움직이지 않고 때때로 조르주와 쟌느에 둘러싸여 창가에 머물고 싶었다.

"감사하는 것은 당연한 일이다. 그것은 공화국에 복종하는 방식이다. 겸손한 시민, 공화국이 나에게 수여하는 영예 앞에 정중히 고개숙인다."

「르 라펠」에 실릴 감사의 말을 몇 마디 써야 했다. 하지만 머리가 텅 빈 것 같았다. 그는 무슨 말을 해야 할지 몰랐다. "나는 파리, 이 무한한 도시에 경의를 표합니다. 내가 아무것도 아니기 때문에 내 이름이 없는 파리에 경의를 표합니다."

문장이 혼동되었다.

"나는 사랑하는 마음으로 이 도시를 기리며, 신성한 도시에 경의를 표합니다."

그는 더 이상 글을 쓸 수 없었다. 그리고 거실에 쌓여 있는 수천 통, 전 세계의 도처에서 온 2,000통이 넘는 편지에는 답장을 할 수 없었다. 꽃, 전보, 봉투, 선물들을 보면서 갈증조차 느꼈다. 그는 모든 것이 그를 산 채로 묻은 것처럼 숨이 막혔다.

그는 죽지 않았다. 이미 사람들이 결정했기 때문에 파리 시의회가 막 투표하고 엘로 거리의 중요한 곳에 '빅토르 위고의 거리'란 이름을 부여했다.

그는 아직 살아 있었다. 그는 상원에 가서 강베타의 말을 들을 수 있었다. 그러나 상원의원들은 그가 돌아오자 일어섰고, 레옹 세이 의장은 다음과 같이 선언했다. "천재께서 오셨습니다. 상원은 그 분을 환호로 경의를 표합니다."

그는 사람들이 세운 동상에 갇혀서 압박받는 느낌이 들었다. 그는 집 앞에서 일그러지고 불쌍한 얼굴을 한 블랑쉬의 실루엣을 다시 한 번 보는 것 같았다. 그녀는 필시 남편에게 두들겨 맞는 불행한 여자였다. 그녀의 남편 에밀 로쉬뢰유는 위고에게 받은 모든 편지를 그녀에게서 빼앗아, 늙은 연인의 때가 묻지 않은 영광을 기리는 시인의 80번째 되는 해에 그것을 출판하겠다고 위협하는 사람이었다! 그는 그렇게 알고 있었다.

그 협박범을 위협하고 돈을 지불해야 했다. 그리고 물론 그러한 연락과 추악한 결과에 대해 입에 비난을 가득 담아, 혐오스럽게 말하는 록로이의 말을 들어야 했다.

위고는 굴욕감을 느꼈다. 길고 정직한 삶 80년, 여자와 좋은 행동, 여자를 위한, 여자에 의한, 여자 앞에서 무릎을 꿇는 헌신, 인간에게 살만한 대지를 만들어준 매력적인 유기체, 결국은 중상, 비천, 굽신거림, 천함, 외설로 끝나버렸다.

"정직한 사람은 할 말이 없고, 할 것도 없다.

그는 그의 달콤한 미소를 하느님께 돌리기만 하면 된다."

하지만 그는, 삶은 늪이 되어 가고 자신은 점점 그 속에 빠져드는 느낌이 들었다.

그는 더이상 그 시대의 사람이 아니었다. 모든 것이 너무 빠르게 변하였다.

우정부 장관인 베르틀로는 접견실로 그를 초대하여 두 개의 전화 귀마개를 착용하고 오페라 극장의 공연과, 다음에 전화기를 바꾸어 테아트르 프랑세의 공연과, 오페라 코메디의 공연을 들을 수가 있었다.

그는 놀랐고 매료되었다. 조르주와 쟌느 그리고 알리스는 열광적이었다. 그것은 그들의 미래였다. 그는 이미 멀리서 그것을 본 느낌이었다.

폴 뫼리스가 그의 소설을 각색한 희곡 『93년』의 연극 공연은 당혹스럽지 않고 익숙하여 만족했었다. 그것은 과거였다. 다가오는 것이 이제는 낯설었다.

삶은 줄어들고 죽음이 빠르게 메워가는 그 틈새에 위고가 끼어 있었다.

때가 됐다.

마지막 페이지를 작성해야 했다.

그는 종이의 맨 위에 날짜와 제목을 썼다.

유언. 1881년 8월 31일

"하느님. 영혼. 책임. 인간에게 세 가지 개념이면 충분하다. 나에게도 충분하다. 그것은 진정한 신앙이다. 나는 그 신앙대로 살았고, 그 안에서 죽는다. 진리, 빛, 정의, 양심, 그것은 하느님, 데우스, 디에스."

"가난한 이들에게 40,000프랑을 전한다. 가난한 이들의 영구차로 묘지까지 가기를 원한다.

나의 유언 집행자는 쥘르 그레비, 레옹 세이, 레옹 강베타 씨이다. 필요하면 추가하면 된다. 나는 나의 모든 원고와 내가 쓰거나 그린 모든 것을 언젠가는 유럽 합중국 도서관이 될 파리 국립 도서관에 기증한다."

"아픈 딸과 두 손자를 두고 있다. 나의 축복이 모든 이들에게 있기를."

"내 딸을 위해 필요한 연간 8,000프랑을 제외하고, 내가 가진 모든 것은 내 두 손주에게 준다. 여기에서 내가 그들의 어머니 알리스에게 주는 연금과 종신 연금을 전과 같이 남겨둠을 명시하며, 12,000프랑으로 증액한다. 그리고 쿠데타 기간 목숨을 걸고 내 생명을 구하고 나의 원고 가방을 간직한 용감한 여성에게 연금과 종신 연금을 드린다."

"나는 지상의 눈을 감겠지만 영적인 눈은 더없이 크게 뜨고 있을 것이다. 나는 모든 교회들의 추도사를 거절한다. 다만, 모든 영혼들에게 기도를 부탁한다. 빅토르 위고."

1882

지옥이 사로잡고 있던 당신, 자유! 자유!

어둠에서 빛으로 오르라, 영원을 바꾸라![399]

위고는 주변의 모든 사람들이 어둠 속에 잠드는 느낌이 들었으며, 때로는 흐느낌을 참을 수가 없었다. 폴 드 쌩-빅토르, 에밀 드 지라르댕, 블랑키, 가리발디, 루이 블랑, 다른 많은 사람들, 친구들, 피에르 보나파르트 같은 적들, 모두 죽었다.

마치 그 모든 얼굴들이 그를 향하고 있는 것 같았고, 눈짓으로 그를 따르라고 격려하는 것 같았다. 그는 무엇을 기다리고 있는가?

그는 쥘리에트의 침대 가장자리에 가서 앉았다. 그녀에게 말을 걸었다. 핏기 없는 그녀의 얼굴을 보았다. 그녀는 더 이상 아무것도 삼킬 수 없었다. 때때로, 그는 그녀에게 어떻게든 저녁 식사를 하자고 사정했다. 그는 그녀 자신을 챙기기를 원했다. 위고는 록로이가 위고를 자신을 괴롭히는 사람, 폭군, 이기주의자라고 비난하며 중얼거리는 말도 듣고 있었다. 그는 그것을 참아야 했다. 그는 쥘리에트를 데리고 자신의 방으로 갔다. 그는 쇠약해진 그녀의 손을 잡고 있었다. 그는 그녀에게 남아있는 에너지를 주고 싶었다.

그는 삶에 머물고 싶었다. 그는 1월 초에 상원에 갔고 열광적인 환호로 인사를 받았다. '우리의 첫째 상원 의원 만세! 빅토르 위고 만세!' 그는 실제로 명단

1번으로 재선되었다.

그는 계속해서 행동하고 말하기 위해 노력했다. 설령 지루함과 반복되는 느낌이 갑자기 시선을 가리고 목소리를 억누른다 해도. 차르에 대항하여 음모를 꾸민 러시아 테러리스트들의 죽음을 구하기 위해 나서기도 했다.

그는 분노 속에서, 잃어버렸다고 생각하는 원기와 언어를 되찾았다. 그는 외쳤다.

"왜 이런 십자가요, 왜 감옥이오? 허무주의와 전제정치는 그들의 전쟁, 악에 대한 뻔뻔한 악의 전쟁을 이어가는 것이오. … 나는 어둠 속에서 자비를 주장하는 것이오. 나는 황제께 백성을 위해 자비를 구하며, 그렇지 않으면 나는 황제를 위해 하느님께 자비를 구하겠소."

그것은 삶이 생명의 움직임에 달려있다고 믿었다. 그는 5월에 출판될 『토르크마다』의 교정본을 다시 읽었다. 쥘리에트가 너무 오래전에 쓰인, 너무 늦게 태어난 그 책을 밤새워 읽고 나서 말했을 때, 위고는 감동이 밀려왔다.

"저는 마치 당신의 열렬한 시의 영약을 한 번에 마신 것처럼 행복하고 기쁨이 넘쳐 독서를 마쳤어요."

그리고 책 『93년』 100회 공연 기념 연회로 새벽 3시까지 동료들과 함께 있었다. 그들은 81세가 되는 그를 놓아주지 않았다! 그는 정력, 욕망, 여성의 육체에 대한 호기심을 되찾는 느낌이 들었다. 그리고 록로이의 말대로 '밤의 배회자', '역겨운 노인'인 그는 찾아냈다, 입 안에서 냄새나는 침을 흘리는.

그는 이전과 마찬가지로 저작료를 계산했다.

『93년』의 저작료를 수첩에 기록했다. "335,915 프랑12월, 964,190 프랑1월, 999,791 프랑4월…. 『르라펠』 배당금, 주당 250프랑25,000프랑… 로스차일드 은행에 갔다. 46,073프랑을 입금했다."

주머니에 금화를 가지고 있었다. 여자의 몸에 대한 값을 지불할 수 있고, 알몸을 보고, 애무하고, 삽입도 할 힘도 있었다.

그는 아직 살아있었다. 몸도. 목소리도.

그는 러시아에서 자행되고 있는 학살에 분개했다.

"그릇된 신앙은 서로를 삼킵니다. 기독교가 유대교를 학대하고 있습니다. 현재 30개 도시가 약탈과 학살의 먹이가 되고 있습니다. 러시아에서 일어나고 있는 일은 끔찍합니다. … 민중 곁에는 늘 떼거리 군중이 있기 마련입니다. 빛이 있는 곳에 언제나 어둠이 있습니다."

그는 살아있다! 오늘 살아있다!

그는 쥘리에트를 『왕은 즐긴다』 공연장에 데리고 갔다. 그리고 그는 그녀가 아무리 지쳐있고, 병이 들었어도 행복해한다는 것을 알고 있었다. 쥘르 그레비 공화국 대통령이 무대 앞을 차지하고 있었고, 코메디 프랑세즈 행정관의 칸막이 좌석, 쥘리에트는 위고의 옆에 앉았다. 위고는 배우들이 제공하는 연회에도 참여하고 싶었다.

그는 살아있다! 오늘 살아있다!

그는 쥘리에트와 함께 생-망데에 있는 그녀의 딸 클래르의 묘소에 가기로 동의했다. 그리고 그는 아델를 만나러 갈 것이다. 아델은 요양원에 있지만, 정신착란증에 시달려 살아 있으나 없는 듯한 딸이었다.

과도한 꿈으로 산 탓이었을까! 돌아온 에너지의 신기루가 갑자기 흩어지는 것과 같았다.

그는 고통에 목이 메인 목소리로 중얼거리는 쥘리에트에게 아무 대답도 줄 수 없었다. "우리 둘 다 이런 식으로 가면, 특히 자연의 순리에만 맡기는 당신의 편견 때문에 우리는 오래 가지 않을 것이라고 생각해요, 적어도 저에 대한 관심은 거의 없군요. … 역시, 최대한 악의를 품지 않고 체념한 채로 마지막 여정을 만들어 가야지요. 제가 당신보다 앞서 가는 것, 그것이 제가 하느님께 간구하는 전부예요. 그 분께서 저의 소원을 들어주실 거라 믿어요."

달리 그녀에게 무어라고 덧붙일 수 있을까? "당신을 사랑하오. 하느님께 우리 두 사람을 가능한 한 밀접하게 결합시키고, 영원히 우리를 천사들과 하나 되기를 간구하오."

잠자리로 갔다. 그는 잠들고 싶었다. 더 이상 볼 수도 없고, 더 이상 알 수도 없었다.

그는 사람들이 그를 아침 내내 자도록 그냥 두고, 점심 때에도 아무도 깨우지 않을 것을 알고 있었다.

마침내 일어났다.

책상 위엔 쥘리에트의 메모.

"언제, 어떻게 끝날지 모르지만 저는 날이 갈수록 고통스럽고, 매 시간 약해지고 있어요. 펜을 잡을 힘도 거의 없고, 제가 쓰고 있는 것을 의식하기에도 너무 힘드네요. 하지만 저 없이 당신을 이 땅에 오래 남겨 두지 않기 위해, 제가 가진 사랑의 힘을 모두 쏟아 삶에 매달리고 있어요. 그러나 아아, 대자연이 반항하네요. 도와주질 않는군요…"

한밤중이었다. 내일은 사자死者들의 날이 될 것이다.

위고는 잠들지 못했다. 그는 방의 어둠속에서 기이한 소리를 들었다. 누가 그를 불렀던가? 그리고 어디서?

"우리가 사는 땅이 세상이 아닌 것이 확실하고, 창조와 창조 사이에 반드시 소통이 있기 때문에, 침묵하며 고개를 숙이노니."

그렇게 노인은 처신해야 했다.

1883

순종하여라, 유순한 영혼이여

세상은 원대하고 주인은 온유하니

새벽이었다. 위고는 옆방에서 쥘리에트의 거친 숨소리를 들었다. 신음소리처럼 들렸다.

그해 1월 1일 그녀는 그에게 몇 줄의 편지를 썼다. 그는 온통 흔들린 글씨를 알아보기 힘들었다. 하지만 단어 하나하나를 기억했다.

"사랑하는 당신, 내년 이맘때 내가 어디에 있을지 지금은 알 수 없지만, '당신을 사랑해요'라는 단 한마디로 당신을 위해 증명서에 사인할 수 있어 행복하고 자랑스러워요."

그는 그녀에게 대답했다.

"내가 당신에게 '축복이 있기를' 하고 말할 때, 그것은 천국이오.

내가 당신에게 '잘 자오'라고 말할 때, 그것은 이 땅이오.

내가 당신에게 '당신을 사랑하오'라고 말할 때 그건 바로 나요."

그녀는 이제 거의 걸을 수가 없었다. 몸을 움직이기조차 힘들어했다. 그런 그녀를 보는 것이 그에겐 절망이었다. 두 사람이 만난 기념일 2월 16일, 그는 사진 한 장을 보여주었다. 그녀는 미소를 지으려 애썼다. 그는 초상화 아래에다 썼다. "50년간의 사랑, 그것은 가장 아름다운 결혼이오."

그는 그녀의 얼굴을 쓰다듬고, 그녀의 손에 키스하고, 쉬도록 했다.

그는 죽음을 너무나 가까이 느끼며 주위를 둘러보았다, 마치 그녀가 방 한 구석에 웅크리고 있었던 것처럼. 2년 동안 그가 할 수 있을 때 만지고 사랑하기로 동의한 하녀를 부를 욕망마저 없었다.

수첩을 훑어보았다. 그는 그의 포옹, 그의 만남을 회상하는 '+' 표시들을 보았다. 그 기억은 그를 좀 혼란스럽게 했다. 그는 그녀들에게 각각 20프랑을 지불했다. 그리고 가끔, 어떤 날에는 최대 4개의 + 기호를 기록했고, 80프랑을 지불했다!

죽음을 물리치고 싶었다. 하지만 여자의 몸을 껴안고 바라보고 싶은 욕망이 사그러드는 자신을 알았다.

이제는 죽음이 다가오는 것을 지켜봐야 했다.

1882년 12월 31일, 강베타가 세상을 떠났다. 죽음은 젊음도 재능도 존중하지 않는다는 것을 증명이라도 하듯이.

그리고 얼마 지나지 않아 죽음은 루이 뵈이요를 공격했다. 친구를, 적을, 죽음은 넘어뜨렸다. 죽음은 생존자를 격리해 버렸다. 그는 너무도 외로웠다!

그는 여든 한 번째 생일을 위해 마련한 콘티네탈 호텔의 연회에 참석했다. 소란, 연설, 어여쁜 여자들. 그 모든 얼굴과 모든 목소리가 그에게는 너무 멀었다. 화답 연설, 지친 목소리로 단 몇 마디만 할 수 있었다.

그는 시간과 계절을 집어삼키는 잠 속에서 빠져나왔다.

4월 11일 수요일, 그는 쥘리에트의 침대로 다가갔다. 그녀는 그의 말을 듣고 있을까? 그녀는 바싹 야위고 힘이 없었다. 그가 말했다

"당신이 태어났기 때문에 행복한 날, 오늘은 당신의 생일이오. 당신이 고통스러워하니 슬픈 날이오. 하지만 난 평온하오, 하느님께 같은 시간에 당신과

나를 데려가시라고 간구했소. 그리고 나는 하느님께 희망을 두오. 당신을 사랑하오.'

그는 회복될 것이라고 그녀를 애써 설득했다.

"날 사랑해주오." 그녀에게 말했다. 마치 그녀가 사랑에 빠져 자양분을 공급받았던 에너지를 조금이라도 더 만들어낼 수 있기라도 하듯.

그러나 날이 지나고 쥘리에트의 눈은 죽음이 가차 없이 스며들듯 감긴 채로 남아 있었다.

5월 11일, 그녀는 세상을 떠났다.

그는 울음도 나오지 않았다. 삶이 멈추고 더 이상 자신의 몸에 살지 않는다는 느낌이 들었다.

50년 동안 오직 그를 위해 빛나고 싶었던 항성, 이제 그녀 없이 어찌 살아남을 수 있을까?

그는 생-망데까지 영구차를 따라가고자 했다. 거기서 그녀는 딸의 유해를 만날 참이었다. 하지만 '용감한 여성' 쥘리에트의 조사弔詞를 할 알리스 록로이, 뫼리스 바크리가 반대하는 바람에, 그는 장례 행렬이 사라지는 것을 지켜보는 것으로 만족해야 했다.

'나는 곧 당신과 합류할 것이오, 내 사랑하는 이여' 그가 중얼거렸다.

그는 『여러 세기의 전설』에 이어 『망쉬 군도』 속편 출간에 관심이 가질 않았다. 모든 일이 어찌 되는지 이해할 수 없었다. 불과 몇 년, 아니 몇 달 전만해도 그는 자신의 책 출간에 그토록 집착했었건만.

이제는 손자 외에는 더 이상 삶에 집착하지 않을 것인가? 그나마 아이들의 존재가 그를 진정시켰다. 다시 평온함을 느꼈다. 그는 아이들과 함께 며칠 동안 제네바 호숫가가 있는 스위스로 갔다.

그는 6월의 햇살 아래 빌뇌브에 있는 바이런 호텔의 테라스 위를 천천히 걸었다. '빅토르 위고 만세!'로 환호하는 군중을 보았다. 그는 자세를 바로 했다. 그는 팔을 들고 대답했다. '공화국 만세.'

그리고는 기력이 다한 것처럼 지친 느낌이 들었다.

그는 자기 방, 침대, 사무실을 다시 찾았다.

그리고는 유서를 다시 쓰기 시작했다. 종이 위쪽에 글을 쓰는 데 문제가 있었다.

"유언 추가. 1883년 8월 2일.

가난한 이들에게 5만 프랑을 전한다. 그들의 영구차로 묘지까지 가기를 원한다. 모든 교회의 추도사를 사절한다. 모든 영혼들에게 기도를 부탁한다. 나는 하느님을 믿는다. 빅토르 위고."

모두가 잘 되었다. 아마도 그것 덕분에 그는 몇 구절을 쓰고 싶은 욕망을 느꼈다. 그는 쥘리에트가 죽은 해, 그 해가 출판 마지막 책, 마지막 말을 하는 해가 되리라 확신했다. 다른 것들도 출간되겠지만, 그것들은 사후가 될 것이다.

그는 펜을 내려놓았다.

그는 몇 걸음 천천히 걸어보려고 거리에 나갔다. 그는 여자들을 보았고 아이들이 노는 것을 보기 위해 멈추어 섰다. 가끔, 사람들이 그를 알아보았다. 한 젊은 여자와 팔짱을 끼고 걷기도 했다. 자기 앞에 죽음이 기다리고 있다는 사실을 잠시 잊었다.

그는 되돌아왔다.

가을이었다. 그는 정원에서 놀고 있는 벌써 열 살이 다 된 조르주와 쟌느를 바라보았다. 아이들을 보는 것은 작업실로 갈 힘, 그리고 다시금 펜을 잡을 힘을 주었다.

아이야, 사람들이 널 바라보고

군중이 너에게로 향하는구나

케사르는 경호 속에서 널 원하고

예수님은 율법 속에서 널 원하시지

어느 한쪽을 위해 혹, 다른 쪽을 위해서도 살지 말거라

그들은 매우 위대한 두 사람이지. 하지만 그보다는

진리의 사도

그들을 두 정상에 놓아두렴

조르주는 무릎을 꿇고 쟌느는 기도하네

아이들아, 천상의 눈이 너희를 바라보니

순종하여라, 유순한 영혼이여

세상은 원대하고 주인은 온유하니.400

그는 펜을 떨어뜨렸다. 마지막 시였다, 그는 그것을 알았다.

1884

오 하느님, 인간이란 무엇인가요?

그리고 이 세상은 무엇인가요?

우리들 고통의 의미, 우리 전투의 목표는 무엇인가요?401

그는 오랫동안 자신을 바라보았다. 그는 마른 손을 서로 비볐다. 주름진 피부는 그의 것이었다. 눈 아래의 붓기, 얼굴 주름, 노인의 얼굴에서 더는 놀라운 것이 없었다. 그저 쇠잔하고 부어오른 듯 했다. 그랬다. 그는 그것을 받아들였다.

수첩을 잡고 있는 손이 떨고 있었다. 그는 몇 줄 썼다. 시구였을까?

자신 안에서 솟던 그 강력한 원천은 말라버렸고, 대양大洋을 잉태하던 시절의 물 몇 방울만이 이따금 뚝뚝 듣는 듯했다.

슬프고, 들리지도 않는, 늙은,

침묵하는,

눈을 감으라

하늘을 향해 열린.402

때로, 그는 남들의 말이 잘 들리지 않을 때 불쾌한 느낌이 들었다. 마치 아직 젊고 살아있는 사람들에게서 멀리 떨어진, 다른 곳에 자신이 살고 있는 것처럼.

그들은 저녁 식사를 하기 위해 엘로 가에 있는 집으로 왔다. 그들이 그를 예찬하기 위해 우렁찬 콧소리로 '빅토르 위고 거리'를 라는 말을 꺼내자 그는 그들에게 미소를 지었다.

그는 똑바로 앉았다. 그리고 식사를 주재했다. 다들 무슨 말들을 할까?

그는 에두아르 록로이를 의심의 빛으로 쳐다보았다. 위고는 그가 자기를 사랑하지 않고 아마도 미워하리라 확신했다. 부적절하다고 생각되는 편지를 훔쳐야만 했던 이가 바로 그 남자였다. 블랑쉬에게 무슨 일이 있었을까? 그녀는 아마도 쥘리에트가 죽은 후에 편지를 썼을 것이다. 아마도 그녀는 돌아오기를 바랐을 것이다. 사람들은 그녀를 쫓아내고 입을 막아야 했다. 다른 사람들처럼. 위고는 화를 내지 않았다. 그는 낮과 어둠 사이, 때로는 더 생기있는 빛이 비치는 회색 세계에 살고 있다는 인상을 받았다. 그는 온갖 장애에도 불구하고 '톨라 도리안'이란 작품에 서명한 젊은 시인 메첸스크 공주를 만나는 데 성공했다. 그는 그녀의 팔에 기대었다. 그의 심장이 더 빨리 뛰었다. 그것이 바로 그가 원했던 것이다. 그가 여전히 유혹할 수 있는 조신한 여자.

그는 그녀와 함께 외출했다. 그들은 센느 강을 따라 걸었다. 그는 몸을 바로 세웠다. 그의 다리가 가벼워 보이기까지 했다. 그는 해가 지는 모습을 보여주며 "그대는 이것을 오랫동안 보게 될 거요."하고 말했다. 이어 그는 "나는 하느님을 만날 거요. 그 풍광은 훨씬 더 웅장할 것이오."라고 했다. 그는 얼마 후에 불려갈 것인가? 그것이야말로 유일한 신비였다.

그는 역사가 프랑수아 미네 사망 후 자신이 아카데미 프랑세즈의 원장이 되었다는 것을 알게 되었다. 그것은 모두들 박수갈채가 있고 기념 동상의 제막식 연설이 마련된 그의 족적이었다!

말하는 것은 그를 지치게 했다. 그는 조르주 상드를 기념하거나 브라질의 노예 제도 폐지를 기념하기 위해 세워진 기념비에 대해서 단 몇 마디 글을 썼다.

그는 스스로가 놀라웠다. 한 때, 하루 종일 글을 쓰고, 적대적인 집회에 분연히 맞서고, 몇 시간이든 이야기하고, 하루에도 수차례씩 사랑을 나누곤 했으니!

이제 그의 수첩에서 '+' 기호를 거의 볼 수 없었다.

그는 생상스가 그를 기리기 위해 작곡한 「위고 찬가」 연주회에 참석하기로 동의했다. 그가 트로카데로의 콘서트홀에 도착했을 때 그는 순간 당황했다. 박수갈채를 보내는 사람들 가운데 무엇을 할지?

시나브로 그의 자리는 다른 곳에 있었으니, 죽은 자와 함께.

때로 자신의 의지와 관계없이, 그가 썼던 수많은 구절 중 하나처럼 조화롭게 배열된 단어들이 여전히 그의 안에서 터져 나왔다. 그는 그 구절들을 기억하려고 애썼다. 그는 그 구절들을 기록했다. 그만큼 그는 예전과 같은 빛의 예상치 못한 광채에 눈이 부신 듯 깜짝 놀랐다.

"나는 바르톨디*가 미국을 위해 만들었던 거대한 청동 동상을 찾아갔었다. 그것은 매우 아름웠다. 나는 동상을 보았을 때 이렇게 말했다. '바다, 이 거대한 파도의 바다는 두 개의 위대한 평화로운 땅이 하나임을 확인시켜 주는 것이다.' 사람들은 나에게 이 말을 받침대에 새기도록 요청했다."

그리고 동시에 그는 그런 수평선을 계속해서 어지럽히는 것에 거의 수치심에 가까운 일종의 혐오감을 느꼈다.

곧 끝날 것이다. 그는 그것을 느꼈다.

그는 1년 전에 세상을 떠난 쥘리에트를 생각했다.

---

* Bartholdi(1834~1904). 미국 독립 100주년 축하를 위한 '자유의 여신상'을 디자인한 프랑스 조각가.

"경탄할만한 여자였다! 우리는 내세에서 다시 만날 것이다. 그가 중얼거렸다. 그는 뵐르-레-로즈의 폴 뫼리스 집으로 갔던 여행이 인생의 마지막 여행이었다고 믿었다.

그는 건지섬에서 행했던 것처럼 마을에서 가장 가난한 100명의 아이들을 모아, 똑같은 방식으로 식사를 제공하고 추첨을 통하여 복권을 주었으며, 20센트에서 100프랑의 돈도 주었다. 그는 생명인 그 꼬마들 가운데로 갔다. 그는 아이들 머리 위에 그의 늙은 손을 얹었다. 그는 그들의 웃음소리를 들었다. 그는 이렇게 말했다. '양심이 충족하고 마음이 흡족할 때 완전히 불행할 수는 없다.'

그는 그렇지 못했다.

그는 내면에 그의 모든 세월을 삼킨, 그가 사랑했던 거의 모든 사람들이 사라져 버린 거대한 공허함을 느꼈다.

"이제 이 세상 자리를 비울 시간이니."

1885

이것은 낮과 밤의 전투이오.

위고는 수첩에서 작은 십자 표시 '+'를 더했다.

그리고 훑어보았다. 여든셋, 1월 1일부터 적은 것이 모두 8개였다.

과연 여자의 몸을 몇 번이나 더 보고 만질 수 있을까?

그 해 4월 5일 마지막 십자가가 될 수 있을까? 정말로 새로운 포용의 필요성을 느꼈는지 자문해 보았다.

죽음이 지체되어 젊음의 행위를 다시 하는 순간, 그것은 망각의 순간이었으므로, 비록 포옹으로만 하는 흉내일지라도 여전히 그는 욕망하고 있다는 환상을 가진 것은 아닐까?

하지만 그는 그것을 알고 있으므로 휴식을 갈망했다.

그는 잠을 청했다. 그리고 속삭였다. '그녀는 환영받겠지.'

'그녀'는 여자를 가리키는 말이 아니었다. 죽음을 말하는 것이었다.

그는 '대지가 나를 부른다.'고 덧붙였다.'

그러나 죽음은 재촉하지 않았다. 변화를 주고, 그는 아직 살아 있다고 믿었다. 남들도 믿도록 스스로 설득해야 했다.

5월 14일, 그는 저녁 식사에 페르디낭 드 레셉스를 초대했다.

기분이 좋았다. 그는 웃었다. 그는 레셉스의 아이들과 함께 정원에서 재잘거리는 조르주와 쟌느의 즐거운 목소리를 들었다.

사람들은 그의 건강한 외모와 건강을 축하했다. 그러나 그는 추웠다. 그는 누워서 이불 속에 얼굴을 묻고 싶어 했다.

그는 무거운 걸음으로 방으로 올라갔다. 그는 한 발자국 마다 멈추어 섰다. 심장이 확장되는 듯, 맥박이 뛸 때마다 폐를 압박해왔다. 마치 가슴 전체를 점유한 듯했다. 호흡하기가 어려웠다.

그는 자신의 숨막히는 헐떡거림 중에도 단어를 찾아내며 말했다.

'이제는 끝났다.'

알리스, 폴 뫼리스가 탄식을 하며 그를 잠자리로 데려갔다.

밤을 보내야 했고, 밤을 닮은 낮을 보내야 했다.

그는 으스스 몸을 떨었다. 열이 그를 데웠지만 추위는 달아나지 않았다. 그는 기침을 했다. 그는 점점 더 거칠게 숨을 쉬었다.

의사들이 왔다. 그는 그들이 속삭이는 소리를 들었다. "폐울혈肺鬱血 아닐런지요?"

그는 답했다.

"이것은 낮과 밤의 전투이오."

이제 그는 전투에서 지고 싶었다. 지게 될 것이다.

그는 조르주와 쟌느가 들어오는 것을 보았다.

그는 몸을 좀 더 곧추 세우려고, 시트 아래에서 이미 앙상해진 손을 빼내려고 애쓰고 있었다. 낡은 금반지가 윤기 없는 피부위에서 빛나고 있었다.

두 아이가 침대 근처에 무릎을 꿇고 있었다. 그가 키스를 할 수 있도록 그 아이들은 더 가까이 와야 했다. 그는 그들에게 말했다. '행복하거라, 나를 생각해

다오, 나를 사랑해 주렴.'

그는 5월 18일의 태양에 눈이 부셨다. 그러나 여전히 추웠다. 그는 이불 속에 웅크리고 있었다. 그리고 속삭였다. '사랑하는 나의 아이들….'

그는 그들에게 미소 짓고 싶었으나, 자신이 울고 있는 것을 알았다.

그는 수첩을 가져오라고 부탁했다. 5월 19일이었다. 그가 쓰는 마지막 문장이었다. 그리고 그에게 펜은 너무 무거워 보였다. 그의 움직임은 너무나 어설펐다. 그리고 단어들은 마치 저항하듯 그에게 달라붙었다.

"사랑하는 것, 그것은 행동하는 것이다." 마침내 그는 적는 것에 성공했다.

그는 눈을 감았다. 그리고 중얼거렸다. "검은 빛이 보인다."

그는 천천히 그 빛을 향하여 미끄러져 갔다.

5월 22일 금요일 오후 1시 27분, 그는 눈을 감았다.

에필로그

당신은 우리와 함께 있을 것이오!
이 기념비 아래에 누워, 숙성되어 끓어오르는 이 강렬한 파리에서.

빅토르 위고 거리에 있는 집 앞에 군중이 구름처럼 모여들었다.

때로 항의하는 듯한 함성도 있었다. '빅토르 위고 만세!'

우리는 「르 라펠」에서 고통스런 이야기를 읽었다.

"의사는 그가 아프지 않다고 말했지만, 그 할딱거리는 소리가 듣는 사람들에게는 고통이었다. 처음에는 조약돌 위 바다의 소리와 같은 쉰 목소리였는데, 잠시 후 소리가 약해졌다가, 그리고는 소리가 멈췄다. 빅토르 위고는 죽었다.

'그는 심장의 상해로 고통받았다가 폐울혈에 이르렀다'고 의료적 보도가 밝혔다.

사람들은 수군거리며 웅성웅성했다. 여자들은 눈물을 흘렸다. 사람들은 시인의 시를 낭송했다.

그리고 한 사람이 남는다면, 내가 바로 그 사람이 되리니. …

사람들은 가족, 알리스, 샤를 위고의 미망인 알리스, 그리고 그녀의 남편이 에두아르 록로이가 파리의 대주교를 거부했다는 말을 뒤풀이했다. 파리의 대주교 기베 주교는 위고의 집 입구에서 위고의 집 머리맡까지 가고자 했다. 하지만, 대문 밖에 있어야 했다.

그것은 시인의 소원이었다.

그는 움직이지 않고 대리석처럼 창백하고 매우 평화로운 표정으로 누워 있었다.

5월 23일 토요일 그의 시신은 방부 처리되어 꽃으로 덮인 침대에 눕혀있었다. 사람들은 장례식을 기다리고 있었다.

클레망소는 장례식은 국장國葬으로 해야 한다고 말했다. 장례식은 모든 당파 당사자들이 잠시라도 만날 수 있는 유일한 기회가 되리라는 것, 빅토르 위고를 기림과 동시에 프랑스를 기리는 것이라고도 언급했다.

의회가 투표했다. 의장들도 뒤따랐다.

"그의 천재성은 우리 세기를 압도하고 있습니다. 위고 덕분에 프랑스가 세계에 빛을 내고 있습니다."라고 앙리 브리송 의회 의장은 발표했다. 그래서 의원들은 유해를 개선문 아래 전시했다가 나중에 팡테옹에 안치할 것을 결정했다.

나폴레옹 3세는 혁명 이전과 마찬가지로, 성녀 주느비에브에게 헌정된 교회에 그랬듯이, 기념비를 재건했다. 제3공화국은 판테온의 기능에 대해 상원의원에 반대하며 둘로 나누어졌다. 그리고 그 기념비는 교회도, 사원도 아닌, 목적이 없는 채로 남아 있었다.

하원에서 투표가 실시되었다. 위고의 사후 분위기가 공화파의 승리를 이끄는데 결정적 역할을 했다.

"팡테옹은 합법적인 처음의 목적대로 환원될 것이다.

빅토르 위고의 시신은 공휴일로 공포된 6월 1일 월요일 팡테옹으로 옮겨졌다."

'반反 교권주의' 목소리는 선택에 대해 반대했다.

"당신들은 장례식을 불경스러운 모독과 신앙에 대한 자유 사상의 야만적인 승리의 기회로 삼는 것이라"고 알베르 드 묑이 선언했다.

그리고 기베르 추기경은 기독교인의 양심이 분노하고 있다고 덧붙였다.

그러나 5월 31일 일요일 샹젤리제 거리를 오르내리는 수백만 인파의 함성으로 순식간에 묻혀버린 그 말을 누가 듣겠는가?

민중은 개선문의 궁륭 아래 받침대 위에 세워진 기념비적인 영구대인 석관, 소량의 은으로 수 놓은 검은 벨벳으로 덮인, 석관을 보고 싶어했다. 거기엔 '천재'의 관, 나폴레옹 대제와 대등한 시인의 관이 있었다.

밤이 찾아왔다. 군중은 더욱더 운집했다. 벨빌에서, 바스티유에서 그리고 교외에서 온 사람들이었다. 사람들은 큰 소리로 말했다. 마셨다. 식사를 했다. 시구절을 낭송했다. 가브로쉬*처럼 노래도 했다.

우리는 낭트에 온 못생긴 사람들
그것은 볼테르 잘못이지
우리는 팔레조에서 온 바보들
그것은 루소 잘못이지

나는 공증인이 아니니
그것은 볼테르에게는 과오
나는 작은 새 한 마리
그것은 루소에게는 과오라네

---

* 대혁명 당시 학생 군(軍)을 돕다가 목숨을 잃은 소년. 소설 『레미제라블』의 등장인물이기도 함.

쾌락은 나의 기질

그것은 볼테르에겐 과오

비참은 나의 옷

그것은 루소에게는 과오이니

나는 땅에 넘어졌다네

그것은 볼테르에겐 과오

시냇물에 코를

그것은 … 에게는 과오야.403

사람들은 눈물을 흘렸다.

사람들은 1832년 라마르크 장군의 장례식을 떠올리게 하는 『레미제라블』의 그 유명한 장章의 제목 '장례식, 부활의 기회'를 기억했다. 사람들은 가브로쉬의 죽음을 이야기하는 그 소설의 구절을 반복했다.

그는 끝내지 못했다. 같은 사수의 두 번째 총알이 그를 멈춰 세웠다. 그때에 도로에 얼굴을 대고 넘어져 더 이상 움직이지 않았다. 그 작고 위대한 영혼은 막 날아올랐다.

모두들 가브로쉬의 다른 노래를 제창했다.

그러나 아직 바스티유가 있으니

나는 싸움을 멈추게 하리라

거기에 있는 공공의 질서 안에서

아름다운 소녀들은 어디로 갔는가?

롱라여

어느 누가 이 게임을 원하리?

옛 세상 모두 무너지고

거대한 공은 굴러가 버렸는데.404

사람들이 외쳤다. '위고 만세'. 사람들이 서로 포옹했다. 사람들이 서로 껴안 았다.

에드몽 드 공쿠르는 '샹젤리제 잔디밭의 평범한 여자들과 휴가 중인 창녀촌 의 모든 여자들의 엄청난 교접'이라고 말했다.

니체는 공쿠르, 바레스, 레옹 블로이, 위스망, 로맹 롤랑의 논평을 받아들여 '나쁜 취향과 자화자찬의 진정한 난교'라고 논평했다.

로맹 롤랑은 말했다. "눈물과 굴종의 문제가 아니다! 울음 소리, 헐떡이는 소리, 큰 웃음 소리, 무언희극이었다. 이중 사다리 꼭대기에 앉아 속아 넘어간 소녀들은 엉덩이를 꼬집고, 온 국민이 진탕 마시고, 조르다앙에서는 야외 축제 도 열렸다."

모든 것이 위고를 중심으로 모여 들었다. 그는 바다였다. 민중과 군중. 혼란 스러운 소동.

「르 라펠」에서는 "부드럽고 진지한 사람들 입장에서는, 군중의 그 모든 소 란은 어울리지 않았고 충격적이고 무례한 것이었다."라고 논평했다.

모든 도시, 모든 국가에서 온 185개의 대표단, 사격 및 체육 협회에서 온 105 개의 단체가 나팔과 북 소리에 맞춰 행진했다. 가난한 사람들의 영구차가 지나 갈 때 연주, 연설, 함성이 울렸다.

장관, 대통령, 대사, 학자, 유명 인사, 기업인, 젊은 시인으로 구성된 행렬의 선두는 도무지 어울리지 않는 놀라운 광경이었다.

그리고 빅토르 위고의 관이 지나가는 것을 보자면 샹-젤리제에서 생-제르맹 대로까지 생- 미셸 대로에서 수플 로까지 100만 명이 넘는 사람들이 관을 따라가고 있었다.

빛나는 검을 든 용기병, 콩코드 다리에서 날아오는 비둘기, 군대를 나타내는 보병, 말을 탄 공화국 수비대에 의해 뒤로 밀려나는 소란스러운 군중, 마치 위고 작품의 괴상한 광대함, 그의 에너지, 그의 여러 얼굴이 수렴된 것 같았다. 위고의 작품의 위대함은 질서와 반란, 존경과 관습의 거부, 신비로운 것과 사교적인 것, 우스꽝스러운 것과 거창한 것, 사악한 것과 관대한 것, 영웅적인 것과 추잡한 것, 겸손과 외설을 서로 이으며, 또한 결국 민중의 애도를 이끌어낸 기쁨, 생생한 힘, 삶과 죽음을 내밀하게 뒤섞여 있었다.

대체 어떤 시인이 그런 장례식을 치른 적이 있었는가? 그리고 어떤 죽음이 그토록 즐겁고도 엄숙한 예찬을 받았던가?

고인故人, 자유로운 남자, 그는 우리들 모두에게 속하였으니.

아, 가시오, 우리가 당신에게 아름다운 장례를 제공하리니!
우리 또한 우리의 전투가 있을 것이오
우리는 존경 받는 당신의 관에 그늘이 되리니!
거기에 유럽, 아프리카, 아시아 모두를 초대하오!
그리고 우리는 당신에게 젊은 시를 안겨줄 것이오
청춘의 자유를 노래하며!

당신은 우리와 함께 있을 것이오! 이 기념비 아래에 누워

부글부글 끓어오르는 강렬한 파리에서

종종 폭풍우로 어두워지는 하늘 아래

우르르 몰려와 쌓이는 생동하는 포석鋪石 아래

대포가 굴러가는 곳, 군단이 지나는 곳

민중이란 모름지기 저 바다와 같으니.405

문헌 노트

1. 『에르나니 *Hernani*』 3막 4장

2. 같은 책

3. 『가을 나뭇잎 *Les Feuilles d'automne*』, 1, 1830

4. 같은 책 29, 「몽상의 언덕」, 1830

5. 같은 책 14막, 「오, 내 사랑의 편지…」, 1830

6-8. 같은 책

9. 같은 책 29, 「몽상의 언덕」, 1830

10. 같은 책 19, 「아이가… 해보일 때」, 1830

11. 같은 책 18, 「행복은 어디에…」, 1830

12. 같은 책 1, 「이번 세기가…」, 1830

13-15. 같은 책

16. 『오드와 발라드 *Odes et Ballades*』, 5, 오드 9번, 1823

17-18. 같은 책

19. 『가을 나뭇잎』 1장, 「이번 세기가…」, 1830

20. 『행동과 말 *Actes et Paroles*』, 1, 추방 전(前), 권리와 법, 4

21. 3권의 프랑스어 시 노트, 잡영시들, 「엄마께, 기념일을 위하여」

22. 『오드와 발라드 *Odes et ballades*』, V, 오드 9번, 1823

23-28. 같은 책

29. 『행동과 말』, I, 추방 전, 권리와 법, 4

30-32. 같은 책

33. 『가을의 나뭇잎』, 30, 「유년의 추억」, 1831

34. 『행동과 말』, I, 추방 전, 권리와 법, 4

35. 같은 책

36. 『관조(觀照) *Les Contemplations*』, 5, 산책, 10, 「푀이양틴느에서」, 1855

37. 『행동과 말』 I, 추방 전, 『권리와 법』, 4

38-40. 같은 책

41. 『여러 세기의 전설 *La légende des siècles*』, 59, 「에일로의 묘지」, 1874

42-43. 같은 책

44. 『행동과 말』, I, 추방 전, 권리와 법, 4

45. 『여행 *Voyages*』, 「피레네」, 1843

46. 같은 책

47. 『오드와 발라드』, 5, 오드 9번, 「나의 유년」, 1823

48. 같은 책

49. 『할아버지가 되는 기술 *L'Art d' être grand-père*』, 9, 「페피타」, 1811

50. 같은 책

51. 『행동과 말』, I, 추방 전, 권리와 법, 4

52. 『빛과 그림자 *Les Rayons et les Ombres*』, 19, 「1813년 무렵 푀이앙틴느…」, 1839

53-57. 같은 책

58. 미공개 프랑스어 운문 노트, 「뤼코트 장군 부인께, 1814년 1월 1일을 위하여」

59. 『여러 세기의 전설』, 21, 피레네 서사, 3, 「부정(父情)」

60. 3권의 프랑스어 시 노트(1815-1818), 「애가(哀歌)」

61. 같은 책

62. 3권의 프랑스어 시 노트1815-1818), 「엄마께, 기념일을 위하여: 생트-소피」

63. 같은 책, 「왕이여 만세! 프랑스 만세!」

64-65. 같은 책

66. 『여러 세기의 전설』, 21, 피레네 서사, 3, 「부정(父情)」

67. 3권의 프랑스어 시 노트1815-1818), 「바우르-로르미앙 선생에 보내는 답장」

68. 같은 책, 「뤼코트 부인께…」, 1816

69. 같은 책, 「엄마께, 이르타멘을 보내며」

70. 같은 책, 「이 세상 마지막 날」

71. 같은 책

72. 같은 책, 「엄마께, 이르타멘을 보내며」

73. 3권의 프랑스어 시 노트(1815-1818)

74. 『레미제라블 *Les Misérables*』, 1부, 「팡틴느」, 1, 「1817년」

75. 3권의 프랑스어 시 노트(1815-1818), 「엄마께, 이르타멘을 보내며」

76. 3권의 프랑스어 시 노트(1815-1818), 「삶의 모든 처지에서 공부가 주는 행복」

77-78. 같은 책

79. 아텔리 혹은 스칸디나비아인, 1막, 1장

80. A.Q.C.H.E.B, 24장

81. 3권의 프랑스어 시 노트, 「삶의 모든 처지에서…」

82. 3권의 프랑스어 시 노트, 「위대한 해군 제독 앙굴…」

83. 3권의 프랑스어 시 노트(1815-1818), 「엄마께, 1818년 1월 1일」

84. 『관조』, 1, 새벽, 7, 「기소 행위에 대한 응답」, 1834

85. 3권의 프랑스어 시 노트(1815-1818), 「영광에 대한 욕망, 1818년 2월 3일 밤」

86. 3권의 프랑스어 시 노트(1815-1818), 「엄마께, 1818년 1월 1일」

87. 3권의 프랑스어 시 노트(1815-1818), 「루이 17세의 죽음」, 1818

88. 같은 책

89. 『오드와 발라드』, 1권, 「베르뎅의 처녀들」, 1818

90. 3권의 프랑스어 시 노트, 「우리 왕에게 보내는 편지에 대한 답장」, 1818

91. 3권의 프랑스어 시 노트, 「내 유년에게 작별을」, 1818

92. 같은 책

93. 3권의 프랑스어 시 노트, 「고독한 섬에서 내가 할 일」, 1818

94. 『오드와 발라드』, 1권, 「헨리 4세 동상의 복원」, 1819

95. 같은 책

96. 3권의 프랑스어 시 노트(미출간), 「국기와 바람개비 사이의 대화」

97. 아카데미 시편들, 「정치 모병관」

98. 『오드와 발라드』, 1권, 「라 방데」, 1819

99. 아카데미 시편들, 「전신기(電信機)」

100. 같은 책

101. 아카데미 시편들, 「정치 모병관」

102. 『오드와 발라드』, 5, 「첫 한숨」, 1819

103. 『관조』, 5, 「걷다」, 1846

104. 『르 콩세르바퇴르 리테레르 *Le Conservateur littéraire*』에서

105. 『오드와 발라드』, 1, 「베리 공작의 죽음」, 1820

106. 『레미제라블』, 1, 「팡틴느」, 1817

107. 『오드와 발라드』, 4, 「천재」, 1820

108. 아카데미 시편들, 「젊은 바니」

109. 『오드와 발라드』, 1, 「보르도 공작의 탄신」, 1820

110. 『오드와 발라드』, 1, 「퀴베롱」, 1821

111. 『오드와 발라드』, 1, 「보르도 공작의 영세」, 1821

112. 『오드와 발라드』, 5, 「그대에게」, 1821

113. 『오드와 발라드』, 1, 「보나파르트」, 1822

114. 『오드와 발라드』, 1, 「루이 17세」, 1822

115. 『오드와 발라드』, 5, 「여전히 그대에게」, 1823

116. 『오드와 발라드』, 2, 「나의 아버지께」, 1823

117. 같은 책

118. 『오드와 발라드』, 5, 「나의 친구에게」, 1823

119. 『오드와 발라드』, 5, 「한 아이의 그림자 아래t」, 1823

120. 『오드와 발라드』, 2, 「스페인 전투」, 1823

121. 『오드와 발라드』, 2, 「개선문에서」, 1823

122. 『오드와 발라드』, 4, 「반(反)그리스도, 1823

123. 『관조』, 「싸움 그리고 몽상」, 1843

124. 『오드와 발라드』, 3, 「샤토브리앙 선생께」, 1824

125. 『오드와 발라드』, 3, 「루이 18세의 영결식」, 1824

126. 『오드와 발라드』, 5, 「한 여아의 초상」, 1825

127. 『오드와 발라드』, 3, 「샤를르 10세의 대관식」, 1825

128. 『오드와 발라드』, 3, 「엘의 알퐁스 선생께」, 1825

129. 『오드와 발라드』, 3, 「두 섬」, 1825

130. 같은 책

131. 『오드와 발라드』, 5, 「한 여아의 초상」, 1825

132. 『크롬웰 Cromwell』, 4막, 2장

133. 『오드와 발라드』, 3, 「방돔 광장의 콜론 아래」, 1827

134. 같은 책

135. 『동방 Les Orientales』, 60, 1827

136. 같은 책

137. 『오드와 발라드』, 5, 「아쉬 백작 부인께」, 1827

138. 『가을 나뭇잎』, 35, 「석양 Soleil couchants」, 1828

139. 『동방』, 18, 「아이」, 1828

140. 『동방』, 28, 「정령들」, 1828

141. 『가을 나뭇잎』, 35, 「석양」, 1828

142. 『오드와 발라드』, 3, 「종말」, 1828

143. 『가을 나뭇잎』, 13, 「대단한 일이군 그리고 모두가 부러워하는…」, 1829

144. 『빛과 그림자 Les Rayons et les Ombres』, 2, 「1829년 8월 7일」, 1839

145. 『에르나니』, 3막, 4장

146. 『황혼의 노래 Les Chants du crépuscule』 17, 「알퐁스 라브에게」, 1835

147. 『가을 나뭇잎』, 32, 「가난한 이들을 위하여, 1830

148. 『가을 나뭇잎』, 29, 「몽상의 언덕에서」, 1830

149. 『가을 나뭇잎』, 17, 「오! 왜 숨는가?…」, 1830

150. 『황혼의 노래』, 1, 「1830년 7월 이후」, 1830

151. 같은 책

152. 『황혼의 노래』, 2, 「콜론 아래」, 1830

153. 『가을 나뭇잎』, 19, 「아이가… 할 때…」, 1830

154. 『가을 나뭇잎』, 23, 「오! 그대가 누구이든지…」, 1831

155. 『황혼의 노래』, 「송가」, 1831

156. 『가을 나뭇잎』, 36, 「문득, 관대한 예술가가 온 날…」, 1831

157. 『가을 나뭇잎』, 24, 「부인, 당신 주위에 그 큰 은총이 빛나시니…」, 1831

158. 『가을 나뭇잎』, 37, 「만인을 위한 기도」, 1830

159. 『가을 나뭇잎』, 60, 「친구들이여, 마지막 말은…」, 1831

160. 『황혼의 노래』, 4, 「혼인 그리고 향연」, 1832

161-162. 같은 책

163. 『황혼의 노래』, 10, 「한 여인을 인두한 남자」, 1832

164. 『황혼의 노래』, 5, 「나폴레옹 2세 Napléon II」, 1832

165. 『왕은 즐긴다 Le Roi s'amuse』, 3막, 3장,

166. 『황혼의 노래』, 26, 「마드무와젤 J께」, 1835

167. 『내면의 목소리들 Les Voix intérieurs』, 12, 「오엘에게」, 1837

168. 『모든 리라 Tout la Lyre』, 6, 사랑, 2, 「오! 만일 그대가 존재한다면…」, 1833

169. 『모든 리라』, 6, 사랑, 29, 「예, 저는 시선이고 당신은 별이오니…」, 1833

170. 『황혼의 노래』, 33, 「**교회에서」, 1834

171. 『황혼의 노래』, 39, 「릴리아 시절」, 1834

172. 『황혼의 노래』, 25, 「여전히 가득 찬 그대의 잔에 내 입술을 대고.」, 1835

173. 『황혼의 노래』, 39, 「릴리아 시절」, 1834

174. 『내면의 목소리들』, 30, 「올랭피오에게」, 1835

175. 같은 책

176. 『황혼의 노래』, 14, 「오! 추락하는 여인을 모욕하지 마시오…」, 1835

177. 『마지막 꽃다발 Dernière Gerbe』, 32, 「내 영혼에 안개가 자욱하던 날…」

178. 『내면의 목소리들』, 23, 「나는 무엇을 생각하는가?…」, 1836

179. 『빛과 그림자』, 62, 「오세노 녹스」, 1836

180. 『내면의 목소리들』, 32, 「절제하시오!…」, 1836

181. 『마지막 꽃다발』, 67, 「오! 끝나지 않은 세기, 고통과 의혹으로 가득한…」, 1837

182. 『내면의 목소리들』, 29, 「으젠느에게 H 자작이」, 1837

183. 같은 책

184. 『빛과 그림자』, 34, 「올랭피오의 슬픔」, 1837

185. 『내면의 목소리들』, 4, 「개선문에서」, 1837

186. 『뤼 블라스 Ruy Blas』, 5막, 3장

187. 「뤼 블라스」, 3막, 2장

188. 『관조』, 2책, 꽃이 핀 영혼, 20, 「추워라」, 1838

189. 같은 책

190. 『마지막 꽃다발』, 61, 「얼굴을 들어라, 지금 그토록 어두운…」, 1839

191. 『빛과 그림자』, 1, 「시인의 임무」, 1839

192. 『빛과 그림자』, 3, 「루이-필립께, 1839년 7월 12일 사형선고 직후」

193. 『여러 세기의 전설』, 68, 「황제의 귀환」, 1840

194. 『여러 세기의 전설』, 68, 「1840년 12월 15일, 샹젤리제로 돌아오며 쓰다」

195. 앙리 기유맹의 '빅토르 위고'에서, 쇠이으

196. 『성주(城主)들』, 3부, 4장

197. 『모든 리라』, 3, 생각, 58, 「작별 인사 없이 떠나보내지 마오…」, 1843

198. 『관조』, 3, 「1843년 2월 15일」, 1843

199. 『모든 리라』, 5, 「나」, 35, 「발송(發送)」, 1843

200. 『모든 리라』, 2, 자연, 8, 「주여, 저는 한밤에 묵상하였으니…」, 1843

201. 쥘리에트 드루에의 일기

202. 『관조』, 4, 「빌르키에에서」, 1847

203. 『관조』, 4, 「샤를르 바크리」, 1852

204. 『모든 리라』, 6, 사랑 19, 「사랑은 더 이상 유물도 아니고 큐피드의 거짓말이 아니다.
…」, 1843

205. 『관조』, 4, 「오! 나는 바보 같았소…」, 1852

206. 『마지막 꽃다발』, 72, 「기타」, 1844

207. 『마지막 꽃다발』, 70, 「첫날밤이었으니…」, 1844

208. 『모든 리라』, 6, 사랑, 69, 「그대 기억에 영원히 간직하오…」, 1844

209. 『모든 리라』, 6, 사랑, 68, 「오! 말해다오, 그 행복했던 일요일을 기억하니…」, 1844

210. 『모든 리라』, 6, 사랑, 32, 「시간을 알리는…」, 1844

211. 『대양 *Océan*』, 돌무더기, 사랑, 「그녀는 벨트를 풀고…」

212. 「'라인강' 사본을 레오니 부인에게 바치니」

213. 『모든 리라』, 6, 사랑, 21, 「옛날 용병이 있었으니…」, 1845

214. 『관조』, 3, 싸움 그리고 몽상, 2, 「멜랑콜리아」

215. 『관조』, 6, 무한의 언저리에서, 8, 「클래르」, 1846

216. 『모든 리라』, 3, 생각(La Pensée), 61, 올랭피오에게, 27, 1846

217. 같은 책

218. 『정신의 4가지 바람 *Les Quatre Vents de l' Esprit*』, 1, 「그녀가 지나갔네…」, 1846

219. 『모든 리라』, 5, 「내 영혼은 슬픔에 잠기고…」, 1846

220. 『모든 리라』, 5, 「루이 불랑제」, 1846

221. 「목격한 것들」에서, 1847

222. 『징벌 *Les Châtiments*』, 5, 「절명(絶命)」

223. 『모든 리라』, 1, 휴머니즘, 36, 「어머니들은 자신들의 모태가 떨림을 알았다. …」, 1848

224. 『대양 *Océan*』, 돌무더기, 정치, 마라스트에서, 1848

225. 『관조』, 4, 「왔노라, 보았노라, 이겼노라」, 1848

226. 같은 책

227. 『징벌』, 4, 「1848년 시인은 말했네」, 1848

228. 『마지막 꽃다발』, 167, 「어느 동상(銅像)에게」, 1848

229. 『징벌』, 4, 「살아있는 자는 싸우는 자이다. …」, 1848

230. 『정신의 4가지 바람』, 3, 「오 비참하여라, 인간의 허영 덩어리들…」, 1849

231. 『마지막 꽃다발』, 127, 「오! 나는 당신을 구름 위 저 높이 데려갈 것이오…」, 1850

232. '목격한 것'에서, 1850

233. 『징벌』, 4, 「짧은 옷을 입은 기자」, 1850

234. 『징벌』, 3, 「저지섬」, 1853

235. 『징벌』, 4, 「1851년 7월 17일, 연단을 내려가며 쓰다」

236. 『모든 리라』, 3, 생각, 26, 「오! 그는 아무것도 아니며 당신은 모든 것이오니…」, 1851

237. 『징벌』, 종교는 예찬받아야, 7, 「네 명의 죄수」, 1851

238. 『모든 리라』, 5, 나, 16, 「그대는 나에게 말했소. '레 미제르' 작품을 멈추셔요…」, 1851

239. 『죽음의 몇 해 *Les Années funestes*』, 62, 「보댕」

240. 『징벌』, 2, 「저지 섬, 4일 밤의 기억」, 1852

241. 같은 책

242.『징벌』, 1, 「툴롱」, 1851

243.『관조』, 5, 「쥘르 지에게」, 1854

244.『징벌』, 1, 「대결」, 1852

245.『징벌』, 3, 「궁전의 전쟁」, 1852

246.『징벌』, 2, 「정의는 지옥에…」, 1852

247. 같은 책

248.『징벌』, 1, 「오! 그들은 수도 없이 거짓이구나…」, 1852

249.『징벌』, 「악당」, 1852

250. 같은 책

251.『징벌』, 7, 「울티마 베르바」, 1852

252. 같은 책

253.『여러 세기의 전설』, 시리즈1, 「양심」

254.『징벌』, 3, 「역사는 우리처럼 하수구의 시절이 있었으니…」, 1853

255.『징벌』, 7, 「울려라, 울려라, 영원히, 생각을 밝히자꾸나…」, 1853

256.『관조』, 6, 「오, 나락(奈落)이여! 영혼은 빠져들고 의혹은 다가오니…」, 1853

257.『정신의 4가지 바람』, 14, 1854

258.『관조』, 6, 「그림자의 입이 말하는 것」, 1855

259.『관조』, 6, 「공포, 해변 테라스, 1854년 3월 30일 밤」

260.『관조』, 6, 「비탄, 해변 테라스, 1854년 3월 31일」

261.『관조』, 6, 「그림자의 입이 말하는 것」, 1855

262.『관조』, 5, 「바다」, 1855

263.『모든 리라』, 7, 「유령의 노래」, 1855

264.『모든 리라』, 2, 「천지는 칠흑 같고 파도는 우울하구나」, 1855

265.『관조』, 5, 「출현」, 1855

266.『관조』, 「어느 현관문을 두드리며」, 1855

267.『모든 리라』, 5, 「D.G.D.G」, 1855

268.『관조』, 5, 「돌로로사」, 1855

269.『관조』, 6, 「시신」, 1855

270.『징벌』, 「유산」

271.『징벌』, 「유산」

272.「목격한 것에서」, 1855

273.「대양」, 돌무더기, 사랑

274.『하느님』, 2, 「부엉이」

275. 같은 책

276.『정신의 4가지 바람』, 1, 「아무개에게」

277.『당나귀, 1, 짐승의 분노」

278.『여러 세기의 전설』, 7, 「엘시스의 4일」

279.『정신의 4가지 바람』, 3, 「나의 딸 아델에게」

280. 『지상(至上)의 연민 La Pitié suprême』, 1858

281. 『지상의 연민』, 15, 「나는 모든 것을 재보았네…」

282. 『여러 세기의 전설』, 보충 시리즈, 「나는 더 이상 살아있다는 느낌이 없었네…」

283. 『지상의 연민』, 5, 「오! 나는 두 손으로 머리를 쥐어 뜯었네」

284. 『여러 세기의 전설』, 시리즈 1, 르네상스, 무교(無敎), 호색가

285. 『여러 세기의 전설』, 뉴 시리즈, 「꿈은 바로 이 책으로부터 나왔네」, 1859

286. 「목격한 것에서」, 1859

287. 『거리와 숲의 노래 Les chansons des rues et des bois』, 1, 「나는 고통을 주지 않는다네…」

288. 『거리와 숲의 노래』, 1, 「별똥별」

289. 『여러 세기의 전설』, 뉴 시리즈, 「두 나그네 중의 선택」, 1859

290. 「목격한 것에서」, 1860

291. 「목격한 것에서」, 1861

292. 「목격(꿈에 본)한 것에서」, 1861

293. 『모든 리라』, 7, 「가브로쉬의 노래」, 1861

294. 「목격한 것에서」, 1862

295. 『모든 리라』, 3, 「모든 것이 무한한 공동묘지가 아닌지 누가 알랴…」, 1862

296. 『정신의 4가지 바람』, 3, 「나의 딸 아델에게」, 1857

297. 『대양』, 돌무더기, 바다, 수첩, 1864

298. 「목격한 것에서」, 1864

299. 『거리와 숲의 노래』, 6, 「무례한 소환」, 1865

300. 『거리와 숲의 노래』, 1, 「파울로 미노라 카나무스」

301. 『거리와 숲의 노래』, 1865

302. 「목격한 것에서」, 1865

303. 『거리와 숲의 노래』, 1, 「파울로 미노라 카나무스」

304. 『대양』, 돌무더기, 잠결에 지은 시구, 1866

305. 「그들을 먹을까」, 2막, 4장

306. 『행동과 말』, 2, 「가리발디, 오트빌 하우스」, 1867

307. 『청동 밧줄 La Corde d'airain』, 18, 「오 우울한 여인이여…」, 1867

308. 『관조』, 3, 싸움 그리고 몽상, 「유령」, 1843

309. 「검 épée」, 5장

310. 『불길한 해들 Les Années funestes』, 1, 「오벵, 남녀 나그네」

311. 『불길한 해들』, 21, 「국가의 악」, 1869

312. 『불길한 해들』, 67, 1869년에, 1869

313. 『토르크마다 Torquemada』, 2, 3막, 5장

314. 「대양에게 말했네」, 1869

315. 『불길한 해들』, 3, 「한 민중이 서있었다. …」, 1869

316. 『불길한 해들』, 58, 「우리는 좋은 왕자에게 빚을 지고 있으며…」, 1870

354. 『청동 밧줄 *La corde d'airain*』, 22, 「고독으로의 귀환」

355. 『끔찍한 해』, 10, 「오 샤를르, 내 곁에 있는 듯 하구나…」

356. 『할아버지 노릇하는 법』, 4, 「모든 아이들-금발의, 빛나는, 진홍빛의」

357. 『모든 리라』, 1, 휴머니즘 39, 「비로 메이저」, 1871

358. 『모든 리라』, 3, 팡세, 25, 「아! 지금 네가 형장에 처넣는 이들을 조심하라!…」, 1872

359. 『끔찍한 해』, 속편, 「1872년 프랑스에서」, 1872

360. 『뤼블라스 *Ruy Blas*』, 2막, 2장

361. 『모든 리라』, 5, 「아베, 경배하오니」, 1872

362. 『할아버지 노릇하는 법』, 6, 「모두를 용서하기란 너무 어렵고, 모든 것을 주는 일은 과하니!」

363. 「목격한 것에서」, 1872

364. 『대양』, 추방 이후, 1830

365. 『모든 리라』, 4, 「테오필 고티에에게」, 1872

366. 『대양』, 추방 이후, 「누드」

367. 『대양』, 73, 「그러니 반신(半神)이 되시오…」

368. 『끔찍한 해』, 속편, 「보호령으로부터의 석방」

369. 『청동 밧줄』, 27, 「만인에게」, 1873

370. 『끔찍한 해』, 4, 「매장」

371. 「목격한 것에서」, 1874

372. 『모든 리라』, 6, 사랑, 「불멸의 여인」

373. 『모든 리라』, 6, 사랑, 37, 「마담 J께」, 1874

374. 『모든 리라』, 6, 사랑, 35, 「춥지 않은 니베아」, 1874

375. 『모든 리라』, 3, 팡세, 2, 「아이가 우리를 바라볼 때, 우리는 숙고(熟考)의 하느님을 보네…」

376. 『정신의 4가지 바람』, 1, 풍자 서(書), 세기, 37, 「내가 증오스러우니, 왜?…」1874

377. 『모든 리라』, 5, 「아이는 너무 어리고 할아버지는 너무 늙었으니…」, 1875

378. 『모든 리라』, 5, 「나는 분노한다. 나는 사랑한다. 그리고 나는 늙은 바보다. …」

379. 『정신의 4가지 바람』, 3, 서정의 책, 운명, 39, 「우리가 우는 사랑을 보는 한…」, 1875

380. 『할아버지 노릇하는 법』, 4, 「내 영혼에게 그것은 낯선 감정이니…」

381. 『할아버지 노릇하는 법』, 4, 「조르주에게」

382. 『할아버지 노릇하는 법』, 4, 「잔느에게」

383. 『할아버지 노릇하는 법』, 4, 「짐승의 낯은 끔찍하구나…」

384. 『마지막 꽃다발』, 129, 「오래 전 그 추방자가 안개 속에서 길을 잃었을 때…」, 1876

385. 『마지막 꽃다발』, 76, 「목욕하는 여인들에게」, 1876

386. 『모든 리라』, 7, 환상, 23, 노래, 16, 「늙은 목자의 노래」

387. 『할아버지 노릇하는 법』, 6, 「잔느는 캄캄한 방 안, 딱딱한 빵 앞에 있었지」

388. 『모든 리라』, 2, 자연, 2, 「나는 내가 왜 딴 일을 해야 하는지…」, 1878

389. 『모든 리라』, 5, 「너는 볼테르처럼 돌아올 거야…」

390. 『모든 리라』, 5, 오류를 피해, 1878

391. 『모든 리라』, 3, 팡세, 5, 「오 여인들이여! 고귀한 정절이여!…」, 1879

392. 『모든 리라』, 1, 휴머니즘, 60, 「오! 조르주, 그대 남자가 되리니…」, 1879

393. 『모든 리라』, 3, 팡세, 3, 「여인」, 1874

394. 당나귀, 짐승의 분노

395. 『모든 리라』, 5, 「아베, 경배하오니」, 1872

396. 『모든 리라』, 3, 팡세, 55, 「오 온화함, 성스러운 노예!…」

397. 『당나귀, 짐승의 분노』

398. 하느님, 발췌본

399. 토르크마다, 2부, 2막, 5장

400. 『대양』, 추방 이후, 「아이, 민중은 너를 바라보노니…」, 1883

401. 『대양』, 돌무더기, 철학

402. 수첩, 1884

403. 『레미제라블 Les Misérables』, 5부, 「문밖의 가브로쉬」

404. 『레미제라블』, 「가브로쉬의 과도한 열정」

405. 『황혼의 노래』, 2, 「콜론에서」, 1830

참고문헌

시, 소설, 담론, 기사, 체험기, 메모 등 빅토르 위고의 기록은 가히 대양大洋에 비유할 만하다. 또한 그래픽 작품들과 방대한 서한들이 있다.

저자는 다음을 참고했다.

· **장 마생의 『연대기 전집』**프랑스 북클럽, 1967-1970, 총 18권

그래픽 작업에 전념한 마지막 두 권을 포함한 각종 메모, 머리말, 부록, 연대기, 색인으로 구성되었으며, 이것들 없이는 작업이 불가능했을 것이다.

· **『고본古本 선집』**로베르 라퐁, 1985

자크 제바허 주도로 1985년 출간된 가장 최근 개발된 것이다. 책의 주제는 다음과 같다. 시집 I, II 등, 소설… 이는 필수 자료로서 색인 각권은 출간된 바 없다.

· **『가족 서한 그리고 내밀한 글』** I · II로베르 라퐁, 1802-1839

필수 자료로서, 이는 다시 장 고동, 셀라 고동, 베르나르 뢰일리오에 의해 1988년, 1991년에 각종 메모와 색인을 포함해 재판되었으나 1839년 절판됨.

그리고 다수의 빅토르 위고 전기 중 대표적이며 접근이 용이한 문헌들을 택했다.

· **앙리 기으맹, 『빅토르 위고』**, 총서 『영원한 작가들』, 쇠이으, 1951 1994년 재출간.

· 앙드레 모루아, 『올랭피오 혹은 빅토르 위고의 삶』, 아셰트, 1954, **『고본古本**

　선집』, 로베르 라퐁, 1993.

· 알랭 드코, 『빅토르 위고』, 페렝 학술도서관, 1984.

· 위베르 쥐엥, 『빅토르 위고』, 3권, 플라마리옹, 1986.

· 장-프랑수아 칸, 『비범한 변신 혹은 빅토르 위고의 삶 5년 』[1847-1851], 르 쇠이
　으, 1984.

위고 도상학圖像學을 활용한 다음 두 권 덕에, 빅토르 위고의 이웃들을 찾고
그가 살았던 공간 재현이 가능했다.

· 마르틴느 에칼르와 비올랜느 륑브로소, 『위고의 앨범』, 플레이아드 도서관,
　갈리마르, 1964.

· 소피 그로시오르, 『빅토르 위고, 그리고 그에게 남은 단 한가지… 』, 총서『발
　견』, 갈리마르, 1998.